TERREUR

DAN SIMMONS

TERREUR

roman

traduit de l'américain par Jean-Daniel Brèque

ouvrage traduit avec le concours
du Centre national du livre

ROBERT LAFFONT

Titre original : THE TERROR
© Dan Simmons, 2007
Traduction française : Éditions Robert Laffont, S.A., Paris, 2008

ISBN : 978-2-221-10743-0
(édition originale : ISBN : 978-0-316-01744-2 Little, Brown and Company, New York)

Ce roman est dédié avec amour, et en remerciement pour ces indélébiles souvenirs arctiques, à Kenneth Tobey, Margaret Sheridan, Robert Cornthwaite, Douglas Spencer, Dewey Martin, William Self, George Fennegan, Dimitri Tiomkin, Charles Lederer, Christian Nyby, Howard Hawks et James Arness.

« C'est cette qualité insaisissable qui, dès lors que la pensée de la blancheur est dissociée du monde des significations plaisantes et rattachée à un objet terrible par lui-même, porte cette terreur à sa plus extrême intensité. Voyez l'ours blanc des pôles et le requin blanc des tropiques : d'où vient l'horreur transcendante qu'ils inspirent, sinon de la lisse et floconneuse blancheur de leur robe ? La blancheur sinistre – voilà ce qui donne à leur muette avidité un si repoussant caractère de douceur, qui révulse, d'ailleurs, plus qu'il ne terrifie. Pareillement, le tigre aux crocs cruels et au pelage armorié n'ébranle pas autant le courage que l'ours ou le requin enlinceulés de blanc. »

Herman MELVILLE, *Moby Dick* (1851)
Traduction de Philippe JAWORSKI,
Gallimard (2006)

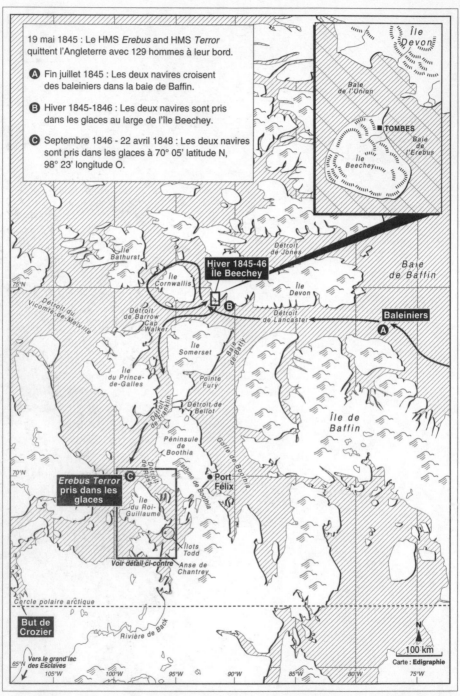

19 mai 1845 : Le HMS *Erebus* and HMS *Terror* quittent l'Angleterre avec 129 hommes à leur bord.

A Fin juillet 1845 : Les deux navires croisent des baleiniers dans la baie de Baffin.

B Hiver 1845-1846 : Les deux navires sont pris dans les glaces au large de l'île Beechey.

C Septembre 1846 - 22 avril 1848 : Les deux navires sont pris dans les glaces à 70° 05' latitude N, 98° 23' longitude O.

Expédition polaire de Sir John Franklin à la recherche du passage du Nord-Ouest

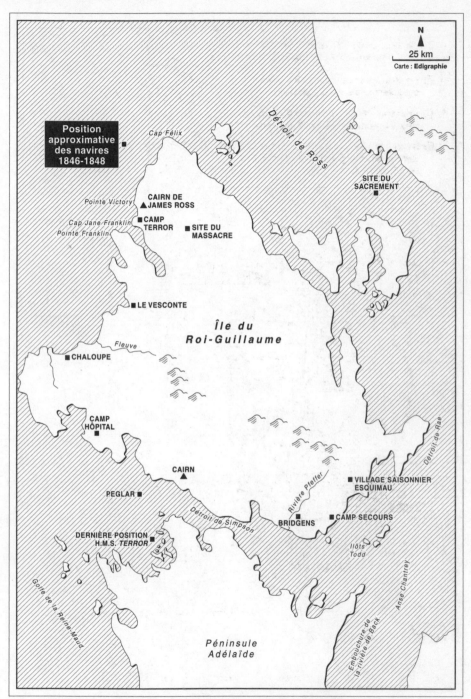

N

25 km

Carte : **Edigraphie**

Position
approximative
des navires
1846-1848

Cap Félix

Détroit de Ross

SITE DU
SACREMENT

CAIRN DE
JAMES ROSS

Pointe Victory

Cap Jane Franklin
Pointe Franklin

CAMP
TERROR

SITE DU
MASSACRE

LE VESCONTE

*Île du
Roi-Guillaume*

Fleuve

CHALOUPE

Détroit-de-Rae

CAMP
HÔPITAL

CAIRN

VILLAGE SAISONNIER
ESQUIMAU

Rivière Pfeffer

PEGLAR

Détroit de Simpson

BRIDGENS

CAMP SECOURS

DERNIÈRE POSITION
H.M.S. *TERROR*

Îlots
Todd

Golfe de la Reine-Maud

Anse Chantrey

Embouchure de
la rivière de Back

*Péninsule
Adélaïde*

Île (ou terre) du Roi-Guillaume (détail)

1

Crozier

70° 05' de latitude nord, 98° 23' de longitude ouest
Octobre 1847

En montant sur le pont, le capitaine Crozier découvre que son navire est assiégé par des spectres célestes. Au-dessus de lui – au-dessus du *Terror* –, des plis de lumière chatoyante plongent puis se dérobent en hâte, tels les bras multicolores de fantômes agressifs mais au bout du compte hésitants. Des doigts osseux d'ectoplasme se tendent vers le bateau, s'écartent, font mine de se refermer puis se retirent.

La température a atteint – 45 °C et descend à toute allure. Du fait de la brume qui s'est levée plus tôt, durant la petite heure de pauvre crépuscule à quoi se réduit la journée, les trois mâts raccourcis – on a démonté et rangé les mâts de hune, les perroquets, ainsi que les espars et les gréements supérieurs, afin de prévenir tout risque de chavirage et de chute de glace – se dressent tels des arbres étêtés et ébranchés sans ménagements, reflétant l'aurore boréale qui danse d'un horizon entraperçu à l'autre. Sous les yeux de Crozier, les champs de glace fracturés qui entourent le bateau virent au bleu, puis au violacé, pour devenir aussi verts que les collines de l'Irlande du Nord de son enfance. À près d'un mille côté tribord, l'immense montagne de glace flottante qui dissimule l'*Erebus*, le sister-ship du *Terror*, semble, l'espace d'un instant trompeur, rayonner d'une couleur intérieure, d'un feu glacial brûlant dans ses entrailles.

Comme il remonte son col et lève la tête, habitué qu'il est depuis quarante ans à vérifier l'état des mâts et des gréements, Crozier remarque que les étoiles autour du zénith brûlent d'un éclat froid et régulier, alors que les plus proches de l'horizon, non contentes de scintiller, changent de position lorsqu'on les scrute, sautillant de gauche à droite, puis de haut en bas. Il a déjà observé ce phénomène lors d'expéditions antérieures, dans le Sud avec Ross ainsi que dans ces mêmes eaux. Un savant présent à son bord, qui avait passé son premier hiver austral à tailler et à polir des lentilles pour son télescope, lui a expliqué que ces perturbations étaient sans doute dues aux variations rapides de la réfraction des masses d'air froid mouvantes au-dessus de la banquise ou des terres invisibles et gelées. En d'autres termes, au-dessus de continents inconnus de l'Homme. Ou, dans le cas présent, songe Crozier, inconnus de l'Homme blanc.

Cinq ans auparavant, Crozier et son ami et commandant James Ross avaient découvert un continent inconnu semblable : l'Antarctique. Ils avaient baptisé une mer, des anses et des terres du nom de Ross. Ils avaient donné aux montagnes les noms de leurs amis et mécènes. Les deux volcans visibles à l'horizon avaient reçu les noms de leurs navires, l'*Erebus* et le *Terror*. Qu'aucun point remarquable n'ait été baptisé en l'honneur du chat du bord, voilà qui ne laissait pas de l'étonner.

Aucun non plus ne portait le nom de Francis Rawdon Moira Crozier. En ce jour hivernal d'octobre 1847, que ce soit en Arctique ou en Antarctique, il n'y a pas un continent, pas une île, pas une baie, pas une anse, pas une chaîne de montagnes, pas un ice-shelf, pas un volcan, pas même un putain de floe qui porte son nom.

Crozier n'en a strictement rien à foutre. Alors même qu'il formule cette pensée, il se rend compte qu'il est un peu ivre. *Eh bien*, se dit-il, compensant automatiquement la gîte du pont, qui penche de douze degrés vers tribord et de huit vers la proue, *je n'ai guère été sobre ces trois dernières années, pas vrai ? Pas depuis Sophia. Mais même bourré, je suis meilleur marin et meilleur capitaine que ne l'a jamais été Franklin, ce crétin tempérant et guignard. Sans parler de Fitzjames, son caniche zézayant aux joues roses.*

Secouant la tête, Crozier s'avance sur le pont glissant, en direction de la proue et du seul homme de quart que lui permet de distinguer la lumière clignotante de l'aurore boréale.

C'est Cornelius Hickey, l'aide-calfat, un marin de vingt-six ans à face de rat. La nuit tous les hommes de quart se ressemblent, car on leur a distribué la même tenue de froid : plusieurs couches de laine et de flanelle, recouvertes d'un grand manteau imperméable, de grosses moufles émergeant des manches volumineuses, une « perruque galloise » – un bonnet marin pourvu de protège-oreilles – vissée sur le crâne, une large écharpe enveloppée autour de la tête, ne laissant sortir qu'un bout de nez gelé. Mais chaque homme a sa façon d'entasser ou de porter ses frusques, y ajoutant un cache-nez ou un bonnet supplémentaires, ou encore des gants tricotés avec

14

amour par une mère, une épouse ou une fiancée, que l'on distingue en dessous des moufles réglementaires, et Crozier a appris à identifier chacun des cinquante-neuf survivants de son équipage, même de loin et dans le noir.

Hickey regarde par-delà le beaupré drapé dans la glace, un beaupré enchâssé sur trois mètres dans une crête de glace de mer, la poupe du *Terror* ayant été soulevée par la pression en même temps que sa proue s'abaissait. L'aide-calfat est tellement perdu dans ses pensées, ou engourdi par le froid, qu'il ne se rend compte de la présence de son capitaine que lorsque celui-ci se place à ses côtés, devant un bastingage transformé en autel de neige et de glace. Son fusil est calé contre ledit autel. Personne ne tient à toucher du métal par ce froid, moufles ou pas moufles.

Hickey a un léger sursaut lorsque Crozier se penche vers lui. Le capitaine du *Terror* ne distingue pas son visage, mais un plumet d'haleine — qui se change instantanément en nuée de cristaux de glace reflétant l'aurore boréale — jaillit de la masse formée par son bonnet et ses écharpes.

Il n'est pas d'usage que les marins saluent durant l'hiver polaire, ils sont même dispensés de porter la main au front comme on le fait en présence d'un officier, mais Hickey exécute l'étrange pas de danse, signe de tête et haussement d'épaules, par lequel les hommes marquent le passage du capitaine sur le pont. En raison du froid, les quarts ont été réduits à deux heures — le bâtiment est tellement surpeuplé qu'on peut même se permettre de doubler la garde, songe Crozier —, mais il voit à la lenteur de ses gestes qu'Hickey est à demi gelé. Il a beau dire et répéter à ses hommes qu'ils ne doivent pas cesser de bouger — qu'ils marchent, qu'ils courent sur place, qu'ils sautent si ça leur chante —, sans toutefois relâcher leur vigilance, ils n'en restent pas moins le plus souvent aussi immobiles que s'ils voguaient dans les mers du Sud, vêtus d'une liquette et occupés à guetter les sirènes.

— Commandant.

— Monsieur Hickey. Rien à signaler ?

— Rien depuis ces coups de feu... ce coup de feu... il y a bientôt deux heures, monsieur. Il y a quelque temps, j'ai entendu, j'ai cru entendre... quelque chose comme un cri, commandant... ça venait de derrière la montagne de glace. Je l'ai signalé à l'enseigne Irving, mais il m'a dit que c'était sans doute la glace qui craquait.

Deux heures plus tôt, avisé qu'une détonation avait retenti du côté de l'*Erebus*, Crozier s'est empressé de monter sur le pont, mais plus rien ne s'est produit et il n'a envoyé ni messager ni patrouille de reconnaissance. S'aventurer dans les ténèbres sur la mer gelée alors que cette... *chose*... rôde dans ce chaos de crêtes et de sastrugi, c'est aller à une mort certaine. Désormais, les deux navires ne communiquent que lors de la brève période de clarté autour de midi. Dans quelque temps, la nuit arctique régnera sans partage. Vingt-quatre heures durant. Cent jours durant.

— C'était peut-être la glace, dit Crozier, qui se demande pourquoi Irving ne lui a pas signalé ce cri. Le coup de feu aussi. Rien que la glace.

— Oui, commandant. La glace, oui, monsieur.

Ni l'un ni l'autre ne le croit – la détonation d'un fusil ou d'un mousquet se reconnaît de loin, et le son se propage à une vitesse quasi surnaturelle dans le Grand Nord –, mais il n'en est pas moins vrai que la banquise étreignant le *Terror* ne cesse de gronder, de geindre, de grincer, de craquer, de rugir, de hurler.

Ce sont surtout les cris qui dérangent Crozier, l'arrachant chaque nuit à la malheureuse heure de sommeil à laquelle il a droit. Ils lui évoquent les gémissements de sa mère à l'agonie... et les banshees dont, à en croire sa vieille tante, les hurlements prédisaient la mort d'un habitant de la maison. Les uns comme les autres l'empêchaient de dormir quand il était enfant.

Crozier se retourne lentement. Ses cils sont déjà festonnés de glace, sa lèvre supérieure encroûtée de salive et de morve gelées. Les hommes ont appris à enfouir leur barbe sous leur cache-nez, mais ils sont parfois obligés de trancher les poils gelés collés au tissu. À l'instar de la majorité des officiers, Crozier continue de se raser chaque matin, quoique, vu les restrictions de charbon, l'eau « chaude » que lui apporte son valet se réduise à de la glace à peine fondue et que la lame lui soit souvent douloureuse.

— Lady Silence est-elle toujours sur le pont? demande-t-il.

— Oh! oui, commandant, elle y passe presque tout son temps.

Hickey a baissé la voix, ce qui est inutile. Même si Silence pouvait les entendre, elle ne comprend pas l'anglais. Mais plus les hommes se sentent traqués par la créature rôdant sur la glace, plus ils considèrent la jeune Esquimaude comme une sorcière douée de pouvoirs occultes.

— Elle est au poste de bâbord, avec l'enseigne Irving, ajoute Hickey.

— L'enseigne Irving? Il y a plus d'une heure qu'il devrait avoir achevé son quart.

— Oui, commandant. Mais, ces jours-ci, si je puis me permettre, quand on voit lady Silence, ça veut dire que M. Irving n'est pas loin. Si elle ne descend pas, il ne descend pas non plus. Sauf quand il y est obligé, je veux dire... Aucun de nous ne peut tenir aussi longtemps que cette sor... que cette femme.

— Ouvrez l'œil et ne vous laissez pas distraire, monsieur Hickey, lance Crozier.

Sa voix bourrue fait sursauter l'aide-calfat, qui exécute à nouveau son salut dansé et retourne son nez tout blanc vers les ténèbres par-delà la proue.

Crozier remonte le pont en direction du poste de bâbord. Un mois auparavant, alors qu'il préparait le navire pour l'hiver après avoir entretenu trois semaines durant le vain espoir de pouvoir appareiller, Crozier a ordonné que les espars inférieurs soient à nouveau alignés le long de l'axe de symétrie du pont afin de servir de poutre faîtière. Les marins ont alors dressé la tente pyramidale protégeant la quasi-totalité du pont principal, remettant en place son armature de poutrelles, qu'ils avaient stockées durant ces quelques semaines d'optimisme. Mais bien qu'ils passent plusieurs heures par jour à dégager des allées en pelletant la neige, dont on laisse subsister une couche de trente centimètres à des fins d'isolation, attaquant la glace au pic et au ciseau, évacuant le poudrin qui s'est insinué sous la toile goudronnée et répandant du sable pour assurer une certaine friction, il demeure toujours une pellicule de glace sur le bois. La démarche de Crozier sur le pont pentu évoque le patineur et non le marcheur.

L'homme affecté au poste de bâbord, l'aspirant Tommy Evans – Crozier identifie le benjamin de l'équipage au grotesque bonnet vert, de toute évidence tricoté par sa mère, qu'il porte par-dessus sa perruque galloise –, s'est déplacé de dix pas vers la poupe pour respecter l'intimité de lady Silence et de l'enseigne de vaisseau de seconde classe Irving.

Le capitaine Crozier est pris d'une subite envie de botter le cul de quelqu'un – de tout le monde.

Vêtue d'une parka, d'un capuchon et d'un pantalon de fourrure, l'Esquimaude ressemble à un petit ours potelé. Elle tourne à moitié le dos à l'enseigne élancé. Mais Irving la serre de près devant le bastingage – de plus près que ne doit le faire un officier et un gentleman devisant avec une lady, lors d'une garden-party ou d'une promenade à bord d'un yacht.

— Lieutenant !

Crozier s'est exprimé avec plus de sécheresse qu'il ne l'aurait souhaité, mais il n'est pas mécontent de voir le jeune homme faire un petit bond, comme sous l'effet d'un aiguillon, et manquer perdre l'équilibre avant d'agripper le bastingage de la main gauche tout en le saluant de la droite – en violation flagrante du protocole en usage dans la marine.

Un salut pathétique, songe Crozier, non seulement parce que ses moufles, sa perruque galloise et ses couches de lainages font ressembler le jeune homme à un éléphant de mer, mais aussi parce qu'il a abaissé son cache-nez – peut-être pour exhiber à Silence son beau visage glabre – et que deux stalactites de glace pendent à présent à ses narines, accentuant encore son allure de morse.

— Repos ! lance sèchement Crozier.

Satané crétin, ajoute-t-il mentalement.

Raide comme un piquet, Irving jette un regard à Silence – ou plutôt à son capuchon de fourrure – puis ouvre la bouche. De toute évidence, il ne trouve rien à dire. Il la referme. Ses lèvres sont aussi livides que sa peau gelée.

— Vous n'êtes pas de quart en ce moment, lieutenant, dit Crozier, entendant sa voix claquer comme un fouet.

— Oui, commandant. Je veux dire, non, commandant. Je veux dire, le capitaine a raison...

Irving referme la bouche, mais l'effet est quelque peu gâché par ses claquements de dents. Dans un tel froid, il arrive que les dents se fracassent au bout de deux ou trois heures, qu'elles explosent littéralement, projetant des éclats d'os et d'émail dans un palais rigidifié par des mâchoires crispées. Ainsi que Crozier le sait d'expérience, on entend parfois l'émail craquer juste avant l'explosion.

— Que faites-vous ici, John ?

Irving veut ciller, mais ses paupières sont gelées – littéralement gelées.

— Vous m'avez ordonné de veiller sur notre invitée... de m'assurer que... de prendre soin de Silence, commandant.

Le soupir de Crozier émerge sous la forme d'une nuée de cristaux qui, après être restés une seconde en suspension, tombent sur le pont comme une averse de minuscules diamants.

— Je ne vous ai pas demandé de lui consacrer tout votre temps, lieutenant. Je vous ai demandé de la surveiller, de me rapporter ses agissements, de lui éviter tout désagrément à bord et de veiller à ce que les hommes ne fassent rien qui soit de nature à la... compromettre. Pensez-vous qu'elle coure un risque d'être compromise ici, sur le pont principal, lieutenant ?

— Non, commandant.

Cette réponse sonne davantage comme une question.

— Savez-vous combien de temps la chair met pour geler lorsqu'elle est exposée à cette température, lieutenant ?

— Non, commandant. Je veux dire, oui, commandant. C'est assez rapide, je pense.

— Vous êtes bien placé pour le savoir, lieutenant. Ça fait déjà six fois qu'on vous soigne pour des engelures, et nous ne sommes même pas en hiver, du moins officiellement.

L'enseigne Irving acquiesce d'un air navré.

— Il faut *moins d'une minute* pour qu'un doigt se solidifie sous l'effet du gel – un doigt ou tout autre appendice charnu.

Crozier raconte des craques et il le sait. Il faut beaucoup plus de temps que cela, mais il espère qu'Irving l'ignore.

— Après quoi, le membre exposé se brise comme un glaçon, conclut-il.

— Oui, commandant.

— À votre avis, y a-t-il *vraiment* un risque pour que notre invitée soit... *compromise*... sur ce pont, monsieur Irving ?

Irving semble méditer sa réponse. Il est possible, se dit Crozier, que l'enseigne de seconde classe ait déjà longuement réfléchi à la question.

— Descendez, John. Et demandez au Dr McDonald de vous examiner le visage et les doigts. Si vous avez encore attrapé des engelures, je retiendrai un mois de prime de découverte, et en plus j'écrirai à votre mère, je le jure devant Dieu.

— À vos ordres, commandant. Merci, monsieur.

Irving fait mine de saluer à nouveau, se ravise et, la main à moitié levée, se penche pour passer sous la bâche et gagner l'échelle. Il n'accorde aucun regard à Silence.

Crozier pousse un nouveau soupir. Il aime bien John Irving. Ce gamin s'est porté volontaire en même temps que ses deux camarades du HMS *Excellent*, l'enseigne de vaisseau de première classe Hodgson et le premier maître Hornby, mais ce navire était déjà antique avant que Noé commence à avoir du poil aux pattes. Cela faisait plus de quinze ans qu'il était démâté et restait en rade à Portsmouth, transformé en école flottante pour les artilleurs les plus prometteurs de la Royal Navy. *Malheureusement, gentlemen*, a déclaré Crozier aux trois gamins le jour de leur arrivée – un jour où il était encore plus éméché qu'à son habitude –, *vous aurez vite fait de constater que le* Terror *et l'*Erebus, *qui sont pourtant des bombardes, gentlemen, sont totalement désarmés. Si l'on excepte les mousquets des fusiliers marins et les fusils stockés dans la cale à vin, nous sommes aussi désarmés qu'un nouveau-né, ô jeunes volontaires de l'*Excellent. *Aussi désarmés que le père Adam en tenue du même nom. En d'autres termes, gentlemen, des experts en artillerie nous sont aussi utiles que des tétons à un sanglier.*

Les sarcasmes de Crozier n'ont en rien entamé l'enthousiasme des jeunes officiers – Irving et les deux autres étaient plus décidés que jamais à subir le gel pendant plusieurs hivers. Certes, il faisait chaud en Angleterre ce jour de mai 1845.

— Et voilà que ce godelureau s'entiche d'une sorcière esquimaude, grommelle Crozier.

Comme si elle comprenait ces mots, Silence se tourne lentement vers lui.

En général, son visage reste dans l'ombre de son capuchon, ou bien dissimulé par un col en peau de loup, mais, ce soir-là, Crozier distingue son petit nez, ses grands yeux et ses lèvres pleines. Ses iris noirs reflètent les pulsations de l'aurore boréale.

Le capitaine Francis Rawdon Moira Crozier ne la juge en rien attirante ; elle tient bien trop de la sauvage pour apparaître comme humaine au presbytérien irlandais qu'il est, encore moins pour le séduire, et, en outre, son esprit comme sa chair sont toujours imprégnés du souvenir de Sophia Cracroft. Mais Crozier comprend comment Irving, si loin de son pays, de sa famille et d'une éventuelle fiancée, a pu s'enamourer de cette païenne. Sa seule étrangeté – sans parler des circonstances dramatiques de son arrivée, ni de la mort de son compagnon, mystérieusement liée aux premières attaques de la monstrueuse entité tapie dans les ténèbres – doit attirer comme la flamme le papillon ce jeune romantique qu'est l'enseigne de vaisseau de seconde classe John Irving.

Quant à Crozier, ainsi qu'il l'a découvert en 1840 sur la terre de Van-Diemen, puis en Angleterre durant les mois précédant le départ de cette expédition, il est trop vieux pour la romance. Et trop irlandais. Et trop roturier.

En ce moment précis, il souhaiterait que cette jeune femme disparaisse dans les ténèbres glacées pour ne plus jamais revenir.

Crozier repense au jour, quatre mois plus tôt, où le Dr McDonald est venu leur faire son rapport, à Franklin et à lui-même, après avoir examiné la jeune fille, peu après que l'Esquimau qui l'accompagnait eut péri étouffé par son propre sang. De l'avis du médecin, elle avait entre quinze et vingt ans – difficile à dire, avec ces indigènes –, elle était réglée et, selon toute évidence, elle était encore *virgo intacta*. En outre, ajouta McDonald, si cette jeune fille n'avait pas dit un seul mot, ni même émis un seul son – même lorsque son compagnon, père ou époux, avait été blessé par balle –, c'était parce qu'elle n'avait pas de langue. Celle-ci n'avait pas été tranchée, estimait le médecin, mais bien plutôt arrachée d'un coup de dents, par Silence elle-même ou bien par une autre personne ou créature.

Crozier en était resté bouche bée – mais ce n'était pas tant la mutilation dont souffrait l'Esquimaude qui l'étonnait que le fait de sa virginité. Il avait passé suffisamment de temps dans l'Arctique – notamment durant l'expédition de Parry, qui avait hiverné près d'un village esquimau – pour savoir que les indigènes faisaient si peu de cas de la copulation qu'il leur arrivait souvent d'offrir leurs épouses ou leurs filles aux baleiniers ou aux explorateurs en échange de quelque bibelot. Parfois, Crozier le savait, c'étaient les femmes elles-mêmes qui s'offraient pour le plaisir, allant jusqu'à glousser ou bavarder, avec leurs enfants ou d'autres commères, pendant que les marins les besognaient en ahanant. Des bêtes, ce n'étaient que des bêtes. Si on lui avait dit que leurs parkas constituaient une pilosité naturelle, Crozier n'en aurait été nullement surpris.

Le capitaine porte une main à la visière de sa casquette, dissimulée sous deux épaisses couches de laine, ce qui le dispense de l'ôter, et dit :

— Mes compliments, madame, et je vous suggère de gagner vos quartiers sans trop tarder. Le temps commence à se rafraîchir.

Silence le fixe. Elle ne cille pas, bien que ses longs cils soient vierges de glace. Elle ne dit rien, bien sûr. Elle le regarde.

Crozier salue une nouvelle fois pour la forme puis reprend son inspection, grimpant jusqu'à la poupe surélevée puis descendant côté tribord, échangeant quelques mots avec les deux autres hommes de quart, souhaitant donner à Irving le temps de descendre et de se dévêtir afin qu'on ne pense pas que l'enseigne a le capitaine sur les talons.

Il achève sa conversation avec le matelot Shanks, qui tremble comme une feuille, lorsque le soldat Wilkes, le benjamin des fusiliers marins du bord, jaillit de sous la bâche pour se précipiter vers lui. Wilkes n'a passé que deux couches au-dessus de son uniforme et ses dents se mettent à claquer avant même qu'il ait ouvert la bouche.

— M. Thompson envoie ses compliments au capitaine et le prie de descendre à la cale le plus vite possible, monsieur.

— Pourquoi ?

Si la chaudière a fini par céder, ils sont tous morts, et Crozier le sait.

— Je demande pardon au capitaine, mais M. Thompson dit qu'on a besoin de lui parce que le matelot Manson est au bord de la mutinerie, monsieur.

Crozier se raidit.

— Une mutinerie ?

— Quasiment, a dit M. Thompson, commandant.

— Exprimez-vous clairement, soldat Wilkes.

— Manson refuse de passer devant la morgue pour porter des sacs de charbon, monsieur. En fait, il refuse de descendre dans la cale. Sauf le respect qu'il vous doit, commandant. Il refuse de bouger, il reste assis sur son cul au pied de l'échelle et il refuse de porter des sacs de charbon à la chaufferie.

— Qu'est-ce que c'est que cette histoire ?

Crozier sent monter en lui une colère noire d'Irlandais.

— C'est les fantômes, commandant, dit le soldat Wilkes sans cesser de claquer des dents. On les entend tous quand on porte du charbon ou qu'on va chercher quelque chose au magasin. C'est pour ça que les hommes refusent de descendre sous le faux-pont sauf quand les officiers en donnent l'ordre, monsieur. Il y a quelque chose tout au fond de la cale, là, dans le noir. Il y a quelque chose qui gratte et qui cogne *à l'intérieur* du navire, commandant. Ce n'est pas seulement la glace. Manson est sûr que c'est Walker, son vieux pote, que c'est lui... et les autres cadavres entassés dans la morgue, qui grattent la porte pour sortir.

Crozier décide de ne pas rassurer le fusilier marin en énonçant des faits. Ceux-ci risquent d'affoler le jeune Wilkes.

Premier fait, qui est aussi le plus simple : le grattement provenant de la morgue est sans nul doute produit par les centaines de milliers de rats noirs se repaissant des camarades gelés de Wilkes. Le surmulot ou rat de Norvège – une vermine que Crozier connaît bien – est un animal nocturne, donc actif en permanence durant le long hiver arctique, et pourvu de dents qui ne cessent de pousser. Ce qui signifie que ce monstre est toujours en train de ronger. Crozier les a vus détruire les épais tonneaux de la Royal Navy, des boîtes en ferblanc et même des plaques en plomb. Les rats ont autant de difficulté à ronger les restes gelés du matelot Walker et de ses cinq infortunés équipiers – parmi lesquels figurent trois excellents officiers – qu'un homme en aurait à mâcher du bœuf boucané pris par le gel.

Mais Manson et les autres n'entendent pas que des rats, Crozier en est persuadé.

Les rats, ainsi que le lui ont appris treize hivers dans les glaces, dévorent l'homme dans un silence méthodique, sauf lorsqu'ils se mettent à piailler et à s'entre-dévorer dans des accès de folie sanguinaire.

Il y a autre chose qui gratte et grogne dans la cale.

Crozier s'abstient également de rappeler au soldat Wilkes un second fait aussi simple que le premier : alors que, dans des circonstances normales, la cale serait un endroit glacial mais sans danger, car situé au-dessous de la ligne de flottaison et de la ligne de flottaison de glace, la pression exercée par la glace a soulevé la poupe du *Terror* de près de quatre mètres. Si la coque reste bloquée à cet endroit, c'est par plusieurs centaines de tonnes de glace de mer fracturée, auxquelles s'ajoutent les tonnes de neige que les hommes ont empilées jusqu'à environ un mètre du bastingage afin de mieux isoler le bâtiment pendant l'hiver.

Francis Crozier est d'avis que quelque chose a creusé un tunnel à travers cette neige, contournant les blocs de glace durs comme le fer, afin d'atteindre la coque du navire. Sans qu'il puisse expliquer comment, la chose a déterminé quelles étaient les parties blindées des œuvres vives, tels les réservoirs d'eau, et localisé l'une des failles – la morgue – qui lui permettront de pénétrer dans le navire. Et, à présent, elle griffe et cogne pour l'élargir.

Crozier sait qu'il n'existe qu'une seule chose au monde douée d'un tel pouvoir, d'une telle persistance, d'une telle malveillance. Le monstre des glaces tente de les atteindre depuis les profondeurs.

Sans dire un mot de plus au soldat Wilkes, des fusiliers marins, le capitaine Crozier descend redresser la situation.

2

Franklin

51° 29' de latitude nord, 0° de longitude ouest
Londres, mai 1845

Il était – il serait toujours – l'homme qui avait mangé ses chaussures.

Quatre jours avant de lever l'ancre, le capitaine John Franklin contracta la grippe qui traînait à Londres ; le responsable, il n'en doutait point, ne se trouvait ni parmi les matelots et les dockers occupés à charger ses navires, ni parmi ses cent trente-quatre officiers et hommes d'équipage – ils avaient tous une santé de cheval –, non, c'était sûrement l'un des sycophantes maladifs appartenant au cercle des amis haut placés de lady Jane.

L'homme qui avait mangé ses chaussures.

La tradition voulait que les épouses des héros de l'Arctique cousissent un drapeau destiné à être planté dans le Grand Nord, ou, dans le cas présent, hissé une fois que l'expédition aurait franchi le passage du Nord-Ouest, et l'épouse de Franklin mettait la dernière main à son Union Jack en soie lorsqu'il rentra chez lui. À peine arrivé dans le petit salon, sir John s'effondra près d'elle sur le sofa en crin de cheval. Par la suite, il ne se rappela pas avoir ôté ses bottes, mais quelqu'un avait dû s'en charger – Jane ou l'un des domestiques –, car il se retrouva bientôt allongé, dans un demi-sommeil, la tête lourde, l'estomac plus secoué qu'il ne l'avait jamais été en pleine mer et la peau brûlante de fièvre. Lady Jane lui contait sa journée des plus chargées, sans daigner marquer la moindre pause. Sir John s'efforça de lui prêter attention, emporté par la houle incertaine de la fièvre.

Il était l'homme qui avait mangé ses chaussures, et ce depuis vingt-trois ans, depuis qu'il avait regagné l'Angleterre en 1822, à l'issue de son premier échec dans la quête du passage du Nord-

Ouest. Impossible d'oublier les saillies et les ricanements qui avaient accueilli son retour. Franklin avait mangé ses chaussures – et il avait mangé bien pire durant ce périple de trois ans dans le Grand Nord canadien, y compris de la *tripe de roche* *, un répugnant brouet à base de lichen. Au bout de deux ans, quasi morts de faim, lui et ses hommes – Franklin, dans un état second, avait scindé ses troupes en trois sections, laissant deux d'entre elles se débrouiller pour survivre – avaient fait bouillir le cuir de leurs chaussures et de leurs bottes. Sir John – John tout court à l'époque, il avait fallu deux autres expéditions polaires, une terrestre et une maritime, pour voir récompenser son incompétence – avait passé plusieurs jours de 1821 à mâchonner des tranches de cuir non tanné. Ses hommes avaient même rongé leurs couvertures en peau de bison. Sans parler d'autres mets.

Mais jamais il n'avait mangé un de ses semblables.

À ce jour, Franklin se demandait encore lesquels de ses compagnons, dont le Dr John Richardson, son ami et lieutenant, avaient résisté à cette tentation. Il s'était passé bien trop de choses pendant que les trois sections erraient séparément dans les plaines et les forêts arctiques, cherchant désespérément à gagner Fort Entreprise, le pitoyable camp de base de Franklin, faute de parvenir à Fort Providence ou à Fort Resolution.

Neuf hommes blancs et un Esquimau morts. Neuf sur les vingt et un à la tête desquels le jeune lieutenant John Franklin, trente-trois ans et le visage déjà joufflu, le crâne déjà dégarni, avait quitté Fort Resolution en 1819, et auxquels s'était ajouté en chemin un guide indigène – Franklin lui avait interdit de déserter la troupe pour subsister par ses propres moyens. Deux des défunts avaient été tués de sang-froid. L'un d'eux au moins avait été mangé. Mais un seul Anglais avait péri. Un seul authentique homme blanc. Les autres n'étaient que des Indiens ou des coureurs des bois français. Cela représentait un modeste succès : un seul Anglais blanc à déplorer, même si tous les autres avaient été réduits à l'état de squelettes barbus et balbutiants. Même s'ils devaient leur salut à George Back, cet aspirant obsédé par les femmes, qui avait parcouru deux mille kilomètres en raquettes pour rapporter des provisions, et – surtout – pour ramener des Indiens afin de nourrir et de soigner Franklin et sa bande de mourants.

Ce diable de Back. Tout sauf un bon chrétien. Et si arrogant. Le contraire d'un gentleman, bien qu'il ait été fait chevalier après avoir

---

* Les mots et expressions en italique suivis d'un astérisque sont en français dans le texte original. (*N.d.T.*)

mené une autre expédition arctique, à bord de ce même HMS *Terror* dont sir John avait reçu le commandement.

Au cours de cette expédition, l'éruption d'une tour de glace avait projeté le navire sur une hauteur de quinze mètres, et il était retombé avec une telle violence que la coque avait pris l'eau par toutes ses planches de chêne. George Back avait réussi à ramener l'épave sur les côtes d'Irlande, l'échouant alors qu'elle était à deux doigts de sombrer. Les marins avaient passé autour de la coque des chaînes de métal, serrant les planches pour en assurer l'étanchéité le temps que durerait le voyage. Ils étaient tous frappés par le scorbut – gencives noircies, yeux injectés de sang, dents branlantes – et par la démence qui en résultait.

Back avait été fait chevalier, naturellement. C'était ainsi que procédaient l'Angleterre et l'Amirauté quand on survivait à une expédition polaire ayant tourné à la catastrophe, avec pertes humaines en quantité ; le chef avait droit à un titre et à un défilé. En 1827, lorsque Franklin était revenu de sa deuxième mission cartographique le long des côtes du Grand Nord américain, il avait été décoré des mains mêmes de George IV. La Société géographique de Paris lui avait décerné une médaille d'or. On lui avait confié le commandement du HMS *Rainbow*, une splendide frégate de vingt-six canons, et on l'avait affecté en Méditerranée, le rêve de tous les capitaines de la Royal Navy. Il avait demandé la main de Jane Griffin, une des amies les plus chères de feu son épouse Eleanor, une femme aussi belle qu'elle était vive et franche.

— Comme je l'ai expliqué à sir James à l'heure du thé, disait Jane, le crédit et la réputation de mon cher sir John sont bien plus chers à mon cœur que tout le plaisir que je pourrais retirer de sa compagnie, même s'il devait être absent pendant quatre ans... voire cinq.

Comment s'appelait cette Indienne cuivrée de quinze ans pour laquelle Back était décidé à se battre en duel dans leurs quartiers d'hiver de Fort Entreprise ?

Bas-Verts. Oui. Bas-Verts.

Cette fille était le Mal incarné. Sa beauté était celle du Mal. Elle était totalement dénuée de pudeur. Une nuit, au clair de lune, et ce en dépit de tous ses efforts pour détourner les yeux, Franklin lui-même l'avait vue quitter ses robes de païenne pour traverser la cabane, complètement nue.

Il avait trente-quatre ans à l'époque, mais c'était la première femme qu'il voyait nue, et elle était demeurée la plus belle. Une peau mate. Des seins juvéniles, mais déjà lourds comme des fruits mûrs, avec des mamelons au repos et des aréoles d'une étrange nuance bistrée. Un quart de siècle avait passé, mais jamais sir John n'avait pu effacer cette image de sa mémoire, bien qu'il ait ardemment prié pour y parvenir. Sa toison pubienne ne formait pas le classique V que Franklin avait par la suite observé chez sa première épouse – une fois et une seule, alors qu'elle se préparait pour le bain, car Eleanor interdisait la moindre bougie lors de leurs rares étreintes amoureuses –, pas plus qu'elle n'évoquait un nid jaune paille comme en arborait le corps vieillissant de sa seconde épouse. Non, c'était un écu noir et tout en longueur qui surmontait les parties intimes de Bas-Verts l'Indienne. Aussi gracieux qu'une plume de corbeau. Aussi noir que le péché.

Robert Hood, l'aspirant écossais qui avait déjà engendré un bâtard avec une autre Indienne durant le premier et interminable hiver qu'ils avaient passé dans la cabane baptisée Fort Entreprise, était promptement tombé amoureux de Bas-Verts, la jeune squaw cuivrée. Jusque-là, cette dernière couchait avec George Back, l'autre aspirant, mais comme celui-ci était parti en expédition de chasse, elle avait répondu aux avances de Hood avec cette facilité qui est l'apanage des païens et des primitifs.

Franklin entendait encore les grognements de passion résonnant dans la longue nuit – pas pendant quelques minutes, comme il en avait fait l'expérience avec Eleanor (dans un silence total, bien entendu, ainsi qu'il sied à un gentleman), ni à deux reprises, comme cela lui était arrivé lors de sa mémorable nuit de noces avec Jane, mais une demi-douzaine de fois. Hood et sa créature avaient à peine fini de reprendre leur souffle dans l'appentis voisin qu'ils se remettaient à l'ouvrage – des rires d'abord, puis des gloussements, puis des gémissements étouffés, et de nouveau ces cris d'orfraie par lesquels cette traînée encourageait son mâle à la besogner.

Jane Griffin avait trente-six ans lorsqu'elle avait épousé sir John Franklin le 5 décembre 1828. Ils avaient passé leur lune de miel à Paris. Franklin n'appréciait guère cette ville, pas plus que les Français en général, mais ils avaient eu droit à un hôtel de luxe et à une excellente table.

Franklin redoutait que leur voyage sur le continent les amène à croiser Peter Mark Roget – celui-ci avait acquis un début de notoriété grâce à l'espèce de dictionnaire qu'il préparait –, lequel avait jadis demandé la main de Jane, pour se voir éconduit comme tous les autres prétendants de ses jeunes années. Franklin avait jeté un coup d'œil à son journal intime – un acte des plus indélicats, mais, ainsi qu'il le formulait *in petto*, si elle avait voulu lui dissimuler tous ces volumes reliés en vachette, elle les aurait rangés ailleurs qu'à la vue de tous – et découvert que, le jour où Roget avait enfin épousé une autre femme, son épouse bien-aimée avait écrit d'une main sûre : *L'amour de ma vie n'est plus.*

Cela faisait six longues nuits que Robert Hood se dépensait à grand bruit avec Bas-Verts lorsque l'aspirant George Back était revenu de la chasse avec ses compagnons indiens. Les deux hommes étaient convenus d'un duel le lendemain au lever du soleil – soit vers dix heures du matin.

Franklin ne savait que faire. Bien en peine d'imposer une quelconque discipline aux coureurs de bois ombrageux et aux Indiens dédaigneux, le lieutenant corpulent ne pouvait non plus contrôler ni Hood le têtu, ni Back l'impulsif.

Chacun des deux aspirants se doublait d'un artiste et d'un cartographe. Par la suite, Franklin s'était toujours méfié des artistes. Un sculpteur parisien avait reproduit les mains de lady Jane, puis, par la suite, un sodomite parfumé avait fréquenté leur demeure de Londres un mois durant afin d'exécuter son portrait officiel, et jamais Franklin ne les avait laissés seuls avec elle.

Back et Hood allaient se retrouver à l'aurore pour un duel à mort, et Franklin en était réduit à se cacher dans sa cabane, priant pour que cette imminente tragédie n'anéantisse point les dernières chances de réussite de son expédition déjà bien compromise. Ses ordres ne lui avaient pas enjoint d'emporter des *provisions* pour ce périple arctique de près de deux mille kilomètres, fluvial, terrestre et maritime. Il avait payé de sa poche de quoi nourrir ses seize hommes pendant une journée, supposant que les Indiens chasseraient pour leur compte et les nourriraient de façon correcte, tout comme les guides portaient ses bagages et ramaient pour faire avancer son canoë en écorce de bouleau.

Ces canoës constituaient une erreur. Vingt-quatre ans après, il était disposé à le concéder – dans son for intérieur, tout du moins. Quelques jours passés dans les eaux infestées de glace de la côte nord, qu'ils avaient atteinte plus d'un an et demi après avoir quitté Fort Resolution, et ces fragiles embarcations étaient tombées en pièces.

Franklin, les yeux clos, le front brûlant, les tempes battantes, écoutant sans l'entendre le bavardage ininterrompu de Jane, se rappela le matin où, enfoui au fond de son duvet, il avait fermé les yeux au moment où Back et Hood avaient effectué quinze pas devant la cabane, puis s'étaient retournés pour tirer. Ces diables d'Indiens et de coureurs des bois – aussi sauvages les uns que les autres – traitaient ce duel comme un spectacle. Ce matin-là, se souvint Franklin, Bas-Verts rayonnait d'un éclat quasi érotique.

Blotti dans son duvet, les mains plaquées sur les oreilles, Franklin entendit néanmoins les signaux : marche, demi-tour, visez, feu !

Puis deux déclics. Et les rires de la foule.

Durant la nuit, John Hepburn, le vieux marin écossais plein d'expérience qui supervisait le duel, et qui n'avait rien d'un gentleman, avait déchargé les pistolets préparés avec soin.

Vexés par les éclats de rire des coureurs des bois et des Indiens, qui allaient jusqu'à se taper sur les cuisses, Hood et Back, furieux, s'étaient éloignés dans des directions opposées. Peu de temps après, Franklin ordonna à George Back de retourner aux forts afin d'acheter des provisions à la Compagnie de la baie d'Hudson. Back était resté absent presque tout l'hiver.

Franklin avait mangé ses chaussures, ainsi que du lichen raclé sur les rochers – un mets qui aurait fait vomir tout chien anglais digne de ce nom –, mais jamais il n'avait consommé de chair humaine.

Un an après ce duel avorté, Michel Teroahaute, un Iroquois à moitié fou accompagnant le groupe du Dr Richardson, dont celui de Franklin s'était séparé, avait tué Robert Hood, l'aspirant artiste et cartographe, d'une balle en plein front.

Huit jours auparavant, l'Indien avait apporté un cuissot à ses compagnons affamés, affirmant qu'il provenait d'un loup mort éventré par un caribou ou par la corne de cerf de Teroahaute – le récit de celui-ci ne cessait de changer. Les hommes s'étaient empressés de le cuire et de le dévorer, mais le Dr Richardson avait eu le temps de remarquer sur la peau l'esquisse d'un tatouage. Par la suite, le médecin confia à Franklin que Teroahaute s'en était certainement pris au cadavre d'un coureur de bois décédé cette même semaine.

Hood et l'Indien étaient seuls lorsque Richardson, occupé à racler du lichen sur un rocher, avait entendu un coup de feu. *Suicide*, avait déclaré Teroahaute, mais le Dr Richardson, qui avait examiné maints suicidés, savait que la balle logée dans la cervelle de Robert Hood n'avait pu l'être de sa main.

L'Indien était désormais armé d'une baïonnette anglaise, d'un mousquet, de deux pistolets chargés et prêts à tirer, et d'un couteau long comme son avant-bras. Les deux Anglais survivants du groupe – Hepburn et Richardson – devaient se contenter d'un petit pistolet et d'un mousquet capricieux.

Richardson, devenu l'un des savants et chirurgiens les plus respectés d'Angleterre, ami intime du poète Robert Burns, qui n'était à l'époque qu'un médecin et naturaliste prometteur, attendit que Michel Teroahaute revienne au camp après une sortie en forêt, les bras chargés de bois de chauffage, leva son pistolet et lui logea froidement une balle dans la tête.

Par la suite, le Dr Richardson avoua qu'il avait mangé la tunique en peau de bison du défunt Hood, mais ni lui ni Hepburn – les seuls survivants du groupe — ne devaient évoquer les autres aliments absorbés durant leur éprouvant retour à Fort Entreprise.

Lorsqu'ils retrouvèrent Franklin et son groupe, ce fut pour constater qu'ils tenaient à peine debout. Richardson et Hepburn semblaient robustes comparés à eux.

Peut-être était-il l'homme qui avait mangé ses chaussures, mais jamais John Franklin n'avait...

— La cuisinière prépare du rosbif ce soir, mon chéri. Votre plat préféré. Comme c'est une nouvelle — je suis sûre que cette Irlandaise falsifiait les comptes, ces gens-là sont enclins au vol comme à l'alcool —, je lui ai bien précisé que vous n'appréciez la viande que saignante.

Franklin, ballotté par une houle de fièvre, tenta de formuler une réponse, mais migraine, nausée et chaleur eurent raison de ses forces. Son linge de corps était trempé de sueur, son col encore fermé l'étouffait.

— L'épouse de l'amiral Thomas Martin nous a envoyé aujourd'hui une carte délicieuse, ainsi qu'un splendide bouquet de fleurs. C'est la dernière à se manifester de la sorte, mais je dois dire que ses roses décorent l'entrée à merveille. Les avez-vous vues ? Avez-vous eu le temps de bavarder avec sir Thomas à la réception ? Certes, ce n'est pas un personnage important, n'est-ce pas ? Il n'est que le contrôleur de la Marine. Rien d'aussi distingué que le lord de l'Amirauté ou les commissaires, sans parler de vos amis du Conseil arctique.

Le capitaine John Franklin avait quantité d'amis ; tout le monde aimait sir John. Mais personne ne le respectait. Des décennies durant, Franklin avait accepté le premier de ces faits et évité de penser au second, mais il le reconnaissait désormais. Tout le monde l'aimait. Personne ne le respectait.

Pas après la terre de Van-Diemen. Pas après la prison tasmanienne et son lamentable travail.

Eleanor, sa première épouse, était mourante lorsqu'il l'avait quittée pour entamer sa deuxième grande expédition.

Il savait qu'elle était mourante. Elle le savait aussi. La consomption dont elle était affligée — et qui la tuerait longtemps avant que son époux périsse au combat ou lors d'une expédition, elle en avait conscience — était présente tel un témoin à leur mariage. Durant leurs vingt-deux mois de vie conjugale, elle lui avait donné une fille, son seul enfant, la jeune Eleanor.

Sa première épouse, une femme petite et frêle — mais douée d'un esprit et d'une énergie également redoutables —, l'avait encouragé à partir une deuxième fois en quête du passage du Nord-Ouest, longeant la côte du nord de l'Amérique par terre et par mer, alors même qu'elle crachait du sang et savait sa fin proche. Il valait mieux pour elle qu'il ne soit pas là, affirmait-elle. Il la croyait. Ou, à tout le moins, il pensait que cela vaudrait mieux pour lui.

Profondément religieux de nature, John Franklin avait prié pour qu'Eleanor trépasse avant son départ. Cela ne s'était point produit. Il avait appareillé le 16 février 1825, écrit quantité de lettres à son aimée alors qu'il poursuivait sa route vers le Grand Lac des Esclaves, les postant de New York et d'Albany, et il avait été informé de son décès le 24 avril, à la station maritime britannique de Penetanguishene. Elle avait rendu l'âme peu de temps après que son navire eut quitté l'Angleterre.

Lorsqu'il revint d'expédition en 1827, Jane Griffin, l'amie d'Eleanor, l'attendait.

La réception à l'Amirauté s'était déroulée il y avait moins d'une semaine... non, une semaine exactement, avant cette satanée grippe. Le capitaine John Franklin et tous les officiers de l'*Erebus* et du *Terror* étaient présents, naturellement. Tout comme le personnel civil de l'expédition : James Reid et Thomas Blanky, les deux pilotes des glaces, ainsi que les intendants, les chirurgiens et les commissaires du bord.

Sir John avait fière allure dans sa queue-de-pie bleue toute neuve, son pantalon rayé d'or, ses épaulettes à franges d'or, avec son épée de cérémonie et son chapeau à la mode Nelson. James Fitzjames, capitaine de frégate commandant le navire amiral *Erebus*, considéré comme le plus bel homme de la Royal Navy, était aussi humble et fringant qu'il seyait à un héros de la guerre. Tous les invités étaient tombés sous son charme. Comme de coutume, Francis Crozier paraissait raide, gauche, mélancolique et un peu éméché.

Mais Jane se trompait : les membres du Conseil arctique n'étaient pas des amis de sir John. En réalité, le Conseil arctique n'existait pas. C'était une société honoraire plutôt qu'une institution à proprement parler, mais c'était aussi le club masculin le plus sélect de toute l'Angleterre.

Ils s'étaient mêlés lors de cette réception, Franklin, ses officiers et les membres du légendaire Conseil arctique, des hommes gris et émaciés.

Pour appartenir à cette élite, il suffisait de commander une expédition dans l'Arctique... et de survivre.

Le vicomte Melville – le premier notable d'une longue série qui réduirait Franklin à un silence imbibé de sueur – était lord de l'Amirauté et protecteur de leur protecteur, sir John Barrow. Mais Melville n'avait jamais exploré l'Arctique.

Les authentiques légendes du Conseil arctique, des septuagénaires pour la plupart, lui évoquaient les sorcières de *Macbeth* ou un peloton de spectres plutôt que des êtres humains. Chacun de ces hommes l'avait précédé dans sa quête du passage du Nord-Ouest, aucun d'eux n'en était revenu tout à fait vivant.

Était-il possible de revenir *vraiment* vivant d'un hivernage dans les régions arctiques ? se demanda-t-il ce soir-là.

Sir John Ross, dont le visage d'Écossais semblait présenter encore plus de facettes qu'un iceberg, avait en outre des sourcils aussi saillants que les plumes et la collerette de ces manchots que son neveu, sir James Ross, avait décrits à l'issue de son voyage dans l'Antarctique. Sa voix était aussi sèche qu'une brique récurant un pont aux planches criblées d'échardes.

Sir John Barrow, plus vieux que l'Éternel et deux fois plus puissant. Le père des expéditions polaires britanniques. Comparés à lui, tous les autres convives, y compris les plus blanchis, n'étaient que des enfants... les enfants de Barrow.

Sir William Parry, le plus raffiné de tous les gentlemen, capable d'en remontrer à la famille royale, qui avait tenté à quatre reprises de trouver le passage du Nord-Ouest, pour voir périr ses hommes et sombrer son *Fury* dans l'étreinte des glaces.

Sir James Clark Ross, fraîchement titré, fraîchement marié, à une femme qui l'avait forcé à renoncer à ses expéditions. Il aurait commandé celle-ci s'il l'avait souhaité, et Franklin le savait aussi bien que lui. Ross et Crozier, un peu à l'écart de la compagnie, buvant et murmurant comme des conspirateurs.

Ce diable de sir George Back ; Franklin détestait se retrouver au même rang qu'un vulgaire aspirant ayant servi sous ses ordres, et un coureur de jupons en plus. Ce soir-là, sir John Franklin regrettait presque que Hepburn ait déchargé les pistolets lors de ce fameux duel. Back, le plus jeune membre du Conseil arctique, semblait plus ravi et plus suffisant que tous les autres, alors même que le HMS *Terror* avait failli couler sous ses pieds.

Le capitaine John Franklin pratiquait la tempérance, mais, au bout de trois heures où champagne, vin rouge, brandy, sherry et whisky avaient coulé à flots, les autres commencèrent à se détendre et les rires se firent plus sonores, les conversations plus franches, et Franklin lui-même se rasséréna, comprenant enfin que cette réception, boutons dorés, cravates de soie, épaulettes scintillantes, mets délicats, cigares et sourires, que tout ce tralala était pour *lui*. Cette fois-ci, c'était à *lui* qu'on rendait les honneurs.

Le choc n'en fut que plus rude lorsque Ross l'aîné l'attira à l'écart d'un geste brusque et lui aboya ses questions à travers un nuage de fumée où perçait le reflet des chandelles sur le cristal.

— Franklin, pourquoi diable emmenez-vous cent trente-quatre hommes ? demanda la brique raclant le pont rugueux.

Le capitaine John Franklin cilla.

— C'est une expédition majeure, sir John.

— Trop foutrement majeure, à mon humble avis. Il est déjà ardu de ramener trente hommes à la civilisation, sur l'eau comme sur la glace, quand survient un imprévu. Cent trente-quatre...

Le vieil explorateur émit un borborygme, comme s'il se raclait la gorge avant de cracher.

Franklin hocha la tête en souriant, espérant que ce vieillard allait le laisser tranquille.

— Et il y a votre âge, poursuivit Ross. Vous avez soixante ans, grand Dieu !

— Cinquante-neuf, rectifia Franklin non sans raideur. Sir.

Ross l'aîné se fendit d'un sourire qui ne diminua en rien sa ressemblance avec un iceberg.

— Quel est le tonnage du *Terror* ? Trois cent trente ? Et celui de l'*Erebus* ? De l'ordre de trois cent soixante-dix ?

— Trois cent soixante-douze tonneaux pour mon navire amiral, précisa Franklin. Trois cent vingt-six pour le *Terror*.

— Et un tirant d'eau de dix-neuf pieds, c'est cela ?

— Oui, milord.

— C'est de la folie pure, Franklin. Jamais on n'a vu autant de carène dans l'Arctique. Tout ce que nous savons sur ces régions confirme que les eaux recèlent quantité de hauts-fonds, de rochers, de récifs et de glaces submergées. Mon *Victory* n'avait qu'une brasse et demie de tirant d'eau, et nous ne pouvions pas franchir la barre de l'anse où nous avions hiverné. George Back a failli ouvrir votre *Terror* en deux sur la glace.

— Les deux navires ont été blindés, sir John, dit Franklin, qui sentait la transpiration couler sur ses côtes pour inonder son ventre rebondi. Ce sont désormais les vaisseaux polaires les plus résistants du monde.

— Et que signifient ces billevesées à propos de locomotives et de machines à vapeur ?

— Cela est tout à fait sérieux, milord.

Franklin percevait sans peine sa propre condescendance. Lui-même ne connaissait rien à la vapeur, mais il comptait deux excellents mécaniciens dans son équipage, sans parler de Fitzjames, qui appartenait à la Marine à vapeur.

— Ce sont des moteurs fort puissants, sir John, ajouta-t-il. Ils suppléeront sans peine à nos voiles défaillantes pour nous extirper des glaces.

Sir John Ross ricana.

— Vos machines à vapeur ne sont même pas des moteurs de navire, n'est-ce pas, Franklin ?

— Non, sir John. Mais ce sont les meilleurs moteurs que pouvait nous fournir la London & Greenwich Railway. Convertis pour un usage maritime. De puissantes bêtes, sir.

Ross sirota son whisky.

— Oui, si vous comptez poser des rails le long du passage du Nord-Ouest et le forcer avec une putain de locomotive.

Franklin se fendit d'un gloussement amusé, mais cette remarque ne lui semblait point comique, et il se sentait insulté par l'obscénité qu'elle contenait. Il avait souvent du mal à juger le comique d'une situation, étant dépourvu du sens de l'humour.

— Pas si puissantes que ça, en fait, reprit Ross. Cet engin d'une tonne et demie qu'on a fourré à bord de l'*Erebus* ne produit que vingt-cinq chevaux-vapeur. Celui de Crozier est encore moins efficient... vingt chevaux-vapeur au maximum. Le *Rattler*, le remorqueur qui vous conduit au nord de l'Écosse, est équipé d'un moteur plus petit dont la puissance atteint deux cents chevaux-vapeur. C'est un moteur de *marine*, construit pour l'océan.

Franklin n'avait rien à répondre à cela, aussi se fendit-il d'un sourire. Désireux de rompre le silence, il héla un serveur portant des flûtes de champagne sur un plateau. Puis, vu que ses principes lui interdisaient l'alcool, il se contenta de rester le verre à la main, observant le nectar en train de s'éventer et attendant une occasion de s'en débarrasser discrètement.

— Pensez à tous les vivres que vous pourriez entasser dans les soutes de vos navires sans ces satanés moteurs, insista Ross.

Franklin parcourut l'assistance du regard, comme en quête d'un sauveur, mais tous les convives étaient occupés à deviser.

— Nous avons de quoi tenir au moins trois ans, sir John, dit-il au bout d'un temps. De cinq à sept ans en nous rationnant. (Il eut un nouveau sourire, dans l'espoir de charmer ce visage minéral.) Et l'*Erebus* comme le *Terror* sont équipés du chauffage central, sir John. Un luxe que vous auriez grandement apprécié à bord du *Victory*, je n'en doute point.

Les yeux pâles de sir John Ross émirent un éclat glacial.

— Le *Victory* a été broyé par les glaces, Franklin. Vos bouilloires géantes n'auraient pas pu le sauver, n'est-ce pas ?

Franklin chercha désespérément à attirer l'attention de Fitzjames. Voire de Crozier. N'importe quel sauveur ferait l'affaire. Mais personne ne prêtait attention aux deux sirs John, le vieux et le gros, personne n'osait interrompre leur conversation. Franklin posa sa flûte encore pleine sur le plateau d'un serveur qui passait. Ross le fixait en plissant les yeux.

— Et quelle quantité de charbon est nécessaire pour chauffer l'un de vos navires pendant une journée? insista le vieil Écossais.

— Oh! je ne saurais vous le dire, sir John, dit Franklin avec son sourire le plus charmeur.

Et, en vérité, il n'en savait *rien*. Il ne s'en souciait point. C'étaient les mécaniciens qui avaient la responsabilité des machines et du charbon. L'Amirauté avait sûrement fait le nécessaire de ce côté.

— *Moi*, je le sais, dit Ross. Vous consommerez cent cinquante livres de charbon par jour rien que pour faire monter l'eau chaude dans le carré de l'équipage. Une *demi-tonne* de votre précieux charbon rien que pour maintenir la production de vapeur. En vitesse normale — soit quatre nœuds avec ces grotesques bombardes —, vous consommerez de deux à trois *tonnes* de charbon par jour. Davantage si vous cherchez à forcer le passage dans les glaces. Quelle quantité de charbon transportez-vous, Franklin?

Sir John eut un geste de la main qui lui apparut comme insultant — et quasiment efféminé.

— Oh! environ deux cents tonnes, milord.

Ross plissa les yeux une nouvelle fois.

— Quatre-vingt-dix tonnes pour l'*Erebus* et autant pour le *Terror*, pour être précis, éructa-t-il. C'est ce que vous aurez à bord en arrivant au Groenland, soit avant de traverser la baie de Baffin et de tomber sur la vraie banquise.

Franklin sourit sans rien dire.

— Supposons que vous arriviez sur les lieux de votre hivernage en n'ayant brûlé que vingt-cinq pour cent de vos quatre-vingt-dix tonnes, reprit Ross, aussi obstiné qu'un brise-glace, cela vous laisse... combien de jours de production de vapeur, dans des conditions normales, sans tenir compte du froid? Une douzaine? Treize? Quatorze?

Le capitaine John Franklin n'en avait pas la moindre idée. Quoique formé à la navigation, son esprit ne fonctionnait pas ainsi, tout simplement. Peut-être que la panique se lisait dans son regard — la peur d'apparaître comme un idiot aux yeux de sir John Ross —, car le vieux marin lui enserra l'épaule d'une poigne de fer. Lorsque John Ross se pencha vers lui, sir John Franklin huma son haleine parfumée au whisky.

— Quelles sont les dispositions prises par l'Amirauté pour vous secourir, Franklin? gronda Ross.

Sa voix était presque inaudible. En cette heure tardive, les rires et les bavardages des convives résonnaient tout autour d'eux.

— Me secourir?

Franklin ne put que ciller. L'idée que les deux navires les plus modernes du monde − blindés contre la glace, propulsés à la vapeur, approvisionnés pour cinq ans dans les glaces et bénéficiant d'équipages sélectionnés par sir John Barrow en personne − puissent avoir besoin de secours était tout bonnement grotesque. Son esprit refusait de la concevoir.

— Avez-vous prévu de laisser sur votre chemin des dépôts de nourriture une fois que vous naviguerez dans les îles? chuchota Ross.

— Des dépôts? répéta Franklin. Abandonner la nourriture en chemin? Pourquoi ferais-je une chose pareille?

— Pour que vos hommes et vos chaloupes puissent trouver abri et nourriture si vous êtes obligés de quitter les navires et de repartir sur la glace, martela Ross, les yeux étincelants.

— Pourquoi regagnerions-nous la baie de Baffin à pied? Notre but est de forcer le passage du Nord-Ouest.

Sir John Ross avait rejeté la tête en arrière. Il accentua son étreinte sur le bras de Franklin.

— Donc, on n'a rien prévu pour vous venir en aide?

— Non.

Ross s'empara de l'autre bras de Franklin et le serra si fort que le corpulent capitaine se crut sur le point de défaillir.

— Alors, mon garçon, siffla Ross, si nous n'avons pas de vos nouvelles en 1848, je partirai moi-même à votre recherche. Vous avez ma parole.

Franklin se réveilla en sursaut.

Il était trempé de sueur. Il se sentait faible et pris de nausée. Son cœur battait à tout rompre et, à chaque battement, c'était comme si le glas sonnait à l'intérieur de son crâne migraineux.

Il baissa les yeux et fut pris d'une soudaine horreur. Un drap de soie lui recouvrait les jambes.

— Qu'est-ce que c'est? s'écria-t-il, affolé. Qu'est-ce que c'est? Je suis recouvert d'un drapeau!

Lady Jane se leva, consternée.

— Vous aviez l'air glacé, John. Vous ne cessiez de frissonner. J'ai pensé que cela vous réchaufferait.

— Mon Dieu! s'écria le capitaine John Franklin. Mon Dieu, femme, sais-tu ce que tu viens de faire? Ne sais-tu pas que ce sont les cadavres que l'on drape dans l'Union Jack?

3

Crozier

70° 05' de latitude nord, 98° 23' de longitude ouest
Octobre 1847

Le capitaine Crozier descend la petite échelle menant au premier pont, pousse la double porte scellée et manque défaillir sous une vague de chaleur. Bien que l'eau chaude ait cessé de circuler depuis des heures, les émanations des cinquante hommes et du poêle Frazier ont maintenu la température des lieux à un niveau relativement élevé – un peu moins de 0 °C, soit quarante degrés de plus qu'au-dehors. Après une demi-heure passée à arpenter le pont principal, on a l'impression d'entrer tout habillé dans un sauna.

Comme il doit se rendre sur le faux-pont puis dans la cale, qui ne sont chauffés ni l'un ni l'autre, Crozier ne s'attarde pas dans cette étuve. Mais il marque une brève pause – ainsi que le ferait tout capitaine qui se respecte – pour inspecter ce qui l'entoure et s'assurer qu'aucune catastrophe n'est survenue en son absence.

En dépit du fait que ce pont est le seul endroit du navire où l'on vit, où l'on dort et où l'on mange, il y fait aussi noir que dans une mine galloise, car les verrières sont enfouies sous la neige et la nuit dure désormais vingt-deux heures. Lampes à huile, lanternes et bougies projettent çà et là de petits cônes lumineux, mais, la plupart du temps, les hommes se fient à leur mémoire pour se déplacer, contournant les innombrables obstacles à demi invisibles formés par les tas de provisions, de vêtements et d'outils, et par leurs camarades dormant dans leurs hamacs. Lorsque ceux-ci sont tous en position – chaque homme a droit à trente-cinq centimètres –, l'espace disponible se réduit à deux ruelles de quarante-cinq centimètres de large le long de la coque, une de chaque côté. Mais rares sont les hamacs occupés à cette heure-ci – quelques marins se reposant avant de prendre leur quart –, et le vacarme produit par les conversations, les rires, les jurons, les quintes de toux et les obscénités que profère M. Diggle entre deux tintements suffit presque à étouffer les grondements et les geignements de la glace.

À en croire les plans du vaisseau, la hauteur sous plafond est ici de deux mètres dix, mais si l'on tient compte des lourds barrots et des casiers de bois de chauffage qui y sont accrochés, ce chiffre se réduit à un mètre quatre-vingts tout juste, et les quelques marins de haute taille, tel ce couard de Manson qui l'attend à la cale, ont les épaules voûtées en permanence. Francis Crozier n'a rien d'un géant. Même coiffé de sa casquette et de son bonnet, il n'a nullement besoin de baisser la tête.

À sa droite, un long tunnel, étroit et obscur semble filer vers l'arrière depuis le point où il se tient ; il s'agit en fait de l'échelle menant aux « quartiers des officiers », une tanière composée de seize minuscules cabines et de deux carrés encombrés, réservée aux officiers supérieurs et subalternes. La cabine de Crozier est identique à toutes les autres : un rectangle d'un mètre quatre-vingts sur un mètre cinquante. Ce passage fait un peu plus de cinquante centimètres de large. On ne peut l'emprunter qu'un par un, en baissant la tête pour ne pas se cogner aux casiers suspendus, et les plus corpulents doivent avancer en crabe.

Les quartiers des officiers occupent dix-huit mètres sur les vingt-neuf qu'atteint la longueur du navire et, comme sa largeur n'est que de huit mètres et demi au niveau du premier pont, cette étroite échelle est le seul accès direct à l'arrière.

Crozier distingue de la lumière dans le grand carré où, en dépit du froid et des ténèbres, certains de ses officiers survivants se détendent autour de la longue table, fumant une pipe ou lisant l'un des mille deux cents volumes de la bibliothèque. On entend même de la musique : c'est l'orgue de Barbarie, qui joue une mélodie fort populaire à Londres cinq ans auparavant. Crozier sait que cet air a sûrement été choisi par l'enseigne Hodgson ; c'est l'un de ses préférés, et le lieutenant Edward Little, commandant en second et amateur de grande musique, ne supporte plus de l'entendre.

Comme il n'y a rien à signaler chez les officiers, Crozier se tourne vers la proue. Le dernier tiers du premier pont, soit une longueur de neuf mètres, est alloué aux quarante et un aspirants et matelots, sur les quarante-quatre que comptait l'équipage d'origine.

On ne dispense aucun cours ce soir-là et l'extinction des feux aura lieu dans moins d'une heure, aussi la plupart des hommes sont-ils assis sur les malles et les piles d'objets, fumant ou discutant dans la pénombre. Trônant au centre, le gigantesque poêle Frazier où M. Diggle prépare ses biscuits. Diggle – le meilleur coq de la flotte de l'avis de Crozier, qui n'a pas hésité à l'inscrire sur son rôle d'équipage avant le départ alors qu'il était affecté au vaisseau amiral du capitaine Franklin – est toujours en train de préparer quelque chose, des biscuits en règle générale, rythmant son travail par des jurons, des coups de louche et des coups de pied destinés à ses aides. Les matelots ne cessent d'entrer et sortir de l'écoutille toute proche, veillant à échapper à l'ire du volubile Diggle.

Aux yeux de Crozier, le poêle Frazier est presque aussi imposant que le moteur de locomotive dans la cale. Outre son gigantesque four et ses six larges réchauds, cette monstruosité métallique est équipée d'un dessaleur et d'une prodigieuse pompe, capable de tirer de l'eau de l'océan ou de l'une des immenses citernes installées à fond de cale. Mais l'eau est gelée au-dehors comme au-dedans, si bien que dans les marmites de M. Diggle fondent présentement des blocs de glace prélevés dans lesdites citernes.

Derrière les étagères et les placards de M. Diggle, là où se dressaient naguère des cloisons, le capitaine aperçoit l'infirmerie dans le coqueron avant. Les deux premières années, ils n'en ont pas eu besoin. Cet espace était naguère bourré de caisses du sol au plafond, et les matelots qui avaient besoin de consulter le chirurgien ou son aide les retrouvaient à sept heures et demie près du poêle de M. Diggle. Mais vu que le nombre de malades et de blessés augmentait à mesure que le stock de provisions diminuait, les charpentiers ont aménagé dans le coqueron un compartiment faisant office d'infirmerie. Le capitaine distingue également un tunnel ouvert entre les caisses, qui conduit à la cabine de fortune préparée pour lady Silence.

Ce sujet-là les a occupés toute une journée en juin dernier : Franklin refusait de laisser l'Esquimaude monter à bord de son navire. Crozier s'est montré plus accueillant, mais le choix d'un logis l'a entraîné dans d'absurdes arguties avec le lieutenant Little. Tous deux savaient que même une Esquimaude mourrait de froid si on l'installait sur le pont principal, le faux-pont ou l'entrepont. Restait donc le premier pont. Il n'était pas question de la laisser dormir avec les hommes, bien que quelques hamacs fussent déjà vacants, suite aux attaques de la créature rôdant sur la glace.

Du temps où Crozier était encore jeune, d'abord matelot puis aspirant, une femme montant à bord était planquée dans la soute à aussières, un trou obscur, puant et étouffant, situé tout au fond du bateau, non loin du gaillard d'avant d'où le responsable de sa présence pouvait aisément la rejoindre. Mais lorsque Silence a fait son apparition en juin dernier, il faisait déjà près de – 20 °C dans la soute à aussières du HMS *Terror*.

Non, il n'était pas question de la loger avec l'équipage.

Chez les officiers ? Peut-être. Quelques cabines d'officier étaient vacantes, du fait du décès de leurs occupants. Mais le lieutenant Little et son supérieur s'étaient accordés pour juger malsaine la présence d'une femme parmi ces hommes, qui ne seraient séparés d'elle que par de minces cloisons et des portes coulissantes.

Que faire ? On ne pouvait pas lui assigner un garde armé pour surveiller son logis en permanence.

C'est Edward Little qui a proposé de déplacer quelques caisses afin de lui aménager une sorte de tanière, à proximité du coqueron où se trouverait bientôt l'infirmerie. M. Diggle était la seule personne à rester éveillée durant toute la nuit – il préparait ses biscuits ainsi que la viande du petit déjeuner – et, s'il avait jamais été sensible au charme féminin, cette passion avait de toute évidence cessé de l'habiter. En outre, raisonnaient capitaine et lieutenant, la proximité du poêle Frazier tiendrait chaud à leur passagère.

Bien plus chaud qu'ils ne l'auraient cru, en vérité. Lady Silence ne supporte pas la chaleur et dort toute nue sur ses fourrures, entre les caisses et les barils. Le capitaine l'a découvert par hasard, et cette image est restée gravée dans son esprit.

Crozier décroche une lanterne, l'allume, soulève le panneau de l'écoutille et gagne le faux-pont avant d'avoir eu le temps de fondre comme un bloc de glace sur le poêle.

Dire qu'il fait froid sur le faux-pont serait un de ces euphémismes dont Crozier était coutumier avant son premier voyage arctique. Une descente de presque deux mètres, et la température chute de trente degrés centigrades. Il règne ici des ténèbres quasi absolues.

En bon capitaine, Crozier consacre une minute à un examen des lieux. Le disque lumineux découpé par sa lanterne lui permet seulement de distinguer la brume de son souffle. Tout autour de lui, un labyrinthe de caisses, de barriques, de boîtes en fer-blanc, de tonnelets, de fûts, de sacs de charbon et de provisions diverses, entassés du sol au plafond sous la toile goudronnée. Même privé de lanterne, Crozier se déplacerait sans peine dans ces ténèbres infestées de rats ; il connaît chaque centimètre carré de ce navire. Parfois, et notamment la nuit, lorsque gémit la glace, Francis Rawdon Moira Crozier comprend pour de bon que le HMS *Terror* est son épouse, sa mère, sa promise et sa putain. Cette intimité avec une dame faite de chêne et de fer, d'étoupe et de lest, de toile et de cuivre, est le seul véritable mariage qu'il connaîtra jamais. Comment l'irruption de Sophia dans sa vie a-t-elle pu ébranler cette certitude ?

À d'autres moments, plus tard dans la nuit, lorsque la glace cesse de gémir pour se mettre à crier, Crozier a l'impression qu'il s'est fondu corps et âme avec le vaisseau. Au-dehors – au-delà du pont et de la coque –, on ne trouve que la mort. Le froid éternel. Ici, même sous l'emprise du gel, continue de battre, de palpiter le cœur de la chaleur, de la conversation, du mouvement, de la raison.

S'enfoncer dans le navire, songe Crozier, c'est un peu comme plonger dans les profondeurs de son corps ou de son esprit. On risque d'y faire des rencontres désagréables. Le faux-pont, c'est le ventre. C'est ici que sont emmagasinés vivres et ressources vitales, chaque item placé en fonction de son degré d'importance, prêt à être prélevé par les aides du tonitruant M. Diggle. Plus bas, dans la cale où il se rend, sont logés les reins et les boyaux, les citernes d'eau, les soutes à charbon et le reste. Mais c'est surtout l'analogie avec son esprit qui met Crozier mal à l'aise. Hanté toute sa vie ou presque par la mélancolie, une faiblesse secrète que douze hivers passés dans l'Arctique n'ont fait qu'aggraver, un sentiment diffus que la récente déconvenue causée par Sophia Cracroft a fait virer à la souffrance concrète, Crozier identifie le premier pont, partiellement éclairé et occasionnellement chauffé mais néanmoins vivable, à la partie saine d'esprit de lui-même. Le faux-pont correspond aux sinistres régions inférieures où il passe bien trop de temps ces jours-ci, à écouter crier la glace, à attendre que le froid fasse exploser chevilles et fermoirs. Quant à la cave tout en bas, avec sa morgue et sa puanteur, elle représente la démence.

Crozier s'ébroue pour chasser ses idées noires. Il parcourt du regard l'allée menant à l'avant qui s'ouvre entre les caisses et les barriques. La lueur de sa lanterne bute sur les cloisons de la soute au pain et, de part et d'autre de celle-ci, les passages se réduisent à des tunnels encore plus étroits que l'échelle du quartier des officiers au niveau supérieur. Pour passer, il faut s'insinuer entre la soute au pain et les étagères où sont rangés les derniers sacs de charbon du *Terror*. Un peu plus loin vers l'avant se trouvent le magasin du charpentier, côté tribord, et celui du bosco, côté bâbord.

Crozier se tourne vers l'arrière et lève sa lanterne. Les rats courent de façon quelque peu léthargique – fuyant la lumière, ils disparaissent entre les barriques de viande salée et les caisses de conserves.

En dépit de la pénombre, le capitaine voit que le cadenas de la soute au vin est bien fermé. Tous les jours, l'un des officiers descend ici et remonte la dose de rhum nécessaire à la confection du grog servi aux hommes avec le déjeuner : une dose de quinze centilitres de rhum titrant quatre-vingts degrés pour quarante-cinq centilitres d'eau. Outre la réserve de vin et de brandy des officiers, cette soute abrite deux cents mousquets, des sabres et des épées. Comme le veut l'usage dans la Royal Navy, on y accède directement depuis le grand carré et le mess des officiers. En cas de mutinerie, ceux-ci seront les premiers à être armés.

Derrière la soute au vin se trouve la sainte-barbe, contenant la poudre et le matériel d'artillerie. De part et d'autre de la soute au vin, on trouve divers espaces de rangement, notamment la fosse aux câbles, la soute aux voiles, avec ses toiles gelées, et le magasin d'habillement où M. Helpman, l'intendant de marine, entrepose les vêtements de protection de l'équipage.

Derrière la soute au vin et la sainte-barbe, il y a la soute du capitaine, contenant la réserve personnelle de Francis Crozier : fromages, jambons et autres produits de luxe, payés de ses propres deniers. La coutume veut que le capitaine offre de temps à autre le dîner à ses officiers et, bien que les victuailles de Crozier fassent pâle figure à côté des somptueux produits entreposés à bord de l'*Erebus* par feu le capitaine John Franklin, son garde-manger — désormais presque vide — a tenu bon pendant deux étés et deux hivers dans la glace. En outre, songe-t-il en souriant, il a l'avantage d'inclure une bonne cave à vin dont les officiers profitent encore. Plus quantité de bouteilles de whiskey dont le capitaine a un besoin vital. Le capitaine, les lieutenants et les officiers civils de l'*Erebus* se sont passés d'alcool pendant deux ans. Sir John Franklin pratiquait la tempérance et, de son vivant, ses officiers faisaient de même.

Une lanterne s'approche en tremblotant de lui, en provenance de l'étroite allée menant vers la proue. Crozier se retourne à temps pour entrevoir une sorte d'ours noir velu s'insinuant entre les sacs de charbon et la cloison de la soute au pain.

— Monsieur Wilson.

Il a reconnu l'aide-charpentier à son embonpoint, mais aussi à ses gants en peau de phoque et à son pantalon en peau de cerf, des accessoires distribués à tous les matelots avant le départ mais auxquels ils préfèrent en majorité leurs vêtements de laine et de flanelle. Durant le voyage, Wilson s'est confectionné une tunique en cousant ensemble des peaux de loup provenant du port baleinier danois de la baie de Disko — un vêtement fort encombrant mais qu'il dit être bien chaud.

— Commandant.

Wilson, l'un des hommes les plus corpulents à bord, porte sa lanterne d'une main et tient calées sous un bras plusieurs caisses à outils.

— Monsieur Wilson, veuillez adresser mes compliments à M. Honey et le prier de me rejoindre à la cale.

— À vos ordres, commandant. À quel endroit de la cale ?

— Devant la morgue, monsieur Wilson.

— À vos ordres.

L'éclat de la lanterne se reflète dans les yeux de l'aide-charpentier, qui restent fixés sur Crozier une seconde de trop.

— Et demandez à M. Honey d'apporter un pied-de-biche, monsieur Wilson.

— À vos ordres.

Crozier s'écarte et se glisse entre deux tonnelets pour laisser passer le colosse, qui monte vers le premier pont. Le capitaine sait qu'il dérange sans doute son charpentier pour rien – qu'il l'oblige sans raison valable à enfiler sa tenue de froid avant l'extinction des feux –, mais il a un pressentiment et préfère prendre les devants.

Lorsque Wilson a passé sa masse dans l'écoutille du plafond, le capitaine Crozier soulève le panneau à ses pieds et descend dans la cale.

Comme il se trouve à présent au-dessous du niveau de la glace au-dehors, le froid qui règne dans la cale est presque aussi intense que celui qui prévaut à l'extérieur de la coque. Et les ténèbres sont encore plus épaisses, sans aurore boréale, ni lune, ni étoiles pour les atténuer. L'atmosphère est imprégnée de suie et de fumée – sous les yeux de Crozier, les particules de charbon forment une main de banshee autour de la lanterne –, d'une puanteur de sentine et d'égout. Un bruit de grattement, de glissement, de raclement monte de l'arrière, mais il sait que c'est celui de la pelle enfournant le charbon dans la chaudière. Seule la chaleur résiduelle de celle-ci maintient à l'état liquide les dix centimètres d'eau sale recouvrant le sol au pied de l'échelle. À l'avant, là où la proue s'enfonce dans la glace, le niveau atteint les trente centimètres, bien qu'on actionne les pompes plus de six heures par jour. Comme toute créature vivante, le *Terror* exhale de la vapeur d'eau par une vingtaine d'organes vitaux, dont le vaillant poêle de M. Diggle, et, si le premier pont est toujours humide et bordé de glace, et le faux-pont toujours gelé, la cale est une oubliette où chaque barrot est festonné de glace, où on a les pieds dans l'eau jusqu'aux chevilles. Les flancs noirs et plats des vingt et une citernes de fer alignées à bâbord comme à tribord ne font qu'ajouter à la froidure. Remplies de trente-huit tonnes d'eau douce au moment du départ, ces citernes sont devenues des icebergs blindés, que l'on ne touche qu'au péril de sa peau.

Magnus Manson attend au pied de l'échelle, comme l'a dit le soldat Wilkes, mais le gigantesque matelot se tient debout et non le cul sur un barreau. Il voûte le dos pour ne pas se cogner la tête aux barrots. En découvrant son visage pâle et bouffi, ses bajoues hirsutes,

Crozier pense à une pomme de terre pourrie mais pelée avec soin que l'on aurait coiffée d'une perruque galloise. Éclairé par la lueur crue de la lanterne, l'homme refuse de regarder son capitaine dans les yeux.

— Qu'est-ce que ça veut dire, Manson ?

La voix de Crozier est moins sèche que lorsqu'il s'adressait à l'aide-calfat et à l'enseigne. Il a adopté un ton neutre, posé, plein d'assurance, où perce la menace implicite du fouet et de la corde.

— C'est les fantômes, commandant.

Ce géant de Magnus Manson a la douce voix flûtée d'un enfant. En juillet 1845, lorsque le *Terror* et l'*Erebus* ont fait escale dans la baie de Disko, au Groenland, le capitaine John Franklin a décidé de laisser à quai deux membres de l'expédition : un fusilier marin et un voilier du *Terror*. Crozier a également recommandé que soient renvoyés dans leurs foyers le matelot John Brown et le soldat Aitken – ils étaient quasiment invalides et n'auraient jamais dû être recrutés pour un tel voyage –, et il a souvent regretté par la suite de n'avoir pas ajouté à leurs noms celui de Manson. Si ce géant n'est pas un simple d'esprit, il est tellement stupide que cela ne fait aucune différence.

— Vous savez bien qu'il n'y a pas de fantômes à bord du *Terror*, Manson.

— Oui, commandant.

— *Regardez-moi.*

Manson lève la tête, sans toutefois croiser le regard de Crozier. Ce dernier s'émerveille de découvrir ses yeux, si minuscules au milieu de son visage blême et bouffi.

— Matelot Manson, avez-vous désobéi aux ordres de M. Thompson quand il vous a demandé d'apporter des sacs de charbon à la chaufferie ?

— Non, commandant. Oui, commandant.

— Savez-vous ce qui arrive quand on désobéit à un ordre à bord de ce navire ?

Crozier a l'impression de parler à un enfant, alors que Manson a la trentaine bien sonnée.

Le visage du marin s'illumine, comme si on venait enfin de lui poser une question à laquelle il peut répondre.

— Oh ! oui, commandant. Le fouet, monsieur. Vingt coups de fouet. Cent coups de fouet si je désobéis encore. La corde si je désobéis à un officier et non à M. Thompson.

— C'est exact, dit Crozier, mais savez-vous que le capitaine a le pouvoir d'infliger tout châtiment qu'il juge approprié à l'infraction commise ?

Manson lui jette un regard en biais. Vu son air égaré, il n'a pas compris la question.

— Ce que je veux dire, matelot Manson, c'est que je peux vous punir comme ça me chante, dit le capitaine.

Le soulagement se peint sur le visage bouffi.

— Oh! oui, d'accord, commandant.

— Au lieu de vous faire donner vingt coups de fouet, poursuit Francis Crozier, je pourrais vous faire enfermer vingt heures dans la morgue, sans bougie ni lanterne.

Le visage déjà blême et figé de Manson semble se vider de son sang et Crozier recule d'un pas, craignant de le voir défaillir et choir sur lui.

— Vous ne... feriez pas...

La voix enfantine monte vers le vibrato.

Crozier reste silencieux un long moment, durant lequel on n'entend que le sifflement de sa lanterne. Il laisse le marin déchiffrer son expression. Puis il dit :

— Que pensez-vous avoir entendu, Manson? Est-ce que quelqu'un vous a raconté des histoires?

Manson ouvre la bouche, mais il ne sait visiblement pas à quelle question il doit répondre en premier. De la glace se forme sur sa lèvre inférieure charnue.

— Walker, dit-il finalement.

— C'est Walker qui vous fait peur?

James Walker, un ami de Manson, à peu près aussi âgé que lui et à peine moins stupide, est le dernier homme à avoir péri sur la glace, il y a huit jours de cela. Le règlement du bord exige que l'équipage maintienne en état plusieurs trous creusés dans la glace à proximité, et ce bien que l'eau se trouve en ce moment à trois ou quatre mètres de profondeur, afin de pouvoir éteindre un éventuel incendie sur le navire. Walker et deux de ses compagnons étaient de corvée de forage dans le noir, occupés à rouvrir un de ces trous à feu que seuls des barres de métal auraient empêché de se refermer sous l'effet du gel. Surgissant de derrière une crête, la terreur blanche lui a arraché un bras et défoncé les côtes, disparaissant avant que les gardes sur le pont aient eu le temps de lever leurs fusils.

— Walker vous a raconté des histoires de fantômes? demande Crozier.

— Oui, commandant. Non, commandant. Ce que Jimmy m'a dit, ce qu'il m'a dit le soir avant que cette *chose* le tue, il m'a dit : « Magnus, si cette diablerie a ma peau un de ces jours, qu'il m'a dit, alors je reviendrai dans mon linceul pour te dire à l'oreille s'il fait froid en enfer. » C'est ce que Jimmy m'a dit, commandant, je vous le jure devant Dieu. Et maintenant, je l'entends qui essaie de sortir.

Comme pour répondre à un signal, le plancher glacé gémit sous leurs pieds, les tasseaux métalliques des barrots grognent en écho et, tout autour d'eux dans les ténèbres, monte un raclement sourd qui semble s'étendre sur toute la longueur du navire. La glace est agitée.

— Est-ce le bruit que vous entendez, Manson ?

— Oui, commandant. Non, monsieur.

La morgue se trouve à dix mètres vers l'arrière, côté tribord, derrière la dernière citerne de fer, d'où monte un gémissement métallique, mais lorsque la glace se tait, Crozier n'entend plus que le bruit étouffé des pelles dans la chaufferie, un peu plus loin encore.

Il en a soupé de ces sottises.

— Vous savez que votre ami ne reviendra pas, Magnus. Il est allongé dans l'ancienne soute aux voiles, drapé dans son hamac comme les autres morts, raidi par le gel et enfoui sous trois couches de notre toile la plus épaisse. Si vous entendez des bruits venant de là, ce sont ces satanés rats qui tentent de l'atteindre. Vous le *savez*, Magnus Manson.

— Oui, commandant.

— Personne ne désobéira aux ordres sur ce navire, matelot Manson. Il faut que vous vous décidiez tout de suite. Apportez le charbon où M. Thompson vous dit de l'apporter. Allez chercher des provisions quand M. Diggle vous demande de le faire. Obéissez à tous les ordres qu'on vous donne, avec politesse et célérité. Ou vous vous retrouverez face à un juge... face à *moi*... et à la perspective de passer toute une nuit dans la morgue, privé de lanterne comme de bougie.

Sans ajouter un mot, Manson porte une main à son front pour saluer, hisse sur ses épaules le lourd sac de charbon qu'il avait calé sur l'échelle et se dirige vers la poupe du navire.

Le mécanicien, seulement vêtu d'un gilet de corps à manches longues et d'un pantalon de velours, enfourne du charbon aux côtés de Bill Johnson, l'aîné des deux chauffeurs survivants, qui a atteint l'âge de quarante-sept ans. Son cadet, Luke Smith, est au repos et dort sur le premier pont. John Torrington, le troisième chauffeur du *Terror*, fut le premier membre de l'équipage à mourir, le 1ᵉʳ janvier 1846, âgé de dix-neuf ans à peine. Les causes de son décès n'avaient rien que de très naturel. Apparemment, son médecin lui avait prescrit un voyage en mer pour soigner sa consomption, et il a succombé à l'issue de trois mois d'invalidité, alors que les deux navires hivernaient au large de l'île Beechey, prisonniers de la glace. Pour citer les Drs Peddie et McDonald, les poumons de ce gamin étaient aussi fourrés de suie que les poches d'un ramoneur.

— Merci, commandant, dit le jeune mécanicien entre deux pelletées.

Le matelot Manson vient de déposer un deuxième sac de charbon à ses pieds et part en chercher un troisième.

— Je vous en prie, monsieur Thompson.

Crozier se tourne vers Johnson. Le chauffeur a quatre ans de moins que le capitaine, mais il ressemble à un octogénaire. La moindre ride, le moindre méplat de son visage buriné sont soulignés de crasse et de suie. Jusqu'à ses gencives édentées qui ont viré au gris. Crozier ne souhaite pas morigéner le mécanicien – quoique civil, il a rang d'officier – en présence de son subalterne, mais il déclare :

— Nous nous dispenserons d'utiliser les fusiliers marins comme courriers au cas où surviendrait à nouveau un incident de ce type, ce dont je doute fortement.

Thompson acquiesce, ferme d'un coup de pelle la grille en fer de la chaudière, s'appuie sur son outil et demande à Johnson de monter voir M. Diggle et de lui rapporter du café. Crozier se félicite de voir le chauffeur s'éclipser, et plus encore de voir la grille refermée ; la chaleur qui règne ici lui donne la nausée, tant la froidure est intense partout ailleurs.

Le capitaine ne peut que s'émerveiller en contemplant son mécanicien. James Thompson, officier de première classe, breveté de l'Arsenal royal de Woolwich – le meilleur centre de formation au monde pour la navigation à vapeur –, vêtu de ses seuls sous-vêtements crasseux, affairé à enfourner du charbon comme un vulgaire chauffeur, au cœur d'un navire pris dans les glaces qui n'a pas bougé d'un pouce depuis plus d'un an.

— Monsieur Thompson, je regrette de n'avoir pas eu l'occasion de m'entretenir avec vous aujourd'hui après votre retour de l'*Erebus*. Avez-vous pu parler à monsieur Gregory ?

John Gregory est le mécanicien du vaisseau amiral.

— Oui, commandant. M. Gregory est convaincu qu'une fois l'hiver bien entamé, il leur sera impossible d'accéder à l'arbre endommagé. Et même s'ils étaient *capables* de creuser un tunnel dans la glace pour remplacer la dernière hélice par celle qu'ils ont bricolée, l'arbre de rechange est tellement tordu que l'*Erebus* ne pourrait aller nulle part.

Crozier opine. L'*Erebus* a endommagé son second arbre de transmission treize mois auparavant, alors que le navire cherchait désespérément à briser la glace qui l'entourait. Plus lourd et plus puissant, le vaisseau amiral ouvrait la voie dans le pack cet été-là. Mais la glace qui les entourait, juste avant qu'ils ne soient pris, était plus dure que le fer de l'hélice et de l'arbre de transmission expérimentaux. Comme l'avaient confirmé les plongeurs – que le froid et les engelures avaient bien failli tuer –, non seulement l'hélice était brisée, mais en outre l'arbre était gauchi et fissuré.

— Et le charbon ? demande le capitaine.

— Les réserves de l'*Erebus* lui permettront... peut-être... de se chauffer pendant quatre mois, commandant, à condition de limiter à une heure par jour la circulation de l'eau chaude dans le premier pont. Il n'aura plus de charbon pour naviguer l'été prochain.

Si nous réussissons à nous dégager l'été prochain, se dit Crozier. Vu que la glace ne les a pas lâchés durant tout l'été précédent, il est enclin au pessimisme. Franklin n'a pas lésiné sur le charbon durant l'été 1846, persuadé que seuls quelques milles de banquise fragile le séparaient des eaux libres du passage du Nord-Ouest et que, vers la fin de l'automne, après avoir longé la côte nord du Canada, ils dégusteraient du thé en Chine.

— Et *notre* charbon ? enchaîne Crozier.

— Il nous en reste assez pour nous chauffer pendant six mois, dit Thompson. Mais seulement si nous réduisons la circulation de l'eau chaude à une heure par jour au lieu de deux. Et je vous recommande de ne pas tarder – le 1er novembre, il sera trop tard.

Cela leur laisse à peine quinze jours.

— Et pour la navigation ?

Si la glace relâche son emprise l'été prochain, Crozier a l'intention de transférer à bord du *Terror* tous les survivants de l'*Erebus* et de tenter de rebrousser chemin : franchir les détroits séparant la péninsule de Boothia de l'île du Prince-de-Galles, qu'ils ont découverts deux étés auparavant, dépasser le cap Walker et le détroit de Barrow, dévaler le détroit de Lancaster comme un bouchon sautant d'une bouteille, voguer toutes voiles dehors dans la baie de Baffin, filer comme l'étoupe et la fumée, en brûlant des meubles et des espars si nécessaire pour alimenter la chaudière... bref, tout faire pour gagner les eaux fréquentées par les baleiniers au large du Groenland.

Mais même si, par miracle, ils réussissent à échapper à leur prison de glace, il aura besoin des machines pour remonter le flot de glace vers le nord et parvenir au détroit de Lancaster. Crozier et James Ross ont jadis échappé aux glaces australes à bord du *Terror* et de l'*Erebus*, mais ils naviguaient *avec* les courants. Ici, dans cet enfer arctique, il leur faudra passer des semaines à naviguer *contre* les courants venus du pôle avant de rejoindre le détroit qui représente leur seule issue.

Thompson hausse les épaules. Il a l'air épuisé.

— Si nous coupons le chauffage le jour de l'an et réussissons à survivre jusqu'à l'été, et si la glace nous laisse passer, nous aurons de quoi naviguer... six jours ? Cinq ?

Crozier se contente d'acquiescer une nouvelle fois. Ces propos constituent une condamnation à mort pour le navire, mais peut-être pas pour les hommes de l'expédition.

Un bruit résonne dans le couloir enténébré.

— Merci, monsieur Thompson.

Le capitaine décroche sa lanterne, abandonne la lumière de la chaufferie et pénètre dans une obscurité poisseuse.

Thomas Honey l'attend dans le couloir, sa lanterne crachotant dans l'air vicié. Il tient le pied-de-biche dans ses mains gantées comme s'il s'agissait d'un mousquet et n'a pas encore touché au verrou de la morgue.

— Merci d'être venu, monsieur Honey, dit Crozier à son charpentier.

Sans ajouter un mot, le capitaine tire le verrou et pénètre dans la soute, où il gèle à pierre fendre.

Crozier ne peut s'empêcher de lever sa lanterne vers la cloison arrière, devant laquelle les six cadavres ont été entassés dans leur linceul de toile goudronnée.

Le tas frémit. Crozier s'y attendait – il s'attendait à percevoir le mouvement des rats sous la toile –, mais il comprend qu'il a également devant lui une masse de rats grouillant *sur* la toile. Tout un cube de rats, dont la hauteur dépasse un mètre vingt, des centaines de rats cherchant frénétiquement à atteindre les morts frigorifiés. Leurs couinements résonnent de toutes parts. D'autres rats trottinent sur le sol, courent entre ses pieds et ceux du charpentier. *Ils foncent festoyer*, se dit Crozier. La lumière ne les effraie pas le moins du monde.

Crozier oriente la lanterne vers la coque, fait quelques pas sur le sol incliné vers bâbord et commence à longer la paroi incurvée.

Là.

Il approche la lanterne.

— Bon sang, que Dieu me damne et me fasse pendre comme un païen, jure Honey. Mes excuses, commandant, mais je ne pensais pas que la glace agirait aussi vite.

Crozier ne répond pas. Il s'accroupit pour examiner de près le bois gauchi et dilaté de la coque.

Apparemment poussées vers l'intérieur, les membrures saillent d'une trentaine de centimètres par rapport à la coque aux courbes gracieuses. Le vaigrage est gravement endommagé, et deux des lames au moins se sont délogées.

— Doux Jésus, Dieu tout-puissant, lâche le charpentier, qui s'est accroupi à côté du capitaine. Cette glace est foutrement monstrueuse... que le capitaine veuille bien m'excuser.

— Monsieur Honey, dit Crozier, dont le souffle projette sur les lames de nouveaux cristaux réfléchissants, la glace est-elle la seule cause possible de ces dégâts ?

Le charpentier part d'un petit rire, puis le ravale comme il comprend que son capitaine ne plaisante pas. Ses yeux s'écarquillent, puis se plissent.

— Je vous demande pardon, commandant, mais si vous voulez dire que... non, c'est impossible.

Crozier ne dit rien.

— Enfin, commandant, cette coque représente une épaisseur de trois pouces d'excellent chêne anglais. Pour ce voyage – ce voyage dans les glaces –, elle a été doublée de deux couches de chêne africain, chacune épaisse d'un pouce et demi. Et ces panneaux de chêne africain ont été placés en diagonale, monsieur, afin de les renforcer par rapport à un doublage traditionnel.

Crozier examine les lames délogées, s'efforçant d'oublier les fleuves de rats coulant autour d'eux et derrière eux, sans parler des bruits de mastication en provenance de la cloison arrière.

— Et puis, poursuit Honey, la voix éraillée par le froid, l'haleine parfumée au rhum, en plus de ces trois pouces de chêne anglais et de ces trois pouces de chêne africain, on a mis deux couches d'orme canadien, monsieur, chacune épaisse de deux pouces. Ce qui fait quatre pouces de coque en plus, disposés en diagonale par rapport aux panneaux de chêne africain. Au total, ça nous fait cinq gaines de bois bien robuste, monsieur... dix pouces du bois le plus solide qui soit pour nous protéger de la mer.

Le charpentier se tait, comprenant qu'il récite à son capitaine la liste des travaux que celui-ci a personnellement supervisés aux chantiers navals durant les mois ayant précédé leur départ.

Le capitaine se relève et pose sa main gantée sur les vaigres à l'endroit où elles se sont délogées. La brèche fait près de trois centimètres de large.

— Posez votre lanterne, monsieur Honey. Écartez-moi ceci avec votre pied-de-biche. Je veux voir dans quel état est la couche externe de chêne.

Le charpentier s'exécute. Pendant quelques minutes, le choc du fer sur le bois durci par le gel et les jurons du charpentier parviennent presque à étouffer la rumeur frénétique des rats derrière eux. L'orme canadien gauchi cède. Puis c'est le chêne africain fracassé qui est évacué. Ne reste que le chêne anglais d'origine, et Crozier se rapproche en brandissant sa lanterne afin que les deux hommes constatent les dégâts.

Des éclats et des échardes de glace reflètent la lumière à travers les ouvertures dans la coque, mais le centre de leur champ visuel est occupé par quelque chose de bien plus troublant : le noir. Le vide. Un trou dans la glace. Un tunnel.

Honey tord un peu plus un morceau de chêne fendu afin que Crozier l'éclaire de sa lanterne.

— Nom de Dieu de bordel de merde, fait le charpentier.

Cette fois-ci, il ne pense même pas à s'excuser.

Crozier est tenté d'humecter ses lèvres sèches, mais il sait que cela est fortement déconseillé quand la température atteint les − 45 °C. Et son cœur bat si précipitamment qu'il est également tenté de prendre appui d'une main sur la coque, comme son subalterne vient de le faire.

L'air glacial venu du dehors s'engouffre dans la morgue à une telle vitesse que la lanterne manque s'éteindre. Crozier doit protéger la flamme de sa main libre pour l'empêcher de périr, ce qui fait danser leurs ombres grotesques sur le sol, les barrots et les cloisons.

Les deux longs bordages ont été poussés et fracassés par quelque force inconcevable, irrésistible. Nettement visible à la lueur tremblotante de la lanterne, on distingue sur le bois les traces de titanesques griffes − striées de traînées gelées d'un sang à l'impossible éclat.

4

Goodsir

75° 12' de latitude nord, 61° 06' de longitude ouest
Baie de Baffin, juillet 1845

Extrait du journal intime du Dr Harry D. S. Goodsir :

11 avril 1845
Dans la lettre que je viens d'adresser à mon frère, j'ai écrit :
« Tous les officiers ont bon espoir de trouver le passage et de
voguer dans le Pacifique dès la fin de l'été prochain. »
Mais, au risque de paraître égoïste, j'aimerais bien que
l'expédition mette un peu plus de temps pour atteindre l'Alaska,
la Russie, la Chine et les eaux chaudes du Pacifique. Bien que
j'aie reçu une éducation d'anatomiste et que sir John Franklin
m'ait enrôlé au titre d'aide-chirurgien, je dois à la vérité de dire
que je suis un docteur plutôt qu'un simple chirurgien, et j'espère
que ce voyage me permettra de devenir un authentique
naturaliste. Je n'ai certes aucune expérience de la flore et de la
faune arctiques, mais j'ai bien l'intention de faire connaissance
avec les formes de vie de ces régions glaciaires pour lesquelles
nous allons appareiller dans un mois à peine. L'ours blanc
m'intéresse tout particulièrement, quoique les récits que font à
son sujet baleiniers et explorateurs relèvent trop souvent de la
fable pour être pris au sérieux.
Il peut sembler étrange que j'aie décidé de tenir un journal
intime – le journal de bord que j'entamerai le mois prochain, au
moment du départ, fera état des incidents et observations de
caractère professionnel découlant de mon statut d'aide-chirurgien
du HMS Erebus et de membre de l'expédition du capitaine
Franklin à la recherche du passage du Nord-Ouest –, mais je
ressens la nécessité d'un autre compte rendu, nettement plus

personnel, et, même si je ne les montre jamais à âme qui vive après mon retour, il est de mon devoir − à mes yeux tout du moins − de conserver ces notes.

À ce jour, je ne suis sûr que d'une chose : l'expédition que je vais effectuer aux côtés du capitaine Franklin promet d'être l'expérience la plus extraordinaire de ma vie.

Dimanche 18 mai 1945

Tous les hommes sont à bord et, même si les préparatifs de dernière minute doivent nous occuper jusqu'au moment du départ − je pense notamment au chargement des boîtes de conserve qui viennent enfin d'arriver et qui, à en croire le capitaine de frégate Fitzjames, sont au nombre de huit mille −, sir John a célébré aujourd'hui l'office divin à bord de l'Erebus, invitant également les hommes du Terror qui souhaitaient y prendre part. J'ai remarqué l'absence du capitaine, un Irlandais du nom de Crozier.

Nul n'aurait pu participer à ce long service, ni entendre le long sermon prononcé par sir John, sans en être profondément ému. Je me demande si on a jamais vu navire, de quelque pays que ce soit, placé sous le commandement d'un homme aussi pieux. Durant nos périples à venir, il ne fait aucun doute que nous pourrons nous en remettre à la volonté divine.

19 mai 1845

Quel départ !

N'ayant jamais eu l'occasion de prendre la mer, encore moins de participer à une expédition aussi prestigieuse, j'ignorais à quoi je devais m'attendre, mais rien n'aurait pu me préparer à la gloire de ce jour.

De l'avis du capitaine Fitzjames, plus de dix mille personnes, notables et gens du peuple, s'étaient massées sur les quais de Greenhithe pour nous souhaiter un bon voyage.

Les discours se succédaient, si longs que j'ai cru que nous ne pourrions partir avant que le soleil n'ait disparu du ciel printanier. Les fanfares jouaient. Lady Jane − qui était restée à bord avec sir John − a descendu la passerelle, saluée par les hourras de l'équipage de l'Erebus. Les fanfares jouaient toujours. Puis la foule a lancé des vivats comme on larguait enfin les amarres et, durant les minutes qui ont suivi, le vacarme était si assourdissant que j'aurais été incapable d'entendre un ordre, même si sir John en personne me l'avait hurlé à l'oreille.

Hier, le lieutenant Gore et le Dr Stanley, le chirurgien de bord, ont eu l'amabilité de m'informer qu'il était d'usage pour un officier de ne manifester aucune émotion lors de l'appareillage, et comme j'étais placé parmi les officiers, en tenue d'apparat comme eux, quoique n'étant pas des leurs en théorie, je me suis efforcé de refouler mes sentiments, si virils fussent-ils.

Nous étions bien les seuls à agir de la sorte. Les matelots agitaient leurs mouchoirs en criant, certains se suspendaient aux enfléchures, et j'apercevais nombre de filles du port outrageusement fardées qui leur rendaient leurs saluts. Sir John Franklin lui-même agitait un mouchoir rouge et vert pour saluer lady Jane, sa fille Eleanor et sa nièce Sophia Cracroft, qui lui souhaitèrent bon vent jusqu'à ce que le Terror vienne nous les cacher.

Nous sommes remorqués par des navires à vapeur et accompagnés par une puissante frégate, le HMS Rattler, ainsi que par le Baretto Junior, un cargo transportant nos provisions.

Juste avant que l'Erebus ne s'éloigne des quais, une colombe s'est posée au sommet du grand mât. Eleanor, la fille de sir John par un premier lit – à nouveau visible avec sa splendide robe de soie vert vif et son parasol vert émeraude –, a poussé un cri, que les vivats et la fanfare rendaient malheureusement inaudible. Puis elle a pointé le doigt et sir John a levé les yeux, imité par plusieurs officiers, souri et montré la colombe à l'ensemble de l'équipage.

Ajoutée aux sublimes paroles prononcées lors de l'office religieux, cette apparition ne peut être interprétée que comme un présage favorable.

4 juillet 1845

Quelle terrible traversée que celle qui nous a menés au Groenland!

Trente jours de tempête durant lesquels notre navire, même remorqué, n'a cessé de se faire ballotter par les flots, avec l'eau montant à quatre pieds de nos sabords dans les creux les plus profonds, avec des jours où nous progressions à peine d'un mille. J'ai passé vingt-huit de ces trente jours anéanti par le mal de mer. D'après le lieutenant Le Vesconte, notre vitesse n'a pas dépassé cinq nœuds, ce qui – m'assure-t-il – est une allure proprement lamentable pour un voilier, encore plus pour des merveilles de la technologie comme l'Erebus et le Terror, tous deux capables de prouesses grâce à leurs hélices motorisées.

54

Il y a trois jours, nous avons doublé le cap Farewell, la pointe sud du Groenland, et, je dois le confesser, l'aperçu que j'ai eu de cet immense continent, avec ses falaises rocheuses et ses glaciers s'abîmant dans la mer, a pesé sur mon esprit tout autant que le tangage et le roulis me pesaient sur le ventre.

Bonté divine, quelle terre froide et stérile ! Et nous ne sommes qu'au mois de juillet.

Mais le moral est excellent à bord, et tous ont foi en la sagesse et l'expérience de sir John. Hier, le jeune Fairholme, le cadet de nos enseignes, m'a confié : « C'est la première fois que je navigue avec un capitaine me faisant l'effet d'un bon compagnon. »

Aujourd'hui, nous avons fait escale au port baleinier danois de la baie de Disko. On a transféré à notre bord plusieurs tonnes de provisions provenant du Baretto Junior, et dix des bœufs se trouvant à bord de ce cargo ont été abattus durant l'après-midi. Ce soir, les deux équipages mangeront de la viande fraîche.

Quatre hommes ont été renvoyés de l'expédition – après consultation des chirurgiens du bord – et rentreront en Angleterre avec le cargo et le remorqueur. On compte parmi eux un homme de l'Erebus – Thomas Burt, l'armurier – et trois hommes du Terror – un fusilier marin du nom d'Aitken, un matelot dénommé John Brown et James Elliott, un voilier. L'ensemble des deux équipages ne compte donc plus que cent vingt-neuf hommes.

L'atmosphère est imprégnée d'une odeur de poisson séché et d'un nuage de suie – plusieurs centaines de sacs de charbon ont été transférés depuis le Baretto Junior – et les marins de l'Erebus s'affairent à briquer le pont avec les pierres lisses qu'ils réservent à cette tâche, travaillant d'arrache-pied sous les encouragements des officiers. En dépit de ce surcroît de labeur, tous sont de fort belle humeur, car ils recevront ce soir une ration supplémentaire de grog avec leur dîner.

Outre les quatre hommes renvoyés dans leurs foyers, sir John confiera au Baretto Junior ses rapports du mois de juin, des dépêches officielles et notre courrier personnel. Tous vont s'affairer à écrire durant les prochains jours.

Ensuite, la prochaine lettre que recevront nos êtres chers sera postée de Chine ou de Russie !

12 juillet 1845

Un nouveau départ, le dernier peut-être avant de franchir le passage du Nord-Ouest. Ce matin, nous avons largué les

amarres pour quitter le Groenland en mettant cap à l'ouest
pendant que les hommes du Baretto Junior nous lançaient trois
hourras en agitant leurs bonnets. Sans doute ne verrons-nous
plus d'hommes blancs avant d'avoir atteint l'Alaska.

26 juillet 1845

Deux baleiniers, le Prince of Wales *et l'*Enterprise, *ont jeté*
l'ancre non loin de la montagne de glace à laquelle nous nous
sommes amarrés. J'ai passé des heures plaisantes à parler d'ours
blancs avec leurs capitaines et leurs équipages.

Moins plaisante fut l'ascension de cet iceberg, que j'ai
effectuée ce matin. Les marins l'avaient escaladé hier, creusant
des marches à coups de hache dans la falaise de glace et y fixant
des cordes à l'intention des moins adroits. Sir John a ordonné
qu'un observatoire soit installé en son sommet, dont la hauteur
est le double de celle de notre grand mât, et, tandis que le
lieutenant Gore et certains officiers du Terror prenaient des
mesures atmosphériques et astronomiques – on a dressé une
tente pour les personnes passant la nuit en haut de la montagne
de glace –, les pilotes des glaces de notre expédition, M. Reid de
l'Erebus et M. Blanky du Terror, consacraient leur journée à
scruter l'horizon avec leurs lunettes d'approche en cuivre, en
quête, me dit-on, d'un chenal nous permettant de naviguer à
travers le pack quasi solide qui s'étend à perte de vue, à l'ouest
comme au nord. Edward Couch, notre premier maître aussi
bavard qu'il est digne de confiance, me dit qu'il est très tard
dans la saison pour qu'un navire s'aventure dans l'Arctique, sans
parler de chercher le fabuleux passage du Nord-Ouest.

Le spectacle offert par les deux navires en contrebas, amarrés
à l'iceberg par un dédale de cordes – de cordages, ainsi que je
devrais dire, en bon marin que je suis désormais –, la vision de
leurs nids-de-pie que j'aperçois au-dessous de mon précaire
perchoir de glace, qui domine toutes choses alentour, induit en
moi un vertige aussi écœurant qu'excitant.

Un frisson m'a parcouru comme je me tenais à quelques
centaines de pieds au-dessus de la mer. Le sommet de l'iceberg
était presque aussi vaste qu'un terrain de cricket et la tente
abritant notre observatoire météorologique paraissait bien
incongrue sur cette étendue de glace bleue, mais l'espoir que
j'avais de m'abîmer dans une douce songerie n'a pas résisté au
bruit des détonations, car les hommes alentour s'employaient à
massacrer des oiseaux par centaines – des sternes arctiques, m'a-

t-on dit. La viande ainsi obtenue doit être salée et mise en conserve, mais Dieu seul sait où seront stockées ces provisions supplémentaires, nos deux navires gémissant déjà sous le poids de quantité de victuailles.

Selon le Dr McDonald, l'aide-chirurgien du HMS Terror – mon collègue, donc –, la nourriture salée est moins efficace que la fraîche pour ce qui est de prévenir le scorbut, et, comme les matelots des deux navires préfèrent le porc salé à tout autre plat, le Dr McDonald craint que ce nouveau stock de viande salée ne soit préjudiciable à notre organisme. Toutefois, Stephen Stanley, le chirurgien de l'Erebus, fait fi de telles inquiétudes. Outre les dix mille boîtes de viande en conserve qui se trouvent à bord de notre navire, celui-ci contient des rations de mouton, bouilli et rôti, de veau et de toutes sortes de légumes, dont des patates, des carottes et des panais, diverses soupes et neuf mille quatre cent cinquante livres de chocolat. Nous avons également embarqué neuf mille trois cents livres de jus de citron, le meilleur remède connu contre le scorbut. Même lorsque cette potion est sucrée d'abondance, me dit Stanley, les marins font la grimace devant leur ration quotidienne, et l'une de nos principales tâches en tant que chirurgiens de bord est de veiller à ce qu'ils la prennent avec diligence.

J'ai remarqué non sans intérêt que presque tous les chasseurs de sternes, les officiers comme les hommes d'équipage, étaient armés d'un fusil. Le lieutenant Gore m'assure que chaque navire contient à son bord un arsenal de mousquets. Certes, il est plus que sensé d'utiliser un fusil pour chasser du gibier à plumes, mais, lorsque nous nous trouvions dans la baie de Disko, et que les hommes allaient chasser le caribou ou le renard, le fusil était encore leur arme de prédilection – y compris pour les fusiliers marins, qui savent pourtant se servir d'un mousquet. Peut-être est-ce avant tout une question d'habitude : les officiers sont en majorité des gentlemen anglais, qui ne chassent jamais au mousquet ni à la carabine, et quant aux fusiliers marins, exception faite du combat rapproché où il leur arrive d'user d'armes à un coup, ils prennent toujours un fusil lorsqu'ils partent à la chasse.

Un fusil suffira-t-il à terrasser un grand ours polaire ? Je me le demande. Nous n'avons pas encore vu cette splendide créature, mais les officiers comme les marins les plus expérimentés m'assurent que nous la rencontrerons dès que nous naviguerons dans le pack, ou, au plus tard, lorsque viendra pour nous le moment d'hiverner – si tant est que nous y soyons contraints.

Quoi qu'il en soit, les récits des baleiniers ayant trait à ce mystérieux animal suscitent en moi terreur et émerveillement.

Alors que j'écris ces lignes, on m'apprend que le vent, les courants ou peut-être les nécessités de la chasse à la baleine ont conduit le Prince of Wales et l'Enterprise à s'éloigner de la montagne de glace à laquelle nous sommes amarrés. Sir John ne dînera pas avec l'un des capitaines baleiniers – le capitaine Martin, commandant l'Enterprise, si ma mémoire est bonne –, contrairement à ce qui était prévu.

Plus intéressant sans doute, le premier maître Robert Sergeant m'apprend que nos hommes sont occupés à redescendre les instruments astronomiques et météorologiques, à démonter la tente et à ramener les centaines de yards de corde – de cordage – qui ont rendu possible mon ascension.

Selon toute évidence, les pilotes des glaces, le capitaine de vaisseau Franklin, le capitaine de frégate Fitzjames, le capitaine de vaisseau Crozier et les autres officiers ont déterminé quel était le chemin à suivre dans la banquise mouvante.

Dans quelques minutes, nous dirons adieu à notre refuge de glace, filant vers le nord-ouest aussi longtemps que nous le permettra le crépuscule arctique, qui semble ne devoir jamais finir.

Désormais, nous serons hors de portée même de ces hardis baleiniers. Aux yeux du monde qui s'étend au-delà de nos intrépides navires, et pour citer Hamlet : Le reste est silence.

5

Crozier

70° 05' de latitude nord, 98° 23' de longitude ouest
9 novembre 1847

Crozier rêve du pique-nique, de l'étang du Bec-d'oiseau et des caresses que Sophia lui dispensait sous l'eau lorsqu'il entend un coup de feu et se réveille en sursaut.

Il se redresse sur sa couchette et se demande quelle heure il est, du jour ou de la nuit, bien que la frontière entre jour et nuit ait disparu, le soleil ne devant plus se lever avant le mois de février. Mais avant même qu'il ait allumé la petite lanterne placée près de lui pour consulter sa montre, il sait qu'il est *tard*. Le silence qui règne à bord ne pourrait être plus profond : il n'est rompu que par le grincement du bois torturé et du métal gelé, les ronflements, les murmures et les pets des hommes endormis, les jurons poussés par M. Diggle, le coq ; il n'est troublé que par la rumeur incessante de la glace au-dehors, qui grogne, gronde, craque et se meut ; et par-dessus tout cela, il y a cette nuit une banshee qui hurle sur les ailes du vent.

Mais ce n'est ni la glace ni le vent qui réveille Crozier. C'est une détonation. Un coup de fusil – étouffé par les couches de chêne, de neige et de glace, oui, mais un coup de fusil, aucun doute là-dessus.

Crozier dormait tout habillé ou presque, et il vient d'enfiler ses dernières couches de vêtements, il ne lui manque plus que son manteau, lorsque Thomas Jopson, son valet, toque à la porte par trois fois, tout doucement comme à son habitude. Le capitaine lui ouvre.

— Des problèmes sur le pont, monsieur.

Crozier acquiesce.

— Qui est de garde cette nuit, Thomas ?

À en croire sa montre à gousset, il est près de trois heures du matin. Comme il a mémorisé les tours de garde alloués pour le mois, il n'a même pas besoin que Jopson lui réponde.

— Billy Strong et le soldat Heather, monsieur.

Crozier acquiesce à nouveau, attrape un pistolet dans son placard, s'assure qu'il est amorcé, le passe à sa ceinture et, s'insinuant entre porte et serviteur, débouche dans le mess des officiers adjacent à sa minuscule cabine côté tribord, puis, franchissant une autre porte, fonce vers l'échelle principale. Le premier pont est plongé dans l'obscurité à cette heure de la nuit – on ne distingue que la lueur du poêle de M. Diggle –, mais les lanternes s'allument chez les officiers, les premiers maîtres et les domestiques lorsque Crozier, marquant une pause au pied de l'échelle, décroche son manteau et l'enfile à la hâte.

Des portes s'ouvrent un peu partout. Le premier maître Hornby vient se placer à côté de Crozier. Le lieutenant Little court dans leur direction, porteur d'un sabre et de trois mousquets. Il est suivi par les enseignes Hodgson et Irving, également armés.

Un peu plus loin, les matelots marmonnent dans leur sommeil, mais un second maître met – littéralement – sur pied un groupe d'intervention : il jette quelques hommes à bas de leur hamac et leur fait signe d'aller chercher leurs armes et leurs tenues de froid.

— Quelqu'un est-il déjà monté sur le pont pour voir de quoi il retournait ? demande Crozier à son premier maître.

— Oui, commandant, M. Male, répond Hornby. Il a foncé là-haut après avoir envoyé votre valet vous chercher.

Reuben Male, le chef du gaillard d'avant, est un type solide. Billy Strong, le matelot de garde côté bâbord, est un homme d'expérience, qui a servi sur le HMS *Belvidera*. Il n'est pas du genre à tirer sur une ombre. Quant à William Heather, le second homme de quart, c'est le plus âgé des fusiliers marins survivants – et le plus stupide, de l'avis de Crozier. Toujours homme de troupe en dépit de ses trente-cinq ans, souvent malade, trop souvent ivre, ce bon à rien a failli être renvoyé en Angleterre il y a deux ans, en même temps que son camarade Billy Aitken.

Crozier glisse son pistolet dans la gigantesque poche de son lourd manteau de laine, prend la lanterne que lui tend Jopson, enroule un cache-nez autour de son visage et ouvre la marche vers l'échelle.

Dehors, il fait noir comme dans le ventre d'une anguille – pas de lune, ni d'étoiles, ni d'aurore boréale – et, surtout, il fait *froid*; la température atteignait – 53 °C six heures plus tôt, lorsque le jeune Irving est monté la mesurer, et un vent violent souffle sur les moignons de mâts et sur le pont gîtant et couvert de glace, chassant la neige devant lui. Comme il émerge de la bâche gelée tendue au-dessus de la grande écoutille, Crozier plaque sa main gantée sur son visage pour se protéger les yeux et aperçoit la lueur d'une lanterne à tribord.

Reuben Male est agenouillé près du soldat Heather, qui gît sur le dos, débarrassé de sa casquette et de sa perruque galloise, mais aussi d'une partie de sa boîte crânienne, ainsi que le constate Crozier. Aucune goutte de sang ne semble avoir coulé, mais il distingue des bribes de cervelle luisant à la lueur de la lanterne : une couche de cristaux de glace recouvre déjà cette matière grise.

— Il est encore vivant, commandant, dit le chef du gaillard d'avant.

— Foutredieu ! s'exclame l'un des hommes qui se pressent derrière Crozier.

— Suffit ! s'écrie le premier maître. Cessez de blasphémer ! Et attendez pour l'ouvrir qu'on vous adresse la parole, Crispe.

Sa voix est à mi-chemin du grondement de dogue et du reniflement de taureau.

— Monsieur Hornby, dit Crozier. Demandez à M. Crispe de redescendre et de nous rapporter son hamac pour transporter le soldat Heather.

— À vos ordres, commandant, répondent à l'unisson le premier maître et le matelot.

On sent vibrer le pont sous les bottes de ce dernier, mais le vent assourdit le bruit de sa course.

Crozier se redresse et éclaire les alentours.

La lourde rambarde devant laquelle s'était posté le soldat Heather, sous les enfléchures prises dans la glace, est réduite en pièces. La brèche ainsi ouverte donne sur un toboggan de glace et de neige d'une dizaine de mètres de long, que la tempête de neige dissimule en grande partie. On n'aperçoit aucune empreinte dans le petit disque de neige éclairé par la lanterne du capitaine.

Reuben Male brandit le mousquet de Heather.

— Ce n'est pas lui qui a tiré, commandant.

— Avec ce qui souffle, le soldat Heather n'a sûrement pas vu la créature avant qu'elle lui tombe dessus, ajoute le lieutenant Little.

— Et Strong ? s'enquiert Crozier.

Male désigne le bord opposé du navire.

— Disparu, commandant.

Crozier se tourne vers Hornby.

— Choisissez un homme et restez auprès du soldat Heather jusqu'à ce que Crispe soit revenu avec son hamac, puis descendez-le sur le premier pont.

Soudain, Peddie, le chirurgien du bord, fait son apparition, accompagné de son aide McDonald ; ce dernier n'est que légèrement vêtu.

— Doux Jésus ! s'exclame le chirurgien en s'agenouillant près du fusilier marin. Il respire encore.

— Aidez-le si vous en avez le pouvoir, John, dit Crozier, qui se tourne ensuite vers Male et la demi-douzaine de marins qui l'entourent. Vous autres, suivez-moi. Soyez prêts à tirer, même s'il vous faut ôter vos moufles pour cela. Wilson, prenez ces deux lanternes. Monsieur Little, veuillez descendre et ramenez-moi vingt hommes supplémentaires, en tenue de froid et armés de mousquets – de mousquets, j'ai dit, pas de fusils.

— À vos ordres ! s'écrie le lieutenant.

Crozier entraîne déjà ses hommes vers l'avant, contournant les congères et la tente pyramidale dressée au milieu du navire, remontant le pont gîtant en direction du poste de bâbord.

William Strong a disparu. Il ne reste de lui qu'une écharpe de laine déchiquetée, dont les lambeaux, pris dans les cordages, claquent au vent. Son manteau, sa perruque galloise, son fusil et une de ses moufles gisent près du bastingage, à l'abri des toilettes de pont, où les hommes de garde se réfugient quand le vent est trop fort. Il ne reste de William Strong qu'une traînée de glace rougie sur le garde-corps, à l'endroit où il se trouvait sans doute lorsqu'il a vu l'immense créature surgir de la tempête de neige pour fondre sur lui.

Sans dire un mot, Crozier dépêche vers la poupe deux hommes équipés de lanternes, en envoie trois autres vers la proue, un dernier recevant l'ordre de regarder sous la bâche.

— Bob, mettez-moi une échelle en place, s'il vous plaît.

Avant de monter du premier pont, le second maître a passé autour de ses épaules des cordages frais – c'est-à-dire pas encore gelés. L'échelle est prête en quelques instants.

Crozier descend le premier.

Des traînées de sang maculent la neige qui s'est massée contre la coque du navire. Elles dessinent un sillage, presque noir à la lueur de la lanterne, qui s'enfonce par-delà les trous à feu et jusque dans le labyrinthe changeant de crêtes de pression et de flèches de glace, que l'on devine à peine dans les ténèbres.

— Cette saleté veut qu'on la suive là-dedans, commandant, dit l'enseigne Hodgson, se rapprochant de Crozier afin de mieux être entendu.

— Évidemment, réplique ce dernier. Mais nous irons quand même. Strong est peut-être encore vivant. Ce monstre n'achève pas toujours ses proies, comme nous l'avons constaté.

Crozier se retourne. Outre Hodgson, trois hommes seulement l'ont suivi en bas de l'échelle – les autres s'affairent à fouiller le pont principal ou à évacuer le soldat Heather. Le petit groupe ne dispose que de deux lanternes.

— Armitage, dit-il au maître canonnier, dont la barbe blanche est déjà festonnée de neige, donnez votre lanterne à monsieur Hodgson et accompagnez-le. Gibson, restez ici et, quand le lieutenant Little arrivera avec son peloton, dites-lui dans quelle direction nous sommes partis. Pour l'amour de Dieu, rappelez-lui que ses hommes ne doivent pas tirer avant de s'être assurés qu'ils n'ont pas affaire à nous.

— Oui, commandant.

Se tournant vers Hodgson, Crozier ajoute :

— George, déplacez-vous de vingt yards dans cette direction – vers la proue –, puis avancez parallèlement à nous pendant que nous cherchons au sud. Arrangez-vous pour que nous ne perdions pas votre lanterne de vue.

— À vos ordres, monsieur.

— Tom, venez avec moi, dit Crozier au dernier de ses hommes, le mousse Evans, qui n'a même pas vingt ans. Tenez-vous prêt, mais laissez votre fusil Baker au cran de repos.

— À vos ordres, fait le jeune homme en claquant des dents.

Crozier attend que Hodgson se soit éloigné d'une vingtaine de mètres – sa lanterne se réduit à un halo flou parmi des flocons – puis, Evans sur les talons, il s'engage dans le dédale de séracs, de pinacles et de crêtes de pression, suivant une piste de taches de sang. En moins de quelques minutes, ce macabre sillage sera enfoui sous la neige. Le capitaine ne prend même pas la peine de sortir son pistolet de la poche de son manteau.

Ils ont à peine parcouru cent mètres, et déjà les lanternes du HMS *Terror* leur sont invisibles, lorsque Crozier arrive devant une crête des plus impressionnantes, une de ces saillies projetées par les plaques de glace se heurtant dans les profondeurs. Cela fait maintenant deux hivers que Crozier et les survivants de l'expédition de feu John Franklin voient ces crêtes apparaître comme par magie, surgissant à grand renfort de grondements et de craquements puis s'étendant sur la mer gelée à une vitesse parfois supérieure à celle d'un homme en train de courir.

Celle-ci mesure au moins dix mètres de haut, un monceau de blocs de glace dont chacun est aussi volumineux qu'un fiacre.

Crozier entreprend de la longer en brandissant sa lanterne à bout de bras. À l'ouest, celle de Hodgson est désormais invisible. De façon générale, la vue n'est dégagée nulle part autour du *Terror*.

Séracs, congères, crêtes et pinacles font partout obstacle au regard. Une gigantesque montagne de glace se dresse entre le *Terror* et l'*Erebus*, distants de quinze cents mètres, et, quand le ciel est dégagé, on en aperçoit une demi-douzaine d'autres dans les environs.

Mais il n'y a pas d'iceberg cette nuit, rien que cette crête haute comme une maison de trois étages.

— Ici ! s'écrie Crozier au sein du vacarme.

Evans s'approche de lui, son fusil Baker dressé vers le ciel.

Une tache de sang noir sur la paroi blanche. La créature a emporté William Strong vers le sommet de ce monticule, en suivant une route quasi verticale.

Crozier entame son escalade, tenant sa lanterne d'une main tandis que, de l'autre, il cherche à tâtons des failles et des crevasses susceptibles de servir de prises à ses doigts déjà gelés et à ses bottes déjà glacées. Il n'a pas pris le temps de chausser celles où Jopson a cloué des crampons de fortune, qui lui auraient assuré une certaine traction, et il ne cesse de glisser et de rebondir. Mais il aperçoit une nouvelle tache de sang à sept mètres et quelques de haut, juste au-dessous du sommet fracturé de la crête, aussi se propulse-t-il dans sa direction, prenant appui du pied gauche sur une plaque de glace inclinée, sentant la laine de son manteau lui râper le dos. Son nez et l'extrémité de ses doigts commencent à s'engourdir.

— Commandant, lance Evans en contrebas, voulez-vous que je vous suive ?

Trop essoufflé pour répondre, Crozier marque un temps avant de lancer :

— Non... restez où vous êtes.

Il aperçoit au nord-ouest le halo de la lanterne de Hodgson, qui se trouve encore à une trentaine de mètres de la crête.

Penché sur la droite pour mieux résister à la force du vent, qui fait claquer son écharpe et les pans de son manteau et manque le faire tomber de son perchoir précaire, Crozier lève sa lanterne pour éclairer le flanc sud de la crête.

Une falaise de près de onze mètres de haut. Aucun signe de William Strong, aucune trace de sang, rien qui permette de dire que quiconque est passé par là. Crozier ne voit pas comment la créature aurait pu négocier ce précipice de glace.

Secouant la tête, et constatant que le gel sur ses paupières l'empêche de battre des cils, Crozier entreprend de rebrousser chemin, manquant à deux reprises de choir sur des baïonnettes de glace, puis descend en glissant les deux ou trois derniers mètres qui le séparent d'Evans.

Mais celui-ci a disparu.

Le fusil Baker gît sur le sol, toujours au cran de repos. On ne distingue aucune empreinte sur la neige, humaine ou autre.

— Evans !

Cela fait plus de trente-cinq ans que la voix du capitaine Francis Rawdon Moira Crozier est exercée au commandement. Il est capable de se faire entendre en pleine tempête, et même quand son navire fend l'écume pour franchir le détroit de Magellan. Il met toute la puissance de ses poumons dans son cri.

— Evans !

Aucune réponse, hormis le hurlement du vent.

Crozier lève le fusil, l'arme et tire en l'air. Le bruit de la détonation semble étouffé même à ses oreilles, mais il voit la lanterne de Hodgson se tourner soudain dans sa direction, et trois autres lanternes convergent vers lui depuis l'emplacement du *Terror*.

Un rugissement retentit à cinq ou six mètres de là. Peut-être est-ce le vent, qui change de route pour contourner un sérac, un pinacle, mais Crozier ne le croit pas.

Il pose la lanterne à terre, fouille dans sa poche, en sort le pistolet, ôte sa moufle avec ses dents et, protégé de la détente métallique par une infime épaisseur de laine, agite devant lui cette arme dérisoire.

— Viens ici, saloperie ! beugle-t-il. Viens donc t'en prendre à *moi* plutôt qu'à un *gosse*, lécheur de cul, fouteur de rat, buveur de pisse, rejeton de la plus vérolée des putains de Highgate !

Seuls les hurlements du vent lui répondent.

6

Goodsir

74° 43' 28" de latitude nord, 90° 39' 15" de longitude ouest
Île Beechey, hiver 1845-1846

Extrait du journal intime du Dr Harry D. S. Goodsir :

1ᵉʳ janvier 1846

John Torrington, chauffeur à bord du HMS Terror, est décédé ce matin. Le jour de l'an. Le premier jour du cinquième mois que nous passerons pris dans les glaces de l'île Beechey.

Sa mort ne fut pas une surprise. Il était évident depuis des mois que Torrington souffrait déjà de consomption lorsqu'il s'était enrôlé dans l'expédition, et, si ses symptômes s'étaient manifestés un peu plus tôt l'été dernier, il serait reparti pour l'Angleterre à bord du Rattler, voire à bord d'un des baleiniers que nous avons rencontrés avant de traverser la baie de Baffin, puis le détroit de Lancaster, pour nous retrouver dans la désolation arctique où nous hivernons présentement. Ironie suprême, le médecin de Torrington lui avait affirmé qu'un voyage en mer serait bon pour sa santé.

Bien entendu, ce sont les Drs Peddie et McDonald, les chirurgiens du Terror, qui ont soigné le malheureux Torrington, mais je les ai assistés à plusieurs reprises et, ce matin, après le décès du jeune chauffeur, plusieurs marins de l'Erebus m'ont escorté jusqu'à son chevet.

Lorsque son état s'est aggravé, au début du mois de novembre, le capitaine Crozier l'a relevé de ses tâches, le dispensant de descendre dans la cale mal ventilée – où la densité de suie suffirait à étouffer toute personne normalement constituée – et le malheureux n'a cessé de dépérir depuis lors. Toutefois, Torrington aurait pu survivre plusieurs mois encore, si une autre affection n'était pas venue aggraver son état. Selon le Dr Alexander McDonald, Torrington, qui était trop faible ces dernières semaines pour se lever et faire quelques pas sur le premier pont avec l'aide de ses camarades, fut frappé de pneumonie le jour de Noël, après quoi débuta pour lui une lente agonie. En découvrant son corps ce matin, j'ai été choqué de voir à quel point il était émacié, mais Peddie et McDonald m'ont expliqué qu'il avait perdu tout appétit depuis des mois et qu'il n'avait cessé de s'étioler, bien qu'on l'ait astreint à consommer régulièrement soupes et légumes.

J'ai observé Peddie et McDonald tandis qu'ils apprêtaient son cadavre − on l'avait vêtu d'une chemise rayée immaculée, on lui avait coupé les ongles et les cheveux −, lui passant un tissu propre autour de la tête pour éviter l'affaissement des mâchoires, puis le sanglant avec des bandes de coton blanc autour des coudes, des mains, des chevilles et des orteils. Ils procédaient ainsi afin que les membres ne bougent pas sur la balance − le pauvre garçon ne pesait que quatre-vingt-huit livres ! Il n'était pas nécessaire de pratiquer un examen post mortem, le jeune homme ayant visiblement succombé à une consomption compliquée d'une pneumonie, de sorte qu'aucune contamination n'était à craindre pour le reste de l'équipage.

J'ai aidé mes deux collègues du HMS Terror à placer le corps de Torrington dans le cercueil confectionné avec soin par Thomas Honey, le charpentier du bord, et par son aide, un dénommé Wilson. Nous n'avons constaté aucune rigor mortis. Les charpentiers avaient laissé au fond du cercueil d'acajou un lit de copeaux, un petit tas plus épais devant servir d'oreiller, et, comme la décomposition du corps était à peine entamée, nos narines étaient pleines du parfum du bois coupé.

3 janvier 1846

Je ne cesse de penser aux funérailles de John Torrington, qui ont eu lieu hier.

Seuls quelques représentants du HMS Erebus y assistaient, mais je me suis rendu sur le Terror en compagnie de sir John, du capitaine de frégate Fitzjames et de quelques autres, et, de là, nous avons parcouru les deux cents yards qui nous séparaient du rivage de l'île Beechey.

Je serais incapable d'imaginer hiver plus rigoureux que celui que nous endurons dans cette petite anse au creux de l'île Beechey, elle-même située à l'abri de l'île Devon, nettement plus vaste, mais selon le capitaine Fitzjames, entre autres autorités, la situation qui est la nôtre − crêtes traîtresses, ténèbres hostiles, tempêtes hurlantes et glace menaçante − serait mille fois pire un peu plus loin, dans la région où un incessant flot de glace descend du pôle, telle une grêle de foudre lancée par un dieu boréal.

Les camarades de John Torrington ont doucement abaissé son cercueil − que la neige recouvrait déjà d'un fin duvet bleu − par-dessus le bastingage, lequel surplombe une colonne de glace, puis d'autres marins du Terror l'ont sanglé à un grand traîneau. C'est sir John en personne qui l'a recouvert de l'Union Jack, après quoi les amis de Torrington se sont harnachés pour faire franchir au traîneau les six cents pieds qui nous séparaient du rivage gravillonné de l'île Beechey.

Autant de tâches accomplies dans le noir absolu, naturellement, car, en janvier, le soleil ne point même pas à midi, et nous ne l'avions pas vu depuis trois mois. Un peu plus d'un mois s'écoulera, me dit-on, avant que l'astre du jour apparaisse à l'horizon austral. Quoi qu'il en soit, la procession que nous formions − le cercueil, le traîneau, son équipage, les officiers, les chirurgiens, sir John, les fusiliers marins en uniforme d'apparat sous la tenue de froid que nous portions tous − n'était éclairée que par le halo des lanternes sur le chemin allant de la mer gelée à la grève gelée. Les hommes du Terror avaient dégagé un passage dans les crêtes récemment apparues qui nous séparaient du rivage, de sorte que nous n'eûmes guère de détours à faire. Quelque temps plus tôt, sir John avait ordonné que le plus court chemin entre les navires et l'isthme soit balisé par des poteaux, des cordages et des lanternes, car on avait construit là-bas plusieurs édifices : le premier pour abriter le plus gros de nos provisions, au cas où les navires viendraient à être détruits par la glace, le deuxième pour servir de dortoir et de poste scientifique de secours, le troisième abritant la forge afin d'éviter qu'une flamme ou une étincelle n'embrase nos demeures de bois. Ainsi que je l'ai appris, les marins redoutent le feu plus que toute autre chose. Mais on avait dû renoncer à cette allée de poteaux et de lanternes, car la glace ne cessait de se mouvoir et d'entrer en éruption, fracassant et dispersant tout ce que l'on aménageait à sa surface.

Il neigeait durant la cérémonie. Le vent soufflait avec violence, comme toujours dans ces sinistres désolations arctiques. Au nord du site choisi pour l'inhumation se dressaient d'impressionnantes falaises noires, aussi inaccessibles que les monts de la Lune. Les lanternes de l'Erebus et du Terror se réduisaient à des points lumineux entraperçus parmi les flocons. De temps à autre, la lune glacée poignait entre les nuages fugitifs, mais la neige et les ténèbres avaient vite fait d'occulter sa fragile clarté. Grand Dieu, dans quel domaine stygien avons-nous échoué?

Dès l'annonce du décès de Torrington, quelques-uns des marins parmi les plus robustes s'étaient affairés à creuser sa sépulture, à coups de pelle et de pioche – cinq pieds de profondeur, conformément au règlement en vigueur, ainsi que l'avait spécifié sir John. La terre, déjà rocheuse, était durcie par le gel, et un regard me suffit pour apprécier l'ampleur du labeur accompli. On retira le drapeau du cercueil, qui fut inséré dans l'étroite fosse avec douceur, presque avec révérence. Aussitôt, il fut recouvert par une couche de neige, qui se mit à luire sous les feux de nos lanternes. L'un des officiers de Crozier mit en position la stèle de bois, qu'un colossal marin enfonça dans le gravier avec un gigantesque maillet de bois. Elle portait l'inscription suivante, rédigée avec soin :

À LA MÉMOIRE

DE

JOHN TORRINGTON
DÉCÉDÉ LE 1ER JANVIER 1846
À BORD DU
HMS TERROR
À L'ÂGE DE 20 ANS

Sir John dirigea l'office et prononça l'éloge funèbre. Le moment semblait se prolonger indéfiniment, et le susurrement monotone de sa voix n'était interrompu que par le vent et les bruits de pied, les hommes veillant à bouger pour ne point se geler les orteils. Je n'ai guère prêté attention à ses paroles, je le confesse : le vent soufflait trop fort et mon esprit vagabondait, oppressé par la désolation du lieu, par le souvenir de ce corps en chemise rayée, de ces membres sanglés, porté en cette terre glacée, et oppressé, enfin et surtout, par l'éternelle ténèbre des falaises surplombant cet isthme gravillonné.

4 janvier 1846

Un autre homme est mort.

Un des membres de l'équipage du HMS Erebus, John Hartnell, un matelot de vingt-cinq ans. À six heures du soir, ainsi que je compte encore les heures, alors qu'on descendait les tables en vue du dîner, Hartnell a heurté son frère Thomas, puis il est tombé sur le pont en crachant du sang, et, en moins de cinq minutes, il était mort. Le Dr Stanley et moi-même étions à son chevet, car nous l'avions fait transporter dans ce que nous appelons l'infirmerie, un espace dégagé à l'avant du premier pont.

Nous étions stupéfaits. Hartnell ne présentait aucun symptôme, ni du scorbut ni de la consomption. Le capitaine de frégate Fitzjames, qui nous avait rejoints, ne pouvait dissimuler sa consternation. Si le scorbut ou une quelconque peste commençait à se répandre dans l'équipage, nous devions le déterminer sur-le-champ. Il fut donc décidé de procéder à un examen post mortem tant que les rideaux étaient tirés, avant de préparer John Hartnell en vue de son inhumation.

Nous avons dégagé la table, nous avons pris soin de placer quelques caisses entre les marins et notre refuge, nous avons achevé de mettre en place le rideau qui nous dissimulait aux regards, puis je suis allé chercher mes instruments. Stanley, bien qu'étant mon supérieur, m'a proposé d'effectuer l'opération, vu que j'avais suivi des études d'anatomiste. J'ai procédé à la première incision.

Si j'avais bien dessiné sur le corps la lettre Y, je l'avais inversée comme je le faisais naguère lorsque j'étais pris par le temps. Au lieu de faire débuter chacun des bras supérieurs au niveau de l'épaule, pour les faire se rejoindre à la base du sternum, je les avais tracés à partir de la hanche pour les faire se rencontrer sur le nombril. Stanley releva ma bévue, me plongeant dans un certain embarras.

— Il faut parer au plus pressé, murmurai-je à mon estimé collègue. Nous devons agir sans tarder – les marins n'apprécient pas qu'on dépèce un de leurs camarades.

Le Dr Stanley opina et je poursuivis. Comme pour confirmer mes craintes, Thomas, le frère cadet de Hartnell, s'est mis à pleurer et à crier derrière le rideau. Alors que Torrington avait agonisé des semaines à bord du Terror, ce qui avait donné à ses camarades le temps de se résigner à son trépas, de se répartir ses biens et de préparer une lettre à l'intention de sa mère, le soudain décès de John Hartnell avait choqué les marins de l'Erebus. Aucun d'eux ne supportait de penser que les chirurgiens s'affairaient à le découper en morceaux. Seules la force et l'autorité du capitaine Fitzjames retenaient son frère en rage et ses amis en désarroi. Ces derniers aidaient certes

Fitzjames à maîtriser le malheureux, mais, alors même que mon scalpel incisait les tissus, que mon couteau et mon écarteur dégageaient les côtes et le sternum, j'entendais monter derrière le rideau murmures et grondements de colère.

Je commençai par ôter le cœur, prélevant également une partie de la trachée-artère. Je le brandis à la lumière et Stanley me le prit afin de le nettoyer de son sang, après quoi nous l'examinâmes tous deux. Il paraissait des plus normaux – vierge du moindre signe de maladie. Tandis que Stanley le maintenait à la lumière, je pratiquai une incision dans le ventricule droit, puis dans le gauche. Stanley et moi examinâmes alors les valves après les avoir dégagées. Elles semblaient saines.

Reposant le cœur de Hartnell dans sa cavité abdominale, je disséquai la partie inférieure des poumons du matelot de quelques coups de scalpel bien placés.

— Regardez, dit le Dr Stanley.

J'acquiesçai. On apercevait des lésions et autres stigmates de la consomption, ainsi que des signes prouvant que le matelot souffrait depuis peu d'une pneumonie. Tout comme John Torrington, John Hartnell était tuberculeux, mais cet homme plus âgé, plus robuste et – à en croire Stanley – plus dur et plus violent avait caché ses symptômes, peut-être à ses propres yeux. Jusqu'à ce qu'il s'effondre ce jour, périssant quelques minutes à peine avant de manger son porc salé.

Je prélevai son foie pour le brandir à la lumière, et Stanley et moi observâmes à notre satisfaction des signes confirmant notre diagnostic, constatant en outre que Hartnell avait abusé de l'alcool, et ce depuis des années.

À quelques yards de là, derrière le rideau, son frère Thomas hurlait de plus belle, maintenu en respect par le capitaine Fitzjames. Je reconnus à leurs voix plusieurs officiers – les lieutenants Gore et Le Vesconte, l'enseigne Fairholme, ainsi que le second maître Des Vœux – qui s'efforçaient de calmer le reste de l'équipage.

— En avons-nous assez vu? murmura Stanley.

J'acquiesçai à nouveau. Nous n'avions décelé aucun signe de scorbut, ni sur le corps, ni sur le visage, ni dans la bouche, ni dans les entrailles. Quoique nous ignorions comment la consomption, la pneumonie ou la conjonction des deux avait pu terrasser le matelot de si soudaine façon, il n'en demeurait pas moins évident que nous n'avions pas à redouter d'épidémie.

La rumeur montant de l'équipage se faisait sans cesse plus insistante, aussi m'empressai-je de remettre les organes dans la cage thoracique du mort, les jetant en vrac sans me soucier de les disposer correctement, puis replaçant les côtes tant bien que mal. (Je devais me rendre compte par la suite que je les avais mises à l'envers.) Le Dr Stanley referma ensuite l'incision en Y, maniant le fil et l'aiguille avec une assurance et une célérité qui auraient fait la fierté d'un maître voilier.

Moins d'une minute plus tard, nous avions remis ses vêtements à Hartnell – dont la rigor mortis nous posait déjà problème –, et nous écartâmes alors le rideau, afin que Stanley – dont la voix est plus forte, plus autoritaire que la mienne – déclarât à son frère et à ses camarades qu'il ne nous restait plus qu'à laver le défunt, après quoi ils pourraient le préparer pour ses funérailles.

6 janvier 1846

Pour une raison que j'ignore, ce service me fut plus pénible que le premier. À nouveau la procession quitta le navire – l'*Erebus* cette fois-ci, dont l'équipage avait été rejoint par le capitaine Crozier et les Drs Peddie et McDonald, du *Terror*.

À nouveau le cercueil était drapé dans l'*Union Jack* – si les jambes de Hartnell n'étaient enveloppées que d'un linceul, les marins avaient enfilé trois couches de vêtements sur son torse, dont la plus belle chemise de son frère Thomas, afin que le corps restât quelques heures exposé à la vue avant qu'on ne clouât le cercueil en prévision du service. À nouveau nous suivîmes le traîneau de la mer gelée à la grève gelée, éclairés par plusieurs lanternes bien que les étoiles brillassent dans le ciel et que nulle neige ne tombât. Les fusiliers marins durent s'activer, car trois grands ours blancs s'approchèrent de nous en reniflant, pareils à de grands spectres blancs apparaissant au sein des blocs de glace, et les hommes tirèrent plusieurs coups de feu pour les chasser, blessant l'un d'eux au flanc.

À nouveau sir John prononça un éloge – plus bref que le précédent, Hartnell étant moins apprécié que le jeune Torrington –, à nouveau nous rebroussâmes chemin sur la glace grinçante, couinante et gémissante, sous les étoiles dansant dans la froidure, dans un silence qui n'était rompu que par le bruit des pelles et des pioches creusant un trou à côté de la sépulture soigneusement entretenue de Torrington.

Peut-être fut-ce la falaise noire se dressant au-dessus de nous qui me meurtrit l'esprit lors de cette seconde inhumation. Bien que j'eusse pris soin de lui tourner le dos, me rapprochant de sir

John afin de mieux entendre ses paroles d'espoir et de réconfort, je n'en étais pas moins conscient de cette muraille de pierre, froide, noire, verticale, exempte de vie comme de lumière – une porte, me semblait-il, donnant sur ce royaume dont nul homme n'est jamais revenu. Face à la glaciale réalité de cette pierre noire et aveugle, les paroles inspirées et compatissantes de sir John demeuraient sans effet ou presque.

Le moral est au plus bas à bord des deux navires. La première semaine de l'année est à peine entamée, et déjà deux des nôtres sont décédés. Les quatre chirurgiens de cette expédition apparemment maudite sont convenus de se retrouver demain en un lieu discret – l'atelier du charpentier du Terror – afin de prévenir de nouvelles pertes.

Voici quelle était l'inscription sur la seconde stèle :

À LA MÉMOIRE DE
JOHN HARTNELL,
MATELOT DU HMS EREBUS
DÉCÉDÉ LE 4 JANVIER 1846
À L'ÂGE DE 25 ANS
« AINSI PARLE LE SEIGNEUR, LE TOUT-PUISSANT :
RÉFLÉCHISSEZ BIEN À QUOI VOUS ÊTES ARRIVÉS »
AGGÉE, 1, 7

Le vent s'est levé durant l'heure écoulée, il est bientôt minuit et toutes les lampes sont éteintes sur le premier pont de l'Erebus, et j'écoute le vent ululer et je pense à ces deux tas de pierres sur cet isthme noir et venteux, et je pense aux deux morts qui gisent dans ces fosses glacées, et je pense à la muraille noire et aveugle de la falaise, et j'imagine la grêle de flocons qui s'emploie déjà à effacer les lettres sur ces stèles de bois.

7

Franklin

70° 03' 29" de latitude nord, 98° 20' de longitude ouest
Environ 45 km au N.-N.-O. de la terre du Roi-Guillaume
3 septembre 1846

Il était rare que sir John Franklin fût aussi content de lui.

Ils avaient passé l'hiver précédent bloqués au large de l'île Beechey, plusieurs centaines de milles au nord-ouest de leur position actuelle, et cela n'avait guère été confortable – il serait le premier à le reconnaître devant ses pairs, s'il s'en était trouvé un parmi ses compagnons. La mort de trois membres de l'expédition, Torrington et Hartnell début janvier, puis le fusilier marin William Braine le 3 avril, tous emportés par une consomption compliquée d'une pneumonie, l'avait profondément choqué. À sa connaissance, jamais une expédition de la Royal Navy n'avait perdu trois de ses membres si tôt dans son périple.

C'était Franklin en personne qui avait choisi l'inscription figurant sur la pierre tombale du soldat de trente-deux ans – « *Choisissez aujourd'hui qui vous voulez servir* – *Josué, 24, 15* » – et, pendant quelque temps, cette injonction avait semblé s'adresser aux équipages de l'*Erebus* et du *Terror*, que leur misère aurait pu inciter à la mutinerie, tout autant qu'aux hypothétiques passants susceptibles de se recueillir devant les sépultures de Braine, de Hartnell et de Torrington, perdues sur leur grève de glace et de gravier.

Les quatre chirurgiens, qui s'étaient réunis en conseil à l'issue de la mort de Hartnell, estimaient qu'un début de scorbut devait affaiblir la constitution des hommes, transformant en maladies mortelles la pneumonie et les affections congénitales telles que la consomption. Les chirurgiens Stanley, Goodsir, Peddie et McDonald recommandèrent à sir John de changer le régime alimentaire des marins : on devait leur servir des légumes et de la viande fraîche

– quoique, à cette époque de l'année, le seul gibier possible fût l'ours polaire, dont le foie pouvait se révéler mortel pour une raison encore inconnue – et, faute de mieux, les inciter à consommer des conserves – du potage aux légumes, par exemple – plutôt que la viande salée, porc, bœuf ou volaille, qui avait leur préférence.

Sir John avait suivi cette recommandation, ordonnant que la moitié des repas au moins fût préparée à partir de conserves. Apparemment, cela avait sauvé la situation. On n'avait signalé aucun décès, ni aucune maladie grave, entre le début avril et la fin mai, moment où les deux navires échappèrent à leur gangue de glace au large de l'île Beechey.

La banquise n'avait pas tardé à se morceler et Franklin, s'engageant dans les chenaux que lui indiquaient ses deux pilotes des glaces expérimentés, avait mis le cap au sud-ouest, filant comme l'étoupe et la fumée – ainsi que le disaient les marins de sa génération.

Les animaux avaient refait leur apparition en même temps que le soleil et la mer, dans le ciel comme dans les eaux. Durant les longues journées de l'été arctique, où l'astre du jour demeurait au-dessus de l'horizon presque jusqu'à minuit et où la température montait parfois au-dessus de zéro, les cieux s'emplissaient d'oiseaux migrateurs. Franklin lui-même parvenait à distinguer les pétrels des sarcelles, les eiders des mergules et les petits macareux des autres oiseaux. Autour de l'*Erebus* et du *Terror*, les chenaux de plus en plus larges grouillaient de baleines franches qui auraient fait saliver un baleinier yankee, sans parler des morues, harengs et autre menu fretin, ni des baleines boréales et des bélugas. Les marins mirent les baleinières à l'eau et partirent en chasse, traquant parfois les plus petits cétacés, juste pour le plaisir.

Chaque soir, les chasseurs rapportaient de nouvelles rations de gibier – des oiseaux, certes, mais aussi ces satanés phoques, à selle ou annelés, quasiment impossibles à débusquer durant l'hiver et batifolant désormais dans l'eau sans la moindre crainte. Les hommes n'appréciaient guère leur viande, à la fois huileuse et astringente, mais ces bêtes vives et corpulentes aiguisaient néanmoins leur appétit. Ils abattirent également les énormes morses vociférants qu'ils apercevaient sur le rivage dans leur lunette d'approche, affairés à ouvrir des huîtres à coups de défense, et certains d'entre eux traquèrent aussi le renard arctique, pour sa viande autant que pour sa fourrure blanche. Ils restaient à l'écart des ours polaires, à moins que ces animaux balourds ne fissent mine de leur disputer leurs proies. Personne n'appréciait la chair de l'ours, surtout lorsque abondait un gibier plus appétissant.

Les ordres de Franklin lui laissaient une certaine latitude : s'il constatait que « l'approche par le sud du passage du Nord-Ouest était bloquée par la glace ou d'autres obstacles », il pouvait mettre le cap au nord et emprunter le détroit de Wellington pour gagner la « mer Polaire » – en d'autres termes, pour voguer jusqu'au pôle Nord. Mais Franklin agit comme il l'avait fait durant toute sa vie : il s'en tint aux ordres initiaux. Durant leur deuxième été arctique, le HMS *Erebus* et le HMS *Terror* quittèrent les parages de l'île Devon pour doubler le cap Walker et s'engager dans les eaux inconnues d'un archipel de glace.

L'année précédente, il avait bien cru devoir se résigner à naviguer jusqu'au pôle plutôt que de découvrir le passage. Le capitaine John Franklin ne pouvait que se féliciter de sa vitesse et de son efficacité. Bien qu'il n'eût disposé que de peu de temps durant l'été 1845 – les deux navires avaient quitté l'Angleterre plus tard que prévu et leur étape au Groenland les avait encore retardés –, il avait néanmoins traversé la baie de Baffin en un temps record, puis franchi le détroit de Lancaster au sud de l'île Devon, et ensuite le détroit de Barrow, pour trouver le cap Walker bloqué par le pack à la fin du mois d'août. Comme les pilotes des glaces avaient repéré des chenaux à l'ouest de l'île Devon, dans le détroit de Wellington, Franklin avait suivi la consigne et mis le cap au nord, espérant gagner la mer Polaire et même le pôle.

Mais ladite mer était destinée à demeurer une fable. La péninsule de Grinnell, qui, pour ce qu'ils en savaient, n'était peut-être que l'extrémité d'un continent arctique inconnu, leur avait bloqué le passage, les contraignant à obliquer vers le nord-ouest, et ensuite vers l'ouest, jusqu'à ce qu'ils aboutissent à sa pointe occidentale, remettent le cap au nord et tombent sur une masse de glace qui semblait s'étendre à l'infini à partir du détroit de Wellington. Cinq jours de navigation au pied de cette muraille, et Franklin, Fitzjames, Crozier et leurs deux pilotes des glaces étaient convaincus qu'ils ne trouveraient aucune mer Polaire au nord du détroit de Wellington. Du moins cet été-là.

De mauvaises conditions météorologiques les avaient obligés à naviguer vers le sud, autour d'une masse terrestre qu'on appelait naguère la terre Cornwallis et qui se révéla être une île. L'expédition du capitaine John Franklin avait au moins fait une découverte, ce qui le consolait dans une certaine mesure.

Tandis que le pack se solidifiait à toute vitesse à mesure que s'achevait l'été 1845, Franklin, après avoir bouclé le tour de l'île Cornwallis, ce domaine stérile et désolé, était entré dans le détroit de Barrow au nord du cap Walker, afin de s'assurer que la voie était toujours bloquée au sud – la mer n'était plus qu'une plaine de glace –, puis il avait cherché un lieu d'hivernage, sélectionnant une anse de la minuscule île Beechey qu'ils avaient explorée quinze jours auparavant. Ils étaient arrivés juste à temps, car les derniers chenaux du détroit de Lancaster s'étaient évanouis le lendemain du jour où ils avaient jeté l'ancre dans les eaux peu profondes de leur havre, et le pack mouvant aurait rendu toute navigation impossible. Même des chefs-d'œuvre de la technologie comme l'*Erebus* et le *Terror*, blindés de chêne et de fer, n'auraient sans doute pas survécu à un hiver dans la banquise.

Mais on était en été et cela faisait plusieurs semaines qu'ils filaient vers le sud-ouest, saisissant la moindre occasion pour remplir leur garde-manger, suivant le moindre indice prometteur, cherchant le moindre signe d'eau libre qu'apercevait la vigie sur le grand mât, brisant la glace pour avancer chaque fois que cela était nécessaire.

Le HMS *Erebus* aurait dû ouvrir la voie, car non seulement c'était là son rôle de vaisseau amiral, mais en outre il était équipé d'un moteur plus puissant de cinq chevaux-vapeur ; malheureusement, l'arbre de transmission de son hélice avait été tordu par un bloc de glace sous-marin, ce qui l'empêchait de reculer et nuisait à son efficience, de sorte que le *Terror* le précédait désormais.

À présent que les rivages gelés de la terre du Roi-Guillaume apparaissaient à une cinquantaine de milles au sud, les navires n'étaient plus protégés par la grande île située au nord de leur position – celle-là même qui les avait empêchés de foncer vers le sud-ouest une fois franchi le cap Walker, ainsi que Franklin avait prévu de le faire, les obligeant à s'engager dans le détroit de Peel et, de là, dans des passes inexplorées. Et voilà que la glace s'activait à l'ouest comme au sud, formant une plaine sans solution de continuité ou presque. Leur vitesse était au plus bas. La glace se faisait plus épaisse, les icebergs plus nombreux, les chenaux plus rares et plus étroits.

En ce matin du 3 septembre, sir John réunit en conférence les capitaines, les officiers supérieurs, les mécaniciens et les pilotes des glaces. Cette assemblée se logea sans peine dans sa cabine personnelle ; alors que, à bord du HMS *Terror*, l'espace correspondant servait de carré aux officiers, avec bibliothèque et salle de musique, la poupe de l'*Erebus* abritait sur toute sa largeur les appartements privés de sir John Franklin – plus de trois mètres cinquante de large sur plus de six mètres de long, avec des « lieux d'aisance » privés aménagés côté tribord. Ce cabinet était à peu près aussi grand que les cabines du capitaine Crozier et de ses officiers.

Edmund Hoar, le valet de sir John, avait placé des rallonges à la table afin que pussent y prendre place tous les officiers présents : le capitaine de frégate Fitzjames, les lieutenants de vaisseau Gore et Le Vesconte, et l'enseigne de vaisseau Fairholme, de l'*Erebus*, le capitaine de vaisseau Crozier, le lieutenant de vaisseau Little et les enseignes de vaisseau Hodgson et Irving, du *Terror*. Outre ces huit officiers, qui s'étaient assis en vis-à-vis – sir John avait pris place en bout de table, devant l'entrée de son cabinet privé –, étaient présents les deux pilotes des glaces, M. Blanky du *Terror* et M. Reid de l'*Erebus*, ainsi que les deux mécaniciens, M. Thompson, placé sous les ordres du capitaine Crozier, et M. Gregory, responsable des machines du vaisseau amiral. Sir John avait également prié le Dr Stanley, le chirurgien de l'*Erebus*, de participer à la réunion. Le valet avait servi du jus de raisin, du fromage et des biscuits, et les hommes bavardèrent quelque temps avant que sir John prenne la parole.

— Gentlemen, dit sir John, vous savez sans doute pourquoi nous sommes rassemblés ici. Par la grâce de Dieu, notre expédition a connu ces deux derniers mois son content de réussite. Nous avons parcouru près de trois cent cinquante milles depuis l'île Beechey. Nos vigies et nos éclaireurs en traîneau aperçoivent encore des zones d'eau libre au sud et à l'ouest. Peut-être est-il encore en notre pouvoir – si Dieu le veut – de les atteindre et de franchir dès cet automne le passage du Nord-Ouest.

« Mais on me dit qu'à l'ouest de notre position, la glace se fait plus épaisse et plus abondante. Selon M. Gregory, l'arbre de transmission de l'*Erebus* a été endommagé par la glace, et, bien que nous puissions toujours naviguer à la vapeur, l'efficience du navire amiral est compromise. Nos réserves de charbon s'amenuisent. Un nouvel hiver s'annonce. En d'autres termes, gentlemen, nous devons décider aujourd'hui de l'orientation de notre action. Je pense qu'il n'est pas exagéré d'affirmer que le succès ou l'échec de notre expédition dépendra des conclusions de cette réunion.

Il y eut un long silence.

Sir John désigna d'un geste le pilote des glaces de l'*Erebus*, un homme à la barbe rousse.

— Avant d'entamer la discussion proprement dite, peut-être serait-il utile de recueillir l'opinion des pilotes, des mécaniciens et du chirurgien qui se trouvent parmi nous. Monsieur Reid, pouvez-vous faire part à cette assemblée des observations que vous m'avez faites hier concernant l'évolution des glaces ?

Reid, qui se tenait en bout de table derrière les officiers de son navire, s'éclaircit la gorge. C'était un homme plutôt réservé, et ses joues prirent la couleur de sa barbe lorsqu'il commença.

— Sir John... messieurs... ce n'est un secret pour personne, nous avons été foutr... pardon... sacrément veinards rapport à la glace depuis que les navires ont été dégagés en mai et que nous avons quitté l'île Beechey début juin. Quand on a navigué dans les détroits, on a surtout rencontré de la glace en gadoue. Pas de problème, donc. La nuit − si l'on peut qualifier de nuit ces quelques heures de pénombre −, on avait affaire à de la glace en galettes, comme celle que nous voyons ces dernières semaines, vu que la mer est toujours sur le point de geler, mais ce n'est pas un problème non plus.

« On a pu rester à l'écart de la jeune glace le long du rivage − laquelle est plus dangereuse. Derrière elle se trouve la glace bordière, qui est capable de déchirer la coque d'un navire, même s'il est blindé comme les nôtres. Mais, ainsi que je viens de le dire, on est resté à l'écart de la glace bordière... pour le moment.

Reid suait à grosses gouttes, regrettant visiblement de s'étendre ainsi mais sachant qu'il n'avait pas fini de répondre à la question de sir John. Il s'éclaircit la gorge et reprit.

— Donc, sir John, messieurs, pour ce qui est des glaces mobiles, nous n'avons pas eu de problème ni avec les sarrasins, ni avec les glaces dérivantes les plus épaisses, et quant aux fragments d'iceberg − ceux qui se détachent des icebergs proprement dits −, la largeur des chenaux nous permet en général de les éviter. Mais cela ne va pas durer, messieurs. Maintenant que les nuits allongent, la glace en galettes est là en permanence, et nous rencontrons de plus en plus de bourguignons et de hummocks. Et ce sont ces derniers qui nous inquiètent, M. Blanky et moi.

— Pourquoi donc, monsieur Reid ? demanda sir John.

Comme chaque fois qu'il était question de l'état des diverses glaces, son visage exprimait l'ennui le plus profond. À ses yeux, la glace n'était qu'un banal obstacle à enfoncer, à contourner, à vaincre.

— À cause de la neige, sir John, répondit Reid. La couche de neige au-dessus des hummocks, et les traces du flux et du reflux sur leurs flancs. Ça veut dire qu'on va tomber sur de la vieille banquise, de la banquise chaotique, et qu'on va se retrouver bloqués dedans. Tout ce qu'on aperçoit à perte de vue, au sud comme à l'ouest, c'est cette banquise, excepté peut-être quelques zones d'eau libre, bien au sud de la terre du Roi-Guillaume.

— Le passage du Nord-Ouest, murmura le capitaine de frégate Fitzjames.

— Peut-être, dit sir John. Fort probablement. Mais, pour y parvenir, il nous faudra traverser plus de cent milles de banquise − voire deux cents milles. Il paraît que le pilote des glaces du *Terror* a une théorie expliquant l'aggravation des conditions à l'ouest. Monsieur Blanky ?

Thomas Blanky n'était pas du genre à rougir. Il dit son fait d'une voix pleine d'assurance, en un staccato rappelant une salve de mousquet.

— Pénétrer dans cette banquise serait courir à une mort certaine. Nous sommes déjà allés trop loin. En fait, depuis que nous avons passé le détroit de Peel, nous voguons au sein d'une coulée de glace comme on en trouve au nord de la baie de Baffin, voire plus dangereuse encore, et ça empire de jour en jour.

— Pourquoi donc, monsieur Blanky ? demanda le capitaine de frégate Fitzjames, d'une voix où perçait un léger zézaiement. À cette époque de l'année, nous devrions pouvoir trouver des chenaux jusqu'à ce que la mer ait gelé, et, à proximité des terres, au sud-ouest de la pointe de la terre du Roi-Guillaume, par exemple, nous devrions trouver de l'eau libre pendant un mois encore.

Le pilote des glaces secoua la tête.

— Non. Nous n'avons affaire ni à des galettes ni à de la gadoue, messieurs, mais à une *banquise*. Elle descend sur nous depuis le nord-ouest. Imaginez une flotte de gigantesques glaciers voguant plein sud, semant des icebergs et gelant la mer sur des centaines de milles. Jusqu'ici, nous en étions protégés.

— Mais par quoi donc ? demanda le lieutenant de vaisseau Gore, un officier aussi aimable que bien fait de sa personne.

Ce fut le capitaine de vaisseau Crozier qui lui répondit, après avoir adressé un signe de tête à Blanky.

— Par les îles qui se trouvaient à l'ouest de nos navires à mesure que ceux-ci descendaient vers le sud, Graham. Tout comme nous avons découvert l'année dernière que la terre de Cornwallis était en fait une île, sous savons aujourd'hui qu'il en va de même pour la terre du Prince-de-Galles. Celle-ci nous protégeait de la coulée de glace jusqu'à ce que nous sortions du détroit de Peel. Désormais, nous voyons bien que la banquise force le passage vers le sud en s'insinuant entre les îles au nord-ouest, et ce sans doute jusqu'au continent. S'il subsiste des zones d'eau libre le long du littoral au sud, elles n'en ont plus pour très longtemps. Et nous non plus, si nous fonçons droit devant et nous retrouvons obligés d'hiverner sur la banquise.

— C'est votre opinion, Francis, dit sir John. Et nous vous remercions de nous en avoir fait part. Mais nous devons décider de la suite des événements. Oui... James ?

Comme de coutume, le capitaine de frégate Fitzjames respirait l'assurance et la décontraction. Il avait un peu grossi lors de l'expédition et les boutons de son uniforme semblaient sur le point de sauter. Ses joues étaient rubicondes et ses boucles blondes bien plus longues que lorsqu'il séjournait en Angleterre. Il gratifia l'assemblée de son plus beau sourire.

— Sir John, je conviens avec le capitaine Crozier qu'il serait désastreux pour nous d'être pris au piège dans la banquise, mais je ne pense pas que tel serait notre destin si nous poursuivions sur notre lancée. Il est à mon sens impératif que nous nous déplacions le plus possible vers le sud – soit pour atteindre la zone d'eau libre qui nous permettra de franchir le passage du Nord-Ouest, un but que, à mon avis, nous accomplirons avant l'hiver, soit, plus simplement, pour trouver un havre près des côtes, peut-être une crique où nous hivernerons dans les mêmes conditions qu'à l'île Beechey. À tout le moins, nous savons grâce à l'expérience de sir John, sans parler des autres explorateurs polaires, que la mer gèle moins vite près du littoral grâce à la chaleur relative de l'eau douce apportée par les fleuves.

— Et si, en allant vers le sud-ouest, nous ne pouvions atteindre ni une côte, ni une zone d'eau libre ? s'enquit Crozier à voix basse.

Fitzjames eut un geste légèrement dédaigneux.

— Au moins nous serions-nous rapprochés de notre but en attendant le dégel. Quel autre choix avons-nous, Francis ? Vous n'envisagez quand même pas de rebrousser chemin jusqu'à Beechey, voire jusqu'à la baie de Baffin ?

Crozier secoua la tête.

— Nous pourrions choisir de longer la côte *est* de la terre du Roi-Guillaume ; nous rencontrerions moins de difficultés, vu que nos éclaireurs nous informent que la zone d'eau libre est plus importante qu'à l'ouest.

— Naviguer à l'*est* de la terre du Roi-Guillaume ? dit sir John d'une voix incrédule. Mais nous aboutirions dans une impasse, Francis. Certes, la péninsule nous protégerait des glaces, mais nous aurions par la suite des centaines de milles à remonter, si tant est que l'eau ait dégelé.

— À moins que..., reprit Crozier en parcourant la tablée du regard, à moins que cette terre soit une île, elle aussi. Auquel cas elle nous protégerait de la banquise venant du nord-ouest tout comme l'île du Prince-de-Galles l'a fait lors du mois écoulé. Et il est probable que la zone d'eau libre à l'est de la terre du Roi-Guillaume s'étend quasiment jusqu'à la côte, et nous pourrions longer celle-ci dans des eaux plus chaudes en maintenant le cap à l'ouest pendant plusieurs semaines, et peut-être y trouver un havre – qui sait ? l'embouchure d'un fleuve – si nous sommes contraints d'hiverner de nouveau.

Il y eut un long silence dans la salle.

Le lieutenant de vaisseau H. T. D. Le Vesconte s'éclaircit la voix.

— Vous êtes donc un partisan des théories excentriques du Dr King, dit-il à voix basse.

Crozier plissa le front. Ainsi qu'il le savait pertinemment, les théories du Dr Richard King, un vulgaire civil, faisaient l'objet chez les marins d'un mépris quasi universel, notamment parce qu'il estimait — et ne se privait pas de proclamer — que les expéditions maritimes d'envergure comme celles de sir John étaient stupides, dangereuses et dispendieuses. Se fondant sur son travail de cartographe et sur son expérience aux côtés de Back durant une expédition terrestre, King pensait que la terre du Roi-Guillaume était en fait une île, alors que Boothia, une masse terrestre située plus à l'est, était une longue péninsule et non une île comme on le croyait. Par conséquent, affirmait-il, le plus sûr moyen de trouver le passage du Nord-Ouest était de monter une petite expédition terrestre dans le nord du Canada, afin qu'elle suive le littoral en direction de l'ouest, car l'immensité maritime qui s'étendait vers le nord était en fait un dangereux labyrinthe d'îles et de coulées de glace, capable d'engloutir un millier d'*Erebus* et autant de *Terror*. Crozier savait que sa bibliothèque contenait un exemplaire du brûlot de King — il l'avait emprunté pour le lire et le conservait encore dans sa cabine. Mais il savait aussi que pas un seul de ses compagnons n'aurait accepté de l'ouvrir.

— Non, fit-il, je ne défends pas les thèses de King, je me contente de vous suggérer une possibilité. Écoutez... nous pensions que la terre Cornwallis était immense, voire qu'elle faisait partie du continent Arctique, mais nous en avons fait le tour en quelques jours. Nombre d'entre nous pensions que l'île Devon aboutissait au nord-ouest sur la mer Polaire, mais nous en avons découvert la pointe occidentale et constaté que des chenaux conduisaient plus au nord.

« Nos ordres nous enjoignaient de voguer au sud-ouest à partir du cap Walker, mais nous avons trouvé la terre Prince-de-Galles sur notre chemin — découvrant du même coup qu'il s'agissait d'une île, ce qui est bien plus important. Et la bande de glace que nous avons repérée à l'est tout en naviguant vers le sud était peut-être un détroit gelé — un détroit séparant l'*île* Somerset de Boothia Felix, ce qui montrerait que King se trompe, que la péninsule de Boothia ne présente pas une masse continue jusqu'au détroit de Lancaster.

— Rien ne prouve que cette bande de glace soit un détroit, dit le lieutenant de vaisseau Gore. Il est plus raisonnable de croire qu'il s'agit d'un isthme pris dans les glaces, comme nous en avons vu sur l'île Beechey.

Crozier haussa les épaules.

— Peut-être, mais l'expérience nous a appris que nombre de terres que nous pensions fort étendues ou reliées par des isthmes étaient en fait des îles. Je propose que nous fassions demi-tour, que nous évitions la banquise au sud-ouest et que nous longions la côte est de ce qui est sans doute l'*île* du Roi-Guillaume, en mettant le cap à l'est puis au sud. À tout le moins, nous serons protégés de ce... *glacier* flottant dont parle M. Blanky, et, si nous débouchons sur un cul-de-sac, il y a de grandes chances pour que nous puissions remonter jusqu'à la pointe de la terre du Roi-Guillaume l'été prochain, ce qui nous ramènerait à notre situation présente sans que nous ayons perdu grand-chose.

— Hormis du temps et du charbon également précieux, remarqua le capitaine de frégate Fitzjames.

Crozier opina.

Sir John frotta ses joues glabres et poupines.

Ce fut James Thompson, le mécanicien du *Terror*, qui rompit le silence.

— Sir John, messieurs, puisque vous abordez la question de nos réserves de charbon, je tiens à vous signaler que nous sommes très, très proches du point de non-retour en ce qui concerne le combustible, et je parle au sens littéral du terme. Rien que durant la semaine écoulée, nos machines ont consommé plus d'un quart de notre stock pour forcer le passage dans cette banquise. Il nous reste un peu plus de la moitié de la quantité initiale... soit de quoi naviguer moins de quinze jours dans des conditions normales, quelques jours à peine dans celles que nous rencontrons présentement. Si nous devons passer un nouvel hiver pris dans les glaces, il nous faudra brûler le plus gros de nos réserves pour chauffer les navires.

— On pourrait toujours envoyer des hommes à terre pour couper du bois de chauffage, dit le lieutenant de vaisseau Edward Little, qui était assis à gauche de Crozier.

Durant la minute qui suivit, tous rirent de bon cœur à l'exception de sir John. Cette plaisanterie dissipa en partie la tension. Peut-être sir John se rappelait-il ses premières expéditions terrestres, qui l'avaient conduit dans les terres situées au sud de leur position actuelle. La toundra s'étendait sur près de quinze cents kilomètres à partir du littoral, totalement vide d'arbres comme de buissons.

— Il existe un moyen d'améliorer notre efficience, dit Crozier à voix basse lorsque l'hilarité eut fait place à un silence plus détendu.

Toutes les têtes se tournèrent vers le capitaine du HMS *Terror*.

— Transférer à bord du *Terror* l'équipage et le charbon de l'*Erebus*, puis jouer notre va-tout, reprit-il. Foncer soit vers le sud-ouest à travers la glace, soit le long de la côte est de la terre, ou de l'île du Roi-Guillaume.

— Jouer notre va-tout, répéta M. Blanky, brisant le silence stupéfait. Oui, ça se tient.

Sir John battit des cils dans rien dire. Lorsqu'il reprit la parole, ce fut d'une voix incrédule, comme si Crozier venait de faire une farce qui lui était incompréhensible.

— Abandonner notre navire amiral ? dit-il. Abandonner l'*Erebus* ?

Il parcourut la cabine du regard, comme si son simple examen avait pu emporter la décision des officiers qui l'entouraient : les étagères croulant sous les livres, la table recouverte de porcelaine et d'argenterie, les verrières Preston enchâssées dans le plafond, qui dispensaient leur chaude lumière sur les lieux.

— Abandonner l'*Erebus*, Francis ? répéta-t-il.

Quoique un rien plus assurée, sa voix demeurait celle d'un homme réagissant à une farce qu'il n'avait pas comprise.

Crozier fit oui de la tête.

— L'arbre de transmission est hors d'usage, monsieur. M. Gregory, votre mécanicien, vient de nous dire qu'il faudrait mettre le navire en cale sèche pour le réparer. Ce qui serait impossible si nous étions pris dans les glaces. Dans un tel cas, d'ailleurs, notre situation ne pourrait que s'aggraver. En conservant les deux navires, notre réserve de charbon ne nous donnerait qu'une semaine d'autonomie. En cas d'échec, les deux navires seraient immobilisés. Si nous sommes pris au piège à l'ouest de la terre du Roi-Guillaume, nous dériverons avec la banquise dans une direction qui nous est inconnue. Il y a de grandes chances pour que nous nous retrouvions dans des hauts-fonds. Ce qui entraînerait la destruction de nos navires, si fantastiques soient-ils.

D'un mouvement de la tête, Crozier désigna les verrières.

— Mais si nous concentrons nos forces à bord du navire le moins endommagé, reprit-il, et si nous avons la chance de trouver une zone d'eau libre à l'est de la terre du Roi-Guillaume, nos réserves de combustible nous permettront de naviguer pendant un mois encore. Il faudrait certes sacrifier l'*Erebus*, mais nous aurons bon espoir de gagner en moins d'une semaine la pointe de Turnagain et autres lieux familiers. Et nous franchirons le passage du Nord-Ouest l'année prochaine plutôt que cette année.

— Abandonner l'*Erebus* ? répéta sir John.

Il ne semblait ni furieux, ni contrarié, seulement désarçonné par l'absurdité de cette proposition.

— Nous serions fort à l'étroit à bord du *Terror*, fit remarquer le capitaine de frégate Fitzjames, comme s'il prenait ladite proposition au sérieux.

Sir John fixa des yeux celui de ses officiers qu'il aimait entre tous. Le sourire glacial qui se peignait sur son visage était celui d'un homme découvrant une farce et se demandant s'il n'en était pas le dindon.

— Certes, mais nous pourrions le supporter pendant un mois et quelques, répliqua Crozier. MM. Honey et Weekes, nos charpentiers, superviseraient l'abattage des cloisons – dans le quartier des officiers, seul le carré serait maintenu tel quel, et sir John pourrait en occuper une partie, le reste servant de mess. Cela nous donnerait suffisamment de place, même si nous devions passer une année dans les glaces. Les œuvres vives de ces vieilles bombardes sont relativement spacieuses.

— Il nous faudrait un certain temps pour transférer les réserves d'un navire à l'autre, dit le lieutenant de vaisseau Le Vesconte.

Crozier acquiesça une nouvelle fois.

— J'ai demandé à M. Helpman, mon commissaire de bord, d'étudier la question. Vous vous souvenez sans doute que M. Goldner, le fournisseur en conserves de notre expédition, n'a livré sa marchandise que quarante-huit heures avant le départ, ce qui nous a contraints à revoir nos modalités de chargement. Nous avons fait le maximum pour appareiller à la date prévue. Selon M. Helpman, si les deux équipages travaillent durant toute la période diurne, en se reposant à tour de rôle par tranches de deux heures, il nous faudra trois jours pour transférer à bord du *Terror* toutes les réserves de l'*Erebus*. Nous vivrions les uns sur les autres pendant quelques semaines, mais nous aurions l'impression de repartir de zéro : nos cales regorgeraient de provisions et de combustible, et nous serions d'attaque pour une nouvelle expédition.

— Pour jouer notre va-tout, insista M. Blanky.

Sir John secoua la tête en gloussant, comme s'il avait décidé de mettre un terme à la farce.

— Eh bien, Francis, voilà une hypothèse des plus... *intéressantes*... mais nous n'abandonnerons pas l'*Erebus*, naturellement. Pas plus que nous n'abandonnerions le *Terror*, si c'était lui qui souffrait d'une quelconque avarie. Bon, personne ici n'a suggéré de battre en retraite jusqu'à la baie de Baffin. Me trompé-je en concluant que personne n'est en faveur de cette solution ?

Il y eut un nouveau silence. On entendait les marins qui s'affairaient à briquer le pont, pour la seconde fois de la journée.

— Eh bien, c'est entendu, reprit sir John. Nous irons de l'avant. Non seulement c'est ce que nous dictent nos ordres, mais encore, ainsi que certains d'entre vous l'ont souligné, plus nous nous approcherons du continent, plus nous serons en sécurité, même si ces terres sont aussi inhospitalières que les sinistres îles que nous avons pu observer. Francis, James, vous pouvez aller communiquer notre décision à vos équipages.

Sir John se leva.

Stupéfaits, les membres de l'assistance restèrent cois, puis les officiers se levèrent, saluèrent et évacuèrent la cabine de sir John.

Comme ils s'engageaient dans l'étroite coursive pour regagner l'échelle menant au pont, le Dr Stanley tira sur la manche du capitaine de frégate Fitzjames.

— Commandant, commandant, sir John a omis de me demander de faire mon rapport, mais je tenais à informer tout le monde de la quantité alarmante de conserves avariées.

Fitzjames lui adressa un sourire mais se dégagea.

— Nous nous arrangerons pour que vous ayez un entretien privé avec sir John, monsieur Stanley.

— Mais je l'ai *déjà* mis au courant, insista le chirurgien. Je tenais à informer les autres officiers au cas où...

— Plus tard, monsieur Stanley, coupa le capitaine de frégate Fitzjames.

Le chirurgien voulut ajouter quelque chose, mais ce fut à ce moment-là que le capitaine de vaisseau Crozier héla John Lane, son bosco, afin d'embarquer dans le canot qui devait le ramener vers le *Terror*, dont la proue s'enfonçait dans la banquise. Un plumet de fumée noire montait toujours de la cheminée du navire de tête.

Les deux navires progressèrent à allure réduite pendant quatre jours encore, fendant la banquise en direction du sud-ouest. Le HMS *Terror* brûlait son charbon à un rythme prodigieux, utilisant toute la puissance de ses moteurs pour fracasser une glace de plus en plus épaisse. Même par temps dégagé, on n'apercevait plus aucun signe d'une zone d'eau libre au sud.

La température baissa subitement le 9 septembre. L'étroit sillage d'eau libre de l'*Erebus* se recouvrit de glace en galettes puis gela complètement. Tout autour d'eux, le paysage se transformait en chaos blanc peuplé de bourguignons, d'icebergs et de crêtes émergentes.

Durant les six jours suivants, Franklin eut recours à toutes les malices de son sac arctique : on répandit de la suie sur la glace pour la faire fondre plus vite, on cula en mettant la voile à contre, on dépêcha jour et nuit des hommes équipés de scies pour découper la glace en blocs, on déplaça le lest, on alla même jusqu'à planter des ancres à jet, à grand renfort de pioches, de pelles et de poteaux, afin de haler l'*Erebus* mètre par mètre – le navire amiral avançait de nouveau en tête, la glace s'étant considérablement épaissie. Finalement, Franklin ordonna à tous les hommes valides de descendre sur la banquise, leur assigna des câbles, ou des harnais pour les plus robustes, et leur ordonna de tracter les navires, ce qu'ils firent en consacrant à cette tâche toutes leurs forces, toute leur volonté, toute leur sueur et tous leurs jurons. Sir John leur promettait sans se lasser une zone d'eau libre côtière, qu'ils atteindraient dans vingt, trente, cinquante milles tout au plus.

Autant vouloir atteindre la surface de la Lune.

Le 15 septembre 1846, la nuit s'allongea encore, la température descendit à − 18 °C et la glace se mit à racler en gémissant les coques des navires. Le matin, en montant sur le pont, les hommes virent que la mer était devenue une plaine blanche s'étendant jusqu'à l'horizon. Entre deux bourrasques de neige, Crozier et Fitzjames réussirent à faire le point grâce au soleil. Chacun d'eux estima leur position à environ 70° 05' de latitude nord et 98° 23' de longitude ouest, ce qui les plaçait vingt-cinq milles au nord-ouest du littoral de l'île du Roi-Guillaume, à moins qu'il ne s'agît de la terre du Roi-Guillaume. Ce détail n'avait désormais aucune importance.

Ils se trouvaient en pleine mer – en pleine banquise –, en plein sur la route de la « flotte de glaciers » de M. Blanky, qui déferlait sur eux depuis les régions polaires du nord-ouest, peut-être même depuis l'inconcevable pôle Nord. À leur connaissance, il n'existait pas le moindre refuge à cent milles à la ronde, et, même s'il s'en était trouvé un, ils n'avaient aucun moyen de le gagner.

À deux heures de l'après-midi ce jour-là, le capitaine de vaisseau John Franklin ordonna qu'on ralentisse les chaudières de l'*Erebus* et du *Terror*. La pression diminua sensiblement. Il en restait juste assez pour que l'eau chaude circule dans les conduits du premier pont de chaque navire.

Sir John ne fit aucune annonce aux équipages. Cela était inutile. Ce soir-là, à bord de l'*Erebus*, alors que les marins s'installaient dans leurs hamacs et que Hartnell adressait sa prière quotidienne pour le salut de son frère, le matelot Abraham Seeley, trente-cinq ans, qui occupait le hamac voisin du sien, siffla :

— On est dans la merde à présent, Tommy, et ni tes prières ni celles de sir John ne pourront nous en sortir... du moins pas avant dix mois.

8

Crozier

70° 05' de latitude nord, 98° 23' de longitude ouest
11 novembre 1847

Un an, deux mois et huit jours ont passé depuis que sir John a présidé cette conférence à bord de l'*Erebus,* et les deux navires sont toujours pris dans les glaces, plus ou moins à la même position qu'en ce jour de septembre 1846. Bien que le courant de nord-ouest entraîne un déplacement de la banquise, la glace, les icebergs, les crêtes et les deux vaisseaux de la Royal Navy sont animés d'un lent mouvement circulaire, de sorte qu'ils se trouvent toujours à environ vingt-cinq milles au nord-nord-ouest de la terre du Roi-Guillaume, tournant comme une tache de rouille sur l'un des disques à musique métalliques du carré des officiers.

Le capitaine de vaisseau Crozier a passé toute cette journée de novembre – plusieurs heures de ténèbres, sans la moindre trace de lumière diurne – à rechercher William Strong et Thomas Evans, ses deux marins disparus. Il n'y a aucun espoir de les retrouver vivants, bien entendu, et le risque est grand que certains de leurs camarades périssent à leur tour, mais il n'est pas question de renoncer à ces recherches. Capitaine et équipage sont d'accord sur ce point.

Quatre équipes de cinq hommes, le premier portant deux lanternes et les quatre autres armés d'un fusil ou d'un mousquet, chaque équipe étant relevée toutes les quatre heures. Lorsque l'une d'elles est de retour, toute tremblante de froid, une autre est déjà prête sur le pont, armée et équipée, fusils chargés et lanternes remplies, et les recherches reprennent dans le quadrant alloué aux hommes qui ont fini leur tour. Les quatre équipes décrivent des cercles concentriques autour du navire, et les guetteurs distinguent à peine leurs lanternes au sein du chaos de glace et des ténèbres embrumées, les bourguignons, les blocs de glace, les crêtes et l'éloignement rendant l'observation de plus en plus difficile. Accompagné d'un marin portant une lanterne rouge, le capitaine Crozier va d'un quadrant à l'autre, passant les équipes en revue puis retournant sur le *Terror* pour superviser les opérations à bord.

Douze heures s'écoulent ainsi.

Quand la cloche sonne deux fois lors du premier petit quart – donc à six heures du soir –, toutes les équipes regagnent le bord ; on n'a pas trouvé trace des disparus, mais quelques hommes s'en veulent d'avoir tiré sur des fantômes, trompés par les gémissements du vent dans la glace fracturée ou par un sérac aux allures d'ours blanc. Crozier est le dernier à remonter à bord et il suit ses hommes au premier pont.

Lorsqu'il arrive au bas de l'échelle, la plupart des marins ont rangé leurs bottes et leur tenue de froid pour s'asseoir à leurs tables, que l'on a descendues du plafond grâce à des chaînes, et les officiers ont gagné leur mess. Jopson, le valet de Crozier, et le lieutenant Little s'empressent de l'aider à ôter ses vêtements festonnés de glace.

— Vous êtes gelé, commandant, dit Jopson. Vous avez la peau blanchie par les engelures. Venez prendre un bon souper au mess, monsieur.

Crozier fait non de la tête.

— J'ai besoin de parler au capitaine Fitzjames. Edward, est-ce qu'on a eu des nouvelles de l'*Erebus* pendant mon absence ?

— Non, monsieur, répond Little.

— Je vous en prie, commandant, mangez un peu, insiste Jopson.

Il est plutôt imposant pour un valet, et sa voix de basse tient davantage du grondement que du geignement lorsqu'il implore son capitaine.

Crozier secoue la tête une nouvelle fois.

— Ayez l'amabilité de me préparer quelques biscuits, Thomas. Je les mangerai en route.

Jopson manifeste sa réprobation, mais se hâte de gagner le poêle où officie M. Diggle. À l'heure du dîner, la température sur le premier pont atteint le point culminant de la journée – soit sept ou huit degrés centigrades. La consommation de charbon est réduite au strict minimum.

— Combien d'hommes souhaitez-vous pour vous accompagner, commandant ? s'enquiert Little.

— Aucun, Edward. Quand les gars auront fini de manger, je veux que vous organisiez au moins huit équipes pour quatre heures de recherche supplémentaires.

— Mais, monsieur, il serait préférable que...

Little n'achève pas sa phrase, mais Crozier n'a aucune peine à le faire à sa place. Le *Terror* et l'*Erebus* sont distants de quinze cents mètres à peine, mais il faut parfois plusieurs heures pour effectuer ce parcours souvent périlleux. S'il survient une tempête, voire une bourrasque soulevant la neige, on peut se perdre ou rester bloqué sur place. Crozier a interdit à ses marins de se déplacer seuls et, quand il dépêche un messager, celui-ci est toujours accompagné et a ordre de faire demi-tour en cas de mauvais temps. Outre la présence d'un iceberg de soixante mètres de haut, qui empêche de voir feux et signaux de détresse, le chemin – quoique entretenu et dégagé presque quotidiennement – est en fait un dédale de sérâcs, de crêtes creusées d'escaliers de fortune, de bourguignons renversés et autres blocs de glace.

— Ne vous inquiétez pas, Edward, dit Crozier. J'emporte ma boussole.

Le lieutenant Little daigne sourire, quoique cette plaisanterie soit éculée au bout de trois ans. Pour autant qu'ils puissent le déterminer, leurs navires sont bloqués en plein sur le pôle Nord magnétique. Une boussole leur est aussi utile qu'une baguette de coudrier.

L'enseigne Irving fait son apparition. Les joues du jeune homme sont recouvertes d'une couche d'onguent luisant, sous laquelle on devine les taches blanches de ses engelures.

— Commandant, lâche-t-il, tout essoufflé, avez-vous aperçu lady Silence sur la glace ?

Crozier, qui a ôté casquette et perruque galloise, s'affaire à débarrasser ses cheveux des gouttes de glace qui s'y sont formées.

— Vous voulez dire qu'elle ne se trouve pas dans sa tanière près de l'infirmerie ?

— Non, monsieur.

— L'avez-vous cherchée ailleurs sur le premier pont ?

Vu le nombre d'hommes mobilisés par les recherches, Crozier craint surtout que l'Esquimaude ne soit allée dans un endroit où elle n'a rien à faire.

— Oui, monsieur. Aucun signe d'elle nulle part. J'ai demandé si quelqu'un l'avait vue, et personne ne l'a aperçue depuis hier soir. Depuis... un peu avant l'attaque.

— Se trouvait-elle sur le pont lorsque la créature a attaqué le soldat Heather et le matelot Strong ?

— Personne ne le sait, commandant. Peut-être. À ce moment-là, il n'y avait que Heather et Strong sur le pont principal.

Crozier pousse un soupir. Quelle ironie, songe-t-il, si leur mystérieuse invitée, apparue six mois auparavant le jour même où ce cauchemar a commencé, a été emportée par la créature associée à son apparition.

— Fouillez le navire, monsieur Irving, ordonne-t-il. Jusqu'au dernier recoin, jusqu'à la dernière soute. Nous appliquerons le principe du rasoir d'Occam : si elle n'est pas à bord, cela signifie qu'elle a été... enlevée.

— À vos ordres, commandant. Puis-je réquisitionner trois ou quatre hommes pour m'aider dans cette tâche ?

Crozier secoue la tête.

— Débrouillez-vous tout seul, John. Je veux que tout le monde reparte à la recherche de Strong et d'Evans avant l'extinction des feux, et, si vous ne retrouvez pas Silence, rejoignez les équipes de recherche.

— À vos ordres, commandant.

Repensant à leur blessé, Crozier traverse le mess pour gagner l'infirmerie. En règle générale, même dans une période noire comme celle-ci, on entend résonner les rires et les conversations des marins autour des tables, mais, ce soir-là, le silence est uniquement rompu par le raclement des cuillères sur le métal, ainsi que par un rot de temps à autre. Avachis sur les coffres qui leur servent de sièges, les hommes épuisés regardent passer leur capitaine d'un œil éteint.

Crozier toque sur le poteau placé à droite du rideau de l'infirmerie et écarte celui-ci.

Le Dr Peddie se tourne vers lui, cessant un instant de recoudre l'avant-bras gauche du matelot George Cann, lequel est allongé sur une table.

— Bonsoir, commandant, dit le chirurgien.

Le matelot porte à son front sa main valide.

— Que vous est-il arrivé, Cann ?

— C'est ce putain de fusil, grommelle-t-il en réponse. Le canon m'est entré dans la manche et s'est collé à mon bras alors que je grimpais en haut d'une putain de crête, commandant. J'ai voulu le ressortir, et y a six pouces de peau qui sont venus avec, bordel de merde.

Crozier opine du chef et parcourt les lieux du regard. La minuscule infirmerie est bondée. Un seul des six lits est inoccupé. Dans trois autres dorment des hommes qui, de l'avis de Peddie et de McDonald, souffrent probablement du scorbut. Un quatrième, Davey Leys, contemple le plafond de ses yeux fixes ; cela fait presque une semaine qu'il est dans cet état second. Sur le cinquième lit gît le soldat William Heather, des fusiliers marins.

Crozier décroche une seconde lampe de la cloison tribord et examine Heather à sa lueur. Bien qu'il ait les yeux luisants, il ne bat même pas des cils lorsque Crozier rapproche la lanterne. Ses pupilles semblent dilatées de façon permanente. Il a le crâne enveloppé de bandages, mais leur tissu est déjà imbibé de sang et de matière grise.

— Il est vivant ? demande Crozier à voix basse.

Peddie le rejoint, essuyant le sang de ses mains avec un chiffon.

— Oui, aussi étrange que cela paraisse.

— Mais on voyait sa cervelle sur le pont. Je la vois encore maintenant.

Peddie acquiesce d'un air las.

— Le cas est connu. Dans d'autres circonstances, il pourrait même guérir. Il resterait certes à l'état de débile, mais je pourrais lui poser une calotte métallique sur le crâne, et le confier ensuite aux bons soins de sa famille, s'il en a une. Ce serait comme une sorte d'animal familier. Mais ici... (Il hausse les épaules.) La pneumonie, le scorbut ou la faim auront tôt fait de l'emporter.

— Dans combien de temps ? demande Crozier.

Le matelot Cann est sorti et a tiré le rideau.

— Dieu seul le sait, répond Peddie. Comptez-vous poursuivre les recherches pour retrouver Evans et Strong, commandant ?

— Oui.

Crozier remet la lanterne en place près de l'entrée. Un voile d'ombre recouvre le soldat Heather, des fusiliers marins.

— Ainsi que vous le savez sans doute, reprend le chirurgien épuisé, il n'y a aucune chance pour que Strong et le jeune Evans soient encore vivants, mais il est probable que chaque nouvelle sortie entraînera son lot de blessures, d'engelures et de risques d'amputation – nombre d'hommes ont déjà perdu un orteil –, sans compter qu'ils risquent de s'entre-tuer à coups de fusil sous l'effet de la panique.

Crozier fixe le chirurgien sans broncher. Si l'un de ses officiers ou hommes d'équipage lui avait tenu de tels propos, il l'aurait fait fouetter sur-le-champ. Le capitaine se rappelle qu'il a devant un lui un civil harassé et ne relève point. Cela fait trois jours que le Dr McDonald est cloué dans son hamac par la grippe, et Peddie n'a pas chômé.

— Laissez-moi m'inquiéter des risques de cette entreprise, monsieur Peddie. Vous, occupez-vous de recoudre les hommes assez stupides pour toucher du métal nu par une température de – 60° Fahrenheit. Et puis, si cette créature vous avait emporté dans les ténèbres, ne souhaiteriez-vous pas qu'on se lance à votre recherche ?

Peddie a un rire grinçant.

— Si ce spécimen d'*Ursus maritimus* vient un jour à m'enlever, commandant, j'espère seulement avoir mon scalpel sur moi. Afin de me le planter dans l'œil.

— Alors, gardez votre scalpel sur vous, monsieur Peddie.

Sur ces mots, Crozier franchit le rideau pour se retrouver dans le carré de l'équipage étrangement silencieux.

Éclairé par le poêle, Jopson l'attend avec un paquet de biscuits enveloppé dans un mouchoir.

Crozier apprécie cette randonnée, en dépit du froid sournois qui lui donne l'impression que son visage, ses doigts, ses jambes et ses pieds sont en feu. Cela vaut mieux que s'ils étaient engourdis, et il le sait. Il apprécie cette randonnée en dépit du fait qu'il se sait traqué, bien que le sourd geignement et les soudains hurlements de la glace, sous ses pieds et tout autour de lui, ainsi que le gémissement continu du vent, l'empêchent de percevoir tout autre bruit.

Au bout de vingt minutes de marche – mais il ne marche pas tant qu'il grimpe, rampe et glisse, car il trouve quantité de crêtes sur son chemin –, les nuages s'écartent pour laisser apparaître une lune gibbeuse qui illumine le paysage fantasmagorique. L'astre nocturne est si brillant qu'il est nimbé d'un halo de cristaux de glace, ou plutôt de deux halos concentriques, dont le second est si grand qu'il recouvre un bon tiers du ciel à l'est. Il n'y a pas d'étoiles. Crozier baisse sa lampe pour économiser l'huile et poursuit sa route, utilisant une perche pour s'assurer que toutes les zones d'ombre devant lui ne dissimulent ni fissure ni crevasse. Il longe à présent le flanc est de l'iceberg, derrière lequel la lune a disparu, et s'apprête à pénétrer dans une zone de quatre ou cinq cents mètres plongée dans l'ombre. Jopson et Little ont insisté pour qu'il emporte un fusil, mais il leur a dit qu'il ne voulait pas se charger. En fait, il ne pense pas qu'un fusil le protégerait de l'ennemi qui les guette.

À l'occasion d'un instant particulièrement calme, où seul son souffle laborieux trouble l'étrange quiétude, il se rappelle soudain ce jour d'hiver où, encore jeune, il rentrait chez lui le soir venu à l'issue d'un après-midi dans les collines avec ses amis. Après avoir traversé en courant les champs de bruyère givrée, il avait fait halte à sept ou huit cents mètres de sa maison. Il se rappelle être resté là, contemplant les lumières aux fenêtres du village tandis que le jour hivernal achevait de s'effacer du ciel et que les collines alentour se transformaient en vagues masses enténébrées, étrangères à l'enfant qu'il était, jusqu'à ce que même sa demeure, sise en bordure du village, perdît tout relief distinctif dans ce crépuscule mourant. Crozier se rappelle la neige qui commençait à tomber, les ténèbres qui se massaient autour de lui, qui s'était immobilisé non loin des murets de l'enclos à moutons ; il savait qu'il aurait droit à une correction, d'autant plus salée qu'il rentrerait plus tard à la maison, mais il ne voulait ni ne pouvait reprendre sa route vers celle-ci. Il appréciait le doux murmure du vent, appréciait de savoir qu'il était sans doute le seul enfant – voire le seul être humain – à être encore dehors dans l'obscurité, dans ce pré à l'herbe gelée, par un soir où montait le parfum de la neige, étranger aux fenêtres lumineuses et aux âtres bien chauds, conscient d'être du village tout en ne lui appartenant *pas*. C'était un sentiment excitant, quasiment érotique – se découvrir ainsi distinct de tous êtres et de toutes choses, au sein de la ténèbre et de la froidure –, et voilà qu'il l'éprouve de nouveau, comme cela lui est déjà arrivé lors de ses expéditions polaires, en Arctique comme en Antarctique.

Quelque chose dévale la crête derrière lui.

Crozier règle sa lanterne au maximum et la pose sur la glace. Le disque de lumière qui se découpe sur le sol a tout juste quatre mètres de rayon et ne fait qu'accentuer les ténèbres extérieures. En s'aidant de ses dents, il ôte l'une de ses lourdes moufles, la laisse choir sur la glace, la peau désormais protégée par le seul tissu d'un gant, empoigne sa perche de la main gauche et saisit le pistolet glissé dans la poche de son manteau. Crozier l'arme alors que le froissement de la neige et de la glace se fait plus bruyant sur la crête. L'iceberg occulte toujours l'éclat de la lune, et le capitaine ne distingue que les masses confuses de divers blocs de glace, qui semblent se mouvoir dans la lumière incertaine.

Puis une forme velue et floue se déplace le long de la corniche dont il vient de descendre, trois mètres au-dessus de lui et à moins de cinq mètres à l'ouest, prête à bondir sur lui.

— Halte ! fait Crozier en brandissant le lourd pistolet. Identifiez-vous.

La forme n'émet aucun son. Elle continue d'avancer.

Crozier n'ouvre pas le feu. Laissant choir la perche, il saisit la lanterne et la brandit le plus haut possible.

Il voit la fourrure ondoyer et manque tirer, mais se retient au dernier moment. La forme se rapproche, d'une démarche vive et assurée. Crozier rabat le percuteur du pistolet et le remet dans sa poche, puis ramasse sa moufle sans cesser de brandir la lanterne.

Lady Silence apparaît en pleine lumière, sa parka et son pantalon en peau de phoque lui donnant l'allure d'un petit fauve aux formes arrondies. Crozier ne distingue pas son visage, qu'elle a enfoncé dans son capuchon pour le protéger du vent.

— Bon sang de bois, femme, dit-il à voix basse. Tu étais à deux doigts de te faire tuer. Où diable étais-tu passée, au fait ?

Elle se rapproche, presque à le toucher, mais son visage demeure voilé de ténèbres sous le capuchon.

Sentant soudain un frisson descendre le long de son échine – il repense à sa grand-mère Moira lui décrivant le crâne d'une banshee, translucide sous les replis noirs de son capuchon —, Crozier soulève sa lanterne.

Le visage de la jeune femme n'a rien d'inhumain, ses grands yeux noirs s'écarquillent comme ils reflètent la lumière. Elle est totalement inexpressive. Crozier se rend compte qu'il ne lui a jamais vu la moindre expression, hormis parfois une vague curiosité. Même pas le jour où ils ont abattu son époux, son frère ou son père, qu'elle a regardé sans frémir s'étouffer dans son propre sang.

— Pas étonnant que les gars te qualifient de sorcière et de porte-guigne, commente Crozier.

À bord de son navire, entouré qu'il est de ses hommes, Crozier traite cette Esquimaude avec la politesse la plus stricte, mais il n'est pas à bord de son navire en ce moment, et aucun de ses hommes n'est à proximité. C'est la première et la seule fois que cette femme et lui se trouvent hors du navire en même temps. Et il a très froid et se sent très fatigué.

Lady Silence le fixe du regard. Puis elle tend sa main gantée, Crozier baisse la lanterne et découvre qu'elle lui offre quelque chose — un objet gris et flasque, qui ressemble à la dépouille d'un poisson vidé de sa chair comme de ses arêtes.

Puis il reconnaît une chaussette de marin.

Crozier la saisit, sent une masse à l'intérieur, et, l'espace d'une seconde, il est persuadé que c'est un morceau de pied humain, probablement des orteils et un bout de plante, encore tout roses et tout chauds.

Crozier est allé en France et il connaît des soldats qui ont servi aux Indes. On lui a raconté des histoires d'hommes se transformant en loups ou en tigres. Dans la terre de Van-Diemen, là où il a connu Sophia Cracroft, celle-ci lui a parlé d'indigènes censés se métamorphoser en une monstrueuse créature baptisée diable de Tasmanie — une créature capable de démembrer un homme.

Tout en secouant la chaussette, Crozier regarde lady Silence droit dans les yeux. Ceux-ci sont aussi noirs que les trous que les marins creusent dans la glace pour y descendre leurs morts.

La chaussette contient un gros glaçon et non un bout de pied. Mais elle n'est pas pour autant solidifiée par le gel. Cela ne fait pas très longtemps qu'elle est exposée à la température ambiante, à savoir − 50 °C. Selon toute logique, cette femme l'a ramassée à bord, mais, sans savoir pourquoi, Crozier ne le pense pas.

— Strong ? dit le capitaine. Evans ?

Silence n'a aucune réaction.

Poussant un soupir, Crozier enfouit la chaussette dans sa poche et ramasse sa perche.

— Nous sommes plus près de l'*Erebus* que du *Terror*, dit-il. Suis-moi.

Crozier se retourne, sent un nouveau frisson lui parcourir l'échine et avance contre le vent en direction du sister-ship du *Terror*, dont il aperçoit à présent les contours. Une minute plus tard, il entend un bruit de pas sur la glace derrière lui.

Ils escaladent une ultime crête, et Crozier découvre que l'*Erebus* est plus brillamment éclairé qu'il ne l'a jamais vu. Rien que côté bâbord, plus d'une douzaine de lanternes sont accrochées aux espars du navire pris dans les glaces et soumis à une forte gîte. Un prodigieux gaspillage d'huile.

L'*Erebus* a nettement plus souffert que le *Terror*, ainsi que Crozier le sait pertinemment. Outre l'arbre de transmission qui s'est tordu l'été dernier − un arbre construit pour se rétracter en cas de besoin, mais qui ne l'a pas fait à temps pour éviter la glace sous-marine −, et l'hélice qui a été perdue le même jour, le navire amiral a été bien plus malmené que son sister-ship durant les deux derniers hivers. Dans ce havre tout relatif que constituait l'île Beechey, la glace a gauchi, fendu et délogé bien plus de planches des bordages sur l'*Erebus* que sur le *Terror* ; son gouvernail a été endommagé l'été précédent, lorsqu'ils ont voulu trouver le passage à toute force ; le froid a fait sauter quantité de chevilles, de rivets et de tasseaux sur le vaisseau de sir John ; son blindage est bien plus endommagé que celui du *Terror*. Et bien que ce dernier ait été lui aussi soulevé par les glaces, les deux derniers mois de ce troisième hiver ont vu le HMS *Erebus* hissé sur un véritable piédestal de glace, alors même que la pression exercée par le pack fendait une longue section de proue côté tribord, de poupe côté bâbord et de carène en milieu de navire.

Le navire amiral de sir John ne naviguera plus, Crozier le sait − tout autant que James Fitzjames, son capitaine actuel, et son équipage.

Avant de pénétrer dans la zone éclairée par les lanternes du navire, Crozier se place derrière un sérac haut de trois mètres et attire Silence contre lui.

— Ohé du bateau ! beugle-t-il de sa plus belle voix de capitaine à la manœuvre.

Un coup de feu retentit et, à moins de deux mètres de là, une balle se plante dans un sérac, déclenchant une averse de glaçons acérés qui accrochent la lueur tamisée de la lanterne.

— Halte au feu, espèce de crétin bigleux, de foutu imbécile à la cervelle pleine de merde ! rugit Crozier.

Une certaine agitation gagne le pont de l'*Erebus*, où un officier arrache son arme à la sentinelle ainsi qualifiée.

— Ça ira, dit Crozier à l'Esquimaude tapie près de lui. On peut y aller maintenant.

Il se fige, et ce n'est pas seulement parce que lady Silence refuse apparemment de le suivre à découvert. La lumière du navire lui permet de distinguer son visage, et elle sourit. Ses lèvres pleines, perpétuellement immobiles, sont un rien incurvées. Elle sourit. Comme si elle avait compris ses insultes et les avait trouvées drôles.

Mais avant que Crozier puisse s'assurer de la réalité de ce sourire, Silence se réfugie dans l'ombre du chaos glaciaire et disparaît.

Il secoue la tête. Si cette cinglée a envie de se geler, grand bien lui fasse. Il doit discuter avec le capitaine Fitzjames, puis regagner son bord avant de pouvoir dormir.

Harassé, constatant que ça fait une bonne demi-heure que ses pieds sont engourdis, Crozier se dirige d'un pas pesant vers la rampe de neige et de glace sales donnant accès au navire amiral en perdition de feu sir John.

9

Franklin

Le capitaine Franklin fut sans doute le seul membre de l'expédition à continuer d'afficher sa sérénité lorsque ni printemps ni été ne se manifestèrent en avril, mai et juin 1847.

Sir John n'avait pas annoncé tout de suite qu'ils étaient coincés pour une année supplémentaire ; c'était inutile. Le printemps précédent, près de l'île Beechey, officiers et hommes d'équipage avaient suivi avec une excitation croissante non seulement le retour du soleil, mais aussi la métamorphose de la banquise en gadoue où baignaient floes et sarrasins, puis l'ouverture de chenaux, bref la retraite des glaces. Fin mai 1846, les deux navires voguaient à nouveau. Rien de tel cette année.

Le printemps précédent, officiers et hommes d'équipage avaient observé le retour des oiseaux, des baleines, des poissons, des renards, des phoques, des morses, et cætera, sans parler du renouveau du lichen et des buissons, qu'ils avaient vus verdir sur les îles vers lesquelles ils voguaient début juin. Rien de tel cette année. Pas d'eaux libres signifiait pas de baleines, pas de morses et presque pas de phoques − les rares phoques annelés qu'ils repéraient étaient aussi durs à traquer qu'en début d'hiver −, et, tout autour d'eux, de la neige sale et de la glace grise à perte de vue.

Si les jours s'allongeaient, les températures demeuraient basses. Franklin ordonna dès la mi-avril que les mâts fussent remontés, les espars remis en place, le gréement révisé et des voiles neuves hissées sur les deux navires, mais cela ne servit à rien. Les chaudières n'étaient activées que pour faire circuler l'eau chaude. Les vigies affirmaient qu'une infinité de blancheur les entourait de toutes parts. Les icebergs demeuraient là où ils s'étaient figés dans la glace au mois de septembre. Les mesures effectuées par le capitaine de frégate Fitzjames et le lieutenant Gore, travaillant en liaison avec le capitaine du *Terror*, confirmaient que les courants entraînaient la banquise vers le sud à une vitesse d'un mille et demi par *mois*, mais que la masse de glace dans laquelle ils étaient enkystés avait passé l'hiver à tourner dans le sens inverse des aiguilles d'une montre, de sorte qu'ils étaient revenus à leur point de départ. Les crêtes ne cessaient d'apparaître à la façon de taupinières blanches. Certes, la glace devenait plus mince − on y découpait sans peine des trous à feu avec une scie −, mais elle faisait quand même plus de trois mètres d'épaisseur.

Si le capitaine Franklin conserva sa sérénité durant cette période, ce fut grâce à deux choses : sa foi et sa femme. En fervent chrétien, il refusait de céder au désespoir même quand il y était incité par la frustration et le poids de ses responsabilités. Tout ce qui lui arrivait découlait de la volonté de Dieu, il en était intimement persuadé. Ce qui paraissait inévitable aux yeux des autres ne l'était pas nécessairement dans un monde administré par un Dieu aimant et miséricordieux. La glace pouvait encore se briser au milieu de l'été, soit dans moins de six semaines, et il leur suffirait alors de naviguer toutes voiles dehors, en utilisant toute la puissance de leurs machines, pour franchir triomphalement le passage du Nord-Ouest en quelques semaines à peine. Ils commenceraient par longer la côte en naviguant à la vapeur, puis gagneraient le Pacifique à la voile, quittant les latitudes boréales vers la mi-septembre, juste avant que la banquise ne se solidifiât à nouveau. Franklin avait connu des miracles plus surprenants durant son existence. Notamment le fait qu'on lui ait confié le commandement de cette expédition − lui, un sexagénaire, à peine remis de l'humiliation qu'il avait subie en terre de Van-Diemen.

Si sincère, si profonde fût sa foi en Dieu, celle qu'il avait en son épouse l'était bien davantage, et elle le terrifiait plus encore. Lady Jane Franklin était une femme indomptable... oui, *indomptable*, il n'y avait pas d'autre mot. Sa volonté ne connaissait pas de bornes et parvenait toujours, sauf extraordinaire, à faire plier les usages du monde, si arbitraires fussent-ils, sous sa poigne de fer. Comme il avait perdu tout contact avec elle depuis deux hivers, il l'imaginait sans peine utilisant sa fortune considérable, ses connaissances influentes et sa force d'âme sans pareille pour harceler l'Amirauté, le Parlement et toutes sortes d'institutions afin qu'on se lance à sa recherche.

Ce qui n'était pas sans le contrarier. Sir John ne tenait surtout pas à être « secouru » − à voir débarquer durant le bref été une expédition terrestre ou maritime organisée à la hâte et placée sous le commandement d'un Ross quelconque, sir John le vieux soûlard ou sir James le jeune retraité (que lady Jane convaincrait sans aucun doute de repartir pour l'Arctique). Cela ne lui vaudrait que honte et ignominie.

Si sir John demeurait serein, enfin, c'était parce qu'il savait que l'Amirauté était incapable de bouger *vite*, et ce quelle que fût la raison, même si elle y était incitée par un levier aussi puissant que son épouse. Ainsi que le savaient non seulement sir John Barrow et les autres membres du mythique Conseil arctique, mais aussi les supérieurs de sir John au Service des explorations de la Royal Navy, le HMS *Erebus* et le HMS *Terror* avaient emporté des provisions pour trois ans, plus longtemps si on instituait un rationnement, sans parler des ressources locales en matière de chasse et de pêche. Sir John savait que son épouse – son *indomptable* épouse – lancerait une expédition de secours si nécessaire, mais que la terrible et merveilleuse inertie de la Royal Navy assurerait qu'une telle expédition ne serait pas organisée et lancée avant le printemps ou l'été 1848, au mieux.

Par conséquent, à la fin du mois de mai 1847, sir John ordonna que cinq équipes partissent en traîneau afin de scruter l'horizon en quête d'eaux libres, l'une d'elles ayant pour mission de remonter la route suivie par les deux navires. Ces équipes partirent les 21, 23 et 24 mai, celle du lieutenant Gore – la plus importante du lot – mettant le cap au sud-est, en direction de la terre du Roi-Guillaume.

En plus de sa mission de reconnaissance, le lieutenant de vaisseau Graham Gore s'était vu confier une importante responsabilité : déposer dans un lieu convenu à l'avance le premier message rédigé par sir John depuis le début de l'expédition.

Sur ce point, le capitaine Franklin n'avait jamais été aussi près de désobéir à un ordre durant toute sa carrière navale. L'Amirauté lui avait donné pour instruction d'édifier des cairns et d'y laisser des messages pendant toute la durée de son expédition – si ses navires ne franchissaient pas le détroit de Behring à la date prévue, ce serait le seul moyen pour la Royal Navy de déterminer la course qu'ils avaient suivie et les causes probables de leur retard. Mais sir John n'avait laissé aucun message sur l'île Beechey, bien qu'il eût disposé de neuf mois pour en préparer un. En vérité, il avait détesté ce premier et glacial hivernage – le décès de trois hommes, emportés par la consomption et la pneumonie, l'avait plongé dans la honte –, de sorte qu'il avait décidé que les trois tombes constituaient le seul message qui fût nécessaire. Avec un peu de chance, on ne découvrirait ces sépultures que des années après que sa victoire sur le passage du Nord-Ouest lui aurait valu une gloire universelle.

Mais comme près de deux ans avaient passé depuis sa dernière dépêche à destination de ses supérieurs, Franklin dicta un rapport à Gore et le glissa dans un cylindre de cuivre étanche – l'un des deux cents qu'on lui avait fournis.

Il indiqua lui-même au lieutenant Gore et au second maître Des Vœux l'endroit où ils devaient déposer ce message : à l'intérieur du grand cairn édifié par sir James Ross sur la terre du Roi-Guillaume quelque dix-sept ans plus tôt, un cairn matérialisant le point où il avait rebroussé chemin vers l'est à l'issue de sa mission d'exploration. Comme le savait Franklin, ce serait le premier endroit où la Royal Navy chercherait des nouvelles de son expédition, car c'était le dernier à avoir été incorporé aux cartes de la région.

En considérant la croix matérialisant ce point sur sa carte personnelle, bien à l'abri dans sa cabine quelques heures avant que Gore, Des Vœux et les six hommes de leur équipe se missent en route, sir John ne put retenir un sourire. Dix-sept ans plus tôt, par souci de respect – un sentiment aujourd'hui teinté d'une certaine ironie –, Ross avait donné au promontoire le plus prononcé de ce rivage le nom de pointe Victory, puis baptisé les points remarquables voisins cap Jane Franklin et pointe Franklin. En contemplant sa carte, où l'encre sépia avait pâli au fil des ans, où subsistait une vaste *terra incognita* à l'ouest de cette fameuse pointe Victory, sir John songea que c'était sans doute le Destin, voire le Seigneur, qui l'avait conduit en ce lieu à la tête de ses hommes.

En relisant le message qu'il avait dicté à Gore, il le jugea aussi succinct que factuel :

> Le ** mai 1847. Erebus et Terror, *vaisseaux de Sa Majesté... Hiverné dans les glaces à 70° 05' de latitude nord, 98° 23' de longitude ouest. Précédemment hiverné en 1846-1847 à l'île Beechey, 74° 43' 28" de latitude nord, 90° 39' 15" de longitude ouest, après avoir descendu le détroit de Wellington jusqu'à 77° de latitude nord... et retourné par côte ouest, île Cornwallis. Sir John Franklin, commandant l'expédition. Tout va bien. Groupe constitué de 2 officiers et de 6 hommes d'équipage, quitté les navires le lundi 24 mai 1847, Gm. Gore, lieut. Chas. F. Des Vœux, 2nd maître.*

Franklin avait ordonné à Gore et à Des Vœux de dater et de signer cette note avant de sceller le cylindre et de le glisser au fond du cairn de James Ross.

Durant sa dictée, il avait commis une erreur que le lieutenant Gore n'avait pas corrigée : ce n'était pas l'hiver 1846-1847 qu'ils avaient passé au large de l'île Beechey, mais l'hiver 1845-1846.

Leur premier hivernage s'était déroulé dans un véritable havre, contrairement au second, qu'ils passaient au cœur de la banquise.

Aucune importance. Sir John était persuadé d'avoir rédigé un message pour la postérité – un message sans doute adressé à un historien de la Royal Navy souhaitant ajouter un artefact au compte rendu que sir John ne manquerait pas de donner de cette expédition (il avait bien l'intention d'écrire un nouveau livre, dont la vente permettrait à sa fortune d'avoisiner celle de son épouse) – plutôt qu'un banal rapport qui serait lu dans un avenir proche.

Le matin du jour où Gore et son équipe se préparaient à partir, sir John enfila sa tenue de froid et descendit sur la banquise pour leur souhaiter bonne route.

— Avez-vous tout ce qu'il vous faut, gentlemen ? s'enquit-il.

Le lieutenant Gore – le quatrième homme dans la chaîne de commandement, après sir John, le capitaine de vaisseau Crozier et le capitaine de frégate Fitzjames – hocha la tête, imité par son subalterne, le second maître Des Vœux, qui se fendit d'un sourire éclatant. Le soleil brillait dans le ciel et les hommes avaient déjà chaussé les lunettes de neige que M. Osmer, le commissaire du bord, leur avait distribuées pour les préserver de la cécité.

— Oui, sir John. Merci, dit Gore.

— Vous êtes bien au chaud ?

— Oui, commandant, dit Gore. Huit couches de laine de mouton du Northumberland, sir John, neuf en comptant le caleçon.

Les cinq hommes d'équipage rirent de cette plaisanterie. Ils adoraient leurs officiers, sir John le savait bien.

— Vous êtes prêt à camper sur place ? demanda-t-il à l'un d'eux, le matelot Charles Best.

— Oh ! oui, commandant, répondit le jeune homme râblé. Nous avons une tente arctique et huit couvertures en peau de loup pour nous envelopper dedans. Plus vingt-quatre duvets, sir John, que M. le commissaire de bord à confectionnés à partir de couvertures de la Compagnie de la baie d'Hudson. Nous serons plus à l'aise sur la glace qu'à bord du navire, milord.

— Bien, bien, fit sir John d'un air absent.

Il se tourna vers le sud-est, où la terre du Roi-Guillaume – l'île du Roi-Guillaume, s'il fallait en croire les ridicules théories de Crozier – n'était visible que sous la forme d'une fine barre noire entre ciel et glace. Sir John pria le Seigneur pour que Gore et ses hommes trouvassent des eaux libres près de la côte, avant ou après avoir mis le message en lieu sûr. Il était décidé à faire tout ce qui était en son pouvoir – et même davantage – pour que les deux navires s'extirpent de ce piège, oui, même son *Erebus* en si piteux état, à condition que la glace mollît suffisamment, car cela leur permettrait de gagner les eaux côtières, nettement plus clémentes, voire la terre ferme, ce qui leur assurerait sans doute le salut. Peut-être trouveraient-ils une crique ou une fosse, ce qui permettrait aux charpentiers et aux mécaniciens d'effectuer sur l'*Erebus* les réparations nécessaires – redresser l'arbre de transmission, remplacer l'hélice, étayer les parties du blindage qui avaient été gauchies par la glace, voire remplacer certains de leurs éléments – et ensuite ils pourraient reprendre la mer. Faute de quoi, pensa John – une éventualité qu'il se gardait pour l'instant d'évoquer devant ses officiers –, ils suivraient le plan défaitiste esquissé par Crozier l'année précédente et, après avoir ancré l'*Erebus*, transporteraient à bord du *Terror* son équipage et ses réserves de charbon, pour filer plein ouest à bord d'un navire bondé mais débordant de joie (sir John n'en doutait pas une minute).

Au dernier moment, Goodsir, l'aide-chirurgien de l'*Erebus*, avait imploré sir John de le laisser accompagner Gore et ses hommes, et, bien que ni le lieutenant ni le second maître n'eussent accueilli cette idée avec enthousiasme – Goodsir n'était pas plus apprécié des officiers que de l'équipage –, sir John avait accepté. À l'en croire, l'aide-chirurgien avait besoin de perfectionner ses connaissances sur les animaux et les végétaux comestibles afin de mieux lutter contre le scorbut, cette plaie des expéditions arctiques. Il s'intéressait en particulier au comportement du seul animal présent en cet été qui n'en était pas un, à savoir l'ours blanc.

Tandis que sir John regardait les hommes qui achevaient de fixer leur équipement sur le traîneau, le minuscule chirurgien – c'était un homme falot, pâlot, avec un menton fuyant, de grotesques rouflaquettes et un regard étrangement efféminé que même sir John, pourtant la crème des hommes, trouvait insupportable – s'approcha de lui.

— Je vous remercie à nouveau de m'avoir autorisé à accompagner le lieutenant Gore, sir John. Cette sortie pourrait se révéler d'une importance cruciale pour ce qui est de l'évaluation des propriétés médicinales de quantité de substances organiques, notamment les lichens omniprésents sur la terre du Roi-Guillaume.

Sir John ne put réprimer une grimace. Le chirurgien ne pouvait pas savoir que son commandant avait jadis suivi pendant des mois un régime à base de soupe de lichen.

— Je vous en prie, monsieur Goodsir, dit-il d'une voix glaciale.

Sir John savait que ce jeune freluquet préférait qu'on lui donnât du « docteur », distinction douteuse s'il en fut, car Goodsir, quoique issu d'une bonne famille, n'avait qu'un simple diplôme d'anatomiste. Comme la position d'aide-chirurgien équivalait à celle d'un officier subalterne, sir John estimait que ce civil ne méritait pas mieux qu'un « monsieur Goodsir ».

L'intéressé rougit de voir que son commandant, si détendu avec les matelots, avait décidé de lui battre froid, et il recula de trois pas sur la glace, tirant nerveusement sur sa casquette.

— Oh! monsieur Goodsir? ajouta Franklin.

— Oui, sir John?

Voilà que ce jeune parvenu se mettait à rougir, à bafouiller même, tant il se sentait gêné.

— Je vous prie d'accepter mes excuses, car, dans le communiqué que le lieutenant Gore va déposer dans le cairn de sir James Ross, sur la terre du Roi-Guillaume, son équipe est décrite comme constituée de deux officiers et de *six* hommes d'équipage. J'avais dicté ce message avant que vous me demandiez d'en faire partie. Si j'avais su que vous étiez du nombre, j'aurais écrit *un officier, un officier subalterne, un aide-chirurgien et cinq hommes d'équipage.*

Goodsir fixa sir John durant quelques instants, comme s'il s'interrogeait sur le sens de cette remarque, puis il s'inclina, tirailla sur sa casquette et, reculant à nouveau, marmonna :

— Très bien, pas de problème, je comprends, merci, sir John.

Quelques minutes plus tard, comme il regardait s'éloigner vers le sud-est le lieutenant Gore et ses hommes – Des Vœux, Goodsir, Morfin, Ferrier, Best, Hartnell et le soldat Pilkington –, sir John, sans se départir de son air serein et de son sourire affable, envisagea la possibilité d'un échec.

Un hiver de plus – une année de plus – dans les glaces, et ce serait la fin. L'expédition épuiserait ses réserves de nourriture, de charbon, d'huile, d'éther pyroligneux et de rhum. Et la pénurie d'alcool ne pouvait que déclencher une mutinerie.

En outre, si l'été 1848 se révélait aussi froid, aussi rigoureux que celui de cette année promettait de l'être, un nouvel hiver dans les glaces aurait raison d'un de leurs navires, sinon des deux. À l'instar de nombre d'explorateurs malchanceux, sir John et ses hommes devraient fuir à pied sur une banquise traîtresse, en tirant des chaloupes, des baleinières et des traîneaux fabriqués à la hâte, priant pour trouver des chenaux, les maudissant ensuite lorsque les traîneaux sombreraient dans leurs eaux, lorsque des vents contraires repousseraient leurs embarcations vers la banquise, des chenaux où les hommes affamés seraient obligés de ramer nuit et jour. Ensuite, ainsi qu'il le savait, il leur faudrait poursuivre sur la terre ferme : près de treize cents kilomètres de glace et de rocaille, avec des rapides dissimulant des rochers capables de réduire leurs canots en miettes (l'expérience lui avait appris que les rivières canadiennes ne convenaient pas aux grandes chaloupes), avec des Esquimaux dont l'attitude allait de la duplicité à la franche hostilité.

Tout en suivant du regard Gore, Des Vœux, Goodsir et leurs cinq compagnons, dont le traîneau se fondait dans l'éclat de la glace au sud-est, sir John se demanda vaguement s'il aurait dû emmener des chiens avec lui.

Sir John n'avait jamais été partisan d'utiliser des chiens lors des expéditions arctiques. Si leur présence était bonne pour le moral des hommes – du moins jusqu'à ce qu'on soit obligé de les abattre et de les manger –, ce n'en étaient pas moins des créatures sales, bruyantes et agressives. Un pont principal abritant le nombre requis de chiens, de quoi former un équipage de traîneau à la façon des Esquimaux du Groenland, était bien vite envahi par les niches, les aboiements et la puanteur des excréments.

Il secoua la tête en souriant. Son expédition ne comptait qu'un seul chien – un corniaud du nom de Neptune –, plus un petit singe baptisé Jocko – ce qui était largement suffisant comme ménagerie, estimait-il.

La semaine qui suivit le départ de Gore ne semblait pas vouloir finir. Les autres équipes revenaient l'une après l'autre, et les hommes étaient gelés et épuisés, leurs vêtements de laine imprégnés de sueur, tant ils avaient dû contourner crêtes et autres obstacles pour faire avancer leurs traîneaux. Leurs rapports étaient unanimes.

À l'est, du côté de la péninsule de Boothia : pas d'eau libre. Même pas une trace.

Au nord-est, du côté de l'île du Prince-de-Galles, dans la direction qu'ils avaient empruntée pour déboucher ici : pas d'eau libre. Même pas ce vague assombrissement du ciel par-delà l'horizon qui signalait parfois sa présence. Huit jours de marche forcée, et les hommes n'avaient même pas pu approcher l'île du Prince-de-Galles, ni même l'entrevoir. Jamais ils n'avaient vu un tel chaos de crêtes et d'icebergs sur la banquise.

Au nord-ouest, du côté du détroit innommé par lequel la glace déferlait sur eux depuis le nord, longeant la côte ouest et la pointe sud de l'île du Prince-de-Galles : rien, hormis des ours blancs et une mer gelée.

Au sud-ouest, dans la direction présumée de la terre de Victoria et d'un passage entre l'archipel et le continent : pas d'eau libre, pas d'animaux hormis ces satanés ours blancs, des centaines de crêtes et une si grande quantité d'icebergs figés sur place que le lieutenant Little – Franklin l'avait mis à la tête d'un groupe formé à partir de l'équipage du *Terror* – rapporta qu'il avait eu l'impression de franchir une chaîne de montagnes plutôt qu'un océan gelé. Sur la fin de leur périple, le temps s'était tellement dégradé que trois des huit hommes avaient les orteils gelés et que tous étaient frappés de cécité des neiges à des degrés divers, le lieutenant Little étant totalement aveugle depuis cinq jours, ce qui lui donnait d'épouvantables migraines. C'était pourtant un homme d'expérience, qui avait accompagné Crozier et James Ross en Antarctique huit ans auparavant, mais on avait dû le charger sur le traîneau, ainsi que les autres invalides qui n'étaient pas en état de tracter celui-ci.

Pas la moindre trace d'eau libre dans un rayon de quarante kilomètres – et les hommes avaient dû parcourir quatre fois cette distance tant les obstacles s'accumulaient sur leur route. Pas le moindre signe d'un quelconque animal – renard, lièvre, caribou, morse ou phoque. Et pas la moindre baleine, bien entendu. Les hommes s'étaient attendus à négocier des brèches et des fissures dans la glace, mais à en croire Little, dont la peau brûlée par le soleil se détachait par plaques autour du bandage blanc recouvrant ses yeux, la surface de la mer était une plaine de blanc solide. Alors qu'ils parvenaient au terme de leur odyssée, à près de quarante-cinq kilomètres des navires, le lieutenant avait ordonné au bosseman Johnson, celui d'entre eux dont la vue était la moins affectée, de grimper en haut de l'iceberg le plus élevé alentour. Johnson avait mis des heures à s'acquitter de cette tâche, creusant des prises avec son piolet et mettant à contribution les chaussures à crampons que lui avait bricolées le commissaire du bord. Une fois parvenu au sommet, le matelot avait scruté l'horizon au nord-ouest, à l'ouest, au sud-ouest et au sud, utilisant pour ce faire la lunette d'approche de Little.

Son rapport était désespérant. Pas d'eau libre. Pas de terre ferme. Un chaos de séracs, de crêtes et d'icebergs à perte de vue. Quelques ours blancs, dont deux leur avaient fourni un peu de viande – sauf que le foie et le cœur de ce gibier-là n'étaient pas comestibles, ainsi qu'ils l'avaient découvert. Les hommes avaient franchi tellement de crêtes en halant leur traîneau qu'ils étaient à bout de forces, et ils n'avaient pu découper que cinquante kilos de viande, qu'ils avaient enveloppés de toile pour les rapporter au camp. Ils avaient en outre écorché l'un des ours pour récupérer sa fourrure blanche, laissant ensuite les deux cadavres pourrir sur la glace.

Quatre des cinq équipes revinrent donc avec des mauvaises nouvelles et des engelures, mais c'était celle de Graham Gore que sir John attendait avec le plus d'impatience. Leur ultime espoir avait toujours résidé au sud-est, dans la direction de la terre du Roi-Guillaume.

Finalement, le 3 juin 1847, soit dix jours après le départ de Gore et de ses hommes, les vigies postées en haut des mâts signalèrent qu'un traîneau approchait au sud-est. Sir John acheva son thé, enfila la tenue adéquate et rejoignit la foule qui s'était massée sur le pont pour guetter les arrivants.

Ceux-ci étaient désormais visibles à l'œil nu et, lorsque sir John leva sa splendide lunette d'approche en cuivre – cadeau des officiers et hommes d'équipage de la frégate de vingt-six canons qu'il avait commandée en Méditerranée plus de quinze ans auparavant –, il lui suffit d'un coup d'œil pour comprendre la confusion qui agitait les vigies.

De prime abord, rien ne semblait anormal. Cinq hommes tiraient le traîneau, comme lors du départ de Gore. Trois autres couraient à l'arrière ou sur les côtés, comme le jour du départ de Gore. Ce qui donnait bien huit.

Et cependant...

L'un des coureurs ne paraissait pas humain. À quinze cents mètres de distance, entraperçu au sein des séracs et des éruptions de glace qui criblaient une mer jadis placide, on eût dit qu'un petit animal tout en rondeurs, dépourvu de tête mais fort velu, courait derrière l'équipage.

Qui pis était, sir John ne parvenait pas à distinguer la haute silhouette de Gore, pourtant si caractéristique, pas plus que son écharpe rouge vif. Tous les hommes qui tractaient le traîneau ou couraient à côté de lui – et le lieutenant ne se serait pas abaissé à *tracter* le traîneau, sauf si ses subordonnés étaient dans l'incapacité de le faire – paraissaient trop petits, trop voûtés, trop *inférieurs*.

Le comble, c'était que le traîneau semblait trop lourdement chargé pour un retour au bercail – entre autres rations, l'équipe avait eu droit à une semaine de conserves, mais elle revenait avec trois jours de retard. Sir John s'autorisa un fol espoir pendant une minute, que les hommes eussent tué un caribou ou quelque gros gibier et rapportassent de la viande fraîche, puis ils franchirent la dernière crête d'importance, située à plus de huit cents mètres du campement, et la lunette d'approche de sir John lui révéla un horrible spectacle.

Ce n'était pas un quartier de viande qui était sanglé au traîneau, mais deux corps humains placés l'un au-dessus de l'autre, d'une façon avant tout pratique qui laissait peu de place à l'espoir. Sir John voyait à présent deux têtes distinctes, une à chaque extrémité du traîneau, celle de l'homme placé au-dessus arborant une crinière de cheveux blancs comme nul n'en possédait à bord des deux vaisseaux.

Les marins de l'*Erebus* jetaient des cordages le long de la coque afin que le corpulent capitaine pût descendre sur la glace pentue. Sir John s'éclipsa dans ses quartiers le temps d'ajouter à son uniforme son épée d'apparat. Puis, enfilant une tenue de froid par-dessus ledit uniforme, épée et médailles comprises, il remonta sur le pont principal et descendit sur la glace – les joues rouges et le souffle court, autorisant son valet à l'assister le long du chemin – afin d'aller à la rencontre des hommes, quels qu'ils fussent, qui se dirigeaient vers son navire.

10

Goodsir

69° 37' 42" de latitude nord, 98° 41' de longitude ouest
Terre du Roi-Guillaume, 24 mai-3 juin 1847

Si le Dr Harry D. S. Goodsir avait insisté pour participer à cette sortie, c'était en partie pour prouver qu'il était aussi fort, aussi capable que les autres membres de l'équipage. Il eut vite fait de constater qu'il se trompait.

Le premier jour − faisant fi des objections du lieutenant Gore et de M. Des Vœux −, il avait tenu à prendre son tour pour tirer le traîneau, permettant ainsi à l'un des cinq matelots de faire une pause et de courir à ses côtés.

Goodsir avait failli renoncer. Le harnais de cuir et de coton élaboré par les voiliers et les commissaires du bord, fixé aux cordes par un nœud dont le fonctionnement était à la portée du premier marin venu et qui laissait Goodsir totalement désemparé, était bien trop grand pour ses épaules étroites et son torse souffreteux. Cette camisole ne cessait de glisser, même lorsqu'il en serrait les sangles au maximum. Et il trébuchait sans arrêt sur la glace, se retrouvant les quatre fers en l'air et obligeant le reste de l'attelage à rompre le rythme de la manœuvre : tire, pause, souffle, tire. C'était la première fois de sa vie que le Dr Goodsir chaussait des bottes à semelles cloutées, et il ne cessait de se prendre les pieds dedans.

Les lunettes de neige lui brouillaient la vue, mais, lorsqu'il les soulevait sur son front, l'éclat du soleil arctique sur la glace arctique l'aveuglait en quelques minutes. Il avait entassé trop de couches de laine, et certaines étaient tellement imbibées de sueur qu'il frissonnait alors même que la chaleur lui donnait le vertige. Le harnais lui pinçait les nerfs, empêchait le sang d'irriguer ses bras grêles et ses mains gelées. Il ne cessait de perdre ses moufles. L'écho de ses hoquets et de ses halètements le plongeait dans la honte.

Au bout d'une heure d'efforts stupides, durant laquelle Bobby Ferrier, Tommy Hartnell, John Morfin, le soldat Bill Pilkington – le cinquième homme, Charles Best, courait à côté de l'attelage – se relayèrent pour épousseter son anorak couvert de neige en échangeant des regards qui en disaient long, sans que jamais il ne parvînt à avancer de concert avec eux, il accepta la proposition de Best et, profitant d'une pause, se débarrassa de son harnais et laissa les hommes, les vrais, tracter le lourd traîneau dont les patins de bois menaçaient constamment de geler sur place.

Goodsir était épuisé. La matinée du premier jour n'était pas encore finie, et il était tellement fatigué par cette heure de marche qu'il était prêt à déplier son sac de couchage, à l'étaler sur l'une des peaux de loup et à dormir jusqu'au lendemain.

Et ils n'avaient pas encore négocié de crête digne de ce nom.

Au sud-est du navire, la banquise demeurait relativement plane sur trois kilomètres, comme si le *Terror* avait protégé la glace du chaos, obligeant les crêtes à tenir leur distance. Mais en fin d'après-midi, les premiers obstacles se dressèrent sur leur route. Ces crêtes-ci étaient bien plus hautes que celles qui s'étaient élevées entre les navires durant l'hivernage, comme si les pressions sous la glace étaient plus intenses à proximité de la terre du Roi-Guillaume.

Pour contourner les trois premières, Gore obliqua vers le sud-ouest jusqu'à trouver des brèches, qu'ils parvinrent à franchir sans trop de difficulté. Cela les retarda de quelques heures, mais, en procédant ainsi, ils n'avaient pas besoin de décharger le traîneau pour passer. La quatrième crête se révéla infranchissable.

Chaque fois qu'ils s'arrêtaient plus de quelques minutes, l'un des hommes – le jeune Hartnell, en règle générale – attrapait sur le traîneau l'une des nombreuses bouteilles d'éther pyroligneux soigneusement arrimées, allumait le petit poêle et faisait fondre de la neige dans une casserole, non pas afin de la boire – pour étancher leur soif, ils disposaient de flasques que leurs vêtements protégeaient du gel –, mais pour arroser d'eau chaude les patins de bois qui ne tardaient pas à se retrouver bloqués dans les ornières qu'ils creusaient dans la neige glacée.

Le traîneau n'avançait en aucune manière comme la luge que Goodsir, issu d'une famille relativement privilégiée, avait pratiquée durant son enfance. Ainsi qu'il l'avait découvert lors de ses premières sorties sur la banquise, près de deux ans auparavant, on ne pouvait pas glisser sur cette surface comme sur celle d'un lac ou d'un cours d'eau gelé – même en chaussant les bottes idoines. La glace de mer – presque sûrement de par sa haute teneur en sel

110

– présentait un coefficient de friction élevé, qui interdisait quasiment toute glissade. Pour un homme souhaitant s'amuser comme un gamin, cela ne signifiait qu'une légère contrariété, mais, pour un attelage devant tracter, haler, bref faire avancer un traîneau pesant des dizaines de kilos chargé de marchandises en pesant des dizaines de plus, cela signifiait des efforts titanesques.

Comme si l'on tractait des tonnes de troncs d'arbre sur un terrain rocailleux. Les crêtes apparaissant alors comme des empilements de rochers hauts comme des maisons de quatre étages.

La première crête d'importance – et ce ne serait pas la dernière, vu le paysage qui se présentait à eux au sud-est – mesurait bien vingt mètres de haut.

Ils déchargèrent en partie les rations de nourriture, les bouteilles de combustible, les couvertures, les duvets et la lourde tente arrimés avec soin, se retrouvant avec des paquets pesant de vingt-cinq à cinquante kilos, qu'ils durent transporter de l'autre côté de la crête aux flancs raides et escarpés avant de seulement tenter de déplacer le traîneau.

Goodsir comprit bien vite que si ces crêtes n'avaient été que des anomalies isolées, rompant la monotonie d'une plaine de glace, les franchir aurait été une tâche épuisante plutôt qu'un calvaire. La banquise n'était jamais totalement plane, mais, sur une distance de cinquante à cent mètres de part et d'autre de chaque crête, elle se transformait en dédale insensé de congères, de séracs renversés et de gigantesques blocs de glace – un dédale qu'il fallait négocier avant d'entamer l'escalade proprement dite.

Celle-ci ne s'effectuait jamais de façon directe, mais consistait en une série de cheminements tortueux, où l'on passait son temps à chercher des prises sur une glace parfois friable, qui risquait de céder à tout moment. Les huit hommes décrivaient quantité de lacets, se passaient les lourds paquets, taillaient des prises à coups de piolet dans la glace et s'efforçaient de ne pas tomber et d'éviter ceux qui n'y réussissaient point. Lorsqu'un paquet échappait à leurs moufles gelées pour aller s'écraser en contrebas, les cinq hommes d'équipage lâchaient une bordée de jurons, aussitôt morigénés par Gore ou par Des Vœux. Il fallait sans cesse refaire les paquets.

Puis venait le tour du traîneau proprement dit, porteur d'une bonne moitié de son chargement initial, qu'il fallait tirer, pousser, soulever, caler, dégager des séracs, soulever à nouveau et hisser jusqu'au sommet de chaque crête aux contours chaotiques. Les hommes n'avaient pas un seul instant de répit, même une fois parvenus au sommet, car, à la moindre pause, leurs huit couches de vêtements imprégnés de sueur auraient commencé à geler.

Après qu'on eut attaché des cordages aux montants et aux traverses à l'arrière du traîneau, certains des hommes se plaçaient devant lui afin de freiner sa progression – les plus costauds en général, à savoir Ferrier, Morfin et Pilkington, le fusilier marin –, tandis que les autres, solidement cramponnés à la glace, le descendaient à grand renfort de hoquets, de cris, d'avertissements et de jurons.

Puis ils remettaient le chargement en place, vérifiant l'arrimage plutôt deux fois qu'une, faisaient bouillir de la neige pour dégager les patins gelés et se remettaient en route, forçant de nouveau le passage dans un labyrinthe chaotique.

Pour tomber sur une nouvelle crête au bout d'une demi-heure.

La première nuit que Harry D. S. Goodsir passa sur la banquise fut une expérience mémorable.

Le chirurgien n'avait jamais campé de sa vie, mais il savait que Graham Gore ne mentait pas en affirmant d'un air hilare que, sur la banquise, toute activité prenait cinq fois plus de temps que prévu : déballer le matériel, allumer lampes et poêles, monter la tente arctique et planter les pieux qui l'ancraient dans la glace, dérouler les multiples couvertures et duvets, et, surtout, faire chauffer la soupe et le porc en conserve dont ils se nourrissaient.

Et, durant tout ce temps, il ne fallait pas cesser de bouger de crainte de geler sur place : on moulinait des bras, on se secouait les jambes, on battait la semelle.

Lors d'un été arctique normal, ainsi que M. Des Vœux le rappela à Goodsir, citant comme exemple celui de l'année précédente, durant lequel ils avaient vogué vers le sud après avoir quitté l'île Beechey, la température à cette latitude, par temps dégagé et en l'absence de vent, pouvait monter jusqu'à – 1 °C. Rien de tel cette année. Le lieutenant Gore avait effectué des mesures à dix heures du soir – ils venaient de faire halte pour dresser le camp, le soleil était encore au-dessus de l'horizon et le ciel demeurait lumineux –, et le thermomètre indiquait – 19 °C. Lorsqu'ils avaient fait une pause vers midi, pour prendre du thé et des biscuits, la température était de – 14 °C.

La tente était minuscule. Elle leur sauverait la vie en cas de tempête, mais, comme la nuit était claire et le vent inexistant, Des Vœux et les cinq marins décidèrent de dormir en plein air, allongés sur des peaux de loup posées sur une toile goudronnée et enveloppés de couvertures de la Compagnie de la baie d'Hudson – ils fonceraient sous la tente en cas de mauvais temps –, et, après avoir débattu de la question dans son for intérieur, Goodsir décida de les imiter plutôt que de partager la tente avec le lieutenant Gore, si compétent et affable fût-il.

Le jour persistant faillit le rendre fou. Le ciel s'obscurcit quelque peu vers minuit, mais on se serait cru à huit heures du soir à Londres par un jour d'été, et Goodsir ne parvenait pas à trouver le sommeil. Jamais il n'avait été aussi épuisé de sa vie, et il ne pouvait même pas dormir ! En fait, comprit-il, c'étaient en partie les courbatures qui l'en empêchaient. Il regretta de ne pas avoir emporté un peu de laudanum. Une simple gorgée l'aurait soulagé de ses souffrances et lui aurait fermé les yeux. Contrairement à certains chirurgiens, que leur doctorat autorisait à administrer de la drogue, Goodsir n'était nullement dépendant de celle-ci – il n'utilisait des opiacés que pour trouver le sommeil ou se concentrer en cas de nécessité. Pas plus d'une ou deux fois par semaine.

Et comme il faisait *froid* ! Après avoir mangé sa soupe et son bœuf en conserve bien chauds, et s'être éloigné dans le dédale de glace en quête d'un endroit où se soulager – c'était aussi la première fois de sa vie qu'il n'utilisait pas un water-closet, et il fallait faire vite de peur que des organes précieux soient frappés d'engelures –, Goodsir se glissa dans l'un des sacs de couchage confectionnés en peau de loup, des rectangles d'un mètre quatre-vingts de long sur un mètre cinquante de large, y déroula son duvet personnel et se blottit dans ses profondeurs.

Des profondeurs sans chaleur. Des Vœux lui avait expliqué qu'il devait retirer ses bottes et les placer dans le sac avec lui, afin que leur cuir ne gèle pas – il s'était écorché la plante du pied aux clous faisant office de crampons –, mais que les hommes conservaient tous leurs autres vêtements. La laine – toute la laine, constata Goodsir pour la énième fois – était imprégnée de la sueur et des odeurs qu'il avait émises durant la journée. Cette interminable journée.

Autour de minuit, le ciel devint suffisamment crépusculaire pour que quelques étoiles – des planètes, en fait, ainsi qu'il l'avait appris deux ans plus tôt, à l'issue d'une conférence improvisée au sommet de l'iceberg aménagé en observatoire – fussent visibles à l'œil nu. Mais la lumière ne disparaissait jamais tout à fait.

Pas plus que le froid. Comme il avait cessé de bouger et de se remuer, le corps malingre de Goodsir était vulnérable au froid qui s'insinuait par l'ouverture bien trop grande de son sac de couchage et montait de la glace pour traverser les peaux de loup comme les couvertures de la Compagnie de la baie d'Hudson, pareil à un prédateur aux doigts glacials. Goodsir se mit à frissonner. Ses dents se mirent à claquer.

Autour de lui, les quatre hommes endormis – deux autres montaient la garde – ronflaient si fort que le chirurgien se demanda si leurs grondements, leurs reniflements, leurs ronronnements étaient audibles depuis les navires, distants de plusieurs kilomètres, par-delà les innombrables crêtes – *grand Dieu, il faudra à nouveau les franchir au retour.*

Goodsir tremblait de tous ses membres. À ce rythme, il n'était pas sûr de survivre jusqu'au matin. Lorsqu'on le secouerait pour le réveiller, on ne trouverait dans sa couche qu'un cadavre recroquevillé par le gel.

Il s'enfonça le plus profondément possible dans les couvertures cousues ensemble, refermant au-dessus de sa tête les rebords festonnés de glace, préférant la puanteur âcre de sa sueur et de ses exhalaisons à cet air frigorifiant.

Outre la lumière insidieuse et la froidure qui l'était encore plus, la froidure de la mort, se dit soudain Goodsir, la froidure du tombeau, de la falaise noire qui se dressait au-dessus des stèles de l'île Beechey, il y avait le bruit ; le chirurgien s'était cru habitué aux grincements des barrots du navire, aux craquements, aux claquements occasionnels de ses pièces métalliques réfrigérées dans les ténèbres hivernales, à la constante cacophonie de la glace qui enserrait le bâtiment dans sa poigne, mais ici, en pleine nature, sans rien pour séparer son corps de la glace hormis quelques couches de laine et de peau de bête, le vacarme produit par la glace mouvante était terrible. On eût dit qu'il cherchait à dormir sur le ventre d'une bête vivante. La sensation de la glace se déplaçant au-dessous de son corps, quoique exagérée, suffisait à lui donner le vertige, et il se blottit en position fœtale.

Aux environs de deux heures du matin – il pouvait consulter sa montre à gousset grâce à la lumière qui s'infiltrait dans son sac –, Harry D. S. Goodsir dérivait dans un état de semi-conscience apparenté au sommeil lorsqu'il fut brusquement réveillé par deux explosions assourdissantes.

Se débattant dans son duvet à moitié gelé par la sueur comme un nouveau-né cherchant à échapper à sa coiffe, Goodsir réussit à se dégager la tête et les épaules. L'air glacial le frappa en plein visage, avec une telle force que son cœur fit un bond dans sa poitrine. Le ciel était déjà illuminé par le jour.

— Hein ? s'écria-t-il. Que se passe-t-il ?

Le second maître Des Vœux et trois des cinq marins se tenaient debout sur leurs duvets, tenant un poignard dans leurs mains gantées. Le lieutenant Gore surgissait de la tente arctique. Il était tout habillé et sa main nue – *sa main nue !* – était armée d'un pistolet.

— Au rapport ! ordonna Gore à Charlie Best, l'une des deux sentinelles.

— C'étaient des ours, capitaine, répondit celui-ci. Deux ours. Des grosses brutes. Ils ont rôdé autour du camp pendant toute la nuit – rappelez-vous, on les a aperçus à un demi-mile de nous avant de faire halte –, mais ils commençaient à s'approcher, à tourner autour de nous, et John et moi, on leur a tiré dessus pour les faire partir.

John Morfin, un matelot de vingt-sept ans, était de garde avec lui, se rappela Goodsir.

— Vous avez tiré tous les deux ? demanda Gore.

Le lieutenant s'était posté sur le talus neigeux le plus élevé à sa portée et scrutait les environs avec sa lunette d'approche. Goodsir se demanda comment il se faisait que ses mains nues n'aient pas gelé au contact du cuivre.

— Oui, monsieur, dit Morfin.

Il s'affairait à recharger son fusil par la culasse, et ses mains gantées de laine avaient du mal avec les cartouches.

— Vous les avez touchés ? demanda Des Vœux.

— Oui, fit Best.

— On ne les a pas abattus, précisa Morfin. À trente pas de distance, on n'avait aucune chance. Ces saletés ont la peau dure et la tête encore plus. Mais ils ont filé sans demander leur reste.

— Je ne les vois pas, dit le lieutenant Gore depuis son perchoir, trois mètres au-dessus des tentes.

— On pense qu'ils sortent de ces petits trous dans la glace, dit Best. Le plus gros courait vers eux quand John a tiré. On s'est dit qu'il s'y était planqué, mais on est quand même allés y voir de plus près, et il n'y avait de carcasse nulle part. Ils ont filé.

Les hommes avaient remarqué ces dépressions dans la glace : pas tout à fait rondes, larges d'un peu plus d'un mètre, donc beaucoup trop grandes pour avoir été ouvertes par des phoques annelés venus respirer à la surface, mais trop petites et trop dispersées pour être l'œuvre d'ours blancs, et toujours recouvertes d'une épaisse couche de glace molle. Ils avaient tout d'abord espéré que ces trous annonçaient la présence de chenaux, mais ils étaient si rares et si éloignés les uns des autres qu'il ne s'agissait en fait que de pièges. Le matelot Ferrier, qui marchait en avant-garde durant la fin de l'après-midi, avait manqué choir dans l'un d'eux, y enfonçant sa jambe gauche jusqu'au genou, et ils avaient dû faire une pause le temps que le malheureux tout tremblant change de caleçon, de pantalon, de chaussettes et de bottes.

— Bon, de toute façon, il est l'heure que Pilkington et Ferrier aillent vous relever, dit le lieutenant Gore. Bobby, allez chercher le mousquet dans ma tente.

— Je préfère le fusil, monsieur, dit Ferrier.

— Le mousquet me convient, capitaine, dit le fusilier marin.

— Eh bien, prenez le mousquet, Pilkington. Les chevrotines ne feront qu'enrager ces bestioles.

— À vos ordres.

Best et Morfin, qui tremblaient de froid plutôt que d'une quelconque peur de l'ours blanc, se déchaussèrent avec des gestes engourdis et rampèrent dans leurs duvets. Le soldat Pilkington et Bobby Ferrier enfoncèrent leurs pieds gonflés dans les bottes qu'ils retirèrent de leurs couches et se dirigèrent en se dandinant vers les crêtes les plus proches, où ils devaient se poster.

Plus frissonnant que jamais, le nez et les joues aussi engourdis que les doigts et les orteils, Goodsir se tapit au fond de son sac et pria pour trouver le sommeil.

Celui-ci ne vint pas. Un peu moins de deux heures plus tard, le second maître Des Vœux ordonna à la compagnie de se lever.

— Nous avons une longue journée devant nous, les gars, annonça-t-il d'une voix joviale.

Plus de trente-cinq kilomètres les séparaient encore des rivages de la terre du Roi-Guillaume.

11

Crozier

70° 05' de latitude nord, 98° 23' de longitude ouest
9 novembre 1847

— Vous êtes gelé, Francis, dit le capitaine de frégate Fitzjames. Venez boire un brandy dans le carré.

Crozier préférerait un whiskey, mais un brandy fera l'affaire. Le capitaine de l'*Erebus* sur les talons, il emprunte le long et étroit couloir menant à l'ancienne cabine privée de sir John Franklin, reconvertie en carré semblable à celui du *Terror* : une bibliothèque servant de salle de repos aux officiers et, si nécessaire, de salle de réunion, voire d'infirmerie en cas d'urgence. Fitzjames est remonté dans l'estime de Crozier lorsque, plutôt que de réquisitionner les quartiers de sir John après son décès, il les a réaménagés de cette manière, conservant quant à lui sa minuscule cabine.

Le couloir est plongé dans une obscurité quasi totale, seulement rompue par l'éclairage diffus du carré, et le pont gîte encore plus que celui du *Terror*, vers bâbord plutôt que tribord, vers l'arrière plutôt que l'avant. Bien que les deux navires soient presque identiques, Crozier ne manque jamais de remarquer leurs différences. Le HMS *Erebus* a une autre *odeur*, par exemple : sous la puanteur de l'huile, de la crasse, du linge sale, du graillon, de la suie, de l'urine et de l'haleine des hommes flottant dans l'air froid et humide, perce un autre fumet. Pour une raison qu'il ignore, l'*Erebus* sent davantage la peur et le désespoir.

Deux officiers fument la pipe dans le carré, le lieutenant Le Vesconte et l'enseigne Fairholme, mais tous deux se lèvent, saluent les deux capitaines et se retirent, refermant derrière eux la porte coulissante.

Fitzjames ouvre une armoire fermée à clé et en sort une bouteille de brandy, dont il verse une bonne rasade à Crozier, se contentant d'une dose plus modeste. Feu le commandant de l'expédition avait prévu quantité de cristal et de porcelaine à l'usage de ses officiers, mais les deux hommes doivent se contenter de verres à eau : en bon adepte de la tempérance, Franklin n'avait apporté aucun verre à liqueur.

Crozier ne déguste point son alcool. Il vide son verre en trois goulées et le tend à Fitzjames pour qu'il le remplisse à nouveau.

— Je vous remercie d'avoir réagi si vite à mon message, dit Fitzjames. Mais je ne m'attendais pas à ce que vous veniez en personne.

Crozier plisse le front.

— Message ? Ça fait plus de huit jours que je n'ai plus de nouvelles de vous, James.

Fitzjames marque un temps.

— Vous n'avez pas reçu de message ce soir ? Je vous ai dépêché le soldat Reed il y a environ cinq heures. J'ai supposé qu'il avait décidé de passer la nuit sur le *Terror*.

Crozier secoue lentement la tête.

— Oh... damnation, fait Fitzjames.

Crozier attrape la chaussette de laine dans sa poche et la pose sur la table. Même à la lueur des appliques murales, il ne distingue aucune trace de violence.

— J'ai trouvé ceci sur mon chemin. Plus près de votre navire que du mien.

Fitzjames prend la chaussette et l'examine d'un air navré.

— Je demanderai aux hommes s'ils la reconnaissent.

— Elle pourrait appartenir à l'un des miens, murmure Crozier.

Il fait à Fitzjames un compte rendu succinct de l'attaque, des atroces blessures du soldat Heather et de la disparition de William Strong et du jeune Evans.

— Quatre en une seule journée, commente Fitzjames.

Il leur ressert du brandy à tous les deux.

— Oui. Que souhaitiez-vous me faire savoir dans votre message ?

Fitzjames explique à Crozier que, tout au long de la journée, on n'a cessé d'apercevoir une forme massive se déplaçant au sein du chaos glaciaire, hors de portée de l'éclairage du navire. Les hommes lui ont tiré dessus à plusieurs reprises, mais les quelques patrouilles envoyées sur la banquise n'ont trouvé ni taches de sang, ni quelque trace que ce fût.

— Ce qui explique, Francis, que cet imbécile de Bobby Johns ait ouvert le feu sur vous il y a quelques minutes, ce pourquoi je vous prie d'accepter mes excuses. Les hommes sont à bout de nerfs.

— Pas au point de croire que cette satanée créature a appris à parler anglais, j'espère, réplique Crozier d'une voix sardonique, ponctuant sa saillie d'une gorgée de brandy.

— Non, non. Bien sûr que non. Pure stupidité de sa part. Johns sera privé de rhum pendant deux semaines. Je vous prie à nouveau d'accepter mes excuses.

Crozier pousse un soupir.

— Ne faites pas ça. Trouez-lui un autre cul si ça vous chante, mais ne le privez pas de sa ration de rhum. Les marins ne râlent déjà que trop. Lady Silence m'accompagnait, vêtue de sa fichue parka en fourrure. Peut-être que Johns l'a prise pour un ours. Si j'avais reçu une balle dans la tête, je ne l'aurais pas volé.

Fitzjames le fixe en arquant les sourcils, comme pour lui demander : « Silence était avec vous ? »

— J'ignore ce qu'elle pouvait foutre sur la banquise, reprend Crozier, d'une voix éraillée par le froid, sans parler du hurlement qu'il a lancé à la sentinelle. J'ai failli tirer, moi aussi, quand elle m'est tombée dessus à un quart de mile de votre bâtiment. Je parierais que le jeune Irving la cherche partout à bord du *Terror*. J'ai commis une grave erreur en confiant à ce gamin la surveillance de cette traînée d'Esquimaude.

— Les hommes la considèrent comme un porte-guigne, murmure Fitzjames.

Le bruit porte loin sur ce pont surpeuplé, où les cloisons sont des plus minces.

— Pourquoi diable iraient-ils penser le contraire ?

Crozier sent l'alcool se diffuser dans son corps. Il n'a pas bu une goutte depuis la veille au soir. Son ventre comme sa cervelle accueillent avec joie cette sensation. Il enchaîne :

— Cette femme débarque le jour même où débute notre cauchemar, en compagnie d'un sorcier dont on ignore si c'est son père ou son mari. On lui a arraché la langue d'un coup de dents. Les hommes ne pouvaient que la rendre responsable de nos ennuis.

— Mais cela fait plus de cinq mois que vous l'hébergez à bord du *Terror*, fait remarquer Fitzjames, d'une voix où perce la curiosité plutôt que le reproche.

Crozier hausse les épaules.

— Je ne crois pas aux sorcières, James. Pas plus qu'aux porte-guigne, d'ailleurs. Ce que je crois, c'est que si nous la chassions du navire, la créature aurait vite fait de lui bouffer les tripes, en plus de celles d'Evans et de Strong. Sans oublier le soldat Reed. C'était bien ce fusilier marin aux cheveux roux, qui déblatérait sans cesse à propos de cet écrivain... Dickens, c'est ça ?

— Oui, William Reed, répond Fitzjames. Il s'est montré particulièrement rapide dans la baie de Disko, le jour où les marins ont organisé une course à pied. J'ai pensé qu'un bon coureur comme lui... (Il se mâchonne la lèvre.) J'aurais dû attendre le matin.

— Pour quoi faire ? rétorque Crozier. Il ne fait guère plus clair. Et à midi non plus, d'ailleurs. Le jour et la nuit, ça ne veut plus rien dire, et on a encore quatre mois à tirer comme ça. En outre, cette saleté ne se contente pas de chasser durant la nuit... ni même dans le noir, pour ce que ça change. Peut-être que votre Reed va revenir. On a déjà vu des messagers se perdre dans ce dédale de glace et n'en ressortir qu'au bout de cinq ou six heures, pestant et frissonnant de tous leurs membres.

— Peut-être, dit Fitzjames d'un air dubitatif. J'enverrai des hommes à sa recherche de bon matin.

— C'est exactement ce qu'attend cette créature, répond Crozier avec lassitude.

— Peut-être, répète Fitzjames, mais vous-même venez de me dire que vous avez lancé des recherches durant toute la nuit et toute la journée dans l'espoir de retrouver Strong et Evans.

— Si je n'avais pas emmené Evans avec moi pour rechercher Strong, ce garçon serait encore en vie.

— Thomas Evans. Je me souviens de lui. Un grand gaillard. Ce n'était plus un enfant, n'est-ce pas, Francis ? Il devait bien avoir... quel âge, déjà ? Vingt-deux ou vingt-trois ans, non ?

— Tommy a fêté ses vingt ans en mai, répond Crozier. Son dix-huitième anniversaire tombait le lendemain de notre départ. Comme ses camarades étaient d'humeur facétieuse, ils lui ont rasé le crâne pour l'occasion. Cela n'a pas semblé le fâcher. Ceux qui le connaissaient bien le trouvaient grand pour son âge. Il a servi sur le HMS *Lynx* et, avant cela, sur un navire marchand qui faisait les Indes occidentales. Il a pris la mer à l'âge de treize ans.

— Comme vous, si mes souvenirs sont bons.

Crozier part d'un rire un peu penaud.

— Comme moi. Pour ce que ça m'a servi.

Fitzjames range la bouteille de brandy dans l'armoire, ferme celle-ci à clé et revient s'asseoir à la longue table.

— Dites-moi, Francis, vous êtes-vous vraiment déguisé en laquais noir, au service du vieux Hoppner travesti en grande dame, quand vous avez hiverné ici en... en 1824, c'est ça ?

Crozier part d'un nouveau rire, nettement plus détendu.

— Oui. J'étais aspirant à bord du *Hecla*, sous les ordres de Parry, quand il est parti en compagnie de Hoppner, commandant le *Fury*, à la recherche de ce putain de passage du Nord-Ouest. Parry avait l'intention de descendre le détroit de Lancaster, puis l'anse du Prince-Régent – il a fallu attendre 1833, et l'expédition de John et James Ross, pour que nous découvrions que Boothia n'était pas une île. Parry pensait pouvoir contourner Boothia par le sud, puis foncer toutes voiles dehors jusqu'à la côte que Franklin avait explorée six ou sept ans plus tôt lors de son expédition terrestre. Mais Parry a pris du retard – pourquoi ces satanés explorateurs appareillent-ils toujours plus tard que prévu ? –, et nous avons eu du pot d'entrer dans le détroit de Lancaster le 10 septembre, avec un mois de retard. Malheureusement, la glace nous a piégés trois jours plus tard, et comme il n'était pas question d'aller plus loin, Parry et le lieutenant Hoppner, commandant respectivement l'*Hecla* et le *Fury*, ont filé plein sud, la queue entre les jambes.

« Un coup de vent nous a propulsés vers la baie de Baffin, mais nous avons trouvé refuge dans une jolie petite baie de l'anse du Prince-Régent. Nous y avons passé dix mois à nous geler les seins.

— Quand même, dit Fitzjames en souriant, vous, en petit laquais noir ?

Crozier opine et sirote son brandy.

— Parry et Hoppner adoraient donner des bals costumés pendant l'hivernage. C'est Hoppner qui a organisé celui-ci, qu'il a baptisé Grand Carnaval de Venise, et il avait choisi comme date celle du 1ᵉʳ novembre, car c'est ce jour-là que le soleil disparaît du ciel et que le moral des hommes commence à baisser. Parry est descendu de l'*Hecla* enveloppé dans une grande cape qu'il refusait obstinément d'ôter, même quand tous les hommes ont été rassemblés – la plupart d'entre eux étaient déguisés, il y avait une malle de costumes à bord de chaque navire –, et quand il s'est enfin dévoilé, nous avons vu apparaître ce fameux Vieux Marin – vous vous rappelez ce mendiant avec une jambe de bois, qui jouait du violon près de Chatham ? Non, c'est vrai, vous êtes trop jeune.

« Ce sacré Parry – je suis sûr qu'il aurait préféré arpenter les planches que le pont d'un navire –, il nous a fait tout un numéro, et que je gratte mon crincrin, et que je sautille sur ma fausse jambe de bois, et que je m'écrie à la cantonade : " Une p'tite pièce pour ce pauvre Joe, mon prince, lui qu'a perdu une patte au service du roi et de la patrie ! "

« Les hommes riaient à s'en tenir les côtes, vous pouvez me croire. Mais Hoppner, qui aimait le travestissement encore plus que Parry, a fait son apparition déguisé en grande dame, vêtue à la dernière mode parisienne – un décolleté plongeant, un faux-cul en guise de poupe et tout le tralala –, et comme j'étais prêt à tout en ce temps-là, y compris à faire des bêtises... enfin, j'étais jeune... j'étais déguisé en laquais noir de Madame – vêtu d'une authentique livrée que ce vieux Henry Parkyns Hoppner avait achetée dans une boutique londonienne pour dandys à seule fin de me la faire enfiler.

— Et les hommes ont bien ri ? demande Fitzjames.

— Oh ! à s'en tenir les côtes, je vous dis – ils ont oublié Parry et sa jambe de bois quand ils ont vu débarquer Henry en grande dame et moi qui lui filais le train. Pourquoi n'auraient-ils pas ri ? Tous ces ramoneurs et ces midinettes, tous ces chiffonniers et ces usuriers au nez crochu, tous ces maçons et ces highlanders, tous ces danseurs turcs et ces marchandes d'allumettes ? Regardez ce nègre ! C'est le jeune Crozier, même pas fichu d'être promu lieutenant à son âge et il se croit destiné à devenir amiral, comme si ce n'était pas un crétin d'Irlandais !

Fitzjames reste silencieux pendant une minute. Crozier entend les hamacs grincer, les hommes péter et ronfler, à l'autre bout du navire enténébré. Quelque part sur le pont principal, une sentinelle bat la semelle pour ne pas avoir les pieds gelés. Crozier regrette d'avoir conclu son récit en ces termes – jamais il n'aurait parlé ainsi s'il avait été sobre –, mais il regrette aussi que Fitzjames ne lui serve pas un autre brandy. Ou alors un whiskey.

— À quel moment l'*Hecla* et le *Fury* ont-ils pu repartir ? demanda Fitzjames.

— L'été suivant, le 20 juillet. Mais vous connaissez sûrement la suite de l'histoire.

— Je sais que le *Fury* a sombré.

— Oui. Cinq jours après que la glace s'était brisée – nous longions la côte de l'île Somerset, tentant d'éviter la banquise et les blocs de calcaire qui tombaient du haut de la falaise –, voilà qu'une nouvelle bourrasque fait échouer le *Fury* sur une plage de gravier. Nous avons réussi à le dégager – il en a fallu, des pitons et de la sueur –, et puis les deux bâtiments ont été pris dans les glaces, et voilà qu'un putain d'iceberg presque aussi gros que celui qui se dresse entre l'*Erebus* et le *Terror* pousse le *Fury* contre la glace côtière, lui arrache son gouvernail, lui fracasse ses barrots, lui désintègre sa coque, et les hommes ont fait tourner nuit et jour ses quatre pompes rien que pour le maintenir à flot.

— Ils y sont parvenus un certain temps, souffle Fitzjames.

— Quinze jours. On a même essayé de l'amarrer à un iceberg, mais ce putain de câble s'est rompu. Puis Hoppner a voulu le renflouer pour pouvoir réparer sa quille – sir John souhaitait procéder de même avec votre *Erebus* –, mais le blizzard a mis un terme à ce projet, car les deux navires risquaient de se retrouver échoués sur la grève. En fin de compte, les hommes se sont effondrés sur les pompes – ils étaient trop épuisés pour comprendre nos ordres – et, le 21 août, Parry a fait transférer tout l'équipage à bord de l'*Hecla*, qui a levé l'ancre pour échapper aux icebergs, alors que ceux-ci se ruaient sur le pauvre *Fury*, le culbutant sur le rivage et lui barrant l'accès à la mer de toute leur masse rassemblée. Il n'était même plus question de le remorquer. La glace l'a réduit en pièces sous nos yeux. On n'a réussi à s'en tirer que de justesse, et il a fallu que tous les hommes se relaient aux pompes jour et nuit, et que le charpentier travaille sans relâche pour rafistoler la coque.

« Ainsi donc, nous n'avons même pas pu approcher le passage – ni même découvrir de nouvelles terres –, nous avons perdu un navire, Hoppner est passé en cour martiale, et Parry s'estimait tout aussi responsable que lui, vu que Hoppner avait toujours agi sous son commandement.

— Mais tous ont été acquittés, dit Fitzjames. Et même félicités, si je me souviens bien.

— Mais personne n'a été promu, contre Crozier.

— Mais vous avez tous survécu.

— Oui.

— Je souhaite survivre à *cette* expédition, Francis.

La voix de Fitzjames est douce mais ferme.

Crozier acquiesce.

— Nous aurions dû agir comme Parry, et ce dès l'année dernière : rassembler les deux équipages à bord du *Terror* et contourner l'île du Roi-Guillaume par l'est.

C'est au tour de Crozier d'arquer un sourcil. Pas parce que Fitzjames reconnaît que la terre du Roi-Guillaume est en fait une île – les sorties en traîneau de l'été précédent ont en grande partie tranché cette question –, mais parce qu'il admet qu'ils auraient dû jouer leur va-tout et abandonner le navire de sir John dès l'automne précédent. Rien n'est plus douloureux pour un capitaine que d'abandonner son navire, Crozier le sait bien, mais cela l'est encore plus pour ceux de la Royal Navy. Et bien que l'*Erebus* eût été placé sous le commandement de sir John Franklin, le capitaine de frégate Fitzjames était en fait le seul maître à son bord.

— Il est trop tard maintenant.

Crozier souffre. Bordé par la coque sur trois côtés, éclairé par trois verrières Preston, le carré est un endroit particulièrement froid – l'haleine des deux hommes est visible à l'œil nu –, mais il y règne une température supérieure de vingt à trente degrés à la température extérieure, et Crozier sent ses jambes, et en particulier ses pieds, fourmiller comme s'ils étaient piqués par des milliers d'épingles chauffées au rouge.

— Oui, dit Fitzjames, mais vous avez bien fait l'été dernier de transférer une partie de nos provisions et de notre équipement sur l'île du Roi-Guillaume.

— Il faudra en transférer bien davantage si nous voulons établir là-bas un campement de survie, réplique Crozier avec une certaine brusquerie.

Il souhaitait que deux tonnes de vêtements, de tentes, de matériel de survie et de conserves soient entreposées sur la côte nord-ouest de l'île, au cas où il deviendrait urgent d'abandonner les navires en plein hiver, mais le transport s'est révélé une entreprise aussi lente que périlleuse. Au bout de plusieurs semaines d'allées et venues en traîneau, leur cache ne contenait qu'une tonne de matériel divers : des tentes, des tenues de froid, des outils et une maigre réserve de conserves. Rien de plus.

— Et cette créature ne nous laisserait pas en paix, ajoute-t-il à voix basse. Nous aurions pu nous établir là-bas en septembre dernier – j'ai fait dégager un terrain pour accueillir deux douzaines de grandes tentes, rappelez-vous –, mais ce campement aurait été bien plus vulnérable que les navires.

— Oui, fait Fitzjames.

— Encore faut-il que les navires survivent à l'hiver.

— Oui, répète Fitzjames. Francis, savez-vous que certains des marins – à bord des deux navires – ont baptisé cette créature du nom de Terreur ?

— Non !

Crozier se sent insulté. Il ne veut pas que le nom de son navire soit employé à mauvais escient, même si les hommes ne font que plaisanter. Mais il lui suffit de regarder les yeux noisette du capitaine de frégate James Fitzjames pour comprendre que celui-ci est mortellement sérieux, ce qui signifie qu'il en va de même pour les marins.

— La Terreur, dit Crozier, un goût de bile au fond de la gorge.

— Ils pensent qu'il ne s'agit pas d'un animal, poursuit Fitzjames. Ils attribuent sa ruse à son caractère... surnaturel... ils disent que c'est un démon qui rôde dans les ténèbres glacées.

Crozier manque cracher sous l'effet du dégoût.

— Un démon, répète-t-il d'un ton dédaigneux. Mais nous parlons de ces mêmes gens de mer qui croient aux fantômes, aux fées, aux porte-guigne, aux sirènes, au mauvais sort et aux monstres marins.

— Je vous ai vu gratter la voile pour faire venir le vent, dit Fitzjames avec un sourire.

Crozier ne relève pas.

— Vous avez suffisamment vécu et voyagé pour voir des choses inconnues de la plupart de vos semblables, ajoute Fitzjames, qui s'efforce visiblement de détendre l'atmosphère.

— Oui, fait Crozier avec un petit rire narquois. Des pingouins ! Si seulement c'étaient les plus grosses bêtes de la région, comme leurs cousins des terres australes.

— Vous voulez dire qu'il n'y a pas d'ours blanc là-bas ?

— Nous n'en avons vu aucun. Et depuis qu'explorateurs et baleiniers font le tour de cette terre volcanique et gelée, c'est-à-dire depuis soixante-dix ans, personne n'en a jamais aperçu.

— James Ross et vous avez été les premiers à reconnaître ce continent. Et ses volcans.

— En effet. Et sir James Ross en a retiré bien des profits. Il a épousé une superbe jeune fille, il a été fait chevalier, il coule des jours heureux loin du froid. Quant à moi... eh bien... je suis ici.

Fitzjames s'éclaircit la gorge comme pour changer de sujet.

— Vous savez, Francis, avant ce voyage, je croyais sincèrement à l'existence d'une mer Polaire. J'étais sûr que le Parlement avait raison de croire les prédictions de ces prétendus experts en la matière – vous rappelez-vous ce qui se disait durant l'hiver précédant notre départ ? Il y a eu un article dans le *Times* : ces histoires de barrière thermobarique, de Gulf Stream coulant sous la banquise pour aller réchauffer la mer Polaire, et de continent invisible à découvrir dans les parages. Le Parlement était tellement convaincu de son existence qu'il a voté des lois afin de déporter là-bas les détenus de Southgate et autre geôles, qui extrairaient le charbon qu'on ne manquerait pas de découvrir à quelques centaines de miles de notre position actuelle, sur le continent arctique !

Crozier rit sans arrière-pensée.

— Oui, du charbon pour chauffer les hôtels et pour approvisionner les navires à vapeur qui ne manqueraient pas de sillonner la mer Polaire, disons vers 1860 au plus tard. Oh ! mon Dieu, si seulement j'étais l'un de ces détenus de Southgate ! Conformément aux lois en vigueur, et du fait de notre bonté d'âme, leurs cellules sont deux fois plus grandes que nos cabines, James, et ils vivent dans le luxe et la chaleur, en attendant que soit découvert ce continent arctique qu'ils sont destinés à coloniser.

Les deux hommes rient de bon cœur.

On entend soudain du bruit sur le pont – un bruit de pas précipités –, puis ce sont des voix qui résonnent, et on sent un courant d'air froid, signe que quelqu'un vient d'ouvrir la grande écoutille, et puis plusieurs hommes descendent l'échelle à vive allure.

Les deux capitaines attendent en silence, puis on toque doucement à la porte du carré des officiers.

— Entrez, dit le capitaine de frégate Fitzjames.

Le premier maître de l'*Erebus* introduit deux membres de l'équipage du *Terror* : l'enseigne de vaisseau John Irving, dont le long nez est blanchi par la froidure, et le matelot Shanks, qui n'a pas lâché son mousquet.

— Je m'excuse de vous déranger, commandant, et vous aussi, commandant, dit Irving entre deux claquements de dents. Le lieutenant Little m'a ordonné de faire mon rapport au capitaine Crozier le plus rapidement possible.

— Je vous écoute, John, dit Crozier. Vous n'êtes pas en train de chercher lady Silence, au moins ?

Irving le fixe sans comprendre. Puis :

— Nous l'avons aperçue sur la banquise quand les dernières équipes sont rentrées à bord. Non, commandant. Le lieutenant Little m'a demandé d'aller vous chercher sans tarder parce que...

Il se tait subitement, comme s'il avait oublié la raison pour laquelle son supérieur l'avait envoyé ici.

— Monsieur Couch, dit Fitzjames à son premier maître, veuillez avoir l'obligeance de sortir et de refermer la porte derrière vous.

Crozier a remarqué qu'un étrange silence régnait du côté de la proue, d'où ne provenaient plus ni ronflements, ni grincements de hamac. Une bonne partie des matelots tendaient l'oreille en direction du carré des officiers.

Une fois la porte fermée, Irving reprend :

— C'est William Strong et Tommy Evans, monsieur. Ils sont revenus.

Crozier tique.

— Que diable entendez-vous par là ? Ils sont en vie ?

Pour la première fois depuis des mois, il sent l'espoir monter en lui.

— Oh ! non, monsieur, dit Irving. Ce sont leurs corps... enfin, un corps. Il était calé contre la proue et quelqu'un les a vus alors que les équipes de recherche rentraient... il y a environ une heure. Les sentinelles ne s'étaient rendu compte de rien. Mais il était là, ils étaient là, monsieur. Sur ordre du lieutenant Little, le matelot Shanks et moi-même sommes venus vous informer au pas de course, commandant. Au triple galop, même.

— Leur corps ? Un corps ? répète Crozier, qui ne comprend strictement rien au récit du jeune homme. *Contre la proue ?* Vous avez dit que Strong et Evans étaient revenus.

À présent, c'est le visage tout entier de l'enseigne Irving qui semble blanchi par la froidure.

— Oui, commandant. Tous les deux. Enfin... à moitié. Quand on est allés voir le corps calé contre la proue, il est tombé et... euh... il s'est cassé en deux. Pour ce qu'on a pu en voir, c'est Billy Strong au-dessus de la ceinture. Et Tommy Evans en dessous.

Crozier et Fitzjames échangent un regard en silence.

12

Goodsir

Ce fut dans la soirée du 28 mai, à l'issue de cinq pénibles journées de marche sur la glace, que le lieutenant Gore et son équipe atteignirent le cairn de sir James Ross, sur la terre du Roi-Guillaume.

Ainsi qu'ils le constatèrent avec joie en approchant de l'île – qui leur demeura invisible jusqu'à la dernière minute –, celle-ci recelait des mares d'eau douce à proximité de la grève. Malheureusement, la plupart d'entre elles provenaient d'une barrière quasi compacte d'icebergs – dont les plus hauts dépassaient les trente mètres –, qui s'étaient amassés le long du rivage et formaient un rempart crénelé de blanc se prolongeant jusqu'à l'horizon. Les hommes mirent une journée entière à franchir cet obstacle, et ils durent pour ce faire abandonner une partie du chargement de leur traîneau, aménageant une cache sur la banquise pour abriter vêtements, combustibles et provisions. Comme pour accroître encore leurs difficultés et leur manque de confort, nombre des conserves de soupe et de porc qu'ils avaient ouvertes sur la glace étaient impropres à la consommation, de sorte qu'il ne leur restait plus que cinq jours de réserve pour le retour – à condition qu'aucune des boîtes encore scellées ne soit avariée. Par-dessus le marché, ils découvrirent que même ici, en bord de mer, la glace faisait plus de deux mètres d'épaisseur.

Pis encore – du moins aux yeux de Goodsir –, la terre du Roi-Guillaume, ou plutôt l'île du Roi-Guillaume, ainsi qu'ils le découvriraient par la suite, se révéla être l'une des expériences les plus décevantes de sa vie.

L'île Devon comme l'île Beechey, situées plus au nord, étaient balayées par les vents, hostiles à toute forme de vie supérieure et peuplées en tout et pour tout de lichen et de broussailles, mais elles étaient de véritables jardins d'Éden comparées à la désolation qu'ils découvraient présentement. Sur Beechey, on trouvait au moins un sol, du sable et de la terre, d'imposantes falaises et un succédané de plage. Sur la terre du Roi-Guillaume, il n'y avait rien de semblable.

Pendant la demi-heure qui suivit le franchissement du rempart d'icebergs, Goodsir n'aurait su dire s'il foulait ou non la terre ferme. Il s'était préparé à fêter l'occasion avec ses camarades, car cela faisait plus d'un an qu'ils étaient pris dans les glaces en pleine mer, mais, passé les icebergs, la banquise se transforma en glace côtière, sans solution de continuité visible. Tout autour d'eux, il n'y avait que de la neige et de la glace, de la glace et de la neige.

Ils finirent par gagner un espace relativement dégagé, et Goodsir, imité en cela par plusieurs marins, se jeta sur le gravier, s'agenouillant sur le sol comme pour rendre grâce, mais les petits cailloux ronds étaient figés par le gel, aussi fermes que les pavés londoniens en hiver et dix fois plus froids, et un frisson glacé s'insinua dans leurs jambes à travers les couches de tissu censées les protéger, remontant le long de leurs os pour se répandre jusqu'aux extrémités de leurs mains gantées, telle une sinistre invitation lancée par les cercles d'un enfer glacé où les morts les attendaient.

Il leur fallut quatre heures de plus pour trouver le cairn de Ross. Un empilement de rochers d'un mètre quatre-vingts de haut, à proximité de la pointe Victory, ce devait être facile à repérer – le lieutenant Gore le leur avait affirmé un peu plus tôt –, mais, sur cette pointe exposée aux éléments, les empilements de glace dépassaient parfois les deux mètres, et cela faisait belle lurette que les rafales de vent avaient étêté le cairn. Le ciel de ce mois de mai ne virait jamais au noir complet, mais la vague lueur qui le baignait rendait difficile la vision en relief et l'appréciation des distances. Les seuls éléments du paysage qui se détachaient avec netteté, c'étaient les ours, et ce uniquement parce qu'ils se déplaçaient. Une demi-douzaine de ces fauves curieux et affamés n'avaient cessé de les suivre durant la journée. Exception faite de leurs formes dandinantes, le panorama se réduisait à un banc de brume gris-blanc. Un sérac qui semblait distant de cinq cents mètres et haut de quinze ne se trouvait qu'à vingt mètres et mesurait cinquante centimètres. Un espace dégagé où affleurait la pierre et qui paraissait tout proche était en fait situé à quinze cents mètres de là, sur la pointe battue par les vents.

Lorsqu'ils localisèrent enfin le cairn, vers dix heures du soir à en croire la montre de Goodsir, qui tictaquait encore, les hommes étaient si épuisés qu'ils avançaient les bras ballants, à l'instar des singes décrits dans les histoires de marins, sans plus de force pour prononcer un seul mot, ayant abandonné le traîneau à huit cents mètres du point où ils avaient abordé l'île.

Gore attrapa le premier exemplaire du message – conformément aux instructions de sir John, il en avait rédigé une copie qu'il devait déposer un peu plus au sud sur la côte –, le data et le signa d'un gribouillis. Le second maître Charles Des Vœux y apposa également son paraphe. Ils roulèrent la feuille de papier, la glissèrent dans l'un des deux cylindres étanches qu'ils avaient apportés avec eux et, après avoir placé celui-ci au centre du cairn, remirent en place les rochers qu'ils avaient écartés.

— Bien, fit Gore. Une bonne chose de faite, n'est-ce pas ?

L'orage se déclencha peu après qu'ils eurent regagné le traîneau pour y prendre un souper tardif.

Ils avaient jeté du lest afin de franchir le rempart d'icebergs, cachant dans la glace leurs couvertures en peau de loup, leurs tapis de sol et la plupart de leurs conserves. Comme celles-ci étaient hermétiquement fermées, elles ne risquaient pas d'attirer les ours, raisonnaient-ils, et, même si ceux-ci s'en approchaient, les sales bêtes seraient incapables de les ouvrir. Ils comptaient se rationner pendant les deux jours à venir – sans compter le gibier qu'ils pourraient chasser, quoique cette éventualité se réduisît comme peau de chagrin vu la nature du lieu – et dormir à l'abri de la tente arctique.

Des Vœux supervisa la préparation du dîner, assemblant le poêle breveté à partir de ses éléments soigneusement rangés dans des paniers d'osier. Malheureusement, trois des quatre conserves censées les nourrir ce soir-là se révélèrent avariées. Ne leur restait que leur demi-ration de porc salé du mercredi – le mets préféré des matelots, en raison de sa teneur en graisse, mais sûrement pas le plus nourrissant, surtout après une journée aussi harassante – et la seule boîte comestible, une « soupe de tortue claire et supérieure » qui faisait l'unanimité contre elle, car outre qu'elle n'était ni claire, ni supérieure, elle ne contenait pas un gramme de tortue.

Depuis la mort de Torrington, survenue sur l'île Beechey dix-huit mois auparavant, le Dr McDonald, le chirurgien du *Terror*, s'inquiétait grandement de la qualité de leurs conserves et, assisté de ses collègues, il ne cessait de procéder à des expériences afin de déterminer le régime le plus apte à prévenir le scorbut. Goodsir avait appris de son aîné qu'un dénommé Stephan Goldner, le fournisseur de Houndstitch qui avait obtenu d'approvisionner l'expédition en faisant des offres remarquablement peu élevées, avait presque certainement escroqué le gouvernement de Sa Majesté et le

Service des explorations de la Royal Navy en leur livrant des victuailles inadaptées – et sans doute toxiques.

Les hommes réagirent à cette déconvenue en proférant des obscénités dans l'air glacial.

— Du calme, les gars, dit le lieutenant Gore après les avoir laissés se défouler une bonne minute. Je vous propose d'ouvrir les rations prévues pour demain jusqu'à ce que nous ayons notre content de nourriture. Nous nous mettrons en route le plus tôt possible, dans l'espoir de gagner notre cache pour l'heure du souper, même si nous devons le prendre à minuit.

L'assentiment était général.

Sur les quatre autres boîtes qu'ils ouvrirent, deux n'étaient pas avariées, parmi lesquelles un ragoût de mouton à l'irlandaise sans la moindre trace de mouton et des joues de bœuf aux légumes à l'étiquette alléchante. Les marins étaient d'avis que les joues de bœuf provenaient d'une tannerie et que les légumes se réduisaient à des racines comestibles, mais c'était mieux que rien.

À peine avait-on monté la tente, déroulé les sacs de couchage pour en couvrir le sol, réchauffé les repas sur le poêle à alcool et distribué les bols bien chauds que la foudre se mit à frapper.

Le premier éclair tomba à moins de quinze mètres des hommes, qui en laissèrent choir ragoût et joues de bœuf. Le deuxième frappa plus près encore.

Ils se ruèrent dans la tente. La foudre tombait sur eux comme un tir de barrage. Ce fut seulement lorsqu'ils furent littéralement entassés sous la toile marron – huit hommes dans un espace prévu pour en abriter quatre, plus un équipement léger – que le matelot Bobby Ferrier fixa les poteaux de bois et de métal, proféra une nouvelle obscénité et se précipita vers l'ouverture.

Dehors, il tombait des grêlons gros comme des balles de cricket, qui projetaient des éclats de glace jusqu'à une hauteur de dix mètres. Le crépuscule arctique était zébré d'éclairs dont les explosions se chevauchaient tant elles étaient rapprochées, et l'aveuglante clarté du ciel restait gravée sur les rétines.

— Non, non ! s'écria Gore, qui attrapa Ferrier par la peau du cou pour l'attirer à l'intérieur de la tente bondée. Où que nous allions sur cette île, il n'y aura pas de plus belles cibles que nous. Jetez ces fichus poteaux le plus loin possible, mais restez sous la toile. Glissez-vous dans vos sacs et plaquez-vous au sol.

Les hommes s'exécutèrent en hâte, et leurs cheveux ondulaient comme des serpents sous le rebord de leurs perruques galloises et au-dessus de leurs cache-nez. L'orage gagna en férocité, le bruit en intensité. Les grêlons qui leur martelaient le dos à travers toile et couverture leur faisaient l'effet de coups de poing et leur criblaient la peau d'hématomes. Goodsir se laissa aller à pousser un gémissement, de peur plutôt que de souffrance, bien que cette correction fût la plus violente qu'il eût subie depuis l'école.

— Bon Dieu de merde! s'exclama Thomas Hartnell tandis que grêle et foudre empiraient encore.

Les plus astucieux s'étaient glissés sous leur couverture de la Compagnie de la baie d'Hudson pour mieux se protéger des grêlons. La toile de la tente menaçait de les étouffer et leur tapis de sol de fortune ne les protégeait en rien du froid, de sorte qu'ils respiraient avec difficulté.

— Comment un orage est-il possible par un tel *froid*? demanda Goodsir à Gore, qui était étendu à côté de lui.

— Cela se produit parfois, répondit le lieutenant, criant lui aussi pour se faire entendre. Si nous décidons d'abandonner les navires pour établir un campement de survie, il nous faudra un sacré paquet de paratonnerres.

C'était la première fois que Goodsir entendait parler de cette éventualité.

Un éclair frappa le rocher à l'abri duquel ils avaient entamé leur souper interrompu, situé à moins de trois mètres de la tente, ricocha par-dessus celle-ci pour aller frapper un second rocher distant de moins d'un mètre, et tous les hommes se tassèrent un peu plus sur eux-mêmes, comme s'ils avaient voulu déchirer le tapis de sol à coups d'ongles pour s'enfouir dans la roche.

— Bon Dieu, capitaine! s'écria John Morfin, qui était allongé juste devant l'ouverture. Il y a quelque chose qui bouge au milieu des rochers!

Aucun des hommes ne manquait à l'appel.

— Un ours? cria Gore. Qui se balade dans ce capharnaüm?

— C'est trop gros pour être un ours, capitaine! répliqua Morfin. On dirait...

Puis un éclair frappa à nouveau le rocher le plus proche, et un autre le suivit, produisant une décharge qui fit bondir la toile dans les airs, et tous les hommes s'aplatirent, pressèrent leurs joues contre le tapis de sol, et n'ouvrirent plus la bouche excepté pour prier.

L'attaque – car c'en était bien une, du moins aux yeux de Goodsir, comme si les dieux se déchaînaient sur eux pour les punir d'avoir hiverné au royaume de Borée – dura pendant près d'une heure, puis le tonnerre finit par s'atténuer et les éclairs, de moins en moins fréquents, par s'éloigner vers le sud-est.

Le lieutenant Gore fut le premier à se redresser, mais même cet homme, courageux entre tous, attendit une bonne minute avant de se lever. Les autres sortirent de leur refuge à quatre pattes et demeurèrent ainsi, contemplant le paysage autour d'eux comme des suppliants hébétés. À l'est, le ciel était parcouru d'un maillage serré d'éclairs, et la force du tonnerre qui roulait encore sur l'île était telle qu'ils se plaquèrent les mains sur les oreilles, mais l'averse de grêle avait cessé. Les grêlons en miettes formaient un tapis de plus de cinquante centimètres d'épaisseur qui s'étendait à perte de vue. Au bout d'une minute, donc, Gore se mit debout et regarda autour de lui. Les autres l'imitèrent, non sans raideur ni lenteur, et palpèrent leurs membres meurtris, dolents même, se dit Goodsir, si tous avaient subi le même barrage céleste que lui. Les nuages qui se massaient au sud assombrissaient le perpétuel crépuscule à un point tel qu'on aurait pu croire la nuit tombée.

— Regardez-moi ça ! lança Charles Best.

Goodsir et les autres se massèrent autour du traîneau. Avant d'entamer leur souper, ils avaient déballé les conserves et autre matériel pour les empiler près du poêle, et la foudre avait réussi à frapper la pyramide de boîtes métalliques tout en ratant le traîneau. Les produits de M. Goldner avaient explosé comme sous l'impact d'un boulet de canon : une frappe parfaite dans un jeu de boules cosmique. Des fragments de métal, de viande pourrie et de légumes avariés gisaient éparpillés sur un rayon de vingt mètres. Le chirurgien aperçut près de son pied gauche un récipient calciné et déformé portant l'indication APPAREIL DE CUISSON (1). Cette casserole faisait partie de leur équipement et se trouvait sur le poêle à alcool lorsqu'ils s'étaient précipités sous la tente. La flasque métallique contenant une pinte d'éther pyroligneux avait volé en éclats, projetant des débris dans toutes les directions, débris qui étaient passés au-dessus de leurs têtes quand ils se terraient dans leur refuge. Si la foudre avait frappé la réserve de flasques dans sa caisse en bois, posée sur le traîneau à un ou deux mètres de là, tout près des deux fusils et des cartouches, ils auraient tous péri dans l'explosion qui aurait suivi.

Goodsir avait envie de rire, mais il se retint, craignant de pleurer en même temps. Les hommes restèrent muets un moment.

Puis John Morfin, qui était monté sur la crête la plus proche, à moitié invisible sous les grêlons, s'écria :

— Venez voir ça, capitaine !

Ils le rejoignirent sur son perchoir et suivirent son regard.

Sur le flanc de la crête, provenant du chaos glaciaire au sud et disparaissant en direction de la mer au nord-est, il y avait des traces d'une taille impossible. Impossible, car elles étaient trop grandes pour avoir été laissées par un animal connu. Cela faisait cinq jours que les hommes apercevaient des traces d'ours blanc dans la neige, et certaines d'entre elles étaient d'une taille impressionnante – jusqu'à trente centimètres de long –, mais celles-ci en faisaient au moins quarante-cinq. Certaines semblaient longues comme le bras. Et elles étaient toutes fraîches – aucun doute n'était possible –, car ce n'était pas sur la neige qu'elles étaient imprimées mais sur le tapis de grêlons.

Une créature inconnue s'était approchée de leur camp au plus fort de l'orage et de l'averse, exactement comme l'avait dit Morfin.

— Qu'est-ce que ça veut dire ? lança le lieutenant Gore. Ce n'est pas possible. Monsieur Des Vœux, ayez l'obligeance de m'apporter un fusil et des cartouches, je vous prie.

— À vos ordres.

Avant même le retour du second maître, le lieutenant se mit à suivre les impossibles empreintes en direction du nord-est, Morfin, Pilkington, Best, Ferrier et Goodsir sur les talons.

— Elles sont beaucoup trop grandes, capitaine, déclara le fusilier marin.

S'il faisait partie de leur équipe, se rappela Goodsir, c'était parce qu'il était l'un des rares membres de l'expédition à avoir chassé du plus gros gibier que le lagopède d'Écosse.

— Je le sais, soldat, dit Gore.

Il prit le fusil que lui tendait Des Vœux et le chargea calmement tandis que le petit groupe foulait les grêlons en direction du rivage, avec son rempart d'icebergs derrière lequel se massaient des nuages noirs.

— Peut-être que ce ne sont pas des empreintes de pattes, mais... les traces d'un lièvre arctique qui a fui durant l'averse, en laissant à chaque bond la trace de son corps, proposa Des Vœux.

— Oui, fit Gore d'un air absent. Peut-être, Charles.

Mais c'étaient bien des empreintes de pattes. Le Dr Harry D. S. Goodsir en avait la certitude. Ainsi que tous ceux qui l'entouraient. Le chirurgien, qui n'avait jamais rien chassé de plus gros que le lapin et la perdrix, voyait néanmoins que ce n'étaient pas là les traces d'un petit animal bondissant, mais bien les empreintes laissées par un animal avançant à quatre pattes, puis sur ses deux pattes postérieures le temps de parcourir une centaine de mètres. On eût dit les empreintes d'un homme, un homme possédant des pieds longs comme le bras, capable de foulées d'un mètre cinquante et pourvu de longues griffes à chacun de ses orteils.

Ils atteignirent l'espace dégagé et battu par les vents où, bien des heures auparavant, Goodsir était tombé à genoux – les grêlons s'étaient pulvérisés en frappant le sol –, pour constater que les traces s'arrêtaient là.

— Déployez-vous, ordonna Gore.

Il tenait son fusil au creux du bras, aussi décontracté que s'il se promenait dans son domaine familial de l'Essex. Il indiqua à chaque homme le quadrant qu'il souhaitait le voir explorer. La zone rocheuse n'était guère plus grande qu'un terrain de cricket.

Aucune série d'empreintes n'en rayonnait. Les hommes scrutèrent le sol pendant plusieurs minutes, prenant soin au cours de leurs vérifications de ne pas fouler la neige encore vierge sur le pourtour de leur quadrant, puis tous s'immobilisèrent et échangèrent un regard. Ils dessinaient un cercle quasi parfait. Aucune trace n'en sortait.

— Capitaine... commença Best.

— Chut, fit Gore, sèchement mais pas méchamment. Je réfléchis.

Il était le seul à bouger maintenant, marchant d'un homme à l'autre et contemplant le paysage envahi de neige, de glace et de grêlons tout autour d'eux, comme s'il était le dindon d'une quelconque farce. La lumière gagnait en intensité à mesure que la tempête s'éloignait à l'est − il était presque deux heures du matin et le tapis de neige et de grêlons demeurait vierge par-delà les rochers.

— Capitaine, insista Best. C'est à propos de Tom Hartnell.

— Oui, et alors ? lança Gore.

Il entamait son troisième circuit autour de la zone dégagée.

— Il n'est pas là. Je viens de me rendre compte... il n'était pas avec nous quand nous sommes sortis de la tente.

Goodsir releva vivement la tête et la tourna en même temps que les autres. À trois cents mètres de là, la crête dissimulait le traîneau et la tente effondrée. Rien ne bougeait sur la vaste plaine blanc et gris.

Tous se mirent à courir au même instant.

Hartnell était vivant mais inconscient et gisait toujours sous la tente. Son front était orné d'une grosse bosse − un grêlon gros comme le poing avait déchiré la toile − et un filet de sang coulait de son oreille gauche, mais Goodsir lui prit le pouls et constata que son cœur battait doucement. Ils l'extirpèrent de la tente, récupérèrent deux sacs de couchage et l'installèrent au chaud, le plus confortablement possible. Des nuages noirs se massaient à nouveau au-dessus de leurs têtes.

— C'est grave ? demanda le lieutenant Gore.

Goodsir secoua la tête.

— Nous ne le saurons qu'à son réveil... s'il se réveille. Je suis surpris que nous n'ayons pas été tous assommés. Cette chute de grêle était terrifiante.

Gore opina.

— Je n'aimerais pas que nous perdions Tommy si peu de temps après la mort de son frère John. Ce serait insupportable pour leur famille.

Goodsir se rappela le jour où il avait préparé le corps de John Hartnell, vêtu de la plus belle chemise en flanelle de son frère Thomas. Il repensa à cette chemise, enfouie sous le sol gelé et enneigé à plusieurs centaines de kilomètres au nord, aux stèles en bois battues par les vents sous la falaise noire. Il frissonna.

— Nous ne devons pas prendre froid, dit Gore. Et nous avons besoin de dormir. Soldat Pilkington, retrouvez les ancrages des poteaux et aidez Best et Ferrier à remonter la tente.

— À vos ordres.

Pendant que Best et le fusilier marin s'affairaient à leur tâche, Morfin déplia la toile. Les grêlons l'avaient tellement maltraitée qu'elle ressemblait à un drapeau après la bataille.

— Grand Dieu, s'exclama Des Vœux.

— Les sacs de couchage sont trempés, rapporta Morfin. Et l'intérieur de la tente aussi.

Gore soupira.

Pilkington et Best revinrent avec deux bouts de bois et de métal tordus et calcinés.

— La foudre a frappé les poteaux, capitaine, rapporta le soldat. On dirait que le fer a attiré l'éclair. Il va être difficile de dresser la tente.

Gore se contenta d'acquiescer.

— La grande hache est restée sur le traîneau. Démontez le fer et apportez le manche, ainsi que l'autre fusil – ils nous serviront de poteaux. Faites fondre un peu de glace pour les ancrer si nécessaire.

— Le poêle est fichu, lui rappela Ferrier. On ne peut plus faire fondre la glace.

— Il y a deux autres poêles sur le traîneau, dit Gore. Et il y a de l'eau potable dans les gourdes. Elle est gelée pour le moment, mais faites-en fondre un peu en les glissant sous vos vêtements. Versez l'eau ainsi obtenue dans le trou que vous aurez creusé dans la glace. Elle ne tardera pas à geler. Monsieur Best ?

— Capitaine ? interrogea le jeune et robuste matelot en étouffant un bâillement.

— Faites votre possible pour nettoyer la tente, puis prenez votre couteau et découpez les coutures de deux des sacs de couchage. Nous les utiliserons comme matelas et couvertures et nous blottirons dessous en nous serrant les uns contre les autres. Il faut que nous dormions un peu.

Goodsir surveillait le jeune Hartnell au cas où il aurait repris conscience, mais il demeurait aussi immobile qu'un cadavre. Le chirurgien dut vérifier qu'il respirait encore.

— Est-ce que nous repartons demain matin, monsieur? demanda John Morfin. D'abord pour regagner la cache, et ensuite pour regagner le navire? Nous n'avons plus assez de rations pour tenir le coup.

Gore secoua la tête en souriant.

— Un ou deux jours de jeûne ne nous feront pas de mal, matelot. Mais vu l'état de Hartnell, cinq d'entre vous vont l'emmener à la cache en prenant le traîneau. Vous camperez là-bas en attendant mon retour, et moi j'irai vers le sud avec le sixième, conformément aux ordres de sir John. Non seulement je dois déposer une autre copie du message destiné à l'Amirauté, mais en outre, et c'est là une mission autrement plus importante, nous devons pousser le plus loin possible au sud en quête d'eaux libres. Si nous ne le faisons pas, toute cette équipée n'aura servi à rien.

— Je suis volontaire pour vous accompagner, capitaine, dit Goodsir, tout étonné d'entendre le son de sa propre voix.

Pour une raison qu'il ne s'expliquait pas, il lui semblait important de rester avec le lieutenant.

Gore semblait aussi surpris que lui.

— Je vous remercie, docteur, dit-il à voix basse, mais il serait plus sensé pour vous de rester auprès de notre camarade blessé, n'est-ce pas?

Goodsir rougit.

— C'est Best qui m'accompagnera, dit le lieutenant. Le second maître Des Vœux prendra le commandement du groupe en attendant mon retour.

— À vos ordres, dirent à l'unisson les deux intéressés.

— Nous partirons dans trois heures environ, et nous essaierons d'aller le plus loin possible. Nous n'emporterons qu'un peu de porc salé, le message dans son cylindre, une gourde par personne, quelques couvertures au cas où nous serions amenés à bivouaquer, et l'un des fusils. Nous ferons demi-tour vers minuit et nous tâcherons de vous rejoindre sur la banquise à huit heures du matin. Le chargement sera moins important qu'à l'aller – exception faite de Hartnell, bien entendu – et nous perdrons moins de temps à trouver des brèches dans les crêtes, de sorte que nous devrions mettre trois jours pour rentrer, là où il nous en a fallu cinq pour arriver jusqu'ici.

« Si nous ne sommes pas revenus après-demain à minuit, monsieur Des Vœux, vous avez ordre de rentrer au navire avec Hartnell.

— À vos ordres.

— Soldat Pilkington, vous sentez-vous particulièrement fatigué ?

— Oui, capitaine, dit le fusilier marin. Je veux dire : non, capitaine. Je suis prêt à accomplir la mission que vous me confierez.

Gore sourit.

— Bien. Vous monterez la garde pendant les trois prochaines heures. Tout ce que je puis vous promettre, c'est que vous serez le premier homme à pouvoir dormir lorsque votre groupe atteindra la cache dans la journée. Prenez le mousquet qui ne nous servira pas de poteau, mais restez à l'intérieur de la tente – passez la tête au-dehors de temps en temps, cela suffira.

— Très bien, monsieur.

— Docteur Goodsir ?

L'intéressé leva la tête.

— Auriez-vous l'obligeance de transporter M. Hartnell dans la tente avec l'aide de M. Morfin et de l'installer le plus confortablement possible ? Nous placerons Tommy au centre de notre nichée afin de le tenir au chaud.

Goodsir acquiesça et s'efforça de prendre son patient par les aisselles sans le faire sortir de son duvet. La bosse ornant le front du matelot inconscient était à présent aussi grosse que le petit poing pâle du chirurgien.

— Très bien, fit Gore entre deux claquements de dents, pendant que les hommes s'affairaient à monter la tente. Maintenant, rassemblons-nous sous ces couvertures et blottissons-nous les uns contre les autres, tels les orphelins que nous sommes, et tâchons donc de dormir une heure ou deux.

13

Franklin

70° 05' latitude nord, 98° 23' de longitude ouest
3 juin 1847

Sir John n'arrivait pas à en croire ses yeux. Il y avait bien huit silhouettes, comme il s'y était attendu, mais... ce n'étaient pas les *bonnes*.

Sur les cinq hommes épuisés qui tiraient le traîneau, les joues mangées de barbe et les lunettes de neige sur le nez, quatre étaient conformes à son attente – le colossal soldat Pilkington, qui menait l'attelage, suivi des matelots Morfin, Ferrier et Best –, mais quant au dernier, le second maître Des Vœux, il avait les yeux hagards de celui qui a vu l'enfer. Le matelot Hartnell marchait à côté du traîneau. Sa tête était enveloppée dans d'épais bandages et il avançait en titubant, tel un grognard durant la retraite de Russie. Goodsir, le chirurgien, marchait lui aussi à côté du traîneau tout en surveillant une personne étendue sur celui-ci. Franklin chercha du regard l'écharpe rouge de Gore – en principe, on ne pouvait pas ne pas remarquer ce cache-nez de deux mètres de long –, mais, à sa grande surprise, constata que tous les membres du groupe semblaient en porter un morceau.

Fermant la marche derrière le traîneau, il y avait une petite créature vêtue de fourrures, dont le visage était dissimulé sous une capuche mais qui ne pouvait être qu'un Esquimau.

Mais ce fut en examinant le chargement du traîneau que le capitaine Franklin s'exclama :

— Grand Dieu !

Le traîneau était trop étroit pour que deux hommes s'y allongent côte à côte, et la lunette d'approche de sir John ne l'avait pas trompé. Il y avait bien deux corps gisant l'un sur l'autre. Le premier était celui d'un Esquimau : un vieillard endormi ou inconscient, au visage ridé et basané, dont les longs cheveux blancs volaient au-dessus de la capuche en peau de loup qu'on avait disposée sous sa tête à la façon d'un oreiller. C'était sur lui que veillait Goodsir tandis que l'équipage s'approchait de l'*Erebus*. Sous le corps avachi de l'Esquimau gisait le cadavre distordu et noirci du lieutenant de vaisseau Graham Gore.

Ce fut une petite armée qui se précipita à la rencontre du traîneau, avec dans ses rangs le capitaine de vaisseau Franklin, le capitaine de frégate Fitzjames, le lieutenant de vaisseau Le Vesconte, le premier maître Robert Sergeant, M. Reid, le pilote des glaces, M. Stanley, le chirurgien du bord, ainsi que des officiers subalternes comme le bosseman Brown, John Sullivan, le chef de la grand-hune, et M. Hoar, le valet de sir John, plus une quarantaine de matelots qui étaient montés sur le pont en entendant le signal de la vigie.

Franklin et les autres pilèrent avant d'avoir atteint le traîneau. Les bouts d'écharpe qu'il avait cru voir sur les tenues grises des hommes étaient en fait des traînées écarlates. Ils étaient maculés de sang.

Tous se mirent à parler en même temps. Certains des nouveaux venus étreignirent les amis venus à leur rencontre. Thomas Hartnell s'effondra sur la glace, se retrouvant aussitôt entouré de sauveteurs. Le brouhaha était indescriptible.

Sir John n'avait d'yeux que pour le cadavre du lieutenant Graham Gore. On l'avait enveloppé dans un sac de couchage, mais celui-ci s'était ouvert et sir John distinguait nettement son beau visage, livide à certains endroits et, à d'autres, carbonisé par le soleil arctique. Il avait les traits difformes, les yeux mi-clos, la sclérotique luisante de glace, la bouche béante, la langue pendante et les lèvres déjà retroussées, en une expression qui hésitait entre la rage et l'horreur pure.

— Enlevez... ce sauvage... couché sur le lieutenant Gore, ordonna sir John. *Exécution!*

Plusieurs hommes s'empressèrent de lui obéir, empoignant l'Esquimau par les pieds et les épaules. Le vieillard poussa un gémissement et le Dr Goodsir s'écria :

— Doucement! Faites attention! Il a une balle de mousquet logée près du cœur. Emmenez-le à l'infirmerie, s'il vous plaît.

L'autre Esquimau ôta sa capuche et sir John constata avec stupéfaction qu'il s'agissait d'une jeune femme. Elle s'approcha du vieil homme blessé.

— Un instant! cria sir John en pointant un doigt sur l'aide-chirurgien. À l'infirmerie? Vous envisagez sérieusement d'accueillir ce... cet indigène... dans l'infirmerie de notre navire?

— Cet homme est mon patient, dit le petit aide-chirurgien avec une détermination dont sir John ne l'aurait jamais cru capable. Je dois le faire conduire dans un lieu où je serai en mesure de l'opérer – d'extraire cette balle de son corps si cela est possible. De stopper l'hémorragie dans le cas contraire. Veuillez l'emmener à l'infirmerie, messieurs.

Les matelots qui portaient l'Esquimau se tournèrent vers le commandant de l'expédition dans l'attente de sa décision. Sir John était si outré qu'il ne put dire un seul mot.

— Allez, dépêchez-vous, ajouta Goodsir avec assurance.

Interprétant le silence de sir John comme un signe d'assentiment, les hommes emportèrent le blessé aux cheveux gris, grimpant le talus de neige qui flanquait le vaisseau. Goodsir et l'Esquimaude leur emboîtèrent le pas, suivis par des matelots dont certains aidaient le jeune Hartnell à marcher.

Quasiment incapable de dissimuler le choc et l'horreur qui l'habitaient, Franklin demeura figé sur place, les yeux rivés au cadavre du lieutenant Gore. Le soldat Pilkington et le matelot Morfin s'affairaient à détacher les sangles qui le maintenaient en place sur le traîneau.

— Pour l'amour de Dieu, fit Franklin, voilez-lui la face.

— À vos ordres, commandant, dit Morfin.

Le marin releva la couverture de la Compagnie de la baie d'Hudson dont ils avaient drapé le corps du lieutenant et qui avait glissé durant un éprouvant périple de trente-six heures sur la banquise.

Sir John devinait toujours la bouche grande ouverte de son beau lieutenant sous une dépression du tissu rouge.

— Monsieur Des Vœux, lança-t-il sèchement.

— Oui, commandant.

Le second maître, qui supervisait l'évacuation du cadavre du lieutenant, se dirigea vers son supérieur d'un pas traînant et porta une main à son front. Franklin vit que Des Vœux, dont le visage hirsute était rougi par le soleil et meurtri par le vent, était si épuisé qu'il parvenait à peine à lever le bras pour saluer.

— Veillez à ce que le lieutenant Gore soit conduit dans ses quartiers, où M. Sergeant et vous-même préparerez sa dépouille en vue de la cérémonie funèbre sous la supervision de l'enseigne de vaisseau Fairholme ici présent.

— À vos ordres, dirent à l'unisson Des Vœux et Fairholme.

Si épuisés fussent-ils, Ferrier et Pilkington refusèrent d'être relevés pour transporter le corps de leur lieutenant défunt. Ce dernier semblait aussi raide qu'un tronc d'arbre. L'un des bras de Gore était replié et sa main nue, noircie par le soleil ou par la décomposition, évoquait une serre figée par le gel.

— Attendez! dit Franklin.

S'il confiait cette tâche à M. Des Vœux, plusieurs heures s'écouleraient avant qu'il ne reçoive le rapport du commandant en second de cette équipée. Et ce satané chirurgien qui s'était éclipsé avec ses deux Esquimaux!

— Monsieur Des Vœux, une fois que vous aurez procédé aux premiers préparatifs, veuillez vous rendre dans ma cabine.

— À vos ordres, commandant, dit le second maître avec lassitude.

— En attendant, qui se trouvait avec le lieutenant Gore lors de ses derniers instants?

— Nous étions tous là, monsieur, répondit Des Vœux. Mais le matelot Best était avec lui – ils étaient partis à deux – durant les deux derniers jours que nous avons passés sur la terre du Roi-Guillaume et à proximité. Charlie a vu tout ce qu'a vu le lieutenant Gore.

— Très bien, dit sir John. Exécutez votre tâche, monsieur Des Vœux. J'entendrai votre rapport un peu plus tard. Best, suivez-nous, le capitaine de frégate Fitzjames et moi-même.

— À vos ordres, dit le marin.

Trop fatigué pour défaire les nœuds de son harnais, il s'en débarrassa d'un coup de couteau. Lui n'avait même plus la force de lever le bras pour saluer.

Les trois verrières Preston coloraient le sempiternel crépuscule d'une nuance laiteuse lorsque le matelot Charles Best se prépara à faire son rapport devant sir John Franklin, le capitaine de frégate Fitzjames et le capitaine de vaisseau Crozier – le capitaine du HMS *Terror* était monté à bord quelques minutes avant l'arrivée du traîneau. Edmund Hoar, le valet et secrétaire occasionnel de sir John, était assis près des trois officiers supérieurs afin de prendre des notes. Best était debout, naturellement, mais Crozier avait suggéré d'administrer au marin épuisé une dose médicinale de brandy, ce à quoi sir John avait consenti en dépit d'une réprobation évidente, priant le capitaine Fitzjames de faire appel à sa réserve personnelle. Le verre de liqueur avait redonné des couleurs à Best.

Les trois officiers l'interrompirent de temps en temps pendant qu'il leur fit son rapport en s'efforçant de rester debout. Voyant que le récit de leur approche de la terre du Roi-Guillaume commençait à traîner en longueur, sir John l'engagea à narrer les événements des deux derniers jours.

— À vos ordres. Eh bien, après cette nuit d'orage près du cairn, et après qu'on a trouvé ces... ces traces, ces empreintes... dans la neige, on a essayé de dormir deux ou trois heures, mais en pure perte ou quasiment, et puis le lieutenant Gore et moi, on est partis vers le sud avec des rations allégées pendant que M. Des Vœux s'en allait avec le traîneau, ce qui restait de la tente et ce pauvre Hartnell, qui était encore dans les pommes à ce moment-là, donc on s'est dit « à demain », le lieutenant et moi, on est partis au sud, et M. Des Vœux et les autres sont repartis vers la banquise.

— Vous étiez armés, je suppose.

— Oui, sir John. Le lieutenant Gore avait un pistolet. J'avais l'un des deux fusils. M. Des Vœux avait gardé l'autre et le soldat Pilkington était armé d'un mousquet.

— Dites-nous pourquoi le lieutenant Gore vous a divisés en deux groupes, ordonna sir John.

Best sembla déconcerté par cette question, puis son visage se détendit au bout d'un temps.

— Oh! il nous a dit qu'il suivait vos instructions, monsieur. Comme la foudre avait pulvérisé notre réserve de nourriture et endommagé la tente, les autres devaient regagner sans tarder la cache sur la banquise. Le lieutenant Gore et moi, on devait placer le second message dans son cylindre quelque part sur la côte et voir si on trouvait de l'eau libre. Il n'y en avait pas, monsieur. De l'eau libre, je veux dire. Pas une trace. On n'a même pas vu de reflet noir dans le ciel comme il y en a au-dessus de l'eau.

— Quelle distance avez-vous parcourue, Best? demanda Fitzjames.

— Le lieutenant Gore estimait qu'on avait marché quatre miles sur cette grève de neige et de galets gelés quand on est arrivés devant une grande crique, monsieur... un peu comme la baie de l'île Beechey où on a hiverné il y a un an. Mais vous savez ce que c'est quand on avance dans le brouillard, dans le vent et sur la glace, monsieur, même sur la terre ferme. On a sans doute marché dix miles pour couvrir ces quatre-là. La crique était totalement gelée. Aussi solide que la banquise. On ne voyait même pas un de ces petits chenaux qui séparent la plage du pack en été. Donc on a traversé cette crique, et puis on a parcouru environ un quart de mile sur un promontoire, où le lieutenant et moi, on a édifié un autre cairn – il n'était ni aussi grand, ni aussi beau que celui du capitaine Ross, mais il était solide et assez haut pour qu'on le voie de loin. Cette île est si plate qu'on n'y trouve rien de plus grand qu'un homme. Donc, on a empilé des rochers à hauteur d'homme, et puis on y a glissé le second cylindre de cuivre avec le message, tout comme le lieutenant avait placé le premier.

— Vous avez fait demi-tour à ce moment-là? demanda le capitaine Crozier.

— Non, monsieur, répondit Best. J'étais épuisé, je l'admets. Et le lieutenant Gore aussi. La journée avait été dure, même les sastrugi étaient difficiles à négocier, mais, à cause du brouillard, on n'apercevait la côte que de temps en temps, quand ça se dégageait un peu, alors même si l'après-midi était déjà bien entamé quand on a eu fini de construire le cairn et d'y mettre le message, le lieutenant Gore a décidé de descendre encore six ou sept miles sur la côte. Parfois, on y voyait quelque chose, le plus souvent, on n'y voyait rien. Mais on *entendait*.

— Qu'est-ce que vous entendiez ? demanda Franklin.

— Quelque chose qui nous suivait, sir John. Quelque chose de gros. Ça respirait. De temps en temps, ça faisait un petit bruit... un peu comme les ours blancs, vous voyez, quand on dirait qu'ils toussent ?

— Vous avez identifié un ours blanc ? demanda Fitzjames. Vous venez de dire qu'il n'y avait rien de plus grand qu'un homme sur cette île. Si un ours vous suivait, vous l'auriez vu quand le brouillard se levait.

— Oui, monsieur, dit Best, qui se renfrogna comme s'il était sur le point de pleurer. Je veux dire : non, monsieur. Nous n'avons pas pu identifier d'ours, monsieur. En temps normal, ça aurait été facile. On aurait pu le faire. Mais là, on n'a pas pu. Parfois, on entendait tousser juste derrière nous – à quinze pieds de nous, dans le brouillard –, alors je braquais mon fusil et le lieutenant Gore armait son pistolet, et on attendait en retenant notre souffle, et puis le brouillard se levait et on ne voyait rien sur un rayon d'une centaine de pieds.

— Sans doute un phénomène acoustique, déclara sir John.

— Oui, monsieur, acquiesça Best, qui, de toute évidence, ne comprenait pas le sens de cette remarque.

— Un bruit produit par la glace côtière, précisa sir John. Ou alors par le vent.

— Oh ! oui, oui, sir John. Sauf qu'il n'y avait pas un pet de vent. Mais la glace... c'était peut-être ça, milord. C'est possible.

À en juger par le ton de sa voix, il n'en pensait pas un mot.

S'agitant sur son siège comme en signe d'agacement, sir John reprit :

— Vous avez dit tout à l'heure que le lieutenant Gore était mort... avait été tué... après que vous avez rejoint vos six camarades sur la banquise. Veuillez nous raconter cet épisode en détail.

— Oui, monsieur. Eh bien, il devait être près de minuit quand nous avons fini par faire demi-tour. Le soleil avait disparu du ciel au sud, mais il y avait toujours cette lueur glacée... vous savez comment ça se passe lorsque minuit approche, sir John. Le brouillard s'était bien levé et en montant sur une petite colline rocheuse... enfin, pas une colline, un talus qui dominait la plaine d'environ quinze pieds... on a vu la côte qui se poursuivait jusqu'à l'horizon, un horizon tout flou, et derrière lui, des icebergs dont on apercevait la pointe, des icebergs massés le long de la grève. Pas un signe d'eau. De la glace à perte de vue. Alors on a entamé le chemin du retour. On n'avait ni tente, ni sacs de couchage, rien que de la viande froide à mâchonner. Je me suis cassé une dent dessus. On avait très soif tous les deux, sir John. On n'avait pas de poêle pour faire fondre de la neige, et le lieutenant Gore n'avait emporté qu'une bouteille d'eau, qu'il tenait au chaud sous son manteau et son gilet.

« On a marché toute la nuit – pendant les deux heures de crépuscule qui passent pour la nuit, puis pendant quelques heures encore – et je me suis endormi debout une demi-douzaine de fois, je suis sûr que je me serais mis à tourner en rond, mais le lieutenant Gore était toujours là pour me secouer et me remettre sur le droit chemin. On est passés devant le nouveau cairn, puis on a traversé la crique, et, vers six heures du matin, on est arrivés à l'endroit où on avait campé la nuit d'avant, près du premier cairn, celui de sir James Ross – non, c'était deux nuits avant, pendant le premier orage –, et on a continué de marcher, en suivant les traces du traîneau, et on a franchi la barrière d'icebergs et on s'est retrouvés sur la banquise.

— Vous dites : « pendant le premier orage », coupa Crozier. Y en a-t-il eu d'autres ? Nous en avons subi plusieurs durant votre absence, mais ils semblaient plus violents au sud.

— Oh ! oui, monsieur, dit Best. Toutes les deux ou trois heures, et malgré le brouillard épais, on entendait gronder le tonnerre, et puis nos cheveux se dressaient sur nos têtes, et tous les objets métalliques qu'on avait sur nous – nos boucles de ceinture, mon fusil, le pistolet du lieutenant Gore –, tous les objets se mettaient à briller d'une lueur bleue, alors on se trouvait un abri sur le gravier et on se plaquait contre le sol pendant que le monde explosait autour de nous comme les canons de Trafalgar.

— Vous étiez à Trafalgar, matelot Best ? s'enquit sir John d'une voix glaciale.

Best tiqua.

— Non, monsieur. Bien sûr que non. Je n'ai que vingt-cinq ans, milord.

— *J'étais* à Trafalgar, matelot Best, poursuivit sir John d'un air sévère. Je servais comme transmetteur à bord du HMS *Bellerophon*, où trente-trois officiers sur quarante périrent durant la bataille.

144

Veuillez vous abstenir d'utiliser des comparaisons et des métaphores étrangères à votre expérience durant le reste de votre rapport.

— À vos... à vos ordres, commandant, bredouilla Best, chez qui l'épuisement et le chagrin le disputaient désormais à la terreur. Je m'excuse, sir John. Je ne voulais pas... je veux dire... je n'aurais pas dû...

— Reprenez votre récit, matelot, dit sir John. Mais parlez-nous à présent des dernières heures du lieutenant Gore.

— Oui, monsieur. Euh... Jamais je n'aurais pu franchir la barrière d'icebergs sans l'aide du lieutenant Gore – que Dieu le bénisse –, mais on a fini par y arriver et on s'est retrouvés sur la banquise, avec un mile ou deux à peine jusqu'au campement, où M. Des Vœux et les autres nous attendaient... mais on s'est perdus.

— Comment avez-vous pu vous perdre si vous suiviez les traces du traîneau ? demanda le capitaine de frégate Fitzjames.

— Je l'ignore, monsieur, dit Best d'une voix de plus en plus atone. Il y avait du brouillard. *Beaucoup* de brouillard. On n'y voyait pas à dix pieds autour de nous. La lumière du soleil nous éblouissait et plus aucun repère ne se détachait. Je crois bien qu'on a escaladé la même crête trois ou quatre fois et qu'on a fini par ne plus savoir où on allait. Et puis, sur la banquise, la neige est souvent emportée par le vent, et il arrivait que les traces du traîneau soient soudain effacées. Mais pour dire vrai, messieurs, je crois bien qu'on dormait debout, le lieutenant et moi, et qu'on s'est égarés sans s'en rendre compte.

— Très bien, fit sir John. Poursuivez.

— Puis on a entendu des coups de feu...

— Des coups de feu ? répéta Fitzjames.

— Oui, monsieur. Tirés par un fusil et par un mousquet. Comme on était en plein brouillard, avec les icebergs et les crêtes qui renvoyaient des échos dans tous les sens, on n'aurait pas su dire d'où venaient ces coups de feu, mais c'était tout près. On s'est mis à crier et, presque tout de suite, on a entendu M. Des Vœux qui nous répondait et, une demi-heure plus tard – le brouillard a mis un moment avant de se lever –, on est enfin arrivés au campement. Les gars avaient plus ou moins réparé la tente pendant nos trente-six heures d'absence, et ils l'avaient montée près du traîneau.

— Ils avaient tiré en l'air pour vous guider vers eux ? demanda Crozier.

— Non, monsieur. Ils tiraient sur les ours. Et sur le vieil Esquimau.

— Expliquez-vous, ordonna sir John.

Charles Best passa la langue sur ses lèvres fendillées.

— M. Des Vœux vous l'expliquera mieux que moi, monsieur, mais, si j'ai bien compris, quand ils avaient regagné le campement la veille, ils avaient trouvé toutes les boîtes de conserve ouvertes et leur contenu éparpillé sur la glace – par les ours, ont-ils conclu –, alors M. Des Vœux et le Dr Goodsir ont décidé d'abattre certains des ours blancs qui rôdaient autour d'eux. Juste avant notre arrivée, ils venaient de tuer une femelle et ses deux petits, et ils étaient occupés à les dépecer. Puis ils ont entendu des bruits dans le brouillard – ces toussotements dont j'ai parlé tout à l'heure –, et puis c'est à ce moment-là, je crois, que les deux Esquimaux – le vieillard et sa compagne – sont apparus au sommet d'une crête, et en voyant ces deux silhouettes en fourrure blanche, le soldat Pilkington et Bobby Ferrier ont tiré, le premier au mousquet et le second au fusil. Ferrier a raté ses cibles, mais Pilkington a logé une balle dans le torse de l'homme.

« Quand on est arrivés, ils venaient de regagner le camp avec les deux Esquimaux et une partie de la viande d'ours – on a parcouru les cent derniers yards en suivant les traînées de sang qu'ils avaient laissées sur la glace –, et le Dr Goodsir s'efforçait de sauver la vie du vieillard blessé.

— Pourquoi ? demanda sir John.

Best n'avait rien à répondre à cela. Tous restèrent muets.

— Très bien, dit sir John au bout d'un moment. Combien de temps s'est-il écoulé entre le moment où vous avez retrouvé le second maître Des Vœux et son groupe à ce campement et celui où le lieutenant Gore a été attaqué ?

— Pas plus d'une demi-heure, sir John. Probablement moins.

— Et qu'est-ce qui a provoqué cette attaque ?

— Provoqué ? répéta Best, dont les yeux commençaient à devenir vitreux. Vous pensez que c'est parce qu'on a tué des ours blancs ?

— Je veux dire : quelles sont les circonstances précises de cette attaque, matelot Best ? demanda sir John.

Best se passa une main sur le front. Il resta un long moment la bouche ouverte avant de répondre.

— Rien ne l'a provoquée. Je discutais avec Tommy Hartnell – il était allongé dans la tente, avec un bandage sur la tête, mais il était bien réveillé –, il ne se souvenait de rien après le début du premier orage –, M. Des Vœux surveillait Morfin et Ferrier qui allumaient deux poêles afin qu'on puisse cuire la viande d'ours, et le Dr Goodsir avait enlevé sa parka au vieil Esquimau, et il palpait la vilaine plaie qu'il avait à la poitrine. La femme se tenait non loin de là et le regardait faire, mais je ne la voyais pas parce que le brouillard s'était encore épaissi, et le soldat Pilkington montait la garde avec son mousquet, quand, soudain, voilà que le lieutenant Gore s'écrie : « Silence, tout le monde ! Silence ! », alors tout le monde la ferme et arrête ce qu'il était en train de faire. On n'entendait que les deux poêles qui sifflaient et la neige fondue qui bouillonnait dans les casseroles – on allait avoir droit à du ragoût d'ours blanc, je crois bien –, et puis le lieutenant Gore a saisi son pistolet, il l'a armé, et il s'est éloigné de quelques pas, et...

Best se tut. Il avait les yeux braqués sur le néant, la bouche béante, le menton luisant de salive. Ce qui monopolisait son regard ne se trouvait pas dans la cabine de sir John.

— Continuez, pressa sir John.

Les lèvres de Best frémirent, mais aucun mot n'en sortit.

— Nous vous écoutons, matelot, dit le capitaine Crozier, sur un ton un rien plus aimable.

Best tourna la tête vers le capitaine du *Terror*, mais ses yeux demeuraient rivés à l'invisible.

— Et puis... Et puis la glace s'est soulevée, commandant. Elle s'est soulevée et elle a cerné le lieutenant Gore.

— Qu'est-ce que vous dites là ? protesta sir John après un nouveau moment de silence. La glace ne se soulève pas. Qu'est-ce que vous avez *vu* ?

Best ne se tourna pas vers lui.

— La glace s'est soulevée. Comme lorsqu'on voit une crête émerger à toute vitesse. Sauf que ce n'était pas une crête – ce n'était pas de la glace – ça s'est soulevé et c'était une... *forme*. Une forme blanche. Je me rappelle qu'elle avait des... des griffes. Pas de pattes, pas au début, mais des griffes. Très grandes. Et des crocs. Je me rappelle ses crocs.

— Un ours, souffla sir John. Un ours polaire.

Best secoua la tête en réponse.

— Une forme très grande. On aurait dit qu'elle montait *sous* le lieutenant Gore... *autour* du lieutenant Gore. Elle était... *trop grande*. Au moins deux fois plus grande que le lieutenant Gore, et il était bien bâti, comme vous le savez. Elle devait mesurer douze pieds de haut, voire davantage, je crois bien, et elle était trop large. Beaucoup trop large. Et puis le lieutenant Gore a comme qui dirait disparu lorsque cette chose... l'a cerné... on ne voyait plus que sa tête, ses épaules et ses bottes, et puis on a entendu une détonation – il n'a pas visé, il a tiré dans la glace –, et puis on s'est tous mis à crier, et Morfin s'est jeté sur son fusil, et le soldat Pilkington a foncé en levant son mousquet, mais il avait peur de tirer parce que la chose et le lieutenant ne faisaient plus qu'un à présent, et puis... et puis on a entendu craquer, et aussi claquer.

— L'ours mordait le lieutenant? demanda Fitzjames.

Best battit des cils et se tourna vers l'officier rubicond.

— Le mordre? Non, monsieur. Cette chose ne mordait pas. Je ne distinguais même pas sa tête... pas vraiment. On ne voyait que ces deux points noirs flottant à douze, treize pieds de hauteur... noirs et rouges en même temps, vous savez, comme les yeux d'un loup quand ils accrochent la lumière du soleil... Ces craquements, ces claquements, c'étaient les os du lieutenant Gore qui se brisaient, ses côtes, ses bras et ses jambes.

— Le lieutenant Gore a-t-il crié? demanda sir John.

— Non, monsieur.

— Pourquoi donc?

Aussi étrange que cela paraisse, Best sourit.

— Eh bien, il n'y avait aucune raison de crier, commandant. À un instant donné, la *chose* était là, s'élevant tout autour du lieutenant Gore et l'écrasant comme vous ou moi écraserions un insecte au creux de notre main, et, l'instant d'après, elle était *partie*.

— Que voulez-vous dire, *partie*? demanda sir John. Pourquoi Morfin et le fusilier marin ne lui ont-ils pas tiré dessus quand elle a battu en retraite dans le brouillard?

— En retraite? répéta Best, dont le grotesque et troublant sourire s'élargit encore. La forme n'a pas battu en retraite. Elle est redescendue dans la glace – comme une ombre qui s'efface quand le soleil se cache derrière un nuage –, et, quand on est arrivés auprès du lieutenant Gore, il était mort. La bouche grande ouverte. Il n'a même pas eu le temps de hurler. C'est alors que le brouillard s'est levé. Il n'y avait pas de trou dans la glace. Pas la moindre fissure. Même pas un de ces petits trous où les phoques passent la tête pour respirer. Rien que le lieutenant Gore gisant désarticulé : il avait le thorax défoncé, les deux bras cassés, et il saignait des oreilles, des yeux et de la bouche. Le Dr Goodsir nous a écartés de son passage, mais il ne pouvait plus rien pour lui. Gore était mort, et il devenait aussi froid que la glace sous son corps.

Le sourire dément et irritant de Best vacilla quelque peu – ses lèvres retroussées étaient agitées de tremblements – et ses yeux se firent plus hagards encore.

— Est-ce que...

Mais sir John n'eut pas le temps d'achever sa question : Charles Best venait de s'effondrer devant lui.

14

Goodsir

70° 05' de latitude nord, 98° 23' de longitude ouest
Juin 1847

Extrait du journal intime du Dr Harry D. S. Goodsir :

4 juin 1847

Lorsque Stanley et moi dévêtîmes l'Esquimau blessé, je me rappelai qu'il portait une amulette en pierre polie, un peu plus petite que le poing, qui figurait un ours blanc : bien qu'elle ne parût pas avoir été taillée, la pierre, brute mais lisse au toucher, reproduisait de façon frappante le long cou, la petite tête, les puissantes pattes postérieures et la posture agressive de l'animal. J'avais aperçu cette effigie en examinant les blessures de l'homme sur la banquise, sans toutefois y prêter attention.

La balle tirée par le soldat Pilkington avait pénétré le thorax de l'indigène moins d'un pouce au-dessous de cette amulette, transpercé les tissus entre les troisième et quatrième côtes (la plus haute avait légèrement dévié sa trajectoire), puis traversé le poumon gauche pour se loger dans l'épine dorsale, où elle avait sectionné plusieurs nerfs.

Je n'avais aucun moyen de sauver cet homme – un premier examen m'avait suffi pour constater que toute tentative pour extraire le projectile serait fatale, et l'hémorragie interne du poumon ne pouvait non plus être stoppée –, mais je m'y suis tout de même efforcé, le faisant transporter dans la dépendance de l'infirmerie que le Dr Stanley et moi avons aménagée en salle d'opération. Hier, durant la demi-heure qui suivit mon retour à bord, Stanley et moi avons attaqué cette blessure avec nos instruments les plus affûtés, nous acharnant dessus de toutes nos forces, jusqu'à ce que nous ayons localisé la balle dans la colonne vertébrale du blessé, confirmant ainsi le pronostic de mort imminente.

Mais le sauvage, un homme d'une taille et d'une carrure étonnantes, n'avait pas encore accepté celui-ci. Il persistait à vouloir vivre. Il persistait à aspirer et à souffler avec ses poumons meurtris et sanglants, à expectorer du sang. Il persistait à nous fixer de ses yeux étrangement clairs – pour un Esquimau –, ne perdant aucun de nos mouvements.

Le Dr McDonald vint nous rejoindre et, à l'invitation de Stanley, conduisit l'Esquimaude au fond de l'infirmerie, dans une alcôve isolée par une couverture servant de rideau, afin de la soumettre à un examen. Je pense qu'il ne souhaitait pas tant se faire une idée de son état que la faire sortir de l'infirmerie pendant que nous sondions brutalement les blessures de son père ou de son époux... quoique ni elle ni ce dernier ne parussent troublés par le sanglant spectacle qui aurait fait tourner de l'œil toute lady digne de ce nom – sans parler de certains chirurgiens peu expérimentés.

Et, à ce propos, Stanley et moi avions à peine achevé d'examiner l'Esquimau mourant que sir John Franklin fit son entrée, suivi de deux matelots soutenant Charles Best, dont on nous dit qu'il s'était évanoui dans la cabine du capitaine. Nous avons demandé aux deux hommes d'étendre leur camarade sur la couchette la plus proche, et il ne m'a fallu qu'une minute pour déterminer les causes de sa défaillance : le malheureux, à l'instar de tous les compagnons de feu le lieutenant Gore, souffrait d'un profond épuisement consécutif à dix jours d'épreuves, de faim (nous n'avions rien mangé excepté de la viande d'ours durant les deux dernières journées de notre périple sur la banquise), d'une déshydratation générale des tissus (comme nous n'avions pas le temps de nous arrêter pour faire fondre la neige, nous nous contentions de mâcher celle-ci – ce qui est déconseillé, car l'eau n'est pas assimilée par l'organisme), et enfin, cause la plus évidente à mes yeux mais qui avait échappé aux officiers ayant entrepris de l'interroger, le pauvre Best avait fait son rapport debout devant les capitaines, toujours vêtu de sept couches de laine, n'ayant eu le temps d'ôter que son manteau maculé de sang. Après avoir passé dix jours et dix nuits sur la glace, à une température avoisinant zéro degré Fahrenheit, j'avais du mal à supporter la chaleur de l'Erebus, et je n'avais conservé que deux couches une fois arrivé à l'infirmerie. Best n'avait pas résisté au choc.

Après s'être assuré que le matelot serait bientôt remis sur pied – les sels l'avaient déjà ramené à lui –, sir John considéra d'un œil dégoûté notre patient esquimau, qui gisait sur son torse et son ventre ensanglantés après que Stanley et moi l'avions retourné pour lui examiner le dos.

— Est-ce qu'il va survivre ? demanda notre commandant.

— Pas très longtemps, sir John, répondit Stephen Samuel Stanley.

Je grimaçai en l'entendant parler ainsi devant le patient – en règle générale, nous préférons émettre un tel pronostic en latin quand nous discutons entre nous –, puis je me rendis compte que l'Esquimau ne parlait vraisemblablement pas l'anglais.

— Mettez-le sur le dos, ordonna sir John.

Nous nous exécutâmes avec un luxe de précautions et, bien que la douleur fût sans doute insoutenable, l'indigène aux cheveux gris, qui était demeuré conscient durant toute la procédure, ne dit pas un mot. Ses yeux étaient rivés au visage du chef de notre expédition.

Sir John se pencha vers lui et, élevant la voix et détachant les mots comme s'il s'adressait à un enfant sourd ou à un demeuré, s'écria :

— Qui... ES... tu ?

L'Esquimau le regarda sans rien dire.

— Quel est... ton... nom ? insista sir John. Quelle est... ta... tribu ?

Le mourant ne répondit point.

Sir John secoua la tête et afficha un air écœuré, mais je n'aurais su dire si c'était à cause de l'horrible plaie de l'Esquimau ou de son entêtement de naturel.

— Où est l'autre indigène ? demanda sir John à Stanley.

Mon supérieur, qui n'avait pas trop de ses deux mains pour presser les lèvres de la plaie et y appliquer le linge avec lequel il espérait, faute de mieux, ralentir l'hémorragie, désigna le rideau d'un mouvement du menton.

— Le Dr McDonald s'occupe d'elle, sir John.

D'un geste brusque, sir John écarta le rideau et s'avança. Je l'entendis bredouiller quelques mots inintelligibles, puis le chef de notre expédition revint vers nous à reculons, les joues si cramoisies que je crus que notre capitaine sexagénaire allait avoir une crise cardiaque.

Puis le visage de sir John passa de l'écarlate au livide.

Je compris alors que la jeune femme devait être toute nue. Quelques minutes plus tôt, en jetant un coup d'œil à travers le rideau entrouvert, j'avais vu McDonald lui faire signe d'ôter son vêtement – une parka en peau d'ours –, ce qui m'avait permis de constater, une fois qu'elle eut obtempéré, qu'elle ne portait rien au-dessus de la taille. Si affairé que je fusse avec le mourant qui réclamait mes soins, je m'étais dit que c'était une façon fort astucieuse de conserver la chaleur sous ce lourd vêtement de fourrure – bien plus efficace, en tout cas, que celle consistant à entasser les couches de laine, comme nous l'avions fait dans l'équipe du défunt lieutenant Gore. Nu sous un manteau de fourrure ou une veste en peau tannée, l'organisme est capable de se réchauffer lorsqu'il est frappé par le froid, puis de se rafraîchir si nécessaire, en période d'effort physique, par exemple, car la transpiration a vite fait de se fixer sur les poils d'ours ou de loup. Nos tricots de laine anglais s'étaient tout de suite imbibés de sueur, ils ne séchaient jamais tout à fait, et ils gelaient presque aussitôt que nous marquions une pause, perdant quasiment tout pouvoir isolant. À notre retour au bercail, le poids de nos vêtements avait très certainement doublé depuis le jour de notre départ.

— Je... je reviendrai à un moment plus convenable, bafouilla sir John, qui recula encore.

Le capitaine Franklin semblait bouleversé, mais, encore une fois, je n'aurais su dire si c'était à cause de la nudité édénique de la jeune femme ou bien d'autre chose encore. Il prit congé sans avoir ajouté un mot.

Quelques instants plus tard, le Dr McDonald me demanda de le rejoindre. La jeune fille – ou plutôt la jeune femme, mais je me dois de préciser que, dans les tribus sauvages, la puberté est bien plus précoce que dans les société civilisées, ainsi que la science l'a démontré – avait remis sa lourde parka et ses culottes en peau de phoque. Le Dr McDonald semblait lui aussi fort agité, voire troublé, et lorsque je m'en inquiétai auprès de lui, il fit signe à l'Esquimaude d'ouvrir la bouche. Puis il leva une lanterne et un miroir convexe pour en focaliser la lumière, et c'est alors que je vis.

Sa langue était amputée près de sa base. Il en restait un fragment suffisamment volumineux pour lui permettre de mâcher et d'ingérer la plupart des nourritures, observation que confirma McDonald, mais elle était dans l'incapacité d'articuler les sons un peu complexes, quoiqu'on n'en trouve guère dans les langues esquimaudes. Les cicatrices étaient fort anciennes. Cette mutilation ne datait pas d'hier.

J'eus un sursaut d'horreur, je le confesse. Qui infligerait une telle torture à une enfant – et pour quelle raison ? Mais le Dr McDonald me corrigea à voix basse lorsque je parlai d'amputation.

152

— Regardez mieux, docteur Goodsir. Ce n'est pas là le résultat d'une opération chirurgicale, même effectuée avec la lame grossière d'un couteau. La langue de cette malheureuse lui a été arrachée d'un coup de dents alors qu'elle était toute petite – si près de la racine qu'il est impossible qu'elle l'ait fait de son propre chef.

Je m'écartai de la femme.

— A-t-elle subi d'autres mutilations ? demandai-je, m'exprimant en latin par la force de l'habitude.

J'avais entendu parler de coutumes barbares en usage sur le continent noir et parmi les mahométans, qui pratiquent l'excision des femmes, parodiant de grotesque façon la coutume hébraïque de la circoncision.

— Non, répondit McDonald.

Je crus alors comprendre la réaction de sir John, mais, lorsque je demandai à McDonald s'il avait fait part de sa découverte à notre commandant, le chirurgien m'assura du contraire. À peine entré dans l'alcôve, sir John avait vu l'Esquimaude dans le plus simple appareil et avait tourné les talons. McDonald entreprit de me communiquer les résultats du bref examen physiologique effectué sur notre captive, ou notre invitée, mais le Dr Stanley l'interrompit.

J'imaginai que l'Esquimau venait de mourir, mais tel n'était pas le cas. Un marin était venu me chercher afin que je fasse mon rapport à sir John et aux autres capitaines.

Je vis que sir John, le capitaine de frégate Fitzjames et le capitaine de vaisseau Crozier étaient déçus par le récit que je leur fis de la mort du lieutenant Gore, et, alors que j'en aurais été fort chagriné en temps ordinaire, ce jour-là – sans doute en raison de ma grande fatigue et des changements psychologiques que j'avais subis durant mon périple sur la banquise –, la contrariété de mes supérieurs ne m'affecta en aucune manière.

Je commençai par décrire une nouvelle fois l'état de l'Esquimau mourant, puis rapportai l'étrange mutilation de la jeune fille. Si ce fait suscita quantité de murmures chez les trois capitaines, seul Crozier me posa des questions à ce propos.

— Savez-vous pourquoi on lui a fait une chose pareille, docteur Goodsir ?

— Je n'en ai aucune idée, monsieur.

— Se peut-il que ce soit l'œuvre d'un animal ? insista-t-il.

Je marquai un temps. Cette idée ne m'était pas venue à l'esprit.

— Peut-être, dis-je finalement.

Il m'était cependant difficile d'imaginer un carnivore arctique arrachant la langue d'une enfant mais omettant de l'achever. D'un autre côté, on savait que ces Esquimaux vivaient au contact de leurs chiens sauvages. Je l'avais moi-même observé dans la baie de Disko.

Là s'arrêtèrent les questions portant sur les Esquimaux.

On me demanda ensuite des précisions sur les circonstances de la mort du lieutenant Gore et sur la créature qui l'avait tué, et je m'en tins à la stricte vérité : je m'efforçais de sauver la vie de l'Esquimau qui venait de surgir du brouillard pour être abattu par le soldat Pilkington, et je n'avais délaissé cette tâche que lors des ultimes instants de la mort de Graham Gore. Par ailleurs, expliquai-je, avec ce brouillard mouvant, ces hurlements, ces coups de mousquet et de pistolet, sans parler de l'étroit champ visuel dont je disposais vu ma position, agenouillé près du traîneau, et des mouvements confus des hommes au sein de la pénombre, je n'aurais pu jurer de ce que j'avais vu : une large masse blanche étreignant l'infortuné officier, l'éclat de son arme qui tirait, les autres coups de feu, puis le brouillard retombant à nouveau sur tous êtres et toutes choses.

— Mais vous êtes sûr que c'était un ours blanc ? demanda le capitaine de frégate Fitzjames.

J'hésitai un instant.

— Si c'en était un, déclarai-je finalement, il s'agissait d'un spécimen d'Ursus maritimus d'une taille hors du commun. J'ai eu l'impression d'une sorte d'ursidé carnivore − un corps gigantesque, des bras immenses, une petite tête, des yeux d'obsidienne −, mais je n'ai pas perçu les détails aussi clairement que cette description pourrait le laisser croire. Ce dont je me souviens au premier chef, c'est que cette créature a paru surgir de nulle part − se dresser tout autour de sa victime − et qu'elle était deux fois plus grande que le lieutenant Gore. Ce qui était proprement terrifiant.

— Je n'en doute pas, commenta sir John avec une pointe de sarcasme dans la voix. Mais si ce n'était pas un ours, monsieur Goodsir, qu'est-ce que cela pouvait être ?

Ainsi que je l'avais remarqué à maintes reprises, sir John ne s'adressait jamais à moi en employant le titre de docteur qui était le mien. Il me donnait du « monsieur », comme il l'aurait fait à un quartier-maître ou à un officier subalterne. Il m'avait fallu deux ans pour comprendre que le commandant vieillissant que je tenais en si haute estime n'avait que mépris pour un simple aide-chirurgien.

— Je l'ignore, sir John.

J'avais envie de retourner au chevet de mon patient.

— J'ai cru comprendre que vous vous intéressiez fort aux ours blancs, monsieur Goodsir, reprit sir John. Pourquoi donc ?

— J'ai suivi une formation d'anatomiste, sir John. Avant le départ de notre expédition, je rêvais de devenir naturaliste.

— Et vous ne le rêvez plus ? demanda le capitaine de vaisseau Crozier de sa voix chantante.

Je haussai les épaules.

— Ainsi que je l'ai découvert, le travail de terrain n'est pas mon fort, commandant.

— Pourtant, vous avez disséqué certains des ours blancs que nous avons abattus ici et sur l'île Beechey, insista sir John. Vous avez étudié leur squelette et leur musculature. Vous les avez observés sur la glace, comme nous tous.

— Oui, sir John.

— À votre avis, les blessures du lieutenant Gore sont-elles susceptibles d'avoir été infligées par un tel animal ?

Je n'hésitai qu'une seconde. J'avais examiné le cadavre de ce pauvre Graham Gore avant que nous ne le chargions sur le traîneau en vue du cauchemardesque retour sur la banquise.

— Oui, sir John, répondis-je. L'ours blanc présent dans cette région est – pour ce que nous en savons – le plus grand prédateur du globe. Si on le compare avec le grizzly, le plus grand et le plus féroce des ours d'Amérique du Nord, on constate qu'il pèse une fois et demie son poids et lui rend trois bons pieds de hauteur. C'est un prédateur des plus puissants, capable de broyer le torse d'un homme et de lui briser l'échine, sort qui a été celui du pauvre lieutenant Gore. En outre, l'ours blanc de l'Arctique est le seul prédateur connu qui traque des proies humaines.

Le capitaine de frégate Fitzjames s'éclaircit la gorge.

— Si vous me permettez, docteur Goodsir, dit-il d'une voix douce, j'ai vu jadis en Inde un tigre extrêmement féroce, qui – à en croire les villageois – avait dévoré douze personnes.

J'acquiesçai et pris conscience à cet instant de ma profonde lassitude. La fatigue m'étourdissait ainsi qu'un alcool fort.

— Sir... commandant... gentlemen... vous avez plus que moi parcouru le vaste monde. Néanmoins, si je me fie à la quantité d'ouvrages que j'ai consultés pour étudier la question, il semble que tous les autres carnivores terrestres – le loup, le lion, le tigre, l'ours brun – ne tuent l'homme que s'ils sont attaqués, et que si certains d'entre eux, tel le tigre dont vous parlez, monsieur Fitzjames, deviennent des mangeurs d'hommes, c'est parce qu'une blessure ou une maladie les empêche de chasser leurs proies naturelles; seul l'ours blanc de l'Arctique – Ursus maritimus – attaque et tue l'homme sans la moindre provocation.

Crozier opinait du chef.

— De quelle source tenez-vous cela, docteur Goodsir? De vos livres?

— En partie, monsieur. Mais lorsque nous avons fait escale à Disko, j'ai interrogé les habitants du lieu sur le comportement de l'ours blanc, et j'ai également pu m'entretenir de ce sujet avec M. Martin, capitaine de l'Enterprise, et M. Dannert, capitaine du Prince of Wales, lorsque nous avons mouillé près d'eux dans la baie de Baffin. Non contents de répondre à mes questions sur l'ours blanc, ces gentlemen m'ont orienté vers certains membres de leurs équipages, notamment deux baleiniers américains d'un âge vénérable qui avaient chacun passé plus de douze ans dans les glaces. Ils m'ont cité quantité de cas d'ours blancs traquant les Esquimaux, voire attaquant des marins lorsque leur navire était pris dans les glaces. L'un d'eux – il s'appelait Connors, si ma mémoire est bonne – m'a affirmé qu'en 1828 le navire où il se trouvait avait perdu ses deux cuisiniers de cette façon... l'un d'eux avait été emporté par un ours alors qu'il se trouvait sur le premier pont, affairé à ses fourneaux pendant que les marins étaient endormis.

Le capitaine Crozier eut un sourire en coin.

— Peut-être ne faut-il pas prendre pour argent comptant toutes les histoires de marin, docteur Goodsir.

— Non, monsieur. Bien sûr, monsieur.

— Ce sera tout, monsieur Goodsir, conclut sir John. Nous vous rappellerons si nous avons d'autres questions.

— Oui, monsieur.

Je me retournai afin de regagner l'infirmerie.

— Oh! monsieur Goodsir, héla le capitaine Fitzjames avant que j'aie pu sortir de la cabine de sir John. J'ai une question à vous poser, quoique j'aie un peu honte d'avouer mon ignorance. Pourquoi l'ours blanc est-il appelé Ursus maritimus? Pas parce qu'il apprécie la chair des marins, j'espère.

— Non, monsieur, répondis-je. Je pense que l'ours polaire a reçu ce nom parce que c'est un mammifère marin plutôt que terrestre. Certains comptes rendus attestent qu'on a aperçu des spécimens à plusieurs centaines de milles des côtes, et le capitaine Martin m'a dit lui-même que, en plus d'être extrêmement rapide sur terre comme sur la glace – il peut atteindre une vitesse de plus de vingt-cinq milles à l'heure –, l'ours blanc est l'un des nageurs les plus endurants qui soient, capable de parcourir soixante ou soixante-dix milles d'une traite. Un jour, m'a raconté le capitaine Dannert, son navire filait à huit nœuds par bon vent, en pleine mer et loin de toute terre, et deux ours blancs l'ont suivi de près sur une distance de dix milles nautiques, puis l'ont dépassé pour gagner des floes dans le lointain, avec une vitesse et une aisance dignes d'un couple de bélougas. D'où le terme d'Ursus maritimus – un mammifère, certes, mais un animal marin.

— Merci, monsieur Goodsir, dit sir John.

— Je vous en prie, monsieur, dis-je, et je m'en fus.

4 juin 1847, suite

L'Esquimau s'éteignit quelques minutes passé minuit. Mais il eut le temps de parler.

Je dormais à ce moment-là, adossé à la cloison de l'infirmerie, mais Stanley me réveilla.

Le vieil homme se débattait sur sa couchette, moulinant des bras un peu comme s'il voulait nager dans l'air. Son poumon perforé saignait de plus belle, le sang coulait à flots sur son menton et son torse bandé.

Comme je levais ma lanterne, la jeune Esquimaude, qui dormait dans un autre coin de la salle, se leva à son tour, et nous nous retrouvâmes tous trois penchés sur le mourant.

Recourbant l'index, le vieil homme se frappa la poitrine, tout près de sa plaie. Chacun de ses hoquets était suivi d'un nouvel afflux de sang artériel rouge vif, mais il s'y mêlait à présent un flot de paroles. Je m'emparai d'une craie pour noter ses mots sur l'ardoise que Stanley et moi utilisions pour communiquer lorsque nos patients étaient endormis.

— Angatkut tuquruq! Quarubvitchuq... angatkut turquq... Paniga... tuunbaq! Tanik... naluabmiu tuqutauyasiruq... umiaqpak tuqutauyasiruq... nanuq tuqutkaa! Paniga... tunbaq nanuq... angatkut quruquq!

Puis l'hémorragie s'accéléra encore, l'empêchant de parler. Un geyser de sang jaillit de son corps, et – bien que Stanley et moi l'eussions redressé en position assise afin de dégager ses voies respiratoires – il devint bientôt incapable d'inhaler autre chose que du sang. À l'issue d'un ultime et horrible instant d'agonie, son torse cessa de se mouvoir, il retomba entre nos bras et ses yeux se firent fixes et vitreux. Stanley et moi l'étendîmes sur la table.

— Attention ! s'écria Stanley.

Je demeurai une seconde sans comprendre – le vieil homme était mort, je ne lui trouvais ni souffle ni pouls –, puis je me retournai et vis l'Esquimaude.

Elle empoignait l'un de nos scalpels ensanglantés et s'approchait de moi, le bras levé. Mais je vis tout de suite qu'elle ne m'accordait aucune attention : elle n'avait d'yeux que pour le visage mort et le torse inerte de l'homme qui pouvait être son époux, son père ou son frère. Durant quelques secondes, une myriade d'images folles me traversèrent l'esprit – moi, qui ne connaissais rien des coutumes de sa tribu païenne : cette fille allait arracher le cœur du défunt, le dévorer peut-être pour accomplir quelque terrible rituel, ou bien lui arracher les yeux ou les doigts, ou encore ajouter une balafre au réseau de cicatrices qui lui marquait la peau, comme les tatouages d'un marin.

Elle ne fit rien de tel. Avant que Stanley ait pu la maîtriser, et alors que ma réaction se limitait à rester penché au-dessus du défunt comme pour le protéger, l'Esquimaude, maniant le scalpel avec une dextérité de chirurgien – selon toute évidence, elle avait l'expérience des instruments tranchants –, sectionna la lanière de cuir qui maintenait en place l'amulette du vieillard.

Saisissant l'effigie d'ours en pierre blanche, à présent maculée de sang, et sa lanière tranchée, elle la dissimula sur sa personne, quelque part sous sa parka, et reposa le scalpel sur la table.

Stanley et moi échangeâmes un regard. Puis le chirurgien de l'Erebus alla chercher le jeune matelot qui nous servait d'aide-soignant, le priant d'aller informer l'officier de quart, et le capitaine par voie de conséquence, que le vieil Esquimau était mort.

4 juin, suite

Nous avons inhumé l'Esquimau vers une heure et demie du matin – trois coups de cloche –, glissant son corps drapé de toile dans un étroit trou à feu creusé à vingt yards à peine du navire. Cette ouverture, par laquelle on puisait l'eau à une profondeur de quinze pieds, est la seule que les hommes ont pu préserver en cet été glacial – comme je l'ai déjà indiqué, les marins ne redoutent rien tant que le feu –, et sir John nous avait ordonné de disposer du corps de cette manière. Pendant que Stanley et moi bataillions pour l'insérer dans cet étroit passage en nous aidant de perches, nous entendions à quelques centaines de yards plus à l'est un concert de coups de pioche et de jurons, œuvre des vingt hommes affairés à creuser un trou plus convenable en vue des funérailles du lieutenant de vaisseau Gore, prévues pour le lendemain – ou plutôt pour le jour même.

Même en plein milieu de la nuit, il y avait suffisamment de lumière pour lire un verset de la Bible – mais, malheureusement, aucun de nous n'avait pensé à en apporter une –, et cela nous aidait grandement dans notre tâche, pour laquelle nous bénéficiions en outre des efforts de deux matelots réquisitionnés à cet effet, qui poussaient, pressaient et ahanaient de concert avec nous, jusqu'à ce que nous réussissions à enfoncer le corps de l'Esquimau tout au fond du puits de glace bleue, au bout duquel l'attendaient les eaux noires.

L'Esquimaude se tenait à nos côtés et nous observait, silencieuse et dénuée de toute expression. Le vent soufflait au nord-nord-ouest, ébouriffant les longs cheveux noirs dépassant de sa capuche, qui lui voilaient la face ainsi que des plumes de corbeau.

Le cortège funèbre se limitait à cinq personnes – le Dr Stanley, les deux matelots haletants et pestant, l'indigène et moi-même – jusqu'à ce que le capitaine Crozier se joigne à nous, accompagné d'un enseigne de vaisseau efflanqué, pour nous observer tandis que nous arrivions au bout de nos peines. La dépouille mortelle descendit les cinq derniers pieds de glace et s'abîma dans les eaux noires, quinze pieds au-dessous de nous.

— Sir John a décidé que cette femme ne passerait pas la nuit sur l'Erebus, dit le capitaine Crozier à voix basse. Nous allons la conduire à bord du Terror.

Se tournant vers l'enseigne, en qui j'avais reconnu le jeune Irving, Crozier ajouta :

— Vous en avez la responsabilité, John. Trouvez-lui un logis loin du regard des hommes – près de l'infirmerie, par exemple, du côté de la réserve – et veillez à ce qu'il ne lui arrive aucun mal.

— À vos ordres, monsieur.

— Excusez-moi, commandant, dis-je. Pourquoi ne pas la laisser retourner auprès des siens ?

Crozier m'adressa un sourire.

— Normalement, je serais d'accord avec vous, docteur. Mais on ne trouve pas la moindre colonie d'Esquimaux – même pas un minuscule village – dans un rayon de trois cents miles. C'est un peuple nomade – en particulier ceux que nous appelons les Highlanders du Nord –, mais qu'est-ce qui a pu inciter ce vieil homme et cette jeune fille à pousser si loin au nord par un été si froid qu'on ne voit ni baleines, ni morses, ni phoques, ni caribous, bref pas le moindre animal à l'exception des ours blancs et autres féroces créatures ?

Je n'avais rien à répondre à cela, mais son argument semblait sans rapport avec ma question.

— Peut-être viendra-t-il un moment, reprit-il, où notre sort dépendra de l'existence et du bon vouloir de ces Esquimaux. Pourquoi laisser filer celle-ci avant d'avoir gagné son amitié ?

— Nous avons tué son époux ou son père, fit remarquer le Dr Stanley en jetant un coup d'œil à la jeune femme muette, qui fixait le trou à feu désormais vide. Notre lady Silence n'est peut-être pas animée envers nous des sentiments les plus charitables.

— Précisément, répliqua le capitaine Crozier. Et nous avons suffisamment de problèmes en ce moment pour ne pas souhaiter que cette fille conduise vers nous une bande d'Esquimaux furibards prêts à nous tuer dans notre sommeil. Non, je pense que sir John a raison : elle restera avec nous jusqu'à ce que nous ayons pris une décision... non seulement en ce qui la concerne, mais aussi en ce qui nous concerne.

Crozier gratifia Stanley d'un nouveau sourire. C'était la première fois en deux années que je voyais un sourire sur le visage du capitaine de vaisseau Crozier.

— Lady Silence. Excellent, Stanley. Vraiment excellent. Venez, John. Venez, milady.

Ils s'enfoncèrent parmi les tourbillons de flocons, prenant la direction de la première crête à l'ouest. Je remontai la rampe de neige menant à l'Erebus, à ma minuscule cabine qui prenait à mes yeux des allures de paradis et à la première nuit de sommeil que je devais connaître depuis que le lieutenant Gore nous avait conduits vers le sud-sud-est, pour un périple sur la banquise qui devait durer dix jours.

15

Franklin

70° 05' de latitude nord, 98° 23' de longitude ouest
11 juin 1847

Lorsque vint le jour où il devait mourir, sir John s'était presque remis du choc qu'il avait ressenti à la vision de l'Esquimaude nue.

C'était la même squaw cuivrée, la même jeune traînée que le diable lui avait envoyée pour le tenter durant sa première et désastreuse expédition de 1819, cette Bas-Verts de quinze ans à peine qui partageait la couche de Robert Hood. Sir John en était persuadé. Cette tentatrice-ci avait la même peau couleur café qui semblait luire dans les ténèbres, les mêmes seins, ronds et arrogants, si féminins, les mêmes aréoles brunes, et le même écu aile de corbeau au-dessus du sexe.

C'était le même succube.

Le choc que le capitaine Franklin avait éprouvé en la voyant nue sur la table d'opération du Dr McDonald, dans son infirmerie – *à bord de son navire* –, avait été des plus violents, mais sir John pensait avoir réussi à dissimuler sa réaction aux médecins et aux autres capitaines jusqu'à la fin de cette interminable et bouleversante journée.

Les funérailles du lieutenant Gore se déroulèrent dans la soirée du vendredi 4 juin. L'équipe chargée de préparer sa sépulture avait mis plus de vingt-quatre heures pour creuser dans la glace une fosse adéquate, recourant à la poudre pour dégager les trois premiers mètres, puis ouvrant à coups de pelle et de pioche un cratère d'environ un mètre cinquante de profondeur. Une fois ces travaux achevés, aux environs de midi, MM. Weekes et Honey, les charpentiers de l'*Erebus* et du *Terror*, avaient assemblé au-dessus de cette fosse ouverte sur la mer, qui mesurait trois mètres de long sur un mètre cinquante de large, une plate-forme aussi pratique qu'élégante. Des hommes équipés de perches veillaient sur le cratère afin que la glace ne se reformât pas en dessous.

Le corps du lieutenant Gore avait entamé sa décomposition dans la chaleur relative régnant à bord du navire, aussi les charpentiers avaient-ils préalablement fabriqué un solide cercueil d'acajou aux parois doublées de panneaux de cèdre odorant. On avait inséré des plaques de plomb entre les deux couches de bois, là où on se contentait d'ordinaire de lester le cercueil au moyen d'un sac de toile rempli de balles. M. Smith, le forgeron, avait préparé une splendide plaque de cuivre gravée, que l'on vissa sur le cercueil au niveau de la tête. Comme le service funèbre tenait à la fois de l'enterrement et des funérailles en mer, plus courantes dans la marine, sir John avait exigé que le cercueil fût suffisamment lourd pour couler sur-le-champ.

Lorsque retentirent les huit coups de cloche signalant le début du premier petit quart – à quatre heures de l'après-midi, donc –, les deux équipages se rassemblèrent sur le lieu de la cérémonie, à environ quatre cents mètres de l'*Erebus*. Sir John avait requis la présence de tous, hormis une garde réduite au strict minimum sur chaque navire, et il avait en outre exigé que tous se présentent en uniforme d'apparat, sans tenue de froid ni autre couche supplémentaire, de sorte que, l'heure venue, plus de cent officiers et hommes d'équipage frissonnants mais impeccables s'étaient réunis sur la banquise.

On fit descendre de l'*Erebus* le cercueil du lieutenant Gore, que l'on attacha ensuite sur un traîneau spécialement renforcé en vue de cette triste procession. Il était recouvert de l'Union Jack personnel de sir John. Ensuite, trente-deux matelots, vingt de l'*Erebus* et douze du *Terror*, halèrent ce corbillard des glaces jusqu'au lieu de la cérémonie, tandis que quatre de leurs camarades les plus jeunes, figurant encore en tant que mousses sur les rôles d'équipage – George Chambers et David Young de l'*Erebus*, Robert Golding et Thomas Evans du *Terror* –, battaient une marche funèbre sur des tambours dont le son était étouffé par un voile noir. La procession était escortée par vingt hommes, parmi lesquels le capitaine de vaisseau sir John Franklin, le capitaine de frégate Fitzjames, le capitaine de vaisseau Crozier et le contingent des officiers supérieurs et subalternes, exception faite de ceux qui gardaient les navires quasi déserts, tous en tenue d'apparat.

Sur le site, le peloton de fusiliers marins en uniforme rouge se tenait au garde-à-vous. Placé sous le commandement du sergent David Bryant, un homme de trente-trois ans affecté à l'*Erebus*, il était constitué du caporal Pearson et des soldats Hopcraft, Pilkington, Healey et Reed, du même navire – seul manquait à l'appel le soldat Braine, décédé l'hiver précédent et inhumé sur l'île Beechey –, et du sergent Tozer, du caporal Hedges et des soldats Wilkes, Hammond, Heather et Daly, du HMS *Terror*.

Le lieutenant de vaisseau H. T. D. Le Vesconte, qui venait d'endosser les responsabilités du défunt, portait son tricorne et son épée. À ses côtés s'avançait l'enseigne de vaisseau James W. Fairholme, qui portait sur un coussin de velours bleu les six médailles que le jeune Gore s'était vu décerner durant ses années de service dans la Royal Navy.

Comme la procession approchait du cratère, les douze fusiliers marins se divisèrent en deux groupes pour former une haie d'honneur. Effectuant un quart de tour, ils présentèrent les armes à l'envers, ainsi que le voulait la tradition, tandis que le cortège défilait devant eux, traîneau, garde d'honneur et officiers.

Tandis que les cent dix hommes d'équipage rejoignaient autour du cratère les officiers en grand uniforme – certains préférèrent monter en haut d'une crête pour mieux voir –, sir John et les capitaines gagnèrent une estrade montée à l'est de la fosse. Lentement, précautionneusement, les trente-deux marins qui tractaient le traîneau détachèrent le cercueil de celui-ci et le placèrent avec précision sur la plate-forme installée au-dessus du rectangle d'eau noire. Une fois en place, il reposait non seulement sur des planches en bois mais aussi sur trois robustes aussières que les hommes tenaient d'une main ferme.

Lorsque les tambours voilés cessèrent de battre, tout le monde mit chapeau bas. Le vent glacial ébouriffa les longs cheveux des hommes, soigneusement lavés, peignés et maintenus par des rubans en l'honneur de cette grande occasion. La température était fort basse – le thermomètre affichait – 15 °C à trois heures –, mais le ciel arctique, constellé de cristaux de glace, ressemblait à un dôme de lumière dorée. Comme pour honorer le lieutenant Gore, non seulement le soleil au sud se parait d'un splendide halo, mais un phénomène de parhélie le multipliait par quatre, et des arcs irisés reliaient dans le ciel ces astres illusoires. Nombre de marins inclinèrent la tête, émus par ce spectacle si approprié.

Sir John dirigea le service funèbre, d'une voix assurée que les cent dix célébrants entendirent sans peine. Ce rituel leur était familier. Ces mots les rassuraient. Ils connaissaient les réponses par cœur. Ils oublièrent le vent glacial à mesure que l'écho des phrases familières résonnait sur la banquise.

— Nous livrons son corps aux profondeurs, afin qu'il y retourne à la poussière, dans le ferme espoir d'une résurrection à la vie éternelle, le jour où la mer rendra ses corps et où naîtra le monde à venir, par Notre Seigneur Jésus-Christ, qui transfigurera notre corps de misère pour le conformer à son corps de gloire avec cette force qu'il a de pouvoir même se soumettre tout l'univers.

— Amen, répondit l'assemblée.

Les douze fusiliers marins de la Royal Navy levèrent leurs mousquets et tirèrent trois salves, dont les deux premières comptaient quatre coups et la dernière trois seulement.

Au son de la première salve, le lieutenant Le Vesconte fit un signe de tête, et Samuel Brown, John Weekes et James Ridgen ôtèrent les planches sur lesquelles reposait en partie le cercueil, qui n'était à présent soutenu que par les trois aussières. Au son de la deuxième salve, les hommes firent descendre leur fardeau jusqu'à la surface de l'eau noire. Au son de la troisième salve, ils laissèrent doucement filer les aussières jusqu'à ce que la lourde bière et sa plaque de cuivre – où reposaient désormais les médailles et l'épée du lieutenant Gore – disparaissent dans les profondeurs.

L'eau glacée fut parcourue d'un léger remous, on remonta les aussières pour les poser sur la glace, et le rectangle d'eau noire redevint vide. Au sud, le soleil auréolé et ses échos lumineux avaient disparu, et seule une boule d'un rouge sinistre flottait sous le dôme doré du ciel.

Les hommes regagnèrent leur bord en silence. Il était à peine cinq heures de l'après-midi. Pour la plupart des marins, c'était l'heure du dîner et de la deuxième portion de grog de la journée.

Le lendemain, le samedi 5 juin, les hommes restèrent tapis sur le premier pont de leurs navires respectifs tandis qu'une nouvelle tempête arctique faisait rage au-dessus d'eux. Les vigies descendirent des mâts et les quelques hommes de garde sur le pont principal se tinrent à l'écart des objets métalliques ; la foudre transperçait sans cesse le brouillard et, sur fond de roulements de tonnerre, de titanesques décharges électriques frappaient sans répit les paratonnerres placés sur les mâts et les toits des cabines, pendant que les vrilles bleues du feu Saint-Elme rampaient le long des espars et s'insinuaient dans le gréement. Les marins qui descendaient à l'heure de la relève décrivaient à leurs camarades ébahis la danse effrénée de la foudre en boule sur la banquise. Plus tard dans la journée – alors que l'orage atteignait un paroxysme de violence –, les hommes de veille durant le petit quart crurent apercevoir une forme immense, bien trop grande pour qu'il s'agisse d'un ours, qui rôdait au sein des volutes de brume, apparaissant par intermittence le temps qu'un éclair illumine le paysage. Certaines fois, affirmaient-ils, cette forme avançait à quatre pattes comme un ours.

D'autres fois, juraient-ils, on eût dit un homme marchant sur ses deux jambes. Elle tournait autour du bateau.

Le dimanche matin, le ciel était dégagé mais la température avait encore chuté – à midi, elle n'était que de – 23 °C –, et sir John fit savoir qu'à bord de l'*Erebus* se déroulerait un office religieux où la présence de tous était obligatoire.

Elle l'était chaque dimanche pour les officiers et les hommes d'équipage de son navire amiral – sir John officiait sur le premier pont durant tous les mois d'hiver –, mais seuls les plus dévots des marins du *Terror* traversaient la banquise pour les rejoindre. La tradition comme la règle de la Royal Navy imposaient cet office dominical, et le capitaine Crozier le célébrait également, mais, en l'absence d'aumônier, il se contentait de lire le règlement de bord, ce qui lui prenait en général vingt minutes là où sir John, poussé par l'enthousiasme, s'adressait parfois à ses ouailles pendant près de deux heures.

Ce dimanche-là, les marins n'avaient pas le choix.

Pour la seconde fois en trois jours, le capitaine Crozier conduisit son équipage sur la banquise, officiers, maîtres et simples matelots, mais les hommes avaient cette fois-ci enfilé tenues de froid et perruques galloises, et ils ne furent pas peu surpris de découvrir à leur arrivée que le service se déroulerait sur le pont principal, le gaillard d'arrière servant de chaire à sir John. En dépit de la pâleur du ciel – aujourd'hui, on ne voyait ni dôme doré, ni cristaux de glace, ni parhélies lourds de symboles –, le vent était *très* froid, et les matelots se massèrent au pied du gaillard d'arrière, en quête d'un semblant de chaleur, pendant que les officiers des deux navires se tenaient derrière sir John, côté au vent, telle une escorte d'acolytes emmitouflés. À nouveau placés sous le commandement du sergent Bryant, les douze fusiliers marins se mirent en rang du côté sous le vent, tandis que les officiers subalternes se regroupaient au pied du grand mât.

Sir John se tenait devant l'habitacle, que l'on avait recouvert du même Union Jack ayant naguère drapé le cercueil de Gore afin qu'il puisse « remplir la fonction d'un pupitre », pour citer le règlement.

Il prêcha pendant une heure environ, sans que l'on déplorât la perte d'un doigt ni d'un orteil.

Étant par nature enclin à se référer à l'Ancien Testament, sir John cita quantité de prophètes, insistant sur le Jugement de la terre formulé par Isaïe – « Voyez que le Seigneur dévaste la terre et la ravage, il en bouleverse la face, il en disperse les habitants... » –, et, petit à petit, même les plus obtus des marins, qui semblaient former une masse compacte de manteaux, de cache-nez et de moufles, comprirent que leur commandant évoquait par ces mots leur expédition en quête du passage du Nord-Ouest et leur situation actuelle, naufragés dans les glaces par 70° 05' de latitude nord et 98° 23' de longitude ouest.

— « La terre sera totalement dévastée, pillée de fond en comble, comme l'a décrété le SEIGNEUR, poursuivit sir John. C'est la frayeur, la fosse et le filet pour *toi*, habitant du pays... Celui qui fuira le cri de frayeur tombera dans la fosse, celui qui remontera de la fosse, sera pris dans le filet. Les écluses d'en haut sont ouvertes, les fondements de la terre sont ébranlés... La terre se brise, la terre vole en éclats, elle est violemment secouée. La terre vacille comme un ivrogne [1]... »

Comme pour confirmer cette sombre prophétie, un sourd gémissement monta de la glace tout autour du HMS *Erebus* et le pont tangua sous les pieds des hommes. Au-dessus de leurs têtes, les mâts et les espars semblèrent vibrer dans leur gangue de glace, et on vit clignoter des petits cercles sur fond de ciel bleu pâle. Aucun des hommes ne fit un bruit, ni ne sortit des rangs.

Sir John abandonna Isaïe au profit de l'Apocalypse, leur offrant des visions encore plus horrifiques de ceux qui reniaient leur Seigneur.

— Mais que dire de celui qui... que dire de nous, qui refusons de rompre l'alliance passée avec Notre Seigneur ? demanda sir John. Tous ensemble, louons JONAS.

Certains matelots poussèrent un soupir de soulagement. Ils connaissaient bien Jonas.

— Dieu donna pour mission à Jonas de se rendre à Ninive et de proférer contre elle et ses méchants habitants, s'écria sir John, dont la voix d'ordinaire timorée résonnait ainsi que l'aurait fait celle du plus inspiré des prêcheurs anglicans, mais Jonas – ainsi que vous le savez, compagnons – Jonas a fui sa mission, il a fui la présence du Seigneur, se rendant à Joppé pour embarquer à bord du premier navire en partance, un navire qui appareillait à destination de Tarsis – une ville alors située par-delà le bout du monde. Jonas avait la bêtise de croire qu'il pouvait franchir les limites du royaume de Dieu.

« " Mais le SEIGNEUR lança sur la mer un vent violent ; aussitôt la mer se déchaîna à tel point que le navire menaçait de se briser. " Et vous connaissez la suite... les marins poussèrent des cris et des lamentations, ils se demandèrent pourquoi ce malheur les frappait,

---

1. Isaïe, 24, trad. œcuménique de la Bible, comme toutes les citations figurant dans ce livre. (*N.d.T.*)

ils consultèrent les sorts pour le découvrir, et les sorts leur désignèrent Jonas. "Qu'allons-nous te faire pour que la mer cesse d'être contre nous? lui dirent-ils. Il leur dit : Hissez-moi et lancez-moi à la mer pour qu'elle cesse d'être contre vous; je sais bien que c'est à cause de moi que cette grande tempête est contre vous."

« Mais ils ne le jetèrent pas tout de suite par-dessus bord, n'est-ce pas, compagnons? Non – c'étaient de bons marins et des hommes courageux, aussi ramèrent-ils de toutes leurs forces pour gagner la terre ferme. Mais ils finirent par succomber à l'épuisement et, implorant le Seigneur, ils sacrifièrent Jonas, le jetant par-dessus bord.

« Et il est écrit dans la Bible : "Alors le Seigneur dépêcha un grand poisson pour engloutir Jonas. Et Jonas demeura dans les entrailles du poisson, trois jours et trois nuits."

« Remarquez bien, compagnons, que la Bible ne dit pas que Jonas fut englouti par une *baleine*. Non! Nous n'avons pas affaire ici à un bélouga, ni à une baleine franche, ni à une baleine à fanons, ni à un cachalot, ni à un épaulard, ni à un rorqual comme on en trouverait dans la baie de Baffin ou dans ces mêmes eaux par un été ordinaire. Non, Jonas fut englouti par "un grand poisson" que le Seigneur avait préparé à son intention – c'est-à-dire par un monstre des abysses que le Seigneur Jéhovah avait conçu lors de la Création, à seule fin qu'il accomplisse cette tâche, engloutir Jonas, et, dans la Bible, ce grand poisson est parfois appelé Léviathan.

« Et nous aussi, compagnons, nous avons été envoyés en mission par-delà le bout du monde, bien plus loin que Tarsis – qui n'était après tout qu'une ville en Espagne –, en un lieu où les éléments eux-mêmes semblent se rebeller, où la foudre tombe de cieux gelés, où le froid ne relâche jamais son emprise, où des bêtes blanches rôdent sur la mer gelée, un lieu que nul homme, civilisé ou sauvage, jamais ne pourrait appeler son foyer.

« Mais nous n'avons pas franchi les limites du royaume de Dieu, compagnons! À l'instar de Jonas qui, loin de se lamenter sur son sort, loin de maudire son châtiment, pria le Seigneur dans les entrailles du poisson, trois jours et trois nuits durant, nous devons accepter la volonté de Dieu, qui nous a exilés pendant trois longues nuits d'hiver dans les entrailles de la glace, et, à l'instar de Jonas, nous devons prier le Seigneur et lui dire : "Je suis chassé de devant tes yeux. Mais pourtant je continue de regarder vers ton temple saint. Les eaux m'enserrent jusqu'à m'asphyxier tandis que les flots de l'abîme m'encerclent; les joncs sont entrelacés au-dessus de ma tête. Je suis descendu jusqu'à la matrice des montagnes; à jamais les verrous du pays de la mort sont tirés sur moi. Mais de la fosse tu me feras remonter vivant, oh! Seigneur, mon Dieu!

167

« " Alors que mon souffle défaille et me trahit, je me souviens et je dis : SEIGNEUR. Et ma prière parvient jusqu'à toi, jusqu'à ton temple saint. Les fanatiques des vaines idoles, qu'ils renoncent à leur dévotion ! Pour moi, au chant d'action de grâce je veux t'offrir des sacrifices, et accomplir les vœux que je fais. Au SEIGNEUR appartient le salut !

« " Alors le SEIGNEUR commanda au poisson et aussitôt le poisson vomit Jonas sur la terre ferme [1]. "

« Mes chers compagnons, sachez au fond de votre cœur que nous avons offert et continuerons d'offrir des sacrifices au Seigneur, oui, au chant d'action de grâce. Nous devons accomplir les vœux que nous avons faits. Ainsi que l'a constaté le lieutenant de vaisseau Graham Gore, notre ami et frère dans le Christ, puisse le Seigneur l'avoir en Sa sainte garde, ce n'est pas cet été que nous serons libérés des entrailles du Léviathan de l'hiver. Ce n'est pas cette année que nous échapperons à ses entrailles de glace. Tel est le message qu'il nous aurait rapporté s'il avait survécu.

« Mais nos navires sont intacts, compagnons. Nous avons des réserves de nourriture pour l'hiver, et plus encore si nécessaire... beaucoup plus. Pour ce qui est de la chaleur, nous avons du charbon à brûler, et, plus important encore, nous avons la chaleur de notre camaraderie, et nous savons en outre que Notre Seigneur *ne nous a pas abandonnés*.

« Encore un été, encore un hiver à attendre dans les entrailles de ce Léviathan, compagnons, et je vous jure que la divine miséricorde du Seigneur nous permettra de quitter ce lieu terrible. Le passage du Nord-Ouest est bien réel ; il n'est qu'à quelques milles d'ici, derrière l'horizon au sud-ouest – le lieutenant Gore a failli l'entrevoir il y a moins d'une semaine –, et nous voguerons vers lui, et nous le franchirons, et nous le laisserons derrière nous dans quelques mois à peine, quand aura pris fin cet hiver hors du commun, car nous implorerons le Seigneur depuis les entrailles de l'enfer, et il entendra nos prières, car il a entendu et ma voix et la vôtre.

« En attendant, compagnons, l'esprit ténébreux de ce Léviathan nous afflige sous la forme d'un maléfique ours blanc – mais il ne s'agit que d'un ours, d'une bête stupide, même si elle s'est mise au service de l'Adversaire, et, à l'instar de Jonas, nous allons prier le Seigneur afin que cette terreur cesse de nous tourmenter. Prier avec la certitude que le Seigneur entendra nos voix.

« Nous devons tuer cette bête, compagnons, et le jour où nous y parviendrons, quelle que soit la main qui aura porté le coup fatal, je

---

1. Jonas, 1 et 2. (*N.d.T.*)

168

fais serment de verser à chacun de vous dix souverains d'or prélevés sur ma bourse.

Un murmure monta des hommes massés sur le pont.

— Dix souverains d'or pour chaque homme, répéta sir John. Pas seulement pour celui qui tuera cette bête, comme David a tué Goliath, mais une prime pour tout le monde – part égale pour tous. Et par-dessus le marché, je vous promets que non seulement vous continuerez de toucher votre prime de découverte mais qu'en outre vous recevrez un bonus équivalent à votre avance – uniquement pour passer un nouvel hiver à attendre le dégel au chaud en mangeant à votre faim !

S'il avait été concevable de s'esclaffer pendant l'office, des rires seraient montés de l'assemblée à ce moment-là. Mais les hommes se contentèrent d'échanger des regards muets, tournant les uns vers les autres leurs visages blanchis par la froidure. *Dix souverains d'or par homme.* Et sir John leur avait promis un bonus égal à l'avance qui avait incité bon nombre d'entre eux à s'enrôler : vingt-trois livres sterling pour la majorité ! À une époque où il fallait débourser soixante pence par semaine pour un logis, c'est-à-dire douze livres par an. Et tout cela en sus de la prime de découverte allouée à chaque matelot, d'un montant de soixante livres par an – le triple du revenu annuel d'un ouvrier ! Soixante-quinze livres pour les charpentiers, soixante-dix pour les maîtres d'équipage, quatre-vingt-quatre pour les mécaniciens.

Les hommes sourirent tout en continuant de battre la semelle en douce afin de ne pas se geler les orteils.

— J'ai ordonné à MM. Diggle et Wall, les coqs de l'*Erebus* et du *Terror*, de nous préparer un petit festin afin d'anticiper notre triomphe sur l'adversité et le succès d'ores et déjà assuré de notre mission d'exploration, reprit sir John derrière l'habitacle drapé dans l'Union Jack. Sur chaque navire, les hommes auront droit ce jour à une ration de rhum supplémentaire.

Les marins de l'*Erebus* en restèrent bouche bée. *Sir John Franklin* leur autorisant un grog le dimanche – avec double ration, qui plus est ?

— Priez avec moi, compagnons, reprit sir John. « Tourne à nouveau ton visage vers nous, Seigneur, et ravise-toi en faveur de tes serviteurs. Dès le matin, rassasie-nous de ta pitié, et nous crierons de joie nos jours durant.

« " Rends-nous en joie tes jours de châtiment, les années où nous avons vu le malheur.

« " Que ton action soit visible pour tes serviteurs, et ta splendeur pour leurs fils !

« " Que la glorieuse majesté du Seigneur notre Dieu soit sur nous ! Consolide pour nous l'œuvre de nos mains, oui, consolide cette œuvre de nos mains [1]. " »

« Gloire au Père, au Fils et au Saint-Esprit.

« Comme il était au commencement, maintenant et pour toujours, dans les siècles des siècles. Amen.

— Amen, répondirent en chœur cent quinze voix.

Pendant les quatre jours et les quatre nuits qui suivirent le sermon de sir John, et en dépit d'une tempête de neige estivale soufflant du nord-ouest qui n'améliorait ni la visibilité ni les conditions de vie en général, la banquise résonna des échos des fusils et des mousquets, de la simple détonation à la rafale de coups de feu. Quiconque se trouvait une bonne raison pour sortir sur la glace – les uns allaient chasser, les autres creuser des trous à feu, les messagers faisaient la navette d'un bâtiment à l'autre, les charpentiers testaient leurs nouveaux traîneaux, les matelots ordinaires promenaient le chien Neptune – prenait soin de s'armer et tirait sur tout ce qui bougeait, voire sur tout ce qui semblait bouger au sein de la brume ou des flocons. Il n'y eut aucun mort à déplorer, mais trois marins consultèrent les Drs McDonald et Goodsir afin qu'ils les débarrassent des chevrotines logées dans leurs cuisses, leurs mollets ou leurs fesses.

Le mercredi matin, une partie de chasse n'ayant trouvé aucun phoque à se mettre sous la dent revint avec la carcasse d'un ours blanc – chargée sur deux traîneaux attachés l'un à l'autre – et un ourson encore vivant et aussi grand qu'un petit veau.

Certains exigèrent que la prime de dix souverains soit versée aux deux équipages, mais même les chasseurs qui avaient abattu l'animal quinze cents mètres au nord du navire – les deux mousquets et les trois fusils avaient dû tirer douze fois en tout pour en venir à bout – durent convenir qu'il était trop petit – allongé de tout son long, il atteignait péniblement les deux mètres quarante –, trop maigre et du mauvais sexe. S'ils avaient tué cette ourse, ils avaient épargné son petit pour l'attacher au traîneau et le tirer derrière eux.

Sir John vint examiner la carcasse, félicita les hommes d'avoir rapporté de la viande – bien que tous détestassent le ragoût d'ours et que ce spécimen parût fort maigre et fort nerveux –, mais déclara qu'il ne s'agissait pas du monstre dépêché par Léviathan qui avait tué le lieutenant Gore. Selon tous les témoins du drame, expliqua sir John, le courageux officier avait eu le temps avant de périr de tirer à bout portant sur la bête. Si cette ourse était criblée de projec-

_____

1. Psaume 90. (*N.d.T.*)

170

tiles, on n'observait sur son torse aucune plaie plus ancienne, et on ne trouverait aucune balle de pistolet dans ses chairs. C'était là un moyen infaillible d'identifier le monstrueux ours blanc.

Certains marins voulaient conserver l'ourson comme mascotte, car il était sevré et pourrait se nourrir de viande de bœuf, d'autres étaient partisans de le tuer et de le dépecer sur-le-champ. Suivant le conseil du sergent Bryant, sir John ordonna que l'animal soit épargné et attaché à un pieu planté dans la glace. Et ce soir-là, le mercredi 9 juin, le même sergent Bryant, accompagné du sergent Tozer, du premier maître Edward Couch et du vieux John Murray, le seul voilier survivant de l'expédition, demanda à être reçu par sir John.

— Nous nous y prenons très mal, commandant, dit le sergent Bryant, qui servait de porte-parole au petit groupe. Pour traquer cette bête, je veux dire.

— Comment cela ? demanda sir John.

Bryant fit un geste de la main, comme pour désigner la carcasse que l'on dépeçait en ce moment même sur la glace.

— Nos hommes ne sont pas des chasseurs, sir John. Il n'y a pas un chasseur digne de ce nom parmi nous. Ceux d'entre nous qui ont l'habitude de tirer des oiseaux ne se sont jamais attaqués à du gros gibier. Bien sûr, on est capables de rapporter un cerf, voire un caribou si on en revoit un jour, mais cet ours blanc est un adversaire autrement plus redoutable, sir John. Quand nous réussissons à tuer l'un de ses congénères, c'est souvent un coup de chance. Le crâne de cet animal est si dur que les balles s'écrasent dessus. Son corps est enveloppé d'une telle masse de graisse et de muscles qu'on croirait avoir affaire à un chevalier en armure. Même les plus petits sont si puissants... vous l'avez vu par vous-même, sir John... ils sont si puissants qu'ils tiennent encore sur leurs pattes avec une balle dans le ventre ou dans les poumons. Leur cœur est fichtrement dur à cibler. Pour abattre cette femelle, il a fallu lui tirer douze fois dessus à bout portant ou presque, et elle nous aurait filé entre les doigts si elle n'était pas restée pour protéger son petit.

— Où voulez-vous en venir, sergent ?

— Il nous faut un affût, sir John.

— Un affût ?

— Comme à la chasse aux canards, sir John, intervint le sergent Tozer, dont le visage pâle était mangé par une tache de vin. M. Murray sait comment en fabriquer un.

Sir John se tourna vers le vieux voilier de l'*Erebus*.

— Nous allons utiliser les tiges de fer qui servent de pièces de rechange pour l'arbre de transmission, sir John, et les tordre afin de leur donner la forme idoine. Nous obtiendrons ainsi l'armature de l'affût, qui ressemblera à une sorte de tente.

« Mais pas une tente en forme de pyramide comme les nôtres, continua John Murray, une tente tout en longueur, avec un auvent, un peu comme une baraque foraine, milord.

Sir John sourit.

— Et notre ours ne risque-t-il pas de remarquer une baraque foraine plantée sur la banquise, messieurs ?

— Non, commandant, répliqua le voilier. La toile sera découpée, cousue et peinte en blanc avant la tombée de la nuit – si l'on peut qualifier de nuit ce perpétuel crépuscule. Nous installerons l'affût au pied d'une crête, afin qu'il se fonde dans le paysage. Seules les meurtrières seront visibles. M. Weekes récupérera les planches de la plate-forme funéraire pour fabriquer un banc, afin que les tireurs soient confortablement assis.

— Combien de personnes envisagez-vous de placer dans cet affût à ours ? s'enquit sir John.

— Six, commandant, acquiesça le sergent Bryant. Il faudra des salves nourries pour abattre cette bête, monsieur. Tout comme il en a fallu pour abattre par milliers les soldats de Napoléon à Waterloo.

— Et si l'ours est doté d'un odorat plus fin que celui de Napoléon à Waterloo ? demanda sir John.

Les hommes gloussèrent, mais le sergent Tozer rétorqua :

— Nous y avons pensé, sir John. Ces jours-ci, le vent souffle le plus souvent du nord-nord-ouest. Si nous installons notre affût contre la crête située près de l'endroit où nous avons inhumé le pauvre lieutenant Gore, eh bien, nous disposerons d'un vaste champ de tir au nord-ouest. Près de cent yards de profondeur. Il y a de grandes chances pour que l'ours se place contre le vent et déboule des crêtes les plus élevées. Une fois que nous l'aurons en ligne de mire, il aura le cœur criblé de balles Minié.

Sir John réfléchit un moment.

— Tous les hommes devront remonter à bord, commandant, dit le premier maître Edward Couch. Tant qu'ils continueront de courir partout sur la banquise et de canarder les séracs à la moindre bourrasque de vent, pas un ours n'osera s'approcher à cinq miles du navire.

Sir John opina.

— Et qu'est-ce qui va attirer notre ours dans ce champ de tir, messieurs ? Avez-vous pensé à cela ?

— Oui, monsieur, dit le sergent Bryant avec un sourire. Pour attirer ces tueurs, rien ne vaut la viande fraîche.

— Nous n'avons pas de viande fraîche, répliqua sir John. Même pas un quartier de phoque annelé.

— Non, monsieur, répliqua le sergent au visage buriné. Mais nous avons un ourson. Une fois que l'affût sera en place, nous allons tuer cette bête en prenant soin de répandre son sang, et nous laisserons sa carcasse sur la banquise, à vingt-cinq yards de notre position.

— Vous pensez que notre ours est cannibale ?

— Oh ! oui, commandant, fit le sergent Tozer, dont le visage virait au cramoisi sous sa tache de vin. Cette créature est capable de dévorer tout ce qui saigne et sent la viande, nous en sommes sûrs. Et quand elle se mettra à table, on la fusillera jusqu'à ce qu'elle en crève, et ensuite il y aura dix souverains par tête de pipe, et puis l'hiver, et puis le triomphe, et puis retour au bercail.

Sir John hocha la tête avec sagesse.

— Exécutez votre plan, ordonna-t-il.

Le vendredi 11 juin dans l'après-midi, sir John alla inspecter l'affût à ours en compagnie du lieutenant Le Vesconte.

Comme les deux officiers durent le reconnaître, l'édicule était quasiment invisible même à dix mètres de distance, adossé comme il l'était à la crête près de laquelle sir John avait prononcé son éloge funèbre. La toile blanche se fondait parfaitement dans la neige et la glace, et des bandes découpées pendaient à intervalles irréguliers devant la meurtrière afin d'en briser la ligne horizontale. Le voilier et l'armurier avaient fixé la toile à l'armature de fer de si astucieuse façon qu'aucun frémissement n'agitait sa surface, alors que soufflait un vent qui chassait la neige sur la banquise.

Le Vesconte précéda sir John sur la piste glacée tracée derrière la crête – en dehors du champ de tir – puis, franchissant une brèche, les deux hommes se glissèrent à l'intérieur de l'affût en soulevant un pan de toile. Le sergent Bryant était aux aguets, en compagnie des fusiliers marins de l'*Erebus* – le caporal Pearson et les soldats Healey, Reed, Hopcraft et Pilkington –, et tous se levèrent à l'entrée de leur commandant.

— Oh ! non, non, gentlemen, restez assis, chuchota sir John.

Suspendues à des sortes d'étriers fixés aux piquets de fer de chaque côté de la longue et étroite tente, des planches de bois aromatique permettaient aux fusiliers marins de s'asseoir tout en demeurant en position de tir lorsqu'ils n'étaient pas postés aux meurtrières. D'autres planches, posées à même le sol, préservaient leurs pieds de la froidure de la banquise. Devant eux étaient rangés leurs mousquets prêts à tirer. Dans cet espace confiné régnait un parfum de bois coupé, de laine mouillée et de lubrifiant.

— Depuis combien de temps attendez-vous ainsi ? demanda sir John dans un murmure.

— Un peu moins de cinq heures, commandant, répondit le sergent Bryant.

— Vous devez avoir froid.

— Pas le moins du monde, monsieur, répondit Bryant à voix basse. L'affût est assez grand pour nous permettre de faire les cent pas de temps à autre, et les planches nous isolent de la glace. Le sergent Tozer et les fusiliers marins du *Terror* doivent nous relever à cinq heures.

— Avez-vous repéré quelque chose ? demanda le lieutenant Le Vesconte.

— Pas encore, monsieur, répondit le sergent.

Les trois hommes s'approchèrent de la meurtrière jusqu'à sentir l'air glacial du dehors leur caresser les joues.

Sir John voyait nettement la carcasse de l'ourson, dont l'éclat rouge vif ressortait vivement sur la glace. Les hommes avaient écorché tout le corps à l'exception de la tête puis l'avaient saigné à blanc, recueillant le sang dans des seaux pour le répandre ensuite tout autour des restes. Le vent saupoudrait la banquise de neige, et le rouge du sang se détachait de troublante façon sur le gris, le blanc et le bleu pâle du décor.

— Il nous reste à vérifier que notre ennemi est cannibale, murmura sir John.

— Oui, commandant, fit le sergent Bryant. Voulez-vous vous asseoir sur le banc, sir John ? Il y a encore de la place.

En fait, il n'y en avait guère, d'autant plus que le derrière proéminent de sir John s'ajoutait à six robustes postérieurs. Mais le lieutenant Le Vesconte choisit de rester debout, les fusiliers marins firent de leur mieux pour se tasser les uns contre les autres, et les sept hommes parvinrent à s'asseoir sur la planche prévue à cet effet. Sir John constata que, dans cette position, il avait une vue imprenable sur la banquise.

En cet instant, le capitaine John Franklin était plus heureux qu'il ne l'avait jamais été en la compagnie des hommes. Il lui avait fallu des années pour se rendre compte qu'il se sentait plus à l'aise en présence des femmes que des hommes – même des femmes artistes et hypersensibles comme Eleanor, sa première épouse, et des femmes puissantes et indomptables à l'instar de Jane, son épouse actuelle. Mais depuis l'office divin du dimanche précédent, ses officiers comme ses matelots lui avaient adressé plus de sourires, de hochements de tête et de regards franchement approbateurs qu'il n'en avait reçu en quarante ans de carrière.

Certes, cette promesse d'une prime de dix souverains d'or – sans parler du bonus accordé à chacun des marins, qui équivalait pour eux à cinq mois de salaire – devait tout à l'improvisation et à une bouffée de bons sentiments dont il était peu coutumier. Mais sir John disposait d'importantes ressources financières et, si elles devaient péricliter du fait de son absence prolongée, il ne doutait pas que lady Jane lui laisserait la libre disposition de sa fortune personnelle afin qu'il pût honorer cette dette d'honneur.

Tout bien considéré, raisonnait-il, cette proposition financière, ajoutée à une distribution de grogs exceptionnelle sur un navire voué à la tempérance, était une idée de génie. Comme tous ses compagnons, sir John avait été profondément choqué par la mort soudaine de Graham Gore, l'un des jeunes officiers les plus prometteurs de la flotte. La certitude d'être pris dans les glaces et de devoir passer un nouvel hiver dans cette désolation enténébrée pesait sur tous les cœurs, mais, en promettant cette prime et en décrétant un festin à bord des deux navires, il avait résolu le problème pour le moment.

Certes, un autre problème se présentait désormais à lui, soulevé par les quatre médecins la semaine précédente : on trouvait de plus en plus de conserves avariées dans les réserves, sans doute en raison de défauts dans les soudures. Mais sir John avait choisi de remettre cette question à plus tard.

Le vent soufflait des paquets de neige sur la plaine gelée, occultant par intermittence la petite carcasse placée au centre d'une croix de sang rouge sur la glace bleue. On ne discernait aucun mouvement parmi les crêtes et les pinacles environnants. Les hommes assis à droite de sir John se montraient fort détendus, chiquant du tabac ou tenant leurs mousquets de leurs mains gantées. Sir John savait qu'ils seraient prêts à ôter leurs moufles pour tirer dès l'instant où leur Némésis ferait son apparition.

Il sourit intérieurement en se rendant compte qu'il mémorisait ce tableau, cet instant, dans le but de le décrire un jour à Jane, à sa fille Eleanor et à Sophia, son adorable nièce. Ces derniers temps, il se livrait souvent à cet exercice : observer leurs épreuves sur la banquise afin d'en tirer des anecdotes, qu'il allait jusqu'à commencer à mettre en mots – pas trop de mots, juste assez pour retenir l'attention –, en prévision des moments qu'il partagerait avec ses douces dames, sans parler des dîners dans la société. Cette journée – le grotesque affût, les hommes entassés dedans, la chaleur de leur camaraderie, l'odeur des armes, de la laine et du tabac, les lourds nuages gris, les bourrasques de neige et l'omniprésente tension du guet – lui donnerait matière à anecdotes pendant des années entières.

Soudain, sir John se tourna vers la gauche, par-delà l'épaule du lieutenant Le Vesconte, en direction du cratère funéraire situé six mètres au sud de l'affût. Depuis le jour de la cérémonie, l'eau noire avait gelé et les parois du cratère s'étaient recouvertes de neige, mais la seule vision de cette dépression dans la glace serra le cœur de sir John, toujours meurtri par la perte du jeune Gore. Quelle belle cérémonie que celle-ci ! Il l'avait dirigée dans la dignité et le respect des valeurs militaires.

Sir John remarqua deux objets noirs placés l'un près de l'autre tout au fond de la dépression gelée – des cailloux, peut-être ? Ou alors des boutons, ou bien des pièces de monnaie, déposés en guise de mémentos par l'un des marins qui avaient défilé devant la fosse une semaine plus tôt ? Dans la lumière floue et mouvante de la tempête de neige, ces deux points noirs – quasiment invisibles pour qui n'aurait pas su où ils se trouvaient – semblaient regarder sir John avec un reproche teinté de tristesse. Il se demanda s'il s'agissait de deux minuscules ouvertures sur l'eau qui, par quelque aberration climatique, avaient résisté au gel et à la neige, lui apparaissant aujourd'hui comme deux disques d'eau noire sur fond de glace grise.

Les disques noirs clignèrent.

— Euh... sergent... commença sir John.

Le fond du cratère sembla entrer en éruption sur toute sa superficie. Une chose énorme, grise, blanche et puissante jaillit dans leur direction, se précipitant vers l'affût jusqu'à emplir tout le champ de la meurtrière, puis disparut hors de vue côté sud.

Les fusiliers marins, doutant de toute évidence du témoignage de leurs yeux, n'eurent pas le temps de réagir.

Un coup violent fut assené à l'armature de l'affût, à moins d'un mètre de l'endroit où se trouvaient sir John et Le Vesconte, fracassant le fer et déchirant la toile.

Sir John et les fusiliers marins se levèrent d'un bond tandis que le robuste tissu se rompait de toutes parts, déchiqueté par des griffes noires aussi grandes que des couteaux de chasse. Tout le monde criait. Une puanteur de charogne imprégnait les lieux.

Le sergent Bryant leva son mousquet – la créature était *dans* l'affût, avec eux, parmi eux, elle les étreignait dans le cercle de ses bras inhumains –, mais, avant qu'il ait eu le temps de faire feu, un souffle d'air balaya l'atroce haleine du prédateur. La tête du sergent s'envola au-dessus de son corps, passa à travers la meurtrière et alla bouler sur la glace au-dehors.

Le Vesconte hurla, quelqu'un tira – une balle qui atteignit un autre soldat. Le toit de toile s'était envolé, une masse sombre occultait le ciel, et, alors que sir John se ruait vers une brèche dans la toile, il fut frappé d'une violente douleur au-dessous des genoux.

Suivit alors une série floue de scènes grotesques. Il se retrouva la tête en bas, vit des hommes tomber comme des quilles sur la glace, des hommes lancés dans les airs depuis l'affût en ruine. Un mousquet tira une nouvelle fois, mais c'était parce que son porteur venait de le jeter pour fuir à quatre pattes sur la banquise. Sir John vit tout cela – c'était impossible, c'était absurde – la tête à l'envers, oscillant doucement. La douleur qui lui irradiait les jambes devint insoutenable, il entendit comme un craquement de fagot, puis il fut propulsé vers l'avant, au fond du cratère funèbre, vers le disque noir qui l'attendait. Son crâne brisa la mince couche de glace comme une balle de cricket aurait cassé une vitre.

La froidure interrompit un temps les battements frénétiques de son cœur. Il voulut pousser un cri, ne réussit qu'à inhaler de l'eau salée.

Je suis dans la mer. Pour la première fois de ma vie, je suis bel et bien dans la mer. C'est extraordinaire.

Puis il se débattit, se retourna, sentit les pans de son manteau en lambeaux se détacher de lui, se rendit compte qu'il ne sentait plus ses jambes et que ses pieds n'avaient aucune prise sur l'eau glaciale. Sir John se mit à nager avec ses seuls bras, au sein d'une obscurité telle qu'il n'aurait su dire s'il remontait à la surface ou bien s'enfonçait dans les eaux noires.

Je me noie, Jane, je me noie. Entre tous les sorts que j'ai pu craindre durant toutes ces années de service, pas une fois, ma chérie, je n'ai envisagé la noyade.

La tête de sir John frappa un obstacle qui faillit l'assommer, et il plongea à nouveau, sentit à nouveau l'eau salée envahir son palais et ses poumons.

Et ensuite, mes chéries, la Providence a voulu que je me retrouve à l'air libre – ou plutôt au niveau d'une mince couche d'air respirable subsistant sous les quinze pieds de banquise.

Moulinant des bras, sir John réussit à se retourner sur le dos, toujours sans le secours de ses jambes, et ses ongles laboururèrent la glace au-dessus de lui. Il ordonna à son cœur, à ses membres, de se calmer, disciplina ses narines afin qu'elles localisent la fine couche d'air séparant la glace de l'eau glacée. Il inspira. Levant le menton, il recracha l'eau salée et respira par la bouche.

Merci, mon Dieu, Seigneur Jésus...

Refoulant la tentation de hurler, sir John progressa sous la banquise comme s'il escaladait un mur. La surface contre laquelle il se plaquait était irrégulière, tantôt une protubérance s'enfonçait dans l'eau et l'empêchait de respirer, tantôt se présentait une anfractuosité de trente centimètres de profondeur qui lui permettait presque de sortir la tête de l'eau.

En dépit des cinq mètres de glace massés au-dessus de lui, une vague lumière – une lumière bleue, la lumière de Dieu – parvenait jusqu'à ses yeux, réfractée par les facettes rugueuses de la glace. Le jour lui arrivait par la fosse – la fosse funèbre de Gore – au fond de laquelle on l'avait jeté.

Tout ce que j'avais à faire, mes amies, Jane, ma chérie, c'était de trouver le chemin menant à cette étroite fosse creusée dans la glace – je devais m'orienter, pour ainsi dire –, mais je savais que je ne disposais pour cela que de quelques minutes...

Non, de quelques secondes à peine. Sir John sentait la froidure le tuer lentement. Et, décidément, ses jambes avaient quelque chose d'anormal. Non seulement il ne les *sentait* plus, mais en outre il percevait au-dessous de ses genoux une terrible *absence*. Et l'eau de mer avait un goût de sang.

Et puis, mes très chères, Dieu tout-puissant m'a montré la lumière...

À gauche. La fosse se trouvait une dizaine de mètres à gauche. L'espace était suffisamment dégagé sous le pack pour que sir John sorte sa tête de l'eau noire, colle son crâne dégarni et gelé à la glace rugueuse, avale une goulée d'air, batte des cils pour chasser l'eau et le sang de ses yeux et *voie* l'éclat tout proche de la lumière du Sauveur...

Quelque chose d'immense et de mouillé se dressa entre lui et la lumière. Les ténèbres étaient absolues. La poche d'air respirable s'emplit de la plus atroce des puanteurs que créature eût jamais exhalée.

— Pitié... commença sir John, bégayant et crachotant.

Alors la puanteur moite l'enveloppa et de gigantesques crocs se refermèrent sur ses joues, lui broyant le crâne au niveau des tempes, ainsi qu'un étau se refermant sur son visage.

16

Crozier

70° 05' de latitude nord, 98° 23' de longitude ouest
10 novembre 1847

La cloche venait de sonner cinq fois – deux heures et demie – et le capitaine Crozier, de retour de l'*Erebus*, avait examiné les cadavres – ou plutôt les demi-cadavres – de William Strong et de Thomas Evans là où la créature les avait placés, calés contre le bastingage sur le gaillard d'arrière, puis supervisé leur transfert à la morgue, et il se trouvait à présent dans sa cabine, contemplant les deux objets posés sur son bureau : une bouteille de whiskey toute neuve et un pistolet.

Près de la moitié de la minuscule cabine était occupée par la couchette intégrée placée contre la coque à tribord. On eût dit un berceau d'enfant, avec ses montants surélevés, ses tiroirs incorporés sous le sommier et son matelas en crin de cheval qui arrivait au niveau du torse. Crozier dormait toujours mal sur un lit ordinaire et il regrettait souvent le hamac dans lequel il avait passé tant de nuits lorsqu'il était mousse, aspirant, puis jeune officier. Ainsi placée contre la coque, cette couche était l'une des plus froides du navire – plus froide que celles des officiers subalternes, dont les cabines se trouvaient au centre du premier pont vers l'arrière, et *beaucoup* plus froide que les hamacs de ces veinards de matelots, suspendus tout autour de la coquerie où M. Diggle s'affairait vingt heures par jour sur son poêle Frazier.

Les étagères encombrées de livres fixées à la coque incurvée isolaient en partie les quartiers de Crozier, mais en partie seulement. Une autre étagère de livres courait sur toute la largeur de la cabine, à savoir un mètre cinquante, glissée sous les barrots un peu moins d'un mètre au-dessus du bureau qu'il devait rabattre pour accéder au couloir. Au-dessus de sa tête se trouvait le disque noir de la verrière Preston, dont le verre convexe affleurait un pont enténébré par un mètre de neige, sans parler de la toile protectrice. Cet appareil laissait passer un flot d'air froid ininterrompu, qui évoquait le souffle glaçant d'un animal mort qui se serait encore efforcé de respirer.

Face au bureau de Crozier se trouvait un étroit guéridon où était posée une cuvette. Celle-ci ne contenait pas une seule goutte d'eau, de peur qu'elle ne gèle ; Jopson, son valet, lui apportait chaque matin de l'eau réchauffée au poêle. L'espace séparant le guéridon du bureau lui permettait tout juste de se tenir debout, ou encore – comme en ce moment – de s'asseoir sur un petit tabouret qu'il rangeait sous la cuvette lorsqu'il n'en avait pas besoin.

Il continua de fixer le pistolet et la bouteille de whiskey.

Lorsque le capitaine du HMS *Terror* songeait qu'il ignorait tout de l'avenir – excepté que plus jamais son navire et l'*Erebus* ne pourraient naviguer –, il se rappelait alors qu'il avait une autre certitude en ce monde : le jour où sa réserve de whiskey serait épuisée, Francis Rawdon Moira Crozier se ferait sauter la cervelle.

Feu sir John Franklin avait rempli son magasin de vaisselle de prix – chaque article étant bien entendu frappé de ses initiales et de son blason familial –, de verres en cristal, de quarante-huit langues de bœuf, de couverts en argent portant également son blason, de tonneaux de jambon fumé de Westphalie, de piles de fromages du Gloucestershire, d'une foultitude de sachets de thé, fournis par l'un de ses parents exploitant une plantation à Darjeeling, et de bocaux de sa gelée de framboise préférée.

Et bien que Crozier eût emporté quelques mets fins pour les dîners d'officiers qu'il était amené à organiser, le plus gros de ses fonds et de ses réserves consistait en trois cent vingt-quatre bouteilles de whiskey. De la bibine plutôt que du scotch, mais ça ferait l'affaire. Crozier était conscient d'appartenir désormais à la catégorie de poivrots pour qui la quantité primait sur la qualité. Parfois, notamment en été, période où il était le plus occupé, une bouteille lui faisait quinze jours ou davantage. D'autres fois – cette semaine, par exemple –, il en éclusait une par nuit. En vérité, il avait cessé de compter les bouteilles vides l'hiver dernier, quand il avait dépassé le nombre de deux cents, mais il savait qu'il se retrouverait bientôt à court de whiskey. La nuit où son valet viendrait lui dire que ses réserves étaient vides – ça se passerait une nuit, Crozier en était sûr –, il avait bien l'intention d'armer son pistolet, d'en coller le canon à sa tempe et de tirer.

Une personne douée de sens pratique envisagerait peut-être de s'intéresser aux vingt mille et quelques litres – *vingt mille* – de rhum caribéen entreposés dans la cale à vin, du rhum titrant 65° ou davantage. On en distribuait aux hommes une ration quotidienne d'un quart de pinte, soit quatorze centilitres, qu'ils coupaient de trois quarts de pinte d'eau, et il en restait assez pour nager dedans. Un capitaine poivrot moins délicat et moins honnête aurait pu s'approprier les réserves de l'équipage. Mais Francis Crozier n'aimait pas le rhum. Il ne l'avait jamais aimé. Sa boisson, c'était le whiskey, et il disparaîtrait en même temps qu'elle.

En voyant le corps du jeune Tommy Evans sectionné au niveau de la taille, ses jambes dessinant un Y presque comique, ses bottes soigneusement passées sur ses pieds morts, Crozier avait repensé au jour où on l'avait fait venir devant l'affût réduit en pièces, à quelque quatre cents mètres de l'*Erebus*. Dans moins de vingt-quatre heures, songea-t-il, cinq mois pile se seraient écoulés depuis la catastrophe du 11 juin. Les officiers qui s'étaient précipités sur les lieux n'avaient pas déchiffré du premier coup le spectacle qui les attendait. L'affût n'était plus qu'une ruine déchiquetée, à l'armature de fer totalement disloquée. Du banc, il ne restait plus que des échardes éparpillées, parmi lesquelles gisait le corps décapité du sergent Bryant, le plus haut gradé des fusiliers marins de l'expédition. Sa tête – encore introuvable à l'arrivée de Crozier – avait été projetée sur une distance de trente mètres et reposait près d'une carcasse d'ourson écorché.

Le lieutenant Le Vesconte souffrait d'un bras cassé – conséquence d'une chute et non de l'attaque de la créature – et le soldat William Pilkington d'une blessure par balle au bras gauche, infligée par son camarade Robert Hopcraft. Ce dernier était affligé de huit côtes cassées, d'une clavicule pulvérisée et d'un bras déboîté, blessures consécutives selon son témoignage à un coup de patte distrait assené par le monstre. Les soldats Healey et Reed, quoique indemnes ou presque, n'en souffraient pas moins de la honte d'avoir fui sous le coup de la panique, en glissant, rampant et courant à quatre pattes sur la glace. Reed s'en tirait avec trois doigts brisés.

Mais l'attention de Francis Crozier s'était tout entière concentrée sur les deux jambes encore bottées de sir John Franklin – intactes au-dessous du genou mais reposant à une certaine distance l'une de l'autre, la première dans les ruines de l'affût, la seconde non loin du cratère où l'on avait creusé la fosse funéraire.

Quelle sorte d'intelligence maléfique, se demanda-t-il en sirotant son verre de whiskey, est capable de couper les jambes d'un homme au niveau des genoux puis d'emporter sa proie encore vivante pour la jeter dans un trou creusé dans la glace et l'y suivre l'instant d'après ? Crozier s'était efforcé de ne pas penser à ce qui s'était produit ensuite, mais, certains soirs, quand il cherchait à s'endormir après avoir bu quelques verres, il n'imaginait que trop bien la chose. Par ailleurs, il était sûr que les funérailles du lieutenant Graham Gore, célébrées pile une semaine auparavant, avaient en fait constitué un banquet alambiqué dont le bénéficiaire attendait son heure sous la banquise.

Crozier n'avait guère été affecté par le décès du lieutenant de vaisseau Graham Gore. Ce dernier correspondait précisément à un certain type d'officier de la Royal Navy, de bonne famille et de bonne éducation, élevé dans la foi anglicane et dans des institutions privées, un héros né pour le commandement, à l'aise avec ses supérieurs comme avec ses inférieurs, au tempérament modeste mais au destin riche de promesses, un godelureau anglais de la haute capable de se montrer poli même avec un Irlandais, bref le genre de gradé qui se voyait offrir sur un plateau les promotions pour lesquelles Francis Crozier avait dû se battre pendant plus de quarante ans.

Il but une nouvelle goulée.

Quelle sorte d'intelligence maléfique tue ses proies sans les dévorer entièrement, alors que le gibier se fait rare, et préfère restituer à leurs congénères la moitié supérieure du cadavre du matelot William Strong et la moitié inférieure de celui du jeune Tom Evans ? Ce dernier était l'un des « mousses » battant tambour lors de la procession funèbre de Gore, cinq mois auparavant. Quelle sorte de créature avait saisi ce jeune homme à deux pas de Crozier, dans une obscurité totale, laissant celui-ci indemne... puis lui rendant une moitié de cadavre ?

Les hommes le savaient. Crozier savait ce qu'ils pensaient. C'était le diable qui rôdait sur les glaces, le diable et non quelque ours polaire anormalement développé.

Si le capitaine de vaisseau Francis Crozier n'était pas en désaccord fondamental avec ses hommes — en dépit des propos qu'il avait tenus un peu plus tôt en buvant du brandy avec le capitaine de frégate Fitzjames —, il savait une chose qu'ils ignoraient ; le diable qui les traquait en ce royaume diabolique ne se réduisait pas à une créature blanche et velue cherchant à les dévorer un par un, non, il était aussi *tout* le reste : le froid irrépressible, la glace étouffante, les orages électriques, la surprenante absence de phoques, de baleines, d'oiseaux, de morses et d'animaux terrestres, l'éternel étau de la banquise, les icebergs labourant la mer solidifiée sans jamais laisser un sillage d'eau libre, même de la longueur d'un navire, la soudaine éruption, quasiment sismique, des crêtes de compression, la danse des étoiles, les soudures défectueuses des conserves qui transformaient la nourriture en poison, les étés qui ne venaient pas, les chenaux qui ne s'ouvraient pas... *tout le reste*. Le monstre des glaces n'était que l'une des multiples manifestations d'un diable qui voulait leur mort. Leur mort et leur souffrance.

Crozier but une autre lampée.

Il comprenait les mobiles de l'Arctique encore mieux que les siens. Les Grecs anciens avaient raison, se dit Crozier, lorsqu'ils comptaient cinq bandes climatiques sur le disque de la Terre, quatre bandes égales, opposées et symétriques, comme très souvent dans la pensée grecque, enveloppées autour du monde comme des bandelettes sur un serpent. Deux bandes tempérées où l'homme avait sa place. Une bande centrale, la région équatoriale, interdite à toute forme de vie intelligente − interdite à l'homme, disaient les Grecs, mais ils se trompaient sur ce point. Interdite à la civilisation, corrigea Crozier, qui, ayant eu un aperçu de l'Afrique et de l'équateur en général, estimait que jamais rien de bon n'en sortirait. Quant aux régions polaires, les Grecs n'avaient pas attendu les explorateurs de l'Arctique et de l'Antarctique pour déduire leur inhumanité foncière : il n'était pas question de s'y rendre, encore moins d'y résider, fût-ce pour quelque temps.

Dans ce cas, pourquoi une nation comme l'Angleterre, que Dieu dans Son infinie bonté avait placée dans l'une des plus douces, des plus verdoyantes bandes tempérées, persistait-elle à envoyer ses vaisseaux et ses hommes dans les glaces tant boréales qu'australes, là où même des sauvages vêtus de fourrures refusaient de mettre les pieds ?

Et, plus précisément, pourquoi le dénommé Francis Crozier ne cessait-il de retourner, encore et encore, dans ces horribles contrées, au service d'une nation et d'une classe d'officiers qui refusaient obstinément de reconnaître sa valeur et sa compétence, alors même qu'il savait au fond de son cœur qu'il finirait par mourir au sein de cette désolation enténébrée ?

Lorsqu'il était encore enfant − avant même qu'il ne s'engageât dans la marine à l'âge de treize ans −, le capitaine recelait déjà en lui une secrète mélancolie. Cette nature se manifestait par le plaisir qu'il retirait à contempler le village de loin, tandis que les lumières s'éteignaient dans la nuit hivernale, par le plaisir qu'il avait à se réfugier dans de minuscules cachettes − Francis Crozier ignorait jusqu'au concept de claustrophobie − et par sa profonde peur du noir, le noir en qui il voyait un avatar de la mort qui avait emporté sa mère et sa grand-mère, d'une façon si sournoise qu'il s'était mis en tête de la dénicher, se cachant dans la cave pendant que les autres enfants jouaient en plein soleil. Crozier se souvenait encore de cette cave : cette froideur de tombeau, cette odeur de froid et de moisissure, cette obscurité oppressante qui le laissait seul avec ses sombres pensées.

Il remplit son verre et but une nouvelle goulée. Soudain, la glace émit un sourd gémissement, auquel le navire répondit par un autre, cherchant en vain à se mouvoir dans la mer gelée. L'étau se serra d'un cran, et les planches se mirent à geindre. Les tasseaux métalliques de la cale se contractèrent, produisant des bruits évoquant des détonations. Les matelots à l'avant comme les officiers à l'arrière continuèrent de ronfler, accoutumés aux manifestations nocturnes de la glace cherchant à les broyer. Sur le pont principal, où la température était inférieure à − 50 °C, l'officier de garde battit la semelle pour se réchauffer, produisant quatre coups secs comme s'il ordonnait au navire de cesser ses jérémiades.

Crozier avait peine à croire que Sophia Cracroft était montée à bord de ce navire, qu'elle était entrée dans cette cabine, s'émerveillant de la découvrir si propre, si nette et si douillette, avec ces livres trahissant l'homme cultivé et cette douce lumière émanant de la verrière Preston.

Sept ans ou presque avaient passé depuis ce jour printanier de novembre 1840 où Crozier, en partance pour l'Antarctique avec ces deux mêmes bâtiments − l'*Erebus* et le *Terror* − avait abordé la terre de Van-Diemen, au sud de l'Australie. L'expédition était placée sous le commandement du capitaine de vaisseau James Ross, qui était son ami mais aussi son supérieur. Ils avaient fait étape dans la ville de Hobart pour compléter leurs provisions avant de faire voile vers les eaux antarctiques, et sir John Franklin, alors gouverneur de cette île pénitentiaire, avait insisté pour que les deux jeunes officiers − Crozier avait le grade de capitaine de frégate − séjournassent dans sa résidence.

Une pause enchanteresse et − du moins pour Crozier − fatale sur le plan sentimental.

L'inspection des navires s'était déroulée le deuxième jour de leur visite − briqués, remis en état, approvisionnés, les bâtiments grouillaient de jeunes marins dont les visages glabres ignoraient encore l'épuisement consécutif à deux hivernages dans les glaces − et, si le capitaine Ross servait de cicérone à sir John et lady Jane Franklin, Crozier escortait la nièce du gouverneur, une jeune femme aux cheveux noirs et aux yeux vifs du nom de Sophia Cracroft. Il était tombé amoureux d'elle ce jour-là, et cet amour lui avait réchauffé le cœur durant les deux hivers australs qui avaient suivi, s'épanouissant jusqu'à devenir une obsession.

Les longs dîners à la résidence du gouverneur, où les domestiques agitaient sans se lasser des feuilles de palmier, étaient propices à maintes conversations pleines d'esprit. Le gouverneur Franklin, âgé d'une cinquantaine d'années, était découragé par l'indifférence avec laquelle on accueillait ses initiatives, sans parler de la franche hostilité que lui manifestaient la presse locale, les riches propriétaires et les bureaucrates en cette troisième année d'exercice, mais son épouse et lui-même semblaient retrouver quelque animation au contact de leurs compatriotes, que sir John aimait à appeler ses « confrères explorateurs ».

Sophia Cracroft, quant à elle, ne présentait aucun signe d'aigreur. Spirituelle, espiègle, vive, d'une franchise parfois choquante − encore plus que sa tante, une femme pourtant des plus controversées −, cette splendide jeune lady semblait captivée par la moindre des opinions, des expériences et des pensées du capitaine de frégate Francis Crozier, quarante-quatre ans et toujours célibataire. Elle riait de bon cœur à la plus maladroite de ses plaisanteries − peu accoutumé à la haute société, il surveillait ses propos avec attention et ne buvait que du vin, en faible quantité qui plus est − et ne manquait jamais d'y répliquer par un *bon mot** encore plus spirituel. Crozier avait l'impression d'être initié au jeu de paume par un champion. Lorsque arriva le huitième et dernier jour de leur visite, il se sentait l'égal de n'importe quel Anglais − un authentique gentleman, certes né en Irlande, mais qui avait fait son chemin dans la vie et connu maintes expériences passionnantes −, l'égal et même le supérieur de bien des hommes, c'était du moins ce que semblaient lui dire les splendides yeux bleus de Mlle Cracroft.

Lorsque l'*Erebus* et le *Terror* quittèrent le port de Hobart, Crozier lui donnait toujours du « mademoiselle Cracroft », mais il n'en existait pas moins entre eux un lien encore secret, fait de regards complices, de silences sereins, de plaisanteries et d'instants partagés. Crozier savait qu'il était amoureux pour la première fois de sa vie, une vie où la « romance » se réduisait aux paillasses des putains, aux venelles sordides, aux filles indigènes accordant leurs faveurs pour un bibelot et à quelques bordels de luxe londoniens. Désormais, c'en était fini de tout cela.

Francis Crozier avait compris que la parure la plus érotique, la plus désirable que pouvait revêtir une femme, c'était la tenue modeste et empesée que portait Sophia Cracroft à l'heure du dîner dans la résidence du gouverneur, de la soie en quantité suffisante pour dissimuler à un homme tous les galbes de son corps et contraignant ledit homme à se concentrer sur son esprit aussi excitant qu'adorable.

Avaient alors suivi deux années durant lesquelles ils avaient connu la banquise, aperçu l'Antarctique, respiré la puanteur des colonies de manchots et baptisé deux lointains volcans des noms de leurs navires épuisés, deux années où les ténèbres alternaient avec le printemps, où ils avaient dû lutter contre les glaces, puis naviguer à la voile dans une mer périlleuse portant aujourd'hui le nom de James Ross, pour entamer ensuite un long périple dans les mers du Sud et regagner Hobart, capitale d'une île abritant dix-huit mille prisonniers et un gouverneur aigri. Cette fois-ci, il n'était pas question d'inspecter l'*Erebus* et le *Terror* : ils empestaient trop la graisse, le graillon, la sueur et la fatigue. Les jeunes marins d'hier étaient des hommes aux yeux hagards et aux joues mangées de barbe, qui plus jamais ne s'engageraient dans une mission d'exploration. Tous excepté le capitaine du HMS *Terror* étaient impatients de retrouver l'Angleterre.

Francis Crozier ne pensait qu'à revoir Sophia Cracroft.

Il but une nouvelle rasade de whiskey. Au-dessus de lui, à peine audible à travers la couche de neige sur le pont, la cloche sonna six fois. Trois heures du matin.

Les hommes s'étaient désolés de la mort de sir John – en grande partie parce que la perte du pacha chauve et bedonnant signifiait celle de la prime de dix souverains d'or et du bonus promis à chacun d'eux –, mais elle n'avait guère eu de conséquences sur la vie des équipages. Le capitaine de frégate Fitzjames était officiellement devenu le commandant de l'*Erebus*, une position qui était déjà la sienne à titre officieux. Le lieutenant Le Vesconte, avec sa dent en or étincelante et son bras en écharpe, avait remplacé Graham Gore dans la hiérarchie sans la moindre anicroche. Le capitaine de vaisseau Francis Crozier occupait désormais le poste de commandant de l'expédition, mais, tant que celle-ci resterait prise dans les glaces, il ne pouvait guère imprimer sa marque sur le déroulement des opérations.

Il avait néanmoins pris une initiative d'importance, à savoir organiser le transport en traîneau de plus de cinq tonnes de matériel en un point proche du cairn de Ross, sur la terre du Roi-Guillaume. Ils étaient presque certains que celle-ci était en fait une île, car Crozier avait envoyé en reconnaissance certaines des équipes de portage – et au diable cet ours monstrueux ! Il avait personnellement participé à une demi-douzaine de ces sorties, contribuant à dégager des pistes un rien plus praticables parmi les crêtes et les icebergs massés contre la grève. Ils avaient transporté à terre des tenues de froid, des tentes, des rondins pour construire des cabanes, des barriques d'aliments séchés et des centaines de boîtes de conserve, des paratonnerres – on avait récupéré jusqu'aux pieds du lit de sir John, dont la cabine avait été réquisitionnée –, bref tout ce dont les

186

hommes auraient besoin s'ils devaient abandonner les navires en catastrophe durant l'hiver prochain.

Quatre hommes avaient péri sur la banquise avant le début de l'hiver en question, dont deux tués dans leur tente à quelques pas de Crozier, mais ce qui avait mis fin au portage et aux sorties, c'était le retour des orages et du brouillard à la mi-août. Pendant plus de trois semaines, les deux navires avaient flotté dans le coton, frappés par la foudre sans le moindre répit, et seules étaient autorisées à sortir les équipes chargées de la chasse et de l'entretien des trous à feu. Lorsque était enfin venue une accalmie, on était début septembre et la neige et le froid étaient de retour.

En dépit des intempéries, Crozier avait relancé les opérations de portage sur la terre du Roi-Guillaume, mais lorsque le second maître Giles MacBean et l'un des matelots s'étaient fait tuer à quelques mètres des traîneaux – une violente chute de neige avait empêché leurs camarades, placés sous le commandement de l'enseigne de vaisseau Hodgson, de voir la scène, mais ils avaient hélas entendu leurs cris d'agonie –, il les avait « temporairement » suspendues. Cela faisait à présent deux mois qu'elles étaient interrompues et, depuis le 1er novembre, pas un marin sain d'esprit ne se serait porté volontaire pour une équipée de huit à dix jours dans la nuit arctique.

Le capitaine savait qu'il aurait pu constituer une réserve deux fois plus importante que ces cinq tonnes de matériel. Le problème – ainsi que lui-même et ses équipiers l'avaient appris la nuit où la créature avait déchiqueté l'une de leurs tentes pour s'emparer des matelots George Kinnaird et John Bates, qui n'avaient dû leur salut qu'à une fuite précipitée –, c'était que tout campement aménagé sur cette plaine de glace et de gravier battue par les vents était totalement indéfendable. Tant que les navires seraient en état, leur coque et leurs superstructures serviraient en quelque sorte de remparts. Sur la plaine, une vingtaine de sentinelles étaient nécessaires pour garder le périmètre, si réduit fût-il, et la bête risquait quand même de se jouer d'elles. Tous les hommes ayant participé aux sorties en traîneau sur la terre du Roi-Guillaume le savaient. Et à mesure que les nuits s'allongeaient, la peur de ces heures de vulnérabilité s'intensifiait au cœur des hommes, tout comme le froid arctique lui-même.

Crozier but un peu plus de whiskey.

On était en avril 1843 – donc au début de l'automne austral, bien que les journées fussent encore longues et chaudes – lorsque l'*Erebus* et le *Terror* avaient regagné la terre de Van-Diemen.

Ross et Crozier furent à nouveau invités à séjourner dans la résidence du gouverneur – que les vieux habitants de Hobart appe-

187

laient le Palais –, mais, cette fois-ci, l'humeur des époux Franklin se révéla nettement plus sombre. Crozier n'y aurait guère prêté attention, tant était grande sa joie à l'idée de revoir Sophia Cracroft, mais même cette dernière semblait avoir perdu de sa gaieté du fait des événements, des complots, des trahisons, des révélations et des crises qui avaient secoué Hobart durant les deux années d'absence de l'*Erebus* et du *Terror*, de sorte qu'au bout de deux jours passés au Palais, il en avait suffisamment appris pour connaître l'origine de la dépression des époux Franklin.

Apparemment, les intérêts économiques locaux, personnifiés par le capitaine John Montagu, un secrétaire colonial doublé d'un authentique Judas, avaient décidé dès l'entrée en fonction de sir John, qui devait occuper six ans le poste de gouverneur, qu'il ne faisait aucunement l'affaire, pas plus que lady Jane, son épouse aussi peu effacée que raisonnable. À en croire les propos de sir John – qui s'adressait surtout au capitaine Ross lorsque les trois hommes savouraient un brandy et un cigare dans le bureau du gouverneur, une pièce aux murs tapissés de livres –, les indigènes faisaient montre d'un « certain manque de convivialité et d'un déplorable déficit en matière d'intérêt pour la chose publique ».

Comme Sophia le confia à Crozier, sir John, qui se décrivait comme « un homme qui ne ferait pas de mal à une mouche », et que la populace de Tasmanie avait initialement surnommé « l'homme qui a mangé ses chaussures », s'était bientôt vu affublé du sobriquet de « l'homme qui porte un jupon ». Une calomnie, expliqua Sophia, qui venait de la haine qu'inspirait lady Jane autant que de ses tentatives, appuyées par sir John, pour améliorer le sort des indigènes et des bagnards, dont les conditions de travail étaient proprement inhumaines.

— Il faut que vous sachiez que les précédents gouverneurs prêtaient des prisonniers au planteurs et aux entrepreneurs des villes qui les exploitaient pour leurs projets démentiels, prélevant leur pourcentage au passage et dissimulant ce trafic à Londres, expliqua Sophia alors qu'ils se promenaient dans le jardin ombragé du Palais. Oncle John a refusé de jouer à ce jeu-là.

— Leurs projets démentiels ? répéta Crozier.

Il avait une conscience aiguë de la main de Sophia posée sur son bras, de la chaude pénombre qui les entourait, propice aux soupirs et aux confidences.

— Si un planteur souhaite qu'une route desserve sa propriété, reprit-elle, le gouverneur est censé lui prêter six cents – voire mille – prisonniers affamés, qui doivent travailler de l'aube au crépuscule, et même jusque tard dans la nuit, avec des fers aux pieds et des menottes aux poignets, sans recevoir ni eau ni nourriture en dépit de la chaleur, et que l'on fouette au moindre signe de fatigue.

— Grand Dieu! s'exclama Crozier.

Sophia hocha la tête. Ses yeux demeuraient fixés au gravier blanc de l'allée.

— Montagu, le secrétaire colonial, a décidé que les prisonniers creuseraient une mine — et ce bien qu'on n'ait jamais trouvé une once d'or sur cette île —, et c'est ce qui s'est passé. La mine atteignait plus de quatre cents pieds de profondeur lorsqu'on a renoncé au projet — elle était constamment inondée par des remontées de la nappe phréatique —, et on raconte que deux ou trois prisonniers sont morts pour chaque pied de cet horrible puits.

Crozier se retint de proférer un nouveau « Grand Dieu! », mais, en vérité, c'était le seul commentaire qui lui venait à l'esprit.

— Un an après votre départ, poursuivit Sophia, cette fouine, cette vipère de Montagu a persuadé oncle John de retirer son agrément à un médecin très populaire parmi les honnêtes gens, sous le prétexte fallacieux d'un manquement à ses devoirs. Cela a profondément divisé la colonie. Oncle John et tante Jane sont devenus la cible de toutes les critiques, bien que tante Jane ait désapprouvé le renvoi de ce médecin. Oncle John... vous savez à quel point il déteste la controverse, Francis, à quel point il déteste infliger quelque peine que ce soit, il ne ferait pas de mal à une mouche, ainsi qu'il le dit lui-même...

— Oui, je l'ai vu un jour attraper une mouche dans une salle à manger pour la renvoyer au-dehors.

— Sur les conseils de tante Jane, oncle John a fini par redonner son agrément au médecin, mais cela a fait de Montagu son ennemi irréductible. Leurs querelles ont été portées sur la place publique, et Montagu a plus ou moins traité oncle John de menteur et de mauviette.

— Grand Dieu! fit à nouveau Crozier.

Si j'avais été à la place de John Franklin, se dit-il dans son for intérieur, *j'aurais convoqué cette ordure de Montagu sur le champ d'honneur et je lui aurais logé une balle dans chaque testicule avant de l'achever d'une balle dans le crâne.*

— J'espère que sir John a chassé ce misérable, ajouta-t-il.

— Oh! oui, dit Sophia avec un petit rire triste, mais cela n'a fait qu'aggraver les choses. L'année dernière, Montagu est retourné en Angleterre à bord du navire qui acheminait le rapport d'oncle John annonçant son renvoi, mais il s'avère, hélas, que le capitaine Montagu est un ami proche de lord Stanley, le secrétaire d'État aux Colonies.

Eh bien, le gouverneur est foutu et bien foutu, pensa Crozier alors qu'ils atteignaient le banc de pierre au fond du jardin.

— Voilà qui est regrettable, commenta-t-il.

— Bien plus qu'oncle John et tante Jane n'auraient pu l'imaginer, enchaîna Sophia. Le *Cornwall Chronicle* a publié un article intitulé « Le règne imbécile du héros polaire ». Le *Colonial Times* reporte la faute sur tante Jane.

— Pourquoi s'en prendre à elle ?

Sophia eut un sourire dénué d'humour.

— Tout comme moi, tante Jane est tout sauf... orthodoxe. Vous avez vu la chambre qu'elle occupe au Palais, je présume ? Lorsque oncle John vous a fait visiter les lieux lors de votre premier passage, au capitaine Ross et à vous ?

— Oh ! oui. Sa collection est remarquable.

Le boudoir de lady Jane, tout du moins la partie qu'on leur avait montrée, était rempli du sol au plafond de squelettes d'animaux, de météorites, de fossiles, de massues, de tambours et de masques de guerre aborigènes, de pagaies de trois mètres de long, apparemment capables de propulser le HMS *Terror* à une vitesse de trois nœuds, et d'une pléthore d'animaux empaillés, dont de multiples oiseaux et un singe qui aurait fait la fierté d'un taxidermiste. Jamais Crozier n'avait vu une telle collection, ni dans un musée, ni dans un zoo, et encore moins dans une chambre de lady. Certes, il n'avait vu que de rares chambres de lady dans sa vie.

— À en croire la lettre qu'un de nos visiteurs a adressée à une feuille de chou locale, et je cite mot pour mot : « Les appartements privés de l'épouse de notre gouverneur tiennent davantage du musée ou de la ménagerie que du boudoir de lady. »

Crozier eut un petit gloussement, un peu honteux de s'être fait la même réflexion.

— Donc, ce Montagu continue de vous causer des problèmes ? demanda-t-il.

— Plus que jamais. Lord Stanley — cette vipère entre toutes les vipères —, non content de soutenir sa cause et de lui octroyer une position équivalente à celle dont oncle John l'avait chassé, a envoyé à oncle John une lettre de remontrance si sévère que tante Jane l'a jugée en privé aussi humiliante que le fouet.

J'aurais logé deux balles dans les couilles de cet enfoiré de Montagu et, ensuite, j'aurais coupé celles de lord Stanley pour les lui servir légèrement réchauffées, songea Crozier.

— C'est horrible, dit-il à voix haute.

— Il y a pire, rétorqua Sophia.

Crozier scruta ses yeux dans la pénombre, mais n'y vit perler aucune larme. Sophia n'avait rien d'une pleurnicharde.

— Stanley a rendu publique cette lettre ? devina-t-il.

— Ce... vaurien... en a donné une copie à Montagu *avant de l'envoyer à oncle John*, et cette fouine entre toutes les fouines l'a expédiée ici par le premier bateau. Les ennemis d'oncle John l'ont fait circuler dans Hobart plusieurs mois avant qu'oncle John n'en reçoive la notification officielle. Chaque fois qu'oncle John ou tante Jane assistaient à un concert ou participaient à une quelconque cérémonie, ce n'étaient que ricanements entendus dans l'assistance. Je vous prie de m'excuser pour mon langage, Francis.

Je servirais à lord Franklin une tourte confectionnée avec sa merde et fourrée avec ses couilles, songea Crozier.

D'un léger signe de tête, il accorda son pardon à Sophia.

— Alors qu'oncle John et tante Jane pensaient que leur situation ne saurait empirer davantage, reprit Sophia d'une voix légèrement tremblante (un signe d'excitation plutôt que de faiblesse, Crozier n'en doutait point), Montagu a envoyé à ses amis planteurs un dossier de trois cents pages contenant les lettres confidentielles, documents officiels et autres dépêches avec lesquels il avait plaidé sa cause auprès de lord Stanley. Ce dossier a été déposé à la Banque coloniale de Hobart, et oncle John sait que deux tiers des notables et des entrepreneurs locaux sont allés en consulter le contenu. Il paraît que le capitaine Montagu qualifie le gouverneur de « parfait imbécile »... et, à en croire les rumeurs, ce n'est là que la plus clémente des épithètes figurant dans ce détestable torchon.

— La position de sir John semble bel et bien intenable.

— Il m'arrive parfois de craindre pour sa raison, sinon pour sa vie. Le gouverneur sir John Franklin est un homme sensible.

Il ne ferait pas de mal à une mouche, se dit Crozier.

— Compte-t-il présenter sa démission ?

— Il sera rappelé en Angleterre. Toute la colonie le sait. C'est pour cela que tante Jane est dans tous ses états... Jamais je ne l'avais vue ainsi. Oncle John s'attend à recevoir une notification officielle au plus tard à la fin août.

Crozier poussa un soupir et laissa traîner le bout de sa canne sur le gravier de l'allée. Il avait passé deux années dans les glaces à anticiper ses retrouvailles avec Sophia Cracroft, mais, à présent que le grand jour était venu, il voyait bien que la famille et la politique locale passaient avant le reste à ses yeux. Il refoula un nouveau soupir. Pas question de jouer les amoureux transis à quarante-six ans.

— Aimeriez-vous aller demain à l'étang du Bec-d'oiseau ? proposa Sophia.

Crozier se servit un nouveau verre de whiskey. Un cri de banshee résonna au-dehors, mais ce n'était que le vent arctique dans le gréement, ou plutôt ce qu'il en restait. Le capitaine plaignit les hommes de garde.

La bouteille de whiskey était presque vide.

Crozier décida à ce moment-là qu'ils reprendraient les opérations de transport cet hiver, en dépit des ténèbres, des tempêtes et de la sempiternelle menace de la *chose* des glaces. Il n'avait pas le choix. S'ils devaient abandonner les navires dans les prochains mois − et l'*Erebus* semblait déjà sur le point de céder à l'étreinte de la glace −, ils ne pourraient se contenter d'un simple campement sur la banquise, à proximité de leur emplacement actuel. Dans des circonstances ordinaires, cette solution aurait pourtant été sensée − plus d'une expédition polaire s'était laissé ainsi porter par les courants jusqu'à la baie de Baffin, à plusieurs centaines de milles au sud −, mais cette banquise-ci n'irait nulle part, et un tel campement serait encore plus vulnérable qu'un refuge aménagé sur la grève de la terre − ou de l'île − du Roi-Guillaume, à vingt-cinq milles de là. Dans un lieu où il avait déjà fait entreposer plus de cinq tonnes de matériel. Le reste devrait suivre avant le retour du soleil.

Crozier sirota son whiskey et décida qu'il prendrait la tête de la prochaine expédition. Rien de tel qu'un bon plat chaud pour restaurer le moral des troupes − hormis bien sûr l'arrivée de secours ou un rabiot de rhum −, aussi décida-t-il de démonter et transporter les fourneaux installés sur les quatre baleinières − des embarcations de belle taille, avec voiles et gréement appropriés, censées servir de canots de sauvetage en cas de naufrage en pleine mer. Les poêles Frazier du *Terror* et de l'*Erebus* étaient trop massifs pour être déplacés − sans compter que M. Diggle continuerait à préparer des biscuits jusqu'à ce que le capitaine donne l'ordre d'abandonner le navire − et mieux valait se rabattre sur ces appareils. Chacun de ces fourneaux d'acier pesait un âne mort, et les traîneaux seraient en outre chargés de nourriture, de vêtements et de matériel divers, mais ils seraient plus en sécurité sur la terre ferme et on les activerait dès que possible, même s'il fallait transporter des sacs à charbon sur vingt-cinq milles de banquise accidentée, où chaque crête était un obstacle apparemment insurmontable. Il n'y avait pas le moindre bout de bois sur la terre du Roi-Guillaume, les arbres ne poussaient qu'à des centaines de kilomètres plus au sud. Oui, songea Crozier, ils allaient évacuer les fourneaux, et ce serait lui qui dirigerait les opérations. Ils allaient s'enfoncer dans des ténèbres absolues, dans une froidure de tous les diables, et advienne que pourra.

Le temps était splendide en cette matinée d'avril 1843 lorsque Crozier et Sophia Cracroft étaient partis à cheval pour l'étang du Bec-d'oiseau.

Crozier s'était attendu à prendre une calèche, comme ils le faisaient pour se rendre à Hobart, mais Sophia avait fait seller deux chevaux à leur intention et chargé le nécessaire de pique-nique sur une mule. Elle montait comme un homme. Crozier comprit que ce qu'il avait pris pour une jupe noire était en fait un pantalon de gaucho. Quant à son chemisier de toile blanc, il était à la fois féminin et un peu rustre d'aspect. Elle portait un chapeau à larges bords pour se protéger du soleil. Ses bottes, fort hautes et impeccablement cirées, avaient dû coûter l'équivalent d'un an de la solde du capitaine de frégate Francis Crozier.

Ils prirent la direction du nord, s'éloignant du Palais et de la capitale, et suivirent une étroite piste qui longeait des plantations et des pénitenciers, puis débouchait dans la plaine après avoir traversé une forêt dense.

— Je croyais que ces ornithorynques ne se trouvaient qu'en Australie, dit Crozier.

Il avait du mal à trouver une position confortable sur sa selle. La pratique de l'équitation n'entrait pas dans ses habitudes. Les vibrations saccadées de sa voix lui agaçaient les oreilles. Sophia, quant à elle, semblait ne faire qu'une avec sa monture.

— Oh ! non, mon cher. Ces étranges bestioles ne se rencontrent que sur certaines côtes du continent austral, mais elles grouillent littéralement sur la terre de Van-Diemen. Ce sont toutefois des créatures fort timides. On n'en voit plus guère à Hobart et dans les environs.

Crozier se sentit rougir en entendant ce « mon cher ».

— Est-ce qu'ils sont dangereux ? s'enquit-il.

Sophia partit d'un petit rire.

— En fait, les mâles sont fort dangereux durant la saison des amours. Ils ont sur leurs pattes arrière une sorte d'ergot, qui devient tout à fait venimeux pendant cette période.

— Suffisamment pour tuer un homme ?

Crozier, qui n'avait vu lesdites bestioles que sous forme de gravures, posa cette question sur le ton de la plaisanterie.

— Un homme de petite taille, oui, répondit Sophia. Mais à en croire ceux qui survivent à une piqûre de bec-d'oiseau, la douleur est si horrible que la mort lui serait presque préférable.

Crozier jeta un coup d'œil à la jeune femme. Il avait parfois du mal à déterminer si Sophia se moquait de lui ou si elle était sérieuse. Cette fois-ci, il opta pour la seconde possibilité.

— Est-ce la saison des amours ? demanda-t-il.

Nouveau sourire.

— Non, mon cher Francis. Elle dure d'août à octobre. Nous n'avons rien à craindre. Sauf si nous rencontrons un diable.

— Le diable ?

— Non, mon cher. *Un* diable. Une créature que vous connaissez peut-être sous le nom de diable de Tasmanie.

— J'en ai entendu parler, dit Crozier. Un animal censément terrifiant, dont la gueule une fois ouverte est aussi grande qu'une écoutille. Réputé pour sa férocité – et pour son appétit –, capable de dévorer un cheval entier, voire un loup marsupial.

Sophia hocha la tête d'un air grave.

— C'est exact. Le diable est fait de fourrure, de muscle, d'appétit et de furie. Si vous aviez entendu son cri – quoiqu'on ne puisse pas qualifier de cri, ni même de hurlement ou de rugissement, ce bruit qui évoque le vacarme montant d'un asile d'aliénés en flammes –, eh bien, même le courageux explorateur que vous êtes, ô Francis Crozier, hésiterait à s'aventurer la nuit dans la forêt ou dans les champs.

— Vous l'avez entendu ? demanda Crozier, la fixant avec attention pour voir si elle se moquait de lui.

— Oh ! oui. Un bruit proprement indescriptible – et tout à fait terrifiant. Il permet au diable de paralyser sa proie le temps de refermer sur elle ses gigantesque mâchoires et de l'avaler toute crue. Je ne connais rien de plus horrible, excepté peut-être les cris de la proie en question. J'ai entendu tout un troupeau de moutons crier et bêler de concert pendant qu'un diable les dévorait l'un après l'autre, sans rien laisser comme reliefs, même pas un sabot.

— Vous plaisantez, déclara Crozier en s'efforçant de déchiffrer son expression.

— Je ne plaisante jamais quand il est question du diable, Francis, répliqua Sophia.

Ils entraient à nouveau dans une forêt ombragée.

— Ces diables mangent-ils des becs-d'oiseau ?

Crozier était parfaitement sérieux, mais il se félicita néanmoins de ce que ni James Ross ni aucun de ses matelots ne fussent là pour l'entendre. Ils se seraient gaussés de lui.

— Un diable de Tasmanie est capable de manger *n'importe quoi*. Mais, encore une fois, vous avez de la chance, Francis. Le diable ne chasse que la nuit et, à moins de nous perdre dans la nature, nous aurons visité l'étang du Bec-d'oiseau – et son habitant –, savouré notre pique-nique et regagné le Palais bien avant le coucher du soleil. Que Dieu ait pitié de nous si nous sommes encore dans la forêt à la tombée du soir.

— Vous avez peur du diable ?

En lançant cette question, Crozier souhaitait avant tout taquiner la jeune femme, mais sa voix paraissait bien inquiète à ses propres oreilles.

194

Sophia tira les rênes de sa jument pour la faire stopper et adressa à son compagnon un sourire radieux qui lui donna le vertige. Crozier réussit tant bien que mal à faire arrêter sa monture.

— Non, mon cher, souffla-t-elle. Je ne crains pas le diable. J'ai peur pour ma *réputation*.

Avant que Crozier ait eu le temps de réagir, elle éclata de rire, talonna sa jument et s'en fut au galop.

La bouteille de whiskey contenait encore l'équivalent de deux verres. Crozier se servit sans mégoter, leva le verre pour l'examiner à la lampe à huile fixée à la cloison et contempla les jeux de lumière dans le liquide ambré. Il but lentement.

Ils ne virent pas l'ornithorynque. Sophia lui assura que l'animal demeurait pourtant dans cet étang − une étendue d'eau de moins de cinquante mètres de diamètre, située à quatre cents mètres de la piste − et que l'entrée de sa tanière se trouvait sous un paquet de racines noueuses courant le long de la berge, mais Crozier ne vit pas l'ornithorynque.

Toutefois, il vit Sophia Cracroft dans sa nudité.

Ils avaient étalé au bord de l'étang une nappe en coton de qualité, sélectionnant le coin le plus ombragé, puis y avaient disposé le panier de pique-nique, les verres et les gamelles, puis s'y étaient assis. Sophia avait donné pour instruction aux domestiques d'envelopper les tranches de rosbif dans du tissu étanche puis de les plonger dans de la glace − un luxe dans cette colonie, une plaie dans les contrées que Crozier venait d'explorer −, afin d'éviter qu'elles ne se gâtent durant la matinée. Pour les accompagner, elle avait prévu des pommes de terre braisées et une salade particulièrement savoureuse. Elle avait également apporté une excellente bouteille de bourgogne et deux verres en cristal frappés aux armes de sir John, et elle but avec beaucoup moins de modération que le capitaine.

Le repas achevé, ils s'étaient allongés à quelque distance l'un de l'autre pour parler de tout et de rien, sans jamais quitter des yeux la surface des eaux noires.

— Est-ce que nous attendons l'ornithorynque, mademoiselle Cracroft ? demanda Crozier alors qu'ils marquaient une pause dans leur évocation des voyages polaires, de leur beauté et de leurs périls.

— Non, je pense qu'il se serait déjà montré s'il avait eu envie d'être vu, répondit Sophia. Je patientais un peu en attendant l'heure de la baignade.

Crozier la fixa d'un air intrigué. Il n'avait pas apporté de costume de bain. Il n'en possédait même pas. Sans doute s'agissait-il d'une nouvelle plaisanterie, mais elle s'exprimait avec un tel aplomb qu'il ne pouvait pas en être sûr à cent pour cent. Son sens de l'humour si malicieux ne la rendait que plus excitante.

Comme pour confirmer ses propos, elle se leva, épousseta son pantalon de gaucho et parcourut les lieux du regard.

— Je pense que je vais me dévêtir derrière ces buissons et plonger depuis ce petit coin d'herbe en saillie. Vous êtes bien entendu invité à vous joindre à moi, Francis, si toutefois votre sens du décorum vous y autorise.

Il lui sourit pour lui montrer quel gentleman raffiné il était, mais son sourire était hésitant.

Elle se dirigea vers les buissons qu'elle venait de désigner sans se retourner une seule fois. Crozier resta là où il était, allongé sur la nappe, appuyé sur son coude, affichant un air vaguement amusé, mais son visage se figea lorsqu'il vit le chemisier blanc passer par-dessus la tête de Sophia, qui l'accrocha au sommet du plus haut des buissons. Son visage, mais pas son dard. Sous son pantalon de velours et son gilet un peu trop étroit, l'organe viril de Crozier passa en deux secondes du repos au garde-à-vous.

Le pantalon de Sophia rejoignit son chemisier, bientôt suivi par des froufrous blancs dont il ignorait le nom.

Crozier regardait la scène sans rien dire. Son sourire vira au rictus cadavérique. Il était sûr que ses yeux allaient jaillir de leurs orbites, mais il était incapable de seulement détourner le regard.

Sophia Cracroft apparut en pleine lumière.

Elle était totalement nue. Ses bras pendaient contre ses flancs, ses doigts étaient légèrement recourbés. Elle avait des seins d'une taille moyenne, mais très fermes, très blancs, qui arboraient des aréoles roses et non marron, contrairement à toutes les autres femmes – filles de salle, prostituées édentées, indigènes – que Crozier avait vues nues avant ce jour.

Mais avait-il *vraiment* vu une femme nue avant ce jour ? Une femme blanche ? Il décida que non. Et même s'il se trompait, cela n'avait aucune importance.

Le soleil se reflétait sur la peau d'un blanc aveuglant de la jeune Sophia. Elle ne se couvrit pas. Toujours figé dans sa position alanguie, le visage flasque, le pénis de plus en plus rigide, à en devenir douloureux, Crozier se rendit compte qu'il était stupéfié de découvrir que cette femme qu'il vénérait comme une déesse, cette perfection de la beauté anglaise, celle en qui il voyait déjà, dans son cœur comme dans son esprit, sa future épouse et la mère de ses futurs enfants, était pourvue d'une épaisse et luxuriante toison pubienne qui semblait déborder du classique delta noir inversé. *Rebelle* – tel fut le seul mot qui s'imposa à lui. Elle avait défait ses longs cheveux noirs qui lui retombaient sur les épaules.

— Vous venez, Francis ? appela-t-elle dans un murmure. (À entendre le son de sa voix, on aurait pu croire qu'elle lui proposait une tasse de thé.) Ou bien allez-vous rester là à me regarder ?

Sans ajouter un mot, elle plongea dans l'étang, décrivant un arc parfait, ses mains pâles et ses bras blancs fendant la surface miroitante des eaux un instant avant le reste de son corps.

Crozier avait réussi à ouvrir la bouche, mais le langage articulé dépassait ses capacités pour le moment. Il finit par la refermer.

Sophia nageait avec souplesse. Il voyait ses fesses blanches saillir au bas de son dos blanc et musclé, sur lequel ses cheveux mouillés dessinaient trois traits de pinceau à l'encre de Chine noire.

Elle leva la tête, fendit les eaux un instant puis s'immobilisa à l'autre bout de l'étang, près de l'arbre qu'elle lui avait montré à leur arrivée.

— La tanière du bec-d'oiseau se trouve derrière ces racines, lança-t-elle. J'ai l'impression qu'il n'a pas envie de sortir et de venir jouer aujourd'hui. Il est trop timide. Ne soyez pas timide, Francis. *S'il vous plaît.*

Comme dans un rêve, Crozier se leva et se dirigea vers le buisson le plus épais qu'il put trouver, sur la rive opposée à celle où Sophia faisait du surplace. Lorsqu'il entreprit de se déboutonner, ses doigts étaient animés de tremblements incontrôlables. Machinalement, il plia ses habits et les rangea soigneusement sur un carré d'herbe à ses pieds. Cette tâche sembla lui prendre des heures. Son érection refusait de mollir. Quelque effort qu'il fît pour la chasser, son pénis demeurait rigide, et son gland décalotté, rouge comme une lanterne, venait battre doucement sur son nombril.

Crozier hésita un instant derrière son buisson tandis que Sophia se remettait à nager. S'il tardait trop, il le savait, elle sortirait de l'étang pour retourner derrière son paravent végétal, se sécher et se rhabiller, et il passerait le restant de ses jours à maudire sa pleutrerie.

Crozier écarta deux branches pour épier Sophia, attendit qu'elle lui tournât le dos et nageât vers la berge opposée, puis, faisant preuve d'une célérité et d'une maladresse insignes, se jeta dans l'eau, plongeant sans la moindre grâce tant il était pressé d'immerger son dard indiscipliné avant que Mlle Cracroft eût une chance de l'entrevoir.

Lorsqu'il remonta à la surface, haletant et crachotant, elle faisait du surplace à six mètres de là et lui souriait.

— Je suis ravi que vous m'ayez rejointe, Francis. Si l'ornithorynque mâle venait à émerger, armé de son ergot venimeux, vous seriez là pour me protéger. Et si nous explorions sa tanière ?

Elle pivota sur elle-même avec grâce et fila vers le grand arbre qui dominait l'étang.

Veillant à conserver entre eux une distance de trois mètres – non, quatre ou cinq –, tel un navire près de sombrer se plaçant sous le vent, Crozier pataugea derrière elle.

L'étang était d'une profondeur surprenante. Comme il faisait halte à quatre mètres de Sophia et s'efforçait de ne pas perdre pied, Crozier constata que même ici, près du rivage, une paroi haute d'un mètre cinquante, à moitié dissimulée par les racines et l'ombre des hautes herbes, il parvenait tout juste à toucher le fond.

Soudain, Sophia se dirigea vers lui.

Sans doute perçut-elle la panique dans son regard ; il hésitait entre s'éloigner à reculons ou bien la prévenir de son état lorsqu'elle fit halte – il entrevit ses seins blancs affleurant à la surface –, inclina la tête sur la gauche et fonça vers les racines.

Crozier la suivit.

Ils s'accrochèrent auxdites racines, maintenant entre eux une distance légèrement supérieure à un mètre, et Sophia lui désigna au sein des racines emmêlées ce qui pouvait être l'entrée d'un terrier, ou encore une anfractuosité boueuse.

— Ceci est une tanière de célibataire plutôt qu'un nid, expliqua-t-elle.

Ses épaules, ses clavicules étaient superbes.

— Hein ? fit Crozier.

S'il était soulagé – et quelque peu surpris – de constater qu'il avait retrouvé l'usage de la parole, il était contrarié par la pitoyable sonorité de sa voix et par le claquement de dents qui l'accompagnait. L'eau n'était pourtant pas froide.

Sophia sourit. Une mèche de cheveux noirs était plaquée sur sa joue finement sculptée.

— Les ornithorynques creusent deux types de terrier, reprit-elle à voix basse, celui-ci – que certains naturalistes appellent un campement – est utilisé par les animaux des deux sexes en dehors de la période de reproduction. Une tanière de célibataire. C'est la femelle qui creuse le terrier appelé à abriter un nid, et, après avoir été fécondée, elle creuse une nouvelle chambre pour y aménager celui-ci.

— Oh.

Crozier s'accrocha à sa racine avec plus de force qu'il ne s'accrochait à un cordage lorsqu'il se trouvait en haut d'un mât pendant un ouragan.

— Les ornithorynques sont ovipares, poursuivit Sophia, comme les reptiles. Mais la mère sécrète du lait, comme chez les mammifères.

L'eau n'empêchait pas Crozier de voir les globes blancs de ses seins, leurs aréoles à présent presque noires.

— Vraiment ?

— Tante Jane, qui se pique de philosophie naturelle, pense que le mâle se sert de son ergot venimeux non seulement pour affronter les mâles rivaux et les autres animaux, mais aussi pour s'accrocher à la femelle pendant que tous deux s'accouplent en nageant. On peut supposer qu'il ne sécrète pas de venin pendant qu'il se trouve avec sa partenaire.

— Oui ?

Crozier se demanda s'il n'aurait pas été mieux inspiré de faire : « Non ? » Il ne comprenait rien à ce qu'elle lui disait.

Utilisant les racines comme prises, Sophia s'approcha de lui jusqu'à le frôler avec ses seins. Elle posa sur son torse une main fraîche − et étonnamment grande.

— Mademoiselle Cracroft...

— Chut.

Lâchant les racines, elle posa la main gauche sur son épaule, se pendant à lui comme elle s'était pendue à l'arbre. Sa main droite descendit, lui pressa le ventre, lui toucha la hanche droite, puis descendit, descendit encore.

— Oh ! lui murmura-t-elle à l'oreille. (Ils étaient joue contre joue, il avait dans les yeux ses cheveux mouillés.) Aurais-je trouvé un ergot venimeux ?

— Mademoiselle Cra...

Elle serra. Flottant sans rien perdre de sa grâce, elle lui enveloppa la cuisse gauche de ses deux jambes, puis se laissa choir contre lui, le caressant de sa chaleur. Il leva légèrement le genou pour la maintenir à flot. Elle avait les yeux clos. Ses hanches ondulèrent, ses seins s'écrasèrent contre lui, et sa main droite se mit à le caresser vigoureusement.

Crozier poussa un gémissement, qui traduisait l'impatience plutôt que l'extase. Sophia roucoula au creux de sa gorge. Il sentait contre sa cuisse la chaleur humide de son ventre. *Comment peut-elle être plus mouillée que l'eau ?* se demanda-t-il.

Puis elle gémit à son tour, Crozier ferma les yeux à son tour − il regrettait de tout son cœur de ne plus la voir, mais il n'avait pas le choix −, et elle se pressa contre lui, une fois, deux fois, trois fois, de plus en plus fort, et ses caresses se firent plus vives, plus urgentes, plus expertes, plus précises, plus exigeantes.

Crozier enfouit son visage dans les cheveux mouillés tandis qu'il se répandait dans l'eau. Il crut bien qu'il n'aurait jamais fini d'éjaculer, et − s'il en avait été capable − il aurait aussitôt présenté ses excuses à Sophia. Mais il poussa un nouveau gémissement et manqua lâcher sa racine. Tous deux vacillèrent, et leurs mentons disparurent sous l'eau.

Ce qui déconcerta le plus Francis Crozier en cet instant – et le monde entier le déconcertait, alors même que plus rien au monde ne le troublait –, ce fut l'attitude de cette lady : la pression insistante de ses chairs, la force de ses jambes autour de sa cuisse, de sa joue plaquée contre la sienne, ses yeux fermés, ses gémissements continus. Pourtant, les femmes n'éprouvaient pas de telles sensations, pas vrai ? Quelques-unes des putains qu'il avait connues avaient certes gémi, mais c'était uniquement pour le flatter, il le savait bien – de toute évidence, elles ne ressentaient rien.

Et cependant...

Sophia s'écarta de lui, le regarda dans les yeux, lui adressa un sourire ingénu, l'embrassa sur la bouche, leva les jambes pour prendre appui sur les racines, se propulsa d'un coup de reins et nagea vers la berge, plus précisément vers le buisson où elle avait accroché ses vêtements.

Aussi incroyable que cela parût, ils se rhabillèrent, remballèrent les affaires de pique-nique, chargèrent la mule et regagnèrent le Palais dans un silence total.

Aussi incroyable que cela parût, Sophia Cracroft passa le dîner ce soir-là à rire et à deviser avec sa tante, avec sir John, et même avec le capitaine James Clark Ross, pourtant peu loquace en temps ordinaire, tandis que Crozier ne pipait mot ou presque et gardait les yeux baissés. Il ne pouvait qu'admirer le... comment disaient donc les mangeurs de grenouilles ?... le *sang-froid* * dont elle faisait preuve, là où lui-même se trouvait dans une disposition d'esprit identique à celle qui avait été la sienne au moment de son interminable orgasme dans l'étang du Bec-d'oiseau : éparpillé aux quatre coins du monde jusqu'au dernier de ses atomes.

Cependant, Mlle Cracroft ne manifestait envers lui ni dédain, ni indifférence. Elle lui adressait son content de sourires et de commentaires, s'efforçait de l'inclure dans la conversation ainsi qu'elle le faisait tous les soirs au Palais. Et les sourires qu'elle lui réservait étaient un peu plus chaleureux, n'est-ce pas ? Un peu plus affectueux ? Voire enamourés ? C'était sûrement vrai.

Ce soir-là, lorsque Crozier lui proposa une promenade digestive, elle refusa poliment, prétextant une partie de cartes promise au capitaine de vaisseau Ross. Le capitaine de frégate Crozier souhaitait-il se joindre à eux ?

Non, le capitaine de frégate Crozier refusa tout aussi poliment, comprenant au ton enjoué et chaleureux qui perçait sous ses propos tout aussi enjoués et chaleureux qu'il convenait de respecter les apparences au Palais jusqu'à ce que tous deux pussent se retrouver en privé afin de parler d'avenir. Le capitaine de frégate Crozier annonça à la cantonade qu'il souffrait d'une légère migraine et comptait se coucher tôt.

Le lendemain, le soleil ne s'était pas encore levé qu'il était déjà réveillé et habillé, et arpentait les couloirs de la résidence, persuadé que Sophia chercherait à le voir dès potron-minet.

Il se trompait. Sir John fut le premier à prendre son petit déjeuner, et il infligea une interminable enfilade de banalités à Crozier, qui n'avait jamais maîtrisé l'art des banalités et se souciait comme d'une guigne du tarif à appliquer lorsqu'on employait pour creuser un canal des condamnés aux travaux forcés.

Lady Jane les rejoignit, et Ross lui-même vint se sustenter avant que Sophia daignât enfin faire son apparition. Crozier en était alors à sa sixième tasse de café, un breuvage qu'il préférait au thé depuis ses expéditions arctiques aux côtés de Parry, mais il resta à table pendant que la lady savourait ses œufs, ses saucisses, ses haricots et ses toasts.

Sir John disparut quelque part. Lady Jane somnola. Le capitaine de vaisseau Ross s'éclipsa. Sophia acheva enfin son breakfast.

— Que diriez-vous d'une promenade dans le jardin ? proposa Crozier.

— Si tôt dans la journée ? Il fait déjà fort chaud. Vivement la douceur automnale !

— Mais...

Crozier tenta de lui communiquer l'urgence de sa demande par la seule force de son regard.

Sophia lui sourit.

— Je serais ravie de faire quelques pas en votre compagnie, Francis.

Ils firent plus que quelques pas dans le jardin, car il s'y trouvait un prisonnier réquisitionné pour décharger des sacs d'engrais.

Lorsqu'il eut achevé sa tâche, Crozier conduisit Sophia vers un banc de pierre sis en un endroit bien ombragé. Il l'aida à s'y asseoir et attendit qu'elle ait replié son ombrelle. Elle leva les yeux vers lui – trop agité pour prendre place à ses côtés, Crozier ne cessait de danser d'un pied sur l'autre – et il se dit qu'elle devait percevoir l'espoir qui l'animait.

Il eut la présence d'esprit de mettre un genou à terre.

— Mademoiselle Cracroft, je ne suis qu'un simple capitaine de frégate dans la marine de Sa Majesté, et je sais que seul l'amiral de la flotte serait digne de votre attention... non, seul un membre de la famille royale en serait digne... mais vous devez avoir conscience, j'en suis persuadé, des sentiments que j'entretiens pour vous, et si vous pouvez envisager une quelconque réciprocité, je...

— Grand Dieu, Francis ! le coupa-t-elle. Vous n'allez quand même pas me demander en mariage ?

Crozier n'avait rien à répondre à cela. Il attendit, un genou à terre, les deux mains jointes et tendues vers elle.

Elle lui tapota le bras.

— Monsieur Crozier, vous êtes un homme merveilleux. Plein de *gentillesse*, en dépit de vos aspérités qui ne s'estomperont sans doute jamais. Et plein de *sagesse*, aussi − notamment parce que vous comprenez que jamais je ne serai l'épouse d'un capitaine de frégate. Cela ne peut se faire. Cela ne serait pas... *acceptable*.

Crozier ouvrit la bouche. Aucun mot n'en sortit. Son esprit, ou ce qu'il en restait, tentait de compléter l'interminable demande en mariage qu'il avait passé toute la nuit à composer. Il avait réussi à en prononcer un bon tiers − quasiment sans se tromper.

Sophia eut un rire très doux et secoua la tête. Elle jeta un vif regard alentour, s'assurant que personne − même pas un bagnard − ne se trouvait à portée de voix.

— Ne vous souciez plus de ce qui s'est produit hier, monsieur Crozier. Nous avons passé une journée merveilleuse. Notre... interlude... de l'étang était des plus agréables. Considérez-le comme une conséquence de... ma nature... tout autant que des sentiments mutuels qui nous ont rapprochés *pour quelques instants seulement*. Mais, je vous en prie, mon cher Francis, n'allez pas vous mettre en tête que cette brève escapade vous impose une quelconque obligation à mon égard.

Il la fixa sans rien dire.

Elle sourit, mais avec bien moins de chaleur qu'elle n'en avait coutume. La conclusion de sa tirade fut prononcée avec une douceur teintée de fermeté.

— N'allez pas croire que vous avez compromis mon honneur, commandant.

— Mademoiselle Cracroft...

Crozier laissa sa phrase inachevée. Si son navire avait souffert d'une voie d'eau et dérivait vers des récifs, avec des pompes hors service et plus d'un mètre d'eau dans les cales, les voiles en lambeaux et les cordages entremêlés, il aurait su quels ordres il devait donner. Quels mots il devait prononcer. Mais, en cet instant, il n'en trouvait aucun. Son être était tout entier empli d'une profonde et étonnante douleur, d'autant plus intense qu'il reconnaissait en elle un très vieux sentiment qu'il ne comprenait que trop.

— Si je devais me marier, reprit Sophia en rouvrant son ombrelle pour la faire tourner au-dessus de sa tête, ce serait avec le fringant capitaine Ross. Bien que mon destin ne soit pas non plus d'épouser un capitaine de vaisseau, Francis. Il faudrait d'abord qu'il soit fait chevalier... ce qui ne saurait tarder, j'en suis sûre.

Crozier scruta ses yeux, se demandant si elle plaisantait.

— Le capitaine Ross est fiancé, déclara-t-il finalement, de la voix rauque d'un naufragé qui aurait été privé d'eau pendant des jours. James compte se marier dès son retour en Angleterre.

— Fi donc ! dit Sophia en se levant, et l'ombrelle tourna un rien plus vite. Je compte moi-même regagner l'Angleterre dès cet été, sans attendre qu'oncle John soit rappelé là-bas. Le capitaine James Ross n'a pas fini d'entendre parler de moi.

Elle le regarda avec hauteur, lui qui était toujours agenouillé sur le gravier blanc.

— En outre, reprit-elle d'une voix enjouée, même si le capitaine Ross épouse cette jeune prétendante qui l'attend – nous avons souvent parlé d'elle, lui et moi, et je puis vous assurer que c'est une idiote –, le mariage n'est pas la fin de tout. Ce n'est pas la mort. Ce n'est pas la « mystérieuse contrée, d'où nul voyageur ne revient [1] », pour citer Shakespeare. On connaît des hommes qui sont revenus du mariage, pour trouver ensuite la femme qui leur était destinée. Souvenez-vous-en, Francis.

Alors, enfin, il se remit debout. Quelques gravillons restèrent accrochés à son pantalon, celui de son plus bel uniforme, et il les chassa d'un geste de la main.

— Je dois m'en aller à présent, dit Sophia. Tante Jane, le capitaine Ross et moi devons nous rendre à Hobart pour y voir des étalons que la compagnie Van Diemen vient d'importer à des fins de reproduction. Vous pouvez vous joindre à nous si vous le souhaitez, Francis, mais, pour l'amour du Ciel, prenez soin avant cela de changer de tenue et d'expression.

Elle lui effleura le bras puis retourna vers le Palais, faisant tourner son ombrelle au-dessus de sa tête.

Crozier entendit le son étouffé de la cloche qui frappait huit coups. Quatre heures du matin. Si le navire s'était trouvé en pleine mer, on aurait réveillé les hommes dans une demi-heure pour leur faire briquer le pont et nettoyer tout le reste. Mais ici, dans les ténèbres et dans la glace – sans parler du vent, Crozier l'entendait siffler dans les haubans, signe d'un blizzard imminent, et on n'était que le 10 novembre, et c'était déjà leur troisième hivernage –, ils avaient le droit à une grasse matinée et ne se lèveraient qu'aux

---

1. *Hamlet*, acte I, scène 5, trad. André Gide. (*N.d.T.*)

quatre coups du premier quart – à six heures du matin, donc. Dans le navire gelé, on entendrait alors les cris des quartiers-maîtres, et les hommes poseraient par terre leurs pieds enveloppés de peau de renne de peur qu'on tranchât la corde de leur hamac.

Un paradis pour feignants comparé à la vie en mer. Non seulement les matelots se levaient tard, mais en outre ils avaient jusqu'à huit heures pour prendre leur petit déjeuner sur le premier pont avant d'accomplir leurs corvées matinales.

Crozier considéra son verre et sa bouteille. Tous deux étaient vides. Il souleva le lourd pistolet – d'autant plus lourd qu'il était chargé. Pas moyen de s'y tromper.

Puis il fourra le pistolet dans la poche de son manteau, ôta celui-ci et l'accrocha à une patère. Crozier essuya son verre avec le tissu propre que Jopson lui laissait chaque soir dans ce but et le rangea dans son tiroir. Puis il rangea soigneusement la bouteille vide dans le panier d'osier que Jopson plaçait près de la porte dans ce but et le referma. Lorsque Crozier regagnerait sa chambre à l'issue de sa sombre journée, une bouteille pleine l'attendrait dans ce panier.

L'espace d'un instant, il avait envisagé de s'habiller afin de monter sur le pont principal : il aurait troqué ses chaussettes en peau de renne contre des bottes, se serait équipé d'un cache-nez, d'une perruque galloise et du reste, après quoi il serait allé dans la nuit et le froid en attendant le réveil des marins, pour prendre ensuite son petit déjeuner en compagnie de ses officiers et enchaîner sur un nouveau jour sans avoir fermé l'œil de la nuit.

Cela lui arrivait bien souvent.

Mais pas ce matin. Il était trop exténué. Et il faisait trop froid au-dehors pour y passer ne fût-ce que quelques minutes avec quatre misérables couches de laine et de coton. Quatre heures du matin, Crozier le savait bien, c'était le ventre glacé de la nuit, l'heure à laquelle les malades et les blessés avaient tendance à rendre l'âme, à appareiller pour cette mystérieuse contrée.

Crozier rampa sous les couvertures et enfouit son visage dans le matelas en crin de cheval frigorifiant. Un bon quart d'heure s'écoulerait avant que son corps ne réchauffât sa couche. Avec un peu de chance, il se serait endormi avant cela. Avec un peu de chance, il aurait droit à deux heures de sommeil aviné avant que ne débute une nouvelle journée de froid et de ténèbres. Avec un peu de chance, songea-t-il comme il dérivait vers le sommeil, il ne se réveillerait plus.

17

Irving

70° 05' de latitude nord, 98° 23' de longitude ouest
13 novembre 1847

Silence avait disparu et l'enseigne de vaisseau John Irving avait pour mission de la retrouver.

Le capitaine Crozier ne lui en avait pas donné l'ordre... pas exactement. Mais, six mois auparavant, il avait dit à Irving de veiller sur l'Esquimaude lorsqu'il avait été décidé de l'héberger à bord du HMS *Terror*, et, comme le capitaine n'avait pas abrogé cet ordre, Irving se sentait toujours responsable de son sort. En outre, le jeune homme était amoureux d'elle. Il savait que c'était stupide – voire insensé – de s'éprendre d'une sauvage, d'une femme qui n'était même pas chrétienne, d'une indigène sans éducation qui ne parlait pas un mot d'anglais – qui ne parlait pas du tout, d'ailleurs, vu qu'on lui avait arraché la langue –, mais Irving en était quand même amoureux. Il y avait chez elle quelque chose qui faisait mollir les genoux du grand et robuste John Irving.

Et voilà qu'elle avait disparu.

Cela faisait deux jours qu'on avait remarqué qu'elle avait déserté sa cabine – le minuscule espace qu'on lui avait aménagé parmi les caisses du premier pont, non loin de l'infirmerie –, mais les marins avaient l'habitude de voir lady Silence aller et venir sans entraves. Il lui arrivait souvent de quitter le navire, même en pleine nuit. Ce jeudi 11 novembre, donc, l'enseigne Irving avait signalé la disparition de Silence au capitaine Crozier, mais on l'avait aperçue sur la banquise deux nuits auparavant. Elle avait disparu de nouveau après qu'on eut retrouvé les restes de Strong et d'Evans. Le capitaine déclara qu'il ne fallait pas s'inquiéter, qu'elle finirait par réapparaître.

Ce qu'elle n'avait pas fait.

La tempête s'était levée ce matin-là, accompagnée d'abondantes chutes de neige. Les équipes qui réparaient à la lueur de leurs lanternes les cairns matérialisant le trajet entre les deux navires – des colonnes de pains de glace d'un mètre vingt de haut, disposées à intervalles de trente pas – avaient été obligées de s'abriter à bord et n'étaient plus ressorties depuis lors. Le dernier messager de l'*Erebus*, arrivé ce jeudi en fin de journée et contraint de passer la nuit sur le *Terror*, avait confirmé que Silence ne se trouvait pas sur le navire du capitaine de frégate Fitzjames. Ce samedi matin, les hommes de quart ne montaient qu'une heure sur le pont principal et, quand ils redescendaient, ils étaient festonnés de glace et tremblants de froid. Toutes les trois heures, on envoyait d'autres hommes sur le pont afin qu'ils libérassent espars et cordages de leur gangue de glace, de peur que leur poids ne déséquilibre le bâtiment. Les stalactites de glace qui tombaient fréquemment présentaient un danger pour les hommes mais aussi pour le pont. Il fallait également pelleter la neige, le *Terror* étant tellement penché qu'elle risquait d'ensevelir les écoutilles.

Lorsque l'enseigne de vaisseau Irving se présenta à nouveau devant le capitaine Crozier ce samedi soir pour lui apprendre que Silence n'avait pas réapparu, le capitaine déclara :

— Si elle se trouve sur la banquise, John, elle n'en reviendra sans doute jamais. Mais vous avez l'autorisation de fouiller le navire cette nuit, une fois que les hommes seront dans leurs hamacs, ne serait-ce que pour confirmer sa disparition.

Bien que le tour de garde de l'enseigne ait pris fin plusieurs heures auparavant, Irving enfila à nouveau sa tenue de froid, alluma une lampe à huile et grimpa sur le pont principal.

La situation ne s'était pas améliorée. En fait, elle semblait avoir empiré depuis qu'Irving était descendu souper, cinq heures auparavant. Un vent ululant soufflait du nord-ouest, projetant des paquets de neige et réduisant la visibilité à trois mètres à peine. La glace recouvrait toutes choses bien qu'une équipe de cinq hommes fût occupée à la dégager à coups de hache, quelque part vers la proue, derrière la bâche lourde de neige qui protégeait l'écoutille. Irving avança dans une couche de trente centimètres de poudrin, cherchant sous la pyramide de toile un homme qui ne fût *pas* occupé à jouer de la hache dans le noir.

Reuben Male, le chef du gaillard d'avant, avait fonction d'officier de quart, et Irving le localisa en repérant l'éclat flou de sa lanterne à bâbord.

Male était une statue de laine encroûtée de neige. Son visage disparaissait derrière une cagoule constituée de plusieurs couches de cache-nez. Le fusil qu'il tenait au creux de son bras était enchâssé dans la glace. Les deux hommes durent crier pour se faire entendre.

— Vous avez vu quelque chose, monsieur Male ? demanda l'enseigne Irving en se penchant sur l'épais turban de laine qui enveloppait la tête du marin.

Celui-ci écarta une écharpe pour parler. Son nez était blanc comme le gel.

— Vous voulez dire, les gars qui dégagent la glace, lieutenant ? Je ne les vois plus une fois qu'ils ont dépassé les premiers espars. Je remplace le jeune Kinnaird dont c'était le tour de garde. Il était de corvée de pelletage pendant le troisième quart et il n'a pas fini de dégeler.

— Non, sur la banquise ! cria Irving.

Male eut un rire. Un rire littéralement étouffé.

— Ça fait bien quarante-huit heures qu'on ne voit même plus la banquise, lieutenant. Vous le savez bien. Vous étiez sur le pont tout à l'heure.

Irving acquiesça et resserra son cache-nez autour de son visage.

— Personne n'a vu Silence... lady Silence ?

— Pardon ?

M. Male se rapprocha de l'enseigne, et les deux hommes ne furent plus séparés que par le fusil pris dans la glace.

— Lady Silence ! répéta Irving.

— Non, monsieur. Ça fait plusieurs jours que personne n'a aperçu l'Esquimaude. Elle a dû filer, lieutenant. Elle est allée mourir quelque part, et bon débarras, si vous voulez mon avis.

Irving opina, tapota l'épaule rembourrée de Male d'un gant qui l'était tout autant et gagna la poupe par un chemin détourné – des pieux de glace tombaient du grand mât, produisant un fracas d'artillerie – afin de rejoindre John Bates, l'homme de garde côté tribord.

Bates n'avait rien vu. Il n'avait même pas aperçu les cinq hommes qui cassaient la glace à coups de hache.

— Je vous demande pardon, lieutenant, mais je n'ai pas de montre et j'ai peur de ne pas entendre la cloche, avec ce vent qui n'arrête pas de souffler et cette glace qui n'arrête pas de tomber. Combien de temps me reste-t-il à tirer ?

— Vous entendrez la cloche quand M. Gale la sonnera, répondit Irving en effleurant le globe de laine festonné de glace à quoi se réduisait la tête du marin de vingt-six ans. Et il passera vous voir avant de descendre. Repos, Bates.

— À vos ordres.

Le vent faillit renverser Irving tandis qu'il faisait le tour de la pyramide, puis il attendit que s'apaise l'averse de glace – parmi les haubans, les hommes juraient et pestaient en donnant de la hache – pour foncer à travers une couche de neige dépassant à présent les soixante centimètres, baissant la tête pour passer sous la toile et descendant à la hâte l'échelle menant au premier pont.

Il avait fouillé à plusieurs reprises les ponts inférieurs, naturellement – à commencer par les abords de l'infirmerie, où la femme avait naguère sa tanière –, et il se dirigea à présent vers l'arrière. Le calme régnait à cette heure tardive, où l'on n'entendait que le choc de la glace se brisant sur le pont principal, les ronflements des hommes épuisés dans leurs hamacs, les jurons et bruits de casserole émanant de M. Diggle et le hurlement incessant du vent, le grincement incessant de la glace.

Irving avança à tâtons dans l'étroit couloir. De toutes les cabines d'officier, seule celle de M. Male était présentement inoccupée. Le *Terror* avait eu plus de chance que l'*Erebus*. Si le navire amiral avait perdu plusieurs officiers du fait de la chose des glaces, parmi lesquels sir John et le lieutenant Gore, tous les officiers et maîtres du *Terror* étaient encore vivants, exception faite du jeune John Torrington, le chef chauffeur, qui avait péri de mort naturelle sur l'île Beechey, un an et demi plus tôt.

La grande cabine était déserte. En règle générale, il n'y faisait pas assez chaud pour qu'on s'y attarde, et même les livres reliés de cuir semblaient grelotter sur leurs étagères ; l'orgue de Barbarie ne chantait plus guère ces temps-ci. Irving remarqua que la lampe était toujours allumée dans la cabine du capitaine Crozier, puis l'enseigne traversa le mess des officiers et celui des maîtres afin de regagner l'échelle.

Sur le faux-pont, comme d'habitude, régnaient le froid et les ténèbres. Le capitaine avait décrété un rationnement des plus stricts en raison de l'importante quantité de conserves avariées, ainsi qu'une diminution du temps de fonctionnement de la chaudière, afin de tenir compte de la pénurie de charbon, de sorte que les hommes descendaient de moins en moins dans les réserves, et Irving se retrouva seul dans ce domaine glacial. Les barrots noirs et les tasseaux métalliques pris dans la glace grognaient tout autour de lui lorsqu'il se dirigea vers l'avant, puis rebroussa chemin en direction de la poupe. Les épaisses ténèbres semblaient engloutir l'éclat de sa lampe, et la nuée de cristaux de glace qu'il exhalait en permanence l'empêchait de le distinguer correctement.

Lady Silence ne se trouvait pas du côté de la proue – ni dans la soute du charpentier, ni dans celle du bosco, et pas davantage dans la soute au pain quasiment vide, située à l'arrière de ces deux compartiments fermés à clé. Lorsque le *Terror* avait appareillé, le milieu du faux-pont était rempli du sol au plafond de caisses, de barriques et autres stocks, mais il était aujourd'hui en grande partie dégagé. Lady Silence ne se trouvait pas ici.

L'enseigne Irving pénétra dans la soute au vin grâce à la clé que le capitaine Crozier lui avait prêtée. Il y restait des bouteilles de vin et de brandy, mais il savait que le niveau de rhum dans le tonneau avait beaucoup baissé. Lorsqu'ils seraient à court de rhum – lorsque les hommes seraient privés de leur grog quotidien –, alors, ainsi que le savaient non seulement l'enseigne de vaisseau John Irving, mais aussi tous les officiers de la Royal Navy, il faudrait envisager la possibilité d'une mutinerie. M. Helpman, l'intendant de marine, et M. Goddard, le chef de soute, estimaient qu'il leur restait du rhum pour six semaines, et ce à condition que la ration quotidienne des marins soit réduite de moitié. Ils ne manqueraient pas de protester.

Bien que les hommes attribuassent à lady Silence des pouvoirs de sorcière, Irving ne pensait pas qu'elle se fût introduite dans la soute au vin fermée à clé, mais il la fouilla néanmoins très consciencieusement, regardant sous les tables et sous les comptoirs. Sur les étagères, les rangées de sabres, de baïonnettes et de mousquets luisaient d'un éclat glacial.

Il continua vers l'arrière, passant à la sainte-barbe, contenant d'amples réserves de poudre et de munitions, jeta un coup d'œil dans la soute privée du capitaine, où il ne restait plus que quelques bouteilles de whiskey, les réserves de nourriture ayant été ces dernières semaines réparties entre les officiers. Puis il fouilla la soute aux voiles, le magasin d'habillement, la fosse aux câbles et les soutes des maîtres. Si l'enseigne de vaisseau John Irving avait été une Esquimaude cherchant à se cacher à bord, il aurait choisi la soute aux voiles, qui recelait des piles et des rouleaux de toile, de draps et de voilure inutilisés.

Mais elle n'était pas là. Dans le magasin d'habillement, Irving eut un sursaut en découvrant à la lueur de sa lanterne une haute silhouette qui se tenait au fond de la pièce, adossée à une cloison enténébrée, mais ce n'était qu'un manteau de laine accroché à une patère et coiffé d'une perruque galloise.

Après avoir refermé les portes à clé, l'enseigne descendit à la cale.

Quoiqu'il parût fort jeune du fait de ses boucles blondes et de ses joues promptes à s'empourprer, l'enseigne de vaisseau John Irving n'était pas tombé amoureux de la femme esquimaude parce qu'il avait un cœur de jouvenceau naïf. En réalité, Irving connaissait bien mieux le beau sexe que la plupart de ses camarades vantards qui ne cessaient de raconter leurs prouesses à la cantonade. Lorsqu'il avait fêté ses quatorze ans, son oncle l'avait emmené dans les quartiers chauds de Bristol, où il l'avait présenté à une prostituée aimable et propre du nom de Mol et lui avait offert un séjour chez elle – pas une brève étreinte dans une ruelle sordide, mais une soirée, une nuit et une matinée dans une chambre propre, sous le toit d'une taverne donnant sur les quais. Cette expérience avait éveillé chez le jeune John Irving un goût pour les plaisirs de la chair qu'il avait depuis assouvi à maintes reprises.

Irving avait également gagné les faveurs des ladies de la haute société. Il avait courtisé la fille cadette des Dunwitt-Harrison, la troisième famille la plus riche de Bristol, et cette jeune demoiselle, prénommée Emily, lui avait accordé, parfois en prenant l'initiative, un degré d'intimité pour lequel la plupart des jeunes hommes de son âge auraient vendu leur couille gauche. Une fois à Londres, où il poursuivait sa formation dans l'artillerie de marine à bord du HMS *Excellent*, Irving avait passé ses week-ends à fréquenter, courtiser et approcher de près plusieurs jeunes ladies de la haute société, dont la docile Mlle Sarah, la timide mais étonnante Mlle Linda, et, pour finir, la franchement choquante – en privé seulement – Mlle Abigail Elisabeth Lindstrom Hyde-Berrie, avec laquelle le joli enseigne de vaisseau se retrouva bientôt fiancé.

John Irving n'avait aucune intention de se marier. Du moins pas avant d'avoir atteint les trente ans – son père et son oncle lui avaient enseigné que c'était avant cet âge qu'il convenait de voir le monde et de profiter de la vie –, et probablement pas davantage après. Il ne voyait aucune raison de se ranger avant d'avoir fêté son quarantième anniversaire. Ainsi donc, bien qu'Irving n'eût jamais songé à s'engager dans le Service des explorations – il détestait le froid et l'idée de se retrouver bloqué dans les glaces, au pôle Nord ou au pôle Sud, lui paraissait aussi grotesque que terrifiante –, une semaine après s'être réveillé fiancé, l'enseigne de vaisseau, suivant l'exemple de ses aînés George Hodgson et Fred Hornby, se rendit à bord du HMS *Terror* pour demander à y être transféré.

Le capitaine Crozier, de fort méchante humeur et souffrant d'une gueule de bois carabinée en cette matinée splendide, les avait gratifiés de ses regards meurtriers, de ses grognements méprisants et de ses questions pénétrantes. Riant de bon cœur en apprenant qu'ils avaient été formés à l'artillerie sur un navire démâté, il demanda de quelle utilité ils seraient sur un voilier où les canons brillaient par leur absence. Puis il leur demanda avec le plus grand sérieux s'ils étaient prêts à « accomplir leur devoir d'Anglais » (quel devoir un Anglais doit-il accomplir quand il est pris dans les glaces à mille milles de chez lui ? s'était interrogé Irving) et les inscrivit sur son rôle d'équipage.

Mlle Abigail Elisabeth Lindstrom Hyde-Berrie fut bien entendu bouleversée, choquée même, de découvrir que leurs fiançailles se prolongeraient sur une période de plusieurs mois, voire de plusieurs années, mais l'enseigne de vaisseau Irving la consola en lui expliquant, premièrement, que la prime offerte par le Service des explorations leur serait d'une absolue nécessité pour faire leurs débuts dans la vie, deuxièmement, qu'il y avait de grandes chances pour que ses aventures lui inspirassent un livre qui lui apporterait la gloire et la célébrité. Les parents de Mlle Abigail comprirent ces arguments bien mieux que leur fille. Une fois que les fiancés se retrouvèrent seuls, il lui fit oublier ses larmes et sa colère par des baisers et des caresses des plus expertes. Leur réconciliation atteignit de nouveaux sommets – à présent que deux ans et demi avaient passé, l'enseigne de vaisseau Irving pensait même qu'elle avait porté certains fruits. Toutefois, il n'avait pas été fâché de faire ses adieux à Mlle Abigail quelques semaines plus tard, lorsque le *Terror* avait quitté son mouillage, escorté par deux remorqueurs. La jeune lady inconsolable se tenait sur le quai de Greentithe, vêtue de sa robe de soie rose et vert, protégée du soleil par son ombrelle rose et agitant dans les airs son mouchoir de soie assorti, utilisant un autre mouchoir, en coton celui-ci, pour essuyer ses larmes.

L'enseigne de vaisseau Irving, sachant que sir John avait l'intention de faire escale en Russie et en Chine après avoir franchi le passage du Nord-Ouest, avait déjà décidé de se faire transférer à bord d'un vaisseau de la Royal Navy naviguant dans ces eaux, voire de quitter la Royal Navy pour écrire son livre et s'établir à Shanghai, où il s'occuperait des intérêts de son oncle dans la soierie et la chapellerie féminine.

Dans la cale régnaient un froid et des ténèbres absolus.

Irving détestait la cale. Encore plus que sa couchette frigorifiante, encore plus que le premier pont glacé et obscur, la cale lui rappelait le tombeau. Il n'y descendait que lorsqu'il y était obligé, surtout pour superviser le stockage dans la morgue des cadavres gelés – ou des morceaux de cadavre gelés. Chaque fois, il se demandait si quelqu'un superviserait un jour le stockage du sien. Il leva sa lanterne et se dirigea vers l'arrière, foulant une gadoue glacée et respirant un air épais.

La chaufferie semblait déserte, puis il vit un corps allongé sur une couchette près de la cloison tribord. La scène n'était éclairée que par le rougeoiement perceptible derrière l'une des quatre grilles de la chaudière, et, dans cette lumière incertaine, le corps étendu de tout son long paraissait sans vie. L'homme fixait le plafond de ses yeux qui ne cillaient pas. Il ne tourna pas davantage la tête lorsque

Irving entra dans la salle et accrocha sa lanterne à un crochet placé près du seau à charbon.

— Qu'est-ce qui vous amène ici, lieutenant ? demanda James Thompson.

Le mécanicien ne daigna ni tourner la tête, ni battre des cils. Il avait cessé de se raser quelques semaines plus tôt, et des poils surgissaient un peu partout sur son visage blême et étroit. Ses yeux paraissaient enfoncés dans leurs orbites. Ses cheveux en bataille étaient imbibés de suie et de sueur. Comme la chaudière tournait au ralenti, il faisait froid même ici, mais Thompson ne portait qu'un pantalon, un gilet de corps et une paire de bretelles.

— Je cherche Silence, dit Irving.

L'autre continua à fixer le plafond des yeux.

— Lady Silence, précisa le jeune enseigne.

— La sorcière esquimaude, dit le mécanicien.

Irving s'éclaircit la gorge. L'atmosphère était tellement imprégnée de poussier qu'il avait du mal à respirer.

— Est-ce que vous l'avez vue, monsieur Thompson ? Est-ce que vous avez entendu quelque chose d'inhabituel ?

Thompson, qui n'avait ni tourné la tête, ni battu des cils, eut un petit rire. Un bruit des plus inquiétants — on eût dit qu'il agitait des cailloux dans un bocal — qui s'acheva sur une quinte de toux.

— Tendez l'oreille, dit-il.

Irving s'exécuta. Il n'entendait que des bruits ordinaires, quoique amplifiés dans ce lieu de noirceur : le sourd gémissement de la glace pressant la coque, le grognement insistant des citernes de fer et des renforts métalliques, de part et d'autre de la chaufferie, le ululement lointain du blizzard dans les hauteurs, les impacts saccadés de la glace tombant sur le pont, transmis par le bois sous forme de vibrations, les plaintes des mâts secoués sur leurs mortaises, des craquements en divers points de la coque et un concert permanent de sifflements, de couinements et de grattements provenant de la chaudière et des tuyaux.

— Il y a dans les parages quelqu'un ou quelque chose qui respire, reprit Thompson. Vous l'entendez ?

Irving se concentra mais n'entendit rien de plus, remarquant seulement que la chaudière lui évoquait un monstre haletant.

— Où se trouvent Smith et Johnson ? s'enquit l'enseigne.

Il s'agissait des deux chauffeurs censés travailler vingt-quatre heures sur vingt-quatre avec le mécanicien.

Ce dernier haussa les épaules.

— Il y a si peu de charbon à enfourner ces temps-ci que je n'ai besoin d'eux que quelques heures par jour. Je passe le plus clair de mon temps à ramper entre les valves et les tuyaux, lieutenant. Je répare. Je rebouche. Je remplace. Je m'efforce de maintenir cette... *chose*... en état de marche, afin que l'eau chaude puisse circuler quelques heures par jour sur le premier pont. Dans deux mois, trois tout au plus, cela ne servira plus à rien. Nous n'avons déjà plus assez de charbon pour naviguer. Bientôt, nous n'en aurons plus assez pour nous chauffer.

Irving avait entendu les rapports au mess des officiers, mais ce sujet ne l'intéressait guère. Trois mois, cela lui semblait une éternité. Pour le moment, il devait vérifier que Silence n'était pas à bord et en informer le capitaine. Ensuite, il devait s'efforcer de la retrouver au-dehors. Finalement, il devait tâcher de survivre trois mois de plus. La pénurie de charbon ne figurait pas au nombre de ses priorités.

— Avez-vous entendu cette rumeur, lieutenant ? demanda le mécanicien.

Le long corps alité n'avait toujours pas tourné la tête, ni cligné les yeux.

— De quelle rumeur parlez-vous, monsieur Thompson ?

— Il paraît que la... la *chose* sur les glaces, cette apparition, ce diable... il paraît qu'il monte à bord quand ça lui plaît et qu'il se promène dans la cale au cœur de la nuit.

— Non, fit l'enseigne Irving. Je n'ai pas entendu dire cela.

— Restez à fond de cale suffisamment longtemps, dit l'homme sur sa couchette, et vous aurez tout vu et tout entendu.

— Bonne nuit, monsieur Thompson.

Irving décrocha sa lanterne crachotante et s'engagea dans le passage conduisant vers la proue.

Il ne lui restait que peu d'endroits à fouiller dans la cale, et il n'avait pas l'intention de s'attarder. La morgue était fermée à clé ; il n'avait pas demandé celle-ci au capitaine et, après s'être assuré que la lourde serrure était intacte et fonctionnelle, il poursuivit sa route. Pas question d'aller voir ce qui produisait ces grattements et ces bruits de mastication qu'on entendait à travers l'épaisse porte de chêne.

Les vingt et une citernes de fer placées le long de la coque ne recelaient aucune cachette susceptible d'abriter l'Esquimaude, aussi Irving se dirigea-t-il vers la soute à charbon, pénétrant dans un air tellement saturé de poussier que l'éclat de sa lanterne s'atténua encore. Là où les sacs de charbon s'empilaient jadis du sol aux barrots, on ne trouvait plus dans chaque compartiment que des petites barricades comme on en érige avec des sacs de sable. Il ne voyait pas lady Silence s'aménager un refuge dans l'un de ces trous obscurs et puants – les lieux grouillaient à présent de rats et d'immondices –, mais il tenait à ne rien négliger.

Une fois qu'il eut inspecté la soute à charbon et les réserves placées en milieu de navire, l'enseigne Irving se fraya un chemin parmi les caisses et les barils pour gagner le coqueron avant, juste en dessous du carré de l'équipage et de la coquerie, situés deux ponts plus haut. Une étroite échelle permettait d'accéder aux réserves de bois de chauffage *via* le faux-pont, et plusieurs tonnes de bûches empaquetées étaient accrochées aux barrots, obligeant l'enseigne à progresser à croupetons dans un véritable labyrinthe, mais il y avait moins de caisses, de barriques et de piles de provisions que deux ans et demi plus tôt.

Et plus de rats. Nettement plus.

Irving regarda entre les caisses, ouvrit certaines des plus grandes, vérifia que les barriques flottant parmi les immondices étaient vides ou scellées, et il venait de contourner l'échelle avant lorsqu'il vit un éclair blanc, entendit une série de hoquets éraillés et entraperçut des mouvements frénétiques dans la pénombre. Une masse mouvante qui n'avait rien de féminin.

Il n'était pas armé. L'espace d'un instant, il envisagea de laisser choir sa lanterne et de courir dans les ténèbres vers l'échelle centrale. Bien entendu, il n'en fit rien, et cette idée n'eut même pas le temps de se former dans son esprit. Faisant preuve d'une autorité dont jamais il ne se serait cru capable, il s'avança et lança :

— Qui va là ? Identifiez-vous !

Puis il vit les deux hommes à la lueur de sa lanterne. Ce crétin de Magnus Manson, le plus colossal des membres de l'expédition, qui enfilait tant bien que mal son pantalon, ses gros doigts crasseux tremblant sur les boutons. À quelques pas de lui, Cornelius Hickey, l'aide-calfat, un mètre cinquante à peine, des yeux chassieux et un visage de fouine, qui remettait ses bretelles en place.

John Irving en resta bouche bée. Plusieurs secondes s'écoulèrent avant que son esprit n'admette la réalité de cette scène : *des sodomites*. Il avait entendu parler de ces pratiques, bien entendu, il en avait plaisanté avec ses amis, il avait vu un enseigne de l'*Excellent* faire le tour de la flotte pour être fouetté après avoir avoué de tels actes, mais jamais Irving n'aurait cru se trouver sur un navire où... servir avec des hommes qui...

Manson, le géant, fit vers lui un pas menaçant. Cet homme était si grand qu'il devait en permanence baisser la tête pour ne pas se cogner aux barrots, ce qui l'avait conduit à adopter une démarche de singe même à l'extérieur du navire. Avec ses grosses mains à présent visibles, il ressemblait à un bourreau s'avançant vers le condamné.

— Magnus, dit Hickey. Non.

Irving n'en croyait pas ses oreilles. Est-ce que ces... *sodomites*... le menaçaient ? Dans la marine de Sa Majesté, la sodomie était un crime passible de la mort par pendaison, quoique l'on se contentât souvent d'infliger un tour de la flotte au coupable, qui allait d'un navire à l'autre à bord d'une chaloupe, recevant deux cents coups de fouet à chaque étape.

— Comment osez-vous ? lança Irving, qui n'aurait su dire si c'était l'attitude de Manson ou leurs pratiques contre nature qui le révulsaient le plus.

— Lieutenant, répondit Hickey de sa voix de fausset, au fort accent de Liverpool. Je vous demande pardon, monsieur, mais monsieur Diggle nous a envoyés ici pour remonter de la farine, monsieur. Et l'un de ces foutus rats s'est glissé dans le pantalon du matelot Manson, monsieur, et il essayait de s'en débarrasser. Saletés de bestioles, ces rats.

Irving savait que M. Diggle n'avait pas encore commencé à préparer ses biscuits et qu'il disposait dans sa coquerie d'amples réserves de farine. Hickey ne faisait même pas l'effort de mentir avec conviction. En voyant ses petits yeux qui semblaient le jauger, Irving pensa aux rats qui grouillaient tout autour d'eux.

— On préférerait que vous n'en parliez à personne, monsieur, reprit l'aide-calfat. Si on savait que Magnus a eu peur d'un petit rat lui grimpant sur la jambe, tout le monde se foutrait de lui.

Ces mots constituaient un défi dans tous les sens du terme. Un défi et presque un ordre. Le petit homme semblait irradier l'insolence, tandis que le grand restait là, les yeux vides et les bras ballants, aussi stupide qu'une bête de somme, attendant passivement les prochaines instructions de son minuscule amant.

Le silence se prolongea. La glace se pressait contre la coque en gémissant. Les barrots grognaient. Les rats trottinaient.

— Filez d'ici, dit enfin Irving. Et tout de suite.

— À vos ordres, monsieur. Merci, monsieur. (Hickey ralluma la petite lanterne posée près de lui.) Viens, Magnus.

Les deux hommes grimpèrent l'étroite échelle pour disparaître dans les ténèbres du faux-pont.

L'enseigne Irving resta sans bouger pendant un long moment, écoutant sans les entendre les grognements et les craquements du navire. L'ululement du blizzard lui paraissait un chant funèbre dans le lointain.

S'il rapportait cela au capitaine Crozier, il y aurait un procès. Manson, qui faisait un peu figure d'idiot du village dans cette expédition, était néanmoins apprécié de ses camarades, bien qu'ils ne cessassent de le taquiner sur sa peur des fantômes et des lutins. Il abattait le travail de trois hommes. Hickey, qui n'était guère populaire auprès des maîtres et des officiers subalternes, n'en était pas moins respecté des matelots, car il avait le chic pour procurer à ses amis du rab de rhum ou de tabac, ainsi que le linge qui venait parfois à leur manquer.

Crozier ne les ferait sûrement pas pendre, se dit John Irving, mais le capitaine était de très méchante humeur ces dernières semaines, et sans doute leur infligerait-il un châtiment des plus sévères. Quelques semaines auparavant, il avait menacé d'enfermer Manson dans la morgue avec le cadavre rongé par les rats de son ami Walker si ce grand crétin s'obstinait à refuser d'accomplir la corvée de charbon. Personne ne serait surpris de le voir appliquer aujourd'hui cette sentence.

D'un autre côté, songea l'enseigne, qu'avait-il vu exactement? Une fois qu'il aurait prêté serment sur la Sainte Bible, que serait-il en mesure de déclarer devant un tribunal? Il n'avait assisté à *aucun* acte contre nature. Il n'avait pas surpris les deux sodomites en pleine copulation, ni... ni dans quelque autre posture. Irving avait entendu leur souffle court, leurs hoquets, leurs cris étouffés à l'approche de sa lanterne, puis il les avait vus remonter leur pantalon et rajuster leur chemise.

Dans des circonstances normales, cela aurait suffi à les faire pendre l'un et l'autre. Mais n'étaient-ils pas pris dans les glaces, condamnés à attendre des mois, voire des années, avant de pouvoir espérer une délivrance?

Pour la première fois depuis son enfance, John Irving avait envie de s'asseoir et de pleurer. Sa vie était devenue d'une complexité proprement inimaginable. S'il dénonçait les deux sodomites, plus aucun de ses compagnons – officiers, amis, subordonnés – ne le regarderait du même œil.

S'il s'abstenait de les dénoncer, il s'exposerait à subir encore et encore l'insolence de Hickey. Celui-ci exploiterait ce qu'il percevrait comme de la lâcheté pour le soumettre à un chantage durant les semaines et les mois à venir. Et plus jamais l'enseigne ne se sentirait à l'aise, que ce soit dans sa cabine au moment de s'endormir ou sur le pont en montant la garde – si tant est qu'on puisse se sentir à l'aise en se sachant épié par ce monstre blanc qui les tuait l'un après l'autre –, car il redouterait à chaque instant de sentir les mains blanches de Manson lui enserrer la gorge.

— Oh! je suis foutu, s'écria-t-il dans la grotte glacée de la cave.

Prenant conscience de ce qu'il venait de dire, il partit d'un rire étrange, pitoyable, mais bien plus sinistre que ses paroles.

Comme il avait regardé partout, hormis dans quelques barriques et dans la fosse aux câbles, il était prêt à arrêter là ses recherches, mais il préférait attendre que Hickey et Manson soient hors de vue pour monter au premier pont.

Irving se fraya un chemin parmi les caisses flottant sur l'eau – celle-ci lui arrivait au-dessus des chevilles à présent qu'il se rapprochait de la proue qui gîtait fortement, et ses bottes imbibées faisaient craquer la fine croûte de glace. Quelques minutes de plus, et il allait attraper des engelures.

La fosse aux câbles se trouvait tout à fait à l'avant du coqueron, là où les planches se rejoignaient sur l'étrave. Il ne s'agissait pas à proprement parler d'une pièce – les deux portes qui la fermaient faisaient moins d'un mètre de haut, la hauteur à l'intérieur atteignait à peine un mètre vingt –, plutôt d'un compartiment abritant les lourdes aussières servant de câbles pour les ancres de proue. Même après des mois passés en mer, l'endroit empestait les boues fluviales. Cette puanteur ne disparaissait jamais tout à fait, et les aussières enroulées et entremêlées ne laissaient guère d'espace disponible dans ce misérable réduit obscur et nauséabond.

L'enseigne Irving ouvrit non sans mal les portes de la fosse aux câbles et leva sa lanterne. La glace était particulièrement bruyante par ici, pressant de toutes parts sur la proue et le beaupré.

La tête de lady Silence se leva vivement et la lumière se refléta dans ses yeux noirs comme dans ceux d'un chat.

Elle était nue, confortablement installée sur un tapis de fourrure blanc crème, une autre fourrure – sa parka, peut-être – négligemment drapée sur ses épaules.

Il y avait une dénivellation de trente centimètres entre le sol de la fosse aux câbles et celui de la cale. Elle avait écarté les lourdes aussières jusqu'à se dégager une petite grotte aux parois de cordes de chanvre. Dans une boîte de conserve remplie d'huile ou de blanc de baleine brûlait une flamme dispensant lumière et chaleur. L'Esquimaude était en train de dévorer une tranche de viande rouge, crue, saignante. Elle portait les morceaux à sa bouche à mesure qu'elle les coupait à l'aide d'un petit couteau visiblement très tranchant. Le manche de ce couteau, taillé dans de l'os ou dans du bois de renne, était orné d'un motif complexe. Lady Silence se tenait à genoux, penchée sur sa viande et sa flamme, et ses petits seins pendaient d'une façon qui rappela à l'enseigne Irving une gravure représentant la louve romaine allaitant Romulus et Remus.

— Je vous demande pardon, madame, dit-il.

Il porta une main à sa casquette et referma les portes.

Reculant en titubant dans l'eau saumâtre, effarouchant les rats qui l'entouraient, l'enseigne de vaisseau tenta de se remettre de ses émotions pour la seconde fois en cinq minutes.

Le capitaine devait être informé de l'existence de cette cachette. Les risques d'incendie ne devaient pas être négligés.

Mais où s'était-elle procuré ce couteau ? On aurait dit un objet esquimau plutôt qu'une arme ou un ustensile provenant du vaisseau. Pourtant, on l'avait bien fouillée en juin, lors de son arrivée à bord. Se pouvait-il qu'elle l'eût dissimulé durant tout ce temps ?

Qu'est-ce qu'elle cachait d'autre ?

Et il y avait cette viande fraîche.

Il n'y avait pas de viande fraîche à bord, Irving en était sûr.

Se pouvait-il qu'elle eût chassé ? En plein hiver, dans les ténèbres, dans le blizzard ? Et qu'aurait-elle pu chasser ?

Les seules créatures présentes sur la banquise – et sous la banquise – étaient les ours blancs et la chose qui traquait les hommes de l'*Erebus* et du *Terror*.

John Irving eut une idée terrifiante. Pendant une seconde, il fut tenté d'aller vérifier une nouvelle fois la serrure de la morgue.

Puis il eut une idée plus terrifiante encore.

On n'avait retrouvé que la moitié de William Strong et la moitié de Thomas Evans.

L'enseigne de vaisseau John Irving partit vers l'arrière en titubant, glissant sur la glace et la gadoue et manquant s'effondrer, et chercha à tâtons l'échelle centrale qui lui permettrait de remonter vers les lumières du premier pont.

18

Goodsir

Extrait du journal intime du Dr Harry D. S. Goodsir :

Samedi 20 novembre 1847
 Nous n'avons pas assez de nourriture pour survivre un hiver et un été de plus dans les glaces.

 Tout était pourtant prévu. Sir John avait avitaillé les deux navires pour une durée de trois ans sans aucun rationnement, de cinq ans en imposant un rationnement aux hommes qui n'effectuent pas un travail de force de manière quotidienne, et de sept ans en imposant à tous un rationnement supportable. D'après ses calculs – confirmés par ses seconds, le capitaine de vaisseau Crozier et le capitaine de frégate Fitzjames –, le Terror et l'Erebus étaient en théorie parés jusqu'en 1852.

 Au lieu de quoi, nous serons à court de denrées comestibles au cours du printemps prochain. Et si nous devions en périr, alors il s'agirait d'un meurtre.

 Cela faisait quelque temps que le Dr McDonald, du Terror, entretenait des soupçons sur la nourriture en conserve, et il m'en avait fait part après le décès de sir John. Les problèmes rencontrés l'été dernier, durant notre première sortie sur la terre du Roi-Guillaume – nombre des boîtes prélevées au fond des réserves s'étaient révélées avariées ou empoisonnées – n'ont fait que les confirmer. En octobre, les quatre chirurgiens de l'expédition ont prié MM. Crozier et Fitzjames de faire procéder à un inventaire en règle. Un inventaire que nous avons effectué à deux reprises par acquit de conscience, assistés par des matelots réquisitionnés pour nous aider à déplacer les centaines et les centaines de caisses, de barriques et de boîtes entreposées dans le premier pont, le faux-pont et la cale de chaque navire, ainsi que pour goûter des échantillons sélectionnés.

Plus de la moitié des conserves sont impropres à la consommation, et ce sur les deux bateaux.

Nous avons fait notre rapport il y a trois semaines de cela dans l'ancienne cabine de sir John, toujours aussi grande et toujours aussi froide. Quoique M. Fitzjames conserve encore son grade de capitaine de frégate, M. Crozier, nouveau chef de l'expédition, s'adresse à lui comme à un capitaine de vaisseau, et d'autres officiers font de même. Les deux hommes étaient présents lors de cette réunion secrète, ainsi bien entendu que nous quatre.

Le capitaine Crozier – il m'arrive parfois d'oublier qu'il est irlandais – est entré dans une colère noire comme je n'en avais jamais vu. Il a exigé de nous des explications précises et détaillées, comme si nous étions responsables de l'avitaillement de l'expédition Franklin. Si Fitzjames s'était toujours méfié de ces conserves et de l'avitailleur qui les avait fabriquées – le seul membre de l'expédition, et même de l'Amirauté, à avoir exprimé de telles réserves –, Crozier n'arrivait pas à croire que la Royal Navy ait pu être victime d'une si monstrueuse escroquerie.

Des quatre chirurgiens de l'expédition, John Peddie, du HMS Terror, était celui qui servait en mer depuis le plus longtemps, mais il avait surtout navigué à bord du HMS Mary – dont l'équipage comprenait notamment John Lane, le bosco du Terror –, un navire affecté en Méditerranée et ne comptant que peu de conserves dans ses provisions. De même, mon supérieur à bord de l'Erebus, le Dr Stephen Stanley, n'avait qu'une mince expérience en la matière. Soucieux d'imposer aux hommes une diète susceptible de prévenir une épidémie de scorbut, le Dr Stanley était resté muet de saisissement lorsque notre enquête avait conclu que près de la moitié des boîtes de viande, de légumes et de soupe étaient sans doute avariées et immangeables.

Seul le Dr McDonald, qui avait supervisé la livraison aux côtés de M. Helpman – l'intendant de marine du capitaine Crozier – avait une théorie à nous proposer.

Ainsi que je l'ai mentionné il y a quelques mois dans ce journal intime, outre les dix mille boîtes de viande en conserve qui se trouvaient à bord de l'Erebus, celui-ci contenait des rations de mouton, bouilli et rôti, de veau et de toutes sortes de légumes, dont des patates, des carottes et des panais, diverses soupes et neuf mille quatre cent cinquante livres de chocolat.

Alex McDonald était l'officier médical responsable des liaisons avec le surintendant des entrepôts de Deptford et avec un certain M. Stephan Goldner, l'avitailleur de notre expédition. Ainsi que McDonald le rappela à Crozier ce jour-là, quatre entreprises avaient répondu à l'appel d'offres destiné à approvisionner l'expédition de sir John en conserves de nourriture : Hogarth, Gamble, Cooper & Aves et le susnommé Goldner. Le Dr McDonald rappela en outre au capitaine que l'offre de Goldner était inférieure de moitié à celles des trois autres avitailleurs (fort mieux connus), ce qui ne manqua pas de nous stupéfier. En outre, alors que ces derniers s'engageaient à livrer leur marchandise dans un délai de trois à quatre semaines, Goldner affirmait pouvoir livrer la sienne sur-le-champ (défalquant au passage le coût du conditionnement et de la manutention). Une telle prouesse était bien évidemment impossible, et Goldner aurait dû dépenser une fortune pour fournir des produits de qualité préparés dans les conditions requises et livrés dans les délais les plus brefs, mais personne hormis le capitaine de frégate Fitzjames n'avait semblé relever ce fait.

L'Amirauté et les trois commissaires du Service des explorations – bref, toutes les personnes ayant leur mot à dire, excepté le contrôleur des entrepôts de Deptford, un homme d'expérience – avaient opté pour l'offre de Goldner, dont le montant s'élevait à trois mille huit cents livres sterling. (Une fortune pour un Anglais, encore plus pour un étranger. Ainsi que le précisa Alex, l'unique conserverie de Goldner se trouvait à Golatz, en Moldavie.) Goldner se vit donc confier l'une des plus importantes commandes de l'histoire de l'Amirauté : neuf mille cinq cents boîtes de viande et de légumes, d'un poids variant de une à huit livres, et vingt mille boîtes de soupe.

McDonald avait apporté l'un des prospectus de l'avitailleur – Fitzjames le reconnut aussitôt – et j'eus l'eau à la bouche rien qu'en le parcourant : sept viandes de mouton, quatorze recettes de veau, treize types de bœuf, quatre variétés d'agneau. Sur la liste figuraient aussi du civet de lièvre, du lagopède des Alpes, du lapin (au curry ou aux petits oignons), du faisan et une demi-douzaine d'autres gibiers à plume. Si le Service des explorations souhaitait des poissons et des fruits de mer, Goldner lui proposait du homard entier, du cabillaud, de la tortue de mer, du filet de saumon et du hareng de Yarmouth. Aux fins gourmets, Goldner offrait du faisan aux truffes, de la langue de veau à la sauce piquante et du bœuf à la flamande – pour quinze pence la ration.

— Dans les faits, conclut le Dr McDonald, nous avons eu droit à du cheval salé en boîte.

Je naviguais depuis assez longtemps pour savoir que, lorsque le bœuf était particulièrement indigeste, les marins soupçonnaient les avitailleurs de leur avoir fourni du cheval – ce qui ne les empêchait pas de le manger si nécessaire.

— Goldner nous a floués de bien d'autres manières, poursuivit le Dr McDonald devant un Crozier livide et un Fitzjames furibond. Il a conditionné de la viande bon marché dans des boîtes à l'étiquette trompeuse – on croit manger du rumsteck bouilli, par exemple, et on se retrouve avec un bas morceau. Bilan : quatorze pence encaissés pour un produit qui n'en vaut que neuf.

— Enfin, nom de Dieu ! éructa Crozier, tous les avitailleurs font la même chose. Truander la Royal Navy, c'est vieux comme le monde. Ça n'explique pas pourquoi nous nous retrouvons à court de nourriture.

— Non, commandant, répondit McDonald. L'explication tient dans la cuisson et dans la soudure.

— Hein ? fit l'Irlandais.

De toute évidence, il se contrôlait à grand-peine. Sous sa casquette fatiguée, son visage virait au livide marbré de cramoisi.

— La cuisson et la soudure, répéta Alex. Pour ce qui est de la cuisson, M. Goldner se vantait d'appliquer une méthode brevetée consistant à ajouter dans les cuves une dose de nitrate de soude – c'est-à-dire de chlorure de calcium – afin d'accélérer le réchauffement... et donc la production.

— Et alors ? s'exclama Crozier. La marchandise a été livrée au dernier moment. On avait conseillé à Goldner de presser le mouvement. Sa méthode brevetée lui a permis de tenir les délais.

— En effet, commandant, dit le Dr McDonald, mais Goldner a tellement pressé le mouvement qu'il n'a pas suffisamment cuit les viandes, les légumes et autres victuailles avant de les mettre en conserve. Nombre des hommes de l'art pensent qu'il faut cuire correctement la nourriture afin de la débarrasser d'influences nocives génératrices de maladie – j'ai moi-même assisté aux opérations, et je puis vous affirmer que Goldner n'a pas fait cuire ses produits pendant une durée suffisante.

— Pourquoi ne l'avez-vous pas signalé aux commissaires du Service des explorations ? demanda sèchement Crozier.

— Il l'a fait, rétorqua le capitaine Fitzjames avec lassitude. Et moi aussi. Mais seul le contrôleur des entrepôts de Deptford nous a écoutés, et il n'avait pas voix au chapitre lors des délibérations.

— Donc, vous affirmez que c'est suite à une cuisson insuffisante que la moitié de nos provisions se sont avariées durant les trois dernières années?

Le visage de Crozier était une étude en rouge et blanc.

— Oui, dit Alex McDonald, mais nous pensons que les soudures sont également à blâmer.

— Les soudures des boîtes? demanda Fitzjames.

De toute évidence, la méfiance que lui inspirait Goldner ne l'avait pas amené à s'intéresser à cet aspect des plus techniques.

— Oui, commandant, dit l'aide-chirurgien du Terror. La conservation de la nourriture est une innovation fort récente – l'une des merveilles de notre ère de progrès –, mais nous la pratiquons depuis assez longtemps pour savoir qu'il est vital de souder correctement la bride sur les joints de la boîte cylindrique si l'on ne veut pas que le contenu se putréfie.

— Et les ouvriers de Goldner n'ont pas soudé ces boîtes correctement? demanda Crozier dans un grondement lourd de menace.

— Soixante pour cent de celles que nous avons examinées se sont révélées défectueuses, déclara McDonald. La médiocrité des soudures a affecté l'étanchéité des joints. Et, par voie de conséquence, accéléré la putréfaction du bœuf, du veau, du potage aux légumes et autres victuailles.

— Mais comment? fit le capitaine Crozier, qui secouait la tête à la façon d'un homme qui aurait reçu un coup de poing. Nous sommes entrés dans les eaux arctiques deux mois à peine après avoir quitté l'Angleterre. J'aurais cru que leur température était assez basse pour conserver n'importe quoi jusqu'au Jugement dernier.

— Il semble bien que non, répondit McDonald. La plupart des vingt-neuf mille conserves restantes se sont ouvertes. Nombre des autres ont augmenté de volume sous l'effet des gaz dus à la putréfaction. Peut-être que des vapeurs nocives les ont pénétrées en Angleterre. Peut-être qu'un animalcule encore inconnu de la science et de la médecine s'est introduit en elles durant le transport, voire à la conserverie de Goldner.

Crozier se renfrogna un peu plus.

— Un animalcule? Évitons les fantasmagories, monsieur McDonald.

L'aide-chirurgien se contenta de hausser les épaules.

— Peut-être que cela tient de la fantasmagorie, commandant. Mais vous n'avez pas comme moi passé des heures penché sur un microscope. Nous ne savons que très peu de choses sur les animalcules que nous observons, mais quand on voit la quantité que recèle une simple goutte d'eau potable, il y a de quoi dégriser n'importe qui.

Crozier s'était quelque peu calmé, mais son visage vira de nouveau au rouge à ces mots, qu'on pouvait interpréter comme une allusion à son penchant pour la bouteille.

— Bien, fit-il avec brusquerie. Une importante partie de nos provisions est immangeable. Que pouvons-nous faire pour nous assurer que le reste est propre à la consommation ?

Je m'éclaircis la gorge.

— Comme vous le savez, commandant, le régime d'été des hommes comprenait une ration quotidienne d'une livre un quart de viande salée accompagnée de légumes, à raison d'une pinte de pois et de trois quarts de livre d'orge par semaine. Mais ils avaient droit chaque jour à du pain et des biscuits. Lorsque nous avons pris nos quartiers d'hiver, la dose de farine servant à la cuisson du pain a été réduite de vingt-cinq pour cent afin d'économiser le charbon. Si nous pouvions cuire un peu plus longtemps les conserves restantes et rétablir la cuisson normale du pain, cela nous aiderait à prévenir non seulement les effets néfastes de la viande avariée, mais aussi une apparition du scorbut.

— Impossible ! rétorqua Crozier. Il nous reste juste assez de charbon pour chauffer les deux navires jusqu'en avril. Si vous en doutez, demandez-le à votre M. Gregory ou bien à M. Thompson, le mécanicien du Terror.

— Je n'en doute nullement, commandant, déclarai-je avec tristesse. Je leur ai déjà parlé à tous les deux. Mais si nous renonçons à cuire plus longtemps les conserves qui nous restent, les risques d'empoisonnement ne peuvent qu'augmenter. Tout ce qu'il nous restera à faire, c'est de jeter les boîtes visiblement gâtées et d'éviter celles qui nous paraissent mal soudées. Ce qui réduira nos réserves de façon spectaculaire.

— Et les poêles à éther ? demanda Fitzjames en s'animant un peu. Nous pourrions les utiliser pour réchauffer les boîtes de potage et autres victuailles douteuses.

Ce fut McDonald qui secoua la tête.

— Nous avons déjà expérimenté cette méthode, commandant. Le Dr Goodsir et moi-même avons fait chauffer du prétendu ragoût de bœuf sur ces poêles à éther. Un flacon d'une pinte ne suffit pas à cuire la nourriture de façon acceptable – la température ne s'élève pas suffisamment. En outre, nos équipes de sortie – et même nous tous, si nous étions obligés d'abandonner les navires – auront besoin de ces poêles pour obtenir de l'eau potable à partir de neige ou de glace fondue. Nous devons les réserver à cet usage exclusif.

— J'accompagnais le lieutenant Gore lors de notre première sortie sur la terre du Roi-Guillaume, ajoutai-je à voix basse, et nous les utilisions quotidiennement. Quant au potage en boîte, les hommes l'avalaient dès qu'il commençait à frémir. Il était à peine tiède.

Il y eut un long silence.

— Selon votre rapport, résuma Crozier, plus de la moitié des conserves sur lesquelles nous comptions pour tenir durant un an ou deux – si nécessaire – sont foutues. Nous n'avons pas assez de charbon pour cuire convenablement ces victuailles sur les poêles Frazier de l'Erebus et du Terror, pas plus que sur les petits poêles des baleinières, et vous me dites que nous n'avons pas non plus assez de carburant pour le faire sur les poêles à éther. Alors que pouvons-nous faire ?

Nous restâmes muets tous les cinq – le capitaine Fitzjames et les quatre chirurgiens. La seule solution était d'abandonner les navires et de rechercher un refuge plus hospitalier, de préférence sur le continent au sud, dans une région un tant soit peu giboyeuse.

Comme s'il lisait nos pensées, Crozier se fendit d'un sourire – un sourire dément d'Irlandais, me dis-je sur le moment – et déclara :

— Le problème, gentlemen, c'est qu'au sein de nos deux équipages, et j'inclus dans le lot nos vénérables fusiliers marins, vous ne trouverez pas un seul homme qui sache attraper ou tuer un phoque ou un morse – si tant est que ces gracieuses créatures daignent un jour nous honorer à nouveau de leur présence –, encore moins chasser du gros gibier comme le caribou, dont nous n'avons jusqu'ici pas vu la queue d'un spécimen.

Nous restâmes à nouveau muets.

— Monsieur Peddie, monsieur Goodsir, monsieur McDonald et monsieur Stanley, je vous remercie de la diligence dont vous avez fait preuve dans la réalisation de cet inventaire et la composition de ce rapport. Nous allons continuer de séparer les boîtes que vous jugerez correctement soudées et propres à la consommation de celles que vous estimerez défectueuses, enflées ou visiblement putrides. Nous continuerons à maintenir le rationnement en vigueur jusqu'à Noël, après quoi j'instituerai un régime encore plus draconien.

Le Dr Stanley et moi enfilâmes nos couches de laine et montâmes sur le pont pour regarder le Dr Peddie, le Dr McDonald et le capitaine Crozier repartir dans les ténèbres en direction du Terror, escortés par quatre matelots armés de fusils. Comme leurs lanternes et leurs torches disparaissaient au sein des bourrasques de neige, amenées par un vent qui sifflait dans les haubans en contrepoint aux craquements permanents de la glace pressant sur la coque de l'Erebus, Stanley s'approcha de moi pour me crier à l'oreille :

— Ce serait pour eux une délivrance s'ils devaient se perdre en route. Ou si la chose des glaces les tuait cette nuit.

Je ne pus que tourner des yeux horrifiés vers mon supérieur.

— La mort par inanition est une chose horrible, Goodsir, poursuivit Stanley. Vous pouvez me croire. J'ai observé cela à Londres comme sur des épaves. Le scorbut est encore pire. Mieux vaudrait pour nous tous que la chose nous massacre cette nuit.

Et, sur ce, nous sommes descendus dans la sinistre pénombre du premier pont, dans une froidure presque égale à celle qui régnait dans le neuvième cercle de l'enfer de Dante, autrement dit la nuit arctique.

19

Crozier

70° 05' de latitude nord, 98° 23' de longitude ouest
5 décembre 1847

Durant la troisième semaine de novembre, lors d'un petit quart du mercredi, la chose des glaces monta à bord de l'*Erebus* et emporta M. Thomas Terry, le maître d'équipage apprécié de tous, l'arrachant à son poste près de la poupe et ne laissant que sa tête sur le bastingage. Il n'y avait pas la moindre trace de sang sur les lieux – ni sur la coque, ni sur le pont recouvert de glace. On en conclut que la chose avait emporté Terry à plusieurs centaines de mètres du navire, au cœur des ténèbres où les séracs se dressaient tels les arbres d'une épaisse forêt de glace, pour le tuer et le démembrer – et peut-être le dévorer, bien que les marins doutassent désormais que c'était la faim qui poussait la chose à massacrer leurs compagnons –, puis qu'elle avait rapporté la tête du bosco avant que les hommes postés à bâbord et à tribord aient eu le temps de remarquer sa disparition.

Les marins qui découvrirent la tête de M. Terry à la fin de ce quart passèrent la semaine à en faire la description à leurs camarades : les mâchoires béantes, comme figées sur un cri, les lèvres retroussées sur les dents, les yeux protubérants. Le visage comme le crâne étaient exempts de toute plaie, de tout coup de griffes ou coup de dents, hormis bien sûr l'horrible béance du cou, d'où saillait une section d'œsophage ressemblant à une queue de rat et un moignon de moelle épinière blanche.

Soudain, les cent et quelques survivants se tournèrent vers la religion. Ces deux dernières années, la plupart des marins de l'*Erebus* ne s'étaient rendus qu'en râlant aux interminables offices célébrés par sir John Franklin, mais voilà que même les plus mécréants parmi eux, qui n'auraient pas reconnu une bible sur leur table de chevet après une cuite de trois jours, éprouvaient le besoin d'un réconfort spirituel. À mesure qu'ils apprenaient la décollation de Thomas Terry – le capitaine Fitzjames avait fait envelopper sa tête dans un linge pour l'entreposer dans la morgue de l'*Erebus* –, les hommes demandèrent que soit célébré un service dominical pour les deux équipages. Le vendredi soir, ce fut Cornelius Hickey, l'aide-calfat au visage de fouine, qui vint transmettre leur requête à Crozier. Hickey, qui était allé avec son équipe entretenir les cairns marquant le trajet entre les deux navires, avait parlé à des marins de l'*Erebus*.

— Les hommes sont unanimes, monsieur, déclara-t-il sur le seuil de la minuscule cabine du capitaine Crozier. Ils souhaitent un service religieux réunissant les deux équipages, commandant.

— Vous parlez au nom de tous les marins des deux navires ? s'enquit Crozier.

— Oui, monsieur.

Hickey se fendit d'un sourire jadis ravageur qui n'affichait plus aujourd'hui que six dents, dont quatre seulement étaient visibles. L'aide-calfat ne manquait jamais d'assurance.

— Permettez-moi d'en douter, répliqua Crozier. Mais j'en parlerai au capitaine Fitzjames et je vous tiendrai informé de notre décision. Dans tous les cas, c'est vous qui serez chargé de la communiquer à *tous* les hommes.

Crozier était occupé à boire lorsque Hickey avait toqué à sa porte. Jamais il n'avait apprécié ce petit homme trop zélé. On trouvait un chicaneur comme lui à bord de chaque bâtiment – un fléau aussi inévitable que les rats –, et Hickey, en dépit de son manque d'éducation et d'éloquence, lui apparaissait comme susceptible de fomenter une mutinerie en cas de voyage difficile.

— Si nous souhaitons tous assister à un service comme sir John... que Dieu l'ait en Sa sainte garde, commandant... comme sir John en célébrait, c'est parce que nous tous, nous...

— Ce sera *tout*, monsieur Hickey.

Crozier éclusa beaucoup cette semaine-là. La mélancolie qui, d'ordinaire, pesait sur lui comme un banc de brume lui faisait à présent l'effet d'une chape de plomb. Il connaissait bien Terry, le considérait comme un maître d'équipage très compétent, et sa mort était particulièrement horrible, mais les régions polaires – au nord comme au sud – recelaient quantité d'horribles et meurtriers dangers. Et on pouvait en dire autant de la Royal Navy dans son ensemble, en temps de paix comme en temps de guerre. Au cours de sa longue carrière, Crozier avait assisté à son content de morts horribles, mais bien que celle-ci fût la plus stupéfiante qu'il ait connue, et bien que la série de morts violentes qui les frappait fût plus terrifiante qu'une épidémie de peste à bord, la mélancolie de Crozier trouvait surtout son origine dans la réaction des membres survivants de l'expédition.

James Fitzjames, le héros de l'Euphrate, semblait perdre son courage. La presse avait fait de lui un héros avant même que son premier navire eût quitté le port de Liverpool, lorsque le jeune Fitzjames avait plongé pour sauver de la noyade un agent des douanes, et ce bien que le jeune et bel officier fût « encombré par un manteau, un chapeau et une précieuse montre », pour citer l'article du *Times*. Les négociants de Liverpool, qui − tout autant que Crozier − connaissaient la valeur et le prix d'un agent des douanes à leur solde, avaient offert au jeune Fitzjames une plaque d'argent gravée en guise de récompense. L'Amirauté avait pris note de ladite plaque, puis de l'héroïsme de Fitzjames − alors que le même incident se produisait presque chaque semaine, comme Crozier le savait bien, la plupart des marins n'ayant jamais appris à nager − et finalement du fait que Fitzjames était « le plus bel homme de la Royal Navy », ainsi qu'un jeune gentleman de bonne famille.

La réputation du jeune officier avait encore grandi lorsqu'il s'était porté volontaire à deux reprises pour mener un raid contre les Bédouins. Crozier remarqua en lisant les rapports officiels que Fitzjames s'était cassé la jambe lors du premier raid et que les bandits l'avaient capturé lors du second, mais le plus bel homme de la Royal Navy avait réussi à s'évader, ce qui avait de nouveau fait de lui un héros aux yeux de l'Amirauté et de la presse londonienne.

Puis vint la guerre de l'Opium et, en 1841, Fitzjames se révéla un authentique héros, ne recevant pas moins de cinq citations de son capitaine et de l'Amirauté. Ce fringant jeune officier − il avait vingt-neuf ans à l'époque − utilisa des fusées pour chasser les Chinois des collines de Tzekee et de Segoan, puis à nouveau pour les chasser de Chapoo, participa à la bataille terrestre de Woosung, puis mit une nouvelle fois à profit sa science des fusées lors de la capture de Ching-Kiang-Fu. Quoique grièvement blessé, le lieutenant Fitzjames réussit, en s'aidant de béquilles, à assister à la reddition chinoise et à la signature du traité de Nankin. Promu capitaine de frégate à l'âge de trente ans, le plus bel homme de la Royal Navy reçut alors le commandement du HMS *Clio*, un sloop converti en navire de guerre, et son brillant avenir semblait assuré.

Mais la guerre de l'Opium prit fin en 1844 et − sort partagé par nombre d'officiers prometteurs en temps de paix − Fitzjames s'était retrouvé sans commandement, à terre et avec une demi-solde. Lorsque le Service des explorations avait proposé à sir John Franklin de commander la présente expédition, cela représentait un véritable cadeau du Ciel pour ce vieillard fort discrédité, mais le commandement du HMS *Erebus* signifiait pour Fitzjames une seconde chance à ne pas laisser passer.

À présent, « le plus bel homme de la Royal Navy » avait perdu ses joues roses et sa belle humeur. Bien que la plupart des hommes maintinssent leur poids en dépit du rationnement – car les membres du Service des explorations avaient droit à une nourriture plus riche que quatre-vingt-dix-neuf pour cent des habitants de l'Angleterre –, le capitaine de frégate James Fitzjames, devenu *de facto* capitaine de vaisseau, avait perdu près de quinze kilos. Il flottait dans son uniforme. Ses boucles juvéniles pendaient lamentablement sous sa casquette ou sa perruque galloise. À la lueur des lanternes ou des lampes à huile, son visage naguère poupin se creusait, ses traits se tiraient, sa peau virait au livide.

Son comportement en public, mélange habile d'humour, de modestie et d'autorité, était inaltéré, mais, lorsqu'il se retrouvait en privé avec Crozier, il se montrait peu bavard, encore moins souriant et bien trop souvent distrait et misérable. Pour un homme du tempérament de Crozier, il n'y avait pas à s'y tromper. Il avait parfois l'impression de se voir dans une glace, sauf que l'homme mélancolique qui lui faisait face était un gentleman anglais zézayant plutôt qu'un rustre irlandais.

Le vendredi 3 décembre, Crozier chargea son fusil et effectua en solitaire le trajet enténébré entre *Terror* et *Erebus*. Si la chose sur la banquise avait envie de le prendre, une escorte armée ne pourrait jamais l'en empêcher. La mort de sir John en était une preuve éclatante.

Crozier arriva sans encombre. Fitzjames et lui discutèrent de la situation – le moral des troupes, l'office religieux souhaité par les équipages, l'état des stocks de nourriture et la nécessité de renforcer le rationnement après Noël – et convinrent que ce serait sans doute une bonne idée de célébrer un office le dimanche suivant. Comme leurs rangs ne comportaient ni aumônier ni pasteur – sir John avait rempli ces deux fonctions jusqu'en juin de cette année –, les deux capitaines prononceraient un sermon. Cette corvée était plus pénible à Crozier qu'un passage chez le dentiste, mais il reconnut qu'elle était nécessaire.

Le moral des troupes devenait préoccupant. Ainsi que l'avait rapporté le lieutenant Edward Little, l'officier en second du *Terror*, les marins commençaient à se confectionner des colliers et autres fétiches avec les dents et les griffes des ours blancs abattus l'été pré-

230

cédent. En outre, ajoutait-il, lady Silence s'était installée dans la fosse aux câbles de proue depuis plusieurs semaines, et les hommes déposaient dans la cale des portions de rhum et de nourriture, telles des offrandes destinées à une sorcière ou à une sainte femme dont ils espéraient l'intercession.

— J'ai repensé à votre bal, dit Fitzjames alors que Crozier se rhabillait pour prendre congé.

— Mon bal ?

— Le Grand Carnaval de Venise organisé par Hoppner lorsque vous avez hiverné avec Parry, reprit Fitzjames. Le bal costumé où vous étiez un valet de pied moricaud.

— Et alors ? lança Crozier en enroulant son écharpe autour de sa gorge et de son visage.

— Sir John possédait trois malles pleines de masques, de costumes et autres accessoires, répondit Fitzjames. Je les ai trouvées dans ses réserves personnelles.

— Ah bon ?

Crozier était surpris. Ce vieillard pontifiant, qui aurait célébré l'office tous les jours de la semaine si on l'y avait autorisé et qui, s'il riait de bon cœur de ses plaisanteries, ne semblait jamais saisir celles des autres, n'était pourtant pas du type à emporter dans ses bagages des déguisements frivoles, contrairement à Parry, qui rêvait de brûler les planches.

— Ils ne sont plus tout neufs, reprit Fitzjames. Certains proviennent peut-être du stock de Parry et de Hoppner – peut-être s'agit-il des mêmes costumes que vous avez portés il y a vingt-quatre ans, lorsque vous étiez pris dans les glaces de la baie de Baffin – et j'en ai compté plus d'une centaine.

Crozier se tenait sur le seuil de l'ancienne cabine de sir John, où les deux capitaines s'étaient entretenus en privé. Il aurait aimé que Fitzjames en vînt au fait.

— J'ai pensé que nous pourrions organiser un bal masqué pour les hommes, dit Fitzjames. Rien d'aussi extravagant que votre Grand Carnaval de Venise, bien sûr, pas avec ces... ces désagréments sur la banquise, mais une sorte de divertissement.

— Peut-être, répondit Crozier, sur un ton qui ne laissait rien ignorer de son manque d'enthousiasme. Nous en reparlerons après ce satané office dominical.

— Certes, certes, s'empressa de dire Fitzjames, dont la nervosité accentuait le zézaiement. Voulez-vous que je vous fasse escorter jusqu'au *Terror*, commandant ?

— Non. Et ne tardez pas trop à vous coucher, James. Vous avez l'air exténué. Nous aurons besoin d'énergie tous les deux si nous devons sermonner nos équipages comme ils le méritent.

Fitzjames se fendit d'un sourire de circonstance. Une expression que Crozier trouva aussi troublante que peu convaincante.

Le dimanche 5 décembre 1847, Crozier laissa sur le *Terror* un équipage réduit à six hommes placé sous les ordres du lieutenant Edward Little – qui, tout comme lui, aurait préféré se faire extraire des calculs rénaux à la petite cuillère plutôt que de se taper un sermon –, ainsi que McDonald, son aide-chirurgien, et le mécanicien James Thompson. Les cinquante et quelques officiers et hommes d'équipage restants s'engagèrent sur la banquise derrière leur capitaine, les enseignes de vaisseau Hodgson et Irving, le premier maître Hornby et les autres maîtres et officiers subalternes. Il était près de dix heures du matin, mais il aurait fait noir comme dans un four n'eût été le retour de l'aurore boréale, qui peuplait le ciel de ses chatoyantes ondulations et projetait sur la glace fracturée leurs ombres avançant en file indienne. Le sergent Solomon Tozer – dont le phénomène céleste faisait ressortir la tache de vin de façon frappante – commandait les fusiliers marins armés de mousquets qui escortaient la colonne, devant, derrière et sur ses flancs, mais la chose blanche de la banquise laissa les marins tranquilles en ce jour du Seigneur.

Le dernier office religieux à avoir rassemblé les deux équipages – un office présidé par sir John peu de temps avant que la créature n'emporte leur chef dévot dans les ténèbres sous la glace – s'était déroulé sur le pont principal du navire, éclairé par le froid soleil de juin, mais comme la température extérieure atteignait – 45 °C lorsque le vent ne soufflait pas, Fitzjames avait aménagé le premier pont pour y accueillir toute la congrégation. Il était certes impossible de déplacer le poêle massif, mais les marins avaient hissé leurs tables le plus haut possible et démonté les cloisons qui isolaient l'infirmerie ainsi que celles qui délimitaient les cabines des officiers subalternes, des maîtres et du valet affecté à leur service. Le mess des officiers subalternes et la cabine de l'aide-chirurgien subirent les mêmes altérations. L'espace ainsi obtenu serait adéquat, bien qu'un peu bondé.

En outre, M. Weekes, le charpentier de l'*Erebus*, avait fabriqué un lutrin monté sur une petite estrade. Vu la hauteur sous plafond toute relative, celle-ci ne mesurait que quinze centimètres de haut, mais, grâce à elle, Crozier et Fitzjames seraient visibles même du fond de la salle.

— Au moins, nous ne risquons pas d'attraper froid, murmura le premier à l'oreille du second tandis que Charles Hamilton Osmer, le commissaire du bord chauve, faisait entonner le premier hymne à l'assemblée.

Et, en vérité, les corps massés sur le premier pont portaient la température ambiante de celui-ci à des sommets qu'elle n'avait pas connus depuis six mois, lorsque le navire brûlait du charbon en quantité pour faire circuler l'eau dans les tuyaux. Fitzjames s'était en outre efforcé d'éclairer ce lieu d'ordinaire fort obscur, y accrochant dix lampes à huile dispensant plus de lumière qu'on n'en avait jamais vu ici, hormis lorsque les rayons de soleil se déversaient à flots à travers les verrières Preston, plus de deux ans auparavant.

Les marins chantèrent à en faire frémir les barrots. Fort de ses quarante années d'expérience, Crozier savait que les marins adoraient chanter en toute circonstance. Même, faute de mieux, pendant l'office. Il distingua le sommet du crâne de Cornelius Hickey, l'aide-calfat, et, à côté de lui, voûté comme à son habitude afin de ne pas se cogner aux barrots, cet imbécile de Magnus Manson, qui chantait tellement faux que les grincements de la glace au-dehors paraissaient harmonieux par comparaison. Les deux hommes se partageaient l'un des livres de cantiques fatigués qu'Osmer avait distribués.

Puis on en eut fini avec les hymnes, qui laissèrent la place à une rumeur de pieds traînants, de toux et de raclements de gorge. Une bonne odeur de pain chaud flottait dans l'air, car M. Diggle avait précédé le gros de l'assemblée de plusieurs heures afin d'aider son confrère, Richard Wall, à préparer des biscuits. Crozier et Fitzjames avaient décidé que le moral des troupes valait qu'on lui sacrifiât un peu de charbon, d'huile et de farine. La période la plus sombre de l'hiver arctique était encore à venir.

C'était à présent l'heure des sermons. Fitzjames s'était rasé et poudré avec soin, et il avait autorisé M. Hoar, son valet, à reprendre sa veste, son gilet et son pantalon, de sorte qu'il offrait un splendide spectacle dans son uniforme à galons dorés. Seul Crozier, qui se tenait derrière lui, vit trembler ses mains pâles et nerveuses lorsqu'il posa sa Bible sur le lutrin et l'ouvrit à la page des Psaumes.

— Je vais vous lire aujourd'hui un extrait du psaume 46, déclara le capitaine Fitzjames.

Crozier esquissa une grimace tant son zézaiement était prononcé, sans nul doute sous l'effet de la tension nerveuse.

> *Dieu est pour nous un refuge et un fort,*
> *un secours toujours offert dans la détresse.*
> *Aussi nous ne craignons rien quand la terre bouge,*
> *Et quand les montagnes basculent au cœur des mers.*

Leurs eaux grondent en écumant,
elles se soulèvent et les montagnes tremblent.
Mais il est un fleuve dont les bras réjouissent la ville de Dieu,
La plus sainte des demeures du Très-Haut.

Dieu est au milieu d'elle ; elle n'est pas ébranlée.
Dieu la secourt dès le point du jour :
Des nations ont grondé, des royaumes se sont ébranlés ;
Il a donné de la voix et la terre a fondu.

Le SEIGNEUR, le tout-puissant, est avec nous.
Nous avons pour citadelle le Dieu de Jacob.
Allez voir les actes du SEIGNEUR,
les ravages qu'il a faits sur la terre.
Il arrête les combats jusqu'au bout de la terre,
Il casse l'arc, brise la lance,
Il incendie les boucliers.
Lâchez les armes ! Reconnaissez que je suis Dieu !
Je triomphe des nations, je triomphe de la terre.

Le SEIGNEUR, le tout-puissant, est avec nous.
Nous avons pour citadelle le Dieu de Jacob [1].

— Amen ! rugirent les hommes, agitant les pieds en signe d'appréciation.

Vint le tour de Francis Crozier.

Le silence se fit dans l'assemblée, autant par curiosité que par respect. Les membres de l'équipage du *Terror* savaient que leur capitaine se contentait d'ordinaire de réciter solennellement le règlement du bord : « Si un homme refuse d'obéir aux ordres d'un officier, cet homme recevra le fouet ou sera puni de mort, toute latitude étant laissée au capitaine pour en décider. Si un homme commet un acte de sodomie avec un membre de l'équipage ou un acte de bestialité avec un des animaux du cheptel, cet homme sera puni de mort... » et cætera. Empreint d'une résonance toute biblique, ce règlement convenait parfaitement au capitaine.

Mais pas aujourd'hui. Glissant une main sous le lutrin, Crozier produisit un épais livre relié de cuir. Il le mit en place avec une fermeté des plus rassurantes.

— Aujourd'hui, déclara-t-il, je vais vous lire un extrait du *Léviathan*, première partie, chapitre XII.

---

1. Psaume 46. (*N.d.T.*)

Des murmures montèrent de la foule. Au troisième rang, un marin édenté de l'*Erebus* marmonna de façon audible :

— Je connais cette putain de Bible par cœur, et j'ai jamais entendu parler du livre du Léviathan.

Crozier attendit le silence pour commencer.

— « En matière de religion, c'est-à-dire ce qui relève des opinions au sujet de la nature des puissances invisibles... »

La voix de Crozier et la cadence biblique du texte ne laissaient subsister aucun doute quant aux termes les plus importants.

— « ... il n'y a pratiquement rien portant un nom, que les païens n'aient fait, dans un texte ou dans un autre, dieu ou démon ; ou que leurs poètes n'aient imaginé comme étant animé, habité ou possédé par un esprit ou par un autre.

« La matière informe du monde était un dieu du nom de *chaos*.

« Le ciel, l'océan, les planètes, le feu, la terre, les vents étaient autant de dieux.

« Un homme, une femme, un oiseau, un crocodile, un veau, un chien, un serpent, un oignon, un poireau, tout cela était déifié. À côté, il y avait les esprits qui occupaient presque tous les lieux, appelés *démons* : *Pan* et les *sylvains* ou satyres occupaient les plaines, les bois l'étaient par les faunes et les nymphes, la mer par les tritons et d'autres nymphes, chaque rivière et fontaine l'était par un esprit portant son nom, chaque maison l'était par ses *lares* ou esprits domestiques ; chaque homme l'était par son *génie* ; l'enfer l'était par les fantômes et par les manipulateurs des esprits comme *Charon, Cerbère* et les *Furies* ; et, pendant la nuit, tous les lieux se remplissaient de *larves*, de *lémures*, des fantômes des morts et de tout un royaume de fées et de spectres. Ils ont aussi divinisé de simples accidents et qualités et leur ont consacré des temples, par exemple, le temps, la nuit, le jour, la paix, la concorde, l'amour, la discorde, la vertu, l'honneur, la santé, la rouille, la fièvre et ainsi de suite, de sorte que, quand ils les priaient pour ou contre, ils les priaient comme s'ils étaient les esprits de ces noms suspendus au-dessus de leur tête, qui faisaient choir le bon ou le mal qu'ils demandaient par leurs prières ou qu'ils voulaient éviter. Ils invoquaient aussi leurs propres talents, sous le nom de *Muses* ; leur propre ignorance, sous celui de *Fortune* ; leur propre lubricité, sous celui de *Cupidon* ; leur propre fureur, sous celui de *Furies*, leurs propres membres intimes, sous celui de *Priape* ; et ils attribuaient leurs pollutions aux *incubes* et aux *succubes* – de telle sorte qu'il n'existait rien qui ne fût personnifié par un poète dans son œuvre, en en faisant soit un *dieu* soit un *démon* [1]. »

---

1. Thomas Hobbes, *Léviathan*, traduction de Gérard Mairet, Gallimard. (*N.d.T.*)

Crozier marqua une pause et parcourut du regard les visages blancs qui le fixaient.

— Ainsi s'achève cet extrait du chapitre XII de la première partie du *Léviathan*, dit-il en refermant le fort volume.

— Amen, répondirent les marins ravis.

Cet après-midi-là, les hommes dînèrent de biscuits bien chauds et d'une ration entière de leur cher porc salé, les quarante et quelques marins du *Terror* se pressant autour des tables abaissées ou s'asseyant sur des malles et des barriques. Ce brouhaha était fort rassurant. Tous les officiers mangèrent autour de la longue table dans l'ancienne cabine de sir John. En plus de leur jus de citron antiscorbutique – conservé dans des tonnelets de vingt-trois litres où le Dr McDonald craignait désormais de le voir perdre de sa puissance –, les hommes eurent droit à du rabiot de grog. Prélevant dans les réserves de son vaisseau, le capitaine Fitzjames offrit aux officiers, supérieurs et subalternes, trois bouteilles d'excellent madère et deux de brandy.

Vers trois heures et demie, les marins du *Terror* se rhabillèrent, firent leurs adieux à leurs camarades de l'*Erebus* et franchirent l'écoutille centrale, surnommée la grande rue, pour déboucher sous la pyramide de toile, descendre du navire en empruntant le plan incliné de neige et de glace tassées et entamer leur longue marche sur la banquise, sous un ciel où chatoyait encore l'aurore boréale. On échangea dans les rangs maints commentaires à propos du sermon du *Léviathan*. Si la majorité était d'avis que le texte lu par le capitaine provenait effectivement de la Bible, personne ne savait pour quelle raison le pacha l'avait sélectionné, quoique la double ration de rhum encourageât les opinions les plus diverses. Nombre des marins palpaient sans se lasser leurs porte-bonheur confectionnés à partir de dents, de griffes et de pattes d'ours blanc.

Crozier, qui marchait en tête de la colonne, était à moitié persuadé qu'ils allaient retrouver Edward Little et les sentinelles massacrés, le Dr McDonald démembré et M. Thompson déchiqueté, avec les morceaux éparpillés parmi les tuyaux et les valves de ses machines inutiles.

Rien à signaler à bord. Les enseignes Hodgson et Irving distribuèrent des steaks et des biscuits, qui avaient bien refroidi en une heure de marche. Les hommes qui étaient restés de garde dans le froid commencèrent par savourer leur rabiot de grog.

Quoique frigorifié – la chaleur relative du premier pont bondé de l'*Erebus* n'avait fait qu'accroître la froidure à l'extérieur –, Crozier resta sur le pont principal jusqu'à l'heure de la relève. L'officier de quart était à présent Thomas Blanky, le pilote des glaces. Crozier savait que les hommes allaient consacrer leur après-midi à des travaux de couture, en attendant que sonne l'heure du thé, où on leur servirait une misérable portion de merluche accompagnée d'un biscuit, en espérant qu'ils auraient droit à un bout de fromage avec leur bière Burton.

Le vent se levait, projetant des paquets de neige sur les champs de glace hérissés de séracs les séparant de l'iceberg qui, au nord-est, leur dissimulait l'*Erebus*. Des nuages leur cachaient l'aurore boréale comme les étoiles. L'obscurité de l'après-midi allait en s'épaississant. Crozier finit par descendre, pensant au whiskey qui l'attendait dans sa cabine.

20

Blanky

70° 05' de latitude nord, 98° 23' de longitude ouest
5 décembre 1847

Une demi-heure après que le capitaine fut descendu en compagnie des sentinelles qu'on venait de relever, la tempête de neige était d'une telle violence que Tom Blanky ne distinguait plus ni les lanternes ni le grand mât. Le pilote des glaces se félicitait néanmoins que cette tempête eût attendu leur retour de l'*Erebus*; si elle s'était levée une heure plus tôt, ils en auraient bavé pour aller d'un navire à l'autre.

En cette nuit particulièrement noire, M. Blanky avait sous ses ordres le matelot Alexander Berry, trente-cinq ans – pas très futé, certes, mais solide et excellent gabier –, et ses camarades John Handford et Davey Leys. Ce dernier, qui était posté à la proue, avait eu quarante ans fin novembre, et les hommes avaient dignement fêté cela. Mais Leys ne ressemblait plus en rien à l'homme qui s'était enrôlé deux ans et demi auparavant dans le Service des explorations. Début novembre, quelques jours avant que le soldat Heather se fît briser le crâne pendant son quart et que les jeunes Bill Strong et Tom Evans disparussent sur la banquise, Davey Leys s'était allongé sur son hamac et avait cessé de parler. Pendant près de trois semaines, il était tout simplement *parti* – il gardait les yeux grands ouverts, fixés sur le vide, mais on avait beau lui parler, agiter une flamme devant lui, le secouer, l'engueuler ou le pincer, il ne manifestait aucune réaction. Il avait passé cette période à l'infirmerie, allongé non loin du pauvre soldat Heather, qui continuait à respirer en dépit de son crâne béant où manquait une partie de sa cervelle. Davey gisait silencieux, les yeux rivés aux barrots, comme s'il était déjà mort.

Puis la crise avait cessé, aussi subitement qu'elle s'était déclenchée, et Davey était redevenu lui-même. Ou presque. S'il avait bien retrouvé son appétit – il avait perdu près de dix kilos durant ce qu'on pouvait appeler son absence –, il semblait avoir perdu son sens de l'humour, ainsi que son amabilité et l'enthousiasme avec lequel il bavardait avec ses camarades pendant le souper ou les travaux de ravaudage du dimanche après-midi. En outre, les cheveux de ce vieux Davey, encore d'un roux conquérant au début du mois de novembre, avaient viré au blanc lorsqu'il émergea de son trou. À en croire certains matelots, lady Silence lui avait jeté un sort.

Thomas Blanky, pilote des glaces depuis plus de trente ans, ne croyait pas au mauvais sort. Il avait honte de voir des marins s'affubler de gris-gris confectionnés avec des dents, des griffes, des pattes et des queues d'ours polaire. Il savait que les moins instruits des membres de l'équipage – rassemblés autour de Cornelius Hickey, l'aide-calfat, un homme qu'il n'avait jamais aimé ni respecté – affirmaient que la chose sur la glace était une sorte de diable ou de démon – se référant de façon explicite aux diables et aux démons dont le capitaine avait parlé en citant le *Léviathan* – et que certains d'entre eux allaient jusqu'à faire au monstre des offrandes déposées devant la fosse aux câbles de proue, où se cachait lady Silence, de toute évidence une sorcière esquimaude. Hickey et son ami, cet imbécile de Manson, s'étaient apparemment élus prêtres de ce culte – le géant faisant plutôt office d'acolyte et d'homme à tout faire de l'aide-calfat –, et ils se réservaient le droit d'apporter les offrandes dans la cale. Blanky, qui était descendu faire un tour dans ces ténèbres glaciales et puantes, y avait découvert avec dégoût des gamelles de nourriture, des chandelles consumées et des petits gobelets de rhum.

Quoiqu'il n'eût rien d'un naturaliste, Thomas Blanky était une créature de l'Arctique depuis son plus jeune âge, il avait travaillé comme matelot ou pilote des glaces sur des baleiniers lorsque la Royal Navy n'avait pas besoin de ses services, et il connaissait les régions polaires mieux que tous les membres de l'expédition ou presque. Bien que celle-ci lui fût inconnue – pour ce qu'il en savait, aucun navire n'avait jamais atteint cette zone précise, située au sud du détroit de Lancaster, à proximité de la terre du Roi-Guillaume et à l'ouest de la péninsule de Boothia –, les terribles conditions qui y prévalaient lui étaient aussi familières qu'un été de son Kent natal.

Plus familières, en fait, constata Blanky. Cela faisait presque vingt-huit ans qu'il n'avait pas passé l'été dans le Kent.

Oui, elle lui était familière, cette tempête de neige, ainsi que la banquise fracturée, grouillante de séracs et de crêtes de pression, qui hissait lentement le pauvre *Terror* sur son cabestan de glace en même temps qu'elle étouffait toute vie en lui. James Reid, le confrère de Blanky sur l'*Erebus*, pour qui il avait le plus grand respect, lui avait confié juste après l'office religieux que le vieux navire amiral n'en avait plus pour longtemps. Outre le fait que ses réserves de charbon étaient encore plus réduites que celles du *Terror*, la glace exerçait sur lui une emprise encore plus dure, et ce depuis que les deux navires s'étaient retrouvés pris au piège plus d'un an auparavant.

Là où le *Terror* gîtait vers l'avant, avait murmuré Reid, l'*Erebus* gîtait vers l'arrière, si bien que la pression que la glace exerçait sur le navire de sir John se faisait plus dure, plus impitoyable, à mesure que le navire gémissant s'élevait au-dessus de la mer gelée. Son gouvernail était déjà en miettes, sa quille irréparable ailleurs qu'en cale sèche. Les plaques se délogeaient déjà de la proue – il y avait près d'un mètre d'eau dans le coqueron, dont l'inclinaison atteignait dix degrés, et seul un barrage de coffre et de sacs de sable protégeait la chaufferie d'une inondation – et les puissants barrots de chêne qui avaient survécu à plusieurs décennies de guerre et de navigation commençaient à se fendiller. Pis encore, le blindage mis en place en 1845 pour rendre l'*Erebus* invulnérable à la glace gémissait à présent de façon permanente sous l'effet de la terrible pression. De temps à autre, une équerre venait à sauter, produisant un son qui ressemblait à un coup de canon. Cela arrivait souvent en pleine nuit, et les hommes se dressaient dans leurs hamacs, pour se rendormir en maugréant après avoir identifié le bruit. Le capitaine Fitzjames descendait régulièrement avec ses officiers pour constater les dégâts. Les courbes les plus solides tiendraient, affirma Reid, mais elles finiraient par déchirer les couches de fer et de chêne qui se contractaient. À ce moment-là, le navire ne pourrait que couler, glace ou pas glace.

John Weekes, le charpentier de l'*Erebus*, passait près de dix-huit heures par jour dans la cale et sur le faux-pont, travaillant sans répit avec l'aide d'une dizaine d'hommes pour étayer tout ce qui pouvait l'être, tirant parti de toutes les planches en bon état stockées à bord – plus certaines apportées discrètement du *Terror* –, mais l'armature de bois qu'il confectionnait ainsi ne pouvait être que temporaire. Si l'*Erebus* n'était pas libéré des glaces en avril ou en mai, il serait broyé comme un œuf, avait affirmé Weekes à Reid.

Thomas Blanky connaissait bien la glace. Au début de l'été 1846, durant tout le temps qu'il guidait sir John et son capitaine dans un long détroit nouvellement découvert au sud du détroit de Barrow – bien qu'on ne l'eût pas officiellement baptisé, certains l'appelaient déjà « détroit de Franklin », comme si le fantôme de ce vieux crétin allait être apaisé en apprenant qu'on avait donné son nom au chenal qui l'avait pris au piège –, Blanky était resté à son poste, en haut du grand mât, lançant ses indications au timonier tandis que le *Terror* et l'*Erebus* négociaient prudemment plus de deux cent cinquante milles de glace capricieuse, de chenaux de plus en plus étroits et de passages débouchant sur des culs-de-sac.

Thomas Blanky était un professionnel. L'un des meilleurs pilotes des glaces au monde, et il le savait. Depuis son perchoir précaire en haut du grand mât – ces vieilles bombardes n'avaient pas de nid-de-pie, contrairement à un vulgaire baleinier –, Blanky savait distinguer à huit milles des sarrasins agglomérés d'une glace dérivante. Même endormi dans sa cabine, il lui suffisait d'entendre le bruit que faisait le navire en avançant pour savoir qu'il avait quitté la glace en bouillie pour la glace en galettes. Il savait reconnaître d'un seul coup d'œil les fragments d'iceberg dangereux et ceux qu'on pouvait aborder sans crainte. Parfois, ses yeux pourtant fatigués parvenaient même à repérer des bourguignons bleu-vert dans une mer miroitante et à séparer ceux qui se contenteraient de faire grincer la coque du navire de ceux qui risquaient de la percer aussi sûrement qu'un iceberg.

Ainsi donc, Blanky était fier de l'habileté avec laquelle Reid et lui-même avaient conduit les deux navires et leurs cent vingt-six occupants plus de deux cent cinquante milles au sud-ouest à l'issue de leur premier hivernage sur l'île Beechey, tout près de l'île Devon. Mais il se maudissait et se traitait de tous les noms précisément parce qu'il avait accompli cette prouesse.

Les deux navires auraient pu battre en retraite depuis l'île Devon et gagner la baie de Baffin *via* le détroit de Lancaster, même s'ils avaient dû endurer deux, voire trois étés glacials pour échapper à la banquise. Leur petit havre de l'île Beechey les aurait protégés de la déferlante de glace. Et, tôt ou tard, la glace aurait battu en retraite du détroit de Lancaster. Thomas Blanky la *connaissait*, cette glace. Elle se comportait comme toute glace arctique qui se respecte : elle était traîtresse, meurtrière, prête à vous détruire à la moindre erreur, à la moindre inattention, mais elle était prévisible.

Mais cette glace-ci, songea Thomas Blanky tout en battant la semelle sur la poupe pour éviter de se geler les pieds, jetant un coup d'œil aux lanternes de Berry et de Handford qui faisaient de même, cette glace-ci ne ressemblait à rien qu'il eût jamais connu.

Reid et lui avaient *averti* sir John et les deux capitaines il y avait quinze mois de cela, juste avant que les navires fussent pris au piège. *Jouer notre va-tout*, avait suggéré Blanky, tombant d'accord avec Crozier pour estimer qu'il fallait faire demi-tour tant qu'on pouvait encore trouver des chenaux, qu'il fallait filer le plus vite possible vers les parages de la péninsule de Boothia. Les eaux de cette région étaient connues – à tout le moins, la côte est de cette péninsule était familière aux vétérans de l'exploration et de la chasse à la baleine comme lui-même – et il s'écoulerait deux, voire trois semaines avant qu'elles ne gelassent. Et même si les hummocks et les packs de vieille glace – dont l'évocation arrachait à Reid des jurons bien sentis – les avaient empêchés de mettre le cap au nord, ils auraient été bien plus en sécurité à l'abri de la terre du Roi-Guillaume, dont l'expédition de feu le lieutenant Gore leur avait depuis permis de découvrir qu'il s'agissait en fait d'une île. Quoique plate, gelée et ravagée par le vent et les orages, cette masse terrestre aurait abrité les deux navires de ce diabolique tir de barrage venu du noroît, de cet assaut de bourrasques, de blizzards et de glace de mer.

Jamais Blanky n'avait vu de glace comme celle-ci. L'un des rares avantages de la banquise, même lorsque votre bâtiment y est coincé aussi sûrement qu'une balle de mousquet logée dans un iceberg, c'est que la banquise *dérive*. Bien qu'apparemment immobiles, leurs navires *bougeaient*. En 1836, alors que Blanky était pilote des glaces sur le *Pluribus*, un baleinier américain, l'hiver était arrivé le 27 août, prenant par surprise le capitaine borgne pourtant expérimenté et les immobilisant dans la baie de Baffin, à des centaines de milles au nord de la baie de Disko.

Avait suivi un été arctique des plus éprouvants – presque autant que cet été 1847, au cours duquel on n'avait vu ni la glace fondre, ni l'air se réchauffer, ni les oiseaux et autres animaux se manifester –, mais le baleinier *Pluribus*, coincé dans une banquise au comportement plus prévisible, avait dérivé plus de sept cents milles vers le sud, jusqu'à la lisière des glaces qu'ils avaient atteinte à la fin de l'été suivant, naviguant alors dans de la glace en bouillie et empruntant d'étroits chenaux que les Russes appelaient des *polynies*, des fissures qui s'ouvraient dans la glace sous leurs yeux, pour atteindre enfin les eaux libres et filer vers le Groenland afin d'y être remis en état.

Cela n'arriverait pas ici, et Blanky le savait. Pas ici, dans cet enfer blanc oublié de Dieu. Ainsi qu'il l'avait expliqué aux capitaines il y avait quinze mois de cela, cette banquise était pareille à une flotte de gigantesques glaciers descendant sur eux depuis le pôle Nord. Et comme ils étaient entourés au sud par les étendues inexplorées du Canada arctique, au sud-ouest par l'île du Roi-Guillaume, et par l'inaccessible péninsule de Boothia à l'est et au nord-est, la glace ici ne pouvait pas dériver – ainsi que le confirmaient obstinément les mesures au sextant qu'effectuaient Crozier, Fitzjames, Reid et Blanky –, elle se contentait de tourner en rond sur un cercle de deux mille kilomètres de circonférence. Comme si les deux navires étaient des mouches épinglées sur l'un des disques de l'orgue de Barbarie que les officiers n'avaient plus le cœur à faire tourner. Ils n'iraient nulle part. Ils reviendraient à leur point de départ, encore et encore.

Et cette banquise ressemblait davantage à de la banquise côtière, sauf qu'on était en pleine mer et que son épaisseur atteignait six à huit mètres là où une banquise côtière ordinaire ne dépassait pas un mètre d'épaisseur. À tel point qu'il était impossible de creuser et d'entretenir les trous à feu pourtant obligatoires même en hiver.

Cette glace ne les laissait même pas enterrer leurs morts.

Thomas Blanky se demanda s'il n'avait pas été l'instrument du diable – ou peut-être de la folie – lorsqu'il avait utilisé son expérience de trente ans et quelques pour conduire ces cent vingt-six hommes sur deux cent cinquante milles, en un lieu perdu dans les glaces qui risquait de devenir leur tombeau.

Soudain, il entendit un cri. Puis un coup de feu. Puis un autre cri.

21

Blanky

70° 05' de latitude nord, 98° 23' de longitude ouest
5 décembre 1847

Ôtant d'un coup de dents la moufle de sa main droite, Blanky la laissa choir sur le pont et leva son fusil. La tradition voulait que les officiers de quart fussent désarmés, mais le capitaine Crozier avait ordonné de passer outre. Toutes les sentinelles devaient être armées en permanence. Protégé par une mince couche de laine, l'index droit de Blanky s'inséra sans peine dans le pontet, mais sa main sentit aussitôt la morsure du vent.

La lanterne du matelot Berry – en poste à bâbord – était invisible. Apparemment, le coup de feu provenait du côté gauche de la tente, mais le pilote des glaces savait qu'on ne peut se fier à son ouïe durant une tempête. S'il distinguait toujours la lueur d'une lanterne à tribord, il la voyait bouger et osciller.

— Berry ? hurla-t-il en se tournant vers bâbord. (On eût dit que le vent emportait sa voix vers la poupe.) Handford ?

L'éclat de la lanterne disparut à tribord. Celle de Davey Leys, en poste à la proue, aurait dû être visible par temps clair, mais le temps était tout sauf clair.

— Handford ?

M. Blanky entreprit de contourner la tente pour gagner le côté bâbord, son fusil dans sa main droite et sa lanterne dans la gauche. Il avait glissé trois cartouches de rechange dans la poche droite de son manteau, mais il savait d'expérience qu'il lui faudrait une éternité pour recharger dans une telle froidure.

— Berry ! beugla-t-il. Handford ! Leys !

Les trois hommes risquaient de se tirer dessus, désorientés par l'obscurité, la tempête et la gîte du pont glissant, bien qu'Alex Berry eût apparemment déchargé son arme. Blanky n'avait pas entendu d'autre détonation. S'il continuait d'avancer, et s'il venait à se retrouver face à Handford ou à Leys, ceux-ci pouvaient ouvrir le feu par réflexe.

Il avança quand même.

— Berry ?

Moins de dix mètres le séparaient du poste de bâbord.

Il entrevit un mouvement au sein de la tempête de neige, une masse bien trop importante pour qu'il s'agisse de Berry, puis il y eut une explosion bien plus violente qu'un coup de feu. Puis une autre. Blanky recula de dix pas vers la poupe tandis que jaillissait dans les airs une gerbe de barriques, de tonnelets, de coffres et autres conteneurs. Il lui fallut quelques secondes pour comprendre ce qui s'était passé : la pyramide de toile érigée au-dessus du centre du pont venait de s'effondrer sous le poids de la neige et de la glace qui s'accumulaient sur elle, emportant les planches, exposant au vent les réserves du premier pont – de la poix inflammable, du matériel de calfatage et du sable destiné à être répandu sur la neige – et précipitant dans l'écoutille les espars du grand mât, qui servaient depuis plus d'un an de piquets et de poutres à la grande tente.

Blanky et ses trois camarades n'avaient plus accès à l'échelle menant au premier pont, et les autres membres de l'équipage ne pouvaient pas davantage les rejoindre sur le pont principal, la voie d'accès étant bloquée par plusieurs tonnes de bois, de toile et de neige. Les marins ne tarderaient pas à gagner l'écoutille avant et à déclouer les planches qui la condamnaient pour l'hiver, mais cela leur prendrait du temps.

Serons-nous encore en vie lorsqu'ils sortiront ? se demanda Blanky.

Progressant avec un luxe de précautions sur la neige piquetée de sable du pont gîtant, Blanky contourna une pile de débris derrière la tente effondrée et s'engagea dans un étroit passage longeant le bastingage.

Une forme se dressa devant lui.

Sans lâcher la lanterne qu'il brandissait de la main gauche, Blanky leva son arme, prêt à presser la détente.

— Handford !

Il venait de reconnaître son visage blême encadré par la laine sombre de son cache-nez. Sa perruque galloise était de guingois.

— Qu'avez-vous fait de votre lanterne ? lui lança-t-il.

— Je l'ai lâchée, répondit le matelot.

Il tremblait de tous ses membres et avait aussi perdu ses gants. À la façon dont il se serra contre Thomas Blanky, on aurait pu croire que ce dernier était une source de chaleur.

— Je l'ai lâchée lorsque la chose a renversé les espars. La neige l'a éteinte.

— Lorsque la chose a renversé les espars ? Que voulez-vous dire ? Aucune créature vivante n'aurait pu déloger l'espar du grand mât.

— C'est pourtant ce qu'elle a fait ! J'ai entendu Berry tirer un coup de feu. Puis il a poussé un cri. Puis sa lanterne s'est éteinte. Alors j'ai vu quelque chose... quelque chose de gros, de très gros... qui a bondi sur la tente, et c'est alors que tout s'est effondré. J'ai voulu lui tirer dessus, mais mon fusil s'est enrayé. Je l'ai laissé contre le bastingage.

Qui a bondi sur la tente ? répéta mentalement Blanky. L'espar servant de poutre à celle-ci se trouvait à une hauteur de quatre mètres. Rien ne pouvait bondir aussi haut. Et vu que le grand mât était pris dans une gangue de glace, on ne pouvait pas y grimper.

— Nous devons retrouver Berry ! cria-t-il.

— Il n'est pas question que je mette un pied à bâbord, monsieur Blanky. Vous pouvez me dénoncer pour insubordination, mais je préfère encore les cinquante coups de fouet que me donnera M. Johnson.

Handford claquait des dents avec une telle violence que ses propos étaient difficilement déchiffrables.

— Calmez-vous ! ordonna Blanky. Je ne dénoncerai personne. Où est Leys ?

De l'endroit où il se trouvait, Blanky aurait dû voir l'éclat de la lanterne du marin posté sur la proue. Il ne voyait que les ténèbres.

— Sa lanterne s'est éteinte en même temps que la mienne, dit Handford sans cesser de claquer des dents.

— Allez chercher votre fusil.

— Je ne peux pas retourner là...

— Nom de *Dieu* ! tonna Thomas Blanky. Si vous n'allez pas récupérer votre arme *sur-le-champ*, le chat à neuf queues sera le cadet de vos soucis, John Handford, je vous le promets. *Exécution !*

Handford obtempéra. Blanky le suivit, prenant soin de ne pas tourner le dos à la masse de toile qui occupait à présent le centre du navire. La densité de flocons était telle que sa lanterne ne lui permettait pas de voir à plus de trois mètres. Le pilote des glaces raffermit son emprise sur son fusil. Il commençait à sentir la fatigue dans ses bras.

Handford tentait de ramasser son arme de ses doigts engourdis par le froid.

— Qu'est-ce que vous avez fait de vos gants et de vos moufles, bon sang ? cracha Blanky.

Le matelot était désormais incapable d'articuler.

Posant son arme, Blanky écarta Handford du passage et récupéra son fusil. Il s'assura que la neige n'en bloquait pas le canon, puis le

246

lui tendit après avoir abaissé celui-ci. Il dut lui caler la crosse sous l'aisselle pour que l'autre puisse tenir son arme de ses mains gelées. Calant son propre fusil sous son bras gauche afin de pouvoir le saisir si nécessaire, Blanky pêcha une cartouche dans la poche de son manteau, chargea l'arme du matelot et en releva le canon.

— Si vous voyez sortir de ce truc quelque chose de plus gros que Leys ou moi-même, hurla-t-il à l'oreille de Handford, visez et tirez, même si vous devez vous servir de vos dents.

Handford réussit à hocher la tête.

— Je pars à la recherche de Leys afin de l'aider à ouvrir l'écoutille avant, conclut Blanky.

Apparemment, on ne voyait rien d'anormal en direction de la proue, pas un mouvement au sein de ce chaos de toile gelée, de paquets de neige, d'espars brisés et de caisses renversées.

— Je ne... commença Handford.

— Restez ici, coupa sèchement Blanky en posant sa lanterne près du matelot terrifié. Si vous me tirez dessus lorsque je reviendrai avec Leys, je vous jure que mon fantôme vous hantera pour le restant de vos jours, John Handford.

Le visage livide de Handford oscilla de haut en bas.

Blanky se dirigea vers la proue. Au bout d'une douzaine de pas, il sortit du champ de la lanterne, sans recouvrer pour autant sa vision nocturne. Les flocons qui lui criblaient les joues étaient aussi durs que des cailloux. Au-dessus de lui, le vent gémissait dans le gréement resté en place durant cet interminable hiver. L'obscurité était si profonde que Blanky dut empoigner son arme de la main gauche – toujours protégée par sa moufle – tandis que, de la droite, il se guidait grâce au bastingage pris dans la glace. Pour ce qu'il pouvait en déterminer, l'espar placé de ce côté-ci du grand mât s'était également effondré.

— Leys ! hurla-t-il.

Une masse immense et vaguement blanche émergea de la pile de débris, le faisant piler net. Le pilote des glaces n'aurait su dire s'il s'agissait d'un ours blanc ou d'un démon tatoué, ni s'il en était séparé par trois mètres ou par dix, mais une chose était sûre : cette créature lui bloquait le passage.

Puis la chose se dressa sur ses pattes postérieures.

Blanky n'en distinguait que les contours – et encore n'y parvenait-il qu'en estimant la quantité de neige qu'elle bloquait –, mais il avait conscience de son gigantisme. Sa minuscule tête triangulaire, si c'en était bien une, se hissait à une hauteur supérieure à celle qu'atteignait naguère la pyramide de toile. Deux trous semblaient s'ouvrir dans ce crâne blafard – des yeux ? –, mais ils culminaient plus de quatre mètres au-dessus du pont.

Impossible, se dit Thomas Blanky.

La chose s'avança vers lui.

Blanky fit passer son arme dans sa main droite, en cala la crosse contre son épaule, l'assura de la main gauche et tira.

Grâce à l'éclat de la détonation, et au jaillissement d'étincelles qui le suivit, le pilote des glaces disposa d'une demi-seconde durant laquelle il découvrit, rivés à lui, les yeux noirs, morts, inexpressifs d'un requin – non, pas les yeux d'un requin, corrigea-t-il mentalement une seconde plus tard, provisoirement aveuglé par l'image rémanente du coup de feu, mais deux disques d'ébène, bien plus terrifiants, maléfiques et intelligents que les yeux d'un squale –, le regard impitoyable d'un prédateur qui ne voit en vous que de la nourriture. Et ces trous noirs, ces puits sans fond le dominaient d'une hauteur inouïe, posés sur des épaules dont la largeur dépassait l'envergure de ses bras, et ils s'approchaient en même temps que la masse de la créature.

Jetant sur elle son arme désormais inutile – jamais il n'aurait le temps de la recharger –, Blanky sauta sur les bas-haubans.

Seules ses quarante années d'expérience lui permirent de les localiser au jugé dans cette nuit tempétueuse. Aussitôt qu'il eut empoigné un cordage de la main droite, il leva les jambes, trouva des prises avec ses pieds bottés, arracha d'un coup de dents la moufle protégeant sa main gauche et se mit à grimper, la tête en bas ou quasiment.

Moins de vingt centimètres sous son cul se produisit un déplacement d'air comme aurait pu en engendrer un bélier de deux tonnes défonçant la porte d'un château fort. Blanky sentit trois des cordages se déchirer – impossible ! –, et il faillit choir sur le pont lorsque la tension se relâcha dans les haubans.

Il tint bon. Passant la jambe gauche autour d'un groupe de cordages encore solides, il raffermit son emprise et poursuivit son ascension sans avoir perdu une seconde. Thomas Blanky se déplaçait avec l'agilité d'un singe, tel le mousse de douze ans qu'il était jadis, à une époque où les mâts, les voiles et le gréement des navires de Sa Majesté lui apparaissaient comme un gigantesque terrain de jeux conçu pour son seul plaisir.

Il était parvenu à une hauteur de six mètres, approchant du niveau de la deuxième vergue – toujours perpendiculaire à l'axe du navire –, lorsque la chose s'attaqua de nouveau au porte-hauban, déchiquetant cadènes, rides et caps de mouton.

Les cordages se précipitèrent vers le grand mât. Blanky savait qu'il ne résisterait pas à l'impact, qu'il allait tomber tout droit dans les griffes et les crocs de la créature. Incapable d'y voir à plus d'un mètre cinquante tant l'obscurité était profonde, il fit un bond en direction de la vergue.

Ses doigts gourds la trouvèrent alors même que l'une de ses bottes se prenait dans un cordage. Il s'en serait mieux tiré pieds nus, mais le temps ne s'y prêtait guère.

Blanky se hissa sur la vergue, plus de huit mètres au-dessus du pont, s'agrippant au chêne glacé, pareil à un cavalier se cramponnant à sa monture de peur d'être désarçonné, cherchant une prise du pied sur les haubans enchâssés dans la glace.

En temps normal, même sous une averse de neige, de pluie ou de grêle, tout marin digne de ce nom aurait pu grimper une vingtaine de mètres dans le gréement, jusqu'à se retrouver sur une barre traversière, de laquelle il pouvait déverser des quolibets sur son poursuivant, ainsi qu'un singe jetant à un fauve des excréments ou des noix de coco. Mais le HMS *Terror* avait été dépouillé de son gréement supérieur. Blanky ne pouvait pas monter plus haut pour échapper à ce monstre assez puissant pour briser un espar. Il ne pouvait se réfugier nulle part.

En septembre de l'année précédente, il avait aidé Crozier et Harry Peglar, le chef de la hune de misaine, lorsqu'ils avaient préparé le navire en vue de son second hivernage. Ce n'était pas une mince affaire, et les dangers étaient nombreux. On avait commencé par démonter les vergues et le gréement supérieurs. Puis ç'avait été le tour des mâts de perroquet et des mâts de hune – qu'on avait déplacés avec un luxe de précautions, car chacun d'eux en tombant aurait pu traverser tous les ponts jusqu'à la cale et ouvrir une voie d'eau dans la coque, telle une lance transperçant une cuirasse d'osier. On avait vu couler des navires lors de telles manœuvres. Mais si les mâts étaient restés en place, la glace s'y serait accumulée en quantité considérable au cours de l'hiver. Non seulement les stalactites en tombant auraient pu blesser les hommes et endommager le gréement inférieur, mais le navire risquait également de chavirer sous le poids de cette masse d'eau solidifiée.

Lorsqu'il n'était plus resté que les bas-mâts – spectacle aussi répugnant aux yeux d'un marin que celui d'un manchot cul-de-jatte à ceux d'un artiste peintre –, Blanky avait supervisé les opérations portant sur les bas-haubans et le gréement inférieur : il fallait détendre les voiles et les cordages afin qu'ils supportent le poids de la neige et de la glace. Quant aux bateaux du *Terror* – des deux grandes baleinières aux deux cotres, en passant par les canots, la chaloupe, le yawl et le youyou, soit dix embarcations en tout –, il avait fallu les descendre, les renverser, les amarrer, les recouvrir et les stocker sur la banquise.

Thomas Blanky se trouvait à présent huit mètres au-dessus du pont et les haubans qui le séparaient de la troisième vergue risquaient d'être constitués de glace plutôt que de corde. Le bas-mât ressemblait à une colonne de glace, avec une couche supplémentaire de neige côté proue. Toujours accroché à la deuxième vergue, le pilote des glaces s'efforça de scruter l'obscurité. Sur le pont principal, les ténèbres régnaient sans partage. Soit Handford avait éteint la lanterne que lui avait confiée Blanky, soit on l'avait éteinte pour lui. S'il n'était pas planqué dans un coin, c'est qu'il était mort ; dans les deux cas, il ne fallait pas compter sur lui. Jetant un coup d'œil à sa gauche, Blanky constata qu'on n'apercevait aucune lumière côté proue, là où David Leys était posté.

Blanky s'efforça de distinguer la chose en contrebas, mais la scène était trop confuse – la toile déchirée battant au vent, les tonnelets roulant sur le pont gîtant, les caisses glissant sur la neige – et il ne fit qu'entrevoir une masse sombre se mouvant vers le grand mât, envoyant valser des barriques remplies de sable comme s'il s'était agi de vulgaires bibelots.

Jamais elle ne pourra escalader le mât, se dit Blanky. Il sentait le froid s'insinuer dans ses chairs, traversant toutes les couches de tissu qui le protégeaient. Ses doigts menaçaient de geler. Il avait perdu son écharpe et sa perruque galloise. Tendant l'oreille, il espéra entendre le bruit de l'écoutille avant qu'on ouvrait de force, les cris de ses camarades fonçant à son secours, mais sur la proue régnait toujours un silence que seul troublaient les sifflements de la tempête de neige. *Cette créature a-t-elle aussi bloqué l'écoutille avant ? Elle ne peut pas escalader le mât, c'est déjà ça. Elle est beaucoup trop massive. Et puis les ours blancs – si c'est bien un ours blanc – ne pratiquent pas l'escalade.*

La chose se mit à escalader le moignon de mât.

Blanky le sentit vibrer comme elle plantait ses griffes dans le bois. Il entendit un choc sourd, un raclement... un grondement de basse... elle grimpait.

Elle escaladait le mât.

Sans doute lui avait-il suffi de lever ses pattes antérieures pour saisir les moignons déchiquetés de la première vergue. Blanky plissa les yeux et crut distinguer la masse velue et musculeuse en train de se hisser la tête la première, à l'aide de pattes – ou de bras – aussi grands qu'un homme, tandis que ses pattes postérieures prenaient appui sur la première vergue, que ses griffes s'y plantaient pour mieux garantir son assise.

Blanky rampa lentement sur la deuxième vergue gelée, bras et jambes passés autour de l'espar, ainsi qu'un amant étreignant sa maîtresse. Cinq centimètres de neige fraîche recouvraient à présent le cylindre de trente centimètres de diamètre. Le pilote des glaces se cramponnait aux haubans quand il le pouvait.

La chose était arrivée à son niveau. Il distinguait sa masse en se retournant péniblement, et encore ne pouvait-il la percevoir que sous la forme d'une *absence* interrompant la ligne verticale du grand mât.

Quelque chose frappa la vergue avec une telle force que Blanky s'envola dans les airs sur une hauteur de cinquante centimètres, retombant violemment sur la vergue, le souffle coupé par l'impact du bois et des cordages gelés sur son ventre et ses couilles. Si ses mains et son pied droit n'avaient pas été coincés dans les haubans, il serait tombé à bas de son perchoir glacé. On eût dit qu'un cheval de fer venait de se cabrer sous son corps.

La chose repartit à l'assaut, et si Blanky ne s'était pas cramponné aux haubans de toutes ses forces, il aurait été précipité dans les ténèbres. Mais la vibration résultant de l'impact le fit glisser *au-dessous* de la vergue, sans que ses doigts et son pied engourdis ne lâchassent les cordages. Il réussit à retrouver sa position initiale juste avant le troisième assaut, le plus violent de tous. Le pilote des glaces entendit un craquement, sentit la vergue ployer et comprit que, dans quelques secondes à peine, vergue, haubans, enfléchures et cordages s'abîmeraient sur le pont principal, se mêlant aux débris qui le jonchaient déjà.

Blanky accomplit alors l'impossible. Il se mit à genoux, puis debout sur l'espar gelé, grinçant, penché, tendant les bras de façon grotesque pour chercher un équilibre précaire, sentant son corps fléchir sous le vent, ses bottes glisser sur la glace et la neige, il se jeta dans le vide, bras et jambes tendus, cherchant à saisir l'un des cordages invisibles qui devaient – peut-être – probablement – *avec de la chance* – se trouver dans les parages, le tout en tenant compte de la gîte du navire, du souffle du vent et de l'impact de la neige sur les haubans, sans parler des vibrations consécutives aux coups que la créature assenait sans se lasser à la deuxième vergue.

Ses mains ratèrent de peu un cordage solitaire. Mais il fouetta son visage engourdi et, avant de tomber vers le pont, Thomas Blanky l'agrippa des deux mains, se sentit glisser un peu moins de deux mètres et, aussitôt après, se hissa péniblement vers le sommet du bas-mât, situé moins de quinze mètres au-dessus du pont.

La chose poussa un rugissement. Auquel fit écho celui que produisit la deuxième vergue en se fracassant sur le pont, avec sa cargaison de drisses, de colliers et de cercles de fer. Le premier rugissement dépassait le second en volume.

Le cordage auquel il grimpait était suspendu à huit mètres du grand mât. On l'utilisait en général pour descendre plutôt que pour monter. Mais Blanky poursuivit vaillamment son ascension. Le cordage était couvert d'une épaisse couche de glace, la tempête redoublait de violence, Blanky ne sentait plus les doigts de sa main droite, mais il grimpait avec la vigueur d'un aspirant de quatorze ans qui se serait amusé à monter dans la mâture lors d'une soirée sous les tropiques.

Il ne parvint pas à enfourcher la vergue – la couche de glace était trop épaisse –, mais il s'accrocha aux haubans ramenés sous l'espar. Une averse de glace tomba sur le pont en contrebas. Blanky crut – ou espéra – entendre une série de coups, comme si Crozier et l'équipage enfonçaient à coups de hache l'écoutille condamnée.

Accroché à ses cordages comme une araignée à sa toile, Blanky se tourna vers la gauche. Soit la tempête s'était calmée d'un rien, soit il avait en partie recouvré sa vision nocturne. Il distinguait nettement la masse du monstre. Celui-ci escaladait le mât pour le rejoindre. Il était si gigantesque que Blanky pensa à un chat montant en haut d'un arbuste. Sauf que la seule chose qui le rapprochait d'un félin, c'était sa façon de grimper – en plantant ses griffes dans la glace, le chêne et les colliers de fer, dans un mât censé résister à l'impact d'un boulet de canon.

Blanky continua sa reptation, délogeant un peu plus de glace et faisant bruire la toile et la corde gelées comme de la mousseline amidonnée.

La forme gigantesque était arrivée à hauteur de la troisième vergue. Blanky sentit l'espar vibrer puis ployer lorsque la chose posa sur lui ses pattes postérieures. Il l'imagina poser les antérieures, puis frapper avec un appendice aussi gros que son torse, et accéléra l'allure, se retrouvant à une douzaine de mètres du mât, dépassant le bastingage quinze mètres en contrebas. Un marin tombant de cette position alors que le navire voguait en pleine mer se retrouverait dans l'eau. Blanky, lui, se fracasserait sur la glace après une chute de vingt mètres.

Quelque chose se colla à son visage – un filet, une toile d'araignée, il était pris au piège – et il faillit pousser un cri. Puis il comprit ce que c'était : les galhaubans, qui permettaient en temps normal de grimper tout en haut du mât, replacés ici durant l'hivernage afin de mieux dégager la glace de la deuxième vergue. Les puissants coups assenés par la chose les avaient délogés du porte-hauban de bâbord. Quasiment transformés en voiles par la glace logée entre les cordages, ils flottaient au vent au-dessus du navire.

Blanky passa à l'action sans se donner le temps de réfléchir. S'il l'avait fait, il n'aurait pas osé bouger.

Quittant son perchoir d'un bond, il se jeta sur les galhaubans mouvants.

Comme il s'y était attendu, il se produisit un mouvement pendulaire qui le propulsa en direction du grand mât. Il passa à moins de trente centimètres de la masse velue. L'obscurité était telle qu'il n'en discerna que la silhouette floue, mais une tête triangulaire aussi grosse que son torse pivota sur un cou trop long, trop serpentin pour être naturel, et il sentit des crocs longs comme ses doigts se refermer sur l'air qu'il venait de traverser. Le pilote des glaces respira l'haleine de la chose – un souffle de prédateur, de carnivore, vierge de l'odeur de poisson exhalée par les ours polaires qu'ils avaient abattus et dépecés sur la banquise. Cette puanteur-ci était celle de la chair humaine faisandée, avec des relents de soufre, et elle était aussi chaude que les émanations d'une chaudière.

À cet instant-là, Thomas Blanky comprit que les marins qu'il traitait de crétins superstitieux avaient en fait raison : cette chose des glaces était autant un dieu ou un démon qu'un animal de chair et de fourrure blanche. C'était une force qu'il convenait d'*apaiser*, de vénérer ou de fuir.

Il s'attendait à ce que les cordages auxquels il s'accrochait se prennent dans les espars fracassés, ou bien dans les haubans ou l'une ou l'autre des vergues – la créature n'aurait plus alors qu'à le ramener comme un poisson pris à l'hameçon –, mais l'impulsion initiale qu'il avait imprimée à son mouvement l'emmena à plus de cinq mètres du mât côté bâbord.

Maintenant, bien entendu, les galhaubans allaient le ramener à portée de la gigantesque patte griffue qu'il voyait émerger de la neige et des ténèbres.

Blanky exécuta une torsion pour déplacer sa masse vers la proue, sentit les cordages suivre le mouvement, et, dégageant ses deux jambes, il chercha à atteindre la troisième vergue qui se précipitait sur lui.

Il la frappa du pied gauche en passant à son niveau. La semelle glissa sur la glace sans qu'il trouve une prise, mais lorsque les galhaubans repartirent vers la poupe, ses deux pieds trouvèrent la vergue et il poussa de toutes ses forces.

Les galhaubans entortillés repassèrent à proximité du mât, mais l'arc qu'ils décrivaient filait à présent vers la poupe. Les jambes de Blanky pendaient dans le vide, quinze mètres au-dessus de la tente en ruine et des magasins éventrés, et il s'arc-bouta comme il repartait en direction du mât et de la chose qui l'y attendait.

Des griffes déchirèrent les airs à dix centimètres de son dos. En dépit de la terreur qui l'empoignait, il trouva le temps de s'émerveiller : trois mètres au moins le séparaient du mât, et la chose avait dû planter dans celui-ci les griffes de sa patte antérieure – ou de sa main – droite, pour étendre la gauche au maximum afin de le frapper.

Mais elle l'avait raté.

Elle ne le raterait pas la prochaine fois.

Blanky saisit l'un des cordages entremêlés et glissa tant bien que mal sur sa longueur, sentant ses doigts gourds buter sur les enfléchures, manquant à chaque nouvel impact de lâcher prise et de s'abîmer dans les ténèbres.

Atteignant l'apogée de leur arc, à peine au-delà du bastingage bâbord, les galhaubans repartaient en sens inverse.

C'est encore trop haut, se dit Blanky tandis que les cordages se rapprochaient du mât.

La créature les saisit sans la moindre difficulté lorsqu'ils passèrent à sa portée, mais Blanky se trouvait à présent six mètres au-dessous de la vergue, et il continuait de descendre en dépit de ses doigts à moitié gelés.

La chose entreprit de hisser les galhaubans comme un pêcheur ramenant son filet.

Nom de Dieu, c'est tout bonnement monstrueux, songea Thomas Blanky tandis que plus d'une tonne de cordages, de glace et d'humanité montaient dans les airs avec une facilité déconcertante.

Le pilote des glaces exécuta le plan qu'il avait élaboré, se laissant glisser le long des cordages tout en oscillant d'avant en arrière – tel un petit garçon sur une escarpolette –, augmentant l'amplitude de son mouvement alors même que la chose le hissait vers la vergue. Leurs actions s'annulaient mutuellement. Lorsque Blanky arriverait au bout de sa corde, une quinzaine de mètres le sépareraient encore du sol.

Mais il avait encore assez de mou pour se propulser six mètres à bâbord, les deux mains refermées sur les cordages, les deux jambes tendues contre les enfléchures. Il ferma les yeux et visualisa de nouveau un petit garçon sur une escarpolette.

Une toux impatiente résonna moins de six mètres au-dessus de lui. Puis un mouvement violent, et la masse de cordages monta de près de deux mètres supplémentaires.

Ignorant quelle distance le séparait du pont principal – six mètres ? douze ? davantage ? –, ne se souciant que de son mouvement angulaire, Blanky exerça une nouvelle torsion alors qu'il survolait les ténèbres à bâbord, dégagea ses jambes et sauta dans le vide.

Sa chute lui parut interminable.

Première chose à faire : adopter une position lui garantissant qu'il n'atterrirait ni sur la tête, ni sur le dos, ni sur le ventre. Une telle précaution serait inutile s'il se recevait sur la glace – ou carrément sur le pont –, mais il ne pouvait rien y faire. La survie du pilote des glaces était désormais une simple question d'arithmétique newtonienne ; Thomas Blanky était devenu un problème de balistique.

Il sentit passer le bastingage à moins de deux mètres de sa tête et il eut tout juste le temps de se rouler en boule avant de frapper la rampe de neige et de glace agglutinée contre la coque du *Terror*. Le pilote des glaces avait estimé au mieux sa trajectoire, visant un point de chute situé en avant du chemin que les marins empruntaient pour monter à bord, un ruban dur comme la pierre, et en arrière des talus signalant la présence des baleinières enfouies sous leur toile protectrice et sous une couche de neige épaisse d'un bon mètre.

Il atterrit plus ou moins là où il l'avait souhaité. L'impact lui coupa le souffle. Il sentit une douleur dans sa jambe gauche – Blanky eut le temps de se féliciter que ce soit un muscle qui se froisse et non un os qui se brise –, puis il roula le long du plan incliné, proférant maints jurons et exclamations, ajoutant une petite tempête de neige de son cru au blizzard qui continuait de faire rage autour de lui.

Parvenu à dix mètres du navire, quelque part sur la banquise recouverte de neige, Blanky s'arrêta, étendu sur le dos.

Il s'empressa de numéroter ses abattis. Ses bras étaient intacts, mais il souffrait du poignet droit. Son crâne semblait indemne. Ses côtes lui faisaient mal et il avait peine à respirer, mais c'était sans doute dû à la peur et à l'excitation. Le pire, c'était sa jambe gauche.

Blanky savait qu'il aurait dû se mettre à courir... *tout de suite...* mais il n'en avait pas la force. Quel plaisir de rester allongé sur la glace, bras et jambes écartés, à perdre lentement sa chaleur tandis qu'il reprenait son souffle et ses esprits.

On entendait bel et bien des voix en provenance de l'avant. Des globes de lumière, larges de trois mètres à peine, apparaissaient au-dessus de la proue, illuminant les traits obliques de la tempête. Puis Blanky entendit un coup sourd, suivi d'un fracas, et comprit que la créature venait de descendre du mât. Puis ce furent des cris d'alarme – mais les marins ne pouvaient pas distinguer nettement le monstre, qui se trouvait plus à l'arrière, au milieu d'un capharnaüm d'espars fracassés, de haubans déchiquetés et de barriques éparses. Un coup de feu.

Le corps perclus de douleurs, Thomas Blanky réussit à se mettre à quatre pattes. Ses gants étaient en pièces. Il avait les mains nues. Et la tête également : ses longs cheveux gris flottaient librement, son catogan ayant également disparu. Il ne sentait plus ni ses doigts, ni son visage, ni ses autres extrémités, mais tout le reste de son corps irradiait de souffrance.

La créature sauta par-dessus le bastingage pour fondre sur lui, éclairée à contre-jour par les lanternes, franchissant l'obstacle avec aisance.

Se levant en un clin d'œil, Blanky se mit à courir au sein des ténèbres peuplées de séracs.

Ce fut seulement lorsqu'il eut parcouru une cinquantaine de mètres, glissant, tombant et se relevant sans cesse, qu'il comprit qu'il avait sans doute signé son propre arrêt de mort.

Il aurait dû rester près du navire. Contourner les chaloupes rangées le long de la coque côté tribord, grimper sur le beaupré désormais planté dans la glace et foncer sur le pont côté bâbord, en appelant ses camarades pour qu'ils viennent à son secours.

Non, il aurait péri avant de se dépêtrer des cordages de la proue. La chose l'aurait rattrapé en dix secondes.

Pourquoi ai-je foncé dans cette direction?

Il avait un plan avant de lâcher les galhaubans. De quoi diable s'agissait-il?

Blanky entendait des pattes percuter la glace derrière lui.

Un jour, quelqu'un – sans doute s'agissait-il de Goodsir, l'aide-chirurgien de l'*Erebus* – lui avait dit qu'un ours polaire courant sur la banquise pouvait atteindre une vitesse de... quarante kilomètres à l'heure? Oui, au bas mot. Blanky n'avait jamais été un bon coureur. Et il devait éviter les séracs, les crêtes et les fissures qu'il ne voyait qu'une fois arrivé devant eux.

C'est pour ça que j'ai foncé dans cette direction. C'était ça, mon plan.

La créature courait à ses trousses, évitant les mêmes obstacles qui se présentaient à lui et autour desquels il slalomait avec maladresse. Mais le pilote des glaces haletait et pantelait comme un soufflet percé, alors que son gigantesque chasseur se contentait d'émettre de faibles grognements – d'amusement? d'anticipation? – tandis que ses pattes antérieures retombaient sous la glace à chacune de ses foulées, lesquelles étaient quatre à cinq fois plus grandes que celles de Blanky.

Près de deux cents mètres le séparaient à présent du navire. Alors qu'il heurtait une colonne de glace qu'il avait vue trop tard pour l'éviter, sentant son épaule droite s'engourdir sous le choc, s'ajoutant ainsi à la liste des parties de son corps qu'il ne pouvait plus sentir, le pilote des glaces s'aperçut qu'il courait à l'aveuglette depuis le début ou presque. Les lanternes du *Terror* étaient bien loin de lui – incroyablement loin – et il n'avait ni le temps ni l'envie de les chercher du regard. Elles ne pouvaient plus l'aider, elles ne feraient que le distraire.

Si Blanky progressait comme il le faisait, c'était grâce à une carte mentale des champs de glace, des crevasses et des petits icebergs entourant le HMS *Terror* jusqu'à l'horizon. Cela faisait plus d'un an qu'il scrutait cette mer gelée et tourmentée, avec ses crêtes, ses icebergs et ses éruptions de glace, et, durant une partie de ce temps, il avait pu la détailler grâce au faible jour arctique. Même durant l'hiver, il avait pu profiter de la lune, des étoiles et même des aurores boréales pour étudier ce paysage chaotique de l'œil affûté d'un pilote des glaces.

Environ deux cents mètres devant lui, au-delà de la crête de pression qu'il venait d'escalader − il entendit la chose la franchir d'un bond, dix mètres derrière lui −, s'étendait un dédale de fragments d'icebergs, détachés de montagnes de glace, une chaîne en miniature formée de sommets grands comme des cottages.

Comme si elle venait de découvrir la destination de sa proie, la forme invisible qui le pourchassait pressa l'allure en grognant.

Trop tard. Blanky pénétra dans le labyrinthe après avoir évité un dernier sérac. Sa carte mentale ne lui servait plus à rien − il n'avait observé les lieux qu'à la lunette d'approche − et il heurta une paroi de glace, tomba sur le cul et se redressa tant bien que mal, parcourant quelques mètres à quatre pattes le temps de reprendre son souffle et ses esprits avant que la créature ne fonde sur lui.

Devant lui, entre deux icebergs grands comme des fiacres, s'ouvrait une cheminée de moins d'un mètre de large. Blanky s'y insinua − toujours à quatre pattes, sentant ses mains devenir complètement insensibles − alors même que la chose, le sentant à sa portée, tentait de l'abattre d'un coup de patte.

Chassant de son esprit l'image d'un chat jouant avec une souris, le pilote des glaces sentit des griffes titanesques faire voler des éclats de glace à moins de cinq centimètres de ses bottes. Il se releva dans l'étroit passage, retomba, se remit sur ses pieds et s'enfonça dans des ténèbres quasi absolues.

Perdu. Le passage taillé dans la glace était bien trop petit − à peine deux mètres cinquante de long − et il débouchait sur un espace à ciel ouvert. Il entendait déjà le monstre contourner l'obstacle par la droite. En s'attardant ici, il serait aussi exposé qu'en haut d'une colline − et le passage, avec ses murs de neige friable, ne lui offrirait qu'un refuge temporaire. De quoi patienter dans les ténèbres, le temps que la chose élargisse l'ouverture à coups de griffes. Un tombeau plutôt qu'un havre.

Ces petits icebergs sculptés par le vent qu'il avait observés à la lunette d'approche... de quel côté se trouvaient-ils ? À gauche, ou du moins le pensait-il.

Il s'avança en titubant, ignora des pinacles et des séracs qui ne lui auraient servi à rien, enjamba une crevasse de cinquante centimètres de profondeur, escalada une crête aux contours escarpés, tomba, se releva, entendit la chose émerger de derrière le roc de glace et se planter trois mètres derrière lui.

Derrière ce rocher de glace se trouvaient les icebergs les plus grands. Celui où il avait remarqué une ouverture devait être...

... ces saletés se déplacent sans arrêt, de jour comme de nuit...

... elles ne cessent de s'effondrer, de repousser, de se reformer sous l'influence de la pression subglaciaire...

... la chose escalade la crête derrière lui, pose les pattes sur ce plateau dégagé, cet espace à ciel ouvert où il progresse en titubant...

Des ombres. Des crevasses. Des culs-de-sac taillés dans la glace. Aucun qui soit assez large pour qu'il s'y réfugie. Patience.

Là, sur sa droite, un trou d'un mètre vingt de haut ouvert dans la paroi d'un petit iceberg penché. Les nuages s'écartèrent au bon moment, cinq secondes, pas plus, et la lueur des étoiles lui permit d'apercevoir le cercle irrégulier tracé dans la glace.

Il fonça dans sa direction, sans savoir si le tunnel faisait dix mètres ou dix centimètres de profondeur. Impossible d'y entrer.

Ses vêtements – son manteau, sa tenue de froid – il était trop gros.

Blanky les arracha de sa personne. La chose avait fini de gravir la crête et se redressait à quelques mètres de lui. Le pilote des glaces ne la voyait pas – pas le temps de jeter un coup d'œil – mais il la *sentait* qui le dominait de toute sa masse.

Sans même se retourner, il jeta dans sa direction manteau et autres couches de laine, les lançant le plus loin possible compte tenu de leur poids.

On entendit un hoquet de surprise – ponctué par une bouffée de puanteur – puis un bruit de tissu déchiré, de lambeaux jetés au loin. Simple manœuvre de diversion, mais elle lui avait rapporté cinq précieuses secondes.

Il se précipita vers l'ouverture creusée dans la glace.

Ses épaules faillirent s'y bloquer. Ses bottes patinèrent, glissèrent, trouvèrent une prise. Il chercha à se stabiliser sur ses genoux.

Blanky avait à peine avancé d'un mètre lorsque la chose l'attaqua. Elle commença par déchiqueter sa botte droite et une partie de son pied. En sentant les griffes lui déchirer les chairs, le pilote des glaces estima – espéra – que seul son talon avait souffert. Impossible de s'en assurer. Hoquetant, refoulant la douleur qui irradiait dans sa jambe pourtant engourdie, il s'enfonça de quelques centimètres en s'aidant de ses ongles.

Le boyau se rétrécissait.

Repartant à l'assaut, les griffes raclèrent la glace et labourèrent sa jambe gauche, là même où il s'était froissé un muscle dans sa chute.

Blanky sentit l'odeur de son sang, et le monstre dut en faire autant, car il marqua une brève pause. Puis il rugit.

Le bruit était assourdissant dans cet espace confiné. Blanky était coincé, il ne pouvait plus avancer, il savait que la moitié inférieure de son corps était à la portée du monstre. Ce dernier rugit une nouvelle fois.

Blanky sentit son cœur et ses testicules se figer, mais il n'en resta pas pour autant sans bouger. Profitant de ces quelques secondes de sursis, il recula de quelques centimètres pour se dégager, tendit les bras vers l'avant et se propulsa de quelques coups de genoux, s'arrachant des bribes de peau et de vêtements mais réussissant au prix d'un ultime effort à franchir une brèche que sa taille et sa corpulence pourtant modestes auraient dû lui interdire.

Derrière ce passage délicat, le boyau de glace s'élargissait et s'inclinait. Blanky se laissa glisser sur le ventre, son propre sang faisant office de lubrifiant. Ce qu'il lui restait de vêtements était en morceaux. Il sentait la froidure de la glace pénétrer ses muscles noués et son scrotum contracté.

La chose poussa un troisième rugissement, mais celui-ci semblait un peu plus lointain.

Juste avant d'émerger à l'air libre et de tomber sur le sol, Blanky comprit que tous ses efforts avaient été vains. Le boyau où il s'était réfugié – sans doute creusé par le dégel plusieurs mois auparavant – s'étendait sur quelques mètres à peine et débouchait de l'autre côté de l'iceberg. Voilà qu'il se retrouvait étendu sous les étoiles. Il sentait l'odeur de son sang imbibant la neige fraîche. Il entendait la chose contournant l'iceberg, par la gauche puis par la droite, impatiente de le retrouver, certaine de remonter jusqu'à sa proie en humant l'odeur du sang humain. Le pilote des glaces était trop meurtri, trop épuisé pour aller plus loin. À Dieu vat, advienne que pourra, et que le Seigneur envoie en enfer cette saloperie prête à le dévorer. Blanky acheva sa dernière prière en souhaitant que ses os lui restent en travers de la gorge.

Il fallut plus d'une minute et une demi-douzaine de rugissements de frustration – dont le volume allait en croissant à mesure que leur source se déplaçait – pour que Blanky se rende compte qu'il était à l'abri du monstre.

S'il se trouvait à l'air libre, à la belle étoile même, il occupait en fait un espace de deux mètres cinquante de long sur un mètre cinquante de large – une fosse naturellement délimitée par trois icebergs pressés les uns contre les autres. L'un de ceux-ci le dominait telle une muraille sur le point de tomber, mais il n'en distinguait pas moins le ciel nocturne. La lueur des étoiles lui parvenait également par deux meurtrières placées de l'autre côté de son cercueil de glace – et il *vit* la masse titanesque du prédateur occulter le ciel à moins de cinq mètres de lui –, mais ces ouvertures faisaient à peine quinze centimètres de large. Le tunnel qu'il avait emprunté était l'unique voie d'accès à ce refuge.

Le monstre s'escrima en vain durant dix minutes.

Thomas Blanky s'obligea à adopter la position assise et cala contre la paroi de glace ses épaules et son dos lacérés. Comme il s'était débarrassé de son manteau et de sa tenue d'hiver, et comme son pantalon, ses deux tricots, ses chemises et son gilet de corps étaient réduits à l'état de lambeaux sanguinolents, il se prépara à mourir de froid.

La chose refusait de s'en aller. Elle tournait autour des trois icebergs à la façon d'un carnivore dans sa cage, comme en abritaient à présent les jardins zoologiques londoniens. Sauf que c'était Blanky qui était enfermé.

Même si, par miracle, son poursuivant finissait par renoncer, il n'avait plus ni l'énergie ni la volonté nécessaires pour ressortir de son trou et il le savait. Et même s'il y parvenait, il aurait tout aussi bien pu se trouver sur la lune – cette lune qui émergeait d'entre les nuages tourmentés pour déverser sur la banquise une douce lueur bleutée. Et à supposer qu'il réussisse à sortir du labyrinthe d'icebergs, jamais il ne pourrait franchir les trois cents mètres qui le séparaient du navire. Il ne sentait plus son corps, n'arrivait plus à bouger les jambes.

Blanky enfonça son postérieur et ses pieds nus dans la neige – la couche était particulièrement épaisse dans ce trou à l'abri du vent – et se demanda si ses camarades le retrouveraient un jour. Pourquoi prendraient-ils la peine de lancer des recherches ? Ils le compteraient au nombre des marins emportés par la chose des glaces. Au moins le capitaine ne serait-il pas obligé d'entreposer dans la morgue un nouveau cadavre – ou des restes humains drapés dans une toile qui aurait pu servir à un meilleur usage.

Une nouvelle série de bruits lui parvint depuis l'autre bout du tunnel, mais il décida de n'y point prêter attention.

— Va te faire foutre, toi et la truie ou la diablesse qui t'a engendré, marmonna-t-il en sentant ses lèvres se frigorifier un peu plus.

Peut-être ne prononça-t-il même pas cette invective. Mourir de froid – ou encore se vider de son sang, encore qu'il le sentait geler en suintant de ses plaies, les refermant par la même occasion –, voilà qui n'était guère douloureux, finalement. En vérité, c'était une agonie des plus douces... des plus paisibles... Quelle merveilleuse façon de...

Blanky aperçut une lumière au fond du tunnel et derrière les meurtrières. La chose avait allumé une torche ou une lanterne pour lui tendre un piège. Pas question qu'il se laisse avoir par cette ruse vieille comme le monde. Il allait rester coi jusqu'à ce que cette lumière disparaisse, jusqu'à ce qu'il sombre doucement dans un éternel sommeil. Le duel qui l'avait opposé au monstre s'était déroulé dans un silence absolu, il n'allait pas lui donner le plaisir d'entendre sa voix.

— Nom de *Dieu*, monsieur Blanky! tonna la voix de basse du capitaine Crozier. Si vous êtes dans ce trou, *répondez*, nom de Dieu, ou alors on vous laisse pourrir ici!

Blanky cilla. Ou plutôt *tenta* de ciller. Ses cils et ses paupières étaient paralysés par la glace. Était-ce un nouveau stratagème de ce démon?

— Par ici, croassa-t-il. (Puis, élevant la voix :) Par ici!

Une minute plus tard, la tête et les épaules de Cornelius Hickey, l'aide-calfat, le plus petit des membres de l'équipage du *Terror*, émergèrent du boyau. Il portait une lanterne. Blanky aurait cru assister à la naissance d'un troll au visage de fouine.

Au bout du compte, les quatre chirurgiens de l'expédition s'occupèrent de son cas.

De temps à autre, Blanky émergeait d'une brume lénifiante pour se faire une idée de l'avancement des opérations. Tantôt c'étaient les chirurgiens de son navire qu'il découvrait – Peddie et McDonald –, tantôt c'étaient les toubibs de l'*Erebus*, Stanley et Goodsir. Il aurait voulu dire à ce dernier qu'un ours polaire pouvait dépasser sans peine les quarante kilomètres à l'heure s'il en avait envie. D'un autre côté... était-ce bien un ours polaire? Blanky ne le pensait pas. Les ours polaires sont des créatures terrestres, et cette chose venait d'ailleurs. Le pilote des glaces Thomas Blanky en avait l'intime conviction.

Le bilan de la nuit ne se révéla pas si catastrophique que ça. Bien au contraire.

John Handford était sorti indemne de l'aventure. Après que Blanky l'eut quitté, lui laissant sa lanterne, l'homme de garde côté tribord avait éteint cette dernière pour quitter le navire, se réfugiant près de la coque côté bâbord pendant que la créature grimpait au mât à la poursuite du pilote des glaces.

Alexander Berry, porté disparu par Blanky, avait été retrouvé sous la toile effondrée, au milieu des barriques et des tonnelets, à l'endroit même où il s'était posté avant que la créature n'apparaisse soudain pour fracasser les espars servant de poutres. Le matelot avait reçu sur la tête un coup qui lui avait fait perdre tout souvenir des événements, mais Crozier confia à Blanky qu'on avait retrouvé son fusil et qu'il avait eu le temps de l'utiliser. Le pilote des glaces avait lui aussi tiré à bout portant sur la forme qui se dressait devant lui comme une muraille blanche, mais on n'avait trouvé nulle part de traces de son sang.

Crozier demanda à Blanky comment une telle chose était possible – comment on pouvait tirer à bout portant sur un animal sans le faire saigner –, mais le pilote des glaces ne se hasarda pas à formuler une réponse. Au fond de lui, toutefois, il le *savait*.

Davey Leys était également indemne. L'homme de garde à la proue avait sans doute vu et entendu beaucoup de choses – peut-être avait-il assisté à l'apparition de la créature sur le pont –, mais Leys refusait d'en parler. Il observait à nouveau un mutisme total. On l'avait initialement transporté à l'infirmerie du *Terror*, mais comme les chirurgiens avaient besoin de place pour opérer Blanky, Leys avait été allongé sur une civière et évacué à bord de l'*Erebus*. Selon les personnes qui se succédèrent au chevet du pilote des glaces, il passait son temps à fixer sans ciller les barrots du plafond.

Blanky ne s'en était pas tiré sans dommages. La chose lui avait arraché une bonne moitié du pied droit, mais McDonald et Goodsir avaient réussi à cautériser la plaie et lui assuraient qu'il marcherait à nouveau, grâce à une prothèse de cuir ou de bois maintenue par des sangles – du travail en perspective pour l'armurier ou le charpentier.

C'était surtout sa jambe gauche qui avait souffert – les griffes de la créature lui avaient labouré les chairs en profondeur, allant jusqu'à strier l'os – et, comme le lui confessa par la suite le Dr Peddie, les quatre hommes de l'art s'étaient demandé s'ils ne devaient pas l'amputer au niveau du genou. Mais le froid arctique limitait les risques d'infection et de gangrène et, après qu'on eut remis les os en place et recousu les chairs au moyen de quatre cents points de suture, la jambe de Blanky – quoique torse, couturée de cicatrices et allégée de quelques livres de muscles – guérissait de façon satisfaisante.

— Vos petits-enfants s'émerveilleront de ces balafres, lui dit James Reid lorsqu'il lui rendit visite.

Le froid avait lui aussi exercé des ravages. Si Blanky réussit à conserver ses orteils – vu l'état de son pied droit, il aurait besoin d'eux pour assurer son équilibre, à en croire les chirurgiens –, il avait perdu tous ses doigts, excepté ses deux pouces et l'annulaire et l'auriculaire de la main gauche. Goodsir, de toute évidence un expert en la matière, lui assura qu'il retrouverait un jour la capacité de manier la plume et le couteau avec cette seule main, et celle de boutonner et de déboutonner sa chemise et son pantalon en faisant appel aux deux.

Thomas Blanky se foutait de sa chemise et de son pantalon. Du moins pour le moment. Il était vivant. La chose des glaces avait fait de son mieux pour le trucider, mais il était toujours vivant. Il pouvait manger, bavarder avec ses potes, boire sa ration quotidienne de rhum – en dépit de ses bandages, il arrivait parfaitement à tenir son gobelet – et lire un livre à condition qu'on le tienne ouvert devant lui. Il avait bien l'intention de finir *Le Vicaire de Wakefield* avant de quitter cette vallée de larmes.

Blanky était vivant et il avait l'intention de le rester le plus longtemps possible. En attendant, il éprouvait une étrange sensation de bonheur. Il lui tardait de retrouver sa minuscule cabine – située entre celles de l'enseigne Irving et de M. Jopson, le valet du capitaine –, ce qui se produirait très bientôt, dès que les chirurgiens estimeraient qu'ils n'avaient plus besoin de nettoyer, de recoudre et de laver ses plaies.

En attendant, Thomas Blanky était heureux. Allongé sur sa couche tard dans la nuit, tandis que les marins râlaient, bavardaient et pétaient dans le carré enténébré, juste derrière la cloison, tandis que M. Diggle continuait de préparer ses biscuits tout en lançant à ses aides des ordres en rafale, Thomas Blanky écoutait la glace gronder et grincer dans ses efforts pour broyer le HMS *Terror* et s'endormait au son de ces rumeurs familières, aussi familières que les berceuses que lui chantait jadis sa sainte femme de mère.

22

Irving

70° 05' de latitude nord, 98° 23' de longitude ouest
13 décembre 1847

L'enseigne de vaisseau de deuxième classe John Irving devait absolument découvrir comment lady Silence s'y prenait pour quitter le navire et le regagner sans être vue. Ce soir, un mois jour pour jour après avoir déniché l'Esquimaude dans sa tanière, il allait résoudre cette énigme même si cela devait lui coûter ses doigts et ses orteils.

Le lendemain de cette fameuse journée, Irving avait rapporté au capitaine que l'Esquimaude s'était installée dans la fosse aux câbles de la cale. Il s'était abstenu d'ajouter qu'il l'avait surprise en train de manger de la viande fraîche, en grande partie parce qu'il doutait du témoignage de ses yeux. Il s'était également abstenu de rapporter la conduite de l'aide-calfat Hickey et du matelot Manson, qu'il avait interrompus alors qu'ils se livraient à la sodomie. En agissant de la sorte, Irving avait conscience de faillir à son devoir d'officier du Service des explorations de la Royal Navy, mais...

Mais quoi ? La seule raison que John Irving trouvait pour expliquer sa décision, c'était que le HMS *Terror* grouillait déjà de rats et qu'il ne souhaitait pas faire partie du nombre.

La facilité surnaturelle avec laquelle lady Silence disparaissait pour mieux réapparaître ensuite – une preuve supplémentaire de ses pouvoirs de sorcière, à en croire les marins superstitieux, une rumeur sans fondement, selon les officiers – lui semblait bien plus importante que les galipettes auxquelles une fouine et un crétin pouvaient se livrer dans cette cale puante et obscure.

Deux adjectifs parfaitement appropriés, songea-t-il alors qu'il entamait sa troisième heure de surveillance, juché sur une caisse pour se protéger de l'eau stagnante, dissimulé derrière un poteau non loin de la fosse aux câbles. La puanteur empirait chaque jour au sein de ces ténèbres.

Au moins ne trouvait-on plus dans le coin des assiettes de nourriture, des gobelets de rhum et autres offrandes païennes. L'un des officiers avait rapporté ces pratiques à Crozier peu de temps après l'étonnant duel entre M. Blanky et la chose des glaces, et le capitaine avait piqué un coup de sang, menaçant de priver *définitivement* de rhum le prochain marin assez stupide, assez superstitieux, assez *impie* pour offrir sa ration de légumes ou de grog à une *indigène. À une enfant païenne.* (Bien que les marins ayant aperçu l'anatomie de lady Silence ou entendu les médecins l'évoquer à mots couverts la sussent parfaitement formée et échangeassent moult commentaires à ce sujet.)

Plus généralement, le capitaine Crozier avait annoncé qu'il ne tolérerait plus la présence de gris-gris inspirés de l'ours blanc. Lors du dernier office religieux – une lecture du règlement de bord, à la grande déception des hommes impatients de découvrir un nouvel extrait du *Léviathan* –, il avait déclaré que tout homme portant sur lui un croc, une griffe, une queue d'ours ou un quelconque tatouage en rapport avec cet animal se verrait infliger autant de corvées de latrines qu'il recèlerait d'articles incriminants. Soudain, tous les fétiches païens devinrent invisibles à bord du HMS *Terror*; mais, à en croire les officiers de l'*Erebus*, on les trouvait encore en abondance à bord de celui-ci.

Irving avait tenté à plusieurs reprises de suivre l'Esquimaude lors de ses déplacements nocturnes, mais comme il ne souhaitait pas se faire repérer, il l'avait chaque fois perdue de vue. Cette nuit, elle se trouvait dans la fosse aux câbles, cela ne faisait aucun doute. Il l'avait suivie jusqu'à la cale trois heures auparavant, après que les hommes eurent achevé leur souper et que M. Diggle lui eut servi discrètement un repas consistant en une ration de merluche, un biscuit et un verre d'eau. L'enseigne avait posté un homme à l'écoutille avant, à quelque distance du gigantesque poêle, et un autre au pied de l'échelle principale, veillant à ce que chacun soit relevé au bout de quatre heures. Si l'Esquimaude empruntait l'un de ces passages cette nuit – il était déjà dix heures du soir –, Irving en serait aussitôt informé.

Mais cela faisait maintenant trois heures que les portes de la fosse aux câbles restaient obstinément fermées. La seule source d'éclairage de ce coin de cale se trouvait derrière ces portes plus larges que hautes. La femme disposait toujours d'une bougie ou d'une flamme quelconque. S'il l'avait appris, le capitaine Crozier l'aurait aussitôt chassée de sa tanière pour l'installer à nouveau dans sa chambre près de l'infirmerie... à moins qu'il ne l'eût exilée sur la banquise. Comme tout marin qui se respecte, il redoutait plus que tout un incendie à bord, et il ne semblait nullement attaché à leur invitée esquimaude.

Soudain, le rectangle lumineux qui encadrait les portes mal ajustées s'évanouit.

Elle s'est endormie, songea Irving. Il l'imaginait sans peine : nue, ainsi qu'il l'avait découverte, blottie dans son cocon de fourrures. Il imaginait aussi l'un de ses amis officiers se lançant à sa recherche l'aube venue et découvrant son cadavre gelé, perché sur une caisse au-dessus des eaux stagnantes, un malotru mort de froid en tentant de reluquer la seule femme à bord. Une mort bien peu héroïque, dont le récit plongerait ses parents dans la consternation.

À ce moment-là, une brise glacée parcourut la cale déjà en proie à la froidure. On eût dit qu'un esprit maléfique venait de l'effleurer dans l'obscurité. L'espace d'une seconde, Irving sentit ses cheveux se dresser sur sa nuque, puis une conclusion évidente s'imposa à lui : *Ce n'est qu'un courant d'air. Comme si on venait d'ouvrir une porte ou une fenêtre.*

Il comprit alors comment lady Silence rentrait et sortait du *Terror* comme par magie.

Allumant sa lanterne, Irving descendit d'un bond de son perchoir, pataugea dans la gadoue et tira sur les portes de la fosse aux câbles. Elles étaient bloquées de l'intérieur. Il savait qu'il n'y avait pas de verrou là-dedans – pas plus qu'il n'y en avait à l'extérieur, vu que personne n'aurait songé à dérober des aussières –, par conséquent ce devait être l'indigène qui avait aménagé un système de fermeture.

Irving s'était préparé à une telle éventualité. Il tenait dans sa main un pied-de-biche de soixante-quinze centimètres de long. Sachant qu'il aurait à rendre compte des dégâts commis devant le lieutenant Little, voire devant le capitaine Crozier, il inséra l'extrémité de l'outil entre les deux petites portes et fit levier de toutes ses forces. On entendit un grincement et un grognement, mais les portes ne bougèrent que de quelques centimètres. Maintenant le pied-de-biche en place d'une main, Irving glissa l'autre sous ses multiples couches de vêtements et attrapa le couteau passé à sa ceinture.

Lady Silence avait planté des clous dans les portes de la fosse aux câbles et tendu entre eux une bande élastique – des boyaux ? des tendons ? –, qui gardait les portes fermées à la façon d'une couture. Comme Irving laisserait forcément des traces de son passage – le pied-de-biche avait déjà éraflé le bois –, il attaqua les boyaux avec son couteau. Ce ne fut pas une mince affaire. Ils étaient plus résistants qu'un cordage ou une lanière de cuir.

Lorsqu'il en fut venu à bout, il tendit sa lanterne crachotante dans le repaire de l'Esquimaude.

Abstraction faite de l'absence d'éclairage, celle-ci était telle qu'il l'avait découverte un mois plus tôt – une sorte de grotte avec, en guise de parois, les empilements d'aussières enroulées –, jusques et y compris les objets épars : une assiette d'étain contenant encore quelques miettes de merluche, un gobelet, également en étain, et une sorte de sac apparemment confectionné avec des chutes de toile. Placée en hauteur, on trouvait une petite lampe à huile, de celle que les marins emportaient sur le pont pour se rendre aux lieux d'aisance. Irving ôta son gant et sa moufle pour la toucher et constata qu'elle était encore chaude.

Mais pas de lady Silence dans les parages.

Il aurait pu déplacer les lourdes aussières pour regarder ce qu'elles cachaient, mais il savait d'expérience que l'étroit espace triangulaire ne contenait rien d'autre excepté les chaînes d'ancre. Deux ans et demi avaient passé depuis le départ de l'expédition, mais elles étaient encore imprégnées de la puanteur de la Tamise.

Mais lady Silence avait disparu. Il était impossible de traverser le plafond, impossible de traverser la coque. Et si les marins superstitieux avaient raison ? Et si c'était une magicienne ? Une sorcière païenne ?

L'enseigne John Irving ne pouvait pas le croire. Il remarqua que la brise glacée avait cessé de souffler. Mais un faible courant d'air faisait toujours vaciller la flamme de sa lanterne.

Il la brandit à bout de bras et la déplaça autour de lui – vu l'étroitesse des lieux, il n'avait même pas besoin de se déplacer pour couvrir tout l'espace disponible –, s'immobilisant lorsque la flamme se mit à danser : non loin de l'étrave, côté tribord.

Il posa la lanterne et se mit à écarter les aussières. Il vit tout de suite que l'Esquimaude avait disposé la chaîne d'ancre de façon fort astucieuse : ce qui ressemblait à un fouillis de cordages était en fait une section repliée sur elle-même et dissimulant un rouleau facile à déplacer. Derrière ce dernier apparaissaient les épaisses membrures.

Elle avait choisi son emplacement avec soin. La fosse aux câbles était entourée d'un maillage complexe de bois et de fer mis en place quelques mois avant le départ de l'expédition, lorsqu'on avait préparé le HMS *Terror* à son voyage dans les glaces. Au niveau de la proue, des courbes de fer, des varangues en chêne, des équerres renforcées, des renforts triangulaires et des poutres de chêne – parfois aussi épaisses que les membrures – s'entrecroisaient pour former un blindage moderne expressément conçu pour un navire voguant dans les régions arctiques. En décrivant cet assemblage composé de couches de fer, de chêne africain, d'orme canadien et de chêne anglais, un journaliste londonien l'avait comparé à « une masse de rondins de huit pieds d'épaisseur ».

Cette description s'appliquait effectivement à la proue et aux flancs de la coque, Irving le savait bien, mais pour ce qui était de l'étrave proprement dite, soit tout autour de la fosse aux câbles, on ne trouvait plus sur une longueur d'un mètre cinquante que quinze centimètres de chêne anglais, là où les autres membrures en faisaient trente d'épaisseur. Les parties avoisinant l'étrave renforcée devaient en effet être plus flexibles afin de ne pas céder lorsque le navire faisait fonction de brise-glace.

Et elles avaient tenu. Les cinq couches de la coque, ajoutées aux renforts de l'étrave et de la cale, composaient une merveille technologique dont aucune expédition polaire, civile ou militaire, n'avait jamais disposé. Le *Terror* et l'*Erebus* avaient exploré des régions où aucun autre navire n'aurait pu espérer survivre.

Une merveille technologique, assurément. Mais une merveille qui n'était plus sûre.

Irving mit plusieurs minutes à trouver le défaut de la cuirasse, s'aidant de sa lanterne, de ses doigts nus et de la lame de son couteau, jusqu'à ce qu'il découvre une section d'un mètre de long qui avait été délogée d'une membrure épaisse de quarante-cinq centimètres. Côté arrière, elle était maintenue par deux longs clous qui servaient désormais de charnières. Côté avant – à quelques décimètres de l'étrave et de la quille du navire –, elle était tout simplement calée.

Une fois qu'il eut dégagé cette membrure avec son pied-de-biche – se demandant comment la jeune femme avait pu y parvenir avec ses seuls ongles –, il la laissa choir et, frissonnant sous une soudaine vague d'air froid, il se retrouva devant une lucarne d'un mètre sur quarante-cinq centimètres donnant sur les ténèbres.

C'était impossible. Ainsi que le savait le jeune enseigne, la coque du *Terror* était blindée sur une longueur de six mètres à partir de l'étrave, par des plaques d'acier trempé d'une épaisseur de trois centimètres. Les membrures avaient été affectées, soit, mais le blindage – qui se prolongeait sur un tiers de la longueur totale du vaisseau – était forcément intact.

Plus maintenant. Un vent glacial soufflait de la grotte de glace enténébrée sur laquelle s'ouvrait la lucarne. À mesure que la pression subglaciaire soulevait le *Terror* au niveau de la poupe, sa proue s'enfonçait un peu plus sous la surface.

Le cœur de l'enseigne Irving battait à tout rompre. Si, par miracle, le *Terror* se retrouvait en eau libre, il coulerait sur-le-champ.

Lady Silence avait-elle pu infliger de tels dégâts au navire ? Cette idée le terrifiait bien plus que ne l'avait fait sa capacité soi-disant magique de disparaître à volonté. Une jeune femme de vingt ans à peine avait-elle le pouvoir d'arracher des plaques de fer de la coque d'un navire et de déloger une épaisse membrure que seul un chantier naval avait pu recourber et insérer en place, choisissant en outre de le faire à l'endroit *précis* où des marins connaissant leur bâtiment comme leur poche n'auraient jamais repéré une avarie ?

Agenouillé dans l'espace confiné de la fosse aux câbles, Irving s'aperçut qu'il avait de la peine à respirer et que son cœur menaçait de le lâcher.

Il était bien obligé de conclure qu'au cours de deux étés de lutte contre les glaces – deux étés durant lesquels le *Terror* avait traversé la baie de Baffin, puis le détroit de Lancaster, contourné l'île de Cornwallis avant d'hiverner au large de l'île Beechey, puis dérivé vers le sud et erré dans un détroit auquel les marins donnaient déjà le nom de Franklin –, à un moment donné de ce périple, certaines des plaques de fer s'étaient détachées de la coque, sous la ligne de flottaison, et que cette membrure s'était délogée par la suite, *après* que la glace se fut emparée du navire.

Et si ce n'était pas la glace qui avait écarté cette section de membrure ? Si c'était autre chose – quelque chose qui voulait pénétrer *à bord ?*

Aucune importance désormais. Lady Silence n'était partie que depuis quelques minutes et John Irving était toujours résolu à la suivre, pour découvrir non seulement où elle se rendait, mais aussi où elle se procurait de la viande et du poisson – ce qui tenait sûrement du miracle, vu l'épaisseur de la banquise et l'intensité du froid.

S'il y parvenait, cela signifierait peut-être leur salut à tous. L'enseigne Irving avait entendu les mêmes rumeurs que ses camarades à propos des conserves avariées. Certains d'entre eux estimaient qu'ils seraient à court de provisions avant l'été prochain.

Impossible de passer à travers ce trou.

Irving tira sur les membrures entourant la lucarne, mais elles tenaient solidement en place. Cette brèche d'un mètre sur quarante-cinq centimètres représentait sa seule issue. Et il était trop massif pour l'emprunter.

Il ôta son ciré, son lourd manteau, son écharpe, sa casquette et sa perruque galloise et jeta le tout à travers l'ouverture... mais il était encore trop large d'épaules pour passer, bien qu'il fût l'un des plus minces parmi les officiers du bord. Déjà tremblant de froid, il

269

déboutonna son gilet et ôta le tricot qu'il portait en dessous, les faisant passer eux aussi au-dehors.

S'il ne parvenait toujours pas à s'insinuer dans la lucarne, il aurait toutes les peines du monde à expliquer comment il avait pu oublier ses vêtements dans la cale.

Il passait. Tout juste. Grognant et pestant, Irving se tortilla pour s'insérer dans l'espace étroit, arrachant quelques boutons à son gilet de corps.

Je suis à l'extérieur du navire, au-dessous de la banquise. Cette idée ne lui semblait pas tout à fait réelle.

Il se trouvait dans une étroite caverne de glace entourant la proue et le beaupré. Comme il n'avait pas assez de place pour se rhabiller, il poussa ses vêtements devant lui. Il envisagea d'attraper sa lanterne dans la fosse aux câbles, mais la pleine lune flottait dans le ciel lorsqu'il avait monté la garde quelques heures plus tôt. Il décida de récupérer plutôt son pied-de-biche.

La caverne était à peu près aussi longue que le beaupré – soit un peu plus de six mètres –, et c'était sans doute celui-ci qui l'avait creusée l'été précédent, durant les brèves périodes de chaleur. Lorsque Irving finit par émerger du tunnel qui en partait, il ne comprit pas tout de suite qu'il était à l'air libre : l'espar et son gréement festonné de glace lui cachaient encore le ciel, tout en le dissimulant à la sentinelle postée en ce point du navire. Devant lui, surplombé par la masse noire et indistincte à quoi se réduisait le *Terror*, s'étendait un chaos de sérracs et de blocs de glace.

Le corps secoué de frissons, Irving enfila ses couches de vêtements. Ses mains tremblaient trop fort pour qu'il puisse boutonner son gilet, mais ce n'était pas très grave. Les boutons du manteau étaient plus faciles à manipuler. Lorsqu'il eut passé son ciré, le jeune enseigne était positivement frigorifié.

Où aller maintenant ?

À quinze mètres du beaupré s'étendait une forêt de colonnes de glace et de sérracs sculptés par le vent – Silence aurait pu s'y enfoncer dans n'importe quelle direction –, mais il distingua un vague sillon creusé dans la glace et partant en ligne droite depuis la sortie du tunnel. Cela ressemblait à une sente et, en l'empruntant, il passerait inaperçu de l'homme de garde. Irving se leva, empoigna le pied-de-biche de la main droite et prit la direction de l'ouest.

Jamais il ne l'aurait retrouvée s'il n'y avait pas eu ce bruit d'outre-tombe.

Il avait parcouru plusieurs centaines de mètres pour finir par s'égarer dans un dédale de glace – la sente qu'il croyait suivre avait disparu depuis belle lurette, ou plutôt le sillon creusé dans la glace s'était multiplié – et, bien que la lune et les étoiles éclairassent les lieux comme en plein jour, il n'avait pas aperçu le moindre mouvement, la moindre empreinte de pas dans la neige.

Puis vint ce gémissement à glacer le sang.

Non, songea-t-il en se figeant sur place, frissonnant de plus belle – il tremblait de froid, certes, mais cela n'expliquait pas tout –, ce n'était pas un *gémissement*. Ce bruit-là n'avait rien d'humain. On eût dit une mélodie discordante produite par un instrument inconnu... un compromis malaisé entre la cornemuse bouchée, le cor de chasse, le hautbois, la flûte et la voix de castrat. Assez puissante pour qu'il l'entende à des douzaines de pas de distance, mais pas assez pour qu'on la perçoive depuis le pont du navire – d'autant plus que le vent soufflait du sud-est cette nuit-là, ce qui sortait de l'ordinaire. Une mélodie provenant apparemment d'une seule et unique source. Il n'avait jamais rien entendu de semblable.

Cette mélodie – dont le rythme comme la tonalité suggéraient l'excitation sexuelle, qui s'interrompait parfois de façon abrupte, comme en un orgasme, et dont on n'imaginait pas qu'elle puisse être transcrite sur une partition – provenait d'un champ de séracs proche d'une crête de pression, une trentaine de mètres au nord du chemin balisé par des cairns permettant de rallier le *Terror* à l'*Erebus*, un itinéraire que le capitaine Crozier tenait à entretenir quotidiennement ou presque. Mais personne ne s'y affairait cette nuit-là ; Irving avait l'océan gelé pour lui tout seul. Abstraction faite de l'être qui émettait cette mélodie.

Il s'avança à pas de loup dans le dédale bleuté de séracs et de blocs de glace. Chaque fois qu'il craignait de se perdre, il levait les yeux vers la pleine lune. L'orbe jaune ressemblait davantage à une planète qui aurait surgi dans le ciel nocturne qu'à la lune qu'il avait l'habitude de contempler sur terre comme sur mer. L'air qui l'entourait semblait frémir, comme si l'atmosphère elle-même était sur le point de succomber au gel. Des cristaux de glace dessinaient un double halo autour de la lune, en partie dissimulés par les icebergs et les crêtes de pression. Trois croix étincelantes ornaient le halo extérieur, tels des diamants sertis dans un anneau d'argent.

L'enseigne avait observé le même phénomène à plusieurs reprises durant les nuits hivernales à proximité du pôle Nord. M. Blanky, le pilote des glaces, lui avait expliqué qu'il était dû à la réfraction du clair de lune dans les cristaux de glace, mais Irving n'en fut pas moins parcouru d'un frisson d'émerveillement quasi religieux, qui ne fit que s'accentuer lorsque retentit à nouveau l'étrange mélodie – à présent toute proche –, dont le tempo s'accéléra pour s'achever sur un crescendo extatique, que suivit un soudain silence.

Il tenta de visualiser l'Esquimaude jouant de quelque instrument jusque-là inconnu – une sorte de bugle taillé dans des bois de caribou, par exemple –, mais une telle idée était bien trop absurde. *Primo*, elle n'avait rien de tel en sa possession lors de son arrivée. *Secundo*, il avait la certitude que ce n'était pas elle qui produisait cette mélodie.

Il se mit à quatre pattes pour gravir la petite crête qui le séparait du sérac d'où provenait le son, ne souhaitant pas que ses lourdes bottes fissent crisser la neige.

Oui, c'était de derrière ce sérac bleu – que le vent avait sculpté en semblant de drapeau – que montait à nouveau la mélodie, laquelle était plus puissante, plus rapide, plus frénétique encore que précédemment. À sa grande surprise, Irving constata qu'il avait une érection. Il y avait dans la tonalité de cet instrument, dans les graves comme dans les aigus, quelque chose de si... *primordial*... que l'effroi le disputait en lui à l'excitation pure.

Il jeta un regard derrière le dernier sérac.

Lady Silence se tenait à six mètres de lui, sur une plaque de glace bleue. En découvrant les séracs et les blocs de glace qui l'entouraient, Irving se crut transporté dans un Stonehenge de glace éclairé par une lune bleue et couronnée de croix. Ici, même les ombres étaient bleues.

Elle était nue, à genoux sur ses vêtements de fourrure répandus autour d'elle. Elle se présentait de trois quarts dos aux yeux d'Irving, qui entrevoyait le galbe de son sein droit mais distinguait nettement la cascade de ses cheveux noirs et les globes musclés de ses fesses, que le clair de lune rehaussait de coups de pinceau argentés. Son cœur battait avec tant de force qu'il redouta qu'elle l'entendît.

Silence n'était pas seule. Face à elle, une masse emplissait l'intervalle séparant deux mégalithes de glace.

C'était la chose des glaces, Irving en était sûr. Ours blanc ou démon blanc, la créature était là, dominant la jeune femme de toute sa hauteur. L'enseigne avait beau plisser les yeux, il peinait à distinguer ses contours, ne percevant qu'une fourrure blanc-bleu sur fond de glace blanc-bleu, des muscles puissants qui se confondaient avec les reliefs de neige et de glace, des yeux noirs difficiles à dissocier de la noirceur absolue qui servait d'écrin à cette apparition.

Fixée à l'extrémité d'un cou bizarrement long, deux mètres environ au-dessus de la femme agenouillée, une tête triangulaire oscillait comme un serpent. Irving s'efforça d'estimer son volume – cela serait utile quand viendrait le moment de la tuer –, mais ses constantes ondulations l'empêchaient de fixer ne fût-ce qu'un instant cette masse où brillaient des yeux noirs comme le charbon.

La chose s'était rapprochée de la jeune femme. Sa tête flottait au-dessus d'elle.

Irving aurait dû pousser un cri, empoigner son pied-de-biche – jamais il n'aurait le temps de dégainer son couteau – et se ruer au secours de l'Esquimaude, mais ses muscles refusaient de lui obéir. Il ne pouvait que contempler la scène, en proie à une horreur épicée d'excitation sexuelle.

Lady Silence tendit les bras, les paumes tournées vers le ciel, comme un prêtre papiste invoquant le miracle de l'eucharistie. Irving avait un cousin irlandais et catholique, qui l'avait un jour emmené assister à une messe. La même impression de cérémonie magique se dégageait de cette scène au clair de lune bleu. Silence n'émettait aucun son, naturellement, mais ses bras grands ouverts, ses yeux clos, sa tête rejetée en arrière – Irving s'était déplacé de façon à voir son visage – et sa bouche béante évoquaient un fidèle attendant de recevoir l'hostie.

Vif comme un cobra, le cou de la créature se détendit, ses mâchoires s'ouvrirent en grand et ses crocs se plantèrent dans le visage de lady Silence, lui dévorant la moitié de la tête.

Irving faillit laisser échapper un hurlement. Seules la solennité du moment et sa terreur paralysante l'en empêchèrent.

La chose n'avait pas mordu la jeune femme. En observant un peu mieux la tête blanc-bleu du monstre – au moins trois fois plus grosse que celle de l'Esquimaude –, il vit que ses mâchoires ne s'étaient pas refermées, que ses crocs s'étaient immobilisés avant de toucher la peau. Silence gardait les bras tendus, comme prête à étreindre la gigantesque masse de poils et de muscles qui l'enveloppait.

Et la musique commença.

Irving vit remuer les deux têtes – celle de la créature et celle de l'Esquimaude –, mais il lui fallut trente secondes pour comprendre que ces accents de cornemuse érotique et de basson orgiaque émanaient... *de la femme*.

Le monstre aussi colossal que les blocs de glace qui l'entouraient, l'ours blanc, le démon soufflait dans la bouche ouverte de la jeune femme, jouant de ses cordes vocales comme si sa gorge était un instrument à vent. Trilles, notes, résonances se firent plus intenses, plus rapides, plus frénétiques : il vit lady Silence lever la tête et incliner le cou alors que l'ursidé au cou de serpent inclinait sa tête triangulaire dans la direction opposée, et pensa à deux amants échangeant un baiser passionné qu'ils souhaitaient le plus long, le plus profond possible.

Le rythme de la mélodie s'accéléra encore – Irving était sûr qu'on l'entendait maintenant depuis le navire, que tous les marins avaient une érection aussi puissante, aussi durable que la sienne – puis, sans prévenir, elle cessa avec la soudaineté d'un orgasme enfin atteint.

La tête de la chose monta dans les airs. Son cou blanc ondoya et se replia.

Les bras de lady Silence retombèrent sur ses flancs nus comme si l'épuisement ou l'extase l'avait vidée de ses forces. Sa tête ballotta au-dessus de ses seins argentés par la lune.

Le monstre va la dévorer à présent, se dit Irving, luttant pour s'extraire de l'engourdissement dans lequel l'avait plongé cette scène. *La déchiqueter et la dévorer.*

Rien de tel ne se produisit. L'espace d'une seconde, la masse blanche s'éclipsa, filant à quatre pattes parmi les mégalithes de glace, puis elle revint, baissa la tête devant lady Silence et déposa quelque chose sur la glace. Irving entendit un bruit mou, organique, qui lui sembla vaguement familier, mais il ne put l'identifier, ayant perdu tous ses repères – plus rien de ce qu'il voyait et entendait n'avait de sens pour lui.

La chose blanche s'éloigna à nouveau ; Irving sentit l'impact de ses lourdes pattes sur la banquise. Moins d'une minute plus tard, elle était revenue, déposant un nouvel objet devant l'Esquimaude. Un troisième aller-retour suivit.

Puis elle disparut... s'évanouit au sein des ténèbres. La jeune femme restait seule dans la clairière de glace, avec face à elle un tas de formes sombres.

Elle demeura une bonne minute sans bouger. Irving repensa à l'église où l'avait emmené son cousin irlandais, revit les vieux paroissiens qui s'attardaient sur leurs prie-Dieu après la fin de l'office. Puis l'Esquimaude se leva d'un bond, chaussa ses bottes de fourrure et enfila son pantalon et sa parka.

L'enseigne Irving constata qu'il tremblait de tous ses membres. Au moins était-ce en partie de froid, il le savait. S'il avait assez de force et de chaleur dans les jambes pour regagner le navire, il était vraiment verni. Comment cette fille avait pu survivre toute nue, il n'en avait aucune idée.

Silence ramassa les objets que la chose avait posés devant elle et les plaça dans ses bras, avec autant de soin qu'une jeune mère rassemblant ses enfants nouveau-nés. Elle se dirigea vers un espace entre deux séracs – dix degrés sur la gauche, estima Irving –, sans doute pour regagner le navire.

Soudain, elle fit halte, tourna la tête dans sa direction et, bien que sa capuche lui eût caché ses yeux noirs, il les sentit qui se rivaient à lui. Toujours à quatre pattes, il se rendit compte qu'il était parfaitement visible, à un bon mètre du sérac le plus proche, bariolé de bleu par le clair de lune. Dans son souci de trouver un point de vue imprenable, il avait totalement oublié de rester caché.

Tous deux restèrent immobiles durant un long moment. Irving n'arrivait plus à respirer. Il attendit qu'elle fasse un geste, qu'elle tape du pied sur la glace pour appeler le monstre, que celui-ci se jette sur lui. C'était son protecteur. Son vengeur. Il allait le détruire.

Elle détourna les yeux et se remit en marche, disparaissant entre deux colonnes de glace au sud-est de la clairière.

Irving attendit quelques minutes supplémentaires, agité de tremblements fiévreux, puis se releva péniblement. Il était gelé de la tête aux pieds, seul son pénis en voie de détumescence irradiant un peu de chaleur, mais, au lieu de se hâter de repartir vers le navire, il se dirigea vers l'endroit où s'était tenue la jeune femme.

Il y avait du sang sur la glace. Le clair de lune bleu faisait virer les taches au noir. L'enseigne Irving s'agenouilla, ôta son gant et sa moufle, porta l'index à l'une de ces taches et la goûta. C'était bien du sang, mais sans doute pas du sang humain.

Le monstre avait apporté à lady Silence de la viande fraîchement tuée. Une viande d'une nature indéterminée. Le goût de ce sang lui rappelait celui du sien, qu'il avait eu l'occasion de goûter, mais il supposa que c'était celui d'un quelconque animal. Mais de quelle espèce, de quelle provenance ? Cela faisait plus d'un an que les membres de l'expédition Franklin n'avaient plus aperçu un seul animal terrestre.

Le sang gèle très vite. La chose avait tué son gibier à peine quelques minutes plus tôt, alors même qu'Irving errait dans le dédale de glace en quête de lady Silence.

S'écartant vivement de la tache noire sur la neige, comme s'il s'était agi d'un autel de pierre où une vierge venait d'être sacrifiée lors d'une cérémonie païenne, Irving commença par s'efforcer de respirer normalement – l'air lui déchirait les poumons à chaque souffle – puis il ordonna à ses jambes gourdes de le ramener à bord du navire.

Il n'était pas question qu'il repassât par le tunnel de glace conduisant à la fosse aux câbles. Il allait héler la sentinelle de tribord pour éviter de se faire tirer dessus, puis s'avancer sur la rampe de glace, refusant de répondre aux questions tant qu'il n'aurait pas vu le capitaine.

Et que dirait-il à celui-ci ?

Irving n'en avait aucune idée. Il ne savait même pas si la chose des glaces – qui devait toujours rôder dans les parages – le laisserait regagner le navire. Il ne savait même pas s'il aurait encore la force de marcher jusque-là.

Il ne savait qu'une chose : il ne serait plus jamais le même.

Irving mit le cap au sud-est et s'engagea dans la forêt de glace.

23

Hickey

70° 05' de latitude nord, 98° 23' de longitude ouest
18 décembre 1847

Hickey avait décidé que ce grand échalas d'enseigne Irving devait mourir et qu'il allait mourir aujourd'hui.

Le petit aide-calfat n'avait aucun grief envers ce jeune et naïf dandy, hormis son irruption dans la cale un mois auparavant, mais cela suffisait pour faire pencher la balance en sa défaveur.

Jusque-là, les exigences du service l'avaient empêché de passer à l'acte. À deux reprises, il s'était retrouvé de garde sur le pont alors qu'Irving était officier de quart, mais Magnus Manson ne se trouvait pas avec lui. Si Hickey était parfaitement capable d'élaborer un plan, il avait besoin de Magnus pour l'exécuter. Non que Cornelius Hickey redoutât de tuer son prochain ; il avait tranché la gorge d'un homme avant d'avoir l'âge requis pour entrer seul dans un bordel. Mais, vu la méthode pour laquelle il avait opté, ce meurtre-ci exigeait la présence de son disciple et amant, ce crétin de Magnus Manson.

Toutes les conditions étaient à présent réunies. Ils appartenaient tous deux à l'équipe de trente hommes qui, ce vendredi matin – terme ne signifiant pas grand-chose, vu qu'il faisait aussi noir qu'en pleine nuit –, devaient éclairer et entretenir les cairns matérialisant le chemin reliant le *Terror* à l'*Erebus*. Théoriquement, ils étaient placés sous la protection de neuf fusiliers marins armés de mousquets, mais l'équipe allait être dispersée sur une distance de quinze cents mètres, chaque officier encadrant cinq hommes au maximum. Les trois officiers responsables de la partie est du chemin provenaient du *Terror* – il s'agissait du lieutenant Little et des enseignes Hodgson et Irving – et, comme c'était Hickey qui avait organisé les équipes, Magnus et lui allaient se retrouver sous les ordres de ce dernier, autour des cairns les plus éloignés.

Les fusiliers marins demeuraient le plus souvent invisibles : théoriquement sur le qui-vive, ils restaient massés autour du brasero installé au pied d'une crête de pression, à moins de quatre cents mètres du navire. Les deux autres matelots placés sous les ordres d'Irving, John Bates et Bill Sinclair, étaient des fainéants qui avaient tendance à s'éloigner du jeune enseigne pour tirer au flanc près du cairn voisin.

La température était un rien plus clémente que les jours précédents – elle descendait néanmoins au-dessous de – 40 °C – et le vent quasiment inexistant. Le ciel matinal était vide de lune comme d'aurore boréale, mais les étoiles y frémissaient, de sorte qu'un homme sortant du champ d'une lanterne ou d'une torche pouvait le regagner sans trop de problème. Comme la chose rôdait toujours dans les alentours, les marins avaient tendance à rester groupés. Toutefois, la nature même de leur tâche les obligeait à s'écarter parfois des sources lumineuses à leur disposition.

S'il donnait parfois un coup de main à ses subordonnés, Irving avait pour mission principale de surveiller les deux cairns. Il suffisait à Hickey de patienter jusqu'à ce que Bates et Sinclair eussent disparu derrière un bloc de glace et que le jeune enseigne eût baissé sa garde.

L'aide-calfat aurait pu sélectionner une arme parmi une bonne centaine d'instruments contondants, en fer ou en acier – un navire de la Royal Navy regorge d'armes potentielles, dont certaines des plus ingénieuses –, mais il préférait que Magnus assommât ce dandy blond, le traînât sur une vingtaine de mètres, lui fît le coup du lapin puis – après s'être assuré qu'il était mort et bien mort – lui arrachât ses vêtements, lui défonçât la cage thoracique, lui brisât les dents à coups de pied, lui cassât un bras et deux jambes (ou une jambe et deux bras) et l'abandonnât sur la glace. Hickey avait déjà choisi le lieu du crime : une clairière ouverte entre des séracs particulièrement élevés, au sol vierge de neige sur lequel les bottes de Manson ne laisseraient aucune trace. Il avait donné à ce dernier des instructions précises : éviter les projections de sang, ne laisser aucun signe de sa présence et ne pas perdre de temps à détrousser le cadavre.

La chose des glaces avait massacré des hommes de toutes les façons possibles et imaginables, et, si l'on retrouvait le pauvre enseigne Irving dans un état suffisamment lamentable, personne ne douterait de ce qui s'était produit. L'enseigne de vaisseau John Irving rejoindrait les autres cadavres drapés dans leurs linceuls et entreposés dans la morgue du *Terror*.

Magnus Manson n'était pas un tueur né – rien qu'un crétin congénital –, mais il avait déjà abattu des hommes pour le compte de son seigneur et maître Cornelius Hickey. Il n'aurait aucune peine à récidiver. Sans doute ne se demanderait-il même pas pourquoi l'enseigne devait mourir – seul lui importerait d'obéir à son maître. Hickey fut donc quelque peu surpris lorsque le géant l'attira à l'écart alors qu'Irving se retrouvait hors de portée de voix et lui demanda non sans inquiétude :

— Son fantôme ne viendra pas me hanter, hein, Cornelius ?

Hickey tapota son complice sur l'épaule.

— Bien sûr que non, Magnus. Jamais je ne te demanderais de faire quoi que ce soit qui puisse attirer les fantômes vers toi, n'est-ce pas, mon amour ?

— Non, non, gronda Manson en secouant la tête.

Ses cheveux crasseux et sa barbe broussailleuse semblaient jaillir de sous son écharpe et sa perruque galloise. Son front était creusé de rides.

— Mais *pourquoi* son fantôme ne viendra pas me hanter, Cornelius ? Après tout, je n'ai rien contre lui et je vais le tuer quand même.

Hickey fit travailler ses méninges. Bates et Sinclair se dirigeaient vers un groupe de marins de l'*Erebus*, qui érigeaient un muret de neige le long d'une section de vingt mètres de long afin de la protéger du vent. Le chemin avait tendance à s'effacer dans ce coin, ce qui désorientait les hommes, et les deux capitaines avaient décidé cet aménagement. Une fois assuré que Bates et Sinclair effectuaient leur part de travail, Irving reviendrait auprès de Magnus et de Hickey, à proximité de la clairière.

— C'est précisément pour cela que le fantôme de l'enseigne ne te hantera pas, Magnus, chuchota-t-il au géant. Si tu tues un homme sous le coup de la colère, c'est une *bonne* raison pour que son revenant cherche à se venger. Il t'en veut, tu peux en être sûr. Mais le fantôme de M. Irving saura que tu n'avais rien contre lui, Magnus. Il n'aura aucune raison de venir te tourmenter.

Manson opina, mais il semblait encore dubitatif.

— Et puis, reprit Hickey, ce putain de fantôme ne pourra jamais retrouver le navire, hein ? Tout le monde sait que quand un homme meurt sur la banquise, son spectre monte tout droit vers le ciel. Il est incapable de retrouver son chemin au milieu de toutes ces crêtes et de tous ces icebergs. Les fantômes ne sont pas très futés, Magnus. Tu peux me croire sur parole, mon amour.

Le colosse se rasséréna à ces mots. Hickey vit qu'Irving avait rebroussé chemin. Le vent se levait, agitant les flammes des torches.

Du vent, c'est parfait, se dit-il. *Si Irving et Magnus font du bruit, personne ne les entendra.*

— Cornelius, murmura Manson, de nouveau inquiet. Et si *moi*, je meurs sur la banquise, est-ce que ça veut dire que mon fantôme ne reviendra jamais à bord ? Je n'aimerais pas rester tout seul loin de toi.

L'aide-calfat posa une main apaisante sur le dos du colosse.

— Tu ne vas pas mourir, mon amour. Je t'en donne ma parole de chrétien et de franc-maçon. Maintenant, ferme-la et prépare-toi. Quand j'ôterai ma casquette pour me gratter la tête, attrape Irving par-derrière et entraîne-le dans le coin que je t'ai montré. Et rappelle-toi : je ne veux ni traces de pas dans la neige ni taches de sang sur tes fringues.

— J'ai compris, Cornelius.

— Parfait, mon amour.

Émergeant des ténèbres, l'enseigne pénétra dans le disque de lumière diffuse qui émanait de la lanterne posée près du cairn.

— Vous en avez fini avec celui-là, monsieur Hickey ?

— Oui, lieutenant. Je n'ai plus qu'à poser ces quelques pierres, et il sera aussi solide qu'un réverbère de Mayfair.

Irving acquiesça. Il paraissait mal à l'aise en présence des deux marins, bien que Hickey tâchât de se montrer le plus affable possible. *Eh bien, va te faire mettre*, lui lança mentalement l'aide-calfat sans se départir de son sourire édenté. *Tu vas bientôt cesser de nous snober, espèce de fin de race blondinet aux joues roses. Encore cinq minutes, mon gars, et tu seras aussi raide qu'un quartier de bœuf congelé dans la cale du navire. Les rats ont tellement faim en ce moment qu'ils iraient jusqu'à bouffer de l'enseigne, mais je ne peux malheureusement rien y faire.*

— Très bien, fit Irving. Une fois que vous aurez fini, tous les deux, vous rejoindrez MM. Sinclair et Bates qui travaillent sur le muret. Je vais chercher le caporal Hedges afin qu'il monte la garde avec un mousquet.

— À vos ordres, lieutenant, dit Hickey.

Il fit un signe à Magnus. Ils devaient intercepter Irving avant qu'il regagne un endroit bien éclairé. Si un fusilier marin débarquait dans les parages, cela foutrait tout par terre.

Irving fit quelques pas vers l'est puis s'arrêta à la lisière du disque de lumière, attendant que Hickey ait posé les deux derniers blocs de glace sur le cairn. Comme l'aide-calfat se penchait pour ramasser le premier, il adressa à Magnus un hochement de tête. Son complice venait de se placer derrière l'enseigne.

Soudain, on entendit des cris dans les ténèbres, en provenance de l'ouest. Un homme hurla. D'autres voix se joignirent à la sienne.

Les grosses mains de Magnus allaient se refermer sur la gorge de l'enseigne – le colosse avait ôté ses moufles pour assurer sa prise et ses gants noirs offraient un vif contraste avec la pâleur du jeune officier.

Encore des cris. Un coup de feu.

— Magnus, *non*! s'écria Cornelius Hickey.

Indifférent au vacarme, son complice était sur le point de briser la nuque d'Irving.

Manson recula dans les ténèbres. Irving, qui venait de faire trois pas vers l'ouest, pivota sur lui-même, décontenancé. Trois hommes accouraient depuis le *Terror*. Hedges était à leur tête. Le caporal corpulent était tout essoufflé, son mousquet rebondissait sur son ventre replet.

— Suivez-moi! ordonna Irving en fonçant vers la source des cris.

Il n'était pas armé, mais il attrapa la lanterne au passage. Les six hommes se mirent à courir sur la banquise, émergeant des séracs pour déboucher sur une clairière où se trouvaient plusieurs de leurs camarades. Hickey identifia Sinclair et Bates à leurs perruques galloises et reconnut l'un des marins de l'*Erebus*, Francis Dunn, aide-calfat comme lui. Le mousquet qui venait de parler appartenait au soldat Bill Pilkington, qui était présent dans l'affût le jour où sir John avait péri, en juin dernier, et avait été blessé à l'épaule par une balle perdue. Après avoir rechargé son arme, Pilkington la braqua sur les ténèbres, visant un point situé derrière le muret de neige en partie effondré.

— Que s'est-il passé? demanda Irving.

Ce fut Bates qui lui répondit. Il était en train de travailler sur le muret en compagnie de Sinclair, de Dunn et de ses camarades de l'*Erebus*, Abraham Seeley et Josephus Greater, sous la supervision du premier maître Robert Orme Sergeant, lorsque, soudain, l'un des plus grands parmi les blocs de glace situés hors de portée de leurs torches et de leurs lanternes avait paru s'animer.

— Il a agrippé M. Sergeant par la tête et l'a soulevé sur une hauteur de trois mètres, dit Bates d'une voix tremblante.

— C'est la pure vérité, renchérit Francis Dunn. À un instant donné, il était parmi nous, l'instant d'après, il s'est envolé dans les airs et on a vu ses bottes au-dessus de nos têtes. Et ce bruit... ces mâchoires qui broient...

Il se tut et se mit à panteler jusqu'à ce que son visage livide disparaisse dans un nuage de cristaux de glace.

— Je m'approchais des torches lorsque j'ai vu M. Sergeant... disparaître, dit le soldat Pilkington en abaissant son mousquet de ses mains tremblantes. J'ai tiré sur la chose quand elle battait en retraite vers les séracs. Je crois que je l'ai touchée.

— Vous auriez pu toucher Robert Sergeant tout aussi aisément, lança Cornelius Hickey. Peut-être qu'il était encore vivant quand vous avez tiré.

Le fusilier marin décocha à l'aide-calfat du *Terror* un regard de haine pure.

— M. Sergeant n'était plus de ce monde, déclara Dunn sans même remarquer l'échange muet entre les deux hommes. À peine a-t-il eu le temps de hurler que le monstre lui a broyé le crâne comme une noisette. Je l'ai vu. Je l'ai *entendu*.

Plusieurs personnes les rejoignirent, parmi lesquelles le capitaine Crozier et le capitaine Fitzjames, qui semblait dépourvu de substance en dépit de son manteau, de son écharpe et de toutes ses couches de vêtements, et Dunn, Bates et les autres décrivirent à nouveau ce qu'ils avaient vu.

Suivi de deux fusiliers marins qui s'étaient joints à lui, le caporal Hedges alla jeter un coup d'œil dans les ténèbres et rapporta à son retour qu'il n'avait vu aucune trace de M. Sergeant, hormis une piste de gouttes de sang et de lambeaux de vêtements qui s'enfonçait dans la direction du chaos de gigantesques icebergs.

— Cette saleté veut qu'on la suive, marmonna Bates. Elle doit nous guetter dans un coin.

Crozier se fendit d'une grimace dentue, à mi-chemin entre le sourire et le rictus carnassier.

— Eh bien, nous n'allons pas la décevoir. Autant relancer la traque sans tarder. Les hommes sont déjà en place, nous avons suffisamment de lanternes et les fusiliers marins ont le temps d'aller chercher des armes supplémentaires. Et puis la piste est toute fraîche.

— Trop fraîche, maugréa le caporal Hedges.

Crozier aboya ses ordres. Quelques hommes filèrent vers les navires pour en rapporter fusils et mousquets. Les autres se regroupèrent autour des fusiliers marins, qui étaient déjà armés. On répartit les torches et les lanternes entre les groupes de traqueurs. On envoya quérir les Drs Stanley et McDonald, au cas où Robert Orme Sergeant aurait survécu, ce qui était peu probable, et au cas où d'autres marins se feraient blesser, ce qui l'était bien davantage.

Lorsque Hickey se vit attribuer un mousquet, il envisagea d'abattre « accidentellement » l'enseigne Irving sous couvert des ténèbres, mais le jeune officier semblait désormais se méfier de Manson et de lui-même. L'aide-calfat le vit adresser plusieurs regards inquiets au colosse avant que Crozier ne les affecte dans des équipes distinctes, et il en conclut qu'Irving avait dû apercevoir Magnus sur le point de l'étrangler juste avant d'entendre les cris et les coups de feu, à moins que le jeune officier n'ait tout simplement senti que quelque chose clochait ; il serait beaucoup moins facile de le prendre par surprise.

Mais ils y parviendraient. Hickey redoutait que John Irving finît par rapporter au capitaine ce qu'il avait vu dans la cale, et l'aide-calfat ne pouvait pas supporter une telle éventualité. Ce qu'il redoutait, ce n'était pas tant le châtiment physique – il était rare qu'on condamnât un marin à mort, par la corde ou par le fouet – que l'humiliation. L'aide-calfat Cornelius Hickey ne voulait pas passer pour un sodomite amateur d'attardés.

Il attendrait qu'Irving baisse à nouveau sa garde, et il passerait lui-même à l'acte si nécessaire. En supposant que les chirurgiens du navire découvrissent qu'il avait été assassiné, cela n'aurait aucune importance. Les choses étaient déjà allées bien trop loin dans cette expédition. Irving ne serait qu'un cadavre de plus, à enterrer au moment du dégel.

Si l'on ne retrouva point le corps de M. Sergeant – la piste sanglante s'interrompait brusquement à mi-chemin des icebergs –, aucune autre perte ne fut à déplorer. Quelques matelots sacrifièrent deux ou trois orteils dans l'aventure, et tous souffraient d'engelures à des degrés divers lorsqu'on leur donna l'ordre de regagner le bord, une heure après le moment où le souper aurait dû être servi. Hickey ne revit plus l'enseigne Irving de la journée.

Magnus Manson lui réservait une nouvelle surprise sur le chemin du retour. Le vent s'était à nouveau levé et les fusiliers marins les escortaient l'arme levée.

Hickey s'aperçut que le géant débile pleurait à chaudes larmes. Celles-ci gelaient avant même de se perdre dans sa barbe.

— Qu'y a-t-il, mon vieux ? lui demanda Hickey.

— C'est triste, voilà tout, Cornelius.

— Quoi donc ?

— Pauvre M. Sergeant.

Hickey jeta un regard de biais à son amant.

— J'ignorais que tu avais de la tendresse pour ces enfoirés d'officiers, Magnus.

— Oh ! non, Cornelius. Ils peuvent tous crever pour ce que ça me fait. Mais M. Sergeant est mort sur la banquise.

— Et alors ?

— Son fantôme ne retrouvera jamais le chemin du navire. Et le capitaine Crozier a dit qu'on aurait tous droit à une double ration de rhum ce soir. Ça me fait de la peine pour ce pauvre fantôme, Cornelius, car M. Sergeant adorait le rhum.

24

Crozier

70° 05' de latitude nord, 98° 23' de longitude ouest
31 décembre 1847

L'ambiance était telle à bord du HMS *Terror* que la fête de Noël faillit passer inaperçue, mais il en alla tout autrement de celle du nouvel an, qui donna lieu au Second Grand Carnaval de Venise, un événement destiné à rester dans les mémoires.

Quatre jours durant, de violentes tempêtes avaient empêché les hommes de mettre le nez dehors – la férocité de ces blizzards était telle que les tours de garde durent être réduits à une heure –, et, le 24 et le 25 décembre, la morosité régna sans partage sur le premier pont. M. Diggle avait préparé un réveillon avec les moyens du bord, accommodant à une douzaine de sauces les restes de porc salé et sortant de leur saumure les ultimes civets de lièvre. En outre, sollicitant la collaboration des quartiers-maîtres Kenley, Rhodes et David McDonald, et celle des Drs Peddie et Alexander McDonald, il avait sélectionné parmi les conserves Goldner les moins avariées de la soupe de tortue, du bœuf à la flamande, du faisan truffé et de la langue de veau. Pour le dessert, ses marmitons avaient raclé la moisissure des fromages restants et le capitaine Crozier avait prélevé dans la soute au vin les cinq dernières bouteilles de brandy non entamées.

Les hommes demeuraient cependant d'une humeur sépulcrale. On tenta bien d'entonner quelques chants de Noël, mais les officiers dans leur carré glacial comme les membres d'équipage dans le leur, un rien plus chaud – il n'y avait plus assez de charbon en réserve pour activer le chauffage central, même en ce soir de Noël –, n'allèrent pas plus loin que quelques couplets. Comme il fallait économiser le pétrole des lampes, le premier pont n'était éclairé que par quelques bougies, ce qui le rendait aussi gai que le fond d'une mine galloise. Les barrots étaient couverts de glace, les tricots et les couvertures saturés d'humidité. Les rats grouillaient de toutes parts.

Le brandy réchauffa quelque peu les cœurs, mais pas assez pour dissiper cette sombre atmosphère. Crozier vint rejoindre un moment son équipage, et quelques hommes lui offrirent des cadeaux : une petite blague contenant du tabac mis de côté pour l'occasion, une sculpture représentant un ours polaire en pleine course, dont l'expression trahissait une peur des plus comiques (l'auteur avait sans doute voulu éviter toute accusation de paganisme), un gilet de corps en laine rouge ravaudé avec soin, ayant appartenu à un matelot récemment décédé, et un échiquier complet, taillé dans le bois par le caporal Robert Hopcraft (un des fusiliers marins les plus discrets de l'expédition, promu à ce grade après avoir été blessé le jour de la mort de sir John – huit côtes cassées, une clavicule brisée et un bras déboîté). Crozier remercia tout le monde, serra moult mains et pressa moult épaules, puis regagna le carré des officiers, où l'humeur était un tantinet plus gaie grâce au lieutenant Little, qui avait offert à la compagnie les deux bouteilles de whiskey qu'il planquait dans sa cabine depuis bientôt trois ans.

La tempête cessa le matin du 26 décembre. La neige atteignait une hauteur de deux mètres cinquante au-dessus de la proue et de près de deux mètres au-dessus du bastingage avant côté tribord. Après avoir dégagé le navire, ainsi que le chemin balisé de cairns le reliant à l'*Erebus*, les hommes entamèrent les préparatifs de ce qu'ils appelaient le Second Grand Carnaval de Venise – le premier, supposait Crozier, étant celui auquel il avait participé en 1824, durant la malheureuse expédition polaire de Parry.

Il faisait noir comme à minuit, ce matin-là, lorsque Crozier et le lieutenant Edward Little laissèrent Hodgson, Hornby et Irving superviser les travaux pour s'aventurer parmi les congères afin de gagner l'*Erebus*. Crozier éprouva un premier choc en constatant que Fitzjames avait encore perdu du poids – en dépit des nouvelles retouches effectuées par son valet, il flottait littéralement dans sa tunique et son pantalon – et un second, nettement plus inquiétant, lorsqu'il se rendit compte que le commandant de l'*Erebus* ne prêtait que rarement attention à ses propos. Fitzjames paraissait distrait, tel un homme prétendant tenir une conversation mais n'ayant d'ouïe que pour la mélodie provenant d'une pièce voisine.

— Vos marins sont en train de teindre des voiles sur la glace, déclara Crozier. Je les ai vus préparer de grandes cuves de teinture verte, bleue et même noire. Des voiles de rechange en excellent état. Cela vous semble-t-il acceptable, James ?

Fitzjames eut un sourire lointain.

— Pensez-vous que nous aurons un jour besoin de ces voiles, Francis ?

— Je l'espère bien, graillonna Crozier.

L'autre conserva son petit sourire d'une agaçante sérénité.

— Vous devriez voir notre cale, Francis. Son état a encore empiré depuis notre dernière visite d'inspection, durant la semaine précédant Noël. L'*Erebus* ne flotterait pas plus d'une heure en eau libre. Le gouvernail est en miettes. Et c'était notre gouvernail de rechange.

— Un gouvernail, ça se répare ou ça se remplace, dit Crozier en se retenant pour ne pas serrer les poings ni grincer des dents. Les charpentiers ne manquent pas de matériau brut. J'ai étudié la possibilité de creuser une fosse dans la glace autour des deux navires, afin que nous disposions de cales sèches de huit pieds de profondeur avant le dégel. De cette façon, nous aurons accès à l'extérieur de la coque.

— Le dégel, répéta Fitzjames avec un sourire franchement condescendant.

Crozier décida de changer de sujet.

— Cette idée de Carnaval de Venise, ça ne vous inquiète pas ?

Fitzjames haussa les épaules, oubliant son éducation de gentleman.

— Pourquoi m'inquiéterais-je ? J'ignore quelle était l'ambiance à votre bord, Francis, mais sur l'*Erebus*, Noël fut un moment de misère noire. Les hommes ont besoin de se remonter le moral.

Crozier ne pouvait contester le bien-fondé de cette observation.

— Mais un bal masqué sur la banquise, par une journée de ténèbres absolues ?... Combien d'hommes cette chose réussira-t-elle à massacrer ?

— Combien en perdrions-nous en restant calfeutrés à bord ? répliqua Fitzjames, sans perdre son air distrait ni son petit sourire. À vous croire, le Premier Carnaval de Venise, que Hoppner et Parry avaient organisé en 24, s'est révélé des plus bénéfiques.

Crozier secoua la tête.

— Cela ne faisait que deux mois que nous étions pris dans les glaces, dit-il à voix basse. En outre, Parry et Hoppner imposaient à leurs équipages une discipline de fer. L'ambiance était certes à la frivolité, et les deux capitaines étaient toqués de théâtre, mais Edward Parry insistait pour avoir « un bal masqué sans licence » et « un carnaval sans excès ». Nous nous sommes relâchés pour ce qui est de la discipline, James.

Fitzjames finit par renoncer à son air distrait.

— Commandant, dit-il non sans raideur, m'accusez-vous d'avoir négligé la discipline à bord de mon navire ?

— Non, non, non, fit Crozier, qui s'était pourtant posé la question. Je dis seulement que nous avons entamé notre troisième *année* dans les glaces, alors que Parry et Hoppner n'en étaient qu'à leur troisième *mois*. La maladie et l'absence de moral s'accompagnent inévitablement d'une perte de discipline.

— Raison de plus pour autoriser les hommes à se divertir un peu, ne pensez-vous pas ?

Fitzjames avait conservé une certaine sécheresse dans la voix, et ses joues s'étaient colorées en signe d'indignation.

Crozier soupira. Il était trop tard pour annuler ce ridicule bal masqué, comprit-il. Les hommes s'étaient entichés de cette idée et, parmi les marins de l'*Erebus*, ceux qui se montraient les plus enthousiastes pendant ses préparatifs seraient les premiers à fomenter une mutinerie le moment venu. Un bon capitaine, c'est celui qui veille à ce que ce moment ne vienne jamais, et Crozier le savait. Quant à savoir si ce carnaval hâterait ou retarderait ledit moment, il était incapable de trancher.

— Très bien, dit-il finalement. Mais les hommes doivent comprendre qu'il n'est pas question de toucher aux réserves de charbon, de pétrole, d'éther ou d'essence pyroligneuse.

— Ils m'ont promis de se limiter à des torches.

— Et il n'est pas question non plus de leur accorder du rab de boisson ou de nourriture, insista Crozier. Nous venons aujourd'hui même de réduire les rations d'un cran supplémentaire. Ce n'est pas pour lever cette mesure dans cinq jours à l'occasion d'un bal masqué que ni vous ni moi n'approuvons sans réserves.

Fitzjames acquiesça.

— Le lieutenant Le Vesconte, l'enseigne Fairholme et certains de nos meilleurs tireurs partiront en expédition de chasse cette semaine dans l'espoir de lever un peu de gibier, mais les hommes ont compris qu'ils se limiteront aux rations habituelles – ou plutôt aux nouvelles rations – si les chasseurs reviennent bredouilles.

— Comme ils le font depuis trois mois maintenant, marmonna Crozier. Très bien, James, reprit-il d'une voix plus amène. Je retourne à mon bord.

Il s'arrêta sur le seuil de la minuscule cabine de Fitzjames.

— Au fait, pourquoi ont-ils décidé de teindre les voiles en noir, en vert, et cætera ?

Fitzjames eut un sourire distrait.

— Je n'en ai aucune idée, Francis.

Le matin du vendredi 31 décembre 1847 débuta par une aube glaciale mais plutôt calme – ou plutôt par une absence d'aube, bien entendu. Au terme de son quart, M. Irving mesura une température ambiante de – 58 °C. Il n'y avait pas un souffle de vent. Durant la nuit étaient apparus des nuages qui occultaient le ciel d'un bout à l'autre de l'horizon. Il faisait très noir.

La plupart des hommes auraient voulu entamer les festivités aussitôt expédié le petit déjeuner – lequel, vu les nouvelles restrictions en vigueur, se réduisait à un biscuit à la marmelade accompagné d'une cuillerée d'orge mondé à peine sucrée –, mais il ne fallait pas négliger les corvées du jour et Crozier n'avait accepté de libérer les hommes qu'après le souper, une fois qu'ils auraient effectué leur service. Toutefois, les matelots auxquels aucune tâche précise n'avait été confiée – nettoyage du premier pont, gardes et veilles, entretien du gréement, pelletage du pont principal, réparations diverses, instruction, et cætera – étaient autorisés à participer aux ultimes préparatifs, et une douzaine d'entre eux s'enfoncèrent dans les ténèbres de bon matin, escortés par deux fusiliers marins armés de mousquets.

À midi, lorsqu'on servit aux marins leur ration de grog elle aussi amoindrie, leur excitation était quasiment palpable. Crozier laissa filer six matelots libérés de leurs obligations, et l'enseigne Hodgson fut désigné pour les accompagner.

Durant l'après-midi, alors qu'il arpentait le pont arrière dans les ténèbres, Crozier distingua l'éclat des torches derrière le plus grand des icebergs séparant les deux navires. Toujours aucune trace de vent ni d'étoiles.

À l'heure du souper, les hommes encore à bord étaient aussi excités que des enfants la veille de Noël. Ils avalèrent leur repas en un temps record, que les nouvelles restrictions ne suffisaient pas à expliquer – on ne sortait jamais la farine le vendredi, de sorte que le menu se réduisait à du merlu, des légumes en conserve et deux doigts d'ale Burton –, et Crozier n'eut pas le cœur de les retenir le temps que les officiers aient fini de manger. Ces derniers, d'ailleurs, étaient tout aussi impatients de partir au Carnaval. Même James Thompson, l'officier mécanicien, qui d'ordinaire ne s'intéressait à rien excepté à ses machines, et qui avait maigri au point de ressembler à un squelette ambulant, se trouvait déjà sur le premier pont, habillé de pied en cap et prêt à partir.

Vers sept heures du soir, Crozier se retrouva lui aussi en tenue d'hiver, en train de donner ses ultimes instructions aux huit hommes chargés de garder le navire – le premier maître Hornby, leur officier de quart, serait relevé avant minuit par l'enseigne

Irving accompagné de trois marins, ce qui lui permettrait d'assister en partie au gala, après quoi il se mit en route avec son contingent, descendant la rampe pour s'engager sur la banquise par une température inférieure à − 60 °C. La trentaine d'hommes se rangèrent bientôt en file indienne et le capitaine marcha en compagnie de l'enseigne Irving, du pilote des glaces Blanky et de quelques officiers subalternes.

Blanky progressait à faible allure, en s'aidant d'une béquille rembourrée calée sous son bras droit, car il ne maîtrisait pas encore l'usage de sa prothèse de pied, mais il semblait de belle humeur.

— Bonsoir à vous, commandant, lança-t-il. Ne vous donnez pas la peine de m'attendre. Mes camarades ici présents − MM. Wilson, Kenley et Gibson − m'escorteront jusqu'à notre destination.

— Vous avancez aussi vite que nous, monsieur Blanky, rétorqua Crozier.

Chaque fois qu'ils passaient près d'une torche − un cairn sur cinq en était pourvu −, il remarquait que sa flamme était parfaitement verticale, signe que le vent ne s'était toujours pas levé. Les hommes avaient dégagé le chemin à la perfection, ouvrant des brèches dans les crêtes de pression pour faciliter le passage. Le grand iceberg qui se dressait à huit cents mètres de là semblait illuminé de l'intérieur par les torches brûlant derrière lui, évoquant quelque fantasmagorique machine de guerre. Crozier se rappela les foires irlandaises de son enfance. Abstraction faite de la différence de température, la même excitation imprégnait l'atmosphère. Il se retourna un instant pour vérifier que le sergent Tozer et les soldats Hammond et Daly fermaient la marche, prêts à ouvrir le feu si nécessaire.

— Étrange, cet engouement des hommes pour le Carnaval, n'est-ce pas, commandant ? dit M. Blanky.

Crozier répondit par un vague grognement. Durant l'après-midi, il avait vidé son ultime bouteille de whiskey. Les journées et les nuits à venir s'annonçaient difficiles.

Blanky et ses compagnons avançaient à si vive allure − béquille ou pas béquille − que Crozier se laissa distancer. Il tapa le bras d'Irving et l'enseigne dégingandé se détacha du groupe qu'il formait avec le lieutenant Little, les Drs Peddie et McDonald, le charpentier Honey et quelques autres.

Crozier attendit qu'ils fussent hors de portée de voix des officiers comme des fusiliers marins, puis demanda :

— Des nouvelles de lady Silence, John ?

— Non, commandant. Je suis allé jeter un coup d'œil dans la fosse aux câbles il y a moins d'une heure, mais elle avait filé par sa porte dérobée.

Lorsque, quelques semaines plus tôt, Irving lui avait rapporté les allées et venues de leur invitée esquimaude, la première impulsion de Crozier avait été de faire combler le tunnel de glace, de colmater et renforcer la proue et de chasser cette femelle du navire une bonne fois pour toutes.

Mais il s'était ravisé. Il avait ordonné à Irving d'affecter trois matelots à la surveillance de lady Silence, avec ordre de ne pas la quitter des yeux si possible, lui-même ayant pour mission de la suivre sur la banquise à chacune de ses sorties. Jusqu'ici, on ne l'avait pas vue utiliser sa porte dérobée, bien que l'enseigne l'eût guettée pendant des heures derrière un sérac. On eût dit que la jeune femme avait *voulu* que le jeune officier assistât à sa rencontre surnaturelle avec la chose des glaces et que, ceci fait, elle n'avait plus besoin de renouveler l'expérience. Apparemment, elle ne se nourrissait plus que de ses rations et n'utilisait la fosse aux câbles que pour dormir.

Si Crozier avait choisi de ne pas expulser l'Esquimaude, c'était pour une raison toute simple : ses hommes allaient commencer à souffrir d'inanition, leurs réserves de nourriture étant insuffisantes pour tenir jusqu'à l'arrivée du printemps, sans parler des mois qui allaient suivre. Si lady Silence se débrouillait pour obtenir de la viande fraîche en plein hiver – peut-être piégeait-elle des phoques, voire des morses –, c'était là un talent que les marins devaient à tout prix acquérir s'ils voulaient survivre. Or pas un de ces cent et quelques naufragés des glaces n'était un chasseur ni un pêcheur digne de ce nom.

L'enseigne Irving lui avait fait un récit des plus confus selon lequel la chose des glaces jouait de l'Esquimaude comme d'un instrument de musique et lui apportait de la nourriture en guise d'offrande, mais il avait choisi de n'en point tenir compte. Jamais il ne pourrait croire à cette histoire d'ours blanc dressé à rapporter du poisson ou du pinnipède, comme un bon chien anglais rapportant un faisan à son maître. Quant à ce concert musical... eh bien, c'était tout bonnement grotesque.

Et voilà qu'elle choisissait la veille du jour de l'an pour disparaître.

— Bon, fit Crozier, avalant une goulée d'air qui lui glaça les poumons en dépit de ses couches de vêtements, quand vous regagnerez le bord à minuit, allez faire un tour dans sa tanière et, si elle ne s'y trouve pas... Dieu tout-puissant, qu'est-ce que c'est que ça ?

Ils venaient de franchir les dernières crêtes de pression les séparant de la zone dégagée de quatre cents mètres de long entourant l'*Erebus*. Crozier resta bouche bée sous son écharpe devant la scène qui se présentait à lui.

Le capitaine supposait que le Second Grand Carnaval de Venise se déroulerait au pied de l'*Erebus*, à l'image de celui que Hoppner et Parry avaient organisé en 1824, sur la petite étendue de glace séparant l'*Hecla* et le *Fury*, mais le navire amiral se dressait sur son piédestal de glace sale, sombre et désolé, la proue levée vers le ciel, et c'était à quatre cents mètres de lui, sur la banquise, non loin du plus grand des icebergs, que régnaient la lumière, le mouvement et l'agitation.

— Grand Dieu ! s'exclama l'enseigne Irving.

Offrant un vif contraste avec la silhouette dépouillée de l'*Erebus*, un vaste édifice – une véritable cité de lumières et de voiles colorées – était apparu sur la glace, au milieu de la forêt de séracs, s'étendant au pied du gigantesque iceberg illuminé. Crozier en resta muet de saisissement.

Les marins n'avaient pas chômé. Certains d'entre eux avaient de toute évidence escaladé la paroi de l'iceberg pour y planter des pitons et y fixer des treuils, déployant ensuite suffisamment de toile, de cordages et de poulies pour équiper un trois-mâts filant toutes voiles dehors.

L'iceberg et l'*Erebus* étaient reliés par une bonne centaine de cordages festonnés de glace auxquels était suspendue toute une théorie de tentures colorées. Ces murs peints – dont certains atteignaient dix mètres de haut, voire davantage – étaient fixés par des pieux à la banquise, aux séracs et aux blocs de glace, et tendus au moyen d'étais courant diagonalement depuis la paroi de l'iceberg.

Crozier s'avança. Il ne cessait de cligner les yeux, bien que la glace accumulée sur ses cils menaçât de lui paralyser les paupières.

On eût dit qu'une série de gigantesques tentes colorées à ciel ouvert étaient plantées sur la banquise. Éclairées de toutes parts par des centaines de torches, ces tentures murales défilaient en ligne brisée depuis la zone dégagée jusque dans la forêt de séracs et semblaient monter à l'assaut de la paroi de l'iceberg. C'était comme si on avait érigé en une nuit de vastes chambres multicolores. Chacune d'entre elles se présentait en oblique par rapport à la précédente, l'armature de l'ensemble changeant d'orientation tous les vingt mètres environ.

La première chambre, orientée à l'est, s'ouvrait sur la glace. Ses murs de toile étaient d'une splendide couleur bleue – d'un azur absent du ciel depuis si longtemps que Crozier sentit sa gorge se nouer – et l'éclat des torches et des braseros au-dehors semblait les faire palpiter.

Crozier dépassa M. Blanky et ses compagnons, paralysés par l'émerveillement.

— Doux Jésus, murmurait le pilote des glaces.

Crozier s'approcha jusqu'à pénétrer dans l'espace défini par les murs de toile azur.

D'étranges êtres aux habits bariolés gambadaient autour de lui : des chiffonniers traînant une queue de haillons chamarrés, des ramoneurs en habit noir et chapeau claque, des oiseaux exotiques au long bec doré, des cheiks en turban rouge et babouches pointues, des pirates affublés d'une tête de mort bleue pourchassant une licorne, une procession de généraux napoléoniens portant des masques tout droit sortis de quelque tragédie grecque. Une créature corpulente vêtue de vert – un esprit sylvestre ? – dansa jusqu'à Crozier et lui dit d'une voix de fausset :

— La malle à costumes est sur votre gauche, commandant. N'ayez pas peur de mélanger les genres.

Puis l'apparition s'éclipsa, regagnant le sein de la foule bigarrée des fêtards.

Crozier continua de s'avancer dans le dédale de chambres colorées.

Un brusque virage sur la droite, et il se retrouva dans une pièce pourpre tout en longueur. Elle n'était pas vide, constata-t-il. Les organisateurs du Carnaval y avaient disposé des tapis, des tentures, des tables et des coffres, un mobilier repeint aux couleurs des murs étincelants.

Après cette chambre pourpre, à l'issue d'un virage sur la gauche si serré que Crozier aurait eu besoin des étoiles pour s'orienter – mais le ciel était vierge d'étoiles –, s'ouvrait une longue chambre verte. On y trouvait un nouveau groupe de fêtards, plus important que le premier : des oiseaux exotiques, une princesse au visage chevalin, des créatures aux articulations si segmentées qu'elles évoquaient des insectes géants.

Francis Crozier ne se rappelait pas avoir vu de tels costumes dans les coffres de Parry, et pourtant, à en croire Fitzjames, Franklin avait embarqué les stocks provenant du *Fury* et de l'*Hecla*.

La quatrième chambre était tapissée et meublée d'orange. La lueur des torches à travers les parois de toile était si riche de nuances qu'elle éveillait l'appétit. On avait étalé sur la glace des carrés de toile teints de la même couleur, et un gigantesque bol à punch trônait sur une table recouverte d'une nappe orangée. Une bonne trentaine de convives costumés se pressaient autour du bol, et certains allaient jusqu'à y tremper leur bec ou leur gueule.

Crozier sursauta en se rendant compte que de la musique montait du cinquième tronçon de ce dédale coloré. Un nouveau virage à droite, et il se retrouva dans une chambre blanche. Le long de ses murs étaient placés des coffres et des sièges dissimulés par des draps blancs, et un être fantasmagorique faisait tourner l'orgue de Barbarie du carré du *Terror*, qui déversait sur les lieux un torrent de mélodies naguère populaires. Le bruit semblait encore plus discordant sur la glace qu'entre quatre murs.

Des fêtards sortaient de la sixième chambre et Crozier, passant sans s'arrêter devant le musicien, tourna à gauche et entra dans une chambre violette.

Son œil de marin admira l'assemblage complexe d'espars et de cordages – c'était ici, sur ce mât dressé sur la banquise, que se trouvait le centre névralgique de ce gréement des glaces –, sans parler des câbles qui reliaient ce point central aux pitons logés dans l'iceberg. Selon toute évidence, les gréeurs du *Terror* et de l'*Erebus* qui avaient conçu et exécuté ce labyrinthe avaient voulu se venger du mauvais sort qui les empêchait de se livrer à leur art depuis qu'on avait démonté mâts de hune, espars et gréement supérieurs pour les entreposer sur la banquise. Mais on ne trouvait que peu de monde dans cette chambre violette, dont la lumière semblait étrangement oppressante. Son mobilier se limitait à des coffres vides drapés de linge violacé. Les quelques oiseaux, pirates et chiffonniers qui entraient ici, avec à la main un verre en cristal provenant de la chambre blanche, ne s'attardaient que le temps de parcourir les lieux du regard.

La dernière chambre semblait exempte de toute lumière.

Crozier sortit de la chambre violette en tournant sur la droite et se retrouva dans des ténèbres absolues.

Non, pas tout à fait. Il y avait bien des torches derrière ces murs de toile teints en noir, tout comme dans les autres chambres, mais ici ne régnait qu'une confuse pénombre aux nuances d'ébène. Crozier dut attendre que ses yeux accommodent, et, cela fait, il recula de deux pas sous l'effet de la surprise.

Il n'y avait plus de glace sous ses pieds. On eût dit qu'il foulait les eaux noires de la mer arctique.

Le capitaine ne mit que quelques secondes à comprendre l'illusion. Les hommes avaient récupéré de la suie dans la chaufferie pour l'étaler sur la banquise – méthode bien connue des marins souhaitant accélérer la fonte des glaces lorsque le printemps se montrait tardif ou l'été récalcitrant, sauf que, bien entendu, la glace ne risquait pas de fondre en ce jour hivernal où la température tombait en dessous de − 70 °C. La suie ne faisait que rendre la banquise invisible dans la terrible ténèbre de cette ultime et horrible chambre.

Crozier vit alors que celle-ci contenait en tout et pour tout un seul meuble, et, lorsqu'il le découvrit, il sentit ses mâchoires se crisper sous l'effet de la colère.

La grande horloge noire du capitaine John Franklin était placée tout au fond de la chambre noire, contre la paroi de l'iceberg faisant office de mur à cette salle et de terminus au labyrinthe de sept chambres. Crozier entendait distinctement son lourd tic-tac.

Et au-dessus de l'horloge, saillant de la glace comme une créature cherchant désespérément à s'en libérer, apparaissait un monstre à la fourrure blanche et aux crocs couleur d'ivoire.

Non, se ravisa-t-il, pas un monstre. On avait monté dans la glace la tête et le cou d'un gigantesque ours blanc. Sa gueule était grande ouverte. Ses yeux noirs reflétaient le peu de lumière qui réussissait à traverser les tentures de toile noire. Le blanc de sa fourrure et de ses crocs se détachait crûment dans la pénombre. Le rouge de sa langue était positivement choquant. L'horloge en dessous battait comme un cœur.

Empli d'une fureur qu'il n'aurait su expliquer, Crozier sortit de la chambre noire d'un pas furibond, se planta dans la chambre violette et exigea à grand cri de voir un officier – n'importe quel grade ferait l'affaire.

Un satyre au visage de papier mâché, avec fixé à sa ceinture rouge un cône digne de Priape, s'avança prudemment sur ses sabots factices.

— Oui, commandant ?

— Enlevez-moi cette saloperie de masque !

— À vos ordres, commandant.

Le satyre se révéla être Thomas R. Farr, le chef de la grand-hune du *Terror*. La plantureuse Chinoise qui l'accompagnait ôta elle aussi son masque, et apparut le visage rondouillard de M. Diggle, le coq. Près de lui, un rat géant abaissa son museau, exposant les traits de l'enseigne James Fairholme, de l'*Erebus*.

— Que diable signifie tout ceci ? rugit Crozier.

En entendant sa voix, diverses créatures fantastiques battirent en retraite vers les murs blancs.

— Qu'entendez-vous par « tout ceci », commandant ? demanda l'enseigne Fairholme.

— *Tout ceci !* beugla Crozier, qui agita les bras pour désigner en vrac les murs blancs, le gréement, les torches et le reste.

— Mais... rien, commandant, répondit M. Farr. C'est tout simplement... le Carnaval.

Jusqu'à ce jour, Crozier considérait Farr comme un homme posé et raisonnable, un excellent chef de hune.

— Monsieur Farr, avez-vous participé à cette entreprise ? demanda-t-il sèchement.

— Oui, monsieur.

— Monsieur Fairholme, étiez-vous informé de la présence de...
d'une tête d'animal dans la dernière chambre ?

— Oui, commandant. (L'enseigne au long visage buriné ne semblait nullement impressionné par la colère de son supérieur.) C'est moi-même qui ai tué la bête. Pas plus tard qu'hier soir. Les deux bêtes, en fait. Une ourse et son petit presque adulte. Nous allons faire griller leur viande vers minuit – nous allons festoyer, monsieur.

Crozier regarda les trois hommes sans rien dire. Il sentait son cœur battre contre ses côtes, sentait monter en lui la colère qui l'avait maintes fois entraîné dans de violents pugilats – une colère alimentée par l'alcool et encore accrue du fait qu'il se savait condamné à l'abstinence.

Mieux valait se montrer prudent.

— Monsieur Diggle, dit-il à la plantureuse Chinoise, vous savez que le foie d'ours blanc n'est pas bon pour notre santé.

Les bajoues de Diggle frémissaient avec autant d'enthousiasme que ses seins grotesques.

— Oh ! oui, commandant. Il y a quelque chose dans les viscères de cette bête que la cuisson est incapable d'éliminer. Mais il n'y aura ni foie ni abats au menu de cette grillade, commandant, je peux vous l'assurer. Rien que de la bonne viande – plusieurs centaines de livres de viande fraîche, assaisonnées et grillées à la perfection, monsieur.

— Les hommes considèrent comme un bon présage le fait que nous disposions d'une telle quantité de viande, commandant, enchaîna l'enseigne Fairholme. Tout le monde attend ce festin avec impatience.

— Pourquoi n'ai-je pas été avisé de cette bonne nouvelle ? demanda Crozier.

L'officier, le chef de hune et le cuistot – l'oiseau, le rat et la chimère – échangèrent un regard.

— Ce n'est que tard dans la nuit que nous avons abattu ces bêtes, commandant, déclara finalement Fairholme. Apparemment, si quantité de marins du *Terror* sont venus ici aujourd'hui pour prendre part aux préparatifs, aucun messager de l'*Erebus* n'a fait le trajet inverse. Je vous prie d'accepter mes excuses, commandant.

En fait, c'était Fitzjames qui avait fait preuve de négligence en la matière. Crozier le savait et les hommes qui l'entouraient également.

— Très bien, lâcha-t-il. Repos. (Mais, alors que les trois autres remettaient leurs masques, il ajouta :) Si l'horloge de sir John est abîmée, vous aurez de mes nouvelles.

— À vos ordres, commandant, dirent les masques à l'unisson.

Après avoir jeté un dernier regard un peu inquiet en direction de la terrible chambre noire – durant ses cinquante et une années de mélancolie chronique, jamais il n'avait rencontré chose plus oppressante –, Crozier sortit de la chambre violette, passa de la blanche à l'orange, puis de l'orange à la verte, de la verte à la pourpre, de la pourpre à la bleue, et, de là, regagna l'air libre.

Ce fut seulement lorsqu'il eut émergé du dédale de voiles peintes que Crozier réussit à respirer normalement.

Les fêtards costumés s'écartèrent du passage de l'officier furibond tandis qu'il se dirigeait vers l'*Erebus* et vers la sombre silhouette emmitouflée dans ses vêtements qui se tenait en haut de la rampe d'accès.

Le capitaine Fitzjames était seul, accoudé au bastingage. Il fumait sa pipe.

— Je vous souhaite le bonsoir, capitaine Crozier.

— Moi de même, capitaine Fitzjames. Êtes-vous entré dans ce... dans ce...

Incapable de trouver ses mots, Crozier désigna d'un geste la cité de toile colorée, de gréement et de lumière. L'éclat des torches et des braseros lui semblait aveuglant.

— Oui, répondit Fitzjames. À mon avis, les hommes ont fait preuve d'une incroyable ingéniosité.

Crozier n'avait rien à répondre à cela.

— La question, poursuivit Fitzjames, est de savoir si leur ingéniosité et leur long labeur ont été mis au service de l'expédition... ou à celui du diable.

Crozier s'efforça de distinguer les yeux de son cadet sous la visière de sa casquette. Il n'aurait su dire si Fitzjames plaisantait.

— Je leur ai interdit de gaspiller nos réserves de charbon et de pétrole pour éclairer leur foutu Carnaval, gronda Crozier. Mais regardez-moi tous ces feux !

— Ils m'ont assuré qu'ils ont économisé les combustibles dont ils auraient besoin en s'abstenant de chauffer l'*Erebus* ces dernières semaines.

— Qui a eu l'idée de ce... ce dédale ? de ces chambres colorées ? de cette chambre noire ?

Fitzjames fit un rond de fumée, ôta sa pipe de sa bouche et gloussa.

— Tout ceci est l'œuvre du jeune Richard Aylmore.

— Aylmore ? répéta Crozier, qui se rappelait le nom mais pas son possesseur. Votre maître canonnier ?

— Lui-même.

Crozier visualisa enfin l'intéressé : un petit homme effacé, aux yeux sombres enfoncés dans leurs orbites, aux accents pédants et à la moustache noire peu fournie.

— Où diable a-t-il pêché ce décor ?

— Aylmore a vécu plusieurs années aux États-Unis d'Amérique avant de revenir au pays en 1844 pour s'enrôler dans le Service des explorations, dit Fitzjames, dont le tuyau de pipe claquait entre les dents. Il y a cinq ans, alors qu'il demeurait chez son cousin de Boston, il a lu une histoire fantastique racontant un bal masqué comme celui-ci, se déroulant dans une série de salles colorées. Une histoire parue dans un torchon à sensation du nom de *Graham's Magazine,* si ma mémoire est bonne. Aylmore ne se souvient plus des détails de l'intrigue, mais il y était question d'un bal costumé donné par un prince du nom de Prospero... il garde un très vif souvenir de cet étrange assemblage de pièces, s'achevant par une chambre couleur d'ébène. Les hommes ont adoré cette idée.

Crozier ne put que secouer la tête.

— Francis, poursuivit Fitzjames, sir John a maintenu pendant deux ans et un mois une tempérance absolue à bord de ce navire. Malgré cela, j'ai réussi à introduire à bord trois bouteilles d'un excellent whisky que m'avait offertes mon père. Il m'en reste encore une. Je serais honoré que vous la partagiez avec moi ce soir. Trois heures vont s'écouler avant que les hommes fassent griller les deux ours qu'ils ont abattus. Hier, j'ai autorisé nos deux coqs, M. Wall et M. Diggle, à installer deux poêles de baleinière sur la banquise afin d'y faire cuire des légumes et de faire griller la viande d'ours dans la chambre blanche. Notre premier plat de viande fraîche depuis trois mois. Voulez-vous me rejoindre dans l'ancienne cabine de sir John afin que nous dégustions ce whisky en attendant l'heure du festin ?

Crozier acquiesça et suivit Fitzjames à bord du navire.

25

Crozier

70° 05' de latitude nord, 98° 23' de longitude ouest
31 décembre 1847-1ᵉʳ janvier 1848

Crozier et Fitzjames émergèrent de l'*Erebus* peu avant minuit. Dans le carré régnait une froidure terrifiante, mais ce n'était rien comparé à la température extérieure, qui leur secoua le corps et les sens. Le vent s'était levé au cours des deux heures précédentes, et les torches et les braseros crépitaient par centaines au cœur de la nuit glaciale – à l'issue de leur première heure de beuverie, Crozier s'était rangé à l'avis de Fitzjames, et les fêtards avaient eu droit à des sacs de charbon pour leur éviter de mourir de froid.

Les deux capitaines n'avaient échangé que peu de mots, chacun étant perdu dans sa mélancolie. On les avait dérangés une douzaine de fois : l'enseigne Irving retournait à bord du *Terror* pour relever l'enseigne Hodgson ; ce dernier arrivait sur les lieux du Carnaval avec ses hommes ; des officiers aux costumes extravagants rapportaient qu'il n'y avait rien à signaler ; des membres de l'équipage de l'*Erebus* achevaient ou débutaient leur quart ; M. Gregory, l'officier mécanicien, estimait qu'on pouvait distribuer aux hommes la totalité des réserves de charbon, celles-ci ne pouvant assurer que quelques heures de propulsion lorsque viendrait un mythique dégel – il s'était éclipsé pour superviser les opérations tandis que la fête battait son plein ; M. Murray, le vénérable voilier – déguisé en croque-mort et affublé en guise de masque d'un crâne ricanant quasiment identique à son visage émacié –, demandait l'autorisation de déballer deux focs afin d'ériger un paravent pour protéger les braseros supplémentaires.

Les deux hommes avaient eu les réactions requises, donnant leur permission à celui-ci, transmettant leurs ordres à celui-là et dispensant leurs conseils à tous, sans s'arracher un instant à leurs méditations éthyliques.

Entre onze heures et minuit, ils enfilèrent leur tenue de froid pour monter sur le pont principal, descendant sur la banquise après que Thomas Jopson et Edmund Hoar, leurs valets à tous deux, se furent présentés au carré, accompagnés des lieutenants Le Vesconte et Little – tous vêtus de costumes bizarres enfouis sous leurs manteaux et écharpes –, pour leur annoncer qu'on commençait à faire griller la viande d'ours, qu'on leur avait mis de côté des morceaux de choix et qu'ils étaient priés de se joindre au festin.

Crozier constata qu'il était complètement ivre. Il avait l'habitude de boire comme un trou sans en rien laisser paraître, et les hommes celle de le voir assumer ses fonctions alors qu'il empestait le whisky, mais il venait de passer plusieurs nuits blanches d'affilée et, en sortant dans cette nuit glaciale pour se diriger vers l'iceberg et sa parure de voiles illuminées, entre lesquelles se mouvaient d'étranges formes, il *sentit* l'alcool lui embraser les tripes et la cervelle.

On avait placé les grils dans la chambre blanche. Les deux officiers traversèrent l'enfilade de salles sans dire un mot, ni pour converser entre eux ni pour s'adresser aux douzaines de chimères travesties qui virevoltaient tout autour. Ils passèrent de la chambre bleue à la pourpre puis à la verte, débouchant dans la chambre orangée et ensuite dans la blanche.

Selon toute évidence, la plupart des fêtards étaient également ivres. Comment s'étaient-ils débrouillés ? se demanda Crozier. Avaient-ils planqué une partie de leurs rations de grog ? Avaient-ils mis de côté l'ale qu'on leur servait d'ordinaire au souper ? Une chose était sûre, ils ne s'étaient pas introduits dans la soute au vin du *Terror* : Crozier avait demandé au lieutenant Little de s'en assurer, ce qu'il avait fait ce matin et cet après-midi. Celle de l'*Erebus* était vide depuis le premier jour, conséquence de la tempérance imposée par sir John.

Mais ces diables d'hommes avaient réussi à se procurer de l'alcool. Riche de ses quarante années d'expérience, Crozier savait que l'ingéniosité d'un marin britannique ne connaissait pas de bornes – à tout le moins lorsqu'il s'agissait de dénicher, de planquer ou de distiller de la gnôle.

M. Diggle et M. Wall faisaient griller au feu de bois de copieuses portions de viande d'ours, et un groupe d'officiers, avec à leur tête un lieutenant Le Vesconte à la dent en or étincelante, les servaient aux files de marins affamés dans des assiettes en étain. Le fumet qui en émanait était proprement étourdissant, et Crozier se surprit à saliver bien qu'il se fût juré dans son for intérieur de se tenir à l'écart des réjouissances.

On s'écarta pour laisser passer les deux capitaines. Les chiffonniers, les prêtres papistes, les courtisans français, les créatures féeriques et les mendiants en haillons, le cadavre en linceul et les deux légionnaires romains, en cape rouge, masque noir et plastron doré, s'inclinèrent devant les officiers, qui se retrouvèrent bientôt en tête de la file d'attente.

Ce fut M. Diggle en personne, ses grotesques seins de Chinoise tombés au niveau de sa taille, qui découpa en frémissant une pièce de choix pour Crozier et une autre pour Fitzjames. Le Vesconte leur tendit des couverts et des serviettes de table dignes de leur rang. L'enseigne Fairholme leur servit deux verres d'ale.

— Buvez seulement du bout des lèvres, messieurs, et surtout buvez sans tarder, conseilla-t-il, de peur que votre peau ne gèle sur le verre.

Fitzjames et Crozier prirent place au bout d'une table drapée de blanc, s'asseyant sur deux chaises également couvertes que leur présenta M. Farr, le chef de la grand-hune auquel Crozier avait passé un savon quelques heures plus tôt. M. Blanky se trouvait non loin de là, à côté de son confrère M. Reid, ainsi qu'Edward Little et une demi-douzaine d'officiers de l'*Erebus*. Les chirurgiens étaient assis à l'autre bout.

Crozier ôta ses moufles, agita ses doigts gelés sous les gants de laine et goûta la viande, veillant à ne pas toucher des lèvres la fourchette métallique. Il se brûla la langue. Une violente envie de rire le saisit : il faisait − 70 °C en cette nuit du nouvel an, de son haleine naissait un nuage de cristaux, son visage disparaissait sous une masse de laine, et il venait de se brûler la langue ! Il fit une nouvelle tentative, réussissant à mâcher et à avaler une bouchée.

C'était le steak le plus délicieux qu'il eût jamais mangé. Voilà qui ne fut pas sans le surprendre. La dernière fois qu'ils avaient goûté de la viande d'ours fraîche, bien des mois auparavant, elle leur avait paru rance et faisandée. Les hommes avaient été pris de crampes d'estomac, sans doute du fait du foie et autres abats. On avait alors décrété que la viande d'ours ne serait consommée qu'en dernier recours.

Et, aujourd'hui, ce festin... ce somptueux festin. Tout autour de lui, dans la chambre blanche mais très certainement dans l'orangée et dans la violette, les marins attablés dévoraient leurs rations. Le vent se leva, faisant claquer les toiles et crépiter les braseros, mais rien ne pouvait étouffer le joyeux brouhaha de leurs conversations. Si quelques-uns d'entre eux maniaient le couteau et la fourchette – le plus souvent pour les planter dans leur steak et mordre celui-ci sans le couper –, la plupart mangeaient avec les mains. On eût dit une centaine de prédateurs fonçant à la curée.

Plus Crozier mangeait, plus il avait faim. Fitzjames, Reid, Blanky, Farr, Little, Hodgson et tous les autres convives – y compris Jopson, qui s'était assis à une table voisine avec les autres valets – engloutissaient leurs parts avec le même appétit. L'un des marmitons de M. Diggle, déguisé en bébé chinois, vint leur servir des légumes fumants provenant d'une marmite qui chauffait sur un poêle de baleinière, mais ils se révélèrent positivement insipides comparés à cette délicieuse viande d'ours. Lorsque Crozier eut achevé sa portion, seule la conscience qu'il avait de sa position de commandant de l'expédition le retint de remonter la file d'attente pour demander du rab. Fitzjames avait perdu son air distrait ; le jeune capitaine de frégate semblait sur le point de pleurer de bonheur.

Soudain, alors que la plupart des marins venaient de finir leur steak et s'empressaient de boire leur ale avant qu'elle ne gèle, un roi de Perse qui se tenait près du seuil de la chambre violette fit tourner l'orgue de Barbarie.

Les applaudissements – à peine étouffés par la laine des gants – retentirent dès que l'appareil primitif eut émis les premières notes de la mélodie. La plupart des mélomanes de l'expédition n'avaient que mépris pour cet instrument – à peine supérieur à celui d'un musicien des rues, vu son registre et sa qualité sonore –, mais il était impossible de ne pas reconnaître cet air. Plusieurs douzaines d'hommes se levèrent. D'autres se mirent à chanter, et la fumée de leur haleine monta vers les cieux, sculptée par la lueur des torches traversant les murs de toile blanche. Crozier lui-même ne put s'empêcher de sourire comme un demeuré lorsque les mots chéris du premier couplet montèrent vers l'iceberg qui les dominait de toute sa hauteur dans la nuit glaciale.

> *Quand Britannia à l'appel des Cieux*
> *A soudain jailli des flots bleus,*
> *La loi de la terre lui fut donnée*
> *Et les anges ont entonné...*

Crozier et Fitzjames se levèrent pour joindre leurs voix au chœur tonitruant.

> *Règne, Britannia ! Règne sur les mers ;*
> *Jamais tes fils ne seront soumis !*

La voix de ténor du jeune Hodgson donna le *la* aux chanteurs, qui entonnèrent le second couplet dans six chambres sur sept.

Les autres nations moins comblées
Devant les tyrans sont tombées.
Mais tu prospères et tu fleuris,
Suscitant la crainte et l'envie.

Vaguement conscient qu'il se passait quelque chose à deux salles de distance, sur le seuil de la chambre bleue, Crozier rejeta la tête en arrière et, réchauffé par la viande et le whisky, hurla en chœur avec ses hommes :

Règne, Britannia ! Règne sur les mers ;
Jamais, jamais tes fils ne seront soumis !

Dans les salles voisines, les hommes riaient autant qu'ils chantaient. La rumeur prit de l'ampleur. Le musicien actionna son orgue de plus belle. Les hommes chantèrent plus fort. Alors même qu'il entonnait le troisième couplet, planté entre Fitzjames et Little, Crozier chancela sous le choc en découvrant la procession qui s'avançait dans la chambre blanche.

À chaque coup tu te redresses,
Et renouvelles tes prouesses,
Tel un chêne encore renforcé
Quand par la foudre il est frappé.

En tête marchait une caricature d'amiral de la flotte. Ses épaulettes étaient si longues qu'elles battaient au-dessus de ses bras. Son ventre était énorme. Jamais il n'aurait pu fermer les boutons dorés de sa jaquette à l'ancienne mode. Et il n'avait pas de tête. Il portait au creux de son bras gauche une tête en papier mâché, tenant sous le droit un bicorne d'amiral orné d'une plume miteuse.

Crozier cessa de chanter. Personne ne l'imita.

Règne, Britannia ! Règne sur les mers !
Jamais, jamais, jamais tes fils ne seront soumis !

Derrière l'amiral décapité, censé de toute évidence représenter sir John Franklin, bien que celui-ci n'eût pas subi ce supplice lorsqu'il s'était fait tuer dans l'affût, venait un monstre mesurant plus de trois mètres de haut.

Son corps, sa fourrure, ses pattes noires, ses longues griffes, sa tête triangulaire et ses yeux noirs étaient ceux d'un ours polaire, mais il marchait sur ses pattes postérieures et sa taille était le double de celle d'un ours blanc, et son envergure était à l'avenant. Sa démarche était des plus raides, évoquant celle d'un aveugle, son torse oscillait d'avant en arrière, ses petits yeux noirs semblaient s'arrêter sur tous les convives. Ses pattes antérieures – qui pendaient, ballantes, sur ses flancs – étaient plus larges que la tête d'un homme.

— C'est Manson, votre matelot géant, dit Charles Frederick Des Vœux, le premier maître de l'*Erebus*, en criant pour se faire entendre de Crozier. Sur ses épaules est juché votre aide-calfat – Hickey, c'est ça ? Il a fallu toute la nuit pour confectionner ce costume à partir des deux peaux d'ours.

> *Hautains tyrans, jamais ne dompterez*
> *Son cœur plein de générosité,*
> *Et votre vindicte ranimera*
> *La flamme qui vous consumera.*

L'ours était suivi par des douzaines d'hommes affluant des chambres bleue, verte et orangée, et ce fut tout un cortège qui entra dans la chambre blanche pour se diriger vers la violette. Crozier restait littéralement figé près de la table drapée de blanc. Puis il se tourna lentement vers Fitzjames.

— Je ne savais pas, Francis, je vous le jure, lui dit ce dernier.

Ses lèvres pincées étaient livides.

La chambre blanche se vida peu à peu de fêtards, tous suivant l'amiral décapité et l'ours bipède, qui progressaient lentement dans la pénombre relative de la longue chambre violette. Tout autour de Crozier, les voix avinées montaient en crescendo.

> *Règne, Britannia ! Règne sur les mers !*
> *Jamais, jamais, jamais, jamais tes fils ne seront soumis !*

Crozier suivit la procession dans la chambre violette, Fitzjames sur ses talons. Jamais le capitaine du HMS *Terror* ne s'était trouvé dans un tel état durant toute sa carrière d'officier ; il savait qu'il devait mettre un terme à cette sinistre parodie – la discipline navale ne saurait tolérer une farce qui tournait en dérision un commandant défunt. Mais il savait aussi que les choses avaient évolué à un point tel qu'il serait absurde et vain d'ordonner à Manson et à Hickey... d'ordonner à *tout le monde* de mettre un terme à cette horrible mascarade et de regagner les navires. Oui, ce serait aussi absurde et vain que ce rituel païen qu'il contemplait avec une rage grandissante.

À TOI LES MONTS ET LES VALLÉES,
ET LE COMMERCE DES CITÉS,
À TOI LES VAGUES DE LA MER,
ET LES RICHESSES DE LA TERRE!

L'amiral décapité, l'ours blanc au pas chaloupé et leur suite de cent hommes travestis ne s'étaient guère attardés dans la chambre violette. Alors que Crozier entrait dans celle-ci – les murs de toile ondoyaient au rythme des torches et des braseros attisés par le vent, qui secouaient les tentures avec de plus en plus de force –, il eut tout juste le temps de voir Manson, Hickey et leur escorte beuglante marquer le pas sur le seuil du cabinet d'ébène.

Il résista à l'impulsion qui lui commandait de les arrêter. Il était déjà assez obscène de mimer l'affrontement de sir John et de la chose des glaces, mais le faire dans cet antre oppressant, où une tête d'ours trônait sur une horloge, voilà qui atteignait des sommets dans la vilenie. Cela dit, quelle que fût la nature du spectacle imaginé par les marins, il ne tarderait pas à se conclure. Ce grotesque défilé constituait de toute évidence le final de cette aberration baptisée Second Grand Carnaval de Venise. Il allait attendre la fin de la chanson, et celle de la pantomime avinée, puis ordonnerait aux hommes de se défaire de leurs costumes, les envoyant cuver à bord de leurs navires respectifs, mais il obligerait les gréeurs et leurs maîtres d'œuvre à démonter sur-le-champ leur répugnante cité de voiles – et au diable les engelures. Ensuite, il s'occuperait de Hickey, de Manson, d'Aylmore et de ses officiers.

Encouragés par une foule en délire, l'amiral décapité et l'ours titanesque entrèrent en titubant dans la salle d'ébène.

L'horloge noire de sir John commença à sonner les douze coups de minuit.

Les marins costumés qui fermaient le cortège se mirent à pousser leurs camarades, impatients d'entrer dans la chambre noire pour assister au clou du spectacle, et les chiffonniers, les rats, les licornes, les ramoneurs, les pirates à jambe de bois, les princes arabes et les princesses égyptiennes, les gladiateurs, les fées et autres créatures des premiers rangs, qui s'engageaient déjà dans le saint des saints, résistèrent à leur poussée, doutant à présent de vouloir pénétrer dans cette caverne au sol et aux murs également noircis.

Crozier se fraya un chemin dans la foule en jouant des coudes – on eût dit que la masse de corps se mouvait au gré du flux et du reflux –, bien décidé à mettre un terme à la mascarade ou tout du moins à en accélérer la conclusion.

À peine avait-il posé un pied dans les ténèbres, se retrouvant parmi une trentaine de fêtards apparemment figés sur place – ses yeux mirent quelques secondes pour accommoder, durant lesquelles il eut l'horrible sensation de s'abîmer dans un puits sans fond –, qu'il sentit un souffle d'air glacé sur son visage. On eût dit que quelqu'un venait d'ouvrir une porte dans le flanc de l'iceberg qui dominait la scène de sa masse. Les marins travestis qui l'entouraient continuaient de chanter, mais avec moins de vigueur que le reste de la foule, encore confiné dans la chambre violette.

Règne, Britannia ! Règne sur les mers !
Jamais, jamais, jamais, jamais, jamais tes fils ne seront soumis !

Crozier ne distinguait de la tête d'ours qu'une tache blanche et floue saillant de la glace au-dessus de l'horloge d'ébène – celle-ci avait frappé six coups, produisant une forte résonance dans ce lieu clos et enténébré –, et, devant elle, la silhouette de l'ours de fête foraine qui titubait de plus en plus, Manson et Hickey ayant peine à conserver leur équilibre sur la glace couverte de suie, le tout sur un fond d'une noirceur turbide, les toiles peintes en noir ondoyant sous le vent.

Il vit une *seconde* forme blanche dans la pièce. Elle aussi était dressée sur ses pattes postérieures. Elle se tenait dans un coin, derrière l'ours formé par Manson et Hickey. Elle était bien plus grosse que lui. Et bien plus large.

Les hommes firent silence à mesure que l'horloge frappait les ultimes coups de minuit, et puis on entendit un rugissement.

Que les Muses de la liberté
Voguent vers tes rives de beauté,
Île bénie, peuplée de cœurs ardents,
Qui guide le monde et ses enfants !

Soudain, les marins qui avaient réussi à rentrer dans la chambre d'ébène se mirent à reculer, se heurtant à ceux qui tentaient de forcer le passage.

— Au nom de Dieu, que se passe-t-il ? lança le Dr McDonald.

Les quatre chirurgiens étaient tous déguisés en Arlequin, mais ils avaient tombé le masque et Crozier les reconnut sans peine, éclairés qu'ils étaient par une forte lumière violette.

Dans la chambre noire, un homme poussa un cri de terreur. Le rugissement qui lui répondit ne ressemblait à rien que Francis Rawdon Moira Crozier eût entendu de toute sa vie ; il appartenait au cœur de la jungle tropicale, ou au temps des âges farouches, bien plus qu'à l'Arctique du XIXᵉ siècle. C'était un son qui descendait tellement dans les basses, qui se réverbérait avec une telle puissance, qui exprimait une telle férocité que le capitaine du HMS *Terror* crut qu'il allait pisser dans son froc devant son équipage.

La plus colossale des deux formes blanches chargea.

Les fêtards pris au piège redoublèrent de vigueur, tant pour s'égosiller que pour tenter de résister à la marée de leurs camarades, puis ils s'enfuirent dans les ténèbres, se heurtant aux murs de toile noire quasiment invisibles.

Crozier, qui n'avait pas d'arme sur lui, ne bougea pas d'un pouce. Il *sentit* la masse de la chose le frôler dans l'obscurité. Il la sentit avec son *esprit*... la sentit dans son *crâne*. Il huma une puanteur de sang ranci, puis un horrible parfum de charogne.

Les princesses et les fées se défaisaient en hâte de leurs atours comme de leurs tenues de froid, cherchant frénétiquement à saisir leurs couteaux pour s'ouvrir une brèche dans les murs noirs.

Crozier entendit un bruit mou, écœurant, lorsqu'une large patte aux griffes longues comme des poignards s'enfonça dans des chairs humaines. Puis un sinistre craquement lorsque des crocs plus longs que des lames de baïonnette se plantèrent dans une boîte crânienne. Dans les chambres voisines, les hommes chantaient toujours.

RÈGNE, BRITANNIA ! RÈGNE SUR LES MERS !
JAMAIS, JAMAIS, JAMAIS, JAMAIS, JAMAIS TES FILS NE SERONT SOUMIS !

L'horloge frappa le dernier coup. Il était minuit. On était en 1848.

Les hommes lacérèrent les voiles noires à coups de couteau, et des pans entiers de toile soulevés par le vent s'embrasèrent au contact des torches et des braseros. Les flammes montèrent vers le ciel, atteignant tout de suite le gréement.

La forme blanche était parvenue dans la chambre violette. Les marins s'enfuyaient en hurlant à son approche, à grand renfort de jurons et de bousculades, et certains s'attaquaient déjà aux tentures plutôt que de remonter le labyrinthe jusqu'à la sortie. Crozier tenta de suivre le mouvement. La chambre d'ébène était cernée par les flammes. Un homme passa en courant, sa tenue d'Arlequin, sa perruque galloise et ses cheveux en feu, traînant derrière lui des oriflammes jaune vif.

Lorsque Crozier réussit à se dépêtrer de la meute de marins travestis, la chambre violette était elle aussi en feu et la chose des glaces était passée dans la blanche. Le capitaine entendait les hommes se débander devant cette apparition blanche, se débarrassant avec force moulinets des bras des costumes qui les ralentissaient. Le feu dévorait la totalité de la structure complexe de voiles, d'espars et de cordages, et on eût dit que les flammes traçaient des runes sur l'ardoise noire du ciel. La paroi de l'iceberg en reflétait les contours sur ses trente mètres de facettes.

Les espars qui se dressaient telles des enfilades de côtes mises à nu le long des murs embrasés des chambres noire, violette et blanche étaient aussi la proie des flammes. Stocké des années durant dans la relative sécheresse de l'Arctique, le bois avait perdu toute son humidité. Les flammes le consumaient avec une allégresse sans cesse croissante.

Abandonnant tout espoir de redresser la situation, Crozier se mit à courir derrière les marins. Il devait s'échapper de cette fournaise.

La chambre blanche était ravagée par le feu. Les flammes attaquaient les tentures, les tapis et les nappes, celles des tables comme celles des chaises, ainsi que le gril de M. Diggle. Dans la panique, un fuyard avait renversé l'orgue de Barbarie, dont les panneaux de chêne et de bronze ouvragés reflétaient l'incendie sous toutes ses splendides nuances.

Crozier aperçut le capitaine Fitzjames dans un coin, la seule personne présente qui ne fût ni déguisée ni en train de courir. Il l'agrippa par la manche de son manteau.

— Venez, James ! Il faut filer d'ici !

Le capitaine du HMS *Erebus* se tourna lentement vers lui et le dévisagea comme s'il s'agissait d'un parfait inconnu. Son visage était à nouveau paré de ce sourire distrait et si agaçant.

Crozier le gifla.

— *Venez !*

Traînant derrière lui un Fitzjames somnambulique, Crozier passa de la chambre blanche à l'orangée, qui devait désormais sa couleur aux flammes plutôt qu'à la teinture, puis à la verte, elle aussi embrasée. Le labyrinthe lui semblait s'étendre à l'infini. Çà et là gisaient des marins travestis – parmi les formes gémissantes aux habits déchiquetés, il aperçut un cadavre nu et carbonisé –, mais leurs camarades les aidaient à se relever et à marcher vers la sortie. Là où on n'y avait pas placé des carpettes, la banquise était jonchée de vêtements abandonnés, costumes et tenues de froid mêlés. Ceux de ces lambeaux qui ne brûlaient pas ne tarderaient pas à le faire.

— *Venez !* répéta Crozier, inquiet de voir Fitzjames demeurer sans réaction.

Un marin gisait sur la glace, inconscient, apparemment oublié de tous – il reconnut le jeune George Chambers, l'un des mousses de l'*Erebus*, qui avait joué du tambour lors de leurs premières cérémonies funèbres. Il délaissa Fitzjames le temps de le hisser sur son épaule, puis agrippa de nouveau le capitaine de frégate et se mit à courir alors que les flammes gagnaient le gréement au-dessus de leurs têtes.

Crozier entendit derrière lui un monstrueux *sifflement*.

Persuadé que la chose avait profité de la confusion pour fondre sur lui, peut-être même en fracassant la glace, il se retourna pour lui faire face, armé de ses seuls poings.

L'iceberg était en train de se vaporiser sous l'effet de la chaleur. Des pans entiers de sa falaise s'en détachaient en fumant, s'écrasant sur le dédale de toile embrasé en sifflant comme des serpents. Crozier demeura paralysé par ce spectacle pendant une bonne minute – en découvrant les flammes reflétées dans les innombrables facettes de l'iceberg, il pensa à un château de conte de fées transfiguré par la lumière. Même s'il devait vivre centenaire, songea-t-il, jamais il ne reverrait semblable scène.

— Francis, zézaya le capitaine James Fitzjames. Ne restons pas là.

Les murs de la chambre verte se consumaient déjà, mais les flammes brûlaient également devant eux. Le vent les transformait en vrilles tentaculaires qui gagnaient peu à peu toutes les salles.

Portant sa main libre à son visage pour le protéger de la chaleur, Crozier fonça droit devant lui, encourageant les traînards à le précéder.

Ils émergèrent en chancelant de la chambre pourpre pour gagner enfin la bleue. Le vent de noroît ajoutait ses hurlements à la cacophonie de cris, de rugissements et de sifflets qui emplissait le crâne de Francis Crozier, et une barrière de flammes se dressait sur le seuil, leur barrant l'accès à l'air libre.

Une douzaine d'hommes, vêtus de costumes réduits à l'état de guenilles, s'étaient immobilisés devant cette muraille mouvante.

— EN AVANT ! rugit Crozier de sa voix de stentor.

Même en pleine tempête, à bord d'un navire ballotté dans des creux de dix mètres par un vent de quatre-vingts nœuds, cet ordre aurait été entendu de tout l'équipage, y compris la vigie perchée soixante mètres au-dessus du pont. Et il aurait été exécuté. Les fêtards lui obéirent sans discuter, franchissant les flammes d'un bond non sans hurler au passage, et Crozier les suivit, portant toujours Chambers sur son épaule droite et tirant toujours Fitzjames de sa main gauche.

Il continua sa course une fois au-dehors, sans prêter attention à ses habits fumants, rattrapant et dépassant quelques-uns des hommes qui s'égaillaient tous azimuts. Un certain temps s'écoula avant qu'il n'aperçoive la créature blanche parmi eux, mais il n'y voyait pas grand-chose – en dépit des flammes qui éclairaient les

307

lieux sur un rayon de cent cinquante mètres – et il tenait avant tout à rassembler ses officiers et à trouver un abri où déposer le jeune Chambers, toujours plongé dans l'inconscience.

Soudain, on entendit crépiter les mousquets.

Aussi incroyable, aussi inconcevable, aussi obscène que cela parût, quatre fusiliers marins avaient mis un genou à terre non loin de là et tiraient à feu roulant sur les hommes paniqués. Ces derniers tombaient l'un après l'autre, parfois encore vêtus de leurs grotesques déguisements.

Crozier lâcha Fitzjames et se précipita vers eux, se plaçant dans la ligne de tir et agitant les bras. Il sentit les balles siffler à ses oreilles.

— HALTE AU FEU ! SERGENT TOZER, ESPÈCE DE SOMBRE CRÉTIN, JE VOUS FERAI DÉGRADER DEVANT LE FRONT DES TROUPES ET VOUS PASSERAI MOI-MÊME LA CORDE AU COU SI VOUS NE CESSEZ PAS DE TIRER SUR-LE-CHAMP, NOM DE DIEU !

Les coups de feu cessèrent.

Les fusiliers marins se levèrent pour se mettre au garde-à-vous et le sergent Tozer s'écria que la chose blanche faisait des ravages dans la foule. Ils venaient de l'apercevoir au sein des flammes. Elle tenait un homme dans ses mâchoires.

Crozier fit la sourde oreille. Il entreprit de rassembler les marins autour de lui, envoyant les plus mal en point se faire soigner sur l'*Erebus*, et partit en quête de ses officiers – ou de ceux de Fitzjames – afin qu'ils l'aident à reprendre en main les hommes terrifiés et pris de panique qui se dispersaient dans les ténèbres arctiques, au risque de se perdre parmi les séracs et les crêtes de pression.

S'ils ne mouraient pas de froid sur la banquise, ils se feraient tuer par la chose. Crozier décida que ses marins ne regagneraient pas le *Terror* avant de s'être réchauffés à bord de l'*Erebus*.

Mais, auparavant, il devait les calmer, les organiser et leur faire évacuer morts et blessés de ce qui restait de la cité de toile embrasée.

Alors qu'il venait de mettre la main sur Edward Couch, le premier maître de l'*Erebus*, et sur l'enseigne Hodgson, le lieutenant Little émergea d'un nuage de fumée – la couche superficielle de la banquise commençait à fondre autour du foyer de l'incendie, et un banc de brume montait parmi les séracs –, salua avec une certaine maladresse, qu'expliquaient ses brûlures au bras droit, et se présenta au rapport.

Une fois secondé par Little, Crozier ne mit que peu de temps à reprendre le contrôle des marins, auxquels il ordonna de se rendre sur l'*Erebus*. Obéissant à ses instructions, les fusiliers rechargèrent leurs armes et se déployèrent entre la rampe d'accès au navire et l'incendie qui continuait à faire rage.

— Mon Dieu ! fit le Dr Harry D. S. Goodsir, qui venait de quitter l'infirmerie et contemplait l'incendie en se défaisant d'une partie de sa tenue. Mais il fait *chaud* près de ces flammes !

— En effet, opina Crozier.

Son visage comme son corps étaient trempés de sueur. Sous l'effet du feu, la température était passée au-dessus de zéro. Il se demanda distraitement si la banquise allait s'ouvrir sous leurs pieds, les condamnant à la noyade. Se tournant vers Goodsir, il lui lança :

— Rendez-vous auprès de l'enseigne Hodgson et dites-lui de dresser la liste des morts et des blessés et de vous envoyer ces derniers. Retrouvez vos collègues et, à vous quatre, installez une nouvelle infirmerie dans l'ancienne cabine de sir John – utilisez la procédure à appliquer en cas de bataille navale. Je ne veux pas que les morts soient étalés sur la banquise – cette créature rôde encore dans le coin –, alors dites aux matelots de les transporter dans le coqueron avant. Je vous retrouve dans quarante minutes – préparez-moi une liste complète de nos pertes.

— À vos ordres, commandant, dit Goodsir.

Rassemblant ses frusques, le chirurgien se précipita vers l'enseigne Hodgson, qui se tenait sur la rampe d'accès à l'*Erebus*.

Les toiles, le gréement, les espars, les costumes, les tables, les coffres et autre mobilier ayant naguère constitué les sept chambres du Carnaval brûlèrent durant toute la nuit et une partie du matin enténébré qui suivit.

26

Goodsir

70° 05' de latitude nord, 98° 23' de longitude ouest
4 janvier 1848

Extrait du journal intime du Dr Harry D. S. Goodsir :

Mardi 4 janvier 1848

Je suis le seul survivant.

Des quatre chirurgiens de l'expédition, il ne reste plus que moi. Tous s'accordent pour le dire, nous avons eu beaucoup de chance de ne perdre que cinq personnes à l'issue de l'incendie et de l'horreur du Grand Carnaval de Venise, mais le fait que trois de ces cinq victimes ne soient autres que mes collègues est à tout le moins extraordinaire.

Les Drs Peddie et Stanley ont succombé à leurs brûlures. McDonald, l'aide-chirurgien du HMS Terror, n'a survécu aux siennes, ainsi qu'aux assauts de la bête enragée, que pour être abattu par un fusilier marin alors qu'il fuyait les tentes embrasées.

Les deux autres victimes sont également des officiers. L'enseigne de vaisseau James Walter Fairholme, de l'Erebus, a péri dans la chambre d'ébène, le torse broyé par la créature. Bien que son cadavre fût calciné lorsqu'on l'a retrouvé dans les ruines de ce répugnant labyrinthe, l'autopsie que j'ai pratiquée sur lui a révélé qu'il était mort sur le coup, le cœur pulvérisé par ses côtes broyées.

La dernière victime de l'incendie du nouvel an est Frederick John Hornby, premier maître à bord du Terror, éviscéré dans la salle que les marins avaient baptisée chambre blanche. Ironie du sort, M. Hornby était de garde à bord de son navire durant la première partie de la soirée, et il venait à peine de nous

310

rejoindre, après que l'enseigne Irving eut assuré la relève, lorsque le drame s'est produit.

Le capitaine Crozier et le capitaine Fitzjames sont désormais privés de trois chirurgiens sur quatre, ainsi que de deux de leurs plus brillants jeunes officiers.

Dix-huit hommes ont été blessés – dont six grièvement – durant le cauchemar du Carnaval de Venise. Les six victimes les plus atteintes – M. Blanky, le pilote des glaces du Terror ; M. Wilson, l'aide charpentier de ce même navire (que ses amis surnomment affectueusement « le Gros ») ; le matelot John Morfin, avec lequel j'ai visité la terre du Roi-Guillaume il y a quelques mois ; M. William Fowler, le valet du commissaire de bord de l'Erebus ; et M. John Lane, le maître d'équipage du Terror – devraient en principe survivre à leurs blessures. (Ironie du sort, encore une fois : M. Blanky, que cette damnée créature avait déjà blessé il y a moins d'un mois – nous avions dû nous y mettre à quatre pour le soigner –, n'a réussi à échapper aux flammes que pour se faire à nouveau frapper à la jambe droite – il ne sait si la chose l'a mordu ou griffé, tant il s'escrimait à ce moment-là sur la tenture qui lui barrait le passage. Cette fois-ci, j'ai dû me résoudre à l'amputer au-dessous du genou. M. Blanky se montre étonnamment gai pour un homme ayant subi tellement d'épreuves en si peu de temps.)

Hier, nous avons tous assisté au châtiment des fautifs. C'est la première fois de ma carrière que je vois des hommes recevoir le fouet, et je prie le Seigneur pour que ce soit la dernière.

Le capitaine Crozier – qu'une indicible colère avait saisi le jour du drame, pour ne plus le quitter depuis – a rassemblé tous les survivants sur le premier pont de l'Erebus à dix heures du matin. Les fusiliers marins ont présenté les armes. On a battu le tambour.

M. Richard Aylmore, le maître canonnier de l'Erebus, et Cornelius Hickey, l'aide-calfat du Terror, ainsi qu'un gigantesque matelot du nom de Magnus Manson, la tête nue et vêtus de leur seule chemise, furent conduits devant le poêle de la coquerie, où l'on avait dressé à la verticale une trappe faisant office de chevalet. L'un après l'autre, ils y ont été attachés.

Mais, avant cela, le capitaine Crozier a lu l'acte d'accusation, qu'Aylmore et Manson ont écouté la tête basse, Hickey adoptant quant à lui une attitude des plus insolentes.

Le maître canonnier aurait droit à cinquante coups de fouet pour insubordination et comportement irresponsable portant préjudice à la sécurité du navire. Si cet homme effacé s'était

311

contenté d'imaginer le dédale de tentes colorées – que lui avait inspiré un conte à dormir debout paru dans un magazine américain –, il aurait reçu un châtiment bien moins sévère. Mais outre qu'il figurait au nombre des instigateurs du Grand Carnaval de Venise, Aylmore avait eu l'outrecuidance de prendre l'apparence d'un amiral décapité – une offense des plus sérieuses, vu les circonstances ayant entouré la mort de sir John, et qui aurait pu lui valoir la corde. À en croire la déposition qu'il avait faite aux deux capitaines, il avait perdu connaissance dans la chambre d'ébène en se rendant compte que la chose des glaces avait profité des ténèbres pour se joindre aux fêtards.

Manson et Hickey recevraient un châtiment identique pour avoir confectionné et porté leur costume d'ours – en violation flagrante des consignes du capitaine Crozier interdisant de telles pratiques païennes.

Il était bien entendu qu'une cinquantaine d'hommes avaient participé à la conception et à l'exécution du Grand Carnaval, en teignant les toiles, en tendant le gréement ou en montant le décor, et que Crozier aurait pu leur infliger à tous le même châtiment. Dans un sens, la triste trinité composée par Aylmore, Manson et Hickey était punie pour les péchés de tout l'équipage.

Le tambour se tut et le capitaine Crozier prit la parole, face à l'assemblée des marins. J'espère ici restituer son discours tel qu'il l'a prononcé.

— Les hommes que voici vont être châtiés pour avoir violé le règlement de bord et s'être conduits d'une manière indigne, ainsi malheureusement que toutes les personnes ici présentes. Moi-même inclus.

« Que tous ici sachent bien et se souviennent que si un homme doit être désigné responsable du désastre qui a coûté la vie à cinq de nos camarades, et sa jambe à un sixième, sans parler de la vingtaine d'entre nous qui en porteront à jamais les stigmates, cet homme, c'est moi. Un capitaine est responsable de tout ce qui arrive sur son navire. Le commandant d'une expédition en est doublement responsable. Le fait que j'aie laissé se dérouler les préparatifs de cette abomination sans même y prêter attention constitue une négligence criminelle, que je confesserai le moment venu lors de mon inévitable procès en cour martiale... inévitable, naturellement, si nous survivons à nos épreuves et échappons à la banquise qui nous a pris au piège. C'est à moi qu'on devrait infliger le fouet – voire pis encore –, c'est à moi qu'on l'infligera lorsque mes supérieurs prononceront mon inévitable sentence.

Je me suis tourné vers le capitaine Fitzjames. L'acte d'accusation que le capitaine Crozier venait de prononcer contre lui-même s'appliquait tout autant au capitaine de l'Erebus, car c'était lui plutôt que celui du Terror qui avait supervisé les préparatifs du Grand Carnaval. Le visage de Fitzjames était livide mais impassible. Son regard semblait distrait. Il avait l'esprit ailleurs.

— En attendant le jour où je devrai rendre compte de mes actes, a conclu Crozier, nous allons exécuter la sentence infligée à ces hommes, que les officiers du HMS Terror et du HMS Erebus ont jugés et condamnés pour avoir violé le règlement de bord et mis en danger la vie de leurs camarades. Monsieur Johnson, je vous prie...

Thomas Johnson, le colossal bosseman du Terror, qui avait servi aux côtés du capitaine Crozier durant leur périple austral de cinq ans, s'est alors avancé et, d'un signe de tête, a ordonné que le premier des accusés, c'est-à-dire Aylmore, soit attaché au chevalet.

Il a ensuite posé devant lui une cassette de cuir et en a ouvert les ferrures ouvragées. Aussi incongru que cela paraisse, l'intérieur était doublé de velours rouge. Au cœur de cet écrin écarlate reposait le chat à neuf queues, au manche de cuir assombri par l'usage.

Pendant que deux matelots ligotaient Aylmore, Johnson a empoigné le fouet et, d'un vif mouvement de poignet, l'a fait claquer dans le vide. Son but n'était pas d'impressionner l'assistance mais bien de tester l'instrument du hideux châtiment à venir. Les neuf lanières de cuir – sources de quantité de blagues de marin – ont produit un crépitement sec tout à fait audible. Chacune d'elles se terminait par un petit nœud.

Je n'arrivais toujours pas à en croire mes yeux. Il me semblait impossible de manier un tel engin dans un espace aussi confiné, sur ce premier pont enténébré et puant la sueur, sous le plafond bas du carré de l'équipage, encombré des tables et des hamacs hissés près des barrots. Je connaissais l'expression « pas assez de place pour lever le fouet » depuis ma petite enfance, mais jamais je n'avais compris sa pertinence avant ce jour.

— Exécutez le châtiment de M. Aylmore, ordonna Crozier.

Il y eut un bref roulement de tambour.

Johnson se campa sur ses jambes, tel un boxeur sur le ring, puis leva le fouet et, d'un vif mouvement du bras, tout en souplesse, l'abattit, les neuf queues passant à moins d'un pied des premiers rangs de l'assistance.

Jamais je n'oublierai le bruit du fouet frappant les chairs.

Aylmore poussa un cri – un cri plus inhumain, selon les dires de certains, que le rugissement de la chose dans la chambre d'ébène.

Des stries écarlates apparurent sur la peau pâle de son dos, et des gouttes de sang maculèrent les spectateurs les plus proches, parmi lesquels figurait mon humble personne.

— UN, compta Charles Frederick Des Vœux.

Il avait été promu au grade de premier maître après le décès de Robert Orme Sergeant, survenu en décembre. La supervision de ce châtiment relevait de ses fonctions.

Aylmore poussa un nouveau cri lorsque le bosseman releva son fouet, anticipant les quarante-neuf coups qui allaient suivre. À ma grande honte, je me sentis chanceler... la pression de ces corps puants, l'odeur du sang, les ténèbres étouffantes de ce premier pont confiné, tout cela me faisait tourner la tête. Ceci était l'enfer. J'étais en enfer.

Le maître canonnier a perdu connaissance au neuvième coup de fouet. D'un geste, le capitaine Crozier m'a demandé de vérifier qu'il respirait encore. C'était le cas. Comme on devait m'en informer par la suite, un second maître était censé le ranimer à l'aide d'un seau d'eau afin qu'il souffre pleinement de son châtiment. Mais, ce matin-là, on n'aurait pas trouvé une seule goutte d'eau sur le premier pont de l'Erebus. Toute l'eau était gelée. Même les gouttes de sang qui constellaient le dos du supplicié semblaient se transformer en glaçons écarlates.

Aylmore ne reprit pas conscience, mais le châtiment se poursuivit.

Au bout de cinquante coups de fouet, Aylmore fut détaché et évacué vers l'ancienne cabine de sir John, qui servait d'infirmerie depuis le Carnaval. Huit hommes y étaient alités, dont David Leys, qui demeurait sans réaction depuis la nuit où la créature avait attaqué M. Blanky.

J'ai fait mine de me rendre à son chevet, mais le capitaine Crozier m'a intimé d'un geste l'ordre de ne pas bouger. De toute évidence, le règlement imposait à tous d'assister à la scène jusqu'au bout, même si Aylmore risquait de succomber à ses blessures faute de soins.

Vint le tour de Magnus Manson. Le géant dominait de toute sa masse les deux marins qui l'attachèrent au chevalet. S'il lui avait pris l'envie de résister, l'hécatombe qui aurait sans nul doute suivi aurait été digne de celle qui avait marqué la nuit du nouvel an.

Mais il se laissa faire. Pour ce que j'en vis, M. Johnson le châtia avec autant de force, autant de sévérité qu'il avait châtié Aylmore – ni plus, ni moins. Le sang coula dès le premier coup. Manson ne hurla point. Sa réaction fut infiniment plus poignante. Dès que le fouet le toucha, il se mit à pleurer. À sangloter comme un enfant. Par la suite, cependant, il suivit sans peine les deux matelots qui l'escortèrent jusqu'à l'infirmerie, voûtant les épaules comme à son habitude afin de ne pas se cogner la tête aux barrots. Lorsqu'il passa devant moi, je vis que sa peau se détachait par lambeaux entre les croisillons rouges laissés par le fouet.

Hickey, le plus fluet des trois condamnés, demeura quasiment muet pendant son long supplice. Son épiderme, sans doute plus fragile, souffrit bien plus que celui de ses camarades, mais il ne cria point et ne s'évanouit pas davantage. L'esprit du petit aide-calfat sembla se réfugier en un lieu inconnu, au-delà du chevalet et du plafond auxquels ses yeux furieux demeuraient rivés, et sa seule réaction fut de ponctuer d'un bref hoquet chacun des cinquante coups de fouet qui lui furent administrés.

Il gagna l'infirmerie provisoire en refusant le soutien des deux matelots qui l'accompagnaient.

Le capitaine Crozier annonça que la sentence avait été exécutée conformément au règlement de bord et ordonna la dispersion de l'assemblée. Avant de gagner l'infirmerie, je montai sur le pont principal pour assister au départ des marins du Terror. Après avoir descendu la rampe d'accès, ils disparurent dans les ténèbres en prenant la direction de leur navire, longeant la zone ravagée par les flammes qui avait servi de théâtre au Carnaval. Crozier et son second, le lieutenant Little, fermaient la marche. Aucun de ces quarante et quelques hommes n'avait dit un mot lorsqu'ils sortirent du disque de lumière tracé par les lanternes de l'Erebus. Huit membres de l'équipage restèrent à notre bord, charge à eux d'escorter Hickey et Manson lorsqu'ils seraient en état de retourner à bord du Terror.

Je me hâtai de gagner l'infirmerie pour prendre soin de ses trois nouveaux occupants. Je ne pouvais pas grand-chose pour eux, hormis nettoyer et panser leurs blessures – le chat à neuf queues avait marqué leur chair de quantité de plaies suppurantes, dont certaines laisseraient des cicatrices indélébiles. Manson ne sanglotait plus et, lorsque Hickey le pria sèchement de cesser de pleurnicher, il obtempéra sur-le-champ. L'aide-calfat accepta mes soins dans un silence glacial, puis ordonna à son gigantesque acolyte de se rhabiller et de le suivre sur le pont.

315

Le maître canonnier Aylmore était quant à lui un homme brisé. À en croire le jeune Henry Lloyd, que j'avais réquisitionné pour me servir d'aide-soignant, il n'avait cessé de gémir et de sangloter depuis qu'il avait repris connaissance. Les soins que je lui dispensai ne parurent lui faire aucun effet. Il geignait encore, apparemment incapable de se tenir debout, lorsqu'un petit groupe composé de John Bridgens, le vénérable valet des officiers subalternes, de M. Hoar, le valet du capitaine, de M. Bell, le quartier-maître et du bosseman Samuel Brown vint le chercher pour le reconduire dans ses quartiers.

Je l'entendis gémir et pleurnicher tandis que ses camarades l'escortaient jusqu'à sa cabine, située côté bâbord, entre celle de William Fowler et la mienne, et je sus que j'aurais à supporter ses plaintes durant toute la nuit.

— M. Aylmore lit beaucoup, déclara ledit William Fowler.

Le valet du commissaire de bord avait été grièvement brûlé lors de l'incendie du Carnaval, mais je ne l'avais pas entendu dire un mot durant les quatre jours que j'avais passés à coudre et à panser ses plaies. Comme celles-ci se trouvaient sur le ventre et sur le dos, il s'efforçait non sans mal de dormir sur le flanc, mais jamais il ne se plaignait.

— Les grands lecteurs sont des êtres plus sensibles que la moyenne, poursuivit-il. Et si ce pauvre type n'avait pas lu ce grotesque conte fantastique américain, jamais il ne nous aurait suggéré d'édifier ces chambres multicolores − une idée qui nous a tous séduits sans exception −, et rien de tout cela ne serait arrivé.

Je ne savais quoi répondre.

— Peut-être que la lecture est une malédiction, je veux dire, conclut Fowler. Peut-être vaut-il mieux pour l'homme ne pas s'évader de son esprit.

Je songeai à lui répondre Amen, mais je n'aurais su dire pourquoi.

J'écris ces mots à bord du Terror, dans l'ancienne cabine du Dr Peddie, le capitaine Crozier m'ayant ordonné de me partager entre les deux navires et de rester sur le sien du mardi au jeudi. Lloyd veille sur mes six patients à bord de l'Erebus, mais j'ai découvert à ma grande consternation que l'infirmerie du Terror était tout aussi pleine que la mienne.

Nombre des malades sont frappés par une affection que les médecins de l'Arctique ont qualifiée de nostalgie, puis de débilité. Le mal du pays figure en effet parmi ses premiers symptômes − avec le saignement des gencives, les accès de divagation, la perte de sensibilité des extrémités, la multiplication des hématomes et les hémorragies intestinales. Le patient se retrouve bientôt hors d'état de travailler, et même de tenir debout.

Cette affection a un autre nom, bien entendu, un nom que les médecins hésitent à prononcer à haute voix et que je redoute d'écrire ici : le scorbut.

Mais ce n'est pas la seule maladie dont j'aie constaté la présence à bord. Hier, le capitaine Crozier s'est retiré dans sa cabine pour y souffrir dans l'intimité. Ses gémissements parviennent sans peine à mes oreilles, vu que ladite cabine est adjacente à celle de feu le Dr Peddie. J'ai l'impression que le capitaine Crozier tente d'étouffer ses plaintes en mordant un objet quelconque − une lanière de cuir, peut-être. Mais j'ai la chance (ou le malheur) d'être doué d'une ouïe extrêmement fine.

Hier, le capitaine a confié le commandement du navire, et même de l'expédition, à son second, le lieutenant Little − le fait qu'il ait préféré celui-ci au capitaine de frégate Fitzjames ne m'a pas échappé −, et m'a déclaré qu'il se croyait atteint d'une crise de malaria.

Cela est un mensonge.

Ce ne sont pas les symptômes de la malaria qui tourmentent le capitaine Crozier − qui le tourmenteront sans nul doute jusqu'à ce que je regagne l'Erebus vendredi matin.

Mon père et mon oncle ont affronté les mêmes démons qui harcèlent le capitaine cette nuit.

Le capitaine Crozier est un esclave de l'alcool, et soit les réserves d'alcool de son navire sont épuisées, soit il a décidé de sa propre volonté de s'affranchir de cet esclavage. Dans tous les cas, il est en proie à des souffrances proprement infernales, et il le sera plusieurs jours durant. Sa raison n'y survivra peut-être pas. En attendant, ce navire comme cette expédition sont désormais sans commandement. À bord de ce vaisseau qui sombre dans la maladie, ses gémissements de désespoir sont suprêmement pitoyables.

Comme j'aimerais pouvoir l'aider ! Comme j'aimerais pouvoir aider tous mes compagnons souffrants − qu'ils soient affligés par des plaies, des brûlures, la maladie, la malnutrition ou la mélancolie ! Comme j'aimerais pouvoir m'aider moi-même, qui crains de présenter les premiers symptômes de nostalgie et de débilité !

Mais je ne puis rien faire, ni moi ni un quelconque médecin exerçant son art en cet an de grâce 1848.

Que Dieu ait pitié de nous tous.

27

Crozier

70° 05' de latitude nord, 98° 23' de longitude ouest
11 janvier 1848

Ça n'en finira jamais.

La souffrance. La nausée. Les frissons. La terreur. Ça n'en finira jamais.

Crozier se convulse entre les draps gelés de sa couchette et il a envie de mourir.

Lors de ses rares instants de lucidité, il regrette amèrement l'acte le plus sensé qu'il ait accompli avant d'aller affronter ses démons : il a confié son pistolet au lieutenant Little sans lui donner la moindre explication, priant son second de ne le lui rendre que lorsqu'il remonterait sur le pont, vêtu de son uniforme.

Crozier donnerait tout pour remettre la main sur cette arme. Ses souffrances sont insoutenables. Ses *pensées* sont insoutenables.

Sa grand-mère Memo Moira, la mère de son peu regretté père, était le mouton noir, la honte de la famille Crozier. Déjà octo-génaire alors que lui-même était encore enfant, elle vivait à deux villages de là – une distance considérable, voire infranchissable pour un petit garçon –, et jamais sa mère ne l'invitait aux fêtes familiales, tout juste si elle évoquait parfois son existence.

C'était une papiste. Une sorcière.

À l'âge de dix ans, Crozier se mit à lui rendre visite en cachette, gagnant sa maison en montant sur des charrettes de passage. Moins d'un an plus tard, il l'accompagnait dans l'église papiste de son étrange village. Si sa mère, sa tante et sa grand-mère maternelle l'avaient appris, elles n'y auraient pas survécu. Leur famille anglo-irlandaise et presbytérienne l'aurait renié, lui réservant le même opprobre que, plus tard, le Conseil arctique et même la Royal Navy dans son ensemble, qui ne voyaient en lui qu'un satané Irlandais. Et un roturier, qui plus est.

Memo Moira Crozier le considérait comme un être exceptionnel. Elle le disait doué de double vue.

Cette idée n'inspirait aucune crainte au jeune Francis Rawdon Moira Crozier. Il adorait la messe catholique, si sombre et si mystérieuse : le prêtre décharné, noir comme un corbeau, la langue morte de ses incantations, la magie de l'eucharistie qui ressuscitait le Christ afin que les fidèles puissent Le dévorer et faire partie de Lui, l'odeur de l'encens et la mélodie des cantiques. Un jour, alors qu'il avait douze ans, peu de temps avant qu'il s'enfuît pour s'engager dans la marine, il avait dit à Memo qu'il voulait devenir prêtre, et la vieille femme avait éclaté de son rire éraillé, lui conseillant d'oublier de telles fariboles.

— Un prêtre est aussi commun et inutile qu'un poivrot irlandais. Sers-toi plutôt de ton don, jeune Francis. Mets à profit cette double vue qui est l'apanage de ma famille depuis vingt générations. Elle te permettra de visiter des contrées et de voir des choses que nul être en ce monde n'a jamais connues.

Le jeune Francis ne croyait pas au don de double vue. Il comprit vers cette même époque qu'il ne croyait pas davantage en Dieu. Il devint marin. Il crut à tout ce qu'il vit et apprit sur les mers, recevant des visions et des leçons parfois des plus étranges.

Crozier sombre dans des creux de douleur, il est ballotté par des vagues de nausée. Il ne se réveille que pour vomir dans le seau que Jopson, son valet, remplace toutes les heures. La souffrance qui le torture touche jusqu'à la caverne de son ego, là où se nichait sans doute son âme avant qu'elle ne dérivât sur un océan de whiskey. Durant toutes ces journées et ces nuits de sueurs froides et de draps gelés, il se sait prêt à renoncer à son rang, à ses citations, à sa mère, à ses sœurs, au nom de son père et au souvenir de Memo Moira... à renoncer à tout cela pour un seul verre de whiskey.

Le navire continue de geindre, pris dans l'inexorable étreinte de glace qui se referme lentement sur lui. Crozier geint, lui aussi, pris dans l'inexorable étreinte de ses démons qui l'assaillent à coups de frissons, de fièvre, de douleur, de nausée et de regret. Il a découpé dans une vieille ceinture une lanière de quinze centimètres de long, qu'il mord de toutes ses forces afin de ne point gémir. En pure perte.

Il imagine tout. Il *voit* tout.

Lady Jane Franklin est dans son élément. Sans nouvelles de son époux depuis maintenant deux ans et demi, elle est dans son élément. Lady Franklin l'Indomptable. Lady Franklin, la Veuve réfractaire. Lady Franklin, la Sainte Patronne de l'Arctique qui a tué son époux... Lady Franklin, qui refuse d'accepter ce fait.

Crozier la distingue avec autant de netteté que s'il était doué de double vue. Jamais lady Franklin n'a paru aussi belle qu'aujourd'hui, résolue à refuser le deuil, persuadée que son mari est toujours vivant et qu'il *faut* retrouver et secourir l'expédition de sir John.

Plus de deux ans et demi ont passé. La Royal Navy sait que sir John avait approvisionné l'*Erebus* et le *Terror* pour une durée de trois ans, tout en espérant rallier l'Alaska durant l'été 1846, en tout cas pas plus tard que le mois d'août 1847.

Lady Jane a sûrement réussi à faire bouger la Navy et le Parlement, deux institutions également léthargiques. Crozier voit les lettres qu'elle a envoyées à l'Amirauté, au Conseil arctique, aux amis et anciens soupirants qu'elle compte au Parlement, à la reine en personne et, naturellement, à son mari défunt, des lettres quotidiennes rédigées de son écriture sans fioritures, où elle lui affirme qu'elle le sait vivant et qu'elle attend avec impatience leurs inévitables retrouvailles. Il la voit informer le monde de cette frénésie épistolaire. Elle confiera ces liasses de lettres aux premiers navires qui partiront à son secours... des bâtiments de la Royal Navy, certes, mais sans doute également des navires privés, qu'elle aura armés grâce à sa fortune – de moins en moins considérable, hélas ! –, mais aussi grâce aux souscriptions de ses riches amis inquiets.

Émergeant de ses visions, Crozier tente de se redresser sur sa couche et de sourire. Les frissons le secouent comme la tempête un mât de perroquet. Il retombe sur son oreiller imbibé de sueur et empestant la bile, ferme les yeux pour chevaucher à nouveau l'écume de l'avenir.

Qui allait-on envoyer au secours de l'*Erebus* et du *Terror* ? Qui avait-on déjà envoyé ?

Crozier savait que sir John Ross bouillirait d'impatience à l'idée de prendre la tête d'une telle expédition, mais il voit que lady Jane Franklin – qui le trouve vulgaire – choisira de l'écarter au bénéfice de son neveu, James Clark Ross, avec qui Crozier a exploré les mers autour de l'Antarctique.

Le cadet des deux Ross a promis à sa jeune épouse de renoncer aux voyages d'exploration, mais Crozier voit qu'il est incapable de dire non à lady Franklin. Il décidera de partir avec deux navires. Crozier les voit lever l'ancre dès l'été prochain. Ils arrivent au nord de la terre de Baffin, s'engagent dans le détroit de Lancaster, où sir John a conduit le *Terror* et l'*Erebus* trois ans auparavant – il n'arrive pas à distinguer les noms de ces deux bâtiments-ci –, et voilà que, peu après avoir franchi l'anse du Prince-Régent, voire touché l'île Devon, sir James tombe sur la même satanée banquise qui emprisonne les navires de Crozier. L'été prochain, les passages à travers lesquels les ont guidés MM. Reid et Blanky ne seront toujours pas dégagés. Sir James Clark Ross restera bloqué à trois cents milles du *Terror* et de l'*Erebus*.

Crozier voit les deux navires repartir vers l'Angleterre au début d'un automne 1848 qui s'annonce rigoureux.

Il sanglote tout en mordant de plus belle sa lanière de cuir. Ses os sont frigorifiés. Sa chair en feu. On dirait que des fourmis rampent sur sa peau, et même en dessous.

Son don de double vue lui permet de découvrir d'autres navires, d'autres expéditions en cet an de grâce 1848, la plupart appareillant à peu près en même temps que celle de Ross. La Royal Navy est dure à la détente – une véritable limace des mers –, mais, une fois lancée, elle a tendance à ne rien négliger, bien au contraire. Comme le lui ont appris ses quarante ans d'expérience, c'est une institution qui alterne l'attentisme et la précipitation.

Crozier voit en grimaçant une deuxième expédition voguer vers Baffin l'été prochain, et même une troisième escadre qui double le cap Horn pour monter vers le détroit de Behring à la rencontre des navires disparus, cherchant l'*Erebus* et le *Terror* dans des mers arctiques occidentales dont ils ne se sont pas approchés à moins de mille milles. Ces vaines entreprises se poursuivent jusqu'en 1849.

Et la deuxième semaine de 1848 est à peine entamée. Crozier se demande si ses hommes passeront l'été.

Allait-on envoyer une expédition terrestre, qui suivrait la rivière Mackenzie jusqu'aux côtes arctiques, pour aller chercher du côté de la terre Wollaston et de la terre Victoria leurs navires bloqués quelque part sur le passage du Nord-Ouest ? Crozier n'en doute pas un instant. Mais il n'y a aucune chance pour que cette expédition vienne les chercher là où ils sont, à savoir vingt-cinq milles au large de l'île du Roi-Guillaume. Et ses membres ignorent d'ailleurs qu'il s'agit d'une île.

Le lord de l'Amirauté va-t-il annoncer à la Chambre des communes qu'une récompense est offerte à qui retrouvera sir John et ses hommes ? Crozier le pense bien. Mais quel en sera le montant ? Mille livres ? cinq mille ? dix mille ? Il ferme les yeux et voit s'inscrire devant lui, comme sur un parchemin, le chiffre de vingt mille livres sterling, offertes à quiconque « permettra de contribuer à sauver la vie de sir John Franklin et de son équipage ».

Crozier se remet à rire et, du coup, se remet à vomir. L'absurdité des images qui se bousculent dans sa tête lui donne des frissons glacés. Tout autour de lui, le navire gémit sous l'emprise de la glace. Le capitaine ne parvient plus à distinguer ses geignements de ceux de son vaisseau.

Il voit apparaître huit bâtiments – six anglais, deux américains –, pris dans les glaces à proximité les uns des autres, et il croit reconnaître les parages de l'île Devon, non loin de l'île Beechey, à moins qu'il ne s'agisse de l'île Cornwallis. De toute évidence, on est en plein été arctique, peut-être à la fin du mois d'août, quelques jours avant la survenue d'un redoutable coup de froid. Crozier a la sensation d'entrevoir un avenir distant de deux ou trois ans de sa propre et terrible réalité. Pourquoi ces huit navires se retrouveraient-ils piégés dans le même coin plutôt que d'explorer une zone s'étendant sur des milliers de milles carrés à la recherche de traces de Franklin, voilà qui n'a aucun sens à ses yeux. Une manifestation du delirium tremens, sans aucun doute.

On trouve parmi ces navires un petit schooner et un yacht de plaisance, totalement inadaptés à l'exploration polaire, des bateaux américains de quatre-vingt-un et cent quarante-quatre tonneaux, fort incongrus aux yeux de Crozier, et un bateau-pilote anglais de quatre-vingt-dix tonneaux, reconverti à la hâte en voilier polaire. Plus des navires anglais nettement plus convenables, à voile ou à vapeur. Crozier réussit à déchiffrer certains de leurs noms : les deux bâtiments américains s'appellent l'*Advance* et le *Rescue*, le bateau-pilote le *Prince Albert*, et quant au navire amiral britannique, on l'a carrément baptisé *Lady Franklin*. Et il y a ces deux vaisseaux qu'il associe au vieux John Ross : le *Felix*, ce schooner minuscule, et le *Mary*, ce yacht qui ne l'est pas moins. Les deux bâtiments de la Royal Navy s'appellent l'*Assistance* et l'*Intrepid*.

Comme s'il les contemplait par les yeux d'une sterne arctique volant dans les hauteurs, Crozier constate qu'ils sont tous immobilisés à moins de quarante milles les uns des autres : les navires anglais se répartissent entre l'île Griffith, dans le détroit de Barrow, et une baie située à la pointe sud de l'île Cornwallis, les deux bâtiments se trouvant un peu au nord de cette même île, de l'autre côté du détroit de Wellington par rapport au point que sir John avait choisi pour leur premier hivernage, sur l'île Beechey. Plus de deux cent cinquante milles les séparent de l'*Erebus* et du *Terror*, pris dans les glaces au sud-ouest de leur position.

Une minute plus tard, la brume se lève et Crozier découvre six de ces navires ancrés les uns à côté des autres au large d'une île minuscule.

Il voit des hommes courir sur une grève de gravier gelé au-dessus de laquelle se dressent des falaises noires. Ils sont fort excités. Il parvient presque à entendre leurs voix qui percent l'air glacé.

C'est l'île Beechey, il en est convaincu. Ils ont trouvé les stèles de bois et les sépultures du chauffeur John Torrington, du matelot John Hartnell et du soldat William Braine.

Quelle que soit la date à laquelle interviendra cette découverte que lui révèle la fièvre, Crozier sait qu'elle ne sera d'aucune utilité aux marins de l'*Erebus* et du *Terror*. Sir John a quitté l'île Beechey avec une précipitation condamnable, mettant les voiles dès que la glace eut suffisamment fondu pour permettre à leurs navires de forcer le passage. Après avoir passé neuf mois sur ce rivage désolé, l'expédition Franklin n'a même pas laissé de note indiquant le cap qu'elle comptait suivre.

Sur le moment, Crozier s'est dit que sir John estimait inutile d'aviser l'Amirauté qu'il filait vers le sud conformément aux ordres qu'elle lui avait donnés. Sir John Franklin obéissait toujours aux ordres. Sir John a supposé que l'Amirauté s'en souviendrait. Mais ils ont mis un terme à leur long séjour de neuf mois − au cours duquel les hommes ont édifié le cairn qu'ils devaient édifier, y ajoutant en guise de plaisanterie une réplique faite de boîtes de conserve − sans laisser le moindre message dans ce fameux cairn, ce qui constitue une violation des ordres en question.

L'Amirauté et le Service des explorations ont fourni à l'expédition Franklin deux cents cylindres en cuivre totalement étanches conçus pour que sir John dépose sur sa route des messages indiquant à intervalles réguliers la position qu'il avait atteinte et le cap qu'il comptait suivre, et il n'en a utilisé qu'un seul : celui qui a été déposé sur la terre du Roi-Guillaume, vingt-cinq milles au sud-est de leur position présente, quelques jours avant que sir John se fasse tuer.

Sur l'île Beechey, rien.

Sur l'île Devon, qu'ils ont pourtant explorée, rien.

Sur l'île Griffith, où ils ont cherché un havre, rien.

Sur l'île Cornwallis, dont ils ont fait le tour, rien.

Sur les côtes de l'île Somerset, de l'île du Prince-de-Galles et de l'île Victoria, qu'ils ont longées durant l'été 1846 alors qu'ils voguaient vers le sud, rien.

Et voilà que les sauveteurs qu'il voit en rêve − et dont les six navires semblent près d'être à leur tour pris dans les glaces − se tournent vers le nord, vers ce qui reste d'eau libre dans le canal de Wellington, en direction du pôle Nord. L'île Beechey ne recèle aucun indice. Et, grâce à son point de vue de sterne, Crozier peut constater que le détroit de Peel − que l'*Erebus* et le *Terror* ont pu emprunter dix-huit mois auparavant, lors d'un bref dégel estival − forme en ce futur été une nappe de blanc solide, et ce à perte de vue.

Ces sauveteurs n'envisagent pas un instant que Franklin soit parti vers le sud... qu'il ait obéi à ses ordres. Durant les années suivantes – Crozier les voit maintenant piégés dans le détroit de Lancaster –, ils orientent leurs recherches vers le nord. Après tout, si sir John ne pouvait pas mettre le cap au sud, il avait ordre de voguer au nord et de longer une lisière des glaces toute théorique afin de gagner un océan Polaire qui ne l'est pas moins.

Le cœur serré, Crozier comprend que les capitaines de ces navires de sauvetage sont tous parvenus à la même conclusion : Franklin est parti vers le nord – alors qu'il a fait exactement le contraire !

Il émerge de son rêve dans une nuit noire. Ce sont ses propres gémissements qui l'ont réveillé. Il y a de la lumière dans la cabine, mais elle lui fait mal aux yeux et il doit se fier à l'ouïe et au toucher pour comprendre ce qui se passe. Deux hommes – Jopson, son valet, et Goodsir, le chirurgien – lui ôtent sa chemise de nuit imbibée de sueur et de déjections, le baignent dans une eau miraculeusement chaude et lui font enfiler une chemise de nuit et des chaussettes propres. L'un d'eux tente de lui donner une cuillerée de soupe. Crozier la vomit aussitôt, mais il a le temps de voir que le contenu de son seau a gelé et que les deux hommes nettoient le sol. Ils l'obligent à boire un peu d'eau et il retombe sur ses draps glaciaux. L'un d'eux étale sur lui une couverture chaude – *chaude, sèche, souple* – et il manque pleurer de gratitude. Il veut prendre la parole mais sombre à nouveau dans un maelström de visions et, avant qu'il ait pu formuler ses mots, il n'est plus en état de le faire.

Il découvre un jeune garçon aux cheveux noirs et à la peau verdâtre, recroquevillé en position fœtale au pied d'un mur de briques couleur d'urine. Crozier sait qu'il s'agit d'un épileptique enfermé dans une institution, dans un asile de fous. Il est totalement immobile, à l'exception de ses yeux dont les mouvements spasmodiques évoquent un serpent. *Cette forme est moi.*

Dès qu'il a articulé cette pensée, Crozier comprend que cette peur-là n'est pas la sienne. Il a entrevu le cauchemar d'un autre [1]. Il s'est retrouvé dans l'esprit d'un autre.

Sophia Cracroft entre en lui. Crozier gémit et mord sa lanière.

Il la voit nue et voluptueuse dans l'étang du Bec-d'oiseau. Il la revoit distante et méprisante sur le banc de pierre du Palais. Il la voit dans sa robe de soie bleue qui lance un adieu – pas à lui, non, pas à lui – depuis les quais de Greenhithe, par cette belle journée de mai où l'*Erebus* et le *Terror* ont largué les amarres. Et il la voit

---

1. Cette vision fait directement référence à un passage de l'ouvrage de William James, *Les Variétés de l'expérience religieuse.* (*N.d.T.*)

comme il ne l'a jamais vue : la Sophie Cracroft à venir, fière, endeuillée et secrètement ravie de l'être, entrant dans sa nouvelle vie d'assistante, de dame de compagnie et d'acolyte à plein temps de lady Jane Franklin. Elle ne quitte jamais cette dernière – deux femmes indomptables, s'émerveille la presse –, et, tout autant qu'elle ou presque, se montre en permanence résolue, optimiste, entêtée, féminine et excentrique, tout entière dévouée à la tâche consistant à obliger le monde à secourir sir John Franklin. Jamais elle n'évoque le nom de Francis Crozier, même en privé. Ce rôle lui sied à la perfection, comprend-il : une Sophia courageuse, impérieuse, conquérante, désormais en mesure de jouer les coquettes sans jamais devoir prendre un quelconque engagement, répondre à un quelconque soupirant. Jamais elle ne se mariera. Elle ira de par le monde aux côtés de lady Jane, sans jamais renoncer en public à l'espoir de retrouver sir John, mais – une fois que cet espoir sera devenu vain – jouissant de la compassion, de la puissance et du rang que lui confère son statut de veuve par procuration.

Crozier tente de vomir, mais cela fait des heures, voire des jours, qu'il a l'estomac vide. Il ne peut que se recroqueviller sur lui-même le temps que passent les crampes.

Voilà qu'il se retrouve dans un parloir obscur, dans une ferme encombrée de bibelots et sise à Hydesdale (New York), à trente kilomètres à l'ouest de Rochester. Crozier n'a jamais entendu parler de ces deux villes. Il sait que nous sommes au printemps de cette même année 1848, peut-être dans quelques semaines à peine. Entre les épais rideaux tirés, on aperçoit les éclairs qui zèbrent le ciel au-dehors. Le tonnerre secoue la maison.

— Venez, mère ! dit l'une des deux jeunes filles assises à la table. Vous allez trouver ceci fort édifiant, nous vous l'assurons.

— Je vais trouver ceci fort terrifiant, dit la mère, une femme quelconque, dont le front est creusé d'une ride verticale joignant des cheveux gris à d'épais sourcils. Pourquoi je vous laisse m'entraîner dans ces histoires, je me le demande.

Crozier s'émerveille de la laideur de leur dialecte rural. La majorité des Américains qu'il a rencontrés sont des marins – matelots, capitaines de vaisseau ou baleiniers.

— Vite, mère !

Cette jeune fille si autoritaire s'appelle Margaret Fox et elle est âgée de quinze ans. Elle est modestement vêtue et plutôt jolie, quoique geignarde et d'aspect un peu stupide, caractéristiques communes à toutes les Américaines que Crozier a pu croiser dans son existence. À ses côtés est assise sa sœur Catherine, âgée de onze ans. Celle-ci, dont le visage est à peine visible à la lueur de la bou-

gie, ressemble bien plus à sa mère, dont elle a hérité les épais sourcils, les cheveux plantés bas et l'air renfrogné.

Un éclair entre les rideaux.

La mère et les deux filles se prennent par les mains autour de la
table circulaire. Crozier remarque que le napperon recouvrant le
chêne a jauni avec l'âge. Les trois participantes ferment les yeux. Le
tonnerre fait vaciller la flamme de la bougie.

— Il y a quelqu'un ? demande Margaret.

Un bruit fracassant lui répond. Ce n'est pas le tonnerre, plutôt un
son ressemblant à un marteau frappant le bois. Les trois paires de
mains sont bien visibles.

— Oh ! s'exclame la mère.

Elle est prête à porter ses deux mains à sa bouche en signe de terreur. Ses deux filles l'empêchent de rompre le cercle. La table se
met à bouger.

— Êtes-vous notre Guide ? demande Margaret.

CRAC.

— Avez-vous l'intention de nous faire du mal ? s'enquiert Katy.

CRAC-CRAC – plus fort cette fois.

— Vous voyez, mère ? murmure Maggie. (Refermant les yeux,
elle reprend à haute voix :) Guide, êtes-vous le gentil M. Pied-Percé
qui est entré en communication avec nous hier soir ?

CRAC.

— Merci de nous avoir convaincues que vous étiez bien réel,
monsieur Pied-Percé, poursuit Maggie, qui s'exprime comme si elle
était en transe. Merci d'avoir donné à mère la liste de tous ses
enfants, précisant notre âge à tous et lui rappelant l'existence du
sixième mort-né. Voulez-vous répondre à nos questions ce soir ?

CRAC.

— Où se trouve l'expédition Franklin ? demande la petite Katy.

CRAC CRAC CRAC crac crac crac crac CRAC CRAC crac CRAC CRAC... le
concert de percussions dure trente secondes.

— C'est le télégraphe spirite dont vous parliez ? murmure la
mère.

Maggie lui fait signe de se taire. Le concert s'interrompt. Comme
si le bois de la table et le coton du napperon étaient transparents à
ses yeux, Crozier voit que les deux enfants, douées d'articulations
étonnamment souples, font claquer leurs orteils les uns contre les
autres. Le bruit ainsi produit est des plus frappants, vu la taille des
orteils en question.

— M. Pied-Percé dit que le sir John Franklin dont parlent les
journaux va bien, ainsi que tous ses marins, mais qu'ils ont très
peur, qu'ils se trouvent sur leurs navires mais aussi dans les glaces,

près d'une île à cinq jours de navigation de l'endroit très froid où ils se sont arrêtés la première année de leur voyage, ânonne Maggie.

— Il fait très très noir là-bas, ajoute Katy.

Nouvelle série de bruits.

— Sir John dit à son épouse lady Jane de ne pas se faire du souci, traduit Maggie. Il dit qu'il la reverra bientôt – dans ce monde ou bien dans l'autre.

— Oh ! s'exclame à nouveau Mme Fox. Il faut prévenir Mary Redfield et M. Redfield, et Leah, bien sûr, et aussi M. et Mme Duesler, et Mme Hyde, et M. et Mme Jewell...

— Chut ! siffle Katy.

CRAC, CRAC, CRAC, *cracracracracrac*, CRAC.

— Le Guide ne veut pas que vous parliez pendant qu'Il communique avec nous, chuchote Katy.

Crozier gémit et mord dans sa lanière. Les crampes qui lui nouaient naguère les tripes se sont étendues à son corps tout entier. Tantôt il frissonne de froid, tantôt il rejette les couvertures loin de lui.

Apparaît un homme vêtu comme un Esquimau : une parka de fourrure, des bottes de fourrure, un capuchon de fourrure comme celui de lady Silence. Mais cet homme se tient sur une scène éclairée par une rampe. Il fait très chaud. Derrière lui, une toile peinte représentant la banquise, des icebergs, un ciel hivernal. La scène est jonchée de neige factice. Il s'y trouve aussi quatre chiens de traîneau comme on en élève au Groenland, qui halètent tout leur soûl.

Le petit homme barbu prend la parole sur son estrade enneigée. Son accent américain est tout aussi pénible aux oreilles de Crozier que l'était celui des fillettes.

— Je m'adresse à vous au nom de l'humanité et non du profit. Je suis allé jusqu'en Angleterre pour rencontrer lady Franklin. Elle me souhaite bon vent pour notre prochaine expédition – qui ne se mettra en route, bien entendu, que si les braves gens de Philadelphie, de New York et de Boston m'aident à en assurer le financement – et déclare qu'elle serait honorée de retrouver son époux grâce aux efforts des enfants des États-Unis d'Amérique. Si je fais donc appel à votre générosité, c'est uniquement par souci d'humanité. Je m'adresse à vous au nom de lady Franklin, au nom de son époux disparu, dans l'espoir de couvrir de gloire les États-Unis d'Amérique...

Crozier retrouve le petit homme barbu, dans le plus simple appareil cette fois-ci, allongé dans sa chambre de l'Union Hotel à New York, en compagnie d'une jeune femme aussi nue que lui. La nuit est chaude et ils ont rejeté au loin draps et couvertures. Des chiens de traîneau, il n'y a aucun signe.

— Quels que soient mes défauts, dit l'homme, murmurant car la fenêtre comme le vasistas sont ouverts sur la nuit new-yorkaise, je puis au moins dire que je vous ai aimée. Si vous étiez une impératrice, chère Maggie, plutôt qu'une petite fille sans nom exerçant une profession aussi obscure qu'ambiguë, il en serait allé de même.

Crozier se rend compte que cette jeune femme nue n'est autre que Maggie Fox – avec quelques années de plus. Elle est restée jolie, quoique toujours geignarde à la façon des Américaines.

C'est d'une voix éraillée, qui n'a plus rien d'enfantin ni même d'adolescent, qu'elle répond :

— Mais, docteur Kane, vous savez que je vous aime.

L'homme secoue la tête. Il attrape une pipe sur la table de nuit et dégage son bras gauche, sur lequel la fille avait posé la tête, pour la bourrer et l'allumer.

— Maggie, ma chère, quand j'entends ces mots sortir de votre bouche aussi charmante qu'elle est fourbe, en même temps que vos cheveux me caressent la poitrine, comme j'aimerais les croire ! Mais vous ne pouvez vous élever au-dessus de votre condition, ma chère. Vous possédez maints traits qui transcendent votre vocation, Maggie... vous êtes aimable, raffinée et, si vous aviez reçu une autre éducation, vous seriez devenue fruste et innocente. Mais vous êtes indigne de mon attention pleine et entière, mademoiselle Fox.

— Indigne, répète l'intéressée.

Ses yeux, qui sont ce qu'il y a de plus beau dans sa personne à présent que ses seins plantureux sont cachés à Crozier, semblent se mouiller de larmes.

— Je suis promis à d'autres destins, mon enfant, reprend le Dr Kane. J'ai mes propres chimères à poursuivre, ne l'oubliez pas, tout comme votre mère et vos sœurs si vénales ont les leurs. Je suis aussi dévoué à ma vocation que vous à la vôtre, mon enfant, si l'on peut qualifier de vocation ce charlatanisme qu'est le spiritisme. Rappelez-vous donc, comme si c'était un rêve, que le Dr Kane des Mers arctiques a aimé Maggie Fox des Tables toquantes.

Crozier se réveille dans les ténèbres. Il ne sait pas où il est, ni en quel lieu ni en quel temps. Sa cabine est plongée dans les ténèbres. Le reste du vaisseau aussi, semble-t-il. Les barrots gémissent... à moins qu'il ne s'agisse d'un écho de ses propres gémissements. Il fait très froid. La couverture que Jopson et Goodsir ont étalée sur lui est aussi glacée, aussi mouillée que ses draps. La glace grince contre le navire. Celui-ci lui répond par ses propres grincements, qui montent du bois et du fer compressés.

Crozier veut se lever mais constate qu'il est trop faible, trop vidé pour seulement s'asseoir. À peine s'il arrive à bouger les bras. Souffrances et visions déferlent à nouveau sur lui.

Des visages d'hommes qui lui sont familiers, qu'il a rencontrés durant sa carrière.

Voici Robert McClure, l'un des hommes les plus malins et les plus ambitieux que Crozier ait jamais connus : un Irlandais, lui aussi, et bien décidé à faire son trou dans un monde anglais. McClure se tient sur le pont d'un navire pris dans les glaces. Des falaises de glace et de roche se dressent autour de lui, atteignant jusqu'à deux cents mètres d'altitude. Crozier n'a jamais rien vu de semblable.

Voici le vieux John Ross sur le pont arrière d'un petit bâtiment – un yacht, dirait-on – qui vogue vers l'est. Vers l'Angleterre.

Voici James Clark Ross, plus vieux, plus gros, plus triste que Crozier l'a jamais vu. Les rayons du soleil jouent avec les cargues festonnées de glace tandis que le navire s'engage dans les eaux libres. Il rentre en Angleterre.

Voici Francis Leopold M'Clintock – il a déjà recherché Franklin sous les ordres de James Ross, pour prendre ensuite le commandement d'une nouvelle expédition. Quand exactement ? Combien d'années après ? Et dans combien d'années ?

Crozier voit les images défiler comme dans une lanterne magique, mais il n'obtient aucune réponse à ses questions.

Voici M'Clintock tractant un traîneau, se montrant bien plus rapide, bien plus efficace que le lieutenant Gore ou l'un quelconque des hommes de sir John, des hommes de Crozier.

Voici M'Clintock devant un cairn, occupé à lire une note qu'il vient d'extraire d'un cylindre de cuivre. S'agit-il de celle que Gore a laissée sur la terre du Roi-Guillaume il y a sept mois de cela ? s'interroge Crozier. Le gravier gelé et le ciel gris lui semblent bien familiers.

Soudain, revoici M'Clintock, seul sur le gravier gelé, son traîneau et ses compagnons visibles au sein de la neige à quelques centaines de mètres de là. Il est confronté à un horrible spectacle : un grand bateau renversé, attaché par des cordages au-dessus d'un gigantesque traîneau de chêne et de fer.

Ce traîneau ressemble bien à l'œuvre de M. Honey, le charpentier du *Terror*. Il a été fabriqué pour tenir un bon siècle. Un soin extrême a été apporté à son exécution. Il est fort massif et doit dépasser les trois cents kilos. Le bateau qui le surplombe en pèse bien quatre cents.

Crozier reconnaît ce bateau. C'est l'une des chaloupes du *Terror*. Il remarque qu'elle a été gréée pour la navigation fluviale. Ses voiles sont ferlées, attachées, protégées et couvertes de glace.

Comme s'il était perché sur l'épaule de M'Clintock, Crozier a l'impression de grimper sur un rocher pour scruter l'intérieur du bateau, et il découvre soudain deux squelettes. Leurs dents paraissent étincelantes. L'un d'eux se réduit à un monceau d'os dans la neige, des os de toute évidence mordus, mâchonnés et en partie rongés. Ils sont quasiment enfouis sous la neige.

Le second squelette, encore intact, est vêtu de lambeaux qui évoquent un uniforme d'officier, à moitié dissimulé par plusieurs couches de laine. Le crâne est coiffé d'une casquette fort abîmée. Ce squelette gît sur un banc de nage, ses deux mains posées sur les plats-bords, tendues vers deux fusils qui y sont calés. À ses pieds, un tas de couvertures en laine et de toiles goudronnées, ainsi qu'un sac de toile rempli de cartouches. Au fond de la chaloupe, entre les deux pieds du squelette, tel un trésor de pirate qu'il eût voulu contempler en ricanant, on trouve cinq montres en or et ce qui ressemble à vingt kilos de rations de chocolat. Plus vingt-six couverts en argent − M'Clintock, et Crozier avec lui, reconnaissent sur les couteaux, les cuillères et les fourchettes les armes de sir John Franklin, du capitaine Fitzjames et... du capitaine Crozier. Il aperçoit, à moitié enfouis dans la neige, des assiettes et deux plateaux d'argent portant ces mêmes armes.

Les huit mètres séparant les deux squelettes sont occupés par tout un bric-à-brac qui perce sous la neige : deux rouleaux de feuilles métalliques, la toile protectrice d'un canot, huit paires de bottes, deux scies, quatre limes, une boîte de clous et deux couteaux, ces derniers reposant près du sac de toile contenant les cartouches.

Crozier reconnaît en outre des pagaies, des voiles pliées et des rouleaux de fil, le tout à proximité du squelette intact. Près du petit tas d'os, il recense une pile de serviettes, des barres de savon, des peignes et une brosse, une paire de pantoufles faites main, tout près des tarses et des métatarses épars, et six livres : cinq bibles et un exemplaire du *Vicaire de Wakefield*, qui se trouve en ce moment dans la bibliothèque du HMS *Terror*.

Crozier voudrait fermer les yeux mais n'y arrive pas. Il voudrait fuir cette vision − toutes ces visions −, mais cela lui est impossible.

Soudain, le visage vaguement familier de Francis Leopold M'Clintock semble fondre et s'affaisser, pour être remplacé par celui d'un homme plus jeune, que Francis Crozier n'a jamais vu de sa vie. Le reste de la scène demeure inchangé. Le jeune homme − le lieutenant William Hobson, un nom que Crozier connaît sans savoir comment − se tient au même endroit que M'Clintock et arbore la même expression, un mélange d'écœurement et d'incrédulité.

Chaloupe et squelettes disparaissent sans prévenir, et Crozier se retrouve dans une caverne de glace, allongé près d'une Sophia Cracroft toute nue.

Non, ce n'est pas Sophia. Crozier tique, sentant la double vue de Memo Moira lui brûler le cerveau tel un poignard chauffé à blanc par la fièvre, puis découvre qu'il est allongé nu à côté d'une lady Silence également nue. Ils sont entourés de fourrures, ils sont couchés sur une plaque de neige ou de glace. L'espace qu'ils partagent est éclairé par une lampe à huile. Le plafond incurvé est composé de blocs de glace. Silence a des seins basanés, des cheveux très longs et très noirs. Appuyée sur un coude planté parmi les fourrures, elle considère Crozier avec le plus grand sérieux.

Es-tu en train de rêver mes rêves? lui demande-t-elle, sans remuer les lèvres ni même ouvrir la bouche. Elle ne s'est pas exprimée en anglais. *Suis-je en train de rêver les tiens?*

Crozier la *sent* dans son esprit et dans son cœur. Comme s'il venait d'avaler une gorgée du meilleur whiskey qu'il ait jamais goûté.

Puis survient le plus horrible des cauchemars.

Cet inconnu, mélange de M'Clintock et du dénommé Hobson, ne contemple pas la chaloupe aux deux squelettes mais le jeune Francis Rawdon Moira Crozier assistant en cachette à la messe catholique aux côtés de Memo Moira, sa sorcière de grand-mère.

C'est là l'un des secrets les plus lourds que Crozier ait jamais portés : non seulement il a assisté à l'office proscrit avec Memo Moira, mais en outre il a célébré l'eucharistie catholique, célébré cette communion interdite et tant raillée.

Cet être composite, ce M'Clintock-Hobson, se tient raide comme un enfant de chœur tandis qu'un Crozier tout tremblant − tantôt enfant, tantôt quinquagénaire − s'approche de la table de communion, s'agenouille, relève la tête, ouvre la bouche et tend la langue pour recevoir l'Hostie interdite − le corps du Christ −, commettant un acte que tous les membres de sa famille, tous les habitants de son village, toutes les personnes qui comptent dans sa vie assimilent au cannibalisme pur et simple.

Mais il y a quelque chose d'étrange. Le prêtre aux cheveux gris qui se dresse au-dessus de lui, vêtu de sa chasuble blanche, dégouline sur la table, sur le sol, sur Crozier. Et il est bien trop grand, même s'il le voit avec les yeux d'un enfant. Cette gigantesque créature musculeuse sous l'ombre de laquelle disparaît le communiant... cette créature n'a rien d'humain.

Et Crozier s'aperçoit qu'il est tout nu lorsqu'il s'agenouille, relève la tête, ouvre la bouche, ferme les yeux et tend la langue pour recevoir le Sacrement.

Le prêtre dégoulinant ne tient pas une hostie dans sa main. Il n'a pas de mains. L'apparition mouillée se penche au-dessus de la table, s'approche tout près, trop près, et ouvre ses mâchoires inhumaines comme pour dévorer cette hostie qu'est Crozier.

— Seigneur Dieu tout-puissant, murmure l'être formé de M'Clintock et de Hobson.

— Seigneur Dieu tout-puissant, répète le capitaine Francis Crozier.

— Il est revenu parmi nous, dit le Dr Goodsir à M. Jopson.

Crozier gémit.

— Pouvez-vous vous asseoir, monsieur ? s'enquiert le chirurgien. Pouvez-vous ouvrir les yeux et vous redresser ? C'est bien, commandant.

— Quel jour sommes-nous ? croasse Crozier.

La chiche lumière franchissant la porte de sa cabine et celle de sa lampe, encore plus chiche, font l'effet à ses yeux sensibles d'une explosion de soleil.

— Nous sommes le mardi 11 janvier, capitaine, répond son valet, qui ajoute : En l'an de grâce 1848.

— Vous avez été malade pendant une semaine, enchaîne le chirurgien. J'ai cru à plusieurs reprises que nous vous avions perdu.

Goodsir lui fait boire un peu d'eau.

— Je rêvais, articule Crozier après avoir avalé le liquide glacé.

Il sent sa puanteur monter des draps gelés qui l'entourent.

— Vous avez beaucoup gémi durant ces dernières heures, remarque Goodsir. Vous souvenez-vous des rêves dont vous a affligé la malaria ?

Crozier ne se rappelle qu'une sensation de légèreté, comme s'il avait volé, ainsi que le poids, l'humour, l'horreur de visions qui s'enfuient déjà, comme un banc de brume chassé par le vent.

— Non, répond-il. Monsieur Jopson, veuillez avoir l'amabilité d'aller chercher de l'eau chaude pour ma toilette. Peut-être devrez-vous m'aider à me raser. Docteur Goodsir...

— Oui, commandant ?

— Veuillez avoir l'obligeance d'informer M. Diggle que son capitaine souhaite ce matin un petit déjeuner particulièrement copieux.

— Il est onze heures du soir, commandant, dit le chirurgien.

— Il n'importe, j'ai besoin d'un bon breakfast. Des biscuits. Des patates s'il nous en reste. Du café. Du porc – du bacon, si possible.

— À vos ordres, commandant.

— Et... docteur Goodsir, ajoute-t-il alors que le chirurgien se dirige vers la porte. Je vous prie également de demander au lieutenant Little de venir me présenter son rapport afin que je sache ce qui s'est passé durant cette semaine, et demandez-lui aussi de me rapporter mes... mes objets personnels.

28

Peglar

70° 05' de latitude nord, 98° 23' de longitude ouest
29 janvier 1848

Harry Peglar s'était arrangé pour être affecté comme courrier pour le retour du soleil. Il tenait à célébrer cette occasion – quoique l'ambiance ne se prêtât guère à la célébration – avec un être qui lui était cher. Un être dont il avait jadis été amoureux.

Chef de la hune de misaine du *Terror*, Harry Peglar dirigeait le groupe de gabiers d'élite qui officiaient dans le gréement supérieur du navire, de jour comme de nuit, par temps clair comme par gros temps, et qui étaient de taille à affronter les pires tempêtes qu'eût jamais eu à souffrir un bâtiment de bois et de toile. La position qui était la sienne exigeait de la force, de l'expérience, de l'autorité et du courage, et Harry Peglar était unanimement respecté pour toutes ces qualités. Aujourd'hui âgé de quarante et un ans, il avait fait ses preuves plusieurs centaines de fois, à bord d'une bonne douzaine de vaisseaux de Sa Majesté dont le *Terror* n'était que le dernier en date.

Bien qu'on eût peine à le croire, Harry Peglar n'avait appris à lire et à écrire qu'à l'âge de vingt-cinq ans, alors qu'il avait atteint le grade d'aspirant. La lecture était devenue son vice, et il avait déjà dévoré plus de la moitié des mille volumes de la bibliothèque du *Terror*. Il devait cette transfiguration à un simple valet qui avait servi comme lui sur le HMS *Beagle* et fait de lui un lettré ; ce même valet avait poussé Harry Peglar à s'interroger sur sa nature d'homme.

Ce valet s'appelait John Bridgens. C'était aujourd'hui le doyen de l'expédition. Lorsque celle-ci avait quitté l'Angleterre, les mauvaises langues de l'*Erebus* et du *Terror* se plaisaient à comparer l'humble John Bridgens au vénérable sir John Franklin, affirmant que s'il était son égal en âge, il lui était vingt fois supérieur en sagesse. Harry Peglar savait que c'était la pure vérité.

Il était rare que le Service des explorations accepte des marins aussi âgés que lui, exception faite des officiers supérieurs, et on avait découvert avec ravissement que le rôle d'équipage attribuait à John Bridgens l'âge de vingt-six ans — inversion des chiffres due à un gratte-papier distrait ou doué du sens de l'humour. Avaient suivi maintes remarques graveleuses sur la vigueur et les prouesses sexuelles de l'intéressé. Le valet grisonnant s'était contenté de les accueillir par un sourire.

Harry Peglar s'était présenté à Bridgens alors que tous deux servaient sur le HMS *Beagle*, commandé par le capitaine de vaisseau FitzRoy, un brick effectuant un voyage scientifique qui devait durer cinq ans, de décembre 1831 à octobre 1836. Peglar avait suivi à son bord le lieutenant John Lort Stokes, aux ordres duquel il avait servi à bord du HMS *Prince Regent*, un bâtiment de ligne de cent vingt canons. Le *Beagle* n'était qu'un humble brick de classe *Cherokee* adapté pour une mission scientifique, donc peu attirant pour un gabier comme lui, sauf que Harry s'intéressait déjà aux sciences et à l'exploration, et le voyage du *Beagle* s'était révélé fort instructif pour lui, et ce à plus d'un titre.

À l'époque, Bridgens approchait de la cinquantaine, mais il était déjà considéré comme le plus intelligent et le plus instruit des officiers subalternes de la flotte. Il était de notoriété publique que c'était un sodomite, mais ce détail n'avait pas troublé outre mesure le jeune Harry Peglar. Il existait deux types de sodomites dans la Royal Navy : ceux qui assouvissaient leur vice à terre et pratiquaient l'abstinence en mer, et ceux qui, loin d'observer une telle réserve, s'activaient souvent à séduire les plus jeunes membres de l'équipage. Toute la flotte savait que Bridgens appartenait à la première catégorie : il aimait les hommes et ne s'en cachait pas, mais, une fois en mer, respectait les convenances dans ses paroles comme dans ses actes. Et, contrairement à l'aide-calfat du *Terror*, Bridgens n'était pas un pédéraste. Un mousse était plus en sécurité avec lui qu'avec le vicaire de son village.

Par ailleurs, Harry Peglar vivait avec Rose Murray lorsqu'il s'était embarqué à bord du *Beagle*. Bien qu'ils ne se fussent jamais mariés — en bonne catholique, Rose n'aurait pu épouser Harry que s'il s'était converti, ce qu'il ne pouvait se résoudre à faire —, ils vivaient en bonne entente lorsque Harry séjournait à terre, mais, après avoir été transformé comme il devait l'être, jamais il n'aurait pu s'accommoder du manque d'éducation et de curiosité de la jeune femme. Peut-être aurait-il accepté de l'épouser si elle avait pu lui donner des enfants, mais elle en était incapable – « le châtiment divin », affirmait-elle. Rose était décédée pendant que Peglar servait à bord du *Beagle*. Il l'avait aimée, à sa façon.

Et il avait également aimé John Bridgens.

Avant que le *Beagle* eût achevé son voyage de cinq ans, Bridgens – acceptant un peu à contrecœur son rôle de mentor mais cédant devant l'enthousiasme du jeune aspirant –, lui avait appris à lire et à écrire, non seulement en anglais mais aussi en grec, en latin et en allemand. Il lui avait également enseigné la philosophie, l'histoire et l'histoire naturelle. Mais, surtout, Bridgens lui avait appris à penser.

Deux ans après ce voyage, Peglar était allé voir son aîné à son domicile londonien – comme la majorité des marins anglais, Bridgens traversait une période d'inactivité en cette année 1838 – afin de recevoir à nouveau son enseignement. Il était alors chef de la hune de misaine à bord du HMS *Wanderer*.

Ce fut lors de cette période de dialogue et d'instruction que leur amitié évolua en un sentiment ressemblant davantage à de l'amour. Peglar fut stupéfait de se découvrir capable d'éprouver une telle chose ; tout d'abord atterré, il s'obligea à reconsidérer tous les aspects de son existence, remettant en question ses notions de morale et de foi, ainsi que la conception qu'il avait de lui-même. S'il fut quelque peu troublé par cet examen de conscience, celui-ci n'altéra en rien l'idée qu'il se faisait de son identité, ce qui lui parut fort étonnant. Moins étonnant cependant que le fait que ce fût lui et non son aîné qui eût choisi de prendre l'initiative.

Leur intimité ne se prolongea que quelques mois et tous deux y mirent un terme par consentement mutuel, ce que les voyages en mer de Peglar ne suffisaient pas à expliquer. Leur amitié n'en fut affectée en rien. Peglar entreprit d'écrire à son ami de longues lettres philosophiques, rédigeant chaque mot à l'envers en le faisant débuter par une lettre capitale. Sa maîtrise de l'orthographe était si incertaine que Bridgens lui déclara : « Votre version enfantine du code spéculaire imaginé par Léonard de Vinci est quasiment indéchiffrable. » Peglar tenait désormais un journal intime en utilisant le même langage chiffré.

Aucun des deux amis n'avait dit à l'autre qu'il s'était porté candidat pour l'expédition de sir John Franklin à la recherche du passage du Nord-Ouest. Tous deux furent également étonnés de découvrir le nom de l'autre en consultant le rôle d'équipage quelques semaines avant le départ. Peglar, qui n'avait pas eu de contact avec Bridgens depuis plus d'un an, s'absenta de son baraquement de Woolwich pour lui rendre visite et lui demanda s'il devait retirer sa candidature. Bridgens affirmait que c'était à lui-même de le faire.

Au bout du compte, ils convinrent qu'il ne fallait pas laisser passer une telle occasion – ce serait sans doute la dernière pour le valet, étant donné son âge (Charles Hamilton Osmer, le commissaire de bord de l'*Erebus* et un de ses plus vieux amis, était allé jusqu'à inverser les chiffres de son âge pour faciliter son enrôlement). Bien que ni Peglar ni Bridgens n'eussent évoqué la question, tous deux savaient qu'ils honoreraient la règle d'abstinence que s'était fixée le vieux valet. Ce chapitre de leurs relations était clos depuis longtemps.

En fait, les deux amis ne s'étaient quasiment pas vus depuis le début du voyage et, en trois ans et demi, ils n'avaient que rarement disposé d'une minute d'intimité.

Naturellement, il faisait encore noir lorsque Peglar arriva à proximité de l'*Erebus*, vers onze heures du matin en ce dernier samedi de janvier, mais on voyait poindre au sud une lueur qui en avait été absente plus de quatre-vingts jours durant. Comme la température demeurait inférieure à − 50 °C, Peglar pressa le pas en apercevant les lanternes du navire.

Le spectacle des mâts tronqués de l'*Erebus* aurait serré le cœur à n'importe quel gabier, mais il toucha d'autant plus Harry Peglar que c'était lui qui avait supervisé le démontage et le stockage de la mâture des deux navires, avec l'aide de Robert Sinclair, son équivalent à bord de celui-ci. L'étrange posture de l'*Erebus*, qui gîtait de plus en plus vers la poupe, accentuait le caractère pathétique de cette vision.

Hélé par une sentinelle, Peglar s'identifia et monta à bord, puis apporta son message au capitaine Fitzjames, qu'il trouva en train de fumer sa pipe au mess des officiers, le carré servant toujours d'infirmerie provisoire.

Les deux capitaines utilisaient désormais les cylindres de cuivre en guise de sacoches – ce que les courriers n'appréciaient guère, leurs gants étant impuissants à les protéger de la froidure du métal –, et Fitzjames ordonna à Peglar de l'ouvrir, car jamais il n'aurait pu le toucher à mains nues. Comme le capitaine ne lui ordonna pas de sortir, il resta sur le seuil du mess pendant que l'officier prenait connaissance de la lettre de Crozier.

— Il n'y aura pas de réponse, monsieur Peglar, dit finalement Fitzjames.

Le chef de hune porta une main à son front et remonta sur le pont. Une douzaine de marins étaient venus contempler le lever de soleil et d'autres s'habillaient pour les rejoindre. Peglar avait remarqué que l'infirmerie de l'*Erebus* abritait une douzaine de malades – soit à peu près autant que celle du *Terror*. Le scorbut ravageait désormais les deux navires.

Il aperçut une petite silhouette qui lui était familière, accoudée au bastingage à bâbord arrière. Il s'approcha de John Bridgens et lui tapota sur l'épaule.

— Ah! une faible image de Henry dans la nuit [1], dit l'autre avant même de se retourner.

— Une nuit qui sera brève, répliqua Peglar. Comment as-tu fait pour me reconnaître, John?

Bridgens n'avait pas mis de cache-nez et Peglar découvrit son sourire et ses yeux bleus et larmoyants.

— Les nouvelles vont vite sur un petit navire pris dans les glaces. Es-tu pressé de regagner le *Terror*?

— Non. Le capitaine Fitzjames n'a pas de réponse à transmettre.

— Que dirais-tu d'une promenade?

— Excellente idée.

Ils descendirent sur la banquise en empruntant la rampe côté tribord et se dirigèrent vers l'iceberg et la crête de pression se dressant au sud-est afin d'avoir une meilleure vue de l'horizon austral. Pour la première fois depuis des mois, le HMS *Erebus* était éclairé par autre chose que l'aurore boréale, les lanternes ou les torches.

En chemin, ils passèrent près de la zone maculée de suie et partiellement fondue où s'était déroulé l'incendie du Carnaval. On avait récuré les lieux dans la semaine, conformément aux ordres du capitaine Crozier, mais il subsistait des trous là où on avait planté les poteaux des tentes, ainsi que des morceaux de toile et de cordage à demi calcinés, qui s'étaient fondus dans la glace. En dépit de plusieurs tentatives répétées, et de plusieurs chutes de neige, on distinguait encore le rectangle de suie signalant l'emplacement de la chambre d'ébène.

— J'ai lu cet écrivain américain, dit Bridgens.

— Pardon?

— Cet écrivain dont les visions ont inspiré à Dickie Aylmore son décor si original, celui qui lui a valu cinquante coups de fouet en guise de récompense. Un étrange petit bonhomme du nom de Poe, si ma mémoire est bonne. Fort mélancolique et fort morbide, avec un soupçon de macabre authentiquement malsain. Pas très bon dans l'ensemble, mais tout à fait *américain,* même si je ne saurais définir de quelle manière. Je précise que je n'ai pas lu le conte qui a valu le fouet à notre maître canonnier.

Peglar opina. Son pied heurta un objet dans la neige, et il se pencha pour le dégager.

C'était le crâne d'ours naguère suspendu au-dessus de l'horloge noire de sir John, laquelle n'avait pas survécu aux flammes

---

1. Shakespeare, *Henry V*, acte IV, prologue, trad. F.-V. Hugo. (*N.d.T.*)

– celles-ci avaient également consumé la fourrure, la peau et les chairs de l'animal, lui vidant aussi les orbites pour ne laisser qu'un crâne aux crocs couleur d'ivoire.

— Oh! voilà qui ravirait M. Poe, sans aucun doute, commenta Bridgens.

Peglar lâcha le crâne. Sans doute était-il dissimulé par des blocs de glace lorsque les marins avaient nettoyé les lieux. Bridgens et lui franchirent les cinquante mètres qui les séparaient de la plus haute crête des environs et escaladèrent celle-ci, le cadet aidant l'aîné dans son ascension.

Lorsqu'ils s'installèrent sur une petite corniche, Bridgens était à bout de souffle. Peglar, d'ordinaire aussi vigoureux que les athlètes grecs des temps anciens, qu'il avait découverts dans les livres, respirait lui aussi avec difficulté. Conséquence de plusieurs mois d'oisiveté, se dit-il.

L'horizon austral était baigné d'une clarté jaune délavé, et la plupart des étoiles y brillaient avec moins d'intensité.

— Je n'arrive pas à croire à son retour, dit Peglar.

Bridgens acquiesça.

Et, soudain, il se leva, un disque d'or rouge émergeant doucement d'une masse nuageuse pareille à une chaîne de montagnes. Peglar entendit les marins lancer des vivats depuis le pont de l'*Erebus*, et – étant donné la température glaciale et l'absence de vent – d'autres vivats, plus ténus mais nettement audibles, lui parvinrent depuis le *Terror*, distant de quinze cents mètres environ.

— L'aurore aux doigts de rose, dit Bridgens en grec.

Peglar sourit, amusé de constater qu'il se rappelait cette phrase. Cela faisait des années qu'il n'avait pas relu Homère. Il se rappelait l'excitation qui l'avait saisi la première fois qu'il avait rencontré Troie et ses héros, alors que le *Beagle* était ancré au large de Santiago, l'une des îles du Cap-Vert, près de dix-sept ans auparavant.

Comme s'il lisait dans ses pensées, Bridgens lui demanda :

— Te souviens-tu de M. Darwin?

— Le jeune naturaliste? dit Peglar. L'interlocuteur préféré du capitaine FitzRoy? Bien entendu. On ne peut pas passer cinq ans à bord du même bateau avec un homme sans qu'il vous laisse des souvenirs, même si c'était un gentleman contrairement à moi-même.

— Et quel souvenir t'a-t-il laissé, Harry?

Les yeux bleus de Bridgens étaient plus larmoyants qu'à l'ordinaire, soit sous l'effet de l'émotion, soit tout simplement parce qu'ils n'étaient plus accoutumés au soleil, pourtant bien pâle. L'orbe rouge avait à peine émergé des nuages qu'il sombrait à nouveau parmi eux.

— M. Darwin ? fit Peglar en clignant les yeux à son tour, en signe de concentration plutôt que pour se protéger de la splendeur du soleil. Je l'ai trouvé agréable, pour un gentleman. Très enthousiaste. Il nous a bien fait trimer, avec toutes ces bestioles mortes qu'il fallait mettre en caisse et transporter – à un moment donné, j'ai bien cru que la cale allait déborder de pinsons –, mais il n'hésitait pas à se salir les mains. Tu te rappelles le jour où il s'est joint aux rameurs pour aider le *Beagle* à remonter le fleuve ? Et la fois où il a sauvé le canot de la déferlante. Et le jour où des baleines ont nagé près de nous – c'était au large du Chili, si je me souviens bien –, et où j'ai été stupéfait de le voir grimper sur la hune pour mieux les voir. J'ai dû l'aider à redescendre, mais il a passé une heure à observer ces baleines à la lunette d'approche, on voyait les pans de son habit claquer au vent !

Bridgens sourit.

— J'ai failli avoir une crise de jalousie quand il t'a prêté ce livre. C'était celui de Lyell, je crois bien.

— Oui, les *Principes de géologie*. Je n'en ai pas vraiment compris le sens. Ou plutôt, je l'ai suffisamment compris pour me rendre compte que c'était un ouvrage fort dangereux.

— Lyell et ses considérations sur l'âge des choses. Et sa théorie impie sur le changement qui s'impose lentement, au fil des âges, et non pas avec brusquerie, en de violents bouleversements.

— Oui, fit Peglar. Une théorie que M. Darwin embrassait de tout son cœur. On aurait dit qu'il venait d'être converti à une nouvelle religion.

— J'ai bien l'impression que c'est ce qui s'est passé, dit Bridgens en contemplant l'orbe du soleil, dont seul le tiers supérieur était maintenant visible. Si je te parle de M. Darwin, c'est parce que certains de nos amis communs m'ont appris avant notre départ qu'il allait écrire un livre.

— Il en a déjà publié plusieurs. Rappelle-toi, John, nous avons évoqué son *Journal des recherches en géologie et histoire naturelle des divers pays visités par le HMS Beagle* lorsque je suis venu étudier auprès de toi... en 1839. Je n'avais pas les moyens d'acheter ce livre, mais tu m'as dit l'avoir lu. Et je pense qu'il a publié plusieurs ouvrages consacrés à la flore et à la faune qu'il avait pu étudier.

— *Zoologie du voyage du HMS Beagle*, compléta Bridgens. J'ai également acheté celui-ci. Le livre sur lequel il travaillait au moment de notre départ était bien plus important, à en croire mon cher ami Babbage.

— Charles Babbage ? Celui qui bricole d'étranges choses, dont un mécanisme censé effectuer des opérations de calcul ?

— Lui-même. À en croire Charles, M. Darwin travaille depuis des années sur un ouvrage des plus intéressants qui traite des mécanismes de l'évolution organique. Apparemment, il y fait la synthèse de résultats provenant de l'anatomie comparée, de l'embryologie et de la paléontologie... autant de sujets qui passionnaient notre naturaliste, si tu te souviens bien. Mais, pour une raison que j'ignore, M. Darwin répugne à publier son œuvre et celle-ci risque de ne pas être imprimée de notre vivant, toujours à en croire Charles.

— L'évolution organique ? répéta Peglar.

— Oui, Harry. L'idée selon laquelle une espèce donnée n'est pas fixée depuis le jour de la Création, contrairement à ce que prétend le christianisme, mais qu'elle change et s'adapte avec le temps... un temps certes considérable. Comme chez M. Lyell.

— Je sais ce qu'est l'évolution organique, protesta Peglar.

Il s'efforça de dissimuler son irritation. L'ennui, dans une relation de maître à élève, songea-t-il pour la énième fois, c'était qu'elle ne changeait jamais, contrairement à tout le reste.

— J'ai lu les textes de Lamarck, ajouta-t-il. Et ceux de Diderot. Et Buffon aussi, je crois bien.

— Oui, c'est une théorie qui n'est pas nouvelle, dit Bridgens d'une voix amusée mais quelque peu contrite. Montesquieu l'aborde également, ainsi que Maupertuis. Et même Erasmus Darwin, le grand-père de notre ancien compagnon de bord.

— Alors en quoi le livre de M. Darwin est-il important ? L'évolution organique est une idée ancienne. Cela fait plusieurs générations qu'elle est rejetée tant par l'Église que par les naturalistes dans leur ensemble.

— S'il faut en croire Charles Babbage et nos autres amis communs, ce nouveau livre – s'il est publié un jour – prouvera l'existence d'un mécanisme de l'évolution organique. Et fournira un millier, voire dix milliers d'exemples de ce mécanisme en action.

— Et quel est ce mécanisme ? demanda Peglar.

Le soleil avait disparu. Les ombres roses retrouvèrent le jaune pâle qui avait prévalu avant son apparition. Peglar avait peine à croire qu'il avait bien vu l'astre du jour.

— La sélection naturelle découlant de la compétition entre les membres d'une même espèce, dit le vieux valet obstiné. Une sélection qui permet l'épanouissement des traits les plus avantageux et l'élimination de ceux qui ne le sont point – ceux qui diminuent la probabilité de la survie et de la reproduction –, le tout sur de grands intervalles de temps. Sur des âges lyelliens, pour ainsi dire.

Peglar réfléchit durant une minute.

— Pourquoi me parles-tu de cela, John ?

— À cause de notre prédateur des glaces, Harry. À cause du crâne calciné que tu as ramassé là où se trouvait naguère la chambre d'ébène, où résonnait le tic-tac de l'horloge d'ébène de sir John.

— Je ne comprends pas, avoua Peglar.

Il prononçait très souvent cette phrase lorsque John Bridgens lui servait de professeur lors de l'interminable périple du HMS *Beagle*. Celui-ci était censé durer deux ans, et Peglar avait promis à Rose de la retrouver à son retour. Elle était morte de consomption alors que le *Beagle* naviguait depuis quatre ans.

— Penses-tu que la chose des glaces soit le représentant d'une espèce ayant évolué à partir des ours blancs que nous avons si souvent rencontrés dans cette région ? interrogea-t-il.

— Au contraire, répondit Bridgens. Je me demande si nous ne sommes pas tombés sur l'un des derniers représentants d'une antique espèce – un animal plus grand, plus malin, plus rapide et infiniment plus violent que son descendant, ce petit ours polaire que nous croisons en si grande abondance.

Peglar réfléchit quelques instants.

— Une créature antédiluvienne, donc, dit-il finalement.

Bridgens gloussa.

— À tout le moins au sens métaphorique, Harry. Je ne suis pas partisan d'une interprétation littérale du Déluge.

— Tu es ce qu'on appelle une mauvaise fréquentation, John, rétorqua Peglar en souriant.

Il resta quelque temps sans rien dire. L'obscurité montait, et le froid avec elle. Les étoiles réapparaissaient au-dessus de l'horizon austral.

— Penses-tu que cette... chose... ce dernier représentant de son espèce... ait été contemporaine des reptiles géants ? Si tel est le cas, pourquoi n'en avons-nous trouvé aucun fossile ?

Bridgens réagit par un nouveau gloussement.

— Non, je ne pense pas que notre prédateur des glaces ait eu l'occasion d'affronter ces reptiles. Peut-être que les mammifères comme *Ursus maritimus* n'ont même pas coexisté avec eux. Comme l'a montré Lyell, et comme notre M. Darwin semble l'avoir compris, le Temps... avec un *T* majuscule, Harry... le Temps est peut-être plus vaste que nous ne pouvons le comprendre.

Les deux hommes observèrent une pause. Le vent s'était levé et Peglar se dit qu'il ne serait pas raisonnable de s'attarder ici. Il vit que le vieil homme était pris de légers frissons.

— John. Penses-tu qu'en déterminant l'origine de cette bête... ou plutôt de cette *chose*, car elle semble plus intelligente qu'un animal... penses-tu que cela nous aidera à la tuer ?

Bridgens se mit à rire de bon cœur.

— Pas le moins du monde, Harry. Que cela reste entre nous, mon ami, mais je crois bien que cette créature a déjà pris le dessus sur nous. Nos os seront réduits à l'état de fossiles longtemps avant les siens... quoique, si l'on y réfléchit, une créature de cette taille, qui vit presque totalement sur la glace, sans aller sur terre pour s'y reproduire contrairement à l'ours blanc, et dont celui-ci constitue peut-être la principale proie... une telle créature ne laissera probablement aucun fossile, aucune trace... ou tout du moins de celles que nous sommes capables de retrouver dans la banquise en l'état actuel de notre avancement scientifique et technologique.

Ils prirent la direction de l'*Erebus*.

— Dis-moi, Harry, que se passe-t-il sur le *Terror*?

— Tu as eu vent du début de mutinerie d'il y a trois jours? demanda Peglar.

— Les choses sont vraiment allées jusque-là?

Peglar haussa les épaules.

— Ce n'était pas beau à voir. Un cauchemar d'officier. Hickey, l'aide-calfat, avait chauffé les hommes avec l'aide de deux ou trois autres agitateurs. Une véritable meute. Crozier a résolu la crise de fort brillante façon. Jamais je n'ai vu un capitaine mater une révolte avec une telle finesse et une telle assurance.

— Et c'est à cause de l'Esquimaude que tout a commencé?

Peglar acquiesça, puis resserra autour de lui son écharpe et sa perruque galloise. Le vent tournait à la bise.

— Hickey et les autres avaient appris que la femme s'était creusé un tunnel sous la glace avant Noël. Elle allait et venait en toute liberté de la banquise à sa tanière, et ce jusqu'au jour de l'an. Après l'incendie, M. Honey et ses aides-charpentiers ont réparé la brèche dans la coque, M. Irving a obstrué le tunnel et... cela s'est su.

— Et Hickey et les autres l'ont accusée d'avoir déclenché l'incendie?

Peglar haussa les épaules une nouvelle fois. Cela lui permettait au moins de se réchauffer.

— Pour ce que j'en sais, ils l'accusaient *d'être* la chose des glaces. Ou à tout le moins sa complice. Cela fait des mois que la plupart d'entre eux la considèrent comme une sorcière.

— C'est aussi ce que pensent la plupart des hommes de l'*Erebus*, dit Bridgens.

Il claquait des dents de façon peu discrète. Les deux hommes pressèrent le pas.

— Hickey et ses acolytes avaient l'intention de s'emparer d'elle au moment où elle viendrait chercher son dîner, reprit Peglar. Ensuite,

342

ils lui trancheraient la gorge. En organisant peut-être une petite cérémonie de leur cru.

— Qu'est-ce qui a fait échouer leur plan, Harry ?

— On trouve toujours un informateur parmi les mutins. Quand le capitaine Crozier a eu vent du complot – quelques heures à peine avant son exécution, peut-être –, il a amené la fille sur le premier pont et a ordonné un rassemblement général des officiers et de l'équipage. Les hommes de quart y compris, ce qui est sans précédent.

Bridgens tourna vers Peglar son visage livide. L'obscurité se faisait plus épaisse et le vent de noroît plus violent.

— C'était l'heure du souper, poursuivit Peglar, mais le capitaine a ordonné aux marins de remonter leurs tables et les a fait asseoir à même le sol – personne n'a été autorisé à se jucher sur une caisse – et les officiers se sont placés derrière lui, les armes à la main. Il tenait la jeune Esquimaude par le bras, comme une offrande qu'il était sur le point de jeter aux hommes. Comme une tranche de viande qu'il voulait offrir à ces chacals. Et, dans un sens, c'est ce qu'il a fait.

— Que veux-tu dire ?

— Il a dit aux marins que, s'ils voulaient commettre un meurtre, ils n'avaient qu'à le faire tout de suite... sur-le-champ. Qu'ils dégainent leurs poignards. Ici même, sur ce premier pont où ils mangeaient et dormaient tous les jours. Et qu'ils agissent tous ensemble – l'équipage et les officiers –, car le meurtre à bord d'un navire est comme un cancer, et il se répand dans tous les cœurs, sauf si l'on est complice et par là même inoculé.

— Étrange, commenta Bridgens. Je suis surpris qu'une telle harangue ait apaisé les hommes. Une meute assoiffée de sang ne se laisse pas aisément dompter.

Peglar opina une nouvelle fois.

— Ensuite, Crozier a demandé à M. Diggle de s'avancer.

— Le coq ?

— Le coq. Crozier lui a demandé ce qu'il avait préparé pour le souper de ce soir... et de tous les autres soirs. « De la merluche, a répondu M. Diggle. Plus des produits en conserve qui ne sont pas encore avariés. »

— Intéressant.

— Crozier a ensuite demandé au Dr Goodsir – qui se trouvait à bord du *Terror* ce jour-là – combien de marins s'étaient fait porter pâles durant les trois derniers jours. « Vingt et un, a répondu Goodsir. Dont quatorze dormaient à l'infirmerie avant que vous ordonniez le présent rassemblement, commandant. »

Ce fut au tour de Bridgens de hocher la tête, comme s'il voyait où Crozier avait voulu en venir.

— Alors le capitaine a déclaré : « C'est le scorbut, les gars. » C'était la première fois qu'un officier – capitaine, chirurgien, premier ou second maître – prononçait ce mot en trois ans. « Nous sommes victimes du scorbut, les gars, a-t-il poursuivi. Et vous en connaissez tous les symptômes. Mais si vous ne les connaissez pas... ou si vous n'avez pas assez de couilles pour y penser... nous devons éclairer votre lanterne. » Alors, il a demandé au Dr Goodsir de le rejoindre et d'énumérer les symptômes du scorbut.

Ils approchaient à présent de l'*Erebus*. Peglar reprit :

— « Des ulcères, a dit Goodsir. Des ulcères et des hémorragies, sur toutes les parties du corps. Comme des petites poches de sang sous la peau. Qui coulent en suintant. Qui coulent de tous les orifices de votre corps tant que dure la maladie : de votre bouche, de vos oreilles, de vos yeux, de votre cul. Vient ensuite une contraction des membres ; vos bras puis vos jambes se raidissent et refusent de bouger. Vous devenez aussi maladroit qu'un bœuf frappé de cécité. Ensuite, vos dents se mettent à tomber. » Goodsir a marqué une pause. Le silence était si épais qu'on n'entendait même pas respirer ces cinquante hommes. On n'entendait que le navire grogner et grincer dans son étau de glace. « Et pendant que vos dents tombent, a repris le chirurgien, vos lèvres virent au noir et se racornissent, exposant au jour ce qu'il vous reste de dents. Vous ressemblez à un mort. Puis vos gencives se mettent à enfler. Et à empester. Car telle est la source de la puanteur qui accompagne le scorbut : vos gencives en train de pourrir de l'intérieur. »

Peglar reprit son souffle.

— « Mais ce n'est pas tout, a-t-il poursuivi. Votre vision et votre ouïe sont affectées... ainsi d'ailleurs que votre jugement. Soudain, il vous paraît tout naturel d'aller faire un tour dehors sans avoir enfilé ni vos moufles ni votre tenue de froid. Vous perdez le nord, vous ne savez même plus planter un clou. Et non contents de vous trahir, vos sens se retournent contre vous. Si l'on propose une orange bien fraîche à un malade du scorbut, l'odeur qui s'en dégage lui donne la nausée, le rend littéralement fou. Le bruit d'un traîneau glissant sur la neige lui est insupportable ; celui d'un coup de feu peut lui être fatal. »

« L'un des complices de Hickey a lancé une objection. "Mais on boit pourtant notre jus de citron !"

« Goodsir a secoué la tête avec tristesse. "Il ne nous en reste plus beaucoup en réserve, et ce qu'il nous reste ne vaut plus grand-chose. Pour une raison qui nous reste inconnue, les antiscorbutiques comme le jus de citron perdent leur puissance au bout de quelques mois. Notre jus de citron est vieux de trois ans et on n'en a quasiment plus. "

« A suivi un nouveau et terrible silence. Cette fois-ci, on entendait le souffle des hommes, et comme il était éraillé ! Et il montait d'eux une odeur des plus répugnantes : ils empestaient la peur, et pis encore. La plupart d'entre eux, dont la majorité des officiers, avaient consulté le Dr Goodsir durant les deux semaines écoulées, car ils présentaient les premiers symptômes du scorbut. Soudain, l'un des complices de Hickey s'est écrié : " Quel rapport avec cette satanée sorcière ? "

« Crozier s'est alors avancé vers eux, tenant toujours la fille comme si elle était sa captive, comme s'il allait l'offrir à la meute. " Chaque capitaine, chaque chirurgien a sa cure favorite pour prévenir ou guérir le scorbut, a-t-il déclaré. L'activité physique. La prière. La nourriture en conserve. Mais aucune de ces cures n'est efficace très longtemps. Quel est le seul remède attesté, docteur Goodsir ? "

« Tous les regards se sont tournés vers Goodsir, John. Tous, même celui de l'Esquimaude.

« Et le chirurgien a dit : " De la nourriture fraîche. En particulier, de la viande fraîche. Quelle que soit la carence alimentaire qui provoque le scorbut, seule la viande fraîche peut la compenser. "

« Les regards se sont à nouveau tournés vers Crozier. Le capitaine a fait mine d'offrir la fille aux marins. " Il y a parmi nous une personne qui s'est débrouillée pour trouver de la viande fraîche durant tout l'automne et tout l'hiver. Et elle se tient devant vous. Cette fille esquimaude... à peine une enfant... mais elle sait comment dénicher, piéger et tuer des phoques, des morses et des renards, alors que vous n'êtes pas foutus d'en lever un seul sur la banquise. Que se passera-t-il si nous devons abandonner le navire... que se passera-t-il si nous nous retrouvons sur la banquise, sans réserves de nourriture ? Sur les cent neuf survivants que comptent nos deux navires, il y a une seule personne qui sache comment nous procurer de la viande fraîche et assurer ainsi notre survie... *et vous projetez de la tuer.* "

Bridgens sourit, exhibant des gencives en sang. Ils arrivaient au pied de la rampe d'accès à l'*Erebus*.

— Le successeur de sir John est peut-être un roturier, murmurat-il, un homme fruste et peu instruit, mais personne n'a jamais accusé le capitaine Crozier d'être un imbécile – du moins en ma présence. Et, si j'ai bien compris, il a profondément changé depuis sa crise d'il y a quelques semaines.

— Changé par le flot marin [1], dit Peglar, souriant à ce mot d'esprit évoquant une pièce que son mentor lui avait jadis fait découvrir.

— Que veux-tu dire ?

Peglar frictionna sa joue gelée au-dessus de son cache-nez. Sa barbe râpa sa moufle.

— C'est difficile à décrire. À mon avis, le capitaine Crozier est désormais totalement sobre, sans doute pour la première fois depuis trente ans. Le whiskey n'affectait en rien sa compétence − c'est un excellent marin et un excellent officier −, mais il érigeait une... oui, une barrière entre le monde et lui. À présent, il est tout entier parmi nous. Rien ne lui échappe. Je ne saurais mieux dire.

Bridgens opina.

— Plus personne ne parle de tuer la sorcière, je présume.

— Non. Les hommes lui ont donné du rab de biscuits pendant un temps, puis elle est partie − pour aller s'installer sur la banquise, probablement.

Bridgens s'engagea sur la rampe puis se retourna. Lorsqu'il prit la parole, ce fut d'une voix si ténue qu'aucun des hommes de quart ne risquait de l'entendre.

— Que penses-tu de Cornelius Hickey, Harry ?

— Je pense que c'est une canaille et un salopard, dit Peglar sans se soucier d'être entendu.

Bridgens opina une nouvelle fois.

— En effet. Avant de prendre part à cette expédition, je le connaissais de réputation depuis des années. Il avait l'habitude de s'en prendre aux jeunes garçons durant les longs voyages en mer − une fois sous sa coupe, ils devenaient ses esclaves. Ces derniers temps, m'a-t-on dit, il préférait pervertir des hommes plus âgés, comme ce demeuré...

— Magnus Manson, souffla Peglar.

— Oui, Manson. Si Hickey ne se souciait que de son plaisir, nous n'aurions aucune raison de nous inquiéter. Mais cet homoncule cultive d'autres vices, Harry... il est plus dangereux qu'un mutin ou un chicaneur ordinaire. Sois prudent, Harry. Méfie-toi de lui. Il est capable de nous faire beaucoup de mal. (Bridgens partit d'un petit rire.) Écoute-moi pérorer : « Il est capable de nous faire beaucoup de mal. » Comme si nous n'étions pas tous condamnés. La prochaine fois que je te reverrai, nous serons peut-être en train d'abandonner les navires pour entamer un dernier périple sur la glace. Prends soin de toi, Harry Peglar.

---

1. Allusion à *La Tempête*, acte 1, scène 2, d'après la traduction de P. Leyris et E. Holland. (*N.d.T.*)

Peglar resta muet. Le chef de la hune de misaine ôta la moufle, puis le gant de sa main droite et leva ses doigts gelés jusqu'à ce qu'ils effleurassent le front et la joue gelés de John Bridgens, le valet des officiers subalternes. Ce fut une caresse des plus légères, que ni l'un ni l'autre ne sentirent du fait de leurs engelures, mais ils devaient bien s'en contenter.

Bridgens remonta à bord de l'*Erebus*. Sans se retourner, Peglar remit gant et moufle puis s'enfonça dans les ténèbres pour entamer la marche glaciale qui le reconduirait à bord du *Terror*.

29

Irving

70° 05' de latitude nord, 98° 23' de longitude ouest
6 février 1848

Ce dimanche-là, l'enseigne Irving avait effectué deux tours de garde sur le pont glacial et enténébré, le second à la place de son ami George Hodgson, qui semblait souffrir de dysenterie, renonçant par voie de conséquence à son souper chaud pour se contenter d'une tranche de porc salé frigorifiée et d'un biscuit grouillant de charançons. Mais il disposait à présent de huit heures de liberté avant de reprendre son service. Il allait pouvoir se traîner dans sa cabine, se glisser sous les couvertures roidies de sa couchette, que sa chaleur corporelle dégèlerait un rien, et dormir comme un bienheureux.

Au lieu de cela, il déclara à Robert Thomas, le premier maître qui venait le relever au poste d'officier de quart, qu'il allait se promener et comptait rentrer très bientôt.

Puis Irving descendit la rampe de glace pour gagner la banquise plongée dans la nuit.

Il était à la recherche de lady Silence.

Irving avait été profondément choqué le jour où le capitaine Crozier avait paru sur le point de la livrer à la meute des mutins, lesquels, à l'instigation de l'aide-calfat Hickey et de ses complices, l'accusaient d'être une sorcière doublée d'une porte-guigne et exigeaient qu'elle soit exécutée ou chassée du navire. En voyant le capitaine agripper lady Silence par le bras, prêt à la jeter aux hommes furibonds comme un empereur romain aurait jeté une chrétienne aux lions, l'enseigne Irving n'avait su comment réagir. En tant qu'officier de Sa Majesté, il devait obéissance à son supérieur, même si cela signifiait la mort de lady Silence. En tant que jeune homme amoureux, il était prêt à bondir à son secours, même au prix de sa propre vie.

Lorsque Crozier avait convaincu la majorité des marins que Silence était peut-être la seule personne à bord capable de vivre de chasse et de pêche, ce qui leur serait utile à tous s'ils devaient abandonner le navire, Irving avait poussé un soupir de soulagement.

Mais, dès le lendemain, l'Esquimaude avait quitté le navire pour la banquise, ne se montrant que tous les deux ou trois jours afin de quémander quelques biscuits et parfois une bougie. Où avait-elle élu domicile, à quelles activités se livrait-elle ? Mystère.

L'obscurité était moins profonde que d'ordinaire cette nuit-là ; le clair de lune et l'aurore boréale permettaient de distinguer les séracs aux ombres tranchantes. Contrairement à ce qui s'était produit la première fois, l'enseigne Irving n'agissait pas de sa propre initiative mais sur ordre du capitaine. Celui-ci lui avait suggéré de localiser la cachette de l'Esquimaude, à condition qu'il ne mette pas sa vie en danger.

— Je parlais sérieusement quand j'ai dit à l'équipage qu'elle serait peut-être en mesure de garantir notre survie, lui avait confié Crozier lorsqu'ils s'étaient entretenus en privé dans sa cabine. Mais avant d'être obligés de descendre sur la banquise, nous devons découvrir où et comment elle se procure de la viande fraîche. Si j'en crois le Dr Goodsir, le scorbut nous frappera tous si nous ne trouvons pas de gibier avant l'été.

— Mais comment puis-je découvrir son secret à moins de l'espionner pendant qu'elle chasse ? avait chuchoté Irving. Elle ne peut pas parler, rappelez-vous.

— Faites preuve d'initiative, lieutenant, avait rétorqué Crozier.

C'était la première fois qu'Irving en avait l'occasion depuis le jour où il avait reçu ses instructions.

Il avait sur lui une sacoche en cuir contenant divers objets susceptibles de l'aider à amadouer lady Silence, notamment des biscuits enveloppés dans une serviette, bien plus frais que celui qu'il s'était naguère forcé à avaler. Il avait aussi un splendide mouchoir en soie chinois, un cadeau que lui avait fait sa riche fiancée londonienne peu avant leur... déplaisante séparation. La *pièce de résistance* * était enveloppée dans ce splendide tissu : un moutardier contenant de la marmelade de pêche.

Le Dr Goodsir avait réquisitionné la marmelade, qu'il administrait comme antiscorbutique, mais l'enseigne Irving savait que l'Esquimaude en était particulièrement friande, ainsi qu'en témoignaient ses réactions lorsque M. Diggle lui en proposait. Irving avait vu luire ses yeux noirs quand le coq l'étalait sur son biscuit. Il avait mis de côté ses rations durant le mois écoulé, les conservant dans un moutardier en porcelaine qu'il tenait de sa mère.

Après avoir fait le tour du navire pour se retrouver côté bâbord, Irving quitta la zone dégagée pour s'engager dans un dédale de séracs et de petits icebergs, qui s'élevait à deux cents mètres à peine du *Terror*, telle la forêt de Birnam marchant sur Dunsinane dans *Macbeth*. Il savait qu'il risquait de devenir la prochaine victime de la chose des glaces, mais cela faisait cinq semaines qu'on n'avait pas aperçu celle-ci, même de loin. Aucun marin n'avait été porté disparu depuis la nuit du Carnaval.

D'un autre côté, se dit Irving, *aucun marin à part moi-même ne s'est aventuré dans la forêt de séracs, en pleine nuit et sans lanterne.*

Il avait conscience d'être armé en tout et pour tout d'un pistolet enfoui dans la poche de son manteau.

Au bout de quarante minutes de recherches infructueuses, par un vent portant la température ressentie à − 40 °C, Irving était sur le point de remettre toute initiative à plus tard, de préférence dans quelques semaines, lorsque le soleil resterait au-dessus de l'horizon plus de quelques minutes par jour.

Puis il vit la lumière.

C'était une vision des plus étranges : une congère occupant un fossé entre deux séracs, qui semblait luire d'un éclat doré, comme si elle abritait une fée.

Ou une sorcière.

Irving s'approcha à pas de loup, marquant une pause devant chaque ombre portée au cas où il se serait agi d'une crevasse. Le vent sifflait doucement à travers les escarpements torturés des séracs et des colonnes de glace. L'aurore boréale bariolait toutes choses d'un éclat violacé.

Le vent ou les mains de Silence avaient façonné cette congère pour en faire un dôme dont les parois étaient suffisamment fines pour laisser filtrer la lumière au-dehors.

Irving descendit dans le fossé, qui n'était en fait qu'une légère dépression séparant deux plaques de glace soulevées par la pression, aux angles adoucis par la neige, et s'approcha d'un petit trou noir qui semblait placé trop bas pour donner accès au dôme, aménagé sur l'une des parois du fossé.

Cette entrée − si c'en était bien une − était à peine assez large pour le laisser passer.

Avant de s'y engager, il se demanda s'il ne devait pas empoigner et armer son pistolet. *Pas très amicale, comme entrée en matière*, se dit-il.

Il s'insinua dans le trou.

Le boyau descendit sur un mètre environ, puis s'inclina vers le haut sur une longueur de deux mètres cinquante. Lorsque la tête et les épaules d'Irving émergèrent à son extrémité, il cligna les yeux, un instant ébloui, parcourut les lieux du regard et en resta bouche bée.

La première chose qu'il remarqua, c'était que lady Silence était nue sous ses fourrures. Elle était allongée sur une plate-forme taillée dans la neige, d'une hauteur légèrement inférieure à un mètre et située à un peu plus d'un mètre de lui. Ses seins nus étaient parfaitement visibles – Irving distingua le petit talisman de pierre en forme d'ours blanc qu'elle avait pris à son compagnon mort, accroché à une lanière passée autour de sa gorge – et elle ne fit aucun effort pour les cacher en le voyant entrer. De toute évidence, elle n'était pas surprise, l'ayant entendu arriver lorsqu'il s'était glissé dans le tunnel d'accès au dôme de neige. Elle tenait dans sa main le couteau de pierre, petit mais affûté, qu'il avait précédemment aperçu dans la fosse aux câbles.

— Veuillez m'excuser, mademoiselle.

Irving ne savait quoi faire. Les convenances exigeaient qu'il se retirât du boudoir de cette lady, quelque difficulté qu'il éprouvât à le faire, mais il se remémora qu'il était ici en mission.

Il ne lui échappa pas que, dans la position qui était la sienne, Silence n'aurait qu'à se pencher pour lui trancher la gorge d'un coup de couteau, sans qu'il pût lui opposer la moindre résistance.

Irving acheva de s'extraire du tunnel, récupéra sa sacoche, se mit à genoux et se leva. Comme le sol de cette maison de neige était nettement plus bas que celui du dehors, Irving avait la place de se tenir debout en son centre. Ce qui, vu de l'extérieur, lui était apparu comme une simple congère était en fait un édifice construit à partir de briques de neige ou de glace, assemblées et mises en place d'une façon des plus astucieuses.

Irving, déjà doué pour les mathématiques et formé à l'école d'artillerie de la Royal Navy, remarqua tout de suite que ces briques étaient disposées en spirale, chacune d'elles se rapprochant du centre à mesure qu'elles montaient, un bloc servant en quelque sorte de clé de voûte ayant été placé à l'apex du dôme. À proximité de celui-ci s'ouvrait un petit trou – large de cinq centimètres à peine – par lequel s'évacuait la fumée.

En bon mathématicien, Irving savait que ce dôme n'était pas vraiment un hémisphère – jamais une telle construction n'aurait pu tenir debout –, mais que sa section reproduisait la courbe d'une chaînette. En bon gentleman, John Irving savait qu'il étudiait l'architecture et la construction de cet extraordinaire habitat des glaces à seule fin de ne pas reluquer les seins et les épaules nus de lady Silence. Supposant qu'il lui avait laissé assez de temps pour se draper dans ses fourrures, il se tourna à nouveau vers elle.

Elle demeurait dépoitraillée. La blancheur de son amulette faisait encore plus ressortir le hâle de sa peau. Ses yeux noirs, où on lisait une curiosité exempte d'hostilité, le fixaient toujours sans ciller. Elle n'avait pas lâché son couteau.

Poussant un soupir, Irving s'assit sur une seconde plate-forme jonchée de fourrures, dans le coin opposé à celui où elle se tenait.

Pour la première fois, il se rendit compte qu'il faisait chaud dans la maison de neige. Bien plus chaud qu'au cœur de la nuit glaciale, bien plus chaud que sur le premier pont glacial du HMS *Terror*. Il commençait bel et bien à transpirer sous ses nombreuses couches de vêtements raides et crasseux. Il aperçut des gouttes de sueur sur la douce poitrine de la femme, à quelques dizaines de centimètres de lui.

Détournant les yeux une nouvelle fois, Irving déboutonna son manteau et s'aperçut que la lumière comme la chaleur provenaient d'une petite boîte de paraffine qu'elle avait dû voler à bord. Il regretta cette accusation dès qu'il l'eut formulée. Cette boîte provenait bien du *Terror*, mais elle était vide de paraffine et ils en avaient jeté des centaines comme elle dans le gigantesque dépotoir creusé dans la glace à moins de trente mètres de la coque. Le combustible qu'elle employait était une sorte de graisse, mais pas de baleine à en juger par l'odeur – de phoque, peut-être ? Suspendu à une corde fixée au plafond, et confectionnée à partir de boyaux ou de tendons, un bloc de graisse gouttait doucement dans la boîte. Lorsque le niveau de combustible diminuait, la mèche, apparemment tressée avec des brins d'étoupe, brûlait avec une intensité accrue, ce qui faisait fondre la graisse et alimentait de nouveau la lampe. Un système extrêmement ingénieux.

Cette boîte de paraffine n'était pas le seul objet intéressant dans la maison de neige. Surplombant la lampe, on trouvait une armature complexe obtenue, semblait-il, à partir de quatre côtes de phoque – *Comment s'y est-elle prise pour capturer et tuer des phoques ?* se demanda Irving –, dressées sur une étagère de glace et reliées les unes aux autres par un maillage de tendons. Il y était suspendu une grosse boîte de conserve de forme rectangulaire – également prélevée dans le dépotoir du *Terror* –, où on avait percé une ouverture à chaque coin. Irving comprit qu'il s'agissait d'une marmite ou d'une bouilloire de fortune, que l'on chauffait au moyen de la lampe à huile.

Les seins de lady Silence demeuraient obstinément nus. L'amulette en forme d'ours blanc tressautait au rythme de son souffle. Elle ne quittait pas l'enseigne des yeux.

Il s'éclaircit la gorge.

— Bonsoir, mademoiselle... euh... Silence. Je m'excuse de vous déranger ainsi... sans y avoir été invité.

Il s'interrompit. Cette femme ne cillait donc jamais ?

— Le capitaine Crozier vous présente ses compliments. Il m'a demandé de m'assurer que... euh... que vous alliez bien.

Irving s'était rarement senti aussi stupide. Bien qu'elle eût passé plusieurs mois à leur bord, cette fille ne comprenait pas un mot d'anglais, il en était persuadé. Ainsi qu'il l'observa malgré lui, ses mamelons s'étaient raidis sous l'effet du bref courant d'air déclenché par l'arrivée de son visiteur.

L'enseigne passa une main sur son front moite. Puis il ôta ses moufles et ses gants, dodelinant de la tête comme pour demander la permission à la maîtresse des lieux. Il s'essuya à nouveau le front. Et dire qu'il suffisait d'une simple lampe pour insuffler une telle chaleur à cette maison de neige à la voûte en caténaire !

— Le capitaine aimerait... (Il s'interrompit à nouveau.) Oh ! et puis zut.

Plongeant une main dans sa sacoche, Irving en sortit les biscuits enveloppés dans leur serviette et le moutardier de marmelade drapé dans son mouchoir de soie.

Il déposa les deux petits paquets devant l'Esquimaude et s'aperçut que ses mains tremblaient.

Lady Silence ne fit pas un geste.

— Je vous en prie, dit Irving.

Cillant à deux reprises, elle se débarrassa de son couteau, attrapa les deux paquets et les posa près d'elle sur la plate-forme. Comme elle se penchait, la pointe de son sein droit effleura le mouchoir chinois.

Irving baissa les yeux et se rendit compte qu'il était lui aussi installé sur une peau de bête. *D'où diable la sort-elle ?* se demanda-t-il, se rappelant l'instant d'après qu'on lui avait donné la parka du vieil Esquimau qui l'accompagnait. Le vieillard aux cheveux gris qui, sept mois auparavant, avait succombé à ses blessures après avoir été amené à bord par les hommes de Graham Gore.

Elle commença par dénouer la serviette, découvrant sans la moindre réaction les cinq biscuits qu'elle contenait. Irving s'était dépensé sans compter pour en dénicher qui fussent exempts de charançons. Cette indifférence ne fut donc pas sans le froisser. Lorsqu'elle eut déballé le moutardier de sa mère, fermé avec de la cire, elle prit le temps de contempler le mouchoir de soie chinois – aux complexes motifs rouges, verts et bleus – et de le porter à sa joue pour en apprécier la texture. Puis elle le reposa.

Les femmes sont toutes les mêmes aux quatre coins du monde, songea John Irving, pris d'un léger vertige. Bien qu'il ait copulé avec plus d'une jeune femme, jamais il n'avait éprouvé une telle sensation... *d'intimité...* qu'en ce moment même, sagement assis devant une jeune indigène à moitié nue.

Lorsqu'elle ouvrit le moutardier et vit la marmelade, lady Silence releva vivement la tête pour fixer Irving du regard. Elle semblait l'étudier.

Il lui fit comprendre par gestes qu'elle devait étaler la marmelade sur les biscuits et manger ceux-ci.

Elle ne bougea pas d'un pouce. Elle continua de le regarder.

Puis elle tendit le bras droit, comme pour le toucher sans se soucier du feu qui les séparait, et Irving frémit avant de comprendre qu'elle cherchait à atteindre une niche – un petit compartiment creusé dans la glace près de sa plate-forme. Il fit mine de ne pas voir que la fourrure qui dissimulait ses galbes avait glissé et que ses deux seins ballottaient doucement, parfaitement visibles.

Elle lui offrit un objet blanc et rouge, dont la puanteur rappelait celle du poisson pourri. Il comprit qu'il s'agissait d'un morceau de viande animale qu'elle avait conservé au frais.

Il le prit, hocha la tête et resta sans bouger, les mains au-dessus des cuisses. Il n'avait aucune idée de ce qu'il devait faire de cette offrande. Était-il censé la rapporter dans sa cabine afin d'en alimenter sa propre lampe ?

Lady Silence eut un petit mouvement des lèvres qu'Irving se permit d'interpréter comme un sourire. S'emparant de son petit couteau, elle en passa la lame sur sa lèvre inférieure, répétant ce geste à plusieurs reprises, comme si elle avait l'intention de mutiler sa douce chair.

Irving resta sans rien faire, la masse de viande dans les mains.

Poussant un soupir, Silence la lui subtilisa, la porta à sa bouche et en découpa plusieurs tranches, glissant la lame du couteau entre ses dents blanches chaque fois qu'elle en mangeait une. Elle s'arrêta pour mâcher et lui rendit la pièce de phoque – il était quasiment sûr que c'était du phoque.

Irving dut franchir six couches de vêtements – tenue de froid, manteau, tricots et gilet – pour accéder à son propre couteau, passé à sa ceinture. Il le lui montra, se sentant dans la peau d'un petit garçon quêtant l'approbation de son précepteur.

Elle eut le plus infime des hochements de tête.

Irving plaça près de sa bouche ouverte le morceau de viande puant et poisseux, puis tenta de découper une tranche ainsi qu'elle venait de le faire.

Il faillit se couper le nez. Il se serait coupé la lèvre si le couteau n'était pas resté coincé dans le morceau de phoque – si c'en était bien un –, qui dévia sa course vers le haut. Une goutte de sang tomba de sa cloison nasale.

Silence secoua la tête et lui tendit son propre couteau.

Il fit une nouvelle tentative, un peu déconcerté par le poids de l'ustensile, et trancha dans le morceau alors même qu'une seconde goutte de son sang tombait sur celui-ci.

La lame de pierre coupa la chair sans difficulté. Aussi incroyable que cela parût, ce couteau de pierre était bien plus affûté que le sien.

La tranche de viande se retrouva dans sa bouche. Il la mâcha tout en s'efforçant de mimer sa reconnaissance à la jeune femme, le tout sans lâcher ni le couteau ni la pièce de phoque.

On eût dit un morceau de carpe en décomposition avancée, pêchée dans la Tamise au niveau des canalisations d'égout de Woolwich.

Pris d'un soudain haut-le-cœur, Irving fit mine de recracher le morceau à peine mâché, puis, décidant qu'une telle réaction serait nuisible à sa mission diplomatique, se força à l'avaler.

Comme il souriait de toutes ses dents pour afficher sa satisfaction – s'efforçant en même temps de refouler sa nausée et d'étancher sa plaie nasale avec une moufle gelée faisant office de tampon –, il constata, horrifié, que l'Esquimaude l'encourageait du geste à poursuivre son festin.

Sans cesser de sourire, il coupa et avala une nouvelle tranche. Il avait l'impression qu'on l'obligeait à ingurgiter de gigantesques portions de morve.

À son grand étonnement, il sentit son estomac gargouiller comme s'il exigeait du rabiot. Quelque chose dans cette ragougnasse semblait satisfaire en lui un besoin dont il ignorait jusqu'à l'existence. Ignorant les réticences de son esprit, son corps en réclamait encore et encore.

Les minutes suivantes virent se dérouler une scène domestique des plus charmantes, l'enseigne Irving assis en tailleur sur sa peau d'ours blanc, découpant et dévorant sa viande de phoque avec un enthousiasme mesuré mais bien réel, lady Silence émiettant ses biscuits pour les mouiller dans le moutardier maternel, comme un marin des trempettes dans sa soupe, et dégustant sa marmelade avec des grognements de satisfaction qui semblaient prendre naissance au fond de sa gorge.

Sans jamais prendre le soin de voiler ses seins, lesquels étaient offerts à la contemplation de l'enseigne de vaisseau John Irving, qui, quoiqu'il ne parvînt pas vraiment à se détendre, appréciait le spectacle qui accompagnait son repas.

Que penserait mère si elle voyait ce que deviennent son garçon et son moutar-dier de porcelaine ? se demanda-t-il.

Lorsque tous deux eurent fini, Silence ayant dévoré tous les bis-cuits et englouti la marmelade, Irving s'étant contenté d'entamer le morceau de viande, il voulut s'essuyer la bouche et le menton avec sa moufle, mais l'Esquimaude ramassa une poignée de neige propre et la lui tendit. Comme la température ambiante lui paraissait supé-rieure à zéro, il nettoya son visage du jus qui le maculait, l'essuya du revers de sa manche et fit mine de rendre à la fille son morceau de viande de phoque. Elle lui désigna la niche où elle l'avait pris, et il le remit en place, l'enfonçant le plus loin possible.

C'est maintenant que les difficultés commencent, songea-t-il.

Comment lui faire comprendre, en utilisant le seul langage des signes, qu'on avait besoin de ses talents de chasseresse pour sauver plus d'une centaine d'hommes menacés par le scorbut ?

Irving déploya des efforts louables. Observé par les yeux noirs d'une lady Silence qui semblait à nouveau ne jamais ciller, il mima des hommes en train de marcher, se frotta le ventre pour lui faire comprendre qu'ils étaient affamés, esquissa la forme d'un navire, mima la maladie – il tira la langue et loucha, reproduisant des gri-maces qui jadis horrifiaient sa mère, et s'effondra sur la peau d'ours – puis désigna Silence et la mima en train de brandir une lance, de tenir une canne à pêche, de ramener une prise. Irving désigna le morceau de viande qu'il venait d'entamer, puis tendit le doigt vers l'extérieur, se frotta le ventre une nouvelle fois, mima une nouvelle fois la maladie, s'effondra à nouveau, puis recommença. Il pointa l'index sur lady Silence, tenta de lui faire comprendre qu'elle devait leur enseigner à chasser et à pêcher comme elle et, en déses-poir de cause, interpréta une nouvelle fois son numéro de panto-mime, insistant sur la faim qui tenaillait ses camarades en se frottant le ventre à moult reprises.

Il était en nage lorsqu'il s'arrêta enfin.

Lady Silence le fixait du regard. Si elle avait cillé durant sa tirade muette, il ne l'avait pas remarqué.

— Oh ! et puis merde, jura l'enseigne Irving.

Décidant qu'à chaque jour suffisait sa peine, il reboutonna ses divers vêtements et remit dans sa sacoche de cuir sa serviette et le moutardier de sa mère. Peut-être avait-il réussi à transmettre son message. Il ne le saurait sans doute jamais. S'il revenait assez souvent dans cette maison de neige...

Constatant que ses réflexions prenaient un tour bien trop intime, il y mit brusquement un terme, aussi vif qu'un cocher de fiacre rete-nant un équipage trop fougueux.

S'il revenait assez souvent... peut-être parviendrait-il à l'accompagner lors d'une de ses expéditions de chasse.

Et si c'est bien la chose des glaces qui l'alimente ? se demanda-t-il. Au bout de plusieurs semaines d'interrogations, il était parvenu à se convaincre qu'il n'avait pas vu ce qu'il avait cru voir. Mais, au fond de lui-même, il savait bien qu'il se leurrait. C'était la créature des glaces qui apportait à lady Silence des morceaux de phoque, de renard ou autres gibiers. Cette nuit-là, elle portait de la viande fraîche dans ses bras quand elle avait quitté le théâtre de l'étrange cérémonie.

Et puis il y avait les histoires que racontait Charles Frederick Des Vœux, le premier maître de l'*Erebus*, ces légendes françaises parlant d'hommes et de femmes capables de se changer en loups. Si une telle chose était possible – ce que croyaient tous les marins et une bonne partie des officiers –, pourquoi une indigène portant autour du cou un talisman en forme d'ours blanc ne serait-elle pas capable de se transformer en un ours géant doué de la ruse et de la malignité d'une femme ?

Non, il les avait vus tous les deux ensemble sur la banquise. N'est-ce pas ?

Irving acheva de se reboutonner en frissonnant. Il faisait vraiment chaud dans cette maisonnette de neige. Et c'est cela qui lui donnait des frissons ! Il sentit son estomac absorber la viande et décida que le moment était venu de prendre congé. Il aurait de la chance s'il arrivait à temps aux lieux d'aisance du *Terror* et il ne souhaitait pas être obligé de se soulager sur la banquise. Se geler le nez lui suffisait amplement.

Lady Silence, qui l'avait observé pendant qu'il remballait ses petites affaires – il ne songea pas sur le moment qu'elle aurait pu souhaiter les conserver –, se passa à nouveau le mouchoir de soie sur la joue puis fit mine de le lui restituer.

— Non, lui dit-il, c'est un cadeau. En témoignage de mon amitié et de l'estime que je vous porte. Vous devez le garder. Sinon, je m'en sentirais froissé.

Il tenta de traduire ses propos en langage des signes. Les muscles encadrant la bouche de la jeune Esquimaude faillirent frémir.

Il repoussa la main qui brandissait le mouchoir, veillant à ne pas toucher les seins nus. La pierre blanche de l'amulette qui se balançait entre eux semblait rayonner de sa propre lumière.

Irving constata qu'il avait beaucoup trop chaud. L'espace d'un instant, il fut pris d'un léger vertige. Ses entrailles se nouèrent, se relâchèrent, se nouèrent derechef.

— Mes respects, dit-il.

Au cours des semaines suivantes, il aurait maintes fois l'occasion de grimacer de gêne en se rappelant cette formule, bien que la jeune femme ne fût pas en mesure de comprendre à quel point elle était grotesque et déplacée. Mais quand même...

Portant une main à sa casquette, il s'enveloppa le visage de son écharpe, enfila ses gants et ses moufles et, collant sa sacoche contre son torse, s'insinua dans le tunnel.

Il ne sifflota pas sur le chemin du retour mais fut néanmoins tenté de le faire. Il avait presque oublié qu'un monstre mangeur d'hommes rôdait peut-être à l'ombre des séracs, loin du navire et de ses sentinelles ; si une telle créature avait guetté son passage, elle aurait entendu l'enseigne de vaisseau John Irving soliloquer et, de temps à autre, se frapper la tête de la main.

Crozier

70° 05' de latitude nord, 98° 23' de longitude ouest
15 février 1848

— Messieurs, dit le capitaine Crozier, l'heure est venue de passer en revue les choix qui se présentent à nous. J'ai des décisions à prendre.

La réunion qui se tenait dans le carré du *Terror* rassemblait tous les officiers de l'expédition, supérieurs et subalternes, ainsi que quelques spécialistes : les mécaniciens, les chefs de hune, les pilotes des glaces et le seul chirurgien survivant. Si le *Terror* avait été préféré à l'*Erebus*, ce n'était ni pour froisser le capitaine Fitzjames et ses officiers – qui avaient dû le rallier durant la brève heure de jour et espéraient regagner leur bord avant le retour des ténèbres –, ni pour entériner le changement de navire amiral, mais parce que les malades étaient moins nombreux à bord du vaisseau commandé par Crozier. Il était donc plus facile de les évacuer du carré pour les installer dans une infirmerie temporaire aménagée près de la proue ; le scorbut avait fait deux fois plus de victimes à bord de l'*Erebus*, dont certaines, à en croire le Dr Goodsir, n'étaient pas en état d'être déplacées.

Quinze personnes se massaient donc autour de la table que M. Honey, le charpentier, avait débitée le mois précédent pour façonner plusieurs tables d'opération, plus petites et plus pratiques, et qu'il avait plus ou moins restaurée pour l'occasion. Les officiers comme les civils avaient laissé au pied de l'échelle leurs cirés, moufles, perruques galloises et tenues de froid, mais ils avaient conservé leurs autres vêtements. La pièce empestait la crasse et la laine mouillée.

La longue cabine était glaciale et aucune lumière n'y entrait, les verrières Preston étant recouvertes par un mètre de neige, sans parler de la toile de protection. Les lampes à huile accrochées aux cloisons dispensaient sur les lieux un éclat fragile et incertain.

La présente assemblée ressemblait à une version lugubre du conseil de guerre estival que sir John Franklin avait organisé sur l'*Erebus* près de dix-huit mois plus tôt, sauf que c'était Francis Crozier qui se tenait en bout de table. À sa gauche, côté arrière, étaient assis les sept membres de l'équipage du *Terror* qu'il avait convoqués. Son second, le lieutenant Edward Little, se trouvait à côté de lui. Venaient ensuite les deux enseignes, George Hodgson et John Irving. Puis le chef mécanicien James Thompson – d'un statut équivalent à celui d'officier subalterne –, plus pâle et plus cadavérique que jamais. Plus loin, on trouvait Thomas Blanky, le pilote des glaces, de plus en plus à l'aise sur sa jambe de bois, et Harry Peglar, le chef de hune de misaine, le seul de son rang que Crozier eût invité. Également présent, le sergent Tozer – en disgrâce depuis la nuit du Carnaval où il avait fait tirer sur les survivants de l'incendie, il était néanmoins, de tous les fusiliers marins, l'officier le plus ancien dans le grade le plus élevé.

En bout de table côté bâbord se trouvait le capitaine Fitzjames. Ainsi que l'avait découvert Crozier, il avait cessé de se raser depuis plusieurs semaines, laissant pousser une barbe rousse déjà bien grisonnante, mais il avait fait ce jour-là l'effort de la couper – à moins qu'il n'eût confié cette tâche à M. Hoar, son valet. Son visage, qui n'en paraissait que plus pâle et plus émacié, était parsemé de coupures et de plaies. Ses multiples couches de vêtements étaient impuissantes à dissimuler sa maigreur.

À sa gauche, côté avant, étaient assis six membres de l'équipage de l'*Erebus*. Le lieutenant H. T. D. Le Vesconte, le seul officier supérieur survivant – sir John Franklin, le lieutenant Gore et l'enseigne James Walter Fairholme ayant été tués par la chose des glaces –, dont la dent en or étincelait quand il souriait, ce qui ne lui arrivait que rarement. Ensuite venait Charles Frederick Des Vœux, promu au grade de premier maître après le décès de Robert Orme Sergeant, qui avait été tué par la créature en décembre alors qu'il supervisait l'entretien des cairns.

À ses côtés se trouvait le Dr Harry D. S. Goodsir, le seul chirurgien survivant. Bien qu'il eût désormais la responsabilité de l'expédition tout entière et rendît des comptes à Crozier, les officiers et lui-même avaient estimé souhaitable qu'il prît place à côté de ses camarades de l'*Erebus*.

À gauche de Goodsir se trouvait James Reid, le pilote des glaces, et à gauche de celui-ci Robert Sinclair, le chef de la hune de misaine de l'*Erebus*. Pour compléter l'assemblée, on trouvait John

Gregory, le mécanicien de l'*Erebus*, en bien meilleure santé que son confrère du *Terror*.

Comme les valets des deux capitaines étaient alités, c'étaient MM. Gibson et Bridgens, valets des officiers subalternes de chaque navire, qui servaient le thé et les biscuits, hélas infestés de charançons.

— Procédons par ordre, commença Crozier. *Primo*, pouvons-nous rester à bord des navires jusqu'à un éventuel dégel ? Corollaire de cette question : les navires seront-ils en état de naviguer en juin, juillet ou août si ce dégel se produit ? Capitaine Fitzjames ?

La voix de Fitzjames n'était qu'un écho amoindri de celle qu'on lui avait jadis connue, ferme et pleine d'assurance. Des deux côtés de la table, on se pencha pour mieux l'entendre.

— Je ne pense pas que l'*Erebus* tiendra jusqu'à l'été, et à mon avis – avis partagé par MM. Weekes et Watson, mes charpentiers, par M. Ridgen, mon patron de canot, ainsi que par le lieutenant Le Vesconte et le premier maître Des Vœux, ici présents –, il coulera dès que la banquise aura fondu.

L'atmosphère du carré sembla devenir plus froide et plus oppressante. Personne ne parla durant près d'une minute.

— La pression exercée par la glace durant les deux hivers écoulés a fait sauter l'étoupe du bordé, poursuivit Fitzjames de sa petite voix éraillée. L'arbre de transmission principal est déformé au point d'en être irréparable – vous savez tous qu'il a été conçu pour être rétracté dans un tube de fer débordant sur le faux-pont, où il se trouve ainsi à l'abri, mais il ne peut plus passer le niveau de la coque – et nous ne disposons d'aucune pièce de rechange. Quant à l'hélice, elle a été détruite par la glace, ainsi que notre gouvernail. Nous pouvons certes remplacer celui-ci, mais la glace a pulvérisé notre coque tout le long de la quille. La moitié des plaques de fer de notre blindage a disparu, tant sur les flancs que sur la proue.

« Pis encore, la glace a tellement comprimé la coque que les poutres de fer transversales et les courbes en fer forgé censées la renforcer l'ont transpercée ou se sont carrément brisées en une douzaine de points. À supposer que nous parvenions à colmater toutes les brèches, ainsi que les fuites du tube de l'arbre de transmission, le navire parviendrait sans doute à flotter, mais il serait totalement vulnérable à la glace. En outre, bien que les porte-haubans spécialement aménagés aient dans une grande mesure empêché la glace de monter au-dessus des plats-bords, la pression exercée sur eux du fait de l'élévation du navire a fissuré toutes les membrures de la coque au niveau des joints.

Fitzjames sembla finalement s'apercevoir que tous l'écoutaient avec une grande attention. Ses yeux se brouillèrent et il baissa la tête d'un air gêné. Lorsqu'il la releva, ce fut pour reprendre d'une voix empreinte de regret :

— Mais le pire, c'est que la torsion exercée par la glace a tellement déformé l'étambot et gauchi le bordé que l'*Erebus* a totalement perdu son intégrité. Tous les ponts sont poussés vers le haut... seul le poids de la neige les maintient en place... et nous sommes unanimes pour juger que nos pompes seraient incapables de compenser les voies d'eau. Je laisse à M. Gregory le soin de vous exposer l'état de notre chaudière, de nos réserves de charbon et de notre système de propulsion.

Tous les regards se tournèrent vers le mécanicien. Il s'éclaircit la gorge et humecta ses lèvres gercées.

— Il n'y a plus de système de propulsion à bord du HMS *Erebus*, déclara-t-il d'emblée. L'arbre de transmission est tordu et coincé dans son tube, et il nous faudrait mettre le navire en cale sèche à Bristol pour le redresser. Nous n'avons même pas assez de charbon pour naviguer une journée. À la fin du mois d'avril, nous n'en aurons plus pour chauffer le navire, même si nous nous contentons comme aujourd'hui de faire circuler l'eau chaude pendant trois quarts d'heure dans les sections du premier pont que nous nous efforçons de garder habitables.

— Monsieur Thompson, intervint Crozier. Quelle est la situation du *Terror* à cet égard ?

Le squelette vivant dévisagea son capitaine durant une longue minute, puis lui répondit d'une voix étonnamment forte :

— Si le *Terror* se retrouvait à flot cet après-midi, il ne pourrait pas naviguer à la vapeur plus de quelques heures, monsieur. Nous avons rétracté notre arbre de transmission il y a un an et demi, ce qui a permis de le garder en état de marche – et nous avons aussi une pièce de rechange –, mais nous sommes presque à court de charbon. Si nous devions transférer à notre bord les réserves de l'*Erebus* et nous contenter de *chauffer* notre navire, nous pourrions faire tourner la chaudière et circuler l'eau chaude deux heures par jour jusque... jusqu'à début mai, dirais-je. Mais nous n'aurions plus de charbon pour naviguer. Si nous nous limitons aux seules réserves du *Terror*, nous devrons cesser de chauffer à la mi-avril, fin avril au plus tard.

— Merci, monsieur Thompson, dit le capitaine Crozier d'une voix exempte de toute émotion. Lieutenant Little, monsieur Peglar, quelle est votre opinion sur la navigabilité du *Terror* ?

Little hocha la tête et parcourut l'assemblée du regard avant de se retourner vers son capitaine.

— Nous ne sommes pas aussi mal en point que l'*Erebus*, mais la glace a causé des dégâts à la coque, aux membrures, au blindage, au gouvernail et aux équerres. Comme le savent déjà certains d'entre vous, l'enseigne Irving a découvert peu avant Noël que non seulement nous avions perdu une bonne partie de notre blindage côté tribord, mais que les dix pouces de chêne et d'orme plaqués sur la proue avaient délogé les membrures au niveau de la fosse aux câbles de la cale, et nous avons découvert depuis lors que les treize pouces de chêne plaqué le long de la carène avaient été délogés ou abîmés en vingt ou trente points. Les bordages de la proue ont été remplacés et renforcés, mais la glace en gadoue qui a envahi la cale nous empêche de travailler sur la carène.

« Je suis d'avis que le navire flottera, commandant, conclut le lieutenant Little, mais je ne peux pas promettre que les pompes compenseront les fuites d'eau. Et n'oublions pas que la glace peut encore causer bien des dégâts dans les quatre ou cinq mois qui viennent. M. Peglar est plus qualifié que moi pour poursuivre sur ce point.

L'intéressé s'éclaircit la gorge. De toute évidence, il n'avait pas l'habitude de prendre la parole devant un tel nombre d'officiers.

— Si le navire flotte, messieurs, alors les gabiers remettront en place les mâts, les voiles et les haubans moins de quarante-huit heures après que vous leur en aurez donné l'ordre. Je ne peux pas vous garantir que nous pourrons naviguer à la voile dans les glaces que nous avons vues descendre vers le sud, mais, si nous trouvons des eaux libres, nous serons à nouveau en mesure d'avancer. Et si vous me permettez de vous donner un conseil, messieurs... je suggère que nous n'attendions pas le dernier moment pour remonter les mâts.

— Vous n'avez pas peur que le poids de la glace fasse chavirer le navire ? demanda Crozier. Ou que des pics de glace nous tombent dessus quand nous travaillerons sur le pont ? Nous n'en avons pas encore fini avec les blizzards, Harry.

— En effet, commandant. Il y a toujours un risque de chavirage, même si le navire ne tombait que sur la banquise − vu la gîte qu'il présente, ce n'est pas à exclure. Mais je pense néanmoins qu'il vaudrait mieux remonter les mâts de hune et de perroquet, ainsi que le gréement, au cas où surviendrait un soudain dégel. Peut-être devrons-nous mettre les voiles dans un délai de dix minutes. En outre, les gabiers ont besoin d'un peu d'exercice. Quant aux chutes de glace... eh bien, ça nous aidera à garder l'œil, monsieur. Comme si cette bestiole ne suffisait pas.

On entendit quelques gloussements. Les rapports plutôt positifs de Little et de Peglar avaient en partie dissipé la tension. Le fait que l'un au moins des deux navires fût en état de flotter et de naviguer était excellent pour le moral. Crozier eut l'impression que la température avait monté d'un cran dans le carré – pour preuve, la plupart des personnes présentes semblaient à nouveau exhaler.

— Merci, monsieur Peglar, dit Crozier. Apparemment, si nous voulons partir d'ici par la mer, nous devrons tous le faire à bord du *Terror*.

Aucun des officiers présents ne souligna que c'était précisément ce que Crozier avait suggéré de faire près de dix-huit mois plus tôt. Mais tous semblaient le penser.

— Consacrons donc une minute à cette chose des glaces, reprit le capitaine. On ne l'a pas tellement vue ces derniers temps.

— Je n'ai eu aucune blessure à soigner depuis le jour de l'an, dit le Dr Goodsir. Et personne n'a été tué ni porté disparu depuis le Carnaval.

— Ce qui n'empêche pas que la créature a été aperçue, dit le lieutenant Le Vesconte. Les sentinelles ont vu une silhouette se déplaçant parmi les séracs. Et elles ont entendu des choses dans le noir.

— Les sentinelles entendent toujours des choses dans le noir, rétorqua le lieutenant Little. Cela remonte à la plus haute Antiquité.

— Peut-être qu'elle est partie, proposa l'enseigne Irving. Peut-être qu'elle a migré vers le sud. Ou vers le nord.

Tous méditèrent cette suggestion.

— Peut-être qu'à force de nous manger elle a décidé que nous n'étions pas à son goût, lança Blanky.

On vit quelques sourires dans l'assistance. Un tel humour n'était pas des plus convenables, mais le pilote des glaces, de par sa mutilation, jouissait de certaines prérogatives.

— Mes fusiliers marins ont effectué des recherches, conformément aux ordres du capitaine Crozier et du capitaine Fitzjames, déclara le sergent Tozer. Nous avons abattu quelques ours, mais aucun qui soit assez grand pour être... cette chose.

— J'espère que vos fusiliers se montrent plus avisés que lors de la nuit du Carnaval, dit Sinclair, le chef de la hune de misaine de l'*Erebus*.

Tozer se tourna vers lui pour lui décocher un regard mauvais.

— Cessez ces disputes sur-le-champ, ordonna Crozier. Pour le moment, nous supposerons que la chose des glaces est toujours vivante et qu'elle finira par revenir. Chaque fois que nous irons travailler sur la banquise, nous devrons nous protéger contre ses attaques. Comme nous n'avons pas assez de fusiliers marins pour escorter toutes les sorties en traîneau – d'autant plus qu'ils doivent eux aussi prendre part au tractage –, la solution est peut-être d'armer tous les marins, charge à eux de monter la garde à tour de rôle. Même si la banquise refuse de se disloquer l'été prochain, mieux vaut attendre la période du soleil de minuit pour la parcourir à pied.

— Veuillez pardonner ma franchise, commandant, intervint le Dr Goodsir, mais la question qui se pose à nous est en fait celle-ci : pouvons-nous nous permettre d'attendre l'été avant de décider d'abandonner les navires ?

— Et quelle est la réponse, docteur ? répliqua Crozier.

— À mon avis, c'est non. La quantité de conserves avariées, voire franchement toxiques, est plus importante que nous ne le pensions. Les autres réserves de nourriture sont quasiment épuisées. Les hommes sont sous-alimentés eu égard aux tâches qu'ils doivent accomplir quotidiennement, à bord du navire ou sur la banquise. Tous perdent du poids et de l'énergie. Ajoutez à cela la multiplication des cas de scorbut et... eh bien, gentlemen, j'estime que la grande majorité des hommes de l'*Erebus* et du *Terror* n'auront plus la force, physique et mentale, de partir en traîneau sur la banquise si nous attendons juin ou juillet pour prendre une décision – à condition bien sûr que les navires tiennent jusque-là.

Il y eut de nouveau un long silence.

Ce fut Goodsir qui le rompit.

— Ou, plutôt, si quelques hommes seront encore en état de tracter des traîneaux et de porter des chaloupes pour tenter de rejoindre la civilisation, ils seront obligés de laisser les autres ici, où ils ne manqueront pas de mourir de faim.

— Les plus robustes pourront guider une expédition de secours jusqu'aux navires, tempéra le lieutenant Le Vesconte.

Le pilote des glaces Thomas Blanky brisa ses espoirs.

— Un groupe partant vers le sud devrait faire du portage jusqu'à l'embouchure de la rivière de Back, puis remonter celle-ci sur une distance de huit cent cinquante miles pour parvenir au Grand Lac des Esclaves, où est établi un avant-poste... ce groupe n'arriverait pas à destination avant la fin de l'automne ou le début de l'hiver, et il ne ramènerait des secours ici qu'à la fin de l'été de l'année prochaine. Le scorbut ou la faim auraient alors emporté tous les passagers des deux navires.

— Nous pourrions tenter de gagner la baie de Baffin avec nos traîneaux, proposa le premier maître Des Vœux. Il s'y trouve peut-être des baleiniers. Ou mieux encore : des marins envoyés à notre recherche.

— Oui, fit Blanky. Ce n'est pas à exclure. Mais nous devrions tracter nos traîneaux sur des centaines de miles de banquise accidentée, avec le risque d'être bloqués par des chenaux. Ou alors suivre la côte – ce qui nous obligerait à parcourir plus de *douze cents miles*. Sans compter qu'il nous faudrait traverser la péninsule de Boothia, une région fort montagneuse, pour avoir un espoir de rejoindre une côte fréquentée par les baleiniers. Nous pourrions emporter des canots pour naviguer dans les chenaux, mais cela triplerait notre charge. Une chose est sûre : si la banquise ne se disloque pas ici, elle ne le fera pas davantage sur la route de la baie de Baffin.

— La charge serait nettement moins élevée si nous ne prenions que des traîneaux, des provisions et des tentes pour traverser Boothia en direction du nord-est, dit l'enseigne Hodgson. Chacune des chaloupes pèse au moins six cents livres.

— Dites plutôt huit cents, murmura le capitaine Crozier. Sans compter son chargement.

— Ajoutez à cela les six cents livres d'un traîneau suffisamment robuste pour la porter, enchaîna Thomas Blanky, et nous arrivons à une charge de quatorze à quinze cents livres pour chaque groupe, à laquelle il faut encore ajouter la nourriture, les tentes, les armes, les vêtements et autres provisions indispensables. Personne n'a jamais réussi à transporter un tel fardeau sur plus de mille miles – et si nous devions faire route pour la baie de Baffin, il nous faudrait le transporter en eau libre.

— Mais un traîneau escorté par des coureurs, en partie propulsé par une voile – qui partirait en mars ou en avril, avant que la glace ne devînt trop pâteuse –, progresserait avec plus de facilité qu'un groupe de porteurs affrontant les montagnes ou la glace en gadoue de l'été, dit le lieutenant Le Vesconte.

— Je propose que nous laissions les canots ici et que nous tentions de rallier la baie de Baffin avec des traîneaux chargés au minimum, intervint Charles Des Vœux. Si nous arrivons sur la côte est de l'île Somerset avant la fin de la saison, nous serons sûrement recueillis par un baleinier. Et je vous parie que la Royal Navy aura envoyé des navires à notre recherche.

— Si nous laissons les canots ici, nous serons bloqués par la première zone d'eau libre, dit Blanky. Et nous mourrons sur les glaces dérivantes.

— Pourquoi une expédition de secours irait-elle nous chercher sur la côte est de l'île de Somerset ou sur la péninsule de Boothia ? demanda le lieutenant Little. Il est plus vraisemblable de supposer qu'elle suivra notre course, franchissant le détroit de Lancaster pour se diriger vers les îles Devon, Beechey et Cornwallis. Les ordres de sir John sont connus de tous. On supposera qu'il est passé par le détroit de Lancaster, puisque celui-ci est franchissable presque chaque été. Il n'y a aucune chance pour que nous soyons remontés vers le nord.

— Peut-être qu'en ce moment le détroit de Lancaster est aussi bloqué que la région qui nous entoure, dit le pilote des glaces Reid. Cela obligerait nos éventuels sauveteurs à se diriger vers le sud, donc vers la côte est de l'île Somerset et la péninsule de Boothia.

— S'ils arrivent à passer, ils trouveront peut-être les messages que nous avons déposés dans les cairns de Beechey, dit le sergent Tozer. Et ils tenteront de nous rejoindre en montant une expédition de traîneaux.

Le silence tomba sur l'assemblée comme un linceul.

— Aucun message n'a été déposé à Beechey, déclara le capitaine Fitzjames.

Au cours des instants malaisés qui suivirent, Francis Rawdon Moira Crozier sentit naître dans son cœur une étrange flamme, aussi ardente qu'elle était pure. Si cette sensation lui rappelait vaguement celle que lui procurait jadis la première gorgée de whiskey après des jours d'abstinence, elle était cependant d'une tout autre nature.

Crozier voulait vivre. C'était aussi simple que cela. Il était *résolu* à vivre. Il allait survivre à ce désastre, en dépit de la malchance ou des dieux qui semblaient se liguer contre lui. Cette flamme brûlait dans sa poitrine depuis les premiers jours qui avaient suivi son combat contre l'alcool et la malaria, un mois auparavant, des jours où il avait émergé du gouffre pour revenir à la vie d'un pas encore hésitant. Cette flamme était plus vive chaque jour.

Plus que tous ceux qui l'entouraient dans le carré ce jour-là, Francis Crozier avait conscience de la vanité de toutes les entreprises évoquées à cette table. C'était une folie que de vouloir gagner l'embouchure de la rivière de Back. C'en était une autre que de vouloir gagner l'île Somerset, dont ils étaient séparés par deux mille kilomètres de banquise côtière, de crêtes de pression et de chenaux ouverts, sans parler de cette péninsule inexplorée. Folie de s'imaginer que la glace allait fondre cet été et permettre au *Terror* − vidé de ses provisions mais fourré de marins jusqu'aux écoutilles − de sortir du piège désespéré où sir John l'avait conduit.

Néanmoins, Francis Crozier était résolu à vivre. Une flamme brûlait en lui, aussi forte que celle du whiskey.

— Avons-nous définitivement écarté l'idée de naviguer? interrogeait Robert Sinclair.

Ce fut James Reid, le pilote des glaces de l'*Erebus*, qui lui répondit.

— Il nous faudrait parcourir près de trois cents milles dans le détroit innommé découvert par sir John, franchir ensuite les détroits de Barrow et de Lancaster, puis sortir de la baie de Baffin avant que la banquise ne se soit reformée autour de nous. La dernière fois que nous avons fait semblable tentative, nous avions un blindage et un moteur pour triompher de la glace. Même si celle-ci est aussi facile à négocier qu'il y a deux ans, jamais nous ne pourrions parcourir une telle distance en naviguant uniquement à la voile. Et n'oublions pas l'état de notre coque.

— Il est toujours possible que la glace soit moins dure qu'en 1846, dit Sinclair.

— Et il est toujours possible que je chie des angelots, lâcha Thomas Blanky.

Encore une fois, sa jambe de bois lui épargna toute réprimande des officiers. Quelques-uns allèrent même jusqu'à sourire.

— Peut-être devrions-nous considérer une autre course, dit le lieutenant Edward Little.

Les regards se tournèrent dans sa direction. Nombre des hommes avaient économisé leurs rations de tabac – les coupant parfois d'ingrédients indicibles –, de sorte qu'une douzaine de pipes étaient allumées autour de la table. La fumée rendait l'atmosphère encore plus impénétrable au faible éclat des lampes à huile.

— L'année dernière, le lieutenant Gore a cru entrevoir une terre au sud de la terre du Roi-Guillaume, poursuivit Little. S'il ne s'est pas trompé, il s'agit forcément de la péninsule Adélaïde – un territoire connu, donc –, où l'on rencontre le plus souvent un chenal entre la banquise côtière et la banquise tout court. Si le *Terror* peut franchir la distance nous séparant de ce point – un peu plus de cent milles, soit trois fois moins que pour gagner le détroit de Lancaster –, il nous suffirait de suivre les chenaux côtiers jusqu'à atteindre le détroit de Behring. Nous avancerions alors en territoire connu.

— Le passage du Nord-Ouest, dit l'enseigne John Irving.

On eût dit qu'il prononçait une incantation funéraire.

— Mais aurions-nous suffisamment d'hommes en état de manœuvrer une fois arrivée la fin de l'été ? demanda le Dr Goodsir à voix basse. Le scorbut nous aura tous touchés avant la fin du mois de mai. Et où trouverions-nous de quoi nous nourrir durant ces semaines, voire ces mois de voyage vers l'ouest ?

— Il est toujours possible que le gibier soit plus abondant dans ces régions, lui répondit le sergent Tozer. On trouvera des bœufs musqués, des caribous, des morses et des renards blancs. Peut-être qu'on mangera comme des pachas avant d'arriver en Alaska.

Crozier s'attendait à une réplique de Blanky – « Et il est toujours possible que je chie des caribous », par exemple –, mais le pilote des glaces semblait perdu dans ses songeries, à moins qu'il ne fût pris de vertige, comme cela lui arrivait parfois.

Ce fut le lieutenant Little qui réagit.

— Le problème, sergent, c'est que même si le gibier réapparaissait comme par miracle après deux années d'absence, aucun de nous ne semble capable de tirer quelque animal que ce soit... vos fusiliers marins exceptés, bien sûr. Et nous aurions besoin de chasseurs en très grand nombre. En outre, il semble qu'aucun de nous n'ait l'expérience du gros gibier. Peut-on abattre ces bêtes avec un simple fusil plutôt qu'avec un de vos mousquets ?

— Si on les tire d'assez près, oui, répondit Tozer d'un air maussade.

Crozier mit un terme à cette digression.

— Le Dr Goodsir a fait tout à l'heure une remarque des plus pertinentes : si nous attendons l'été dans l'espoir de voir la banquise se disloquer, nous serons sans doute trop malades et anémiés pour être en état de manœuvrer. Et nous n'aurions pas assez de provisions pour envisager une expédition en traîneau. Que nous choisissions de remonter la rivière de Back ou de traverser la banquise à marche forcée, nous mettrons trois à quatre mois pour gagner le Grand Lac des Esclaves dans le premier cas, la côte est de l'île Somerset ou la péninsule de Boothia dans le second ; par conséquent, si nous voulons arriver à destination, nous devons partir avant le mois de juin. Mais quand exactement ?

Il y eut un nouveau silence.

— À mon avis, le 1er mai au plus tard, dit le lieutenant Little.

— Avant cette date, je pense, dit le Dr Goodsir, si la maladie continue à progresser à son rythme actuel – à moins que nous ne parvenions à nous procurer de la viande fraîche.

— Quand exactement ? demanda à son tour le capitaine Fitzjames.

— Mi-avril au plus tard, répondit Goodsir d'une voix hésitante.

Les hommes échangèrent un regard à travers le nuage de fumée qui emplissait l'air glacial. Moins de deux mois les séparaient de cette date.

— Si la situation continue d'empirer, je le répète, dit le chirurgien, avec une fermeté qui ne trompa pas Crozier.

— Comment le pourrait-elle encore ? demanda l'enseigne Hodgson.

De toute évidence, le jeune homme voulait plaisanter, mais il n'eut droit en guise de réaction qu'à des regards réprobateurs.

Crozier ne tenait pas à ce que son conseil de guerre s'achève dans cette ambiance. Les officiers, supérieurs et subalternes, et les spécialistes civils avaient examiné les choix qui s'offraient à eux et conclu qu'ils étaient aussi peu encourageants que lui-même le savait déjà, mais il ne souhaitait pas que le moral de son état-major descendît vers de nouveaux abysses.

— Au fait, dit-il sur le ton de la conversation, le capitaine Fitzjames a décidé de célébrer le service religieux dimanche prochain à bord de l'*Erebus* – il compte nous gratifier d'un sermon exceptionnel qu'il me tarde d'entendre, bien, m'assure-t-on, il ne s'agisse *pas* d'un extrait du *Léviathan*. Comme les équipages des deux navires seront rassemblés à cette occasion, il m'a semblé opportun de faire servir à tous un dîner complet et une pleine ration de grog.

Les hommes sourirent et échangèrent des remarques enthousiastes. Aucun d'eux ne s'était attendu à transmettre une aussi bonne nouvelle à ses subalternes.

Fitzjames arqua un sourcil. C'était la première fois qu'il entendait parler de ce service religieux et de ce « sermon exceptionnel », mais Crozier pensait que cela lui ferait du bien de s'occuper l'esprit et de se retrouver au centre de l'attention générale. Fitzjames lui signifia son accord d'un hochement de tête.

— Très bien, gentlemen, dit-il en haussant légèrement le ton. Cet échange de vues et d'informations s'est révélé des plus fructueux. Le capitaine Fitzjames et moi-même déciderons sans doute de vous revoir en privé, l'un après l'autre, avant de prendre notre décision. Je sais que les membres d'équipage de l'*Erebus* souhaitent regagner leur bord avant le crépuscule, et vous avez mon autorisation. Que Dieu soit avec vous, gentlemen. Je vous reverrai tous dimanche prochain.

Le carré se vida de ses occupants, mais, pendant que ses hommes gagnaient l'échelle pour enfiler leur tenue de froid, Fitzjames s'approcha de Crozier et lui murmura à l'oreille :

— Peut-être vous emprunterai-je ce fameux *Léviathan*, Francis.

Il s'en fut, tandis que les officiers du *Terror* retournaient à leurs tâches. Le capitaine Crozier s'attarda quelques instants sur son siège en bout de table, réfléchissant à leur discussion. La flamme de la survie brûlait en lui, plus ardente que jamais.

— Commandant ?

Crozier leva la tête. C'était Bridgens, le vieux valet des officiers subalternes de l'*Erebus*, qui s'était substitué au valet de son capitaine. Il aidait maintenant Gibson à débarrasser la table.

— Oh ! vous pouvez disposer, monsieur Bridgens, lui dit Crozier. Rejoignez vos camarades. Gibson s'occupera du reste. Nous ne voudrions pas que vous regagniez votre bord sans escorte.

— Oui, monsieur, dit le vieux valet. Mais, au préalable, j'aimerais vous parler, commandant.

Crozier acquiesça. Il ne pria pas le valet de s'asseoir. Ce vieillard l'avait toujours mis mal à l'aise – il avait passé l'âge de postuler au Service des explorations. Si Crozier avait eu son mot à dire trois ans plus tôt, le nom de Bridgens aurait été rayé du rôle d'équipage – dire qu'il avait cru tromper son monde en se disant âgé de vingt-six ans ! –, mais sir John était ravi de ne plus être le doyen de l'expédition, et son avis avait prévalu.

— Je n'ai pu m'empêcher d'entendre votre discussion, commandant. Vous avez cité trois choix possibles : rester à bord des navires et espérer un dégel, partir à pied vers la rivière de Back ou traverser la banquise en direction de Boothia. Avec votre permission, j'aimerais vous en suggérer un quatrième.

Cette permission, Francis Crozier avait bien envie de la refuser. Même un Irlandais comme lui, si égalitaire fût-il, se hérissait à l'idée qu'un valet pût ainsi se mêler de questions de commandement. Mais il se força à dire :

— Je vous écoute.

Le valet se dirigea vers l'étagère de livres occupant la cloison côté arrière, attrapa deux gros volumes et les posa sur la table avec un bruit sourd.

— Comme vous le savez sans doute, commandant, sir John Ross et son neveu James ont navigué en 1829 le long de la côte orientale de Boothia Felix – une péninsule qu'ils ont découverte et que nous appelons aujourd'hui, plus simplement, la péninsule de Boothia.

— Je le sais *parfaitement*, monsieur Bridgens, répliqua Crozier d'une voix glaciale. Je connais fort bien sir John et son neveu sir James.

Ayant passé cinq ans en Antarctique aux côtés de ce dernier, Crozier estima que sa déclaration relevait de la litote.

— Oui, monsieur, fit Bridgens sans se laisser démonter. Vous connaissez également, je présume, les détails de leur périple. Ils ont passé *quatre hivers* dans les glaces. Le premier hiver, sir John a ancré le *Victory* dans une anse de la côte est qu'il a baptisée du nom de Port Felix... une anse située sur la latitude que nous occupons présentement, ou peu s'en faut.

— Faisiez-vous partie de cette expédition, monsieur Bridgens ? demanda Crozier, espérant que l'autre en viendrait au fait.

— Je n'ai pas eu cet honneur, commandant. Mais j'ai lu ces deux volumes, dans lesquels sir John en fait la relation. Je me demandais si vous aviez eu le temps de faire de même.

Crozier sentit monter en lui une colère d'Irlandais. L'audace de ce vieux valet frisait l'impertinence.

— Je les ai parcourus, naturellement, dit-il d'une voix glaciale. Je n'ai pas eu le temps de les lire en détail. Vous aviez autre chose à me dire, monsieur Bridgens?

N'importe quel marin servant sous les ordres de Crozier, de l'officier supérieur au simple matelot en passant par le maître d'équipage et le fusilier marin, aurait compris le sous-entendu et se serait hâté de vider les lieux avec force courbettes, mais Bridgens semblait indifférent à son agacement.

— Oui, commandant. Ce que je voulais vous dire, c'est que John Ross...

— *Sir* John, coupa Crozier.

— Bien entendu. Sir John Ross était confronté au même problème que nous, commandant.

— Ridicule! Le *Victory* était pris dans les glaces à *l'est* de Boothia, Bridgens, précisément là où nous souhaiterions nous rendre si nous disposions du temps et des moyens nécessaires. À plusieurs centaines de milles d'ici.

— Oui, monsieur, mais à la même latitude que nous, bien que le *Victory* n'eût point à affronter cette satanée banquise déferlant depuis le nord-ouest, protégé qu'il était par la masse terrestre de Boothia. Mais il a passé *trois hivers* dans les glaces, commandant. James Ross a parcouru plus de six cents milles en traîneau, sur terre et sur la banquise, pour rallier la terre du Roi-Guillaume, qui se trouve à vingt-cinq milles au sud-sud-ouest de notre position actuelle. Il a donné le nom de Victory à la pointe que l'infortuné lieutenant Gore a réussi à atteindre l'été dernier, avant son malheureux accident.

— Croyez-vous que j'ignore que c'est sir James qui a découvert la terre du Roi-Guillaume et la pointe Victory? demanda Crozier en réfrénant sa colère. Il a également découvert le pôle Nord magnétique durant cette expédition, Bridgens. Sir James est... était... le meilleur conducteur de traîneau de notre époque.

— Oui, monsieur, dit le valet.

En voyant son petit sourire, Crozier eut envie de le frapper. Bien avant d'appareiller, il savait que ce vieil homme était un sodomite notoire – quoiqu'il fît preuve de retenue durant ses voyages en mer. La tentative de mutinerie menée par l'aide-calfat avait achevé de le fâcher avec les sodomites.

— Ce que je voulais vous dire, commandant, reprit Bridgens, c'est qu'à l'issue de ces trois hivers dans les glaces, et alors que le scorbut faisait autant de ravages à son bord qu'il en fera bientôt parmi nous, sir John, comprenant que la banquise ne se disloquerait jamais à temps, à coulé le *Victory* dans dix brasses d'eau au large de la côte est de Boothia pour conduire son équipage au nord, vers la plage de Fury, où le capitaine Parry avait déposé des chaloupes et des provisions.

Crozier songea que, s'il pouvait faire pendre cet homme, jamais il ne pourrait le faire taire. Il plissa le front et l'écouta.

— Comme vous le savez, commandant, ces chaloupes et ces provisions se trouvaient encore sur place. Ross est parti vers le nord pour gagner le cap Clarence, comptant scruter les détroits de Barrow et de Lancaster du haut de ses falaises, dans l'espoir de repérer des baleiniers... mais la mer n'était qu'une plaque de glace à perte de vue. Cet été-là était aussi glacial que les deux étés que nous venons de vivre, ainsi sans doute que celui qui nous attend.

Crozier s'arma de patience. Pour la première fois depuis son épreuve de janvier, il regretta de ne pas avoir de whiskey sous la main.

— Ils sont retournés à la plage de Fury, où ils ont passé un quatrième hiver. Les hommes étaient sur le point de succomber au scorbut. En juillet 1833... quatre ans après avoir été pris dans les glaces... ils sont repartis à bord de leurs chaloupes, ils ont franchi le détroit de Lancaster, dépassé les anses de l'Amirauté et du Conseil nautique, et, le matin du 25 août, James Ross... devenu sir James par la suite... a aperçu une voile. Ils lui ont fait des signaux, ils ont lancé des fusées de détresse. Mais la voile a disparu à l'horizon est.

— Sir James a effectivement évoqué cet incident en ma présence, dit Crozier, toujours aussi glacial.

— Cela ne me surprend guère, commandant, dit Bridgens avec son petit sourire pédant. Le vent s'est calmé, les hommes ont ramé de toutes leurs forces, et ils ont fini par rattraper le baleinier. Il s'agissait de l'*Isabella*, le même navire que sir John commandait en 1818.

« Sir John, sir James et l'équipage du *Victory* ont passé quatre années dans les glaces à la même latitude que nous, commandant. Et un seul marin est mort durant ce temps-là : M. Thomas, le charpentier, qui était de constitution délicate et souffrait de troubles digestifs.

— Que souhaitiez-vous me dire ? demanda Crozier.

Sa voix n'aurait pu être plus neutre. Comme il ne le savait que trop bien, plus d'une douzaine d'hommes avaient péri lors de cette expédition, désormais placée sous son commandement.

— *Il y a encore des chaloupes et des provisions à la plage de Fury*, répondit Bridgens. À mon avis, toute expédition envoyée à notre recherche – l'année dernière ou l'été prochain – en déposera d'autres. C'est le premier endroit que l'Amirauté pensera à approvisionner pour notre bénéfice, et pour celui des expéditions futures. Le fait que sir John ait survécu grâce à ce dépôt le garantit.

Crozier soupira.

— Avez-vous l'habitude de penser comme l'Amirauté, monsieur Bridgens, vous qui n'êtes qu'un valet des officiers subalternes ?

— Oui, parfois, répondit le vieil homme. Une habitude acquise au fil des décennies, commandant. À force de côtoyer des imbéciles, on apprend à penser comme eux.

— Ce sera tout, monsieur Bridgens.

— À vos ordres. Mais lisez donc ces deux volumes, commandant. Sir John y donne quantité de conseils utiles : comment survivre sur la banquise ; comment lutter contre le scorbut ; comment se concilier les indigènes et utiliser leurs talents de chasseurs ; comment édifier des maisonnettes avec des briques de neige...

— Ce sera tout, j'ai dit !

— À vos ordres.

Bridgens porta une main à son front et sortit, mais, avant cela, il poussa les deux volumes en direction de Crozier.

Le capitaine s'attarda dix minutes de plus dans le carré frigorifiant. Il écouta les marins de l'*Erebus* monter l'échelle et arpenter le pont principal. Il entendit les officiers du *Terror* dire adieu à leurs camarades et leur souhaiter un bon retour sur la banquise. Bientôt lui parvinrent les murmures des hommes dans le carré de l'équipage, occupés à digérer leur souper et leur ration de grog. Crozier les entendit remonter les tables vers le plafond. Il entendit les officiers redescendre sur le premier pont, se défaire de leurs tenues de froid et gagner le mess où leur souper les attendait. Ils semblaient bien plus enjoués qu'au petit déjeuner.

Crozier se leva enfin – perclus de froid et de douleur –, saisit les deux lourds volumes et les remit soigneusement à leur place sur l'étagère.

31

Goodsir

70° 05' de latitude nord, 98° 23' de longitude ouest
6 mars 1848

Le chirurgien fut réveillé par des cris et des hurlements.

Il demeura une minute sans savoir où il se trouvait puis se le rappela : à bord de l'*Erebus*, dans l'ancienne cabine de sir John transformée en infirmerie. On était au cœur de la nuit. Toutes les lampes à huile étaient éteintes et la seule lumière provenait de la porte ouverte sur le couloir. Goodsir s'était endormi sur une couchette de rechange − les huit autres étaient occupées par sept malades du scorbut et un homme souffrant de calculs rénaux. Ce dernier avait reçu une forte dose d'opium.

Goodsir rêvait que ses patients poussaient des cris d'agonie. Ils se mouraient parce qu'il ignorait comment les sauver. Ayant reçu une formation d'anatomiste, Goodsir avait moins d'expérience que ses trois défunts confrères dans le domaine de la pharmacopée navale − pilules, potions, émétiques et autres tisanes. Comme le lui avait expliqué le Dr Peddie, la majorité des remèdes connus étaient sans effet sur les maladies des marins − ils ne servaient qu'à leur vider les boyaux d'une façon souvent explosive −, mais ils jaugeaient leur efficacité à l'aune de leur puissance purgative. S'il fallait en croire le regretté Peddie, c'était *l'idée* d'un traitement médical qui les aidait à se rétablir. Exception faite des cas nécessitant une intervention chirurgicale, soit l'organisme guérissait de lui-même, soit le patient mourait.

Goodsir rêvait que tous les siens s'éteignaient − en poussant des cris de souffrance.

Mais ces cris étaient bien réels. Ils semblaient monter des profondeurs du navire.

Henry Lloyd, son aide-soignant, fit irruption dans l'infirmerie, les pans de sa chemise visibles sous son tricot. Il tenait une lanterne à la main, mais Goodsir vit qu'il n'était même pas chaussé. Sans doute arrivait-il tout droit de son hamac.

— Que se passe-t-il ? murmura Goodsir.

Pour l'instant, le vacarme n'avait pas réveillé ses patients.

— Le capitaine souhaite que vous le rejoigniez devant l'échelle.

Le jeune homme ne tenta même pas de parler à mi-voix. Il semblait terrorisé.

— Chut ! murmura Goodsir. Que se passe-t-il, Henry ?

— La chose est à bord, docteur, répondit l'autre en claquant des dents. Dans la cale. Elle a tué des hommes.

— Restez ici pour veiller sur les malades, ordonna Goodsir. Venez me chercher si l'un d'eux se réveille ou si son état s'aggrave. Et allez mettre vos bottes et des vêtements chauds.

Goodsir se dirigea vers l'avant, se frayant un chemin parmi les officiers subalternes, qui sortaient de leurs cabines tout en s'habillant à la hâte. Fitzjames se tenait près de l'écoutille donnant sur le faux-pont, Le Vesconte à ses côtés. Le capitaine était armé d'un pistolet.

— Nous avons des blessés là-dessous, monsieur Goodsir. Vous nous accompagnerez pour aller les chercher. Vous aurez besoin de votre tenue de froid.

Goodsir acquiesça sans rien dire.

Le premier maître Des Vœux descendit du pont principal. Le courant d'air glacé qui l'accompagnait coupa le souffle à Goodsir. Cela faisait une semaine que l'*Erebus* subissait les assauts d'un fort blizzard, et la température descendait parfois jusqu'à − 70 °C. Le chirurgien avait été incapable d'effectuer sa garde à bord du *Terror*. En fait, les communications étaient coupées entre les deux navires.

Des Vœux épousseta ses vêtements couverts de neige.

— Les trois sentinelles n'ont rien vu, commandant. Je leur ai dit de ne pas quitter leur poste.

Fitzjames opina.

— Nous avons besoin d'armes, Charles.

— Nous n'avons distribué que trois fusils, pour les hommes de quart, répondit Des Vœux.

Un nouveau cri monta des ténèbres. Goodsir n'aurait su dire s'il provenait du faux-pont ou de la cale. Les deux écoutilles semblaient ouvertes en contrebas.

— Lieutenant Le Vesconte, lança Fitzjames, prenez trois hommes avec vous, rendez-vous dans la soute au vin en passant par l'écoutille du mess des officiers et distribuez-leur autant de fusils et de mousquets que vous le pourrez — sans oublier les balles, les cartouches et la poudre. Je veux que tous les hommes qui descendent sur le faux-pont soient armés.

— À vos ordres, commandant.

Le Vesconte désigna trois matelots, qui le suivirent lorsqu'il fonça vers l'avant.

— Charles, dit Fitzjames au premier maître Des Vœux. Allumez des lanternes. Nous descendons. Collins, suivez-nous. Monsieur Dunn, monsieur Brown... vous nous accompagnez.

— À vos ordres, commandant, répondirent en chœur le calfat et son aide.

— Sans armes, commandant ? s'exclama le second maître Henry Collins. Vous voulez que nous allions là-bas sans armes ?

— Prenez votre couteau, répliqua Fitzjames. Moi, j'ai ceci, ajouta-t-il en brandissant son pistolet à un coup. Restez derrière moi. Le lieutenant Le Vesconte ne tardera pas à nous rejoindre avec ses hommes, et il y aura des armes pour tout le monde. Monsieur Goodsir, ne vous éloignez pas de moi.

Goodsir acquiesça, toujours muet. Il était en train d'enfiler sa tenue de froid — si c'était bien la sienne — et, tel un petit enfant, il avait des difficultés à passer son bras dans la manche gauche.

Fitzjames, qui avait les mains nues et ne portait qu'une veste râpée par-dessus sa chemise, prit la lanterne que lui tendait Des Vœux et plongea dans l'écoutille, le premier maître sur les talons. Un bruit de fracas monta des niveaux inférieurs, comme si on cassait des barrots ou des cloisons. Les cris avaient cessé.

Se rappelant que le capitaine lui avait ordonné de rester près de lui, Goodsir se précipita derrière les deux hommes, oubliant de se munir d'une lanterne. Il n'avait pas davantage pris sa sacoche contenant bandages et instruments chirurgicaux. Brown et Dunn le suivirent, Collins fermant la marche en pestant tout son soûl.

Situé à peine deux mètres plus bas que le premier pont, le faux-pont ressemblait néanmoins à un autre monde. Goodsir faillit ne jamais y parvenir. Fitzjames et le premier maître s'étaient écartés de l'échelle et agitaient leurs lanternes. Le chirurgien se rendit compte que la différence de température entre les deux niveaux était de l'ordre de quarante degrés — en d'autres termes, il faisait environ − 50 °C sur le faux-pont.

Tout bruit avait cessé. Fitzjames ordonna à Collins de se taire et les six hommes formèrent le cercle autour de l'écoutille donnant sur la cale. Tous tendirent leur lanterne — Goodsir excepté, bien sûr —, mais la lumière ne semblait pénétrer les ténèbres glaciales que sur quelques décimètres. Leur haleine flottait devant eux comme des nuages dorés. Les bruits de pas précipités au-dessus de leurs têtes semblaient provenir de très, très loin.

— Qui était de garde ici cette nuit ? chuchota Fitzjames.

— M. Gregory et l'un de ses chauffeurs, répondit Des Vœux. Cowie, je crois bien. Ou alors Plater.

— M. Weekes et son aide Watson étaient descendus, eux aussi, siffla Collins. Ils voulaient consolider la coque dans la soute à charbon côté tribord avant.

Un rugissement retentit au-dessous d'eux. Ce bruit était cent fois plus intense, cent fois plus bestial que tout cri d'animal que Goodsir eût jamais entendu − y compris celui qui avait résonné dans la chambre d'ébène durant la nuit du Carnaval. Ses échos firent vibrer jusqu'au dernier des barrots, des équerres et des cloisons du faux-pont. Les hommes de quart sur le pont principal devaient l'entendre aussi sûrement que si la chose avait été à leurs côtés, se dit Goodsir. Ses testicules tentèrent de se rétracter dans ses chairs.

Ce rugissement provenait de la cale.

— Brown, Dunn, Collins, dit Fitzjames. Filez derrière la soute au pain et surveillez l'échelle avant. Des Vœux, Goodsir, suivez-moi.

Passant son pistolet à sa ceinture, il empoigna sa lanterne de la main droite et descendit dans les ténèbres.

Goodsir dut mobiliser toutes les ressources de sa volonté pour ne pas pisser dans son froc. Des Vœux suivit son capitaine sur-le-champ et, si le chirurgien l'imita, ce fut parce qu'il avait honte à l'idée de rester en retrait et qu'il redoutait plus que tout de se retrouver tout seul dans le noir. Ses bras comme ses jambes étaient engourdis, mais il savait que c'était sous l'effet de la peur plutôt que du froid.

Au pied de l'échelle − au sein de ténèbres glaciales plus épaisses, plus terribles que la nuit arctique l'avait jamais été aux yeux de Harry Goodsir −, le capitaine et le premier maître brandissaient leurs lanternes pour mieux voir ce qui les entourait. Fitzjames avait saisi et armé son pistolet. Des Vœux tenait son couteau d'une main tremblante. Personne ne bougeait ni ne respirait.

Silence. On n'entendait plus ni cris ni fracas.

Goodsir avait envie de hurler. Il *sentait* une présence au sein de cette cale enténébrée. Une chose monstrueuse et inhumaine. Elle pouvait se tapir à moins de trois ou quatre mètres, hors de portée de leurs misérables loupiotes.

En même temps que cette présence, il perçut une forte odeur de cuivre. Une odeur qu'il avait maintes fois sentie. L'odeur du sang.

— Par ici, murmura le capitaine, qui s'engagea dans l'étroit couloir.

378

En direction de la chaufferie.

On avait éteint la lampe à huile censée éclairer celle-ci en permanence. La seule lueur visible derrière la porte ouverte était un vague éclat orangé provenant des quelques braises qui achevaient de se consumer dans la chaudière.

— Monsieur Gregory ?

Fitzjames héla le mécanicien avec une telle soudaineté, et d'une voix si assurée, que Goodsir faillit à nouveau se souiller.

— Monsieur Gregory ? répéta le capitaine.

Pas de réponse. Depuis la position qui était la sienne, le chirurgien ne distinguait que quelques mètres carrés du sol jonché de charbon de la chaufferie. Il flottait dans l'air une odeur de steak grillé. En dépit de l'horreur qui montait en lui, Goodsir se surprit à saliver.

— Restez ici, dit Fitzjames à ses deux compagnons.

Le couteau levé, le premier maître faisait décrire un cercle à sa lanterne et son regard passait sans cesse de l'avant à l'arrière, tentant de scruter l'obscurité qui les entourait. Goodsir n'avait pas d'autre choix que de serrer les poings et de ne pas bouger. Les narines emplies d'un fumet appétissant, il sentit malgré la terreur son palais s'inonder de salive et son estomac se mettre à gargouiller.

Fitzjames franchit le seuil et disparut dans la chaufferie.

Suivirent cinq ou six secondes d'un silence qui parut éternel. Puis les échos de la voix du capitaine rebondirent sur les murs de métal.

— Monsieur Goodsir. Venez ici, je vous prie.

La salle contenait deux cadavres. Le premier, aisément reconnaissable, était celui de John Gregory, le chef mécanicien. On l'avait étripé. Si son corps proprement dit gisait adossé à la cloison avant, ses entrailles gris et rouge décoraient la chaufferie comme des guirlandes. Goodsir dut faire attention où il mettait les pieds. Le second cadavre, celui d'un homme corpulent en tricot bleu marine, gisait sur le ventre, les bras le long du corps, les paumes tournées vers le ciel, la tête et les épaules dans la chaudière.

— Aidez-moi à le sortir de là, dit Fitzjames.

Le chirurgien attrapa la jambe gauche et le tricot fumant, le capitaine la jambe et le bras droits, et ils dégagèrent l'homme du fourneau. Sa bouche ouverte resta coincée une seconde contre la grille métallique, puis s'en délogea dans un claquement sec.

Goodsir fit rouler le cadavre sur le dos tandis que Fitzjames ôtait sa veste pour étouffer les flammes qui lui dévoraient le visage et les cheveux.

Harry Goodsir avait l'impression d'observer la scène de très, très loin. L'anatomiste qu'il était remarqua avec un certain détachement que la chaudière, quoique fonctionnant au ralenti, avait néanmoins fait fondre les globes oculaires du malheureux, lui avait cramé le nez et les oreilles, et avait conféré à son visage la texture d'une tarte aux framboises trop cuite.

— Vous le reconnaissez, monsieur Goodsir ? demanda Fitzjames.

— Non.

— C'est Tommy Plater, hoqueta Des Vœux depuis le seuil. Je reconnais son tricot et sa boucle d'oreille, même si elle est à moitié fondue.

— Nom de Dieu ! jura Fitzjames. Restez à votre poste, dans le couloir !

— À vos ordres, dit Des Vœux en s'éclipsant.

Goodsir l'entendit vomir dès qu'il fut hors de vue.

— Je vous demanderai de bien noter... commença le capitaine.

On entendit à l'avant un craquement sourd, suivi par un fracas si tonitruant que Goodsir crut que le navire s'était brisé en deux.

Saisissant sa lanterne, Fitzjames sortit en un clin d'œil, abandonnant dans la chaufferie sa veste encore fumante. Goodsir et Des Vœux le suivirent en courant, évitant caisses et barriques en miettes, se faufilant entre les citernes en fer noir, qui contenaient leurs ultimes réserves d'eau douce, et leurs tout derniers sacs de charbon.

Comme ils passaient devant une soute à charbon grande ouverte, Goodsir aperçut un bras humain émergeant sur le seuil. Il voulut s'arrêter pour l'examiner de plus près, mais le capitaine et le premier maître filaient vers l'avant, et leurs lanternes avec eux. Goodsir se retrouva dans des ténèbres absolues, avec pour seule compagnie ce qui était sans doute un nouveau cadavre. Il se releva et prit ses jambes à son cou.

Encore des coups. Et des cris provenant du faux-pont. Et une détonation – mousquet ou pistolet. Puis une autre. À nouveau des cris. Beaucoup de cris.

Goodsir, qui n'avait toujours pas rattrapé ses deux compagnons, sortit de l'étroit couloir pour déboucher dans un espace plus dégagé et fonça la tête la première sur un poteau de chêne. Il se retrouva le derrière dans vingt centimètres d'eau et de glace en gadoue. Tout était flou autour de lui – il distinguait bien les deux lanternes, mais ce n'étaient que de vagues globes orangés –, tout empestait la fange, le poussier et le sang.

— Il n'y a plus d'échelle ! s'écria Des Vœux.

Peu à peu, Goodsir recouvra son acuité visuelle. L'échelle avant, construite en solide bois de chêne afin de supporter le poids de plusieurs marins transportant des sacs de charbon, était réduite en miettes. Quelques fragments pendaient encore à l'écoutille ouverte dans le plafond.

Les cris venaient du faux-pont.

— Hissez-moi là-haut ! ordonna Fitzjames.

Il avait passé son pistolet à sa ceinture, posé sa lanterne et tendait les bras vers l'écoutille, y cherchant une prise. Il en trouva une et tenta de s'élever à la force du poignet. Des Vœux lui fit un marche-pied de ses épaules.

Soudain, une explosion de flammes sur le faux-pont.

Le cuir roussi, Fitzjames se laissa choir en pestant dans l'eau glacée, atterrissant à quelques mètres à peine de Goodsir. On eût dit que tout le niveau supérieur s'embrasait.

Un incendie, se dit Goodsir. Une fumée âcre lui emplit les narines.

Il n'y a aucune issue. Dehors, le blizzard faisait rage et la température atteignait − 70 °C. Si le navire brûlait, ils étaient tous perdus.

— L'échelle principale !

Fitzjames se releva, retrouva sa lanterne et fonça vers l'arrière. Des Vœux le suivit.

Après avoir rampé à quatre pattes sur quelques mètres, Goodsir réussit à se lever, retomba, se releva, puis courut derrière les lanternes.

Un rugissement sur le faux-pont. Le crépitement des mousquets, les détonations caractéristiques des fusils.

Goodsir aurait voulu s'arrêter dans la soute à charbon pour voir si le propriétaire du bras était mort ou vivant – ou même attaché audit bras –, mais il n'y voyait goutte. Il poursuivit sa course, se heurtant aux citernes, aux portes et aux cloisons.

Les lanternes grimpaient déjà l'échelle. La fumée s'engouffrait dans l'écoutille.

Goodsir se rua vers le niveau supérieur, reçut un coup de pied du capitaine ou du premier maître et, finalement, émergea sur le faux-pont.

Il ne voyait rien. Ne pouvait pas respirer. Des lanternes flottaient alentour, mais la fumée était si épaisse qu'elles n'éclairaient rien.

L'instinct de Goodsir lui ordonna de monter sur le premier pont puis, de là, sur le pont principal, à l'air libre, mais des cris résonnaient sur sa droite – en direction de la proue – et, prudent, il se mit à quatre pattes. Près du sol, l'air était tout juste respirable. Il vit une lueur bien trop intense pour être émise par des lanternes.

Goodsir s'avança en rampant, localisa le couloir bâbord, à gauche de la soute au pain, continua de ramper. Devant lui, quelque part au sein de la fumée, des hommes tentaient d'étouffer les flammes avec des couvertures. Celles-ci s'embrasaient.

— Organisez une chaîne! ordonna Fitzjames quelque part devant lui. Apportez de l'eau!

— Il n'y en a plus une goutte, commandant! répondit une voix si agitée que Goodsir ne put la reconnaître.

— Faites passer les seaux de pisse, alors!

La voix du capitaine s'élevait par-dessus la fumée et le bruit.

— Ils sont gelés!

Cette voix-ci, Goodsir la reconnut : c'était celle de John Sullivan, le chef de la grand-hune.

— Apportez-les quand même! répliqua Fitzjames. Et de la neige aussi. Sullivan, Sinclair, Reddington, Seeley, Pocock, Greater – dites aux hommes de former une chaîne entre le pont principal et le faux-pont. Ramassez le plus de neige possible et jetez-la sur les flammes.

Il dut se taire, pris d'une violente quinte de toux.

Goodsir se leva. La fumée tourbillonna autour de lui, comme si on avait ouvert une porte ou une fenêtre. Soudain, la vue se dégagea sur cinq ou six mètres, du côté des soutes du charpentier et du bosco, et il vit les flammes qui léchaient barrots et cloisons, puis le nuage de fumée occulta de nouveau la scène. Il se mit à tousser à l'unisson de tout l'équipage.

Bousculé par les marins qui se ruaient vers le pont principal, il se pressa contre une cloison, se demandant s'il ne devait pas regagner le premier pont. Il ne servait à rien ici.

Il se rappela le bras nu gisant dans la soute à charbon. L'idée de redescendre à la cale lui donnait la nausée.

Mais la chose se trouve sur ce niveau.

Comme pour confirmer cette hypothèse, quatre ou cinq mousquets donnèrent de la voix à moins de trois mètres de lui. Le bruit était assourdissant. Goodsir se plaqua les mains sur les oreilles et tomba à genoux, se rappelant que ce seul bruit pouvait tuer un malade du scorbut, ainsi qu'il l'avait expliqué aux marins du *Terror*. Il savait que les premiers symptômes du scorbut s'étaient manifestés chez lui.

— Arrêtez de tirer! s'écria Fitzjames. Halte au feu! Il y a des hommes ici.

— Mais, commandant...

Goodsir reconnut la voix du caporal Alexander Pearson, le plus haut gradé des quatre fusiliers marins survivants de l'*Erebus*.

— Halte au feu, j'ai dit!

Le chirurgien distinguait à présent le lieutenant Le Vesconte et les quatre soldats, découpés en ombres chinoises par les flammes, l'officier debout et les fusiliers marins à genoux, en train de recharger comme au plus fort de la bataille. On eût dit que les flammes avaient gagné la quasi-totalité de l'avant du navire, dévoraient cloisons, membrures, caisses et barriques. Les marins n'avaient pour tenter de les étouffer que des toiles et des couvertures. Les étincelles volaient de toutes parts.

Une silhouette embrasée surgit de l'incendie, se dirigeant vers les marins et les soldats.

— Ne tirez pas ! hurla Fitzjamcs.

— Ne tirez pas ! répéta Le Vesconte.

L'homme embrasé s'effondra dans les bras du capitaine.

— Monsieur Goodsir ! appela ce dernier.

John Downing, le quartier-maître, cessa un instant de lutter contre les flammes dans le couloir pour étouffer avec sa couverture celles qui dévoraient les vêtements du blessé.

Goodsir se précipita vers Fitzjames et le débarrassa de son fardeau. La moitié droite du visage de l'homme n'était plus que ruines – non pas du fait des flammes, mais des griffes qui lui avaient arraché une joue et un œil – et son torse était également meurtri, les puissantes griffes ayant traversé toutes les couches de vêtements avant de lui déchirer la peau et les muscles. Son gilet était imbibé de sang. Son bras droit avait disparu.

Goodsir reconnut Henry Foster Collins, le second maître, que Fitzjames avait envoyé surveiller l'écoutille avant en compagnie de Brown et de Dunn, le calfat et son aide.

— J'ai besoin d'aide pour le conduire à l'infirmerie, hoqueta Goodsir.

Même privé d'un membre, Collins était fort lourd, et ses jambes venaient de le trahir. Si le chirurgien réussissait à le maintenir debout, c'était uniquement parce qu'il s'était adossé à la cloison de la soute au pain.

— Downing ! héla Fitzjames.

Le grand quartier-maître, qui s'était remis à lutter contre l'incendie, jeta sa couverture en flammes et rejoignit Goodsir au pas de course. Sans dire un mot, il passa un bras sous l'épaule gauche de Collins, le souleva et dit :

— Après vous, monsieur Goodsir.

Celui-ci se dirigea vers l'échelle, mais une demi-douzaine d'hommes se préparaient à la descendre, un seau à la main.

— Place ! hurla Goodsir. Transport de blessé !

On s'écarta devant lui.

Précédant Downing et son fardeau sur l'échelle presque verticale, Goodsir posa le pied sur le premier pont, leur foyer à tous. Les matelots qui se trouvaient là le regardèrent d'un air interloqué. Sans doute ressemblait-il à un blessé, lui aussi : ses mains et ses habits étaient maculés de sang rouge et de suie noire.

— L'infirmerie est vers l'arrière, rappela-t-il à Downing tandis que celui-ci soulevait le blessé dans ses bras.

Le quartier-maître dut avancer en crabe dans le couloir étroit. Derrière eux, deux douzaines d'hommes avaient formé une chaîne pour acheminer des seaux vers le faux-pont, tandis que d'autres versaient de la neige sur le plancher du carré de l'équipage, autour du poêle et de l'écoutille avant. Si le premier pont prenait feu, se dit Goodsir, le navire était perdu.

Henry Lloyd vint à sa rencontre, le visage livide et les yeux exorbités.

— Mes instruments sont prêts ? demanda Goodsir.

— Oui, monsieur.

— Y compris la scie chirurgicale ?

— Oui.

— Bien.

Downing déposa un Collins inconscient sur la table d'opération placée au milieu de l'infirmerie.

— Merci, monsieur Downing. Voulez-vous avoir l'obligeance de réquisitionner un ou deux matelots afin d'aider les autres malades à évacuer les lieux ? Installez-les sur des couchettes inoccupées.

— Entendu, docteur.

— Lloyd, allez trouver M. Wall et dites-lui, ainsi qu'à ses assistants, que nous aurons besoin d'eau chaude en quantité. Mais avant cela, allumez toutes les lampes. Et, ensuite, revenez ici. J'aurais besoin de vos mains et d'une lanterne.

Durant l'heure qui suivit, le Dr Harry D. S. Goodsir fut tellement occupé que, si l'infirmerie avait pris feu, il ne l'aurait remarqué que le temps de se féliciter de ce surcroît de lumière.

Il dénuda le torse de Collins – l'air était si glacial que les plaies ouvertes se mirent à fumer – et l'arrosa de sa première casserole d'eau chaude, moins par souci d'hygiène que pour évaluer la gravité de ses blessures, puis, décidant que celles-ci étaient graves mais non létales, se concentra sur le visage, la gorge et l'épaule du second maître.

Le bras avait été tranché net. Comme par la lame d'une guillotine. Habitué à voir des marins aux chairs tuméfiées, ou réduites en charpie, par les accidents de bord, Goodsir examina la plaie avec un sentiment proche de l'admiration, voire de l'émerveillement.

Collins aurait pu se vider de son sang, mais les flammes avaient en partie cautérisé la plaie béante. Elles lui avaient sauvé la vie. Pour le moment.

Goodsir voyait nettement l'omoplate – une boule d'un blanc luisant –, mais il n'avait pas besoin de scier l'humérus, puisque celui-ci avait disparu. À la lueur d'une lanterne que Lloyd tenait d'une main tremblante – Goodsir lui demandait par moments de presser une artère de l'index –, il ligatura prestement les veines et artères sectionnées. Il avait toujours été doué pour ce type d'opération – ses doigts semblaient animés d'une volonté qui leur était propre.

Aussi étonnant que cela parût, la plaie ne recelait ni tissu ni matière étrangère. Cela diminuait les risques d'infection, sans toutefois les éliminer. Goodsir utilisa les deuxième et troisième casseroles d'eau chaude que lui apporta Downing pour la nettoyer dans la mesure de ses moyens. Puis il trancha les lambeaux de chair, les suturant quand cela lui était possible. Il en restait suffisamment pour qu'il les rabattît sur la plaie et les cousît avec du fil pour recouvrir celle-ci.

Collins gémit et frissonna.

Goodsir se hâta de poursuivre, souhaitant finir le gros œuvre avant que son patient n'ait repris connaissance.

La moitié droite du visage de Collins pendait sur son épaule comme un masque défait. En l'examinant, Goodsir pensa aux nombreuses autopsies qu'il avait pratiquées, découpant le visage du sujet et le repliant sur le crâne à la façon d'un linge mouillé.

Il demanda à Lloyd d'étirer le lambeau de peau au maximum – l'aide-soignant se détourna pour vomir mais se ressaisit aussitôt, essuyant ses doigts poisseux sur son gilet de laine – puis Goodsir s'empressa de coudre la moitié de visage arrachée à un lambeau de derme qui pendait sous la naissance des cheveux de Collins.

Il ne put sauver l'œil du second maître. Il s'efforça bien de le réinsérer dans l'orbite, mais l'arcade sourcilière était fracassée. Les esquilles le gênaient. Il les extirpa, pour s'apercevoir en fin de compte que le globe oculaire était trop endommagé.

Saisissant les ciseaux que Lloyd lui tendait en tremblant, il sectionna le nerf optique, jetant le globe dans le seau contenant déjà les lambeaux sanguinolents prélevés sur le corps de Collins.

— Rapprochez la lanterne, ordonna Goodsir. Cessez de trembler.

À son grand étonnement, il vit qu'il lui restait un bout de paupière supérieure. Il l'étira au maximum, puis le cousit à un lambeau de peau placé sous l'orbite. Il soigna particulièrement les points de suture, car ils devraient tenir pendant plusieurs années.

Si Collins survivait.

Ayant agi au mieux pour sauver le visage du second maître, du moins pour le moment, Goodsir se préoccupa maintenant de ses autres plaies. Les brûlures étaient superficielles. Les blessures par griffes étaient suffisamment profondes pour qu'on aperçût l'éclat blanc de ses côtes, un spectacle toujours saisissant.

Pendant que Lloyd appliquait du baume sur les brûlures avec sa main gauche, tenant toujours la lanterne de la droite, Goodsir nettoya les plaies ouvertes, s'efforçant de remettre les tissus en place et de recoudre l'épiderme. Le sang coulait toujours de l'épaule et de la gorge de Collins, mais son flot s'était tari. Si les flammes avaient suffisamment cautérisé ses plaies, peut-être avait-il encore assez de sang dans les veines pour survivre.

On conduisait des marins blessés à l'infirmerie, mais ils souffraient pour la plupart de brûlures – parfois graves, mais jamais mortelles – et, à présent qu'il avait achevé l'essentiel de son travail sur Collins, Goodsir accrocha la lanterne à la cloison, au-dessus de la table, et ordonna à Lloyd de s'activer sur les nouveaux venus avec l'eau chaude, le baume et les pansements.

Il venait d'administrer une dose d'opium à Collins – à peine avait-il repris conscience qu'il s'était mis à hurler – lorsqu'il se retourna et découvrit Fitzjames à ses côtés.

Le capitaine était en aussi piteux état que lui.

— Est-ce qu'il survivra ? demanda-t-il.

Goodsir posa son scalpel et se mit à ouvrir et à refermer ses mains sanguinolentes, comme pour dire : *Dieu seul le sait.*

Fitzjames hocha la tête.

— L'incendie est circonscrit, dit-il. J'ai pensé que vous aimeriez en être informé.

Goodsir acquiesça. Le feu lui était totalement sorti de la tête.

— Lloyd, monsieur Downing, dit-il. Voulez-vous avoir l'obligeance d'installer M. Collins sur la couchette la plus proche de la cloison avant ? C'est la plus chaude de toutes.

— Nous avons perdu la soute du charpentier sur le faux-pont, poursuivit Fitzjames, ainsi que les réserves de nourriture entreposées dans des caisses près de l'écoutille avant et une bonne partie du contenu de la soute au pain. Tout bien considéré, je dirais qu'un bon tiers de nos conserves et de nos barils est parti en fumée. Sans parler des dégâts infligés à la cale, qu'il nous reste à évaluer.

— Qu'est-ce qui a déclenché l'incendie ? demanda le chirurgien.

— Collins ou l'un de ses hommes a jeté sa lanterne sur la chose quand elle a surgi de l'écoutille pour leur sauter dessus.

— Et qu'est devenue la... chose ?

Goodsir se sentit soudain si épuisé qu'il dut prendre appui sur la table d'opération maculée de sang pour ne pas s'effondrer.

— Sans doute est-elle partie comme elle était arrivée. En empruntant l'écoutille avant pour ressortir par la cale. À moins qu'elle ne soit encore tapie là-bas. J'ai posté des hommes armés près des deux écoutilles. Le faux-pont est si glacial et si enfumé qu'il va falloir les relever toutes les demi-heures.

« Collins était le mieux placé pour la voir. C'est pour cela que je suis venu... afin de l'interroger. Les autres n'ont entrevu qu'une vague silhouette dans les flammes – des yeux, des crocs, des griffes, une masse confuse. Le lieutenant Le Vesconte a ordonné aux fusiliers marins de tirer sur elle, mais personne ne sait si elle a été touchée. Il y a des flaques de sang près de la soute du charpentier, mais nous ignorons si c'est celui de la bête. Puis-je parler à Collins ?

Goodsir fit non de la tête.

— Je viens d'administrer un opiacé au second maître. Il va dormir pendant plusieurs heures. Et j'ignore s'il se réveillera. Il risque d'y rester.

Le capitaine acquiesça une nouvelle fois. Il semblait aussi épuisé que le chirurgien.

— Et Dunn et Brown ? demanda ce dernier. Ils accompagnaient Collins. Vous les avez retrouvés ?

— Oui, répondit Fitzjames d'une voix atone. Ils sont en vie. Ils ont fui à tribord de la soute au pain quand l'incendie a éclaté et que la chose s'est ruée sur ce pauvre Collins. (Il reprit son souffle.) La fumée commence à se dissiper, et je dois redescendre à la cale avec un groupe d'hommes pour récupérer les corps de M. Gregory et de Tommy Plater.

— Ô mon Dieu !

Goodsir décrivit à Fitzjames le bras nu qu'il avait aperçu dans une soute à charbon.

— Je ne l'ai pas vu, déclara le capitaine. J'étais si pressé de gagner l'écoutille avant que je n'ai pas regardé à mes pieds.

— Je n'aurais pas dû baisser les yeux, dit le chirurgien d'un air penaud. Je me suis cogné à un poteau.

Fitzjames sourit.

— C'est aussi visible que le nez au milieu de la figure. Décidément, les médecins sont les plus mal soignés. Vous avez une balafre qui vous barre le front sur toute sa hauteur et une bosse aussi grosse que le poing de Magnus Manson.

— Ah bon ? s'étonna Goodsir.

Il se palpa le front avec prudence. Ses doigts se couvrirent d'une nouvelle couche de sang, mais il sentit que l'hémorragie s'était arrêtée d'elle-même.

— Je m'occuperai de ça tout à l'heure, ou bien Lloyd s'en chargera pour moi, dit-il d'une voix lasse. Je suis prêt à vous suivre, commandant.

— Où cela, monsieur Goodsir ?

— Dans la cale, dit le chirurgien, qui sentit ses tripes se nouer à cette idée. Pour aller voir qui gît dans la soute à charbon. Il est peut-être encore en vie.

Fitzjames le regarda droit dans les yeux.

— M. Weekes, notre charpentier, et son aide Watson sont portés disparus, docteur Goodsir. Ils travaillaient sur la coque dans une soute à charbon côté tribord. Sans doute sont-ils morts.

Goodsir sursauta légèrement. Franklin et son second ne donnaient jamais du « docteur » aux chirurgiens, même pas à Stanley et Peddie, qui avaient rang d'officier. Sir John et Fitzjames, ces aristocrates, se contentaient de leur dire « monsieur ».

Les choses avaient changé.

— Nous devons descendre là-bas, insista Goodsir. *Je* dois descendre là-bas. Il est possible que l'un d'eux ait survécu.

— Il est également possible que la chose des glaces soit en vie et guette notre arrivée, dit doucement Fitzjames. Personne ne l'a vue ni entendue partir.

Goodsir opina d'un air exténué et prit sa sacoche.

— Puis-je demander à M. Downing de m'accompagner ? J'aurai sans doute besoin de quelqu'un pour m'éclairer.

— Je viens avec vous, docteur Goodsir, dit le capitaine Fitzjames en attrapant la lampe de rechange que Downing avait apportée. Passez le premier, je vous prie.

32

Crozier

70° 05' de latitude nord, 98° 23' de longitude ouest
22 avril 1848

— Monsieur Little, dit le capitaine Crozier, veuillez transmettre à l'équipage l'ordre d'abandonner le navire.

— À vos ordres, commandant.

Little se retourna et relaya l'ordre aux marins massés sur le pont. En l'absence des officiers et du second maître survivants, le maître d'équipage John Lane le transmit à son tour en direction de la proue. Thomas Johnson, le bosseman qui, début janvier, avait administré leur châtiment à Hickey et à ses coaccusés, le relaya en direction du premier pont, puis ferma l'écoutille avant et en condamna le panneau.

Il ne restait plus personne sous le pont, bien entendu. Crozier et Little avaient arpenté le navire sur ses trois niveaux, de la proue à la poupe, afin de l'examiner dans ses moindres recoins – de la chaufferie à présent glaciale aux soutes à charbon totalement vides en passant par la fosse aux câbles également vidée de son contenu. Ils s'étaient en particulier attardés dans la soute au vin, s'assurant qu'on en avait évacué fusils, mousquets, poudre et cartouches – il n'y restait plus que des râteliers remplis de sabres et de baïonnettes, qui renvoyaient à leurs lanternes un éclat glacé. Le magasin d'habillement était également vide, car on en avait transféré le contenu dans la soute du capitaine et dans la soute au pain, opération qui avait pris six semaines. Little et Crozier avaient fouillé toutes les cabines du premier pont, remarquant au passage que les officiers avaient laissé couchettes, étagères et placards dans un état impeccable, puis avaient inspecté le carré de l'équipage, où les matelots avaient rangé leurs hamacs et leurs coffres personnels, ces derniers restant sous les tables hissées au plafond comme en attente d'un prochain souper, puis ils avaient passé en revue la bibliothèque du carré des officiers, où les hommes avaient prélevé quantité de volumes afin de les lire sur la banquise. Pour finir, le capitaine et son second s'étaient plantés devant le gigantesque poêle Frazier, éteint pour la première fois ou presque depuis trois ans, et avaient lancé des cris par l'écoutille pour s'assurer que personne ne demeurait à bord. Ils feraient l'appel des troupes une fois sortis, mais devaient respecter la procédure en vigueur en cas d'abandon de navire.

Puis ils étaient remontés sur le pont principal, laissant l'écoutille ouverte derrière eux.

Les hommes qui leur faisaient face n'étaient guère surpris de se retrouver là. L'abandon du navire était prévu depuis belle lurette. Il ne restait plus à bord qu'une vingtaine de marins ; les autres se trouvaient au camp Terror, situé à trois kilomètres au sud de la pointe Victory, à moins qu'ils ne fussent partis en expédition de chasse ou de reconnaissance. Une vingtaine de membres de l'équipage de l'*Erebus* attendaient en contrebas, près de leurs traîneaux et de leur équipement ; le 1er avril, ils avaient monté leurs tentes près du *Terror* après avoir abandonné leur propre navire.

Crozier regarda ses hommes qui descendaient la rampe, quittant le bord pour toujours. Bientôt, Little et lui restèrent seuls sur le pont qui donnait de la gîte. Les quarante et quelques marins tournaient vers eux des yeux clignant à la lumière du soleil, presque totalement dissimulés par les cache-nez et les perruques galloises.

— Allez-y, Edward, murmura Crozier. Sautez par-dessus bord.

Le lieutenant salua, souleva son lourd paquetage et descendit l'échelle, puis la rampe de glace, pour rejoindre les marins.

Crozier parcourut le paysage du regard. Le pâle soleil d'avril illuminait un monde de glace torturée, de crêtes massives, de séracs innombrables et de neige mouvante. Il rabaissa la visière de sa casquette, porta ses yeux vers l'est et tenta de passer en revue les sentiments qui l'habitaient en cet instant.

Pour un capitaine, il n'y a pire sort qu'abandonner son navire. C'est là un aveu d'échec total. Cela signifie la fin d'une carrière. Nombre de ceux qui avaient dû le faire — et il en connaissait plusieurs — ne s'en étaient jamais remis.

Mais Crozier n'éprouvait aucun désespoir. Pas encore. Son cœur était tout entier illuminé par la flamme bleue qui persistait à y brûler : *Je vivrai.*

Il voulait que ses hommes survivent — tous n'y parviendraient pas, mais il tenait à en sauver le maximum. S'il subsistait le plus mince espoir pour qu'un homme de l'*Erebus* ou du *Terror* survécût et regagnât un jour l'Angleterre, Francis Rawdon Moira Crozier ferait tout ce qui était en son pouvoir pour que cet espoir se concrétise.

Il devait les conduire loin du navire. Loin de la glace.

Réalisant soudain que quarante paires d'yeux étaient rivées à lui, Crozier tapota le plat-bord une dernière fois, descendit l'échelle qu'on avait placée côté tribord à mesure que le bâtiment accentuait sa gîte à bâbord, puis rejoignit ses hommes en empruntant la rampe de glace qu'il avait si souvent foulée.

Comme il hissait son paquetage sur ses épaules et se plaçait au niveau du traîneau fermant la marche, il jeta un dernier regard au navire et dit :

— Il est splendide, n'est-ce pas, Harry?

— En effet, commandant, répondit Harry Peglar, le chef de la hune de misaine.

Fidèle à sa parole, il avait réussi avec ses gabiers à remonter tous les mâts et à remettre en place vergues et gréement, en dépit des blizzards, des orages et des tempêtes de ces deux dernières semaines, sans parler des baisses de température et des éruptions soudaines de crêtes de pression. Les mâts de hune et de perroquet étaient pris dans les glaces, tout comme leurs vergues et leur gréement. Crozier avait l'impression que son navire était paré de joyaux.

Après que l'*Erebus* eut coulé le 31 mars, Crozier et Fitzjames avaient décidé que le *Terror* devait être remis en état de naviguer, bien qu'ils fussent obligés de l'abandonner s'ils voulaient avoir une chance de partir à pied ou en chaloupe avant l'hiver. S'ils restaient coincés au camp Terror, aménagé sur l'île du Roi-Guillaume, et si la banquise, par miracle, venait à se disloquer, ils pourraient en théorie rapporter les chaloupes à bord du *Terror* et tenter de voguer vers la liberté.

En théorie.

— Quand vous voudrez, monsieur Thomas, lança-t-il au premier maître qui dirigeait l'équipage du premier des cinq traîneaux.

— À vos ordres, commandant.

Thomas et ses six hommes se mirent à tirer, mais le traîneau ne bougea pas d'un pouce. Ses patins étaient collés à la glace.

— Faut mettre du cœur à l'ouvrage, Bob! s'exclama Edwin Lawrence, l'un des six hommes en question.

On entendit grogner le bois, le cuir et les hommes, on entendit craquer la glace, et le lourd traîneau s'ébranla enfin.

Le lieutenant Little donna l'ordre au deuxième traîneau de se mettre en route. Il était plus chargé que le premier, mais son chef d'équipage n'était autre que le colossal Magnus Manson, aussi se mit-il en branle sans que la glace ne retienne ses patins plus d'un instant.

Le cortège se composait de trente-cinq hommes affectés au traîneau, de cinq hommes de réserve armés de mousquets et de fusils, et de six officiers et maîtres – le capitaine Crozier, le lieutenant Little et quatre hommes provenant des deux navires –, qui renforçaient l'escorte et, de temps à autre, aidaient les traîneaux à avancer.

Quelques jours plus tôt, alors que les enseignes Hodgson et Irving se préparaient à partir à la tête d'un précédent convoi de portage – charge à eux, une fois arrivés au camp Terror, de mettre sur pied des expéditions de chasse et de reconnaissance –, Irving avait prié son capitaine de conserver auprès de lui l'un des hommes dont il avait noté la présence dans son équipage. Initialement surpris par cette requête, car il considérait le jeune Irving comme parfaitement capable de se faire respecter des matelots, Crozier l'avait mieux comprise une fois qu'il avait découvert l'identité de l'homme en question. Le lieutenant Little avait affecté Magnus Manson et Cornelius Hickey dans l'équipe d'Irving, tant pour le portage que pour les expéditions ultérieures, et, sans préciser les raisons de sa réticence, le jeune enseigne souhaitait que l'un des deux hommes fût muté ailleurs. Crozier avait accepté sans barguigner, déplaçant Manson dans un équipage de l'ultime portage et laissant le petit aide-calfat dans celui d'Irving. Crozier se méfiait tout autant de Hickey, en particulier depuis la tentative de mutinerie, mais il savait qu'il était beaucoup plus dangereux avec ce crétin de Manson à ses côtés.

À présent qu'il s'éloignait du navire, les yeux fixés sur Manson tirant son traîneau quinze mètres devant lui, Crozier se refusa à regarder en arrière. Il s'était promis de ne pas se retourner vers le *Terror*, au moins durant les deux premières heures.

En fixant les hommes qui peinaient devant lui, le capitaine avait une conscience aiguë des absents.

Fitzjames faisait ce jour office de commandant du camp Terror, mais son absence était avant tout une question de tact. Aucun capitaine ne souhaite abandonner son navire sous les yeux d'un autre capitaine, et tous sont également sensibles sur ce point. Crozier, qui s'était rendu presque quotidiennement à bord de l'*Erebus* depuis qu'il avait commencé à céder sous la pression des glaces début mars, deux jours après l'attaque de la chose et l'incendie subséquent, s'était abstenu de tout déplacement le 31 mars en milieu de journée, lorsque Fitzjames avait lancé la procédure d'abandon. En se portant volontaire ce jour pour un poste sur l'île du Roi-Guillaume, Fitzjames ne faisait que lui rendre la politesse.

La plupart des autres absences avaient des causes nettement plus tragiques. Crozier revit mentalement les disparus tout en avançant à côté du dernier traîneau.

Le *Terror* était mieux loti que l'*Erebus* en ce qui concernait ses officiers supérieurs. Pour ce qui était des officiers subalternes, Crozier déplorait la perte de son premier maître, Fred Hornby, tué par la chose durant le Carnaval, du second maître Giles MacBean, également ment tué par la chose mais en septembre dernier, lors d'une équipée en traîneau, et de ses deux chirurgiens Peddie et McDonald, tombés eux aussi durant le Carnaval du nouvel an. Mais son lieutenant et ses deux enseignes étaient en vie et en assez bonne santé, ainsi que son premier maître, Robert Thomas, Blanky, le pilote des glaces, et M. Helpman, son indispensable intendant de marine.

Fitzjames avait perdu son commandant – sir John –, ainsi que le lieutenant Graham Gore, l'enseigne James Walter Fairholme et le premier maître Robert Orme Sergeant, tous massacrés par la créature. Il avait en outre perdu son chirurgien, M. Stanley, et son second maître, Henry Foster Collins. Il ne lui restait plus comme officiers que le lieutenant H. T. D. Le Vesconte, le premier maître Charles Des Vœux, le pilote des glaces Reid, le chirurgien Goodsir et le commissaire de bord Charles Hamilton Osmer. Alors que, naguère, sir John, Fitzjames, Gore, Le Vesconte, Fairholme, Stanley, Goodsir et Osmer devaient se serrer pour dîner à huit dans le mess des officiers, ils n'étaient plus que quatre à manger dans un carré glacial. Spectacle d'autant plus absurde que, durant les tout derniers jours de son agonie, l'*Erebus* s'était incliné de trente degrés supplémentaires sur tribord. Les quatre officiers étaient obligés de s'asseoir à même le sol, leur plateau sur les genoux et les pieds calés contre une cloison.

Comme Hoar, le valet de Fitzjames, était cloué au lit par le scorbut, c'était le vieux Bridgens qui s'était épuisé à les servir, contraint de marcher en crabe pour ne pas choir sur le pont.

Le *Terror* avait en outre conservé tous ses officiers techniciens. Mécanicien, maître d'équipage et charpentier étaient vivants et indemnes. John Gregory et John Weekes, le mécanicien et le charpentier de l'*Erebus*, avaient été éviscérés par la chose lorsqu'elle avait pris d'assaut le navire en pleine nuit. Quant à Thomas Terry, le bosco, il avait péri décapité en novembre. Fitzjames avait perdu tous ses officiers techniciens.

Sur les vingt et un maîtres du *Terror* – quartiers-maîtres, chefs de hune, bossemans, valets, calfats et chauffeurs –, Crozier n'avait qu'une seule perte à déplorer : le chauffeur John Torrington, leur tout premier mort, décédé le 1ᵉʳ janvier 1846 sur l'île Beechey. Et le malheureux jeune homme avait succombé à une consomption qui le ravageait bien avant leur départ d'Angleterre.

Fitzjames avait perdu l'un de ses maîtres, le chauffeur Tommy Plater, lorsque la chose avait ravagé les ponts inférieurs du navire. De toutes les personnes présentes dans la cale en cette nuit de mars, seul Thomas Watson, l'aide-charpentier, s'en était tiré vivant, et il avait perdu sa main gauche.

Comme Thomas Burt, l'armurier, avait été renvoyé en Angleterre durant leur escale au Groenland, avant même qu'ils n'approchent la banquise, l'*Erebus* ne comptait plus que vingt maîtres survivants. Certains d'entre eux − tels John Murray, le vieux voilier, et Edmund Hoar, le valet de Fitzjames −, étaient trop malades pour travailler, d'autres, tel Thomas Watson, trop diminués par leurs blessures, tandis que d'autres encore, comme Richard Aylmore, le maître canonnier naguère fouetté, semblaient avoir perdu le goût de l'effort.

Crozier aperçut dans l'équipage d'un traîneau un homme au bord de l'épuisement et lui ordonna de marcher un peu avec l'escorte pendant qu'il le remplacerait au harnais. Bien qu'il partageât ses efforts avec six autres marins, il eut toutes les difficultés du monde à tracter ces huit cents kilos de conserves, d'armes et de tentes. Même lorsqu'il eut trouvé son rythme − il avait participé à de tels convois de portage depuis le début du mois de mars et connaissait la manœuvre à la perfection −, la morsure des lanières sur son torse, le poids de leur fardeau et le terrible inconfort de la sueur, qui ne cessait de passer de l'état solide à l'état liquide, et vice versa, lui furent une épreuve des plus pénibles.

Si seulement ils n'avaient pas perdu autant d'hommes.

Deux des matelots du *Terror* avaient péri : Billy Strong, démembré par la créature, et James Walker, jadis le meilleur ami de ce crétin de Magnus Manson, qui était tombé sous la coupe de cette fouine d'aide-calfat. C'était parce qu'il refusait d'approcher la morgue, redoutant le spectre de Jimmy Walker, que Manson avait manqué se mutiner pour la première fois, se rappela Crozier.

Pour une fois, le HMS *Erebus* avait eu plus de chance que son sister-ship. Le seul matelot dont Fitzjames eût à déplorer la perte était John Hartnell, également terrassé par une consomption et enterré sur l'île Beechey durant l'hiver 1846.

Tirant sur son harnais, Crozier se remémora ces noms et ces visages − quelle hécatombe chez les officiers ! − et tira en grognant, se demandant si la chose des glaces ne s'en prenait pas délibérément aux chefs de l'expédition.

Ne va pas te mettre des idées en tête, s'ordonna-t-il mentalement. *Tu lui prêtes une intelligence dont elle est dépourvue.*

Ah bon ? répliqua une autre partie de lui-même, plus impressionnable.

Un fusilier marin le dépassa, portant au creux de son bras un mousquet plutôt qu'un fusil. Son visage était complètement dissimulé par ses casquettes et son cache-nez, mais Crozier reconnut Robert Hopcraft à l'inclinaison de son dos. Il avait été grièvement blessé en juin de l'année précédente, le jour où sir John avait péri, et conservait de sa clavicule brisée une raideur dans l'épaule gauche l'obligeant à se tenir penché de ce côté. Il était accompagné de William Pilkington, atteint ce même jour funeste par une balle dans l'épaule. Crozier remarqua que ce dernier ne semblait plus souffrir du bras.

Le sergent David Bryant, commandant les fusiliers marins à bord de l'*Erebus*, avait été décapité quelques secondes avant que sir John soit emporté par la bête. Comme le soldat William Braine était décédé sur l'île Beechey en 1846 et que le soldat William Reed avait disparu sur la banquise le 9 novembre alors qu'il transportait un message de l'*Erebus* au *Terror* – Crozier n'avait pas oublié cette date, vu qu'il avait lui-même rallié un navire à l'autre en cette première nuit de ténèbres arctiques –, le contingent de fusiliers marins affecté à Fitzjames se réduisait à quatre hommes : le caporal Alexander Pearson, son commandant actuel, le caporal Hopcraft et les soldats Pilkington et Healey, les deux premiers encore convalescents.

Le détachement de Crozier n'avait perdu qu'un homme, le soldat William Heather, grièvement blessé par la créature alors qu'il montait la garde cette fameuse nuit de novembre. Aussi étonnant que cela parût, Heather avait survécu à une fracture du crâne et à une perte de matière grise. Après être resté à l'infirmerie des semaines durant, oscillant entre la vie et la mort, il avait été pris en charge par ses camarades soldats, qui l'avaient transporté dans son hamac du carré de l'équipage et veillaient chaque jour à le nourrir, à le laver, à le conduire aux lieux d'aisance et à l'habiller. On eût dit que cet homme bavant et éberlué était devenu leur mascotte. On l'avait évacué au camp Terror la semaine précédente, bien emmitouflé dans sa tenue de froid et installé dans une civière confectionnée à son intention par Alex Wilson, dit « le Gros », l'aide-charpentier. Loin de protester devant cette charge supplémentaire, les marins s'étaient relayés pour tracter le cadavre vivant sur la banquise et lui faire passer les crêtes de pression faisant obstacle à sa route.

Crozier se retrouvait donc avec cinq fusiliers marins : les soldats Daly, Hammond et Wilkes, le caporal Hedges et le sergent Solomon Tozer, trente-sept ans, un crétin sans éducation mais qui commandait *de facto* les neuf fusiliers marins survivants de l'expédition Franklin.

Au bout d'une heure de trajet, le traîneau semblait avancer avec moins de difficulté et Crozier s'était coulé dans le rythme pantelant qui passait pour de la respiration quand on traînait ce genre de fardeau sur une banquise chaotique.

Il pensait avoir fait le tour de ses pertes. Non, il avait oublié les mousses, ou plutôt les jeunes volontaires qui, s'étant enrôlés à la dernière minute, avaient été classés comme tels bien que trois sur quatre eussent dépassé les dix-huit ans. Robert Golding en avait dix-neuf le jour du départ.

Trois d'entre eux avaient survécu, et c'était Crozier lui-même qui avait arraché un George Chambers inconscient à l'incendie du Carnaval. Le seul mousse mort était Tom Evans, le plus jeune, en âge comme en mentalité ; la chose des glaces l'avait enlevé au nez et à la barbe de Crozier, alors que tous deux s'étaient aventurés dans les ténèbres à la recherche de William Strong.

Lorsqu'il avait repris conscience deux jours après le nouvel an, George Chambers n'était plus le même. Le coup que lui avait porté la chose durant la panique avait transformé ce jeune homme des plus vifs en un demeuré encore moins intelligent que Magnus Manson. Ce n'était pas un cadavre vivant comme le soldat Heather – à en croire le bosseman de l'*Erebus*, il comprenait et exécutait quelques ordres simples –, mais il n'avait plus prononcé un seul mot ou quasiment depuis cette nuit de feu et de sang.

Davey Leys, un des hommes les plus aguerris de l'expédition, qui avait survécu à deux rencontres avec la chose des glaces, était désormais aussi inutile à celle-ci que le soldat Heather. À l'issue de la nuit où la créature était montée sur le navire, terrorisant Leys et Handford puis pourchassant le pilote des glaces Thomas Blanky jusque sur la mâture avant de le suivre parmi les séracs, Leys s'était à nouveau retiré à l'intérieur de son crâne pour ne plus en ressortir. On l'avait évacué au camp Terror en même temps que les blessés et les malades les plus atteints – parmi lesquels figurait le valet de Fitzjames –, emmitouflé et chargé dans une chaloupe hissée sur un traîneau. Crozier et Fitzjames s'inquiétaient du nombre élevé d'hommes terrassés par le scorbut, les blessures ou le découragement. Leurs camarades encore plus ou moins valides risquaient de les considérer comme de simples bouches à nourrir et des fardeaux inutiles.

Épuisé par deux nuits blanches, Crozier tenta de compter ses morts.

Six officiers de l'*Erebus*. Quatre du *Terror*.

Les trois officiers techniciens de l'*Erebus*. Aucune perte chez ceux du *Terror*.

Un officier subalterne de l'*Erebus*. Un du *Terror*.

Un matelot de l'*Erebus*. Quatre du *Terror*.

Cela faisait vingt morts, sans compter les trois fusiliers marins et le mousse Evans. Vingt-quatre pertes à déplorer. Un bilan terrible – le plus élevé de toute l'histoire des expéditions arctiques, sauf erreur de sa part.

Mais Francis Rawdon Moira Crozier s'efforçait de se concentrer sur un autre nombre, bien plus important à ses yeux : cent cinq âmes, désormais placées sous sa responsabilité.

Cent cinq survivants, dont lui-même, en ce jour où il était obligé d'abandonner le *Terror* pour marcher sur la banquise.

Crozier rentra la tête dans les épaules et serra le harnais autour de son torse. Le vent s'était levé et projetait sur eux des paquets de neige, qui leur dissimulaient le traîneau précédent ainsi que leur escorte de fusiliers marins.

Était-il sûr de son compte ? Vingt morts, plus les fusiliers marins et le mousse ? Oui, le lieutenant Little et lui-même avaient contrôlé les rôles ce matin, il y avait bien cent cinq hommes répartis entre les convois de portage, le camp Terror et le HMS *Terror*... mais en était-il bien *sûr* ? Et s'il avait oublié quelqu'un ? S'il s'était trompé dans ses additions ? Crozier était harassé.

Peut-être était-il susceptible de faire une erreur de calcul – après tout, cela faisait deux... non, trois nuits qu'il n'avait pas dormi –, mais il n'avait pas oublié un seul nom, ni un seul visage. Jamais il ne les oublierait.

— Commandant !

Ce cri arracha Crozier à la transe où il tombait chaque fois qu'il tractait un traîneau. À cet instant précis, il n'aurait su dire si cela faisait une heure ou six heures qu'il avançait. Le monde s'était réduit à l'éclat glacial du soleil au sud-est, aux bourrasques de cristaux de glace, à son souffle court, à son corps dolent, au poids qu'il partageait avec ses hommes, à la résistance de la glace de mer et de la neige fraîche, et, surtout, à ce ciel d'un bleu étrange, empli de nuages blancs aux étranges volutes, qui lui donnait l'impression de se trouver au fond d'un bol bleu bordé de blanc.

— Commandant ! répéta le lieutenant Little.

Crozier s'aperçut que les hommes qui l'entouraient avaient fait halte. Tous les traîneaux étaient à l'arrêt sur la banquise.

Devant eux en direction du sud-est, environ quinze cents mètres par-delà la prochaine crête de pression, un trois-mâts naviguait cap au sud. Ses voiles étaient ferlées, ses vergues hissées, mais il voguait quand même, comme porté par un fort courant, dérivant majestueusement sur un large chenal d'eau libre qui leur demeurait pour l'instant invisible.

Des secours. Le salut.

La flamme bleue qui persistait à brûler dans le cœur serré de Crozier gagna en vigueur l'espace de quelques secondes de vertige.

Le pilote des glaces Thomas Blanky, qui avait troqué sa jambe de bois contre une sorte de botte de bois conçue par M. Honey le charpentier, s'approcha de Crozier et lâcha :

— Un mirage.

— Évidemment, répondit le capitaine.

Il avait reconnu presque tout de suite les mâts et le gréement caractéristiques du HMS *Terror*, et, durant un instant, les chatoiements de l'atmosphère et son propre épuisement s'étaient ligués pour le persuader qu'ils s'étaient égarés, qu'ils étaient revenus sur leurs pas, regagnant le navire même qu'ils avaient abandonné quelques heures plus tôt.

Non. Devant eux, bien visibles quoique effacées çà et là par des congères, couraient les traces laissées par plus d'un mois d'allers et retours entre le camp et le navire, des traces fonçant droit sur une crête de pression où on avait ouvert des brèches à coups de pelle et de pioche. Et le soleil flottait toujours devant eux, un peu sur la droite, vers le sud. Derrière la crête, les trois mâts ondoyèrent et disparurent un instant, pour réapparaître plus nets que jamais, sauf que le navire était inverti, la coque prise dans les glaces se fondant avec les cirrus blancs du ciel.

Crozier, Blanky et nombre de leurs compagnons avaient souvent observé ce phénomène : des chimères dans le ciel. Bien des années auparavant, par un splendide matin d'hiver au large de cette masse terrestre qu'ils venaient de baptiser Antarctique, Crozier avait découvert un volcan fumant – celui-là même qui avait reçu le nom de ce navire –, dont le cratère était planté dans les glaces. Plus récemment, durant le printemps 1847, Crozier était monté sur le pont pour découvrir des sphères noires flottant dans le ciel au sud. Après s'être transformées en une série de huit, elles s'étaient divisées pour former des sortes de chapelets de ballons noirs, s'évaporant totalement au bout d'un quart d'heure.

Deux matelots tractant le troisième traîneau étaient tombés à genoux dans les ornières enneigées. Le premier sanglotait à grand bruit tandis que le second lâchait des jurons parmi les plus gratinés que Crozier eût jamais entendus – et il en avait entendu de sacrés au cours de sa carrière.

— Nom de Dieu ! s'écria-t-il. Vous avez déjà vu des mirages comme celui-ci. Cessez de pester et de pleurnicher, ou je vous fais tracter ce traîneau à quatre pattes, en vous montant sur le cul pour vous guider à coups de fouet. Relevez-vous, bon sang de bois ! Vous êtes des hommes, pas des lavettes. Conduisez-vous comme tels, putain de bordel !

Les deux hommes obtempérèrent et époussetèrent leur tenue de froid couverte de neige. Leurs perruques galloises empêchaient Crozier de les identifier, ce dont il se félicita.

Le convoi se remit en route, avec moult grommellements mais sans aucun juron. Tout le monde savait que la prochaine crête, bien que dégagée durant les semaines précédentes, représentait encore un obstacle de taille. Les hommes devraient pousser leurs fardeaux sur une pente fortement inclinée d'une hauteur de cinq bons mètres, travaillant au pied de falaises de vingt mètres de haut. Les risques de chute de glace n'étaient pas à négliger.

— C'est comme si un dieu des ténèbres s'amusait à nous tourmenter, dit Thomas Blanky d'une voix quasiment enjouée.

Le pilote des glaces, dispensé de tractage, se maintenait au niveau de Crozier. Comme ce dernier restait sans réaction, il le quitta pour rejoindre en boitillant l'un des fusiliers marins.

Crozier demanda à un marin de le relayer à son poste – une manœuvre que les hommes avaient répétée jusqu'à pouvoir l'accomplir sans que l'équipage doive faire halte – et, cela fait, s'écarta des ornières pour consulter sa montre. Il y avait cinq heures qu'ils étaient partis. En se retournant, Crozier constata que le véritable *Terror* était hors de vue depuis un bon moment, et qu'ils en étaient séparés par sept ou huit kilomètres et pas mal de crêtes de pression. Ce mirage se présentait bien comme une ultime offrande provenant de quelque maléfique dieu arctique œuvrant à leur perte.

Quoiqu'il fût toujours le chef de cette maudite expédition, Francis Rawdon Moira Crozier se rendit compte pour la première fois qu'il avait cessé d'être le capitaine d'un navire du Service des explorations de la Royal Navy. Ce chapitre de sa vie – un chapitre qu'il avait entamé à la sortie de l'enfance, lorsqu'il s'était engagé dans la marine – était définitivement clos. Jamais l'Amirauté ne confierait un nouveau commandement à un homme ayant perdu deux navires et plus d'une vingtaine d'hommes. Eu égard à sa carrière, Crozier était l'équivalent d'un cadavre ambulant.

Il leur restait deux journées de marche pour parvenir au camp Terror. Crozier braqua son regard sur la grande crête de pression qui les attendait et reprit sa route.

33

Goodsir

69° 37' 42" de latitude nord, 98° 41' de longitude ouest
22 avril 1848

Extrait du journal intime du Dr Harry D. S. Goodsir :

22 avril 1848

Cela fait quatre jours que j'ai débarqué en ce lieu dénommé camp Terror. Un nom des plus appropriés.

Il s'y trouve soixante marins, dont mon humble personne, placés sous le commandement du capitaine Fitzjames.

Je dois confesser que lorsque j'en ai eu le premier aperçu, alors que j'arrivais en traîneau la semaine dernière, l'image qui m'est venue à l'esprit était tout droit sortie de l'Iliade. Le camp a été établi sur la berge d'une anse fort large, située deux miles au sud du cairn que James Clark Ross a édifié il y a près de deux décennies sur la pointe Victory. Le lieu est relativement protégé du vent et de la neige que nous envoie la banquise.

Si j'ai pensé à une scène de l'Iliade, c'est peut-être à cause des dix-huit bateaux alignés le long de la glace de mer − quatre gisant sur leur coque à même le gravier, quatorze sanglés à leurs traîneaux.

Derrière ces bateaux se dressent vingt tentes, des petites tentes arctiques Holland identiques à celles que nous avons utilisées il y a un peu moins d'un an, lorsque j'ai accompagné feu le lieutenant Gore en ce même lieu − chacune d'elles peut accueillir six hommes, qui se répartissent en deux sacs de couchage en peau de loup d'un mètre cinquante de large −, aux abris de toile légèrement plus grands, réalisés par M. Murray, le voilier, notamment occupés par les deux capitaines et leurs valets ; les deux plus grandes tentes, d'une taille équivalente à celle du carré des officiers de l'Erebus et du Terror, servent d'infirmerie et de réfectoire des matelots. On a prévu d'autres réfectoires pour les officiers techniciens, les officiers subalternes et les officiers supérieurs, ainsi que les civils ayant un rang équivalent, tels M. Thompson et moi-même.

Mais si j'ai pensé à l'Iliade, c'est peut-être parce que l'homme qui approche du camp Terror en pleine nuit − ce qui fut le cas de tous les groupes de portage venus du HMS Terror, distant de trois jours de marche − ne peut être que frappé par la quantité de feux de camp. Les réserves de bois de chauffe sont fort minces, bien entendu − elles se réduisent à quelques planches de chêne prélevées sur l'Erebus −, mais la plupart des sacs de charbon encore pleins ont été acheminés ici durant le mois écoulé, et le charbon brûlait en abondance lorsque j'ai découvert le camp Terror. Outre les foyers confectionnés avec des pierres, on comptait quatre grands trépieds rescapés de l'incendie du Carnaval.

Un spectacle de flammes et de lumière, encore accentué par l'éclat des torches et des lanternes.

Au bout de plusieurs jours passés ici, cependant, j'ai décidé que le camp Terror ressemblait davantage à un repaire de pirates qu'au campement d'Akhilleus, Odysseus, Agamemnôn et autres héros homériques. Les hommes sont vêtus de guenilles déchirées et maintes fois rapiécées. La plupart sont malades, estropiés ou les deux. Leurs visages sont blafards sous leurs barbes épaisses. Leurs yeux semblent sombrer au fond de leurs orbites.

Ils se déplacent d'une démarche chaloupée, en titubant parfois, portent par-dessus leur tenue de froid une ceinture grossièrement confectionnée, où leur coutelas est glissé dans un étui de baïonnette rafistolé. Une idée du capitaine Crozier, qui a également imaginé de fabriquer avec du fil d'archal des lunettes qui préservent les hommes de la cécité des neiges. On croirait découvrir une bande de rufians.

Et la majorité d'entre eux souffrent du scorbut.

Je n'ai pas chômé dans ma nouvelle infirmerie. Les marins ont pris la peine de transporter jusqu'ici une douzaine de couchettes (plus deux réservées aux capitaines), acceptant sans broncher de les tracter sur la banquise et de les hisser sur les crêtes de pression, mais j'accueille vingt patients en ce moment, de sorte que huit d'entre eux dorment sur des couvertures jetées à même le sol gelé. Trois lampes à huile éclairent les lieux durant les longues nuits.

La plupart de mes patients sont terrassés par le scorbut, mais il y a des exceptions. J'ai retrouvé le sergent Heather, qui porte toujours incrusté dans son crâne le souverain d'or par lequel le Dr Peddie avait remplacé les fragments d'os brisés par la créature. Cela faisait des mois que les fusiliers marins prenaient soin de lui, et ils comptaient en faire autant une fois installés au camp Terror – où le sergent a été transporté sur une civière confectionnée par M. Honey –, mais il souffre désormais d'une pneumonie, sans doute occasionnée par ce périple de trois jours et trois nuits. Je ne pense pas que le malheureux sergent, que d'aucuns considéraient comme un miraculé, survive à cette nouvelle épreuve.

Il y a aussi le cas de David Leys, que ses camarades appellent Davey. La catatonie qui l'afflige n'a pas évolué depuis des mois, mais après son déplacement de cette semaine – il appartenait au même groupe que moi –, il s'est révélé incapable d'avaler la moindre goutte d'eau ou de potage. Nous sommes aujourd'hui samedi. Je ne pense pas que Leys sera encore parmi nous mercredi.

La masse de nourriture et de matériel à transférer du navire au camp était si importante – et les obstacles sur notre route si difficiles à franchir – que j'ai eu mon content de bosses et de blessures à soigner. Le plus grièvement touché est le matelot Bill Shanks, qui souffre d'une fracture multiple au bras. Après l'avoir réduite, je lui ai ordonné le lit afin de prévenir tout risque d'infection. (Des éclats d'os avaient transpercé le derme et les tissus en deux points distincts.)

Mais le scorbut demeure la plus grave des menaces rôdant sous cette tente.

M. Hoar, le valet du capitaine Fitzjames, sera peut-être le premier à y succomber. Il demeure inconscient la plupart du temps. À l'instar de Leys et de Heather, il était incapable de parcourir sans assistance les vingt-cinq miles séparant notre infortuné vaisseau du camp auquel il a donné son nom.

Edmund Hoar est un exemple typique de l'évolution de cette maladie. Le valet du capitaine est un homme relativement jeune – il fêtera ses vingt-sept ans dans un peu moins de quinze jours. S'il reste en vie jusque-là.

C'est un homme bien bâti pour un valet – il mesure plus de six pieds de haut – et le Dr Stanley et moi-même l'avions jugé en parfaite santé au moment du départ. Vif, intelligent, alerte, prompt à accomplir son devoir, plus athlétique que la moyenne de ses confrères. Lorsque les hommes ont organisé des épreuves de lutte et de course durant l'hiver 1845-1846, quand nous nous trouvions sur l'île Beechey, Hoar figurait souvent parmi les mieux classés, voire à la première place.

Il présente les symptômes du scorbut depuis l'automne dernier – fatigue, lassitude, confusion mentale de plus en plus prononcée –, mais son état s'est notablement aggravé depuis le drame du Carnaval de Venise. Il a continué à servir le capitaine Fitzjames, effectuant des journées de seize heures, et même davantage depuis février, puis sa santé a commencé à se dégrader.

Le premier symptôme spectaculaire présenté par M. Hoar est celui que les marins ont baptisé la « couronne d'épines ».

Du sang s'est mis à suinter de ses cheveux. Et pas seulement de ceux-ci. Après sa casquette, ce sont ses sous-vêtements qui se retrouvaient quotidiennement imbibés de sang.

J'ai observé le phénomène avec attention et je puis désormais affirmer que les saignements du cuir chevelu proviennent directement des follicules pileux. Certains marins tentent de les combattre en se rasant le crâne, mesure bien entendu totalement inefficace. À présent que perruques galloises, casquettes, cache-nez et oreillers sont régulièrement inondés de sang, matelots et officiers ont pris l'habitude de se draper le crâne dans une serviette, de jour comme de nuit.

Ce qui ne les soulage en rien de la gêne et de la souffrance occasionnées par ces saignements se déclenchant en tout point du système pileux.

M. Hoar a commencé à souffrir d'hémorragies dès le mois de janvier. Bien que les compétitions sportives de l'île Beechey ne fussent plus qu'un lointain souvenir, et bien que ses tâches présentes n'eussent rien d'épuisant, le moindre choc infligé à son épiderme avait pour conséquence l'apparition d'un hématome violacé. Celui-ci refusait de s'estomper. Qu'il s'égratignât en épluchant des patates ou en coupant une tranche de bœuf, et la plaie restait suppurante pendant des semaines.

Fin janvier, les jambes de M. Hoar avaient doublé de volume. Il a dû emprunter des culottes crasseuses à des camarades plus corpulents que lui pour ne pas se retrouver tout nu pendant les heures de service. Ses douleurs articulaires l'empêchaient de dormir la nuit venue. Début mars, le moindre mouvement lui était un supplice.

Durant tout ce mois de mars, il a refusé de garder le lit dans l'infirmerie de l'Erebus, prétendant regagner sa couchette et assurer son service auprès du capitaine Fitzjames. Ses cheveux blonds étaient poisseux de sang en permanence. Ses bras, ses jambes et son visage bouffis avaient l'aspect de la pâte à pain. Je constatais chaque jour que sa peau perdait de son élasticité ; une semaine avant que le navire ne sombrât sous la banquise, je laissais en pressant son épiderme une marque indélébile, qui se marbrait et s'étendait pour se fondre dans le manteau d'Arlequin de ses autres hématomes.

À la mi-avril, le corps tout entier de Hoar était devenu une plaie difforme et boursouflée. Son visage et ses mains étaient décolorés par la jaunisse. Ses yeux étaient d'un jaune vif que faisait encore ressortir le sang suintant de ses sourcils.

Bien que mes aides-soignants et moi-même ayons veillé à le retourner plusieurs fois par jour, nous avons constaté en lui faisant évacuer l'Erebus qu'il était couvert d'escarres, lesquelles avaient évolué en ulcères brun-pourpre qui ne cessaient de suppurer. De part et d'autre de son nez et de sa bouche, son visage était marbré d'ulcères dont suintait un mélange de sang et de pus.

Le pus d'un malade scorbutique exhale une odeur des plus atroces.

Le jour où nous avons transporté M. Hoar au camp Terror, il avait perdu toutes ses dents excepté deux. Et dire que, le jour de Noël, son sourire était le plus juvénile, le plus radieux de toute l'expédition !

Ses gencives ont noirci et se sont rétractées. Il n'émerge de l'inconscience que quelques heures par jour, des heures dont chaque seconde lui est une agonie sans nom. Lorsque nous tentons de le nourrir à la cuillère, il monte de sa bouche une odeur insoutenable. Comme nous n'avons pas la possibilité de laver nos serviettes, nous avons drapé sa couchette dans un carré de toile que son sang a teinté de noir. Ses vêtements crasseux et roidis par le gel sont encroûtés de sang et de pus séchés.

Si terribles que soient son aspect et les souffrances qu'il endure, il y a plus terrible encore : Edmund Hoar risque de survivre dans cet état — ou plutôt : en voyant son état empirer chaque jour — pendant des semaines, voire des mois. Le scorbut est un assassin insidieux. Il torture longuement ses victimes avant de leur accorder la paix du trépas. Lorsque le malade est près de succomber, il est fréquent que ses parents les plus proches ne parviennent pas à le reconnaître, et lui-même est si diminué mentalement qu'il ne les reconnaît pas davantage.

Mais cela ne pose pas problème ici. Exception faite des membres de l'expédition liés par le sang — et Thomas Hartnell a perdu son frère aîné sur l'île Beechey –, aucun de nos parents proches ne viendra nous retrouver sur la banquise ni sur cette île infernale de vent, de neige, de glace, de foudre et de brume. Personne ne sera là pour nous identifier lorsque notre dernière heure sera venue, personne ne sera là pour nous inhumer.

Douze des pensionnaires de l'infirmerie se meurent du scorbut, et plus des deux tiers des cent cinq survivants présentent les symptômes de cette maladie, moi compris.

Dans moins d'une semaine, nous aurons épuisé notre jus de citron – le meilleur de nos antiscorbutiques, bien que son efficacité n'ait cessé de décroître ces derniers mois. Il ne me restera plus que le vinaigre comme seul antidote. Il y a huit jours – dans la tente abritant les réserves, au pied du HMS Terror –, j'ai supervisé en personne la décantation de notre réserve de vinaigre, qui a été répartie en dix-huit tonnelets – autant qu'il y a de bateaux entreposés au camp Terror.

Les hommes détestent le vinaigre. Contrairement au jus de citron, dont l'acidité peut être atténuée par quelques gouttes d'eau, voire de rhum, le vinaigre fait l'effet d'un poison à des palais déjà endommagés par le scorbut qui ronge l'organisme.

Les officiers, qui consomment davantage de conserves Goldner que les matelots – ceux-ci ont dévoré leurs plats préférés, le porc et le bœuf salés (et hélas rancis) jusqu'à épuisement des réserves –, semblent plus que ces derniers affectés par les symptômes avancés de la maladie.

Cela confirme la théorie du Dr McDonald, à savoir que les produits en conserve – viandes, légumes et potages – présentent une carence par opposition aux victuailles, mêmes défraîchies – à moins que les conserves ne contiennent un poison quelconque. Si seulement je parvenais à isoler cet élément – néfaste ou essentiel à l'organisme –, non seulement j'aurais de grandes chances de sauver mes malades, M. Hoar inclus, mais j'en aurais d'excellentes d'être fait chevalier une fois que nous aurons regagné un lieu sûr, par nos propres moyens ou avec le concours d'éventuels sauveteurs.

Mais je n'ai aucun moyen d'accomplir un tel miracle, vu nos conditions de vie et la pénurie d'équipement scientifique. Je dois me contenter d'insister auprès des hommes pour qu'ils mangent de la viande fraîche chaque fois que nos chasseurs en rapportent – même la graisse et les sucreries nous aideraient à lutter contre le scorbut, j'en suis persuadé contre toute logique.

Mais nos chasseurs n'ont levé aucun gibier. Et la glace est trop épaisse pour nous permettre de pêcher.

Hier soir, le capitaine Fitzjames est passé à l'infirmerie, comme il le fait au début et à la fin de ses longues journées, et, après qu'il eut sommairement examiné les patients endormis, me demandant où en était l'état de chacun, je me suis enhardi à lui poser la question qui me tracassait depuis des semaines.

— Commandant, excusez-moi de vous poser une question de marin d'eau douce, et je comprendrai que vous soyez trop occupé pour y répondre, mais cela fait un bout de temps que je me demande... pourquoi dix-huit bateaux ? Il me semble que nous avons apporté avec nous toutes les embarcations de l'Erebus et du Terror, alors que nous ne sommes que cent cinq.

— Sortez donc avec moi quelques instants, docteur Goodsir, m'a-t-il répondu.

Laissant mes patients à la garde de Henry Lloyd, mon aide-soignant exténué, j'ai suivi le capitaine au-dehors. J'avais remarqué sous la tente que sa barbe, que j'avais crue rousse, était en fait grise mais bordée de sang séché.

Le capitaine avait pris une lanterne à l'infirmerie et il éclaira la plage gravillonnée qui s'étendait devant nous.

Il n'y avait pas de mer vineuse pour la laper de ses vagues, bien entendu. En ses lieu et place, une large banquise côtière, dont les icebergs gigantesques nous séparaient de la glace de mer.

Le capitaine leva sa lanterne pour mieux éclairer les bateaux.

— Que voyez-vous, docteur ?

— Des chaloupes, ai-je hasardé, plus marin d'eau douce que jamais.

— Pouvez-vous dire ce qui les distingue les unes des autres, docteur Goodsir ?

Je les ai examinées avec plus d'attention.

— Les quatre premières ne sont pas placées sur des traîneaux.

J'avais remarqué ce fait dès mon arrivée. J'ignorais quelle en était la raison, M. Honey ayant fabriqué des traîneaux sur mesure pour toutes les autres embarcations. Cela me paraissait relever de la négligence.

— En effet, vous avez raison, a déclaré le capitaine Fitzjames. Ces quatre-là, ce sont les baleinières de l'Erebus et du Terror. Trente pieds de longueur. Plus légères que les autres. Très robustes. Six rames chacune. Pointues aux deux extrémités à la façon d'un canoë... vous voyez ?

En effet. Jusque-là, je n'avais pas prêté attention à ce détail.

— Si nous disposions de dix baleinières, ce serait parfait, a poursuivi le capitaine.

— Pourquoi donc?

— Elles sont robustes, docteur. Très robustes. Et légères, ainsi que je l'ai dit. Et nous pourrions les charger à ras bord et les traîner sur la glace sans avoir besoin de les arrimer à des traîneaux, comme nous avons été contraints de le faire pour les autres. Si nous trouvions de l'eau libre, nous pourrions les y lancer depuis la banquise.

J'ai secoué la tête. Quoique persuadé que j'allais passer pour un crétin, j'ai posé la question qui me brûlait les lèvres :

— Mais comment se fait-il que les baleinières puissent être traînées sur la glace alors que les autres bateaux ne le peuvent pas, commandant?

Lorsqu'il m'a répondu, le capitaine ne semblait pas le moins du monde irrité.

— Avez-vous remarqué leur gouvernail, docteur?

J'ai scruté les baleinières, mais je n'ai rien vu. Ce que j'ai avoué au capitaine.

— Exactement. La baleinière a une quille peu profonde et pas de gouvernail fixe. C'est le rameur de poupe qui la guide.

— C'est efficace?

— Oui, si l'on a besoin d'une embarcation légère mais robuste, dont le gouvernail ne risque pas de se briser si on la traîne sur la glace. On peut la tracter sur la banquise, bien qu'elle fasse trente pieds de long et puisse contenir douze hommes, plus des provisions.

J'ai opiné comme si je comprenais ses propos. Ce qui était presque le cas – mais j'étais si fatigué!

— Avez-vous remarqué leur mât, docteur?

J'ai procédé à un nouvel examen. Une nouvelle fois, je n'ai pas vu ce qu'on souhaitait que je visse. Je l'ai avoué au capitaine.

— C'est parce que la baleinière a un mât pliant, a-t-il dit. Vous le trouverez sous la toile que les hommes ont attachée à ses plats-bords.

— J'avais remarqué que les bateaux étaient couverts de toile et de bois, ai-je dit comme pour prouver que j'étais capable de me montrer observateur. Est-ce pour les protéger de la neige?

Fitzjames allumait sa pipe. Cela faisait longtemps qu'il avait épuisé son stock de tabac. Je ne souhaitais pas savoir ce qu'il fumait.

— Ces toiles ont pour fonction de protéger les équipages des dix-huit bateaux, même si nous ne devons en prendre que dix, a-t-il répondu à voix basse.

La plupart des marins étaient endormis. Les sentinelles faisaient les cent pas loin de l'éclat de la lanterne.

— Nous serons sous ces toiles lorsque nous naviguerons en eau libre pour gagner l'embouchure de la rivière de Back ?

Je ne m'étais pas imaginé tapi sous un toit de toile et de bois. Je me voyais plutôt ramant sous le soleil.

— Peut-être que nous n'aurons pas à remonter ce fleuve, a-t-il répondu, exhalant un nuage dont le parfum évoquait les excréments humains séchés. Si la banquise se disloque le long de la côte quand viendra l'été, le capitaine Crozier est d'avis que nous naviguions vers le salut.

— Jusqu'en Alaska, jusqu'à Saint-Pétersbourg ?

— Jusqu'en Alaska, tout du moins. Ou peut-être jusqu'à la baie de Baffin, si un chenal s'ouvre au nord. (Il a fait plusieurs pas et a rapproché sa lanterne des chaloupes.) Connaissez-vous ces embarcations, docteur ?

— Elles sont différentes des autres, commandant ?

L'épuisement m'affranchissait de la crainte de passer pour un crétin.

— Oui. Ces quatre bateaux que vous voyez, bien arrimés aux traîneaux conçus par M. Honey, sont des cotres. Comme vous l'avez sans doute remarqué, ils ont passé les trois derniers hivers arrimés sur le pont ou bien sur la banquise.

— Oui, bien sûr. Mais vous voulez dire qu'ils sont différents des quatre autres, des baleinières ?

— Tout à fait, a dit Fitzjames en prenant le temps de rallumer sa pipe. Avez-vous remarqué leurs mâts, docteur ?

En dépit de la chiche lumière de sa lanterne, je distinguais deux mâts sur chacune des embarcations. Une toile les enveloppait de fort astucieuse façon. J'ai fait part de mon observation au capitaine.

— Bien, très bien, a-t-il fait, nullement condescendant.

— Est-ce que c'est dans un but délibéré que l'on s'est abstenu de plier ces mâts ? me suis-je enquis, en partie pour lui montrer que je suivais ses explications.

— Ces mâts-ci ne sont pas pliants, docteur Goodsir. Ils sont gréés en lougre. On ne peut pas les enlever. Et avez-vous remarqué leurs gouvernails, tout aussi fixes ? Et la hauteur de leur carène ?

J'ai compris.

— C'est à cause de cela qu'on ne peut pas les tracter dans la neige, contrairement aux baleinières ?

— Exactement. Très bon diagnostic, docteur.

— Pourrait-on démonter ces gouvernails, commandant?

— C'est possible, docteur Goodsir, mais ces quilles... elles auraient cédé ou seraient restées coincées à la première crête de pression, ne pensez-vous pas?

J'ai acquiescé et posé une main gantée sur le plat-bord.

— Me trompé-je, ou bien ces bateaux sont-ils plus petits que les baleinières?

— Vous êtes très observateur, docteur. Les cotres ne font que vingt-huit pieds de long. Mais ils sont plus lourds. Et leur poupe est carrée.

J'ai constaté en effet que ces deux bateaux avaient une proue et une poupe fort dissemblables l'une de l'autre. Rien à voir avec des canoës.

— Combien d'hommes un cotre peut-il transporter?

— Dix. Dont huit rameurs. Il reste encore de la place pour pas mal de provisions, les passagers seront bien abrités en cas de tempête, même en pleine mer, et, grâce à leurs deux mâts, les cotres offrent une meilleure prise au vent que les baleinières. Mais ils seront d'une utilisation bien plus délicate si nous devons remonter la rivière de Back.

— Pourquoi donc?

J'avais l'impression que j'aurais dû le savoir, qu'il avait déjà répondu à cette question.

— À cause de leur tirant d'eau plus important, monsieur. Regardons à présent les deux suivants... les yawls.

Ce nom barbare m'était inconnu.

— Ils semblent plus longs que les cotres.

— En effet, docteur. Chacun d'eux mesure trente pieds... comme les baleinières. Mais ils sont plus lourds, docteur, encore plus lourds que les cotres. Neuf cents livres à tracter sur la glace, en comptant le poids du traîneau... cela n'a pas été une mince affaire que de les faire venir ici. Le capitaine Crozier choisira peut-être de les abandonner.

— Pourquoi ne pas l'avoir fait plus tôt, dans ce cas?

Il a fait non de la tête.

— Nous devons choisir, parmi notre flottille, quelles sont les embarcations qui permettront à cent hommes de survivre plusieurs semaines, voire plusieurs mois, en mer ou en eau douce. Saviez-vous que ces bateaux... tous ces bateaux... doivent être gréés différemment selon qu'ils naviguent en pleine mer ou remontent le courant d'un fleuve, docteur?

À mon tour, j'ai secoué la tête.

— Peu importe, a dit le capitaine Fitzjames. Nous attendrons un autre jour pour discuter des joies comparées des navigations maritime et fluviale, de préférence un jour ensoleillé, sous d'autres latitudes. Pour ce qui est des huit derniers bateaux... les deux premiers sont des chaloupes, les quatre suivants de simples canots et les deux derniers des youyous.

— Ces youyous me semblent plus petits que les autres.

Le capitaine Fitzjames a tiré sur son exécrable bouffarde en opinant du chef, comme si je venais de proférer une vérité digne des Saintes Écritures.

— Oui, hélas. Les youyous ne font que douze pieds de long, les canots en atteignant quant à eux vingt-deux et les chaloupes vingt-huit. Mais les uns comme les autres n'ont pas de mât. Leurs occupants doivent ramer pour avancer, et ils seraient à la peine en pleine mer. Je ne serais guère étonné si le capitaine Crozier décidait de les abandonner ici.

En pleine mer ? ai-je songé. Jamais je n'avais imaginé que nous puissions naviguer ailleurs que sur la rivière de Back, que je comparais mentalement à la Tamise, bien que j'aie été présent lors de conseils de guerre où l'on avait évoqué cette possibilité. En contemplant les youyous et les canots arrimés à leurs traîneaux, il me semblait que les hommes montant à bord de ces embarcations si petites, si délicates, seraient condamnés à voir disparaître à l'horizon les cotres et les baleinières, que leurs voiles emporteraient bien vite hors de vue.

Oui, ces hommes seraient bel et bien condamnés. Comment les équipages seraient-ils répartis ? Les deux capitaines avaient-ils déjà décidé en secret de leur composition ?

Et quel bateau — quel destin — serait le mien ?

— Si nous prenons les embarcations les plus petites, nous tirerons les places à la courte paille, a dit le capitaine. Les équipages des chaloupes, des yawls et des baleinières correspondront aux équipes de tractage.

Je lui ai jeté un regard angoissé.

Le capitaine Fitzjames est parti d'un rire qui a viré à la quinte de toux, puis il a vidé sa pipe en la tapant contre sa botte. Le vent se levait, un vent des plus froids. Je n'avais aucune idée de l'heure, mais minuit devait avoir sonné. Il faisait nuit depuis au moins sept heures.

— Ne vous inquiétez pas, docteur, a-t-il murmuré. Je ne lisais pas dans vos pensées. Votre expression était suffisamment éloquente. Donc, c'est le sort qui désignera les passagers des petites embarcations, mais peut-être ne prendrons-nous pas celles-ci. Dans tous les cas, nous n'abandonnerons personne ici. Les bateaux prendront la mer amarrés les uns aux autres.

Je me suis permis un sourire, espérant que le capitaine ne distinguerait pas mes gencives en sang.

— J'ignorais que l'on pût amarrer des bateaux sans voile à des bateaux à voile, ai-je dit sans fausse honte.

— En général, on ne le peut pas, a répliqué Fitzjames.

Il m'a posé une main sur le dos – si doucement que c'est à peine si je l'ai sentie à travers mes couches de vêtements.

— À présent que vous connaissez tous les secrets nautiques des dix-huit éléments de notre flottille, que diriez-vous de rentrer, docteur ? Il commence à faire froid et il faut que je me repose un peu avant l'inspection de deux heures du matin.

Je me suis mordillé les lèvres, faisant couler le sang.

— J'ai une dernière question, si vous le permettez, commandant.

— Faites.

— Quand le capitaine Crozier compte-t-il sélectionner nos bateaux et les mettre à l'eau ?

Ma voix semblait éraillée à mes propres oreilles.

Le capitaine s'est déplacé de quelques pas, et sa silhouette m'est apparue telle une ombre chinoise devant le feu de camp proche du réfectoire des matelots. Son visage m'était invisible.

— Je l'ignore, docteur Goodsir, a-t-il répondu au bout d'un moment. Je ne pense pas que le capitaine Crozier lui-même soit en mesure de vous le dire. Peut-être que dame la Chance nous sourira et que la banquise se disloquera dans quelques semaines... dans ce cas, je vous emmènerai moi-même sur l'île de Baffin. À moins que nous ne soyons obligés de remonter la rivière de Back dans trois mois... on peut espérer qu'il nous restera suffisamment de temps pour rallier le Grand Lac des Esclaves avant l'hiver, même s'il nous faut trois mois pour arriver à l'embouchure de la rivière.

Il a tapoté la coque de la chaloupe la plus proche. Je me sentais étrangement fier de pouvoir reconnaître une chaloupe.

Mais peut-être était-ce un yawl.

Je m'efforçais de ne pas penser à l'état de santé d'Edmund Hoar, un état qui serait le nôtre à tous si nous attendions trois mois pour remonter les huit cent cinquante miles de la rivière de Back. À combien se chiffreraient nos pertes lorsque nous aurions enfin atteint le Grand Lac des Esclaves ?

— Ou alors, a-t-il poursuivi, si dame la Chance refuse de nous sourire, ces coques et ces quilles ne toucheront plus jamais l'eau.

Je n'avais rien à répondre à cela. C'était une sentence de mort. Je me suis détourné du capitaine Fitzjames pour prendre la direction de l'infirmerie. Je le respectais trop pour lui montrer mon visage à ce moment-là.

Il a posé sa main sur mon épaule, me faisant piler net.

— Dans ce cas, a-t-il déclaré d'une voix ferme, nous n'aurons plus qu'à rentrer chez nous à pied, *bon sang!*

34

Crozier

69° 37' 42" de latitude nord, 98° 41' de longitude ouest
22 avril 1848

Tout en marchant vers le couchant arctique, le capitaine Crozier révisait l'arithmétique de son purgatoire. Premier jour : treize kilomètres sur la banquise pour parvenir au premier camp relais. Deuxième jour : quatorze kilomètres et demi, à condition que tout se passe bien, et arrivée à minuit au deuxième camp relais. Troisième et dernier jour : treize kilomètres supplémentaires — dont un passage particulièrement délicat, la solution de continuité entre banquise côtière et banquise tout court, là où il fallait hisser les traîneaux pour franchir les obstacles. Et, pour finir, arrivée dans ce havre tout relatif qu'était le camp Terror.

Les deux équipages seraient alors au complet pour la première fois. Si Crozier et ses hommes survivaient à leur périple — et gardaient à distance la chose qui les suivait sur la banquise —, les cent cinq marins seraient rassemblés sur la côte nord-ouest de l'île balayée par les vents.

Lors des premières expéditions en traîneau sur l'île du Roi-Guillaume, en mars dernier — le plus souvent dans l'obscurité la plus totale —, les hommes progressaient si lentement qu'ils étaient parfois obligés de bivouaquer à portée de vue du navire. Un jour, une tempête soufflant du sud-est avait obligé le lieutenant Le Vesconte à faire halte après avoir péniblement parcouru quinze cents mètres en douze heures d'efforts ininterrompus.

À présent que le soleil brillait chaque jour, que la piste était tracée et les crêtes de pression en partie dégagées, leur tâche était un rien plus facile.

Crozier n'avait pas souhaité échouer sur l'île du Roi-Guillaume. Même s'il s'y trouvait des vivres et du matériel, même si le terrain était prêt à les accueillir, il ne pensait pas que la pointe Victory fût à long terme un lieu propice à la survie. Le vent du noroît y était meurtrier durant l'hiver, atroce pendant le printemps et le bref automne, dangereux au cours de l'été. Ils avaient pu constater l'année précédente que les violents orages dont feu le lieutenant Gore avait fait l'expérience durant l'été 1847 n'étaient pas un phénomène isolé. L'une des premières expéditions de portage avait acheminé au futur camp Terror tous leurs paratonnerres de rechange, ainsi que des tringles à rideau en cuivre provenant des quartiers de sir John pour en confectionner de nouveaux.

Jusqu'à ce que survînt la perte de l'*Erebus*, le 31 mars, Crozier espérait qu'ils pourraient gagner la côte est de la péninsule de Boothia, voire la plage de Fury et ses réserves de nourriture, et lancer des signaux aux baleiniers venant de la baie de Baffin. Si nécessaire, ils pourraient procéder comme l'avait fait le vieux John Ross, à savoir gagner l'île Somerset ou l'île Devon à pied ou en bateau. Tôt ou tard, ils finiraient par apercevoir un navire dans le détroit de Lancaster.

Sans compter qu'il y avait des villages esquimaux dans cette région. Crozier était bien placé pour le savoir : il les avait vus lors de sa première expédition arctique aux côtés de William Edward Parry – cela se passait en 1819 et il avait vingt-deux ans. Il était revenu dans la région deux ans plus tard, toujours avec Parry, puis deux ans après cela, à nouveau dans l'espoir de trouver le passage du Nord-Ouest – une quête qui devait tuer sir John Franklin vingt-six ans après.

Et qui peut encore nous tuer tous, songea Crozier, s'ébrouant aussitôt pour chasser ces pensées défaitistes.

Le soleil était tout proche de l'horizon austral. Ils comptaient faire une halte pour manger un repas froid juste avant le crépuscule. Ensuite, ils se harnacheraient à nouveau pour marcher de six à huit heures l'après-midi, le soir et une partie de la nuit, ne s'arrêtant qu'une fois atteint le premier camp relais ; ils auraient alors parcouru un peu plus d'un tiers de la distance les séparant de l'île du Roi-Guillaume et du camp Terror.

On n'entendait plus aucun bruit hormis le halètement des hommes, le grincement du cuir et le raclement des patins sur la glace. Le vent était tombé, mais l'air se refroidissait à mesure que le soleil sombrait. Des cristaux de glace flottaient au-dessus du cortège d'hommes et de traîneaux, telle une nuée d'éphémères bulles dorées.

Crozier, qui marchait au niveau du traîneau de tête et se préparait à aider les marins à négocier la première crête, qu'ils ne pourraient franchir qu'en poussant, en tirant, en hissant et en pestant

414

tout leur soûl, se tourna vers le soleil couchant et pensa aux efforts qu'il avait déployés pour trouver une route susceptible de les conduire vers la péninsule de Boothia et les baleiniers de la baie de Baffin.

À l'âge de trente et un ans, Crozier avait accompagné le capitaine Parry dans l'Arctique une quatrième et dernière fois, leur but étant alors d'atteindre le pôle Nord. Le record de latitude qu'ils avaient établi demeurait sans doute inégalé à ce jour, mais ils avaient dû faire demi-tour devant une banquise qui s'étendait à perte de vue vers l'horizon boréal. Francis Crozier ne croyait plus à la mer Polaire libre : l'homme qui, un jour, atteindrait le pôle Nord le ferait en traîneau.

En traîneau à chiens, peut-être, à la manière des Esquimaux.

Crozier avait vu les traîneaux des indigènes glisser sur la glace, tractés par des attelages de chiens, au Groenland comme sur la côte est de l'île Somerset. Quoique fragiles comparés aux modèles approuvés par la Royal Navy, ils étaient beaucoup plus rapides que Crozier et ses marins ne le seraient jamais. Mais ce qui lui importait au premier chef, c'était la présence d'Esquimaux à l'est de leur position actuelle, sur la péninsule de Boothia ou ailleurs. Car tout comme lady Silence − qu'ils avaient vue partir vers le camp Terror sur les traces des équipes de portage commandées par les enseignes Hodgson et Irving −, ces indigènes étaient capables de vivre de chasse et de pêche dans cette désolation blanche.

Début février, après qu'Irving lui eut fait part des difficultés qu'il rencontrait pour suivre lady Silence et découvrir comment elle se procurait la viande et le poisson qu'il jurait l'avoir vue consommer, Crozier avait envisagé de lui arracher des aveux en la menaçant avec un poignard ou un pistolet. Mais il savait comment se conclurait une telle scène : la jeune femme muette n'ouvrirait même pas la bouche, se contentant de fixer Crozier et les marins de ses grands yeux noirs, et il n'aurait d'autre alternative que de passer à l'acte ou de rendre les armes. Cela ne servirait à rien.

Il n'avait donc pas cherché à la faire sortir de la maisonnette de neige que lui avait décrite Irving, autorisant M. Diggle à lui donner de temps à autre un biscuit et autres miettes. Le capitaine avait décidé de la chasser de son esprit. Le choc qu'il avait éprouvé la semaine précédente, lorsqu'une sentinelle lui avait rapporté sa présence quelques centaines de mètres derrière le convoi de traîneaux dirigé par Hodgson et Irving, prouvait qu'il avait bel et bien cessé de penser à elle. Mais il savait qu'elle le visitait encore en rêve.

Si Crozier n'avait pas été aussi épuisé, peut-être aurait-il retiré quelque fierté en contemplant les traîneaux robustes et bien conçus que les hommes tractaient sur la banquise.

À la mi-mars, avant même qu'il eût la certitude que l'*Erebus* allait bientôt céder à la pression des glaces, il avait demandé à M. Honey, le seul charpentier survivant, et à ses deux aides, MM. Wilson et Watson, de travailler nuit et jour pour construire des traîneaux capables de transporter les chaloupes des deux navires en plus du matériel et des provisions indispensables.

Dès que les premiers prototypes eurent été achevés ce printemps-là, Crozier avait envoyé des équipes les essayer sur la banquise afin de maîtriser la conduite de ces engins de chêne et de cuivre. Aiguillonnés par ses soins, gréeurs, quartiers-maîtres et gabiers travaillaient d'arrache-pied sur les harnais, dans le but de leur conférer un maximum de confort et d'efficacité. À la mi-mars, les modèles définitifs étaient prêts : un grand traîneau tracté par onze hommes pour le portage des bateaux, un plus petit avec un équipage de sept hommes pour les provisions et le matériel.

Pour le moment, il était seulement question de rallier le camp Terror depuis les navires. S'ils devaient effectuer un nouveau périple sur la banquise, avec un contingent affecté par la maladie, sans parler des pertes humaines, et devant tracter dix-huit traîneaux ou bateaux, les uns comme les autres chargés à ras bord de vivres et de matériel, les équipes de tractage seraient par force réduites. Frappés par le scorbut et par la fatigue, les hommes se verraient imposer une charge de travail accrue.

La dernière semaine de mars, alors que l'*Erebus* entamait son agonie, les marins des deux navires étaient descendus sur la banquise, pendant les brefs intervalles de jour comme durant les longues nuits, pour se livrer à des courses de traîneau dont le but était de former des équipes de tractage, d'apprendre les techniques de conduite et de composer les équipages définitifs, sans tenir compte de la hiérarchie ni du bâtiment d'origine. Ces compétitions étaient dotées de lots – des pièces d'or et d'argent – et, bien que feu sir John eût emporté des coffres remplis de guinées et de souverains afin d'acheter des souvenirs en Alaska, en Russie et même dans les îles Sandwich, ces lots provenaient des réserves personnelles de Francis Crozier.

Crozier envisageait de foncer vers la baie de Baffin dès que les journées seraient assez longues pour permettre des étapes dignes de ce nom. S'il fallait se fier à son instinct, aux récits de sir John et au compte rendu de George Back, qui, quatorze ans auparavant, avait remonté la rivière portant son nom jusqu'au Grand Lac des Esclaves – le livre qu'il avait consacré à ce périple se trouvait dans le paquetage de Crozier, qui l'avait prélevé dans la bibliothèque du *Terror* –, il n'y avait que peu de chances pour qu'ils survivent à cette aventure.

Peut-être qu'ils n'effectueraient même pas le prélude de ce voyage de mille et quelques kilomètres, car rien ne prouvait qu'ils pourraient franchir les deux cent cinquante kilomètres les séparant de l'embouchure de la rivière de Back. La banquise côtière qu'ils devraient traverser risquait de se disloquer en chenaux, ce qui les amènerait à abandonner leurs traîneaux, et, dans le cas contraire, ils seraient contraints de se coltiner ceux-ci sur les graviers gelés de l'île du Roi-Guillaume, où ils seraient exposés à des tempêtes dévastatrices.

Une fois sur le fleuve, si tant est qu'ils l'atteignent, ils auraient à affronter, pour citer Back, « un cours violent et tortueux de cinq cent trente miles à travers une contrée de fer où nul arbre ne pousse à perte de vue », sans compter les « quatre-vingt-trois chutes d'eau, cascades et rapides ». Crozier ne voyait pas comment ses hommes pourraient survivre à de tels obstacles, même en disposant des bateaux les plus robustes. Ils seraient tellement épuisés par les efforts consentis qu'ils n'auraient plus la force de soulever lesdits bateaux pour contourner ces « quatre-vingt-trois chutes d'eau, cascades et rapides ».

Huit jours auparavant, alors qu'il se préparait à gagner le camp Terror, le Dr Goodsir avait confié à Crozier que leur stock de jus de citron — le seul antiscorbutique dont ils eussent disposé, si peu efficace fût-il — serait épuisé dans trois semaines, à moins que de nouveaux décès n'en prolongeassent la durée de vie.

Crozier savait à quel point le scorbut pouvait les affaiblir. Aujourd'hui, alors qu'ils tractaient des traîneaux relativement légers avec un plein contingent d'hommes, lesquels avaient droit à des demi-rations de nourriture et foulaient sur la banquise une piste bien dégagée par les convois précédents, ils parcouraient douze ou treize kilomètres par jour. Sur le terrain chaotique de l'île du Roi-Guillaume et de la banquise côtière, ils en feraient à peine la moitié. Une fois diminués par le scorbut, ils risquaient de couvrir à peine deux kilomètres par jour, et, si le vent venait à tomber, peut-être n'auraient-ils même pas la force de ramer pour remonter la rivière de Back. Quant à envisager un quelconque portage durant les semaines et les mois à venir, c'était carrément impossible.

Les seuls éléments en leur faveur, c'était la possibilité, certes infime, qu'une expédition de secours se fût mise en route depuis le Grand Lac des Esclaves, et le fait que les températures monteraient à mesure de leur descente vers le sud. Dans le pire des cas, ils auraient le dégel de leur côté.

Mais Crozier aurait préféré rester au nord et tenter de traverser la péninsule de Boothia. Il savait qu'il n'avait qu'un seul moyen d'y parvenir : commencer par gagner l'île du Roi-Guillaume, traverser celle-ci puis franchir la brève étendue de banquise la séparant de la péninsule, une zone protégée du noroît par la masse de l'île, et, une fois gagnée la côte sud-ouest de Boothia, remonter celle-ci en direction du nord, par la terre ou par la glace de mer, et traverser les montagnes pour gagner la plage de Fury, en espérant rencontrer des Esquimaux en chemin.

C'était le chemin le plus sûr. Mais c'était aussi le plus long : près de deux mille kilomètres, soit une fois et demie la distance à parcourir jusqu'au Grand Lac des Esclaves.

S'ils ne tombaient pas sur des indigènes bien disposés à leur égard, ils périraient tous avant d'avoir atteint leur destination.

Quand bien même, Francis Crozier aurait préféré jouer son va-tout et foncer vers le nord-est – rééditant plus ou moins l'exploit de son ami James Clark Ross, qui, dix-huit ans plus tôt, lorsque le *Fury* était pris dans les glaces de l'autre côté de la péninsule de Boothia, avait parcouru avec ses hommes près de mille kilomètres en traîneau. Bridgens, le vieux valet, ne s'était pas trompé. John Ross avait opté pour la meilleure solution, commençant par gagner le nord à marche forcée, puis récupérant des bateaux pour aller attendre les baleiniers dans le détroit de Lancaster. Et son neveu James Ross avait prouvé qu'il était possible – tout juste possible – de rallier la plage de Fury en traîneau depuis l'île du Roi-Guillaume.

L'*Erebus* entamait ses dix derniers jours d'agonie lorsque Crozier avait réuni les vainqueurs des compétitions de tractage – les hommes auxquels il venait d'offrir ses dernières pièces de monnaie –, leur avait confié les meilleurs traîneaux et avait ordonné à MM. Helpman et Osmer, les commissaires de bord, de leur fournir l'équipement et les provisions nécessaires à un voyage de six semaines sur la banquise.

L'équipage de onze hommes était commandé par le premier maître Charles Frederick Des Vœux, secondé par le colossal Manson. Tous deux s'étaient portés volontaires pour cette équipée. Les neuf autres également.

Crozier voulait savoir s'il était possible de voyager sur la banquise à marche forcée, en tractant un bateau et un traîneau en pleine charge. Les onze hommes étaient partis le 23 mars à sept heures du matin, par une température de – 39 °C, salués par les hourras de tous leurs camarades en état de se lever.

Des Vœux et son équipe étaient revenus au bout de trois semaines. Si on ne déplorait aucune perte dans leurs rangs, ils étaient tous harassés et quatre d'entre eux souffraient d'engelures.

Magnus Manson était le seul membre de cet équipage d'élite à ne pas sembler sur le point de mourir d'épuisement.

En trois semaines, ils n'avaient pu parcourir que quarante-cinq kilomètres en ligne droite. Par la suite, Des Vœux estima que la distance réelle qu'ils avaient couverte s'élevait en fait à deux cent quarante kilomètres, car il était impossible d'éviter les détours sur une banquise aussi accidentée. En mettant le cap au nord-est, ils avaient affronté des conditions climatiques encore plus dures que celles du Neuvième Cercle de l'enfer, où ils étaient bloqués depuis deux ans. Les crêtes de pression étaient légion. Certaines s'élevaient à plus de vingt-cinq mètres. Il était malaisé de garder le cap lorsque les nuages occultaient le soleil, et les étoiles elles-mêmes disparaissaient durant les nuits de dix-huit heures. Quant à la boussole, elle ne servait à rien si près du pôle Nord magnétique.

Ils avaient pris la précaution d'emporter cinq tentes, bien qu'ils n'aient compté en utiliser que deux. Mais les températures nocturnes étaient si basses qu'ils avaient passé les neuf dernières nuits entassés dans une seule tente, y dormant d'un sommeil au mieux agité. En fait, ils n'avaient guère eu le choix, les quatre autres ayant été détruites ou emportées par le vent.

Des Vœux avait réussi à maintenir le cap au nord-est, mais à mesure que le temps s'aggravait et que les crêtes se faisaient plus denses, les détours auxquels ils étaient contraints étaient de plus en plus fréquents, de plus en plus pénibles, et le traîneau avait souffert à force d'être hissé encore et encore sur des hauteurs de plus en plus escarpées. Ils avaient perdu deux jours à le réparer, bloqués dans un maelström de neige et de bise.

Au quatorzième jour, le premier maître avait décidé de faire demi-tour. La perte de quatre tentes sur cinq affectait grandement leurs chances de survie. Ils avaient tenté de rebrousser chemin en se guidant à leurs propres traces, mais la glace était trop active : les plaques se déplaçaient, les icebergs dérivaient au sein de la banquise, de nouvelles crêtes se dressaient sur leur passage. Des Vœux, qui était avec Crozier le meilleur navigateur de l'expédition Franklin, profitait des brèves accalmies pour se repérer au sextant et au théodolite, mais il avait dû en fin de compte se fier à son seul sens de l'orientation. Il affirmait aux hommes qu'il savait où il allait. Comme il le confia par la suite à Fitzjames et à Crozier, il redoutait en fait de ne jamais retrouver les navires.

La dernière tente avait cédé au cours de la dernière nuit et, jouant le tout pour le tout, ils avaient jailli de leurs duvets pour foncer à l'aveuglette vers le sud-ouest. Abandonnant leurs réserves de nourriture et leurs vêtements de rechange, ils avaient conservé leur traîneau uniquement pour son chargement d'eau, de fusils, de poudre et de munitions. Un animal de belle taille n'avait cessé de les suivre. Ils l'entrapercevaient au sein de la brume, des bourrasques de neige et des averses de grêle. Chaque nuit, ils l'entendaient rôder autour d'eux dans les ténèbres.

Le matin du vingt et unième jour, un guetteur avait aperçu Des Vœux et ses hommes à l'horizon nord, fonçant vers l'ouest sans paraître voir le *Terror* dont cinq kilomètres à peine les séparaient. Ce guetteur était un marin de l'*Erebus*, mais celui-ci avait disparu, broyé par les glaces et englouti sous la banquise. Par chance, le pilote des glaces James Reid avait escaladé le grand iceberg au pied duquel s'était déroulé le Carnaval de Venise et avait repéré les marcheurs à la lunette d'approche alors que le soleil poignait à l'horizon.

Reid, Le Vesconte, Goodsir et Peglar avaient pris la tête du petit groupe qui était parti à leur rencontre, les guidant vers le navire désormais réduit à un monceau de bordages brisés, de mâts renversés et de haubans entremêlés. Cinq des onze champions de Des Vœux étaient tellement exténués qu'on avait dû les allonger sur les traîneaux. Les six d'entre eux qui appartenaient à l'équipage de l'*Erebus* pleurèrent en découvrant leur navire détruit.

Il n'était donc plus question de tenter de gagner Boothia. Après avoir questionné Des Vœux et ses compagnons si éprouvés, Fitzjames et Crozier avaient conclu que, s'il demeurait possible pour une partie des survivants d'arriver jusqu'à la péninsule, l'immense majorité d'entre eux périraient sur la banquise dans de telles conditions, et ce bien que les jours dussent s'allonger, la température monter et le soleil être plus présent. La possibilité de rencontrer des chenaux ne faisait qu'accroître le danger qui les menaçait.

La seule solution était désormais la suivante : rester à bord du *Terror* ou établir un camp sur l'île du Roi-Guillaume, en se réservant la possibilité de gagner la rivière de Back.

Dès le lendemain, Crozier lança les préparatifs en vue de l'évacuation.

Peu de temps avant le crépuscule, à l'heure prévue pour le dîner, le convoi arriva à proximité d'un trou dans la glace. Les cinq traîneaux s'arrêtèrent autour de lui. Ce disque noir représentait le premier signe d'eau libre que les hommes eussent aperçu depuis vingt mois.

— Ce truc n'était pas là la semaine dernière, quand on a convoyé les chaloupes au camp Terror, commandant, dit le matelot Thomas Tadman. Regardez où passent nos traces. On n'aurait pas manqué de le voir. Il n'y avait rien, je vous dis.

Crozier opina. Ce n'était pas là une *polynie* – vocable d'origine russe désignant un trou ouvert en permanence dans la banquise. Celle-ci était épaisse de plus de trois mètres – moins que le pack entourant le *Terror*, certes, mais suffisamment pour supporter le poids d'un immeuble londonien –, mais on ne voyait alentour aucune fissure ni plaque de pression. On eût dit qu'un géant avait découpé un cercle parfait avec une scie à glace comme celles qu'utilisaient les membres de l'expédition.

Sauf que jamais leurs scies n'auraient pu découper une glace de trois mètres d'épaisseur.

— Nous pourrions dîner ici, proposa Thomas Blanky. Dresser la table en bord de mer, pour ainsi dire.

Les autres firent non de la tête. Crozier partageait leur réticence – ce cercle parfait, ce puits profond, cette eau noire leur inspiraient à tous le même malaise.

— Nous allons poursuivre notre route une heure encore, déclara-t-il. Lieutenant Little, veuillez prendre la tête du convoi.

Une vingtaine de minutes plus tard, après que le soleil eut disparu avec une soudaineté tropicale et que les étoiles eurent commencé à scintiller dans le ciel glacial, les fusiliers marins Hopcraft et Pilkington, qui formaient l'arrière-garde, se portèrent à la hauteur de Crozier, qui avançait près du traîneau de queue.

— Il y a quelque chose qui nous suit, commandant, chuchota Hopcraft.

Crozier attrapa sa lunette d'approche, qu'il avait rangée dans un coffret arrimé au traîneau, et fit halte pendant une minute aux côtés des deux hommes tandis que les traîneaux s'éloignaient dans la pénombre en raclant la glace.

— De ce côté, monsieur, dit Pilkington en tendant son bras valide. Peut-être que cette saleté est sortie de ce trou dans la glace. Ce n'est pas votre avis, commandant ? C'est ce qu'on pense, Bobby et moi. Elle guettait notre passage planquée dans l'eau noire et elle comptait en jaillir quand on approcherait. Ou bien attendre au cas où on se serait attardés. Qu'en dites-vous, monsieur ?

Crozier ne répondit pas. Il avait la créature en ligne de mire, à peine visible dans le jour finissant. Si elle paraissait blanche, c'était uniquement parce qu'elle se découpait sur fond de nuages noirs, une tempête s'annonçant au nord-ouest. Comme elle longeait des séracs et des blocs de glace que le convoi avait négociés vingt minutes plus tôt, il était facile d'estimer sa taille. Même lorsqu'elle avançait à quatre pattes, ce qui était le cas à présent, elle était encore plus grande que Magnus Manson. Sa souplesse était extraordinaire pour un être aussi massif – son allure évoquait le renard plutôt que l'ours blanc. Alors que Crozier empoignait sa lunette pour mieux résister au vent, il vit la chose se dresser sur ses pattes postérieures. Si cela ralentissait son allure, elle demeurait cependant plus rapide que des hommes tractant des traîneaux d'une tonne. Elle dépassait de la tête des sérac dont Crozier n'aurait pas pu atteindre le sommet en tendant sa lunette vers les cieux.

Puis les ténèbres devinrent totales et il lui fut impossible de distinguer la créature des sérac et des crêtes qui l'entouraient. Il regagna le convoi, les deux fusiliers marins sur les talons, et rangea sa lunette dans son coffret tandis que les marins continuaient d'avancer en ahanant et haletant.

— Ne vous éloignez pas du convoi mais ouvrez l'œil et soyez prêts à tirer, murmura-t-il à l'intention de Pilkington et de Hopcraft. N'allumez pas vos lanternes. Vous risqueriez de ne pas voir ce qui bouge dans le noir.

Les deux hommes acquiescèrent et reprirent leur position. Crozier remarqua que les deux fusiliers marins marchant en avantgarde avaient allumé leurs lanternes. Il ne les distinguait plus et seuls deux halos de cristaux de glace lui permettaient de les repérer.

Le capitaine appela Thomas Blanky auprès de lui. Il était dispensé de tractage du fait de sa mutilation, bien que le pied artificiel fixé à sa jambe de bois fût équipé de crampons. Quoique capable de marcher, il n'était pas en mesure de tirer un traîneau. Mais les hommes savaient qu'il n'avait rien d'un poids mort et qu'il risquait de le prouver avant longtemps ; son savoir en matière de glace leur serait des plus utiles lors des semaines ou des mois à venir, si la banquise se disloquait et s'ils devaient quitter le camp Terror à bord de leurs bateaux.

Crozier décida de l'employer comme messager.

— Monsieur Blanky, veuillez avoir l'obligeance d'informer les hommes que nous ne nous arrêterons pas pour souper. Que ceux qui ne sont pas en train de tracter attrapent les rations de biscuits et de viande froide afin de les distribuer à leurs camarades et aux fusiliers marins, en précisant bien qu'ils doivent continuer de marcher et boire aux gourdes qu'ils ont mises au chaud sous leurs vêtements. Dites aussi aux soldats de s'assurer que leurs armes sont prêtes à tirer. Peut-être feraient-ils bien d'enlever leurs moufles.

— Oui, commandant.

Blanky disparut dans la pénombre. Crozier entendit son pied artificiel faire crisser la glace.

Dans moins de dix minutes, songea-t-il, tous les membres du convoi sauraient que la chose des glaces les suivait et commençait à les rattraper.

35

Irving

69° 37' 42" de latitude nord, 98° 40' 58" de longitude ouest
24 avril 1848

En négligeant le fait qu'il était malade comme un chien et à moitié mort de faim, avec des gencives en sang et deux dents déchaussées, et si exténué qu'il se croyait sans cesse sur le point de défaillir, jamais John Irving ne s'était senti aussi heureux de vivre.

Depuis la veille, en compagnie de George Henry Hodgson, son vieux camarade du navire-école *Excellent*, il avait la responsabilité d'une équipe de chasseurs et d'authentiques explorateurs. Oui, pour la première fois depuis trois ans, depuis que cette infortunée expédition avait levé l'ancre, l'enseigne de vaisseau de deuxième classe John Irving s'affairait à *explorer*.

Certes, l'île qu'il explorait, cette même terre du Roi-Guillaume où, un peu plus de onze mois auparavant, le lieutenant Graham Gore avait trouvé la mort, ne valait pas tripette, étant constituée de gravier et de talus ne dépassant jamais les six mètres d'altitude, avec un paysage se réduisant à des plaines caillouteuses parsemées de plaques de neige et battues par les vents, mais Irving était en train de *l'explorer*. Rien que ce matin, il avait vu des choses que nul homme blanc − que nul homme tout court, peut-être − n'avait jamais vues. Certes, il n'avait foulé que des talus courtauds et de nouvelles plaques de neige balayées par les vents, sans jamais repérer la trace d'un renard arctique ni d'un phoque annelé, mais c'était *lui* qui les avait découverts ; vingt ans plus tôt, sir John Ross avait remonté la côte de l'île du Roi-Guillaume pour gagner la pointe Victory, mais c'était *lui*, John Irving − natif de Bristol, naguère la coqueluche de Londres −, qui en avait le premier exploré l'intérieur.

Il avait à moitié envie de baptiser « terre d'Irving » cette partie de l'île. Et pourquoi pas ? Le cap le plus proche du camp Terror avait reçu le nom de lady Jane Franklin, et qu'avait-elle fait pour mériter pareil honneur, excepté épouser ce barbon chauve et corpulent ?

Les diverses équipes de tractage étaient de plus en plus soudées. La veille, Irving avait conservé ses hommes auprès de lui, George Hodgson faisant de même, et les deux groupes étaient partis en chasse conformément aux ordres du capitaine Crozier. Irving et les siens n'avaient pas trouvé la moindre trace de gibier.

Comme tous ses hommes étaient armés d'un fusil ou d'un mousquet (lui-même se contentait d'un pistolet glissé dans la poche de son manteau), Irving s'avouait sans honte que la présence de Hickey derrière lui n'avait pas été sans l'inquiéter. Mais il ne s'était rien passé. Étant donné qu'une quarantaine de kilomètres le séparaient de Magnus Manson, qui serait parmi les derniers à quitter le *Terror*, l'aide-calfat faisait montre d'une politesse presque obséquieuse envers Irving, Hodgson et les autres officiers.

John Irving repensa à son précepteur, qui n'hésitait pas à le séparer de ses frères lorsque tous trois se montraient particulièrement dissipés durant les interminables heures d'instruction. M. Candrieau les consignait alors dans trois pièces distinctes du vieux manoir, passant sans se lasser d'un bout à l'autre du premier étage de cette aile à moitié désaffectée, dont les couloirs résonnaient des échos de ses chaussures sur le parquet de chêne. John, David et William, positivement intenables quand ils se retrouvaient tous les trois dans le même salon, étaient sages comme des images une fois seuls avec ce grand échalas pâle, cagneux et emperruqué de blanc. Irving était ravi d'avoir surmonté sa timidité et prié le capitaine Crozier de conserver Manson auprès de lui. Il était d'autant plus ravi que le capitaine ne lui avait point demandé des éclaircissements ; Irving ne lui avait rien dit des activités auxquelles se livraient l'aide-calfat et le colossal matelot dans la cale, et jamais il n'en parlerait à quiconque.

Ce jour-là, toute tension l'avait quitté. Edwin Lawrence et lui-même étaient les seuls membres du groupe à porter une arme, le matelot s'étant vu confier un mousquet. Lors des exercices de tir à la cible organisés au camp Terror, il s'était révélé le plus habile au maniement de cette arme, aussi faisait-il office d'escorte. Les autres marins portaient sur l'épaule un sac de toile fermé par une sangle. Reuben Male, le chef du gaillard d'avant du *Terror*, un homme des plus ingénieux, avait conçu et fabriqué ces sacs avec l'aide de Murray, le vieux voilier. Dans ces « sacs de Male » – ainsi qu'on les avait baptisés –, les marins pouvaient entreposer des gourdes, une ration composée de biscuits, de porc salé et d'une boîte de conserve

Goldner, des vêtements de rechange, les lunettes en fil d'archal fabriquées sur instruction de Crozier, de la poudre et des cartouches, et un duvet au cas où les hommes, placés dans l'impossibilité de regagner le camp, seraient obligés de bivouaquer pour la nuit.

Cela faisait déjà cinq heures qu'ils marchaient. Chaque fois que cela leur était possible, ils gagnaient le sommet des éminences gravillonnées ; si le vent y était plus fort et plus glacial, le sol, vierge de neige ou presque, y était moins glissant. Ils n'avaient rien repéré qui fût susceptible d'améliorer leurs chances de survie – même pas ce lichen vert et cette mousse orange qui poussaient parfois sur les rochers. Grâce aux ouvrages qu'il avait consultés à bord du *Terror* – parmi lesquels figuraient deux livres dus à la plume de sir John Franklin –, Irving savait qu'on pouvait concocter une soupe à partir de cette « tripe de roche ». À condition d'avoir *très* faim.

Lorsque ses hommes avaient marqué une pause à l'abri du vent pour boire un peu d'eau, manger un repas froid et prendre un repos bien mérité, Irving avait confié le commandement à Thomas Farr, le chef de la grand-hune, pour aller faire quelques pas à l'écart du groupe. Si les hommes étaient en droit de s'estimer fatigués par les éprouvants portages des semaines précédentes, lui-même sentait le besoin d'un peu de solitude.

Irving avait dit à Farr qu'il serait de retour dans une heure et qu'il prendrait la précaution de laisser des traces de pas dans la neige afin de ne pas s'égarer sur le chemin du retour – et pour faciliter les recherches si jamais il ne revenait point. Comme il marchait vers l'est dans une tranquillité des plus bienvenues, il mâchonna un biscuit dont la fermeté mit un peu plus en danger l'intégrité de ses deux dents déchaussées. Chaque fois qu'il l'écartait de sa bouche, il y apercevait des traces de sang.

Si affamé fût-il, il n'avait guère d'appétit ces temps-ci.

Quittant une plaque de neige où il avait laissé ses empreintes, il gravit un petit talus de gravier battu par les vents, puis se figea soudainement.

Des petits points noirs se déplaçaient dans la vallée battue par les vents qui s'étendait en contrebas.

Ôtant ses moufles en s'aidant de ses dents, Irving fouilla son sac de Male en quête d'un de ses biens les plus précieux, la lunette d'approche en cuivre que lui avait offerte son oncle lorsqu'il s'était engagé dans la marine. Il veilla à ne point coller l'oculaire à sa peau, de peur que le métal ne brûlât celle-ci, si bien qu'il eut du mal à obtenir une image nette, même en tenant l'instrument des deux mains. Ses bras étaient agités de tremblements.

Ce qu'il avait pris pour un troupeau d'animaux à fourrure était en fait un groupe d'êtres humains.

Hodgson et son groupe.

Non. Ces inconnus portaient des parkas identiques à celle dont était vêtue lady Silence. Et ils étaient dix à avancer laborieusement dans la vallée enneigée, en ordre dispersé plutôt qu'en file indienne ; George n'avait que six hommes avec lui. Et il les avait emmenés sur la côte, en direction du sud, pas vers l'intérieur des terres.

Ces inconnus avaient un petit traîneau. Hodgson et ses hommes n'en possédaient pas. Et les traîneaux du *Terror* étaient bien plus grands que celui-ci.

Irving régla sa lunette bien-aimée et retint son souffle pour l'empêcher de trembler.

Le traîneau était tracté par une demi-douzaine de chiens.

Soit c'étaient des sauveteurs ayant adopté la vêture et les manières des Esquimaux, soit c'étaient carrément des Esquimaux.

Irving dut abaisser son télescope, mettre un genou à terre et baisser la tête un moment. L'horizon semblait sur le point de chavirer. La faiblesse physique contre laquelle il luttait depuis des semaines, mobilisant toutes les ressources de sa volonté, l'enserrait dans des cercles concentriques de nausée.

Voilà qui change tout, se dit-il.

Les inconnus – ils ne semblaient pas l'avoir repéré, sans doute parce qu'il était descendu de la crête et que son manteau se fondait dans la rocaille – étaient peut-être des chasseurs originaires d'un village esquimau sis plus au nord. Dans ce cas, les cent cinq survivants de l'*Erebus* et du *Terror* étaient presque certainement sauvés. S'ils n'avaient pas les moyens de tous les restaurer, les indigènes leur montreraient comment se nourrir dans cette contrée hostile.

Mais peut-être s'agissait-il de guerriers, peut-être que les lances primitives qu'il venait d'apercevoir dans sa lunette étaient destinées à tuer les hommes blancs dont ils venaient d'apprendre l'irruption sur leur territoire.

Dans tous les cas, l'enseigne de vaisseau John Irving avait pour devoir d'aller à leur rencontre et de s'assurer de leurs intentions.

Il ferma sa lunette d'approche, la rangea soigneusement parmi ses tricots de rechange et – levant le bras dans un geste dont il espérait qu'il serait interprété comme pacifique – descendit la colline en direction des dix hommes qui venaient de s'arrêter net.

36

Crozier

69° 37' 42'' de latitude nord, 98° 41' de longitude ouest
24 avril 1848

Le troisième et dernier jour de marche se révéla le plus dur.

Crozier avait participé à deux ou trois expéditions de portage au cours des six dernières semaines, dont certaines parmi les plus lourdement chargées, mais, bien que la piste eût été encore mal dégrossie, il les avait trouvées nettement moins pénibles. Il était alors en meilleure santé. Et infiniment moins épuisé.

Bien qu'il n'en eût pas conscience, Francis Crozier était en train de devenir insomniaque, car le fait qu'il se soit débarrassé de son alcoolisme ne l'avait pas pour autant guéri de sa mélancolie chronique. Il avait toujours eu le sommeil léger et, comme nombre de capitaines, il se vantait de pouvoir se réveiller instantanément dès qu'il percevait une altération dans la course de son navire : un changement de cap, un souffle de vent dans les voiles, un bruit de pas précipités sur le pont durant un quart, une accélération de la cadence des vagues frappant la coque... rien ne lui échappait.

Mais, ces dernières semaines, il dormait un peu moins longtemps chaque nuit, jusqu'à réduire ses périodes de sommeil à une ou deux heures de somnolence autour de minuit, complétées par une sieste d'une demi-heure pendant la journée. Il avait beau se dire que cela s'expliquait par le poids accru de ses responsabilités en ce moment crucial précédant l'abandon du navire, il savait au fond de lui que la mélancolie cherchait de nouveau à le détruire.

La plupart du temps, il avait l'esprit embrumé. Les substances chimiques distillées par la fatigue transformaient en imbécile cet homme pourtant intelligent.

Si épuisés fussent-ils, les hommes avaient eu toutes les peines du monde à dormir ces deux dernières nuits. À chaque camp relais les attendaient en théorie huit tentes arctiques laissées en dépôt, charge à chaque nouvelle équipe de réparer les dégâts dus au vent et à la neige qu'elle constatait à son arrivée.

Comme les duvets à trois places en peau de renne étaient bien plus chauds que les sacs de couchage obtenus à partir de couvertures de la Compagnie de la baie d'Hudson, l'habitude voulait qu'on les tirât au sort. Crozier ne participait pas à cette loterie, car, lors de sa première expédition sur la banquise, alors qu'il regagnait la tente des officiers, il avait constaté que Jopson avait préparé un duvet individuel à son intention. Ni son valet ni les autres marins ne souhaitaient que leur capitaine s'abaissât à partager sa couche avec deux autres hommes ronflants et puants – ce qui était aussi le lot des officiers –, et Crozier était trop harassé pour protester.

Il s'était gardé de dire à Jopson et aux autres qu'il faisait beaucoup moins chaud dans un duvet individuel que dans un duvet à trois places. Seule la chaleur corporelle de vos compagnons vous permettait de fermer l'œil.

Mais Crozier n'avait même pas cherché à s'endormir, ni la première nuit, ni la seconde.

Il se levait toutes les deux heures et faisait le tour du campement pour s'assurer que la relève s'était faite à l'heure. Le vent se leva pendant la première nuit et les trois sentinelles durent s'abriter derrière des murets de neige édifiés à la hâte. Comme les bourrasques de neige les obligeaient à rester accroupies, la chose des glaces leur serait restée invisible jusqu'à ce qu'elle leur tombât dessus.

Mais elle ne se manifesta pas cette nuit-là.

Crozier eut droit à quelques minutes de sommeil agité, durant lesquelles il refit les cauchemars qui l'avaient tourmenté en janvier. Certains d'entre eux se répétaient si souvent – le réveillant chaque fois en sursaut – qu'il se les rappelait par bribes. Des jeunes filles pratiquant le spiritisme. M'Clintock et un inconnu contemplant deux squelettes dans un bateau, le premier assis et toujours vêtu de sa tenue de froid, le second réduit à un monceau d'os rongés.

Crozier passa la journée à se demander si l'un de ces squelettes était le sien.

Mais le pire de tous ces rêves, et de loin, c'était celui de la communion, où il redevenait petit garçon, à moins qu'il ne fût changé en vieillard malade, et s'agenouillait tout nu devant l'autel de l'église interdite de Memo Moira, tandis qu'un gigantesque prêtre inhumain – tout dégouttant et vêtu d'une chasuble en lambeaux sous laquelle affleurait une peau calcinée – se dressait au-dessus de lui, puis se penchait vers lui, enveloppant son visage d'une haleine au parfum de charogne.

Ils se levèrent vers cinq heures le matin du 23 avril. Le soleil ne se montrerait pas avant dix heures. Le vent ne s'était pas calmé, il faisait claquer la toile des tentes et pleurer les hommes tandis qu'ils prenaient leur petit déjeuner, massés les uns contre les autres.

Durant ces expéditions, les marins étaient censés manger la nourriture contenue dans des boîtes étiquetées « Appareil de cuisson numéro 1 », qu'ils réchauffaient sur les petits poêles à alcool. Même en l'absence de vent, il était quasiment impossible d'allumer ces derniers ; vu les bourrasques qui soufflaient ce matin, cela ne valait même pas la peine de tenter le coup, même à l'abri d'une tente. Partant du principe rassurant que les conserves Goldner étaient déjà cuites, ils se contentèrent donc d'en manger le contenu gelé à la cuillère, qu'il s'agisse de viande, de soupe ou de légumes. Ils étaient affamés et une longue journée d'effort les attendait.

Goodsir – et ses trois défunts confrères avant lui – avait expliqué à Crozier et à Fitzjames qu'il était vital de réchauffer ces boîtes avant d'en manger le contenu, en particulier les soupes. Si la viande et les légumes étaient effectivement précuits, avait souligné le chirurgien, les soupes – le plus souvent à base de panais, de carottes et autres plantes bon marché – étaient simplement « concentrées » : il fallait les diluer dans l'eau et faire bouillir le mélange.

Quoique incapable d'identifier les poisons contenus dans une soupe Goldner non bouillie – et peut-être aussi dans les autres boîtes –, Goodsir insistait pour que toutes les conserves fussent réchauffées avant d'être consommées, même durant les expéditions de chasse et de portage. C'était entre autres pour cette raison que Crozier et Fitzjames avaient ordonné que les poêles des baleinières fussent évacués avec celles-ci et transportés au camp Terror.

Mais ni l'un ni l'autre des camps relais n'était équipé d'un poêle. Les hommes durent donc manger froid en l'absence de tout réchaud – ils réussirent certes à allumer leurs petits poêles à éther, mais ce fut à peine s'ils parvinrent à faire *fondre* la soupe contenue dans les boîtes.

Il faudrait bien s'en contenter, se dit Crozier.

Dès qu'il eut avalé son petit déjeuner, son ventre se remit à gargouiller.

Ils étaient censés replier les huit tentes de chaque camp relais afin de les transporter jusqu'au camp Terror, au cas où elles leur seraient utiles à l'avenir. Mais le vent était bien trop violent, les hommes bien trop épuisés par leur marche. Crozier consulta le lieutenant Little et tous deux décidèrent de se limiter à trois tentes. Peut-être auraient-ils un peu plus de force une fois arrivés au second camp relais.

Ce 23 avril 1848, deuxième jour de leur périple, trois hommes s'effondrèrent en plein tractage. Le premier se mit à vomir du sang sur la glace. Les deux autres se contentèrent de tomber à genoux sans pouvoir se relever. L'un d'eux dut être sanglé sur un traîneau.

Comme ils ne souhaitaient pas réduire leur escorte armée, ni en avant-garde, ni en arrière-garde, ni sur les flancs, Crozier et Little se harnachèrent pour suppléer les marins défaillants.

Les crêtes de pression étaient moins élevées sur ce tronçon, et la piste nettement dégagée par les allers et retours précédents, mais le vent et la neige ne leur permettaient pas de profiter de ces avantages. Les hommes tirant sur leur harnais ne voyaient même pas le traîneau qui les précédait, distant de cinq mètres à peine. Les fusiliers marins et autres membres de l'escorte devaient rester à moins de un ou deux mètres de leurs camarades de peur de les perdre de vue. Il leur était impossible de guetter quoi que ce soit.

Le traîneau de tête – mené tantôt par Crozier, tantôt par Little – s'éloigna de la piste à plusieurs reprises, obligeant le convoi à faire halte pendant une demi-heure ou davantage, le temps que des hommes s'encordent de crainte de s'égarer puis s'enfoncent dans la tempête en quête de la bonne route, quasiment invisible à présent qu'une épaisse couche de neige en dissimulait les traits saillants.

Perdre la route de vue ne leur coûterait pas seulement un temps précieux, cela pourrait aussi leur coûter la vie.

Certaines des équipes de portage avaient couvert ces treize kilomètres de banquise en un peu moins de douze heures, parvenant au second camp quelques heures à peine après le crépuscule alors que leurs traîneaux étaient plus lourdement chargés. Crozier et son groupe ne touchèrent le but que passé minuit, et encore faillirent-ils le rater. Si Magnus Manson – dont l'acuité auditive semblait inversement proportionnelle à son intelligence – n'avait pas entendu les tentes claquer au vent sur bâbord, ils seraient passés près du camp sans le voir.

Malheureusement, le vent et la neige avaient ravagé le camp en question. Cinq des huit tentes s'étaient envolées dans les ténèbres – les piquets plantés dans la glace n'avaient pas tenu – ou étaient réduites en lambeaux. Surmontant leur fatigue et leur faim, les hommes réussirent à déplier et à monter deux des trois tentes qu'ils avaient récupérées au premier camp relais, et les quarante-six marins s'entassèrent dans cinq abris de toile, alors qu'il en aurait fallu huit pour les contenir.

Les seize hommes qui se relayèrent pour monter la garde cette nuit-là vécurent l'enfer. Crozier prit le quart de deux heures à quatre heures du matin. Il préférait faire les cent pas, incapable de trouver un peu de chaleur dans son duvet individuel, même au sein d'un empilement de marins dans une tente minuscule.

Le dernier jour fut le pire de tous.

Le vent était retombé peu avant cinq heures du matin, heure prévue pour le lever, mais, comme pour compenser la réapparition du ciel bleu, la température était tombée avec lui. Lorsque le lieutenant Little la mesura à six heures, elle était de − 53 °C.

Plus que huit miles, se répétait Crozier en se harnachant. Il savait que ses compagnons pensaient la même chose. *Plus que huit miles, un de moins qu'hier.* Vu l'état de santé de ses hommes, Crozier ordonna aux membres de l'escorte de sangler leurs armes aux traîneaux et de passer un harnais dès que le soleil se lèverait. Tous ceux qui pouvaient marcher devaient tracter.

Ils se fièrent donc à la clarté du jour. La masse brunâtre de la terre du Roi-Guillaume apparut au loin dès que le soleil poignit − la muraille d'icebergs et la ligne brisée de la banquise côtière étaient hélas plus visibles, tels des remparts de verre brisé étincelant à la froide lumière de l'astre du jour − et ils ne risquaient pas de perdre la piste de vue, ni d'être surpris par la chose des glaces.

Celle-ci rôdait encore dans les parages. Ils apercevaient un petit point se déplaçant au sud-ouest, à une vitesse nettement supérieure à la leur. Même s'ils avaient eu la force de courir, jamais ils ne l'auraient distancée.

À plusieurs reprises durant la journée, Crozier ou Little se défaisaient de leur harnais, récupéraient leur lunette d'approche sur un traîneau ou dans un sac de Male et scrutaient le désert blanc en quête de la créature.

Elle progressait à quatre pattes, à environ trois kilomètres de distance. De prime abord, on pouvait croire qu'il s'agissait d'un ours blanc comme ils en avaient tué par douzaines au cours des trois années précédentes. Jusqu'à ce que la chose se dressât sur ses pattes postérieures, émergeant des blocs de glace et des petits icebergs, et humât l'air tout en se tournant dans leur direction.

Elle sait que nous avons abandonné les navires, se dit Crozier en la scrutant avec sa vieille lunette d'approche, usée et rayée par tant d'années passées à explorer les pôles. *Elle sait où nous allons. Et elle veut y arriver la première.*

Ils marchèrent toute la journée, ne s'arrêtant qu'en milieu d'après-midi, lorsque le soleil se couchait, pour manger des conserves froides. Ils avaient épuisé leurs rations de biscuits et de porc salé. Avant que la nuit se déverse sur le ciel comme une mare d'encre, les murailles de glace séparant la terre du Roi-Guillaume de la banquise luisirent comme une cité où auraient brûlé dix mille lampes à gaz.

Plus que six kilomètres à couvrir. Huit hommes étaient sanglés aux traîneaux, dont trois plongés dans l'inconscience.

Il devait être une heure du matin lorsqu'ils franchirent la grande barrière de glace séparant la banquise de la terre. Si le vent restait faible, la température ne cessait de baisser. Alors qu'ils faisaient halte pour ajuster l'arrimage des traîneaux avant de hisser ceux-ci sur une falaise de glace de dix mètres de haut, tâche dont la difficulté était encore accrue par un éboulis de glace causé par le mouvement des icebergs, le lieutenant Little procéda à une nouvelle mesure. Le thermomètre affichait maintenant − 63 °C.

Depuis quelques heures, Crozier devait lutter contre l'épuisement pour continuer à marcher et à commander ses hommes. Au crépuscule, lorsqu'il s'était tourné vers le sud pour repérer la créature − qui franchissait la barrière de glace avec une facilité déconcertante −, il avait commis l'erreur d'ôter ses moufles et ses gants afin de noter leur position dans son journal de bord. Il avait oublié de les remettre avant de saisir sa lunette d'approche, se gelant aussitôt les doigts et la paume d'une main. Dans sa hâte de lâcher l'instrument d'optique, il s'était arraché des bouts de peau et de chair aux doigts de la main droite et un morceau de la paume gauche.

De telles blessures ne guérissaient jamais dans l'Arctique, en particulier si l'on présentait les premiers symptômes du scorbut. Crozier s'était détourné de ses compagnons pour vomir sur la glace. La vive douleur qui lui tenaillait les chairs ne fit que croître durant cette longue nuit passée à tracter, à hisser et à pousser. La pression du harnais lui meurtrit les chairs et lui marbra la peau d'hématomes.

Vers une heure et demie du matin, alors qu'ils se trouvaient encore sur la grande barrière, sous un ciel de plus en plus glacial où frissonnaient étoiles et planètes scintillantes, Crozier envisagea stupidement d'abandonner les traîneaux pour foncer vers le camp Terror, dont quinze cents mètres de congères et de gravillons les séparaient encore. Il serait toujours temps demain de revenir chercher ces fardeaux d'une lourdeur impossible.

Il conservait une fraction suffisante de son bon sens et de son instinct du commandement pour repousser cette idée sur-le-champ. Il était certes possible de laisser les traîneaux ici − leur groupe serait le premier à agir de la sorte −, cela ne pourrait d'ailleurs qu'accroître leurs chances de survie, mais, en donnant un tel ordre, il perdrait à jamais toute autorité sur les cent quatre officiers et marins survivants.

En dépit de ses souffrances qui l'amenaient à vomir fréquemment sur la glace tandis qu'ils continuaient de tirer, de hisser et de pousser les traîneaux – une partie détachée de son esprit remarqua que ses vomissures étaient bien rouges et bien liquides –, il continuait de donner des ordres et d'aider les trente-sept hommes encore en état de franchir la barrière, de descendre sur la glace et d'atteindre la grève gravillonnée.

S'il n'avait pas été sûr de se faire arracher les lèvres par les cailloux, il serait tombé à genoux dans les ténèbres pour embrasser le sol tellement son cœur se serrait lorsqu'il entendait le gravier crisser sous les patins des traîneaux.

Le camp Terror était éclairé par de nombreuses torches. Crozier tractait le traîneau de tête. Tous les hommes s'efforcèrent de se tenir droits – même s'ils ne pouvaient s'empêcher de tituber – pour couvrir les cent derniers mètres et conduire à bon port les traîneaux et leurs camarades qui y étaient sanglés.

Ils étaient attendus par deux douzaines d'hommes qui avaient enfilé leur tenue de froid. Crozier fut tout ému en les découvrant, persuadé de prime abord qu'ils s'étaient préparés à partir au secours de leur capitaine et de leurs compagnons.

Comme il tirait de plus belle sur son harnais, franchissant les vingt derniers mètres le séparant des torches, le corps tout entier embrasé par la douleur, il essaya d'imaginer une plaisanterie à leur intention – il allait décréter que Noël était en avance et que tout le monde aurait droit à une semaine de sommeil –, puis le capitaine Fitzjames s'avança à sa rencontre, suivi par quelques officiers.

Ce fut alors que Crozier distingua leurs yeux : ceux de Fitzjames, de Le Vesconte, de Des Vœux, de Couch, de Hodgson, de Goodsir et des autres. Et il sut... que ce soit grâce au don de double vue dont parlait Memo Moira, grâce à son expérience de capitaine ou tout simplement grâce à l'acuité sensorielle dont seul peut jouir un homme totalement épuisé... il *sut* qu'il était arrivé quelque chose et que plus rien désormais ne se déroulerait comme il l'avait planifié, ni même comme il l'avait espéré, plus jamais.

37

Irving

Dix Esquimaux se tenaient devant lui : six hommes d'un âge indéterminé, un vieillard complètement édenté, un jeune garçon et deux femmes. La première était d'un âge vénérable, avec un visage creusé de rides et une bouche quasiment vide de dents, la seconde très jeune. *La mère et la fille, peut-être*, se dit Irving.

Tous les hommes étaient de petite taille ; l'enseigne les dépassait d'une bonne tête. Deux d'entre eux avaient rabattu leur capuchon, révélant une face lisse et une tignasse noire, mais les autres le fixaient dans l'ombre de leur couvre-chef, le visage presque totalement dissimulé par une masse de fourrure tantôt blanche et luxuriante − qu'Irving identifia comme du renard arctique −, tantôt noire et hérissée − du glouton, sans le moindre doute.

Tous les hommes adultes portaient une arme, soit un harpon, soit une petite lance à la pointe d'os ou de pierre, mais, après qu'Irving se fut approché en tendant ses mains nues, toutes ces armes s'abaissèrent. Les chasseurs − du moins les identifia-t-il comme tels − se tenaient bien campés sur leurs jambes, leur arme à la main, le vieillard se chargeant de retenir les chiens de traîneau et de protéger le garçonnet. Les chiens en question étaient au nombre de six, et ils tractaient un engin bien moins encombrant, bien plus léger que les plus petits modèles du *Terror*. Irving eut droit à un concert d'aboiements et de grondements menaçants, auquel le vieillard tenta de mettre fin à coups de bâton.

Alors même qu'il cherchait un moyen de communiquer avec ces étranges indigènes, Irving continuait de s'émerveiller de leur vêture. Les parkas qu'ils portaient, quoique plus courtes et plus foncées que celle de lady Silence et de son défunt compagnon, étaient tout aussi épaisses. À en juger par leur nuance fauve, elles devaient être taillées dans des peaux de renard ou de caribou, mais leurs courts pantalons blancs étaient certainement en peau d'ours. Quant à leurs bottes, également en fourrure, elles étaient parfois d'une étonnante souplesse. Se pouvait-il qu'elles soient en peau de phoque ? Ou en peau de caribou retournée ?

Leurs moufles en peau de phoque semblaient plus chaudes et bien plus souples que celles d'Irving.

L'enseigne avait des difficultés à identifier le chef de cette petite troupe. Le seul des six hommes adultes qui se détachât du lot était l'un de ceux qui avaient rabattu son capuchon, révélant un serre-tête en peau de caribou blanc décoré de motifs complexes ; il portait une ceinture où étaient passés des objets divers, ainsi qu'une bourse pendue à son cou. Il ne s'agissait cependant pas d'un simple talisman comme la pierre en forme d'ours blanc de lady Silence.

Silence, si seulement tu étais là, soupira John Irving dans son for intérieur.

— Salut ! lança-t-il en pointant le pouce vers son torse. Enseigne de vaisseau de seconde classe John Irving, du HMS *Terror*.

Les hommes échangèrent quelques grognements. Il crut entendre des mots tels que *kabloona*, *qavac* et *miagortok*, mais il n'avait bien entendu aucune idée de leur signification.

L'homme porteur d'une bourse et d'une ceinture pointa l'index sur lui et dit :

— *Piifixaaq !*

Certains de ses compagnons secouèrent la tête. Peut-être s'agissait-il d'un terme péjoratif, auquel cas Irving espéra qu'ils le désapprouvaient.

— John Irving, dit-il en se frappant le torse une nouvelle fois.

— *Sixam ieua ?* rétorqua l'autre. *Suingne !*

Irving décida de hocher la tête. Il se frappa à nouveau le torse.

— Irving.

Puis il désigna l'homme d'un air interrogateur.

Pour toute réponse, il n'eut droit qu'à un regard muet.

En désespoir de cause, l'enseigne désigna le chien qui menait l'attelage, toujours aussi agité en dépit des coups de bâton que lui assenait le vieillard.

— Chien, dit Irving. Chien.

L'Esquimau le plus proche s'esclaffa.

— *Qimmiq*, dit-il en désignant à son tour l'animal. *Tunok*.

Puis il secoua la tête et partit d'un nouveau rire.

Irving sentit l'enthousiasme réchauffer son corps glacé. Il progressait. En langage esquimau, « chien » se disait *qimmiq*, ou *tunok*, ou les deux. Il désigna le traîneau.

— Traîneau, énonça-t-il d'une voix ferme.

Les dix Esquimaux le fixèrent du regard. La jeune femme se cachait les yeux avec ses moufles. La vieillarde ouvrait toute grande sa bouche, ce qui permit à Irving de constater qu'elle n'avait plus qu'une dent.

— Traîneau, répéta-t-il.

Les six hommes adultes échangèrent des regards. Puis le principal interlocuteur d'Irving déclara :

— *Kamatik?*

Irving hocha la tête d'un air ravi, bien qu'il ne fût nullement sûr d'avoir engagé la conversation avec ces hommes. Peut-être venait-on de lui demander s'il souhaitait être harponné. Mais l'enseigne ne put s'empêcher de sourire. La plupart des Esquimaux – exception faite du garçonnet, du vieillard toujours affairé à corriger le chien et de l'homme porteur d'une bourse et d'une ceinture – lui rendirent son sourire.

— Au fait, est-ce que l'un d'entre vous parle anglais ? leur demanda-t-il, certes un peu tardivement.

On ne lui répondit que par diverses grimaces.

Par acquit de conscience, il leur posa la question équivalente dans un français et un allemand également atroces.

Nouvelles grimaces muettes.

Irving s'accroupit et les six hommes les plus proches l'imitèrent. Ils veillèrent à ne pas poser leur postérieur sur le gravier frigorifiant, ni sur l'un des rochers environnants. Irving était suffisamment rompu à la vie arctique pour les comprendre. Il souhaitait toujours connaître leurs noms.

— Irving, dit-il en se touchant le torse.

Puis il désigna son voisin immédiat.

— *Inuk*, dit l'homme en imitant son geste.

Souriant de toutes ses dents, il ôta sa moufle droite et tendit la main. Son annulaire et son auriculaire avaient disparu.

— *Tikerqat*, dit-il en souriant à nouveau.

— Ravi de faire votre connaissance, monsieur Inuk, déclara Irving. Ou monsieur Tikerqat. *Vraiment* ravi de faire votre connaissance.

Décidant que seul le langage des signes lui permettrait de communiquer avec ces indigènes, il pointa l'index sur le nord-ouest, la direction dont il était venu.

— J'ai beaucoup d'amis, dit-il avec assurance, espérant étouffer dans l'œuf toute manifestation d'hostilité. Deux grands navires. Deux bateaux.

La plupart des Esquimaux se tournèrent vers le nord-ouest. M. Inuk se renfrogna.

— *Nanuq*, murmura-t-il, puis, secouant la tête comme pour rectifier son propos : *Tôrnârssuk*.

Les autres baissèrent la tête ou détournèrent les yeux, en signe de crainte ou de révérence. Mais l'enseigne était sûr d'une chose : ce n'étaient ni des hommes blancs ni des navires qui leur inspiraient ce sentiment.

Il humecta ses lèvres gercées. Mieux valait tenter d'entamer un troc plutôt que de s'engager dans une conversation hasardeuse. Prenant soin de se déplacer avec lenteur afin de ne pas les effaroucher, il plongea une main dans sa sacoche de cuir en quête d'une douceur ou d'une babiole à leur offrir.

Rien. Il avait déjà mangé sa ration quotidienne de porc salé et de biscuit rassis. Un objet brillant et intéressant...

La sacoche ne contenait que des tricots usés, des chaussettes puantes et un chiffon à utiliser au cas où il aurait dû satisfaire un besoin naturel. Il regretta amèrement d'avoir offert son mouchoir de soie oriental à lady Silence. Celle-ci se faisait fort rare ces derniers temps : elle avait disparu du camp Terror deux jours après leur arrivée et on ne l'avait plus revue depuis. Ces indigènes auraient adoré le carré de tissu rouge et vert, il en était sûr.

Puis il toucha du doigt le cuivre de sa lunette d'approche.

Le cœur d'Irving fit un bond et se serra de douleur. Cette lunette était peut-être son bien le plus précieux en ce monde, le dernier cadeau que lui eût fait son cher oncle avant d'être emporté par une crise cardiaque.

Se fendant d'un sourire un peu triste, il sortit doucement l'instrument de sa sacoche. Il vit les hommes au visage basané raffermir leur étreinte sur les lances et les harpons.

Dix minutes plus tard, tous les membres la famille – ou du clan, ou de la tribu – étaient massés autour d'Irving, évoquant l'image d'un groupe d'écoliers entourant un maître bien-aimé. Chacun d'eux, y compris l'homme au serre-tête, à la bourse et à la ceinture, le plus soupçonneux du lot, avait collé son œil à la lunette. Même les deux femmes en avaient eu la possibilité – Irving avait autorisé M. Inuk Tikerqat, son collègue ambassadeur, à passer l'instrument d'optique à la jeune femme gloussante et à la vieillarde. Quant au vieil homme chargé du traîneau, il avait abandonné celui-ci le temps de s'extasier sur cette merveille pendant que les deux femmes se mettaient à chanter :

> *ai yei yai ya na*
> *ye he ye ye yi yan e ya qana*
> *ai ye yi yat yana*

Ils adoraient se regarder les uns les autres, éclatant de rire et prenant un air choqué lorsqu'ils découvraient dans l'objectif un visage gigantesque. Mais ils apprirent vite à régler l'instrument et s'abîmèrent dans la contemplation des crêtes et des rochers dans le lointain, et même des nuages. Lorsque Irving leur montra qu'ils pouvaient aussi regarder par le petit bout de la lorgnette, on entendit leurs rires et leurs cris de joie résonner dans la vallée.

S'exprimant avec les mains et le corps – refusant fermement de reprendre la lunette et la plaçant dans les mains de M. Inuk Tikerqat –, il parvint à leur faire comprendre qu'il s'agissait d'un cadeau.

Les hommes cessèrent de rire et le fixèrent d'un air grave. L'espace d'un instant, il se demanda s'il n'avait pas violé quelque tabou, s'il ne les avait pas offensés sans le vouloir, puis il conclut qu'il venait en fait de les placer devant un problème protocolaire : c'était un cadeau somptueux qu'il leur faisait là, et ils n'avaient rien à lui donner en échange.

Inuk Tikerqat s'entretint avec les autres chasseurs puis se tourna vers Irving pour se livrer à une pantomime dénuée de toute ambiguïté, portant une main à sa bouche puis se frottant le ventre.

Un instant terrorisé, Irving crut qu'il lui demandait s'il avait de la nourriture – il venait tout juste de s'assurer du contraire –, mais, lorsqu'il eut réussi à exprimer sa crainte, l'Esquimau secoua la tête et recommença son numéro de mime. En fait, comprit Irving, il lui demandait s'il avait faim.

Les yeux mouillés de larmes – un coup de vent ou le soulagement ? il n'aurait su le dire –, Irving opina avec enthousiasme. L'agrippant par l'épaule roidie de sa tenue de froid, Inuk Tikerqat le conduisit vers le traîneau. *Quel mot a-t-il employé tout à l'heure ?* se demanda l'enseigne.

— *Kamatik ?* demanda-t-il à voix haute.

— *Ee !* s'écria M. Tikerqat d'un air approbateur.

Chassant les chiens d'un vif coup de pied, il releva l'épaisse fourrure qui protégeait le chargement. Le *kamatik* transportait un monceau de viande et de poissons, frais ou déjà gelés.

L'hôte d'Irving lui dressa le catalogue de ces mets délicats, s'exprimant avec la patience d'un adulte s'adressant à un enfant.

— *Eqaluk,* dit-il en lui désignant les poissons. *Nat-suk,* poursuivit-il en passant à la viande et à la graisse de phoque. *Oo ming-mite,* conclut-il en montrant des morceaux, nettement plus gros, d'une viande plus foncée et déjà congelée.

Irving opina. Il avait littéralement l'eau à la bouche et se sentait horriblement gêné. Ne sachant s'il était censé admirer le tableau de chasse ou y sélectionner un morceau, il désigna timidement la viande de phoque.

— *Ee!* répéta M. Tikerqat.

Il s'empara d'une tranche de viande, glissa une main sous sa parka pour attraper un couteau en os passé à sa ceinture et découpa un morceau, qu'il tendit à Irving avant d'en découper un autre pour lui.

La vieille femme émit un bruit qui ressemblait à un gémissement.

— *Kaaktunga!* s'écria-t-elle. (Voyant qu'aucun des hommes ne lui prêtait attention, elle répéta :) *Kaaktunga!*

M. Tikerqat adressa à Irving une mimique des plus éloquentes, comme les hommes en échangent lorsqu'une femme demande quelque chose en leur présence, puis s'exclama :

— *Orssunguvoq!*

Mais il découpa néanmoins une tranche de graisse, qu'il jeta à la vieillarde édentée comme on jette des restes à un chien. Poussant un petit cri de joie, elle se mit à la mâchonner avec ses gencives.

Tout le monde se précipita alors sur le traîneau, et les hommes sortirent leurs couteaux et se servirent.

— *Aipalingiagpoq*, dit M. Tinkerqat en désignant la vieille femme d'un air hilare.

Tous les chasseurs se mirent à rire, vieillard et garçonnet compris, à l'exception notable de l'homme au serre-tête et à la bourse.

Irving se fendit de son plus beau sourire, bien qu'il n'eût point compris la plaisanterie.

L'homme au serre-tête le pointa du doigt et dit :

— *Qavac... suingne! Kangunartuliorpoq!*

Nul besoin de traduction pour comprendre que cette apostrophe n'avait rien d'un compliment. En guise de commentaire, M. Tinkerqat et la plupart des autres chasseurs secouèrent la tête sans cesser de manger.

Tous les Esquimaux, la jeune femme incluse, maniaient leur couteau comme lady Silence deux mois plus tôt dans sa maison de neige : ils tranchaient peau, viande et graisse en tournant la lame vers leur bouche, l'amenant tout près de leurs lèvres et de leur langue graisseuses.

Irving les imita – dans la mesure de son habileté –, mais son couteau était moins affûté et le résultat moins concluant. Toutefois, il ne se blessa pas le nez comme il l'avait fait lors de sa toute première tentative. Le repas se déroula dans un silence convivial, seulement interrompu par des rots polis mais aussi par quelques pets. De temps à autre, les hommes portaient une outre à leurs lèvres, mais Irving avait déjà sorti sa bouteille, dont sa chaleur corporelle avait empêché le contenu de geler.

— *Kee-nah-oo-veet?* dit soudain Inuk Tikerqat. (Il se frappa la poitrine.) *Tikerqat.*

Une nouvelle fois, il ôta sa moufle pour exhiber sa main à trois doigts.

— Irving, dit l'enseigne en se frappant la poitrine à son tour.

— *Eh-vunq*, répéta l'Esquimau.

Irving sourit derrière sa viande. Il désigna son nouvel ami.

— Inuk Tikerqat, *ee?*

L'Esquimau secoua de la tête.

— *Ah-ka.*

D'un geste ample, il ouvrit les bras comme pour étreindre l'ensemble de ses compagnons.

— *Inuk*, dit-il d'une voix ferme.

Puis, levant sa main mutilée, il en agita l'index et le médius tout en dissimulant le pouce, et il répéta :

— *Tikerqat.*

Irving déduisit de cet échange que le terme « Inuk » se rapportait aux dix Esquimaux ici présents – c'était le nom de leur tribu, de leur clan ou de leur race tout entière. Quant à « Tikerqat », c'était le nom de son interlocuteur, qui signifiait sans doute « Deux-Doigts ».

— *Tikerqat*, répéta-t-il à son tour, s'efforçant à une prononciation correcte tout en parlant la bouche pleine.

Le fait qu'il fût en train de dévorer une viande crue, rancie et puante lui était totalement indifférent. Son organisme la savourait comme un morceau de roi.

— *Tikerqat*, répéta-t-il une nouvelle fois.

Sans que quiconque pensât à se lever, et encore moins à interrompre son repas, Tikerqat poursuivit les présentations. Chaque fois qu'il prononçait un nouveau nom, il s'efforçait d'en expliquer le sens – si tant est qu'il en eût un – au moyen d'une pantomime, puis ses compagnons prirent l'initiative de le relayer dans cette tâche. On aurait cru voir des enfants occupés à jouer.

— *Taliriktug*, dit Tikerqat en désignant un jeune homme bien bâti accroupi à côté de lui.

Il lui empoigna le bras et le serra en faisant « *ah-yeh-i* », puis enserra son propre biceps comme pour le comparer à celui de son congénère.

— *Taliriktug*, répéta Irving, se demandant si ce vocable signifiait « Gros-Bras », « Le Musclé » ou autre chose.

L'Esquimau suivant, sensiblement plus petit, se nommait *Tuluqaq*. Tikerqat lui rabattit sa capuche, désigna ses cheveux noirs et agita une main dans les airs, mimant un oiseau en vol.

— *Tuluqaq*, répéta Irving en saluant l'homme, dont le nom signifiait vraisemblablement « Corbeau ».

— *Amaruq*, dit le quatrième homme.

Il se frappa la poitrine, rejeta la tête en arrière et hurla.

— *Amaruq*, répéta Irving en hochant la tête, rajoutant pour lui-même : « Loup ».

Le cinquième chasseur s'appelait *Mamarut*, et il exécuta une brève pantomime, dansant et moulinant des bras. Irving répéta poliment son nom, mais il n'avait aucune idée de ce qu'il signifiait.

Le sixième, plus jeune et plus sévère de mine, lui fut présenté sous le nom de *Ituksuk*. Il fixa Irving de ses yeux d'un noir de jais mais ne daigna ni parler ni gesticuler. Irving opina poliment et continua de mâcher sa viande.

L'homme au serre-tête et à la bourse en pendentif s'appelait *Asiajuk*, et lui non plus ne broncha ni ne pipa mot une fois que Tikerqat l'eut présenté. De toute évidence, il ne faisait aucune confiance à l'enseigne de vaisseau John Irving.

— Enchanté de faire votre connaissance, monsieur Asiajuk, lui dit ce dernier.

— *Afatkuq*, ajouta Tikerqat à voix basse en désignant l'intéressé d'un léger hochement de tête.

Une sorte d'homme-médecine ? se demanda Irving. Tant que l'hostilité d'Asiajuk se limitait à des regards noirs et à des silences lourds de menace, ce ne serait pas trop grave, décida-t-il.

Le vieillard qui s'occupait du traîneau s'appelait *Kringmuluardjuk*. Tikerqat désigna les chiens, qui n'avaient pas cessé de gronder, joignit les mains et les abaissa pour suggérer un diminutif, puis éclata de rire.

Toujours hilare, il désigna ensuite le garçonnet, âgé de dix ou onze ans, se frappa le torse du pouce et dit :

— *Irniq*. (Un temps.) *Qajorânguaq*.

Irniq devait signifier « fils » ou « frère », se dit Irving. Plus probablement « fils ». À moins que ce ne fût le nom du garçon, auquel cas c'était *Qajorânguaq* qui signifiait « fils » ou « frère ». L'enseigne se fendit d'un hochement de tête poli, comme précédemment.

Tikerqat fit signe à la vieille femme de s'avancer. Son nom était quelque chose comme *Nauja*, et Tikerqat mima de nouveau un oiseau en vol. Irving fit de son mieux pour répéter ce nom – il y avait dans le langage esquimau un son glottal qui lui posait problème – et salua respectueusement. Il se demanda si *Nauja* se traduisait par « sterne », par « goéland » ou par quelque chose de plus exotique.

La vieillarde gloussa et enfourna une nouvelle bouchée de graisse.

Tikerqat passa un bras autour de la jeune femme, encore adolescente, et dit :

— *Qaumaniq*.

Puis il sourit de toutes ses dents et ajouta :

— *Amooq !*

La jeune fille se trémoussa en souriant et tous les chasseurs s'esclaffèrent, à l'exception de l'homme-médecine.

— *Amooq ?* répéta Irving.

Son intervention déclencha l'hilarité générale. Tuluqag et Amaruq en recrachèrent leur viande.

— *Qaumaniq... amooq !*

Pour illustrer son propos, Tikerqat ramena les deux mains contre son torse et fit mine de le palper. Puis, pour être sûr de bien se faire comprendre, il attrapa la jeune femme – ce devait être son épouse, se dit Irving – et, d'un geste vif, lui retroussa sa parka sur les épaules.

Elle était nue sous sa peau de bête et effectivement gâtée par la nature... très gâtée pour une femme aussi jeune.

John Irving sentit le sang lui affluer à la tête et songea qu'il devait être écarlate de la gorge à la racine des cheveux. Baissant les yeux, il s'abîma dans la contemplation de son morceau de viande. Il aurait parié cinquante livres sterling que le terme *Amooq* était l'équivalent esquimau de « Gros-Seins ».

Les hommes qui l'entouraient rirent de plus belle. Les *qimmiq* – les chiens de traîneau aux allures de loup qui tractaient le *kamatik* en bois – se mirent à hurler en tirant sur leurs rênes. Le vieux Kringmuluardjuk tomba dans la neige à force de se tenir les côtes.

Soudain, Amaruq – Loup ? –, qui s'amusait avec la lunette d'approche, pointa du doigt la crête nue d'où Irving était descendu et lança :

— *Takuva-a... kabloona qukiuttina !*

Les Esquimaux firent aussitôt silence.

Les chiens aboyaient maintenant de façon frénétique.

Irving se leva d'un bond et mit une main en visière. Il ne souhaitait pas demander qu'on lui passât la lorgnette. La silhouette d'un homme vêtu d'un manteau apparut un instant, puis s'éclipsa.

Parfait ! se dit-il. Depuis le début du festin et de la cérémonie des présentations, il se demandait comment faire pour convaincre Tikerqat et ses compagnons de gagner le camp Terror avec lui. Comme il se jugeait incapable de leur faire comprendre grâce au seul langage des signes que ces huit hommes, ces deux femmes, leurs chiens et leur traîneau devaient le suivre pendant trois bonnes heures pour regagner la côte, il se creusait la tête pour persuader Tikerqat de l'accompagner.

442

Une chose était sûre : il ne devait pas laisser ces indigènes repartir vers leur village ou leur campement, où que se trouvât celui-ci. Le capitaine Crozier devait arriver au camp Terror le lendemain, et l'enseigne Irving savait que son supérieur harassé espérait plus que tout entrer en contact avec des Esquimaux. *Les tribus du Nord, celles que Ross appelle les tribus des highlands, sont rarement belliqueuses*, lui avait-il confié un soir. *Si nous tombons sur l'un de leurs villages en faisant route vers le sud, peut-être nous procurerons-nous suffisamment de provisions pour remonter la rivière de Back jusqu'au Grand Lac des Esclaves. Au pis, les indigènes nous apprendront comment subsister grâce à la chasse et à la pêche.*

Et voilà que Thomas Farr et les autres, partis à sa recherche, avaient suivi ses traces dans la neige pour déboucher au-dessus de cette vallée. L'homme en manteau avait disparu derrière la crête – effaré en découvrant les dix Esquimaux, à moins qu'il n'eût craint de les effaroucher –, mais Irving avait eu le temps de reconnaître une perruque galloise sur son crâne et un cache-nez sur son visage, et il savait que l'un de ses problèmes était résolu.

S'il ne parvenait pas à convaincre Tikerqat et ses compagnons de le suivre – Asiajuk, le vieux chaman, risquait de se montrer particulièrement rétif –, il pouvait rester auprès d'eux, en compagnie de deux ou trois marins, et les amadouer avec de nouveaux cadeaux pour les convaincre de ne pas bouger le temps que le matelot le plus rapide de leur groupe aille chercher le capitaine Fitzjames, lequel accourrait sur les lieux avec des renforts.

Je ne dois pas les laisser filer. Ces Esquimaux représentent peut-être la solution de tous nos problèmes. Voire notre salut.

Irving sentit son cœur lui cogner les côtes.

— Tout va bien, dit-il à Tikerqat et à ses compagnons, d'une voix qu'il espérait calme et assurée. Ce ne sont que mes amis. Quelques-uns de mes amis. De braves hommes. Ils ne vous feront aucun mal. Nous n'avons qu'un seul fusil pour nous tous, et nous le laisserons avant de descendre ici. Tout va bien. Ce sont mes amis et vous serez ravis de les rencontrer.

Ils ne comprenaient pas un traître mot de ce discours, naturellement, mais Irving continua de déblatérer, usant de la même voix rassurante qu'il employait quand il souhaitait tranquilliser un cheval nerveux dans les écuries familiales.

Quelques-uns des chasseurs avaient ramassé qui une lance, qui un harpon, qu'ils tenaient d'une façon qu'on ne pouvait qualifier de menaçante, mais Amaruq, Tulugaq, Taliriktug, Ituksuk, le petit Qajorânguaq, le vieux Kringmuluardjuk et même le revêche Asiajuk regardaient vers Tikerqat comme dans l'attente d'un ordre. Les deux femmes cessèrent de mâcher leur viande et s'abritèrent derrière les hommes.

Tikerqat se tourna vers Irving. Soudain, le jeune enseigne lui trouva des yeux bien noirs, bien insondables. Il semblait attendre une explication.

— *Khat-seet ?* demanda-t-il à voix basse.

Irving lui montra ses mains grandes ouvertes en signe d'apaisement et s'efforça de sourire avec sérénité.

— Des amis, répéta-t-il, sur le même ton que Tikerqat. Quelques amis.

L'enseigne jeta un coup d'œil en direction de la crête. Aucune silhouette ne s'y détachait sur fond de ciel bleu. Il se dit avec un pincement au cœur que le marin venu à sa recherche avait pris peur en apercevant les chasseurs et s'était empressé d'aller retrouver ses camarades. Irving ignorait combien de temps il pouvait rester ici... combien de temps il parviendrait encore à rassurer Tikerqat et les autres, à les empêcher de s'enfuir.

Il inspira à fond et comprit qu'il devait rattraper le marin, lui ordonner de faire demi-tour, lui dire ce qui s'était passé et lui ordonner de ramener Farr et les autres le plus vite possible. Il ne pouvait plus attendre.

— Restez ici, je vous prie.

Irving posa sa sacoche de cuir devant Tikerqat, comme pour lui faire comprendre qu'il comptait revenir tout de suite.

— Attendez ici, s'il vous plaît. Je n'en ai que pour quelques instants. Je resterai à portée de vue. Ne partez pas, je vous en supplie.

Il se rendait compte qu'il gesticulait comme s'il avait en face de lui un chien qui refusait de s'asseoir.

Tikerqat ne daigna ni s'asseoir ni répondre, mais il demeura là où il était tandis qu'Irving s'éloignait à reculons.

— Je reviens tout de suite ! lança l'enseigne.

Tournant les talons, il se mit à trotter sur le sol pentu de glace et d'éboulis, jusqu'à gagner le gravier noir de la crête.

Essoufflé par l'effort autant que par la tension nerveuse, il se retourna vers la vallée.

Chasseurs, chiens et traîneau n'avaient pas bougé d'un pouce.

Irving agita les bras pour leur faire comprendre qu'il allait bientôt les rejoindre puis descendit côté nord-est pour repérer son marin et lui ordonner de revenir.

La scène qu'il découvrit six mètres en contrebas le figea sur place.

Un petit homme nu mais chaussé d'une paire de bottes dansait autour d'un tas de vêtements posé sur un rocher.

Un lutin, songea Irving, se rappelant les contes irlandais dont Crozier était friand. Cette image était totalement dénuée de sens à ses yeux. Décidément, cette journée était propice aux visions étranges.

Il se rapprocha et vit que ce lutin n'était autre que l'aide-calfat. Il fredonnait un chant de marin tout en faisant des pirouettes. Irving ne put s'empêcher de remarquer la lividité grisâtre de sa peau, ses côtes saillantes, l'horripilation qui affectait tout son organisme, son pénis circoncis, ses fesses d'une grotesque nuance d'albâtre.

Lorsqu'il se dirigea vers lui, il secouait la tête en signe d'incrédulité, prêt à rire malgré qu'il en eût, tant sa rencontre avec Tikerqat l'avait excité.

— Monsieur Hickey. Que *diable* êtes-vous en train de faire?

L'aide-calfat cessa de tourner sur lui-même. Il porta à ses lèvres un doigt osseux, comme pour intimer à l'enseigne l'ordre de se taire. Puis il se pencha, montrant son cul à Irving, pour chercher quelque chose dans ses vêtements entassés sur le rocher.

Il est devenu fou, se dit Irving. *Il ne faut pas que Tikerqat et les autres le voient dans cet état-là.* Il se demanda si quelques gifles bien senties lui feraient reprendre ses esprits, s'il serait alors en mesure de ramener Farr et les autres dans les plus brefs délais. Il avait un crayon et du papier lui permettant de rédiger une note, mais ils étaient rangés dans sa sacoche.

— Écoutez-moi, monsieur Hickey..., commença-t-il d'une voix sévère.

L'aide-calfat se redressa et pivota sur lui-même, le bras tendu au maximum, faisant montre d'une telle alacrité qu'Irving crut qu'il se remettait à danser.

Mais il tenait dans sa main un coutelas affûté.

Irving sentit une vive douleur au cou. Il voulut reprendre la parole, s'aperçut qu'il ne le pouvait pas, leva les mains pour les porter à sa gorge et baissa les yeux.

Une cascade de sang lui inondait les mains et le torse, gouttait sur ses bottes.

Hickey fit décrire à sa lame un nouvel arc meurtrier.

Le coup sectionna la trachée-artère de l'enseigne. Il tomba à genoux et leva le bras droit vers Hickey, qui lui semblait à présent se trouver au fond d'un tunnel de ténèbres. John Irving était trop surpris pour éprouver une quelconque colère.

Hickey se rapprocha d'un pas, toujours nu, tout en angles, en muscles secs et en tendons saillants, avançant à croupetons tel un gnome blafard. Mais Irving était tombé sur le flanc, pour vomir sur le gravier glacé une invraisemblable quantité de sang, et il était mort lorsque Cornelius Hickey entreprit de lui arracher ses vêtements et de travailler son corps au couteau.

38

Crozier

69° 37' 42" de latitude nord, 98° 41' de longitude ouest
25 avril 1848

Dès qu'ils arrivèrent au camp Terror, les marins s'effondrèrent dans les tentes pour y dormir du sommeil du juste, sauf Crozier qui ne ferma pas l'œil de la nuit.

Il commença par gagner la tente que l'on avait montée à l'intention du Dr Goodsir afin qu'il procède à l'autopsie et prépare le corps en vue de l'inhumation. Livide et gelé durant son pénible transfert sur le traîneau des sauvages, le cadavre de l'enseigne Irving ne semblait pas tout à fait humain. Outre sa plaie béante à la gorge – on eût dit que sa tête allait se détacher du tronc, et on apercevait les vertèbres tout au fond –, le jeune homme présentait des traces d'éviscération et d'émasculation.

Goodsir s'affairait toujours à sa tâche lorsque Crozier le rejoignit. Le chirurgien examinait plusieurs organes prélevés sur le corps, utilisant pour ce faire toute une panoplie d'instruments tranchants. Il leva les yeux vers Crozier et lui adressa un regard pensif, étrangement teinté de honte. Le capitaine se planta devant le cadavre et les deux hommes observèrent quelques instants de silence. Puis Crozier remit en place une mèche de cheveux blonds qui barrait le front de John Irving. Elle effleurait ses yeux bleus grands ouverts, fixes quoique déjà voilés.

— Que la dépouille soit prête pour la cérémonie demain midi, dit Crozier.

— À vos ordres, commandant.

Crozier se rendit dans sa tente, où l'attendait Fitzjames.

Quelques semaines auparavant, lorsque Thomas Jopson, son valet, avait supervisé le chargement de « la tente du capitaine » et son transport au camp Terror, Crozier avait piqué une colère en constatant que non seulement Jopson lui avait confectionné une tente deux fois plus grande que les autres – il se serait contenté d'un modèle Holland classique –, mais qu'il l'avait en outre meublée d'un grand lit, de fauteuils en chêne provenant du carré des officiers et d'un bureau ouvragé ayant jadis appartenu à sir John.

À présent, il se félicitait de cette initiative. Il plaça le bureau entre la porte de la tente et le rideau qui protégeait son lit des regards, puis disposa deux fauteuils derrière lui et rangea les autres hors de vue. La lanterne accrochée à l'apex de la toile ne dispensait qu'une chiche lumière devant le bureau, laissant dans la pénombre les sièges qu'allaient occuper les deux capitaines. On se serait cru dans un tribunal de cour martiale.

Exactement l'effet voulu par Francis Crozier.

— Vous devriez aller vous coucher, commandant, dit Fitzjames.

Crozier considéra son cadet. Il ressemblait à un vieillard – à un cadavre ambulant : blême au point d'en être transparent, les joues criblées de poils de barbe sanguinolents, le visage hâve et les yeux enfoncés dans leurs orbites. Cela faisait plusieurs jours que Crozier ne s'était pas regardé dans la glace, et il s'était tenu à l'écart du miroir accroché au fond de sa tente, mais il espérait de tout son cœur ne pas ressembler au capitaine de frégate James Fitzjames, jadis la fine fleur de la Royal Navy.

— Vous aussi, vous avez besoin de sommeil, James, rétorqua-t-il. Je peux m'occuper d'interroger ces hommes.

Fitzjames secoua la tête avec lassitude.

— Je leur ai déjà posé quelques questions, naturellement, dit-il d'une voix atone, mais je n'ai ni visité les lieux, ni procédé à un interrogatoire poussé. Je savais que vous souhaiteriez le faire.

Crozier acquiesça.

— Je veux me rendre sur place dès le lever du jour.

— C'est à deux heures de marche, au sud-ouest.

Crozier acquiesça de nouveau.

Fitzjames ôta sa casquette et passa des doigts crasseux dans ses longs cheveux gras. Grâce aux poêles des baleinières, ils avaient pu faire fondre de la neige afin de pouvoir boire, et se raser pour les officiers qui le souhaitaient, mais il n'en restait pas assez pour se laver. Fitzjames sourit.

— L'aide-calfat Hickey a demandé la permission de dormir en attendant que vienne son tour de faire son rapport.

— L'aide-calfat Hickey restera réveillé comme le reste d'entre nous, répliqua sèchement Crozier.

— C'est en gros ce que je lui ai fait comprendre, dit Fitzjames à voix basse. Je lui ai collé un tour de garde. Le froid devrait le tenir éveillé.

— S'il ne le tue pas, dit Crozier.

À en juger par le ton de sa voix, un tel événement n'aurait rien d'une catastrophe à ses yeux. Haussant le ton, il lança au soldat Daly, qui montait la garde devant sa tente :

— Faites entrer le sergent Tozer.

L'ordinaire des hommes était réduit de deux tiers par le rationnement en vigueur, mais le sous-officier des fusiliers marins restait bien portant comme par miracle. Quoique désarmé, il se tint au garde-à-vous tout le temps que dura l'interrogatoire.

— Quelle impression avez-vous retirée des événements d'aujourd'hui, sergent ?

— C'était du joli, monsieur.

— Du joli ?

Crozier repensa au corps de l'enseigne de vaisseau Irving, qui gisait dans la tente médicale située derrière la sienne.

— Oui, monsieur. Je veux parler de l'attaque, monsieur. Réglée comme du papier à musique. On est descendus depuis le haut de la colline, en gardant bas les armes comme si tout allait pour le mieux, et ces sauvages nous ont regardés sans broncher. On a ouvert le feu à moins de vingt yards et ça a fichu un sacré bazar dans les rangs de ces primitifs, je peux vous le dire. Un sacré bazar, oui, monsieur.

— Ils avaient formé les rangs, sergent ?

— Euh... non, pas vraiment, commandant, je ne pourrais pas le jurer sur l'honneur. Ils étaient plutôt dispersés, comme le sont le plus souvent les sauvages.

— Et votre première salve a eu raison d'eux ?

— Oh ! oui, monsieur. À cette distance, même les fusils faisaient mouche. Sacré spectacle, vous pouvez m'en croire.

— Comme à la fête foraine, hein ?

— Oui, monsieur, dit le sergent Tozer, un large sourire sur son visage rougeaud.

— Est-ce qu'ils vous ont opposé une quelconque résistance, sergent ?

— Non, monsieur. Quasiment aucune.

— Pourtant, ils étaient armés de couteaux, de lances et de harpons.

— Oh ! oui, monsieur. Deux de ces païens nous ont lancé leur harpon et un troisième a brandi sa lance, mais ils étaient déjà blessés et on s'en est tirés sans une égratignure, excepté le jeune Sammy Crispe qui a été touché à la jambe, mais il a braqué son fusil sur le sauvage qui l'avait blessé et l'a envoyé tout droit en enfer, monsieur. Oui, tout droit en enfer.

— Deux Esquimaux ont pu s'échapper, je crois, dit Crozier.

Tozer se renfrogna.

— Oui, monsieur. Je vous prie d'accepter mes excuses. Il y avait pas mal de confusion, monsieur. Deux sauvages que nous pensions avoir abattus se sont relevés alors que nous étions occupés à tuer ces saletés de chiens, monsieur.

— Pourquoi avez-vous abattu leurs chiens, sergent ? intervint Fitzjames.

Tozer parut surpris.

— Eh bien, ils n'arrêtaient pas d'aboyer et de gronder, et ils se seraient jetés sur nous si leurs rênes n'avaient pas tenu. Ce n'étaient pas des chiens, commandant, c'étaient des loups.

— Vous n'avez pas pensé qu'ils pourraient nous être utiles, sergent ? demanda Fitzjames.

— Si, monsieur. C'était de la *viande*.

— Décrivez-moi les deux Esquimaux qui ont pu s'enfuir, reprit Crozier.

— Le premier était de petite taille, commandant. M. Farr est d'avis que c'était sans doute une femme. Ou alors une fille. Il y avait du sang sur sa capuche, mais, visiblement, elle n'était pas morte.

— Visiblement, répéta Crozier. Et le second ?

Tozer haussa les épaules.

— Un petit homme avec un serre-tête, c'est tout ce que je sais, commandant. Il était tombé derrière le traîneau, et on a cru qu'il avait eu son compte. Mais il s'est relevé pour s'enfuir avec la fille pendant qu'on abattait les chiens, monsieur.

— Avez-vous tenté de les poursuivre ?

— De les poursuivre ? Oh ! oui, absolument, monsieur. On s'est crevé le c... on leur a couru après de toutes nos forces, commandant. Tout en rechargeant et en leur tirant dessus. Je crois que j'ai touché cette traînée d'Esquimaude, mais elle n'a pas ralenti, malheureusement. Ils étaient trop rapides pour nous, monsieur. Mais ils ne risquent pas de revenir dans les parages, pour sûr. On a fait le nécessaire.

— Et leurs amis ? lança Crozier.

— Je vous demande pardon ? répondit Tozer, tout sourire.

— Leur tribu. Leur village. Leur clan. Leurs frères chasseurs et guerriers. Ces hommes et ces femmes ne sortaient pas de nulle part. Ils n'avaient pas passé tout l'hiver sur la banquise. Ils vont sûrement regagner leur village, si ce n'est déjà fait. Vous ne vous êtes pas dit que les autres chasseurs – des hommes qui tuent quotidiennement – nous en voudraient d'avoir tué huit de leurs parents ou amis, sergent ?

Tozer semblait désemparé.

449

— Je n'ai plus besoin de vous, sergent, dit Crozier. Faites entrer l'enseigne de vaisseau Hodgson.

Apparemment, Hodgson était aussi malheureux que Tozer était content de lui. Le jeune enseigne, déjà attristé par la mort de son ami le plus proche, avait été écœuré par les conséquences de l'attaque qu'il avait lui-même ordonnée après avoir rejoint le groupe d'Irving et découvert le cadavre de ce dernier.

— Repos, lieutenant, dit Crozier. Souhaitez-vous vous asseoir ?

— Non, monsieur.

— Expliquez-nous pourquoi vous avez rejoint le groupe de l'enseigne Irving. Le capitaine Fitzjames vous avait ordonné de partir en expédition de chasse au *sud* du camp Terror.

— Oui, commandant. Et c'est ce que nous avons fait durant la matinée. Mais nous n'avons trouvé aucune trace sur la côte, monsieur, même pas celles d'un lapin, et les icebergs amoncelés le long de la grève nous barraient l'accès à la glace de mer. Donc, aux environs de dix heures, nous sommes retournés vers l'intérieur des terres, dans l'espoir d'apercevoir un caribou, un renard ou un ovibos.

— Et vous n'en avez vu aucun ?

— Non, monsieur. Mais nous sommes tombés sur les traces d'une dizaine de personnes chaussées de bottes à la mode esquimaude. Plus des traces de chiens tractant un traîneau.

— Et vous avez renoncé à chasser pour suivre ces traces en direction du nord-ouest ?

— Oui.

— Qui a pris cette décision, monsieur Hodgson ? Vous ou le sergent Tozer, qui faisait office de commandant en second ?

— Moi, monsieur. J'étais le seul officier de notre groupe. C'est moi qui ai pris toutes les décisions.

— Y compris celle d'attaquer les Esquimaux ?

— Oui, monsieur. Nous les avons repérés à une minute de marche de la crête où ce pauvre John avait été tué et étripé, et... enfin, vous savez ce qu'ils lui ont fait, commandant. Ces sauvages semblaient sur le point de partir, de retourner vers le sud-ouest. C'est alors que nous avons décidé de les attaquer en force.

— De combien d'armes disposiez-vous, lieutenant ?

— Nous étions équipés de trois fusils, de deux carabines et de deux mousquets, monsieur. Le groupe de l'enseigne Irving ne disposait que d'un mousquet. Oh ! ils avaient aussi un pistolet. Nous l'avons retrouvé dans la poche du manteau de John... de l'enseigne Irving.

— Les Esquimaux ont laissé ce pistolet dans sa poche ? demanda Crozier.

450

Hodgson marqua une pause, comme si ce détail lui avait jusqu'ici échappé.

— Oui, monsieur.

— Lui avait-on dérobé d'autres objets personnels ?

— Oui, monsieur. D'après le rapport de M. Hickey, les Esquimaux s'étaient emparés de la lorgnette et de la sacoche de John... de l'enseigne Irving... avant de le massacrer sur la crête. Lorsque nous sommes arrivés sur les lieux, j'ai vu grâce à ma propre lunette d'approche que les indigènes fouillaient sa sacoche et se passaient sa lorgnette. Ils se trouvaient dans la vallée, où ils s'étaient sans doute arrêtés après l'avoir tué et... mutilé.

— Y avait-il des traces ?

— Je vous demande pardon, monsieur ?

— Les Esquimaux avaient-ils laissé des traces en descendant de la crête où vous avez découvert le corps de l'enseigne pour gagner la vallée où ils examinaient ses objets personnels ?

— Euh... oui, monsieur. Oui, commandant, je crois bien. Je me souviens d'avoir aperçu des traces que j'ai crues sur le moment laissées par John, mais c'était sûrement aussi les leurs. Ils ont dû monter et redescendre en file indienne, commandant. M. Hickey dit qu'ils l'entouraient de toutes parts sur la crête lorsqu'ils lui ont coupé la gorge et... et lui ont infligé toutes ses autres blessures. Il dit qu'ils n'y étaient pas tous les dix... sans doute que les femmes et le garçonnet étaient restés en bas... mais qu'il y en avait bien six ou sept. Les chasseurs. Les hommes les plus jeunes.

— Et le vieillard ? demanda Crozier. Si j'ai bien compris, il y avait un vieillard édenté parmi les cadavres à l'issue de votre attaque.

Hodgson acquiesça.

— Il lui restait une dent, commandant. Je ne me rappelle plus s'il faisait partie du groupe qui a tué John, d'après les déclarations de M. Hickey.

— Lieutenant, comment se fait-il que vous ayez commencé par entrer en contact avec le groupe de M. Farr – le groupe de l'enseigne Irving – alors que vous suiviez les traces des Esquimaux qui menaient vers le nord ?

Hodgson hocha vivement la tête, comme soulagé de pouvoir enfin répondre sans ambiguïté à la question qu'on lui posait.

— Nous avons perdu la trace des indigènes et de leur traîneau environ un mile au sud de l'endroit où l'enseigne Irving a été attaqué, monsieur. Sans doute avaient-ils obliqué vers l'est, pour s'engager sur les crêtes, c'est-à-dire sur un terrain où la rocaille était plus fréquente que la neige. Comme nous ne trouvions leur trace nulle part dans les vallées, nous avons mis le cap au nord, la direction qu'ils avaient vraisemblablement suivie. En descendant d'une colline, nous sommes tombés sur le groupe de Thomas Farr – celui de John, donc –, qui achevait de dîner. M. Hickey venait tout juste de le rejoindre pour rapporter ce qu'il avait vu, et notre arrivée a terrifié Thomas et ses hommes... ils nous ont pris pour des Esquimaux résolus à les tuer.

— Avez-vous remarqué quoi que ce soit d'étrange chez M. Hickey? s'enquit Crozier.

— D'étrange, monsieur?

Crozier attendit en silence.

— Eh bien, reprit Hodgson, il tremblait de tous ses membres. Comme s'il était malade. Et sa voix était très agitée, une voix de fausset. Et puis... euh... il riait, monsieur. Je dirais même qu'il gloussait. Mais c'est une réaction normale quand on a vu ce qu'il avait vu, n'est-ce pas, commandant?

— Et qu'avait-il vu, George?

— Eh bien... (Hodgson baissa les yeux pour reprendre sa contenance.) D'après le rapport qu'il avait fait à M. Farr, et qu'il a répété à mon intention, il était allé voir ce que faisait l'enseigne Irving et, en arrivant sur une crête, il avait vu une bande de six ou sept Esquimaux occupés à lui voler ses biens, à le tuer et à le mutiler. M. Hickey a précisé – il tremblait comme une feuille tellement il était choqué – qu'il avait vu ces sauvages lui trancher ses parties intimes.

— Vous-même avez pu voir le corps de l'enseigne Irving quelques minutes plus tard, n'est-ce pas, lieutenant?

— Oui, monsieur. Il nous a fallu environ vingt-cinq minutes pour nous rendre sur les lieux à partir du campement de M. Farr.

— Mais vous n'avez pas été pris de tremblements incontrôlables à la vue du cadavre d'Irving, n'est-ce pas, lieutenant? Des tremblements qui se seraient prolongés pendant vingt-cinq minutes?

— Non, monsieur, répondit Hodgson, qui ne comprenait visiblement pas le sens de cette question. Mais j'ai vomi, monsieur.

— Et à quel moment avez-vous décidé d'attaquer les Esquimaux et de les tuer jusqu'au dernier?

Hodgson déglutit.

— Après les avoir observés à la lorgnette depuis la crête pendant qu'ils fouillaient la sacoche de John et jouaient avec sa lunette d'approche, commandant. Dès que nous les avons tous vus autour de leur traîneau – M. Farr, le sergent Tozer et moi-même – et compris qu'ils étaient sur le point de partir.

— Et vous avez donné l'ordre de ne pas faire de prisonniers?

Hodgson baissa les yeux une nouvelle fois.

— Non, monsieur. Je n'ai donné aucune précision, ni dans un sens, ni dans l'autre. J'étais tellement... furieux.

Crozier ne fit aucun commentaire.

— J'ai dit au sergent Tozer qu'il faudrait interroger l'un des Esquimaux pour savoir ce qui s'était passé, poursuivit l'enseigne. Je supposais donc qu'il y aurait des survivants. Mais j'étais tellement... *furieux*.

— Qui a donné l'ordre d'ouvrir le feu, lieutenant ? Vous, le sergent Tozer, M. Farr, quelqu'un d'autre ?

Hodgson battit des cils à plusieurs reprises.

— Je ne m'en souviens plus, monsieur. Je ne sais même pas si un ordre a été donné. Je me rappelle que nous sommes arrivés à trente yards des Esquimaux, peut-être moins, et que j'ai vu plusieurs d'entre eux empoigner leurs lances et leurs harpons, et puis nous nous sommes tous mis à tirer, à recharger et à tirer encore. Les indigènes couraient dans tous les sens, et leurs femmes hurlaient... la vieillarde glapissait comme cette banshee dont vous nous avez raconté la légende, commandant... un cri suraigu, mêlé de gargouillis... elle n'a pas cessé un instant, même après avoir reçu plusieurs balles dans le corps. Alors le sergent Tozer s'est approché d'elle, il a brandi le pistolet de John et... tout s'est passé très vite, commandant. Jamais je n'ai pris part à semblable action.

— Moi non plus, confia Crozier.

Fitzjames resta muet. Il s'était conduit en héros à plusieurs reprises durant la guerre de l'Opium. Il avait la tête basse et semblait perdu dans ses pensées.

— Si des erreurs ont été commises, déclara Hodgson, j'en prendrai l'entière responsabilité. Vu que Jo... que l'enseigne Irving était décédé, j'étais l'officier le plus haut gradé du groupe. Je suis seul responsable de nos actes, messieurs.

Crozier le fixa. Le capitaine avait conscience du caractère atone de son propre regard.

— Vous *étiez* le seul officier présent, enseigne Hodgson. La responsabilité de ces actes vous incombe pleinement. Dans quatre heures environ, je me rendrai avec un groupe d'hommes sur les lieux du meurtre et de la fusillade qui l'a suivi. Nous prendrons des lanternes et suivrons les traces du traîneau que vous avez utilisé à votre retour, mais je tiens à être arrivé là-bas pour le lever du jour. M. Farr et vous-même serez les seuls témoins de ces événements à nous accompagner. Allez prendre un peu de repos et veillez à être prêt à sept heures du matin.

— À vos ordres, commandant.

— Et envoyez-nous l'aide-calfat Hickey.

39

Goodsir

69° 37' 42" de latitude nord, 98° 41' de longitude ouest
25 avril 1848

Extrait du journal intime du Dr Harry D. S. Goodsir :

Mardi 25 avril 1848
J'aimais beaucoup l'enseigne Irving. Il me faisait l'impression d'un jeune homme franc et bon. Je ne le connaissais pas très bien, mais, durant tous ces mois d'épreuves — et en particulier lors des semaines où je me suis partagé entre l'Erebus et le Terror —, pas une fois je ne l'ai vu négliger ses devoirs ni faire preuve envers les hommes d'une sévérité excessive, et il s'est toujours comporté en gentleman avec moi.

Le capitaine Crozier est particulièrement touché par cette perte. Lorsqu'il est arrivé au camp, vers deux heures du matin, il était si livide que j'aurais parié ma réputation qu'il ne pouvait pâlir davantage. Mais c'est pourtant ce qu'il a fait en apprenant les nouvelles. Ses lèvres ont pris la coloration de la neige gelée qui nous entoure de toutes parts depuis maintenant trois ans.

Mais en dépit de l'amitié et du respect que m'inspirait l'enseigne Irving, j'ai dû accomplir la tâche qui m'était assignée, en mettant de côté mes sentiments personnels.

Après lui avoir ôté ses vêtements en lambeaux — il ne restait plus un seul bouton en place, du gilet au caleçon, et le sang en gelant avait rendu le tissu dur comme du fer —, j'ai demandé à Henry Lloyd de m'aider à baigner le corps de l'enseigne Irving. Notre réserve d'eau — obtenue grâce à M. Diggle et à ses assistants, qui font fondre de la neige grâce au charbon provenant de nos navires — ne saurait être gaspillée, mais nous

nous devions de rendre au jeune Irving les derniers hommages auxquels il avait droit.

Je n'ai pas eu besoin de pratiquer une incision en forme de Y inversé des hanches à l'ombilic – la branche de cet Y se prolongeant jusqu'au sternum –, car les assassins de l'enseigne Irving s'en étaient déjà chargés.

En dépit de mes doigts gourds, j'ai pris des notes et esquissé quelques schémas durant la procédure, comme j'avais coutume de le faire. La cause du décès n'a rien de mystérieux. L'enseigne Irving est mort des suites des blessures qu'on lui a infligées à la gorge, deux blessures à l'arme blanche. Je ne pense pas qu'il reste plus d'une pinte de sang dans son corps meurtri.

La trachée-artère et le larynx ont été sectionnés, et j'ai relevé des traces de lame sur les vertèbres cervicales mises à nu.

La cavité abdominale a été ouverte par plusieurs coups répétés qui ont tailladé la peau, les chairs et les tissus, et l'intestin grêle et le gros intestin ont été tranchés et arrachés au corps. La rate et les reins de l'enseigne Irving ont également été tailladés et ouverts par un instrument tranchant. Son foie demeure introuvable.

Le pénis de l'enseigne a été amputé à un pouce de sa base et demeure lui aussi introuvable. Son scrotum a été fendu le long de son axe de symétrie et ses testicules ont été sectionnés. Plusieurs coups répétés ont été nécessaires pour toucher ainsi le scrotum, l'épididyme et l'albuginée. Il est fort possible que la lame de l'assassin ait fini par en être émoussée.

Bien que les testicules aient disparu, il subsiste des vestiges des canaux déférents, de l'urètre et des tissus reliant la base du pénis à la cavité abdominale.

Bien que le corps de l'enseigne Irving présente de nombreux hématomes – dont la plupart correspondent aux symptômes du scorbut –, on n'observe sur lui aucun autre traumatisme. Il est intéressant de constater que ses mains et ses bras sont vierges de toute blessure, comme s'il ne s'était pas défendu face à son meurtrier.

Selon toute évidence, l'enseigne Irving a été pris par surprise. Son ou ses agresseurs lui ont coupé la gorge avant qu'il ait eu le temps de se défendre. Ensuite, ils ont pris tout leur temps pour l'éviscérer et lui ôter ses entrailles, effectuant plusieurs incisions et mouvements de scie.

Un peu plus tard, alors que je préparais le corps de l'enseigne en vue de la cérémonie funèbre, j'ai fait de mon mieux pour lui recoudre le cou et la gorge, et – après avoir fourré sa cavité abdominale avec des substances fibreuses (un tricot provenant de son propre paquetage) afin qu'elle ne parût pas trop creusée aux yeux de ses camarades lorsqu'ils le découvriraient vêtu de son uniforme – je me suis préparé à recoudre au mieux la paroi abdominale, dont une bonne partie du tissu constitutif était déchiqueté ou avait tout simplement disparu.

Puis, après avoir hésité quelques instants, j'ai pris une initiative plutôt inattendue.

J'ai ouvert l'estomac de l'enseigne Irving.

Je n'étais nullement tenu de le faire dans le cadre de cette autopsie. La cause du décès ne faisait aucun doute. Il était inutile de déterminer les maladies dont il aurait pu souffrir – nous sommes tous touchés par le scorbut et par la malnutrition.

Mais j'ai néanmoins incisé son estomac. Cet organe me paraissait bizarrement distendu – bien plus qu'il n'aurait dû l'être du fait de la décomposition et de l'action bactérienne étant donné la température ambiante – et je ne pouvais conclure mon examen post mortem sans m'intéresser à cette anomalie.

Son estomac était plein.

Peu de temps avant de mourir, l'enseigne Irving avait ingéré de la viande de phoque en quantité, ainsi que des morceaux de peau et pas mal de graisse. Le processus de digestion était à peine entamé.

Les Esquimaux l'avaient nourri avant de le tuer.

À moins qu'il n'eût troqué sa lunette d'approche, sa sacoche et le contenu de celle-ci contre une portion de viande et de graisse de phoque.

Mais c'était impossible, puisque l'aide-calfat Hickey déclarait avoir vu les Esquimaux tuer et dépouiller l'enseigne.

Le traîneau sur lequel M. Farr avait rapporté le corps de l'enseigne Irving était chargé de viande et de poisson. À en croire M. Farr, les hommes en avaient ôté divers ustensiles – des paniers, des casseroles, et cætera – afin d'y arrimer le cadavre. « Nous voulions que M. Irving soit aussi à l'aise que possible », pour citer le sergent Tozer.

Donc, les Esquimaux avaient commencé par lui offrir de la viande, ils lui avaient laissé le temps de la manger – sinon de la digérer – et ensuite ils avaient remis de l'ordre dans leur traîneau avant de se ruer sur lui comme des sauvages.

Traiter un inconnu en ami, puis le tuer et le mutiler de cette façon... est-il possible que des hommes se montrent aussi rusés, aussi maléfiques, aussi barbares ?

Qu'est-ce qui pouvait expliquer un tel changement d'attitude de la part des indigènes ? Se pouvait-il que l'enseigne eût dit ou fait quelque chose qui fût de nature à violer l'un de leurs tabous ? Ou bien avaient-ils tout simplement décidé de le dépouiller ? Était-ce la lunette d'approche qui avait excité leur convoitise ?

Il existe une autre hypothèse, mais elle est si horrible et si improbable que j'ose à peine la mentionner ici.

Ce ne sont pas les Esquimaux qui ont tué l'enseigne Irving.

Sauf que cela n'a aucun sens. L'aide-calfat Hickey a déclaré qu'il avait VU six, sept ou huit indigènes agresser l'enseigne. Il les a VUS en train de voler sa sacoche, sa lorgnette et ses autres possessions – mais ils ont négligé de s'emparer de son pistolet et de lui faire les poches. L'aide-calfat Hickey a dit au capitaine Fitzjames – j'étais présent lorsqu'il lui a fait son rapport – qu'il les a VUS lorsqu'ils ont étripé notre pauvre ami.

Hickey a tout vu depuis sa cachette.

Il fait nuit noire et la température est glaciale, mais le capitaine Crozier part dans vingt minutes avec quelques hommes pour se rendre sur les lieux du meurtre et de l'escarmouche contre les Esquimaux. Il est probable que leurs corps gisent encore dans la vallée.

Je viens d'achever de préparer la dépouille de l'enseigne Irving. Ce n'est pas à cause de la fatigue – cela fait vingt-quatre heures que je n'ai pas dormi – que je vais confier à Lloyd le soin de vêtir l'enseigne et de s'occuper des ultimes préparatifs en vue de la cérémonie funèbre prévue pour ce midi. La Providence a voulu qu'Irving apporte avec lui sa tenue d'apparat. Il sera enterré dedans.

Je vais demander au capitaine Crozier l'autorisation de le suivre sur les lieux du crime, en compagnie du lieutenant Little, de M. Farr et de quelques autres.

40

Peglar

69° 37' 42" de latitude nord, 98° 40' 58" de longitude ouest
25 avril 1848

Le rideau de brume s'écarta, laissant apparaître sur le sol gelé ce qui ressemblait à une cervelle humaine hypertrophiée : une masse grise, serpentine, ramassée sur elle-même, luisante de glace.

Harry Peglar comprit qu'il s'agissait des entrailles de John Irving.

— Nous y sommes, crut bon de préciser Thomas Farr.

Peglar avait été quelque peu surpris que le capitaine lui ordonnât de l'accompagner sur les lieux du meurtre. Le chef de la hune de misaine n'avait pas été mêlé aux incidents de la veille, ne faisant partie ni du groupe d'Irving ni de celui de Hodgson. Puis il avait réfléchi à la composition de la commission d'enquête *ad hoc* qui s'était mise en route avant le lever du jour ; elle comprenait le lieutenant Edward Little, le bosseman Tom Johnson (un proche de Crozier depuis ses expéditions australes), le chef de la grand-hune Thomas Farr, qui s'était trouvé sur les lieux la veille ainsi que l'enseigne Hodgson, le Dr Goodsir, le lieutenant Le Vesconte, de l'*Erebus*, le premier maître Robert Thomas et quatre fusiliers marins armés – Hopcraft, Healey et Pilkington, placés sous le commandement du caporal Pearson.

Sans vouloir se flatter, Harry Peglar avait conclu que Crozier s'était entouré d'hommes de confiance pour cette sortie. Les mécontents et les incompétents étaient restés au camp Terror, ce chicaneur de Hickey se voyant intégré à l'équipe de fossoyeurs travaillant aux préparatifs des funérailles de l'enseigne Irving.

Crozier et ses compagnons avaient quitté le camp bien avant l'aurore, suivant à la lueur de leurs lanternes les traces laissées par les marins et par le traîneau esquimau sur lequel ils avaient transporté le cadavre. Quand elles venaient à disparaître sur le sol rocheux, on n'avait aucune peine à les retrouver un peu plus loin sur la neige. La température avait monté de plus de quarante degrés durant la nuit, atteignant une valeur proche de − 17 °C, et une épaisse brume s'était levée. Harry Peglar, qui connaissait le climat de toutes les mers du globe, ne comprenait pas comment un tel phénomène était possible en l'absence de toute humidité à des centaines de kilomètres à la ronde. Peut-être s'agissait-il en fait de nuages bas effleurant la banquise et venus se perdre sur cette île nue dont le point culminant n'était haut que de quelques mètres. En guise de lever de soleil, ils eurent droit à une vague lueur jaune imprégnant les volutes autour d'eux, une lueur sans source perceptible.

La douzaine d'hommes observèrent quelques minutes de silence. Il n'y avait pas grand-chose à voir. La casquette de John Irving gisait près d'un rocher et Farr la ramassa. On apercevait du sang gelé sur les pierres gelées, tout près du tas de tripes humaines. Quelques lambeaux de vêtements.

— Monsieur Hodgson, monsieur Farr, avez-vous aperçu des traces des Esquimaux lorsque M. Hickey vous a conduits ici? demanda Crozier.

Hodgson parut déconcerté par cette question. Ce fut Farr qui y répondit.

— Aucune excepté ce macabre spectacle, commandant. Nous avons rampé jusqu'à la crête, nous avons scruté la vallée avec la lorgnette de M. Hodgson et nous avons localisé les sauvages. Ils étaient occupés à se disputer la lunette de John et ses autres possessions.

— Les avez-vous vus se battre entre eux? lança Crozier.

De mémoire de marin, jamais Peglar n'avait vu un capitaine aussi épuisé que le capitaine Crozier. Ses yeux semblaient rétractés au fond de leurs orbites. Sa voix, jadis grave et autoritaire, était réduite à un croassement. On l'eût dit sur le point de pleurer des larmes de sang.

Peglar s'était familiarisé avec le sang. Bien qu'il n'en eût encore rien dit à son ami John Bridgens, il était durement frappé par le scorbut. Ses muscles jadis robustes étaient tout atrophiés. Sa peau était tavelée d'hématomes. Il avait perdu deux dents au cours des dix derniers jours. Chaque fois qu'il lavait celles qu'il lui restait, sa brosse virait au rouge. Et chaque fois qu'il se soulageait, il chiait du sang.

— Est-ce que j'ai *vu* les Esquimaux se battre entre eux? répéta Farr. Pas exactement, commandant. Ils se bousculaient en riant, dirais-je. Et deux d'entre eux se disputaient la belle lunette en cuivre de John.

Crozier opina.

— Descendons dans la vallée, messieurs.

Peglar fut choqué par la quantité de sang versé. Jamais il ne s'était trouvé sur un champ de bataille, même aussi modeste que celui-ci, et, bien qu'il se fût préparé au spectacle des cadavres, il n'aurait jamais imaginé que le sang pût être aussi rouge sur la neige.

— Quelqu'un est venu ici, déclara l'enseigne Hodgson.

— Que voulez-vous dire ? s'enquit Crozier.

— Certains des corps ont été déplacés, répondit le jeune officier en désignant un homme, puis un autre et, finalement, une vieille femme. Leurs manteaux – des manteaux de fourrure, comme celui de lady Silence – ont disparu, ainsi que certaines de leurs moufles et de leurs bottes. Sans parler de leurs armes... les harpons et les lances. Regardez, on voit encore leurs traces sur la neige. Hier, elles étaient ici, et, aujourd'hui, il n'y a plus rien.

— Est-ce que nos hommes ont emporté des souvenirs ? demanda Crozier.

— Non, commandant, répondit Farr d'une voix assurée. Nous n'avons pris que le traîneau, que nous avons tracté jusqu'à la crête après nous être débarrassés des paniers, marmites et autres objets qui nous auraient empêchés de transporter le corps de M. Irving. Et nous sommes restés groupés jusqu'à notre arrivée au camp Terror. Personne ne s'est attardé en chemin.

— Certains des paniers et marmites en question ont également disparu, fit remarquer Hodgson.

— Il y a apparemment de nouvelles traces, mais c'est difficile à dire, vu le vent qui soufflait cette nuit, dit le bosseman Johnson.

Le capitaine allait d'un cadavre à l'autre, les retournant quand ils étaient allongés sur le ventre. Il semblait examiner leurs visages avec la plus grande attention. Peglar remarqua qu'il n'y avait pas que des hommes parmi eux. Il compta un garçonnet et une vieillarde dont la bouche grande ouverte – comme figée par la Mort en un éternel cri muet – lui évoquait un puits béant. Il y avait du sang partout. L'un des indigènes avait reçu à bout portant une décharge de chevrotine, vraisemblablement après avoir été abattu au fusil ou au mousquet. La moitié de son crâne était en bouillie.

Après avoir scruté tous les visages des morts comme en quête d'une révélation, Crozier se redressa. Le chirurgien Goodsir, qui avait procédé à son propre examen, lui souffla quelques mots à l'oreille, les deux hommes abaissant leur cache-nez afin de mieux se comprendre. Crozier recula d'un pas, visiblement surpris par les propos de Goodsir, puis hocha la tête.

Le chirurgien s'agenouilla près d'un Esquimau mort et pêcha dans sa mallette plusieurs instruments chirurgicaux, dont un long couteau à la lame en dents de scie ; en le voyant, Peglar pensa à l'outil qui leur servait naguère à découper des blocs de glace dans les citernes à eau du *Terror*.

— Le Dr Goodsir a besoin d'examiner le contenu de l'estomac de ces sauvages, déclara Crozier.

Peglar imagina que les neuf hommes qui l'entouraient étaient aussi surpris que lui. Mais personne ne posa de question. Les plus délicats d'entre eux – au nombre desquels figuraient trois fusiliers marins – détournèrent les yeux tandis que l'homme de l'art tranchait les vêtements de fourrure et attaquait l'abdomen de son premier spécimen. Le bruit de la lame coupant les chairs gelées rappelait celui d'une scie coupant du bois.

— Commandant, qui a pu récupérer ces armes et ces vêtements, à votre avis ? demanda le premier maître Thomas. L'un des deux Esquimaux qui se sont enfuis ?

Crozier acquiesça d'un air distrait.

— Ou alors des habitants de leur village, même si on a du mal à imaginer un village bâti sur cette île maudite. Peut-être faisaient-ils partie d'une expédition de chasse plus importante qui campait à proximité.

— Ce groupe-ci transportait une grande quantité de nourriture, dit le lieutenant Le Vesconte. S'il y avait bien une telle expédition, imaginez son tableau de chasse ! De quoi nous nourrir tous, et nous sommes cent cinq.

Le lieutenant Little sourit derrière son col festonné de givre.

— Aimeriez-vous être notre émissaire auprès de ce village ou de cette expédition de chasse, et solliciter auprès des indigènes un peu de nourriture, voire quelques conseils cynégétiques ? Après ce qui s'est passé ?

Il désigna les corps gelés gisant sur la neige, les taches rouges qui maculaient celle-ci.

— Je pense que nous devons quitter le camp Terror, quitter cette île *tout de suite*, intervint l'enseigne Hodgson d'une voix chevrotante. Ils viendront nous tuer pendant notre sommeil. Regardez ce qu'ils ont fait à John.

Il se tut, saisi par la honte.

Peglar le dévisagea avec attention. S'il présentait les mêmes signes d'inanition et d'épuisement que l'ensemble des marins, Hodgson semblait relativement peu affecté par le scorbut. Peglar se demanda s'il se conduirait comme une femmelette après avoir vu un spectacle identique à celui que le jeune homme avait découvert moins de vingt-quatre heures plus tôt.

— Thomas, dit Crozier au bosseman, voulez-vous avoir l'obligeance de monter sur cette crête pour voir si vous apercevez quoi que ce soit ? En particulier des traces laissées par des hommes à partir de ce lieu... et, si vous en voyez, tâchez de déterminer combien ils étaient.

— À vos ordres, commandant.

Le colosse s'éloigna au petit trot, s'enfonçant dans la neige avant de gravir le coteau de gravier noir.

Peglar se surprit à observer Goodsir. Après avoir ouvert l'estomac d'un homme adulte, entaillant ce qui ressemblait à une outre gris-rose, le chirurgien avait procédé de même sur la vieille femme, puis sur le garçonnet. C'était un spectacle proprement horrible. Goodsir – qui travaillait les mains nues – utilisait à chaque fois un petit couteau affûté et vidait l'organe de son contenu, fouillant parmi les morceaux de viande gelés comme en quête d'un trésor. Parfois, il en réduisait quelques-uns en pièces, produisant un craquement sec. Une fois son examen achevé, il se lava les mains avec de la neige, remit ses moufles et murmura quelques mots à l'oreille du capitaine.

— Vous pouvez le dire à tout le monde, déclara celui-ci. Je tiens à ce que tous soient informés.

Le petit chirurgien humecta ses lèvres gercées et sanguinolentes.

— Ce matin, j'ai ouvert l'estomac de l'enseigne Irving...

— Pour quoi faire ? s'écria Hodgson. C'est l'une des rares parties de son corps que ces sauvages n'ont pas mutilées ! Comment avez-vous pu faire une chose pareille ?

— Silence ! lança Crozier.

Peglar remarqua que le capitaine avait recouvré sa voix de stentor. Il adressa un signe de tête au chirurgien.

— Continuez, docteur Goodsir.

— L'enseigne Irving avait mangé de la viande et de la graisse de phoque à s'en faire éclater le ventre, déclara le chirurgien. Il avait avalé un repas comme aucun de nous n'en a dégusté depuis des mois. De toute évidence, cette viande provenait du traîneau des Esquimaux. Je voulais savoir si ces derniers avaient mangé avec lui – si le contenu de leur estomac indiquait qu'ils avaient également avalé de la viande de phoque juste avant de mourir. C'est très certainement le cas de ces trois-là.

— Ils ont rompu le pain avec lui... ils ont partagé leur viande avec lui... et ensuite ils l'ont tué alors qu'il s'en allait ? dit le premier maître Thomas, de toute évidence déconcerté par cette idée.

Peglar ne l'était pas moins. Cela n'avait aucun sens... à moins que ces sauvages ne fussent aussi capricieux, aussi vicieux que certains des naturels qu'il avait rencontrés dans les mers du Sud durant le voyage du *Beagle*. Le chef de la hune de misaine regretta que son ami John Bridgens ne soit pas là pour lui donner son opinion sur ce point.

— Messieurs, dit Crozier, s'adressant à tous y compris aux fusiliers marins. Je tenais à ce que vous soyez tous informés de cela car j'aurai peut-être besoin de votre témoignage à une date ultérieure, mais je veux que personne d'autre ne soit mis au courant. Pas avant que j'aie décidé de rendre publique cette information. À condition que je le décide un jour. Si l'un de vous parle de cela à quiconque – ne serait-ce qu'en marmonnant pendant son sommeil –, je jure devant Dieu que je découvrirai le coupable et que je l'abandonnerai seul sur la banquise sans rien pour l'aider à survivre – même pas un pot pour chier dedans. Est-ce que je me fais bien comprendre, messieurs ?

Les hommes grommelèrent leur assentiment.

Thomas Johnson revint à ce moment-là, tout essoufflé d'avoir dévalé la colline. Il fit halte et regarda ses camarades d'un air intrigué, sentant que quelque chose n'était pas normal.

— Qu'avez-vous vu, monsieur Johnson ? lui demanda Crozier d'une voix brusque.

— Il y a bien des traces, commandant, mais elles ne datent pas d'aujourd'hui. Elles vont vers le sud-ouest. Les deux Esquimaux qui se sont enfuis hier – et ceux qui sont venus ici pour récupérer les parkas, les paniers et le reste – ont dû les suivre pour aller et venir. Je n'ai rien vu d'autre.

— Merci, Thomas, fit Crozier.

La brume tourbillonnait autour d'eux. Quelque part à l'est, Peglar entendit comme un bruit de canonnade, un bruit qu'il avait maintes fois entendu durant l'été ces deux dernières années. Le tonnerre dans le lointain. En avril. Alors que le thermomètre affichait – 10 °C au maximum.

— Messieurs, dit Crozier, nous devons assister à des funérailles. Et si nous rentrions ?

Durant le long trajet de retour, Harry Peglar médita sur ce qu'il avait vu et entendu : les entrailles gelées d'un officier qu'il aimait bien, les cadavres et le sang rouge vif sur la neige, les parkas, les armes et les objets disparus, les macabres manipulations du Dr Goodsir, l'étrange déclaration du capitaine Crozier – « j'aurai peut-être besoin de votre témoignage à une date ultérieure » –, qui semblait les préparer en vue d'une enquête, voire d'un procès en cour martiale.

Peglar était impatient de noter tout cela dans le journal intime qu'il tenait depuis des années. Et il espérait qu'il aurait l'occasion de s'entretenir avec John Bridgens à l'issue de la cérémonie, avant que les hommes retournent au sein de leur équipe d'attelage, dont chacune s'était vu assigner une tente distincte. Il lui tardait de recueillir l'opinion de son cher Bridgens, dont il avait appris à respecter la sagesse.

41

Crozier

69° 37' 42" de latitude nord, 98° 41' de longitude ouest
25 avril 1848

— « Mort, où est ta victoire ? Mort, où est ton aiguillon ? »

L'enseigne Irving avait servi sous les ordres de Crozier, mais le capitaine Fitzjames avait une plus belle voix — son zézaiement avait pratiquement disparu — et une plus grande maîtrise des Écritures, aussi Crozier lui avait-il abandonné avec reconnaissance la conduite de la cérémonie.

Tous les occupants du camp Terror étaient présents, exception faite des hommes de quart, des malades et des marins affectés à des tâches essentielles, tels Lloyd l'aide-soignant et MM. Diggle et Wall, qui s'activaient avec leurs assistants sur les poêles des baleinières afin de préparer la viande et le poisson des Esquimaux en vue du dîner de ce soir. Quatre-vingts marins étaient rassemblés autour de la fosse creusée à une centaine de mètres du camp, pareils à des spectres noirs dans les volutes de la brume.

— « L'aiguillon de la mort, c'est le péché et la puissance du péché, c'est la loi. Rendons grâce à Dieu, qui nous donne la victoire par Notre Seigneur Jésus-Christ. Ainsi, mes frères bien-aimés, soyez fermes, inébranlables, faites sans cesse des progrès dans l'œuvre du Seigneur ; sachant que votre peine n'est pas vaine dans le Seigneur [1]. »

Irving serait porté en terre par les autres officiers survivants, aidés de deux maîtres. Il n'y avait pas assez de bois au camp Terror pour fabriquer un cercueil, mais M. Honey, le charpentier, en avait déniché en quantité suffisante pour confectionner un plateau de la taille d'une porte, sur lequel on transporterait la dépouille

---

1. I Corinthiens, 15, 55-58. (*N.d.T.*)

mortelle, à présent drapée dans une toile, avant son inhumation. Bien que l'on eût prévu de placer des cordages sous ce plateau, ainsi que le voulait la tradition de la Navy en matière d'enterrement, cette bière de fortune ne descendrait pas très bas – la terre gelée était dure comme la pierre à partir d'un mètre de profondeur –, aussi les fossoyeurs avaient-ils ramassé quantité de pierres pour les empiler sur la tombe, qu'ils recouvriraient ensuite de gravier puis d'une nouvelle couche de pierres. Nul n'espérait que cela découragerait les ours blancs et autres prédateurs, mais ce souci témoignait de l'affection que la plupart des hommes portaient à John Irving.

La plupart des hommes.

Crozier jeta un coup d'œil à Hickey, qui se tenait entre Magnus Manson et Richard Aylmore, le maître canonnier de l'*Erebus*, reformant le trio qui avait reçu le fouet après le Carnaval. Ils étaient entourés d'un petit groupe de mécontents – parmi lesquels on remarquait les mutins du *Terror* qui, trois mois plus tôt, avaient exigé la mort de lady Silence –, mais, à l'instar de tous les hommes rassemblés autour de cette pathétique fosse, ils avaient ôté leur casquette et leur perruque galloise et remonté leur cache-nez sur leur visage.

L'interrogatoire nocturne de Cornelius Hickey dans la tente du capitaine avait été tendu et lapidaire.

— Bonjour, commandant. Voulez-vous que je vous répète ce que j'ai dit au capitaine Fitzjames et à...

— Ôtez votre manteau, monsieur Hickey.

— Je vous demande pardon ?

— Faites ce que je vous dis.

— À vos ordres, commandant, mais si vous voulez savoir comment ça s'est passé quand j'ai vu ces sauvages massacrer ce pauvre M. Irving...

— Vous parlez de l'*enseigne de vaisseau* Irving, monsieur l'aide-calfat. Le capitaine Fitzjames m'a rapporté votre récit. Avez-vous quelque chose à y ajouter ou à en retirer ? Des précisions à y apporter ?

— Euh... non, monsieur.

— Ôtez votre manteau. Et vos moufles également.

— À vos ordres, commandant. Voilà, c'est fait. Voulez-vous que je les pose sur...

— Jetez-les par terre. Vos vestes aussi.

— Mes vestes ? Mais il fait sacrément froid ici et... oui, monsieur.

— Monsieur Hickey, vous êtes-vous porté volontaire pour partir à la recherche de l'enseigne Irving alors qu'il ne s'était pas absenté plus d'une heure ? Aucun de vos camarades ne s'inquiétait de son sort.

— Oh ! on ne peut pas dire que je me sois porté volontaire, commandant. Si je me souviens bien, M. Farr m'a demandé de...

— M. Farr déclare que c'est vous qui vous êtes soucié à plusieurs reprises du retard de l'enseigne Irving et qui vous êtes proposé de partir à sa recherche pendant que les autres se détendaient après le repas. Pourquoi avez-vous pris cette initiative, monsieur Hickey ?

— Si M. Farr le dit... eh bien, sans doute que nous nous inquiétions à son sujet, commandant. Au sujet de l'enseigne, je veux dire.

— Pourquoi ?

— Puis-je me rhabiller, commandant ? Il fait fichtrement froid dans...

— Non. Ôtez aussi votre tricot et votre chemise. Pourquoi vous inquiétiez-vous au sujet de l'enseigne Irving ?

— Si vous pensez que... que j'ai été blessé aujourd'hui, commandant, rassurez-vous. Les sauvages ne m'ont même pas vu. Je n'ai pas la moindre égratignure, monsieur.

— Ôtez cette chemise, j'ai dit. Pourquoi vous inquiétiez-vous au sujet de l'enseigne Irving ?

— Eh bien, les gars et moi... enfin, vous le savez bien, commandant.

— Non.

— On commençait à s'inquiéter parce qu'un de nos camarades ne revenait pas, tout simplement. Et puis j'avais froid, monsieur. On s'était assis pour manger le peu de nourriture qu'on avait emporté. Je me suis dit que ça me réchaufferait si je suivais les traces de l'enseigne et m'assurais qu'il ne lui était rien arrivé.

— Montrez-moi vos mains.

— Je vous demande pardon, commandant ?

— Vos mains.

— À vos ordres. Veuillez m'excuser si je tremble un peu. La journée n'a pas été très chaude, et déshabillé comme je le suis...

— Retournez-les. Les paumes vers le ciel.

— À vos ordres.

— Est-ce du sang que je vois sous vos ongles, monsieur Hickey ?

— Peut-être, commandant. Vous savez ce que c'est.

— Non. Expliquez-moi.

— Eh bien, ça fait des mois qu'on n'a plus assez d'eau pour pouvoir se baigner, monsieur. Et comme on a tous le scorbut et un peu de dysenterie, on saigne toujours un peu en faisant nos besoins...

— Êtes-vous en train de me dire qu'un officier subalterne de la Royal Navy servant sous mes ordres se torche le cul avec ses doigts, monsieur Hickey ?

— Non, monsieur... je veux dire... puis-je me rhabiller maintenant, commandant ? Vous voyez bien que je ne suis pas blessé. Il fait tellement froid que j'ai l'impression de...

— Ôtez votre gilet de corps et vos sous-vêtements.

— Vous parlez sérieusement, monsieur ?

— Ne m'obligez pas à vous le dire deux fois, monsieur Hickey. Si je décide de vous faire mettre aux fers, je n'ai plus de cale pour vous y laisser croupir. Vous serez donc enchaîné à l'une des baleinières.

— Voilà, monsieur. C'est fait. Je suis tout nu devant vous, tout nu et tout gelé. Si ma pauvre femme me voyait...

— Le rôle d'équipage ne précise pas que vous êtes marié, monsieur Hickey.

— Oh ! ça fait sept ans que ma pauvre Louisa n'est plus de ce monde, commandant. La vérole. Dieu ait son âme.

— Pourquoi avez-vous dit à certains de vos camarades que lorsque viendrait l'heure de tuer les officiers, l'enseigne Irving serait le premier à périr ?

— Je n'ai jamais dit une chose pareille, monsieur.

— J'ai des témoignages assurant que vous avez prononcé ces mots, ainsi que d'autres tout aussi passibles de la corde, et cela bien avant le Carnaval. Pourquoi avez-vous jeté votre dévolu sur l'enseigne Irving ? Quel tort cet officier vous avait-il causé ?

— Mais aucun, monsieur. Et jamais je n'ai dit une chose pareille. Faites venir votre témoin et je le mettrai au défi de prouver ses dires.

— Que vous a fait l'enseigne Irving, monsieur Hickey ? Pourquoi avez-vous raconté aux marins de l'*Erebus* et du *Terror* qu'Irving était un souteneur et un menteur ?

— Je vous jure, commandant... je vous demande pardon pour mes dents qui claquent, mais *doux Jésus* que la nuit est froide quand on a la peau nue. Je vous jure que je n'ai jamais dit cela. Nombre d'entre nous considéraient l'enseigne Irving comme leur fils, commandant. Leur fils. C'est uniquement parce que je me faisais du souci pour lui que je suis parti à sa recherche. Et heureusement que je l'ai fait, commandant, sinon jamais nous n'aurions attrapé les salauds sanguinaires qui...

— Rhabillez-vous, monsieur Hickey.

— À vos ordres, commandant.

— Non. Faites ça dehors. Disparaissez de ma vue.

— « L'homme enfanté par la femme est bref de jour et gorgé de tracas, récita Fitzjames. Comme fleur cela éclôt puis c'est coupé, cela fuit comme l'ombre et ne dure pas [1]. »

Avec un luxe de précautions, Hodgson et les autres officiants abaissèrent le plateau funèbre où gisait le corps d'Irving jusqu'à le faire reposer sur les cordages tendus au-dessus de la fosse par les plus vigoureux d'entre les marins. Crozier savait que le jeune enseigne ainsi que tous les amis du défunt étaient allés se recueillir devant lui dans la tente médicale avant que le linceul ne soit cousu par le vieux Murray. Ils avaient déposé près de lui plusieurs objets en témoignage d'affection : la lunette d'approche en cuivre, aux lentilles hélas fracassées, à laquelle le jeune homme tenait tant, une médaille d'or, qu'il avait remportée lors d'un concours de tir sur le navire-école *Excellent,* et un billet de cinq livres sterling, comme pour honorer un vieux pari. Pour une raison inconnue – par excès d'optimisme ? de naïveté ? –, Irving avait emporté son uniforme d'apparat dans ses bagages, et on l'en avait vêtu pour son inhumation. Crozier se demanda si les boutons dorés – décorés chacun d'une ancre et d'une couronne royale – survivraient plus longtemps que les os ou la médaille au travail de la décomposition et des éléments hostiles.

— « En pleine vie, nous sommes déjà morts », poursuivait Fitzjames, dont ni la voix ni la mémoire ne semblaient près de faillir. « Qui peut donc nous porter secours, si ce n'est Toi, Seigneur, qui as de bonnes raisons d'être mécontent de nos péchés. »

Le capitaine Crozier était le seul ici à savoir qu'un autre objet accompagnerait Irving dans sa tombe. Un objet sur lequel sa tête reposait comme sur un oreiller.

C'était un mouchoir oriental en soie, où se mêlaient l'or, le vert, le rouge et le bleu, et Crozier avait surpris celle qui l'avait déposé lorsqu'il était allé dans la tente, entre le moment où Goodsir, Lloyd, Hodgson et les autres étaient sortis et celui où le vieux Murray était entré afin de coudre le linceul sur lequel Irving gisait déjà.

Penchée sur le défunt, lady Silence lui glissait quelque chose sous la tête.

Le premier réflexe de Crozier avait été de saisir le pistolet glissé dans la poche de son manteau, mais il s'était figé en découvrant les yeux et le visage de l'Esquimaude. Si aucune larme ne perlait à ces yeux noirs et à peine humains, on y percevait néanmoins un éclat témoignant d'une émotion qu'il ne pouvait identifier. Du chagrin ? Le capitaine ne le pensait pas. On eût plutôt dit qu'il s'instaurait

---

1. Job, 14, 1-2. (*N.d.T.*)

entre eux une sorte de connivence. Il sentait son esprit frémir comme il le faisait le plus souvent en présence de Memo Moira.

Selon toute évidence, c'était pour une raison bien précise que la fille avait placé le mouchoir oriental sous la tête du défunt. Crozier savait que ce mouchoir appartenait à Irving – il avait vu le jeune homme le sortir pour les grandes occasions, et ce dès le jour de leur départ, en mai 1845.

L'Esquimaude le lui avait-elle volé ? L'avait-elle dérobé à sa dépouille pas plus tard que la veille ?

Après avoir suivi le groupe d'Irving lorsqu'il avait quitté le *Terror* un peu plus d'une semaine auparavant, lady Silence s'était éclipsée et pas une fois on ne l'avait vue dans le camp Terror. Tous les marins avaient poussé un soupir de soulagement, hormis quelques-uns dont Crozier, qui espérait toujours qu'elle les conduirait vers une source de nourriture. Mais durant toute cette horrible matinée, le capitaine s'était demandé si Silence n'était pas responsable du meurtre de son officier sur cette crête battue par les vents.

Et si c'était elle qui avait conduit ses amis chasseurs vers leur refuge afin qu'ils le pillassent à loisir, rencontrant Irving en chemin, le gavant de viande pour l'endormir et puis le tuant de sang-froid afin qu'il ne puisse alerter ses camarades ? Deux Esquimaux avaient pu s'enfuir, à en croire Farr et Hodgson, un homme coiffé d'un serre-tête et un second, « sans doute une femme », avec « du sang sur sa capuche ». Si elle avait regagné son village entre-temps, elle avait pu changer de parka, et comment distinguer une Esquimaude d'une autre ?

Crozier considérait sérieusement toutes ces hypothèses, mais il avait suffi d'un instant d'éternité – la jeune femme et lui demeu-rèrent figés durant de longues secondes – et d'un échange de regards pour qu'il comprît, soit grâce à son cœur, soit grâce à ce que Memo Moira appelait son don de double vue, qu'elle pleurait John Irving et lui restituait un cadeau qu'il lui avait offert.

Sans doute l'enseigne lui avait-il fait don de ce mouchoir de soie en février dernier, lorsqu'il s'était rendu dans la maisonnette de neige dont il avait fait à son supérieur une description exhaustive... sans trop s'attarder sur ses actes. Ces deux-là avaient-ils été amants ?

Puis lady Silence avait disparu. Elle avait soulevé un coin de toile et s'était enfuie sans faire de bruit. Par la suite, lorsque Crozier interrogea les sentinelles, aucune ne lui signala de mouvement sus-pect.

Après son départ, le capitaine s'était approché du corps d'Irving, il avait contemplé son visage mort, dont le mouchoir aux couleurs éclatantes faisait ressortir la lividité, puis il avait rabattu la toile sur le corps de l'enseigne et appelé le vieux Murray afin qu'il cousît le linceul.

— « Ô Seigneur, Dieu tout-puissant et miséricordieux, disait Fitzjames, épargne-nous l'amère souffrance d'une mort éternelle.

« Tu connais, Seigneur, le secret de nos cœurs, dans ta miséricorde, ne reste pas sourd à nos prières, mais épargne-nous, Seigneur, Dieu tout-puissant, ô Sauveur béni et miséricordieux, très juste juge éternel, souffre qu'à notre dernière heure, nous ne nous éloignions pas de Toi dans la mort. »

Fitzjames se tut. Il s'écarta du tombeau. Perdu dans sa songerie, Crozier resta un moment sans réagir, puis un bruit de pieds sur le sol lui fit comprendre que son tour était venu d'officier.

Il s'avança vers la fosse.

— « Nous livrons le corps de notre frère et officier John Irving aux profondeurs de la terre », entonna-t-il, se fiant lui aussi, en dépit de sa fatigue, à une mémoire aiguisée par nombre de cérémonies semblables, « dans l'attente de la résurrection des corps, quand la terre et la mer rendront leurs morts... »

Le plateau descendit d'un mètre et Crozier jeta sur le corps une poignée de terre gelée. Le gravier produisit un étrange raclement en glissant sur la toile raide de part et d'autre du visage d'Irving.

— « ... et de la vie du monde à venir, par Notre Seigneur Jésus-Christ, qui à Sa venue transfigurera notre corps de misère pour le conformer à Son corps de gloire, avec cette force qu'Il a de pouvoir même se soumettre tout l'univers. »

La cérémonie était terminée. On avait récupéré les cordages.

Les hommes tapèrent du pied pour se réchauffer, remirent leurs casquettes et leurs perruques galloises, s'emmitouflèrent dans leurs cache-nez et regagnèrent le camp Terror où les attendait un dîner bien chaud.

Hodgson, Little, Thomas, Des Vœux, Le Vesconte, Blanky, Peglar et quelques autres officiers restèrent devant la fosse et, renvoyant les matelots faisant office de fossoyeurs, s'emparèrent de leurs pelles et mirent en place la première couche de pierres. Ils tenaient à ce qu'Irving fût inhumé de façon aussi efficace que le permettaient les circonstances.

Lorsqu'ils eurent achevé leur tâche, Crozier et Fitzjames prirent congé des autres. Ils comptaient dîner beaucoup plus tard : avant cela, ils avaient décidé de gagner la pointe Victory, distante de trois kilomètres, et plus précisément le vieux cairn de James Ross où, un peu moins d'un an auparavant, feu Graham Gore avait déposé un cylindre de cuivre contenant un rapport optimiste.

Crozier avait l'intention de déposer un nouveau rapport, faisant état des événements survenus durant les dix derniers mois et des possibilités qui s'offraient désormais à l'expédition.

Ils s'enfoncèrent dans la brume d'un pas traînant, tandis que, derrière eux, une cloche invisible sonnait l'heure du dîner – ils avaient récupéré toutes les cloches du *Terror* et de l'*Erebus*, naturellement, les chargeant à bord des baleinières pour les transporter au camp lorsque le moment était venu d'abandonner les navires –, et Francis Crozier implora le Seigneur de l'aider à prendre une décision une fois que Fitzjames et lui seraient arrivés devant le cairn. S'il n'y parvenait pas, il redoutait de se mettre à pleurer.

42

Peglar

69° 37' 42'' de latitude nord, 98° 41' de longitude ouest
25 avril 1848

Il n'y avait pas assez de viande et de poisson pour proposer un plat de résistance à près d'une centaine d'hommes – certains étaient trop malades pour avaler quoi que ce fût – et MM. Diggle et Wall, pourtant rompus au miracle de la multiplication des pains, ne disposaient pas de provisions suffisantes pour composer un festin digne de ce nom (d'autant plus que le traîneau esquimau recelait son content de nourriture avariée), mais chaque marin eut droit à sa portion, si congrue fût-elle, accompagnée d'un potage, d'un ragoût ou de légumes en conserve.

Harry Peglar savoura ce dîner comme il le méritait, bien qu'il tremblât de froid et sût qu'il en résulterait une de ces crises de diarrhée dont il souffrait quotidiennement.

Avant de reprendre leur service, Peglar et le valet John Bridgens firent quelques pas en buvant un gobelet de thé tiède. La brume étouffait leurs voix en même temps qu'elle semblait amplifier les bruits les plus lointains. Ils entendirent des joueurs de cartes qui se querellaient dans une tente située à l'autre bout du camp. Au nord-ouest – la direction qu'avaient prise les deux capitaines partis avant le dîner –, la canonnade du tonnerre résonnait sur la banquise. Ce bruit s'était fait entendre durant toute la journée sans qu'une quelconque tempête se fût levée.

Les deux amis firent halte devant l'enfilade de bateaux et de traîneaux, alignés le long d'une muraille de glace qu'un éventuel dégel transformerait en rivage.

— Dis-moi, Harry, demanda Bridgens, lesquelles de ces embarcations emporterons-nous si nous devons repartir sur la banquise ?

Peglar sirota son thé et pointa le doigt.

— Je n'en suis pas sûr, mais je pense que le capitaine Crozier a décidé de se limiter à dix bateaux. Nous n'avons plus assez d'hommes valides pour en tracter davantage.

— Alors, pourquoi en avons-nous apporté dix-huit au camp Terror ?

— Le capitaine Crozier envisageait la possibilité d'un séjour de deux ou trois mois, jusqu'à ce que la glace fonde autour de la pointe. Nous aurions eu plus de chances de nous en tirer avec dix-huit bateaux, car certains d'entre eux risquaient de subir des dégâts. Sans parler de la quantité de nourriture, de tentes et autres provisions que l'on peut y charger. À présent, comme il y aura plus de dix hommes par bateau, nous allons devoir abandonner pas mal de nos réserves.

— Mais tu penses que nous partirons pour le sud avec seulement dix bateaux ? Et c'est pour bientôt ?

— Je l'espère de tout mon cœur.

Peglar raconta alors à Bridgens ce qu'il avait vu et entendu ce matin-là, lui répétant les propos de Goodsir, selon lesquels les Esquimaux avaient le ventre plein de viande tout comme le défunt Irving, et lui confiant que le capitaine avait traité les personnes présentes – exception faite peut-être des fusiliers marins – comme les membres d'une commission d'enquête. Il leur avait même fait jurer le secret, souligna-t-il.

— J'ai l'impression que le capitaine Crozier ne croit pas à la culpabilité de ces Esquimaux, murmura John Bridgens.

— Hein ? Mais qui d'autre aurait pu tuer...

Peglar laissa sa phrase inachevée. Le froid et la nausée dont il souffrait en permanence manquèrent le faire défaillir. Il dut s'agripper à une baleinière pour ne pas s'effondrer. Pas un instant il n'avait songé que quelqu'un d'autre que ces sauvages ait pu infliger à John Irving des blessures aussi atroces. Il repensa au monceau d'entrailles gelées sur la crête.

— Richard Aylmore affirme que ce sont les officiers qui nous ont menés à la catastrophe, reprit Bridgens d'une voix à peine audible. Il sait quels sont les marins qui ne risquent pas de le trahir, et il leur répète que nous devrions tuer les officiers afin de nous partager leurs rations de nourriture. Cet aide-calfat et lui sont d'avis que nous devrions regagner le *Terror* sans tarder.

— Regagner le *Terror*... répéta Peglar.

Il se savait mentalement diminué par la maladie et l'épuisement, mais cette idée lui paraissait néanmoins insensée. Le navire était pris dans les glaces et le resterait pendant des mois encore, même si l'été condescendait à faire son apparition cette année.

— Pourquoi suis-je dans l'ignorance de ces complots, John ? Je n'ai rien entendu de ces propos séditieux.

Bridgens sourit.

— Ils se méfient de toi, mon cher Harry.

— Mais pas de toi ?

— Bien sûr que si. Sauf que, tôt ou tard, je finis par *tout* savoir. Un valet est invisible, tu le sais bien, car il n'est ni chair ni poisson. À ce propos, quel repas délicieux, n'cst-ce pas ? C'est sans doute la dernière fois que nous mangeons de la viande et du poisson frais.

Peglar ne releva pas. Son cerveau était en ébullition.

— Que pouvons-nous faire pour alerter Fitzjames et Crozier ?

— Oh ! ils sont parfaitement informés des agissements d'Aylmore, Hickey et compagnie, dit le vieux valet avec nonchalance. Nos capitaines disposent de leurs propres sources pour ce qui est des commérages.

— S'il y a des sources dans les parages, elles sont gelées depuis des mois, répliqua Peglar.

Bridgens gloussa.

— Voilà une fort bonne métaphore, Harry, d'autant plus ironique qu'elle peut être prise au sens littéral. Une métaphore, ou à tout le moins un amusant euphémisme.

Peglar secoua la tête. Il était écœuré à l'idée que l'un des leurs pût tuer un camarade alors que tous devaient lutter contre la maladie et la terreur.

— Dis-moi, Harry, reprit Bridgens en tapotant la coque de la baleinière la plus proche de sa moufle mitée. Lesquels de ces bateaux allons-nous emporter et lesquels resteront ici ?

— Les quatre baleinières seront sûrement de l'expédition, répondit Harry d'un air absent, sans cesser de penser aux révélations de la matinée et à ces menaces de mutinerie. Les yawls sont aussi longs qu'elles, mais ils sont sacrément plus lourds. Si j'étais à la place du capitaine, je leur préférerais les quatre cotres. Ils ne font que vingt-cinq pieds de long, mais ils sont beaucoup plus légers que les baleinières. Cela dit, leur tirant d'eau est peut-être trop important pour naviguer sur la rivière de Back, si jamais nous parvenons à l'atteindre. Les canots et les youyous sont trop légers pour la pleine mer et trop fragiles pour le portage et la navigation en rivière.

— Donc, à ton avis, nous prendrons quatre baleinières, quatre cotres et deux chaloupes ?

— Oui.

Peglar ne put s'empêcher de sourire. Bien qu'il eût passé des dizaines d'années en mer et lu des milliers de livres, le valet des officiers subalternes John Bridgens avait encore des lacunes en matière de navigation.

— Oui, John, répéta-t-il, ce seront ces dix bateaux.

— Si nos malades ont la chance de guérir, il n'y aura que dix hommes pour tracter chacun d'entre eux. Est-ce que cela suffira, Harry ?

Peglar secoua la tête une nouvelle fois.

— Cela n'aura rien à voir avec la traversée de la banquise du *Terror* jusqu'ici, John.

— Eh bien, que le Seigneur soit loué pour cette petite faveur.

— Non, je veux dire que nous devrons très certainement transporter ces bateaux sur la terre et non sur la glace de mer. Ce sera beaucoup plus pénible que précédemment, car nous pouvions alors transporter deux bateaux à la fois, avec des équipes plus importantes qui nous permettaient de franchir tous les obstacles. Par ailleurs, les bateaux seront encore plus lourdement chargés, de provisions comme d'invalides. À mon sens, il faudra au moins vingt hommes pour tracter chaque bateau. Et nous devrons nous relayer pour les déplacer tous les dix.

— Nous relayer ? répéta Bridgens. Grands dieux, mais il nous faudra une éternité pour parvenir au but si nous ne cessons de faire des allers et retours. Et plus nous serons malades et affaiblis, plus nous avancerons lentement.

— Oui, confirma Peglar.

— Y a-t-il une chance pour que nous transportions ces bateaux jusqu'à la rivière de Back, et pour que nous gagnions ensuite l'avant-poste du Grand Lac des Esclaves ?

— J'en doute. Si quelques-uns d'entre nous survivent assez longtemps pour acheminer les bateaux jusqu'à l'embouchure du fleuve, si les bons bateaux arrivent à bon port, s'ils sont bien gréés pour la navigation fluviale et... mais non, je doute que nous ayons une chance sérieuse.

— Dans ce cas, pourquoi diable les capitaines Crozier et Fitzjames nous imposent-ils tant d'efforts et de souffrances ?

La voix du vieil homme n'exprimait ni la colère, ni l'inquiétude, ni le désespoir, rien que la curiosité. Peglar avait entendu John Bridgens lui poser des milliers de questions à propos d'astronomie, d'histoire naturelle, de géologie, de botanique, de philosophie, et cætera, en adoptant précisément la même intonation, de douceur et de curiosité mêlées. Dans l'immense majorité des cas, c'était le maître qui en connaissait les réponses, et il ne faisait que questionner l'élève pour l'aider à les trouver. Cette fois-ci, Peglar était sûr que John Bridgens ignorait la réponse à sa question.

— Quel autre choix avons-nous ? demanda le chef de la hune de misaine.

— Nous pourrions rester au camp Terror, dit Bridgens. Voire retourner à bord du *Terror* une fois que notre... population... aura décru.

— Pour quoi faire ? insista Peglar. Pour y attendre la mort ?

— Pour l'attendre dans le confort, Harry.

— Attendre *la mort* dans le confort ? répliqua Peglar, qui s'aperçut qu'il avait presque crié. Qui diable aurait envie d'agir de la sorte ? Si nous parvenons à transporter les bateaux sur la côte – peu importe lesquels –, au moins certains d'entre nous auront-ils une chance. Peut-être trouverons-nous des eaux libres à l'est de Boothia. Peut-être pourrons-nous forcer le passage pour remonter le fleuve. *Certains* d'entre nous, tout du moins. Et ceux qui rentreront au pays pourront dire à nos êtres chers ce qu'il est advenu de nous et où nous sommes inhumés, leur dire que nous pensions à eux quand est venue notre dernière heure.

— Tu es le seul être qui me soit cher, Harry, dit Bridgens. La seule personne en ce monde – homme, femme, enfant – qui se soucie de mon sort, qui s'inquiète de savoir ce que j'ai pu penser à ma dernière heure et où reposent mes os.

Toujours furieux, Peglar sentit son cœur battre contre ses côtes.

— Tu me survivras, John.

— Oh ! à mon âge, avec mes infirmités et ma vulnérabilité à la maladie, je ne pense pas que...

— *Tu me survivras, John.*

Surpris par l'intensité de sa voix éraillée, Peglar sursauta. Bridgens tiqua et se tut. Peglar prit sa main dans la sienne.

— Promets-moi une chose, John.

— Oui.

Dans la voix de Bridgens, on ne percevait plus la moindre trace d'ironie moqueuse.

— Mon journal intime... ce n'est pas grand-chose, j'ai peine à penser ces temps-ci, sans parler d'écrire... je suis littéralement rongé par cette saleté de scorbut, John, il me bouffe la cervelle... mais ça fait trois ans que je tiens ce journal intime. Il recèle toutes mes pensées. J'y ai raconté tous les événements que nous avons vécus. Si tu pouvais le conserver quand... quand je t'aurai quitté... l'emporter avec toi en Angleterre, je t'en serais reconnaissant.

Bridgens se contenta d'acquiescer.

— John, reprit Harry Peglar, je pense que le capitaine Crozier va bientôt prendre sa décision. Très bientôt. Il sait que chaque jour qui passe ne fait qu'accroître notre faiblesse. Dans quelque temps, nous n'aurons même plus la force de traîner un bateau. Dans quelque temps, nous commencerons à mourir par douzaines, et ce ne sera pas la chose des glaces qui viendra nous tuer ou nous ravir.

Bridgens acquiesça une nouvelle fois. Il gardait les yeux fixés sur ses moufles.

— Nous ne faisons pas partie de la même équipe, nous ne tracterons pas les mêmes bateaux, et peut-être même serons-nous séparés si les capitaines décident d'essayer plusieurs trajets, poursuivit Peglar. Je veux te faire mes adieux aujourd'hui et ne plus avoir à les refaire.

Bridgens acquiesça sans rien dire. Ses yeux étaient maintenant rivés à ses bottes. La brume enveloppa les bateaux et les traîneaux, caressa les deux hommes comme l'haleine de quelque dieu monstrueux.

Peglar étreignit Bridgens. Celui-ci resta figé un instant, comme redoutant de se briser, puis lui rendit son étreinte, aussi emprunté que lui sous ses couches de vêtements gelés.

Puis le chef de la hune de misaine se retourna et se dirigea d'un pas lent vers le camp Terror, cet amas de minuscules tentes arctiques abritant des hommes crasseux et tremblants, serrés les uns contre les autres pour se réchauffer dans des duvets trop fins.

Lorsqu'il fit halte pour jeter un coup d'œil en direction des bateaux, il n'y avait aucune trace de Bridgens. On eût dit que la brume l'avait englouti.

43

Crozier

69° 37' 42" de latitude nord, 98° 41' de longitude ouest
25 avril 1848

Il s'était endormi en marchant.

Crozier évoquait avec Fitzjames la possibilité de laisser les hommes se reposer quelque temps de plus au camp Terror tandis que tous deux franchissaient les trois kilomètres les séparant du cairn de James Ross lorsque, soudain, Fitzjames l'agrippa par l'épaule pour le secouer.

— Nous y sommes, Francis. Voici le grand rocher blanc près du rivage. La pointe Victory et le cairn doivent se trouver à notre gauche. Vous étiez-vous endormi ?

— Bien sûr que non, répliqua Crozier d'une voix éraillée.

— Alors, que vouliez-vous dire en déclarant : « Attention aux deux squelettes dans le bateau » et « Attention aux deux filles qui font tourner les tables » ? Cela n'avait aucun sens. Nous nous demandions si le Dr Goodsir devait rester au camp Terror avec les hommes les plus mal en point pendant que les plus robustes tenteraient de rallier le Grand Lac des Esclaves avec seulement quatre bateaux.

— Je réfléchissais à haute voix, marmonna Crozier.

— Qui est Memo Moira ? demanda Fitzjames. Et pourquoi refuserait-elle de vous laisser communier ?

Crozier ôta sa casquette et son cache-nez, laissant la brume et l'air glacial le réveiller tandis qu'il montait vers les hauteurs.

— Où est ce fichu cairn ? demanda-t-il.

— Je ne sais pas, répondit Fitzjames. Il devrait se trouver dans le coin. Par temps clair, je me repère à un rocher blanc près des icebergs et j'oblique sur la gauche pour rallier le cairn de la pointe Victory.

— Nous n'avons pas pu le rater, quand même. Nous sommes sur l'île et non sur la banquise.

Il leur fallut presque trois quarts d'heure pour dénicher le cairn dans la brume.

— Cette maudite chose des glaces l'a planqué quelque part pour nous désorienter, lâcha Crozier à un moment donné, et Fitzjames le regarda en s'abstenant de tout commentaire.

Puis, alors qu'ils avançaient à l'aveuglette le long du rivage – ils n'osaient pas se séparer, de crainte que le brouillard et le gronde- ment du tonnerre les empêchassent de communiquer –, ils man- quèrent se cogner sur le cairn.

— Il n'était pas là auparavant, croassa Crozier.

— Il le semble bien, acquiesça l'autre capitaine.

— Le cairn de Ross où Gore a placé son message se trouvait au sommet d'une colline, au bout de la pointe Victory. Nous nous trouvons au fond d'une vallée, à une bonne centaine de yards à l'ouest du point considéré.

— Voilà qui est fort étrange. Francis, vous avez séjourné dans l'Arctique à plusieurs reprises. Ce tonnerre – et ces éclairs –, est-ce un phénomène courant à cette époque de l'année ?

— Je n'ai jamais vu une telle chose avant le solstice d'été, répon- dit Crozier. Jamais, au grand jamais. On dirait quelque chose de pire que le tonnerre.

— Qu'est-ce qui pourrait être pire que le tonnerre au mois d'avril, avec une température inférieure à zéro degré Fahrenheit ?

— Une canonnade, répondit Crozier.

— Une canonnade ?

— Provenant du navire envoyé pour nous secourir, qui a navi- gué dans des eaux libres depuis le détroit de Lancaster et le détroit de Peel, pour découvrir un *Erebus* en pièces et un *Terror* abandonné. Son capitaine donne du canon pendant vingt-quatre heures pour attirer notre attention avant de faire demi-tour.

— Taisez-vous, Francis, je vous en prie, implora Fitzjames. Si vous continuez comme ça, je vais vomir. Et j'ai suffisamment vomi pour aujourd'hui.

— Pardon, s'excusa Crozier en fouillant dans ses poches.

— Y a-t-il vraiment une chance pour que ce soit un canon ? demanda son cadet. On le dirait bien, vu le bruit.

— Pas la moindre chance, dans cet enfer où nous a menés sir John Franklin, répondit Crozier. La banquise s'étend jusqu'au Groenland.

— Alors, d'où vient cette brume ? demanda Fitzjames, d'une voix plus curieuse que geignarde. Que cherchez-vous donc dans vos poches, commandant ?

— J'ai oublié d'apporter le cylindre de cuivre que nous avons récupéré sur le *Terror*, avoua Crozier. J'ai palpé mes poches pendant la cérémonie et j'ai pensé que je l'avais pris avec moi, mais ce n'est que mon satané pistolet.

— Avez-vous apporté du papier ?

— Non. Jopson m'en avait préparé, mais je l'ai laissé dans la tente.

— Avez-vous apporté une plume ? de l'encre ? Si je ne prends pas la précaution de coller l'encrier contre ma peau, l'encre a tendance à geler assez vite.

— Ni plume ni encre, avoua Crozier.

— Ce n'est pas grave, dit Fitzjames. J'ai ce qu'il faut dans les poches de mon gilet. Nous pourrons rédiger notre message sur... sur celui de Graham Gore.

— À condition que ce cairn soit bien celui que nous cherchons, marmonna Crozier. Le cairn de Ross faisait six pieds de haut. Ce machin m'arrive à peine à la poitrine.

Les deux hommes entreprirent de déloger quelques pierres du côté sous le vent. Ils n'avaient pas envie de démonter la totalité du cairn pour le remonter ensuite.

Plongeant une main dans l'ouverture ainsi pratiquée, Fitzjames en ressortit au prix de quelques tâtonnements un cylindre de cuivre terni mais toujours intact.

— Eh bien ! que je sois damné et travesti en Arlequin ! s'exclama Crozier. C'est celui de Graham ?

— C'est forcément lui, dit Fitzjames.

Ôtant sa moufle avec les dents, il déroula la feuille de papier et se mit à lire.

Le 28 mai 1847. Erebus *et* Terror, *vaisseaux de Sa Majesté... Hiverné dans les glaces à 70° 05' de latitude nord, 98° 23' de longitude ouest. Précédemment hiverné en 1846-1847 à l'île Beechey, 74° 43' 28" de latitude nord...*

Fitzjames s'interrompit.

— Mais c'est inexact. C'est l'hiver 1845-1846 que nous avons passé à Beechey, pas l'hiver 1846-1847.

— Sir John a dicté ces lignes à Graham Gore avant que celui-ci parte en mission, dit Crozier. Il devait être aussi épuisé et diminué que nous le sommes aujourd'hui.

— Personne ne pourrait être aussi épuisé et diminué que nous, rétorqua Fitzjames. Il écrit ensuite : *Sir John Franklin, commandant de l'expédition. Tout va bien.*

Crozier s'abstint de rire comme de pleurer. Il se contenta de dire :

— Graham Gore a déposé cette note ici une semaine avant que sir John se fasse tuer par la chose des glaces.

— Et un jour avant que lui-même soit tué par ladite chose, renchérit Fitzjames. *Tout va bien.* Cela se passait dans un autre monde, n'est-ce pas ? Vous souvient-il d'un temps où nous pouvions déclarer une telle chose sans broncher ? Il reste de la place pour écrire dans les marges.

Les deux hommes s'assirent à l'abri du vent. La température avait encore baissé, mais la brume refusait de se lever, comme invulnérable aux éléments. Il commençait à faire noir. Au nord-ouest retentissait toujours un fracas d'artillerie.

Crozier souffla sur l'encrier pour réchauffer son contenu, y trempa sa plume, brisant au préalable une fine pellicule de glace, la frotta sur sa manche et se mit à écrire.

(25 avril) Erebus *et* Terror *abandonnés le 22 avril à 5 lieues au NNO de ce point, pris dans les glaces depuis le 12 sept. 1846. Officiers et membres d'équipage, 105 âmes, sous le commandement du capitaine F. R. M. Crozier, arrivés ici – 69° 37' 42'' de latitude nord, 98° 41' de longitude ouest. Cette feuille fut trouvée par l'enseigne Irving sous le cairn censément édifié par sir James Ross en 1831, à 4 miles au nord du point où il avait été déposé par feu le lieutenant Gore en juin 1847. La colonne de sir James Ross n'a pas été retrouvée et cette feuille a été transférée à la présente position, à savoir celle où la colonne de sir James Ross avait été érigée...*

Crozier cessa d'écrire. *Mais qu'est-ce que je raconte ?* se dit-il. Il plissa les yeux pour relire les dernières phrases : *« Sous le cairn censément édifié par sir James Ross en 1831 »* ? *« La colonne de sir James Ross n'a pas été retrouvée »* ?

Il poussa un soupir de lassitude. En août, lorsque John Irving avait transporté le premier chargement de matériel provenant du *Terror* et de l'*Erebus* dans le but d'établir ce qui deviendrait le camp Terror, il avait reçu pour instruction de lever la position du cairn de Ross, situé sur la pointe Victory, et d'entreposer son chargement quelques kilomètres plus au sud, dans une anse mieux abritée. Si l'on se fiait à la croix qu'il avait tracée sur l'une de leurs premières cartes grossières, le camp et le cairn étaient distants de six kilomètres et non de trois, mais ils n'avaient pas tardé à se rendre compte de cette erreur et à la corriger. Cependant, Crozier était dans un tel état d'épuisement qu'il persistait à croire que le message

482

de Gore avait été déplacé comme par magie du faux cairn au vrai cairn.

Il secoua la tête et se tourna vers Fitzjames, constatant qu'il avait posé les bras sur les genoux, la tête sur les bras, et qu'il ronflait doucement.

Tenant de sa main nue la feuille de papier, le porte-plume et l'encrier, il ramassa de l'autre une poignée de neige et s'en frictionna le visage. Le choc le fit tiquer à plusieurs reprises.

Concentre-toi, Francis. Pour l'amour de Dieu, concentre-toi. Il regretta de ne pas avoir de feuille vierge pour recommencer. Plissant les yeux pour mieux distinguer les mots qui rampaient dans les marges, pareils à de minuscules fourmis – au centre du document était imprimée la notice officielle où figurait cette injonction : *QUI-CONQUE trouvera ce papier est prié de le faire parvenir au secrétaire de l'Amirauté*, en anglais mais aussi en français, en allemand, en portugais, et cætera, une injonction surmontée par les gribouillis de Gore –, il fut incapable de reconnaître son écriture. La main tremblante, hésitante, qui avait tracé ces pattes de mouche était celle d'un homme terrorisé, frigorifié ou mourant.

Ou les trois à la fois.

Ça n'a aucune importance, songea-t-il. *Soit personne ne lira jamais ces mots, soit on ne les lira que bien après notre mort. Ça n'a vraiment aucune importance. Peut-être que sir John le savait depuis le début. C'est peut-être pour cela qu'il n'a déposé aucun cylindre sur Beechey. Il l'avait toujours su.*

Il trempa sa plume dans l'encre qui menaçait de geler et écrivit :

Sir John Franklin décédé le 11 juin 1847, les pertes de l'expédition s'élèvent à ce jour à 9 officiers et 15 hommes d'équipage.

Il s'interrompit une nouvelle fois. Étaient-ce les chiffres exacts ? Avait-il bien compté John Irving ? Il semblait incapable d'effectuer la moindre addition. Hier, il y avait cent cinq âmes sous son autorité... cent cinq lorsqu'il avait quitté le *Terror*, son navire, son foyer, son épouse, sa vie... il allait laisser ces chiffres.

Il retourna la feuille de papier pour signer sur le peu d'espace qu'il lui restait : *F. R. M. Crozier*. Puis il ajouta : *capitaine de vaisseau et officier commandant.*

Il réveilla Fitzjames d'un coup de coude.

— James... signez ici.

L'autre capitaine se frotta les yeux, fixa le feuillet sans prendre le temps de le déchiffrer et apposa son nom à l'endroit que lui indiquait Crozier.

— Ajoutez *capitaine du HMS* Erebus, dit ce dernier.

Fitzjames obtempéra.

Crozier replia le feuillet, le glissa à l'intérieur du cylindre en cuivre, scella celui-ci et l'inséra dans le cairn. Il remit sa moufle et replaça les pierres qu'ils avaient ôtées.

— Francis, avez-vous précisé notre destination et le jour de notre départ?

Crozier se rendit compte qu'il n'en avait rien fait. Il était sur le point d'expliquer pourquoi... pourquoi ils étaient condamnés à mort qu'ils partent où qu'ils restent... pourquoi il n'avait pas encore choisi entre la lointaine Boothia et la fabuleuse mais terrifiante rivière de Back... Il voulait expliquer à Fitzjames qu'ils étaient foutus, bel et bien foutus, et ce dans tous les cas de figure, que personne ne lirait jamais ce foutu message, alors pourquoi ne pas tout simplement...

— Chut! siffla Fitzjames.

Quelque chose tournait autour de leur position, invisible au sein des volutes de brume. Les deux hommes entendaient un bruit de pas pesant sur le gravier. Quelque chose de grand, au souffle bien audible. Qui avançait à quatre pattes, à moins de cinq mètres de distance dans l'épais brouillard, produisant avec ses lourdes pattes un crissement que n'étouffait pas l'artillerie du tonnerre dans le lointain.

Hu-uf, hu-uf, hu-uf.

Crozier entendait la créature exhaler à chaque pas. Elle était maintenant derrière eux, elle tournait autour du cairn, autour d'eux.

Les deux hommes se levèrent.

Crozier plongea une main dans sa poche. Il ôta sa moufle et arma le pistolet alors que souffle et bruit de pas cessaient subitement. La chose demeurait hors de vue, mais Crozier aurait juré sentir son haleine puant le poisson et la charogne.

Fitzjames, qui tenait toujours d'une main le porte-plume et l'encrier, et qui de surcroît n'était pas armé, pointa du doigt l'endroit où il pensait avoir localisé la chose.

Celle-ci reprit son avancée, faisant crisser le gravier.

Peu à peu, une tête triangulaire émergea de la brume, à un mètre cinquante de hauteur. La fourrure blanche et humide se confondait avec les volutes cotonneuses. Des yeux noirs, inhumains, les fixaient à moins de deux mètres de distance.

Crozier visa un point imaginaire situé au-dessus de cette tête. Sa main ne tremblait pas et il n'avait nul besoin de retenir son souffle.

La tête se rapprocha, flottant comme si elle n'était pas attachée à un corps. Puis apparurent les gigantesques épaules.

Crozier tira, visant haut de façon à ne pas toucher la bête.

La détonation fut assourdissante, impression encore accentuée par les ravages du scorbut sur leur organisme.

L'ours blanc, qui n'était en fait qu'un ourson, poussa un grognement de surprise, esquissa un mouvement de recul, se retourna et s'enfuit à quatre pattes, disparaissant dans la brume en quelques secondes. Le bruit de sa course sur le gravier se fit entendre pendant une bonne minute, s'atténuant à mesure qu'il fuyait vers la banquise au nord-ouest.

Crozier et Fitzjames se mirent à rire.

Il leur fut impossible de s'arrêter. Chaque fois que l'un d'entre eux donnait des signes d'épuisement, l'autre repartait de plus belle, et tous deux étaient bientôt pris du même fou rire.

Ils se tenaient les côtes tellement ils avaient mal.

Crozier lâcha son pistolet et ils n'en rirent que plus fort.

Ils se donnèrent des tapes dans le dos, pointèrent le doigt sur la brume et rirent aux larmes, des larmes qui ne tardèrent pas à geler sur leurs joues et dans leur barbe. Ils s'accrochèrent l'un à l'autre pour ne pas tomber par terre.

Puis les deux capitaines s'effondrèrent sur le gravier et s'adossèrent au cairn, ce qui déclencha une nouvelle crise d'hilarité.

Au bout d'un temps, les éclats de rire virèrent aux gloussements, les gloussements aux hoquets étouffés, les hoquets à des ricanements spasmodiques et, finalement, les deux hommes se contentèrent de reprendre leur souffle.

— Je serais prêt à donner ma couille gauche pour une chose, déclara le capitaine Francis Crozier. Savez-vous laquelle ?

— Laquelle ?

— Un verre de whiskey. Pardon : deux verres. Un pour moi et un pour vous. C'est ma tournée, James. C'est moi qui régale.

Fitzjames opina, frottant ses cils pour en chasser la glace, cueillant des petits glaçons sur sa barbe et ses moustaches gris-roux.

— Merci, Francis. Mais permettez-moi de porter le premier toast. Jamais je n'ai eu l'honneur de servir sous les ordres d'un commandant aussi distingué, d'un homme d'aussi grande qualité.

— Pouvez-vous me repasser le porte-plume et l'encrier ?

Remettant ses moufles, il délogea à nouveau les pierres du cairn, retrouva le cylindre, le rouvrit, étala la feuille de papier sur sa cuisse, ôta une moufle, brisa d'un coup de plume la pellicule de glace qui s'était formée dans l'encrier et écrivit dans le peu d'espace qui restait sous sa signature :

Demain, le 26, nous partons pour la rivière de Back.

44

Goodsir

69° ?' ?'' de latitude nord, 98° ?' ?'' de longitude ouest
Crique Confort, 6 juin 1848

Extrait du journal intime du Dr Harry D. S. Goodsir :

Mardi 6 juin. Le capitaine Fitzjames a enfin succombé. Ce fut une délivrance.

Contrairement aux autres hommes décédés durant les six dernières semaines, depuis que nous avons entamé notre voyage vers le sud (une épreuve terrifiante où personne – pas même le chirurgien – n'est dispensé de tractage), le capitaine n'est pas mort du scorbut, du moins à mon avis.

Il souffrait certes du scorbut, cela ne fait aucun doute. Je viens d'achever l'examen post mortem de cet homme si bon, et il présentait tous les symptômes connus : hématomes, gencives sanglantes et lèvres noircies. Mais ce n'est pas le scorbut qui l'a tué.

Le capitaine Fitzjames a passé ses trois dernières journées ici, à environ quatre-vingts miles au sud du camp Terror, sur une pointe gelée dominant une baie balayée par les vents, où la côte de l'île du Roi-Guillaume oblique brusquement vers l'ouest. Pour la première fois depuis notre départ, nous avons déballé toutes les tentes – y compris les plus grandes – et utilisé une partie de notre réserve de charbon pour alimenter le poêle de baleinière que nous avons transporté jusqu'ici. Nous nous contentions avant ce jour de manger des repas froids ou de les faire chauffer sur nos petits poêles à alcool. Cela fait deux soirs de suite que nous mangeons chaud ; nos rations sont certes réduites au tiers d'un repas normal, vu les efforts que nous déployons, mais elles sont chaudes. Cela fait deux matins de suite que nous nous réveillons au même endroit. Les hommes lui ont donné le nom de crique Confort.

Si nous avons fait étape ici, c'est surtout afin que le capitaine Fitzjames puisse mourir en paix. Mais il n'a guère connu de paix en ses dernières heures.

Lors de son agonie, le pauvre lieutenant Le Vesconte présentait des symptômes fort semblables à ceux du capitaine Fitzjames. Le lieutenant Le Vesconte est mort subitement lors de notre treizième jour de voyage – à dix-huit miles de distance du camp Terror, si ma mémoire est bonne –, le même jour que le soldat Pilkington, des fusiliers marins, mais tous deux étaient si gravement atteints par le scorbut que leur agonie fut plus courte et moins éprouvante.

Je dois le confesser, j'avais oublié que le lieutenant Le Vesconte se prénommait Harry. Si nos relations étaient dans l'ensemble amicales, elles ne se départissaient jamais d'une certaine formalité, et j'avais retenu son nom tel qu'il figurait sur le rôle d'équipage : H. T. D. Le Vesconte. J'ai sûrement entendu les autres officiers l'appeler Harry – des centaines de fois, peut-être –, mais j'étais trop préoccupé pour le remarquer et, aujourd'hui, je me le reproche amèrement. C'est seulement après son décès que j'ai prêté attention à ses camarades lorsqu'ils prononçaient son nom de baptême.

Le soldat Pilkington se prénommait William.

Le jour où nous avons enterré Le Vesconte et Pilkington, l'un des hommes a proposé que nous donnions à la pointe où ils reposaient désormais le nom de « pointe Le Vesconte », mais le capitaine Crozier a opposé son veto à cette initiative, déclarant que si nous baptisions chaque lieu du nom de celui d'entre nous qui y était inhumé, nous nous retrouverions à court de lieux avant d'être à court de noms.

Cette remarque a fait sursauter les hommes, et je dois avouer que j'ai sursauté moi aussi. Peut-être s'agissait-il d'une tentative d'humour, mais elle était fort choquante. Elle fut suivie d'un silence glacial.

Tel était peut-être le but recherché par le capitaine Crozier. Quoi qu'il en fût, les hommes ont donné d'autres types de noms aux points remarquables de l'île.

Le capitaine Fitzjames montrait des signes d'affaiblissement depuis plusieurs semaines – je l'avais constaté avant même notre départ –, mais, il y a quatre jours de cela, il m'a semblé frappé par une affection soudaine et débilitante.

Il souffrait de douleurs stomacales et viscérales depuis longtemps déjà, mais, le 2 juin, il s'est soudain effondré. En règle générale, nous n'interrompons pas notre marche pour soigner les malades, nous contentant de les charger dans un bateau, où ils rejoignent les provisions et autres poids morts. Le capitaine Crozier a personnellement veillé à ce que le capitaine Fitzjames fût confortablement placé dans une baleinière.

Comme nous nous relayions pour effectuer cette longue marche vers le sud – nous dépensant des heures durant pour déplacer de quelques centaines de yards cinq des dix bateaux, transportant ce lourd fardeau sur la neige et le gravier, nous efforçant de rester sur la terre ferme et d'éviter la glace de mer et ses crêtes de pression, ce qui nous empêchait le plus souvent de parcourir plus d'un mile par jour –, je veillais en règle générale à rester auprès des malades pendant que les équipages retournaient chercher les cinq autres embarcations. Le plus souvent, MM. Diggle et Wall, qui s'escrimaient sur leurs poêles à alcool à préparer le repas pour près d'une centaine de marins affamés, étaient mes seuls et uniques compagnons, avec les quelques hommes armés chargés de nous protéger contre les Esquimaux et la chose des glaces.

Et les malades et les agonisants, bien sûr.

Le capitaine Fitzjames se tordait de douleur sous l'effet de nausées, de vomissements et de diarrhées. Lorsque les crampes le saisissaient dans leur étreinte paralysante, cet homme courageux entre tous ne pouvait s'empêcher de sangloter.

Le deuxième jour, il voulut se joindre à l'équipage tractant sa baleinière – car les officiers ne sont point dispensés de cette corvée –, mais il ne tarda pas à s'effondrer. Cette fois-ci, crampes et haut-le-cœur ne lui laissèrent aucun répit. L'après-midi venu, lorsque les marins furent partis chercher les cinq autres bateaux, le capitaine Fitzjames m'avoua que sa vue était grandement affectée et qu'il lui arrivait très souvent de voir double.

Je lui demandai s'il avait pris soin de chausser les lunettes en fil d'archal qui nous protègent de la cécité des neiges. Les hommes les détestent, car elles réduisent sensiblement leur champ visuel et produisent leur content de migraines. Le capitaine Fitzjames reconnut qu'il n'en avait rien fait, me faisant toutefois remarquer que le ciel était couvert ce jour-là. Aucun des marins n'avait mis les siennes. Puis une nouvelle crise coupa court à notre conversation.

Tard dans la nuit, alors que je me trouvais à son chevet dans une tente arctique, Fitzjames me dit qu'il n'arrivait plus à avaler et qu'il avait constamment la bouche sèche. Bientôt, il eut des difficultés à respirer et se trouva incapable de parler. Au lever du jour, ses bras étaient paralysés au point de l'empêcher de communiquer avec moi par écrit.

Le capitaine Crozier a décrété une journée de repos – la première depuis que nous avions quitté le camp Terror, près de six semaines auparavant. On a monté toutes les tentes, y compris celle dévolue à l'infirmerie – il a fallu près de trois heures pour la décharger de la baleinière de Crozier et la monter sous les assauts d'un vent glacial (mais les hommes sont bien plus lents à l'ouvrage ces derniers temps) –, et, pour la première fois depuis notre départ, les malades ont pu profiter d'un semblant de confort.

M. Hoar, le valet si patient du capitaine Fitzjames, n'avait pas survécu à notre premier jour de marche. (Un jour durant lequel nous n'avions pas parcouru plus d'un mile et où, une fois le soir venu, le camp Terror était toujours visible à l'horizon, sous la forme d'un monceau de poêles, de sacs de charbon et autres provisions. On eût dit que ces douze heures de labeur n'avaient servi à rien. Ces premières journées – il nous en a fallu sept pour franchir les six miles d'anse gelée au sud du camp – ont failli avoir raison de notre moral et de notre volonté.)

Le soldat Heather, qui avait perdu une partie de son cerveau plusieurs mois auparavant, a quitté ce monde le quatrième jour. Ce soir-là, ses camarades fusiliers marins ont joué de la cornemuse devant sa tombe creusée à la hâte dans le sol gelé.

Et les malades ont succombé les uns après les autres, puis, passé la deuxième semaine qui vit partir le lieutenant Le Vesconte et le soldat Pilkington, nous avons connu un certain répit. Les hommes étaient persuadés que tous les grands malades avaient péri, que seuls les forts survivaient.

Le soudain effondrement du capitaine Fitzjames nous rappela que nous étions tous en train de nous affaiblir. Il n'y avait plus de forts parmi nous. Hormis peut-être ce géant de Magnus Manson, qui avance imperturbablement et ne semble perdre ni poids ni énergie.

J'ai soigné le capitaine Fitzjames en lui administrant de l'ase fétide, une résine censée contrôler les spasmes. Sans grand résultat. Il était incapable d'ingérer les solides comme les liquides. Je lui ai donné de l'hydroxyde de calcium pour apaiser son estomac, mais cela non plus n'a pas servi à grand-chose.

Je lui ai administré du sirop de scille pour l'aider à avaler. Ce remède, quoique fort efficace en règle générale, n'a pas permis de lubrifier son œsophage.

Lorsque le capitaine Fitzjames a perdu l'usage de ses bras, puis de ses jambes, je lui ai fait prendre du vin de coca péruvien – un puissant mélange de vin et de cocaïne –, ainsi qu'une solution de carbonate d'ammonium, obtenue à partir de cornes de cerf pilées et dégageant une forte odeur d'ammoniaque, et une solution camphrée. Un dosage de ces trois produits égal à la moitié de celui que j'ai employé suffit en général à stopper toute paralysie.

Aucun effet notable. La paralysie du capitaine Fitzjames n'a fait que se généraliser. Bien après qu'il ne fut plus en mesure de parler ni de bouger, il continuait de vomir et de se convulser.

Mais ses cordes vocales étaient elles aussi frappées, et au moins les marins n'étaient-ils plus contraints de supporter les hurlements de leur vaillant capitaine. Durant toute cette horrible journée, je n'ai cessé de le voir ouvrir la bouche pour pousser un cri muet.

Ce matin, le matin du quatrième et dernier jour de son agonie, les poumons du capitaine Fitzjames ont fini par être gagnés par la paralysie qui rongeait son organisme. Toute la journée, il s'est dépensé pour respirer. Avec l'aide de Lloyd – puis celle du capitaine Crozier, qui a passé de nombreuses heures au chevet de son ami –, je le redressais en position assise pour l'aider à trouver son souffle, allant jusqu'à lui faire faire quelques pas dans la tente, l'obligeant à traîner ses chaussettes sur la glace et le gravier dans une vaine tentative pour faire fonctionner ses poumons défaillants.

En désespoir de cause, je lui ai fait avaler de la teinture de lobélie, une solution de tabac indien dont la couleur ambrée rappelle le whisky, quasiment de la nicotine à l'état pur, massant de mes doigts nus son gosier paralysé. On eût dit que je nourrissais un oisillon tombé du nid. La teinture de lobélie est le plus puissant des stimulants dont je dispose dans ma pauvre pharmacie, et le Dr Peddie m'en avait souvent vanté les vertus. « De quoi ressusciter le Christ avec un jour d'avance », blasphémait-il quand il était pris de boisson.

Elle n'a eu aucun effet.

Je n'ai rien d'un docteur en médecine, il ne faut point l'oublier. Je suis anatomiste de formation et expert en chirurgie. Pour prescrire, il faut un médecin ; un chirurgien ne sait que scier. Mais je fais de mon mieux avec la pauvre pharmacopée dont je dispose.

Le plus horrible dans les dernières heures du capitaine Fitzjames, c'est qu'il est demeuré conscient jusqu'à la fin – en dépit de ses vomissements, de ses crampes, de la perte de sa voix et de sa capacité à déglutir, de la paralysie qui le gagnait et de ses poumons qui le lâchaient. La panique et la terreur se lisaient dans ses yeux. Son esprit était totalement lucide. Seul son corps l'abandonnait. Il ne pouvait rien faire pour atténuer son supplice, excepté m'adresser des prières muettes. Et j'étais impuissant à les exaucer.

Je fus parfois tenté de lui administrer une dose létale de coca pour mettre un terme à ses souffrances, mais ma foi chrétienne et le serment d'Hippocrate ne me le permettaient point.

J'ai préféré sortir pour pleurer un bon coup, veillant à ne pas être vu des officiers et des hommes d'équipage.

Le capitaine Fitzjames est mort cet après-midi, mardi 6 juin, en l'an de grâce 1848, à trois heures et huit minutes précisément.

On lui avait déjà creusé une pauvre sépulture. On avait déjà rassemblé les pierres destinées à protéger sa dépouille. Tous les hommes capables de s'habiller et de se tenir debout ont assisté à la cérémonie. Nombre de ceux qui avaient servi sous ses ordres ces trois dernières années ont pleuré sans honte. Bien qu'il fît relativement chaud aujourd'hui − environ quarante degrés Fahrenheit −, un vent de noroît s'est soudain levé, gelant nombre de larmes sur les joues, les moustaches et les cache-nez.

Les quelques fusiliers marins survivants lâchèrent une salve.

En haut de la colline qui dominait la scène, un lagopède s'est envolé pour filer vers la banquise.

Un gémissement monta de l'assemblée. Non pour pleurer le capitaine Fitzjames, mais pour regretter la perte de ce gibier succulent. Lorsque les soldats eurent rechargé, l'oiseau avait parcouru une centaine de yards, se mettant hors de portée. (Et jamais l'un de ces hommes n'aurait pu l'abattre en plein vol, même s'ils avaient été en bonne santé.)

Plus tard − il y a une demi-heure de cela −, le capitaine Crozier est entré dans l'infirmerie et m'a fait signe de le suivre au-dehors.

— Le capitaine Fitzjames est-il mort du scorbut ? me demanda-t-il de but en blanc.

Je répondis par la négative. L'affection qui l'avait emporté était bien plus sérieuse.

— Le capitaine Fitzjames soupçonnait le valet qui servait les officiers de l'Erebus depuis le décès de Hoar de vouloir l'empoisonner, poursuivit Crozier dans un murmure. Est-ce ce qui s'est produit ?

— Bridgens ? me suis-je exclamé.

J'étais profondément choqué. J'aimais beaucoup ce vieux valet amateur de livres.

Crozier secoua la tête.

— Voilà quinze jours que Richard Aylmore fait office de valet auprès des officiers de l'Erebus. Se peut-il que Fitzjames soit mort empoisonné, docteur Goodsir ?

J'hésitais. Répondre par l'affirmative, c'était condamner Aylmore au peloton d'exécution. En janvier, le maître canonnier avait reçu cinquante coups de fouet pour sa participation au Grand Carnaval de Venise de sinistre mémoire. En outre, il était l'ami et le confident de l'aide-calfat du Terror, un homme des plus sournois. Et nous le savions tous doué d'un tempérament fort rancunier.

— Peut-être a-t-il absorbé du poison, déclarai-je à Crozier il y a une demi-heure de cela. Mais peut-être ne le lui a-t-on pas administré de façon délibérée.

— Que voulez-vous dire ?

Notre capitaine survivant était si épuisé que j'ai eu l'impression que sa peau livide devenait luminescente.

— Ce sont les officiers qui consomment le plus gros de nos dernières réserves de conserves Goldner, répondis-je. On trouve dans la nourriture avariée un poison paralysant non identifié mais néanmoins mortel. Peut-être s'agit-il d'un animalcule que nos appareils d'observation sont incapables de distinguer.

— Si la nourriture était avariée, nous le saurions à son odeur, n'est-ce pas ? chuchota Crozier.

Je secouai la tête et l'agrippai par la manche de son manteau pour souligner mon propos.

— Non. C'est ce qu'il y a de plus terrifiant dans ce poison, qui paralyse d'abord les cordes vocales puis le reste de l'organisme. On ne peut ni le voir, ni le sentir. Il est aussi impalpable que la Mort elle-même.

Crozier s'abîma dans ses réflexions.

— Je vais ordonner aux hommes de ne plus toucher aux conserves pendant trois semaines, déclara-t-il au bout d'un temps. Ils devront se contenter de nos ultimes stocks de biscuits et de viande pourrie. Nous les mangerons froids.

— Ni les marins ni les officiers ne seront ravis, murmurai-je. Dans les circonstances présentes, la soupe et les légumes en conserve représentent ce qui se rapproche le plus d'un repas chaud. Une restriction comme celle-ci risque d'inciter les hommes à la mutinerie.

Crozier sourit. Un spectacle des plus glaçants.

— Alors je dispenserai certains d'entre eux de ce régime, souffla-t-il. Le maître canonnier Aylmore continuera de manger des conserves − provenant du stock même qui lui servait à alimenter Fitzjames. Je vous souhaite une bonne nuit, docteur Goodsir.

Je suis revenu dans la tente médicale, j'ai fait le tour de mes malades, puis je me suis glissé dans mon duvet, mon écritoire portative sur les genoux.

Mon écriture est de plus en plus difficile à déchiffrer, conséquence des tremblements qui m'agitent. Et qui ne sont pas dus au froid.

Chaque fois que je pense avoir appris à connaître l'un de ces hommes, matelot ou officier, je constate que je suis dans l'erreur. Un million d'années de progrès en la science médicale ne suffiront pas à éclairer les compartiments les plus secrets de l'âme humaine.

Nous partons demain avant l'aube. Nous avons bénéficié d'un répit de deux jours à la crique Confort, le dernier sans doute auquel nous aurons droit.

45

Blanky

Lorsque la troisième et dernière jambe de Tom Blanky céda à son tour, il sut que la fin était venue.

Sa première jambe de bois était splendide. M. Honey, l'excellent charpentier du *Terror*, l'avait sculptée tout d'une pièce dans du solide chêne anglais. C'était une véritable œuvre d'art, fignolée avec soin, et Blanky ne se lassait pas de la faire admirer. Grâce à elle, le pilote des glaces se déplaçait sur le navire avec l'aisance d'un vieux flibustier, mais, quand il devait sortir sur la banquise, il fixait à son extrémité un pied de bois prévu à cet effet. La plante de ce pied était hérissée de clous et de crampons – bien plus efficaces que ceux qui équipaient les bottes des marins – et, s'il était dispensé du tractage proprement dit, l'unijambiste avait accompli sa part de travail durant leur transfert au camp Terror depuis le navire abandonné, puis durant le long périple qui les conduisait vers le sud et maintenant vers l'est.

Plus maintenant.

Sa première jambe s'était cassée juste au-dessous du genou dix-neuf jours après leur départ du camp Terror, peu après qu'ils eurent enterré les infortunés Pilkington et Harry Le Vesconte.

M. Honey et lui avaient passé le reste de la journée dans une chaloupe arrimée à un traîneau que tractaient vingt hommes ahanant, et le charpentier lui avait taillé une nouvelle jambe et un nouveau pied dans un espar de rechange.

Blanky ne savait jamais s'il devait porter ledit pied lorsqu'il avançait aux côtés de ses camarades suant et pestant sous leur fardeau. Lorsqu'ils se hasardaient sur la banquise – comme ils l'avaient fait le premier jour, pour traverser l'anse gelée, puis une deuxième fois dans la baie des Phoques et une troisième au nord de l'endroit où ils avaient enterré Le Vesconte –, cet appendice à crampons faisait des merveilles. Mais le plus gros de leur trajet, qui les avait amenés à obliquer vers l'ouest pour longer le cap avant de prendre la direction de l'est, s'était déroulé sur la terre ferme.

À mesure que la neige et la glace fondaient sur les rochers, et elles fondaient bien plus vite en cet été nettement plus chaud que l'été 1847, le pied ovoïde de Tom Blanky avait de plus en plus tendance à glisser, à se coincer dans une crevasse ou à se déloger de sa jambe au moindre faux mouvement.

Quand ils marchaient sur la banquise, Blanky tentait de démontrer sa solidarité avec ses camarades en les accompagnant lors de leurs allers et retours, allégeant la charge de travail de ces hommes épuisés en transportant du matériel et allant même jusqu'à se harnacher à un traîneau pour remplacer un marin à bout de forces. Mais tous savaient qu'il n'était pas en mesure de faire les efforts requis.

Au bout de six semaines et de soixante-quinze kilomètres parcourus, lorsqu'ils firent étape à la crique Confort où le pauvre capitaine Fitzjames périt dans d'atroces souffrances, Blanky en était à sa troisième jambe – bien moins belle et bien moins pratique que la deuxième – et il s'efforçait de franchir sans broncher les ruisseaux, les mares et les rochers, mais il avait cessé d'accompagner ses camarades lorsqu'ils faisaient demi-tour pour ramener le second groupe de traîneaux.

Tom Blanky comprit qu'il était devenu un vulgaire poids mort pour les survivants malades et épuisés – ils étaient à présent quatre-vingt-quinze, sans le compter –, et qu'il ne faisait que les retarder.

Ce qui lui donnait l'énergie de poursuivre, alors même que sa troisième jambe commençait à s'abîmer – il n'y avait plus d'espar de rechange pour en sculpter une quatrième –, c'était l'espoir que son expérience de pilote des glaces fût utile lorsque viendrait le moment de prendre la mer.

Mais si la couche de glace qui recouvrait les roches et le gravier fondait durant la journée – la température montait parfois jusqu'à 4 °C, à en croire le lieutenant Little –, la banquise, elle, ne semblait pas vouloir se disloquer. Blanky s'efforça à la patience. Il savait d'expérience qu'à cette latitude il fallait parfois attendre la mi-juillet pour que des chenaux apparussent dans la glace de mer – même lors d'un été plus « normal » que celui-ci.

De la glace dépendaient non seulement son utilité mais aussi sa survie. S'ils prenaient la mer assez vite, il avait des chances de s'en tirer. À bord d'un bateau, il ne serait plus dépendant de sa jambe.

Crozier lui avait confié le commandement de sa propre chaloupe – il aurait huit homme sous ses ordres – et le pilote des glaces ne doutait pas de pouvoir survivre une fois en mer. Avec un peu de chance, leur misérable flottille de dix bâtiments en piteux état gagnerait l'embouchure de la rivière de Back, puis, après qu'on aurait gréé les bateaux pour la navigation fluviale, ils remonteraient le cours d'eau – propulsés par les rameurs et peut-être par le noroît. Le portage se révélerait particulièrement éprouvant, il le savait, et notamment pour lui qui n'avait pas la force de se charger de lourds fardeaux, mais ce périple-là serait une promenade de santé comparé à celui qu'ils effectuaient depuis huit semaines.

S'il arrivait à tenir le coup jusqu'à ce qu'ils prennent la mer, Thomas Blanky était assuré de survivre.

Mais il connaissait un secret de nature à ébranler même sa détermination : la Chose des glaces, la Terreur, en avait après lui.

On l'apercevait chaque jour ou presque tandis que la procession d'hommes exténués suivait le contour de la côte, marchant vers l'ouest puis repartant vers l'est, d'abord en début d'après-midi lorsqu'ils retournaient chercher les cinq bateaux laissés en arrière, puis au crépuscule, vers onze heures du soir, lorsqu'ils s'effondraient dans leurs tentes humides pour y trouver un peu de repos.

La chose continuait à les traquer. Les officiers l'apercevaient parfois dans leur lorgnette lorsqu'ils scrutaient la mer. Aucun d'eux – ni Crozier, ni Hodgson, ni Little, ni les autres – ne confiait aux hommes qu'il avait vu la bête, mais Blanky – qui disposait de temps pour observer et réfléchir – avait compris en les regardant conférer à voix basse.

Parfois, les marins tractant les derniers bateaux voyaient la bête à l'œil nu. De temps à autre, elle les suivait à quinze cents mètres de distance, un point noir sur la glace blanche, ou bien un point blanc sur la roche noire.

— Ce n'est qu'un ours polaire, avait dit James Reid, le pilote des glaces de l'*Erebus*, devenu l'un des plus proches amis de Blanky. Ces animaux-là sont capables de vous manger tout cru, mais ils sont le plus souvent inoffensifs. Il suffit de quelques balles pour les tuer. Espérons qu'il va se rapprocher. Nous avons besoin de viande fraîche.

Mais Blanky savait que ce n'était pas un ours blanc comme ils en abattaient de temps à autre pour leur viande. C'était *elle* et, bien que tous les participants à cette longue marche la redoutassent – en particulier la nuit, ou plutôt durant les deux heures de pénombre qui en tenaient lieu –, seul Thomas Blanky savait qu'elle l'avait sélectionné comme gibier.

La marche les avait tous affectés, mais Blanky souffrait en permanence de violentes douleurs – pas à cause du scorbut, qui semblait l'affliger un peu moins que ses camarades, mais à cause de son moignon de jambe. Il lui était si difficile de progresser sur la glace et la roche que tous les jours – des jours où ils marchaient de seize à dix-huit heures –, dès le milieu de la matinée, du sang coulait dans la coupe de bois protégeant son moignon et fixée à celui-ci par des lanières de cuir. Le sang imprégnait le tissu de son pantalon, coulait le long de sa jambe de bois, laissait derrière lui un sillage écarlate. Le sang imbibait son caleçon long et jusqu'à sa chemise.

Pendant les premières semaines, il faisait si froid que ce sang gelait bien vite, ce dont il se félicitait. Mais à présent que la température devenait quasi tropicale, dépassant parfois le point de congélation, Blanky saignait comme un cochon qu'on égorge.

Son manteau et sa tenue de froid lui étaient fort utiles, dissimulant ces saignements au capitaine et à ses camarades, mais, à la mi-juin, il faisait trop chaud pour s'en vêtir, aussi le chargement des traîneaux s'accrut-il de quelques tonnes de laine et de coton imprégnés de sueur. Il arrivait parfois que les hommes se mettent en bras de chemise, remettant leurs couches de vêtements quand la douceur de l'après-midi commençait à s'estomper et la température à redescendre. Lorsqu'on demandait à Blanky pourquoi il persistait à garder son manteau, il répondait sur le ton de la plaisanterie :

— Je suis un animal à sang froid, les gars. Ma jambe de bois me transmet toute la froideur du sol. Je ne veux pas que vous me voyiez frissonner.

En fin de compte, il avait été obligé de se dévêtir. Il devait déployer tellement d'efforts ne fût-ce que pour avancer, il transpirait tellement sous l'effet de la douleur, et ce même lorsqu'il restait immobile, qu'il ne supportait plus de sentir ses vêtements geler et dégeler sans cesse sur son corps.

En voyant son sang couler, les hommes ne firent aucun commentaire. Ils avaient leurs propres problèmes. La plupart d'entre eux souffraient d'hémorragies dues au scorbut.

Crozier et Little entraînaient souvent les deux pilotes des glaces à l'écart, leur demandant leur avis sur la banquise que l'on apercevait derrière les icebergs massés le long de la grève. Une fois qu'ils auraient repris la direction de l'est, le long de la côte sud de ce cap dont la configuration avait rallongé leur parcours d'une trentaine de kilomètres, ils se retrouveraient face à une étendue de glace de mer séparant la terre du Roi-Guillaume du continent, et Reid était d'avis qu'elle mettrait plus de temps à se disloquer que la banquise au nord-ouest, où l'évolution du temps serait plus rapide une fois intervenu le dégel estival.

Blanky était plus optimiste. Il fit remarquer que les icebergs massés le long du rivage étaient de plus en plus petits à mesure que l'expédition progressait. Là où ils avaient naguère formé une véritable barrière entre terre et glace de mer, ils ne représentaient plus qu'un obstacle négligeable, équivalent à un bouquet de séracs. L'explication, poursuivit Blanky, qui ne tarda pas à convaincre son confrère, était la suivante : le cap qui saillait vers l'ouest protégeait la côte et le bras de mer, à moins que ce ne fût un golfe, du fameux glacier maritime qui se déversait du nord-ouest, celui-là même qui avait piégé l'*Erebus* et le *Terror* et dont l'emprise s'était fait sentir jusqu'au niveau du camp Terror. Cette déferlante de glace, ainsi que le souligna Blanky, trouvait sa source au pôle Nord. Ici, au sud de l'île du Roi-Guillaume, et grâce à ce cap saillant à l'ouest, s'étendait une région relativement protégée de son influence. Peut-être que la glace s'y disloquerait plus tôt.

Reid lui avait jeté un regard intrigué. Blanky savait ce que pensait son confrère : *Que nous ayons affaire à un golfe ou à un détroit débouchant sur l'anse Chantrey et l'embouchure de la rivière de Back, la glace se brise toujours plus tard dans un espace confiné.*

Si Reid avait exprimé ses réserves à haute voix, Blanky aurait été obligé de reconnaître qu'elles étaient fondées ; mais il n'en avait rien fait, ne souhaitant pas contredire son ami et confrère. Cependant, Blanky demeurait optimiste – à vrai dire, il cultivait son optimisme avec ferveur depuis cette nuit noire du 5 décembre où il s'était cru mort lorsque la Chose des glaces, après l'avoir attaqué à bord du *Terror*, l'avait chassé jusque dans la forêt de séracs.

La créature avait par deux fois tenté de le tuer. Par deux fois, Thomas Blanky lui avait abandonné une partie de sa jambe.

Il s'avança à cloche-pied, distribuant aux hommes exténués plaisanteries, encouragements, brins de tabac et morceaux de bœuf congelé. Il savait que ses camarades appréciaient sa présence. Durant la nuit, il prenait son tour de garde comme les autres et, le matin venu, il suivait le fusil à la main la procession des hommes tractant les traîneaux, bien qu'il sût pertinemment que nulle arme ne pourrait arrêter la Terreur lorsqu'elle fondrait sur eux en quête d'une nouvelle proie.

La longue marche devenait de plus en plus éprouvante. Non seulement le scorbut, la faim et la fatigue se liguaient contre les hommes, mais on déplorait en outre deux nouvelles victimes d'empoisonnement, dont le sort rappelait celui du capitaine Fitzjames : le 10 juin, John Cowie, le chauffeur qui, trois mois plus tôt, avait survécu à l'invasion de la chose à bord du *Terror*, avait été pris de violentes crampes suivies d'une paralysie générale, et il était mort peu après ; deux jours plus tard, c'était Daniel Arthur, le quartier-maître de l'*Erebus*, un homme de trente-huit ans, qui s'était effondré sous le coup de soudaines douleurs abdominales, succombant à une paralysie pulmonaire au bout de huit heures d'agonie. On ne put les inhumer ni l'un ni l'autre ; le cortège s'arrêta le temps d'empiler des pierres sur leurs cadavres drapés dans une toile qui se faisait rare.

Richard Aylmore, objet de fréquentes spéculations depuis la mort du capitaine Fitzjames, ne présentait aucun symptôme. À en croire la rumeur, on lui avait ordonné de partager ses portions de conserves avec Cowie et Arthur, alors que les autres marins s'étaient vu interdire cette forme d'alimentation, ce qui ne faisait que les rendre plus vulnérables au scorbut. Mais on ne voyait pas comment il pouvait absorber sans problème des plats qui avaient tué trois autres personnes – à moins qu'il n'y eût délibérément ajouté du poison, bien entendu. Mais si le maître canonnier ne faisait pas mystère de la haine que lui inspiraient les officiers, il n'y avait aucune raison pour qu'il eût empoisonné ses camarades.

À moins qu'il n'eût souhaité s'accaparer leurs rations.

Henry Lloyd, l'aide-soignant du Dr Goodsir, faisait désormais partie des hommes consignés à bord d'un bateau – il en était à vomir du sang et à perdre ses dents –, aussi Blanky, qui était l'un des rares à rester près des bateaux avec MM. Diggle et Wall, décida-t-il de donner un coup de main au chirurgien.

Paradoxalement, l'apparition d'une chaleur toute relative s'accompagnait d'une épidémie d'engelures. Les hommes en sueur, qui avaient tombé la veste pour tracter, oubliaient de se rhabiller quand venait l'interminable soirée – le soleil flottait au-dessus de l'horizon austral jusqu'à minuit – et se faisaient piéger quand le thermomètre venait à afficher – 25 °C. Goodsir voyait défiler toute une théorie de doigts blanchis par le gel ou carrément noircis par la nécrose.

La moitié des marins souffraient de cécité des neiges ou de violentes migraines dues au soleil. Crozier et Goodsir se dépensaient sans compter durant la matinée, allant d'un équipage à l'autre pour encourager les hommes à chausser leurs lunettes, mais ils détestaient ces monstruosités de laiton. D'après Joe Andrews, le chef de soute de l'*Erebus*, un vieil ami de Tom Blanky, on y voyait aussi bien avec ces saletés que si on s'était bandé les yeux avec des bas de soie noire, et c'était foutrement moins excitant.

Ces deux affections commençaient à poser de sérieux problèmes. Quelques marins souffrant de céphalée implorèrent le Dr Goodsir de leur donner du laudanum, mais il leur répondit que son stock était épuisé. Blanky, qui allait souvent chercher des médicaments dans la pharmacie, savait que le médecin mentait. Il lui en restait une petite fiole, qui ne portait aucune étiquette. Le pilote des glaces savait qu'il la conservait au cas où surviendrait une réelle urgence – souhaitait-il adoucir l'agonie du capitaine Crozier ? ou bien tout simplement la sienne ?

Les coups de soleil aussi exerçaient des ravages. Si tous les hommes avaient des cloques sur le visage, la gorge et les mains, ceux qui avaient l'imprudence d'ôter leur chemise, ne fût-ce que brièvement, lorsque la chaleur atteignait son comble en milieu de journée, constataient le soir venu que leur peau blanchie par trois ans de nuit et d'enfermement avait viré à l'écarlate et se constellait de cloques suppurantes.

Le Dr Goodsir les crevait d'un coup de bistouri puis leur appliquait un onguent auquel Blanky trouvait un parfum de graisse lubrifiante.

À la mi-juin, lorsque les quatre-vingt-quinze survivants abordèrent la côte sud du cap, ils étaient presque tous au bord de l'effondrement. Tant que certains d'entre eux pourraient tracter les baleinières et les traîneaux portant les autres bateaux, les uns comme les autres chargés à bloc, les malades pourraient se reposer quelque temps dans lesdits bateaux et baleinières, reprenant le tractage une fois remis en forme. Mais lorsque le nombre de malades et de blessés aurait dépassé un certain seuil, c'en serait fini de leur longue marche et Blanky le savait.

Par ailleurs, la soif tenaillait tellement les marins que le moindre ruisseau, le moindre filet d'eau était prétexte à une halte, durant laquelle ils se mettaient à quatre pattes pour laper comme des chiens. N'eût été le soudain dégel, ils seraient morts de soif trois semaines auparavant. Les poêles à alcool étaient presque à court de carburant. On aurait pu croire qu'absorber de la neige fondue permettait d'apaiser la soif, mais cela ne faisait que l'accentuer en même temps que cela fatiguait l'organisme. Chaque fois qu'ils franchissaient un courant – et ils en rencontraient de plus en plus –, ils s'arrêtaient pour remplir des gourdes qu'ils n'avaient plus besoin de plaquer contre leur corps pour préserver leur contenu du gel.

Mais s'ils n'avaient plus rien à craindre de la soif, ils tombaient pour une centaine d'autres raisons. La faim les rongeait littéralement. Même les plus fatigués ne parvenaient pas à fermer l'œil durant les quatre heures de repos que Crozier leur accordait à tous – les hommes de quart exceptés – lorsque venait le crépuscule.

Monter et démonter les tentes arctiques, une tâche toute simple qu'ils accomplissaient en vingt minutes lorsqu'ils se trouvaient au camp Terror, leur demandait désormais deux bonnes heures. Chaque matin, chaque soir, ils se montraient un peu plus lents, un peu plus maladroits, et leurs doigts étaient un peu plus gourds, un peu plus lourds.

Tous, Blanky compris, avaient parfois l'esprit embrumé. La plupart du temps, Crozier semblait le plus vif d'entre eux, mais, parfois, lorsqu'il pensait que personne ne le voyait, le capitaine arborait un masque mortuaire exprimant l'épuisement et la stupidité.

Des marins qui, jadis, auraient été capables de grimper aux haubans en pleine nuit pour y réaliser des nœuds compliqués, au bout d'une vergue de quinze mètres de long, soixante mètres au-dessus du pont, alors que le navire affrontait une tempête en plein détroit de Magellan, n'arrivaient plus à lacer leurs souliers en plein jour. Comme on ne trouvait pas un bout de bois à quatre cent cinquante kilomètres à la ronde − exception faite de la jambe de Blanky, des bateaux, de leurs mâts et des traîneaux qu'ils déplaçaient péniblement, sans oublier bien sûr les épaves de l'*Erebus* et du *Terror*, distantes à présent de cent cinquante kilomètres −, et comme le sol était encore gelé à deux centimètres de profondeur, ils devaient ramasser des pierres chaque soir pour caler les piquets des tentes et empêcher celles-ci de s'envoler en cas de vent.

Cette corvée leur prenait une éternité. Il arrivait que certains s'endorment debout dans la pénombre de minuit, une pierre dans chaque main. Parfois, leurs camarades ne pensaient même pas à les réveiller.

Puis, dans l'après-midi du 18 juin 1848, alors que les hommes tractaient le deuxième groupe de bateaux, la troisième jambe de Blanky se brisa net au-dessous du genou, et il y vit un signe.

Comme le Dr Goodsir n'avait pas grand-chose à lui faire faire, il était parti à la rencontre des hommes tractant le second groupe de bateaux par cette interminable journée, et sa jambe de bois s'était coincée entre deux rochers, se cassant avant qu'il ait eu le temps de réagir. Cet événement et le lieu où il s'était produit étaient tous deux lourds de sens à ses yeux.

Localisant un rocher d'une taille convenable, il s'y assit le plus confortablement possible, attrapa sa pipe et la bourra avec ses dernières réserves de tabac, qu'il économisait depuis des semaines.

Lorsque quelques matelots s'arrêtèrent un instant de tracter pour lui demander ce qu'il fabriquait, Blanky leur lança :

— Je m'assieds quelques instants. Pour reposer mon moignon.

Lorsque le sergent Tozer, qui commandait l'escorte de fusiliers marins ce jour-là, lui demanda d'une voix éteinte pourquoi il se laissait dépasser par la procession, Blanky lui répondit :

501

— Ne vous occupez pas de ça, Solomon. (Il prenait un malin plaisir à appeler ce crétin par son prénom, sachant que cela ne manquait jamais de l'énerver.) Filez avec vos homards et laissez-moi tranquille.

Une demi-heure plus tard, alors que les derniers bateaux se trouvaient déjà à quelques centaines de mètres au sud de sa position, il vit approcher le capitaine Crozier accompagné de M. Honey, le charpentier.

— Qu'est-ce qui vous prend, monsieur Blanky ? lança sèchement Crozier.

— Je m'accorde un peu de repos, commandant. En fait, j'ai bien envie de passer la nuit ici.

— Ne soyez pas stupide.

Crozier considéra la jambe de bois et se tourna vers le charpentier.

— Pouvez-vous réparer ça, monsieur Honey ? Si monsieur Blanky passe la journée de demain dans un bateau, est-ce que sa nouvelle jambe sera prête dans l'après-midi ?

— Oh ! oui, monsieur, répondit Honey, qui fixait la jambe brisée avec la grimace dégoûtée d'un artisan découvrant son travail gâché. Il ne nous reste plus beaucoup de bois, mais nous avons pris un gouvernail de yawl en surplus en pensant pouvoir l'adapter à une chaloupe, et je peux tailler une jambe dedans, sans problème.

— Vous avez entendu, Blanky ? demanda Crozier. Bon, remuez-vous le cul et M. Honey va vous aider à rattraper le dernier bateau du groupe de M. Hodgson. Dépêchez-vous. Demain après-midi, vous serez remis sur pied.

Blanky sourit.

— M. Honey peut-il réparer ceci, commandant ?

Il ôta la coupe de bois qui protégeait son moignon, défit les sangles qui la maintenaient en place.

— Oh ! nom de Dieu ! s'exclama Crozier.

Il voulut examiner de plus près le moignon sanguinolent, où un bout d'os blanc saillait au milieu des chairs noircies, mais l'odeur le fit reculer.

— Oui, dit Blanky. Je m'étonne que le Dr Goodsir n'ait encore rien reniflé. Je m'efforce de rester sous le vent par rapport à lui quand je l'aide à l'infirmerie. Mes compagnons de tente savent à quoi s'en tenir, eux. Il n'y a plus rien à faire.

— Ridicule ! Goodsir peut toujours...

Crozier laissa sa phrase inachevée.

Blanky lui adressa un sourire où ne perçaient ni sarcasme ni tristesse, un sourire chaleureux et plein d'humour.

— Quoi donc, commandant ? M'amputer la jambe au niveau de la hanche ? Ces filaments noirs et rouges remontent jusqu'à mon cul et à mes génitoires, si je puis me permettre un tel vocabulaire. Et s'il m'opérait, combien de jours devrais-je passer allongé dans un bateau comme ce pauvre soldat Heather – que Dieu ait son âme ! –, à me faire tracter par des hommes aussi exténués que moi ?

Crozier ne répondit rien.

— Non, reprit Blanky en tirant sur sa bouffarde d'un air ravi, je pense qu'il vaut mieux pour tous que je m'attarde un peu ici, pour me détendre et pour réfléchir à ceci et à cela. J'ai eu une vie bien remplie. J'aimerais me rappeler ses meilleurs moments avant d'en être empêché par la douleur et la puanteur.

Crozier poussa un soupir, fixa son charpentier, puis son pilote des glaces, et poussa un nouveau soupir. Il pêcha une gourde pleine d'eau dans la poche de son manteau.

— Prenez ceci.

— Merci, monsieur. Je vous suis très reconnaissant.

Crozier fouilla ses autres poches.

— Je n'ai rien à manger sur moi. Monsieur Honey ?

Le charpentier produisit un biscuit moisi et un morceau d'un vert suspect qui aurait pu être du bœuf.

— Non, merci, John, dit Blanky. Je n'ai vraiment pas faim. Mais... commandant, pourriez-vous me rendre un immense service ?

— Lequel, monsieur Blanky ?

— Ma famille demeure dans le Kent, monsieur. Près d'Ingham Mote, au nord de Tunbridge Wells. Enfin, c'est là qu'habitaient ma Betty, mon Michael et ma vieille mère la dernière fois que j'ai pris la mer, monsieur. Je me demandais... commandant, si la chance vous sourit, et si vous avez le temps...

— Si je revois un jour l'Angleterre, je vous promets d'aller les trouver et de leur dire que, la dernière fois que je vous ai vu, vous étiez installé comme un nabab, en train de fumer votre pipe le plus paisiblement du monde. (Crozier sortit un pistolet de sa poche.) Le lieutenant Little a aperçu la chose dans sa lorgnette – elle nous a suivis durant toute la matinée, Thomas. Elle ne va pas tarder à se montrer. Vous aurez besoin de ceci.

— Non, merci, commandant.

— Vous êtes sûr, monsieur Blanky ? De vouloir rester ici, je veux dire ? insista le capitaine Crozier. Même si vous... vous ne restez parmi nous qu'une semaine, votre expérience des glaces risque de nous être précieuse. Qui sait dans quel état sera la banquise que nous trouverons une vingtaine de miles plus à l'est ?

Blanky sourit.

— Si M. Reid n'était pas là, commandant, cet argument suffirait à me convaincre. N'en doutez point. Mais c'est le pilote des glaces le plus efficace dont on puisse rêver. Faute de mieux, bien sûr.

Crozier et Honey lui serrèrent la main. Puis ils tournèrent les talons et pressèrent le pas pour rattraper le dernier bateau, qui disparaissait déjà derrière une crête plus au sud.

Il était minuit passé lorsqu'elle arriva.

Cela faisait des heures que Blanky était à court de tabac, et l'eau avait gelé dans sa gourde, qu'il avait stupidement posée sur le rocher à côté de lui. Il souffrait mais ne souhaitait pas s'endormir.

Quelques étoiles étaient apparues dans le ciel. Le vent de noroît s'était levé, comme il le faisait souvent le soir venu, et la température avait probablement baissé d'une vingtaine de degrés depuis midi.

Blanky avait posé près de lui sa jambe de bois et ses autres accessoires. Bien que ses chairs gangrenées le tourmentassent et que son estomac ne cessât de crier famine, la plus atroce des douleurs qui l'affligeaient cette nuit émanait de son pied et de sa jambe – de son membre fantôme.

Soudain, la chose fut *là*.

Elle se dressait sur la glace à moins de trente pas de lui.

Elle a dû jaillir d'un trou invisible dans la glace, se dit Blanky. Un jour, à la foire de Tunbridge Wells, alors qu'il était enfant, il avait vu un magicien vêtu d'une robe de soie pourpre et coiffé d'un chapeau conique, décoré de planètes et d'étoiles grossièrement brodées. Il était apparu exactement de la même manière, surgissant de sa trappe au grand étonnement de son public de paysans.

— Content de te revoir, lança Thomas Blanky à la silhouette obscure sur la glace.

La chose se dressa sur ses pattes postérieures et, en découvrant cette masse sombre de fourrure et de muscles, pourvue de griffes et de crocs luisant sous l'éclat du couchant, le pilote des glaces se dit qu'on ne trouvait aucun prédateur de ce type dans la mémoire raciale du genre humain. Il estima sa taille à plus de trois mètres cinquante, voire quatre mètres.

Ses yeux – d'une noirceur plus profonde encore que son corps – ne reflétaient pas les feux du soleil mourant.

— Tu es en retard, dit Blanky, qui ne pouvait empêcher ses dents de claquer. Ça fait longtemps que je t'attends.

Il jeta sur la chose sa jambe de bois et ses accessoires.

Elle ne tenta même pas d'esquiver ces pitoyables projectiles. Elle demeura immobile une minute puis se précipita sur lui avec une vivacité de spectre, sans que ses pattes parussent seulement bouger, monstrueuse masse glissant vers lui au-dessus de la roche et de la glace, tout d'un bloc de ténèbres jusqu'à ce que ses bras s'écartent pour envahir le champ visuel du pilote des glaces.

Thomas Blanky se fendit d'un sourire féroce et serra entre ses dents le tuyau de sa pipe froide.

46

Crozier

Latitude et longitude inconnues
4 juillet 1848

Si Francis Rawdon Moira Crozier continuait à mettre un pied devant l'autre en cette dixième semaine de marche, c'était à cause d'une chose et d'une seule : la flamme bleue qui brûlait dans son cœur. Plus son corps était épuisé, vidé, malade, meurtri, plus vive, plus ardente était cette flamme. Il savait que ce n'était pas seulement une métaphore de sa détermination. Pas plus qu'un symbole de son optimisme. Cette flamme bleue s'était introduite dans son cœur à la façon d'une entité étrangère, pour s'y attarder ainsi qu'une maladie et, finalement, se loger en lui comme un bloc de conviction qui, bon gré mal gré, lui répétait avec insistance qu'il était capable de tout pour survivre. *De tout.*

Parfois, Crozier était à deux doigts de prier le Ciel pour que la flamme bleue disparaisse afin qu'il puisse céder à l'inévitable, s'allonger par terre et remonter la toundra sur son corps tel un enfant se nichant sous ses draps pour faire une bonne sieste.

Ce jour-là, ils n'avançaient plus – pour la première fois depuis un mois, traîneaux et bateaux étaient immobiles. Et ils avaient tant bien que mal déballé et monté la tente abritant l'infirmerie, s'abstenant néanmoins de sortir celles qui servaient de réfectoires. Les hommes avaient donné le nom de « camp Hôpital » à ce point dénué de signe particulier, situé au bord d'une petite baie de la côte sud de l'île du Roi-Guillaume.

Ils avaient passé les deux dernières semaines à traverser la banquise chaotique occupant une autre baie mordant sur le cap, après s'être demandé si ce dernier ne s'étendait pas à l'infini en direction du sud-ouest. Puis ils avaient retrouvé leur direction initiale, suivant la côte qui obliquait à nouveau vers le sud-est – la direction à suivre s'ils voulaient atteindre la rivière de Back.

Crozier avait conservé son sextant et son théodolite, et le lieutenant Little possédait également un sextant, plus celui qu'il avait hérité de feu Fitzjames, mais cela faisait des semaines que ni l'un ni l'autre n'avaient effectué de relevé. Cela n'avait guère d'importance. Si la terre du Roi-Guillaume était une presqu'île, ainsi que le pensaient la plupart des explorateurs de l'Arctique, dont James Clark Ross, l'ami et ancien commandant de Crozier, alors cette côte les conduirait à l'embouchure de la rivière de Back. S'il s'agissait d'une île – conclusion à laquelle étaient parvenus le lieutenant Gore, puis Crozier lui-même –, alors ils ne tarderaient pas à apercevoir le continent au sud, et ils n'auraient plus qu'à traverser un étroit bras de mer pour atteindre leur but.

Dans un cas comme dans l'autre, Crozier – qui s'était résigné à suivre la côte, vu qu'il n'avait pas le choix, et à naviguer à l'estime pour le moment – jugeait que cent cinquante kilomètres les séparaient encore de l'embouchure de la rivière de Back.

Durant cette longue marche, ils avaient réalisé une moyenne quotidienne de seize cents mètres à peine. Certains jours, ils parcouraient jusqu'à cinq ou six kilomètres, comme lors de la marche forcée qui les avait conduits du navire au camp Terror, certes sur un boulevard dégagé à l'avance, mais d'autres jours – lorsque les traîneaux butaient sur la roche, lorsqu'ils devaient franchir un cours d'eau, voire une rivière comme cela leur était arrivé une fois, lorsqu'une grève trop accidentée les obligeait à faire un détour par la banquise, lorsque le temps devenait infect, lorsque les malades étaient en surnombre et accroissaient le chargement des bateaux, ce qui amenait les hommes valides à consacrer seize heures par jour à tracter un cotre et quatre baleinières, pour retourner ensuite chercher les deux chaloupes et les trois autres cotres –, alors, ils n'avançaient que de quelques centaines de mètres.

Le 1er juillet, après plusieurs semaines de réchauffement, la neige et le froid revinrent en force. Un blizzard soufflant du sud-est lança sur les hommes un assaut frontal. On déchargea en hâte les tenues de froid. On distribua à tous des perruques galloises. La neige accrut de plusieurs quintaux le poids des traîneaux et des bateaux. Les malades allongés dans ces derniers, par-dessus les tentes et les provisions, se blottirent sous les toiles protectrices pour se mettre à l'abri.

Les marins subirent trois jours de tempête ininterrompue, où le vent les frappait en plein visage. La nuit, ils se plaquaient au sol dans leurs tentes en espérant que les éclairs incessants les épargneraient.

S'ils avaient cessé d'avancer ce jour-là, c'était parce que les malades étaient bien trop nombreux, parce que Goodsir voulait les soigner dans de bonnes conditions et parce que Crozier voulait envoyer des éclaireurs vers l'est et des chasseurs vers le nord, à l'intérieur des terres, et vers le sud, sur la banquise.

Ils avaient un besoin urgent de nourriture.

Bonne et mauvaise nouvelle à la fois : ils avaient enfin consommé toutes les conserves Goldner. Comme le maître canonnier Aylmore, condamné par le capitaine à se gorger de celles-ci, n'avait pas connu le terrible destin du capitaine Fitzjames – contrairement à deux hommes pourtant censés ne pas en manger –, tous les marins avaient été autorisés à les ajouter à leur ordinaire de porc salé, de merluche et de biscuits.

Bill Closson, un matelot âgé de vingt-huit ans, était mort dans d'atroces souffrances, paralysé par des crampes d'estomac, et le Dr Goodsir ne sut ce qui l'avait frappé que lorsque Tom McConvey, l'un de ses camarades, lui apprit que le mort avait dérobé et avalé une boîte de pêches au sirop, refusant de la partager avec quiconque.

Lors de ses rapides funérailles – le corps de Closson n'était même pas drapé dans une toile quand on le recouvrit de pierres, car le vieux Murray avait succombé au scorbut et, de toute façon, il ne leur restait plus assez de toile –, le capitaine Crozier n'avait pas cité la Bible mais son fameux *Léviathan*.

— « La vie humaine est solitaire, misérable, dangereuse, animale et brève », avait-il déclaré. Plus brève encore, semble-t-il, pour ceux qui volent leurs camarades.

Ce semblant d'éloge funèbre avait rencontré un franc succès. Bien que les dix embarcations que les hommes tractaient depuis plus de deux mois fussent déjà dotées de noms, datant de l'époque où l'*Erebus* et le *Terror* naviguaient encore, les marins s'empressèrent de rebaptiser les trois cotres et les deux chaloupes auxquels ils consacraient la seconde partie de leurs journées – la plus pénible à leurs yeux, puisqu'elle les voyait fouler un terrain qu'ils avaient déjà couvert une fois. Ils s'appelaient désormais *Solitaire*, *Misérable*, *Dangereuse*, *Animale* et *Brève*.

Crozier avait souri à cette nouvelle. Elle signifiait que les hommes n'étaient pas gagnés par la faim et le désespoir au point de renoncer à l'humour noir typique des marins de Sa Majesté.

Lorsque survint la mutinerie, son porte-parole était le dernier des candidats que Francis Crozier aurait imaginé à ce poste.

On était en milieu de journée et le capitaine s'efforçait de prendre quelques minutes de repos tandis que la plupart des hommes étaient partis en expédition de chasse ou de reconnaissance. Il entendit des bottes à crampons faire crisser la neige autour de sa tente et comprit aussitôt qu'il se passait quelque chose de grave. Le caractère furtif des bruits qui venaient de le tirer de sa somnolence ne présageait rien de bon.

Crozier enfila son manteau. Il y avait toujours un pistolet chargé dans la poche droite de celui-ci, mais, ces derniers temps, un autre, d'un modèle plus petit, était également glissé dans la gauche.

Vingt-cinq hommes environ s'étaient rassemblés entre l'infirmerie et la tente de Crozier. Il n'était pas aisé de les identifier au premier coup d'œil, vu la tempête qui soufflait et les cache-nez qui dissimulaient leurs visages, mais Crozier ne fut pas surpris de reconnaître au second rang Cornelius Hickey, Magnus Manson, Richard Aylmore et leurs acolytes habituels.

Ce fut le premier rang qui le stupéfia.

La plupart des officiers supervisaient les équipes de chasseurs et d'éclaireurs parties ce matin-là – Crozier comprit trop tard qu'il avait commis une erreur en se séparant de ses subordonnés les plus loyaux, tels le lieutenant Little, le premier maître Robert Thomas, le bosseman Tom Johnson, Harry Peglar et quelques autres, ne gardant que des traîtres et des faibles au camp Hôpital –, mais l'homme qui lui faisait face n'était autre que le jeune enseigne Hodgson. Crozier fut tout aussi déconcerté de découvrir à ses côtés Reuben Male, son chef du gaillard d'avant, et Robert Sinclair, le chef de la hune de misaine de l'*Erebus*. Ces deux-là étaient pourtant dignes de confiance.

Crozier se dirigea vers eux à si vive allure que Hodgson recula de deux pas, heurtant ce grand débile de Manson.

— Que voulez-vous ? demanda Crozier.

Constatant qu'il n'émettait qu'un croassement éraillé, il s'efforça à plus d'autorité pour enchaîner :

— Que diable se passe-t-il ici ?

— Nous devons vous parler, commandant, dit Hodgson.

La voix du jeune homme tremblait sous l'effet de la tension.

— À quel propos ?

Crozier avait glissé la main droite dans sa poche. Il vit le Dr Goodsir apparaître sur le seuil de l'infirmerie et jeter à la scène un regard surpris. Crozier compta vingt-trois hommes dans la bande et les identifia tous jusqu'au dernier, en dépit des écharpes et des perruques galloises. Il ne les oublierait pas.

— À propos de notre retour, dit Hodgson.

Les hommes qui l'entouraient marmonnèrent leur approbation, produisant un bourdonnement diffus caractéristique des mutins.

Crozier ne réagit pas tout de suite. Première bonne nouvelle : s'il s'était agi d'une véritable mutinerie, si Hodgson, Male, Sinclair et leurs complices avaient décidé de prendre le contrôle de l'expédition par la force, Crozier serait déjà mort. Ils auraient agi à minuit, profitant de la pénombre crépusculaire.

Seconde bonne nouvelle : bien que deux ou trois matelots fussent armés d'un fusil, toutes les autres armes étaient en possession des soixante-six chasseurs ayant quitté le camp.

Crozier se promit de ne plus jamais autoriser les fusiliers marins à s'absenter tous en même temps. Tozer et ses soldats étaient si impatients de chasser qu'il les avait tous laissés filer, trop fatigué pour discuter.

Le regard du capitaine allait d'un visage à l'autre. Les plus faibles parmi les mutins baissaient aussitôt la tête, emplis de honte. Les plus forts, tels Male et Sinclair, le fixaient avec impudence. Hickey le considérait avec des yeux si froids, aux paupières si tombantes, qu'on l'eût pris pour un ours blanc – voire pour la chose des glaces elle-même.

— Et où voulez-vous retourner ? lança Crozier.

— Au c... au camp Terror, bafouilla Hodgson. Il y a là-bas des conserves, du charbon et des poêles. Plus les autres bateaux.

— Ne soyez pas stupide. Nous sommes à soixante-cinq miles du camp Terror. Si vous réussissez à aller jusque-là, vous n'arriverez pas au but avant octobre, c'est-à-dire avant l'hiver.

Hodgson resta sans réplique, mais le chef de la hune de misaine de l'*Erebus* lança :

— Le camp est sacrément plus près d'ici que ce fleuve que nous nous crevons à rallier avec nos fardeaux.

— Vous faites erreur, monsieur Sinclair, rétorqua Crozier. Le lieutenant Little et moi-même estimons que le bras de mer où se jette ce fleuve ne se trouve qu'à cinquante miles d'ici.

— Le *bras de mer*, répéta en ricanant le matelot George Thompson.

Cet homme avait une réputation de poivrot et de tire-au-flanc. Si Crozier ne pouvait lui jeter la pierre parce qu'il buvait, il détestait les paresseux de son espèce.

— *L'embouchure* de la rivière de Back se trouve à cinquante miles plus au sud, poursuivit Thompson. Donc à plus de cent miles d'ici.

— Surveillez votre ton, Thompson.

Crozier prononça ces mots d'une voix si sourde, si lourde de menaces, que l'insolent matelot sursauta et baissa les yeux. Le capitaine parcourut à nouveau l'assemblée du regard. C'était à tous les hommes qu'il s'adressait maintenant.

— Peu importe qu'il y ait quarante ou cinquante miles de plus à franchir pour gagner l'embouchure de la rivière de Back, car il y a de fortes chances pour que ce soient des miles d'eau libre... nous cesserons de traîner nos bateaux pour naviguer à leur bord. Maintenant, retournez à vos tâches et oubliez ces stupidités.

Quelques hommes firent mine de s'éloigner, mais Magnus Manson dressa sa masse devant eux, contenant leur hostilité ainsi qu'un barrage l'aurait fait d'un lac.

— Nous voulons retourner à bord du navire, commandant, dit Reuben Male. Nous pensons que nous aurons de meilleures chances de nous en sortir.

Ce fut au tour de Crozier de sursauter.

— Retourner à bord du *Terror*? Grand Dieu, Reuben, il vous faudra parcourir plus de quatre-vingt-dix miles, sur la banquise et sur cette terre hostile que nous avons traversée. Jamais les traîneaux et les bateaux ne pourront tenir le coup.

— Nous ne prendrons qu'un bateau, intervint Hodgson.

Les hommes autour de lui murmurèrent leur assentiment.

— Un seul bateau? Que voulez-vous dire?

— Un seul bateau, répéta Hodgson. Et un seul traîneau.

— On en a marre de tracter ces traîneaux de merde, glissa John Morfin, un matelot grièvement blessé lors du Carnaval.

Sans tenir compte de son intervention, Crozier dit à Hodgson :

— Comment comptez-vous faire tenir vingt-trois hommes dans un seul bateau, lieutenant? Même si vous nous voliez une baleinière, elle ne contiendrait que dix à douze personnes, avec un minimum de provisions. Mais peut-être estimez-vous que dix d'entre vous mourront avant d'être arrivés au camp. C'est sans doute ce qui se passera. Dix, oui, et probablement bien davantage.

— Les plus petits bateaux sont restés au camp Terror, dit Sinclair en s'approchant de Crozier d'un air agressif. Nous emporterons une baleinière avec nous, mais nous prendrons aussi les yawls et les canots pour regagner le *Terror*.

Crozier le fixa quelques instants, puis éclata de rire.

— Vous pensez que la banquise s'est disloquée au nord-ouest de la terre du Roi-Guillaume? C'est vraiment ce que vous pensez, bande de crétins?

— Oui, répondit l'enseigne Hodgson. Il y a de la nourriture à bord du navire. Quantité de conserves. Et nous pourrons voguer vers...

Crozier partit d'un nouveau rire.

— Vous êtes prêts à jouer votre vie en espérant que la glace a libéré le *Terror* cet été et qu'il attend tranquillement que vous voguiez jusqu'à lui avec vos petits youyous? Et que la banquise s'est disloquée et vous a ouvert la voie jusqu'au détroit de Lancaster?

Que vous allez trouver devant vous trois cents *milles* d'eau libre ? N'oubliez pas que vous n'atteindrez votre but qu'une fois l'hiver revenu, si vous l'atteignez un jour.

— Comme pari, c'est moins risqué que celui-ci ! s'exclama Richard Aylmore, le maître canonnier.

Le visage du petit homme noiraud était déformé par la rage, la peur, le ressentiment et quelque chose qui ressemblait à de l'exaltation − son heure était enfin venue.

— Je serais presque tenté de vous accompagner... commença Crozier.

Hodgson battit des cils à plusieurs reprises. Quelques marins échangèrent des regards étonnés.

— Rien que pour voir la tête que vous ferez lorsque, *après avoir franchi une banquise hérissée de crêtes de pression*, vous constaterez que le *Terror* a été broyé par les glaces comme l'*Erebus* en mars dernier.

Après avoir marqué une pause de quelques secondes pour les laisser imaginer le spectacle, il reprit à voix basse :

— Pour l'amour de Dieu, demandez à M. Honey, à M. Wilson, à M. Goddard ou au lieutenant Little dans quel état étaient ses *courbes*. Dans quel état était son *gouvernail*. Demandez au premier maître Thomas de vous décrire ses coutures d'about telles qu'il les a inspectées au mois d'avril... et nous sommes en *juillet*, bande de crétins. Si la glace a consenti à fondre alentour, il y a plus de chances pour qu'il ait coulé que pour qu'il ait flotté. Et même dans le cas contraire, comment vingt-trois marins pourraient-ils assurer simultanément la manœuvre des pompes et la navigation dans un dédale de chenaux − sans compter que, vu le temps qu'il vous faudra pour rallier le navire depuis le camp, l'hiver aura déjà commencé à geler la mer ? Et à supposer que le navire flotte, qu'il n'ait pas coulé et que vous ne vous tuiez pas à la tâche en manœuvrant les pompes nuit et jour, comment parviendrez-vous à naviguer dans les glaces ?

Crozier parcourut à nouveau la meute du regard.

— Je ne vois pas M. Reid parmi vous. Il a accompagné le lieutenant Little en mission de reconnaissance. Sans pilote des glaces, jamais vous ne pourrez vous frayer un chemin parmi la glace en galettes, les bourguignons et le reste.

Crozier secoua la tête devant l'absurdité de la situation et gloussa comme si les marins venaient de lui raconter une bonne blague et non de fomenter une mutinerie.

— Retournez à vos tâches... *et tout de suite*, dit-il. Je n'oublierai pas que vous avez eu la bêtise de me suggérer cette idée, mais j'essaierai d'oublier le ton dont vous avez usé et le fait que vous avez agi comme une bande de mutins et non comme des marins de Sa Majesté demandant audience à leur capitaine. Allez, disparaissez !

— Non, répondit Cornelius Hickey depuis le second rang, d'une voix haut perchée mais suffisamment ferme pour retenir ses camarades prêts à renoncer. M. Reid viendra avec nous. Et les autres aussi.

— Et pourquoi donc ? demanda Crozier en clouant du regard l'homme au visage de fouine.

— Parce qu'ils n'auront pas le choix, répliqua Hickey.

Il tira sur la manche de Manson et tous deux s'avancèrent, bousculant un Hodgson à l'air franchement affolé.

Crozier décida qu'il commencerait par abattre Hickey. Il empoignait déjà le pistolet dans sa poche. Il ne prendrait même pas la peine de l'en sortir, du moins pour la première balle. Il tirerait sur Hickey lorsqu'il se serait rapproché d'un mètre, puis il dégainerait et tenterait de loger une balle dans la tête du géant. Il faudrait bien cela pour abattre Manson.

Comme si l'intention avait engendré l'action, on entendit un coup de feu en provenance de la côte.

Tous se tournèrent dans cette direction, excepté Crozier et l'aide-calfat. Pas un instant le capitaine ne quitta Hickey du regard. Les deux hommes attendirent pour tourner la tête que retentissent les premiers cris.

— De l'eau libre !

C'était le groupe du lieutenant Little, qui était parti reconnaître la banquise ; avec lui, le pilote des glaces Reid, le bosco John Lane, Harry Peglar et une demi-douzaine d'autres, tous armés d'un fusil ou d'un mousquet.

— De l'eau libre ! répéta Little.

Il courait sur la roche et la glace en moulinant des bras, de toute évidence inconscient du drame qui se jouait devant la tente de son capitaine.

— À deux miles à peine au sud d'ici ! Des chenaux assez larges pour laisser passer nos bateaux. Ils filent vers l'est sur plusieurs miles ! De l'eau libre !

Hickey et Manson se fondirent dans la meute de mutins qui, en trente secondes à peine, s'était transformée en foule en liesse. Certains marins s'étreignirent. Reuben Male, prenant apparemment conscience de ses actes, semblait sur le point de vomir, et Robert Sinclair se laissa choir sur un rocher, les jambes coupées. Le chef de la hune de misaine, cette force de la nature, se prit la tête dans les mains et se mit à pleurer.

— Regagnez vos tentes et reprenez vos tâches, dit Crozier. Dans moins d'une heure, nous commencerons à charger les bateaux, à contrôler leurs mâts et à préparer leur gréement.

47

Peglar

Quelque part dans le détroit séparant
l'île du Roi-Guillaume de la péninsule Adélaïde
9 juillet 1848

Les hommes restés au camp Hôpital auraient voulu partir dix minutes après l'arrivée triomphante du lieutenant Little, mais il s'écoula une journée avant qu'ils levassent le camp et deux autres avant que les bateaux fussent mis à flot dans les eaux noires du sud de l'île du Roi-Guillaume.

Tout d'abord, il fallait attendre le retour des hommes partis en expédition de chasse et de reconnaissance, et certains ne revinrent que passé minuit, titubant sous les feux jaune pâle du crépuscule arctique et s'effondrant dans leurs duvets sans même avoir appris la bonne nouvelle. Ils ne rapportaient qu'un maigre butin, le groupe de Robert Thomas ayant tué un renard arctique et plusieurs lapins blancs, celui du sergent Tozer une paire de lagopèdes.

Le matin du mercredi 5 juillet, l'infirmerie se vida de la quasi-totalité de ses occupants, tous les malades capables de tenir debout souhaitant participer aux préparatifs de départ.

Ces dernières semaines, John Bridgens avait remplacé les défunts Henry Lloyd et Tom Blanky au poste d'aide-soignant, et le valet avait assisté au début de mutinerie de l'après-midi aux côtés du chirurgien. Ce fut lui qui décrivit la scène à Harry Peglar, lequel fut pris d'un haut-le-cœur en apprenant que Robert Sinclair, son équivalent à bord du *Terror*, avait fait partie des mutins. Quant à Reuben Male, il le savait digne de confiance mais entêté. Très entêté.

Peglar n'avait que mépris pour Aylmore, Hickey et leurs affidés. À ses yeux, ce n'étaient que des êtres à l'esprit retors et à la langue bien pendue – Manson excepté, naturellement –, mais ignorant tout du sentiment de loyauté.

Le jeudi 6 juillet, ils se retrouvèrent sur la banquise pour la première fois depuis plus de deux mois. La plupart d'entre eux avaient oublié à quel point ce terrain était difficile, même ici, dans cette région en partie abritée par la masse de l'île et du cap qu'ils venaient de contourner. Il leur fallut hisser leurs dix bateaux sur quantité de crêtes de pression. La glace de mer était nettement moins glissante que la neige et la glace terrestre. Il n'y avait pas la moindre dépression, pas la moindre corniche pour s'abriter du vent – et les rochers, bien entendu, brillaient par leur absence. Pas de cours d'eau non plus pour s'y abreuver. Non seulement la tempête de neige ne se calma pas, mais en outre le vent de sud-est se fit plus fort, les frappant en plein visage tandis qu'ils tractaient leurs bateaux sur les trois kilomètres qui, à en croire le lieutenant Little, les séparaient d'un chenal.

Le soir venu, ils étaient tellement épuisés qu'ils ne montèrent même pas les tentes arctiques, se contentant de tendre quelques tapis de sol entre les bateaux et les traîneaux pour se blottir dessous pendant les quelques heures de pénombre, dormant à trois par sac de couchage.

En dépit de la tempête, du vent et des aléas de la banquise, ils étaient tellement galvanisés qu'ils avaient couvert ces fameux trois kilomètres lorsque s'acheva la matinée du vendredi 7 juillet.

Le chenal avait disparu. Il s'était refermé. Little localisa une bande de glace plus mince – pas plus de dix à vingt centimètres d'épaisseur – là où il s'était trouvé.

Durant une bonne partie de la journée, ils suivirent le pilote des glaces James Reid sur cette piste zigzagante qui filait vers le sud-est, puis franchement vers l'est.

À la déception qui les habitait, et au supplice que leur faisait subir la neige, qui leur giflait la face et trempait leurs vêtements, s'ajouta – pour la première fois depuis des années – la crainte de tomber au travers de la glace.

Peu après midi, le soldat James Daly, l'un des six éclaireurs chargés de tester la glace en y plantant des perches, connut précisément cette infortune. Le temps que ses camarades le repêchent, il avait déjà viré au bleu – littéralement. Le Dr Goodsir ordonna qu'on le déshabillât, qu'on l'enveloppât dans des couvertures de la Compagnie de la baie d'Hudson et qu'on le plaçât à bord d'un cotre, sous une couche supplémentaire de couvertures. Deux de ses camarades s'allongeraient tout contre lui afin de lui communiquer leur chaleur corporelle, ce qui représentait sa seule chance de survie. Le corps du soldat Daly était animé de tremblements convulsifs, ses dents ne cessaient de s'entrechoquer, et il passa le reste de la journée plongé dans le délire.

La glace, qui deux années durant était restée aussi stable qu'une masse terrestre, était à présent soumise à une sorte de roulis qui donnait le vertige et causait parfois des vomissements. Même épaisse, elle grinçait et craquait sous l'effet de la pression, et il survenait parfois des explosions tantôt lointaines et tantôt toutes proches, de toutes parts et parfois même là où avançait le convoi. Ainsi que le leur avait expliqué le Dr Goodsir quelques mois plus tôt, la sensibilité au bruit faisait partie des symptômes du scorbut – le son du canon pouvait tuer un homme, avait-il précisé –, et la majorité des quatre-vingt-neuf marins tractant les bateaux sur la glace n'avaient désormais plus de doute sur leur état de santé.

Même un demeuré comme Magnus Manson savait que si l'un des bateaux passait à travers la glace – une glace si mince qu'elle n'avait pu supporter le poids de James Daly, pourtant affamé et amaigri –, cela signifierait la mort pour les hommes qui le tractaient. Ils se noieraient avant même de prendre froid.

Habitués à progresser en file indienne, les marins étaient déconcertés par leurs nouveaux ordres de marche, qui enjoignaient aux groupes de rester à l'écart les uns des autres. La tempête de neige était d'une telle violence qu'il arrivait parfois à l'un de ceux-ci de perdre les autres de vue, ce qui ne faisait qu'accentuer le sentiment d'isolement des hommes. Lorsqu'ils firent demi-tour pour aller chercher les trois cotres et les deux chaloupes qu'il leur restait à acheminer, ils évitèrent de suivre le même chemin, de sorte qu'ils ignoraient si la glace qu'ils foulaient serait assez solide pour supporter leur poids.

Certains se mirent à grommeler, craignant d'avoir raté le bras de mer conduisant à l'embouchure de la rivière de Back. Peglar, qui avait consulté les cartes et quelques-uns des relevés effectués par Crozier, savait qu'ils étaient encore sacrément loin de ce fameux bras de mer – cinquante kilomètres, à tout le moins. Ils en auraient cent de plus à parcourir pour atteindre cette fameuse embouchure. Vu leur vitesse actuelle, et à supposer qu'une manne leur tombe du ciel et que la santé de tous s'améliore par miracle, ils n'atteindraient ce bras de mer qu'en août et cette embouchure qu'en septembre.

La promesse d'une eau libre lui faisait battre le cœur un peu plus fort. Certes, le cœur de Harry Peglar battait toujours un peu trop fort ces temps-ci. Sa mère s'était toujours inquiétée à ce propos – enfant, il avait souffert de douleurs cardiaques, séquelles d'une scarlatine –, mais il balayait ses craintes d'un revers de la main, lui affirmant qu'il était chef de hune sur certains des plus grands navires du monde et que jamais on ne confierait un tel poste à un homme au cœur fragile. S'il avait réussi à la convaincre, il lui arrivait néanmoins d'éprouver parfois un malaise, qui était suivi pendant plusieurs jours par des douleurs violentes, notamment au bras gauche, des douleurs si graves qu'il était parfois obligé de grimper dans la mâture en n'utilisant que sa main droite. Les autres chefs de hune pensaient qu'il souhaitait les impressionner.

Ces dernières semaines, son cœur devenait de plus en plus erratique. Quinze jours auparavant, il avait perdu l'usage des doigts de la main gauche et souffrait désormais en permanence. Ce handicap s'ajoutait à celui que lui infligeait sa diarrhée également permanente – de tempérament pudique, Peglar hésitait parfois plusieurs jours à déféquer par-dessus le bastingage, ainsi qu'on le faisait couramment en mer, ce qui entraînait parfois des constipations, préférant attendre une occasion pour utiliser les lieux d'aisance.

Sauf qu'ils n'en disposaient pas durant cette marche. Pas le moindre buisson, même pas un rocher à l'horizon. Les membres de son équipe de tractage se moquaient de lui chaque fois qu'il s'éloignait pour faire ses besoins, affirmant qu'il préférait se faire massacrer par la Terreur plutôt que d'être vu en train de couler un bronze.

Ce n'étaient pas tant leurs rires bon enfant qui l'inquiétaient que les difficultés de plus en plus grandes qu'il avait pour les rattraper à chaque fois. Il était tellement épuisé par les hémorragies internes, l'inanition et sa faiblesse cardiaque qu'il tenait à peine debout lorsqu'il se harnachait à nouveau.

Donc, sur les quatre-vingt-neuf hommes encore en vie ce vendredi, Harry Peglar était sans doute le seul à se féliciter de la tempête de neige, puis de la brume qui tomba après que la tempête se fut calmée.

Cette brume posait problème. Vu l'ordre de marche qu'ils avaient adopté, les groupes de tractage pouvaient facilement se perdre de vue. Ils avaient couru ce risque en retournant chercher les cotres et les chaloupes, alors que la brume était encore peu épaisse. Le capitaine Crozier rassembla les hommes pour leur donner de nouvelles instructions. Chaque groupe ne devait pas compter plus de quinze hommes, de peur que la glace se brisât sous leur poids, et ils ne devaient pas trop s'approcher des bateaux. C'était la première fois que les équipages étaient aussi réduits.

Les traîneaux allaient leur poser une difficulté logistique si jamais ils atteignaient l'eau libre promise. Comme il y avait de grandes chances pour qu'ils en eussent de nouveau besoin pour transporter les cotres et les chaloupes avant d'atteindre l'embouchure de la rivière de Back, ils ne pouvaient pas les abandonner sur la banquise. Le jeudi, avant de repartir, Crozier fit répéter aux hommes la manœuvre consistant à décharger les six bateaux de leurs traîneaux, à démonter ceux-ci conformément à leur mode d'emploi et à les stocker sur les bateaux en question. Cela leur prit des heures.

Tout juste s'ils eurent la force de les remonter et d'y arrimer à nouveau les bateaux avant de se remettre en marche. La fatigue et le scorbut les empêchaient de faire des nœuds corrects. Les égratignures les plus banales donnaient lieu à de véritables hémorragies. Le moindre choc déclenchait l'apparition de larges hématomes sur leurs bras grêles et leur torse rachitique.

Mais ils se savaient désormais capables d'effectuer cette manœuvre qui risquait de se révéler nécessaire.

Si jamais ils trouvaient de l'eau libre.

Crozier ordonna qu'une lanterne fût placée à l'avant et à l'arrière de chaque traîneau. Il rappela les fusiliers chargés de tester la glace et ordonna à l'enseigne Hodgson de progresser en avant-garde, lui confiant une baleinière chargée d'articles de moindre importance ; les cinq groupes progresseraient en formant un losange.

Tous savaient que c'était là une façon de punir le jeune enseigne pour son rôle dans la mutinerie avortée. Parmi les hommes tractant sa baleinière, on trouvait notamment Magnus Manson, Aylmore et Hickey, qui appartenaient jusque-là à des groupes distincts. Si la glace se brisait sous leurs pieds, les autres les entendraient hurler et se débattre dans la brume, mais ils ne pourraient rien faire pour eux et devraient chercher une autre route.

La procession se mit en branle, chaque équipe veillant à ne pas perdre de vue les lanternes des autres.

Vers huit heures du soir, on entendit les hommes de Hodgson pousser des cris, mais ce n'était pas parce qu'ils se noyaient. Ils venaient de trouver de l'eau libre, à quinze cents mètres du point où Little en avait repéré le mardi précédent.

Chaque équipe envoya des hommes en éclaireurs, sur une glace qu'on pensait particulièrement fine, mais il devint bientôt évident que la banquise conservait une épaisseur de trente à quarante centimètres jusqu'au bord de ce miraculeux chenal.

Large de dix mètres à peine, la coulée d'eau noire disparaissait au sein de la brume.

— Monsieur Hodgson, ordonna Crozier, faites de la place pour six rameurs dans votre baleinière. Pour le moment, laissez le chargement sur la banquise. Le lieutenant Little prendra le commandement de l'embarcation. Monsieur Reid, vous l'accompagnerez. Tâchez de reconnaître ce chenal pendant une durée de deux heures. Inutile de hisser la voile. Mais je veux que les hommes rament de toutes leurs forces. Au bout de ces deux heures – à condition que vous puissiez naviguer tout ce temps –, faites demi-tour et venez nous dire si ça vaut la peine de mettre les autres bateaux à flot. Nous mettrons à profit vos quatre heures d'absence pour décharger le matériel et stocker les traîneaux dans les autres embarcations.

— À vos ordres, commandant, dit Little, qui se mit aussitôt au travail.

Peglar remarqua que le jeune Hodgson semblait au bord des larmes. Cela devait être pénible de voir sa carrière dans la Navy brisée avant d'avoir fêté ses trente ans. *Ça lui fera les pieds*, se dit Peglar. Il avait servi plusieurs dizaines d'années dans une institution où la mutinerie était punie de mort, la seule *envie* de se mutiner étant passible du fouet, et il s'était toujours félicité de cette règle comme du châtiment.

Crozier se dirigea vers lui.

— Harry, vous sentez-vous d'attaque à accompagner le lieutenant Little ? J'aimerais que vous teniez la barre. M. Reid et le lieutenant Little guideront le bateau.

— Oh ! oui, commandant. Je suis en pleine forme.

Peglar fut consterné d'apprendre que le capitaine Crozier le pensait malade ou diminué. *Aurais-je tiré au flanc sans m'en rendre compte ?* Cette seule idée le rendait malade.

— J'ai besoin d'un homme de confiance à ce poste, quelqu'un qui ait les capacités d'évaluer ce chenal, ajouta Crozier à mi-voix. Et si cet homme sait nager, ce n'en est que mieux.

Il gratifia Peglar d'une tape sur l'épaule et alla s'entretenir avec un autre « volontaire ». Le chef de la hune de misaine comprit que Crozier sélectionnait ses éclaireurs avec un soin extrême, tout en veillant à ce que les plus loyaux de ses hommes, parmi lesquels les premiers maîtres Des Vœux et Robert Thomas, Tom Johnson le colossal bosseman et tous les fusiliers marins, restassent à ses côtés et se tinssent sur le qui-vive.

En moins d'une demi-heure, la baleinière était prête à appareiller.

Cette expédition de reconnaissance était fort étrangement équipée. Les neuf marins emportaient avec eux du porc salé et des biscuits, ainsi que quelques gourdes, au cas où ils s'égareraient ou prendraient du retard. Chacun d'eux reçut une hache ou une pioche. S'ils tombaient sur un petit iceberg bloquant le chenal, ou encore sur une plaque de glace, ils essaieraient de forcer le passage. Si l'obstacle était trop important, ils tenteraient de le contourner en portant la baleinière. Peglar espérait avoir la force nécessaire pour accomplir sa part de travail, car il leur faudrait sans doute transporter le bateau sur une bonne centaine de mètres.

Le capitaine Crozier confia au lieutenant Little un fusil à deux coups et un sac plein de cartouches. Il les plaça près de la proue.

Si jamais ils se retrouvaient bloqués sur la banquise, ils disposeraient d'une grande tente et d'un tapis de sol en toile goudronnée. La baleinière contenait en outre trois sacs de couchage à trois places. Mais ils n'avaient pas l'intention de faire naufrage.

Les marins se mirent en place tandis que la brume tournoyait de plus belle autour d'eux. L'hiver précédent, Crozier et les autres officiers avaient envisagé de demander à M. Honey et au défunt M. Weekes de rehausser les plats-bords de tous les bateaux afin de les adapter à la navigation en mer. Au bout du compte, ils avaient préféré s'en abstenir, de façon à ne pas gêner la navigation fluviale. C'était pour la même raison que Crozier avait fait raccourcir toutes les rames, qui n'étaient guère plus que des pagaies.

Il restait dans le bateau une tonne de nourriture et d'équipement divers qui rendait malaisée l'installation des six rameurs ; ceux-ci durent caler leurs pieds sous des paquetages, ce qui les obligeait à s'asseoir dans une position assez inconfortable, et Peglar, en prenant place à la proue, dut se percher sur un paquet bien ficelé plutôt que sur son banc de nage – mais tout le monde trouva bientôt sa place, le lieutenant Little et M. Reid se postant à la proue avec leurs longues perches.

Les hommes étaient impatients de procéder à la mise à flot. Ils se mirent à compter en chœur – « Un, deux, trois ! » – et, sur fond de ahans, la lourde baleinière glissa sur la glace, sa proue s'inclina, plongea de cinquante centimètres, les rameurs écartèrent les blocs de glace tandis que M. Reid et le lieutenant Little s'accrochaient aux plats-bords, puis les hommes poussèrent à nouveau, les rames se plantèrent dans l'eau et le bateau s'éloigna dans la brume – le premier élément de la flottille de l'*Erebus* et du *Terror* qui flottât depuis deux ans et onze mois.

Des vivats retentirent, suivis par le traditionnel *hip, hip, hip, hourra* répété à trois reprises.

Peglar plaça le bateau au centre de l'étroit chenal – il ne faisait pas plus de six mètres de large, juste assez pour que les rames ne heurtent pas la banquise – et, lorsqu'il jeta un coup d'œil par-dessus son épaule, il constata que la brume avait englouti tous leurs camarades.

Les deux heures suivantes filèrent comme un rêve. Peglar avait déjà navigué parmi les floes – près de trois ans auparavant, ils avaient passé huit jours à explorer des anses et des baies envahies d'icebergs avant de choisir un point d'ancrage pour les deux navires au large de l'île Beechey, et Peglar avait commandé l'un des bateaux chargés de cette tâche –, mais jamais dans de telles conditions. Le chenal demeurait désespérément étroit – parfois, ils avançaient en prenant appui sur les plaques de glace qui venaient racler la coque –, mais, s'il décrivait quantité de méandres, le bateau avait cependant la place de virer. Des blocs de glace soulevés par la pression leur bouchaient la vue à droite comme à gauche et la brume ne consentait à se lever que pour retomber l'instant d'après, plus opaque que précédemment. Les sons paraissaient à la fois étouffés et amplifiés, ce qui était des plus déconcertants ; les hommes se surprirent à ne plus communiquer que par murmures.

Ils durent interrompre leur course à deux reprises, la première parce que de la glace flottante leur bloquait le passage, la seconde parce que le chenal était en grande partie gelé, et ils descendirent du bateau pour écarter la glace avec leurs perches ou l'attaquer à coups de hache. Ils attachèrent des cordages à la proue ou aux bancs de nage pour haler le bateau, à moins qu'ils ne l'agrippassent tout simplement par ses plats-bords, et réussirent à s'engager dans l'étroite crevasse. Puis le chenal s'élargit à nouveau et tous remontèrent à bord pour avancer à la rame ou à la perche.

Cela faisait bientôt deux heures qu'ils naviguaient ainsi lorsque, soudain, le chenal sinueux se rétrécit un peu plus. La baleinière racla la glace à bâbord comme à tribord et, tandis que les marins donnaient de la perche, Peglar se leva sur son banc pour scruter l'horizon occulté par la brume. Et ils débouchèrent subitement dans la plus vaste étendue d'eau libre qu'ils eussent vue ce jour. Comme pour confirmer cette bonne fortune, la brume se leva et leur champ visuel s'élargit de plusieurs centaines de mètres.

Soit ils avaient atteint la mer libre, soit ils se trouvaient dans un lac ouvert dans la banquise. D'une brèche au sein des nuages se déversa un flot de soleil qui fit virer l'eau de mer à l'azur. Devant eux flottaient quelques icebergs petits et plats, dont l'un atteignait la taille d'un terrain de cricket. Leur glace fracturait la lumière et les hommes harassés se protégèrent les yeux de cette gloire resplendissante qui habitait soudain la neige, la glace et l'eau.

Les six rameurs poussèrent des cris de joie.

— Pas si vite, mes amis, dit le lieutenant Little. (Debout sur la proue de la baleinière, il scrutait l'horizon avec sa lunette d'approche.) Nous ignorons encore jusqu'où va cette eau libre... peut-être ne sommes-nous que sur un lac sans issue, hormis celle par laquelle nous sommes entrés. Nous devons en avoir le cœur net avant de faire demi-tour.

— Oh ! c'est bien la mer libre, lança le matelot Berry depuis son banc de nage. Je le sens dans mes os. La mer s'ouvre à nous et nous emmènera jusqu'à la rivière de Back, pas de doute. Il nous suffit de conduire les autres ici, de hisser les voiles, et on sera arrivés à bon port demain avant le souper.

— Dieu vous entende, Alex, répondit le lieutenant Little. Mais prenons le temps de nous en assurer. Je tiens à ne rapporter que des bonnes nouvelles à nos camarades.

M. Reid, le pilote des glaces, désigna le chenal d'où ils venaient de sortir.

— Il y a une bonne douzaine d'anses dans le coin. Si nous ne marquons pas notre chenal, nous risquons d'avoir des difficultés à le retrouver au retour. Ramenez-nous là-bas, les gars. Monsieur Peglar, prenez cette perche de rechange et plantez-la dans la glace à l'entrée. De cette façon, nous ne pourrons pas nous tromper de chenal.

— Entendu, fit Peglar.

Cela fait, ils s'engagèrent dans l'eau libre. Le grand iceberg ne se trouvait qu'à quelques centaines de mètres de là, et ils passèrent près de lui en poursuivant leur route.

— Si on devait camper là-dessus, on en prendrait à nos aises, dit Henry Sait, un matelot du *Terror*.

— Nous n'avons pas l'intention de camper, rétorqua le lieutenant Little. Nous avons suffisamment campé pour toute une vie. Nous allons rentrer *chez nous*, bon sang !

Les hommes lancèrent des vivats et redoublèrent d'efforts. Peglar entonna un chant de marin et les rameurs le reprirent en chœur ; c'était la première fois depuis des mois que ces hommes chantaient.

Il leur fallut trois heures – une de plus que les deux qui leur avaient été allouées – pour acquérir une certitude.

Cette « mer libre » était une illusion : un lac ouvert dans la banquise, d'environ deux kilomètres de long sur un de large. Plusieurs douzaines de chenaux semblaient s'ouvrir sur ses berges aux contours découpés, au sud, à l'est et au nord, mais ce n'étaient que des anses s'achevant en cul-de-sac.

Arrivés à l'extrémité sud-est du lac, ils s'amarrèrent à la glace épaisse de deux bons mètres, où ils taillèrent un escalier de fortune ; puis ils l'empruntèrent pour quitter le bateau et scrutèrent l'horizon dans la direction où ils avaient espéré trouver une mer libre.

Ils n'avaient devant eux qu'une plaine blanche. De la glace, de la neige et des séracs. Et les nuages bas se massaient, laissant présager le retour de la brume. Il commençait à neiger.

Après que le lieutenant Little eut braqué sa lorgnette tous azimuts, Berry, le plus petit homme de l'équipe, monta sur les épaules du plus grand, Billy Wentzall, un matelot de trente-six ans, et l'officier lui confia sa lunette d'approche. Il fouilla l'horizon à son tour, demandant régulièrement à Wentzall de changer de point cardinal.

— Même pas la queue d'un manchot, dit-il.

C'était une plaisanterie familière, une référence au capitaine Crozier et à ses expéditions antarctiques. Mais elle ne fit rire personne.

— Voyez-vous le ciel noircir quelque part ? s'enquit le lieutenant Little. Comme il le fait au-dessus de l'eau libre ? Apercevez-vous un iceberg plus grand que les autres ?

— Non, capitaine. Et les nuages se rapprochent.

Little opina.

— Allez, les gars, on rentre. Harry, veuillez monter à bord et empêcher le bateau de gîter, je vous prie.

Personne ne prononça un mot pendant les quatre-vingt-dix minutes que dura la traversée du lac. Le soleil disparut, la brume revint occulter le paysage, mais, au bout de quelque temps, le gros iceberg plat surgit du coton et leur confirma qu'ils avançaient dans la bonne direction.

— Nous sommes presque arrivés au chenal, lança Little depuis la proue.

La brume était si épaisse que Peglar ne le distinguait plus nettement.

— Monsieur Peglar, la barre un poil à bâbord, s'il vous plaît.

— À vos ordres, capitaine.

Les rameurs ne daignèrent même pas lever les yeux. Ils semblaient tous perdus dans de tristes pensées. La neige tombait à nouveau sur eux, apportée par un vent de noroît. Au moins leur tournaient-ils le dos.

Lorsque la brume se leva d'un rien, ils n'étaient plus qu'à trente mètres du chenal.

— J'aperçois notre perche, dit M. Reid d'une voix atone. Un poil à tribord et nous irons droit sur elle, Harry.

— Il y a quelque chose qui ne va pas, dit Peglar.

— Que voulez-vous dire ? répondit le lieutenant.

Quelques rameurs lancèrent un regard mauvais au chef de la hune de misaine. Comme ils tournaient le dos à la proue, ils ne voyaient pas ce qui les attendait.

— Regardez ce sérac, ce gros bloc de glace près de la perche que j'ai plantée à l'entrée du chenal, dit Harry.

— Oui, fit le lieutenant. Et alors ?

— Il n'était pas là tout à l'heure.

— Demi-tour ! ordonna Little.

C'était inutile : les rameurs avaient déjà inversé le mouvement et se donnaient sans compter, mais l'inertie de la baleinière continuait de la pousser vers la banquise.

Le bloc de glace se retourna.

48

Goodsir

Terre du Roi-Guillaume, latitude et longitude inconnues
18 juillet 1848

Extrait du journal intime du Dr Harry D. S. Goodsir :

Mardi 18 juillet 1848

Il y a neuf jours, lorsque notre capitaine a envoyé le lieutenant Little explorer le chenal à la tête de huit hommes, avec ordre de revenir dans les quatre heures, nous n'avons guère pu profiter de ce temps pour nous reposer. Après avoir passé plus de deux heures à démonter les traîneaux pour les charger sur les bateaux, puis à déballer nos tentes, nous nous sommes allongés sous nos couvertures et nos peaux de renne, que nous avions étalées sur des toiles étanches. La saison du soleil de minuit avait pris fin et nous avons dormi – ou essayé de dormir – dans des ténèbres presque totales. Nous étions exténués.

Le premier maître Des Vœux réveilla les hommes une fois les quatre heures écoulées, mais il n'y avait aucun signe du lieutenant Little. Le capitaine autorisa la plupart d'entre nous à se rendormir.

Deux heures plus tard, nous étions tous réveillés et je m'efforçai de me rendre utile, assistant le premier maître Couch qui préparait la mise à flot des bateaux. (Le chirurgien que je suis redoute toujours de se blesser les mains, mais je dois dire que ce voyage leur a déjà infligé toutes les souffrances possibles, hormis bien sûr les engelures et l'amputation.)

Sept heures après que le lieutenant Little, James Reid, Harry Peglar et leurs six compagnons furent partis en reconnaissance, nous étions tous prêts à les suivre sur les eaux. Suite aux mouvements de la glace et à la baisse de la température, le chenal s'était quelque peu rétréci durant ces quelques heures de ténèbres et de sommeil, et il nous fallut bien des efforts pour lancer notre petite flottille, composée de trois baleinières (la première commandée par le capitaine Crozier, la deuxième par le premier maître Couch, avec mon humble personne à son bord), de quatre cotres (commandés respectivement par le premier maître Robert Thomas, le maître d'équipage John Lane, le bosseman Thomas Johnson et l'enseigne George Hodgson) et de deux chaloupes, placées sous le commandement du bosseman Samuel Brown et du premier maître Charles Des Vœux (ce dernier, qui occupait le troisième rang dans la hiérarchie de notre expédition, derrière le capitaine Crozier et le lieutenant Little, avait par conséquent la responsabilité de l'arrière-garde).

Le temps s'était rafraîchi et il tombait de légers flocons, mais la brume s'était quelque peu levée, nous donnant l'impression qu'une chape de nuages flottait cent pieds au-dessus de la banquise. Si cela nous permettait d'avoir une vue plus dégagée sur le paysage, l'impression d'ensemble n'en était pas moins oppressante, un peu comme si nous nous trouvions dans une étrange salle de bal, au cœur d'un palais arctique, avançant sur un sol de marbre blanc fracassé et sous un plafond gris et bas où étaient peintes des nuées en trompe-l'œil.

Lorsque le neuvième et dernier bateau fut mis à l'eau et que son équipage se précipita à son bord, quelques-uns des marins lancèrent un pitoyable hourra, car c'était la première fois en près de deux ans qu'ils avaient enfin l'occasion de naviguer, mais ce fut là une tentative vite avortée. Le sort du lieutenant Little et de ses hommes inspirait trop d'inquiétude pour qu'on se laissât aller à ce genre de manifestation.

Pendant une heure et demie, on n'entendit plus que les grincements de la glace autour de nous et les grognements des rameurs qui lui répondaient. De la position qui était la mienne, assis juste derrière M. Couch, qui se tenait à la proue du deuxième bateau, conscient d'être un poids mort au même titre que le malheureux David Leys – que les hommes traînaient dans sa chaloupe depuis plus de trois mois, sans jamais se plaindre de ce fardeau comateux, et que mon nouvel aide-soignant, l'ex-valet John Bridgens, nourrissait et lavait chaque soir dans la tente que nous partagions, comme s'il prenait soin d'un grand-père bien-aimé mais impotent (ce qui n'était pas sans ironie, Bridgens étant sexagénaire et Leys ayant à peine quarante ans) –, j'étais en mesure d'entendre les murmures échangés par les rameurs.

— Little et les autres se sont sûrement perdus, dit un matelot du nom de Coombs.

— Le lieutenant Little est incapable de se perdre, rétorqua Charles Best. Il est peut-être coincé quelque part, ça oui.

— Comment ça, coincé ? lança Robert Ferrier, son voisin de banc. Le chenal est ouvert. Il était ouvert hier.

— Peut-être que le lieutenant Little et M. Reid ont débouché dans une mer libre et qu'ils ont hissé la voile pour filer vers la rivière de Back, murmura Tom McConvey derrière eux. Je vous parie qu'ils sont déjà là-bas... en train de déguster les saumons qui ont sauté dans leur baleinière et de troquer leur verroterie contre de la viande avec les indigènes.

Personne ne commenta cette bien improbable suggestion. Depuis le massacre de l'enseigne Irving et des huit sauvages, survenu le 24 avril, la moindre évocation des Esquimaux plongeait les hommes dans la consternation. Si désespérés fussent-ils, la plupart d'entre eux craignait un nouveau contact avec les indigènes, bien que ceux-ci fussent en mesure de les sauver. À en croire certains philosophes, et la totalité des marins, la soif de vengeance est la plus universelle des pulsions humaines.

Deux heures et demie après que nous avions quitté notre campement, la baleinière du capitaine Crozier émergea de l'étroit chenal pour pénétrer dans une étendue d'eau libre. Ses hommes poussèrent des cris de joie, vite imités par ceux de mon bateau. Une perche était plantée dans la glace à la sortie de ce chenal, visiblement laissée là pour servir de repère. La neige tombée durant la nuit avait recouvert de blanc le côté exposé au nord-ouest de ce long bâton de bois noir.

Mais ces cris de joie cessèrent comme notre flottille s'avançait sur les eaux.

Des eaux rouges.

De part et d'autre de l'embouchure du chenal, la glace était bariolée de traînées écarlates dont la nature ne faisait aucun doute. Je sentis un frisson me parcourir à ce spectacle, et je vis mes camarades en rester bouche bée.

— Du calme, les gars, marmonna M. Couch. C'est sans doute des traces de phoques massacrés par des ours blancs. On a déjà vu des traces comme ça l'été dernier.

Dans le bateau de tête, le capitaine Crozier rassurait ses hommes dans des termes similaires.

Une minute plus tard, nous découvrions que ce n'étaient pas des phoques qui s'étaient fait massacrer.

— Doux Jésus ! s'exclama Coombs.

Les hommes cessèrent tous de ramer. Les trois baleinières, les quatre cotres et les deux chaloupes formèrent le cercle sur les eaux teintées de rouge.

La proue du bateau du lieutenant Little se dressait à la verticale. On apercevait distinctement son nom peint en noir sur la coque : Lady J. Franklin (il ne faisait pas partie de ceux qu'on avait rebaptisés en mai dernier par allusion au Léviathan du capitaine Crozier). Il avait été brisé en deux à quatre pieds de la proue, si bien que seule sa partie antérieure flottait encore – on entrevoyait sous l'eau noire sa coque et ses bancs de nage déchiquetés.

Notre flotte s'est remise en ordre de marche et nos hommes ont commencé à collecter les débris qui flottaient çà et là : une rame, des morceaux de coque et de gouvernail, une perruque galloise, un sac ayant contenu des cartouches, une moufle, un lambeau de gilet.

Comme le matelot Ferrier repêchait ce qui ressemblait à un caban bleu, il poussa un cri et faillit lâcher sa gaffe.

C'était en fait un cadavre sans tête, toujours vêtu de laine bleue, les bras et les jambes pendant dans les eaux noires. De son cou, il ne subsistait qu'un moignon sanguinolent. Ses doigts, qui étaient sans doute gonflés par le froid mais semblaient raccourcis, frémissaient sous l'effet du courant et évoquaient des vers frétillants sous la houle. On eût dit que ce corps muet tentait de nous parler dans le langage des signes.

J'aidai Ferrier et McConvey à le hisser à bord. Des poissons ou d'autres prédateurs lui avaient bien rongé les mains – il ne restait qu'une phalange de ses doigts –, mais le froid glacial avait retardé la décomposition.

Le capitaine Crozier fit faire demi-tour à sa baleinière, qui se rapprocha de la nôtre à la toucher.

— Qui est-ce ? demanda un matelot.

— C'est Harry Peglar, répondit un autre. Je reconnais son caban.

— Harry Peglar ne portait pas de gilet vert, protesta un autre.

— Alors c'est Sammy Crispe ! s'exclama un quatrième.

— Silence ! beugla le capitaine Crozier. Docteur Goodsir, veuillez avoir l'obligeance de fouiller les poches de notre infortuné camarade.

Je m'exécutai. Je trouvai dans la poche du gilet une blague à tabac de cuir rouge, quasiment vide.

— Ah ! merde, jura Thomas Tadman, qui était assis à côté de Robert Ferrier. C'est ce pauvre M. Reid.

Il ne se trompait pas. Nous nous souvenions à présent que le pilote des glaces portait un gilet vert sous son caban et qu'il possédait une blague à tabac en cuir rouge.

Tous les regards se tournèrent vers le capitaine Crozier, comme pour quêter une explication qui n'était que trop évidente.

— Veuillez abriter le corps de M. Reid sous cette couverture, ordonna-t-il. Nous allons fouiller les environs au cas où il y aurait des survivants. Que personne ne s'éloigne outre mesure – restez à portée de voix les uns des autres.

Les bateaux se dispersèrent à nouveau. M. Couch nous ramena près de la sortie du chenal et nous longeâmes la banquise à faible allure. Nous examinâmes chacune des traînées de sang qui la maculaient, en surface ou sur la paroi de quatre pieds de haut, sans découvrir d'autre cadavre.

— Ô mon Dieu ! gémit Francis Pocock, le matelot de trente ans assis sur le banc de poupe de notre bateau. Regardez, on voit des traces de doigts dans la neige. La chose a dû entraîner l'un de nous dans les eaux et il a cherché à s'accrocher.

— Fermez vos gueules, bon sang ! ordonna M. Couch.

Un pied calé sur le plat-bord, il brandissait sa perche comme un baleinier son harpon. Les marins se turent.

Nous comptâmes trois mares de sang sur la glace. Dans la troisième, à quelque dix pieds de la berge, subsistaient les reliefs d'un atroce repas : des fragments de fémur et de péroné, des côtes rongées, un lambeau de peau et des bribes de tissu, mais hélas pas de crâne qui eût permis d'identifier la victime.

— Veuillez me débarquer afin que j'examine ces restes, monsieur Couch, demandai-je.

Dans toute autre partie du monde, des mouches auraient tourné autour des bouts de viande et de muscle épars, sans parler des boyaux empilés en taupinière et couverts d'une fine pellicule de neige, mais la tranquillité de cette scène n'était troublée que par le murmure du vent de noroît et les grincements de la glace.

Je me retournai vers les marins – qui regardaient ostensiblement dans la direction opposée – pour leur confirmer que toute identification était impossible. Les quelques lambeaux de vêtements ne fournissaient aucun indice sur leur propriétaire. Il ne restait de celui-ci ni tête, ni bottes, ni mains, ni jambes, ni même un torse, hormis quelques côtes bien rognées, un bout de colonne vertébrale et la moitié d'un bassin.

— Ne bougez pas, monsieur Goodsir, lança Couch. Je vous envoie Mark et Tadman avec un sac pour rassembler les restes de ce pauvre diable. Le capitaine Crozier voudra sûrement lui donner une sépulture décente.

Ce fut une tâche fort éprouvante, mais prestement expédiée. Au bout du compte, j'ordonnai aux deux matelots grimaçants de ne collecter que les côtes et la moitié de bassin. Le tronçon de colonne vertébrale était pris dans la glace et les autres restes trop fragmentaires.

Nous venions de nous éloigner du floe pour continuer d'explorer les eaux au sud du chenal quand un cri nous parvint du nord.

— Il y a un homme ici! lança un matelot, qui répéta aussitôt ce cri.

Nous avions tous le cœur battant lorsque Coombs, McConvey, Ferrier, Tadman, Mark et Johns se mirent à souquer, tandis que Francis Pocock nous guidait vers un iceberg aussi vaste qu'un terrain de cricket qui dérivait au centre de cette zone d'eau libre de plusieurs centaines d'arpents. Nous souhaitions tous ardemment retrouver des survivants du groupe du lieutenant Little.

Hélas! il n'y en avait point.

Le capitaine Crozier, qui avait déjà débarqué sur l'iceberg, m'invita à le rejoindre près du cadavre qui s'y trouvait. J'éprouvai une certaine irritation, car il n'était sûrement pas nécessaire que j'inspectasse personnellement un défunt pour qu'il fût déclaré tel. L'épuisement me gagnait.

C'était Harry Peglar qui gisait là, tout nu ou presque − il ne portait plus que son linge de corps −, recroquevillé sur lui-même, les genoux ramenés sur le menton, les jambes croisées au niveau des chevilles, les mains coincées sous les aisselles, comme s'il avait consacré sa dernière énergie à se réchauffer tant bien que mal, s'accordant à lui-même une ultime étreinte.

Ses yeux bleus étaient grands ouverts et figés par le gel. Sa peau bleue était aussi dure que du marbre de Carrare.

— Il a sans doute nagé jusqu'ici, et il est mort de froid, suggéra M. Des Vœux à voix basse. La chose des glaces ne l'a ni attrapé ni mutilé.

Le capitaine Crozier se contenta d'acquiescer. Je savais qu'il aimait beaucoup le chef de la hune de misaine et le considérait comme un homme sûr. Tel était aussi mon sentiment, et il en allait de même pour la plupart des marins.

Puis je vis ce que Crozier avait repéré. Un peu partout sur l'iceberg – et en particulier autour du corps de notre ami –, on apercevait des traces de pattes griffues, similaires à celles d'un ours blanc mais trois ou quatre fois plus grandes, bien nettes sur la neige fraîche.

La chose avait tourné plusieurs fois autour de Harry. L'avait-elle regardé mourir de froid ? Avait-elle joui de ce spectacle ? La dernière vision accordée à Harry Peglar en ce monde était-elle celle de cette monstruosité blanche dressée au-dessus de lui, le fixant de ses yeux noirs qui ne cillaient jamais ? Pourquoi la chose n'avait-elle pas dévoré notre ami ?

— La bête était tout le temps juchée sur ses pattes postérieures, dit le capitaine Crozier pour tout commentaire.

Des marins nous rejoignirent, porteurs d'un carré de toile.

Nous nous trouvions en fait sur un lac dont la seule issue était le chenal par lequel nous étions arrivés, lequel se rétrécissait rapidement. Une exploration approfondie des lieux – cinq bateaux décrivant un cercle dans le sens des aiguilles d'une montre, quatre dans le sens inverse – ne nous permit de découvrir que des anses, des fractures dans la banquise et deux traînées de sang, signe que deux de nos camarades avaient réussi à échapper à la noyade, pour être interceptés et tués par le monstre. Si nous ramassâmes quelques brins de laine, il n'y avait pas d'autres restes à identifier – grâce à Dieu !

Il était midi passé et je crois que nous partagions tous le désir de fuir ce lieu maudit. Mais nous avions trouvé trois corps ou fragments de corps et souhaitions leur donner des funérailles honorables. (Sans doute étions-nous nombreux à penser – et l'avenir devait nous donner raison – que ce serait là la dernière cérémonie qu'organiserait notre misérable bande de survivants.)

On ne trouva aucun débris flottant à la surface du lac, exception faite d'une toile provenant de l'une des tentes arctiques chargées à bord de la baleinière du lieutenant Little. Ce fut elle qui servit de linceul à notre ami Harry Peglar. Les restes épars que les marins avaient collectés près de l'ouverture du chenal restèrent dans leur sac. Le torse de M. Reid reposerait dans un duvet de rechange.

La coutume veut qu'un homme confié à la mer soit lesté par un boulet, afin que son cadavre ne reste point à la surface des eaux mais coule à pic, mais nous n'avions pas de boulets, bien évidemment. Les matelots les remplacèrent par un grappin provenant du *Lady J. Franklin* et des boîtes de conserve vides.

Il nous fallut quelque temps pour sortir les neuf bateaux de l'eau et pour remettre cotres et chaloupes sur leurs traîneaux. Ces tâches d'assemblage et de chargement, auxquelles s'ajouta la manutention de diverses provisions, achevèrent de nous vider de toute énergie. Les marins étaient hagards lorsqu'ils se rassemblèrent au bord de la banquise, veillant à ne pas se serrer les uns contre les autres afin qu'elle ne se brisât pas sous leur poids.

Aucun de nous n'était d'humeur à écouter un office interminable, pas plus qu'à savourer les préceptes ironiques du Léviathan cher au capitaine Crozier, aussi fut-ce avec une certaine surprise teintée d'émotion que nous entendîmes celui-ci réciter par cœur le psaume 90 :

— SEIGNEUR, d'âge en âge, Tu as été notre abri.

« Avant que les montagnes naissent et que Tu enfantes la terre et le monde, depuis toujours, pour toujours, Tu es Dieu.

« Tu fais retourner l'homme à la poussière, car Tu as dit : Fils d'Adam, retournez-y !

« Oui, mille ans, à Tes yeux, sont comme hier, un jour qui s'en va, comme une heure de la nuit.

« Tu les balayes, pareils au sommeil, qui, au matin, passe comme l'herbe.

« Elle fleurit le matin, puis elle passe ; elle se fane sur le soir, elle est sèche.

« Oui, nous avons été achevés par Ta colère, épouvantés par Ta fureur.

« Tu as placé nos fautes en Ta présence, nos secrets à la clarté de Ta face.

« Oui, devant Ta fureur s'effacent tous nos jours ; le temps d'un soupir, nos années s'achèvent.

« Soixante-dix ans, c'est la durée de notre vie, quatre-vingts, si elle est vigoureuse. Son agitation n'est que peine et misère ; c'est vite passé, et nous nous envolons.

« Qui peut connaître la force de Ta colère ? Plus on Te craint, mieux on connaît Ton courroux !

« Alors, apprends-nous à compter nos jours, et nous obtiendrons la sagesse du cœur.

« Reviens, Seigneur ! Jusqu'à quand ? ravise-toi en faveur de Tes serviteurs.

« Dès le matin, rassasie-nous de Ta fidélité, et nous crierons de joie nos jours durant.

« Rends-nous en joie Tes jours de châtiment, les années où nous avons vu le malheur.

« Que Ton action soit visible pour Tes serviteurs, et Ta splendeur pour leurs fils !

« Que la douceur du Seigneur notre Dieu soit sur nous ! Consolide pour nous l'œuvre de nos mains, oui, consolide cette œuvre de nos mains.

« Gloire au Père, au Fils et au Saint-Esprit.

« Comme il était au commencement, maintenant et dans les siècles des siècles. Amen.

Et nous répétâmes tous en frissonnant :

— Amen.

Suivit un long silence. La neige soufflait doucement sur nous. L'eau noire lapait la glace comme pour la dévorer. La glace geignait et se mouvait lentement sous nos pieds.

Chacun de nous, je pense, interprétait ces paroles comme un adieu, comme un éloge funèbre nous concernant tous. Jusqu'à ce jour, jusqu'à la perte du lieutenant Little et de ses compagnons – dont l'irremplaçable M. Reid et l'estimé M. Peglar –, nombre d'entre nous pensaient encore avoir une chance de survie. Nous savions désormais que nous n'en avions plus aucune.

Cette eau libre que nous avions tant espérée n'était qu'un piège diabolique.

Jamais la glace ne renoncera à nous.

Et la créature des glaces ne nous laissera jamais partir.

— Marins... chapeau BAS ! lança M. Johnson.

Nous ôtâmes nos couvre-chefs.

— Je sais bien, moi, que mon rédempteur est vivant, reprit le capitaine Crozier de sa voix désormais réduite à un croassement, que le dernier Il surgira sur la poussière. Et après qu'on aura détruit cette peau qui est mienne, c'est bien dans ma chair que je contemplerai Dieu. C'est moi qui Le contemplerai, oui, moi ! Mes yeux Le verront, Lui, et Il ne sera pas étranger.

« Ô Seigneur, accueille dans Ton royaume Tes humbles serviteurs le pilote des glaces James Reid, le chef de la hune de misaine Harry Peglar et leur camarade inconnu, et, outre ceux que nous pouvons nommer, accueille les âmes du lieutenant Edward Little, du matelot Alexander Berry, du matelot Henry Sait, du matelot William Wentzall, du matelot Samuel Crispe, du matelot John Bates et du matelot David Sims.

« Quand viendra pour nous le jour de les rejoindre, ô Seigneur, fasse que nous les rejoignions dans Ton royaume.

« Entends les prières que nous T'adressons, ô Seigneur, pour nos camarades, pour nous-mêmes et pour nos âmes. Entends-les et exauce-les : accorde la paix à nos larmes. Épargne-nous, afin que nous retrouvions nos forces, avant qu'à notre tour nous quittions cette vallée de larmes [1].

« Amen.

— Amen, répondîmes-nous dans un murmure.

Les boscos soulevèrent les corps dans leurs linceuls et les jetèrent dans les eaux noires, où ils coulèrent en quelques secondes. Des bulles blanches montèrent à la surface, comme si nos camarades défunts avaient voulu nous lancer un dernier adieu, puis le lac redevint d'une noirceur uniforme.

Le sergent Tozer et deux de ses fusiliers marins tirèrent une salve de mousquet.

Le capitaine Crozier contempla le lac noir en s'efforçant de ne rien laisser paraître des émotions qui l'agitaient.

— Nous partons tout de suite, dit-il d'un ton ferme à la misérable troupe de vaincus que nous formions désormais. Nous pouvons couvrir un bon mile avant de faire halte pour la nuit. Nous prendrons la direction du sud-est, vers l'embouchure de la rivière de Back. Notre progression sera plus facile sur la banquise.

En fait, elle le fut beaucoup moins. Au bout du compte, elle devint impossible, non pas tant à cause des crêtes de pression, que nous avions de plus en plus de peine à faire franchir à nos bateaux en raison de la faim, de la maladie et de la débilité qui nous rongeaient, mais à cause de la dislocation des glaces et de la chose tapie dans les eaux.

Durant cette longue soirée du 10 juillet, avançant par allers et retours suivant notre méthode habituelle, mais avec un contingent réduit de neuf hommes, nous parcourûmes bien moins d'un mile avant de planter nos tentes sur la banquise et de plonger dans un sommeil bienvenu.

Un sommeil qui s'interrompit moins de deux heures plus tard, lorsque la glace se mit soudain à craquer et à bouger. La plaque que nous occupions se mit à ballotter. Ce fut là une expérience des plus inquiétantes, et nous jaillîmes tous de nos tentes pour nous égailler alentour. Quelques matelots chargèrent les bateaux pour un départ précipité, mais le capitaine Crozier, M. Couch et le premier maître Des Vœux leur ordonnèrent de cesser. Ils leur firent remarquer qu'en dépit de cette agitation, on n'observait aucune fissure dans la banquise à proximité.

Au bout d'un quart d'heure environ, ce séisme de glace s'estompa, jusqu'à ce que la plaque sous nos pieds reprît l'immobilité de la pierre. Nous retournâmes dans nos tentes.

---

1. Job, 19, 25-27. (N.d.T.)

Une heure plus tard, la glace se remit à bouger et à craquer. Nombre d'entre nous cédèrent à la panique comme précédemment, mais les plus courageux des matelots restèrent dans leurs duvets. Les froussards, dont j'étais, réintégrèrent le rouge aux joues leurs tentes puantes et bondées – les hommes ronflant et grognant ne s'étaient pas lavés depuis des mois, et leurs couvertures humides étaient également crasseuses. Heureusement, l'obscurité occultait notre honte.

Durant toute la journée du lendemain, nous bataillâmes pour transporter les bateaux sur une surface à peine plus solide qu'une feuille de caoutchouc. La banquise ne cessait de se lézarder – ce qui nous permettait de constater qu'elle demeurait d'une épaisseur supérieure à six pieds – et, plutôt que de marcher sur une plaine de glace, nous avions la sensation d'aller d'un floe à l'autre sur un océan de blancheur secoué par la houle.

Ce soir-là, le deuxième après que nous eûmes quitté les berges du lac enchâssé dans les glaces, j'accomplis la pénible tâche consistant à inventorier les objets personnels des défunts, que la plupart de ceux-ci avaient déposés dans notre magasin lorsque le groupe du lieutenant Little était parti en reconnaissance, et j'examinais ceux du chef de la hune de misaine Harry Peglar, à savoir des vêtements réduits à l'état de haillons, quelques lettres, un peigne de corne et plusieurs livres, lorsque John Bridgens, mon aide-soignant, me demanda :

— Pourriez-vous me donner certains de ces objets, docteur Goodsir ?

Je fus fort surpris. Bridgens désignait le peigne et un épais carnet relié de cuir.

J'avais déjà jeté un œil dans celui-ci. Peglar y avait rédigé des pages entières dans un code grossier – il écrivait chaque mot à l'envers, affublant d'une majuscule la dernière lettre du dernier mot de chaque phrase, comme s'il s'était agi du premier –, mais, bien que le récit qu'il faisait de l'année écoulée soit de nature à intéresser ses proches, l'écriture, la grammaire et l'orthographe du chef de la hune de misaine s'étaient considérablement dégradées durant les mois ayant précédé et suivi notre départ du Terror, jusqu'à rendre sa prose quasiment indéchiffrable. Pour citer un passage : Ô Mort ou est ta victoire, la tombe de la crique Confort pour celui qui en doute... (ici, une ligne totalement illisible, l'eau ayant dilué l'encre)... le senistre lieu...

Au verso de la page où figurait ce passage, Peglar avait tracé un cercle d'une main tremblante, écrivant à l'intérieur les mots camp terror dégagé. *La date, bien qu'illisible, était sans doute celle du 25 avril. Sur une autre page, on déchiffrait des phrases comme* Nous avons un dur terrain affranchir... encore besoin de grog pour mouiller notre... issel... tout mon cœur Tom car je pense... temps... fermé si je dois reposer et... daccord le soir du 21.

En lisant ces mots, j'avais supposé que Peglar les avait rédigés le soir du 21 avril, après que le capitaine Crozier eut annoncé aux marins de l'Erebus et du Terror qu'ils quitteraient définitivement ce dernier le lendemain matin.

Bref, ce carnet contenait les gribouillis d'un homme à demi illettré, indignes du savoir et de l'intelligence dont faisait montre Harry Peglar.

— Pourquoi voulez-vous ces objets ? demandai-je à Bridgens. Peglar était-il de vos amis ?

— Oui, docteur.

— Avez-vous vraiment besoin d'un peigne ?

Le vieux valet était presque chauve.

— Non, docteur, d'un souvenir de mon ami. Son peigne et son journal intime feront l'affaire.

Voilà qui était des plus étranges, songeai-je, car les hommes avaient tendance à alléger leur charge plutôt qu'à l'alourdir avec de gros volumes.

Mais je donnai à Bridgens peigne et journal intime. Comme personne n'avait besoin des autres objets ayant appartenu à Peglar – une chemise, des chaussettes, un pantalon de rechange et une bible –, je les ajoutai le lendemain à la pile des rebuts. Les biens naguère chers au cœur de Peglar, de Little, de Reid, de Berry, de Crispe, de Bates, de Sims, de Wentzall et de Sait formaient un bien triste monument funéraire.

Le matin du 12 juillet, nous aperçûmes de nouvelles flaques de sang sur la banquise. Les hommes crurent d'abord qu'il s'agissait de traces laissées par leurs camarades, ce qui les plongea dans la désolation, mais le capitaine Crozier nous conduisit vers l'une d'elles, et nous découvrîmes la carcasse d'un ours blanc. Chacune de ces flaques écarlates correspondait à un ours polaire massacré, dont il ne restait parfois que des débris épars, une tête fracassée, un lambeau de fourrure blanche tachée de rouge, des os broyés et des griffes arrachées.

Les hommes s'en trouvèrent rassurés, puis ils se posèrent une question des plus évidentes : qu'est-ce qui avait tué ces gigantesques prédateurs quelques heures à peine avant notre arrivée ?

La réponse était tout aussi évidente.

Mais pourquoi la chose les avait-elle tués ? La réponse à cette question était également évidente : pour nous priver de toute source de nourriture.

Le 16 juillet, les hommes semblaient totalement incapables d'aller plus avant. Bien que nous tractions nos bateaux pendant dix-huit heures, sans trêve ni repos, nous n'avancions même pas d'un mile par jour. Lorsque nous campions le soir venu, la pile des rebuts abandonnés le matin était encore visible. Nous avions trouvé d'autres ours massacrés. Le moral était si bas que si l'on avait décidé par vote de la suite des événements, la majorité des marins auraient été pour se coucher sur la glace et y attendre la mort.

Ce soir-là, tandis que les hommes dormaient, à l'exception de notre unique sentinelle, le capitaine Crozier me pria de le rejoindre dans sa tente. Il partageait désormais celle-ci avec Charles Des Vœux, son commissaire de bord Charles Hamilton Osmer (chez qui j'avais décelé les symptômes de la pneumonie), William Bell (le quartier-maître de l'Erebus) et Phillip Reddington, anciennement chef du gaillard d'avant de sir John et du capitaine Fitzjames.

Sur un signe de tête du capitaine, toutes les personnes présentes sortirent, à l'exception du premier maître Des Vœux et de M. Osmer.

— Docteur Goodsir, j'ai besoin de vos conseils, commença le capitaine.

J'acquiesçai et attendis la suite.

— Nous avons des vêtements et des tentes en nombre adéquat, reprit le capitaine Crozier. Grâce aux bottes que j'avais fait entreposer dans les chaloupes, bien des pieds ont été sauvés de l'amputation.

— C'est exact, monsieur, dis-je.

Je savais toutefois que ce n'était pas sur ce point qu'il sollicitait mes conseils.

— Demain matin, je compte annoncer aux hommes que nous abandonnons ici une baleinière, deux cotres et une chaloupe afin de poursuivre notre route avec les cinq bateaux restants. Ceux-ci, à savoir deux baleinières, deux cotres et une chaloupe, sont en excellent état et suffiront à nous transporter sur la mer libre, à condition bien sûr que nous tombions sur elle avant de parvenir à l'embouchure de la rivière de Back, car nos réserves sont maintenant des plus réduites.

— Les hommes seront ravis d'apprendre cette nouvelle, commandant.

C'était du moins mon cas. Comme je participais désormais au tractage, la perspective de ne plus avoir à effectuer ces infernaux allers et retours me soulageait d'un fardeau presque palpable.

— Ce que j'ai besoin de savoir, docteur Goodsir, poursuivit le capitaine d'une voix éraillée par la fatigue, en me fixant d'un air solennel, c'est si je peux diminuer les rations de nourriture. Ou plutôt, je dois savoir si les hommes seront encore capables de tracter les bateaux quand je diminuerai leurs rations. J'ai besoin de votre opinion de professionnel, docteur.

Je baissai les yeux. L'une des marmites de M. Diggle – à moins qu'il ne s'agît du réchaud portatif de M. Wall, qui lui permettait de préparer le thé lorsque nous avions encore de l'éther pour les poêles – avait fait un trou dans le tapis de sol.

— Commandant, monsieur Des Vœux, dis-je enfin, sachant que je ne ferais qu'énoncer une évidence, les hommes ne sont déjà pas suffisamment nourris pour accomplir les efforts qui sont exigés d'eux au quotidien.

Je retins mon souffle.

— Ils ne mangent que des plats froids, repris-je. Cela fait des semaines que nous avons épuisé notre stock de conserves. Les poêles à alcool et les lampes à alcool ont été abandonnés sur la banquise en même temps que la dernière bouteille d'éther pyroligneux vidée de son contenu.

« Ce soir, à l'heure du souper, chaque homme devra se contenter d'un biscuit, d'une lamelle de porc salé froid, d'une once de chocolat, d'une gorgée de thé, d'une demi-cuillerée de sucre et d'un dé à coudre de rhum.

— Et de quelques-uns des brins de tabac que nous avons pensé à mettre de côté, ajouta M. Osmer.

J'opinai.

— Oui, et de quelques brins de tabac. Ils apprécient beaucoup ce tabac. C'était une excellente idée de le planquer dans les réserves. Mais, non, commandant, je ne puis vous affirmer que les hommes pourront continuer à avancer si on diminue des rations qui sont déjà grandement insuffisantes.

— Et pourtant, il le faut, dit le capitaine Crozier. Nous aurons épuisé le stock de porc dans six jours. Les réserves de rhum dans dix jours.

M. Des Vœux s'éclaircit la gorge.

— Tout dépend des phoques que nous pourrons repérer et tuer sur les floes.

Jusqu'ici, comme je le savais fort bien – comme le savaient fort bien tous les membres de l'expédition, jusqu'au dernier –, *nous avions abattu et dégusté deux phoques depuis notre départ de la crique Confort, deux mois auparavant.*

Le capitaine Crozier reprit la parole.

— Je pense qu'il serait sans doute préférable de mettre le cap au nord, de retourner sur la terre du Roi-Guillaume – cela ne nous prendrait que trois jours, quatre tout au plus. Nous pourrions nous nourrir de tripe de roche. On me dit que la soupe de mousse et de lichen est comestible, voire presque consommable, à condition de bien choisir les variétés avant de les cueillir.

Sir John Franklin, songeai-je. L'homme qui a mangé ses chaussures. Mon frère aîné m'avait raconté cette histoire durant les mois ayant précédé notre départ. L'expérience de sir John lui avait hélas appris à sélectionner les bonnes variétés de mousse et de lichen.

Je ne pus que dire :

— Les hommes seront ravis de quitter la banquise. Et ils seront enchantés d'apprendre qu'ils auront moins de bateaux à tracter.

— Merci, docteur, dit le capitaine Crozier. Ce sera tout.

Je lui adressai un pauvre signe de tête en guise de salut puis sortis pour faire la tournée de mes scorbutiques les plus atteints – nous n'avons plus de tente servant d'infirmerie et, chaque soir, Bridgens et moi allons d'une tente à l'autre pour soigner nos patients – et regagnai ensuite ma propre tente (que je partage avec Bridgens, le malheureux Davey Leys, toujours inconscient, le mécanicien Thompson, désormais mourant, et le charpentier M. Honey, dont l'état va en s'aggravant), pour m'y endormir aussitôt.

Cette nuit-là, la glace se fractura sous la tente arctique où dormaient cinq fusiliers marins : le sergent Tozer, le caporal Hedges et les soldats Wilkes, Hammond et Daly.

Seul Wilkes réussit à se dégager de la toile avant que celle-ci sombrât dans la mer vineuse, et on l'arracha à la crevasse quelques secondes avant que celle-ci se refermât à grand bruit.

Mais Wilkes était trop choqué, trop affaibli, trop terrifié pour se remettre, même après que Bridgens et moi-même l'eûmes vêtu de nos derniers vêtements secs et glissé entre nous dans notre sac de couchage. Il mourut peu avant le lever du soleil.

Nous abandonnâmes son corps sur la banquise le lendemain matin, à côté d'une nouvelle pile de rebuts et des quatre bateaux que nous avions renoncé à transporter.

Il n'y eut pas de cérémonie funèbre, ni pour lui ni pour ses camarades.

Il n'y eut pas de hourra lorsque le capitaine annonça que les quatre bateaux cesseraient d'être un fardeau.

Nous mîmes le cap au nord, vers une terre que l'horizon nous cachait encore. Même la retraite de Russie ne fut point aussi lugubre.

Trois heures plus tard, la glace se remit à craquer, et nous vîmes s'ouvrir devant nous des chenaux et des lacs, trop petits pour que cela vaille la peine de mettre les bateaux à l'eau, mais trop larges pour que nous puissions les franchir à pied.

49

Crozier

Terre du Roi-Guillaume, latitude et longitude inconnues
26 juillet 1848

Chaque fois que Crozier s'endormait – ne fût-ce que quelques minutes –, les rêves revenaient le hanter. Les deux squelettes dans le bateau. Les insupportables fillettes américaines faisant craquer leurs orteils pour simuler une séance de spiritisme. Le docteur américain jouant à l'explorateur polaire, boudiné dans sa parka et paradant sur une scène avec un maquillage outrancier. Puis de nouveau les deux squelettes. Et la nuit s'achevait toujours par le plus troublant de tous ces songes.

Il est redevenu petit garçon et accompagne Memo Moira dans une vaste cathédrale catholique. Francis est tout nu. Memo le pousse vers l'autel, mais il a peur d'avancer. La cathédrale est froide ; sous les pieds nus du petit Francis, le sol de marbre est très froid ; les prie-Dieu sont festonnés de glace blanche.

À genoux devant la table de communion, le jeune Francis Crozier sent derrière lui le regard approbateur de Memo Moira, mais il est trop terrorisé pour se retourner. Il arrive quelque chose.

Le prêtre semble s'élever depuis une trappe ouverte, de l'autre côté de la table. Il est trop grand – beaucoup trop grand – et sa chasuble blanche est toute dégoulinante. Il domine le petit Francis Crozier de toute sa taille, dégageant une odeur de sang et de sueur, une odeur animale.

Francis ferme les yeux, ainsi que le lui a enseigné Memo lorsqu'il s'agenouillait sur le tapis élimé de son parloir, et il tire la langue pour recevoir l'eucharistie. Si important, si nécessaire que soit ce sacrement, Francis est terrifié à l'idée de recevoir l'hostie. Il sait que sa vie sera altérée à jamais une fois qu'il aura reçu l'eucharistie papiste. Et il sait aussi que sa vie prendra fin s'il ne la reçoit pas.

Le prêtre se rapproche et se penche vers lui...

Crozier se réveilla dans le ventre de la baleinière. Comme à chaque fois qu'il émergeait de ce rêve, même si ce n'était qu'à l'issue d'un somme de quelques minutes, il avait le cœur battant et la bouche asséchée par l'angoisse. S'il tremblait, cependant, c'était de froid plutôt que de peur.

Les 17 et 18 juillet, la glace s'était brisée dans cette partie du détroit ou du golfe, et Crozier et ses hommes avaient passé les quatre jours suivants sur le grand floe où ils avaient dressé leur camp — ils avaient descendu la chaloupe et les cotres de leurs traîneaux, et les cinq bateaux étaient gréés pour la navigation en mer et prêts à être mis à l'eau une fois qu'on y aurait chargé les tentes et les duvets.

Chaque nuit, en sentant le roulis qui affectait leur floe et en entendant les craquements qui montaient de la glace, ils sortaient précipitamment de leurs tentes, persuadés que la mer allait les engloutir comme elle l'avait fait du sergent Tozer et de ses soldats. Chaque nuit, les crépitements d'artillerie qui émanaient de la glace finissaient par se calmer, le roulis se réduisait à un lent balancement, et ils regagnaient leurs abris en rampant.

La température montait parfois jusqu'à 0 °C — selon toute vraisemblance, ces quelques semaines de juillet constitueraient le seul été de cette année exceptionnellement froide —, mais les hommes étaient plus misérables que jamais. Certains jours, ils avaient même droit à la pluie. Lorsqu'il faisait trop froid, c'étaient des cristaux de glace qui s'insinuaient dans la brume pour imprégner leurs vêtements de laine, la chaleur toute relative les dissuadant de porter leurs cirés par-dessus leurs manteaux. Leurs chemises, leurs gilets de corps et leurs chaussettes également crasseux étaient imbibés de sueur, ainsi que leurs pantalons roidis par le gel ; bien que leurs réserves ne cessassent de diminuer, chacun des cinq bateaux qu'ils tractaient était plus lourd que jamais, car le malheureux Davey Leys était chaque jour rejoint par de nouveaux invalides. Selon les rapports du Dr Goodsir, les hommes voyaient chaque jour leurs pieds se putréfier un peu plus, orteils et talons virant peu à peu au noir — et ce bien qu'ils changeassent régulièrement de bottes grâce aux réserves prévues par Crozier —, et la gangrène devenait endémique, rendant obligatoires des amputations de plus en plus nombreuses.

Les tentes arctiques ne pouvaient plus sécher tant elles étaient imprégnées d'eau. Les sacs de couchage que les hommes dépliaient en fin de soirée pour s'y glisser à la nuit tombée étaient imbibés d'eau glacée et ne séchaient pas davantage. Lorsqu'ils se réveillaient après un sommeil trop bref et trop agité – ils frissonnaient tout leur soûl sans jamais pouvoir se réchauffer –, c'était pour constater que l'intérieur de leur tente était festonné de gelée blanche qui leur coulait dessus en fondant pendant qu'ils tentaient de boire le thé tiède que leur servaient chaque matin le capitaine Crozier, M. Des Vœux et M. Couch – dès la première semaine de leur périple, Crozier avait décrété que les officiers commandants serviraient désormais le petit déjeuner, un rituel auquel les marins avaient fini par s'habituer.

M. Wall, le coq de l'*Erebus*, souffrait apparemment de consomption et passait le plus clair de son temps allongé au fond d'un cotre, mais M. Diggle demeurait égal à lui-même, aussi énergique, obscène, efficace, vociférant et, en fin de compte, aussi rassurant que lorsqu'il officiait devant son poêle Frazier dans la coquerie du HMS *Terror*. À présent que leur stock d'éther était épuisé et qu'ils avaient abandonné les poêles comme les réchauds, le travail de M. Diggle se limitait à la distribution des lamelles de porc salé et autres maigres victuailles, une tâche qu'il accomplissait deux fois par jour sous la surveillance de M. Osmer et d'un autre officier. D'un tempérament optimiste, le cuistot avait bricolé une sorte de réchaud à la graisse de phoque qu'il disait prêt à fonctionner dès que leur tableau de chasse le permettrait.

Crozier envoyait chaque jour des chasseurs en quête de phoques pour M. Diggle, mais ils n'apercevaient que de rares spécimens, qui réussissaient toujours à disparaître dans un trou avant qu'on ait eu le temps de leur tirer dessus. À en croire ces chasseurs, même les phoques annelés touchés par une balle ou des chevrotines réussissaient à regagner les eaux noires pour y disparaître et, pensait-on, aller mourir ailleurs, ne laissant comme trace de leur passage qu'un sillage de sang sur la glace. Parfois, les hommes se mettaient à genoux pour le lécher.

Crozier avait passé plusieurs étés dans les eaux arctiques et il savait qu'elles auraient dû grouiller de vie dès la mi-juillet : les énormes morses prenant le soleil sur les floes et rampant sur la grève de leur allure de sénateur, poussant des cris qui évoquaient le rot plutôt que l'aboiement ; les phoques jaillissant des eaux par dizaines tels des enfants joueurs et rampant sur la glace de leur démarche si comique ; les bélougas et les narvals roulant et filant dans les chenaux, emplissant l'air de leur haleine embaumant le poisson ; les ourses blanches nageant dans les eaux noires avec leurs oursons encore patauds, traquant les phoques sur les floes, s'ébrouant avec vigueur quand elles émergeaient sur la glace, évitant les mâles de leur espèce, qui les auraient dévorées ainsi que leurs petits tant leur faim était grande ; et les oiseaux de mer dont la profusion obscurcissait l'azur arctique, qui s'amassaient sur la terre comme sur les floes ou bien dessinaient des portées de musique sur les sommets des icebergs, et les sternes, les goélands et les gerfauts rasant les eaux de toutes parts.

Cet été, pour la seconde année consécutive, la banquise était quasiment vierge de vie – on n'y apercevait que les marins de moins en moins nombreux, de plus en plus diminués, ainsi que la bête qui les traquait sans relâche et qu'on ne faisait qu'entrevoir, toujours hors de portée de fusil. Parfois, le soir venu, on entendait glapir un renard arctique, dont on repérait souvent les traces le lendemain matin, mais jamais les chasseurs n'en voyaient la queue. Lorsqu'ils repéraient une baleine, ils en étaient toujours séparés par une succession de floes et de chenaux, et même en courant comme des dératés, au risque de finir noyés, jamais ils ne parvenaient à l'apercevoir, car elle replongeait avant leur arrivée.

Crozier ne savait pas si leur arsenal leur permettrait de tuer un narval ou un bélouga, mais il pensait que oui – quelques balles dans la tête suffisaient pour abattre la plupart des créatures de ce monde, excepté bien sûr la Bête qui les traquait (que les marins considéraient désormais comme un Dieu vengeur tout droit sorti du *Léviathan* cher à leur capitaine) –, et s'ils parvenaient à tuer une baleine, à la hisser sur la banquise et à la dépecer, son huile alimenterait le réchaud de M. Diggle pendant des semaines, voire des mois, et ils mangeraient de la viande et de la graisse à s'en faire péter l'estomac.

Ce que Crozier souhaitait plus que tout, c'était éliminer la chose elle-même. Contrairement à la majorité de ses hommes, il la considérait comme mortelle : ce n'était qu'un animal et rien de plus. Plus malin, sans doute, que l'ours blanc, dont l'intelligence était pourtant confondante, mais une bête, tout simplement.

S'il arrivait à tuer cette chose, le simple fait de sa mort – le fait que tant de marins soient enfin vengés, même si les autres devaient succomber à la faim ou au scorbut – ferait remonter le moral des survivants plus sûrement que s'ils découvraient une réserve de cent litres de rhum.

Depuis qu'ils avaient quitté le lac qui avait vu périr le lieutenant Little et ses hommes, la bête ne les avait pas approchés – elle n'avait tué aucun d'eux. Chaque groupe de chasseurs avait ordre de rebrousser chemin aussitôt qu'il apercevait ses traces dans la neige ; Crozier avait l'intention de mobiliser toutes ses troupes s'il devait lancer une battue pour la traquer. Les hommes feraient le plus de bruit possible, avec les poêles et les casseroles, comme des rabatteurs cherchant à affoler un tigre dans la forêt indienne.

Mais Crozier savait qu'une telle tactique serait aussi inefficace que l'affût de feu sir John. S'ils voulaient attirer la chose à portée de fusil, ils avaient besoin d'un appât. Elle continuait de les suivre à distance, Crozier en était persuadé, se rapprochant durant les périodes nocturnes, de plus en plus longues, et le jour venu se cachant il ne savait où, peut-être sous la glace, et elle se rapprocherait encore plus s'ils parvenaient à l'appâter. Mais ils n'avaient pas de viande fraîche et, même s'ils en avaient eu, les hommes auraient préféré la dévorer jusqu'à la dernière livre que de la gaspiller pour en faire un appât.

Mais Crozier, qui n'avait pas oublié la taille impossible et la masse monstrueuse de la chose entraperçue sur la banquise, estimait qu'il y avait là une bonne tonne de viande et de muscle, voire davantage, car un ours blanc adulte, qui pesait jusqu'à sept cents kilos, aurait passé pour un nain à côté de cette chose. Donc, s'ils réussissaient à tuer leur tueur, cela leur permettrait de manger à leur faim pendant des semaines. Chaque bouchée serait en outre délicieusement épicée d'un parfum de vengeance dont le porc salé était exempt, et la vengeance est un plat qui se mange froid.

Si on pouvait être sûr qu'elle mordrait à l'appât, Francis Crozier était prêt à se porter volontaire pour jouer ce rôle. *Si on pouvait en être sûr.* Pour sauver et nourrir ne fût-ce que quelques-uns de ses hommes, il était prêt à se donner en offrande à la bête, en espérant que lesdits hommes, qui s'étaient révélés de bien piètres tireurs, les fusiliers marins n'étant pas, loin de là, les plus doués, seraient capables de loger suffisamment de projectiles dans le monstre pour l'abattre, que l'appât Crozier survive ou non à l'aventure.

En pensant aux fusiliers marins, il se rappela le soldat Henry Wilkes, qu'ils avaient abandonné huit jours plus tôt dans un bateau. Alors que, naguère, tous les hommes se seraient rassemblés pour faire leurs adieux à leur camarade, seuls Crozier, Des Vœux et quelques-uns des amis du fusilier marin avaient prié sur sa dépouille mortelle.

On aurait dû utiliser le cadavre de Wilkes comme appât, se dit Crozier, allongé au fond de la baleinière qui oscillait doucement, entouré de toutes parts par des hommes endormis.

Puis il se dit – pour la énième fois – qu'ils disposaient d'un appât nettement plus frais. Cela faisait huit mois que David Leys n'était plus qu'un poids mort, depuis cette nuit de décembre où la chose avait pourchassé le regretté pilote des glaces Blanky. Les yeux perpétuellement dans le vide, Leys demeurait désormais d'une passivité totale, un véritable fardeau pour ses camarades qui traînaient ses soixante kilos comme un paquet de linge sale, et ce depuis quatre mois maintenant, un fardeau qui réussissait néanmoins à avaler son bouillon de porc et sa dose de rhum tous les soirs, sa cuillerée de thé sucré tous les matins.

Aucun des marins – pas même les faux jetons comme Hickey et Aylmore – n'avait suggéré de l'abandonner sur la banquise, lui ou un autre invalide, et c'était tout à leur honneur. Mais ils étaient sûrement tentés de...

Les manger.

D'abord Leys, et ensuite les autres, à mesure qu'ils mourront.

Francis Crozier avait tellement faim qu'il se sentait capable de manger de la chair humaine. Il n'était pas prêt – pas encore – à tuer un homme pour le manger, mais si l'un d'eux venait à mourir, pourquoi laisserait-on sa carcasse pourrir au soleil de l'Arctique ? Ou, pis encore, nourrir la chose qui les traquait ?

Alors qu'il n'était qu'un lieutenant de vingt ans et quelques, Crozier avait découvert l'histoire du capitaine Pollard, commandant le brick *Essex* qui avait sombré en 1820 – une histoire que tous les marins entendaient tôt ou tard.

Selon les dires des rares survivants, l'*Essex* avait été embouti et coulé par un cachalot de vingt-cinq mètres de long. Cela se passait dans une des régions les plus désolées du Pacifique, à un moment où les vingt hommes d'équipage étaient occupés à chasser à bord de leurs trois baleinières. Avant que l'épave ne s'abîmât dans les flots, ils avaient pu récupérer quelques outils, quelques instruments de navigation et un pistolet. En guise de provisions de bouche, ils ne disposaient que de deux tortues capturées dans les Galápagos, de deux caisses de biscuits et de six barils d'eau douce.

Les baleinières mirent le cap sur l'Amérique du Sud.

Les marins commencèrent bien entendu par tuer et manger les tortues, dont ils burent le sang après avoir consommé la viande. Puis ils réussirent à capturer quelques poissons volants qui échouèrent à bord de leurs embarcations ; bien qu'ils se soient débrouillés pour faire cuire les tortues, ils mangèrent les exocets tout crus. Puis ils plongèrent pour arracher les bernacles fixées aux coques de leurs baleinières et les mangèrent.

Un miracle voulut qu'ils abordent l'île Henderson – l'un des cailloux semés sur l'immensité bleue de l'océan Pacifique. Quatre jours durant, les vingt marins capturèrent des crabes et se gorgèrent d'œufs de goélands, et parfois des oiseaux eux-mêmes. Mais le capitaine savait que l'île ne recelait pas assez de crabes, de goélands et d'œufs pour les nourrir plus de quelques semaines, aussi reprit-on la mer, après que dix-sept hommes sur vingt eurent voté pour cette solution. Les trois autres restèrent sur place et, le 27 décembre 1820, dirent adieu à leurs camarades.

Le 28 janvier 1821, après qu'une tempête eut dispersé les trois baleinières, celle du capitaine Pollard se retrouva seule sous le ciel immense. La ration de nourriture allouée à chacun des cinq hommes s'élevait à quarante grammes de biscuit par jour – soit l'équivalent de celle que Crozier envisageait d'imposer lorsqu'ils arriveraient à court de porc salé et qu'il venait d'évoquer en secret avec le Dr Goodsir et le premier maître Des Vœux, un chiffre qui n'avait rien d'une coïncidence.

Grâce à leurs biscuits et à leur maigre réserve d'eau douce, Pollard et ses hommes – son neveu Owen Coffin, un Noir affranchi du nom de Barzillai Ray et deux autres matelots – avaient tenu pendant neuf semaines.

Plus de seize cents milles les séparaient encore du continent le jour où ils épuisèrent simultanément leurs réserves d'eau et de biscuits. D'après les calculs de Crozier, plus de huit cents milles, soit quinze cents kilomètres, sépareraient ses hommes des avant-postes les plus proches lorsqu'ils auraient épuisé leurs biscuits, et ce même s'ils atteignaient l'embouchure de la rivière de Back.

Comme Pollard n'avait malheureusement pas de cadavre à son bord, on tira à la courte paille. Ce fut Owen Coffin, son jeune neveu, qui fut élu par le sort. On procéda à un nouveau tirage pour désigner son bourreau. Ce fut un dénommé Charles Ramsdell qui fut élu.

Le garçon fit à ses camarades des adieux émouvants (Crozier se rappelait encore l'horreur qui lui avait noué le scrotum la première fois qu'il avait entendu conter cet épisode, alors qu'il était de quart sur le mât de misaine d'un navire de guerre voguant au large de l'Argentine, le vieux loup de mer qui faisait son éducation étant fort doué pour imiter la voix d'un gamin ému aux larmes) puis il posa sa tête sur le plat-bord et ferma les yeux.

À en croire le témoignage qu'il fit par la suite, le capitaine Pollard donna son pistolet à Ramsdell et détourna la tête.

Ramsdell tua le garçon d'une balle dans la nuque.

Les quatre marins, y compris le capitaine, l'oncle du garçon, commencèrent par boire son sang tant qu'il était chaud. Quoique salé, il était comestible – contrairement à l'océan qui les entourait de toutes parts.

Puis ils découpèrent sa chair en filets et la mangèrent crue.

Puis ils brisèrent les os d'Owen Coffin et en dégustèrent la moelle.

Le cadavre du mousse les sustenta ainsi treize jours durant, et, alors qu'ils envisageaient de tirer à la courte paille une nouvelle fois, le Noir – Barzillai Ray – mourut de soif et d'épuisement. Son sang, sa chair et la moelle de ses os permirent aux trois survivants de tenir jusqu'à ce qu'ils soient secourus par le baleinier *Dauphin*, le 23 février 1821.

Bien qu'il n'ait jamais rencontré le capitaine Pollard, Francis Crozier avait suivi le reste de sa carrière. L'infortuné Américain avait conservé son rang et pris la mer une nouvelle fois – pour faire naufrage une nouvelle fois. Après son second sauvetage, on ne lui confia plus jamais de commandement. Aux dernières nouvelles, ainsi que Crozier l'apprit quelques mois avant le départ de l'expédition de sir John en 1845, Pollard travaillait comme officier du guet à Nantucket, où les citoyens comme les baleiniers l'évitaient ostensiblement. On racontait qu'il avait vieilli prématurément, qu'il parlait tout seul, s'adressant parfois à son défunt neveu, et qu'il dissimulait des biscuits et du porc salé dans les combles de sa maison.

Crozier savait que ses hommes devraient prendre une décision à propos de leurs morts dans les prochaines semaines, sinon les prochains jours.

Les membres de l'expédition seraient bientôt trop faibles et trop peu nombreux pour continuer à transporter leurs bateaux, et ces quatre jours de repos sur le floe ne leur avaient guère redonné d'énergie. Crozier, Des Vœux et Couch – en dépit de son grade, l'enseigne Hodgson n'était plus associé au commandement de l'expédition – ne cessaient de les secouer, leur ordonnant de partir à la chasse, de réparer les traîneaux ou de calfater les bateaux plutôt que de passer la journée blottis dans des duvets gelés, dans des tentes saturées d'humidité, mais ils ne pouvaient faire autrement que de patienter, leur refuge étant entouré de chenaux trop étroits, de fissures, de mares d'eau libre et de plaques de glace fragile, autant d'obstacles à leur progression qu'ils aient choisi de mettre le cap au sud, à l'est ou au nord.

Crozier refusait de repartir vers l'ouest ou le nord-ouest.

Malheureusement, les floes ne dérivaient pas dans la direction souhaitée – celle du sud-est, celle de l'embouchure de la rivière de Back. Ils se contentaient de tourner en rond, à l'instar de la banquise qui avait piégé l'*Erebus* et le *Terror* deux hivers durant.

Puis, l'après-midi du samedi 22 juillet, le floe où ils se trouvaient se fissura si profondément que Crozier donna l'ordre d'embarquer.

Cela faisait maintenant six jours que les bateaux flottaient sur des chenaux trop courts ou trop étroits pour permettre la navigation. Crozier attrapa le seul sextant qu'il leur restait (il avait dû abandonner son lourd théodolite) et profita d'une brève éclaircie pour faire le point pendant que les autres dormaient encore. Il jugea qu'ils se trouvaient à quatre-vingt-cinq milles au nord-ouest de l'embouchure de la rivière de Back.

Comme il s'attendait d'un jour à l'autre à découvrir sur leur route un isthme reliant la terre du Roi-Guillaume à la péninsule Adélaïde, dont la carte était dressée depuis longtemps, il se réveilla au lever du jour en ce mercredi 26 juillet, constatant que l'air s'était rafraîchi et le ciel dégagé, et il aperçut des bandes de terre à plus de quinze milles de distance, au nord comme au sud.

Un peu plus tard, il invita les quatre autres bateaux à se rapprocher du sien et, debout sur la proue de sa baleinière, il déclara :

— Messieurs, la terre du Roi-Guillaume est en fait *l'île du Roi-Guillaume.* J'ai désormais la certitude que seule la mer nous sépare de la rivière de Back et je vous parierais ma dernière livre sterling qu'aucun isthme ne relie le cap que vous apercevez au sud-ouest et celui que vous voyez dans le lointain au nord-est. Nous naviguons dans un détroit. Et comme nous nous trouvons forcément au nord de la péninsule Adélaïde, nous avons accompli le but que s'était fixé l'expédition de sir John Franklin. *Ceci est le passage du Nord-Ouest.* Vous avez réussi, par Dieu !

On entendit quelques pauvres vivats, ponctués par une quinte de toux.

Si les floes entourant les bateaux avaient dérivé vers le sud, cela aurait épargné aux hommes plusieurs semaines d'efforts. Mais les chenaux et les étendues d'eau libre qui s'offraient à eux ne s'ouvraient que vers le nord.

La vie à bord de ces embarcations était aussi misérable que sur le floe. Les hommes y étaient trop à l'étroit. Bien que les bancs de nage leur offrissent des couchettes supplémentaires, sans parler de l'espace gagné sur les cotres et les baleinières aménagés par M. Honey (les éléments des traîneaux fournissant des ponts supplémentaires sur les cotres et la chaloupe également bondés), les marins vêtus de laine humide étaient constamment les uns sur les autres. Ils devaient s'asseoir sur le plat-bord pour chier dans la mer – ce qui leur était de moins en moins nécessaire, même pour les scorbutiques, vu leurs rations ridicules –, mais bien qu'ils aient désormais perdu toute pudeur, il arrivait fréquemment qu'une vague frappe leur peau et leurs sous-vêtements, ce qui non seulement déclenchait force jurons mais pouvait donner lieu à des furoncles et à des nuits sans sommeil.

Le matin du vendredi 28 juillet 1848, la vigie de la baleinière de Crozier – l'homme le plus menu de chaque bateau grimpait régulièrement en haut du mât avec une lorgnette – repéra un dédale de chenaux aboutissant à une langue de terre située environ à trois milles au nord-ouest.

Pendant les dix-huit heures suivantes, les matelots ramèrent de toutes leurs forces – les moins affaiblis d'entre eux se relayant à la proue pour élargir le chenal à coups de hache et de pioche.

Il était onze heures du soir lorsqu'ils accostèrent sur les galets, dans des ténèbres que seul un fugace clair de lune venait brièvement interrompre.

Les hommes étaient trop épuisés pour remonter les traîneaux et arrimer sur eux les cotres et la chaloupe. Ils étaient trop épuisés pour déballer leurs tentes et leurs duvets également humides.

Ils s'effondrèrent sur les galets dès qu'ils eurent fini de traîner leurs lourdes embarcations sur un sol gelé par endroits, que la haute mer rendait encore plus glissant. Ils s'endormirent blottis les uns contre les autres, et seule leur pauvre chaleur corporelle les préserva de la mort.

Crozier n'essaya même pas d'organiser des quarts. Si la chose voulait les frapper cette nuit, grand bien lui fasse. Toutefois, avant de s'endormir, il passa une heure à faire le point avec son sextant, consultant les cartes et les tables qu'il conservait encore sur lui.

Pour autant qu'il pût le déterminer, ils avaient passé vingt-cinq jours sur la banquise, marchant, ramant et dérivant, et ils s'étaient déplacés de quarante-six milles vers l'est-sud-est. Ils étaient revenus sur la terre du Roi-Guillaume, quelque part au nord de la péninsule Adélaïde, s'éloignant durant les deux derniers jours de l'embouchure de la rivière de Back pour se retrouver quelque trente-cinq milles au nord-ouest de l'anse qu'ils avaient été incapables d'atteindre en franchissant ce détroit innommé. S'ils réussissaient à accomplir cet exploit, ils aboutiraient à plus de soixante milles de l'embouchure, de sorte qu'un total de neuf cents milles, soit plus de seize cents kilomètres, les séparerait encore du Grand Lac des Esclaves et du salut.

Crozier rangea soigneusement le sextant dans son coffret en bois et glissa celui-ci dans son sac étanche, trouva une couverture humide dans la baleinière et l'étala sur les galets, à côté de Des Vœux et de trois matelots endormis. Quelques secondes plus tard, il était plongé dans un profond sommeil.

Il rêva de Memo Moira le poussant vers une table de communion et d'un prêtre l'attendant dans une chasuble dégoulinante.

Tandis que les hommes ronflaient au clair de lune sur ce rivage inconnu, Crozier, au sein de son rêve, ferma les yeux et tira la langue pour recevoir le corps du Christ.

50

Bridgens

Dans son for intérieur, Bridgens avait toujours comparé les divers chapitres de sa vie aux œuvres littéraires qui avaient façonné ladite vie.

Durant sa jeunesse et ses années d'étude, il s'était parfois identifié à certains personnages du *Décaméron* de Boccace et des *Contes de Cantorbéry* de Chaucer − et pas forcément aux plus héroïques d'entre eux. (Pendant longtemps, la réponse qu'il faisait aux exigences du monde était : *Allez vous faire foutre*.)

Passé ses vingt ans, John Bridgens se voyait surtout en Hamlet. Le prince du Danemark, ce jeune homme si vénérable − Bridgens était sûr qu'il vieillissait comme par magie au fil des scènes, se retrouvant quadragénaire à l'acte V −, était suspendu entre la pensée et l'action, entre le mobile et la réalisation, paralysé par une conscience si aiguë, si impitoyable, qu'elle l'amenait *à penser à tout, même à la pensée*. Le jeune Bridgens était affligé d'une conscience semblable et, tout comme Hamlet, il méditait souvent sur cette question essentielle : *continuer ou ne pas continuer ?* (Son maître en ce temps-là, un professeur exilé d'Oxford, le premier sodomite affirmé que le jeune lettré eût jamais rencontré, lui avait enseigné d'un air dédaigneux que le fameux soliloque « Être ou ne pas être » ne constituait en rien un examen du suicide, mais Bridgens était d'un tout autre avis. « La conscience fait de chacun de nous un couard [1] » − voilà qui était allé droit au cœur du jeune John Bridgens, que son existence et ses désirs contre nature rendaient misé-

---

1. *Hamlet*, acte III, scène 1, trad. André Gide, ainsi que les citations qui suivent. (*N.d.T.*)

rable, qu'il fût sincère ou feignît d'être ce qu'il n'était point, misérable surtout parce qu'il ne pouvait que *penser* mettre fin à ses jours, la crainte qu'il pût encore penser une fois dans l'autre monde, « rêver peut-être », l'empêchant de se tuer de sang-froid, voire d'envisager de le faire.)

Heureusement, dans le tourment de sa jeunesse, John Bridgens disposait également de deux atouts le préservant de l'auto-destruction : l'amour des livres et l'ironie.

L'âge venant, il se compara mentalement à Odysseus. Si cette comparaison s'imposait à lui, ce n'était pas parce que, de lettré, il était devenu valet dans la marine et parcourait le vaste monde, mais parce que la principale qualité du roi d'Ithaque, à en croire Homère, était la ruse, voire la duplicité (lorsque certains, dont Achille, le qualifiaient de « rusé », c'était une insulte dans leur bouche). Bridgens n'utilisait pas sa ruse pour tromper son monde, du moins pas trop souvent, mais il en usait comme les héros homériques de leurs boucliers de bois et de cuir, de métal pour les plus prestigieux, avec lesquels ils se protégeaient des javelines de leurs ennemis.

Sa ruse lui permettait de devenir et de demeurer invisible.

Un jour, durant son périple de cinq ans à bord du HMS *Beagle*, au cours duquel il avait fait la connaissance du jeune Harry Peglar, Bridgens évoqua ledit Odysseus – suggérant que tous les membres de l'expédition étaient, à leur façon, des Ulysse des temps modernes – lors d'une conversation avec M. Darwin (tous deux jouaient souvent aux échecs dans la minuscule cabine du philosophe et ornithologue aux yeux tristes et à l'esprit affûté), et celui-ci avait fixé le valet d'un air pénétré, lui déclarant :

— Mais je doute qu'une Pénélope vous attende en votre palais, monsieur Bridgens.

Par la suite, le valet s'était montré plus prudent. Tout comme Odysseus l'avait découvert après des années d'errance, il avait compris que sa ruse ne le protégerait pas indéfiniment du monde et que l'orgueil était toujours châtié par les dieux.

Et à présent qu'approchait la fin, John Bridgens estimait que le personnage avec lequel il avait le plus de choses en commun – dans son attitude, ses sentiments, ses souvenirs, son avenir, sa tristesse – n'était autre que le roi Lear.

Et l'heure du dernier acte allait bientôt sonner.

Ils avaient passé deux jours à l'embouchure de ce petit fleuve qui se jetait dans le détroit innommé au sud de la terre, ou plutôt de l'île du Roi-Guillaume. En cette saison, le cours d'eau était par endroits libre de glace, ce qui leur permettait de s'approvisionner en eau douce, mais personne n'y avait encore pêché un seul poisson. Aucun animal ne semblait venir y boire... même pas un renard arctique. Le principal avantage de ce site, c'était que la courbure de la vallée les protégeait en partie du vent et leur permettait d'assister tranquillement aux orages qui se déchaînaient toutes les nuits.

Chaque matin, les marins pleins d'espoir étalaient sur les rochers leurs tentes, leurs sacs de couchage et quelques-uns de leurs vêtements afin qu'ils sèchent au soleil. Mais le soleil ne venait jamais. Il plut à plusieurs reprises. La seule fois qu'ils avaient vu un ciel d'azur en un mois et demi, c'était lors du dernier jour qu'ils avaient passé dans un bateau, et, dès le lendemain, le Dr Goodsir avait traité quantité de coups de soleil.

En sa qualité d'aide-soignant, Bridgens était bien placé pour savoir que la pharmacie assemblée par le chirurgien à partir des réserves de ses défunts confrères était aujourd'hui quasiment épuisée. Le bon docteur avait encore quelques purgatifs (de l'huile de ricin et de la teinture de jalap, concoctée à partir de graines de belle-de-jour) et quelques stimulants réservés aux scorbutiques, essentiellement du camphre et du carbonate d'ammonium, la teinture de lobélie étant épuisée depuis belle lurette, un peu d'opium, un peu de mandragore et de poudre de Dover en guise d'analgésique, et du sulfate de cuivre et de plomb pour désinfecter les plaies et soigner les cloques dues aux coups de soleil. Obéissant aux ordres du Dr Goodsir, Bridgens avait administré la quasi-totalité de ces derniers produits aux marins qui avaient commis l'imprudence de ramer torse nu, ce qui leur avait valu une sacrée nuit blanche.

Mais il n'y avait plus de soleil pour faire sécher les tentes, les vêtements et les duvets. Les hommes restaient trempés et passaient la nuit à gémir et à trembler de fièvre.

Les plus robustes des matelots, partis en reconnaissance, avaient découvert l'existence d'une baie située à moins de vingt kilomètres au nord-ouest de leur position actuelle, qu'ils n'avaient pas aperçue en naviguant. Plus inquiétant encore, à les croire, la côte de l'île obliquait sèchement vers le nord-est environ quinze kilomètres plus à l'est. Ils se trouvaient donc très près de la pointe sud-est de l'île du Roi-Guillaume, en d'autres termes au point le plus rapproché de l'embouchure de la rivière de Back.

Celle-ci se trouvait au sud-est, de l'autre côté du détroit, mais le capitaine Crozier avait fait comprendre aux marins qu'il comptait poursuivre vers l'est sur l'île du Roi-Guillaume jusqu'au point où le contour de la côte s'infléchissait vers le nord-est. Ce serait là qu'il dresserait le camp, sur la butte la plus élevée possible, afin d'observer le détroit. Si la banquise se disloquait au cours des deux prochaines semaines, ils mettraient les bateaux à l'eau. Dans le cas contraire, ils tenteraient de les tracter jusqu'à la péninsule Adélaïde et, une fois qu'ils auraient touché terre, ils parcourraient à pied la vingtaine de kilomètres qui les séparaient de la baie où se jetait la rivière de Back.

Si John Bridgens aimait bien les échecs, les fins de partie avaient toujours été son point faible. Il les détestait.

La veille du jour prévu pour le grand départ, il emballa soigneusement ses effets personnels – dont le journal intime qu'il tenait depuis un an (il avait laissé les cinq volumes précédents à bord du *Terror* lorsqu'ils l'avaient abandonné le 22 avril dernier) –, les glissa dans son sac de couchage, avec une note priant ses camarades de récupérer tout ce qui leur serait utile, collecta le journal intime de Harry Peglar et son peigne, ainsi qu'une vieille brosse à habits qui était en sa possession depuis des années, fourra le tout dans la poche de son manteau et alla faire ses adieux au Dr Goodsir dans la petite tente servant d'infirmerie.

— Comment ça, vous allez faire une promenade et ne pensez pas être de retour demain matin lorsque nous lèverons le camp ? s'étonna Goodsir. Qu'est-ce qui vous prend, Bridgens ?

— Rien, docteur, j'ai simplement envie de faire une petite balade.

— Une petite balade, répéta Goodsir. Pourquoi, monsieur Bridgens ? Vous avez trente ans de plus que la majorité des membres de cette expédition, mais vous vous portez dix fois mieux.

— J'ai toujours eu de la chance pour ce qui est de la santé, monsieur. Question d'hérédité, j'en ai peur. Le peu de sagesse que j'ai pu amasser avec les ans n'a vraiment rien à voir.

— Alors pourquoi...

— Mon heure est venue, docteur Goodsir. J'avais fort envie de brûler les planches quand j'étais jeune, je le confesse. Et s'il y a une chose que j'ai apprise à propos du théâtre, c'est qu'un bon acteur doit apprendre à quitter la scène avant de lasser le public et de gâcher le spectacle.

— Vous parlez comme un stoïcien, monsieur Bridgens. Comme un disciple de Marc Aurèle. Si l'empereur n'est pas content de vous, rentrez chez vous, faites-vous couler un bain chaud et...

— Oh ! non, monsieur, coupa Bridgens. Bien que j'aie toujours admiré la philosophie stoïcienne, je dois à la vérité de dire que j'ai toujours eu une sainte horreur des couteaux. L'aversion que m'inspirent les armes blanches est telle que l'empereur aurait pu sans problème avoir ma tête, ma famille et mes terres. J'ai l'intention de faire une promenade ce soir, voilà tout. Une promenade et peut-être une sieste.

— Et « rêver peut-être » ? dit Goodsir.

— « C'est là le hic », enchaîna le valet.

L'angoisse qui perçait dans sa voix n'était pas feinte.

— Pensez-vous vraiment que nous avons des chances d'être secourus ? demanda le chirurgien.

Il paraissait sincèrement curieux, et seulement un peu triste.

Bridgens resta silencieux une bonne minute. Puis il dit :

— En vérité, je l'ignore. Si une expédition de secours est déjà partie à notre recherche depuis le Grand Lac des Esclaves ou un autre avant-poste, cela peut faire pencher la balance en notre faveur. Je pense qu'une telle hypothèse est plausible − cela fait trois ans que nous avons disparu, après tout. Par ailleurs, s'il y a un homme parmi nous qui est capable de nous ramener au bercail, c'est bien le capitaine Francis Rawdon Moira Crozier. À mon humble avis, l'Amirauté a toujours sous-estimé sa valeur.

— Dites-le-lui vous-même, mon vieux, répliqua Goodsir. Dites-lui au moins que vous nous quittez. Vous lui devez bien cela.

Bridgens sourit.

— J'en ai bien envie, docteur, mais nous savons vous et moi que le capitaine ne me laisserait jamais partir. C'est un homme stoïque, certes, mais il n'a rien d'un stoïcien. Il serait capable de me mettre aux fers pour me... convaincre de continuer.

— Oui. Mais vous me rendriez un service en restant, Bridgens. J'aurai bientôt besoin de votre sûreté de geste pour effectuer plusieurs amputations.

— Vous trouverez sans peine un aide-soignant plus jeune à la main plus sûre − et plus robuste − que la mienne.

— Mais aucun qui ait votre intelligence. Ni votre conversation. Vos conseils me sont précieux.

— Je vous remercie, docteur, dit Bridgens avec un nouveau sourire. Je ne souhaitais pas vous le dire, mais j'ai toujours détesté la souffrance et le sang. Et ce depuis ma plus tendre enfance. J'ai apprécié l'occasion qui m'a été donnée de travailler à vos côtés, mais cela allait à l'encontre de ma nature délicate. J'ai toujours été d'accord avec saint Augustin pour affirmer que la souffrance humaine était le seul péché qui fût. Si des amputations m'attendent, je ferais mieux de ne pas traîner.

Il tendit la main.

— Adieu, docteur Goodsir.

— Adieu, Bridgens.

Le chirurgien referma ses deux mains sur celle du vieil homme.

Bridgens s'éloigna du camp en mettant le cap au nord-est, émergeant sans peine de l'étroite vallée − comme partout sur l'île du

Roi-Guillaume, aucun relief ne dépassait les cinq ou six mètres d'altitude –, dénicha une crête rocheuse vierge de neige et en suivit le tracé.

Le soleil se couchait vers dix heures du soir, mais John Bridgens avait décidé de s'arrêter avant la nuit. À cinq kilomètres environ du camp Rivière, il trouva un coin sec, s'y assit et, pêchant dans la poche de son manteau son biscuit quotidien, entreprit de le manger. Cette insipide pitance était le mets le plus délicieux qu'il eût jamais savouré. Il avait oublié d'emporter de l'eau, aussi ramassa-t-il une poignée de neige pour la faire fondre dans sa bouche.

Le couchant était splendide. L'espace d'un instant, le soleil émergea entre les nuages gris et le gravier gris, telle une boule orange figée dans l'espace – un crépuscule qu'Odysseus aurait sans doute apprécié bien plus que Lear –, puis disparut.

L'atmosphère se grisailla et se radoucit, bien que la température, qui avait frisé 0 °C toute la journée, baissât à toute allure. Le vent ne tarderait pas à se lever. Bridgens espérait bien s'endormir avant que ne surgissent le noroît glacial et l'orage qui, chaque nuit, se déchaînaient sur la terre et le détroit pris dans les glaces.

Il plongea une main dans sa poche et en ressortit les trois objets qui s'y trouvaient.

Le premier était la brosse à habits qu'il utilisait depuis plus de trente ans dans l'exercice de ses fonctions. Il effleura les peluches qui y restaient accrochées, sourit de quelque ironie qu'il était le seul à comprendre et rangea la brosse dans son autre poche.

Venait ensuite le peigne de Harry Peglar. Quelques cheveux châtain clair restaient accrochés à ses dents. Bridgens le serra quelques instants dans sa main nue, puis le rangea aux côtés de la brosse à habits.

Restait le journal intime de Peglar. Il l'ouvrit au hasard.

Ô Mort où est ta victoire, la tombe de la crique Confort pour celui qui en doute... le senistre lieu...

Bridgens secoua la tête. Il savait bien entendu que l'avant-dernier mot s'écrivait « sinistre », quel que fût le sens de ceux qui le précédaient, et que l'eau avait rendus illisibles. S'il avait appris à Peglar à lire et à écrire, jamais il n'avait pu lui apprendre à épeler. Comme Harry Peglar était l'un des êtres humains les plus intelligents qu'il eût jamais rencontrés, il le soupçonnait de souffrir d'une défectuosité du cerveau, touchant le lobe, la circonvolution ou plus généralement la zone qui contrôlait la maîtrise de l'orthographe. Même après qu'il eut appris à déchiffrer l'alphabet et à se colleter avec les ouvrages les plus difficiles, avec la vivacité d'esprit d'un authentique lettré, Harry était incapable d'écrire la moindre note, même brève, sans massacrer les mots les plus simples.

Ô Mort où est ta victoire...

Bridgens sourit une dernière fois, glissa le journal dans la poche intérieure de sa veste, où il serait à l'abri des petits charognards vu qu'il comptait se placer sur le ventre, puis s'allongea à même le gravier, laissant reposer son menton sur ses mains nues.

Il ne bougea qu'une seule fois, pour relever son col et abaisser son couvre-chef. Le vent se levait et il était très froid. Puis il reprit sa position initiale.

John Bridgens dormait déjà lorsque les derniers feux du soleil gris se moururent au sud.

51

Crozier

Camp Secours
13 août 1848

Après avoir passé deux semaines à tracter leurs bateaux jusqu'à la pointe sud-est de l'île – là où le tracé de la côte s'infléchissait brusquement vers le nord-est –, ils avaient planté leurs tentes, déployé leurs chasseurs et repris leur souffle tout en attendant l'apparition d'eau libre dans le détroit. Le Dr Goodsir avait confié à Crozier qu'il avait besoin de temps pour s'occuper des malades et des blessés confinés dans les cinq bateaux. Le site du camp avait reçu le nom de Bout du monde.

Lorsque Crozier apprit de son chirurgien que celui-ci allait procéder à cinq amputations du pied durant cette halte – ce qui signifiait que celle-ci serait définitive, les marins n'ayant plus la force de transporter autant d'invalides –, le capitaine rebaptisa la pointe battue par les vents du nom de camp Secours.

Goodsir lui avait fait une proposition que les deux hommes gardaient pour l'instant confidentielle : il resterait ici avec les amputés durant leur convalescence. Sur les quatre opérés à ce jour, tous avaient survécu – le cinquième, qui n'était autre que M. Diggle, devait être amputé ce matin. Les autres matelots trop fatigués ou trop malades pour poursuivre pourraient rester auprès de Goodsir s'ils le souhaitaient, tandis que Crozier, Des Vœux, Couch, le fidèle bosseman Johnson et tous les autres volontaires mettraient le cap au sud dès que la banquise se serait disloquée – si elle daignait le faire un jour. Ce petit groupe voyageant léger remonterait alors la rivière de Back, dans le but de revenir avec des renforts le printemps prochain – voire avant l'hiver si, par miracle, ils tombaient sur lesdits renforts avant d'arriver au Grand Lac des Esclaves.

Crozier savait que les chances pour qu'un tel miracle se produisît étaient quasiment nulles et que celles pour que les malades survécussent à un hivernage sans assistance n'étaient guère plus élevées. Le gibier avait brillé par son absence durant tout ce mois de juillet 1848, et août ne s'annonçait guère différent. La banquise était trop épaisse pour permettre la pêche, excepté dans les rares chenaux et polynies, et ils n'avaient pas attrapé un seul poisson en bateau. Comment Goodsir et ses aides-soignants pourraient-ils survivre à l'hiver en ce lieu ? Le capitaine comme son chirurgien savaient parfaitement que ce dernier signait son arrêt de mort en décidant de rester au chevet de ses patients. Mais ni l'un ni l'autre n'aborda le sujet.

Ainsi se présentait le plan qu'ils avaient arrêté, à moins que Goodsir ne changeât d'avis ce matin ou que la glace s'ouvrît par miracle jusqu'à la côte de la péninsule en cette deuxième semaine d'août, ce qui leur permettrait d'embarquer tous à bord de deux baleinières cabossées, de deux cotres éprouvés et d'une chaloupe fendillée, tous y compris les amputés, les blessés, les affamés, les grabataires et les scorbutiques les plus atteints.

En guise de vivres ? songea Crozier.

Tel était le prochain problème à résoudre.

Chaque fois qu'il sortait de sa tente, le capitaine était désormais armé de deux pistolets : son gros revolver dans la poche droite, comme d'habitude, et dans la gauche son petit pistolet à deux coups (« un joujou pour tricheur au poker sur le Mississippi », pour citer le capitaine américain qui le lui avait vendu des années auparavant). Il n'avait pas réédité la bévue consistant à envoyer en mission ses hommes de confiance – Couch, Des Vœux, Johnson et quelques autres – pendant que les mauvais éléments comme Hickey, Aylmore et ce crétin de Manson restaient au camp. Et, depuis la mutinerie avortée du camp Hôpital, il avait retiré sa confiance à l'enseigne George Henry Hodgson, au chef du gaillard d'avant Reuben Male et à Robert Sinclair, chef de la hune de misaine de l'*Erebus*.

La vue que l'on avait depuis le camp Secours était des plus déprimantes. Cela faisait quinze jours que le ciel se réduisait à une chape de nuages bas, ce qui interdisait à Crozier d'utiliser son sextant. Le vent de noroît se renforçait sans cesse, l'air se faisait de plus en plus froid. Au sud, le détroit demeurait une plaine de glace, toutefois moins régulière que celle qu'ils avaient traversée pour aller du *Terror* au camp Terror, il y avait une éternité de cela. La glace qui se présentait à eux était un véritable chaos d'icebergs, entiers ou fractionnés, de crêtes de pression entrecroisées, constellé de rares polynies qui, si elles dévoilaient une eau noire à trois mètres de profondeur, ne menaient rigoureusement nulle part, et envahi d'une multitude de séracs et de blocs de glace acérés. De l'avis de Crozier, aucun des occupants du camp Secours – même pas le géant Manson – n'aurait la force de tracter un bateau à travers cette forêt de glace, de lui faire franchir ses cordillères de glace.

Leur seul espoir résidait dans les bruits qui peuplaient leurs jours et leurs nuits : grondements, explosions, craquements, détonations et rugissements. La glace était agitée, torturée. De temps à autre, dans le lointain, il s'y ouvrait des chenaux qui subsistaient parfois pendant quelques heures. Avant de se refermer dans un coup de tonnerre. Les crêtes de pression grandissaient de dix mètres en quelques secondes. Quelques heures plus tard, elles s'effondraient tout aussi vite pour laisser la place à de nouvelles crêtes. Les icebergs explosaient sous la pression de la glace qui les cernait.

Nous ne sommes que le 13 août, se dit Crozier. Le problème, avec ce genre de constatation, c'était que la saison était tellement avancée qu'il convenait plutôt de dire : *Nous sommes* déjà *le 13 août.* L'hiver approchait à grands pas. Lorsque l'*Erebus* et le *Terror* avaient été pris dans les glaces au large de la terre du Roi-Guillaume, cela se passait en septembre 1846 et, par la suite, ils n'avaient plus connu de répit.

Nous ne sommes que le 13 août, se répéta Crozier. À condition d'être aidés par un petit miracle, ils avaient encore le temps de gagner l'autre rive du détroit – en alternant navigation et brefs portages – et de parcourir les soixante-quinze milles qui les séparaient de l'embouchure de la rivière de Back, où ils gréeraient alors les bateaux pour la navigation fluviale. Avec un peu de chance, l'anse où se jetait le fleuve serait vide de glace – le débit de celui-ci étant plus élevé en été et ses eaux plus chaudes –, sur soixante milles au bas mot. Une fois sur le fleuve, ils devraient lutter contre le courant et contre la venue de l'hiver, mais le voyage était encore possible. En théorie.

En théorie.

Ce matin-là – on devait être dimanche, mais Crozier avait un peu perdu le fil des jours –, Goodsir procéderait à la dernière des amputations prévues avec l'aide de Thomas Hartnell, son nouvel aide-soignant, et le capitaine avait l'intention de célébrer une sorte d'office religieux avec les marins.

Il en profiterait pour annoncer que le chirurgien resterait sur place avec les mutilés et les scorbutiques et que lui-même comptait partir dans la semaine avec les hommes les plus valides, n'emportant que deux bateaux sur les cinq, que la glace se disloque ou non.

Si Reuben Male, Hodgson ou Sinclair, ou encore Hickey et ses acolytes lui proposaient une autre solution sans contester son auto-

560

rité, Crozier était non seulement disposé à en discuter mais en outre à l'accepter. Moins il resterait d'hommes au camp Secours et mieux cela vaudrait, notamment si cela permettait de se débarrasser des brebis galeuses.

Des hurlements montèrent de l'infirmerie, signalant que le Dr Goodsir avait commencé à amputer le pied gauche de M. Diggle, rongé par la gangrène jusqu'à la cheville.

Un pistolet dans chaque poche, Crozier alla chercher Thomas Johnson pour lui demander de rassembler l'équipage.

M. Diggle, l'homme le plus aimé de l'expédition et le meilleur des cuisiniers que Francis Crozier eût jamais eu à son bord, dans l'Arctique comme dans l'Antarctique, mourut d'une hémorragie et de complications postopératoires aussitôt terminée son amputation, quelques minutes à peine avant que l'équipage fût rassemblé.

Chaque fois que les survivants passaient plus de deux jours consécutifs au même endroit, les maîtres d'équipage choisissaient un espace dégagé pour y tracer dans la neige et le gravier les contours approximatifs du pont principal d'un navire du modèle de l'*Erebus* et du *Terror*. Cela permettait aux marins de se placer durant l'appel et cela les rassurait quelque peu. Durant les premiers jours passés au camp Terror, et même par la suite, cette opération se déroulait dans la plus totale confusion, plus d'une centaine d'hommes s'agglutinant dans un espace correspondant à un seul navire, mais les pertes qu'ils avaient subies étaient telles que cette disproportion était désormais révolue.

Durant le silence qui suivit l'appel et précéda la lecture des Écritures – un silence d'autant plus prégnant que M. Diggle avait cessé de crier –, Crozier considéra les hommes dépenaillés, hirsutes, livides, crasseux et hagards, figés dans une position rappelant celle du singe voûté et que nul être sensé n'aurait pu confondre avec un garde-à-vous.

Sur les treize officiers affectés au HMS *Erebus*, neuf étaient décédés : sir John, le capitaine de frégate Fitzjames, le lieutenant Graham Gore, le lieutenant H. T. D. Le Vesconte, l'enseigne Fairholme, le premier maître Sergeant, le second maître Collins, le pilote des glaces Reid et le chirurgien Stanley. Les officiers survivants étaient les suivants : le premier maître Des Vœux, le premier maître Couch, l'aide-chirurgien Goodsir (qui rejoignait l'assemblée avec quelque retard, encore plus avachi que les matelots, l'image même de la défaite et de l'épuisement) et le commissaire de bord Charles Hamilton Osmer, qui n'avait survécu à une pneumonie que pour se retrouver cloué au lit par le scorbut.

Il n'avait pas échappé au capitaine Crozier que tous les officiers supérieurs de l'*Erebus* étaient morts et que les survivants n'étaient que des officiers subalternes ou des civils considérés comme tels pour les nécessités du service.

Les trois officiers techniciens de l'*Erebus* – le mécanicien John Gregory, le bosco Thomas Terry et le charpentier John Weekes – étaient morts.

L'*Erebus* avait quitté le Groenland avec un contingent de vingt et un maîtres et quinze de ceux-ci étaient encore en vie, bien que certains d'entre eux – tel William Fowler, le valet du commissaire de bord, qui ne s'était jamais vraiment remis de ses brûlures du Carnaval – ne fussent que des bouches inutiles.

Si l'on avait fait l'appel des matelots brevetés de l'*Erebus* le jour de Noël 1845, on en aurait compté dix-neuf. Ils n'étaient plus que quinze.

Sur les sept fusiliers marins embarqués à bord de l'*Erebus*, trois avaient survécu jusqu'à ce jour – les caporaux Pearson et Hopcraft et le soldat Healey –, mais ils étaient trop affaiblis par le scorbut pour monter la garde ou partir en chasse, sans parler de tracter un bateau. Ce matin-là, toutefois, ils se tenaient au milieu de leurs camarades, appuyés sur leurs mousquets.

David Young et George Chambers, les mousses de l'*Erebus* – qui avaient déjà fêté leurs dix-huit ans le jour de l'appareillage – avaient survécu tous les deux, mais Chambers, vivement commotionné pendant la nuit du Carnaval, était réduit depuis lors à l'état d'un demeuré. Cela ne l'empêchait pas de respirer, ni de tracter un traîneau ou encore de manger quand on lui en donnait l'ordre.

Conclusion : sur les soixante-cinq âmes que comptait à l'origine l'équipage de l'*Erebus*, trente-neuf étaient encore de ce monde en ce 13 août 1845.

Les officiers du HMS *Terror* s'en étaient un peu mieux tirés que ceux de l'*Erebus*, en ce sens que deux officiers supérieurs – le capitaine Crozier et l'enseigne Hodgson – avaient survécu. Le premier maître Robert Thomas et M. E. J. Helpman, l'intendant de marine de Crozier, en théorie un civil mais occupant des fonctions d'officier, étaient les seuls autres survivants de ce rang.

Crozier déplorait en effet la perte du lieutenant Little, de l'enseigne Irving, du premier maître Hornby, du pilote des glaces Blanky, du second maître MacBean et de ses deux chirurgiens, Peddie et McDonald.

Sur les onze officiers du *Terror*, quatre étaient encore en vie.

Crozier avait levé l'ancre avec trois officiers techniciens à son bord – le mécanicien James Thompson, le bosco John Lane et le charpentier Thomas Honey – et tous trois étaient encore en vie, bien que le mécanicien fût devenu un squelette aux yeux hagards trop faible pour tenir debout et que M. Honey, outre qu'il souffrait d'un scorbut des plus avancés, eût été amputé des deux pieds cette nuit même. Aussi incroyable que cela parût, il réussit à crier « Présent ! » depuis sa tente lorsqu'on appela son nom.

Trois ans plus tôt, le *Terror* comptait vingt et un officiers subalternes et seize d'entre eux étaient encore en vie par cette grise matinée d'août ; le chauffeur John Torrington, le chef de la hune de misaine Harry Peglar et les quartiers-maîtres Kenley et Rhodes représentaient les seules pertes subies dans cette catégorie, jusqu'à ce que le coq John Diggle pérît quelques minutes plus tôt.

Sur les dix-neuf matelots brevetés que comptait initialement l'équipage du *Terror*, dix répondirent à l'appel, quoique onze eussent survécu : David Leys, toujours plongé dans le coma, gisait dans l'infirmerie du Dr Goodsir.

Aucun des six fusiliers marins du HMS *Terror* n'était encore de ce monde. Le soldat Heather, qui avait survécu plusieurs mois à son horrible plaie crânienne, était mort le lendemain du jour où ils avaient quitté le camp Rivière, et on avait abandonné son corps sur le gravier sans la moindre cérémonie.

Le navire comptait également deux « mousses » dans son équipage, et un seul – Robert Golding, qui n'avait plus rien d'un gamin sauf peut-être la naïveté – était le seul à répondre présent.

Sur les soixante-deux âmes que comptait à l'origine l'équipage du *Terror*, trente-cinq étaient en mesure d'écouter l'office religieux au camp Secours en ce 13 août 1848.

Trente-neuf marins de l'*Erebus* plus trente-cinq du *Terror*, soit un total de soixante-quatorze hommes, sur les cent vingt-six qui avaient quitté le Groenland durant l'été 1845.

Mais quatre de ces hommes avaient subi une amputation de un ou deux pieds lors des dernières vingt-quatre heures et vingt autres au bas mot étaient trop gravement malades, trop grièvement blessés, trop affamés ou tout simplement trop épuisés pour continuer. Un tiers des membres de l'expédition étaient au bout du rouleau.

L'heure était venu de faire le bilan.

— Dieu tout-puissant, entonna Crozier de sa voix éraillée par la fatigue, auprès de qui vivent les âmes de ceux qui nous ont quittés dans le Seigneur, et dont la présence cause joie et bonheur dans les âmes des fidèles : nous confions à Ta garde bienveillante notre frère John Diggle, âgé de trente-neuf ans, et nous Te demandons de nous accorder, en même temps qu'à lui et qu'à tous ceux qui nous ont quittés dans la foi en Ton saint nom, le bonheur parfait de l'âme et du corps dans la gloire éternelle. Par Jésus-Christ, notre Seigneur, nous louons et glorifions Ton saint nom pour Tes serviteurs qui ont terminé leur vie et gardé Ta foi. Amen.

— Amen, croassèrent les soixante-deux hommes en état de se tenir debout.

— Amen, répondirent quelques-uns des douze qui gisaient sous une tente.

Crozier n'ordonna pas de rompre les rangs.

— Marins du HMS *Erebus* et du HMS *Terror*, membres de l'expédition Franklin du Service des explorations, compagnons, reprit-il en haussant la voix. Nous devons décider aujourd'hui de la route qui sera la nôtre. Conformément au règlement de bord et à celui du Service des explorations de la Royal Navy, que vous avez fait le serment de respecter, vous êtes placés sous mon commandement et le demeurerez jusqu'à ce que je vous en dégage. Vous nous avez suivis jusqu'ici, sir John, le capitaine Fitzjames et moi-même, et vous vous êtes vaillamment conduits. Nombre de nos amis et camarades ont rejoint le Seigneur, mais soixante-quatorze d'entre nous ont tenu bon. Du fond de mon cœur, je suis déterminé à ce que tous ici vous revoyiez un jour l'Angleterre, votre maison et votre famille, et, que Dieu m'en soit témoin, j'ai accompli tout ce qui était en mon pouvoir pour parvenir à cette fin. Mais, aujourd'hui, je vous laisse le soin de décider par vous-mêmes des moyens que vous voulez mettre en œuvre pour aboutir.

Les hommes échangèrent des murmures. Crozier leur accorda quelques secondes puis reprit :

— Vous avez entendu ce que nous comptons faire : le Dr Goodsir restera ici avec les invalides, les hommes en bonne santé rallieront la rivière de Back. Y en a-t-il parmi vous qui envisagent une autre possibilité pour trouver le salut ?

Suivit un long silence, durant lequel les hommes dansèrent d'un pied sur l'autre en gardant les yeux baissés, puis George Hodgson sortit des rangs d'un pas mal assuré.

— Oui, monsieur, c'est le cas de certains d'entre nous. Nous voulons nous en retourner, commandant.

Le capitaine considéra le jeune officier durant un long moment. Il savait que Hodgson n'était que l'homme de paille de Hickey, d'Aylmore et des autres chicaneurs qui semaient la zizanie dans l'équipage depuis des mois, mais il se demanda si Hodgson en avait conscience.

— Vous en retourner où, lieutenant ? demanda Crozier.

— Au navire, monsieur.

— Pensez-vous que le *Terror* est toujours là, lieutenant?

Comme pour ponctuer cette question, la glace explosa au sud dans un déchaînement d'artillerie proprement sismique. À quelques centaines de mètres du rivage, un iceberg s'effondra à grand bruit.

Hodgson eut un haussement d'épaules enfantin.

— Même si le navire a disparu, le camp Terror n'aura pas bougé de place, commandant. Nous y avons laissé de la nourriture, du charbon et des bateaux.

— Oui, en effet, fit Crozier. Et cette nourriture serait aujourd'hui la bienvenue – y compris les conserves qui ont tué certains d'entre nous. Mais, lieutenant, cela fait presque cent jours que nous avons quitté le camp Terror, et quatre-vingts, voire quatre-vingt-dix miles nous en séparent à présent. Vous pensez-vous vraiment capables de parcourir une telle distance en plein hiver, en tractant plusieurs traîneaux? Si tant est que vous y parveniez, vous arriveriez là-bas à la fin novembre. Dans des ténèbres absolues. Et rappelez-vous les orages et le froid que nous avons endurés en novembre dernier.

Hodgson hocha la tête mais ne dit rien.

— On ne marchera pas jusqu'à la fin novembre, intervint Cornelius Hickey, qui sortit des rangs pour se placer à côté du jeune enseigne muet. On pense que la glace s'est brisée le long de la côte qu'on a suivie pour arriver ici. On mettra les bateaux à l'eau pour passer ce foutu cap qu'on a franchi en tirant nos traîneaux comme des esclaves égyptiens, et, en moins d'un mois, on sera rendus au camp Terror.

Quelques hommes échangèrent des murmures d'assentiment.

Crozier acquiesça.

— Peut-être que la mer s'ouvrira devant vous, monsieur Hickey. Et peut-être pas. Mais si elle le fait, vous devrez parcourir plus de cent milles pour rallier un navire qui a sans doute été broyé par les glaces et qui, à tout le moins, sera pris dans la banquise à votre arrivée. Il nous faudra parcourir trente milles de moins pour gagner l'embouchure de la rivière de Back, et nous avons bien plus de chances de trouver des eaux libres au sud de notre position.

— Vous ne nous ferez pas changer d'avis, commandant, répliqua fermement Hickey. Nous en avons parlé entre nous et nous sommes tous d'accord.

Crozier fixa l'aide-calfat. Son instinct lui commandait de mater sur-le-champ et sans ménagements toute tentative d'insubordination, mais il se rappela que les événements suivaient le cours qu'il avait souhaité. Il était grand temps pour lui de se débarrasser des mécontents pour se consacrer au salut des hommes qui lui restaient fidèles. Par ailleurs, vu l'avancement de la saison, le plan de Hickey avait effectivement des chances de succès. Tout dépendait de l'endroit où la banquise se disloquerait — si elle daignait le faire avant la venue de l'hiver. Ces hommes avaient le droit de décider de leur sort.

— Combien de marins vous accompagnent, lieutenant? demanda Crozier, s'adressant à Hodgson comme si c'était lui qui allait commander ce groupe.

— Eh bien... commença le jeune homme.

— Magnus vient avec nous, coupa Hickey en faisant signe au géant de s'avancer. Et monsieur Aylmore aussi.

Le maître canonnier s'avança d'un pas conquérant, gratifiant Crozier d'un regard mauvais et méprisant.

— Et George Thompson...

Crozier n'était guère surpris de le découvrir dans la bande de Hickey. Thompson était un matelot paresseux, insolent et porté sur la boisson — du moins tant qu'ils avaient eu du rhum.

— J'y vais, moi aussi, monsieur, dit John Morfin en s'avançant à son tour.

William Orren, qui venait de fêter ses vingt-six ans, rejoignit le groupe sans mot dire.

Puis ce fut au tour de James Brown et de Francis Dunn — le calfat de l'*Erebus* et son aide.

— Nous pensons que c'est notre meilleure chance, commandant, dit Dunn en baissant les yeux.

Alors qu'il s'attendait à ce que Reuben Male et Robert Sinclair grossissent les troupes de Hickey — il se dit que si la majorité des marins assemblés les imitaient, ses propres plans tomberaient carrément à l'eau —, Crozier fut surpris de voir s'avancer William Gibson, le valet des officiers subalternes du *Terror*, et le chauffeur Luke Smith. Ces deux-là s'étaient toujours montrés courageux et durs à la tâche.

Charles Best — un excellent matelot de l'*Erebus*, attaché à la personne du lieutenant Gore — les imita, ainsi que quatre autres matelots : William Jerry, Thomas Work, qui avait été grièvement blessé durant le Carnaval, John Strickland et Abraham Seeley.

Seize hommes se tenaient devant lui.

— Vous êtes au complet? demanda Crozier.

Le soulagement lui nouait les tripes avec autant de force que la faim qui l'affligeait désormais en permanence. Seize hommes : ils n'auraient besoin que d'un seul bateau; il lui restait suffisamment de marins loyaux pour former deux groupes : un pour gagner la rivière de Back avec lui, un autre pour assurer la survie de ceux qui resteraient au camp Secours.

— Je vous donne la chaloupe, dit-il à Hodgson.

L'enseigne opina avec reconnaissance.

— La chaloupe est abîmée et gréée pour la navigation fluviale, et le traîneau qui la porte est une plaie, intervint Hickey. Nous prendrons une baleinière.

— Vous prendrez la chaloupe, rétorqua Crozier.

— Et nous voulons aussi George Chambers et David Leys, reprit l'aide-calfat, qui se campa sur ses jambes et croisa les bras, tel un Napoléon cockney.

— Il n'en est pas question, dit Crozier. Pourquoi vous encombrer de deux invalides?

— George est capable de tracter. Quant à Davey, nous l'avons soigné et nous voulons le garder avec nous.

— C'est faux, intervint le Dr Goodsir, qui s'interposa entre Crozier et les hommes de Hickey. La santé de M. Leys vous est indifférente, et George Chambers et lui ne sont pas des compagnons de route à vos yeux. Ce sont des réserves de vivres.

L'enseigne Hodgson ouvrit des yeux incrédules, mais Hickey serra les poings et fit un signe à Magnus Manson. Le géant et le nain firent un pas en avant.

— Restez où vous êtes! beugla Crozier.

Derrière lui, les trois fusiliers marins survivants – le caporal Pearson, le caporal Hopcraft et le soldat Healey –, quoique visiblement diminués par la maladie, avaient levé leurs mousquets.

Par ailleurs, le premier maître Des Vœux, le premier maître Edward Couch, le bosco John Lane et le bosseman Tom Johnson avaient levé leurs fusils.

Cornelius Hickey émit un grondement de chien enragé.

— Nous aussi, nous sommes armés.

— Non, rétorqua le capitaine Crozier. Le premier maître Des Vœux a ramassé toutes les armes pendant l'appel. Si vous partez demain dans le calme, vous aurez droit à un fusil et à des cartouches. Si vous avancez encore d'un pas, vous aurez droit à des chevrotines dans la figure.

— Vous allez tous *mourir*, dit Cornelius Hickey en pointant le doigt sur tous les hommes rassemblés pour l'appel, décrivant un demi-cercle du bras telle une girouette rouillée. Vous allez suivre Crozier et les autres crétins, et vous allez *mourir*.

L'aide-calfat se tourna vivement vers le chirurgien.

— Docteur Goodsir, nous vous pardonnons pour ce que vous venez de dire à propos de George Chambers et de Davey Leys. Venez avec nous. Jamais vous ne pourrez sauver tous ces hommes.

D'un geste méprisant, il désigna les tentes ruisselantes d'humidité où gisaient les malades.

— Ils sont déjà morts, mais ils n'en savent rien, poursuivit Hickey, d'une voix étonnamment forte pour un homme aussi malingre. Nous, nous allons *vivre*. Venez avec nous et vous reverrez votre famille, docteur Goodsir. Si vous restez ici – ou si vous suivez Crozier –, vous êtes un homme mort. Venez avec nous.

Goodsir, qui avait gardé ses lunettes en sortant de l'infirmerie, les ôta et les essuya sans se presser, utilisant pour se faire son gilet de laine imbibé de sang. Ce petit homme aux lèvres pleines et juvéniles, au menton fuyant que sa barbe frisée ne dissimulait que partiellement, semblait tout à fait à son aise. Il remit ses lunettes et considéra Hickey et les hommes qui l'entouraient.

— Monsieur Hickey, dit-il à voix basse, la générosité dont vous faites preuve à mon égard mérite toute ma reconnaissance, mais il faut que vous sachiez que vous n'avez pas besoin de moi pour exécuter votre projet, à savoir disséquer les corps de vos camarades afin de vous fournir des réserves de viande.

— Je ne... commença Hickey.

— Même un amateur est capable d'assimiler très vite l'art de la dissection, coupa Goodsir, haussant le ton pour couvrir la voix de l'aide-calfat. Lorsque l'un des gentlemen vous servant de réserves de vivres aura quitté ce monde – ou lorsque vous l'y aurez aidé –, il vous suffira d'affûter un couteau de façon à le rendre aussi tranchant qu'un scalpel, et vous n'aurez plus qu'à découper.

— Nous n'allons pas... s'écria Hickey.

— Toutefois, je vous recommande d'emporter une scie, coupa Goodsir. L'une de celles de M. Honey fera l'affaire. Bien qu'un couteau vous permette de couper les pieds et les doigts de votre camarade, et de prélever les muscles de ses cuisses et de son abdomen, vous aurez sûrement besoin d'une bonne scie pour lui couper les bras et les jambes.

— Soyez maudit !

Hickey fit mine d'avancer, suivi par Manson, mais tous deux stoppèrent net lorsque maîtres et fusiliers marins levèrent à nouveau leurs armes.

Sans se démonter, le chirurgien, ignorant superbement l'aide-calfat, désigna la gigantesque carcasse du matelot comme s'il s'agissait d'une planche anatomique accrochée à un mur.

— En fin de compte, la procédure s'apparente à celle consistant à découper la dinde de Noël. (Il dessina des lignes verticales sur le torse de Manson, une ligne horizontale au-dessous de sa taille.) Coupez les bras au niveau des articulations des épaules, bien entendu, mais il vous faudra scier le *bassin* pour lui couper les jambes.

Hickey virait à l'écarlate et les tendons saillaient sur sa gorge, mais il ne pipa mot pendant que Goodsir poursuivait.

— J'aurais tendance à utiliser ma scie chirurgicale pour couper les jambes au genou et les bras au coude, et, ensuite, je découperais les morceaux de choix au scalpel : les cuisses, les fesses, les biceps, les triceps, les deltoïdes, les jarrets. Ensuite, et ensuite seulement, il conviendrait de s'attaquer aux pectoraux — les muscles de la poitrine —, ainsi qu'à la graisse que vous avez pu conserver au niveau des omoplates, des flancs et des reins. Il n'en reste sûrement pas beaucoup, bien entendu, et de muscle pas davantage, mais M. Hickey ne voudra rien gaspiller, j'en jurerais.

Derrière Crozier, un matelot tomba à genoux et se mit à cracher de la bile sur le gravier.

— Je dispose d'un instrument appelé érigne qui permet d'écarter les côtes et même de les ôter, dit Goodsir à voix basse, mais je ne puis vous le prêter, j'en ai peur. Un marteau et un burin — deux outils faisant partie du nécessaire de bord de tous les bateaux, ainsi que vous l'avez remarqué — feront sûrement l'affaire.

« Je vous recommande de commencer par découper la chair et de garder pour plus tard la tête, les mains, les pieds, les intestins et autres viscères de vos amis.

« Je vous avertis : il est plus dur que vous ne le pensez de briser les os les plus longs pour en sucer la moelle. Vous aurez besoin pour cela d'un outil, la gouge de M. Honey, par exemple. Et notez que la moelle sera rouge et grumeleuse quand vous l'extrairez de l'os... lequel y laissera de nombreuses esquilles, si bien qu'il n'est pas recommandé de la consommer crue. Je vous conseille de plonger votre propre moelle dans une marmite et d'attendre que vous ayez bien mijoté avant de tenter de digérer vos amis.

— Allez vous faire foutre, gronda Cornelius Hickey.

Le Dr Goodsir acquiesça.

— Oh ! ajouta-t-il à voix basse, quand vous souhaiterez manger les cervelles de vos camarades, ce sera la simplicité même. Sciez la mâchoire inférieure, jetez-la ainsi que les dents et, à l'aide d'un couteau, d'une cuillère ou d'une gouge, forcez le palais pour accéder à la boîte crânienne. Si vous le voulez, vous pourrez retourner le crâne et vous asseoir autour de lui, pour partager votre cervelle comme si c'était du plum-pudding.

Durant la minute qui suivit, on n'entendit plus une seule voix, rien que le vent et les geignements, les craquements et les claquements de la glace.

— Quelqu'un d'autre souhaite-t-il partir demain ? lança le capitaine Crozier.

Trois hommes s'avancèrent : Reuben Male, Robert Sinclair et Samuel Honey – le chef du gaillard d'avant du *Terror*, le chef de la hune de misaine de l'*Erebus* et le forgeron du *Terror*.

— Vous rejoignez Hickey et Hodgson ? demanda Crozier.

Il ne laissa rien paraître du choc qui le frappait.

— Non, monsieur, dit Reuben Male en secouant la tête. On n'est pas avec ceux-là. Mais on veut tenter de marcher jusqu'au *Terror*.

— Pas besoin de bateau, monsieur, enchaîna Sinclair. On va essayer de traverser l'île sur toute sa largeur. Peut-être qu'on trouvera des renards et autre gibier dans l'intérieur des terres.

— Vous aurez du mal à vous orienter, avertit Crozier. Les boussoles ne servent à rien ici et je ne peux pas vous donner de sextant.

Male secoua la tête.

— Ne vous faites pas de souci, commandant. On naviguera à l'estime. Il suffira qu'on reçoive le vent dans la gueule – je vous demande pardon, monsieur – pour savoir qu'on tient le bon cap.

— J'étais matelot avant de devenir forgeron, monsieur, dit Samuel Honey. Nous sommes tous des marins. Si on ne peut pas mourir en mer, au moins aurons-nous une chance de mourir à bord de notre navire.

— D'accord, fit Crozier.

Il s'adressa alors à l'assemblée tout entière, haussant le ton pour être entendu jusque dans les tentes.

— Nous nous retrouverons demain matin à sept heures pour procéder à la répartition de notre stock de biscuits, d'alcool, de tabac et autres victuailles. Vous serez tous présents. Y compris ceux d'entre vous qui ont été opérés hier et aujourd'hui. Chacun de nous pourra ainsi évaluer nos réserves, et chacun de nous en recevra une part égale. À partir de ce moment-là, chacun de nous – exception faite des patients dont le Dr Goodsir assure les soins – sera responsable de son propre rationnement.

Crozier gratifia Hickey, Hodgson et leurs acolytes d'un regard glacial.

— Quant à vous, vous irez préparer votre chaloupe pour le départ, sous la surveillance de M. Des Vœux. Vous partez demain à l'aube et je ne veux plus revoir vos faces avant la distribution de vivres prévue pour sept heures du matin.

52

Goodsir

Camp Secours
15 août 1848

Durant les deux jours qui suivirent les cinq opérations, la mort de M. Diggle, le rassemblement des équipages, l'exposé de ses plans par M. Hickey et la pathétique répartition des vivres, le chirurgien n'eut pas le cœur de tenir son journal intime. Il jeta le livre relié de cuir taché dans sa sacoche et le laissa là.

Le Grand Partage, ainsi qu'il l'avait baptisé pour lui-même, se révéla aussi navrant qu'interminable et ne prit fin qu'au terme de la brève journée arctique. Il devint très vite évident − du moins en ce qui concernait la nourriture − que tout le monde se méfiait de tout le monde. Chacun des marins semblait terrifié à l'idée que les autres aient pu cacher des vivres, s'en accaparer ou priver son prochain de la part qui lui revenait. Il fallut des heures pour décharger tous les bateaux, déballer toutes les réserves, fouiller toutes les tentes, vider les magasins de MM. Diggle et Wall, autant de tâches effectuées par des représentants de toutes les catégories du contingent − officiers, officiers techniciens, maîtres et matelots − sous les yeux avides de leurs camarades.

Thomas Honey s'éteignit durant la nuit qui suivit le Partage. Goodsir envoya Thomas Hartnell en informer le capitaine, après quoi il cousit le sac de couchage où reposait le charpentier. Deux marins le transportèrent alors dans une congère située à cent mètres du camp, où il rejoignit le cadavre de M. Diggle. Respectant un accord tacite plutôt qu'un ordre exprès du capitaine, les hommes avaient cessé d'organiser funérailles et inhumations.

Est-ce que nous conservons ces corps au frais pour que leur chair ne se gâte pas? se demanda le chirurgien.

Il n'aurait su répondre à cette question. Tout ce qu'il savait, c'était que lorsqu'il avait exposé l'art et la manière de dépecer un corps humain dans le but de s'en nourrir, pour le bénéfice de Hickey mais aussi pour celui de l'équipage – appliquant une stratégie qu'il avait discrètement suggérée au capitaine Crozier avant le rassemblement –, Harry D. S. Goodsir avait constaté à sa grande honte qu'il en avait l'eau à la bouche.

Et il savait qu'il n'était pas le seul à réagir de cette manière à l'évocation de la viande fraîche... animale ou autre.

Le matin du 14 août, seule une poignée d'hommes s'était levée pour assister au départ de Hickey et de ses quinze compagnons, qui tractaient un traîneau où était arrimée la chaloupe. Goodsir était du nombre, mais il s'était assuré au préalable que M. Honey était bien enfoui dans sa congère.

Il avait raté le départ de MM. Male, Sinclair et Honey – ce dernier n'était en rien apparenté au défunt charpentier –, qui avaient quitté le camp avant l'aube, n'emportant avec eux que leurs sacs à dos, leurs duvets, des biscuits, de l'eau, un fusil et des munitions. Ils ne s'étaient pas encombrés d'une tente arctique, comptant se creuser un abri dans la neige si le temps se gâtait avant leur arrivée au camp Terror. Sans doute avaient-ils fait leurs adieux la veille, conclut Goodsir, car ils étaient déjà loin lorsque les premiers rayons du soleil grisâtre affleurèrent à l'horizon austral. M. Couch lui apprit par la suite que les trois hommes avaient mis le cap au nord en s'éloignant de la côte et qu'ils comptaient obliquer vers le nord-ouest durant leur deuxième ou troisième jour de marche.

Par contraste, la cargaison de Hickey et de sa troupe était proprement stupéfiante. La quasi-totalité des marins, y compris Male, Sinclair et Samuel Honey, avaient abandonné les objets qui leur étaient inutiles – brosses, livres, serviettes, écritoires, peignes –, autant d'artefacts de la civilisation qu'ils avaient transportés pendant une centaine de jours et dont ils refusaient désormais le fardeau, et, pour une raison inexplicable, Hickey et compagnie avaient chargé nombre de ces rebuts sur leur chaloupe, en plus des tentes, des duvets et des vivres auxquels ils avaient droit. Dans un sac se trouvaient cent cinq portions de chocolat noir, la part allouée à ces seize hommes d'un trésor que MM. Diggle et Wall avaient convoyé jusqu'ici en secret pour faire une surprise aux hommes – six morceaux et demi pour chacun.

Si l'enseigne Hodgson avait serré la main de Crozier, et si quelques-uns de ses compagnons avaient salué leurs camarades d'un air gêné, Hickey, Manson, Aylmore et les plus résolus de leurs acolytes étaient demeurés impavides. Le bosseman Johnson avait confié à

Hodgson un fusil déchargé et un sac de munitions, ne perdant pas de vue l'enseigne tandis qu'il les plaçait dans le bateau. Une fois qu'une douzaine d'entre eux se furent harnachés au traîneau, Manson à leur tête, ils quittèrent le camp dans un silence qui n'était rompu que par les crissements des patins sur le gravier, puis sur la neige, puis sur la roche, et de nouveau sur la neige et la glace. En moins de vingt minutes, ils avaient disparu derrière une éminence se dressant à l'ouest du camp Secours.

— À quoi pensez-vous, docteur Goodsir ? demanda Edward Couch, qui se tenait près du chirurgien et avait remarqué son air songeur. À leurs chances de succès ?

— Non, fit Goodsir. (Il était si fatigué qu'il n'avait plus la force de mentir.) Je pensais au soldat Heather.

— Au soldat Heather ? répéta Couch. Mais nous avons laissé son cadavre...

Il se tut.

— Oui, dit Goodsir. Le corps de ce fusilier marin gît sous une toile au bord du chemin que nous avons tracé pour arriver ici, à douze jours de marche à l'ouest — voire moins, vu le rythme auquel l'équipe de Hickey tracte sa chaloupe.

— Ô doux Jésus ! souffla Couch.

Goodsir opina.

— J'espère seulement qu'ils ne trouveront pas le corps du valet des officiers subalternes. J'aimais bien John Bridgens. C'était un homme des plus dignes, qui méritait mieux que de finir dans l'estomac de Cornelius Hickey et de son engeance.

Cet après-midi-là, Goodsir fut convoqué à une réunion qui se tenait près des quatre bateaux alignés sur la grève — les deux baleinières étaient retournées, comme d'habitude, mais les deux cotres étaient encore arrimés à leurs traîneaux —, à l'écart des marins qui s'affairaient à leurs tâches ou se reposaient dans leurs tentes. Il y avait là le capitaine Crozier, les premiers maîtres Des Vœux, Thomas et Couch, le bosseman Johnson, le bosco Lane et le caporal Pearson, qui était trop faible pour se tenir debout et s'était adossé à la coque fendillée d'une baleinière.

— Merci d'être venu aussi vite, docteur, dit Crozier. Nous sommes ici pour discuter des moyens de nous protéger du retour de Cornelius Hickey et compagnie et pour passer nos options en revue en ce qui concerne les semaines à venir.

— Enfin, commandant ! s'exclama le chirurgien, vous ne pensez tout de même pas que Hickey, Hodgson et les autres vont revenir ici ?

Crozier leva une main gantée et haussa les épaules. De légers flocons tombaient sur le groupe d'hommes.

— Peut-être qu'il convoite toujours David Leys. Ou les corps de MM. Diggle et Honey. Ou encore vous-même, docteur.

Goodsir secoua la tête et leur rappela que plusieurs cadavres – à commencer par celui du soldat Heather – gisaient sur le chemin menant au camp Terror, telles des caches de vivres congelés.

— Oui, fit Charles Des Vœux, nous y avons pensé. Hickey compte sûrement sur eux pour se sustenter sur la route du *Terror*. Mais nous sommes néanmoins décidés à monter la garde vingt-quatre heures sur vingt-quatre pendant quelques jours, et nous comptons également envoyer le bosseman Johnson, ici présent, suivre le groupe de Hickey pendant trois ou quatre jours – par acquit de conscience.

— Et notre avenir ici, docteur Goodsir, intervint Crozier, comment se présente-t-il à votre avis ?

Ce fut au tour du chirurgien de hausser les épaules.

— M. Jopson, M. Helpman et le mécanicien Thompson ne survivront pas plus de quelques jours, répondit-il à voix basse. Sur les quinze autres scorbutiques, je ne peux émettre aucun pronostic. Quelques-uns peuvent lui survivre... au scorbut, je veux dire. En particulier si nous leur procurons de la viande fraîche. Mais sur les dix-huit hommes qui resteront avec moi au camp Secours – au fait, Thomas Hartnell s'est porté volontaire pour continuer à me servir d'aide-soignant –, trois, quatre au maximum, seront d'attaque pour chasser le phoque sur la banquise ou le renard à l'intérieur des terres. À condition de ne pas s'absenter trop longtemps. Je présume que la plupart des autres seront morts de faim le 15 septembre au plus tard. Bien avant cela pour la majorité d'entre nous.

Il était possible de tenir plus longtemps en dévorant les morts, mais il passa cette possibilité sous silence. Et il ne précisa pas davantage que lui-même, Harry D. S. Goodsir, docteur en médecine, avait décidé de ne pas recourir au cannibalisme et de ne point aider ceux qui s'y résoudraient. Les instructions qu'il avait données la veille ne seraient pas répétées. Toutefois, il ne s'autoriserait pas à juger les hommes qui viendraient à manger de la chair humaine pour survivre, qu'ils demeurassent au camp ou qu'ils partissent vers le sud. Si l'un des membres de l'expédition Franklin était bien placé pour savoir que le corps humain n'était que le calice animal de l'âme – et par conséquent réduit à l'état de carcasse une fois que celle-ci s'en était allée –, c'était bien le Dr Harry D. S. Goodsir, son chirurgien et anatomiste. S'il avait décidé de ne point prolonger sa vie de quelques semaines, voire de quelques mois, en recourant à

574

cet expédient, c'était pour des raisons morales et philosophiques qui ne regardaient que sa conscience. Bien qu'il n'ait jamais été un bon chrétien, il préférait quitter ce monde comme tel.

— Peut-être avons-nous une autre solution, murmura Crozier, comme s'il avait lu dans les pensées de Goodsir. J'ai décidé ce matin que les hommes en partance pour la rivière de Back allaient rester ici une semaine de plus − voire dix jours de plus, cela dépendra du temps −, dans l'espoir que la banquise se disloque et nous permette de partir tous en bateau... tous, y compris les mourants.

Goodsir considéra les bateaux en question avec une moue dubitative.

— Pourrons-nous tous monter à bord ? s'enquit-il.

— N'oubliez pas, docteur, intervint Edward Couch, que nous comptons dix-neuf hommes de moins après le départ des mécontents. Plus deux morts depuis hier matin. Il ne reste donc plus que cinquante-trois âmes à embarquer, les nôtres comprises.

— Et, comme vous l'avez dit, enchaîna Thomas Johnson, il y aura d'autres décès dans les prochains jours.

— Et nous n'avons quasiment plus de victuailles à charger, ajouta le caporal Pearson, toujours adossé à sa baleinière. Ce que nous ne pouvons que regretter.

— Et j'ai décidé d'abandonner les tentes ici, précisa Crozier.

— Comment nous abriterons-nous en cas de tempête ? interrogea Goodsir.

— En nous blottissant sous les bateaux si nous sommes sur la banquise, et sous les bâches si nous sommes en mer, répondit Des Vœux. C'est ce que j'ai fait lorsque j'ai tenté de rallier la péninsule Boothia en mars dernier, en plein milieu de l'hiver, et il fait plus chaud sous un de ces bateaux que sous ces putains de tentes... je vous prie de m'excuser, commandant.

— Vous êtes tout excusé, dit Crozier. Par ailleurs, chacune de ces tentes pèse trois ou quatre fois le poids qui était le sien à notre départ. Pas moyen de les faire sécher. Elles ont dû absorber la moitié de l'humidité de l'Arctique.

— L'autre ayant été absorbée par nos caleçons, lâcha Robert Thomas.

Tous rirent avec plus ou moins d'entrain. Deux rires tournèrent à la quinte de toux.

— J'ai également l'intention de n'emporter que trois de nos barriques d'eau, reprit Crozier. Deux d'entre elles seront vides lorsque nous appareillerons. Chaque bateau n'aura qu'un tonnelet d'eau à son bord.

Goodsir secoua la tête.

— Comment pourrez-vous étancher votre soif dans le détroit et sur la banquise ?

— *Notre* soif, docteur, corrigea le capitaine. Rappelez-vous que si la banquise se disloque, vos patients et vous-même nous accompagnerez plutôt que d'agoniser ici. Et nous renouvellerons nos réserves d'eau douce une fois parvenus à la rivière de Back. Pour le reste, j'ai une confession à vous faire. Les officiers et moi-même avons mis de côté une ressource qui n'a pas été évoquée lors du partage d'hier. Un peu d'alcool à brûler dissimulé dans le double fond d'un des derniers tonnelets de rhum.

— Nous aurons de l'eau potable en faisant fondre la neige, dit Johnson.

Goodsir opina lentement. Il s'était tellement résigné à mourir dans les jours ou les semaines à venir que la possibilité du salut, même incertaine, lui était douloureuse. Il décida d'étouffer l'espoir qui renaissait en lui. Il y avait des chances écrasantes pour que tous les hommes − Hickey et sa clique, le trio de M. Male et l'équipage de Crozier − périssent dans le mois à venir.

Comme s'il continuait de lire dans ses pensées, Crozier lui demanda :

— Docteur, de quoi avons-nous besoin pour avoir une chance de survivre au scorbut et à la fatigue pendant les trois mois qui nous seront nécessaires pour gagner le Grand Lac des Esclaves ?

— D'aliments frais, répliqua le chirurgien. Je suis convaincu que cela suffirait à arrêter la progression du mal chez certains de mes patients. Faute de fruits et de légumes − je sais bien qu'il est impossible d'en trouver sous ces latitudes −, de la viande fraîche ferait l'affaire, de la graisse en particulier. Et même du sang.

— Pourquoi la viande et la graisse ont-elles le pouvoir d'enrayer une si horrible maladie, docteur ? demanda le caporal Pearson.

— Je n'en ai aucune idée, répondit Goodsir en secouant la tête, mais je suis néanmoins persuadé que le scorbut nous emportera tous si nous ne trouvons pas de la viande fraîche... il nous tuera avant que la faim ait eu raison de nous.

— Si Hickey et les autres parviennent au camp Terror, est-ce que les conserves Goldner les sauveront de la même façon ? demanda Des Vœux.

Goodsir haussa les épaules une nouvelle fois.

— C'est possible, quoique je sois de l'avis de mon regretté confrère, l'aide-chirurgien McDonald, qui estimait que le frais était préférable au conservé. Par ailleurs, je suis convaincu que les conserves Goldner contiennent deux types de poison : le premier lent et insidieux, le second, qui a terrassé le pauvre capitaine Fitzjames et quelques autres, foudroyant et terrible. Quoi qu'il en soit, nous avons intérêt à traquer la viande et le poisson frais plutôt que de nous fier à des produits en conserve déjà défraîchis.

— Une fois que nous serons en eau libre, entre les plaques de glace flottante, dit le capitaine Crozier, nous espérons trouver quantité de phoques et de morses avant l'arrivée de l'hiver. Quand nous remonterons le fleuve, nous prendrons le temps de chasser le cerf, le renard et le caribou, mais peut-être devrons-nous nous contenter du poisson que nous pourrons pêcher... ce qui est fort probable à en croire des explorateurs comme George Back et sir John Franklin.

— Sir John a aussi mangé ses chaussures, dit le caporal Pearson.

Personne ne réprimanda le fusilier marin affamé, mais personne non plus n'éclata de rire, ni ne réagit de quelque manière que ce fût. Crozier semblait mortellement sérieux lorsqu'il déclara :

— C'est la raison pour laquelle j'ai apporté plusieurs centaines de bottes de rechange. Pas pour garder nos pieds au sec – c'était impossible, ainsi que vous l'avez constaté, docteur –, mais pour disposer d'une réserve de cuir durant l'avant-dernière partie de notre périple vers le sud.

Goodsir ouvrit des yeux stupéfaits.

— Nous n'aurons qu'une seule barrique d'eau mais nous pourrons manger des centaines de bottes modèle Royal Navy ?

— Oui, répondit Crozier.

Soudain, les huit hommes partirent d'un fou rire irrépressible ; chaque fois que l'un d'eux se calmait, un autre s'esclaffait de plus belle et tous se joignaient à lui.

— Chut ! fit Crozier au bout d'un temps.

Il affichait la mine sévère d'un maître d'école mais ne pouvait s'empêcher de glousser doucement.

Les hommes qui s'affairaient dans le camp, à vingt mètres de là, tournaient vers eux des yeux curieux, que l'on apercevait sous leurs casquettes et leurs perruques galloises.

Goodsir s'empressa de sécher ses joues avant que la morve et les larmes n'eussent gelé.

— Nous n'attendrons pas que la glace se soit brisée près du rivage, dit Crozier, rompant le silence qui s'était soudain instauré. Demain, tandis que le bosseman Johnson suivra le groupe de Hickey le long de la côte, M. Des Vœux recrutera quatre de nos hommes les plus robustes, et ils partiront en avant-garde sur la banquise, n'emportant que des couvertures et des sacs à dos – avec un peu de chance, ils se déplaceront aussi vite que Reuben Male et ses deux amis –, parcourant au moins dix milles pour voir s'ils ne trouvent pas de l'eau libre. Si un chenal s'est ouvert à moins de cinq milles d'ici, nous lèverons le camp.

— Les hommes n'ont pas la force... commença Goodsir.

— Ils l'auront s'ils savent que l'eau libre ne se trouve qu'à un ou deux jours de marche, coupa le capitaine Crozier. Les deux amputés survivants avanceront sur leurs moignons sanguinolents, en effectuant leur part de tractage, s'ils savent que l'eau libre les attend.

— Et avec un peu de chance, ajouta Des Vœux, nous vous rapporterons de la viande et de la graisse, du phoque et du morse.

Goodsir se tourna vers le chaos mouvant et crépitant de crêtes de pression et de blocs de glace qui s'étendait jusqu'à l'horizon austral sous une chape de nuages gris et bas.

— Pouvez-vous transporter des phoques et des morses dans cet enfer blanc ? demanda-t-il.

Pour toute réponse, Des Vœux lui adressa son plus beau sourire.

— Nous avons au moins une raison de nous réjouir, dit le bosseman Johnson.

— Laquelle, Tom ? demanda Crozier.

— Apparemment, notre ami des glaces a perdu tout intérêt pour nous et s'en est allé ailleurs, dit le colosse. Nous ne l'avons ni vu ni entendu depuis que nous avons quitté le camp Rivière.

Soudain, les huit hommes, Johnson y compris, se tournèrent vers le bateau le plus proche pour toucher le bois de sa coque.

53
Golding

Camp Secours
17 août 1848

Robert Golding, le mousse âgé de vingt-deux ans, arriva au camp en courant le soir du jeudi 17 août, tremblant d'agitation et presque trop excité pour parler. Le premier maître Robert Thomas l'arrêta devant la tente de Crozier.

— Golding ! je croyais que vous aviez accompagné M. Des Vœux sur la banquise.

— Oui, monsieur Thomas. Oui, j'étais avec lui.

— Des Vœux est déjà de retour ?

— Non, monsieur Thomas. M. Des Vœux m'a envoyé porter un message au capitaine.

— Vous pouvez me le confier.

— Oui, monsieur. Je veux dire : *non*, monsieur. M. Des Vœux m'a dit de n'en parler qu'au capitaine. Je vous demande pardon, monsieur. Merci, monsieur.

— Qu'est-ce que c'est que ce boucan ? demanda Crozier en sortant de sa tente en rampant.

Golding lui répéta les instructions qu'on lui avait données, s'excusa en bafouillant, et Crozier l'emmena un peu à l'écart du camp.

— Maintenant, dites-moi ce qui se passe, Golding. Pourquoi avez-vous quitté M. Des Vœux ? Est-ce que quelque chose lui est arrivé, à lui ou à l'un de ses éclaireurs ?

— Oui, monsieur. Je veux dire... non, commandant. Enfin, oui, il *est* arrivé quelque chose là-bas, sur la banquise. Je n'étais pas sur place quand ça s'est passé – c'était hier, on était restés à l'arrière pour chasser le phoque, monsieur, Francis Pocock, Josephus Greater et moi, pendant que M. Des Vœux poussait un peu plus au sud

579

avec Robert Johns, Bill Mark, Tom Tadman et les autres, et ils sont revenus ce soir, M. Des Vœux et deux autres, une heure après qu'on a entendu les coups de feu.

— Calmez-vous, mon garçon, dit Crozier en saisissant des deux mains les épaules du mousse. Répétez-moi mot pour mot le message de M. Des Vœux. Et dites-moi ce que vous avez vu.

— Ils sont morts tous les deux, commandant. Tous les deux. Je l'ai vue, elle − M. Des Vœux avait enveloppé son cadavre dans une couverture, il était tout déchiqueté −, mais je n'ai pas vu l'autre, pas encore.

— *Qui* est mort, Golding ? s'écria Crozier, bien qu'il connût en partie la réponse à cette question.

— La sorcière esquimaude et le monstre, commandant. Lady Silence et la chose des glaces. J'ai vu son corps à elle. J'ai pas vu celui du monstre. M. Des Vœux dit qu'il l'a laissé à côté d'un polype, à un mile du point où on s'était arrêtés pour tirer les phoques, et il m'a dit de vous ramener là-bas pour voir ça, le docteur et vous, monsieur.

— Un polype ? répéta Crozier. Vous voulez dire une *polynie* ? Un petit lac d'eau libre entouré de glace ?

— Oui, commandant. Je ne l'ai pas vu, mais c'est là que se trouve la chose à ce que disent M. Des Vœux et le gros Wilson, qui l'accompagnait et tractait la couverture comme si c'était un traîneau, monsieur. Silence, elle était drapée dans la couverture, griffée de partout, raide morte. M. Des Vœux m'a dit de vous ramener, le docteur et vous et personne d'autre, et de ne rien dire à personne, ou alors il me fera fouetter par monsieur Johnson quand il sera rentré.

— Le docteur ? Pour quoi faire ? Il y a des blessés ?

— Je crois, commandant. Je n'en suis pas sûr. Ils sont toujours près de la... près du trou dans la glace, monsieur. Pocock et Greater sont repartis avec M. Des Vœux et Alex Wilson, comme M. Des Vœux le leur a ordonné, mais il m'a renvoyé ici et m'a dit de vous ramener, le docteur et vous et personne d'autre. Et de ne rien dire à personne. Pas encore. Oh !... et le chirurgien ne doit pas oublier sa sacoche et ses instruments, et peut-être aussi des grands couteaux pour dépecer la chose. Vous avez entendu les coups de feu ce soir, commandant ? On les a entendus, Pocock, Greater et moi, et on était à un bon mile du polype.

— Non, répondit Crozier. Vu le vacarme que fait la glace, nous n'avons pas pu entendre des coups de feu tirés à deux miles d'ici. Réfléchissez, Golding. Pourquoi M. Des Vœux tient-il à ce qu'il n'y ait que le docteur et moi-même pour aller voir... de quoi il retourne ?

— Il a dit qu'il était quasiment sûr que la chose était morte, monsieur, mais M. Des Vœux a dit aussi que ce n'était pas ce qu'on croyait, commandant. Il a dit que c'était... j'ai oublié les mots exacts. Mais M. Des Vœux dit que ça change tout, monsieur. Il veut que le docteur et vous voyiez cela et que vous soyez mis au courant avant que les autres l'apprennent.

— Que s'est-il passé *exactement*? insista Crozier.

Golding secoua la tête.

— Je ne sais pas, commandant. Pocock, Greater et moi, on chassait le phoque, monsieur... on en a eu un, mais il a plongé dans un trou dans la glace et on l'a perdu. Je suis désolé, monsieur. Puis on a entendu des coups de feu au sud. Et un peu plus tard, une heure environ, M. Des Vœux est revenu avec George Cann, qui saignait du visage, et le gros Wilson, et Wilson traînait le corps de Silence dans une couverture, et elle était déchiquetée, et... mais il faut faire vite, commandant. Profiter du clair de lune.

Et, en effet, le ciel était particulièrement dégagé cette nuit-là, comme il l'avait été à l'heure du couchant – Crozier se préparait à sortir avec son sextant lorsque le mousse était arrivé –, et une énorme pleine lune d'un blanc tirant sur le bleu venait de se lever au-dessus des icebergs et de la banquise au sud-est.

— Pourquoi cette nuit? demanda Crozier. Ça ne peut pas attendre demain matin?

— M. Des Vœux a dit que non, commandant. Il m'a dit de vous transmettre ses compliments et d'avoir l'amabilité de venir, le Dr Goodsir et vous, à environ deux miles d'ici – ce n'est pas très loin, monsieur, à peine deux heures de marche – pour voir ce qu'il y a près de la *polyanna*[1].

— Très bien, dit Crozier. Allez dire au Dr Goodsir que j'ai besoin de lui. Qu'il s'habille chaudement et prenne sa sacoche. Retrouvez-moi près des bateaux.

Golding guida les quatre hommes sur la banquise – faisant fi des recommandations de Des Vœux, Crozier avait ordonné au bosco John Lane et au chef de soute William Goddard de lui faire une escorte armée –, s'enfonçant parmi les blocs de glace et les icebergs, puis escaladant une série de trois crêtes de pression pour aboutir au sein d'une forêt de séracs où les traces de pas du mousse se confondaient avec l'enfilade de balises laissée par Des Vœux. Il s'agissait de bambous provenant du *Terror*, avec lesquels le premier maître était censé matérialiser la route la plus praticable menant à une

---

1. Jeu de mots intraduisible. Le nom de « Pollyanna », héroïne d'un classique de la littérature enfantine, est devenu aux États-Unis synonyme d'« optimiste béat ». *(N.d.T.)*

éventuelle eau libre. L'éclat de la lune était si intense qu'il projetait des ombres sur le sol. Ces bambous évoquaient des cadrans lunaires traçant des balafres sur la glace bleutée.

Durant la première heure, on n'entendit que leurs souffles laborieux, le crissement de leurs bottes sur la neige et la glace, et les incessants geignements et craquements de celle-ci. Puis Crozier demanda :

— Vous êtes sûr qu'elle est morte, Golding ?

— Qui ça, monsieur ?

Le soupir de frustration du capitaine engendra un petit nuage de cristaux de glace étincelant au clair de lune.

— Combien de « elle » y a-t-il dans les parages, bon sang ? Lady Silence !

— Oh ! oui, monsieur. (Gloussement.) Elle est morte et bien morte. On lui a arraché les nénés.

Le capitaine lui lança un regard noir tandis qu'ils escaladaient une nouvelle crête et pénétraient dans l'ombre d'un iceberg aux reflets bleus.

— Vous êtes sûr que c'est Silence ? Et si c'était une autre indigène ?

Golding parut décontenancé par cette question.

— Il y a d'autres Esquimaudes dans le coin, commandant ?

Crozier secoua la tête et lui fit signe de poursuivre sa route.

Une heure et demie s'était écoulée lorsqu'ils arrivèrent devant la « polyanna », ainsi que le mousse persistait à l'appeler.

— À vous entendre, j'aurais cru que c'était plus loin, remarqua Crozier.

— Je ne suis jamais allé jusqu'ici, répliqua Golding. J'étais resté chasser à l'arrière quand M. Des Vœux a trouvé la chose.

D'un geste peu assuré, il désigna un point situé devant eux, un peu sur la gauche.

— Vous dites que certains des nôtres sont blessés ? demanda le Dr Goodsir.

— Oui, monsieur. Le gros Alex Wilson avait du sang sur le visage.

— Je croyais que c'était George Cann qui saignait, dit Crozier.

Golding secoua la tête avec insistance.

— Non, non, commandant. C'était le gros Alex qui avait le visage en sang.

— Était-ce le sien ou celui d'un tiers ? demanda Goodsir.

— Je sais pas, répondit Golding sur un ton boudeur. M. Des Vœux a dit que vous deviez apporter vos instruments, c'est tout ce que je sais. Je me suis dit que quelqu'un devait être blessé, puisqu'on avait besoin de vous pour le soigner.

— Eh bien, il n'y a pas un chat dans les parages, dit le bosco John Lane.

Avec un luxe de précautions, il fit le tour de la « polyanna » – dont la largeur ne dépassait pas les huit mètres – puis regarda les eaux noires, à deux mètres cinquante de profondeur, et la forêt de séracs qui les entourait de toutes parts.

— Où diable sont-ils passés, Golding ? demanda-t-il. M. Des Vœux avait emmené huit hommes en plus de vous.

— Je sais pas, monsieur Lane. C'est ici qu'il m'a dit de vous conduire.

Le chef de soute Goddard mit ses mains en porte-voix et s'écria :

— Ohééé ! Monsieur Des Vœux ? Ohéééé !

Un cri leur répondit sur la droite. Un cri poussé par une voix étouffée, indistincte, mais néanmoins excitée.

Faisant signe à Golding de s'écarter, Crozier s'engagea parmi des séracs dont la hauteur approchait les quatre mètres. En s'engouffrant parmi ces tours sculptées, le vent produisait une sorte de roucoulement geignard ; ils savaient que les arêtes de ces séracs étaient aussi tranchantes et beaucoup plus dures que celles de leurs couteaux.

Devant eux, au centre d'une clairière de glace éclairée par la lune, se tenait la sombre silhouette d'un homme.

— Si c'est bien Des Vœux, il lui manque huit gars, murmura Lane à son capitaine.

Crozier acquiesça.

— John, William, passez devant – tout doucement – et soyez prêts à ouvrir le feu. Docteur Goodsir, ne vous éloignez pas de moi. Golding, restez ici.

— À vos ordres, commandant, chuchota William Goddard.

John Lane et lui ôtèrent leurs moufles d'un coup de dents afin de pouvoir se servir de leurs doigts, levèrent leurs fusils, les armèrent et s'avancèrent à pas de loup vers la clairière inondée de lune.

Une ombre gigantesque surgit de derrière le dernier sérac et cogna leurs crânes l'un contre l'autre. Lane et Goddard s'effondrèrent comme des bœufs à l'abattoir.

Une deuxième ombre frappa Crozier à la nuque, lui bloqua les bras derrière le dos quand il voulut se redresser et lui pointa un couteau sur la gorge.

Robert Golding s'empara de Goodsir et le menaça à son tour d'un couteau.

— Plus un geste, docteur, murmura le garçon, ou c'est moi qui vous opère.

L'ombre gigantesque souleva Goddard et Lane par le col de leurs manteaux et les traîna dans la clairière de glace. Les pointes de leurs bottes laissèrent un sillage sur la neige. Un troisième homme fit son apparition, ramassa les fusils de Goddard et de Lane, en donna un à Golding et garda l'autre pour lui.

— Sortez de là, dit Richard Aylmore en agitant le canon de son arme.

Toujours maintenu en respect par un homme en lequel il reconnaissait George Thompson – impossible de se méprendre sur ce fumet d'alcool –, le capitaine s'avança en titubant, émergeant de l'ombre des séracs pour se diriger vers l'homme qui l'attendait au clair de lune.

Magnus Manson déposa les corps de Lane et de Goddard devant Cornelius Hickey, son maître.

— Est-ce qu'ils sont encore vivants ? demanda Crozier.

Thompson l'immobilisait toujours par une clé aux bras, mais il avait remisé son couteau vu que deux fusils étaient maintenant braqués sur son captif.

Hickey se pencha sur les deux hommes comme pour les examiner et, d'un vif aller-retour répété deux fois, leur trancha la gorge avec le couteau qui venait d'apparaître dans sa main.

— Non, ils ne sont plus vivants, monsieur Crozier le tout-puissant, railla l'aide-calfat.

Le sang coulant sur la glace paraissait noir à la clarté lunaire.

— C'est de cette manière que vous avez massacré John Irving ? demanda Crozier d'une voix tremblante de rage.

— Va te faire foutre, rétorqua Hickey.

Crozier se tourna vers Golding.

— J'espère que vous avez eu droit à vos trente deniers.

Le garçon lui répondit par un rictus.

— George, dit l'aide-calfat à Thompson, Crozier planque un pistolet dans la poche droite de son manteau. Prends-le. Dickie, amène-le-moi. Si Crozier fait un geste, tue-le.

Thompson s'empara du pistolet pendant qu'Aylmore tenait Crozier à la pointe de son fusil. Puis Aylmore s'avança vers son acolyte, prit le pistolet et les cartouches que lui tendait celui-ci, recula et leva à nouveau son fusil. Il fit quelques pas sur la glace et donna le pistolet à Hickey.

— Comme si la nature n'apportait pas avec elle son fardeau de misère, dit soudain le Dr Goodsir. Pourquoi faut-il que les hommes cherchent à l'alourdir ? Pourquoi le genre humain, non content d'endurer la pleine mesure de malheur, de terreur et de mort que lui inflige le Seigneur, s'acharne-t-il à l'augmenter de sa part ? Pouvez-vous répondre à cela, monsieur Hickey ?

L'aide-calfat, Manson, Aylmore, Thompson et Golding fixèrent le chirurgien comme s'il venait de parler en araméen.

Le seul autre homme encore vivant, à savoir Crozier, en fit autant.

— Que voulez-vous, Hickey? demanda-t-il. À part enrichir votre réserve de viande avec des hommes de valeur?

— Je veux que tu fermes ta gueule et que tu crèves à petit feu, répliqua Hickey.

Robert Golding partit d'un rire de dément. Les canons de son fusil vibraient contre la nuque de Goodsir.

— Monsieur Hickey, dit ce dernier, vous avez bien conscience que jamais je n'accepterai de disséquer mes camarades pour servir vos buts.

Hickey retroussa les lèvres, et ses dents luisirent au clair de lune.

— Tu feras ce que je te dis, monsieur le chirurgien. Je te le garantis. Sinon, c'est *nous* qui te découperons en petits morceaux pour te les faire bouffer.

Goodsir ne répondit rien.

— Tom Johnson et les autres vous retrouveront, déclara Crozier sans jamais quitter Cornelius Hickey du regard.

L'aide-calfat éclata de rire.

— Johnson nous a déjà trouvés, Crozier. Ou plutôt : c'est nous qui l'avons trouvé.

Il se pencha pour ramasser un sac de toile posé sur la neige.

— Comment tu l'appelles en privé, majesté? Ton bras droit, c'est ça? Tiens!

Il jeta dans les airs un bras droit sanguinolent, tranché au-dessus du coude, d'où saillait un bout d'os blanc, et le regarda s'écraser aux pieds de Crozier.

Celui-ci ne daigna pas baisser les yeux.

— Espèce de misérable crachat humain. Vous êtes un rien du tout – et vous l'avez toujours été.

Le visage de Hickey se déforma, comme si le clair de lune le métamorphosait en une créature non humaine. Ses lèvres se retroussèrent à la façon de celles d'un scorbutique. Dans ses yeux perçait bien plus que la folie, bien plus que la haine.

— Magnus, dit-il, étrangle le capitaine. Et prends ton temps.

— Oui, Cornelius, dit le géant en s'avançant lentement.

Goodsir voulut se précipiter sur lui, mais Golding le retint d'une main et lui plaqua sur le crâne le canon de son fusil.

Crozier ne bougea pas d'un muscle tandis que Manson se dirigeait vers lui. Lorsque son ombre le recouvrit, ainsi que George Thompson, qui ne l'avait pas lâché, ce dernier adoucit d'un rien sa prise et Crozier en profita, se laissant choir un instant puis, se redressant aussitôt, il dégagea son bras gauche et plongea la main dans la poche de son manteau.

Golding faillit presser la détente de son arme, et par voie de conséquence faire sauter la tête de Goodsir, tant il fut surpris par ce qui arriva : la poche du capitaine explosa et, coup sur coup, deux détonations résonnèrent parmi les séracs.

— Ouille ! fit Magnus Manson en portant lentement une main à son ventre.

— Et merde, jura Crozier d'une voix calme.

Il avait tiré deux coups par inadvertance et se retrouvait désarmé.

— Magnus ! s'écria Hickey, qui se précipita vers le géant.

— Je crois bien que le capitaine m'a tiré dessus, Cornelius.

Il semblait déconcerté et vaguement surpris.

— Goodsir ! lança Crozier. (Pivotant brusquement sur lui-même, il décocha à Thompson un coup de genou dans les couilles et se libéra.) Fuyez !

Le chirurgien tenta d'obéir. Il se débattit comme un beau diable, mais Golding, plus jeune et plus robuste que lui, le fit trébucher d'un croc en jambe et il s'étala sur le ventre. Bientôt, il sentit le genou du mousse peser sur ses reins et les deux canons du fusil se poser sur sa nuque.

Crozier bondissait vers les séracs.

Le visage impassible, Hickey prit l'un des fusils que tenait Aylmore, visa et tira deux coups.

Le sommet d'un sérac vola en éclats en même temps que Crozier, projeté vers l'avant, tombait de tout son long, glissant sur la glace et sur son propre sang.

Hickey rendit le fusil à son acolyte et déboutonna le manteau et la tenue de froid de Manson, achevant de le déshabiller en déchirant sa chemise et son gilet de corps crasseux.

— Amène-moi cet enfoiré de chirurgien ! ordonna-t-il à Golding.

— Ça fait presque pas mal, Cornelius, gronda Magnus Manson. Ça chatouille.

Golding poussa Goodsir, le bousculant pour qu'il presse le pas. Le chirurgien chaussa ses lunettes et examina les deux blessures.

— Je ne voudrais pas m'avancer, mais je ne pense pas que ces deux balles de petit calibre aient pénétré la couche de graisse sous-cutanée de M. Manson, et encore moins ses muscles. Ses plaies sont superficielles, dirais-je. Puis-je aller m'occuper du capitaine Crozier, monsieur Hickey ?

L'intéressé s'esclaffa.

— Cornelius ! s'écria Aylmore.

586

Laissant derrière lui un sillage de sang et de vêtements en lambeaux, Crozier s'était redressé sur ses genoux et rampait en direction des séracs et de leurs ombres accueillantes. Il se leva péniblement, puis se mit à marcher en titubant.

Golding gloussa et leva son arme.

— Non ! lança Hickey.

Il saisit le gros pistolet de Crozier et visa avec soin.

Arrivé à trois mètres des séracs, Crozier jeta un regard par-dessus son épaule.

Hickey tira.

Frappé de plein fouet, Crozier tourna sur lui-même et retomba à genoux. Son corps s'affaissa, mais il prit appui sur l'une de ses mains pour tenter de se redresser.

Hickey avança de cinq pas et tira une nouvelle fois.

Crozier tomba à la renverse et resta étendu sur le dos, les genoux relevés.

Hickey fit deux nouveaux pas, visa et tira. L'une des jambes de Crozier tressauta, et une balle lui traversa le genou, ou peut-être le mollet. Le capitaine ne fit aucun bruit.

— Cornelius, mon chéri, dit Magnus Manson avec une voix d'enfant dolent. J'ai mal au ventre.

Hickey pivota sur lui-même.

— Goodsir, donne-lui quelque chose pour le soulager.

Le chirurgien acquiesça. Lorsqu'il prit la parole, ce fut d'une voix faible, mais neutre et posée.

— J'ai apporté un flacon de poudre de Dover – concoctée à partir d'un dérivé du coca et parfois appelée cocaïne. Je vais lui en administrer. Je lui donnerai tout le flacon si vous le souhaitez. Ainsi qu'une gorgée de mandragore, de laudanum ou de morphine. Cela chassera la douleur.

Il plongea une main dans sa sacoche.

Hickey leva le revolver et le braqua sur son œil gauche.

— Si jamais tu fais souffrir Magnus, si jamais tu cherches à attraper un scalpel ou un bistouri, je te jure devant Dieu que je te ferai exploser les couilles et que je m'arrangerai pour que tu survives assez longtemps pour les bouffer. Tu m'as compris, chirurgien ?

— Oui, répondit Goodsir. Mais c'est le serment d'Hippocrate qui me dicte mes actes.

Il sortit de la sacoche un flacon de morphine, dont il versa une petite quantité dans une cuillère.

— Buvez ceci, dit-il au géant.

— Merci, docteur, dit Magnus Manson, qui s'exécuta bruyamment.

— Cornelius ! s'écria Thompson en pointant le bras.

Crozier avait disparu. Un sillage de sang coulait vers les séracs.

— Bordel de merde, soupira l'aide-calfat. Ce galonné commence à faire vraiment chier. Dickie, tu as rechargé ?

Lui-même remettait des balles dans son pistolet.

— Ouais, fit Aylmore en levant son fusil.

— Thompson, prends mon fusil de rechange et reste ici avec Magnus et le chirurgien. Si le bon docteur fait un geste suspect — ne serait-ce qu'un pet de travers —, explose-lui les joyeuses.

Thompson opina. Golding gloussa. Hickey, Golding et Aylmore, le premier armé d'un revolver, les deux autres d'un fusil, s'avancèrent lentement sur la glace inondée de lune, puis se mirent en file indienne pour s'engager dans la forêt de séracs peuplée d'ombres.

— On va avoir du mal à le dénicher là-dedans, chuchota Aylmore tandis qu'ils foulaient une neige blanche zébrée de traits noirs.

— Au contraire.

Hickey désigna les taches de sang qui s'égrenaient entre les colonnes de glace, tel un message en morse rédigé parmi les ombres.

— Il a toujours son petit flingue, murmura Aylmore, progressant prudemment d'un sérac à l'autre.

— Qu'ils aillent au diable, son petit flingue et lui, répliqua Hickey en avançant d'un pas résolu, glissant un peu sur le sang et la glace.

Golding se mit à glousser.

— Qu'ils aillent au diable, son petit flingue et lui, répéta-t-il en chantonnant.

La piste sanglante s'achevait une douzaine de mètres plus loin, au bord de la polynie. Hickey pressa le pas et découvrit de nouvelles traînées de sang sur la paroi de glace. Quelque chose avait plongé dans l'eau, à deux mètres cinquante en contrebas.

— Nom de Dieu de nom de Dieu de bordel de merde ! glapit Hickey en se mettant à faire les cent pas. Je voulais que cet enfoiré de galonné me voie faire pendant que je lui logeais une balle entre les deux yeux. Et il m'a privé de ce plaisir, nom de Dieu !

— Regardez, monsieur Hickey !

Toujours gloussant, Golding désigna un corps flottant dans les eaux noires.

— Ce n'est que son putain de manteau, dit Aylmore, qui émergeait prudemment des ombres, le fusil levé bien haut.

— Ce n'est que son putain de manteau, répéta Robert Golding.

— Ça veut dire qu'il est mort et qu'il a coulé, conclut Aylmore. Il faut qu'on se tire avant que Des Vœux et les autres décident de rappliquer, vu le boucan qu'on a fait. On a deux jours de marche à se taper pour rejoindre les autres, et on doit aussi dépecer les corps avant de partir.

— Personne ne se tire pour le moment, déclara l'aide-calfat. Crozier a peut-être survécu.

— Sans manteau, criblé de balles comme il l'était ? rétorqua Aylmore. Et regarde l'état de ce manteau, Cornelius. Les chevrotines l'ont réduit en charpie.

— Il a peut-être survécu. On va s'assurer qu'il ne survivra pas longtemps. Et peut-être que son corps va remonter à la surface.

— Qu'est-ce que tu comptes faire ? demanda Aylmore. Tirer sur son cadavre ?

Hickey se tourna vivement vers lui et lui lança un regard qui le fit reculer d'un pas.

— Oui, dit Cornelius Hickey. C'est exactement ce que je compte faire. (S'adressant à Golding :) Va chercher Thompson, Magnus et le chirurgien. On va attacher Goodsir à un sérac pendant qu'Aylmore, Thompson et moi fouillerons le coin. Toi, tu veilleras sur Magnus et tu découperas Lane et Goddard en portions transportables.

— Pourquoi moi ? s'écria Golding. Je croyais que c'était pour ça qu'on avait capturé Goodsir, Cornelius. C'est lui qui devait s'occuper du dépeçage, pas moi.

— C'est Goodsir qui s'en occupera à l'avenir, Bobby, répondit Hickey. Aujourd'hui, c'est toi qui t'y colles. On ne peut pas encore se fier au bon docteur... il faut d'abord qu'on l'emmène loin de ses potes, à plusieurs miles d'ici. Sois gentil, va le chercher et attache-le à un sérac, je sais que t'es doué pour les nœuds, et dis à Magnus d'apporter les carcasses ici afin que tu puisses les découper. Récupère les scalpels dans la sacoche de Goodsir, ainsi que la scie et les couteaux que j'ai rangés dans le sac.

— Bon, d'accord, fit Golding. Mais j'aurais préféré fouiller les lieux avec vous.

Il s'en fut, le dos voûté dans une attitude boudeuse.

— Le capitaine a dû perdre la moitié de son sang en se traînant jusqu'ici, Cornelius, dit Aylmore. S'il n'a pas plongé dans ce trou, il ne peut se cacher nulle part sans laisser des traces.

— C'est tout à fait exact, mon cher Dickie, dit Hickey avec un sourire étrange. S'il n'est pas dans la flotte, il est en train de ramper quelque part, mais il continue à pisser le sang. Nous allons fouiller partout au cas où il se serait réfugié dans un trou pour s'y vider de son sang sans être dérangé. Toi, va par là, au sud de cette polynie. Moi, je fouille côté nord. On va progresser dans le sens des aiguilles d'une montre. Si tu aperçois la moindre trace, ne serait-ce qu'une goutte de sang ou une empreinte dans la neige, appelle-moi. Je te rejoindrai sur-le-champ. Et sois prudent. Il ne faudrait pas que cet enfoiré nous prenne par surprise et s'empare de l'un de nos fusils, hein ?

Aylmore sembla soudain inquiet.

— Tu crois vraiment qu'il en aurait la force ? Avec trois balles et une livre de chevrotines dans le corps ? Et puis, privé de son manteau, il aura gelé dans quelques minutes à peine. Le vent se lève et la température descend. Tu crois vraiment qu'il s'est tapi dans un coin pour nous guetter, Cornelius ?

Hickey sourit et désigna les eaux noires d'un signe de tête.

— Non. Je pense qu'il s'est noyé là-dedans. Mais autant nous en assurer. On ne partira pas d'ici sans être fixés, même s'il nous faut fouiller les parages jusqu'à ce que ce putain de soleil se soit levé.

Au bout du compte, ils consacrèrent trois heures à leurs recherches, sous une lune qui ne tarda pas à descendre. Ils ne trouvèrent aucune trace, que ce soit près de la polynie, entre les séracs, sur les espaces dégagés qui entouraient ceux-ci ou sur les crêtes de pression qui se dressaient au nord, au sud et à l'est : ni taches de sang, ni empreintes de pas, ni traînées dans la neige.

Il ne fallut pas trop de trois heures à Robert Golding pour débiter John Lane et William Goddard en portions d'une taille satisfaisante, et le garçon salopa littéralement le travail. Tout autour de lui, le sol était jonché de côtes, de têtes, de mains, de pieds et de tronçons d'échine, comme s'il y avait eu une explosion dans un abattoir. Et le jeune Golding lui-même était tellement sanguinolent que Hickey et les autres crurent découvrir un acteur de théâtre à leur retour. Si Aylmore, Thompson et même Magnus Manson furent pris d'un frisson en voyant leur jeune apprenti, Hickey réagit par un rire plein d'entrain.

Les sacs qu'ils avaient apportés étaient bourrés de viande enveloppée dans de la toile goudronnée. Ce qui n'empêchait pas les fuites.

Ils détachèrent Goodsir, qui tremblait de froid ou d'horreur.

— On y va, chirurgien, lui dit Hickey. Les autres nous attendent dix miles à l'ouest d'ici, ils sont impatients de te voir.

— M. Des Vœux et les autres partiront à votre recherche, dit Goodsir.

— Ils n'en feront rien, répliqua Hickey avec assurance. Pas en sachant que nous avons trois fusils et un pistolet à leur opposer. Et il faudrait qu'ils apprennent que nous sommes passés ici, ce qui m'étonnerait fort. (S'adressant à Golding :) Bobby, donne donc un sac de viande à notre nouveau camarade.

Comme Goodsir refusait le sac dégouttant de sang que lui tendait le mousse, Magnus Manson le terrassa d'un coup de poing, manquant lui casser les côtes. Il dut lui infliger deux fois de plus la même punition avant qu'il se résigne à porter son fardeau.

— Filons, dit Hickey. On n'a plus rien à faire ici.

54

Des Vœux

Camp Secours
19 août 1848

Le premier maître Charles Des Vœux ne put s'empêcher d'afficher un large sourire lorsqu'il arriva au camp Secours à la tête de ses huit hommes le matin du samedi 19 août. Pour une fois, il n'avait que des bonnes nouvelles à annoncer à son capitaine et à ses camarades.

La banquise s'était disloquée à six kilomètres de là, quantité de chenaux navigables s'ouvrant entre les floes, et Des Vœux et ses hommes avaient poussé vers le sud une journée de plus, découvrant une mer libre s'étendant jusqu'à la péninsule Adélaïde et, à n'en point douter, jusqu'à l'embouchure de la rivière de Back, située au fond d'une anse un peu plus à l'est. En grimpant sur un iceberg fiché sur la pointe sud du pack, Des Vœux avait *vu* les collines d'Adélaïde, qui se dressaient à moins de douze milles de distance. Pour aller plus loin, il leur aurait fallu un bateau, et cette idée l'avait fait sourire comme elle le faisait sourire encore aujourd'hui.

Ils pouvaient tous lever le camp. Ils avaient tous une chance de survie.

Mieux encore, Des Vœux et ses hommes s'étaient attardés sur le rivage de cette mer nouveau-née pour y chasser le phoque sur les floes. Deux jours et deux nuits durant, ils s'étaient empiffrés de viande et de graisse, et bien qu'ils en eussent été malades d'indigestion – rien d'étonnant quand on n'a bouffé que des biscuits et du porc salé pendant des mois –, leurs organismes réclamaient cette graisse avec une telle force qu'ils ne pouvaient s'empêcher d'en reprendre aussitôt après avoir vomi, se goinfrant de plus belle en éclatant d'un rire stupide.

Chacun de ses huit compagnons traînait derrière lui la carcasse d'un phoque tandis qu'ils suivaient les balises de bambou conduisant au camp Secours. Les quarante-six occupants de celui-ci allaient savourer un véritable festin, ainsi que les neuf explorateurs triomphants.

Tout bien considéré, songea Des Vœux alors qu'ils passaient devant les bateaux, poussant des cris et des hourras pour attirer l'attention de leurs camarades, cette sortie s'était déroulée à la perfection – à condition d'oublier la défaillance de ce morveux de Golding, qui avait fait demi-tour dès le premier jour en prétextant un mal de ventre. Pour la première fois depuis des mois – depuis *des années* –, le capitaine Crozier et les autres auraient des raisons de se féliciter.

Ils allaient tous rentrer chez eux. S'ils partaient dès aujourd'hui, les plus valides tractant les bateaux avec les malades à leur bord, il ne leur faudrait que trois ou quatre jours pour parvenir à la mer libre, Des Vœux ayant pris soin de tracer à travers les crêtes de pression la route la plus praticable qui fût, et, en moins d'une semaine, ils seraient rendus à l'embouchure de la rivière de Back. Sans compter que les chenaux ne faisaient que s'étendre et s'élargir à mesure que le temps s'adoucissait !

Des créatures voûtées, crasseuses et dépenaillées émergèrent des tentes et abandonnèrent leurs tâches pour fixer Des Vœux et son groupe avec des yeux éberlués.

Les huit hommes qui le suivaient – le gros Alex Wilson, Francis Pocock, Josephus Greater, George Cann, Robert Johns, Thomas Tadman, Thomas McConvey et William Mark – cessèrent peu à peu de brailler en découvrant les yeux éteints, les visages navrés de leurs camarades. Bien qu'ils aient vu les carcasses de phoques, ils paraissaient hors d'état de se réjouir.

Les premiers maîtres Couch et Thomas sortirent de leurs tentes et s'avancèrent sur les galets pour se placer devant cette compagnie de spectres.

— Est-ce que quelqu'un est mort ? demanda Charles Frederick Des Vœux.

Cinq hommes se serraient dans la tente ayant naguère servi d'infirmerie au Dr Goodsir : les premiers maîtres Edward Couch, Robert Thomas et Charles Des Vœux, Joseph Andrews, le chef de soute de l'*Erebus*, et Thomas Farr, le chef de la grand-hune du *Terror*. Ainsi que l'avait appris Des Vœux, les amputés qui n'étaient pas morts durant ses quatre jours d'absence avaient été déplacés dans des petites tentes avec les autres malades.

Sur la totalité du contingent de l'expédition Franklin, ces cinq hommes étaient les derniers habilités à exercer une quelconque autorité − exception faite de quelques grabataires. Il leur restait juste assez de tabac pour allumer une pipe, hormis Farr qui ne fumait pas. Un nuage bleu flottait à l'intérieur de la tente.

— Vous êtes sûrs que ce n'est pas la chose des glaces qui est responsable de ce carnage ? demanda Des Vœux.

Couch fit oui de la tête.

— C'est ce qu'on a cru au début − je dirais même que c'est ce qu'on a supposé −, mais les os et les morceaux de muscles que nous avons retrouvés...

Il se tut et mordit le tuyau de sa pipe.

— Portaient des marques de couteau, acheva Robert Thomas. C'est un homme qui a commis cette boucherie.

— Pas un homme, corrigea Thomas Farr. Un monstre à figure humaine.

— Hickey, souffla Des Vœux.

Les autres acquiescèrent.

— Nous devons le retrouver, lui et ses complices, déclara Des Vœux.

Il y eut un long silence. Puis Robert Thomas demanda :

— Pour quoi faire ?

— Pour les conduire devant la justice.

Quatre des cinq hommes échangèrent un regard.

— Ils disposent désormais de trois fusils, fit remarquer Couch. Sans compter le revolver du capitaine.

— Nous sommes plus nombreux qu'eux, répliqua Des Vœux. Et nous avons davantage d'armes et de munitions.

— Oui, confirma Thomas Farr. Et combien parmi nous seraient prêts à mourir en affrontant Hickey et ses quinze cannibales ? Thomas Johnson n'est jamais revenu, vous savez. Il avait pour mission de *pister* la bande de Hickey, rien de plus, de vérifier qu'elle partait vers l'ouest ainsi qu'il l'avait annoncé.

— Je n'arrive pas à y croire, dit Des Vœux en tassant le tabac dans sa pipe. Et le capitaine Crozier, et le Dr Goodsir ? Comptez-vous les abandonner à leur sort ? Les laisser à la merci de Cornelius Hickey ?

— Le capitaine n'est sûrement plus de ce monde, dit le chef de soute Andrews. Hickey n'avait aucune raison de l'épargner... si ce n'est pour le torturer à loisir.

— Raison de plus pour envoyer une expédition à leur recherche, insista Des Vœux.

Les autres restèrent silencieux un moment. Les volutes de fumée bleue menaçaient de les étouffer. Thomas Farr entrouvrit la porte de la tente pour y faire entrer un peu d'air.

— Cela fait presque deux jours que ces événements se sont produits, commença Edward Couch. Une éventuelle expédition mettrait plusieurs jours supplémentaires pour retrouver Hickey et sa bande, à condition qu'elle y parvienne. Il suffit à ce diable de presser un peu l'allure pour que nous perdions sa piste. Le vent ne met que quelques heures à effacer les traces de pas... et les traces de traîneau. Pensez-vous vraiment que Francis Crozier, s'il est encore vivant − ce dont je doute −, serait en état d'être sauvé au bout de cinq jours, voire d'une semaine ?

Des Vœux mordilla le tuyau de sa pipe.

— Il y a aussi le Dr Goodsir. Nous avons besoin de lui. En toute logique, Hickey ne l'aura sûrement pas tué. C'est peut-être pour le capturer qu'il a rebroussé chemin avec ses complices.

Robert Thomas secoua la tête.

— Peut-être que Cornelius Hickey a besoin du Dr Goodsir pour accomplir sa sale besogne, mais il ne nous est plus d'aucune utilité.

— Que voulez-vous dire ?

— Je veux dire que notre excellent chirurgien nous a laissé ses potions et ses instruments − il n'a emporté que sa sacoche, dit Farr. Et Thomas Hartnell, qui lui servait d'aide-soignant, sait quelles potions il convient d'administrer, et dans quelles doses.

— Et si une opération est nécessaire ? interrogea Des Vœux.

Couch se fendit d'un sourire triste.

— Mon gars, pensez-vous vraiment qu'un malade ayant besoin d'une opération soit en état de survivre à ce qui nous attend ?

Des Vœux ne répondit point.

— Et si Hickey et sa clique n'étaient allés nulle part ? lança Andrews. S'ils n'en avaient jamais eu l'intention ? Il est revenu pour tuer le capitaine, capturer Goodsir et découper en morceaux ce pauvre John Lane et ce pauvre Bill Goddard. Pour lui, nous ne sommes que du bétail. Supposez qu'il soit planqué derrière la crête la plus proche, attendant de prendre le camp d'assaut ?

— Vous faites de cet aide-calfat un véritable croque-mitaine, protesta Des Vœux.

— Il n'a pas besoin de moi pour cela, rétorqua Andrews. Sauf que ce n'est pas un croque-mitaine, mais le diable en personne. Lui et Magnus Manson, le monstre qu'il a su si bien dresser. Ils ont vendu leur âme au diable, qui leur a fait don en retour d'un sinistre pouvoir. N'oubliez pas ce que je vous dis.

— On aurait pu croire qu'un seul monstre suffirait amplement à notre expédition, railla Robert Thomas.

Personne ne rit.

— Tous ces monstres n'en font qu'un, dit Edward Couch au bout d'un temps. Et le genre humain le connaît depuis longtemps.

— Bon, que suggérez-vous ? demanda Des Vœux après un nouveau silence. Que nous reculions devant un aide-calfat démoniaque mesurant cinq pieds de haut et que nous filions vers le sud dès demain avec nos bateaux ?

— Moi, je suis pour que nous partions tout de suite, dit Joseph Andrews. Dès que nous aurons chargé les quelques objets que nous tenons à emporter. Rien ne nous empêche d'avancer pendant la nuit. Avec un peu de chance, le clair de lune nous guidera. Si la lune demeure cachée, il nous reste de quoi allumer quelques lanternes. Vous l'avez dit vous-même, Charles : vos balises en bambou sont toujours là. Mais il suffirait d'une tempête pour les disperser comme des fétus de paille.

Couch fit non de la tête.

— Les hommes de Des Vœux sont fatigués. Les marins dans leur ensemble ont le moral en berne. Ce soir, on s'offre un petit festin – on dévore les huit phoques que vous nous avez apportés, Charles –, et on part demain matin. Un bon repas, de nouvelles réserves d'huile de phoque pour nos lampes, une bonne nuit de sommeil... et les hommes seront en pleine forme.

— Mais il faut organiser des quarts pour cette nuit, dit Andrews.

— Bien entendu, approuva Couch. Je prendrai le premier. De toute façon, je n'ai pas tellement faim.

— Reste à régler la question du commandement, dit Thomas Farr, dont le regard perça la pénombre pour se porter tour à tour sur chacun des quatre autres.

On entendit quelques soupirs.

— Charles est l'officier le plus ancien dans le grade le plus élevé, déclara Robert Thomas. Sir John lui-même l'a promu premier maître après la mort de Graham Gore.

— Mais vous étiez le premier maître du *Terror*, Robert, intervint Farr. C'est vous le plus ancien.

Thomas secoua la tête avec insistance.

— Le vaisseau amiral, c'était l'*Erebus*. Du vivant de Gore, j'étais son subordonné en toutes choses. C'est Charles qui a remplacé Gore. C'est lui qui commande. Cela ne me dérange pas. M. Des Vœux a plus d'autorité que moi, et nous aurons besoin d'autorité dans le proche avenir.

— Je ne peux pas croire que le capitaine Crozier soit mort, dit Andrews.

Les quatre fumeurs tirèrent sur leurs pipes. Silence total. On entendait des hommes au-dehors, qui parlaient de viande de phoque, puis un rire fusa et – dans le lointain – retentit une salve d'artillerie caractéristique de la glace en train de se briser.

— Si l'on applique le règlement à la lettre, dit Thomas Farr, c'est l'enseigne George Henry Hodgson qui commande désormais l'expédition.

— Oh! que l'enseigne George Henry Hodgson aille se faire enculer par un tisonnier chauffé à blanc! s'exclama Joseph Andrews. Si cette petite fouine revenait à nous en rampant, je l'étranglerais de mes propres mains et je pisserais sur son cadavre.

— Je serais fort étonné d'apprendre que l'enseigne Hodgson est encore en vie, murmura Des Vœux. Nous décidons donc que l'expédition est placée sous mon commandement, Robert étant le second et Edward le troisième dans la hiérarchie?

— Oui, répondirent les autres à l'unanimité.

— Sachez donc que j'ai l'intention de conférer avec vous quatre avant de prendre toute décision, reprit Des Vœux. J'ai toujours souhaité commander un navire... mais jamais dans des circonstances comme celles-ci. J'aurai besoin de votre aide.

Tous acquiescèrent au sein des volutes de fumée.

— Avant que nous allions annoncer aux hommes le festin de ce soir et le départ de demain matin, il nous reste encore une question à régler, dit Couch.

Des Vœux arqua les sourcils, ce que tous remarquèrent car il s'était décoiffé vu la chaleur régnant sous la tente.

— Et les malades? D'après Hartnell, six d'entre eux sont incapables de se tenir debout, même si leur vie en dépendait. Trop affaiblis par le scorbut. Prenez Jopson, le valet du capitaine, par exemple. M. Helpman et le mécanicien Thompson sont morts, mais Jopson continue de s'accrocher. Hartnell dit qu'il n'a même plus la force de lever la tête pour boire – il est obligé de l'y aider –, mais il est toujours vivant. Est-ce qu'on l'emmène avec nous?

Des Vœux fixa Couch du regard puis se tourna vers les trois autres, mais nul ne répondit à sa question muette.

— Et si nous décidons d'emmener Jopson et les autres mourants, poursuivit Couch, ce sera en tant que *quoi*?

Des Vœux n'eut pas besoin de le prier de préciser sa pensée. *Les considérons-nous comme nos camarades ou comme des réserves de vivres?*

— Si nous les abandonnons ici, dit-il, ils serviront à nourrir Hickey si celui-ci revient dans les parages comme le pensent certains d'entre vous.

Couch secoua la tête.

— Ce n'est pas ce que je vous demande.

— Je sais.

Des Vœux inspira à fond, manquant tousser tant la fumée était épaisse.

— Très bien, dit-il. Voici ma première décision en tant que nouveau commandant de l'expédition Franklin. Lorsque les bateaux seront prêts demain matin, tout homme qui pourra marcher jusqu'à eux – que ce soit pour se harnacher ou pour monter à leur bord – viendra avec nous. S'il meurt en chemin, nous déciderons à ce moment-là ce qu'il convient de faire de son corps. *Je* le déciderai. Mais, demain matin, seuls ceux qui sont en état de marcher quitteront le camp Secours.

Aucun des quatre hommes ne parla, mais certains d'entre eux acquiescèrent. Nul n'osait regarder Des Vœux en face.

— J'annoncerai cette mesure aux hommes après le repas, reprit Des Vœux. Que chacun de vous choisisse un homme de confiance pour monter la garde avec lui cette nuit. Empêchez-les de se goinfrer et de s'endormir pour mieux digérer. Nous devrons rester sur le qui-vive – du moins ceux qui sont en état de le faire – jusqu'à ce que nous ayons atteint la mer libre.

Les quatre hommes opinèrent.

— Bien, allez dire à nos hommes qu'ils vont festoyer ce soir, dit Des Vœux. On n'a plus rien à faire ici.

55

Goodsir

20 août 1848

Extrait du journal intime du Dr Harry D. S. Goodsir :

Samedi 20 août 1848
Le diable, c'est-à-dire Hickey, semble jouir de toute la chance
qui a été refusée à sir John, au capitaine de frégate Fitzjames et
au capitaine de vaisseau Crozier pendant tous ces mois, toutes
ces années.

Ils ne savent pas que j'ai apporté mon journal intime dans ma
sacoche – ou plutôt, s'ils le savent, ce qui est probable vu qu'ils
ont fouillé la sacoche en question aussitôt après ma capture, cela
leur est indifférent. Je partage ma tente avec l'enseigne Hodgson,
qui est leur prisonnier tout autant que moi, et il me laisse
griffonner dans le noir sans protester.

J'ai encore du mal à accepter le massacre de mes camarades
– Lane, Goddard et Crozier –, sans parler du festin cannibale
auquel ont participé la moitié des hommes de Hickey lorsque
nous sommes arrivés à leur campement sur la banquise, non loin
de notre camp Rivière. Si je ne l'avais pas vu de mes propres
yeux, jamais je n'aurais cru qu'une telle barbarie était possible.

Tous les suppôts de Hickey n'ont pas succombé à la tentation
de la chair humaine. Hickey, Manson, Thompson et Aylmore se
montrent les plus enthousiastes, bien entendu, et ils sont imités
par le matelot William Orren, le valet William Gibson, le
chauffeur Luke Smith, le mousse Golding, le calfat James Brown
et son aide Dunn.

Mais d'autres que moi s'abstiennent encore d'en manger :
Morfin, Best, Jerry, Work, Strickland, Seeley et, naturellement,
Hodgson. Nous subsistons grâce à des biscuits moisis. De ce

groupe d'abstinents, je pense que seuls Strickland, Morfin et l'enseigne tiendront le coup assez longtemps. Les hommes de Hickey n'ont tué qu'un seul phoque en remontant la côte vers l'ouest, mais son huile leur permet d'alimenter un poêle... et l'odeur de la chair humaine rôtie est horriblement appétissante.

Hickey ne m'a encore fait aucun mal. Même lorsque j'ai refusé de partager leur repas comme de promettre que je dépècerais des cadavres le moment venu. Pour le moment, les restes de MM. Lane et Goddard suffisent à les rassasier et me dispensent de choisir entre la torture et la cuisine anthropophage.

Personne n'a le droit de toucher aux fusils, excepté M. Hickey, M. Aylmore et M. Thompson − ces deux derniers sont les maréchaux du petit aide-calfat, notre nouveau Napoléon −, et quant à Magnus Manson, il constitue lui-même une arme qu'un seul homme − si c'est bien un homme − a le pouvoir de déchaîner.

Mais lorsque je parle de la chance de Hickey, ce n'est pas seulement pour m'extasier sur l'habileté avec laquelle il s'est procuré un stock de viande fraîche. Je veux plutôt parler de la révélation que nous avons reçue aujourd'hui lorsque, à deux miles au nord-ouest du camp Rivière, où M. Bridgens a quitté notre compagnie, nous avons découvert des chenaux s'ouvrant le long de la côte en direction de l'ouest.

En un tournemain, les sbires de Hickey ont détaché la chaloupe de son traîneau, pour la gréer, la charger et la mettre à l'eau, et, depuis lors, nous filons vers l'ouest, ramant lorsque le vent ne nous permet pas d'avancer à la voile.

On pourrait se demander comment un bateau de vingt-huit pieds de long, conçu pour embarquer de huit à douze marins, peut en accommoder dix-sept.

La réponse est que nous sommes serrés comme des sardines, et − bien que notre cargaison se réduise à nos tentes, nos armes, nos cartouches, nos barriques d'eau et notre répugnant garde-manger − la chaloupe est si chargée que l'eau arrive presque au niveau du plat-bord, notamment lorsque le chenal est suffisamment large pour que nous tirions un bord et reposions nos rames.

Ce soir, pendant que nous montions les tentes, j'ai entendu Hickey et Aylmore conférer sans même prendre la peine de le faire à voix basse.

Quelqu'un va devoir se sacrifier.

La mer libre s'étend tout autour de nous, et notre voie est toute tracée − jusqu'au camp Terror, peut-être, voire jusqu'au

Terror *lui-même* –, ainsi que l'avait annoncé le prophète Cornelius Hickey en juillet, lors de sa tentative de mutinerie interrompue par l'arrivée du lieutenant Little – et il est possible que Hickey et ses sectateurs rallient le camp, puis le navire, en trois jours de plaisante navigation, alors qu'il nous a fallu trois mois et demi d'efforts titanesques pour parcourir à pied le trajet inverse.

Mais à présent qu'ils n'ont plus besoin de tracter la chaloupe, quels sont les hommes qui vont devenir des vivres pour que le chargement de la chaloupe en question soit allégé dès demain?

Alors même que j'écris ces lignes, Hickey, son géant, Aylmore et les autres chefs font le tour du camp, nous ordonnant de sortir de nos tentes en dépit de l'heure tardive et de l'obscurité qui règne autour de nous.

Je poursuivrai ce récit demain, si je suis encore en vie.

56

Jopson

Ils le traitaient comme un vieillard et ils l'abandonnaient parce qu'ils le jugeaient vieux, usé, voire mourant, mais c'était ridicule. Thomas Jopson n'avait que trente et un ans. C'était précisément aujourd'hui, le 20 août, qu'il fêtait son trente et unième anniversaire. Aucun de ses camarades ne le savait, à l'exception du capitaine Crozier qui, pour une raison inexplicable, avait cessé de lui rendre visite dans sa tente. Ils le traitaient comme un vieillard parce qu'il avait perdu presque toutes ses dents à cause du scorbut et presque tous ses cheveux à cause d'une maladie inconnue, et il saignait des gencives, des yeux, du cuir chevelu et de l'anus, mais *il n'était pas vieux*. Il avait trente et un ans aujourd'hui et ils le laissaient crever le jour de son anniversaire.

Jopson avait entendu les réjouissances de la veille – les impressions qu'il avait reçues et les souvenirs qu'il conservait des cris, des rires et de l'odeur de viande rôtie demeuraient fragmentaires, car il n'avait cessé de perdre et de regagner conscience durant tout l'après-midi et toute la soirée –, émergeant de sa fièvre à un moment donné pour découvrir à son chevet une assiette contenant un lambeau de peau de phoque, des lamelles de graisse blanche et un filet de viande rouge presque crue qui empestait le poisson. Jopson avait vomi – de la bile, vu que ça faisait des jours qu'il n'avait rien avalé – et jeté au-dehors ce plat d'immondices puants.

Il avait compris qu'on l'abandonnait un peu plus tard dans la soirée, lorsque tout un tas de marins avaient défilé dans sa tente, sans dire un mot ni le regarder en face, chacun déposant auprès de lui un ou deux biscuits moisis et durs comme du bois, les empilant comme autant de pierres destinées à former un cairn funéraire. À ce moment-là, il était trop faible pour réagir – et trop absorbé par ses rêves –, mais il avait compris que ces quelques miettes de pâtisserie mal cuite et déjà rassise représentaient le salaire des années qu'il avait consacrées à la Navy, au Service des explorations et au capitaine Crozier.

Ils allaient l'abandonner ici.

Le dimanche matin, il se réveilla plus lucide qu'il ne l'avait été ces derniers jours – voire ces dernières semaines –, mais ce fut pour entendre ses camarades qui se préparaient à quitter pour toujours le camp Secours.

À en juger par les cris qu'ils poussaient, ils s'affairaient à retourner les deux baleinières et à arrimer les autres à leurs traîneaux, puis à charger les quatre bateaux.

Comment osent-ils m'abandonner? Jopson n'arrivait pas à croire qu'ils fussent capables d'une telle chose. Lui qui avait fait montre d'une telle abnégation au service du capitaine Crozier, le soutenant sans faille lorsqu'il succombait à la maladie, à la mélancolie et même à la boisson. Lui, le fidèle valet, qui ne se plaignait jamais lorsqu'il devait évacuer des seaux de vomissures de sa cabine en plein milieu de la nuit, puis torcher le cul de ce poivrot d'Irlandais quand il se souillait au cours de ses délires.

C'est peut-être pour ça que ce salopard me laisse crever ici.

Jopson s'obligea à ouvrir les yeux et tenta de rouler sur lui-même dans son duvet mouillé. Une tâche des plus difficiles. Il irradiait de son âme une débilité qui le terrassait. Chaque fois qu'il battait des cils, son crâne semblait sur le point d'exploser. La terre roulait et tanguait avec autant de violence que le pont d'un navire doublant le cap Horn. La douleur lui paralysait les os.

Attendez-moi! s'écria-t-il. En fait de cri, celui-ci n'avait résonné que dans son crâne. Il devait se remuer... les rattraper avant qu'ils ne commencent à tracter les bateaux... leur montrer qu'il avait la force de se harnacher et de faire sa part de travail. Peut-être même réussirait-il à avaler la viande de phoque puante qu'ils avaient voulu lui refiler.

Jopson n'arrivait pas à croire qu'ils le considéraient comme mort. Non seulement il était encore vivant, mais il se flattait d'être un marin apprécié de ses supérieurs, un valet doté d'une solide expérience, un loyal sujet de Sa Majesté, tout autant que ses camarades, et un époux et père de famille bien établi dans sa ville de Portsmouth (à condition qu'Elisabeth et leur fils Avery soient toujours vivants et n'aient pas été expulsés de la maison qu'ils avaient louée grâce à l'avance de vingt-huit livres sterling que le Service des explorations lui avait accordée, à valoir sur sa première année de salaire, c'est-à-dire soixante-cinq livres).

Le camp Secours semblait désert, on n'y entendait plus que des gémissements étouffés provenant sans doute des tentes, à moins que ce ne fût tout simplement le vent. Toutes les rumeurs familières – le crissement des bottes sur le gravier, les jurons, les rares éclats de rire, le bavardage des hommes de quart, les cris lancés d'une tente à l'autre, les coups de marteau et les grincements de scie – avaient disparu, et on ne percevait plus que des murmures lointains du côté des bateaux. Ils allaient vraiment s'en aller.

Thomas Jopson ne voulait à aucun prix mourir dans ce campement provisoire, au fond d'un trou perdu dans un enfer glacial.

Mobilisant toutes les ressources de son énergie, y compris certaines dont il ignorait l'existence, il se dépêtra en partie de la couverture de la Compagnie de la baie d'Hudson qui lui servait de duvet et s'efforça de s'en extirper. Une opération compliquée du fait des agrégats gelés de sueur, de sang et autres fluides corporels qu'il dut arracher à la laine et à sa chair avant de pouvoir ramper vers l'extérieur.

Après avoir parcouru des kilomètres en s'appuyant sur ses coudes, Jopson se jeta à travers l'ouverture de la tente, hoquetant sous la froidure de l'air. Il s'était tellement accoutumé à la pénombre et à l'atmosphère étouffée de son refuge si douillet que ses yeux se mirent à larmoyer et ses poumons à crachoter.

Il eut vite fait de comprendre que cette clarté était illusoire ; le ciel était couvert ce matin-là, et d'épaisses volutes de brume glacée s'insinuaient entre les tentes, tels les esprits des morts qu'ils avaient abandonnés en route. Le valet du capitaine repensa à la brume qui régnait sur le camp le jour où le lieutenant Little, le pilote des glaces Reid, Harry Peglar et les autres étaient partis chercher un chenal sur la banquise.

Pour y trouver la mort, se dit-il.

Écrasant au passage les biscuits et la viande de phoque – qu'on avait déposés devant lui comme une offrande à quelque dieu païen – Johnson fit franchir le seuil à ses jambes engourdies et sourdes à ses ordres.

Il découvrit les deux ou trois tentes les plus proches et, l'espace d'une seconde, espéra que l'absence de ses camarades n'était que temporaire, qu'ils s'affairaient près des bateaux et seraient bientôt de retour. Puis il vit que la majorité des tentes arctiques avaient disparu.

Non, pas disparu. À mesure que ses yeux accommodaient, il distinguait au sein de la brume les autres tentes de cette partie du camp, la plus proche des bateaux et de la grève : on les avait démontées et calées avec des rochers afin qu'elles ne s'envolent point. Jopson ne comprenait pas. S'ils avaient vraiment décidé de partir, ils auraient emporté les tentes avec eux, n'est-ce pas ? C'était comme s'ils avaient eu l'intention de revenir après avoir fait un tour sur la banquise. Mais pour aller où ? et pour quoi faire ? Aux yeux du valet affaibli par la maladie et le délire, cela n'avait aucun sens.

Puis la brume se leva et il vit les hommes qui tiraient, poussaient et manœuvraient les bateaux à cinquante mètres de là, les conduisant vers la banquise. Jopson compta une dizaine d'hommes par embarcation, ce qui signifiait que la quasi-totalité des marins survivants levaient le camp, ne laissant derrière eux que les malades les plus atteints, dont lui-même.

Comment le Dr Goodsir peut-il m'abandonner ainsi ? se demanda Jopson. Il s'efforça de se rappeler quand il avait vu le chirurgien pour la dernière fois, quand il était venu le nettoyer et lui faire boire son bouillon. Hier, c'était le jeune Hartnell qui avait pris soin de lui, n'est-ce pas ? Ou bien cela s'était-il passé plusieurs jours auparavant ? Impossible de se rappeler quand Goodsir s'était montré à son chevet pour la dernière fois.

— Attendez ! lança-t-il.

En fait de cri, celui-ci était à peine un croassement. Jopson se rendit compte que cela faisait des jours – voire des semaines – qu'il n'avait pas parlé à voix haute et que le bruit qu'il venait de produire n'était qu'un murmure étouffé à ses propres oreilles.

— Attendez !

Sa seconde tentative ne fut guère meilleure. Il comprit qu'il devait agiter les bras s'il voulait qu'ils le voient, qu'ils reviennent le chercher.

Thomas Jopson n'avait pas la force de lever un seul bras. Lorsqu'il tenta de le faire, il ne réussit qu'à s'effondrer face contre terre.

Pas le choix : il allait devoir ramper vers eux jusqu'à ce qu'ils l'aperçoivent et reviennent le chercher. Ils n'allaient pas abandonner un camarade capable de ramper cent mètres sur la glace pour les rejoindre.

Jopson parcourut un mètre en s'appuyant sur ses coudes puis tomba une nouvelle fois sur le gravier gelé. La brume l'enveloppa de ses volutes, occultant sa propre tente qui n'était pourtant qu'à quelques pas de là. Le vent se mit à gémir – à moins que ce ne fussent les autres malades abandonnés dans leurs tentes – et la froidure du jour transperça son tricot crasseux et son pantalon souillé. S'il continuait de ramper ainsi, comprit-il, il n'aurait plus la force de faire demi-tour et serait condamné à mourir loin de son abri.

— Attendez !

Sa voix était aussi faible, aussi pitoyable que celle d'un chaton nouveau-né.

Il parcourut un nouveau mètre en rampant et en se tortillant... puis quelques décimètres... et s'arrêta la bouche béante, pareil à un phoque frappé par le harpon. Ses bras et ses mains affaiblis lui étaient encore moins utiles que des nageoires.

Jopson tenta d'enfoncer son menton dans la terre gelée pour progresser de trois ou quatre décimètres supplémentaires. Il cassa aussitôt l'une des quelques dents qu'il lui restait, mais insista. Son corps était tout bonnement trop lourd. Il semblait cloué à la terre par son propre poids.

Je n'ai que trente et un ans, pensa-t-il avec colère. *Aujourd'hui, c'est mon anniversaire.*

— Attendez... attendez... tendez... dez...

Chaque syllabe qu'il prononçait était moins audible que la précédente.

Hoquetant, pantelant, laissant sur les gravillons un sillage de sang, Jopson s'immobilisa à plat ventre, les bras le long des flancs, leva la tête en grimaçant de douleur et cala son menton sur un caillou afin de voir devant lui.

— Attendez...

La brume tourbillonna, se leva.

À une centaine de mètres de là, par-delà l'espace étrangement vide que les bateaux occupaient naguère, par-delà la grève de galets et la bande de glace côtière, sur la banquise proprement dite, une quarantaine d'hommes tractant quatre bateaux – *où est passé le cinquième ?* – marchaient vers le sud, faisant montre d'une faiblesse des plus visibles même à cette distance, progressant à une allure guère plus élevée que celle de Jopson rampant sur ses cinq mètres de gravier.

— Attendez !

Cet ultime appel acheva de le vider de son énergie – il sentit sa chaleur se dissiper dans le sol gelé sur lequel il gisait –, mais il résonna avec autant de force que s'il l'avait prononcé d'une voix normale.

— Attendez ! réussit-il à crier.

Sa voix était désormais celle d'un homme, rien à voir avec le miaulement d'un chaton nouveau-né, ni avec le râle d'agonie d'un phoque.

Mais il était trop tard. Les hommes et les bateaux s'éloignaient un peu plus, disparaissaient sur la glace – ce n'étaient plus que des ombres chinoises titubant sur un fond de velours éternellement gris – et les craquements et les grondements de la glace et du vent auraient étouffé le bruit d'une détonation, sans parler de la voix solitaire d'un grabataire abandonné.

L'espace d'un instant, la brume sembla se lever tout à fait et toute la scène fut inondée d'une lumière bienveillante – comme si le soleil allait enfin faire fondre la glace, faire surgir du sol des vrilles vertes et des petits animaux, faire renaître dans les cœurs un espoir qu'on croyait enfui –, puis la brume retomba sur toute chose et aveugla Jopson, l'empoigna de ses doigts gris, moites et glacés.

Et les hommes et les bateaux avaient disparu.

C'était comme s'ils n'avaient jamais existé.

57

Hickey

L'aide-calfat Cornelius Hickey détestait les rois et les reines. Il les considérait comme des parasites, des tiques suçant le sang au cul du corps politique.

Mais il découvrit que le rôle de roi lui seyait à merveille.

Il dut renoncer à son projet de rallier par la mer le camp Terror, voire le *Terror* lui-même, lorsque leur chaloupe – à présent allégée – tomba sur des glaces dérivantes après avoir doublé le cap situé au sud-ouest de la terre du Roi-Guillaume. La mer libre laissa la place à une série de chenaux ne menant nulle part ou s'achevant en cul-de-sac lorsque leur bateau voulut suivre la côte qui obliquait vers le nord-est.

Ils auraient certes pu voguer vers le large, mais Hickey ne pouvait pas se permettre de perdre la côte de vue, pour la bonne raison qu'aucun des occupants de la chaloupe ne savait naviguer en pleine mer.

Si Hickey et Aylmore avaient autorisé George Hodgson à les accompagner – ou plutôt : s'ils l'avaient persuadé de le faire, usant pour cela de toute leur ruse –, c'était uniquement parce que ce jeune crétin maîtrisait cette technique, en bon officier de la Royal Navy. Mais dès le premier jour qui avait suivi leur départ du camp Secours, il leur avait avoué qu'il lui fallait un sextant pour calculer leur position et déterminer leur course, et que le seul sextant dont il connût l'existence était en possession du capitaine Crozier.

En attirant Crozier et Goodsir sur la banquise, Hickey, Manson, Aylmore et Thompson espéraient entre autres choses s'emparer de ce foutu sextant, mais, pour une fois, l'astuce de Cornelius Hickey lui avait fait défaut. Dickie Aylmore et lui n'avaient trouvé aucun boniment grâce auquel leur jeune Judas — Bobby Golding — aurait pu inciter Crozier à emporter son sextant avec lui, aussi avaient-ils décidé de torturer ce connard d'Irlandais pour l'obliger à faire venir l'instrument du camp, mais Hickey avait préféré l'achever en le voyant sur les genoux.

Ainsi donc, une fois qu'ils avaient trouvé de l'eau libre, le jeune Hodgson ne leur était plus d'aucune utilité, et Hickey s'était empressé de l'éliminer en douceur.

À cet égard, il appréciait de disposer du pistolet et des cartouches de Crozier. Durant les premiers jours qui avaient suivi leur retour, Hickey avait autorisé Aylmore et Thompson à conserver les deux fusils qu'ils avaient récupérés en même temps que Goodsir et le stock de viande — lui-même ne quittait pas celui que Crozier lui avait donné lorsqu'ils avaient quitté le camp Secours —, mais il s'était bientôt ravisé et avait ordonné à Magnus Manson de les jeter à l'eau. C'était l'idéal à ses yeux : le roi Cornelius Hickey demeurait seul détenteur des armes à feu du royaume, avec à ses côtés son fidèle Magnus Manson. Aylmore était un rat de bibliothèque qui ne pensait qu'à conspirer et Thompson un ivrogne doublé d'une brute dont il convenait de se méfier — de par son instinct et son intelligence supérieure, Hickey n'avait pas son pareil pour juger les gens — et, après que la carcasse de Hodgson eut été consommée, vers le 3 septembre, Hickey avait ordonné à Magnus de les assommer, de les ligoter et de les conduire devant les marins assemblés ; improvisant une séance de cour martiale, Hickey avait déclaré Aylmore et Thompson coupables de sédition et de complot contre leur chef et leurs camarades, et il les avait tous deux exécutés d'une balle dans la nuque.

Tout comme il l'avait fait après l'exécution de Hodgson — après son sacrifice, plutôt —, ce satané Goodsir avait refusé d'accomplir sa tâche de dépeceur officiel.

En tant que commandant de l'expédition, Hickey ne pouvait faire autrement que de châtier le chirurgien récalcitrant. Estropié à trois reprises, Goodsir avait peine à marcher maintenant qu'ils poursuivaient leur périple sur la terre ferme.

Cornelius Hickey croyait à la chance — à sa chance —, et elle ne l'avait que rarement trahi, mais il n'était jamais pris au dépourvu lorsqu'elle le faisait.

Ainsi donc, lorsqu'ils avaient doublé le cap au sud-ouest de la terre du Roi-Guillaume — tantôt levant la voile, tantôt ramant quand le chenal se faisait trop étroit — et découvert devant eux une banquise solide, Hickey avait ordonné d'accoster et ils avaient de nouveau arrimé la chaloupe à son traîneau.

Il n'avait pas besoin de rappeler à ses hommes la chance qui était la leur. Pendant que les hommes de Crozier agonisaient au camp Secours – à moins qu'ils ne fussent partis vers le sud, auquel cas ils agonisaient sur la banquise –, Hickey et ses élus avaient parcouru les deux tiers, et peut-être même les trois quarts du trajet qui devait les amener au camp Terror et à ses mirifiques réserves.

Un chef de sa stature – le souverain en titre de l'expédition Franklin – ne s'abaissait pas à tracter un traîneau, avait-il décidé. Grâce à lui (et à lui seul), les hommes étaient bien nourris et ne pouvaient se plaindre ni de la maladie, ni de la fatigue, aussi avait-il décidé de s'installer sur le banc de poupe de la chaloupe et de se laisser tracter sur la glace, la neige et le gravier par ses sujets obéissants – exception faite de Goodsir, que son état empêchait de se harnacher.

Ces derniers jours, Magnus Manson était resté dans la chaloupe à ses côtés, et pas seulement parce qu'il était le consort du roi ainsi que son grand inquisiteur et son exécuteur des hautes œuvres, ainsi que tous le savaient à présent. Ce pauvre Magnus avait de nouveau mal au ventre.

Si Goodsir était encore en vie, quoique estropié, c'était surtout parce que Cornelius Hickey avait une peur bleue de la maladie et de la contagion. Il était aussi terrifié que dégoûté par les affections dont souffraient les hommes du camp Secours – le scorbut en particulier, à cause des saignements qu'il induisait. Il avait besoin d'un médecin personnel, bien qu'il ne présentât encore aucun des symptômes qui affligeaient la plèbe.

À présent que leur régime consistait en viande fraîche ou quasi fraîche, les membres de son équipage – Morfin, Orren, Brown, Dunn, Gibson, Smith, Best, Jerry, Work, Seeley et Strickland – semblaient exempts des ravages du scorbut.

Seul Goodsir paraissait mal en point, mais c'était parce que cet imbécile ne se nourrissait que d'eau et de biscuits moisis. Hickey savait qu'il lui faudrait bientôt *insister* pour que le chirurgien adopte un régime sain et antiscorbutique – les portions les plus charnues, provenant de la cuisse, du mollet, du bras et de l'avant-bras, étaient les plus efficaces –, de crainte que l'entêtement pervers de Goodsir ne causât sa perte. En tant que médecin, il aurait dû faire preuve de jugeote. L'eau et les biscuits, c'étaient pour les rats, pas pour les hommes.

Désireux de voir Goodsir rester en vie, Hickey lui avait dès le début confisqué le contenu de sa sacoche, conservant par-devers lui ses diverses potions et le surveillant avec vigilance lorsqu'il les administrait à Magnus et à ses autres patients. Il veilla aussi à le tenir éloigné des couteaux et, lorsqu'ils étaient en mer, l'un des marins avait pour mission de veiller à ce qu'il ne se jetât pas par-dessus bord.

Pour le moment, le chirurgien ne semblait point enclin au suicide.

Les douleurs dont souffrait Magnus étaient si aiguës que non seulement il était obligé de s'allonger dans la chaloupe durant la journée, pendant que les autres tractaient le traîneau auquel elle était arrimée, mais qu'en outre il commençait à avoir des insomnies. Jamais Hickey ne l'avait vu ainsi privé de sommeil.

Ses deux blessures par balles étaient responsables, bien entendu, et Hickey obligeait Goodsir à les soigner chaque jour. Le chirurgien persistait à les juger superficielles et à affirmer qu'elles ne s'étaient pas infectées. Ainsi qu'il le montra à Hickey et à Magnus − qui avait relevé les pans de sa chemise afin de voir son propre ventre −, son épiderme demeurait rose et sain.

— Pourquoi a-t-il mal, alors ? lança Hickey.

— C'est comme quand on a un bleu − ou une contusion musculaire, dit le chirurgien. On peut en souffrir pendant des semaines. Mais cela n'a rien de grave, rien de mortel en tout cas.

— Tu peux lui enlever ces balles ?

— Non, Cornelius, gémit Magnus. Je veux pas être châtré.

— J'ai dit « balles », chéri, pas « balloches », murmura Hickey en lui tapotant le bras. Les balles qui sont dans ton ventre.

— Peut-être, répondit Goodsir. Mais il vaudrait mieux que je m'en abstienne. Du moins tant que nous ne sommes pas arrivés. Pour effectuer cette opération, je devrais inciser des muscles qui sont en grande partie guéris. M. Manson serait ensuite obligé de garder le lit plusieurs jours durant... sans compter les risques d'infection, sans doute fort élevés. Si nous décidons d'extraire ces balles, je serais plus tranquille pour travailler au camp Terror, voire à bord du navire. Le patient disposerait de plusieurs jours de repos dans un lit digne de ce nom.

— Je veux plus avoir mal au bedon, gronda Magnus.

— Non, bien sûr que non, dit Hickey en frictionnant le torse et les épaules de son acolyte. Donne-lui un peu de morphine, Goodsir.

Le chirurgien acquiesça et mesura un peu d'analgésique dans une cuillère.

Magnus adorait la morphine et, après chaque dose, il passait une bonne heure accoudé à la proue de la chaloupe, un sourire béat aux lèvres, avant de s'endormir profondément.

Le vendredi 8 septembre, donc, tout allait pour le mieux dans le royaume de Hickey. Ses onze animaux de trait − Morfin, Orren, Brown, Dunn, Gibson, Smith, Best, Jerry, Work, Seeley et Strickland – étaient sains et pleins de vigueur. Magnus était heureux la plupart du temps – il adorait se poster à la poupe comme un officier et parcourir du regard les terres qu'ils avaient traversées – et il leur restait suffisamment de morphine et de laudanum pour tenir jusqu'au camp Terror, voire jusqu'au *Terror* lui-même. Goodsir suivait la caravane en boitillant et prenait soin du roi et de son consort. Le temps était agréable, bien qu'il allât en se rafraîchissant, et il n'y avait aucun signe de la créature qui les avait traqués les mois précédents.

Même s'ils ne se privaient pas, il leur restait suffisamment de morceaux d'Aylmore et de Thompson pour manger du ragoût pendant quelques jours – la graisse humaine, ainsi qu'ils l'avaient découvert, brûlait tout aussi bien que le blanc de baleine, quoique avec une efficience moindre et pour des périodes plus courtes. Si un nouveau sacrifice se révélait nécessaire avant qu'ils n'atteignent le camp Terror, Hickey avait prévu d'organiser une loterie.

Ils auraient pu diminuer leurs rations, naturellement, mais Cornelius Hickey savait qu'une loterie emplirait de terreur le cœur de ses onze animaux de trait si obéissants et le conforterait dans ses royales prérogatives. Lui qui avait le sommeil léger ne dormait désormais que d'un œil, le revolver au poing, mais un dernier sacrifice – probablement suivi d'un nouveau châtiment pour Goodsir, qui refuserait sans nul doute d'accomplir son devoir – achèverait d'étouffer toute velléité de résistance chez ses animaux de trait pleins de duplicité.

En attendant, il faisait un temps splendide ce vendredi, avec une température proche de 0 °C et un ciel dont le bleu se faisait plus soutenu au nord, le cap même qu'ils suivaient. La chaloupe pesait sur le traîneau, dont les patins de bois crissaient et sifflaient sur la glace et le gravier. Allongé à la proue, Magnus, qui venait de recevoir sa dose, se tenait le ventre des deux mains et fredonnait en souriant.

Moins de cinquante kilomètres les séparaient du camp Terror et de la sépulture de John Irving sur la pointe Victory, et vingt-cinq environ de la tombe du lieutenant Le Vesconte, creusée près de la côte. Vu leur état de santé, les hommes parcouraient jusqu'à cinq kilomètres par jour, et ils en couvriraient sûrement plus si leur diète s'améliorait encore.

À cette fin, Hickey venait d'arracher une page à l'une des bibles que Magnus avait insisté pour charger à bord de la chaloupe lors de leur départ – ce doux débile ne savait même pas lire, mais cela importait peu – et il la découpait soigneusement en onze bandes de papier.

Hickey ne participerait pas à cette loterie, naturellement, pas plus que Magnus et ce satané chirurgien. Mais, ce soir, lorsqu'ils feraient halte pour préparer le thé et le ragoût, Hickey ordonnerait à chacun d'écrire son nom sur un bout de papier, ou d'y porter un signe distinctif, et tout serait prêt pour la loterie. Il demanderait à Goodsir d'examiner les bouts de papier pour confirmer la régularité du tirage.

Puis le roi les enfouirait dans la poche de son manteau, en prélude à la cérémonie solennelle qui ne tarderait point.

58

Goodsir

Cap sud-ouest de la terre du Roi-Guillaume
5 octobre 1848

Extrait du journal intime du Dr Harry D. S. Goodsir :

5, 6 ou 7 octobre 1848
J'ai bu l'ultime gorgée. Quelques minutes s'écouleront avant
que j'en sente les effets. En attendant, je vais tâcher de rattraper
mon retard dans la tenue de ce journal intime.

Ces derniers jours, je me suis remémoré la confession que m'a
faite le jeune Hodgson il y a plusieurs semaines, alors que nous
nous étions retirés dans notre tente, la veille du jour où
M. Hickey l'a tué.

— Je m'excuse de vous déranger, docteur, murmura
l'enseigne, mais il faut que je dise à quelqu'un que je regrette ce
que j'ai fait.

— Vous n'êtes pas papiste, lieutenant, lui répondis-je sur le
même ton. Et je ne suis pas votre confesseur. Dormez et laissez-
moi dormir.

— Excusez-moi, docteur, mais je dois insister. Je dois dire à
quelqu'un à quel point je regrette d'avoir trahi le capitaine — lui
qui a toujours été si bon pour moi — et d'avoir permis à
M. Hickey de vous capturer comme il l'a fait. Je le regrette
sincèrement et j'en suis profondément navré.

Je restai allongé sans rien dire. Je ne voulais rien lui accorder.
— Depuis la mort de John, reprit Hodgson, depuis la mort de
l'enseigne Irving, mon camarade de l'école d'artillerie, mon très
cher ami, je suis persuadé que c'est l'aide-calfat qui l'a tué et il
m'inspire une profonde terreur.

— Pourquoi vous êtes-vous rangé aux côtés d'un homme que vous considérez comme un monstre ? chuchotai-je dans les ténèbres.

— Parce que... parce qu'il me faisait peur. Il m'inspirait une telle terreur que j'ai préféré être dans ses bonnes grâces.

Et le jeune homme éclata en sanglots.

— Honte sur vous, lui dis-je.

Mais je lui passai un bras autour des épaules et lui tapotai le dos jusqu'à ce qu'il s'endorme, épuisé de chagrin.

Le lendemain matin, M. Hickey rassembla tous les hommes et demanda à Magnus Manson de forcer l'enseigne Hodgson à s'agenouiller devant lui. L'aide-calfat brandit alors son pistolet et déclara qu'il ne tolérerait aucun tire-au-flanc dans la troupe, précisant que les hommes vaillants et obéissants auraient le droit de vivre et de manger et que les tire-au-flanc seraient condamnés à mort.

Puis il colla le canon de son arme à la nuque de l'enseigne Hodgson et lui fit sauter la cervelle.

Je dois reconnaître que ce jeune homme a fait preuve de bravoure lors de ses derniers instants. Il n'affichait nulle terreur ce matin-là. Ses dernières paroles, juste avant le coup de feu, furent les suivantes : « Allez au diable. »

J'aimerais pouvoir faire preuve du même courage. Mais je sais avec certitude que j'en serai incapable.

Une fois l'enseigne Hodgson exécuté, Magnus Manson dénuda son cadavre et le laissa reposer devant les hommes rassemblés, mais M. Hickey n'en avait pas fini avec lui.

J'avais le cœur serré par ce spectacle. À mon œil exercé, le pauvre Hodgson apparaissait comme plus amaigri encore que je ne l'aurais cru humainement possible. Ses bras se réduisaient à des os drapés dans une chair flasque. Ses côtes et son bassin saillaient avec une telle force qu'on eût dit qu'ils allaient percer sa peau. Et sa chair était uniformément tavelée d'hématomes.

Néanmoins, M. Hickey m'invita à avancer, me tendit une paire de cisailles et m'invita à dépecer l'enseigne devant l'assemblée.

Je refusai.

M. Hickey répéta son ordre d'une voix enjouée.

Je refusai à nouveau.

M. Hickey ordonna alors à Magnus Manson de me reprendre les cisailles et de me déshabiller comme il l'avait fait du cadavre gisant à nos pieds.

Une fois que je me retrouvai nu, M. Hickey fit les cent pas devant les hommes et désigna mes organes exposés à la vue de tous. M. Manson se tenait près de moi, les cisailles à la main.

— Il n'y a pas de place pour les tire-au-flanc dans notre armée fraternelle, dit M. Hickey. Et bien que nous ayons besoin de ce chirurgien – car j'ai l'intention de veiller sur votre santé, tous autant que vous êtes –, il doit être puni chaque fois qu'il refusera de servir le bien commun. Ce matin, il a par deux fois refusé de le faire. Pour lui manifester notre réprobation, nous allons lui ôter deux appendices superflus.

M. Hickey entreprit alors de pointer le canon de son arme sur diverses partie de mon anatomie : mes doigts, mon nez, mon pénis, mes testicules, mes oreilles.

Puis il s'empara de ma main.

— Un chirurgien a besoin de ses doigts s'il veut nous être utile, annonça-t-il d'une voix théâtrale, concluant par un ricanement. Nous les garderons pour la fin.

La plupart des hommes rirent.

— Mais il n'a besoin ni de son dard ni de ses balloches, reprit M. Hickey en touchant lesdits organes avec le canon glacial de son arme.

Les hommes rirent à nouveau. Ils attendaient la suite des événements avec impatience.

— Mais aujourd'hui, nous ferons preuve de miséricorde, conclut M. Hickey.

Il ordonna à M. Manson de couper deux de mes orteils.

— Lesquels, Cornelius ? demanda le gigantesque idiot.

— À toi de choisir, Magnus, répliqua le maître de cérémonie.

Les hommes partirent d'un nouveau rire. Je les sentis déçus de constater que seuls de banals orteils allaient m'être retirés, mais ils étaient également ravis de voir que le sort de mes phalanges était entre les mains de Magnus Manson. Ce n'était pas leur faute. Le matelot moyen n'a reçu aucune éducation et méprise les gens plus instruits que lui.

M. Manson choisit mes gros orteils.

Les spectateurs rirent et applaudirent.

L'opération fut rondement menée, la force physique de M. Manson jouant en ma faveur.

On entendit de nouveaux rires – ainsi que des cris traduisant un vif intérêt – lorsqu'un matelot m'apporta ma sacoche, et tous m'observèrent avec attention tandis que je ligaturais les artères sectionnées, m'efforçais de stopper l'hémorragie – luttant contre le léger vertige qui me saisissait − et posais sur mes plaies des bandages rudimentaires.

M. Manson reçut l'ordre de me transporter dans ma tente ; il fit preuve avec moi d'une gentillesse toute maternelle.

Ce même jour, M. Hickey décida également de me confisquer mes produits les plus puissants. Mais j'avais déjà pris la précaution de transvaser le plus gros de mes réserves de morphine, d'opium, de poudre de Dover, de calomel et de mandragore dans un grand flacon opaque d'allure inoffensive étiqueté « Acétate de plomb », que j'avais dissimulé ailleurs que dans ma sacoche. J'avais ajouté de l'eau dans les flacons de morphine, d'opium et de laudanum pour dissimuler mes prélèvements.

Ironie de l'histoire, chaque fois que j'administre une dose d'analgésique à M. Manson pour soigner son « bedon », il avale en fait huit parts d'eau pour deux parts de morphine. Le géant ne semble nullement remarquer le peu d'efficacité de sa potion, ce qui me rappelle que la guérison est souvent affaire de persuasion.

Depuis le décès de l'enseigne Hodgson, mes refus répétés m'ont valu de perdre huit autres orteils, une oreille et mon prépuce.

La dernière opération en date a tellement réjoui les marins, qui avaient pourtant des cadavres tout frais à leurs pieds, qu'on les aurait crus en visite au cirque.

Je sais pourquoi M. Hickey, en dépit de ses menaces, a jusqu'ici épargné mon membre viril et mes testicules. L'aide-calfat a suffisamment d'expérience pour savoir qu'il est très difficile de stopper une hémorragie lorsque ces organes sont touchés − en particulier si le blessé et le chirurgien ne font qu'un, car un tel traumatisme risque de plonger la victime en état de choc au moment crucial − et M. Hickey ne souhaite pas ma mort.

Il m'est très difficile de marcher depuis qu'on m'a sectionné un septième orteil. J'ignorais jusqu'ici que les doigts de pied étaient essentiels à notre équilibre. Sans parler de la douleur, bien entendu, qui n'est pas non plus à négliger.

Sans doute commettrais-je le péché d'orgueil − et celui de mensonge − en affirmant n'avoir jamais envisagé de boire le flacon contenant ce mélange de morphine, d'opium, de laudanum et autres substances médicinales, cette bouteille que je cache soigneusement et que j'ai fini par surnommer l'ultime gorgée.

Mais je ne l'ai jamais sortie de sa cachette.

Jusqu'à maintenant.

Je pensais que l'effet serait plus rapide qu'il ne l'est en réalité.

Je ne sens plus mes pieds − ce qui est une bénédiction − et mes jambes sont engourdies au-dessous des rotules. Mais, à ce rythme, il faudra au moins dix minutes pour que la potion atteigne mon cœur et mes autres organes vitaux et mette un terme à leur fonctionnement.

Je dois confesser − dans un but purement scientifique, au cas où quelqu'un viendrait à découvrir ce journal intime − que cette mixture est aussi grisante qu'elle est puissante. Si un être vivant débarquait ici en cet après-midi tempétueux − quelqu'un d'autre que MM. Hickey et Manson, qui trônent dans leur chaloupe −, il constaterait que je passe mes derniers moments en ce monde à dodeliner de la tête en souriant comme un ivrogne.

Mais je ne recommande à personne de répéter mon expérience, excepté bien sûr en toute dernière extrémité.

Et cela m'amène à une authentique confession.

Pour la première et la seule fois de ma vie et de ma carrière, je me suis abstenu de soigner un patient dans toute la mesure de mes capacités.

Je veux parler bien entendu de ce pauvre M. Magnus Manson.

Le diagnostic que j'ai émis sur ses blessures était un pur mensonge. Si les balles logées dans son corps étaient de petit calibre, la puissance de feu de l'arme qui les avait tirées devait être élevée, car les deux projectiles − même un examen superficiel permettait de le constater − lui avaient pénétré le derme, les tissus musculaires et même la paroi abdominale.

Dès ma première consultation, je savais que ces balles s'étaient logées dans son estomac, sa rate, son foie ou un autre organe vital, et qu'il ne survivrait qu'au prix d'une opération chirurgicale.

J'ai menti.

S'il y a un enfer − ce que j'ai cessé de croire, car cette Terre et certains de ses habitants suffisent pour rendre notre vie infernale −, je mérite d'être précipité dans la plus sinistre bolge du cercle le plus immonde.

Je m'en fous.

Je devrais dire aussi − froid à la poitrine et mes doigts... mes doigts sont tout froids.

Quand la tempête a fait rage il y a un mois, j'en ai remercié Dieu.

À ce moment-là il semblait bien qu'on arriverait au camp Terror. Il semblait bien que M. Hickey avait gagné. Nous n'étions plus – je crois bien – qu'à moins de vingt miles du camp et on marchait trois ou quatre miles par jour, le temps était splendide et puis le poing de la tempête est tombé sur nous.

S'il y a un Dieu... je... merci, mon Dieu.

La neige. Le noir. Un vent terrible jour et nuit.

Même les hommes qui pouvaient marcher ne pouvaient plus tracter. On a abandonné les harnais. Les tentes se sont envolées. La température a baissé de 50 degrés.

L'hiver nous frappait tel le marteau de Dieu et M. Hickey n'a rien pu faire, excepté tendre une bâche sur sa chaloupe et son trône et abattre la moitié des hommes pour nourrir l'autre moitié.

Quelques-uns ont fui dans le blizzard et sont morts.

Quelques autres sont restés et ont eu droit à une balle dans la tête.

Quelques-uns sont morts de froid.

Quelques-uns ont mangé leurs frères et sont morts quand même.

M. Hickey et M. Manson restent assis dans leur chaloupe battue par les vents. Je pense, mais je n'en suis pas sûr, que M. Manson a cessé de vivre.

Je l'ai tué.

J'ai tué les patients que j'ai abandonnés au camp Secours.

Je suis navré.

Je suis navré.

Toute ma vie, mon frère le sait bien si seulement mon frère était près de moi, Thomas le sait bien, toute ma vie j'ai adoré Platon et les Dialogues de Socrate.

Comme le grand Socrate, moi qui ne suis pas grand, je sens le poison que je mérite monter vers mon cœur et engourdir mes membres et faire de mes doigts – mes doigts de chirurgien – des bâtons inertes et

Si content

Pris la précaution tout à l'heure de rédiger la note que je fixe à mon torse

SI VOUS SOUHAITEZ MANGER LA DÉPOUILLE
DU DR HARRY D. S. GOODSIR
SACHEZ QUE LE POISON DANS SES OS VOUS TUERA
VOUS AUSSI

Les patients du cmp Sec
Thomas si on trve ceci sur moi et
Si navré.
Fait de mon mieux mais ce jamais assez

Blessures M. Mnson JE NE SUIS

Dieu pitié des homm

59

Hickey

À un moment donné durant ces derniers jours, ou ces dernières semaines, Cornelius Hickey, ainsi qu'il a fini par le comprendre, avait cessé d'être un roi.

Pour devenir un dieu.

En fait − il n'était pas sûr, pas encore, pas tout à fait −, Cornelius Hickey était devenu Dieu.

Il vivait alors que tous mouraient autour de lui. Il ne ressentait plus le froid. Il n'éprouvait plus ni faim ni soif, pas plus que le besoin d'assouvir ces appétits dépassés. Il y voyait sans peine au sein des ténèbres montantes, de la nuit qui devenait absolue, et ni le vent ni la neige ne faisaient obstacle à ses sens.

Lorsque leurs tentes s'étaient déchirées et envolées au vent, les simples mortels avaient dû s'abriter sous une bâche prélevée dans le traîneau, un pauvre refuge où ils grelottaient comme des brebis sous leurs couches de laine jusqu'à ce que la mort les emporte, mais Hickey trônait tout à son aise sur le banc de poupe de la chaloupe.

Après être restés bloqués trois semaines, assaillis par le vent, la neige et la froidure, ses animaux de trait étaient venus mendier leur pitance, et Hickey était descendu parmi eux tel un dieu afin d'accomplir son miracle de la multiplication des pains.

Il avait tué Strickland pour nourrir Seeley.

Il avait tué Dunn pour nourrir Brown.

Tué Gibson pour nourrir Jerry.

Et Best pour nourrir Smith.

Il avait tué Morfin pour nourrir Orren... à moins que ce ne soit le contraire. La mémoire de Hickey était désormais au-dessus de ce genre de trivialités.

Mais les brebis qu'il avait nourries avec générosité n'étaient désormais plus de ce monde, gelées dans leurs duvets de laine ou crispées pour l'éternité dans leurs ultimes convulsions. À moins qu'il ne se soit lassé d'elles et les ait tout simplement tuées. Il se rappelait vaguement avoir découpé des morceaux de choix lors des deux dernières semaines, en un temps où il avait encore besoin de se sustenter. Ou peut-être avait-il commis un massacre par pur caprice. Impossible de se rappeler les détails. Aucune importance.

Lorsque la tempête prendrait fin – et Hickey savait à présent qu'Il pouvait l'interrompre par la seule force de Sa volonté –, Il ressusciterait quelques hommes d'entre les morts afin qu'ils les conduisent au camp Terror, Magnus et Lui.

Cet enfoiré de chirurgien était mort – empoisonné et gelé dans son petit abri de toile, à quelques mètres de la chaloupe et de la bâche servant de nécropole –, mais Hickey décida de ne pas tenir compte de cette contrariété – à peine s'Il la jugeait agaçante. Même les dieux ont leurs phobies, et Cornelius Hickey avait une sainte horreur du poison et de la contamination. Après avoir jeté un coup d'œil au cadavre depuis l'entrée de la tente – et lui avoir tiré dessus pour s'assurer qu'il était bien mort –, le divin Hickey s'était détourné à jamais de cette charogne empoisonnée dans son linceul de toile contaminé.

Magnus, qui n'avait cessé de geindre et de se plaindre ces dernières semaines, se tenait maintenant tranquille. Un jour ou deux plus tôt, alors que le blizzard perdait en intensité et qu'une terne lueur hivernale baignait la chaloupe, la tente enfouie sous la neige, le talus où ils avaient dressé leur camp, la grève prise dans les glaces et la banquise infinie, il avait soudain ouvert la bouche comme pour adresser une requête à son Dieu et amant.

Mais, plutôt que des mots ou de nouveaux geignements, ce fut un flot de sang qui emplit le palais de Magnus, jaillissant de sa bouche comme un geyser, coulant sur son menton barbu, inondant ses mains jointes sur son ventre et formant une mare au fond de la chaloupe. Ce sang, à présent gelé mais toujours parcouru de vagues et d'ondoiements, évoquait la barbe d'un prophète biblique qui eût été vernie de glace. Magnus n'avait pas dit un mot depuis lors.

Hickey ne s'inquiétait guère du bref trépas de son ami – après tout, Il pourrait le ramener à la vie quand cela Lui chanterait –, mais, au bout d'un jour ou deux, la fixité de ses yeux, la béance de sa bouche, l'écarlate gelé de sa barbe finirent par Lui porter sur les nerfs. Surtout lorsqu'Il découvrait ce spectacle à Son réveil. Surtout après que les yeux eurent été pris par le gel et métamorphosés en orbes de blancheur qui jamais ne cillaient.

Quittant son trône sur la poupe, Hickey avait rampé vers lui, contournant le fusil et le sac de cartouches, le tas de barres de chocolat encore enveloppées (Il daignerait les manger si la faim osait à nouveau le tourmenter) puis les scies, les clous et les rouleaux de feuille de plomb, enjambant les serviettes et les mouchoirs de soie empilés avec soin près des pieds de Magnus et, en bout de course, écartant d'un coup de pied les bibles que Son ami avait entassées près de lui ces derniers jours, comme s'il souhaitait dresser un mur entre Hickey et lui.

La bouche de Magnus refusait de se fermer − Hickey ne parvenait même pas à casser la cascade de sang gelée −, et il en allait de même de ses yeux.

— Pardonne-moi, mon amour, murmura-t-il, mais tu sais que j'ai horreur qu'on me fixe comme ça.

Saisissant son couteau, Il délogea les globes gelés de leurs orbites et les jeta au sein des ténèbres vociférantes. Il réparerait les dégâts une fois Magnus ressuscité.

Puis, obéissant à Ses ordres, la tempête s'était calmée. Tout hurlement avait cessé. À l'ouest de la chaloupe juchée sur son traîneau, c'est-à-dire au vent, la neige atteignait une hauteur d'un mètre cinquante et, côté sous le vent, elle s'était insinuée sous la bâche de la nécropole.

Il faisait un froid glacial et, bien que Hickey distinguât des nuages au nord grâce à Sa vue surnaturelle, le monde semblait calme en cette soirée. Il vit le soleil sombrer au sud et sut que seize, voire dix-huit heures s'écouleraient avant qu'il ne se levât, également au sud, et que, bientôt, il cesserait de se lever comme de se coucher. Viendrait alors l'Âge des ténèbres − dix mille ans de ténèbres −, mais cela Lui convenait parfaitement.

Pour l'instant, la nuit était douce et fraîche. Les étoiles scintillaient − Hickey connaissait les noms de certaines constellations, mais, cette nuit-là, Il ne retrouvait même pas la Grande Ourse − et Il se détendit, à nouveau assis sur Son trône, bien au chaud grâce à Son manteau et à Son bonnet, Ses mains gantées posées sur les plats-bords, Ses yeux braqués en direction du camp Terror et du navire qu'Il atteindrait une fois qu'Il aurait décidé de ramener à la vie Son consort et Ses animaux de trait. Il repensait aux mois et aux années d'antan et s'émerveillait de l'inévitable miracle de Sa transcendance.

Rien dans Son existence de mortel ne Lui inspirait un quelconque regret. Il avait fait ce qu'Il devait faire. Il avait châtié les salopards bouffis d'arrogance qui avaient commis l'erreur de Le regarder de haut et donné à tous un aperçu de Sa divine lumière.

Soudain, Il perçut un mouvement à l'ouest. Non sans difficulté – il faisait de plus en plus froid –, Hickey se tourna vers la mer gelée.

Quelque chose se dirigeait vers Lui. Sans doute était-ce Son ouïe – d'une acuité désormais surnaturelle, à l'instar de Ses autres sens – qui avait détecté son avancée sur la banquise fracturée.

Quelque chose de colossal s'avançait vers Lui, planté sur ses deux jambes.

Hickey vit l'éclat blanc-bleu de sa fourrure à la lueur des étoiles. Il sourit. Ce visiteur était le bienvenu.

La chose des glaces n'avait plus rien de redoutable. Hickey savait qu'elle venait à Lui en adorateur et non en prédateur. La créature et Lui avaient cessé d'être des égaux : d'un simple geste de Sa main gantée, Cornelius Hickey pouvait l'annihiler ou la bannir à l'autre bout de l'univers.

Elle continuait sa progression, se laissant parfois tomber à quatre pattes, mais adoptant le plus souvent la posture d'un homme, quoiqu'elle n'en eût point la démarche.

Hickey sentit une vague inquiétude troubler Sa sérénité cosmique.

La chose disparut de Son champ visuel comme elle s'approchait de la chaloupe sur son traîneau. Hickey l'entendit tourner autour de la bâche – puis se glisser dessous – attaquer les corps gelés avec ses griffes, faire claquer ses crocs grands comme des couteaux, poussant de temps à autre un bruyant soupir – mais Il ne la voyait pas. Il Se rendit compte qu'Il avait peur de tourner la tête.

Il regarda droit devant Lui et découvrit les orbites vides de Magnus.

Et, soudain, la chose était là, dressée au-dessus du plat-bord, déployée sur une hauteur de deux mètres alors que la chaloupe se trouvait déjà à cette distance du sol.

Hickey sentit Son souffle se bloquer dans Sa poitrine.

Grâce à la lueur des étoiles, et à Sa vision d'une acuité surnaturelle, Hickey vit que la bête était plus impressionnante qu'Il ne l'avait jamais vue, plus terrible qu'Il n'aurait pu l'imaginer. Tout comme Lui, elle avait subi une terrible et merveilleuse métamorphose.

Elle inclina la partie supérieure de son corps au-dessus du plat-bord. Elle projeta un nuage de cristaux de glace dans l'air, entre Hickey et la proue, et l'aide-calfat inhala une odeur de charogne qui traduisait mille ans de mort et de prédation.

Il aurait voulu tomber à genoux pour adorer la créature, mais tout mouvement Lui était interdit : Il était littéralement gelé sur place. Même sa tête refusait de tourner.

La chose renifla le corps de Magnus Manson, et son museau d'une impossible longueur parcourut de haut en bas la cascade de sang gelé qui lui recouvrait le torse. Sa gigantesque langue l'effleura avec gourmandise. Hickey aurait voulu lui dire que c'était là le corps de son consort bien-aimé et qu'il devait être préservé afin que Lui-même — le dieu qu'Il était devenu et non l'aide-calfat qu'Il avait été — puisse lui rendre ses yeux et le ramener à la vie.

D'un mouvement vif, presque machinal, la chose décapita Magnus d'un coup de crocs.

Les bruits de manducation étaient si horribles que Hickey Se serait plaqué les mains sur les oreilles s'Il avait eu le pouvoir de les arracher aux plats-bords. Mais Il ne pouvait pas bouger.

Levant un membre velu, plus épais encore que ne l'avait été la jambe massive de Magnus, la chose défonça le thorax du cadavre, faisant voler en éclats côtes et vertèbres. Hickey remarqua comme dans un rêve qu'elle n'avait pas *brisé* Magnus, comme celui-ci avait brisé maints hommes sous ses ordres ; elle l'avait *fracassé*, comme l'aurait fait un homme d'une poupée de porcelaine.

Cherchant une âme à dévorer, songea-t-Il, Se demandant d'où Lui venait cette idée.

Comme Hickey était dans l'incapacité totale de bouger, Il n'eut d'autre choix que de regarder la chose tandis qu'elle extrayait tous les viscères de Magnus Manson pour les manger, les croquant de ses crocs gigantesques comme Hickey eût jadis croqué des glaçons. Puis elle arracha sa chair gelée à ses os gelés, qu'elle éparpilla un peu partout dans la chaloupe, après avoir pris soin de les briser pour en sucer la moelle. Le vent se leva et tournoya en hurlant autour de la chaloupe sur son traîneau, produisant une mélodie surprenante. Hickey imagina un dieu dément surgi des enfers, caparaçonné dans sa fourrure blanche, jouant d'une flûte taillée dans un os.

Puis la chose vint à Lui.

Elle commença par se remettre à quatre pattes, disparaissant de son champ visuel — ce qui ne faisait que la rendre plus terrifiante — puis, jaillissant avec la force et la vivacité d'une crête de pression crevant la banquise, elle se dressa au-dessus de Lui et Il ne vit plus qu'elle. Ses yeux noirs, fixes, inhumains, glaçants n'étaient qu'à quelques centimètres de ceux de l'aide-calfat. Son haleine puante L'enveloppa.

— Oh ! fit Cornelius Hickey.

Ce fut la dernière parole qu'Il prononça en ce monde, mais ce n'était pas tant un mot qu'une longue exhalation plaintive et à peine articulée. Hickey sentit Son dernier souffle chaud monter de Son corps, de Son torse, de Son gosier, émerger à l'air libre, passant en sifflant entre ses dents cassées, puis Il comprit que ce n'était pas Son *souffle* qui Le quittait ainsi, mais bien Son esprit, Son âme.

La chose L'aspirait.

Mais la créature toussa, renifla, recula et secoua sa tête gigantesque, comme prise d'un haut-le-cœur. Elle retomba à quatre pattes et disparut à jamais du champ visuel de Cornelius Hickey.

Tout disparut à jamais du champ visuel de Cornelius Hickey. Les étoiles descendirent du ciel pour se fixer sur Ses yeux ainsi que des cristaux de glace. Le Corbeau descendit sur Lui telle une ténèbre et dévora ce que le *Tuunbaq* ne daignait pas toucher. Au bout d'un temps, les yeux de Hickey explosèrent sous l'effet du froid, mais Il ne cilla point.

Son corps demeura assis à la poupe, les jambes écartées, les bottes fermement plantées près du tas de montres en or et des piles de vêtements qu'Il avait prélevés sur les cadavres, Ses mains gantées posées sur les plats-bords, les doigts gelés de la droite à quelques centimètres à peine des canons d'un fusil chargé.

Le lendemain matin, peu avant l'aurore, une tempête se leva et le ciel se remit à hurler, et, durant toute la journée et toute la nuit, la neige tomba dans la bouche béante de l'aide-calfat, recouvrant d'un mince linceul blanc Son manteau bleu marine, Son bonnet de marin, Son visage figé par la terreur et Ses yeux fixes et fracassés.

60

Crozier

L'avantage avec la mort, il le sait maintenant, c'est que la douleur et l'identité en sont absentes.

Le problème avec la mort, il le sait maintenant – et il avait redouté cette éventualité chaque fois qu'il envisageait le suicide, y renonçant pour cette raison précise –, c'est qu'on continue d'y faire des rêves.

Mais l'avantage de ces rêves, c'est que ce ne sont pas les siens.

Flottant dans un océan de tiédeur et d'anonymat, Crozier écoute des rêves qui ne sont pas les siens.

Si les capacités d'analyse du mortel qu'il était jadis avaient survécu à la transition qui l'a conduit dans cet océan post mortem, le Francis Crozier d'antan se serait sans doute demandé comment on pouvait « écouter » des rêves, mais il n'en est pas moins exact qu'il a davantage l'impression d'écouter un chant – bien que ni le langage, ni les mots, ni la musique n'y aient leur part – que de « voir » des rêves comme il le faisait de son vivant. Même si des impressions visuelles sont associées à ce processus d'écoute, les formes et les couleurs ainsi révélées ne ressemblent à rien de ce que Francis Crozier a pu voir dans le monde qui fut naguère le sien, et c'est ce récit chanté – qui n'en est pas un – qui emplit ses rêves post mortem.

Il est une très belle Esquimaude du nom de Sedna. Elle demeure avec son père dans une maison de neige, bien au nord des autres villages esquimaux. La rumeur de sa beauté se répand et de nombreux jeunes hommes bravent les floes et les terres désolées pour venir faire leur cour à Sedna et rendre hommage à son père chenu.

Ni leurs visages, ni leurs corps, ni leurs mots ne touchent le cœur de la jeune fille et, le printemps de l'année suivante, lorsque la glace commence à se briser, elle s'en va parmi les floes afin d'éviter un nouvel afflux de courtisans à face de lune.

Comme cela se passe en un temps où les animaux étaient encore compris du Peuple, un oiseau survole la banquise et fait à Sedna une cour en chanson.

— Suis-moi dans le pays des oiseaux où toutes choses sont aussi belles que ma chanson. Suis-moi dans le pays des oiseaux où nul ne connaît la faim, où ta tente sera toujours taillée dans les plus belles peaux de caribou, où tu t'allongeras sur les plus belles peaux d'ours et de caribou, où ta lampe sera toujours remplie d'huile. Mes amis et moi t'apporteront tout ce que ton cœur désirera, et, de ce jour, tu seras toujours vêtue des plus belles et des plus éclatantes de nos plumes.

Séduite par l'oiseau, Sedna l'épouse conformément à la tradition du Vrai Peuple et le suit dans le pays des oiseaux, parcourant plusieurs lieues sur la mer et la banquise.

Mais l'oiseau a menti.

Leur demeure n'est pas une tente en peau de caribou mais une triste cabane faite de peaux de poisson pourries. Le vent glacial y entre sans difficulté et se moque de sa naïveté.

Elle ne dort pas dans de superbes peaux d'ours mais sur de misérables peaux de morse. Il n'y a pas d'huile pour sa lampe. Les autres oiseaux la dédaignent et elle doit porter ses vêtements d'épousée. Son nouveau mari ne la nourrit que de poisson froid.

Comme Sedna lui répète sans se lasser que son père lui manque, l'oiseau autorise enfin celui-ci à lui rendre visite. Pour ce faire, le vieil homme est obligé de voyager plusieurs semaines dans son frêle esquif.

À l'arrivée de son père, Sedna feint d'être emplie de joie jusqu'à ce qu'ils se retrouvent seuls dans la tente sombre et puante, et elle éclate en sanglots et dit à son père que son époux est une brute, elle se lamente sur tout ce qu'elle a perdu – la jeunesse, la beauté, le bonheur – en dédaignant les jeunes hommes du Vrai Peuple en faveur de cet oiseau.

Horrifié par le récit qu'elle lui fait, son père l'aide à trouver un moyen de tuer son époux. Le lendemain matin, comme l'oiseau vient porter à Sedna du poisson pour le petit déjeuner, père et fille l'attaquent de concert, armés du harpon et de la pagaie du père, et ils le tuent. Puis le père et la fille fuient le pays des oiseaux.

Ils voguent plusieurs jours durant, vers le sud et le pays du Vrai Peuple, mais, lorsque les parents et les amis de l'époux oiseau le trouvent mort, ils sont emplis de colère et ils s'envolent vers le sud, battant si fort des ailes qu'on les entend à des milliers de lieues, jusque chez le Vrai Peuple.

En quelques minutes, des milliers d'oiseaux furieux avalent la distance que Sedna et son père ont mis une semaine à parcourir. Ils fondent sur le petit esquif tel un sombre nuage de becs, de griffes et d'ergots en rage. Le battement de leurs ailes invoque une terrible tempête qui grossit les flots et menace d'engloutir le petit esquif.

Le père décide de faire offrande de sa fille aux oiseaux et la jette par-dessus bord.

Sedna s'accroche à l'embarcation de toutes ses forces. Elle a une poigne de fer.

D'un coup de couteau, le père lui tranche les premières phalanges de ses doigts. Comme elles tombent dans la mer, elles deviennent les premières baleines. Leurs ongles deviennent les fanons de baleine qui s'échouent sur les plages.

Sedna s'accroche toujours. Le père lui coupe les deuxièmes phalanges.

En tombant dans la mer, ces morceaux de doigts deviennent les phoques.

Sedna s'accroche toujours. Lorsque le père terrifié lui coupe ses dernières phalanges, celles-ci tombent sur les floes les plus proches, et aussi dans les eaux, et elles deviennent les morses.

Privée de tous ses doigts, avec au bout des mains des moignons d'os incurvés pareils aux griffes de son défunt époux, Sedna lâche enfin prise et coule au fond de l'océan. C'est là qu'elle demeure à ce jour.

Sedna est la maîtresse des baleines, des morses et des phoques. Si le Vrai Peuple la comble, elle lui envoie ces animaux et dit aux phoques, aux morses et aux baleines de se laisser capturer et tuer. Si le Vrai Peuple la mécontente, elle garde les baleines, les morses et les phoques auprès d'elle dans les noires profondeurs, et le Vrai Peuple connaît la souffrance et la faim.

Qu'est-ce que c'est que cette histoire ? pense Francis Crozier. C'est la voix de son identité qui interrompt le lent flot anonyme du rêve qu'il écoute.

Comme répondant à un appel, la douleur fond sur lui.

61

Crozier

Mes hommes! s'écrie-t-il. Mais il est trop faible pour crier. Il est trop faible pour parler à voix haute. Trop faible pour seulement se rappeler ce que signifient ces syllabes. *Mes hommes!* s'écrie-t-il à nouveau. Seul un gémissement sort de sa bouche.

Elle le torture.

Plutôt que de se réveiller en sursaut, Crozier émerge par paliers successifs, ouvrant les yeux à grand-peine, rassemblant les bribes éparses de sa conscience pendant des heures, voire des jours entiers, sans cesse arraché à son sommeil de mort par la douleur et par ces deux syllabes vides de sens — *mes hommes!* —, jusqu'à ce que, finalement, il soit suffisamment conscient pour se rappeler qui il est, et pour découvrir où il se trouve et en quelle compagnie.

Elle le torture.

Armée d'une lame chauffée à blanc, la jeune Esquimaude qu'il connaît sous le nom de lady Silence lui taillade sans répit le torse, les bras, les flancs, le dos et les jambes. La douleur est incessante, insoutenable.

Il est allongé auprès d'elle dans un minuscule abri — pas la maisonnette de neige que lui avait décrite John Irving, mais une sorte de tente formée de peaux tendues sur des os et des bâtons —, éclairé par les flammes vacillantes de plusieurs lampes à huile, qui illuminent le torse nu de la fille et, ainsi qu'il le constate en baissant les yeux, son propre torse également nu, et ses bras, et son ventre, tous en sang. Il se demande si elle n'est pas en train de le découper en filets.

Crozier veut hurler, mais il s'aperçoit à nouveau qu'il est trop faible pour le faire. Il veut écarter de lui la main et le couteau de sa tortionnaire, mais il est trop faible pour lever le bras, sans parler de la repousser.

Elle le fixe de ses yeux marron, confirmant son retour à la vie, puis examine les dégâts que lui inflige son couteau à mesure qu'elle s'affaire à le taillader, à le torturer.

Crozier parvient à pousser le plus faible des gémissements. Puis il replonge dans les ténèbres, mais ce n'est pas pour écouter de nouveaux rêves, ni retrouver cette absence d'identité si agréable dont il se souvient à peine : c'est pour voir déferler sur lui les vagues noires de la douleur.

Elle lui fait boire une sorte de bouillon préparé dans une boîte de conserve vide qu'elle a dû chiper à bord du *Terror*. Le goût évoque celui du sang d'un mammifère marin. Puis elle découpe des lanières de viande et de graisse de phoque, usant pour cela d'un couteau au manche d'ivoire et à l'étrange lame incurvée, qu'elle approche dangereusement de sa bouche pour débiter la viande avant de la mâcher, fourrant ensuite les morceaux entre les lèvres gercées et sanglantes de Crozier. Il tente de les recracher – pas question de recevoir la becquée comme un oisillon –, mais elle rattrape chaque portion et la lui enfourne à nouveau dans la bouche. Vaincu, incapable de lui résister, il trouve l'énergie de mâcher et d'avaler.

Puis il se rendort, bercé par les hurlements du vent, mais il ne tarde pas à se réveiller. Il se rend compte qu'il est tout nu dans ses peaux de bête – ses nombreuses couches de vêtements ne sont visibles nulle part dans la petite tente – et qu'elle l'a roulé sur le ventre, l'allongeant sur une peau de phoque afin que le sang de ses plaies ne tache pas les fourrures servant de tapis de sol. Elle lui taillade le dos avec une longue lame droite.

Trop faible pour résister ou se retourner, Crozier ne peut que gémir. Il l'imagine le découpant en morceaux et dévorant chacun d'eux après les avoir fait cuire. Il la sent presser une sorte d'éponge visqueuse sur les multiples plaies de son dos.

À un moment donné de son supplice, il se rendort.

Mes hommes !

Ce n'est qu'au bout de plusieurs jours de souffrance, durant lesquels il ne cesse d'aller et venir entre conscience et inconscience, persuadé que Silence est en train de le dépecer, que Crozier se rappelle qu'on lui a tiré dessus.

Il se réveille dans une obscurité à peine tempérée par le clair de lune et l'éclat des étoiles, qui s'insinuent entre les fourrures de la tente. L'Esquimaude dort à ses côtés, aussi nue que lui, et tous deux partagent leur chaleur corporelle. Crozier n'éprouve pas le moindre désir, pas la moindre passion, hormis un appétit de chaleur proprement animal. Sa douleur est trop vive.

Mes hommes ! Je dois retourner auprès de mes hommes ! Je dois les prévenir !

Pour la première fois, il se rappelle Hickey, la polynie, les coups de feu.

Le bras de Crozier repose sur son torse et il ordonne à sa main d'aller plus haut, d'effleurer les endroits où les chevrotines ont pénétré ses chairs. Son sein gauche est une masse de plaies et de balafres, mais il semble qu'on en a extrait avec soin les projectiles et les bouts de tissu qui s'y étaient incrustés. Sur les blessures les plus importantes sont plaqués des objets ressemblant à des paquets d'algues ou de mousse, mais Crozier, s'il brûle d'envie de les arracher, n'en a tout simplement pas la force.

Son dos le fait encore plus souffrir que son torse lacéré, et il se rappelle Silence le tailladant avec son couteau. Il se rappelle aussi l'étrange bruit qu'a fait le fusil au moment où Hickey lui a tiré dessus − la poudre était vieille et humide, la puissance de feu amoindrie −, ainsi que la force de l'impact lorsque les chevrotines l'ont projeté sur la banquise. On lui a tiré dessus à deux reprises, dans le torse et dans le dos.

L'Esquimaude a-t-elle extrait tous les projectiles ? Et toutes les bribes de tissu enchâssées dans mes chairs ?

Crozier bat des cils dans les ténèbres. Un jour, alors qu'il se trouvait avec le Dr Goodsir dans son infirmerie, le chirurgien lui a expliqué que lorsqu'un homme était blessé par balle, lors d'une bataille navale ou d'une expédition comme la leur, ce n'était pas tant la plaie elle-même qui finissait par le tuer que l'infection qui se déclenchait si cette plaie était mal soignée.

Il porte lentement la main à son épaule. Après lui avoir tiré dessus avec un fusil, Hickey lui a tiré dessus avec son propre pistolet, il s'en souvient maintenant, et la première balle l'a atteint... *ici*. Crozier pousse un hoquet comme ses doigts palpent une profonde plaie ouverte dans son biceps. Elle est recouverte d'un paquet de cette substance inconnue et poisseuse. Le vertige le saisit tant la douleur est soudaine.

Il localise une autre plaie le long de ses côtes gauches. Comme il en suit le tracé − l'effleurant à peine, mais il n'a pas la force d'insister davantage −, il pousse un nouveau hoquet et perd conscience quelques instants.

Lorsqu'il revient à lui, Crozier comprend que Silence a extrait une balle logée dans son flanc et a appliqué sur sa blessure le même genre de cataplasme indigène qui lui avait servi à d'autres points de son corps meurtri. À en juger par la douleur que lui coûte chaque souffle et par celle qui sourd de son dos, la balle lui a cassé une côte sur le flanc gauche puis, déviée de sa trajectoire initiale, est allée se loger sous son omoplate gauche. C'est sans doute là que Silence a opéré.

De longues minutes lui sont nécessaires pour porter sa main à la plus douloureuse de ses plaies, un geste qui achève de le vider de son énergie.

Crozier ne se rappelle pas avoir été touché à la jambe gauche, mais la douleur qui lui irradie les muscles, de part et d'autre de son genou, prouve qu'une troisième balle l'a traversé à cet endroit. Ses doigts tremblotants localisent le point d'entrée et le point de sortie. Cinq centimètres plus haut, et le projectile lui aurait pulvérisé la rotule, ce qui lui aurait coûté une jambe et, par voie de conséquence, la vie. Là encore, un cataplasme recouvre les deux plaies, et, bien qu'il sente une croûte, il n'y a aucun signe d'hémorragie.

Pas étonnant que je brûle de fièvre. L'infection est en train de me tuer.

Puis il se rend compte que la chaleur qu'il ressent n'est pas forcément due à la fièvre. Ces fourrures sont tellement isolantes, et le corps nu de lady Silence dégage une telle chaleur qu'il est à son aise pour la première fois depuis... des mois? des années?

Au prix d'un grand effort, Crozier repousse en partie la peau de bête qui les recouvre, laissant entrer un peu d'air frais dans leur couche.

Silence frémit sans se réveiller. En la découvrant ainsi dans la pénombre, il lui trouve des allures enfantines... et repense aux filles adolescentes de son cousin Albert.

C'est avec cette image en tête – il joue au croquet avec ses nièces sur une pelouse de Dublin – que Crozier se rendort.

Vêtue de sa parka, elle se tient à genoux devant lui, les bras ouverts, les doigts bien écartés, tendant d'une main à l'autre des filaments provenant de tendons ou de tripes d'animaux. Telle une enfant concentrée sur son jeu, elle forme des figures avec cette ficelle organique.

Crozier l'observe sans rien dire.

De ces croisillons mouvants se détachent deux figures en particulier. La première montre deux triangles, tracés avec trois ficelles partant des pouces, à la base desquels une boucle décrit une sorte de dôme pointu. Pour tracer la seconde, elle doit étirer le bras droit au maximum, tenant de cette main deux fils qui décrivent une boucle au-dessus du pouce et de l'auriculaire de la main gauche : le résultat ressemble à un animal pourvu de quatre appendices – pattes ou nageoires – et d'une tête ronde.

Crozier ne comprend pas ce qu'il est censé voir. Il secoue la tête comme pour lui signifier qu'il n'a pas envie de jouer.

Silence le fixe durant un long moment de ses yeux sombres. Puis elle laisse choir ses mains avec grâce, et la ficelle à présent informe se love dans le bol d'ivoire où il boit son bouillon. L'instant d'après, l'Esquimaude sort de la tente en rampant, écartant les multiples peaux qui en protègent l'entrée.

Surpris par la froideur de l'air venu du dehors, Crozier tente de la suivre. Il doit savoir où il se trouve. Vu les geignements et les craquements qui parviennent à ses oreilles, la tente doit être dressée sur la banquise – tout près de l'endroit où il a été abattu, peut-être. Il ignore combien de temps a pu s'écouler depuis que Hickey a piégé ses quatre victimes – lui-même, Goodsir et les infortunés Lane et Goddard –, mais il espère que cela se limite à quelques heures, au pis à un jour ou deux. En partant tout de suite, il aura le temps de prévenir le camp Secours avant que Hickey, Manson, Thompson et Aylmore y commettent de nouveaux outrages.

S'il réussit à soulever la tête et les épaules de quelques centimètres, Crozier est beaucoup trop faible pour s'extirper de ses fourrures, sans parler de gagner l'ouverture de la tente en peau de caribou. Il se rendort.

Quelque temps plus tard – il ne saurait dire si cela se passe le même jour, ni combien de fois Silence est entrée et sortie de la tente –, l'Esquimaude le réveille. La clarté du dehors semble être la même ; à l'intérieur de la tente, toutes les lampes sont allumées. Une nouvelle tranche de viande est posée dans la niche creusée dans le sol qui sert de garde-manger, et Crozier constate que Silence vient d'ôter sa parka et qu'elle ne porte que des culottes courtes en peau retournée. Leur couleur est d'une nuance plus claire que sa peau basanée. Elle s'agenouille à nouveau devant Crozier, faisant ballotter ses seins.

Soudain, les filaments dansent à nouveau entre ses doigts. Cette fois-ci, c'est l'animal qui apparaît près de sa main gauche, puis les boucles se défont et se refont, et c'est le dôme ovale et pointu qui refait son apparition.

Crozier ne peut que secouer la tête. Il ne comprend toujours pas.

Silence range la ficelle dans le bol, attrape son couteau à lame incurvée et à manche d'ivoire, qui évoque celui d'un crochet de docker, et entreprend de découper la viande en lamelles.

— Je dois retrouver mes hommes, murmure Crozier. Aidez-moi à retrouver mes hommes.

Silence le regarde.

Le capitaine ignore combien de jours ont passé depuis son premier réveil. Il dort beaucoup. Durant ses rares périodes de conscience, il boit son bouillon, mange la viande et la graisse de phoque – que Silence n'a plus besoin de mâcher au préalable mais qu'elle doit toujours porter à sa bouche – et prend son mal en patience pendant qu'elle le lave et change ses cataplasmes. À sa grande honte, il doit également se faire assister pour ses besoins naturels, pour lesquels il utilise une boîte de conserve vide en guise de pot de chambre, et il est d'autant plus gêné que c'est *cette fille* qui va vider ledit pot de chambre quelque part parmi les floes. Le fait que ses déjections gèlent en un clin d'œil, évitant à leur puanteur d'enrichir l'odeur de viande, de poisson et d'humanité qui imprègne déjà la petite tente, ne parvient pas à le réconforter.

— Aidez-moi à retrouver mes hommes, répète-t-il d'une voix éraillée.

Il y a de grandes chances pour qu'ils se trouvent tout près de la polynie où Hickey leur a tendu une embuscade – soit à moins de trois kilomètres du camp Secours.

Il doit avertir les autres.

Chaque fois qu'il se réveille, la lumière au-dehors conserve la même intensité, ce qui le plonge dans la confusion. Peut-être qu'il émerge seulement du sommeil en pleine nuit, pour une raison que seul le Dr Goodsir pourrait lui exposer. Peut-être que Silence le drogue avec du sang de phoque pour l'obliger à dormir durant la journée. Pour l'empêcher de s'échapper.

— Je vous en prie, murmure-t-il.

Même si elle est muette, cette sauvage a peut-être appris quelques mots d'anglais lors de son séjour à bord du HMS *Terror*, du moins l'espère-t-il. Goodsir affirmait qu'elle n'était pas sourde, et Crozier l'a parfois vue réagir à un bruit inattendu lorsqu'elle se trouvait sur son navire.

Silence continue de le fixer.

Non seulement c'est une sauvage, mais en plus c'est une idiote, songe Crozier. Pas question pour lui de s'abaisser à supplier cette païenne une nouvelle fois. Il décide de manger avec appétit, de reprendre ses forces, de se rétablir, bref de tout faire pour avoir un jour la force de se lever et de regagner le camp par ses propres moyens.

Silence bat des cils et se tourne vers son petit réchaud pour faire cuire la tranche de phoque.

Il se réveille un autre jour – ou plutôt une autre nuit, vu la sempiternelle pénombre – et découvre Silence agenouillée devant lui, sa ficelle à la main.

Elle commence par construire la figure représentant le dôme pointu. Ses doigts dansent. Deux boucles apparaissent, mais ce sont deux animaux qu'elle dessine, pourvus de deux appendices chacun. Elle écarte les mains et les figures semblent se mouvoir : leurs jambes les conduisent de sa main droite à la gauche. Puis ses doigts s'envolent, et le dôme ovale refait son apparition... mais Crozier s'aperçoit qu'il a changé de forme. Alors qu'il semblait pointu, il a désormais le contour d'une chaînette, une courbe qu'il a souvent étudiée lorsqu'il était aspirant et se colletait avec la géométrie et la trigonométrie.

Il secoue la tête.

— Je ne comprends pas, graillonne-t-il. Ce satané jeu n'a aucun sens.

Silence le fixe, bat des cils, jette la ficelle sur un tas de fourrures et entreprend d'extraire Crozier de sa couche.

S'il n'a pas la force de lui résister, il n'est pas non plus disposé à lui faciliter la tâche. Après l'avoir dressé en position assise, Silence lui enfile un gilet de corps en peau de caribou, puis une épaisse parka de fourrure. Crozier est surpris par la légèreté de ces vêtements : les couches qu'il entassait sur lui ces trois dernières années pesaient bien quinze kilos, et ce *avant* d'être imbibées de sueur et de glace, mais cette tenue esquimaude en pèse à peine quatre. En même temps qu'ils laissent circuler l'air sur sa peau, gilet et parka sont serrés au niveau de la gorge et des poignets, ce qui empêche le froid de pénétrer.

Profondément gêné, Crozier tente d'enfiler lui-même les culottes moulantes que veut lui passer Silence – du même type que celles qu'elle porte, mais plus grandes de quelques tailles –, puis le pantalon taillé dans la même matière, mais scs doigts sont bien trop maladroits. Les écartant d'un geste, Silence achève de l'habiller avec une économie de mouvements digne d'une mère ou d'une infirmière.

Ensuite, elle lui passe des sortes de bas tressés avec de l'herbe sèche, les lissant sur ses pieds et sur ses chevilles. Sans doute sont-ils conçus pour lui isoler les pieds et il se demande combien de temps il lui a fallu pour les confectionner – sans parler de la difficulté à se procurer de l'herbe sous ces latitudes. Il se retrouve ensuite chaussé de bottes en fourrure, dans lesquelles elle glisse les pans de son pantalon, et il remarque que leurs semelles sont taillées dans une peau bien plus épaisse que celle de ses autres vêtements.

Lorsqu'il a examiné l'intérieur de la tente après son réveil, Crozier s'est étonné de cette profusion de duvets, de parkas, de fourrures, de peaux de caribou, de gamelles et de filaments, de ces lampes à graisse de phoque apparemment taillées dans la pierre ponce, de ce couteau à lame incurvée, puis il s'est rendu à l'évidence : c'était lady Silence qui avait dépouillé les cadavres des huit

Esquimaux tués par Farr et l'enseigne Hodgson. Quant au reste de son matériel – les boîtes de conserve, les cuillères, les couteaux, les os de mammifères marins, les morceaux de bois et d'ivoire, et même ces douves de tonneau intégrées à l'armature de la tente –, elle l'avait récupéré à bord du *Terror*, dans le camp Terror abandonné ou carrément sur la banquise lors de ses expéditions en solitaire.

Une fois habillé, Crozier s'effondre sur sa couche, à bout de souffle.

— Vous allez me conduire à mon peuple maintenant? demande-t-il.

Silence lui passe des moufles, rabat sur sa tête une capuche bordée de poils d'ours, l'empoigne par sa parka et le traîne au-dehors.

L'air est si glacial que Crozier est pris d'une quinte de toux, mais, au bout d'un temps, il prend conscience de la chaleur qui imprègne son corps. Il la sent irriguer la totalité de son organisme, bien à l'abri sous ses vêtements exempts de toute porosité. Silence s'affaire sur lui pendant une minute, l'installant en position assise près d'un tas de fourrures pliées. Sans doute ne souhaite-t-elle pas qu'il s'allonge sur la glace, même s'il en est séparé par une peau d'ours, car cette étrange tenue esquimaude conserve bien mieux la chaleur si on fait circuler l'air chaud sur la peau.

Comme pour confirmer cette théorie, Silence attrape la peau d'ours en question et la replie, l'ajoutant au tas près de lui. Il constate à son grand étonnement – lui qui n'a pas cessé d'avoir froid aux pieds depuis trois ans chaque fois qu'il mettait le nez dehors, désagrément auquel s'était ajoutée une humidité omniprésente depuis qu'il avait quitté son navire – que ses lourdes bottes et ses chaussettes d'herbe séchée semblent à l'épreuve du froid et de l'humidité.

Pendant que Silence démonte la tente avec des gestes assurés, Crozier parcourt les lieux du regard.

Il fait nuit. *Pourquoi m'a-t-elle fait sortir en pleine nuit? Y aurait-il urgence?* Comme il l'a déduit, la tente en peau de caribou est dressée sur la banquise, parmi des séracs, des icebergs et des crêtes de pression, qui renvoient la faible clarté des étoiles en partie occultées par des nuages bas. Crozier sent son cœur battre plus vite lorsqu'il aperçoit une polynie ouverte à moins de dix mètres de là. *Nous n'avons pas quitté le coin où Hickey avait tendu son piège. Le camp Secours ne se trouve qu'à deux miles d'ici et je sais comment le rejoindre.*

Puis il se rend compte que cette polynie est nettement plus petite que celle où les a conduits Robert Golding : cette mare d'eau noire mesure à peine deux mètres cinquante sur un peu plus d'un mètre. Et les icebergs qui l'entourent n'ont rien de familier à ses yeux. Ils sont bien plus grands et bien plus nombreux que ceux au pied desquels Hickey l'a attaqué. Les crêtes de pression sont elles aussi plus élevées.

Crozier plisse les yeux pour scruter le ciel, mais il ne fait qu'entrapercevoir les étoiles. Si les nuages voulaient bien se dissiper, s'il avait sur lui son sextant et ses tables, peut-être arriverait-il à déterminer sa position.

Si... si... peut-être.

La seule constellation reconnaissable qu'il repère est de celles qui n'apparaissent qu'en hiver dans le ciel arctique. Il sait qu'il a été abattu le soir du 17 août – il avait déjà annoté son journal de bord lorsque Robert Golding est entré dans le camp –, et il ne peut concevoir que plus de quelques jours se soient écoulés depuis lors.

Soudain affolé, il parcourt du regard l'horizon de glace en ligne brisée, en quête d'un vague éclat trahissant un récent crépuscule ou une aurore imminente. Il n'y a que la nuit, le vent vociférant, les nuages et quelques étoiles frémissantes.

Grand Dieu... où est passé le soleil ?

Crozier n'a toujours pas froid, mais il est pris de tremblements si intenses qu'il doit s'accrocher de toutes ses forces à la pile de fourrures afin de ne pas tomber à la renverse.

Lady Silence se livre à un étrange manège.

En quelques gestes précis, elle a mis à bas l'armature de la tente. En dépit de l'obscurité, Crozier constate que son enveloppe externe est composée de peaux de phoque cousues, et il voit Silence s'agenouiller sur l'un des pans étalés dans la neige pour le couper en deux dans le sens de la longueur.

Puis elle traîne les deux moitiés près de la polynie et les y immerge au moyen d'une sorte de gaffe. Une fois que les deux pans sont trempés, elle revient près de Crozier, récupère des poissons gelés dans la niche de stockage des vivres et les pose sur la neige, en alignant une douzaine le long du premier pan, puis une autre le long du second.

Crozier ne comprend strictement rien à ses actes. On dirait qu'elle accomplit quelque rituel païen tandis que souffle le vent et que scintillent les étoiles. Le problème, se dit-il, *c'est qu'elle a détruit l'un des pans de sa tente.* Si elle veut la remonter, elle aura toujours une armature solide, mais celle-ci ne protégera plus ses occupants ni du vent ni du froid.

Sans lui prêter la moindre attention, Silence enroule chacun des pans à moitié gelés autour d'une ribambelle de poissons, puis répète la manœuvre, tirant sur la peau de phoque mouillée pour la tendre au maximum. Crozier remarque en esquissant un sourire qu'elle a laissé une tête de poisson dépasser à l'extrémité de chacun de ces rouleaux, et voilà qu'elle s'affaire à les relever légèrement l'une après l'autre.

Deux minutes plus tard, elle dispose de deux longueurs de peaux de phoque fourrées au poisson, dont chacune mesure plus de deux mètres – aussi rigides, aussi solides que des bâtons taillés dans du bois de chêne –, et elle les dispose parallèlement sur la glace.

Puis elle cale une peau sous ses genoux ct, utilisant ses ficelles comme des longes, elle relie les deux bâtons l'un à l'autre avec des fragments d'os et de bois de caribou – qui constituaient naguère l'armature de la tente.

— Par la Sainte Vierge, murmure Francis Crozier.

Ces bâtons faits de phoque et de poissons sont des patins. Ces bois et ces os sont des traverses.

— Tu te fabriques un traîneau, bon sang, ajoute-t-il.

Son haleine se transforme en petit nuage de cristaux et son étonnement vire à la panique.

Il ne faisait pas aussi froid le 17 août, et même avant – même en plein milieu de la nuit.

Silence a mis un peu moins d'une demi-heure à assembler son traîneau de poisson et de caribou, estime-t-il, mais il s'écoule une heure et demie supplémentaire – il a peine à mesurer le temps sans montre, d'autant plus qu'il lui arrive parfois de somnoler – pendant qu'elle le complète de divers accessoires et perfectionne ceux-ci.

Elle commence par attraper un sac de toile provenant du *Terror* dont elle sort ce qui ressemble à une bouillie de boue et de mousse. Après avoir prélevé de l'eau dans la polynie au moyen de conserves vides, elle modèle cette substance pour façonner des boules grosses comme le poing, qu'elle applique ensuite sur les patins, les étalant de ses mains nues pour obtenir une surface régulière. Bien qu'elle glisse de temps à autre les mains sous sa parka pour les plaquer contre son ventre, Crozier se demande comment elles font pour ne pas geler.

Silence lisse ensuite la boue gelée au moyen de son couteau, pareille à un sculpteur travaillant sur une ébauche. Puis elle retourne chercher de l'eau et la verse sur la boue gelée, recouvrant celle-ci d'une couche de glace. Finalement, elle asperge d'eau un carré de peau d'ours et en frotte les patins sur toute leur longueur, jusqu'à lisser parfaitement la glace. Crozier a l'impression que les patins – qui, deux heures plus tôt, n'étaient qu'un tas de poissons et deux pans de peau de phoque – sont recouverts de verre.

Silence redresse le traîneau, teste la solidité des traverses, pèse dessus de tout son poids, puis achève le montage en fixant à l'arrière deux bois de caribou – longs et incurvés, ils faisaient office de poteaux dans la tente – qui serviront de poignées rudimentaires.

Puis elle empile plusieurs couches de peaux de phoque sur les traverses et, se dirigeant vers Crozier, l'aide à se lever et à gagner le traîneau.

Il se dégage et tente de marcher tout seul.

Il ne se souvient pas d'être tombé dans la neige, mais, lorsqu'il recouvre la vue et l'ouïe, Silence est en train de le hisser sur le traîneau, lui redressant les jambes, lui calant le dos sur un tas de fourrures reposant sur les poignées et l'enfouissant sous plusieurs peaux d'ours.

Il constate qu'elle a noué des lanières de cuir au traîneau et les a réunies ensemble pour former une sorte de harnais qu'elle a passé à sa ceinture. Il repense à son petit jeu avec la ficelle et comprend enfin ce qu'elle voulait lui dire : la tente (le dôme pointu) va être démontée, et tous deux (les bipèdes qui se déplaçaient d'une main à l'autre, quoique Crozier ne se voie pas marchant de sitôt) vont gagner un autre dôme, sans pointe cette fois-ci. (Une tente en forme de dôme ? Une maison de neige ?)

Une fois le chargement achevé – Crozier est entouré de toutes parts par des fourrures, des sacs de toile, des gamelles et des lampes à huile emballées avec soin –, Silence se harnache et commence à tracter le traîneau sur la glace.

Les patins de ce traîneau sont incomparablement plus rapides, plus silencieux et plus efficaces que ceux des traîneaux du *Terror* et de l'*Erebus*. Crozier est surpris de constater qu'il n'a toujours pas froid ; deux heures d'immobilité totale ou presque, et seul le bout de son nez semble être affecté.

Au-dessus d'eux, les nuages forment une chape solide. Pas le moindre signe du soleil ni d'un quelconque horizon. Francis Crozier ignore totalement où le conduit cette femme – sur l'île du Roi-Guillaume ? vers le sud et la péninsule Adélaïde ? en direction de la rivière de Back ? au cœur de la banquise ?

— Mes hommes, dit-il dans un râle. (Il s'efforce d'élever la voix pour couvrir les soupirs du vent, le sifflement de la neige et les craquements de la glace sous leur traîneau.) Je dois rejoindre mes hommes. Ils sont sûrement à ma recherche. Mademoiselle... madame... lady Silence, *je vous en supplie*. Pour l'amour de Dieu, je vous en supplie, ramenez-moi au camp Secours.

Silence ne se retourne pas. À la faible clarté des étoiles, il ne voit que sa capuche bordée de poils d'ours blanc. Il ne sait pas comment elle arrive à se diriger dans ces ténèbres, comment une jeune fille aussi menue peut tracter sans effort apparent un fardeau aussi lourd.

Ils glissent en silence dans les ténèbres du chaos glaciaire qui s'étend devant eux.

62

Crozier

C'est Sedna, au fond de l'océan, qui décide d'envoyer ou non les phoques à la surface, où ils sont traqués par les autres animaux ainsi que par le Vrai Peuple, mais, d'une certaine façon, ce sont les phoques eux-mêmes qui décident s'ils vont être tués ou non.

Et, dans un sens, il n'y a qu'un seul phoque.

Les phoques sont semblables au Vrai Peuple en ce sens que chacun d'eux a deux esprits : un esprit vital qui meurt en même temps que leur corps et un esprit éternel qui quitte celui-ci à l'instant de la mort. Cette âme durable, le *tarnic*, se présente sous la forme d'une minuscule bulle d'air et de sang, que le chasseur trouve parfois dans les entrailles de l'animal, et qui a la même forme que le phoque lui-même.

Lorsqu'un phoque périt, son esprit éternel s'en va pour revenir, pareil à lui-même, sous la forme d'un bébé phoque descendant du phoque ayant décidé de mourir et d'être mangé.

Le Vrai Peuple sait que, tout le long de sa vie, un chasseur capture et tue à maintes reprises le même phoque, le même morse, le même ours et le même oiseau.

Lorsqu'un membre du Vrai Peuple vient à mourir, et son esprit vital avec lui, il arrive exactement la même chose à son esprit éternel. L'*inua* – l'âme, l'esprit éternel – s'en va, conservant sa mémoire et ses talents, pour revenir dans un garçon ou une fille de la lignée du défunt. C'est entre autres pour cette raison que l'on n'impose aucune discipline aux enfants du Vrai Peuple, même s'ils se montrent dissipés ou impertinents. Car, outre son esprit vital enfantin, chaque enfant abrite l'*inua* d'un adulte – son père, son oncle, son grand-père, son arrière-grand-père, sa mère, sa tante, sa grand-mère, son arrière-grand-mère, qui a conservé intacte sa sagesse de chasseur, de matriarche ou de chaman –, et celui-ci ne saurait être réprimandé.

Le phoque ne se soumet pas à n'importe quel chasseur du Vrai Peuple. Celui-ci doit le séduire, non seulement par sa ruse et son habileté, mais aussi par son courage et la qualité de son *inua*.

Les *inua* – les esprits du Vrai Peuple, des phoques, des morses, des ours, des caribous, des oiseaux, des baleines... – existaient sous forme spirituelle bien avant la Terre, et la Terre est fort ancienne.

Aux premiers temps de l'univers, la Terre était un disque flottant sous un ciel soutenu par quatre colonnes. Sous la terre se trouvait un lieu de ténèbres où demeuraient les esprits (et où demeurent encore la plupart d'entre eux). Cette Terre des origines était le plus souvent submergée par les eaux et vide de tout être humain – du Vrai Peuple ou d'autres peuples –, jusqu'à ce qu'apparaissent deux hommes, Aakulujjuusi et Uumaaniirtuq, qui émergèrent chacun d'une motte de terre. Ils devinrent les premiers représentants du Vrai Peuple.

En ce temps-là, il n'y avait ni étoiles, ni lune, ni soleil, et les deux hommes et leurs descendants durent vivre et chasser dans des ténèbres absolues. Comme il n'y avait pas de chamans pour guider le Vrai Peuple, les êtres humains n'avaient que de faibles pouvoirs et ne pouvaient chasser que les petits animaux – les lièvres, les lagopèdes, un corbeau de temps en temps –, et ils ne savaient pas comment vivre correctement. En guise de parure, ils ne portaient que l'*aanguaq*, une amulette obtenue à partir d'une coquille d'oursin.

Les femmes s'étaient jointes aux hommes en ces premiers âges (elles étaient sorties des glaciers comme ils étaient sortis de la terre), mais elles étaient stériles et passaient leur temps à marcher le long des côtes en contemplant la mer ou en creusant dans la terre pour y chercher des enfants.

Le deuxième cycle de l'univers débuta à l'issue d'un long et rude conflit opposant un renard à un corbeau. Alors apparurent les saisons, puis la vie et la mort elles-mêmes ; peu après la venue des saisons, une ère nouvelle commença, où l'esprit vital des êtres humains périssait en même temps que leur corps tandis que l'esprit *inua* s'en allait ailleurs.

Les chamans apprirent alors quelques-uns des secrets de l'ordre cosmique et purent aider le Vrai Peuple à apprendre à vivre correctement : ils édictèrent des règles prohibant l'inceste et le mariage hors de la famille, ainsi que le meurtre et autres actes contraires à l'Ordre des Choses. Les chamans avaient le pouvoir de scruter les temps d'avant la venue d'Aakulujjuusi et d'Uumaaniirtuq, et ils enseignèrent aux êtres humains l'origine des grands esprits de l'univers – les *inuat* –, tels l'Esprit de la Lune, ou Naarjuk, l'esprit de la conscience, ou encore Sila, l'Esprit de l'Air, la plus vitale de toutes les anciennes forces ; c'est Sila qui a créé toutes choses, qui leur a insufflé leur énergie et les imprègne de son essence, et c'est sa colère qu'expriment tempêtes et blizzards.

C'est aussi en ce temps-là que le Vrai Peuple apprit l'existence de Sedna, que l'on appelle en d'autres lieux de glace Uinigumauituq ou encore Nuliajuk. Ainsi que l'expliquèrent les chamans, tous les êtres humains − le Vrai Peuple, les êtres à peau rouge habitant au sud, les *Ijirait* ou esprits caribous, et même les êtres pâles qui apparurent longtemps après − étaient nés de l'union de Sedna-Uinigumauituq-Nuliajuk et d'un chien. Cela explique que les chiens soient autorisés à avoir un nom ainsi qu'une âme, et qu'ils partagent l'*inua* de leur maître avec celui-ci.

Aningat, l'*inua* de la lune, s'est rendue coupable d'inceste en abusant de sa sœur Siqniq, l'*inua* du soleil. Ulilarnaq, l'épouse d'Aningat, adore étriper ses victimes − les animaux comme les membres du Vrai Peuple − et, comme elle n'apprécie pas que les chamans se mêlent de questions spirituelles, elle les punit parfois en les affligeant d'un fou rire irrépressible. Encore à ce jour, il leur arrive souvent d'en mourir.

Si le Vrai Peuple apprécie d'avoir connaissance de ces puissants esprits du cosmos − l'omniprésent Esprit de l'Air, l'Esprit de la Mer, qui contrôle tous les animaux marins et les oiseaux de mer, et l'Esprit de la Lune, dernier élément de cette trinité −, ces trois *inuat* originels sont bien trop puissants pour prêter attention au Vrai Peuple (ct aux êtres humains en général), car ils sont aussi supérieurs aux autres esprits que ceux-ci le sont aux êtres humains, de sorte que le Vrai Peuple ne vénère pas cette trinité. Les chamans ne tentent que rarement de contacter les plus puissants esprits − comme Sedna, par exemple −, se contentant de veiller à ce que le Vrai Peuple ne brise point un tabou qui soit de nature à offenser l'Esprit de la Mer, l'Esprit de la Lune ou l'Esprit de l'Air.

Au fil des générations, toutefois, les chamans − que le Vrai Peuple appelle *angakkuit* − ont appris nombre des secrets de l'univers occulte et des esprits *inuat* mineurs. Au fil des siècles, certains de ces chamans ont acquis le don que Memo Moira appelait Double Vue − le don de clairvoyance. Le Vrai Peuple donne à ce pouvoir le nom de *qaumaniq*, ou encore *angakkua*, en fonction de la manière dont il se manifeste. Tout comme les êtres humains ont jadis dompté les loups, leurs cousins en esprit, pour en faire des chiens qui partagent l'*inua* de leurs maîtres, les *angakkuit* doués du pouvoir d'entendre les pensées ou de les projeter ont appris à dompter, à domestiquer et à contrôler les esprits mineurs qui leur sont apparus. Ces esprits serviables s'appellent les *tuurngait*, et non seulement ils aident les chamans à voir le monde invisible des esprits ainsi que les temps d'avant la venue des êtres humains, mais en outre ils leur permettent de scruter l'esprit des êtres humains pour découvrir les fautes commises par le Vrai Peuple à l'encontre des règles régissant l'univers. Les *tuurngait* aident les chamans à restaurer l'ordre et l'équilibre. Ils ont appris leur langage aux *angakkuit*, ce langage des petits esprits que l'on appelle l'*irinaliutit*, afin que les chamans puissent s'adresser directement à leurs ancêtres ainsi qu'aux plus puissants *inuat* de l'univers.

Une fois qu'ils ont maîtrisé l'*irinaliutit*, le langage des *tuurngait*, les chamans ont pu aider les êtres humains à confesser leurs fautes et leur mauvaise conduite, afin de pouvoir guérir les maladies et remettre de l'ordre dans les affaires humaines, et par voie de conséquence dans le monde pris dans son ensemble. Le système de règles et de tabous enseigné et transmis par les chamans est à ce jour aussi complexe que les figures que les femmes du Vrai Peuple construisent avec leurs ficelles.

Les chamans font également office de protecteurs.

Il existe des petits esprits maléfiques rôdant parmi le Vrai Peuple, lui apportant hantises et mauvais temps, mais les chamans ont appris à façonner et à consacrer un couteau sacré qui a le pouvoir de tuer ces *tupilait*.

Pour lutter contre la tempête, les *angakkuit* ont découvert et transmis un crochet spécial qui a le pouvoir de trancher les *silagiksaqtuq*, les veines du vent.

Les chamans ont aussi le pouvoir de voler dans les airs et de servir de médiateurs entre le Vrai Peuple et les esprits, mais il leur arrive aussi – et souvent – de trahir la confiance placée en eux en infligeant aux êtres humains des *ilisiiqsiniq*, des charmes par lesquels ils instillent la jalousie et la haine, et qui amènent parfois un membre du Vrai Peuple à en tuer d'autres sans raison. Il arrive aussi qu'un chaman perde le contrôle de ses *tuurngait*, ses esprits serviables, et, si l'on ne se hâte pas d'y porter remède, ce chaman incompétent devient aussi dangereux qu'un rocher métallique attirant la foudre de l'été, et le Vrai Peuple n'a pas d'autre choix que de l'abandonner aux éléments, voire tout simplement de le tuer, en lui coupant la tête pour la séparer de son corps, de crainte que le chaman ne revienne à la vie et ne cherche à se venger.

La plupart des chamans ont le pouvoir de voler dans les airs, de guérir des individus, des familles et même des villages entiers (ils y parviennent en amenant les malades à confesser leurs fautes, ce qui garantit leur guérison), le pouvoir de laisser leur corps derrière eux pour voyager sur la lune ou au fond des mers (là où demeurent sans doute les plus puissants des *inuat*) et – une fois effectuées les incantations en langage *irinaliutit*, qu'accompagnent les chants et les tambours – le pouvoir de se métamorphoser en animal, en ours blanc par exemple.

Alors que la plupart des esprits, qui ne sont pas attachés à une âme, se contentent de demeurer dans le monde des esprits, il existe des créatures portant en elles des *inua* de monstre.

Certains de ces monstres, parmi les plus petits, sont dénommés *tupilek* et ont été conçus il y a des millénaires par des hommes et des femmes appelés *ilisituk*. Ce n'étaient pas des chamans mais des êtres maléfiques qui maîtrisaient les pouvoirs des chamans mais en usaient pour accomplir leur magie plutôt que pour guérir leur prochain et répandre leur foi.

Tous les êtres humains, et en particulier ceux du Vrai Peuple, survivent en mangeant des âmes – et tous le savent. Qu'est-ce que chasser sinon traquer une âme et lui imposer cette ultime soumission qu'est la mort ? Lorsqu'un phoque accepte d'être tué par un chasseur, par exemple, celui-ci doit rendre hommage à l'*inua* du phoque qui a accepté la mort, et ce avant de le manger, et il accomplit cette cérémonie en lui donnant un peu d'eau – puisqu'il s'agit d'une créature marine. C'est pour cette raison que certains chasseurs du Vieux Peuple ont sur eux des gobelets accrochés à un bâton, mais les plus âgés et les plus habiles préfèrent cracher dans la gueule du phoque de l'eau provenant de leur propre bouche.

Nous sommes tous des mangeurs d'âmes.

Mais les maléfiques *ilisituk* étaient des voleurs d'âmes. Leurs incantations leur permettaient de prendre le contrôle de chasseurs qui emmenaient alors leur famille loin du village, sur la banquise ou dans les montagnes de l'intérieur des terres, et c'est là qu'elles finissaient par vivre – et par mourir. Les descendants de ces malheureux, s'ils en ont eu, sont appelés *qivitok*, et ils sont plus sauvages que les êtres humains.

Lorsque certaines familles, puis certains villages, soupçonnaient les *ilisituk* de se livrer à de tels actes maléfiques, les sorciers créaient alors de petits animaux nuisibles – les *tupilek* –, qui traquaient, blessaient ou tuaient leurs ennemis. À l'origine inanimés et pas plus gros que des cailloux, les *tupilek*, une fois imprégnés de la magie des *ilisituk*, avaient le pouvoir de grossir et de prendre la forme de créatures monstrueuses. Mais comme ils étaient de ce fait faciles à repérer en plein jour, ils préféraient prendre la forme d'un être vivant ordinaire – un morse, par exemple, ou encore un ours blanc. Alors, le chasseur que les *ilisituk* voulaient châtier devenait le chassé. Une fois qu'un *tupilek* était lâché sur sa proie, celle-ci ne parvenait que rarement à lui échapper.

Mais il ne reste que très peu de sorciers *ilisituk* de nos jours. En effet, si le *tupilek* échouait à capturer et à tuer sa proie − si celle-ci se montrait trop rusée, ou bien demandait l'aide d'un chaman, par exemple −, le monstre se retournait toujours contre celui ou celle qui l'avait déchaîné. L'un après l'autre, les anciens *ilisituk* ont ainsi été éliminés par leurs propres créations.

Il vint un temps, il y a plusieurs millénaires de cela, où Sedna, l'Esprit de la Mer, fut prise de colère envers l'Esprit de l'Air et l'Esprit de la Lune.

Désireuse de tuer les deux autres éléments de la Trinité composant les forces fondamentales de l'univers, Sedna créa son propre *tupilek*.

Cette machine à tuer animée de son propre esprit était si terrible qu'on lui conféra son propre nom, et ce nom était *Tuunbaq*.

Le *Tuunbaq* avait le pouvoir de se déplacer entre le monde des esprits et celui des êtres humains, c'est-à-dire la Terre, et de prendre toutes les formes qu'il souhaitait. Mais toutes ces formes étaient si terribles que même un pur esprit ne pouvait les voir sans en être pris de folie. Son pouvoir − que Sedna avait dévolu à la mort et à la destruction − était pure terreur. En outre, Sedna avait accordé à son *Tuunbaq* le pouvoir de commander aux *ixitqusiqjuk*, les innombrables petits esprits présents dans le monde.

S'il les avait affrontés l'un après l'autre, le *Tuunbaq* aurait tué sans peine l'Esprit de la Lune et l'Esprit de l'Air.

Mais, si terrible fût-il, le *Tuunbaq* était bien moins rusé que les petits *tupilek*.

Sila, l'Esprit de l'Air, dont l'énergie emplit l'univers, sentit sa présence meurtrière tandis qu'il la traquait dans le monde des esprits. Sachant que le *Tuunbaq* avait le pouvoir de la détruire, et que sa destruction aurait pour conséquence de replonger l'univers dans le chaos, Sila demanda à l'Esprit de la Lune de l'aider à défaire la créature.

L'Esprit de la Lune n'avait aucune envie de l'aider. Et le sort de l'univers lui était indifférent.

Sila se tourna alors vers Narjuuk, l'Esprit de la Conscience, l'un des *inua* les plus vénérables (qui, tout comme elle, était apparu bien des éons auparavant, lorsque le chaos primordial s'était dissocié du roseau vert de l'ordre, encore fragile mais déjà vigoureux), afin qu'il lui vienne en aide.

Naarjuk accepta.

S'ensuivit une bataille qui dura dix milliers d'années, et qui laissa moult cratères, brèches et béances dans le tissu du monde spirituel, à l'issue de laquelle Sila et Naarjuk l'emportèrent sur le terrible *Tuunbaq*.

À l'instar de tous les *tupilek* ayant échoué à tuer la proie qui leur était désignée, le *Tuunbaq* se retourna alors contre son créateur... c'est-à-dire contre Sedna.

Mais celle-ci, qui avait tiré les leçons de ses expériences avant même que son père ne l'ait trahie, était consciente du danger que représentait le *tupilek* avant même qu'elle ne l'ait créé, aussi activa-t-elle une faiblesse dont elle l'avait affligé en secret, entonnant une incantation dans le langage *irinaliutit*.

Le *Tuunbaq* se retrouva aussitôt à la surface de la Terre, à jamais banni du monde des esprits comme du fond des mers, à jamais incapable de reprendre forme spirituelle, et Sedna fut ainsi à l'abri de toute menace.

Quant aux habitants de la Terre, ils étaient désormais en danger.

Sedna avait exilé le *Tuunbaq* dans la région la plus froide et la plus désertée de la Terre : le pôle Nord éternellement pris dans les glaces. Elle avait choisi les régions boréales plutôt que les régions australes, où les glaces exercent également leur emprise, parce que c'était là, dans ce lieu que nombre d'esprits *inuat* considéraient comme le centre de la Terre, que l'on trouvait des chamans capables de se colleter avec des esprits maléfiques.

Privé de sa monstrueuse forme spirituelle mais non de son essence tout aussi monstrueuse, le *Tuunbaq* prit bientôt l'apparence de l'animal le plus terrible qu'il pût trouver sur Terre. Il adopta la forme du plus rusé, du plus malin, du plus redoutable des prédateurs, à savoir l'ours polaire – mais, de par sa force et sa ruse, il était à l'ours polaire ce que celui-ci est à un chien du Vrai Peuple. Le *Tuunbaq* ne faisait qu'une bouchée des véritables ours blancs, les tuant et dévorant leurs âmes comme le Vrai Peuple le faisait des lagopèdes.

Plus l'âme *inua* d'un être vivant est complexe, plus un prédateur des âmes en apprécie le goût. Le *Tuunbaq* eut vite fait de constater qu'il appréciait davantage l'homme que le *nanuq*, l'ours blanc, que l'âme d'un homme était plus savoureuse que celle du morse, plus savoureuse encore que celle de l'orque, pourtant dodue, douce et intelligente.

Le *Tuunbaq* se gorgea donc d'êtres humains durant plusieurs générations. Ceux-ci fuirent peu à peu vers le sud, abandonnant des terres où l'on trouvait jadis des villages en abondance, des mers où voguaient jadis des centaines de kayaks et des abris où avaient résonné par milliers les rires des enfants du Vrai Peuple.

Mais ils ne pouvaient échapper au *Tuunbaq*. Que ce soit à la nage, à la course ou au combat, le *tupilek* suprême était supérieur à n'importe quel être humain, et il les surpassait aisément pour ce qui était de la ruse et de l'intelligence. Il commandait aux maléfiques *ixitqusiqjuk*, qui sur ses ordres envoyaient les glaciers aux trousses des humains ayant fui dans les vertes contrées, afin que le *Tuunbaq* à la fourrure blanche continue de dévorer les âmes sans craindre pour sa survie.

Les villages du Vrai Peuple envoyèrent des centaines de chasseurs pour traquer le monstre, et aucun d'eux ne revint vivant. Parfois, le *Tuunbaq* tourmentait leurs familles en leur rendant des fragments de leurs corps – il mélangeait la tête, les membres et le torse de plusieurs chasseurs pour empêcher les familles de les inhumer dans le respect des convenances.

Il semblait bien que le monstre créé par Sedna allait dévorer toutes les âmes humaines en ce monde.

Mais, comme l'avait espéré Sedna, les chamans de toutes les tribus du Vrai Peuple vivant à proximité du Grand Nord s'envoyèrent des messages et se rassemblèrent dans des enclaves *angakkuit*, où ils s'entretinrent, prièrent leurs esprits amis, conférèrent avec leurs esprits serviables et, en fin de compte, élaborèrent un plan pour venir à bout du *Tuunbaq*.

Ils ne pouvaient tuer ce Dieu-qui-marche-parmi-les-hommes – ni Sila, l'Esprit de l'Air, ni Sedna, l'Esprit de la Mer, n'avaient le pouvoir de terrasser le *Tuunbaq*.

Mais ils pouvaient le contenir. Ils pouvaient l'empêcher de descendre dans le Sud et d'exterminer le Vrai Peuple, voire la totalité des êtres humains.

Les meilleurs d'entre les chamans – d'entre les *angakkuit* – sélectionnèrent les plus clairvoyants parmi eux, les hommes et les femmes les plus habiles pour ce qui était de lire et de projeter les pensées, et ils les unirent entre eux à la manière des chiens de traîneau, que le Vrai Peuple avait appris à élever de cette manière afin d'obtenir les animaux les plus robustes, les plus rusés et les plus intelligents.

Ces enfants de chamans, aux pouvoirs plus développés encore que ceux de leurs géniteurs, reçurent le nom de *sixam ieua*, qui signifie esprits-gouvernant-le-ciel, et ils partirent dans le Nord avec leurs familles pour empêcher le *Tuunbaq* de massacrer le Vrai Peuple.

Ces *sixam ieua* avaient le pouvoir de communiquer directement avec le *Tuunbaq* – pas en usant du langage des *tuurngait*, des esprits serviables, comme avaient tenté de le faire les chamans ordinaires, mais en entrant en contact direct avec son esprit et son âme.

Les esprits-gouvernant-le-ciel apprirent à invoquer le *Tuunbaq* par leurs chants. Ils conversèrent longuement avec lui, acceptant que ce monstre jaloux les prive de tout moyen de communiquer avec leurs semblables. Si le *tupilek* assassin acceptait d'épargner les âmes humaines, les esprits-gouvernant-le-ciel lui promettaient que ni le Vrai Peuple, ni les êtres humains dans leur ensemble ne pénétreraient dans son domaine boréal envahi par les neiges. Ils promirent au Dieu-qui-marche-parmi-les-hommes qu'ils lui rendraient hommage en s'abstenant de pêcher comme de chasser en son royaume, sauf lorsqu'il leur en donnerait l'autorisation.

Ils lui promirent en outre que leurs descendants, ainsi que l'ensemble du Vrai Peuple, l'aideraient à assouvir son appétit en capturant pour son compte des poissons, des morses, des phoques, des caribous, des lièvres, des baleines et même des ours blancs – ses créatures cousines –, afin qu'il se repaisse de leur chair. Ni les kayaks ni les bateaux des êtres humains ne pénétreraient dans le domaine du Dieu-qui-marche-parmi-les-hommes, sauf pour lui apporter des offrandes ou lui chanter des incantations destinées à l'apaiser ou à lui rendre hommage.

Grâce à leur pouvoir de clairvoyance, les *sixam ieua* savaient que l'intrusion des hommes pâles – les *kabloona* – dans le domaine du *Tuunbaq* signalerait le début de la Fin des Temps. Empoisonné par les âmes pâles des *kabloona*, le *Tuunbaq* finirait par s'étioler et par mourir. Le Vrai Peuple oublierait ses coutumes et son langage. L'alcool et le désespoir envahiraient ses demeures. Oubliant leur douceur, les hommes battraient leurs femmes. La confusion s'emparerait des *inua* des enfants, et le Vrai Peuple perdrait peu à peu ses bons rêves.

Lorsque le *Tuunbaq* périrait des suites du mal *kabloona*, son domaine de blancheur se réchaufferait et finirait par fondre sous l'effet du dégel, les esprits-gouvernant-le-ciel le savaient. Les ours blancs n'auraient plus de banquise pour y vivre, et leurs petits en mourraient. Les baleines et les morses ne trouveraient plus de nourriture. Les oiseaux tourneraient en rond et supplieraient le Corbeau de les aider, car leurs colonies auraient disparu.

Tel était l'avenir qu'ils entrevoyaient.

Si terrible fût le *Tuunbaq*, cet avenir dont il était absent – ainsi que leur monde de froidure – l'était bien davantage.

Mais il ne viendrait pas de sitôt, et comme les esprits-gouvernant-le-ciel, ces jeunes hommes et femmes clairvoyants, pouvaient parler au *Tuunbaq* comme seuls le pouvaient Sedna et les autres esprits – d'un esprit l'autre, sans user de leur voix –, le Dieu-qui-marche-parmi-les-hommes écouta leurs propositions et leurs promesses.

Le *Tuunbaq*, qui – à l'instar des plus grands esprits *inuat* – aime que l'on prenne soin de lui, accepta le marché. Il dévorerait leurs offrandes et non leurs âmes.

Au fil des générations, les *sixam ieua* continuèrent de n'épouser que des êtres humains doués de clairvoyance. Dès son plus jeune âge, l'enfant *sixam ieua* renonçait au don de la parole, et donc à la possibilité de communiquer avec ses semblables, pour montrer au Dieu-qui-marche-parmi-les-hommes qu'il consacrerait son existence à parler avec lui, avec le *Tuunbaq*.

Au fil des générations, les petites familles de *sixam ieua* demeurant bien au nord des autres villages du Vrai Peuple (lequel vit toujours dans la terreur du *Tuunbaq*), sur la banquise et sur les terres de glaces éternelles, prirent le nom de Peuple-qui-marche-avec-le-Dieu, et leur langue parlée évolua en un étrange mélange des langues du Vrai Peuple.

Bien entendu, les *sixam ieua* proprement dits ne parlent aucune langue – hormis le *qaumaniq* et l'*angakkua*, les langues de la pensée et de la clairvoyance. Mais ils n'en demeurent pas moins des êtres humains, qui aiment leur famille et leur tribu, et, pour communiquer avec le Vrai Peuple, ils utilisent un langage des signes, les femmes préférant employer une variante du jeu de la ficelle que leurs mères leur ont enseigné.

> *Avant que nous quittions notre village*
> *pour partir sur la banquise*
> *et trouver l'homme que je dois épouser,*
> *l'homme dont mon père et moi avions rêvé,*
> *du temps où les pagaies étaient propres,*
> *mon père a pris une pierre noire, une* aumaa,
> *pour en marquer chaque pagaie.*
>
> *Il savait qu'il ne reviendrait pas*
> *vivant de la banquise*
> *nous l'avions vu tous deux dans nos rêves* sixam ieua,
> *les seuls rêves de vérité,*
> *nous avions vu que mon cher Aja*
> *mourrait sur la glace*
> *des mains d'un homme pâle.*
>
> *Depuis que j'ai quitté la banquise,*
> *j'ai cherché cette pierre*
> *partout dans les collines*
> *et dans le lit des rivières,*
> *mais je ne l'ai jamais trouvée.*
>
> *En retournant auprès de mon peuple,*
> *je trouverai la pagaie sur laquelle l'*aumaa
> *a apposé sa marque grise.*

La naissance est une courte ligne
à la pointe de la lame.
Au-dessus d'elle, un peu plus longue,
est gravée la mort, parallèlement.

Reviens! crie le Corbeau.

63

Crozier

Crozier se réveille avec une migraine carabinée.

Ces derniers temps, c'est tous les matins ou presque qu'il a mal à la tête. Vu qu'il a le dos, le torse, les épaules et les bras criblés d'impacts de chevrotines, sans parler de ses trois blessures par balle, on pourrait croire que d'autres douleurs prendraient le pas sur celle-ci, mais, bien qu'elles se rappellent assez vite à son souvenir, c'est cette terrible migraine qui le fait le plus souffrir.

Cela lui rappelle toutes ces années où il buvait du whiskey chaque soir pour le regretter chaque matin.

Il lui arrive parfois de se réveiller, comme il vient de le faire ce matin-là, avec le crâne empli de syllabes absurdes et de mots insensés. Les mots en question sonnent comme une comptine enfantine à base de cliquetis, mais, durant le bref intervalle de temps précédant le réveil proprement dit, il a l'impression qu'ils ont un *sens*. Crozier entame sa journée dans un état de fatigue mentale avancée, comme s'il avait passé la nuit à lire Homère dans le texte. Pourtant, Francis Rawdon Moira Crozier n'a jamais tenté d'apprendre le grec ancien. Il ne l'a même jamais souhaité. Il laisse cela aux lettrés et aux rats de bibliothèque comme Bridgens, le vieux valet, l'ami de Peglar.

Ce matin-là, c'est Silence qui le réveille dans leur maison de neige, lui faisant comprendre au moyen de sa ficelle qu'ils doivent de nouveau aller chasser le phoque. Comme elle a déjà enfilé sa parka, elle disparaît dans le tunnel dès qu'elle a fini de communiquer avec lui.

Rendu grincheux par l'absence de petit déjeuner – il se serait contenté des restes de la veille, une tranche de graisse de phoque, par exemple –, Crozier s'habille et, une fois qu'il a mis sa parka et ses moufles, s'engage dans le tunnel d'entrée orienté au sud, c'est-à-dire sous le vent.

Parvenu dans les ténèbres du dehors, il se redresse avec précaution – sa jambe gauche n'est pas des plus assurées au lever – et regarde autour de lui. Leur maison de neige émet une douce lueur, provenant de la lampe à huile qui brûle en permanence pour maintenir un peu de chaleur même en leur absence. Crozier n'a rien oublié du long voyage en traîneau qui les a conduits en ce lieu. Emmitouflé dans ses fourrures, aussi impuissant que naguère sur son lit de douleur, il a passé des heures à regarder Silence creuser le sol puis bâtir cette extraordinaire habitation.

Par la suite, confortablement installé dans son nid de peaux d'ours, le matheux qu'il est a passé des heures à admirer les courbes de l'édifice et à s'extasier sur la précision avec laquelle la jeune femme avait sculpté ses blocs de neige – éclairée par la seule lueur des étoiles –, les assemblant à la perfection pour édifier le mur en spirale à l'intérieur duquel ils vivent depuis lors.

Alors même qu'il la regardait faire durant cette longue nuit ou cette journée enténébrée – *Je lui suis aussi utile qu'un téton à un sanglier*, songeait-il –, il s'est dit dans son for intérieur : *Ce truc ne tiendra jamais debout.* Les blocs qu'elle plaçait au sommet étaient quasiment horizontaux. Les tout derniers étaient en forme de trapèze, et quant à la clé de voûte, elle l'inséra depuis l'intérieur de l'abri, ne ressortant de celui-ci qu'après en avoir ajusté les contours. Silence grimpa ensuite au sommet du dôme de neige, tapa du pied à plusieurs reprises et descendit en glissant, comme une enfant sur un toboggan.

Croyant de prime abord à un jeu, Crozier comprit bientôt qu'elle testait la solidité et la stabilité de leur nouvelle demeure.

Le lendemain – le soleil brillait toujours par son absence –, l'Esquimaude passa sa lampe à huile sur la paroi intérieure de la maison de neige, qui, au bout d'un temps, se recouvrit d'une couche de glace très dure. Elle entreprit alors de dégeler les peaux de phoque qui lui avaient servi à confectionner sa tente, puis les patins de son traîneau, et les tendit le long des murs, les fixant à ceux-ci au moyen de ses ficelles afin de confectionner une sorte de tenture. Crozier comprit tout de suite que celle-ci les protégerait des éventuelles gouttières tout en augmentant la température intérieure de leur habitacle.

La chaleur qui règne dans celui-ci ne laisse pas de l'étonner : la température, supérieure d'une bonne trentaine de degrés à celle de l'extérieur, est souvent si élevée qu'ils se contentent de leurs culottes en peau de caribou une fois sortis de leur couche. Silence a aménagé à droite de l'entrée un coin dévolu à la cuisine, surmonté d'un assemblage de bâtons et de bois de cerf où elle accroche non seulement ses gamelles mais aussi leur linge. Dès que Crozier a été en état de sortir avec elle, elle lui a fait comprendre qu'il était impératif de faire sécher parka et pantalon dès qu'ils regagnaient leur abri.

Exception faite de cette coquerie à l'esquimaude, à laquelle fait pendant un banc placé à gauche de l'entrée, l'espace disponible se réduit à une plate-forme servant de lit et située tout au fond de l'habitacle. Elle est bordée de morceaux de bois – provenant du traîneau et, avant cela, de la tente – qui, une fois gelés sur place, l'empêchent de s'effondrer. Après y avoir étalé ses dernières réserves de mousse, sans doute pour servir d'isolant thermique, Silence y a disposé avec soin ses peaux d'ours et de caribou. Elle a ensuite montré à Crozier comment il convenait de dormir : la tête tournée vers la porte et reposant sur leurs vêtements secs. Sur *tous* leurs vêtements.

Les premiers jours, et même les premières semaines, Crozier a tenu à conserver ses culottes en peau de caribou pour dormir, alors même que lady Silence se mettait complètement nue, mais il faisait si chaud sous les peaux d'ours qu'il n'a pas tardé à le regretter. Encore trop affaibli par ses blessures pour craindre les tentations de la chair, il s'est vite habitué à se dénuder pour dormir, enfilant le matin venu des vêtements parfaitement secs.

Chaque fois qu'il se réveille aux côtés de Silence, bien au chaud sous son duvet de fourrure, il a peine à se rappeler les mois passés à bord du *Terror*, ce lieu de ténèbres où régnaient le froid et l'humidité, ce territoire que se disputaient la glace et l'eau stagnante, imprégné de la puanteur de l'huile et de l'urine. Dans les tentes Holland, c'était encore pire.

Une fois sorti, il rabat la capuche sur son front pour se protéger du froid et parcourt le paysage du regard.

Il fait nuit, bien entendu. Crozier a mis un long moment à admettre qu'il était resté inconscient – mort, peut-être ? – pendant des semaines avant de revenir à la vie auprès de Silence, mais comme on ne distinguait que le plus infime halo de soleil au sud durant leur long périple en traîneau, il ne fait aucun doute pour lui qu'on est à présent en novembre, à tout le moins. Il s'est efforcé de compter les jours depuis qu'ils ont emménagé dans la maison de neige, mais avec ces ténèbres perpétuelles et l'irrégularité de leur cycle de sommeil – il leur arrive parfois de dormir douze heures d'affilée –, il ignore combien de semaines ont pu s'écouler. Sans compter que les tempêtes les obligent souvent à rester enfermés plusieurs jours de suite, survivant grâce à leur stock de viande et de poisson congelés.

Les constellations qui tournoient dans le ciel — un ciel des plus clairs en ce jour des plus froids — sont des constellations hivernales, et les étoiles dansent et frémissent dans l'air glacial comme elles l'ont toujours fait lorsque Crozier les observait depuis le pont du *Terror* ou de tout autre navire arctique.

Avec toutefois deux différences de taille : il n'a pas froid et il ne sait pas où il se trouve.

Suivant les traces de Silence, Crozier contourne la maison de neige pour se diriger vers la grève et la mer également gelées. Il n'a pas vraiment besoin de mettre ses pas dans les siens, car la grève en question ne se trouve qu'à une centaine de mètres et c'est toujours là-bas qu'elle se rend pour chasser le phoque.

Le fait qu'il sache s'orienter dans les environs ne l'aide en rien pour déterminer sa position actuelle.

Lorsqu'il se trouvait au camp Secours, ainsi que dans les divers camps où son équipage avait fait étape sur la côte de l'île du Roi-Guillaume, la banquise était toujours au sud. Peut-être sont-ils sur la péninsule Adélaïde, ou encore sur l'île du Roi-Guillaume, mais alors sur la côte est ou nord-est de celle-ci, dans un lieu inexploré par l'homme blanc.

Crozier ignore comment Silence a pu le transporter dans sa tente depuis l'endroit où il a été abattu — ni si elle a déplacé ladite tente avant qu'il ne rejoigne le monde des vivants —, et il n'a qu'une vague notion de la durée du voyage en traîneau à l'issue duquel ils sont arrivés ici.

Ils peuvent se trouver n'importe où.

Même si elle les a conduits vers le nord, cette terre n'est pas nécessairement l'île du Roi-Guillaume ; peut-être s'agit-il de l'une des îles du détroit de Ross, quelque part au nord-ouest de l'île du Roi-Guillaume, ou encore d'une île inconnue à l'est ou à l'ouest de Boothia. Lorsque la lune est particulièrement brillante, Crozier aperçoit des collines dans le lointain — on ne peut pas parler de montagnes, mais elles sont plus hautes que celles de l'île du Roi-Guillaume —, et leur campement est bien plus abrité du vent que tous les sites que ses hommes et lui ont jamais découverts, le camp Terror y compris.

Tout en faisant crisser la neige et le gravier sous ses pieds, quittant la grève pour avancer sur la banquise chaotique, Crozier repense à toutes ses vaines tentatives pour faire comprendre à Silence qu'il a un besoin vital de retrouver ses hommes, de revenir vers eux.

En guise de réponse, elle se contente de le fixer d'un air inexpressif.

Il a fini par conclure qu'elle le comprenait – grâce à ses mimiques sinon à ses mots –, mais qu'elle s'abstenait délibérément de lui répondre.

Crozier est stupéfié par sa maîtrise du langage des signes – lui-même commence à peine à entrevoir le sens de ses gestes et de son jeu de la ficelle. Il se sent si proche de cette étrange jeune indigène que, parfois, il se réveille la nuit sans savoir quel corps il occupe. À d'autres moments, il entend les cris qu'elle lui lance depuis la banquise, lui demandant de la rejoindre en hâte, ou bien de lui apporter un harpon ou un outil quelconque... elle qui n'a pas de langue et n'a jamais émis le moindre son en sa présence. Elle comprend beaucoup de choses, et il se demande parfois si ce ne sont pas ses rêves qu'il rêve chaque nuit, et il se demande aussi si elle a partagé le cauchemar qui le hante : celui du prêtre en chasuble blanche qui se penche sur lui pour lui donner la communion.

Mais elle refuse de le conduire à ses hommes.

À trois reprises, Crozier est parti en solitaire, rampant dans le tunnel d'entrée pendant qu'elle dormait ou feignait de dormir, emportant un sac de graisse de phoque pour se nourrir et un couteau pour se défendre, et à trois reprises il s'est perdu – deux fois à l'intérieur des terres, une fois sur la banquise. Il a marché jusqu'à ce que ses forces l'abandonnent – parfois au bout de plusieurs jours –, puis il s'est effondré, prêt à mourir pour expier ses fautes, lui qui avait abandonné ses hommes.

Silence l'a toujours retrouvé. Elle l'enveloppe de fourrures et de peaux d'ours, le traîne en silence jusqu'à la maison de neige et lui réchauffe les mains et les pieds en les pressant contre son ventre nu, détournant les yeux pour ne pas le voir pleurer.

Il l'aperçoit à plusieurs centaines de mètres du rivage, penchée sur un trou de phoque.

En dépit de tous ses efforts – et Dieu sait qu'il ne les ménage guère –, Crozier est incapable de repérer ces satanés trous. Même si le clair de lune et les étoiles laissaient la place au soleil estival, il en serait toujours incapable – alors que Silence y réussit dans des ténèbres quasi absolues. Ces putains de bestioles sont si rusées, si *malignes*, qu'il n'est guère étonnant que les marins n'en aient tué qu'une poignée en plusieurs mois, sans jamais trouver l'un de ces putains de trous.

Grâce à sa ficelle, Silence a fait comprendre à Crozier qu'un phoque était capable de retenir son souffle pendant sept à huit minutes d'affilée – voire un quart d'heure dans les cas exceptionnels. (Elle comptait en battements de cœur, mais il pense avoir fait correctement la conversion.) En outre, et à condition qu'il ait bien compris ses explications, le phoque est un animal territorial – comme le chien, le loup et l'ours blanc. Même en plein hiver, il veille à défendre ses frontières et, pour s'aménager des réserves d'air dans son royaume subglacial, il repère les plaques de glace les plus minces et creuse au-dessous un espace en forme de dôme assez grand pour abriter son corps, où seule une infime ouverture vers l'extérieur permet de faire entrer l'air. Silence lui a montré les griffes acérées qui terminent ses nageoires et a gratté la glace avec elles pour qu'il comprenne leur fonctionnement.

Crozier est tout disposé à la croire lorsqu'elle affirme que l'on trouve plusieurs douzaines de ces trous sur le territoire d'un animal donné, mais il n'en est pas moins incapable de les repérer. Ces dômes qu'elle lui décrit avec sa ficelle et qu'elle localise immanquablement sur la banquise, au sein d'une jungle de séracs, de crêtes de pression, de blocs de glace, de petits icebergs et de crevasses, lui demeurent désespérément invisibles. Il est sûr d'en avoir foulé des centaines sans avoir rien remarqué hormis un sol inégal.

Silence est accroupie près d'un de ces trous. Comme Crozier arrive à une douzaine de mètres d'elle, elle lui fait signe de ne plus faire de bruit.

D'après les explications qu'elle lui a données au moyen de sa ficelle, le phoque est l'un des animaux les plus méfiants de la Création, et sa chasse est avant tout affaire de discrétion. Lady Silence prouve ici qu'elle mérite son nom.

Avant de s'approcher d'un trou – mais *comment* s'y prend-elle pour les repérer? –, elle place sur le sol des petits carrés en peau de caribou, posant sur eux ses pieds bottés afin de ne pas faire crisser la neige et la glace. Une fois arrivée près du trou, elle ralentit encore l'allure et, avec un luxe de précautions, dispose sur la neige quelques bois de cerf fourchus, pour y accrocher son couteau, son harpon, ses lignes et autres accessoires, afin qu'elle puisse les saisir sans le moindre bruit.

Avant de sortir de la maison de neige, Crozier a passé autour de ses bras et de ses jambes quelques longueurs de ficelle afin d'empêcher ses vêtements de bruire. Mais, même s'il a bien retenu les leçons de Silence, il se sait encore fort maladroit, et le phoque à l'oreille affûtée – s'il y en a bien un à proximité – l'entendra aussi sûrement que s'il portait des conserves en sautoir, aussi baisse-t-il les yeux pour scruter les ténèbres à ses pieds, apercevant le carré de peau de caribou que Silence a préparé à son intention, et, lentement, silencieusement, il s'agenouille dessus.

Avant qu'il arrive sur les lieux, Silence a dégagé le trou de la neige qui l'entourait puis, utilisant un os planté dans le manche de son harpon, elle a entrepris de l'élargir. Elle l'a ensuite examiné pour s'assurer qu'il donnait bien sur un chenal courant sous la banquise – si tel n'était pas le cas, l'utilisation du harpon serait bien plus délicate – et, cela fait, a refermé en partie le trou. Comme il neige en ce moment, elle a plaqué dessus un fin carré de peau afin d'empêcher la neige d'y entrer. Puis elle a attrapé un petit os attaché à l'extrémité d'une lanière, à l'autre bout de laquelle se trouve un second os, et elle a glissé le premier dans le trou, plaçant le second sur l'un de ses bois de cerf.

Maintenant, elle attend. Crozier la regarde.

Des heures passent.

Le vent se lève. Les nuages viennent occulter les étoiles, la neige souffle depuis les terres. Immobile, Silence demeure penchée au-dessus du trou, sa capuche et sa parka se couvrant lentement d'une couche de neige, tenant son harpon de la main droite tout en laissant reposer son poids sur le bois de cerf qui le cale à son extrémité.

Crozier l'a vue chasser le phoque de bien des manières. Parfois, elle creuse deux trous dans la glace et – avec l'aide de Crozier, qui tient un second harpon – elle attire l'animal à elle. Si le phoque est en général la prudence même, il a un talon d'Achille : la curiosité. Crozier introduit son harpon dans l'un des trous et le fait légèrement bouger, ce qui fait vibrer un leurre confectionné avec deux petits os et un calamus. Dévoré par la curiosité, le phoque finit toujours par venir voir de quoi il retourne.

Par une nuit de pleine lune, il a vu Silence se faire passer pour un phoque, rampant sur le ventre et agitant les bras comme des nageoires. Il n'a même pas eu le temps d'entrevoir la tête de l'animal sortant de son trou que le harpon se plantait dans son corps, et elle l'a ensuite ramené à elle grâce à une corde passée à son poignet. À l'autre bout, le cadavre d'un phoque.

Mais, cette nuit-là, elle se contente de rester à l'affût, et Crozier passe des heures agenouillé sur son carré de peau, observant Silence penchée sur le trou quasiment invisible. Toutes les demi-heures environ, elle tend une main vers ses bois de cerf pour attraper un étrange objet – un morceau de bois flotté légèrement incurvé, auquel sont fixées trois griffes d'oiseau – avec lequel elle gratte la glace au-dessus du trou, si doucement que Crozier n'entend pas un seul bruit. Mais le phoque a sûrement perçu quelque chose. Même s'il se trouve à proximité d'un autre trou, à des centaines de mètres de là, il finira inévitablement par céder à la curiosité.

Crozier ignore comment Silence s'y prendra pour le viser dans cette pénombre. Si l'on était en plein jour, au milieu de l'été, voire au printemps ou en automne, peut-être apercevrait-on sa silhouette

64

Crozier

Après qu'il eut créé la terre,
quand le monde était encore obscur,
Tulunigraq, Corbeau, entendit les Deux Hommes rêver de lumière.
Mais il n'y avait pas de lumière.
Tout était obscur, comme il en avait toujours été.
Pas de soleil. Pas de lune. Pas d'étoiles. Pas de feux.

Corbeau vola au-dessus des terres jusqu'à la maison de neige
où vivaient un vieil homme et sa fille.
Il savait qu'ils cachaient la lumière,
accaparaient un bout de lumière,
alors il entra.
Il rampa dans le tunnel.
Il regarda à travers le katak.
Deux sacs étaient suspendus là,
le premier contenant la ténèbre,
et le second la lumière.

La fille de l'homme était réveillée
et son père endormi.
Elle était aveugle.
Tulunigraq projeta vers elle ses pensées
pour lui donner envie de jouer.
Je veux jouer à la balle ! s'écria la fille,
réveillant le vieil homme.
L'homme se réveilla et prit le sac qui contenait
le jour.
La lumière était enveloppée dans une peau de caribou
qu'elle réchauffait de l'intérieur,
et elle avait envie de sortir.

Corbeau projeta à nouveau ses pensées
pour inciter la fille à pousser la balle de lumière vers le katak.
Non! s'écria le père.
Trop tard.
La balle roula vers le katak, roula dans le tunnel.

Tulunigraq l'y attendait.
Il prit la balle.
Il courut dans le tunnel,
courut avec la balle de jour.

Avec la pointe de son bec,
Corbeau ouvrit la peau de la balle.
Il fit sortir le jour.
L'homme de la maison de neige
le chassait à travers les saules
et la glace, mais cet homme n'était pas un homme.
Cet homme était un faucon.
Pitqiktuak! s'écria Pèlerin,
je te tuerai, Rusé Coquin!

Il fondit sur Corbeau,
Mais pas avant que Corbeau ait déchiré la balle.
L'aube se leva.
La lumière se répandit partout.
Quagaa Sila! L'aube se lève!

Uunukpuaq! Uunukpuagmun! Ténèbre!
hurla le Faucon.
Quagaa! Partout la lumière!
s'écria Corbeau.

La nuit!
Le jour!
La ténèbre!
Le jour!
La nuit!
La lumière!

Ils crièrent ainsi.
Corbeau s'écriait :
Le jour pour la terre!
Le jour pour le Vrai Peuple!
Il ne sert à rien
d'avoir l'un sans l'autre.

Corbeau apporta donc le jour en certains lieux.
Et Pèlerin conserva la ténèbre en d'autres lieux.
Mais les animaux s'affrontèrent.
Les Deux Hommes s'affrontèrent.
Ils se jetèrent dessus et la lumière et la ténèbre.
Le jour et la nuit en vinrent à l'équilibre.

L'hiver suit l'été.
Deux moitiés.
La lumière et la ténèbre se complètent.
La vie et la mort se complètent.
Toi et moi, nous nous complétons.
Dehors, le Tuunbaq rôde dans la nuit.
Là où nous nous touchons,
Vient la lumière.

Tout vient à l'équilibre.

65

Crozier

Ils entament un nouveau périple en traîneau après que le soleil a fait sa première et brève apparition, sous la forme d'un timide halo à l'horizon austral.

Mais ce n'est pas le retour de l'astre diurne qui a décidé de leur départ, lequel amène Crozier à prendre lui aussi une décision ; la violence avec laquelle les éléments se déchaînent en son absence a convaincu Silence que le moment était venu de partir. Lorsqu'ils quittent pour toujours leur maison de neige, des rubans chatoyants de lumière colorée ondoient au-dessus d'eux comme les doigts d'une main s'ouvrant et se refermant sans cesse. L'aurore boréale se fait plus nette chaque jour et chaque nuit.

Comme le voyage s'annonce plus long, ils ont un traîneau nettement plus robuste que le précédent. Près de deux fois plus grand que l'engin à base de poissons et de peaux de phoque dans lequel Silence l'a transporté, ce véhicule-ci est équipé de patins fabriqués avec du bois de récupération et de l'ivoire de morse. Plutôt que sur une couche de boue gelée, il glisse sur une gaine de fanons et d'ivoire, sur laquelle Silence et Crozier appliquent toutefois de la glace plusieurs fois par jour. Les traverses sont fabriquées à partir de bois de cerf et de bâtons, notamment ceux qui étayaient leur plate-forme de couchage ; quant aux poignées, elles sont faites de bois de cerf et d'ivoire de morse, et assemblées par des lanières.

Silence a adapté le harnais afin qu'ils puissent tracter tous les deux – il faudrait que l'un d'eux soit malade ou blessé pour être dispensé de cette tâche –, mais Crozier sait qu'elle a fabriqué le traîneau pour un attelage de chiens, qu'elle espère acquérir avant la fin de l'année.

Elle est enceinte. Elle n'en a rien dit à Crozier – ni par un regard, ni avec sa ficelle, ni par quelque moyen que ce soit –, mais il le sait quand même, et elle sait qu'il le sait. Si tout se passe bien, le bébé devrait naître au mois de juillet, pour employer le calendrier qui était naguère le sien.

Le traîneau contient la totalité de leurs biens : les vêtements, les peaux d'ours, les ustensiles de cuisine, les conserves Goldner contenant leurs réserves d'eau et fermées par des couvercles de peau tendue, et un stock de poisson, de phoque, de morse, de renard, de lièvre et de lagopède congelés. Une partie de ces vivres est réservée pour un temps qui ne viendra peut-être jamais – du moins en ce qui le concerne. Une autre partie fera office de cadeau, en fonction de la décision qu'il prendra et du sort qui sera le sien. S'il se décide dans un certain sens, tous deux entameront une période de jeûne – bien que lui seul en ait l'obligation, si toutefois il a bien compris. Silence jeûnera avec lui parce qu'elle est son épouse et ne peut manger que quand il mange. Mais s'il vient à mourir, elle héritera du traîneau et de la totalité des vivres et retournera sur terre pour y vivre sa vie et continuer d'y accomplir son devoir.

Des jours durant, ils suivent une côte en mettant le cap au nord, longeant des falaises et des collines escarpées. Parfois, le terrain trop chaotique les oblige à faire un détour par la banquise, mais ils préfèrent ne pas s'y attarder. Pas encore.

La glace se disloque par endroits, mais les chenaux ne mènent nulle part. Ils ne s'arrêtent pas pour y pêcher, pas plus qu'ils ne stoppent près des polynies, préférant foncer et tractant parfois jusqu'à dix heures par jour, regagnant la terre ferme dès que possible même si cela les oblige à entretenir les patins plus souvent.

Le soir du huitième jour, ils font halte au sommet d'une colline et découvrent un amas de maisons de neige illuminées.

Silence a pris soin d'approcher ce petit village par son côté sous le vent, mais l'un des chiens attachés à des poteaux pousse soudain des aboiements frénétiques. Toutefois, ses congénères s'abstiennent de l'imiter.

Crozier contemple les bâtisses ; l'une d'elles est composée de plusieurs dômes reliés ensemble par des tunnels. À la seule idée qu'une telle communauté puisse exister, il sent ses tripes se nouer.

Des rires parviennent jusqu'à lui, étouffés par les blocs de neige et les peaux de caribou, atténués par la distance.

Il pourrait descendre dans cette vallée et demander à ces indigènes de l'aider à regagner le camp Secours puis à retrouver ses hommes ; c'est de ce village, il le sait, que venait le chaman qui a échappé au massacre à l'autre bout de l'île du Roi-Guillaume, c'est ici que demeure la tribu de Silence, à laquelle appartenaient aussi les huit victimes du massacre en question.

Il pourrait descendre parmi eux et leur demander leur aide, et il sait que Silence le suivra et traduira ses propos avec sa ficelle. C'est son épouse. Il sait aussi que, s'il ne fait pas ce qu'on lui demande de faire sur la glace, il y a de grandes chances – même s'il est l'époux de Silence, et en dépit de l'amour et du respect qu'elle inspire à ces Esquimaux – pour qu'après l'avoir accueilli avec force sourires et forces rires, lesdits Esquimaux saisissent la première occasion pour le maîtriser, lui attacher les poignets et lui mettre la tête dans un sac, après quoi ils le larderont de coups de couteau, les femmes comme les chasseurs, jusqu'à ce que mort s'ensuive. Il a rêvé de son sang rouge coulant sur la neige blanche.

Mais peut-être qu'il se trompe. Peut-être que Silence ignore ce qui se passera. Si elle a rêvé cet avenir-là, elle n'a pas partagé ce rêve avec lui, elle ne le lui a pas raconté avec sa ficelle.

Quoi qu'il en soit, il ne souhaite pas trancher la question tout de suite. Ce village, cette nuit, ce lendemain – où il n'a pas encore pris sa décision –, tout cela ne participe pas de son futur immédiat, quel que ce soit celui-ci, quel que soit son destin.

Il adresse un signe de tête à Silence et tous deux se détournent du village et continuent leur marche vers le nord.

Durant leurs jours et leurs nuits de voyage – pour dormir, ils se contentent de tendre une peau de caribou fixée aux poignées du traîneau et se blottissent sous leurs peaux d'ours –, Crozier a tout le temps de réfléchir.

Au fil des derniers mois, peut-être parce qu'il ne disposait d'aucun interlocuteur – du moins aucun avec qui il puisse converser verbalement –, il a appris comment communiquer avec diverses parties de son esprit et de son cœur, comme s'il s'agissait d'âmes distinctes, chacune avec ses arguments à lui exposer. Celle de ses âmes qui est la plus vieille, et la plus fatiguée, le considère purement et simplement comme un raté. Ses hommes – des hommes qui avaient remis leur vie entre ses mains – sont tous morts ou égarés. S'il espère encore que quelques-uns ont survécu, il sait au fond de son cœur, dans l'âme de son cœur, que des hommes égarés dans le domaine du *Tuunbaq* ne peuvent que périr, que leurs os blanchissent sur une grève innommée ou sur un floe désert. Il les a trahis.

Le moins qu'il puisse faire est de les suivre.

Crozier ignore toujours où il se trouve, mais il est de plus en plus persuadé qu'ils ont hiverné sur la côte occidentale d'une grande île située au nord-est de l'île du Roi-Guillaume, plus ou moins à la même latitude que le camp Terror et le *Terror* lui-même, deux sites dont ils étaient séparés par au moins cent cinquante kilomètres. S'il voulait regagner le navire qu'il a abandonné plus de dix mois auparavant, il devrait traverser une vaste étendue de banquise, puis le nord de l'île du Roi-Guillaume et, finalement, quarante kilomètres de banquise supplémentaires.

Il ne souhaite pas regagner le *Terror*.

Crozier en a suffisamment appris sur la survie durant les derniers mois pour se juger capable de regagner le camp Secours, voire de pousser jusqu'à la rivière de Back, en vivant de chasse et de pêche et en s'abritant sous une tente ou une maison de neige lorsque surviendront les inévitables tempêtes. Il peut profiter de l'été pour partir à la recherche de ses hommes, dix mois après les avoir abandonnés, et il finira bien par retrouver leurs traces, même si cela doit lui prendre des années.

Silence le suivra s'il choisit cette solution — il le sait —, bien que cela signifie la mort de tout ce qu'elle est et de tout ce pour quoi elle vit.

Mais jamais il ne le lui demanderait. S'il doit partir vers le sud à la recherche de son équipage, il partira seul, car il y a de grandes chances, techniques de survie ou pas, pour qu'il meure durant cette quête. S'il ne périt pas sur la banquise, il se blessera sûrement en remontant le fleuve. Si sa blessure ne le tue pas, et s'il échappe aussi à la maladie, il risque de tomber sur des Esquimaux hostiles, ou sur des Indiens, plus sauvages encore. Les Anglais — et en particulier les vétérans de l'Arctique — aiment à croire que les Esquimaux sont des êtres primitifs mais pacifiques, d'un tempérament doux et tout sauf belliqueux. Mais les rêves de Crozier lui ont montré la vérité : ce sont des êtres humains comme les autres, c'est-à-dire totalement imprévisibles, et il leur arrive de se livrer à la guerre, au meurtre et, quand les temps sont durs, au cannibalisme.

Plutôt que de partir vers le sud, il courrait moins de risques en fonçant vers l'est avant la venue de l'été et la dislocation de la banquise — si tant est que celle-ci se produise —, subsistant grâce à la chasse et à la pêche, gagnant la côte est de la péninsule de Boothia, puis obliquant vers le nord pour rejoindre la plage de Fury et les dépôts laissés par une précédente expédition. Il lui suffirait alors d'attendre que passe un baleinier ou un navire de secours. Les chances pour qu'il survive à un tel périple et soit recueilli par ses compatriotes sont des plus élevées.

Mais supposons qu'il réussisse à regagner la civilisation... l'Angleterre. Seul. Il deviendra le capitaine qui a laissé mourir tous ses marins. Son passage en cour martiale est inévitable, le verdict des plus probables. Mais, quel que soit ce verdict, sa honte vaudra pour lui châtiment à perpétuité.

Toutefois, ce n'est pas cela qui le dissuade de partir vers l'est ou vers le sud.

La femme qui l'accompagne porte son enfant.

Entre tous les échecs de Francis Crozier, c'est son échec en tant qu'homme qui le tourmente le plus, qui hante toutes ses nuits.

Il a presque cinquante-trois ans et il n'a aimé qu'une femme avant ce jour – demandant la main d'une enfant gâtée, d'une femme-enfant cruelle qui, après l'avoir aguiché, a usé de lui pour son plaisir comme ses marins usent des putains. *Non*, corrige-t-il mentalement, *comme j'ai usé des putains*.

Chaque matin, et parfois aussi la nuit, il se réveille auprès de Silence après avoir partagé ses rêves, sachant qu'elle a partagé les siens, sentant sa chaleur contre son corps, se sentant réagir à cette chaleur. Chaque jour, ils luttent ensemble pour survivre dans le froid – utilisant pour cela le savoir qu'elle maîtrise à la perfection et qui lui permet de chasser les âmes et de les manger, afin que leurs deux âmes puissent vivre un temps ensemble.

Elle porte notre enfant. Mon *enfant.*

Mais cela n'a aucun rapport avec la décision qu'il doit prendre prochainement.

Il a presque cinquante-trois ans et voilà qu'on lui demande de croire en une chose si grotesque que cette seule idée devrait le faire rire. On lui demande – s'il a bien compris les rêves et la danse de la ficelle, et il pense les avoir compris – d'accomplir un *acte* si terrible et si douloureux que, si par chance il y survit, il risque de sombrer dans la folie.

Il doit *croire* que cette aberration contraire au bon sens constitue la chose à faire. Il doit *croire* que ses rêves – des rêves, rien de plus – et l'amour qu'il éprouve pour cette femme ont le pouvoir de le faire renoncer à la raison pour devenir...

Pour devenir quoi?

Un autre être, une autre chose.

Tout en tractant le traîneau aux côtés de Silence sous un ciel empli de couleurs violentes, il se rappelle que Francis Rawdon Moira Crozier ne croit en rien.

Ou, s'il croit en quelque chose, c'est au *Léviathan* de Hobbes.

La vie est solitaire, misérable, dangereuse, animale et brève.

Un homme rationnel ne peut qu'en convenir. Francis Crozier, en dépit de ses rêves, de ses migraines et de sa volonté de croire toute neuve, demeure un homme rationnel.

Si un homme vêtu d'un habit, bien au chaud dans la bibliothèque de son manoir londonien, est en mesure de comprendre que la vie est solitaire, misérable, dangereuse, animale et brève, alors comment pourrait-il en être autrement d'un homme tractant un traîneau chargé de fourrures et de viande congelée au cœur d'une île inconnue, sous le ciel en folie de la nuit arctique, un homme se dirigeant vers une mer gelée à des milliers de milles du plus proche foyer civilisé ?

Et vers un destin trop terrifiant pour être conçu.

C'est lors de leur cinquième jour de voyage qu'ils parviennent à la pointe de l'île et que Silence leur fait prendre la direction de l'est sur la banquise. Leur allure est nettement plus lente – il faut compter avec les floes mouvants et les inévitables crêtes de pression – et leur tâche plus pénible. En outre, ils doivent veiller à ne pas casser le traîneau. Leur petit réchaud leur permet de faire fondre de la neige pour se désaltérer, mais ils ne s'arrêtent pas pour chasser le phoque, en dépit des nombreux trous que Silence repère dans la glace.

Le soleil point désormais une demi-heure par jour. Crozier commence à perdre la notion du temps. Sa montre a disparu avec ses habits, après que Hickey l'a abattu et que Silence l'a secouru... quelle que soit la manière dont elle y est parvenue. Elle ne le lui a jamais dit.

C'était la première fois que je mourais, songe-t-il.

Voilà qu'on lui demande de mourir à nouveau – de mourir afin de renaître autre.

Combien d'hommes ont droit à ce genre de seconde chance ? Combien de capitaines ayant trahi un équipage de cent vingt-cinq hommes seraient prêts à la saisir ?

Je pourrais disparaître.

Chaque fois qu'il se dévêt avant de se glisser sous les peaux d'ours, Crozier a le loisir d'examiner les cicatrices qui sillonnent son bras, son torse, son ventre et sa jambe, et il n'a aucune peine à imaginer celles qui se trouvent sur son dos. Elles lui fourniraient une explication et une excuse toutes faites pour ne jamais évoquer son passé.

Il a toujours la possibilité de gagner Boothia, de séjourner sur la côte est en vivant de chasse et de pêche, évitant les éventuels navires de la Royal Navy pour s'embarquer sur le premier baleinier américain qu'il verra accoster. S'il doit s'écouler deux ou trois ans avant la venue d'un tel bâtiment, il sait qu'il pourra survivre en l'attendant. Il n'en doute plus désormais.

Et ensuite, plutôt que de rentrer chez lui, en Angleterre – mais s'est-il jamais senti chez lui en Angleterre ? –, il racontera à ses sauveteurs qu'il a tout oublié de ses mésaventures, jusqu'au nom du navire où il s'était embarqué – ses blessures suffiraient à justifier son amnésie –, et il les accompagnera en Amérique une fois achevée la saison des baleines. Il ne lui restera plus qu'à commencer une nouvelle vie.

Combien d'hommes ont la chance d'entamer une nouvelle vie à son âge ? Nombre d'hommes le souhaiteraient.

Silence le suivrait-elle ? Supporterait-elle les regards appuyés et les rires moqueurs des marins, sans parler des regards sévères et des murmures réprobateurs des Américains « civilisés » de New York ou de quelque ville de Nouvelle-Angleterre ? Échangerait-elle sa parka contre une robe en calicot et un corset à baleines, se sachant vouée à n'être qu'une étrangère en terre étrangère ?

Oui, elle le ferait.

Crozier le sait avec une certitude absolue.

Elle le suivrait là-bas. Et elle mourrait là-bas – sans tarder. Elle mourrait de misère, victime de cette étrangeté et de toutes les pensées vicieuses, mesquines, étrangères qui se déverseraient sans répit dans son âme, tel le poison des conserves Goldner qui s'était insidieusement déversé dans le corps de Fitzjames – un poison invisible, ignoble, meurtrier.

Cela aussi, il le sait avec certitude.

Mais Crozier pourrait élever son fils en Amérique et il aurait droit à une nouvelle vie dans ce pays quasi civilisé, peut-être même deviendrait-il un marin, voire le capitaine d'un navire marchand. Il avait échoué à être un capitaine de la Royal Navy et du Service des explorations, échoué à être un officier et un gentleman – enfin, jamais il n'avait été un gentleman –, mais personne en Amérique n'aurait besoin de le savoir.

Non, non, commander un navire marchand l'amènerait à fréquenter des ports où il risquait d'être reconnu. Si jamais un officier anglais l'identifiait, il serait pendu comme déserteur. Un petit bateau de pêche, cependant... avec comme port d'attache un village côtier de la Nouvelle-Angleterre, où une épouse américaine l'aiderait à élever ses enfants après la mort de Silence.

Une épouse américaine ?

Crozier jette un regard à Silence, qui tire sur le harnais à sa droite. Ses épaules comme sa capuche sont bariolées d'écarlate, de rouge et de pourpre par l'aurore boréale. Elle ne se tourne pas vers lui. Mais elle sait ce qu'il pense, il en est sûr et certain. Et si elle ne le sait pas, elle le saura cette nuit, lorsqu'ils rêveront allongés l'un contre l'autre.

Il ne peut pas rentrer en Angleterre. Il ne peut pas aller en Amérique.

Mais son seul autre choix...

Il frissonne et rabat sa capuche sur son front afin de conserver la chaleur de son corps et de son souffle à l'intérieur de cette carapace de fourrure.

Francis Crozier ne croit en rien. *La vie est solitaire, misérable, dangereuse, animale et brève.* La vie n'a aucun but, aucun sens, aucune explication occulte qui justifierait son caractère banalement misérable. Rien de ce qu'il a appris durant les six derniers mois n'a pu le convaincre du contraire.

Vraiment ?

Ensemble, ils tractent le traîneau sur la banquise.

Ils font halte le huitième jour.

Cet endroit ne diffère en rien des autres parties de la banquise qu'ils ont traversées durant la semaine écoulée – peut-être est-il un peu moins accidenté, peut-être qu'on y trouve un peu moins d'icebergs et de crêtes de pression, mais ce n'est qu'un coin de banquise comme les autres. Crozier distingue quelques petites polynies dans le lointain – des disques d'eau noire telles des taches sur la glace blanche –, ainsi que des esquisses de chenaux, à l'existence fort éphémère. Si le dégel n'arrive pas avec deux mois d'avance, on s'y tromperait. Mais Crozier, qui possède une bonne expérience de l'Arctique, a connu son content de fausses joies, et il sait que le véritable dégel ne se produira pas avant la fin avril.

En attendant, ils disposent de zones d'eau libre et de trous de phoque à profusion, et peut-être même ont-ils de bonnes chances de tuer un morse ou un narval, sauf que Silence n'est pas ici pour chasser.

Ils se défont de leur harnais et parcourent les lieux du regard. Ils ont fait halte lors de ce bref interlude de crépuscule qui, en cette saison, fait office de jour.

Silence se place devant Crozier, lui ôte ses moufles puis enlève les siennes. Le vent est glacial et ils ne doivent pas s'y exposer plus d'une minute, mais cette minute lui suffit pour le prendre par les mains et le regarder dans les yeux. Elle se tourne vers l'est, puis vers le sud, et le fixe à nouveau.

La question qu'elle lui pose est limpide.

Crozier sent son cœur battre plus fort. Du plus loin qu'il s'en souvienne, pas une fois durant toute sa vie – même lorsque Hickey lui a tiré dessus – il ne s'est senti aussi terrifié.

— Oui, dit-il.

Silence remet ses moufles et commence à décharger le traîneau.

Tandis que Crozier l'aide à disposer leurs effets sur la glace, puis à démonter le traîneau, il se demande une nouvelle fois comment elle a fait pour localiser cet endroit. Bien qu'elle s'oriente parfois en s'aidant de la lune et des étoiles, ainsi qu'il l'a découvert, elle navigue le plus souvent grâce à des repères topographiques. Même sur un terrain aussi chaotique, le nombre, la configuration et l'orientation des congères et des crêtes de pression lui fournissent de précieuses indications. Tout comme elle, Crozier commence à mesurer le temps en périodes de sommeil plutôt qu'en jours : combien de fois se sont-ils arrêtés pour dormir, à quel moment de la nuit ou de la journée.

Ici, en pleine banquise, il est plus conscient que jamais – et ce parce qu'il partage le savoir de Silence – des subtiles différences entre glace hummockée, vieille glace, nouvelles crêtes, glace dérivante et nouvelle glace. Il est désormais capable de repérer un chenal à plusieurs milles de distance, grâce à la nuance plus sombre que prend le nuage le surplombant. Il évite les fissures dangereuses mais quasi invisibles, ainsi que la glace pourrie, et sans même s'en rendre compte.

Mais pourquoi ce point plutôt qu'un autre ? Comment savait-elle que c'était ici et pas ailleurs qu'ils devaient s'arrêter ?

Je vais *le faire*, songe-t-il soudain, et son cœur bat encore plus fort.

Mais pas tout de suite.

Tandis que la lumière du jour s'estompe à toute vitesse, ils assemblent une partie des éléments du traîneau pour élever la grossière armature de leur tente. Comme ils ne resteront ici que quelques jours – à moins que Crozier n'y reste pour toujours –, ils ne cherchent pas de congère pour bâtir dessus une maison de neige, pas plus qu'ils ne perdent du temps à peaufiner leur tente. Ce ne sera qu'un abri temporaire.

Quelques-unes des peaux servent à composer la paroi extérieure, la plupart se retrouvent dans l'habitacle.

Tandis que Crozier met en place le tapis de sol, puis leur couche, Silence s'affaire à découper des blocs de glace dans un chaos tout proche afin d'ériger un muret qui les protégera du vent. Une précaution des plus sages.

Puis elle rejoint Crozier et l'aide à installer la coquerie et la structure en bois de caribou où ils pendront leur linge, et ensuite, ils font fondre un peu de neige pour se désaltérer. Ils ne tarderont pas à mettre leurs vêtements à sécher. Des flocons de neige tournent autour du traîneau abandonné, désormais réduit à une paire de patins ou presque.

Tous deux jeûnent trois jours durant. Ils ne mangent rien, se contentant de boire de l'eau pour tromper leur faim ; chaque jour, ils sortent pendant plusieurs heures en dépit du mauvais temps, pour faire de l'exercice et soulager leur tension.

Crozier s'exerce à lancer leurs armes sur un gros bloc de neige et de glace ; cela fait des mois que Silence a récupéré ces deux harpons et ces deux lances près des cadavres de ses proches, sur les lieux mêmes du massacre, les choisissant en fonction de leur poids et de leur taille, sachant qu'ils auraient tous deux à s'en servir.

Il lance son harpon avec une telle force qu'il s'enfonce de vingt-cinq centimètres dans sa cible.

Silence s'approche de lui et soulève sa capuche pour le scruter à la lueur mouvante de l'aurore boréale.

Il secoue la tête et tente de sourire.

Comme il ne peut pas lui signifier *Ce n'est pas ainsi que tu procèdes avec tes ennemis ?*, il l'étreint avec maladresse pour lui faire comprendre qu'il n'a l'intention ni de partir, ni d'user de ce harpon sur une quelconque cible mouvante.

Jamais il n'a vu une telle aurore boréale.

Toute la journée et toute la nuit, les tentures colorées dansent d'un horizon à l'autre, autour d'un centre de symétrie situé au-dessus de leurs têtes. Pas une fois, lors de ses nombreuses expéditions polaires, au nord comme au sud, Crozier n'a vu quoi que ce soit qui ressemble à ce kaléidoscope de lumière. La petite heure de crépuscule n'affecte en rien l'intensité de ce feu d'artifice naturel.

Lequel est souligné par un vibrant accompagnement sonore.

Tout autour d'eux, la glace gémit, craque, geint et gronde sous l'effet de la pression, tandis que de longues séries d'explosions résonnent dans les profondeurs, à la façon d'un tir de barrage d'artillerie, qui vire peu après à la franche canonnade.

Crozier, déjà bien agité à l'idée de ce qui l'attend, est encore plus secoué par ce séisme glaciaire. Il dort désormais en parka — au diable la transpiration — afin de sortir plus vite de la tente chaque fois qu'il a l'impression que le floe sur lequel ils se trouvent va se briser, ce qui lui arrive une demi-douzaine de fois par période de sommeil.

Mais le floe tient bon, bien que des fissures s'y ouvrent à moins de cinquante mètres de la tente, se développant plus vite qu'un homme ne pourrait les fuir en courant. Pour se refermer aussitôt ou presque. Mais les explosions ne s'interrompent pas pour autant, pas plus que la violence qui secoue le ciel.

Durant sa toute dernière nuit, Crozier dort d'un sommeil agité — le jeûne lui frigorifie le corps d'une façon que la chaleur de Silence est incapable de compenser — et il rêve que Silence est en train de chanter.

Les explosions virent lentement au concert de tambours, un fond musical soutenant sa voix aiguë, si douce et si triste.

Ayaa, yaa, yapape!
Ayaa, yaa, yapape!
Ajâ-jâ, ajâ-jâ-jâ...
Ajï, jai, jâ...
Dis-moi, la vie était-elle si belle sur terre?
Me voici, le cœur joyeux,
Chaque fois que l'aube se lève sur la terre
Et que le grand soleil
Court haut dans le ciel.
Mais là où tu es maintenant,
Je gis en tremblant de peur
Et les vers et les vermines
Et les créatures du fond des mers
Rongent les os au creux de mon épaule
Et me dévorent les yeux.
Ajï, jai, jâ...
Ajâ-jâ, ajâ-jâ-jâ...
Ayaa, yaa, yapape!
Ayaa, yaa, yapape!

Crozier s'éveille en tremblant. Il voit que Silence est déjà réveillée, qu'elle le fixe de ses yeux noirs qui ne cillent pas, et, l'espace d'un instant de terreur plus pure que la terreur, il se rend compte que ce n'est pas sa voix qu'il a entendue chanter ce chant de mort – le chant qu'un mort adresse à son moi vivant –, mais la voix de son fils.

Crozier et son épouse se lèvent et s'habillent dans un silence cérémoniel. Dehors, c'est peut-être le matin, mais il fait toujours nuit, une nuit où un millier de couleurs mouvantes bariolent les étoiles frémissantes.

La glace en craquant fait toujours un bruit de tambour.

66

La seule alternative, c'est la reddition ou la mort. Ou les deux.

Pour le garçon qu'il a été, pour l'homme qu'il était, la mort a toujours été préférable à la reddition. Et il en va de même pour l'homme qu'il est devenu.

Mais qu'est-ce que la mort sinon l'ultime reddition ? La flamme bleue qui brûle dans son cœur refuse ces deux choix.

Au fil des dernières semaines, dans leur maison de neige, sous les peaux d'ours, il a découvert un autre type de reddition. Une sorte de mort. Il cesse d'être un individu pour devenir autre chose, qui n'est ni le soi ni l'absence du soi.

Si deux personnes aussi différentes, qui ne partagent même pas le même langage, peuvent rêver les mêmes rêves, alors peut-être... abstraction faite des rêves et autres croyances... oui, peut-être que d'autres réalités peuvent aussi se confondre.

Il est terrorisé.

Lorsqu'ils sortent de la tente, ils ne sont vêtus que de leurs bottes, de leurs culottes et d'une fine tunique en peau de caribou qu'ils portent parfois sous leur parka. Il fait très froid cette nuit-là, mais le vent est tombé après la brève apparition du soleil à midi.

Il n'a aucune idée de l'heure. Cela fait longtemps que le soleil s'est couché, et ils n'ont pas encore dormi.

La glace en se brisant autour d'eux émet des roulements de tambour. De nouveaux chenaux s'ouvrent alentour.

L'aurore boréale déploie ses tentures de lumière du zénith étoilé à l'horizon blanc glacial, projetant ses chatoiements au nord, à l'est, au sud et à l'ouest. Toutes choses, y compris l'homme blanc et la femme basanée, sont teintées d'écarlate, de violet, de jaune et de bleu.

Il se met à genoux et relève la tête.

Elle se tient devant lui, légèrement penchée, comme pour guetter l'apparition d'un phoque dans son trou.

Ainsi qu'elle le lui a enseigné, il garde les bras contre ses flancs, mais elle lui empoigne soudain les biceps. Elle a les mains nues en dépit du froid.

Elle baisse la tête et ouvre grande la bouche. Il fait de même. Leurs lèvres s'effleurent.

Elle aspire profondément, colle sa bouche à la sienne et se met à souffler dans son palais, dans son gosier.

C'est le point le plus délicat, ainsi qu'il l'a constaté lors des répétitions tout le long de ce sombre hiver. Inhaler le souffle d'un autre, c'est comme se noyer.

Tendu de tout son être, il se concentre pour ne pas hoqueter, pour ne pas se retirer. Il pense : *rends-toi.*

Kattajjaq. Pirkusirtuk. Nipaquhiit. Autant de noms cliquetants qu'il se rappelle avoir rêvés. Autant de noms par lesquels le Vrai Peuple cernant les glaces boréales désigne ce qu'ils sont en train d'accomplir.

Elle commence par une petite série de notes cadencées.

Elle joue de ses cordes vocales comme des tubes d'une flûte de Pan.

Les notes sourdes flottent au-dessus de la glace, se mêlent à ses craquements et aux pulsations de l'aurore boréale.

Elle répète sa phrase mélodique, observant cette fois une brève pause entre les notes.

Il aspire son souffle dans ses poumons, y ajoute le sien et souffle dans sa bouche grande ouverte.

Elle n'a pas de langue, mais ses cordes vocales sont intactes. Les notes qu'elles produisent sous l'effet de son souffle palpitant sont pures et aiguës.

Elle souffle de la musique dans sa gorge. Il produit de la musique avec la sienne. Le motif initial s'accélère, se répète, prend de l'ampleur. Leur registre instrumental s'enrichit : leur chant de gorge, qui tient autant de la flûte que du hautbois, tout en demeurant parfaitement humain, résonne à des kilomètres à la ronde au-dessus de la banquise multicolore.

Durant la première demi-heure, ils marquent une pause toutes les trois minutes pour reprendre leur souffle. Lors des répétitions, ils étaient souvent pris de fou rire à ce moment-là – elle lui a fait comprendre que cela faisait partie du jeu, lorsque ce n'était qu'un jeu de femmes, faire ainsi rire la partenaire –, mais il n'est pas question de rire cette nuit.

Les notes reprennent leur cours.

Le chant acquiert la qualité d'un solo pour voix humaine, à la fois grave et flûté. Ils savent comment façonner des mots en soufflant dans leurs cordes vocales respectives, comme cela, et c'est ce qu'elle fait à présent : chanter des mots dans la nuit ; elle joue de sa gorge et de ses cordes vocales comme autant d'instrument complexes et les mots prennent forme.

Ils improvisent. Lorsque l'un change de rythme, l'autre s'accorde toujours à lui. De ce point de vue, il le sait, c'est un peu comme de faire l'amour.

Il découvre l'espace secret permettant de respirer entre deux sons, ce qui leur permet de tenir plus longtemps, de produire des notes plus pures, plus profondes. Le rythme de leur chant s'accélère puis, soudain, se ralentit, puis s'accélère à nouveau. Chacun son tour de conduire, l'un après l'autre, à l'un de changer de rythme et de tempo, l'autre suivant le mouvement comme pendant l'amour, puis c'est à l'autre de conduire. Ils chantent ainsi pendant une heure, puis deux heures, tenant parfois plus de vingt minutes sans la moindre pause pour reprendre leur souffle.

Les muscles de son diaphragme le font souffrir. Il a la gorge en feu. La mélodie et le rythme sont maintenant aussi compliqués que s'ils dirigeaient un orchestre de chambre, aussi entrelacés, aussi complexes, aussi amples que le crescendo d'une sonate ou d'une symphonie.

Il la laisse conduire. La voix unique qu'ils façonnent à deux, les sons et les mots que tous deux prononcent, c'est elle qui les crée par son intermédiaire. Il se rend.

Puis elle finit par s'arrêter et tombe à genoux près de lui. Tous deux sont trop épuisés pour tenir la tête droite. Ils soufflent et halètent comme des chiens ayant couru dix kilomètres.

La glace a cessé de craquer. Le vent a cessé de murmurer. Dans le ciel, l'aurore boréale palpite plus lentement.

Elle lui effleure la joue, se lève et s'écarte de lui, s'enferme dans la tente.

Il trouve la force de se lever et de se dévêtir. Nu, il ne sent pas le froid.

Un chenal s'est ouvert à dix mètres de l'endroit où ils ont chanté, et il se dirige vers lui. Son cœur bat de plus en plus fort.

Arrivé à un peu moins de deux mètres de l'eau, il s'agenouille de nouveau, lève la tête vers le ciel et ferme les yeux.

Il entend la chose monter des eaux tout près de lui, entend ses griffes racler la glace, l'entend souffler comme elle se hisse hors de l'eau pour monter sur la banquise, entend celle-ci gémir sous son poids, mais il ne baisse pas la tête, mais il n'ouvre pas les yeux. Pas encore.

De l'eau de mer coule vers lui, lui lapant les genoux et menaçant de le coller à la glace. Il ne bouge pas.

Il sent la fourrure mouillée, la chair mouillée, la puanteur océane qui s'en dégage, il sent l'ombre de la chose tomber sur lui, mais il n'ouvre pas les yeux. Pas encore.

Lorsque sa peau s'horripile à l'approche de cette présence le cernant de toutes parts, lorsqu'une haleine de prédateur l'enveloppe de la tête aux pieds, alors il ouvre les yeux.

Une fourrure gouttant comme la chasuble blanche d'un prêtre collée à son corps par l'humidité. Des cicatrices et des brûlures sillonnant cette masse blanche. Des crocs. Des yeux noirs fixés sur les siens, des yeux de prédateur en quête de son âme... se demandant s'il a une âme. Une tête massive, triangulaire, qui oscille doucement et occulte le ciel palpitant.

Il se rend, mais c'est à l'être humain avec qui il veut partager sa vie et à l'être humain qu'il veut devenir – il ne se rend ni au *Tuunbaq* ni à l'univers qui veut étouffer la flamme bleue brûlant dans son cœur – il se rend et referme les yeux, il rejette la tête en arrière, il ouvre tout grand sa bouche et tire la langue, ainsi que Memo Moira le lui a appris quand il voulait faire sa communion.

67

Taliriktug

68° 30' de latitude nord, 99° de longitude ouest
28 mai 1851

Le printemps de l'année où naquit leur deuxième enfant, une fille, ils rendaient visite à la famille de Silna, dans la tribu du Peuple-qui-marche-avec-le-Dieu dont le chef n'était autre qu'Asiajuk, le vieux chaman, lorsque Inupijuk, un chasseur en visite, leur apprit qu'une tribu du Vrai Peuple vivant loin dans le sud s'était procuré des *aituserk*, des cadeaux en bois, en métal et autres matières précieuses, provenant de *kabloona* – d'hommes blancs – décédés.

Taliriktug signala une question à Asiajuk, qui la traduisit pour le bénéfice d'Inupijuk. Ces trésors en question étaient apparemment des couteaux, des fourchettes et d'autres objets provenant des canots de l'*Erebus* et du *Terror*.

Asiajuk confia à voix basse à Taliriktug et à Silna qu'Inupijuk était un *qavac* – un homme du Sud au sens littéral, un imbécile au sens figuré. Opinant du chef, Taliriktug continua néanmoins de poser des questions, que le chaman maussade traduisit de mauvais gré au chasseur affichant un sourire débile. S'il se sentait mal à l'aise, Taliriktug le savait bien, c'était en partie parce que jamais l'homme du Sud n'avait rencontré des *sixam ieua*, des esprits-gouverneurs, et qu'il se demandait si Taliriktug et Silna étaient vraiment des êtres humains.

Apparemment, ces artefacts étaient bien réels. Taliriktug et son épouse regagnèrent l'*iglu* réservé aux invités, où elle allaita le bébé pendant qu'il réfléchissait. Lorsqu'il leva les yeux, elle lui signalait quelque chose avec sa ficelle.

Nous partirons pour le sud, disaient les ficelles dansantes. *Si tu le souhaites.*

Il acquiesça.

Au bout du compte, Inupijuk accepta de les guider vers le village aux cadeaux et Asiajuk décida de les accompagner – ce qui constituait un événement en soi, le chaman voyageant de moins en moins ces temps-ci. Asiajuk emmena son épouse préférée, Mouette – alias la jeune Nauja aux *amooq*, c'est-à-dire aux gros seins –, qui avait également conservé des stigmates de sa première rencontre avec les *kabloona*. Le chaman et elle étaient les seuls survivants de ce massacre, mais elle n'éprouvait aucune rancune vis-à-vis de Taliriktug. Elle était curieuse d'apprendre le sort des derniers *kabloona*, qui étaient partis pour le sud trois étés auparavant, ainsi que tous le savaient.

Six chasseurs du Peuple-qui-marche-avec-le-Dieu souhaitaient également les accompagner – par pure curiosité, mais aussi afin de profiter du dégel précoce pour chasser –, aussi s'embarquèrent-ils dans plusieurs barques car de nombreux chenaux s'ouvraient le long de la côte.

Taliriktug, Silna et leurs deux enfants choisirent de voyager dans leur long *qayaq* – imités en cela par quatre des chasseurs –, mais le grand âge et la dignité d'Asiajuk lui interdisaient de pagayer. Il prit place en compagnie de Nauja au centre d'un grand *umiak* spacieux et les deux derniers chasseurs pagayèrent pour lui. Cela ne dérangeait personne d'attendre l'*umiak* quand le vent ne pouvait gonfler ses voiles, car l'embarcation, longue de dix mètres, était chargée de vivres, de sorte qu'ils n'étaient pas obligés de chasser ni de pêcher en chemin. En outre, ils avaient la place d'emporter leur *kamatik* au cas où il serait nécessaire de voyager sur la terre ferme. Inupijuk, le chasseur venu du sud, avait pris place à bord de l'*umiak*, ainsi que six *qimmiq* – six chiens de traîneau.

Bien qu'Asiajuk ait généreusement proposé à Silna et à ses enfants de monter à son bord, elle lui signala qu'elle préférait le *qayaq*. Taliriktug savait que jamais son épouse ne laisserait ses enfants à portée de ces chiens si vicieux – surtout la petite Kanneyuk, âgée de deux mois à peine. Tuugaq – « Corbeau » –, leur fils de deux ans, ne redoutait nullement ces bêtes féroces, mais on ne lui avait pas laissé le choix. Il était calé sur son siège entre Taliriktug et Silna. Quant à Kanneyuk (dont le nom secret de *sixam ieua* était Arnaaluk), elle était nichée dans l'*amoutiq* de Silna – le porte-bébé juché sur son dos.

Le matin de leur départ, le temps était froid mais le ciel dégagé et, lorsqu'ils s'éloignèrent de la grève, les quinze autres membres de la tribu du Peuple-qui-marche-avec-le-Dieu leur chantèrent un chant pour leur souhaiter bon voyage et bon retour :

> *Ai yei yai ya na*
> *Ye he ye ye yi yan e ya quana*
> *Ai ye yi yai yana.*

Le soir du deuxième jour, avant qu'ils ne mettent le cap au sud pour quitter l'*angilak qikiqtaq*, la « plus grande des îles » – que James Ross avait jadis baptisée terre du Roi-Guillaume bien que les indigènes l'aient désignée avec insistance par le terme *qikiqtaq* –, ils campèrent à un peu plus d'un kilomètre du site du camp Secours.

Taliriktug s'y rendit seul.

Il était déjà revenu ici. Deux étés auparavant, quelques semaines après la naissance de Corbeau, Silna et lui étaient venus ici. Un peu moins d'un an avait passé depuis que l'homme qui était devenu Taliriktug avait été trahi, piégé et abattu comme un chien, mais plus aucune trace ou quasiment ne témoignait du séjour en ce lieu d'une soixantaine d'Anglais. Les tentes Holland s'étaient envolées, ne laissant que quelques lambeaux de toile coincés dans le gravier. Il ne restait que des vestiges des feux de camp et des pierres ayant servi à caler lesdites tentes.

Et quelques os.

Il avait trouvé des fémurs, des vertèbres mâchonnées, un seul crâne – sans sa mâchoire inférieure. En le tenant au creux de sa main, il avait prié Dieu pour que ce ne fût pas celui du Dr Goodsir.

Il avait rassemblé ces os rongés par le *nanuq* pour les enfouir avec le crâne dans un cairn tout simple, plantant à son sommet une fourchette qu'il avait également ramassée, agissant à la façon du Vrai Peuple, et même du Peuple-qui-marche-avec-le-Dieu avec qui il avait passé l'été, dépêchant les morts dans le monde des esprits avec des objets qui leur étaient chers ou risquaient de leur être utiles.

Ce faisant, il savait néanmoins que les *Inuit* auraient protesté contre ce scandaleux gaspillage de métal précieux.

Puis il avait cherché une prière à dire en silence.

Les prières en langue inuktitut qu'il avait entendues ces trois derniers mois n'auraient pas convenu. Mais dans ses efforts pour apprendre cette langue – qu'il serait à jamais incapable de pratiquer verbalement –, il s'était donné comme tâche d'élaborer une traduction du Notre Père.

Ce soir-là, debout devant le cairn abritant les os de ses camarades, il avait tenté de dire cette prière.

Nâlegauvît kailaule. Pijornajat pinatuale nuname sorlo kilangme...
Notre Père, qui es aux cieux, que Ton nom soit sanctifié.

Il n'avait pas pu aller plus loin cet été-là, mais cela l'avait satisfait.

Aujourd'hui, près de deux ans plus tard, alors qu'il quittait un camp encore plus vide pour rejoindre son épouse – la fourchette avait disparu et le cairn avait été démoli et pillé par des chasseurs venus du sud, qui avaient dispersé les os sans qu'il puisse les retrouver –, Taliriktug ne put s'empêcher de sourire en songeant que, même s'il avait droit à ses soixante-dix ans de vie, jamais il ne pourrait maîtriser le langage du Vrai Peuple.

Chacun de ses mots – y compris les noms les plus simples – avait apparemment une vingtaine de variantes, et les subtilités de sa syntaxe étaient inaccessibles à un quinquagénaire qui avait pris la mer tout jeune et n'avait jamais fait ses humanités. Il se serait presque félicité de ne devoir jamais parler dans cette langue. Quand il se concentrait pour suivre son flot rapide et cliquetant, il retrouvait les migraines qui l'avaient tourmenté du temps où Silna commençait à partager ses rêves avec lui.

Le Grand Ours, par exemple. L'ours blanc, l'ours polaire. Le Peuple-qui-marche-avec-le-Dieu et les autres tribus qu'il fréquentait depuis deux ans l'appelaient *nanuq*, un vocable relativement simple, mais il existait également des variantes qui s'écrivaient – en anglais, vu que le Vrai Peuple ne connaissait pas le langage écrit – *nanoq*, *nänuvak*, *nannuraluk*, *takoaq*, *pisugtooq* et *ayualunaq*. Et grâce à Inupijuk, le chasseur venu du sud (qui était bien moins stupide que ne le croyait Asiajuk), il avait appris que le Grand Ours était également appelé *Tôrnârssuk* par le Vrai Peuple du Sud.

Pendant quelques mois des plus pénibles – il se remettait de ses blessures et réapprenait à mâcher et à avaler –, il s'était contenté de n'avoir point de nom. Lorsque Asiajuk et sa tribu l'avaient appelé Taliriktug – « Bras fort » – à l'issue d'une chasse à l'ours blanc, durant laquelle il avait hissé la carcasse de l'animal hors de l'eau sans l'aide de quiconque, alors que trois chasseurs aidés de chiens y avaient échoué (sa force physique n'y était pour rien : il s'était aperçu que les autres avaient coincé la corde de leur harpon sur une protubérance de glace), cela ne l'avait pas dérangé outre mesure. À en croire Asiajuk, il était désormais porteur de la mémoire et de l'âme d'un précédent « Bras fort » qui avait péri des mains des *kabloona*.

Quelques mois auparavant, lorsque Silence et lui s'étaient rendus dans le village d'*iglu* afin que les femmes l'assistent pour la naissance de Corbeau, il n'avait guère été surpris d'apprendre que son épouse s'appelait Silna dans la langue inuktitut. À ses yeux, elle incarnait à la fois l'esprit de Sila, la déesse de l'air, et celui de Sedna, la déesse de la mer. Quant à son nom secret de *sixam ieua*, d'esprit-gouverneur, elle ne voulait ou ne pouvait le partager avec lui, ni en conversation, ni au cours de leurs rêves.

Il connaissait son propre nom secret. Durant sa première nuit de souffrance, après que le *Tuunbaq* lui avait pris sa langue et sa vie antérieure, il avait rêvé son nom secret. Mais il ne le révélerait à personne, même pas à Silna, qu'il appelait encore Silence lorsqu'il projetait ses pensées vers elle, quand ils faisaient l'amour ou rêvaient ensemble.

Le village, qui s'appelait Taloyoak, abritait une soixantaine de personnes, dont la majorité préférait les tentes aux maisons de neige. Certaines demeuraient même dans des bâtisses de terre couvertes de neige qui, l'été venu, s'orneraient de toits herbus.

Ces hommes se donnaient le nom d'Oleekataliks, que l'on pouvait traduire par « le Peuple de la Cape », mais les capes en questions ressemblaient davantage à des châles à la mode anglaise. Leur chef, un bel homme du même âge que Taliriktug, était cependant totalement édenté, ce qui le vieillissait considérablement. Il s'appelait Ikpakhuak, ce qu'Asiajuk traduisit par « le Crasseux », mais, pour autant que Taliriktug pouvait en juger, il n'était pas plus sale que la moyenne, bien au contraire.

Son épouse, bien plus jeune que lui, s'appelait Higilak, c'est-à-dire « la Glacière », toujours à en croire Asiajuk. Mais Higilak se montra fort chaleureuse avec les nouveaux venus ; tout comme Ikpakhuak, elle accueillit Taliriktug et ses compagnons avec force cadeaux et plats chauds.

Il comprit que jamais il ne comprendrait ces gens.

Ikpakhuak, Higilak et leur famille servirent de l'*umingmak*, c'est-à-dire de la viande d'ovibos, un mets que Taliriktug apprécia fort mais que Silna, Asiajuk, Nauja et les autres durent se forcer à avaler, étant par nature des *Netsilik*, c'est-à-dire des mangeurs de phoques. Une fois terminés festins et cérémonies, il réussit à orienter la conversation sur les artefacts *kabloona*.

Ikpakhuak reconnut que le Peuple de la Cape possédait bien de tels trésors, mais, avant de les montrer à ses invités, il souhaitait que Silna et Taliriktug fassent à tous la démonstration de leur magie. Les Oleekataliks n'avaient jamais vu de *sixam ieua* avant ce jour − excepté Ikpakhuak, qui avait jadis connu Aja, le père de Silna −, et il leur demanda poliment de voler au-dessus du village et, s'ils le voulaient bien, de se changer en phoques − mais pas en ours, surtout pas en ours.

Silna lui expliqua avec sa ficelle − Asiajuk se chargeant de traduire ses propos − que les esprits-gouvernant-le-ciel préféraient s'abstenir d'une telle démonstration, mais que tous deux souhaitaient remercier les Oleekataliks de leur hospitalité en leur montrant leur bouche dont le *Tuunbaq* avait arraché la langue ; en outre, son époux, un *sixam ieua* doublé d'un *kabloona*, leur montrerait ses terribles cicatrices, acquises à l'issue d'un combat épique contre des esprits mauvais.

Ikpakhuak et son peuple furent ravis.

Une fois expédiée cette séance d'exhibition, Taliriktug réussit avec l'aide d'Asiajuk à revenir au sujet des cadeaux *kabloona*.

Opinant avec enthousiasme, Ikpakhuak tapa des mains et envoya des enfants chercher les fameux trésors. Ceux-ci passèrent bientôt de main en main.

Il y avait divers morceaux de bois, parmi lesquels on trouvait aussi un morceau de rostre de marlin.

Il y avait des boutons dorés portant l'ancre de marine du Service des explorations.

Il y avait un morceau de tissu délicatement brodé, provenant d'un gilet de corps.

Il y avait une montre en or, la chaîne à laquelle elle était naguère accrochée et une poignée de pièces de monnaie. Au dos de la montre étaient gravées les initiales C. F. D. V. – Charles Frederick Des Vœux.

Il y avait un étui d'argent frappé des initiales E. C.

Il y avait une médaille d'or décernée par l'Amirauté à sir John Franklin.

Il y avait des fourchettes en argent portant les armes de divers officiers.

Il y avait une assiette en porcelaine de Chine sous laquelle était émaillé le nom de SIR JOHN FRANKLIN.

Il y avait un scalpel.

Il y avait une écritoire portative en acajou que l'homme qui la tenait reconnut sans peine, car c'était la sienne.

Nous avons vraiment transporté ce bric-à-brac dans nos canots sur des centaines de miles ? se demanda Crozier. *Sans parler des milliers de milles parcourus par nos navires depuis l'Angleterre ? Mais à quoi pensions-nous ?* Il crut alors qu'il allait vomir et ferma les yeux le temps que passe sa nausée.

Silence posa une main sur son poignet. Elle l'avait senti vaciller. Il la regarda dans les yeux pour lui assurer qu'il était toujours là, mais, en fait, il n'était plus là. Pas vraiment. Pas totalement.

Ils longeaient la côte en se dirigeant vers l'embouchure de la rivière de Back.

Ikpakhuak et ses Oleekataliks s'étaient montrés plutôt vagues quand on leur avait demandé où ils avaient trouvé ces trésors *kabloona* : certains affirmaient qu'ils venaient d'un lieu dénommé Keenuna, terme se référant à un groupe d'îlots situé au sud de l'île du Roi-Guillaume, mais la majorité des chasseurs penchaient plutôt pour Kugluktuk, un lieu situé à l'ouest de Taloyoak et dont le nom, à en croire Asiajuk, signifiait « Là où tombent les eaux ».

Crozier pensa à la première des cascades décrites par Back, qu'il situait à peu de distance de l'embouchure de la rivière portant son nom.

Ils passèrent une semaine à fouiller le coin. Asajiuk et son épouse étaient restés à l'embouchure avec leur *umiak*, ainsi que trois des six chasseurs, mais le reste de la troupe – Crozier, Silence, leurs enfants, Inupituk et les trois autres chasseurs – avait remonté le fleuve sur cinq kilomètres à bord des *qayaq*.

Il trouva des douves de barrique. Une semelle de cuir où on avait planté des crampons. Il mit au jour une planche de chêne de deux mètres cinquante de long enfouie dans la berge boueuse, sans doute un élément du plat-bord d'un cotre. (Pour les Oleekataliks, cette trouvaille aurait constitué un trésor à elle seule.) Rien d'autre.

Ils s'étaient résignés à redescendre sur la côte lorsqu'ils tombèrent sur un vieillard, accompagné de ses trois épouses et de quatre enfants morveux. Les femmes transportaient leurs tentes et leurs peaux de caribou et, selon les dires de l'homme, ils étaient venus ici pour pêcher. Il n'avait jamais vu de *kabloona*, sans parler des *sixam ieua* à la langue arrachée, et il tremblait littéralement de peur, mais l'un des chasseurs réussit à le rassurer. Ce vieillard s'appelait Puhtoorak et c'était un membre des Qikiqtarqjuaq, une autre tribu du Vrai Peuple.

Une fois qu'ils eurent partagé leur nourriture et échangé des plaisanteries, le vieil homme leur demanda ce qu'ils faisaient si loin du nord, du territoire du Peuple-qui-marche-avec-le-Dieu, et quand un chasseur lui eut expliqué qu'ils cherchaient des *kabloona* qui étaient sans doute passés dans les parages – ou les trésors qu'ils avaient pu laisser –, Puhtoorak déclara qu'à sa connaissance, aucun *kabloona* ne s'était égaré par ici, mais, ainsi qu'il le précisa entre deux bouchées de phoque :

— L'hiver dernier, j'ai vu un grand bateau *kabloona* – aussi grand qu'un iceberg –, avec trois grands bâtons plantés dedans, pris dans les glaces au large d'Utjulik. Je crois qu'il y avait des *kabloona* morts dans son ventre. Quelques-uns de nos jeunes chasseurs se sont aventurés dedans – ils ont dû se tailler un passage avec leurs haches en merde d'étoile –, mais ils ont laissé tout le bois et le métal qu'ils ont trouvé là-bas, car ils étaient sûrs que cette maison aux trois bâtons était hantée.

Crozier se tourna vers Silence.

Est-ce que j'ai bien entendu ?

Oui.

Elle hocha la tête. Kanneyuk se mit à pleurer, et Silna ouvrit sa parka d'été pour lui donner le sein.

Du haut d'une falaise, Crozier contemplait un navire pris dans les glaces. C'était le HMS *Terror*.

Il leur avait fallu huit jours pour rallier la côte d'Utjulik depuis l'embouchure de la rivière de Back. Grâce aux chasseurs du Peuple-qui-marche-avec-le-Dieu qui maîtrisaient le langage des signes, Crozier avait offert moult cadeaux à Puhtoorak pour qu'il accepte de les conduire au bateau *kabloona* avec les trois bâtons plantés dans son toit, mais le vieux Qikiqtarqjuaq ne voulait plus entendre parler de cette demeure hantée. Bien qu'il eût trouvé le courage d'y pénétrer l'hiver précédent, en compagnie des jeunes chasseurs de sa tribu, il avait bien vu que ce lieu était souillé par les *piifixaaq* — les plus vicieux des esprits maléfiques.

Utjulik était le nom inuit de la côte ouest de la péninsule Adélaïde. Comme les chenaux s'achevaient un peu à l'ouest de l'anse où se jetait la rivière de Back — le détroit formait à cet endroit une masse de glace solide —, ils avaient dû accoster et cacher leurs *qayaqs* et l'*umiak* d'Asiajuk, puis atteler les six chiens à leur robuste *kamatik* et poursuivre la route à pied. Naviguant à l'estime avec une habileté que Crozier se savait incapable d'égaler, Silence leur fit parcourir les quarante et quelques kilomètres les séparant de l'endroit où Puhtoorak affirmait avoir vu le navire... sur lequel il était même monté, ainsi qu'il avait fini par le confesser.

Asiajuk avait renâclé à l'idée de quitter son *umiak* si confortable. Si Silna, l'un des esprits-gouverneurs les plus estimés du Peuple-qui-marche-avec-le-Dieu ne l'avait pas personnellement prié de les accompagner — même le plus rétif des chamans ne saurait rejeter la requête d'un *sixam ieua* —, il aurait ordonné aux chasseurs de le ramener chez lui. Il dut se contenter de trôner sur le *kamatik*, bien au chaud dans ses fourrures, consentant parfois à jeter des cailloux aux chiens et à leur crier « Haw ! Haw ! Haw ! » pour les faire aller vers la gauche, « Gee ! Gee ! Gee ! » pour les faire aller vers la droite. Crozier se demanda si le vieux bonhomme n'était pas en train de redécouvrir les plaisirs juvéniles de la course en traîneau.

L'après-midi de leur huitième jour de voyage touchait à sa fin et ils contemplaient le HMS *Terror*. Asajiuk lui-même semblait impressionné.

Pour toute description des lieux, Puhtoorak s'était contenté de leur dire que la maison aux trois bâtons était « prise dans les glaces près d'une île à cinq milles à l'ouest » d'une certaine pointe, et que ses chasseurs et lui avaient dû « marcher trois milles sur la glace vers le nord pour atteindre le bateau, après avoir traversé plusieurs îlots. On apercevait le bateau depuis une falaise située au nord de la grande île ».

Bien entendu, Puhtoorak n'avait pas utilisé les termes de « milles », de « navire » et de « pointe ». Le vieillard avait en fait expliqué que la maison *kabloona* aux trois bâtons et à la coque d'*umiak* se trouvait à tant d'heures de marche à l'ouest de *tikerqat*, c'est-à-dire « Deux Doigts », terme par lequel le Vrai Peuple désignait deux pointes situées sur la côte d'Utjulik, et quelque part au nord d'une grande île située dans ces parages.

Crozier et ses dix compagnons – Inupijuk, le chasseur du Sud, avait décidé de rester avec eux – avaient traversé la banquise à l'ouest des Deux Doigts puis traversé deux îles avant d'en aborder une troisième, beaucoup plus vaste. Au nord de celle-ci, ils avaient trouvé une falaise dominant la banquise de trente mètres d'altitude.

À deux ou trois milles de là, les trois mâts du HMS *Terror* se dressaient en oblique vers le ciel nuageux.

Crozier regretta de ne plus avoir sa lorgnette, mais il n'avait pas besoin d'elle pour identifier son navire.

Puhtoorak avait dit vrai : la glace était bien moins irrégulière par ici que la banquise côtière entre les îles et le continent. L'œil exercé de Crozier lui permit d'en comprendre la raison : au nord et à l'est s'étirait un chapelet d'îles, qui protégeait du noroît cette région d'une surface de quinze à vingt milles carrés.

Comment le *Terror* avait échoué ici, à près de deux cents milles au sud de l'endroit où il était resté pris dans les glaces trois ans durant, Crozier était incapable de le déterminer.

Il n'aurait plus besoin de réfléchir très longtemps.

Les chasseurs du Vrai Peuple et du Peuple-qui-marche-avec-le-Dieu, qui vivaient dans l'ombre d'un monstre dont la réalité ne faisait pas de doute, approchèrent le navire avec une angoisse palpable. Les fantômes et autres esprits évoqués par Puhtoorak n'avaient pas manqué de les frapper – y compris Asiajuk, Nauja et les trois chasseurs qui ne connaissaient son récit que de seconde main. Le chaman ne cessa de murmurer des incantations, des chants d'exorcisme et des prières propitiatoires durant la traversée de la banquise, ce qui n'était pas fait pour rassurer ses compagnons. Quand un chaman s'inquiète, tout le monde s'affole, ainsi que le savait Crozier.

La seule personne assez courageuse pour marcher en tête à ses côtés, c'était Silence, qui portait en outre leurs deux enfants.

Le *Terror* gîtait de vingt degrés à bâbord, sa proue tournée vers le nord-est et ses mâts penchés vers le nord-ouest, avec une bonne partie de sa carène émergeant de la glace côté tribord. À sa grande surprise, Crozier vit qu'on avait jeté une ancre – l'ancre de proue côté bâbord –, dont l'aussière disparaissait dans la glace. S'il était surpris, c'était parce qu'il estimait la profondeur à vingt brasses – voire davantage – et parce que les anses ne manquaient pas sur les côtes derrière lui. Un capitaine avisé aurait préféré conduire son navire dans le détroit, à l'est de la grande île dont venait le petit groupe, jetant l'ancre entre celle-ci – dont les falaises l'auraient protégé du vent – et les trois petites îles un peu plus à l'est, dont aucune ne dépassait les trois kilomètres de long.

Mais le *Terror* était là et bien là, à deux milles et demi au nord de cette grande île, ancré dans des eaux profondes et vulnérable aux inévitables tempêtes venues du nord-ouest.

Il lui suffit de faire le tour du navire et de jeter un coup d'œil à son pont gîtant depuis le nord-ouest pour comprendre pourquoi Puhtoorak et ses compères avaient dû forcer le passage à travers la coque, sans doute déjà abîmée, voire fendue, pour pénétrer à bord : toutes les écoutilles du pont principal étaient fermées et scellées.

Crozier retourna devant la brèche ouverte par le vieil homme et ses compères. Il pensait pouvoir s'y insinuer. En dépit des pénibles émotions qui l'agitaient, il ne put s'empêcher de sourire en repensant au récit du vieil homme, selon lequel les jeunes chasseurs avaient dû utiliser leurs haches en merde d'étoile.

Le Vrai Peuple désignait par ce terme imagé les météorites et le métal qu'ils y récupéraient lorsqu'ils en trouvaient sur la banquise. Crozier avait entendu Asiajuk évoquer l'*uluriak anoktok* – « la merde d'étoile tombée du ciel ».

Crozier regretta de ne pas avoir un tel outil sur lui. En guise d'arme, il devait se contenter d'un couteau à la lame taillée dans de l'ivoire de morse. Il y avait bien des harpons dans le *kamatik*, mais ils ne lui appartenaient pas – Silence et lui avaient laissé les leurs à bord de leur *qayaq* – et il ne souhaitait pas en emprunter un juste pour monter à bord du navire.

Près du traîneau, à une douzaine de mètres de là, les *qimmiq* – les grands chiens aux splendides yeux bleus ou jaunes, qui partageaient leur âme avec leur maître – ne cessaient d'aboyer, de gronder et de japper, menaçant de mordre tous ceux qui s'approchaient d'eux. Ils n'aimaient pas cet endroit.

Prie Asiajuk de demander aux autres si quelqu'un souhaite m'accompagner, signala Crozier à Silence.

Elle s'exécuta aussitôt, usant de ses doigts plutôt que de sa ficelle. Le vieux chaman la comprenait bien mieux qu'il ne comprenait Crozier, qui n'avait jamais pu se départir d'une certaine maladresse.

Aucun des représentants du Vrai Peuple ne souhaitait franchir cette brèche.

Je te retrouve dans quelques minutes, signala Crozier à Silence.

Elle lui sourit.

Ne sois pas ridicule. Nous t'accompagnons, tes enfants et moi.

Il se glissa dans la brèche et Silence le suivit une seconde plus tard, portant Corbeau dans ses bras et Kanneyuk dans le porte-bébé en peau de caribou, qu'elle avait placé contre sa poitrine. Les deux enfants dormaient.

Il faisait noir comme dans un four.

Crozier constata que Puhtoorak et les jeunes chasseurs avaient débarqué sur le faux-pont. Ils avaient eu de la chance, car, en choisissant un point d'entrée moins élevé, ils seraient tombés sur la cale, avec ses coffres à charbon et ses citernes en fer, une substance que même la merde d'étoile était incapable d'entamer.

Au bout de trois mètres à peine, il n'y voyait goutte, aussi se fia-t-il à sa mémoire, prenant Silence par la main pour la guider vers l'avant du navire sur le pont incliné.

À mesure que ses yeux s'accommodaient, il distingua dans l'obscurité la porte cadenassée de la soute au vin et de la sainte-barbe, constatant que l'une et l'autre avaient été forcées. Il ignorait si c'était là l'œuvre de Puhtoorak et compagnie, mais il ne le pensait pas. Si ces portes étaient cadenassées, c'était pour une bonne raison, et tout homme blanc revenant à bord du *Terror* aurait foncé sur elles en priorité.

Les barriques de rhum – ils en avaient tellement qu'ils avaient dû en laisser derrière eux en abandonnant le navire – étaient vides. Mais il restait plusieurs barils de poudre, ainsi que des boîtes de chevrotines, des sacs de cartouches, au moins deux râteliers de mousquets toujours en place – là aussi, ils en avaient trop pour les emporter tous – et deux cents baïonnettes toujours suspendues aux crochets plantés dans les barrots.

Grâce au métal contenu dans cette seule pièce, la tribu d'Asiajuk deviendrait la plus riche du Vrai Peuple.

Quant à la poudre et aux chevrotines, il y en avait suffisamment pour approvisionner douze tribus pendant vingt ans, et faire d'elles les maîtres absolus de l'Arctique.

Silence effleura son poignet nu. Comme il faisait trop sombre pour user du langage des signes, elle projeta sa pensée vers lui.

Tu le sens ?

Crozier sursauta sous l'effet de la surprise : pour la première fois, elle s'adressait à lui en anglais. Soit elle avait rêvé ses rêves avec plus de puissance qu'il ne l'aurait cru, soit elle avait beaucoup appris durant son séjour à bord de ce navire. C'était la première fois qu'il partageait leurs pensées en état d'éveil.

Ii, lui répondit-il. *Oui.*

Ce lieu était maléfique. Des souvenirs qui le hantaient se dégageait une véritable puanteur.

Comme pour soulager leur tension, il la conduisit vers l'avant, lui désigna la proue et lui envoya mentalement une image de la fosse aux câbles située au niveau inférieur.

C'est toi que j'attendais, émit-elle.

Cette réponse était si nette qu'il crut un instant qu'elle l'avait formulée à haute voix, puis il vit que les enfants restaient endormis.

Il se mit à trembler d'émotion, saisi par cette révélation.

Ils se dirigèrent vers l'échelle donnant sur le premier pont.

Il faisait bien plus clair là-haut. Crozier comprit que le jour entrait − finalement ! − par les verrières Preston enchâssées dans le plafond. Si leur verre était opacifié par la glace, il n'était plus recouvert ni par la neige, ni par une bâche − pour une fois.

Le pont semblait désert. Les hamacs avaient été pliés et rangés avec soin, les tables hissées entre les barrots, les coffres repoussés contre les cloisons. Au centre du carré de l'équipage, le gigantesque poêle Frazier était noir et glacial.

Crozier chercha à se rappeler si M. Diggle était encore en vie lorsqu'on l'avait attiré dans un piège pour l'abattre. C'était la première fois depuis longtemps qu'il pensait à ce nom : *M. Diggle.*

C'est la première fois depuis longtemps que je pense dans ma langue.

Crozier ne put s'empêcher de sourire. « Dans ma langue. » S'il existait vraiment une déesse comme Sedna qui régnait sur le monde, le nom de cette salope était Ironie.

Silence l'attira vers l'avant.

Le mess des officiers et les premières cabines étaient déserts.

Crozier se demanda malgré lui qui avait pu rallier le *Terror* et le conduire vers le sud.

Des Vœux et ses hommes du camp Secours ?

Il était quasiment certain que M. Des Vœux et son groupe auraient continué en chaloupe pour gagner la rivière de Back.

Hickey et sa clique ?

Il l'espérait, ne serait-ce que pour le salut du Dr Goodsir, mais il ne le pensait pas. L'enseigne Hodgson excepté − et Crozier doutait qu'il eût survécu longtemps parmi ces rufians −, il n'y avait personne parmi eux qui eût les capacités requises pour faire naviguer le *Terror*. Peut-être même étaient-ils incapables de faire naviguer la chaloupe qu'il leur avait donnée.

Restaient les trois hommes qui avaient décidé de gagner le navire à pied : Reuben Male, Robert Sinclair et Samuel Honey. Se pouvait-il qu'un chef du gaillard d'avant, un chef de la hune de misaine et un forgeron aient pu naviguer deux cent milles sans se perdre dans un dédale de chenaux ?

Crozier fut pris d'un léger vertige et d'un début de nausée à mesure qu'il se remémorait les noms et les visages de ces hommes. Il aurait cru entendre leurs voix. Il *entendait* leurs voix.

Puhtoorak avait raison : ce lieu abritait désormais des *püfixaaq* – des spectres rancuniers qui s'y attardaient pour hanter les vivants.

Un cadavre gisait sur la couchette de Francis Rawdon Moira Crozier.

Pour autant qu'ils puissent en juger, étant donné qu'ils ne disposaient d'aucun éclairage et n'avaient fouillé ni le faux-pont ni la cale, c'était le seul mort à bord.

Pourquoi est-il venu mourir dans ma couchette ? se demanda Crozier.

C'était un homme de sa taille et de sa corpulence. Ses vêtements – sous les couvertures, il portait un manteau, un bonnet et un pantalon de laine, tenue des plus étranges vu qu'il était sans doute mort en été – ne permettaient pas de l'identifier. Crozier n'avait aucune envie de lui faire les poches.

Ses mains, ses poignets et son cou étaient brunis, flétris, momifiés, mais c'est en découvrant son visage que Crozier regretta que la verrière Preston laissât entrer autant de lumière.

Les yeux du mort étaient des billes marron. Ses cheveux et sa barbe étaient si longs, si broussailleux, qu'on aurait pu croire qu'ils avaient continué de pousser pendant des mois après sa mort. Ses lèvres, totalement atrophiées, étaient retroussées comme en un rictus, révélant la totalité de sa dentition et jusqu'à ses gencives.

C'étaient ces dents qui donnaient le frisson. Loin d'être tombées sous l'effet du scorbut, elles étaient toutes solidement plantées, très larges, d'une belle nuance d'ivoire et d'une longueur impossible – sept à huit centimètres, au bas mot –, comme si elles avaient poussé à l'instar de celles d'un lapin ou d'un rat, qui doit ronger et ronger sans cesse de peur que ses incisives ne s'incurvent et ne se plantent dans sa gorge.

Ces dents de rongeur sur un homme mort, c'était impossible, et pourtant Crozier les voyait nettement, éclairées par la lumière vespérale que laissait filtrer la verrière de son ancienne cabine. Ce n'était pas la première fois qu'il tombait sur l'impossible ces derniers temps. Et ce ne serait sans doute pas la dernière, songea-t-il.

Allons-y, signala-t-il à Silence.

Il ne tenait pas à projeter ses pensées vers elle en un tel lieu – quelque chose risquait de les capter.

Il dut utiliser une hache d'incendie pour se frayer un passage à travers l'écoutille principale. Plutôt que de se demander qui l'avait scellée et pourquoi – et si l'homme qu'il venait d'examiner était encore en vie à ce moment-là –, il jeta la hache au loin, grimpa l'échelle et aida Silence à le suivre.

Corbeau menaçait de se réveiller, mais elle le berça quelques instants et il se remit à ronfler doucement.

Attends-moi ici, signala-t-il, et il redescendit.

Il commença par monter un théodolite et quelques manuels de navigation, fit le point au soleil et griffonna les coordonnées de sa position dans la marge du livre rongé par le sel. Puis il redescendit tout son attirail et le jeta sur le sol, sachant que l'acte qu'il venait d'accomplir était sans doute le plus vain d'une longue série. Mais il savait aussi qu'il se devait de l'accomplir.

Tout comme il se devait d'accomplir le suivant.

Une fois dans la sainte-barbe enténébrée, il défonça trois tonnelets de poudre – répandant le contenu du premier en partie sur le faux-pont et jetant le reste dans la cale (pas question de descendre là-bas), le contenu du deuxième un peu partout sur le premier pont (en insistant sur sa propre cabine), et dessinant avec le troisième des traînées noires sur le pont principal, où Silence l'attendait avec ses enfants. Asiajuk et les autres s'étaient placés sur la banquise côté bâbord et le regardaient faire à trente mètres de distance. Les chiens continuaient de hurler et de tirer sur leur harnais, mais Asiajuk ou l'un de ses compagnons les avait attachés à des poteaux plantés dans la glace.

Crozier aurait voulu rester à l'air libre, quand bien même le jour s'assombrissait, mais il s'obligea à redescendre sur le faux-pont.

Porteur du dernier tonnelet d'huile restant à bord, il en répandit le contenu sur trois niveaux, veillant à arroser copieusement la porte de sa cabine. Il n'hésita qu'une seule fois, devant la porte du carré des officiers, face aux centaines de livres rangés sur leurs étagères.

Grand Dieu, à qui ferais-je du tort si j'en prends quelques-uns pour meubler les sombres hivers qui m'attendent?

Mais ils étaient imprégnés de l'*inua* ténébreux de ce vaisseau de mort. Les larmes aux yeux, il les aspergea d'huile.

Lorsqu'il eut achevé de vider le tonnelet sur le pont principal, il le jeta au loin sur la banquise.

Un dernier aller et retour, promit-il à Silence avec ses doigts. *Redescends sur la glace avec les enfants, mon amour.*

Les allumettes étaient là où il les avait laissées trois ans plus tôt, dans le tiroir de son bureau.

L'espace d'une seconde, il crut entendre grincer la couchette et bruire les couvertures gelées tandis que la chose momifiée tendait la main vers lui. Il crut entendre les tendons asséchés de son bras se roidir et craquer comme la main brunie aux doigts brunis et aux longs ongles jaunis se levait au ralenti.

Crozier ne se retourna pas. Il ne courut pas. Il ne regarda pas derrière lui. Les allumettes à la main, il sortit lentement de sa cabine, enjambant les traînées de poudre noire et les flaques d'huile.

Il dut descendre l'échelle principale pour allumer le premier foyer. L'air était si confiné que l'allumette faillit ne pas s'allumer. Puis on entendit un souffle étouffé, et la poudre en brûlant embrasa une cloison qu'il avait arrosée d'huile, et le feu illumina les ténèbres en poursuivant sa course.

Sachant qu'un incendie sur le faux-pont suffirait à détruire la totalité du navire – au bout de six années dans l'Arctique, le bois n'aurait pas pu sécher davantage –, il prit quand même le temps d'allumer les foyers du premier pont et du pont principal.

Puis il sauta sur la rampe de neige qui s'était accumulée à l'ouest, trois mètres en contrebas, pestant lorsque sa jambe gauche se rappela à son bon souvenir. Il aurait dû faire comme Silence, emprunter une des échelles de corde pendant au bastingage.

Boitant comme le vieillard qu'il ne tarderait pas à devenir, Crozier s'avança sur la banquise pour rejoindre les autres.

Le navire se consuma pendant une heure et demie avant de couler.

Ce fut un spectacle mirifique. La Nuit de Guy Fawkes [1] au nord du cercle polaire.

Il n'avait pas vraiment besoin de cette poudre et de cette huile, se dit-il. Le navire était tellement essoré – bois et voiles confondus – qu'il s'embrasait aussi vite que les bombes qu'il avait été conçu pour lancer des dizaines d'années auparavant.

Et puis le *Terror* aurait fini par couler, lorsque la glace aurait fondu, dans quelques semaines ou quelques mois. La brèche ouverte dans sa coque lui était une plaie fatale.

Mais ce n'était pas pour cela qu'il y avait mis le feu. Si on lui avait demandé des explications – ce qui ne se produirait jamais –, il aurait été incapable d'en donner. Certes, il ne souhaitait pas que des « sauveteurs » britanniques envahissent le navire abandonné, pour ramener au pays des récits qui feraient frémir un public avide de sensation et inspireraient à M. Dickens ou à M. Tennyson de

---

1. Fête anglaise célébrée le 5 novembre, commémorant l'exécution du principal responsable de la Conspiration des poudres, dont on brûle l'effigie lors d'un feu de joie. (*N.d.T.*)

nouvelles envolées larmoyantes. Il savait aussi que ces sauveteurs auraient ramené autre chose en Angleterre. Ce qui possédait le navire, quelle que soit sa nature, était aussi virulent que la peste. Il l'avait perçu avec les yeux de son âme, avec ses sens d'être humain et de *sixam ieua*.

Les chasseurs du Vrai Peuple poussèrent des vivats lorsque les mâts s'effondrèrent.

Ils avaient tous reculé de cent mètres. Le *Terror* creusait dans la glace le trou qui allait l'engloutir et, peu après que les mâts et le gréement eurent succombé aux flammes, le navire en feu commença à sombrer en faisant bouillonner les eaux.

Le bruit de l'incendie réveilla les enfants, et l'air s'était tellement réchauffé que tous – son épouse, un Asiajuk toujours grincheux, Nauja aux gros seins, les chasseurs, un Inupijuk hilare et même Taliriktug – ôtèrent leurs parkas pour les entasser sur le *kamatik*.

Lorsque le spectacle fut terminé, que le navire eut coulé et que le soleil eut entamé sa chute vers l'horizon, leur donnant à tous des ombres d'une longueur démesurée, ils s'attardèrent encore un peu pour regarder monter la vapeur et repérer les quelques débris fumants encore visibles çà et là sur la glace.

Puis le groupe reprit la direction de la grande île, et celle des petites îles, dans l'intention de rallier le continent avant de dresser le camp pour la nuit. Le soleil de minuit les aida dans leur progression. Ils souhaitaient tous avoir quitté la banquise et s'être éloignés de ce lieu avant que viennent les quelques heures de pénombre, puis de ténèbres. Même les chiens cessèrent de gronder et pressèrent l'allure une fois qu'ils eurent dépassé la petite île pour filer vers le continent. Asiajuk ronflait sous ses peaux d'ours, mais les deux bébés étaient bien réveillés et avaient envie de jouer.

Taliriktug prit une Kanneyuk gigotante au creux de son bras gauche et passa le droit autour des épaules de Silna-Silence. Corbeau, que sa mère portait toujours, cherchait à échapper à son étreinte pour descendre et tenter de marcher tout seul.

Taliriktug se demanda pour la énième fois comment des parents dépourvus de langue allaient s'y prendre pour discipliner ce garçon têtu. Puis il se rappela, pour la énième fois, qu'il appartenait désormais à une culture où on ne disciplinait pas les enfants têtus, les garçons comme les filles. Corbeau était déjà doté d'un *inua* d'adulte. Ne restait à son père qu'à en jauger la valeur.

L'*inua* de Francis Crozier qui perdurait en Taliriktug n'entretenait aucune illusion à propos de la vie, qui était misérable, dangereuse, animale et brève.

Mais peut-être pas solitaire, pas forcément.

Le bras passé autour des épaules de Silna, s'efforçant de rester indifférent aux ronflements du chaman comme au jet d'urine dont Kanneyuk venait d'inonder la plus belle parka de son père, sans parler des miaulements stridents et des tapes capricieuses de son fils indiscipliné, Taliriktug et Crozier continuèrent de marcher sur la banquise en direction de l'est, et de la terre ferme.

Remerciements

Je tiens à remercier les auteurs des ouvrages consultés durant l'écriture de ce roman.

L'idée de consacrer un livre à cette période de l'exploration arctique m'a été suggérée par une brève note sur l'expédition Franklin dans *Race to the Pole : Tragedy, Heroism, and Scott's Antarctic Quest*, par Sir Ranulph Fiennes (Hyperion Books, 2004), le pôle dont il est question dans ce livre étant bien entendu le pôle Sud.

Trois livres m'ont été précieux durant la première phase de mes recherches : *Ice Blink : The Tragic Fate of Sir John Franklin's Lost Polar Expedition*, par Scott Cookman (John Wiley & Sons, Inc., 2000), *Frozen in Time : The Fate of the Franklin Expedition*, par Owen Beatrie et John Geiger (Greystone Books, Douglas & McIntyre, 1987) et *The Arctic Grail : The Quest for the Northwest Passage and the North Pole, 1818-1909*, par Pierre Berton (Lyons Press, 2ᵉ édition, 2000).

Ces livres m'ont orienté vers leurs sources indispensables, parmi lesquelles : *Narrative of a Journey to the Shores of the Polar Sea* (John Murray, 1823) et *Narrative of a Second Expedition to the Shores of the Polar Sea* (John Murray, 1828), tous deux dus à la plume de sir John Franklin, *Sir John Franklin's Last Arctic Expedition*, par Richard Cyriax (ASM Press, 1939), *The Bomb Vessel*, par Chris Ware (Naval Institute Press, 1994), *Narration of the Discovery of the Fate of Sir John Franklin*, par F. L. M'Clintock (John Murray, 1859), *In Quest of the Northwest Passage*, par Leslie H. Neatby (Langmans, Green & Co, 1958), *Journal of a voyage in Baffin's Bay and Barrow Straits, in the Years 1850-1851 Performed by H.M. ships « Lady Franklin » and « Sophia » under the command of Mr. William Penny, in Search of the Missing Crews of H.M. ships « Erebus » and « Terror »*, par Peter C. Sutherland (Longman, Brown, Green and Longmans, 1852), et *Arctic Expeditions in Search of Sir John Franklin*, par Elisha Kent Kane (T. Nelson & Sons, 1898).

Parmi les ouvrages fréquemment consultés figurent : *Prisoners of the North : Portraits of Five Arctic Immortals*, par Pierre Berton (Carroll

& Graf, 2004), *Ninety Degrees North : The Quest for the North Pole*, par Fergus Fleming (Grove Press, 2001), *The Last Voyage of the Karluk : A Survivor's Memoir of Arctic Disaster*, par William Laird McKinlay (St. Vlarin's Grillin Edition, 1976)[1], *A Sea of Words : A Lexicon and Companion for Patrick O'Brian Seafaring Tales*, par Dean King (Henry Holt & Co., 1995), *The Ice Master : The Doomed 1913 Voyage of the Karluk*, par Jennifer Niven (Hyperion, 2000)[2], *Rowing to Latitude : Journeys Along the Arctic's Edge*, par Jill Fredston (North Point Press, a division of Farrar, Straus and Giroux, 2001), *Weird and Tragic Shores : The Story of Charles Francis Hall, Explorer*, par Chauncey Loomis (Modern Library Paperback Edition, 2001), *The Crystal Desert : Summers in Antarctica*, par David G. Campbell (Mariner Books, Houghton Mifflin, 1992), *The Last Place on Earth : Scott and Amundsen's Race to the South Pole*, par Roland Huntford (The Modern Library, 1999), *North to the Night : A Spiritual Odyssey of the Arctic*, par Alvah Simon (Broadway Books, 1998), *In the Land of the White Death : An Epic Story of Survival in the Siberian Arctic*, par Valerian Albanov (Modern Library, 2000)[3], *End of the Earth : Voyages to Antarctica*, par Peter Matthiessen (National Geographic, 2003), *Fatal Passage : The Story of John Rae, the Arctic Hero Time Forgot*, par Ken McGoogan (Carroll & Graf, 2001), *The Worst Journey in the World*, par Apsley Cherry-Garrard (National Geographic, 1992, 2000), et *Shackleton*, par Roland Huntford (Fawcett Columbine, 1985).

Parmi les autres ouvrages consultés figurent : *The Inuit*, par Nancy Bonvillain (Chelsea House Publications, 1995), *Eskimos*, par Kaj Birker-Smith (Crown, 1971)[4], *The Fourth World*, par Sam Hall (Knopf, 1987), *Ancient Lands : Sacred Whale – The Inuit Hunt and Its Rituals*, par Tom Lowenstein (Farrar, Straus and Giroux, 1993), *The Igloo*, par Charlotte et David Yue (Houghton Mifflin, 1988), *Arctic Crossing*, par Jonathan Waterman (Knopf, 2001), *Hunters of the Polar North – The Eskimos*, par Ernest S. Burch, Jr. (University of Oklahoma Press, 1988), et (en traduction anglaise) *Inuit : Quand la parole prend forme* (Glénat, Muséum d'histoire naturelle de Lyon, musée d'art inuit Brousseau, 2002).

Mes plus vifs remerciements à Karen Simmons qui a emprunté... et rendu... la plupart de ces derniers ouvrages.

Parmi les sites internet, trop nombreux pour être tous cités : « The Aujaqsquittuq Project » (changements climatiques en Arctique), « Spiritism On Line », « The Franklin Trial », « Enchanted Learning : Animals – Polar Bear (Ursus Maritimus) », « Collections Canada », « Digital Library Upenn », « Radiworks.cbe », « Wordgumbo – dictionnaire anglais-inuit », « Alaskool English to Inmpiaq », « Inuktitut Language Phrases », « Darwin Wars »,

---

1. Trad. : *Karluk*, Éditions maritimes et d'outre-mer, 1978, épuisé. *(N.d.T.)*
2. Trad. : *Pris dans les glaces*, Presses de la Cité, 2001, rééd. J'ai lu, 2003. *(N.d.T.)*
3. Trad. : *Au pays de la mort blanche*, Payot, 1928, rééd. Guérin, 1998, 2006. *(N.d.T.)*
4. Trad. : *Mœurs et Coutumes des Esquimaux*, Payot, 1937, épuisé. *(N.d.T.)*

« Cangeo.ca Special Feature − Sir John Franklin Expedition » et « SirJohnFranklin.com ».

L'internet m'a également permis d'accéder à des sources essentielles comme la collection Francis Crozier du *Scott Polar Research Institute*, université de Cambridge, la collection Sophia Cracroft (*ibid.*), la correspondance de Sophia Cracroft et ses notes pour une biographie de Jane Franklin. J'ai en outre pu consulter les rôles d'équipage et autres documents officiels dans les archives de l'Amirauté britannique, de la Navy et du corps des Fusiliers marins, ainsi que les archives du Home Office et des documents judiciaires relatifs à l'enquête de la Cour suprême sur les malfaçons des conserveries Goldner.

J'ai trouvé des cartes et des illustrations qui m'ont été fort utiles dans les pages de *Harper's Weekly* (avril 1851), de *The Athenaeum* (février 1849), et du *Blackwood's Edinburgh Magazine* (novembre 1855).

La lettre du Dr Harry D. S. Goodsir à son oncle en date du 2 juillet 1845 se trouve dans la collection de la *Royal Scottish Geographical Society* et est citée dans *Frozen in Time : The Fate of the Franklin Expedition*, par Owen Beatrie et John Geiger (*op. cit.*).

Pour finir, j'adresse mes remerciements les plus chaleureux à Richard Curtis, mon agent littéraire, à Michael Mezzo, mon premier directeur littéraire chez Little, Brown, à Regan Arthur, qui l'a remplacé, et − comme toujours − à Karen et Jane Simmons, pour m'avoir encouragé à partir et pour m'avoir attendu pendant que j'effectuais cette longue expédition arctique.

Remerciements du traducteur

Outre les ouvrages mentionnés dans les notes, j'ai consulté avec profit *Tragédies polaires*, de Pierre Vernay (Arthaud, 2007) et *À la recherche de l'expédition Franklin*, d'Alain Fillion (Éditions du Félin, 2007) ; ce dernier a eu l'excellente idée de traduire les rapports des différentes expéditions envoyées à la recherche du *Terror* et de l'*Erebus*, un travail riche d'enseignements.

Le mystère de l'expédition Franklin n'a cessé d'enflammer les imaginations, en France – où il a inspiré à Jules Verne les *Voyages et aventures du capitaine Hatteras*, parus en volume en 1866 –, mais surtout dans les pays anglo-saxons, et les sites internet qui lui sont consacrés sont trop nombreux pour être tous cités. Ces dernières années ont vu fleurir de nouvelles hypothèses – en particulier le rôle du saturnisme –, et il ne fait nul doute que des découvertes surprenantes nous attendent encore.

Parmi les sites plus généralistes qui m'ont été utiles, je citerais :

— The Arctic Website (http:www.arcticwebsite.com), consacré aux expéditions arctiques ;

— le site de l'AARI (http://www.aari.nw.ru/), celui du Service canadien des glaces (http://ice-glaces.ec.gc.ca), et le Glossaire international d'hydrologie (http://www.cig.ensmp.fr/~hubert/glu/aglo.htm), pour leur nomenclature des glaces ;

— Sailing Navies (http://www.sailingnavies.com), une véritable mine sur la marine à voile de Sa Gracieuse Majesté, et le Glossaire des termes de la marine ancienne de Christophe Borzeix (http://cborzeix.club.fr/GlossaireMarine/glossaire.htm) ;

— l'Encyclopédie canadienne (http://www.thecanadianencyclopedia.com/) et le site Alaskool contenant un précieux dictionnaire inuit-anglais (http://www.alaskool.org/) ;

— le site de l'archevêque Justus, sur lequel j'ai trouvé la version française du rituel anglican en usage au Canada, qui m'a été fort utile pour les offices religieux (http://justus.anglican.org/).

Je tiens en outre à remercier le studio Creative Shake, qui a exécuté et mis en ligne un aperçu du premier pont du *Terror*, que l'on trouvera à l'adresse suivante :

http://www.creativeshake.com/zoom.html?Usernumber=ebersol&imagecount=17

Enfin, ma reconnaissance va aux *forumeurs* du site de Dan Simmons, dont les débats sont toujours édifiants.

Jean-Daniel Brèque
septembre 2007